TORSTEN FINK
Drachensturm

Torsten Fink

Drachensturm

Roman

Originalausgabe

blanvalet

MIX
Papier aus verantwortungsvollen Quellen
FSC® C014496

Verlagsgruppe Random House FSC-DEU-0100
Das für dieses Buch verwendete
FSC®-zertifizierte Papier *Super Snowbright*
liefert Hellefoss AS, Hokksund, Norwegen.

1. Auflage
Originalausgabe November 2011 bei Blanvalet,
einem Unternehmen der Verlagsgruppe Random House GmbH, München

Umschlaggestaltung: HildenDesign München
Lektorat: Simone Heller
Karte: © Jürgen Speh
HK · Herstellung: sam
Satz: Buch-Werkstatt GmbH, Bad Aibling
Druck und Einband: GGP Media GmbH, Pößneck
Printed in Germany
ISBN: 978-3-442-26806-1

www.blanvalet.de

Die Neue Welt, 1532

Erstes Buch

CHAN CHAN

1. Tag

Das Ledergeschirr knarrte bei jedem Flügelschlag. Mila streckte ihre Rechte hinaus in die Finsternis, die sie seit ihrer Geburt umgab. Sofort zerrte der Wind an ihren Fingern. Sie flogen schnell und wohl auch nicht sehr hoch, denn seit einiger Zeit klang das Rauschen des Meeres sehr nah. Ein neuer Geruch stieg ihr in die Nase, würzig und fremd. Das Land konnte nicht mehr weit sein. Mila spürte, wie Marduk, der große Drache, der sie trug, seine Flügel im Wind ausbreitete und in den Gleitflug überging. Das Geschrei von Seevögeln wehte heran, und dann, schnell näher kommend, die Brandung der Ozeanwellen an fremden Ufern. Ein durchdringender Pfiff durchschnitt das gleichmäßige Rauschen der Wellen. Mila zuckte erschrocken zusammen, obwohl sie das Signal eigentlich schon erwartet hatte. Marduk stieß einen heiseren Ruf aus, und seine mächtigen Schwingen schlugen nun wieder auf und ab. Sie gewannen Höhe. Aus der Finsternis drangen die Rufe der anderen Drachen heran. Es waren dreizehn, die letzten ihrer Art, und sie waren hier, um dem Kaiser neues Land zu gewinnen. Der rollende Donner der Brandung kam rasch näher. Er klang beinahe wie ferne Kanonen. Mila klammerte sich fester an ihren Sattel. »Der Kriegsruf, Marduk«, rief der Hochmeister.

Marduk knurrte, holte tief Luft, und dann brüllte er, und die anderen Drachen fielen ein. Sie brüllten so laut, dass Mila sich die Ohren zuhielt, und verkündeten so ihren neuen Feinden, dass sie kamen.

Ein Heer von Zikaden hatte die Stadt eingeschlossen und schickte sich an, die Herrschaft über die vielfältigen Geräusche der Abenddämmerung anzutreten. Kemaq blickte auf seinen Teller mit abgenagten Maiskolben. Er war immer noch hungrig. Sein Bruder Jatunaq schob das Geschirr wortlos, aber mit deutlich sichtbarem Unwillen zur Seite. Auch er war offenbar nicht satt geworden. Eine Zeitlang lauschten sie den Zikaden. Es war ihr Bruder Qupay, der zuerst das Wort ergriff: »Wir sollten Inti noch einmal für diese Mahlzeit danken, und dafür, dass wir nach so langer Zeit wieder glücklich vereint sind.«

Jatunaq brummte etwas, was sowohl Zustimmung wie auch Widerspruch sein mochte, und Kemaq lauschte in die Dunkelheit. Im Stillen gab er Qupay im zweiten Punkt Recht – es war lange her, dass sie zu dritt zusammengesessen hatten. Jatunaq war zwei Jahre fort gewesen und erst am Vortag aus dem Krieg heimgekehrt. Den ganzen Tag schon hatte Kemaq ihn behutsam nach den Kämpfen ausgefragt, aber Jatunaq war nicht sehr gesprächig gewesen. Er hatte sich ausgezeichnet, so viel war sicher, denn er war zum Anführer seiner Schar ernannt worden, aber über Einzelheiten schwieg er sich aus. Kemaq brannte darauf, mehr zu erfahren, gleichzeitig scheute er davor zurück, durch weitere Fragen Erinnerungen zu wecken, die seinem Bruder unangenehm zu sein schienen. Zu seiner Erleichterung nahm ihm Jatunaq diesen Schritt ab. Vielleicht hatte er bemerkt, dass Kemaq wieder einmal wie gebannt die tiefe Narbe auf seinem Oberarm anstarrte.

»Ein Speer, bei der Schlacht um Ambato. Der Mann, dem diese Waffe gehörte, kämpfte tapfer, doch ich habe ihn getötet«, verkündete er schlicht.

»Wann erzählst du uns von Cuzco?«, platzte Kemaq heraus.

Jatunaqs Miene verdüsterte sich schlagartig. »Frag mich nicht nach Cuzco, kleiner Bruder.« Dann seufzte er. »Jedenfalls bin ich froh, dass dieser Krieg endlich beendet ist.«

»Und dass Inti unseren Waffen zum Sieg verholfen hat«, warf Qupay ein.

Kemaq zog die Knie ans Kinn und schwieg. Jatunaq hatte sich verändert. Er war immer schon ernst gewesen, weil er als ältester Bruder die meiste Verantwortung zu tragen hatte, seit ihre Eltern fort waren, doch nun war er beinahe schwermütig.

Die Zikaden waren lauter geworden. Die alte Mocto, die das Essen für sie gekocht hatte, tauchte aus der nahen Hütte auf und begann, das Geschirr abzuräumen.

»Es war gut«, murmelte Jatunaq ein halbherzig klingendes Lob.

»Das glaub ich wohl«, murrte die Alte und verschwand in der Hütte.

Jatunaq grinste breit. »Ich sehe, sie ist während meiner Abwesenheit nicht freundlicher geworden.«

»So lange warst du dann doch nicht fort«, meinte Kemaq.

Der Krieger lachte und schüttelte den Kopf. »Es ist schon eigenartig. Viele Monde sind wir durch das weite Land gezogen und haben Huáscar und seinen Männern Schlacht um Schlacht geliefert. Es war eine harte Zeit, jede Straße hätte uns leicht in das Reich der Toten führen können, aber so karg wie hier war das Essen nie.«

»Wir darben gerne, wenn es dem Sohn der Sonne hilft, sein Recht zu erlangen und diesen Krieg zu gewinnen«, versicherte Qupay eifrig.

»Aber es ist ja nicht nur wegen des Krieges«, ergänzte Kemaq.

Qupay warf ihm einen warnenden Blick zu, aber Jatunaq seufzte und sah zum wolkenlosen Himmel auf, der sich bereits in düsterem Rot zeigte: »Ich weiß, die Trockenheit.«

»Das dritte Jahr«, sagte Kemaq schnell. Er war froh, endlich Unterstützung zu finden, denn Qupay, der ein Priester des Sonnengottes Inti war, wollte davon nichts hören. Kemaq war sich allerdings sicher, dass er sich nicht gegen Jatunaq stellen würde, und tatsächlich rieb sich Qupay nur missmutig die stumpfe Nase und sagte: »Jetzt, wo der Krieg vorbei ist, wird der Regen bald kommen.«

»Habt ihr denn gute Zeichen gesehen?«, fragte Jatunaq neugierig.

Aber Qupay murmelte nur ausweichend und verwies auf die unendliche Gnade und Macht des großen Inti. Dann räusperte er sich, blickte Kemaq vorwurfsvoll an und sagte: »Du bist übrigens gesehen worden.«

»Was hast du denn jetzt wieder angestellt, kleiner Bruder?«, fragte Jatunaq mit mildem Spott.

Kemaq zuckte mit den Achseln.

»Er ist gesehen worden, als er mit den Steinen am alten Huaca sprach. Mit bestimmten Steinen«, setzte Qupay mit Nachdruck hinzu.

Kemaq fühlte sich unbehaglich. Er war es inzwischen gewohnt, dass er es Qupay nicht recht machen konnte, seit dieser in Intis Tempel diente, aber an der Meinung Jatunaqs lag ihm viel, und er war sich nicht sicher, wie dieser die Sache sehen würde.

Der Krieger lehnte sich zurück und verschränkte die Arme vor der Brust. »Ich nehme an, du meinst die Bilder auf der Rückseite des alten Huaca?«

Qupay nickte. »Ich frage mich, ob ich dem Hohepriester nicht davon berichten sollte …«

Jetzt war Kemaq wirklich beunruhigt. »Es ist noch nicht so lange her, da war es uns erlaubt, zu Tamachoc zu beten«, erklärte er trotzig.

»Doch damit haben wir Inti verärgert. Es ist kein Wunder, dass es nicht mehr regnet«, erwiderte Qupay scharf. »Wirklich, ich sollte es dem Hohepriester sagen, wenigstens, damit er die alten Bilder ausmeißeln lässt.«

»Das darfst du nicht!«, rief Kemaq erschrocken.

»Seit wann sagt ein Läufer einem Priester, was er nicht darf, kleiner Bruder?«, fragte Qupay höhnisch.

»Seit er einen älteren Bruder hat, der ihm davon abrät«, erklärte Jatunaq bestimmt. »Ich würde es ungern sehen, wenn du unserem Kleinen Ärger bereitest«, fügte er begütigend hinzu.

»Dann rede du mit ihm und mach ihm begreiflich, dass die Zeiten der Regenschlange vorüber sind! Weißt du, wie es aussieht, wenn mein eigener Bruder dem verbotenen Kult huldigt? Ich bin ein Priester des Inti! Und ich bin kein Sohn des Sonnenvolkes und muss mich doppelt anstrengen, wenn ich das Gleiche erreichen will wie einer von ihnen!«

Ein warnender Blick von Jatunaq hinderte Kemaq daran, seinem aufwallenden Zorn Luft zu machen. Der Krieger kratzte sich dann ausgiebig an seiner Narbe und meinte schließlich: »Dann solltest du es ihnen besser nicht erzählen, oder?«

Qupay fuhr ihn wütend an: »Ich weiß schon, dass du ihn immer beschützen willst!«

Aber seine Wut schien an dem älteren Bruder einfach abzuperlen. Jatunaq lächelte sehr breit und sagte: »Ich hoffe doch sehr, dass ich hier nicht einen meiner kleinen Brüder vor dem anderen retten muss.«

Qupay öffnete den Mund, stand auf und verschwand mit schnellen Schritten im Inneren der Hütte. Bald hörten sie ihn mit der Alten schimpfen, die sich jedoch nichts gefallen ließ.

»Viel hat sich hier während meiner Abwesenheit wirklich nicht geändert«, meinte Jatunaq lächelnd. Dann wurde er wieder ernst. »Er hat aber nicht Unrecht, kleiner Bruder. Es ist verboten.«

»Tamachoc war der Gott unserer Ahnen«, widersprach Kemaq vorsichtig.

»Doch das Sonnenvolk kam, und ihr Gott Inti besiegte Tamachoc. So ist es nur recht und billig, dass er über uns herrscht.«

Kemaq hätte nicht gedacht, dass auch Jatunaq die Regenschlange inzwischen aufgegeben hatte. »Aber haben sie nicht auch früher eine gefiederte Schlange verehrt?«, wandte er vorsichtig ein.

»Viracocha erschien einst in Gestalt einer Schlange«, bestätigte Jatunaq. »Und sie verehren ihn noch, denn er hat die Welt erschaffen. Aber Inti ist der Herr dieser Welt. Wie könnte es anders sein? Spürst du nicht die Macht, die er besitzt? Wenn er uns nicht gewogen ist, verweigert er den Regen. Und Qupay hat Recht – Inti zürnte, weil Huáscar seinem Bruder Atahualpa sein Geburtsrecht verweigert hat. Deshalb die Trockenheit, deshalb die Seuche. Doch nun ist Huáscar gefangen, und der Krieg ist zu Ende. Also wird der Regen bald zurückkommen.«

»Natürlich habe ich Recht«, sagte Qupay, der mit einer dampfenden Schale Maisbrei aus der Hütte kam. Als er die hungrigen Blicke seiner Brüder sah, schlich ein gänzlich würdeloses Grinsen über sein Gesicht. »Die Alte meint, es sei für den großen Helden unserer Gemeinschaft, und es sei an ihm, ob er seinen unnützen Brüdern davon abgeben will. Ich glaube wirklich, sie hat Maiskorn für Maiskorn für deine Wiederkehr zurückgelegt, großer Bruder.«

Jatunaq ließ seinen Blick zwischen der Schale und seinen Brüdern hin und her schweifen. »Wirklich, ich war so lange fort, dass ich nicht mehr sicher weiß, ob ich Brüder habe«, scherzte er, aber dann teilte er doch.

Kemaq brachte kurz darauf die leere Schale in die Hütte. Die alte Mocto hockte am Feuer und starrte hinein. Sie kümmerte sich um die drei Brüder, seit es dem Sapay Inka gefallen hatte, ihre Eltern in eine andere Stadt weit im Süden zu schicken. Kemaq bekam plötzlich ein schlechtes Gewissen. »Wenn du willst, kann ich noch Wasser holen«, bot er an, als er die Schale abstellte.

»Wenn ich auf dich warten würde, Läufer, wäre ich schon lange verdurstet«, lautete die grimmige Antwort. Dann erhob sich die Alte, griff nach einem Reisigbündel und begann, die Hütte auszukehren. Damit trieb sie Kemaq ziemlich unhöflich mit dem Staub hinaus.

Als er wieder vor die Hütte trat, sahen ihn seine Brüder auf eine Weise an, die ihm verriet, dass sie über ihn gesprochen hatten.

»Ich habe gehört, dass einer der Torläufer seinen Dienst bald aufgeben muss«, begann Jatunaq.

»Er wird langsam zu alt«, gab Kemaq zu. Er ahnte, worauf das hinauslief.

»Ich könnte ein gutes Wort für dich einlegen«, bot Qupay an, nicht zum ersten Mal.

»Es gefällt mir dort, wo ich bin«, erklärte Kemaq. Es gefiel ihm wirklich. Ihm oblag ein Stück der Straße hinab Richtung Küste. Wenn er bergab lief, konnte er in der Ferne sogar die große Stadt Chan Chan erkennen. Es sah manchmal so aus, als läge sie zum Greifen nahe, als müsse er nur eine kleine Weile weiter laufen, um sie zu erreichen, aber in Wirklichkeit lagen noch viele Läuferhütten zwischen ihm und der Stadt am Meer. Die anderen Läufer stöhnten oft über die schwierige und kraftraubende Steigung der Straße, aber ihm machte das nichts aus. Und es war weit genug von Tikalaq entfernt, um Qupay nicht zu oft zu begegnen. Wäre er erst einmal Torläufer, dürfte – oder müsste – er jede Nacht in den Hütten seiner Gemeinschaft neben seinem Bruder und all den anderen unverheirateten jungen Burschen schlafen. Draußen waren nur die anderen Läufer, und das war ihm viel lieber.

»Ich verstehe ja nicht viel von deinem Geschäft, kleiner Bruder, aber mir scheint die Strecke zum Tor doch auch viel leichter zu sein«, stimmte Jatunaq zu.

Kemaq fragte sich, warum sich sein großer Bruder dem Standpunkt Qupays anschloss.

»Du würdest in den Tempel und in den Palast des Statthalters kommen«, rief Qupay mit übertriebener Begeisterung.

Offenbar hatte er keine Ahnung, dass sich sein jüngerer Bruder genau davor fürchtete. Es war eine Sache, eine Nachricht einem anderen Chaski weiterzusagen, aber mit dem Hohepriester oder gar Curaca zu sprechen, das war doch etwas ganz anderes.

Kemaq schwieg verdrossen und lauschte in die Abenddämmerung. Die Zikaden waren verstummt, dafür drang der Lärm vieler Stimmen durch die Stadt. Irgendetwas schien vorgefallen zu sein, etwas, das die Feldarbeiter daran hinderte, zu den Hütten ihrer Gemeinschaft zurückzukehren.

Qupay schien die Unruhe in den Straßen nicht zu bemerken, denn er fuhr fort: »Jedenfalls habe ich gerade gestern den Meister der Chaski im Tempel getroffen. Es ist durchaus möglich, dass der Glanz deiner Brüder schon sehr bald auf dich abfärbt, kleiner Bruder.« Qupay setzte ein sehr selbstzufrieden wirkendes Lächeln auf.

Kemaq starrte ihn entgeistert an. »Was hast du denn gesagt?«, entfuhr es ihm.

»Ich fände es viel wichtiger, zu erfahren, was der Meister geantwortet hat«, meinte Jatunaq.

»Kemaq sei der schnellste Läufer der Stadt, hat er gesagt. Und er habe ihn schon im Sinn, wenn es um höhere Aufgaben und wichtigere Strecken ginge«, führte Qupay genüsslich aus.

»Aber …«, stammelte Kemaq, der nicht wusste, ob er nun unglücklich oder wütend werden sollte. Er war sich plötzlich im Klaren darüber, dass Qupay sich nicht ganz uneigennützig für ihn einsetzte. Die Torläufer – es gab an jedem der beiden Tore vier – waren die angesehensten Chaski. Wessen Glanz sollte hier wohl auf wen abfärben?

Jatunaq beugte sich jetzt zu ihm herüber und schlug ihm kräftig auf die Schulter. »Es wird auch langsam Zeit, dass du uns Ehre machst, kleiner Bruder.«

Kemaq wollte niemandem Ehre machen, nicht einmal seinen Brüdern. Er wollte nicht in Palästen oder Tempeln aus und ein gehen. Er wollte nur laufen, nichts weiter. Dass seine Brüder das einfach nicht verstehen konnten!

»Jedenfalls hat dein Meister auch gesagt …«, fuhr Qupay fort und verstummte dann plötzlich. Die Unruhe in den Straßen war größer geworden. Lautes Geschrei stieg über den Häusern auf. »Hört ihr das?«, fragte er beunruhigt.

Jatunaqs Hand fuhr an den Gürtel, an dem er für gewöhnlich seinen schweren Streitkolben trug, doch in der Stadt hatte er ihn abgelegt. Schlurfende Schritte näherten sich. Alle drei starrten auf die Hausecke. Dort erschien jetzt die alte Mocto. Kemaq hatte gar nicht bemerkt, dass sie verschwunden war. An einem Riemen trug sie zwei Kürbisflaschen. Also hatte sie doch erst Wasser geholt, nachdem er sie vorhin gefragt hatte. Jetzt war ihr verwittertes Gesicht noch eine Spur grimmiger als sonst.

»Was ist das für ein Geschrei in den Straßen, Mutter Mocto?«, fragte Jatunaq.

»Seid ihr taub, ihr Söhne Himaqs? Hört ihr nicht, dass sie *Feuer, Feuer* rufen?«

Sie erhoben sich von ihren Plätzen. Kemaq stieg auf die niedrige Mauer, die die Häuser ihrer Gemeinschaft umgab. Die Stadt lag im Dunkeln.

»Ich rieche nichts«, stellte Jatunaq fest. »Wenigstens keinen Rauch.«

Die Alte war einfach weitergeschlurft. Jetzt stand sie am Eingang ihrer Hütte, drehte sich noch einmal um und sagte: »Ihr Dummköpfe. Glaubt ihr, ich schlendere gemütlich zum Brunnen und zurück, wenn es in Tikalaq brennt? Es ist die Stadt Chan Chan, die in Flammen steht! Das ist das Ende! Wie es vorhergesagt war!«

»Vorhergesagt?«, fragte Jatunaq, und der große Krieger wirkte plötzlich verunsichert.

»Das Ende des Sonnenvolkes«, sagte Mocto trocken. »Es wird nun endlich wahr.«

Mila klammerte sich an den Sattel, und sie hörte das lederne Geschirr unter dem Gewicht der drei Reiter knirschen. Der Wind zerrte an ihrem Umhang. Für einen Augenblick war er so stark, dass er den Lärm, der aus der Stadt drang, verwehte. Diese Ruhe war jedoch nur von kurzer Dauer, dann umfing sie wieder das Geschrei der Seevögel, von denen sie tausende aufgescheucht haben mussten.

»Nach links, Marduk, dieser Tempel dort!«, rief ihr Großonkel, der Hochmeister, der vor ihr auf dem Rücken des Drachen saß. Der Drache knurrte kurz, und Mila spürte, wie er die Flügel anlegte und in elegantem Winkel nach links abtauchte. Sie wurden schneller. Sie hörte ein tiefes Grollen aus der Kehle des Drachen. Sie wusste, was nun gleich folgen würde. Bislang hatten sie sich zurückgehalten, Marduk war hoch in der Luft geblieben, damit der Hochmeister den Angriff koordinieren konnte. Doch offenbar war ihr Großonkel der Meinung, dass er nun eingreifen musste. Brandgeruch hing in der Luft. Sie hörte dünne Schreie, die aus der Stadt aufstiegen. Etwas prasselte gegen die eiserne Rüstung des Hochmeisters, und dann streifte ein Geschoss ihren Arm. Die Männer dort unten waren tapfer, wenn sie einem angreifenden Drachen ihre armseligen Pfeile entgegenschickten, statt davonzurennen. Plötzlich legte sich Marduk mit einer schnellen Bewegung auf die Seite und ließ mit heiserem Fauchen seinen Flammenstrahl los. Selbst Milas blinde Augen nahmen den Widerschein des Feuers wahr. Jetzt schrien Männer auf. Todesschreie. Mila drückte sich schaudernd dichter an ihren Onkel. Was hatte sie sich nur dabei gedacht, unbedingt bei dieser Schlacht dabei sein zu wollen?

Die Schreie verfolgten sie, als sie ihr Angriffsziel hinter sich ließen. Mila spürte die Hitze, die von den brennenden Hütten aufstieg. Sie versuchte sich vorzustellen, was dort unten vor sich ging: das schreckliche Chaos, das ihr Angriff anrichtete, die verängstigten Menschen, die einen Blick gen Himmel warfen und dann diesen riesigen schwarzen Schatten über ihre Stadt gleiten sahen. Aber die Schreie waren dünn, vereinzelt. Marduk schien es nicht eilig damit zu haben, Höhe zu gewinnen.

»Wo steckt Behemoth? Das Tor!«, fluchte der Hochmeister jetzt.

»Ich sehe es«, brummte Marduk.

Schlagartig nahmen Hitze und Lärm ab, sie mussten über die Stadtgrenze hinausgeflogen sein. Der Drache schwenkte in eine weitere elegante Kurve ein; mit zwei, drei Schlägen seiner riesigen Flügel stieg er schnell höher.

»Was ist denn, Onkel?«, fragte Mila, die sich ihrer Blindheit selten so sehr bewusst war.

»Behemoth sollte das Tor dieser Festung dort einnehmen, solange es noch unverteidigt war, jetzt ist es von vielen Kriegern besetzt«, erklärte ihr Großonkel.

»Soll ich mich darum kümmern?«, fragte die dunkle Stimme des Drachen.

»Nein, mein Freund«, rief der Hochmeister, »aber ich sehe Nabu dort drüben. Ruf ihn.«

Marduk brüllte kurz heiser auf. Ein zweites Brüllen, gar nicht weit entfernt, antwortete.

»Don Rodrigo!«, rief der Hochmeister, und Mila hörte, dass er den Trichter benutzte, um seine Stimme zu verstärken. »Das Tor dort, brecht ihren Widerstand! Wir geben Euch Deckung.«

Dieses Mal war es nicht der Drache, sondern sein Reiter, der mit einem Schrei antwortete. Es klang beinahe wie ein Jubelruf. Aber vielleicht stammte er auch von einem der beiden jungen Waffenknechte, die mit dem Ritter auf Nabu saßen. Das inmitten der Schlacht unpassend scheinende Jauchzen wurde rasch leiser, und Mila hörte, dass sich der Flügelschlag des anderen Drachen entfernte.

»Ihm nach, Marduk«, rief der Hochmeister, aber das war gar nicht nötig, denn Marduk verlagerte bereits sein Gewicht, um einen neuen Kurs einzuschlagen. Seine mächtigen Schwingen schnitten mit leisem Pfeifen durch die Luft. Für einen kurzen Augenblick gab es nur noch den Wind, aber dann hörte Mila das heisere Fauchen eines Flammenstrahls und das vielstimmige Geschrei von Menschen.

»Er verschafft sich nur Platz«, rief Dietmar, der alte Diener des Hochmeisters, der sich hinter Mila an den Sattel klammerte. Sie erkannte an seiner Stimme, wie verkrampft der Mann war. Auch er war für gewöhnlich nicht dabei, wenn die Drachenritter in den Kampf zogen.

»Was passiert dort unten, Dietmar?«, fragte Mila nach hinten.

»Nabu ist auf dem Tor dieser Festung gelandet, Comtesse, aber niemand wagt es, ihn oder seine Reiter anzugreifen.«

Marduk flog eine enge Schleife. Ein donnerndes Krachen stieg von unten auf.

»Gute Arbeit«, rief der Hochmeister hinab, und aus der Tiefe antwortete das helle Lachen Don Rodrigos.

»Der Drache, er hat die Torflügel mit seinem Schwanz zerschmettert, und jetzt fliehen auch die letzten Verteidiger dort unten in alle Richtungen«, erklärte Dietmar, als sich Mila fragend umwandte.

Ihr Onkel drehte sich zu ihr um und rief: »Keine Angst, es ist so gut wie überstanden.« Dann wandte er sich an den Drachen. »Marduk, ruf deine Brüder zurück. Ich denke, ich habe die richtige Festung gefunden.«

Marduk ließ daraufhin ein dreifaches markerschütterndes Brüllen hören. Von überall aus der Dunkelheit kamen die Antworten der anderen Drachen des Ordens. Dann wurde der Lärm unter ihnen leiser. Mila schloss daraus, dass sie aufstiegen.

»Ich frage mich, ob wir uns nicht zu viel vorgenommen haben, Maximilian«, meinte der Drache, »diese Stadt ist riesig.«

Mila hörte, wie schwer er atmete. Sie waren seit Stunden in der Luft.

»Aber für eine so große Stadt sind es wirklich wenige Krieger. Und hast du nicht gesehen? Die halbe Stadt scheint unbewohnt zu sein, nur die Festungen an der Küste werden verteidigt«, rief der Hochmeister. Dann hörte Mila, wie er einem der anderen Drachenritter, die in der Nähe kreisten, zurief: »Lorenzo, die Festung dort! Ich sehe offenes Wasser, einen Kanal. Landet dort und verschafft uns Quartier.«

Marduk unterstützte den Befehl mit einem erneuten heiseren Brüllen, und die anderen Drachen antworteten und stießen auf die unglückliche Stadt hinab. Marduk folgte ihnen nicht.

Eine Weile blieben sie hoch in der Luft. Mila hörte das prasselnde Feuer, die grellen Schreie der Seevögel und darunter die Hilferufe der Menschen. Brandgeruch mischte sich in die staubige Luft.

Der Hochmeister brummte plötzlich unzufrieden. »Wer ist das? Dort drüben, am Strand?«

»Nergal und Behemoth, wer sonst?«, knurrte Marduk.

»Sie sollen die Menschen in die Stadt treiben, nicht umbringen. Wir haben wahrlich Besseres zu tun. Ruf sie zurück.«

Marduk ließ ein weiteres lautes Brüllen hören.

»Sie stellen sich taub«, rief der Hochmeister ungehalten.

»Nicht mehr lange«, meinte Marduk und ging in einem schnellen Sinkflug nieder. Wieder war der Wind so gnädig, die Rufe des Jammers, die aus der brennenden Stadt aufstiegen, zu mildern.

Mila wandte sich zu Dietmar um. »Was geschieht dort?«, rief sie.

»Die Fischerboote. Der Schwarze Nergal und Behemoth stecken sie in Brand. Menschen sind dort, sie werden zurück in die Stadt getrieben.«

Der Schwarze Nergal. Er war der einzige Drache, vor dem Mila sich fürchtete, denn ihn umwehte eine kalte Feindseligkeit, die er allen Menschen gegenüber zu hegen schien, selbst den Rittern des Ordens.

Wieder brüllte Marduk, und der Zorn ließ seine Stimme beben. »Vorsicht«, rief ihr Onkel. Und dann war die donnernde Brandung plötzlich ganz nah. Sie waren zu tief. Mila roch nun tausend Gerüche, die vom Meer aufstiegen, von fremdem Sand, fremden Pflanzen, und dann glaubte sie sogar die Angst der Menschen zu riechen, die vor den feuerspeienden Drachen davonrannten.

Jatunaq war als Erster gegangen, hatte wortlos seinen Schild und seinen schweren Streitkolben genommen und war mit einem knappen Nicken zum Palast des Statthalters aufgebrochen. Qupay war ihm nach einem kurzen Augenblick der Unentschlossenheit gefolgt. Inzwischen lief auch Kemaq durch die Straßen von Tikalaq zum westlichen Tor. Das Durcheinander war beträchtlich. Jene, die bisher nur von dem Brand gehört hatten, rannten hinaus, um ihn mit eigenen Augen zu sehen, und jene, die ihn schon gesehen hatten, strebten zum Tempel oder, wenn es ihr Amt verlangte, zum Palast des Curaca.

»Die Hirten oben auf dem Berg haben es entdeckt«, erklärte einer, den Kemaq anhielt und fragte, wie sie von dem Feuer erfahren hatten. Als er die Stadt verließ, sah er auch Menschen mit Fackeln am Huaca, und dieses Mal schien niemand die Betenden vom Grabmal der Ahnen vertreiben zu wollen. Tikalaq lag auf einer schmalen Hochebene, der die Menschen mit viel Mühe das Notwendige zum Leben abrangen. Eine Kette von Bergen trennte sie von der westlichen Küste, und der Chanajirka war der höchste von ihnen. Kemaq sah etliche Menschen dort hinaufklettern und folgte ihnen. In der Dunkelheit war der Aufstieg schwierig, und Kemaq fragte sich wieder einmal, wie die Hirten es schafften, ihre Lamas hier hinaufzubringen. Als er endlich oben ankam, sah er viele Menschen, die in der Dunkelheit nach Südwesten starrten. Kemaq kletterte einen letzten steinigen Hang hinauf, um bessere Sicht zu haben, dann blieb er stehen, denn der Anblick verschlug ihm fast den Atem: Chan Chan, die große Stadt des Muschelvolks, stand in Flammen! Sie lag an der Küste und einige Stunden von den Bergen entfernt, aber es war eine sternklare Nacht, und die Sicht war gut. In Gedanken hatte Kemaq die Entfernung schon oft geschätzt: Ein Fußgänger würde neun oder zehn Stunden bis dorthin brauchen, die Läuferkette der Chaski überwand die Entfernung allerdings in nur dreien. Kemaq runzelte die Stirn. Etwas an diesem Brand kam ihm seltsam vor. Ein Nachbar auf der Hügelkette sprach es aus: »Ein eigenartiger Brand ist das. Sieh, es sind doch mehrere Feuer, an verschiedenen Stellen. Brennt es nicht auch dort, vor der Stadt, in der Wüste? Oder täuschen mich meine Augen?«

»Sie täuschen dich nicht. Auch ich begreife es nicht. Dies ist kein Feuer, das auf natürliche Weise entstanden ist, denn wie sollte es so weit hinaus in die Wüste gelangen?«

Neben ihm murmelte ein Mann leise vor sich hin, und Kemaq

hörte deutlich das Wort *Weissagung* heraus. Auch die alte Mocto hatte etwas Ähnliches verlauten lassen, aber er hatte in der Aufregung vergessen, weiter nachzufragen. Jetzt wandte er sich an den Mann, der Tracht nach ein Sohn des Sonnenvolkes, und fragte ihn.

Im Dunkeln konnte er die Züge des Mannes nicht erkennen, aber es klang sehr herablassend, als er antwortete: »Was ist das für eine Frage, Mann? Selbst die Männer des Steinvolkes sollten doch gehört haben, dass dies das Jahr des Pachakuti ist.«

Kemaq verstummte verärgert. Pachakuti? Dieses Wort hatte er schon einmal gehört, aber er kannte die Bedeutung nicht. Er würde Qupay fragen, wenn er ihn traf. Weissagungen waren Sache der Priester. »Wann wurde das Feuer bemerkt?«, fragte er einen der anderen Männer in seiner Nähe.

»Kurz nach Einbruch der Nacht, Freund«, lautete die Antwort. Kemaq rechnete nach. Es würde noch eine ganze Weile dauern, bis zuverlässige Nachricht aus dem Tal kam. Selbst die schnellsten Läufer würden Zeit brauchen, und er fragte sich, ob in der dort unten herrschenden Not überhaupt jemand daran gedacht hatte, den Chaski eine Nachricht aufzugeben. Was mochte nur die Ursache für diese Feuer sein? Ein Feind? Der Krieg gegen Huáscar war doch zu Ende. Und wo sollte der Feind hergekommen sein und wie sich unbemerkt der Stadt genähert haben? Nein, kein Heer bewegte sich durch Tawantinsuyu, ohne dass die Chaski davon erfuhren. Ein Aufstand vielleicht? Die Chimú, das Muschelvolk, waren doch schon vor vielen Jahren von den Inka unterworfen worden, wie alle anderen Völker, warum sollten sie sich ausgerechnet jetzt erheben? Und was hatte es mit dem Pachakuti auf sich, das dieser überhebliche Mann vom Sonnenvolk erwähnt hatte? Kemaq seufzte. Wenn dort unten gekämpft wurde – und den Gerüchten zufolge, die durch die Nacht schwirrten, war das die wahrscheinlichste Erklärung für die Brände –, dann mochte es sein, dass die Kette der Chaski unterbrochen war. Er runzelte die Stirn, denn ihm wurde klar, *wie* wahrscheinlich das war. Ein Feind würde doch als Erstes dafür sorgen, dass niemand durch die Läuferkette schnell erfuhr, was vor sich ging, und wenn sie die Chaskiwasi überfielen und zerstörten, dann wäre dieses Ziel erreicht. Wäre er der Meister der Läufer, dann würde er eigene Boten oder Späher hinabschicken, sonst würden sie vielleicht nie erfahren, was dort vor sich ging. Er seufzte, denn der jetzige Meister der Läufer war kein Mann, der eigene Einfälle hatte. Aber er konnte ihm dabei vielleicht helfen! Kemaq löste seinen Blick von dem unheimlichen Schauspiel in der Ferne und lief zurück zur Stadt. Er würde mit seinem Meister reden.

Sein erster Weg führte ihn zum Haus der Läufer, das unweit von Tempel und Palast lag. Er kannte die beiden Chaski, die dort auf Befehle warten, nur flüchtig. Sie liefen unruhig vor dem Haus auf und ab und fragten ihn neugierig aus, denn natürlich hatten sie ihren Posten nicht verlassen dürfen und alle Neuigkeiten über die brennende Stadt bisher nur aus zweiter Hand erfahren. Sie waren enttäuscht, weil auch Kemaq nichts Näheres wusste. Er hörte von ihnen, dass ihr Meister weder im Haus der Läufer noch im Palast, sondern im Tempel war, denn Ollamac, der alte Curaca der Stadt, war ebenfalls dort. »Es scheint, dass die Priester wissen, was vor sich geht, oder wenigstens wissen sie mehr als wir«, meinte der jüngere der beiden Chaski. Der Tempel – kein Ort, den Kemaq gerne besuchte. Aber seine Neugier war zu groß. Also machte er sich, mit sehr gemischten Gefühlen, auf den Weg.

Brandgeruch zog bis in die Gänge des großen Gebäudes, das die Drachenritter zu ihrem Hauptquartier erkoren hatten, und von draußen drangen die wütenden Schreie der Seevögel herein, die sie aus ihren Nestern vertrieben hatten. Milas weißer Stab, fast ebenso lang wie sie selbst, tastete sich durch den kahlen Gang voran. Das leise Klacken seiner Spitze erlaubte ihrem Gehör, den ungefähren Verlauf und die Beschaffenheit dieses Ganges einzuschätzen. Er war schmucklos, sie spürte auch keinen Teppich unter den Füßen, sondern nur harten Lehm. Es schien viele Kammern zu beiden Seiten zu geben, deren Eingänge nur durch schwere Vorhänge verhängt waren, und wäre der alles durchdringende Brandgeruch nicht gewesen, hätte sie dieses Gebäude vermutlich als angenehm kühl empfunden. Es war groß, selbst nach europäischen Maßstäben, das hatte ihr Dietmar gesagt. Angeblich würde die ganze Burg ihrer Familie hier hineinpassen. Mila spürte, dass dieser Palast, oder was immer es war, alt war, ohne dass sie genau hätte sagen können, woran sie das merkte. Er wirkte unbewohnt, wie es offenbar die ganze Festung war. Die Drachen hatten die Ritter und Waffenknechte auf einem großen Platz vor diesem Palast abgesetzt, und dann hatten die Männer ihn unter lautem Hurra-Gebrüll gestürmt. Sie waren – und Mila schien es, als seien sie darüber enttäuscht – auf keinerlei Widerstand gestoßen. Sie dachte über dieses Rätsel nach, während ihr Stab den Weg nach Hindernissen absuchte.

Dietmar hatte ihr angeboten, sie zu führen, aber sie hatte abgelehnt. Der Mann hatte genug damit zu tun, die Quartiere herzurichten, und sie hatte ihm versichert, dass sie sich bestens zurechtfinden würde. Sie war sogar zuversichtlich, dass sie sich in diesem Gebäude bald besser auskennen würde als der besorgte Diener. Seine Beschreibung der Stadt war reichlich ungenau und eher verwirrend gewesen. Immerhin hatte sie verstanden, dass es keine Stadtmauer, aber wohl beinahe ein Dutzend »Festungen« gab, die durch riesige Wälle streng voneinander getrennt waren und nicht viel mit europäischen Zitadellen gemein hatten. In jeder dieser Festungen schien es Tempel, Paläste, Hütten und große Plätze zu geben, die Dietmar zwar aus der Luft gesehen, aber ebenfalls äußert ungenügend beschrieben hatte. Es schien wirklich, dass die Zitadelle, die sie eingenommen hatten, bis auf die zahllosen Seevögel vollständig verlassen war. Die Waffenknechte – bis auf Marduk hatte jeder Drache neben seinem Ritter noch zwei oder drei Männer getragen – waren allerdings noch dabei, die Hütten und die vielen Lagerhäuser zu durchsuchen, als könnten sie nicht glauben, dass es hier keine Feinde geben sollte.

Außerhalb der hohen Mauern, in anderen Teilen dieser seltsamen Stadt, wütete Feuer. Die Dächer, so Dietmar, waren mit trockenem Schilf gedeckt, das wie Zunder brannte. Sie fragte sich, ob denn niemand die Feuer löschte, denn jetzt schien es ihr seltsam still in der Stadt. Sie hörte das einschüchternde Brüllen eines Drachen und vermutete, dass es Schamasch war, der den einzigen Zugang zu ihrer Festung bewachte. Andere Drachen lagen draußen auf dem großen Platz, der von einem Kanal geteilt wurde. Sie hatte ihn selbst auf einer steinernen Brücke überquert, nachdem Marduk gelandet war. Sie war zwar blind, aber sie hatte dennoch den Eindruck, dass dies einst ein schöner Ort gewesen sein musste. Warum nur war er verlassen? Sie schüttelte den Gedanken ab und konzentrierte sich auf das rhythmische, leise Klacken ihres Stabes, der sie weiter den Gang entlangführte. Es fiel ihr schwer zu glauben, dass dieser Palast angeblich sogar kleiner war als andere Gebäude dieser Anlage. Die Ritter hatten ihn gewählt, weil er im Gegensatz zu den anderen nur einen Zugang und in den unteren Geschossen auch keine Fenster hatte. Somit war er leicht zu verteidigen.

Mila vernahm jetzt die Stimmen zweier Männer, und sie konnte sie bald unterscheiden: Es waren ihr Großonkel, Hochmeister Maximilian, und Graf Tassilo, einer der Ordensmeister. Es war die Rede von bestimmten Bildern, die sie suchten, und von Meister Albrecht, dem Alchemisten, der noch auf dem Schiff der Pizarros war, das erst in den nächsten Tagen erwartet wurde. Plötzlich aber verstummten die Stimmen. Mila hatte den offenen Eingang des großen Saales erreicht. Ein frischer Windstoß begrüßte sie.

»Ah, Mila, komm nur herein«, rief ihr Großonkel. »Ist das Quartier zu deiner Zufriedenheit?«

Sie nickte und blieb stehen. Etwas sagte ihr, dass dort vor ihr ein Hindernis auf dem Boden lag.

»Gebt Acht auf Eure Schritte, Comtesse«, warnte die raue Stimme Graf Tassilos.

Ihr Stab tastete über Lehmziegelbrocken.

»Du musst entschuldigen, Mila, aber offensichtlich war das Dach dieses Palastes nicht für die harte Landung von Drachen bestimmt.«

Durch die Decke tönte ein missmutiges Schnauben. Mila erkannte Marduk, der wohl hinaufgeflogen war, nachdem er sie abgesetzt hatte. Jetzt verstand sie auch den Wind, der durch die weitläufige Kammer wehte. Wenn ihre Sinne sie nicht täuschten, fehlte nicht nur ein Teil der Decke, auch ein Stück der Außenwand musste weggebrochen sein. Sie überquerte das Hindernis mit einem entschlossenen Schritt.

»Es ist schade, dass du das nicht sehen kannst, Mila: Die Goldschmieder dieser Eingeborenen verstehen ihr Handwerk.«

»Und sie haben Gold und Silber im Überfluss, Comtesse. Pizarro hat nicht übertrieben«, fügte Graf Tassilo hinzu. Er war der Tressler, also der Schatzmeister des Ordens.

Anna Milena Leonore Gräfin von Tretzky, genannt Mila, trat an den Tisch und streckte die Hand aus, bis sie eine kleine, kühle Figur berührte. »Ich hielt diesen Palast für verlassen«, sagte sie. Sie befühlte vorsichtig das erste Stück. Es war schwer und glatt, Silber, da war sie sich sicher.

»Ja, es ist seltsam. In einigen Kammern scheinen Menschen gewohnt zu haben, die wir aber nicht finden können. Das Geschmeide stammt von dort«, sagte der Hochmeister nachdenklich.

Mila ertastete feine Strukturen und Ziselierungen. Es war ein Tier, das sie nicht kannte. »Das ist doch kein Pferd, oder?«, fragte sie unsicher.

Graf Tassilo lachte kurz auf. »Nun, man könnte es leicht mit einem Pferd verwechseln. Es handelt sich wohl um ein Lama, wie wir sie in San Miguel gesehen haben, Comtesse. Es ist Silber, gutes Silber, das ist die Hauptsache, und ist es erst eingeschmolzen, ist es ohnehin gleich, was es einmal war.«

Mila stellte das Tier vorsichtig zurück. Sie spürte einen starken Unwillen dagegen, so eine kunstvolle Figur in einem Schmelzofen zu vernichten. Sie war blind, und nur mit wenigen Ordensrittern war sie so vertraut, dass sie sie um Erlaubnis bitten konnte, ihr Gesicht zu ertasten. Ihren Großonkel hatte sie schon vor Jahren gefragt, und seine hohe Stirn, die buschigen Brauen und die vielen feinen Falten hatten sie in ihrem Eindruck bestätigt, dass er eine würdevolle Erscheinung war. Den Tressler hatte sie nie berührt, sie spürte auch kein Bedürfnis danach, und sie stellte ihn sich als eine Art Gnom mit gierigen, großen Händen vor. Hier lag sie jedoch falsch, wie ihr Dietmar versichert hatte: Graf Tassilo war zwar etwas klein von Wuchs, aber sonst durchaus ansehnlich – was immer darunter zu verstehen war. Jetzt fragte sie sich, ob der Graf absichtlich auf ihre Schwäche angespielt hatte. Sie hatte natürlich noch nie ein Lama *gesehen*. Ihre Rechte tastete weiter und bekam einen schweren Becher zu fassen.

»Gold«, erklärte der Tressler. »Die Berichte über die Reichtümer dieses Landes waren wohl eher untertrieben, wenn sogar in diesem halb verlassenen Palast derart wertvoller Zierrat zu finden ist. Ich bin bereit, Pizarro Abbitte zu leisten, denn ich war bis heute der Meinung, er hätte von all dem Gold und Silber nur phantasiert, um die nötigen Vollmachten und Mittel für die Fortführung seiner Expedition aufzutreiben. Ich habe mich geirrt.«

Mila stellte den Becher – auf seinem Rand saß eine kleine Figur mit zu großem Kopf und langer Nase – wieder ab. Noch nie hatte sie etwas Vergleichbares in der Hand gehalten.

Der Schatzmeister wandte sich an den Hochmeister des Drachenordens. »Aber Ihr müsst mich nun entschuldigen, Graf Maximilian, Comtesse, denn es ist sehr viel zu tun. Wir haben die Festung zwar im Handstreich genommen, doch nun müssen wir auch dafür sorgen, dass sie in unserer Gewalt bleibt. Wir wissen ja noch nicht genau, wann die Verstärkung eintrifft. Ich werde hinuntergehen und sehen, wie weit Marschall di Collalto und de Lanois mit der Organisation der Verteidigung sind. Außerdem sollte der Morisco bald zurück sein. Ich hoffe, er hatte Erfolg.«

»Und erinnert di Collalto daran, unsere Fahnen auf dem Dach zu hissen.«

»Die des Kaisers?«, fragte der Tressler.

»Und die unseres Ordens. Mit der spanischen wollen wir noch ein wenig warten«, sagte der Hochmeister mit einem seltsamen Unterton. Mila nahm an, dass es um Politik ging – das war etwas, wovon sie nicht viel verstand. Stattdessen fragte sie neugierig: »Womit Erfolg, Graf Tassilo?«

»Der Morisco versucht, mit einigen unserer Männer jemanden aufzutreiben, der in dieser Stadt etwas zu sagen hat. Sie ist riesig, scheint aber weitgehend unbewohnt zu sein. Bisher haben wir jedenfalls vergeblich nach dem Curaca gesucht. Er scheint sich zu verstecken, und sein ganzer Hof mit ihm. Vielleicht war unser Angriff in dieser Hinsicht etwas *zu* erfolgreich.« Er verneigte sich knapp, wie Mila aus dem leisen Knarren der Lederriemen seiner Rüstung schloss, und verließ die Kammer mit dem leicht schleppenden Schritt, der ihr verriet, dass die Gicht dem Grafen wieder zusetzte. Sie war froh, dass er ging, denn sie fühlte sich in seiner Gegenwart immer etwas unwohl.

»Hat Don Mancebo diese Festung wirklich verlassen?«, fragte sie besorgt, als sie unter sich waren.

»Das war unvermeidlich, Mila. Ich denke aber, dass die Indios es sich gut überlegen werden, bevor sie ihn, unsere Waffenknechte und vor allem seinen Drachen Ianus angreifen. Ich habe eher Sorge, dass sie sich noch tiefer verkriechen und wir niemanden finden, der uns hier Rede und Antwort steht.«

Mila war nicht beruhigt. »Aber in den engen Straßen? Da kann Ianus vielleicht nicht richtig kämpfen, Onkel.«

Der Hochmeister schien jedoch abgelenkt: »Es ist wirklich erstaunlich, Mila«, erklärte er, »sie verstehen sich auf die Bearbeitung von Silber und Gold, aber ich habe noch kein Stück Eisen gesehen. Und ihre Waffen sind – und dafür sollten wir Gott danken – armselig.«

»Ich habe bemerkt, dass sie sehr wohl mit Pfeilen auf uns geschossen haben«, wandte Mila ein.

»Das hast du bemerkt? Wirklich, ich habe mich immer noch nicht daran gewöhnt, dass du nicht so hilflos bist wie andere, die dein bedauernswertes Schicksal teilen. Es waren tatsächlich Pfeile, aber sie konnten nicht einmal in Marduks Schuppen eindringen, geschweige denn unseren Rüstungen etwas anhaben. Unsere Vorsicht scheint wirklich übertrieben gewesen zu sein, und Pizarros Berichte waren zutreffend. Es stimmt wohl, was man in Spanien annahm.«

»In Spanien?«, fragte Mila nach, als der Hochmeister verstummte.

Er seufzte. »Weißt du, warum man unseren Orden mit allen Drachen, die ihm noch geblieben sind, in die Neue Welt sandte, Mila?«

Sie runzelte die Stirn, denn sie verstand seine plötzliche Niedergeschlagenheit nicht. »Wir sind hier, um die Ordnung in den neu eroberten Ländern zu sichern und die Rechte des Kaisers zu wahren«, antwortete sie.

»Nun, so oder ganz ähnlich steht es in den prachtvollen Urkunden, die Kaiser Karl uns aushändigen ließ: Wir wurden geschickt, um Recht und Ordnung zu verteidigen. Die Wahrheit ist jedoch, dass wir in der Alten Welt nicht mehr viel zählen, Mila. Die Zeiten, in denen unsere Feinde tödliche Furcht vor uns empfanden, sind vorüber, seit Arkebusen und Drachenbüchsen die Schlachtfelder beherrschen. Der Kaiser hat seine Landsknechte – seine Drachenritter braucht er nicht mehr«, schloss er bitter.

»Aber Onkel!«, rief Mila erschrocken. »Haben diese Drachenritter nicht soeben im Namen des Kaisers einen glänzenden Sieg errungen?«

»Einen glänzenden Sieg, ja, an einem weit entfernten Ort. Vor zwei Monaten war es noch unsere Aufgabe, das Recht in allen Kolonien zu wahren, jetzt sind wir ausgesandt, einen einzigen Konquistador bei seinem Feldzug zu unterstützen. Zu *unterstützen,* Mila. Wir sind doch sogar seinem Befehl unterstellt!«

Mila zögerte, dann sagte sie: »Wenn ich mich recht erinnere, lautete Pizarros Wunsch doch, dass wir dieses Land nur weiter erkunden. Von Schlachten und Eroberungen war doch gar nicht die Rede.«

Ihr Onkel antwortete mit einem Lächeln in der Stimme: »Ich denke, der Erfolg rechtfertigt unser Handeln. Don Francisco soll ruhig merken, dass wir nicht seine Laufburschen sind. Es war ein guter Sieg, wenn auch gegen einen sehr unterlegenen Gegner, und jetzt haben wir eine erste Festung unter unserer Kontrolle.«

»Eine ganze Stadt, Onkel, eine ganze große Stadt. Dietmar meinte, sie sei größer als Sevilla!«

»Das mag sein, aber offensichtlich mangelt es ihr sehr an Kriegern«, meinte der Hochmeister, und auch das schien ihn zu stören.

»Umso weniger verstehe ich, dass du dir solche Sorgen machst, Onkel«, rief Mila.

Ihre feinen Ohren nahmen schon eine Weile das Klirren von Eisen wahr. Einer der Ritter näherte sich. Der leichtfüßige Schritt ließ sie vermuten, dass es Don Rodrigo de Henares war.

Dem Hochmeister des Drachenordens entrang sich ein etwas gequält klingendes Lachen. »Wundert dich das wirklich, Mila? Der Sieg war leicht, doch glaube ich kaum, dass es so leicht bleiben wird. Wir haben einen Krieg gegen ein gewaltiges Reich begonnen, und wir wissen nur wenig über den Feind. Er muss stark sein, denn sein Reich erstreckt sich über hunderte, vielleicht tausende Leguas, und doch herrschte in jedem Ort, den wir bisher aufgesucht haben, die vollkommenste Ordnung, und die Eingeborenen fürchten ihren Herrscher. Wie hat er das erreicht? Und über wie viele Menschen und wie viele Krieger verfügt er? Allein in dieser Stadt müssten doch zehntausende Menschen wohnen,

Menschen, die auch mit Steinen und Knüppeln kämpfen und uns durch ihre reine Zahl erdrücken könnten. Wir sind doch nur eine Handvoll Ritter.«

»Dreizehn Ritter, die auf dreizehn mächtigen Drachen sitzen«, fügte eine helle Stimme hinzu, die von der Tür kam. Mila schien es, als würde es wärmer im Raum werden, als der junge Hidalgo ihn betrat.

»Ah, Don Rodrigo, Ihr seid bereits zurück. Was könnt Ihr mir melden?«, fragte der Hochmeister und klang plötzlich wie ausgewechselt.

»Zunächst bitte ich um Entschuldigung, dass ich Eure Unterhaltung mit der Condesa unterbreche, Don Maximilian. Ich bin sicher, es ist um ein Vielfaches angenehmer, mit Eurer reizenden Nichte zu plaudern, als sich die immer gleichen, langweiligen Berichte von dieser einseitigen Schlacht anzuhören. Und ich hoffe sehr, dass es mir selbst bald vergönnt ist …«

»Ich weiß Eure Höflichkeit sonst sehr zu schätzen, Rodrigo«, unterbrach ihn der Hochmeister, eine Spur zu schroff, wie Mila fand, »aber vergesst mir nicht Eure dringendsten Pflichten!«

»Verzeiht, Don Maximiliano, es war in den vergangenen Tagen und Wochen ein zu seltenes Vergnügen, Eurer Nichte zu begegnen, aber mit Eurer Erlaubnis, Condesa, erstatte ich nun Eurem Onkel Bericht.«

Mila nickte ihm lächelnd zu. Don Rodrigo war ihr von allen Rittern des Ordens der liebste – wenn sie ihren eigenen Großonkel ausnahm. Er war von einer Unbekümmertheit, die selbst jetzt, mitten im Krieg, alle Gefahr und alle Sorgen mit Leichtigkeit überstrahlte.

»Ich flog mit Nabu die Stadt und die nähere Umgebung ab«, begann der Ritter, »und wir sahen nicht viel, außer einigen verzweifelten Menschen, die aus der Stadt entkommen sein müssen. Wir jagten sie zurück, wie Ihr es befohlen hattet. Nabu entdeckte allerdings noch einige Lamas, und ich muss gestehen, dass er sich erst stärkte, bevor wir zurückkehrten.«

»Keine Truppen?«, fragte der Hochmeister, der diesen kleinen Akt der Disziplinlosigkeit überging.

»Nichts dergleichen. Jedenfalls nicht außerhalb der Festungen. Überhaupt scheint mir diese Stadt merkwürdig still zu sein. Und es gab da doch etwas Eigenartiges, was ich mir nicht recht erklären kann.« Der Ritter schwieg einen Augenblick, und dann sagte er langsam: »Die meisten Menschen rannten schneller, wenn sie uns sahen, oder sie warfen sich zu Boden, sobald sie den furchterregenden Schatten Nabus über sich bemerkten, es gab jedoch auch einige, Männer ebenso wie Frauen, die sich ganz entgegengesetzt verhielten. Sie blieben stehen, hoben die Arme und riefen uns etwas zu. Nabu sagt, dass sie immer wieder ein bestimmtes Wort verwendeten. Pacha…« Der Ritter stockte verlegen.

»Pachakamaq«, sprang Mila ein.

Sie spürte die Verblüffung der beiden Männer, also fügte sie erklärend hinzu: »Ich habe dieses Wort bei den Booten gehört, als Marduk beinahe zu tief geflogen wäre. Du musst es doch auch gehört haben, Onkel.«

Ihr Onkel schüttelte den Kopf.

»Ich habe es gehört«, dröhnte Marduk vom Dach, »und zu tief bin ich nur geflogen, weil mir der Qualm in den Augen brannte.«

»Auch ich war für kurze Zeit blind, mein Freund«, behauptete der Hochmeister gutmütig.

»Ja, Pachakamaq, wirklich, das war es«, meinte Don Rodrigo jetzt.

»Und weiß die Comtesse, was es bedeutet?«, fragte Marduk vom Dach.

Mila hörte dem Drachen an, wie wichtig ihm diese Frage war, und rief: »Ich glaube, es ist ein Name, denn ich habe das Wort so vorher nie gehört. Ich glaube, *Pacha* kann *Welt* bedeuten, aber ich weiß es nicht sicher. Vielleicht ist es der Name eines ihrer Götzen.« Sie fand es ziemlich eigenartig, sich durch die Decke eines Hauses hindurch zu unterhalten. Ein unzufriedenes Schnaufen antwortete ihr.

Durch den langen Gang näherten sich die Schritte zweier Männer. Mila musste sich nicht sehr anstrengen, um zu erraten, wer sie anführte. Der stampfende Schritt war unverkennbar.

»Wie die Hasen sind sie gelaufen«, dröhnte die Stimme Ritter Balians durch die große Kammer, kaum dass er sie betreten hatte.

»Der Herr war uns gnädig«, rief Bruder Celso. »Wenn Ihr erlaubt, Don Maximilian, werde ich die Ritter umgehend zur Messe rufen. Ich habe eine der Kammern hier notdürftig als Kapelle hergerichtet und geweiht, und ich hoffe …«

Balian von Wolfegg unterbrach ihn mit dröhnendem Lachen. »Habt Ihr denn Euer Glöckchen dabei, Mönch, dass Ihr uns rufen könnt? Oder sollen wir Euch eines machen? Es gibt hier sicher genug Gold und Silber für hundert Kirchenglocken.«

Der Mönch verstummte, und Mila spürte deutlich seine Verstimmung. Sie war seiner Meinung: Es war ein Wunder, dass sie diesen großen Sieg ohne Verluste errungen hatten. Es war an der Zeit, Gott und der Jungfrau Maria dafür zu danken.

»Ich fürchte, die Messe muss noch etwas warten, Fray Celso«, erwiderte der Hochmeister nun. »Die Stadt ist noch lange nicht sicher, und unsere Ritter haben noch viel zu tun. Vielleicht könnt Ihr inzwischen ein Dankgebet für uns sprechen? Mila, vielleicht willst du dich anschließen? Ich habe noch das ein oder andere mit diesen Männern zu bereden. Langweilige Dinge über Kriege und Schlachten. Nichts, was eine Gräfin unterhalten könnte.«

Der besondere Nachdruck, den er auf ihren Titel legte, sagte Mila, dass Widerspruch unangebracht gewesen wäre, auch wenn sie die »langweiligen Dinge« in Wahrheit brennend interessierten. Aber sie folgte dem Priester. Er bot ihr seinen Arm an, den sie gerne annahm. Als sie den Gang entlanggingen, hörte sie die erregte Stimme ihres Onkels. Der Hochmeister war ungehalten und hielt Balian vor, dass er und sein Drache Behemoth während des Angriffs Befehle missachtet hätten. Sie fragte sich, ob Graf Tassilo die gleichen Vorwürfe zu hören bekommen hatte, schließlich war der Schwarze Nergal sein Drache. Aber mit ihm konnte der Hochmeister sicher nicht so hart ins Gericht gehen. War es das, was ihrem Onkel auf der Seele lag? Er hatte seine Sorgen kaum verbergen können, jedenfalls nicht vor ihr. Oder beunruhigte ihn noch etwas ganz anderes?

Kemaq stand in einer kahlen Nebenkammer des Sonnentempels und wartete. Er wartete seit Stunden. Er hatte nach Qupay gefragt, und sein Bruder war zu ihm gekommen, hatte sehr ernst gewirkt und ihn dann in diese Kammer geschoben und befohlen – ja, *befohlen* –, dass er wartete. Er hatte auch nach seinem Meister gefragt, aber der war nicht zu sprechen. Also wartete Kemaq. Gelegentlich hörte er die schnellen Schritte von Läufern, die kamen und gingen, vermutlich alle mit wichtigen Aufgaben betraut. Nur ihn, ihn hatte man vergessen. Und während draußen die Welt in Flammen stand, saß er in einer staubigen Kammer und starrte Löcher in die Luft. Aus seinen trüben Gedanken wurde er durch einen Mann gerissen, der mit einem Reisigbesen begann, die Kammer zu fegen. Kemaq musste tief in Gedanken versunken gewesen sein, denn er hatte ihn gar nicht hereinkommen sehen. Der Mann war alt, sein Haar grau, aber sein hagerer Leib ungebeugt. Er war von ungewöhnlich heller Hautfarbe und groß, größer als Kemaq, der den Unbekannten nun mit Neugier musterte. Der Alte gehörte, da war er sich sicher, ebenso wenig zu den hier heimischen Yunga wie zum Sonnenvolk, und er trug sein Haar auch nicht nach Art der Steinleute. Gehörte er zu den Chimú, dem Muschelvolk, das einst die große Stadt Chan Chan gebaut hatte?

Der Alte kehrte gemächlich über den nackten Steinboden, ohne Kemaq zunächst Beachtung zu schenken. Dann hielt er inne, erwiderte offen Kemaqs neugierigen Blick und fragte: »Chaski?«

Kemaq fühlte sich ertappt. Er errötete und nickte. Die Frage war eigentlich überflüssig, denn er hatte das Muschelhorn und den Tragebeutel, die Zeichen seines Standes, aus der Hütte geholt, bevor er in den Tempel gekommen war. Er hatte insgeheim gehofft, die alte Mocto dort anzutreffen, denn die hatte schließlich zuerst die geheimnisvolle Weissagung erwähnt, aber sie war nicht dort gewesen. Der alte Tempeldiener nickte leichthin und kümmerte sich wieder um den Fußboden. Kemaq sah ihm zu. Er war eigentlich nur an den Feiertagen im Tempel, vielleicht war ihm der Alte deshalb bisher nie aufgefallen. Schließlich konnte er seine Neugier nicht länger zügeln: »Sag, Vater, wie ist dein Name? Ich habe dich noch nie hier gesehen.«

»Aber ich sah dich, wenn auch nicht sehr oft im Tempel, Chaski«, lautete die abweisende Antwort. Kemaq stutzte. Der Alte war seiner Frage ausgewichen. Das steigerte seine Neugier. Er musste sich aber eingestehen, dass er selbst es an Höflichkeit hatte mangeln lassen. »Verzeih, Vater. Ich bin Kemaq, Himaqs Sohn. Ich hoffe, du erlaubst mir, nun auch deinen Namen zu erfahren.«

Der Alte blieb wieder stehen und starrte Kemaq mit seinen überraschend hellen Augen an. »Melap werde ich genannt.« Dann kehrte er weiter.

»Dies ist kein Name, wie ihn die Sonnenleute verwenden. Und auch bei uns im Steinvolk habe ich ihn noch nie gehört«, bohrte Kemaq nach einer Pause weiter.

»Chachapoya«, beschied ihn Melap ruhig.

Kemaq öffnete den Mund und schloss ihn wieder. *Chachapoya,* dieser Name hatte immer einen geheimnisvollen, geradezu unheimlichen Klang für ihn gehabt. Die Wolkenmenschen, so wurden sie vom Steinvolk genannt – die Nebelkrieger, so nannten sie die Inka. Es hieß, sie verfügten über mächtige Zauber.

»Ich dachte, die Chachapoya leben heute in der Nähe von Cuzco, Melap«, sagte er beinahe ehrfürchtig.

»Nicht alle, Steinmensch«, lautete die knappe Antwort.

Kemaq biss sich auf die Lippen. Hatte er den Alten verärgert? Die Chachapoya hatten früher auf den Berggipfeln oberhalb von Tanyamarka gesiedelt, der Regenstadt, der alten Hauptstadt seines Volkes. Aber genau wie die Steinleute waren auch die gefürchteten Nebelkrieger trotz ihrer Zaubermacht von den Inka unterworfen und umgesiedelt worden. Jatunaq hatte ihm erzählt, dass sie die tapfersten Krieger waren, die man sich vorstellen konnte, und sein großer Bruder musste es wissen, denn er hatte an ihrer Seite gekämpft. Aber der Alte war kein Krieger, er fegte den Boden. Kemaq beschloss daher, keine Angst vor ihm zu haben. Ihm kam ein Gedanke: Melap ging hier aus und ein – vielleicht wusste er mehr über die Dinge, die in Chan Chan vorgefallen waren. Also fragte er ihn einfach.

Der Alte ließ den Besen ruhen und erklärte: »Es sind Fremde gekommen. Sie reiten auf geflügelten Schlangen, und sie brachten das Feuer über Chan Chan.« Dann kehrte er weiter.

Jetzt bekam Kemaq große Augen. »Gefiederte Schlangen?«, rief er laut aus. Er fand unfassbar, dass der Alte so ruhig blieb.

»Geflügelt, sagte ich«, berichtigte Melap, »und es wäre besser, du würdest deine Stimme dämpfen, junger Läufer.«

Kemaq verstummte. Er wusste ohnehin nicht, was er sagen sollte. Dafür sprach der Alte. Er war näher gekommen, sah Kemaq durchdringend an und fragte: »Dein Bruder ist ein Priester der Sonne, ist es nicht so?« Und als Kemaq nickte, fuhr er fort: »Ich sehe, dass dich das nicht mit dem Stolz erfüllt, den du vielleicht empfinden solltest. Und ich sah dich am alten Huaca, mehr als einmal. Du hast zu Tamachoc gesprochen, nicht wahr? Hängst du also noch dem alten Glauben an?«

Kemaq zögerte einen Augenblick. Es war gefährlich, zuzugeben, dass er zur Regenschlange betete, vor allem, da er sich in Intis Tempel befand. Der Sonnengott mochte zuhören.

Der Alte schnaubte verächtlich, als hätte er Kemaqs Gedanken erraten. »Dein Glaube scheint mir sehr schwach, Läufer, aber dennoch müssen wir später miteinander reden; über Tamachoc, auch über die Weissagung, aber nun eile.« Als Kemaq ihn nun völlig verwirrt anstarrte, schüttelte er unwillig den Kopf. »Hörst du nicht, dass man nach dir ruft, Chaski?«

Tatsächlich, eine vertraute Stimme wurde lauter, die seinen

Namen rief. Es war die seines Bruders Qupay. Kemaq lief eilig aus dem Zimmer.

»Wo bleibst du nur?«, rief Qupay ärgerlich. Er wartete im Gang, der zur Eingangshalle führte. »Wie sieht das für mich aus, wenn mein Bruder den Hohepriester warten lässt?«

»Augenblick, mein Muschelhorn«, murmelte Kemaq als Ausrede und ging noch einmal zurück in die Kammer. Er wollte Melap fragen, was er über die Weissagung wusste, aber der Alte war nicht mehr dort. Er musste durch den zweiten Ausgang verschwunden sein, mit einer Schnelligkeit, die Kemaq ihm nicht zugetraut hätte.

Mila streckte sich in ihrer Hängematte, die Dietmar für sie aufgespannt hatte. Sie hatten auch Betten oder zumindest Matten entdeckt, die einem richtigen Bett sehr nahe kamen, aber Dietmar hatte ihr geradezu verboten, sie zu benutzen, und auf das Ungeziefer verwiesen, das sie sich dort holen könne, wo doch vor kurzem noch die Wilden darin geschlafen hätten! Mila ließ ihm seinen Willen, obwohl sie den Eindruck hatte, dass dieser Palast reinlicher war als alles, was sie im Reich, in Spanien, geschweige denn auf den Schiffen erlebt hatte. Sie war sich ziemlich sicher, dass hier zuvor Frauen gewohnt hatten, denn die Kammer atmete eine Behaglichkeit, mit der Männer, und vor allem Krieger, ihrer Erfahrung nach nicht viel anfangen konnten. Türen gab es nicht, nur schwere Vorhänge, mit denen der Eingang verhängt war. Ihre Augen mochten blind sein, aber sie hatte noch andere Sinne, und es roch hier entschieden besser als in ihren letzten Quartieren, sogar durch den alles überlagernden Brandgeruch hindurch, der immer noch durch die Stadt zog. Mila hatte eigentlich überhaupt nicht zu Bett gehen wollen, aber auch da hatte Dietmar gedrängt: Er habe schließlich dem Hochmeister, seinem Herrn, versprochen, dass die Comtesse eine gute und vor allem sichere Nacht hier verbringen würde. Jetzt war er in der Nebenkammer. Dort hätte er eigentlich Wache halten wollen, aber inzwischen hatte die Müdigkeit ihn doch übermannt, und sie hörte ihn leise schnarchen.

Mila fühlte sich eigenartig. Sie war todmüde, und doch fand sie weder Ruhe noch Schlaf, denn dazu war sie zu aufgeregt. Da draußen war die fremde Stadt: Aus der Ferne klangen vereinzelt die Rufe der Eingeborenen durch die weit vorangeschrittene Nacht, und Seevögel, ihrer Nistplätze beraubt, kreisten klagend über der Festung. Manchmal wurden Schritte im Gang laut, und meist waren es die schweren Schritte der gepanzerten Ritter oder Waffenknechte, die mit irgendeiner Meldung zu ihrem Onkel, dem Hochmeister, eilten. Gerade jetzt hasteten leichtere Tritte vorüber. Vermutlich einer der Diener, wie sie aus dem Klang der ledernen Stiefel schloss. Sie lehnte sich zurück. Die Nacht war voller Geräusche und Gerüche, für die sie keinen Namen hatte. Es war ein neues, unbekanntes Land, das noch kein weißer Mann – und auch keine Frau – zuvor betreten hatte. Selbst Francisco Pizarro war auf seinen vorherigen Reisen nie so weit nach Süden vorgedrungen. Sie würde ihrem Onkel nie vergessen, dass er sie in die Neue Welt mitgenommen hatte. Natürlich hatte er es zunächst abgelehnt, aber als sogar ihr Vater sich für sie eingesetzt hatte, doch nachgegeben. Mila würde alles dafür tun, dass er es weder jetzt noch überhaupt je bereuen würde. Sie hob den Kopf. Mehrere Männer schleppten jemanden durch den Gang, einen Indio. Er bat mit weinerlicher Stimme um Gnade, flehte sie an, für ihn bei Pachakamaq ein gutes Wort einzulegen. Die Männer hießen ihn zu schweigen, da sie kein Wort verstünden, und er hörte nicht auf, denn er verstand sie natürlich ebenso wenig wie sie ihn. Mila schlug die Decke zurück und schickte sich an, aufzustehen. Sie brauchten einen Übersetzer. Dann blieb sie sitzen. Fray Celso beherrschte die Sprache der Indios fast ebenso gut wie sie selbst, und ihr Onkel hatte klar zum Ausdruck gebracht, dass sie sich besser zurückhalten sollte, solange es sich irgend einrichten ließ. Es hatte in Panama genug Getuschel gegeben, als sie begonnen hatte, die Sprache dieses Volkes zu lernen, und nur ihre außerordentliche Sprachbegabung hatte den heimlichen Spott über die blinde Condesa, die sich in Männerdinge einmischte, verstummen lassen.

Sie seufzte und versuchte eine bequemere Position in der Hängematte zu finden. Der Mönch würde schon zurechtkommen, auch wenn er selbst als Erster zugab, dass sie ihn als Dolmetscherin übertraf. Sie fragte sich wieder, ob sie auch ihre Begabung für fremde Sprachen jener Krankheit zu verdanken hatte, die ihr das Augenlicht genommen hatte. Eine Weile lauschte sie noch dem zweisprachigen sinnlosen Streit im Gang, dann waren die Stimmen verklungen. Halb hoffte sie, dass jemand käme, um sie um Hilfe zu bitten, aber diese Hoffnung wurde enttäuscht. Stille kehrte auf dem Gang ein. Vor dem offenen Fenster wurde es ruhiger, und vereinzelt schrillten die Rufe der Zikaden durch die Nacht. Sie hörte das leise Gurgeln des Wassers, das eingezwängt in einem halb versandeten Kanal träge Richtung Ozean floss. Sie fragte sich, ob es jenseits der hohen Mauern immer noch brannte. Bruder Celso hatte sie beruhigt und erklärt, dass dort nur ein paar Schilfdächer in Flammen aufgegangen waren und sicher nicht die ganze Stadt abbrennen würde. Sie seufzte wieder. Unter dem Fenster gingen schwere Schritte auf und ab. Männer unterhielten sich leise auf Spanisch. Sie bewachten den Haupteingang. Mila lauschte, aber das Murmeln des Wassers übertönte, was da geflüstert wurde. Sie zog in Erwägung aufzustehen und ans Fenster zu gehen, bis ihr einfiel, wie unhöflich das gewesen wäre. Außerdem fühlte sie, dass die Müdigkeit, die so tief in ihrem Körper saß, allmählich auch ihren unruhigen Geist erreichte. Die leisen Stimmen hatten etwas Beruhigendes. Es schien Don Mancebo zu sein, jener Ritter, den der Tressler in der großen Kammer als *Morisco* bezeichnete hatte. *Es stimmt schon,* dachte Mila, *er war ein Maure, der seinem Irrglauben abgeschworen hatte und Christ geworden war, aber so, wie Graf Tassilo das Wort aussprach, klang es immer sehr abfällig.* Er traute Don Mancebo offensichtlich nicht, und das, obwohl dieser schon sein halbes Leben lang ein

Drachenritter war. Mila gähnte. *Der Tressler traut eigentlich niemandem, vermutlich nicht einmal sich selbst,* dachte sie noch, und dann glitt sie in den Schlaf hinüber.

Etwas stimmte nicht! Sie schlug die blinden Augen auf und lauschte in die Finsternis. Sie hatte etwas gehört, etwas Beunruhigendes. Es wiederholte sich – es klang wie ein dumpfer Schlag, jedoch weit entfernt. Hatte sie es vielleicht nur geträumt? Einen Schrei hatte sie gehört. Vielleicht eine der Möwen? Lange konnte sie noch nicht geschlafen haben. Ein leiser Luftzug zog durch das Fenster und brachte einen Augenblick tiefer Stille mit. Sie hatte ein Gefühl, vage, unbestimmt, ein Unbehagen, das sich zuerst tief im Inneren bemerkbar machte. Etwas war geschehen! Vielleicht war es nur ein böser Traum gewesen, ein Albdruck, der sie verwirrte und an den sie sich schon nicht mehr erinnern konnte. Die Zikaden setzten wieder ein, und für einen Moment glaubte sie, dass sie vielleicht durch das kurze Schweigen dieser Tiere erwacht war. Dann streckte sie sich wieder in ihrer Hängematte aus. Es war allem Anschein nach eine friedliche Nacht, so ruhig, dass es ihr beinahe schien, als sei sie der einzige Mensch auf der Welt. Sie fühlte sich plötzlich sehr verloren. Und ohne dass sie einen Grund für dieses bedrückende Gefühl finden konnte, nickte sie wieder ein. Schnelle Schritte klangen durch die Nacht, angenehm weit entfernt, und jemand rief, oder vielleicht war es auch wieder nur ein Seevogel. Ein seltsamer Traum erreichte sie. Sie lag in ihrem Zimmer, in der Burg ihrer Familie in den Bergen. Wind wehte durch das offene Fenster. Im Wind waren Stimmen. Sie schlugen Alarm. Sie roch Rauch. Brannte es etwa? Jemand brüllte: »Comtesse, Comtesse! Seid Ihr wohlauf? Comtesse Milena, um Gottes willen, so erwacht doch!« Mila begriff, dass sie nicht träumte. Sie schlug die blinden Augen auf. Für einen Augenblick wusste sie nicht, wo sie war. Dann richtete sie sich auf. »Beruhige dich, Dietmar. Mir fehlt nichts.«

»Den Heiligen sei Dank!«, rief der Diener.

»Aber was ist denn los?«

»Feinde, es sind Feinde in der Festung!«, antwortete Dietmar. »Aber ich werde Euer Leben mit dem meinigen verteidigen, Comtesse.«

Mila war jetzt hellwach. Sie sprang auf und griff nach ihrem Stab. Vor der Tür rannten Männer in schweren Stiefeln durch den Gang. Und vor dem Fenster klang das wütende Brüllen eines Drachen über die Stadt.

Wieder musste Kemaq warten. Er hatte Qupay nach der Weissagung gefragt, aber nur einen eisigen Blick und dann eine Warnung erhalten, sie auf keinen Fall mehr zu erwähnen. Immerhin wartete Kemaq jetzt in der Kammer vor dem Heiligen Raum und nicht mehr in irgendeiner vergessenen Ecke, und andere Chaski waren ebenfalls dort. Sie wurden nach und nach gerufen, bekamen eine Knotenschnur in die Hand gedrückt, und man übermittelte ihnen die Nachrichten, die sie auswendig lernen mussten, um sie dann fortzuschicken. Es führten nur zwei Wege aus Tikalaq hinaus. Einer ging nach Osten, weiter hinauf in die Berge, und traf dort in der Stadt Huamachuco auf die Große Straße, die das Hochland des ganzen Reiches von Nord nach Süd durchmaß. Im Süden führte sie über eine Entfernung, die Kemaq sich kaum vorstellen konnte, bis nach Cuzco, der alten Hauptstadt, im Norden ging sie nach Caxamalca, der Hauptstadt Atahualpas, und noch viel weiter. Kemaq wusste nicht, was den Läufern aufgetragen wurde, aber es waren viele Nachrichten.

»Das ist schon der vierte, der in die Berge geht«, murmelte einer, ein Mann, der für einen Läufer von ungewöhnlich gedrungener Gestalt war. Kemaq kannte ihn – wie die anderen auch – nur flüchtig, denn es waren die Chaski der Stadt, die wenig Umgang mit den Läufern der Straße pflegten. Die meisten schienen Inka oder Yunga zu sein, aber den Gedrungenen, den hielt Kemaq für einen Chimú von der Küste. Kemaq hatte versucht, mit den anderen Läufern zu reden, aber sie waren einsilbig, vielleicht, weil sie trotz ihrer Überheblichkeit nicht viel mehr wussten als er selbst.

Ein weiterer Chaski kam aus dem Heiligen Raum, ein Yunga. Er war bleich. »Wohin geht es, Läufer?«, rief ihm einer zu, aber der Mann antwortete nicht und lief schnell durch die Vorhalle hinaus.

»Was hat das nun zu bedeuten?«, fragte einer der Wartenden verblüfft.

»Vielleicht haben sie ihn nach Westen und zur Küste geschickt«, vermutete schließlich der Gedrungene.

Sofort wurden die Mienen der anderen noch besorgter. Zur Küste, das hieß, er brachte eine Nachricht auf die Straße nach Chan Chan. Natürlich würde der Mann nur bis zum nächsten Chaskiwasi laufen und die Nachricht dort weitergeben, aber irgendein Läufer würde schließlich die Botschaft in die Stadt bringen müssen – die Stadt, die doch in Flammen stand.

»Habt ihr vorhin den Mann gesehen, der aus dem Westen kam?«, fragte wieder der ältere Läufer, der so etwas wie ein Wortführer der hiesigen Chaski zu sein schien. »Aber nein, da wart ihr noch nicht hier«, fuhr er fort und senkte seine Stimme zu einem geheimnisvollen Murmeln: »Er soll vom fünften Botenhaus der Chan Chan-Straße bis hierher durchgelaufen sein. Er war mehr tot als lebendig.«

»Götter greifen Chan Chan an, heißt es«, fügte ein älterer Chaski leise hinzu.

»Feuerspeiende Schlangen«, wusste ein zweiter. »Sie sind von den Sternen herabgestiegen.«

»Man erzählt sich, die Götter hätten mehrere Botenhäuser zerstört und die Läufer getötet«, sagte der Wortführer jetzt mit düsterer Stimme.

Die Bestürzung darüber war groß. Dass die große Stadt brannte, nun, das geschah in einiger Entfernung, aber wenn Läufer starben, dann betraf es sie selbst, ganz unmittelbar. Kemaq hätte gerne gewusst, woher der Mann seine Kenntnisse hatte, aber jetzt erschien der Läufermeister in der Tür und rief ihn hinein. Er war offensichtlich sehr schlecht gelaunt. Auf der Schwelle erfuhr Kemaq auch, warum: »Dein Bruder hat dich dem Hohepriester empfohlen«, zischte der Meister und drückte ihm ein kleines Bündel Kuka-Blätter in die Hand. »Inti wird wissen, warum er zulässt, dass jetzt alle gute Ordnung vergessen wird.«

Kemaq runzelte die Stirn. Kuka-Blätter? Die gab es nur, wenn es noch höher in die Berge ging, oder bei besonders wichtigen und eiligen Nachrichten. Was hatte Qupay da nur angerichtet? Aber er hatte keine Zeit, lange darüber nachzudenken, denn der Hohepriester winkte ihn heran. Er erkannte ihn zunächst kaum wieder, denn der heilige Mann hatte auf all den Schmuck, den er sonst immer trug, verzichtet. Jetzt blickte er Kemaq mit dunklen Augen prüfend an. Sofort fühlte Kemaq sich unwohl. Er sah sich vorsichtig um. Viele Priester waren anwesend, und dort hinten, an der goldgeschmückten Wand, stand der alte Ollamac, der Curaca der Stadt. Kemaq wunderte sich, dass dieser große und wichtige Mann das Reden offensichtlich dem Hohepriester überlassen wollte, und dieser ergriff nun endlich das Wort: »Dein Bruder sagte mir, dass du die schnellsten und ausdauerndsten Beine aller Chaski dieser Stadt hast, ist das wahr?«

Kemaq schluckte und wusste nicht, was er sagen sollte. An seiner Stelle antwortete Qupay: »Er hat dreimal den Wettlauf zu Ehren der Mondgöttin gewonnen, ehrwürdiger Huaxamac.«

»Und hat er dabei seine Zunge verschluckt?«, rief der Hohepriester ungehalten.

Qupay erbleichte, und Kemaq sagte schnell: »Ich bin bereit, die Botschaft entgegenzunehmen, Herr.«

Der Hohepriester sah ihn nachdenklich an. »Es ist aber keine Botschaft, wie du sie gewohnt bist, Chaski. Sie erfordert auch mehr als nur schnelle Beine. Ich nehme an, du hast schon das ein oder andere über die Geschehnisse im Tiefland gehört?«

Vorsichtig erwiderte Kemaq: »Nur Gerüchte, Herr.«

»Und die sagen?«, fragte Huaxamac streng nach.

»Die Stadt Chan Chan wird angegriffen. Von Göttern. Das sagen die Gerüchte, Herr«, setzte er eilig hinzu. Aus dem Augenwinkel sah er, dass Qupay rot anlief.

Der Hohepriester nahm seine Antwort mit einem Seufzen hin. »Das ist es, was wir gehört haben. Die Läuferkette ist unterbrochen, und wenn wir nichts unternehmen, könnten Tage vergehen, bis wir wieder zuverlässige Nachricht aus der Stadt selbst erhalten. Bis jetzt wissen wir nur, dass Chan Chan brennt. Daher haben wir beschlossen, Männer zur Küste zu schicken. Und dein Bruder schlug vor, dass du einer dieser Späher sein sollst.«

»Ich, Herr?«, fragte Kemaq verblüfft.

»Du hast schnelle Beine, und das scheint mir wichtig für diese Aufgabe. Außerdem werde ich dir eine Botschaft mitgeben, für den Curaca oder, falls der tot sein sollte, für die Priester in Intis Tempel.«

»Ja, Herr. Wie lautet die Botschaft, die ich übermitteln soll?«

»Sag ihnen, der Sonnenaufgang ist nicht fern, und der Sohn der Sonne wird über den Bergen erscheinen und die Schatten der Nacht vertreiben. Wiederhole es.«

Kemaq tat, wie ihm geheißen, dann drückte ihm einer der niederen Priester einen Quipu in die Hand. Kemaq konnte die Knotenschrift nicht lesen, aber er kannte doch einige der Farben. Rot bedeutete, dass es um Krieger ging. Es gab viel Rot in diesem Quipu. »Verwahre ihn gut. Wir wissen nicht, wer der Feind ist, aber diese Schnur darf ihm nicht in die Hände fallen. Und du wirst mit niemandem außer einem Priester oder dem Curaca über das sprechen, was dich nach Chan Chan führt, oder, wenn du zurückkehrst, was du dort gesehen hast. Säume nicht. Die Sonne geht bald auf. Ich erwarte dich vor Anbruch der zweiten Nacht zurück. Du und dein Bruder, ihr bürgt mit euren Köpfen dafür.«

Kemaq begriff sofort, was der Hohepriester ihm soeben angedroht hatte. Sie würden beide sterben, wenn er versagte. Die kurze Knotenschur schien ungeheuer schwer zu sein, als er sie in seinem Gürtel verstaute. Er sah Qupays bleiches Gesicht. Sie waren Brüder, und auch wenn er zornig darüber war, dass ihm Qupay in seinem Übereifer diesen Auftrag eingebrockt hatte, so wollte er doch unter keinen Umständen, dass ihm ein Übel widerfuhr. Er verbeugte sich tief, auch um seine Gefühle zu verbergen, dann lief er schnell aus der Heiligen Kammer.

»Wohin, Chaski?«, fragte ihn der gedrungene Läufer, während er an den Wartenden vorüberhastete, aber Kemaq antwortete nicht. Als er den Platz vor dem Tempel betrat, zeigten sich die Spitzen der Berge im Osten bereits vergoldet. Der Hohepriester verlangte beinahe Unmögliches. Er hatte nur zwei Tage und musste die ganze Strecke, die sich doch sonst ein Dutzend Chaski teilten, selbst laufen, und das sowohl hin wie auch zurück. Das mochte angehen, wenn alles glattlief, aber es war doch ungewiss, was er dort unten vorfinden würde. Wenn gekämpft wurde, geriet er vielleicht mitten in eine Schlacht. Sein Bruder Jatunaq hatte ihm erzählt, dass im Krieg der Tod an jeder Biegung des Weges warten konnte, und die Straße hinunter zur Küste war voller Biegungen. Kemaq verbannte diese Gedanken aus seinem Kopf und lief schneller.

2. Tag

Mila lief durch den langen Gang zur großen Kammer. Die Sonne war aufgegangen, und selbst der besorgte Dietmar hatte eingesehen, dass jeder Feind, der in ihre Festung eingedrungen war, sie inzwischen wieder verlassen haben musste. Doch er hatte Schaden angerichtet, fürchterlichen Schaden. Mila musste mit den Tränen kämpfen. Sie benutzte ihren langen Stab nur gelegentlich, denn sie kannte den Gang und nahm einfach in Kauf, dass ihr ein neues Hindernis im Weg liegen mochte. Sie hastete voran, als könne sie, wenn sie nur schnell genug liefe, das Unglück ungeschehen machen. Sie hörte Männer durch die Gänge poltern – Männer, die nun zum zweiten oder dritten Mal jeden Winkel des Palastes durchsuchten. Auch draußen durchkämmten die Waffenknechte jede Ecke der Festung, ohne dass sie bisher einen Erfolg melden konnten. Mila hörte die gepresste Stimme ihres Großonkels und blieb vor dem Eingang zur großen Kammer stehen, um sich zu sammeln, denn sie wollte nicht vor all den Männern, die dort zusammengekommen waren, in Tränen ausbrechen. Sie atmete tief ein, dann betrat sie den Raum.

Das Raunen der versammelten Ritter verebbte. Mila blieb notgedrungen wieder stehen, denn in einem Raum voller Menschen, einem Dutzend etwa, war es schwer für sie einzuschätzen, wer sich wo aufhielt, und sie wollte nicht aus unpassendem und nutzlosem Ungestüm über irgendjemanden stolpern. Den Hochmeister hatte sie schon sprechen hören, er stand offenbar am Ende der Kammer. Die lebhafte Stimme von Lorenzo di Collalto, dem Marschall und dritten Großmeister des Ordens, klang ihr ebenfalls von dort im Ohr. Graf Tassilo stand beim Marschall, außerdem waren noch vier andere Ritter in der Kammer, und sie hörte auch das Flüstern der drei Schildknappen, Anwärter auf den Sattel eines Drachen. Schließlich aber spürte Mila die Anwesenheit des Todes. Er war unter ihnen, dort, in der Mitte der Kammer, hatte Besitz ergriffen von einem jungen, kraftstrotzenden Körper, hatte ein strahlendes Leben viel zu früh beendet.

»Ist es wirklich wahr?«, fragte sie. »Ist es Don Rodrigo?«

»Es ist leider wahr, Mila«, sagte der Hochmeister mit belegter Stimme.

»Der Tod hat einen unserer Besten geholt, Comtesse«, bestätigte die Stimme di Collaltos düster.

Mila spürte, wie die Männer zur Seite wichen, als sie an die Bahre trat. Sie streckte die Hand aus und berührte den kalten Harnisch. »Wie konnte das geschehen?«, fragte sie hilflos.

»Einer der Indios muss sich innerhalb der Festung versteckt haben, oder er kam vielleicht über die Mauer, auch wenn das schwer vorstellbar ist«, erklärte Marschall di Collalto. »Offenbar überraschte er Don Rodrigo oben auf der Mauer und stieß ihn hinab. Jedenfalls hat der Kl… hat Junker Konrad einen Schatten dort gesehen.«

Mila runzelte die Stirn. *Der Kleine Graf,* hätte der Marschall beinahe gesagt. Damit war Konrad von Wolfegg gemeint. Der jüngste Bruder Balians begleitete den Orden als Schildknappe. Mila mochte ihn noch weniger als seinen plumpen Bruder.

»Er war sich aber nicht sicher, und daraus ergibt sich eben noch eine andere Möglichkeit«, sagte der Hochmeister langsam.

»Ihr meint einen Sturz? Ein Unglück? Schwer vorstellbar, Maximilian, schwer vorstellbar«, entgegnete der Marschall aufgebracht.

»Einen Kampf gab es jedenfalls nicht, denn den hätte Konrad und doch wohl auch eine der anderen Wachen sicher bemerkt«, erwiderte der Hochmeister nachdenklich.

»Es ist schon wahr, dass wir es nicht ausschließen sollten«, stimmte Don Mancebo zu. »Ich habe mir die Stelle angesehen. Diese Treppe, an der es geschah, ist alt und verwittert, wie alles Mauerwerk hier. Und gerade im Dunkeln kann eine Stufe leicht verfehlt werden.«

»Ich weiß nicht, was der Junge dort gesehen haben will. Wir haben jedenfalls bisher keine Spur eines Feindes entdecken können«, warf der Tressler ein. Mila fand diese Bemerkung nicht sehr taktvoll. Die von Wolfeggs waren Neffen des Tresslers, und Konrad war sogar im Raum, aber offenbar wollte Graf Tassilo darauf keine Rücksicht nehmen. Sie wusste allerdings schon aus eigener Erfahrung, dass der Tressler kein Mann mit besonders viel Taktgefühl war, und er fuhr jetzt, wie um sie zu bestätigen, fort: »Don Rodrigo neigte immer schon zu Leichtfertigkeit und Übermut. Im Dunkeln eine Treppe hinunterzufallen, das passt zu ihm.«

»Passt? Was redet Ihr da? Ein Ende in der Schlacht wäre für einen Ritter wie ihn weit passender gewesen«, entgegnete der Marschall erregt. »Und leichtfertig? Was glaubt Ihr denn, was er dort oben gemacht hat, Tassilo? Er war auf Wache und hat sicher keine Tänze aufgeführt! Und er hatte eine Fackel!«

»Die hat er wohl erlöschen lassen«, vermutete der Tressler. »Er war in diesen Dingen oft etwas nachlässig.«

Mila gefiel nicht, was er über Don Rodrigo sagte. Es klang herabsetzend. Mit der Hand strich sie über die Rüstung des toten Ritters.

»Vorsicht, Condesa«, warnte Don Mancebo.

Mila hielt mit fragender Miene inne.

»Er ist schwer gestürzt und unglücklich auf sein Gesicht gefallen«, erklärte der Maure und ergänzte: »Es ist kein schöner Anblick, und Ihr solltet sein Antlitz auch besser nicht betasten, Condesa.«

Erschrocken zog Mila die Hand zurück.

»Also noch einmal«, fuhr der Tressler fort: »Wie sicher bist du dir, was den Schatten betrifft, mein Junge?«

Konrad von Wolfegg räusperte sich, bevor er antwortete, dann sagte er mit leiser Stimme: »Ich war recht weit entfernt. Eine Fackel sah ich jedenfalls nicht. Aber ich drehte mich auch erst um, als ich den Schrei hörte. Als ich Don Rodrigo zu Hilfe eilte, war mir, als würde ich einen Schatten auf der Mauer sehen, aber es war sehr dunkel, und das Licht meiner eigenen Fackel blendete mich.«

»Nicht sehr viel, wie ich sagte«, brummte der Tressler unzufrieden. »Und wir haben keine Spur von einem Feind gefunden. Wie sollte er auch über die Mauer kommen? Fliegen? Einen Drachen hast du ja wohl nicht gesehen, oder?«

»Es war richtig, uns zu alarmieren, denn besser ein Alarm zu viel als einer zu wenig«, nahm der Hochmeister den Schildknappen in Schutz. Der Tressler bezeichnete ihn zwar als *Junge,* aber Konrad war älter als Mila. Er war der Anführer der drei Schildknappen, und seit der gemeinsamen Überfahrt in die Neue Welt war er ihr eine echte Plage.

Der Marschall seufzte. »Mir wäre einfach wohler, wenn ich einem Feind die Schuld für diesen bitteren Todesfall geben könnte, einem Feind, den ich mit dem Schwert dafür bezahlen lassen kann. War es wirklich nur der blinde Zufall? Das ist schwer hinzunehmen.«

»Die Wege des Herrn sind unergründlich, Lorenzo«, entgegnete der Tressler trocken. »Doch ungeachtet der Frage, wie er zu Tode kam, müssen wir nun tun, was getan werden muss.«

»Fray Celso ist dabei, die Kapelle vorzubereiten«, sagte der Hochmeister, und Mila fand, dass er dabei müde klang.

»Ich denke aber, wir sollten ihn in aller Heimlichkeit beisetzen«, erklärte der Tressler knapp.

»Wollt Ihr ihm die Ehre verweigern, die ihm zukommt?«, fragte di Collalto schnell.

»Nichts liegt mir ferner«, versicherte Graf Tassilo kühl, »doch ich denke, nach dem, was wir gestern von ihrem Priester gehört haben, halten sie uns für Götter. Wir sollten ihnen nicht zu schnell enthüllen, dass wir es nicht sind.«

Mila brauchte einen Augenblick, um zu verstehen. Dann fiel ihr der Indio wieder ein, den die Ritter gestern durch den Gang vor ihrer Kammer geschleift und wohl verhört hatten. Man hielt sie für Götter?

Don Mancebo und di Collalto widersprachen dem Tressler, aber der Hochmeister schnitt ihnen das Wort ab: »Ich verbitte mir weiteren Streit im Angesicht des Toten. Wir werden seine Seele im Gebet der Gnade unseres Herrn empfehlen und ihn in der kommenden Nacht in aller Stille beisetzen. Graf Tassilo hat Recht. Die Indios halten uns für unsterbliche Wesen, diesen Vorteil sollten wir nicht zu schnell aufgeben, auch wenn wir dafür Opfer bringen müssen.« Dann erteilte er Anweisung, dass die Ritter und Knappen den Leichnam in die Kapelle tragen sollten, während er den Tressler und den Marschall bat, für weitere Beratungen zu bleiben.

Mila wusste nicht, was sie nun tun sollte. Sie folgte den Rittern, aber kurz hinter der Tür blieb sie stehen. Sie hätte gerne noch einmal mit ihrem Onkel geredet, aber nicht, solange die anderen Meister des Ordens noch anwesend waren. Offenbar hatten sie wichtige Dinge zu besprechen. Sie lauschte den schweren Schritten der Männer nach, die mit ihrer traurigen Last den Gang entlanggingen. Dann fiel ihr etwas ein. In der vergangenen Nacht hatte sie etwas gehört, etwas, das sie bedrückte und das sie nicht verstanden hatte. Jetzt wusste sie es: Es war der Tod Don Rodrigos gewesen! Aber da stimmte etwas nicht, passte nicht zusammen. Sie dachte nach, versuchte zusammenzusetzen, was sie zwischen Traum und Wachen gehört hatte. Viel war es eigentlich nicht. Sie kämpfte mit sich selbst. Was sie zu sagen hatte, warf vielleicht mehr Fragen auf, als es beantwortete. Außerdem würde sie Konrad von Wolfegg einen Gefallen tun. Aber sie konnte es nicht unerwähnt lassen, also lief sie zurück in die Kammer. »Verzeiht, Ihr Herren, doch ich habe etwas zu sagen«, begann sie.

»Comtesse Milena, Ihr stört uns in einer sehr ernsten Angelegenheit«, fuhr sie der Tressler ungehalten an.

»Bitte, Freund, seht Ihr nicht, dass Ihr sie erschreckt?«, rief di Collalto erstaunt.

»Wir sind im Krieg«, murmelte der Tressler, und es war Mila nicht klar, ob er sich damit entschuldigen oder nur seine Unhöflichkeit rechtfertigen wollte.

»Nun, Milena, ich hoffe, du hast einen gewichtigen Grund, diese Unterredung zu stören«, sagte ihr Onkel, und daran, dass er ihren vollen Namen benutzte, erkannte sie, dass er ebenfalls über ihr Eindringen verärgert war. Sie hoffte, dass das, was sie zu sagen hatte, das ändern würde: »Ich bitte noch einmal um Vergebung, Ihr Herren, doch habe ich etwas zu berichten, was vielleicht für diesen Fall wichtig sein könnte.« Sie ließ sich jetzt auch von Tassilos abfälligem Schnaufen nicht mehr aus dem Konzept bringen: »Ich erwachte in der Nacht, einige Zeit vor Tagesanbruch, weil ich etwas hörte. Ich verstand zunächst nicht, was es war, aber ich weiß jetzt, dass es Don Rodrigos Sturz gewesen ist. Ich hörte einen Schrei und einen dumpfen Aufschlag.«

»Nun, wie bedauerlich, dass Eure Nachtruhe gestört wurde, Comtesse«, unterbrach sie der Tressler herablassend, aber Mila fuhr fort: »Verzeiht, aber eigentlich hörte ich zwei dumpfe Schläge, einen nach und einen *vor* dem Schrei.«

Für einen Augenblick schwiegen die Männer verblüfft. Dann sagte der Marschall: »Also hat Konrad doch Recht gehabt mit seinem Schatten. Ein Angriff im Dunkeln.«

»Wenn sich dieses Mädchen nicht einfach verhört hat«, widersprach Graf Tassilo.

»Ich verstehe Eure Zweifel, Graf Tassilo«, behauptete Mila, »doch mein Gehör ist schärfer als manches Auge. Lasst mich Euch Folgendes sagen – in diesem Raum befinden sich drei Männer. Ihr, Marschall di Collalto, steht dort drüben an einem jener Fenster, die oben schmaler sind als unten, dem dritten von der eingestürzten Ecke her gezählt, um genauer zu sein. Ihr selbst, Graf, steht zur Linken meines Onkels. Wenn Ihr es noch genauer wissen wollt, so kann ich Euch sagen, dass Ihr alle in voller

Rüstung seid, jedoch, bis auf meinen Onkel, die schweren Reitumhänge abgelegt habt. Was nun Eure Rüstung betrifft, Graf, so solltet Ihr gelegentlich nach den Riemen Eurer Armschiene schauen, denn sie scheint etwas locker zu sitzen. Wenn Ihr weiterhin an meinem Gehör zweifeln wollt, so kann ich euch sagen, dass es nicht die linke ist, die Ihr gerade prüft.«

Di Collalto schien ein Lachen unterdrücken zu müssen, aber Mila spürte, dass ihr vom Tressler nur eisige Verachtung entgegenschlug.

»Die Männer sollen weitersuchen«, sagte der Hochmeister düster. »Offenbar ist wirklich ein Mörder in diese Festung eingedrungen.«

Kemaq lief. Er hatte Tikalaq vor beinahe einer Stunde verlassen. Die schmale Hochebene lag hinter ihm, ebenso das erste der Botenhäuser. Er hatte den Beutel, den jeder Chaski für leichte Waren mitführte, dort zurückgelassen, ebenso sein Obergewand. Ihm war klar, dass er Gewicht sparen musste, wenn er den Weg, der vor ihm lag, in der gesetzten Frist bewältigen wollte. Die im Chaskiwasi wartenden Läufer hatten ihn erwartungsvoll angesehen und waren verwirrt zurückgeblieben, als er nur seinen Trinkbeutel aufgefüllt und sich wortlos wieder auf den Weg gemacht hatte.

Die Sonne warf ihr Licht schon hinab auf die Ebene, in der der Morgendunst die Stadt Chan Chan vor ihm verbarg, aber der Pfad, der aus den Bergen herabführte, lag noch im langen Schatten der Anden. Dies war der Teil der Strecke, den Kemaq gut kannte, denn er führte hinunter zum Chaskiwasi, in dem er selbst Dienst tat. Ihm oblag die Strecke weiter bergab, also kannte er auch den folgenden Abschnitt sehr gut. Was danach folgte, würde jedoch neu für ihn sein. Er lief mit möglichst gleichmäßigen Schritten den Hang hinab. Der Weg führte nördlich um den Chanajirka herum, und die Baumeister hatten viele Stufen anlegen müssen, um den Höhenunterschied zu überwinden. Sie waren unregelmäßig, und das machte es ihm nicht leichter. Es war kühl, aber seine Muskeln waren schon längst warm, und er war froh, dass er Beutel und Oberkleidung abgelegt hatte. Sein Muschelhorn, das Zeichen seines Amtes, hatte er behalten, damit die anderen Chaski ihn gleich als einen der Ihren erkannten. Der Pfad wand sich jetzt um scharfe Felskanten, ein Wegstück, das die Chaski die Vier Grate nannten, und das Gestein war brüchig, was Kemaqs erhöhte Aufmerksamkeit forderte. Dieser Abschnitt war nicht so sicher, wie er aussah, aber noch kannte er jeden Stein. Er versuchte, ruhig zu bleiben, und lauschte auf seinen Atem. Er durfte nicht zu schnell werden. Er war zu Beginn des Weges der Macht der Gewohnheit erlegen und hatte seine übliche Laufgeschwindigkeit eingehalten, aber dies war kein Lauf für eine halbe Stunde. Zwei Tage waren wenig Zeit, aber er würde es nie schaffen, wenn er seine Kräfte vergeudete.

Ein falscher Ton schlich sich in seinen Lauf. Kemaq lauschte auf seinen Atem und den Klang des Gesteins unter seinen Schuhen. Das war es nicht. Aber da! Das Echo seiner Schritte, das von den kahlen Felswänden zurückgeworfen wurde – es klang falsch. Er lauschte darauf, bis er sicher war: Jemand folgte ihm. Er kämpfte mit der Versuchung, sich umzudrehen, aber er ließ es. Bei den Vier Graten war der Weg schmal, außerdem hätte er den anderen ohnehin nicht sehen können, wenn er hinter einem der anderen Grate war. Er erkannte schnell, dass es nur ein anderer Läufer sein konnte. Vielleicht eine weitere Botschaft, dieses Mal der Kette der Chaski anvertraut, wie er dachte, denn das würde erklären, warum der Mann schneller lief als er selbst. Die Schritte folgten ihm. Einmal hörte er ein Rutschen und einen kurzen Aufschrei. Er war versucht, stehen zu bleiben, um nachzusehen, ob dem anderen etwas geschehen war, aber dann hörte er wieder dessen unruhige Schritte über die nackten Felsen huschen. Es war noch ein gutes Stück bis zum nächsten Botenhaus, es war sogar das längste Teilstück der gesamten Strecke, denn der Chanajirka ließ keine Chaskiwasi in seinem Hang zu. Kemaq fragte sich, welche Botschaft der andere haben mochte. Für einen winzigen Augenblick hoffte er, sie sei sogar für ihn selbst bestimmt. *Vielleicht hat der Hohepriester eingesehen, dass auf meinem Weg zu viel geschehen kann, und gönnt mir mehr Zeit,* dachte er. Dann wurde ihm klar, dass so ein hoher Herr sich kaum mit solchen Gedanken abgeben würde. Die fremden Schritte waren näher gekommen, es schien, als hätte der andere seine Geschwindigkeit noch einmal erhöht. Kemaq sah keine Veranlassung, Gleiches zu tun. Er hatte noch einen weiten, sehr weiten Weg vor sich, er achtete ganz im Gegenteil stark darauf, sich nicht etwa unbewusst dem Schritt des anderen anzupassen.

Jetzt rief ihm der Mann etwas zu. Kemaq drehte sich jedoch wieder nicht um. Wenn der Mann etwas zu sagen hatte, dann konnte er das auch noch tun, wenn er ihn eingeholt hatte. *Möglicherweise ist es das, was er vorhat,* dachte Kemaq, denn der andere holte schnell auf, wie bei einem Wettlauf, bei dem kurz vor dem Ziel die Wettkämpfer noch einmal alles geben. Sie hatten die Vier Grate hinter sich gelassen, und der Pfad wurde flacher und etwas breiter. Inzwischen klangen die Schritte schon sehr nah. Dann konnte er den Atem des anderen hören. »Warte, Chaski«, rief der Mann.

Kemaq schüttelte den Kopf und lief weiter. Der andere war jetzt dicht hinter ihm. Er keuchte schwer, dann beschleunigte er noch einmal, schloss zu Kemaq auf und lief schließlich neben ihm. Es war wirklich ein Läufer, auch er hatte Beutel und Oberkleidung abgelegt und lief nur im Lendenschurz. Auch auf das Muschelhorn und selbst auf den Trinkbeutel hatte er verzichtet, was Kemaq falsch fand.

»Wir haben denselben Weg, Chaski«, keuchte der Mann.

Kemaq erkannte ihn wieder. Es war der Gedrungene, der Chimú, der mit den anderen Läufern im Tempel gewartet hatte. Kemaq runzelte die Stirn und nickte vage. Den gleichen Weg? Wieso hatte der Hohepriester zwei Läufer mit derselben Aufgabe betraut?

»Wasser«, keuchte der andere.

Kemaq deutete bergab. Der Pfad wand sich noch um etliche Grate und Felsspalten, aber dort unten war schon das runde Dach des kleinen Botenhauses zu sehen. So eilig, wie es der Chimú hatte, würde er sicher im Viertel einer Stunde dort unten ankommen, und wenn der Mann so dumm war, kein Wasser mitzunehmen, war es nicht Kemaqs Schuld. Sie trabten weiter nebeneinanderher, und Kemaq hörte, wie schwer der Mann schon atmete. Noch war die Straße zwar breit genug für zwei Läufer, aber ein Stück voraus verengte sie sich wieder. Der Berg hatte dort einen mächtigen, steilen Vorsprung, und den hatten die Baumeister nur durch einen schmalen Tunnel überwinden können. Wenige Schritte dahinter, das wusste Kemaq nur zu gut, lag der Große Spalt, eine tiefe Kerbe, die der Pfad in einem scharfen Linksschwenk umging. Für Chaski, die bergab liefen, war dies die gefährlichste Stelle des Weges, und Kemaq wollte sich von dem Chimú nicht ablenken lassen. Er hörte ihn weiter neben sich keuchen. Es klang wirklich nicht gut. Weit würde er wohl nicht kommen. »Das sind meine Leute«, keuchte der Chimú jetzt.

Kemaq bekam ein schlechtes Gewissen, denn er verstand ja, warum der andere es so eilig hatte, nach Chan Chan zu kommen. Diese Stadt war schließlich die Hauptstadt des Chimú-Reiches gewesen, bevor die Inka es erobert hatten, und immer noch lebten hauptsächlich Chimú dort. Vielleicht hatte der Chaski ja sogar Verwandte dort unten. Plötzlich tat der Mann ihm leid. »Du läufst zu schnell«, mahnte ihn Kemaq keuchend. Ohne seine Schritte zu verlangsamen, nestelte er dabei den Tragriemen seines Trinkbeutels von der Schulter, um ihn seinem Nachbarn zu reichen. Dieser fiel aber plötzlich zurück. Kemaq zuckte zusammen. Er hatte für einen Augenblick nicht aufgepasst, und schon waren sie am Tunnel angelangt. Kemaq lief hindurch und dachte, wie stets an dieser Stelle, an den unglücklichen Chaski, der eines Abends, geblendet von der tief stehenden Sonne, hinter dem Tunnel zu spät abgebogen und in die Tiefe gestürzt sein sollte.

Er riss sich zusammen. Am Großen Spalt konnte er das Wasser nicht übergeben, der Chimú würde warten müssen, bis sie ihn hinter sich hatten. Schon bog der Pfad scharf links ab, und dann begannen die Stufen, die breiten, unregelmäßigen Felsplatten, die die Beine zu ungewohnter Schrittlänge zwangen, und auch hier war das Gestein spröde und brüchig.

Der Chimú holte wieder auf. Kemaq spürte seinen Atem im Nacken. Jetzt liefen sie im Gleichschritt. Immer noch hielt er seinen Beutel in der Hand. Er dachte kurz darüber nach, ihn nach hinten zu reichen, aber das war zu gefährlich. Über ihnen schrie ein Adler. Kemaq deutete mit seinem Beutel in der Hand nach unten, auf das Chaskiwasi. Das Botenhaus war deutlich näher gerückt.

»So lange«, keuchte der andere, »kann ich nicht warten.« Plötzlich packte er von hinten Kemaqs rechte Hand, in der er den Beutel hielt. Kemaq geriet aus dem Tritt und stolperte. Er spürte einen Stoß im Rücken, ließ mit einem Aufschrei den Beutel los und versuchte, sich abzufangen. Der Chimú löste seinen Griff um Kemaqs Arm und fing den Trinkbeutel mit viel Geschick auf, noch bevor er den Boden erreichte. Doch obwohl der andere nun hatte, was er wollte, fühlte Kemaq noch einen weiteren harten Stoß zwischen den Schultern. Er stolperte und versuchte, sich abzufangen, aber es war vergeblich: Er taumelte, schrammte mit der Schulter über die schroffe Felswand, stürzte zu Boden, sah den Chimú mit einem hellen Siegesschrei über sich hinwegspringen, rollte über den Boden, spürte einen schmerzhaften Stich im rechten Knie, und dann tat sich vor ihm der Abgrund auf.

Mila hatte versucht, mit Nabu zu reden, denn sie wollte ihm ihr Beileid für seinen Verlust aussprechen, ihn vielleicht sogar trösten. Aber der Drache hatte sie nur lange angeschwiegen und schließlich gesagt: »Er war nicht der Erste, den ich verloren habe. Und er wird auch nicht der Letzte gewesen sein.« Er hatte sich langsam abgewandt, dann noch einmal innegehalten und zögernd gesagt: »Ich danke dir aber, dass du zu mir gekommen bist.« Danach war er mit wenigen Flügelschlägen davongeflogen. Dietmar, der sie dort hingeführt hatte, hatte ihr erzählt, dass der Drache auf dem Tempel, dem höchsten Bauwerk der Festung, gelandet war. Offenbar wollte er allein sein.

Einige Zeit später kehrten die Ritter zurück, die in der Nacht ausgesandt worden waren, das Land zu erkunden. Mila hörte die Drachen landen, erst auf dem Platz, wo sie ihre Reiter absetzten, dann auf den Mauern, den Dächern oder auf einem der anderen großen Gebäude, die diese so seltsam menschenleere Festung prägten. Sie seufzte, denn immer noch hatte sie kein klares Bild von der Stadt. Dietmar hatte unbestreitbar viele Qualitäten, aber er war nicht sehr gut darin, fremde Länder und Städte zu schildern. »Aus Lehmziegeln und ziemlich groß«, das war die ganze Beschreibung, die sie von ihm bekommen hatte. Sie stand am trapezförmigen Fenster ihrer Kammer und lauschte hinaus. Sie versuchte sich ein eigenes Bild zu machen. Vor und im Palast hörte sie die Schritte der Ritter und Waffenknechte, das Murmeln des Wassers im Kanal und darüber das Schnauben der Drachen, die sich irgendwo in der Nähe ihren Platz gesucht hatten, dazu manchmal das eigentümliche Geräusch wie von schweren Fahnen im Wind, wenn sie ihre mächtigen Flügel spannten. Und über allem lag ein Gefühl der Verlassenheit, das von den Ziegeln dieser seltsamen Bauwerke auszugehen schien.

»Sag, Dietmar, wo sind die Indios, die in dieser Stadt leben?«, fragte sie jetzt.

Dietmar schien eine Weile nachzudenken, bevor er antwortete: »Ich habe mich auch schon darüber gewundert. Als wir gestern Nacht angriffen, da habe ich Krieger gesehen und Menschen, die davonrannten, aber weniger, als ich erwartet hätte. Und diese Zitadelle – ich meine, sie schien ganz und gar verlassen, bis auf diese elenden Möwen, und dann war da noch dieser einsame Priester, den wir aus dem Tempel auf der anderen Seite des Platzes gezogen haben. Der Morisco, verzeiht, ich meine, Don

Mancebo, hätte sich den gefährlichen Gang hinaus in die Stadt auch sparen können.«

Mila runzelte die Stirn. Die Kammer, in der sie lebte, war eindeutig von Frauen bewohnt gewesen. Wo waren sie geblieben? Und wo waren die anderen, die Menschen, die außerhalb dieser Festung lebten? Warum kamen sie nicht und erkundigten sich danach, was hier vorging? »Ich sollte mit Fray Celso reden. Vielleicht kann er mir das seltsame Benehmen der Menschen hier erklären. Er hat doch den Indio befragt, oder nicht?«

»Vielleicht solltet Ihr das wirklich tun, Comtesse, doch ich glaube, Ihr solltet Euch nun in die große Kammer begeben. Die letzten Kundschafter sind zurück, und die Ritter versammeln sich.«

»Ich weiß. Ich weiß auch, dass ich das Recht habe, dort zu sein, aber ich bezweifle, dass ich sehr willkommen bin.«

»Ihr solltet Euch nicht so zu Herzen nehmen, was der alte Graf Tassilo sagt. Ich glaube, er wird einfach mit jedem Jahr, das er auf Nergal sitzt, unfreundlicher.«

»Oder es ist umgekehrt«, versuchte sich Mila mit einem Scherz aufzumuntern.

»Aber nein, Comtesse«, rief Dietmar, der das nicht verstand, »Nergals Herz war schon immer schwarz, und noch keinem Ritter hat es wohlgetan, zu lange Umgang mit ihm zu pflegen.«

»Dann frage ich mich, warum ihn überhaupt jemand zum Reitdrachen haben will.«

Dietmar lachte. »Aber Comtesse, einen so mächtigen Drachen? Viele Männer würden ihren rechten Arm geben, um ein Drachenritter zu werden, sei der Drache auch noch so kalt und abweisend. Also seid nachsichtig, was den Grafen betrifft.«

Mila seufzte. Sie hatte Zweifel, dass der Tressler wusste, was Nachsicht war. »War er denn früher anders?«, fragte sie.

»Ganz anders«, antwortete Dietmar knapp. »Soll ich Euch in die große Kammer führen? Vielleicht ist es immer noch nicht sicher, solange der Indio, der den armen Don Rodrigo hinterrücks ermordete, nicht gefunden ist.«

Mila zog kurz in Erwägung, das Angebot anzunehmen. Nach allem, was Konrad berichtet hatte, war der Angreifer vermutlich über die Mauer verschwunden. Das warf jedoch weitere Fragen auf, denn nach Meinung der Ritter hätte er einen Sprung aus solcher Höhe kaum unverletzt überstehen können. »Die Beine hätte er sich brechen müssen«, hatte der Tressler gesagt und damit wieder angezweifelt, was sein Neffe gesehen und Mila indirekt bestätigt hatte. Der Tod Don Rodrigos blieb rätselhaft, und irgendetwas – eigentlich alles – an der Geschichte gefiel Mila nicht. Die Ritter spekulierten, dass der Indio ein Spion gewesen sein musste, aber irgendwie fand sie das nicht so recht einleuchtend. Sie hörte Schritte auf dem Gang. Ein Ritter, vermutlich Don Mancebo. Sie rückte schnell ihre weiße Augenbinde zurecht. Da klopfte es auch schon an der Wand – eine Tür gab es nicht –, und es war wirklich der Maure, der anbot, Mila zur Versammlung zu geleiten. Mila willigte gerne ein.

»Wie geht es Euch und Eurem Drachen, Don Mancebo?«, fragte Mila, als sie am Arm des Mauren den Gang entlangging. Alter Gewohnheit folgend ließ sie ihren langen Stab über den Boden gleiten.

»Mir geht es gut, Condesa«, antwortete der Ritter mit einem Lächeln in der Stimme. Dann wurde er ernst. »Ianus ist jedoch, wie die anderen Drachen, bestürzt über die Ereignisse, soweit sich das bei einem Drachen sagen lässt. Ihr wisst, Condesa, dass sie sich selten anmerken lassen, was in ihnen vorgeht.«

»Sie scheinen mir überhaupt in eigenartiger Stimmung zu sein, Don Mancebo. Ich dachte zuerst, sie freuten sich über den Sieg, aber ich glaube, es ist etwas anderes.«

»Ja, dieses fremde Land scheint sie mit Unruhe zu erfüllen, aber ich glaube, sie wissen selbst noch nicht, weshalb, oder sie wollen es uns noch nicht verraten. Doch wir sind an der Kammer, Condesa«, beendete der Maure seine nachdenklichen Ausführungen.

Sie betraten die große Kammer, und Mila brauchte einen Augenblick, um sich zu orientieren. Es schienen alle Ritter anwesend zu sein. Sie hörte auch die hellen Stimmen der drei Schildknappen und dachte mit leichtem Unbehagen daran, dass ihr Platz vermutlich an deren Seite war. Alle drei waren sie vorlaut und immer bereit, ihr ohne Rücksicht auf ihr Leiden einen Streich zu spielen. Konrad von Wolfegg tat sich dabei stets besonders hervor, und nicht immer hatten ihre scharfen Sinne sie rechtzeitig gewarnt. Sie dankte Don Mancebo für die Begleitung und suchte sich ihren Platz. Ihre scharfen Ohren fingen die Stimme des Tresslers auf, der dem Hochmeister Vorhaltungen machte. Er flüsterte, aber Mila musste sich nicht einmal anstrengen, um herauszuhören, dass es um sie ging. Der Tressler hielt ihre Anwesenheit für »unangebracht«, wie sie es vermutet hatte. Es war Marschall di Collalto, der gelassen darauf verwies, dass die Condesa eben auch eine Schildmaid des Ordens und somit zur Anwesenheit im Rat sogar verpflichtet, wenn auch ohne Stimmrecht war. Mila unterdrückte ein Lächeln. Schildmaid klang großartig, aber es bedeutete wenig, und sie war es auch nur geworden, weil der Tressler in seinem Geiz darauf bestanden hatte, dass der Orden nur für seine Ritter, Schildknappen und Waffenknechte die Reise finanzierte. *Wir haben dem Orden schon so viel gegeben*, dachte Mila und hatte dabei vor allem die Krankheit im Sinn, die ihr und ihrem Vater das Augenlicht geraubt hatte, aber das interessierte den Tressler offensichtlich nicht. Aus eigener Tasche hätte ihre Familie die Reise kaum bezahlen können, also hatte ihr Vater sie kurzerhand als Schildmaid empfohlen, denn dieses Recht stand ihm als ehemaligem Drachenritter zu. Der Tressler hatte versucht, die Aufnahme »eines Weibes« zu verhindern, da es angeblich gegen die Statuten verstieß. Nun war aber der Drachenorden beinahe so alt wie die Drachen selbst, und in den schier endlosen Tiefen seiner Archive hatte der listige Conte di Collalto zwei Präzedenzfälle gefunden – den einer gewissen Richeza, später Königin von Polen, und den der heiligen Martha von Tarascon –, die, sehr zum Ärger des Tresslers, beide auf Mila anwendbar waren. Milas Lächeln erstarb. Dieser ganze Vorgang war, trotz des Erfolges, höchst unerfreulich gewesen, und obwohl ihr niemand etwas darüber sagen wollte, vermutete sie die Ursache für diese Schwierigkeiten in einer unausgesprochenen Fehde, die der Tressler aus irgendeinem Grund mit ihrem Großonkel auszufechten schien.

Mila versuchte herauszuhören, ob wirklich alle Ritter anwesend waren, und wer sich zu wem gesellt hatte. Das war eine schwierige Aufgabe, denn wenn einer der Männer nichts sagte und nur still dastand, sie ihn also nicht hörte, dann konnte er ebenso gut gar nicht da sein. So brauchte sie einige Zeit, um herauszufinden, dass es im Grunde genommen genau so war, wie sie es erwartet hatte: Der Hochmeister, Graf Tassilo und der Conte di Collalto standen als Ordensmeister wieder an der Stirnseite der Kammer. Auf der Fensterseite fanden sich die Ritter, die zum *Alten Zweig* gezählt wurden. Die Bindungen ihrer Familien an den Orden stammten noch aus einer Zeit, als dieser seine Heimat im Reich und weit im Osten gehabt hatte, auch wenn es fast keine Deutschen mehr unter ihnen gab. Balian von Wolfegg und Tassilo von Neiblingen aus Schwaben waren Ausnahmen. Dann waren da der Flame Robert de Lanois und Waleran de Martel aus Burgund, außerdem Sir William Lysle of Thruxton, ein Engländer. Ihnen gegenüber hatten sich die Ritter des *Jungen Zweigs* zusammengefunden. Ihre Familien hatten sich erst während der Jahre der Reconquista, der Rückeroberung Spaniens von den Mauren, an den Orden gebunden. Don Rodrigo war einer von ihnen gewesen. Mila wusste längst, dass Spanier nicht gleich Spanier war. Fragte man Don Juan Gómez de Zúñiga, den Sprecher des Jungen Zweiges, nach seiner Herkunft, so gab er an, Katalane zu sein. Don Carlos und Don Xavier waren stolze Kastilier, Don Alfonso de Pacheco hingegen stammte ebenso aus Andalusien wie Don Mancebo, wollte mit dem konvertierten Mauren aber nicht viel zu tun haben. Mila blieb in der Nähe der Tür. Sie war eine Schildmaid, und es gab unausgesprochene Regeln.

So blieben zum Beispiel bei Tisch die Meister ebenso unter sich wie die Ritter, und Mila fand sich dort, ebenso wie jetzt, in der Gesellschaft der Schildknappen wieder.

Fray Celso eröffnete die Versammlung mit einem Gebet, und dann bat der Hochmeister die ausgesandten Späher um ihre Berichte. Sir William Lysle begann in seiner üblichen kühlen Art: »Ich flog mit Schamasch zunächst nach Osten. Wie Pizarro es uns angeraten hatte, hielt ich Ausschau nach den Hütten, in denen ihre Boten hausen. Ich fand derer vier entlang der Straße, und Schamasch hat sie zerstört. Er war nicht sehr glücklich damit, dass wir auch die Männer dort töteten, aber er hat seine Pflicht erfüllt.« Sir William legte eine kurze Pause ein, als wolle er den Versammelten die Möglichkeit zur Abgabe eines Kommentars geben, doch es blieb still. »Wir wandten uns dann nach Süden. Das Land dort ist nicht sehr fruchtbar. Ich glaube, abseits der Flüsse kann man es getrost als Wüste bezeichnen. An der Küste gibt es weitere Dörfer, wie Ihr vermutlich wisst, aber ich sah weit und breit keinen Ort, der an die Größe dieser eigenartig menschenleeren Stadt heranreicht. Entlang der Küste gibt es eine Straße, aber wir fanden die Botenhütten dort bereits zerstört.«

»Das war ich, mit Behemoth«, erklärte Balian von Wolfegg stolz. »Ich glaube nicht, dass uns auch nur einer von diesen Indios entwischt ist.« Sein Bericht unterschied sich nicht sehr von dem des Engländers, nur dass Behemoth, sein Drache, nichts dagegen gehabt zu haben schien, die Boten zu töten.

Auch im Norden hatten die ausgesandten Ritter mit ihren Drachen die Nachrichtenlinien des Feindes zerstört. Mila hörte sich die Berichte an. Es gab nirgendwo Anzeichen für ernsthaften Widerstand, allerdings hatten die Ritter Ansiedlungen auch gemieden, aus Gründen, die nicht jedem von ihnen einleuchteten.

»Ich möchte noch einmal die Frage stellen«, meinte der Flame Robert de Lanois, »warum wir uns so zurückhalten. Wir haben mit dreizehn Rittern diese riesige Stadt genommen, und ich traue mir zu, jedes elende Dorf in diesem Land mit einem einzigen Drachen zu erobern.«

»Es ist nicht an Euch, die Strategie des Ordens in Frage zu stellen, de Lanois«, wies ihn der Tressler zurecht, nur um im selben Atemzug hinzuzufügen: »Allerdings beschäftigen mich ganz ähnliche Gedanken.«

Ein leises Raunen zeigte, dass den meisten Rittern dieser Affront nicht entgangen war. Mila verschlug es die Sprache. Das war ein kaum verborgener Angriff auf den Hochmeister und den Marschall.

»Ich verstehe Eure Ungeduld, Ihr Ritter«, erklärte der Hochmeister bedächtig, womit er dem Tressler gleichzeitig zu verstehen gab, dass er kein Verständnis für Ungeduld bei einem Meister aufbrachte. »Im Augenblick geht alles sehr leicht. Wir haben gesiegt, fast ohne Verluste, und die Waffen der Eingeborenen scheinen nutzlos. Dennoch ist es unsere erste Aufgabe, diese Stadt, oder wenigstens diese Festung, als Basis für Pizarro und seine Flotte zu sichern.«

»Eine Aufgabe, die wir selbst gewählt haben, wie ich hinzufügen möchte«, warf der Tressler ein.

Natürlich richtete sich auch das gegen den Hochmeister, der die erneute Spitze aber gelassen nahm. »Pizarro wird kaum etwas dagegen haben, dass wir ihm die Arbeit abnehmen. Außerdem denke ich, dass sich unser Orden doch einen Rest Eigenständigkeit bewahren sollte. Mögen wir formell auch den Konquistadoren unterstellt sein, so gedenke ich doch auch weiterhin jeden Freiraum zu nutzen, den ich finden kann.«

Beifälliges Murmeln der meisten Ritter zeigte, dass sie damit sehr einverstanden waren.

»Auch wissen wir nicht«, fiel di Collalto nun ein, »ob uns die Indios bereits ihre ganze Stärke enthüllt haben. Ihr Reich ist riesig, und ihre Krieger sind tapfer, wenn auch vergebens gestorben. Und dann ist die Frage immer noch nicht geklärt, was es mit jenem Wesen, das sie Pachakamaq nennen, auf sich hat.«

»Einer ihrer Götzen ist es, was sonst?«, polterte Balian von Wolfegg.

»Möglicherweise ist er das«, erklärte di Collalto ruhig. »Doch lässt mich Euer Einwand glauben, dass Ihr die Bilder nicht gesehen habt.«

»Welche Bilder?«, fragte Ritter Balian.

»An ihren Tempeln. Es gibt viele Darstellungen von Pachakamaq. Habt Ihr nicht gesehen, dass dieser Gott die Gestalt eines Drachen hat?«

Kemaq versuchte, die Schmerzen zu vergessen. Im Knie waren sie am schlimmsten. Er hatte sich bei seinem Sturz auch die Haut am ganzen Oberschenkel und über der linken Schulter aufgeschürft, und die Sonne brannte heiß auf den wunden Stellen, aber das rechte Knie war der Fluch dieses Laufes. Jede Belastung war schmerzhaft. Er humpelte. Er wusste, dass er jetzt sein unverletztes Bein zu sehr beanspruchte, aber es blieb ihm nichts anderes übrig. Diese Art zu laufen war kraftraubend. Er hatte geglaubt, dass er mit kluger Einteilung seiner Kräfte seinen Auftrag würde bewältigen können, aber damit war es jetzt vorbei. Seinen Kuka-Vorrat hatte er fast verbraucht, und er konnte das Ziel noch nicht einmal sehen. Das Gelände stieg hier noch einmal leicht an, zu einer niedrigen Hügelkette, die Chan Chan vor ihm verbarg, als wolle sie seinem Feind, dem Chimú, helfen.

Er biss die Zähne zusammen und hinkte weiter. Immer noch lief er, noch war es kein Gehen. *Darauf solltest du stolz sein,* sagte er sich, aber das half ihm nur wenig. Er würde sein Ziel vielleicht erreichen, aber wie sollte er in der knappen Zeit den Weg zurück schaffen? Er wusste, dass jeder Schritt seine Verletzung im Knie verschlimmerte. Er versuchte, so gleichmäßig wie möglich zu laufen. Im unverletzten linken Bein spürte er eine bleierne Schwere, vielleicht den Vorboten eines Krampfes. Er trank, ohne anzuhalten, einen Schluck Wasser und dankte Tamachoc noch einmal, dass er ihn den heimtückischen Angriff des Chimú hatte überleben lassen. Er hatte noch Glück im Unglück gehabt, denn das nächste Chaskiwasi war jenes gewesen, in dem er selbst Dienst tat. Seine Gefährten hatten ihm sofort geholfen. Sie hatten ihm zunächst nicht glauben wollen, als er von dem Vorfall berichtet hatte, denn so etwas war in Friedenszeiten noch nie vorgekommen. Kemaq hängte sich den neuen Trinkbeutel, den er dort bekommen hatte, wieder über die Schulter und hinkte weiter. Der Beutel war schon fast leer.

Schweiß und Staub brannten ihm in den Augen, als er sich hinkend weiterschleppte. An den letzten Botenhäusern hatte er gerastet, kurz, damit die Muskeln nicht kalt wurden, und ohne die Fragen der besorgten Chaski zu beantworten. So war er in die Ebene gelangt. Danach hatte er nur noch zerstörte Hütten gefunden, und er hatte sie gemieden, weil er die Toten nicht sehen wollte. Er war inzwischen schon lange in der Ebene unterwegs, und der Pfad war hier eine gerade Linie, die sich in der schnell zunehmenden Hitze des Tages durch die Wüste schnitt. Weit voraus ließ dunkles Grün erahnen, dass dort ein Fluss verlief. Die Straße, so hatten die Chaski des letzten Botenhauses erklärt, würde bald auf dieses Gewässer, den Frühlingsfluss, treffen und ihm dann bis nach Chan Chan folgen. Kemaq lief schon jetzt länger als je zuvor in seinem Leben, beinahe vier Stunden am Stück. Wenn stimmte, was die Chaski gesagt hatten, hatte er mehr als vier Fünftel des Weges hinter sich, sobald er erst am Fluss angekommen war. Dort würde er rasten, vielleicht sogar ein Bad nehmen. Die Vorstellung war verlockend. Kemaq schüttelte den Kopf. Erschrocken bemerkte er, dass er nur noch ging, statt zu laufen. Er beschleunigte, und sofort meldete sich der pochende Schmerz in seinem Knie wieder. Wenn der Sturz nicht gewesen wäre … Er griff nach einem Kuka-Blatt, steckte es sich in den Mund und nahm seinen langsamen Trab wieder auf.

In einiger Entfernung zeichnete sich eine dunkle Gestalt am Wegesrand ab. Vielleicht ein verendetes Lama oder ein toter Hund. In der flirrenden Luft konnte er das nicht genau erkennen. Die Neugier gab ihm Kraft, vielleicht war es auch das Gefühl, ein erreichbares Ziel vor sich zu sehen, und er lief eine Winzigkeit schneller. Als er näher herankam, sah er, dass es ein Mensch war, der dort lag. Kurz darauf erkannte er die gedrungene Gestalt des Chimú. Kemaq lief langsam näher heran. Was sollte er tun? Er war ratlos. Der brennende Zorn, den er nach dem feigen Angriff zunächst verspürt hatte, war weg, dahingeschmolzen in der Hitze der Wüste. Der Chimú bewegte sich! Mit Verwunderung beobachtete Kemaq, dass der Mann über den Boden kroch, auf allen vieren weiter dem Pfad folgte. Kemaq hatte das Gefühl, irgendetwas unternehmen zu müssen, aber keine Ahnung, was das sein sollte. Dann sah er seinen Trinkbeutel, der schlaff in der Faust des Mannes lag. Hass stieg in Kemaq auf, und er dachte daran, sich zurückzuholen, was der Chimú ihm geraubt hatte. Dieser sah nicht aus, als ob er sich noch wehren könne. Kemaq war jetzt fast bei dem Mann, der sich umwandte und aufstöhnte. Furchtbar sah er aus, staubbedeckt, das Gesicht eine aufgequollene Maske des Schmerzes. Der Chimú stöhnte etwas, das Kemaq nicht verstand, aber er beschloss, den Mann einfach sich selbst zu überlassen. Er konnte bei einem Streit doch auch nicht mehr als einen leeren Beutel gewinnen, aber viel verlieren. Darum sah er nur stumm, ohne den Chimú noch eines Blickes zu würdigen, nach vorn, wo das Grün der Bäume lockte, und lief hinkend weiter. Der Chimú krächzte ihm etwas hinterher, aber er achtete nicht darauf. Er hatte ihn in den Bergen gewarnt, dass er zu schnell lief, mehr konnte ein Läufer einem anderen kaum sagen.

Die Bäume kamen näher. Kemaq vermeinte, schon den Fluss hören zu können. Die Straße schlug einen leichten Bogen. Das würde seine Ankunft am Wasser verzögern, aber Kemaq folgte ihr trotzdem. Der Gedanke an ein Bad im kühlen Fluss war verlockend. Er beschloss, es so lange hinauszuschieben, wie seine Beine und sein pochendes Knie es noch ertrugen, denn er war sich nicht mehr sicher, ob er überhaupt wieder würde loslaufen können, wenn er erst einmal stehen geblieben war. Endlich waren die Bäume greifbar nahe. Zwischen Schilf und Gebüsch tauchte das Dach eines Botenhauses auf. Es war halb zerstört. Kemaq hatte über die Begegnung mit dem Chimú verdrängt, dass die Chaskiwasi in der Ebene alle zerstört und die Läufer tot waren. Jetzt war er zu müde, um wieder auszuweichen, seine Beine folgten der Straße, und er fand den Willen nicht, sie auf einen anderen Weg zu lenken. Das Buschwerk trat zurück. Es war verbrannt, und die Mauern des Hauses waren schwarz versengt. Zwei verkohlte Körper lagen davor. Kemaq wurde immer langsamer und blieb schließlich, ohne dass er es zunächst bemerkte, einfach stehen.

Endlich verstand Mila, was ihren Onkel beschäftigte: Es war die Frage, ob es in diesem Land Drachen gab! Schon in Panama hatten sie Geschichten von einer gefiederten Schlange gehört, einem Gott, den die Azteken unter dem Namen Quetzalcoatl verehrten. Auch die Indios, die Pizarro von seiner ersten Fahrt in diese Länder mitgebracht hatte, hatten eine gefiederte Schlange erwähnt, die sie Viracocha nannten. Nun gab es also mit Pachakamaq einen weiteren Namen.

»Viracocha und Pachakamaq, oder wie sie sonst heißen mögen, das sind nur heidnische Götternamen«, meinte der Tressler, »so wie in der Alten Welt Jupiter und Zeus. Wir haben nichts von ihnen zu befürchten. Oder hat einer von Euch gehört, dass Cortez in Mexiko je dem großen Quetzalcoatl begegnet ist?«

»Aber hier mag die Sache anders liegen«, widersprach Marschall di Collalto. »Meister Albrecht hält es für möglich, dass es auch in diesem Teil der Welt Drachen geben könnte. Und es ist einleuchtend, denn warum sollte es diese Art nur in den bekannten Erdteilen geben, hier aber nicht?«

»Es gibt hier auch keine Pferde, aber dafür Lamas, die wir wieder nicht kannten, Lorenzo«, widersprach Graf Tassilo.

»Wir sind keine Tiere, Tassilo!«, zischte Marduk durch die Decke und erinnerte die Ritter so an seine Anwesenheit auf dem Dach.

»So seid ihr Drachen mit dem Alchemisten einer Meinung?«, fragte der Tressler kalt zurück.

Mila meinte zu spüren, dass die Ritter in der Kammer bei dieser Frage förmlich zusammenzuckten. Die Drachen machten aus ihrer tiefen Abneigung gegen die Alchemie und ihre Jünger keinen Hehl, und sie wollten nichts mit dem Gelehrten zu tun haben.

Marduk schnaubte. »Das hat nichts mit diesem Mann zu tun!«, rief er so dröhnend laut, dass Staub von der Decke rieselte.

Der Hochmeister räusperte sich: »Genug davon. Wir wissen es eben einfach nicht. Die Menschen hier scheinen in unseren Drachen zwar einen Gott wiederzuerkennen, doch sollte es hier wirklich einen leibhaftigen Drachen geben, so werden wir uns über seine Macht und Größe Gedanken machen, wenn wir ihm begegnen.«

Vom Dach tönte das zustimmende Schnauben Marduks. Fremde Drachen! Mila verstand, dass diese Möglichkeit die Drachen in Unruhe versetzte. In der Alten Welt waren schon seit Jahrhunderten alle Drachen bekannt, und in den letzten hundert Jahren, als die Feuerwaffen aufgekommen waren, waren es sehr schnell sehr wenige geworden. Jetzt gab es nur noch die dreizehn, die diese Stadt erobert hatten. Mila fand die Aussicht aufregend, in diesem Land vielleicht neue Drachen zu finden, und sie konnte sich gut vorstellen, dass die Drachen das ähnlich sahen. Nur ungern gestand sie sich ein, dass fremde Drachen auch eine große Gefahr bedeuten konnten – für die Drachen des Ordens, und für alle, die mit ihnen in dieses Land gekommen waren.

»Und Pizarro wird wirklich erst in zwei Tagen hier eintreffen?«, fragte Sir William Lysle jetzt.

»Die Flaute ist vorüber, aber der Wind kommt jetzt aus Süden, und das hält wie gesagt die Flotte auf«, erklärte der Hochmeister. »Wir können wohl nicht vor übermorgen Abend mit ihnen rechnen, es sei denn, der Wind dreht.«

Mila nahm an, dass einer der Späher diese Meldung gebracht hatte, aber sie wusste nicht, wer damit beauftragt gewesen war, die Flotte zu suchen, und wann derjenige zurückgekehrt war. Offenbar hatte sie, als sie mit ihren Gedanken bei den Drachen der Neuen Welt gewesen war, etwas Wichtiges verpasst.

»Zwei Tage?«, fragte Sir William. »Hoffen wir, dass die Indios uns bis dahin keine Schwierigkeiten machen.«

»Sie haben es bisher nicht versucht, ich würde ihnen raten, es auch in Zukunft nicht zu versuchen«, meinte Robert de Lanois.

»Was hat denn die Befragung dieses Gefangenen ergeben?«, fragte Don Mancebo, aber Ritter Balian fiel ihm lautstark ins Wort: »Eine andere dringende Frage bedarf doch wohl zuallererst noch der Klärung, Ihr Herren!«

Es wurde schlagartig still im Saal. Offenbar wussten die Ritter – im Gegensatz zu Mila –, worauf der Graf von Wolfegg anspielte.

»Aber Balian, Don Rodrigo ist doch noch nicht einmal beerdigt«, sagte der Conte di Collalto langsam.

»Dennoch! Der Drachensattel ist nicht besetzt, und wir sind im Feindesland. Wir sollten einen Nachfolger berufen. So schnell wie möglich«, fuhr Graf Balian ungerührt fort. Mila fand es unfassbar. Don Rodrigo war noch keinen halben Tag tot, und der Ritter überlegte schon, wer ihm nachfolgen sollte.

»Ihr habt es sehr eilig, Balian«, entgegnete der Hochmeister und klang angewidert.

»Und er hat Recht«, stimmte Graf Tassilo seinem Neffen zu. »Wir befinden uns im Krieg, Maximilian, und die Statuten des Ordens sagen eindeutig, dass im Kriegsfall ein vakanter Sattel umgehend zu besetzen ist.«

»Wir könnten auch noch die zwei Tage warten, bis Pizarro hier ist«, meinte Sir William. »Er hat viele gute Männer, einige sogar von Adel. Das erscheint mir vernünftiger, als die Zügel von Nabu in die Hände eines dieser unreifen Knaben zu legen.«

»Unsinn«, rief der Tressler zur Verwunderung Milas, denn sie hatte den Grafen immer für einen der Freunde Pizarros gehalten.

»Sie haben alles Recht darauf«, ereiferte sich Ritter Balian.

Endlich begriff Mila, woher der Wind wehte. Einer der drei Schildknappen war Balians jüngerer Bruder Konrad. Und beide waren sie Verwandte – Neffen – des Tresslers. »Konrad ist der älteste unter den Schildknappen«, rief Balian von Wolfegg. »Er hat somit das älteste Recht!«

Mila fand den Gedanken entsetzlich. Konrad war stets der Anführer der Knappen gewesen, wenn es um Streiche ging. Aber konnte sie Balian seinen Familiensinn wirklich vorwerfen? Schließlich hatte auch sie es ihrem Onkel und ihrem Vater zu verdanken, dass sie hier war. In Gedanken setzte sie hinzu, dass sie durch ihre Sprachkenntnisse ihren Nutzen für den Orden, im Gegensatz zum *Kleinen Grafen,* schon bewiesen hatte. Die Stimmen der Ritter schwirrten durcheinander. Mila hörte heraus, dass die wenigsten begeistert davon waren, den jüngeren von Wolfegg auf einem Drachen zu wissen, aber dass trotzdem kaum einer sein Anrecht darauf ernsthaft in Zweifel zog. Nur zwei Ritter widersprachen, aus ziemlich durchsichtigen Motiven: Es waren Waleran de Martel und der Flame de Lanois, die die beiden anderen Knappen in die Neue Welt geführt hatten. Selbst der Hochmeister widersetzte sich Balians drängender Forderung nicht, obwohl er, da war sich Mila sicher, nicht noch ein Mitglied aus der Sippe des Tresslers im Orden gebrauchen konnte, Tassilo und Balian machten ihm doch schon genug Schwierigkeiten. Wie gerne hätte sie ihm geholfen, das Unheil noch zu verhindern. Plötzlich jedoch dröhnte eine laute Stimme durch die eingestürzte Decke: »Habt ihr vergessen, ihr Ritter, dass da noch jemand ein gewichtiges Wort mitzureden hat?« Es war Marduk.

Der Einspruch des Drachen ließ die Ritter verstummen. »Wir werden Nabu natürlich nicht übergehen«, erklärte der Hochmeister bedächtig.

»Augenblick«, rief der Tressler, »seit wann mischen sich die Drachen in die Fragen der Ritterschaft ein?«

»Schon immer, Tassilo«, dröhnte die Antwort vom Dach. »Wir haben es nur in letzter Zeit nicht mehr so oft getan.«

»In letzter Zeit?«, brummte der Tressler. »Wenigstens hundert Jahre, wenn ich mich nicht irre.«

Mila verstand nicht genau, worum es ging, und sie spürte, dass auch manch einer der anderen Ritter in der Kammer ratlos war.

Der Conte di Collalto räusperte sich und erklärte: »Den Drachen ist das Recht verbrieft, bei der Auswahl der Kandidaten mitzusprechen, ein Recht, auf das sie sehr lange verzichtet haben.«

»Nicht verzichtet, Lorenzo, nur ausgeübt haben wir es lange nicht«, verkündete der Drache, »und Nabu hat mich gebeten, euch daran zu erinnern.«

Für eine Weile herrschte verwirrtes Schweigen im Saal, dann rief Balian: »Aber ich beharre darauf, dass mein Bruder ihm als erster und bester der Kandidaten vorgestellt wird!«

»Wenn Nabu sein Recht einfordert, können wir uns seinem Wunsch nicht widersetzen, Balian«, mahnte di Collalto.

»Drachenrechte«, schnaubte Balian ungehalten.

»Beruhigt Euch, Balian«, meinte der Hochmeister begütigend. »Wir werden ihm Euren Bruder vorschlagen, als Ersten sogar, nicht mehr, aber auch nicht weniger.«

»Aber nicht als Einzigen!«, rief de Lanois, und de Martel stimmte ihm sofort zu.

Mila kannte die Statuten des Ordens nicht besonders gut. Für sie war es ein trockener Wust verstaubter Regeln aus längst vergangenen Jahrhunderten. Wenn ihr Vater früher angefangen hatte, davon zu erzählen, hatte sie meist unter einem Vorwand das Weite gesucht. Sie erinnerte sich daher nur vage daran, wie ihr Vater erwähnt hatte, dass ein Drache einen vom Orden ausgewählten Reiter theoretisch auch ablehnen konnte. War es das, was Balian fürchtete? Konrad von Wolfegg war sicher kein Ausbund ritterlicher Tugend, sie hielt ihn sogar für einen unreifen, verzogenen Knaben, aber das waren die anderen Kandidaten auch. Gab es einen besseren unter Pizarros Männern? War ihr Großonkel für die baldige Wahl, weil er fürchtete, Nabu würde einen der Konquistadoren wählen? Es gab einige Hidalgos und Caballeros unter ihnen, wenn auch meist gerade erst von Kaiser Karl in den Adelsstand erhoben. Nun, wer konnte wissen, was in einem Drachen vorging? Die Versammlung legte schließlich fest, dass der neue Reiter des Drachensattels in der Morgendämmerung bestimmt werden sollte, unter genauer Befolgung der Statuten des Ordens der Drachenritter vom Heiligen Kreuz, das war dem Tressler wichtig. Den Schildknappen wurde empfohlen, die Nacht im Gebet zu verbringen, während die Ritter übereinkamen, ihren Bruder Rodrigo noch vor dem Morgengrauen heimlich, aber mit Würde zu bestatten. Kaum war das geregelt, als einer der Waffenknechte die große Kammer betrat und meldete, dass sich ein Abgesandter der Eingeborenen vor der Mauer des Viertels eingefunden habe.

»Ah, endlich!«, rief der Hochmeister. »Hat er gesagt, was er will?«

Mila hörte, dass sich der Waffenknecht am Kopf kratzte, als er antwortete: »Der alte Heinrich, der ein wenig von ihrer Sprache versteht, sagt, dass sie mit den Göttern sprechen wollen.«

Kemaq lag am Ufer und ließ sich das kalte Wasser des Flusses über die geschundenen Knochen fließen. Nachdem er eine Weile wie betäubt auf die Leichen der Chaski gestarrt hatte, war er schließlich weitergelaufen, bis er die verbrannten Ruinen des Botenhauses nicht mehr roch. Dann erst hatte er sich zum Fluss begeben, sich den Schweiß von der Haut gewaschen und geruht. Das Wasser, das von den schneebedeckten Gipfeln der hohen Berge herabkam, war eiskalt. Er hielt sich an den Schilfhalmen fest. Nur noch ein Weilchen, dachte er bei sich, zum wiederholten Male. Er wusste, er musste sich beeilen, aber er konnte sich einfach nicht überwinden, aufzustehen. Er rechnete sich vor, dass er es immer noch schaffen konnte. Eine halbe Stunde vielleicht noch bis zur Stadt, dort musste er nur den Curaca oder einen der Priester finden, seine Botschaft überbringen und warten. Und gleich … gleich würde er aus dem Wasser steigen und den letzten Teil der Strecke in Angriff nehmen. Er schloss die Augen.

»Du bist ein Chaski, oder?«, fragte eine Frauenstimme vom Ufer.

Vor Schreck ließ Kemaq das Schilf los, fuhr herum, ging unter, schluckte Wasser und kam hustend wieder an die Oberfläche.

»Ich wollte dich nicht erschrecken«, sagte die Frau. Sie war jung, jünger als Kemaq, und trug ein knielanges Gewand mit einem kunstvollen grün-weißen Muster. In der Hand hielt sie einen Weidenkorb. Kemaq hustete wieder und fragte: »Woher weißt du das?«

Sie deutete auf die Stelle am Ufer, wo er das Muschelhorn abgelegt hatte. Ihm fiel auf, dass sie ungewöhnlich groß und von recht heller Hautfarbe war. »Ich bin Kemaq, ein Läufer aus Tikalaq«, stellte er sich vor und stand auf. Sein Knie meldete sich mit bohrendem Schmerz. Er spürte seine Muskeln im linken Bein zucken. Hoffentlich würde daraus kein Krampf werden.

»Ich bin Pitumi. So bist du auch von den Bergen bis hierher gelaufen?«, fragte die junge Frau.

Kemaq nickte, dann stutzte er. »Wieso auch?«, fragte er plump und kletterte langsam und vorsichtig ans Ufer. Hatte der Chimú ihn etwa überholt?

»Vor kurzer Zeit kam ein anderer Mann von den Bergen, ein Yunga, kein Marachuna wie du. Er wollte in die Stadt, aber er konnte nicht mehr laufen.«

Kemaq erinnerte sich plötzlich daran, dass ein anderer Läufer vor ihm aufgebrochen war, einer, der ebenfalls nicht über sein Ziel hatte sprechen wollen, als ihn die wartenden Chaski danach gefragt hatten. Der Hohepriester hatte also wenigstens drei Männer geschickt und vermutlich alle mit ähnlichen Drohungen angetrieben. »Hat er sein Ziel erreicht?«, fragte er.

»Nein, ich sagte doch, er konnte nicht mehr laufen. Er liegt nicht weit von hier am Ufer. Er bat mich, nach anderen Chaski Ausschau zu halten. So habe ich dich gefunden.«

»Kannst du mich zu ihm bringen?«, fragte Kemaq.

Er musste sich bei ihr aufstützen, denn seine Beine wurden jetzt abwechselnd von Krämpfen geschüttelt. Einmal musste er sich hinsetzen und warten, bis sie vorüber waren, bevor er weitergehen konnte. Der Yunga – es war wirklich der, den Kemaq am frühen Morgen gesehen hatte – schlief unter einem schattenspendenden Busch. Er trug nur eine Sandale, und sein rechter Fuß war mit Schilf bandagiert. Pitumi weckte ihn vorsichtig. Kemaq ließ sich ins Gras fallen. »Was ist dir widerfahren, Freund?«, fragte er.

Der Yunga stöhnte und sagte: »Das Band meines Schuhs zerriss, und ich verlor ihn noch in den Bergen, bei den hundert Stufen. Dann trat ich auf einen scharfen Stein.«

Kemaq erinnerte sich an dieses Stück des Weges. Es war beinahe noch schlimmer als der Weg hinter dem Tunnel.

»Du bist weit gelaufen, Chaski«, sagte Kemaq anerkennend.

»Ich ahnte, dass der Hohepriester noch mehr Läufer schicken würde«, erwiderte der Yunga leise.

Kemaq nickte.

»Aber ich fürchte, es war vergeblich. Die Stadt wird bewacht. Frag diese Chachapoya, Chaski«, flüsterte der andere.

»Du gehörst zu den Wolkenmenschen?«, fragte Kemaq überrascht. Er hatte schon viele Geschichten von den zaubermächtigen Chachapoya gehört, aber zuvor noch nie mit einem gesprochen – jetzt waren es an einem Tag gleich zwei!

Die Frau bedachte ihn mit einem ernsten Lächeln. »Dies sollte nicht deine Frage sein, Läufer«, wies sie ihn sanft zurecht.

Kemaq starrte die junge Frau an. Was meinte sie? Endlich verstand er und rief: »Chan Chan wird bewacht? Ich meine, was ist überhaupt geschehen, Pitumi? Es heißt, die Götter wären von den Sternen herabgestiegen«, fügte er unsicher hinzu.

»Das mag wohl sein, Kemaq. Ich war in der Nacht am Fluss, weil ich seltene Kräuter suchte und Fledermäuse, die besser in der Nacht zu fangen sind. Da kamen die Schatten, große Wesen, wie ich sie nie zuvor gesehen habe, und sie griffen die Stadt an. Ihr Atem ist Feuer, und sie sahen aus wie Schlangen oder Eidechsen mit Flügeln.«

»Wie Tamachoc«, entfuhr es Kemaq.

Pitumi lächelte. »Genau wie Tamachoc und doch wieder nicht, denn sie tragen Reiter. Doch kann ich mir nur vorstellen, dass es Götter sind. Einer der Götter flog dicht über mich hinweg. Ich versteckte mich und sah, wie er das Chaskiwasi mit Feuer zerstörte und die Läufer dort tötete, bevor er weiterflog. Von deinem Freund hier hörte ich, dass sie die anderen Botenhäuser entlang der Straße ebenfalls zerstört haben. Du musst sie doch gesehen haben, oder?« Kemaq nickte schwach, und sie fuhr fort: »Als ich am Morgen zurück in die Stadt wollte, da fand ich sie von diesen Göttern bewacht. Sie kreisen darüber, und wenn doch einmal keiner von ihnen am Himmel ist, sitzen sie oben auf den hohen Tempeln und auf den Mauern der alten Festungen. Niemand kann ungesehen hinein oder hinaus.«

»Aber ich muss hinein, den Curaca finden, sonst wird mein Bruder geköpft!«, rief Kemaq bestürzt.

Pitumi sah ihn nachdenklich an. »Die Gesetze der Inka sind oft grausam«, stellte sie dann fest.

Kemaq verstummte. Ein weiterer Krampf erfasste sein linkes Bein.

»Vielleicht reicht es dem Hohepriester, wenn du meldest, was wir hier erfahren haben«, meinte der andere Läufer niedergeschlagen, aber Kemaq schüttelte den Kopf. Der Befehl des Hohepriesters war eindeutig. »Ich muss hinein«, sagte er ächzend, weil der Krampf immer schlimmer wurde.

»Die Götter töten Läufer, Chaski, und sie fliegen schnell wie der Wind. Und du könntest ihnen selbst dann nicht entkommen, wenn ich dir deine Schmerzen nähme.«

»Meine Schmerzen nehmen? Das könntest du?«, fragte Kemaq und überhörte die Warnung.

»Ich habe etwas heilige Asche und weißen Kalk, auch noch etwas Kuka. Wenn du mir von deinen Kuka-Blättern gibst, kann ich dir helfen.«

»So bist du eine Zauberin?«, entfuhr es Kemaq. »Kannst du nicht ...«

»Eine Heilerin, Chaski, nur eine Heilerin«, unterbrach sie ihn, »und ich kann dich nicht an den Göttern vorbei in die Stadt bringen. Niemand kommt hinein oder hinaus, wie ich schon sagte.«

Kemaq gab ihr die Kuka-Blätter und starrte in das schnell vorbeiströmende Wasser.

»Der Fluss«, hörte er sich plötzlich sagen, »kommt denn der Fluss nicht hinein?«

Der Hochmeister ließ den Abgesandten am Tor warten, bis er, seine Ritter und ein halbes Dutzend Drachen auf dem Platz vor dem Palast Aufstellung genommen hatten. Mila hörte die Standarten des Ordens und des Kaisers im Wind flattern, Marduk hatte sie vom Dach des Palastes heruntergebracht. Die Ritter hatten in voller Rüstung Aufstellung auf den Stufen bezogen, und nun erwarteten sie den Abgesandten.

Der Indio kam, aber er ließ sich Zeit. Mila bewunderte den Mut des Mannes, der sich ganz allein in die Festung des Feindes begab. Sie hörte seinen ruhigen, sicheren Tritt zwischen den klirrenden Schritten der Waffenknechte des Ordens, die ihn geleiteten.

»Wie sieht er aus, Dietmar?«, fragte Mila leise.

»Ein Indio eben«, meinte der Diener halblaut. »Ein hässlicher Kerl, seine Nase ist ganz schief. Es wird ihr Kazike oder Curaca sein, oder wie immer sich der Herr dieser Stadt nennen mag. Aber der goldene Schmuck, den er trägt, der ist beachtlich.«

Mila kam nicht dazu, nachzufragen, was an dem Schmuck so bemerkenswert war, denn der Indio hatte den Platz überquert und stand nun am Fuß der Treppe. Einen Augenblick herrschte

Stille, offenbar wartete der Curaca darauf, dass die Fremden das Gespräch eröffneten. Der Hochmeister tat ihm den Gefallen. »Ich, Maximilian von Friedberg, Hochmeister des Ordens der Drachenritter vom Heiligen Kreuz, entbiete dir meinen Gruß. Erlaube mir, nach deinem Namen und deinem Anliegen zu fragen.«

Fray Celso übersetzte, und da, wo ihm die passenden Quechua-Worte fehlten, verwendete er, aus welchen Gründen auch immer, die lateinischen Entsprechungen.

Der Indio antwortete in einem nicht sehr freundlichen Tonfall. Mila hörte zu. Der Dialekt war anders als der, den sie von den Gefangenen in Panama gelernt hatte, aber sie verstand ihn recht gut: »Ich bin Xatopu, Gebieter von Chan Chan. Seid ihr Diener jener Götter, denen es gefiel, unsere friedliche Stadt anzugreifen, und die nun unsere Mauern bewachen? Niemanden lassen sie vor die Stadt, und die Früchte verderben auf den Feldern.«

Fray Celso brauchte etwas länger, um zu übersetzen, und er verwechselte friedlich mit freundlich, wie Mila mit leichter Missbilligung feststellte.

»Sagt ihm, dass wir Diener des Kaisers sind, des mächtigsten Herrn der Welt, der wiederum ein Diener des einen und einzigen Gottes ist«, erwiderte der Hochmeister. Und während der Geistliche noch übersetzte, fügte er hinzu: »Sagt ihm weiter, dass wir in friedlicher Absicht in diese Stadt kamen, doch die Wachen uns mit Pfeilen angriffen, als wir uns näherten.«

Mila hielt das für eine glatte Verdrehung der Tatsachen, aber der Fray übersetzte auch das. »Wie kann es nur einen Gott geben, wenn ich doch hier gleich mehrere sehe?«, fragte der Curaca. »Oder ist einer von ihnen jener, den ihr Kaiser nennt?«

»Blasphemie!«, zischte Graf Tassilo, und das übersetzte Fray Celso nicht.

Der Hochmeister zögerte mit einer Antwort. Mila kannte ihn gut genug, um zu ahnen, dass es unter seiner Würde war, den Indio anzulügen, auch wenn er den Vorteil, den dieser Irrglauben bot, natürlich ermessen konnte.

Der listige Conte di Collalto fand eine Lösung für das Dilemma: »Sagt ihm, dass wir und die Drachen vom selben Gott beschützt werden, und dass unser Gott auch ihm seinen Schutz anbietet, wenn er den falschen Göttern abschwört.«

Hier unterlief dem Fray ein Lapsus, denn er verwechselte Einzahl und Mehrzahl, und der Curaca fragte nach, ob denn der *falsche Gott*, von dem der Fray gesprochen hatte, jener sei, den sie anbeteten, und da der Mönch, der merkte, dass etwas schieflief, aus der Frage versehentlich eine Feststellung machte, fuhren einige Christenhände zu den Schwertern. Mila hielt es nicht mehr aus: »Es ist falsch übersetzt!«, rief sie.

Sie konnte es natürlich nicht sehen, aber sie spürte, dass sich alle Blicke auf sie richteten, und errötete. »Er hat nur gefragt, weil Fray Celso die Worte für Götter und Gott verwechselte«, rief sie.

»Heilige Mutter Gottes, es stimmt!«, rief der Mönch entsetzt.

»Ist sie die Gebieterin dieser Männer?«, fragte der Curaca.

Der Fray übersetzte stotternd.

»Wie kommst du darauf, edler Curaca?«, fragte Mila auf Quechua, so verblüfft, dass sie den Mönch ganz einfach überging.

»Du trägst die Borla, wie der Sapay Inka«, lautete die Antwort.

»Ich denke, er meint Eure weiße Augenbinde, Condesa«, erklärte der Fray, »jedenfalls weist seine Geste darauf hin.«

Mila verschlug es kurz die Sprache, während ein paar der Ritter, als der Fray die Annahme des Indios übersetzte, leise lachten. Der Mönch riss sich zusammen und erklärte dem Curaca, dass der Hochmeister ihr Anführer sei.

»Gebietet er auch über die Götter?«, lautete die nächste Frage.

»Sag ihm ruhig, dass wir Drachen unser eigenes Oberhaupt haben«, meldete sich plötzlich die leise, aber eindringliche Stimme Nergals zu Wort. Die Stimme kam von oben, und instinktiv drehte Mila sich um. Der Drache des Tresslers hatte sich vom Dach eines der großen Gebäude, die den Platz säumten, zu Wort gemeldet. Marduk zischte missbilligend.

Falls der Curaca beeindruckt war, ließ er es sich nicht anmerken. Er fragte nach, was der Gott gesagt habe.

»Sagt ihm«, rief di Collalto schnell, »der Gott habe gefragt, ob uns der Curaca die Ehre erweisen würde, heute Abend auf diesem Platz mit uns zu speisen.« Der Fray gehorchte, aber er brachte es wohl nicht über sich, Nergal einen Gott zu nennen, und verwendete stattdessen das griechische *Drakon*.

»Haltet Ihr das für klug, Lorenzo?«, fragte der Hochmeister leise. »Wir haben doch nur wenig, was wir ihm anbieten können.«

»Ihr habt Recht, Maximilian«, meinte di Collalto und fuhr fort: »Natürlich sind wir auch gerne bereit, seine Gastfreundschaft zu akzeptieren und uns von ihm bewirten zu lassen, wie es überall auf der Welt Brauch ist. Einzige Bedingung ist, dass dieses Festmahl hier stattfindet.«

Der Indio schwieg eine Weile. Dann sagte er ganz ruhig: »Ihr seid seltsame Menschen, dass ihr meine Stadt überfallt und dann auf das Gastrecht pocht. Ihr seid wohl mächtiger als wir, denn ihr habt Götter an eurer Seite, und so kann ich nicht anders, als anzuerkennen, dass die Häuser innerhalb dieser Mauern nun euch gehören, und wir werden nicht versuchen, sie euch streitig zu machen. Doch erwartet nicht, dass wir euch willkommen heißen oder bewirten. Solltet ihr diese Festung verlassen, werden wir euch angreifen und töten.«

Die Heilerin mischte die Kuka-Blätter mit etwas Kalk und Asche von Pflanzen, die sie zuvor unter eintönigem Singsang verbrannt hatte. Kemaq sah ihr zu. Der andere Läufer war eingeschlafen.

»Es wird dir helfen, den Schmerz deiner Wunden zu lindern, und die Heilung beschleunigen, Chaski«, sagte Pitumi, als sie das graugrüne Gemisch mit einem Mörser zerstampfte. »Außerdem wird es dir Kraft geben.«

Kemaq zuckte plötzlich zusammen: »Der Chimú! Er ist noch auf der Straße«, rief er, und da die Heilerin nicht nachfragte, sagte er: »Er hat mir in den Bergen mein Wasser gestohlen, und dabei bin ich gestürzt.«

»Tun Läufer so etwas?«, fragte Pitumi jetzt und prüfte die Festigkeit des Breis mit dem Finger. Sie schien seltsam gleichgültig.

»Nein, aber ich glaube, er war verzweifelt. Weil doch die Stadt in Flammen stand«, fügte Kemaq erklärend hinzu.

»In Chan Chan gibt es nicht viel, was brennen kann«, meinte die Heilerin. »Jenseits dieser Büsche kannst du die Stadt gut sehen. Die Flammen sind erloschen.«

»Aber wir können ihn dort nicht liegen lassen«, rief Kemaq. Und da ihm erst jetzt auffiel, wie unzusammenhängend er sich ausgedrückt hatte, sagte er: »Ich habe ihn kurz vor dem letzten Chaskiwasi überholt. Er konnte nur noch kriechen, und ich fürchte, er schafft es vielleicht nicht bis zum Fluss.«

Pitumi zuckte mit den Achseln. »Er hat dich bestohlen. Bei einem Lauf, bei dem es, wenn ich es recht verstehe, um dein Leben und das deines Bruders geht. Dein Mitleid erstaunt mich, Steinmann.«

»Er war verzweifelt. Und ich will ihn nicht richten, Wolkentochter«, entgegnete Kemaq.

Die Chachapoya lächelte flüchtig. »Iss das, Chaski. Vielleicht ist es der Wille der Götter, dass er dort draußen zugrunde geht. Vielleicht erlauben sie mir aber auch, nach ihm zu sehen, wenn dir so viel daran liegt. Doch erst, wenn du aufgebrochen bist.«

Kemaq starrte auf die zähflüssige graugrüne Masse. »Essen?«, fragte er.

»Du kannst es mit Wasser verdünnen oder gleich so essen, wie du willst, Chaski.«

Er probierte den Brei. Er schmeckte nicht so schlimm, wie er aussah. Er spürte plötzlich, wie hungrig er war.

»Nur die Hälfte, Chaski, nur die Hälfte«, mahnte die Heilerin und nahm ihm die kleine Tonschale aus den Händen. »Ich werde den Rest hinter jenem Baum dort verstecken. Für deinen Rückweg.«

Kemaq nickte. Er war lange nicht satt, aber er spürte eine Hitzewelle, die durch seinen Körper lief. Sie schien jeden einzelnen Muskel zu erfassen. Er konnte förmlich fühlen, wie die Kraft in seine Beine zurückkehrte.

»Kannst du schwimmen?«, fragte Pitumi jetzt.

»Schwimmen?«, fragte Kemaq.

»Nun, wenn du den Fluss …« Sie verstummte.

In der Luft war ein Geräusch, ein schweres Sausen wie von gewaltigen Schwingen. Es kam rasch näher. Die Heilerin zog Kemaq hastig unter einen Baum und legte warnend einen Finger auf den Mund.

Und dann sah Kemaq den Gott: Er tauchte über den Bäumen auf, schwenkte kurz nach links und dann wieder nach rechts, ließ ein markerschütterndes Brüllen hören und flog tiefer. Kemaq starrte den Gott mit offenem Mund an. Er war riesig. Noch nie hatte er etwas Vergleichbares gesehen. Die gewaltigen Flügel waren ledern, fast wie die einer Fledermaus, doch es hätte die Flügel von zehntausend Fledermäusen gebraucht, um solche Schwingen zu machen, und dieses Wesen flog elegant, beinahe wie ein Kondor, und gar nicht wie eine Fledermaus. Sein Körper erinnerte Kemaq an eine riesenhafte Echse, schuppig, schwarz, mit wenigen grauen Einsprengseln. Der Gott – und Kemaq bezweifelte nicht einen Augenblick, dass es ein Gott war – brüllte noch einmal, legte dann die Flügel an und stürzte sich auf etwas, das Kemaq nicht sehen konnte. Ein jämmerliches Blöken ertönte. »Er hat die Lamas entdeckt«, erklärte Pitumi leise. Der Gott war gelandet, und durch die Büsche, in denen sie sich versteckt hatten, konnte Kemaq ihn nicht mehr sehen. Seine Neugier trieb ihn dazu, aufzustehen, aber Pitumi zog ihn wieder nach unten. »Willst du herausfinden, ob dieser Gott lieber Menschen als Lamas vertilgt?«, zischte sie ihn an und warf einen besorgten Blick auf den anderen Läufer, der wenige Schritte entfernt unter dem schütteren Blätterdach eines Baumes lag und schlief. Solange er still dort lag, war er sicher. Wenn er aber aufwachte und sich rührte, würde der Gott ihn sehen. Sie hörten das Brechen von Knochen. Plötzlich war es vorbei. Der Gott erhob sich wieder in die Luft, und Blut tropfte aus seinem gewaltigen Maul, das mit einer langen Reihe scharfer Zähne und zwei größeren Hauern bestückt war. Er stieg mit mächtigen Flügelschlägen auf und flog zurück in die Stadt.

»Ich glaube, er hat nur eines gefressen, obwohl es dort viele gibt«, sagte Pitumi nachdenklich.

Kemaq war tief erschüttert. »Tamachoc«, flüsterte er schließlich.

Pitumi schnaubte verächtlich: »Hast du Federn gesehen? Nein? Warum glaubst du dann, dass dieser Gott jener ist, der uns den Regen bringt? Der dort brachte nur Feuer und Tod. Hast du etwa die Chaski vergessen, aus den Botenhäusern, die dieser Gott niederbrannte? Nein, das ist nicht Tamachoc. Hüte dich vor ihm, Läufer!«

Kemaq nickte betroffen. »Glaubst du, dass es Feinde von Tamachoc sind?«

»Wer kann das wissen? Die Regenschlange ruht sicher jenseits der Berge, du aber, Chaski, bist hier und solltest dich mehr um dich als um einen Gott sorgen.«

Eine Weile schwiegen sie, dann fragte die Chachapoya erneut: »Also, kannst du schwimmen, Steinmensch?«

Kemaq war immer noch tief beeindruckt. Er zuckte mit den Schultern. »Nicht besonders gut, aber es kann doch nicht so schwer sein, unter der Mauer hindurchzuschwimmen«, behauptete er.

»Es ist aber besser, wenn du schon hier ins Wasser steigst, Kemaq. Die Götter auf den Mauern könnten dich sonst sehen, und vielleicht sehen sie auch, dass du ein Chaski bist. Nein, wir bauen dir ein kleines Floß aus Ästen und Schilf, das wird dich tragen und verbergen. Der Kanal bringt dich in die Mondfestung. Es gibt dort einen Tempel, dessen Priester dir weiterhelfen wird. An der Mauer wirst du vielleicht tauchen müssen. Die Chimú haben einst ein Gitter dort eingezogen, um Angreifer abzuwehren, aber sie haben sich kaum noch um die Mauern gekümmert, seit das Sonnenvolk die Herrschaft über die Stadt errungen hat. Hoffen wir, dass sich das nun, da Chan Chan in der Hand der Götter liegt, nicht schon wieder geändert hat.«

Mila war ihrem Großonkel über die Treppen hinab in die Katakomben des Palastes gefolgt. Dort, in einer der Kammern, hatte man den Gefangenen eingeschlossen. Einer der Waffenknechte lehnte schläfrig an der Wand, und sie hörte, wie er hastig Haltung annahm, als er den Hochmeister bemerkte. Fray Celso war dabei, den Indio zu verhören. Es war eine ziemlich einseitige Unterhaltung, wie Mila schon auf der Treppe bemerkt hatte, denn sie hörte nur die Stimme des Mönchs, der sich vergeblich abmühte, dem Indio Antworten zu entlocken. Doch nun, als Mila an der Seite des Hochmeisters die Kammer betrat, entfuhr dem Indio ein Laut des Erstaunens.

»Warum verbeugt er sich jetzt?«, fragte Maximilian von Friedberg.

»Ich glaube, es ist wieder die Augenbinde«, meinte Fray Celso unsicher.

»Bist du die Herrscherin dieser Männer?«, fragte der Indio jetzt auf Quechua.

Der Mönch übersetzte für den Hochmeister.

»Was soll ich antworten?«, fragte Mila, die nicht lügen wollte.

»Sag, dass du unter uns einen besonderen Rang einnimmst«, schlug der Hochmeister vor.

»Und du sprichst Quechua«, stellte der Gefangene erstaunt fest, als sie übersetzt hatte.

»Ich spreche viele Sprachen«, antwortete Mila, »und ich habe viele Fragen – ich hoffe, du kannst sie mir beantworten.«

»Ich bin ein Gefangener. Doch habe ich nichts getan, diese Gefangenschaft zu verdienen, Herrin«, antwortete der Indio.

Nach kurzer Rücksprache mit dem Hochmeister sagte Mila: »Wenn du unsere Fragen beantwortest, wird dir nichts geschehen.« Sie spürte das Misstrauen des Gefangenen und fügte hinzu: »Du hast mein Wort darauf, Priester.«

»Dann frage«, lautete die schlichte Antwort.

Mila erfuhr, dass Qumacan, so war sein Name, Hohepriester der Mondgöttin war und dem Volk der Chimú entstammte. Sie wollte wissen, ob der Mann schon vorher Drachen gesehen hatte, denn immer noch fragten sich die Ritter, ob die Inka vielleicht selbst über mächtige Drachen verfügten.

»Meint ihr mit diesem Wort jene Götter, die euch von den Sternen herabtrugen? Wie könnte ich? Nie sah ich Ähnliches.«

Auf Drängen ihres Onkels fragte Mila dann nach den Darstellungen auf dem Tempel, aus dem sie den Mann geholt hatten. Sie zeigten, so hatte man ihr erzählt, eine zweiköpfige Schlange, die einen Mann fraß.

»Sie sind alt und halb vergessen«, lautete die ausweichende Antwort. »Sie zeigen Tamachoc, den Gott des Regens. Aber niemand betet noch zu ihm.«

»Aber du bist ein Priester, und du warst dort.«

»Ein Priester der Mondgöttin, und es ist ihr Tempel, nicht der von Tamachoc. Und ich bin der Letzte, der den alten Tempel noch pflegt«, antwortete der Mann verlegen.

»Aber die Bilder zeigen eine große Schlange, oder?«

Der Indio zögerte, und Mila war sich sicher, dass er nicht die ganze Wahrheit sagte, als er antwortete: »Die Regenschlange – ein Gott, der von anderen entthront wurde.«

»Und der Mann mit dem Stein, den sie zu fressen droht?«, fragte der Hochmeister.

Mila wunderte sich, warum sich ihr Großonkel für so eine Nebensächlichkeit interessierte, und der Indio antwortete: »Das weiß ich nicht, Herrin, denn die Männer, die diese Bilder fertigten, sind schon lange tot und vergessen.«

Mila kam eine andere Frage in den Sinn: »Sag, Qumacan, diese Stadt ist groß, zu groß für die wenigen Menschen, die hier leben. Was ist hier geschehen?«

Der Indio antwortete, ohne zu zögern, und es lag Wehmut in seiner Stimme: »Dies war die große Stadt der Chimú, Chan Chan, die Stadt der Städte. Doch die Söhne der Sonne sahen, dass unsere Handwerker besser waren als ihre eigenen, unsere Felder reicher trugen als die ihren und unsere Fischer mehr fingen als die, die sie selbst aufs Meer hinausschickten. Also kamen sie und belagerten die Stadt. Und als unsere Ahnen zu tapfer für sie waren, gruben sie dem Fluss das Wasser ab, und so eroberten sie auch das große Chan Chan, und sie befahlen unseren Fischern, Bauern und Handwerkern, ihre Hütten zu verlassen und in den Städten der Inka ein neues Leben zu beginnen. So wie sie es immer tun.« Der Mann sprach so ruhig, als sei diese Grausamkeit etwas Selbstverständliches, und fuhr dann fort: »Dann gefiel es dem Sapay Inka, einen Krieg gegen seinen Bruder zu beginnen, und Atahualpa kam auch in diese Stadt und nahm fast alle jungen Männer mit, denn er brauchte viele tapfere Krieger. Doch waren es weniger, als er gehofft hatte, denn die Strafe der Götter, eine schlimme Seuche aus dem Norden, hatte viele von uns getroffen und hinweggerafft. Und so, Herrin, kommt es, dass du nur noch in jeder zehnten Hütte Bewohner findest. Aber es mag sein, dass der Krieg nicht alle unsere jungen Männer verschlungen hat und sie bald zurückkehren, denn Atahualpa hat seinen Bruder besiegt und gefangen genommen. So hat das Blutvergießen endlich ein Ende.«

Mila übersetzte, und der Hochmeister sagte: »Nun verstehe ich, dass so wenige Krieger auf den Mauern waren. Frag ihn noch einmal nach der Regenschlange.«

Den Indio schien diese Frage in Verlegenheit zu bringen. »Früher brachte die Regenschlange den Regen über die Berge, doch Inti hat sie besiegt, und so erscheint sie nicht mehr. Der Fluss bringt uns noch Wasser, aber unsere Kanäle versanden, denn uns fehlen die Arme, sie freizuhalten.« Und mehr wollte der Priester nicht dazu sagen.

»Von jenseits der Berge …«, murmelte der Hochmeister nachdenklich, als Mila übersetzt hatte.

»Sicher nur ein heidnischer Aberglaube«, meinte Fray Celso. »Ihr habt die Berge doch gesehen. Sie sind höher, viel höher als die Wolken. Wie sollte der Regen sie überwinden?«

Das Gewirr von Ästen und Schilfbündeln sah nicht sehr vertrauenerweckend aus. »Bist du sicher, dass es mich bis in die Stadt trägt?«, fragte Kemaq. Der Brei der Chachapoya hatte Wunder gewirkt. Er fühlte sich gestärkt und frisch, aber doch nicht stark genug, stundenlang zu schwimmen.

»Versuche es. Wenn es dich jetzt über Wasser hält, wird es das auch tun, bis du dein Ziel erreicht hast«, antwortete Pitumi mit einer gewissen Gleichgültigkeit.

Kemaq stieg hinab ins kalte Wasser, legte sein Gewicht auf das Bündel und versuchte es. Es trug.

»Siehst du«, sagte die Heilerin.

Aber Kemaq war nicht überzeugt, er zupfte hie und da noch etwas am Schilf herum.

»Du solltest endlich aufbrechen, Chaski, es ist schon weit nach Mittag«, meinte Pitumi, als er kein Ende bei diesen kleinen Verbesserungen fand.

Kemaq nickte seufzend. »Wirst du morgen auch hier sein, wenn ich zurückkehre?«, fragte er.

Sie zuckte mit den Achseln. »Ich werde nach dem anderen Läufer sehen, vielleicht auch nach dem Chimú, von dem du mir erzählt hast, obwohl er meine Hilfe wohl nicht verdient hat. Ob ich dann noch bleibe, das wissen die Götter.« Ein Dutzend Seeschwalben tauchten plötzlich über dem Fluss auf, verharrten kurz und zogen dann in einer schnellen Kehrtwendung zurück zum Meer.

Pitumi sah ihnen hinterher, dann sagte sie nachdenklich: »Es scheint, dass nun geschieht, was vorhergesagt wurde. Und wenn das Reich der Inka wirklich endet, finde ich vielleicht einen Weg zurück in die Berge meines Volkes.«

Kemaq starrte sie mit offenem Mund an. Das Reich der Inka

sollte enden? Vorhergesagt? Ihm fiel ein, was der alte Chachapoya im Tempel erwähnt hatte. »Was ist das für eine Weissagung, Heilerin?«, fragte er. Und dann fiel ihm noch etwas ein. »Hat es etwas mit Pachakuti zu tun?«

Er sah Erstaunen in ihren Augen, als sie fragte: »Wo hast du das Wort gehört?«

»Auf den Bergen bei Tikalaq. Als wir auf das brennende Chan Chan hinabblickten, benutzte ein Mann vom Sonnenvolk dieses Wort, aber er sagte mir nicht, was es bedeutet.«

»Eine Zeitenwende, Chaski, wie die Sterne sie ankündigen. Die Himmelspforte schließt sich, der Weg zu den Ahnen wird den Inka verschlossen, und auch das Tawantinsuyu, das irdische Reich des Sapay Inka, wird keinen Bestand mehr haben. So sagten es die Priester der Regenschlange schon vor langer Zeit voraus.« Pitumi gab das mit einer Gelassenheit zum Besten, die Kemaq beinahe ebenso erstaunte wie das, was sie sagte. Er starrte sie an. Dann erkannte er endlich, dass unter der scheinbaren Gelassenheit eine große Anspannung lag. Diese Gedanken schienen sie mit Vorfreude zu erfüllen. Er selbst hatte allerdings Schwierigkeiten zu glauben, was er da hörte. Das Tawantinsuyu war das große Reich des Sapay Inka, der einem alten Geschlecht unbesiegbarer Herrscher entstammte – und das sollte enden? Jetzt?

»Nun solltest du eilen, Chaski«, sagte Pitumi plötzlich streng und riss ihn damit aus seinen wirbelnden Gedanken. »Hast du vergessen, dass dein Kopf ebenso wie der deines Bruders auf dem Spiel steht? Dieses Bündel wird nicht ewig schwimmen, denn wenn das Schilf sich vollgesaugt hat, trägt es kaum noch und wird dich sicher auch nicht vor den Augen der Götter verbergen.«

Ratlos starrte Kemaq das Schilfbündel an. Aber als er noch einmal nachfragen wollte, ob das vielleicht ein Scherz war, erhob sich die Chachapoya, drehte sich um und verschwand im hohen Schilf.

Kemaq blickte ihr hinterher. Er hatte viele Fragen, aber sie hatte natürlich Recht, er musste sich beeilen. Er legte sich auf sein Bündel aus Schilf und Geäst und watete weiter hinaus in die Mitte des Flusses. Dann überließ er sich widerstrebend der Strömung. Er war ein Läufer, kein Schwimmer, hatte nur als Kind im Fluss gebadet und gelernt, sich über Wasser zu halten. Das kleine Schilfbündel wirkte zerbrechlich, aber es trug ihn. Er atmete tief durch und ließ sich treiben. Gelegentlich half er mit kleinen Beinschlägen nach. Der Fluss schien nicht besonders tief. Er spürte immer wieder Grund unter den Füßen. Das Wasser war klar und kalt. Pitumi hatte ihm erklärt, dass dieser Fluss sich aus dem Winterschnee der Berge speiste und schon bald, in weniger als zwei Monden, ganz ausgetrocknet sein würde. Das war schwer vorstellbar, auch wenn das Wasser wirklich eiskalt war. Kemaq fror bald. War er erst einmal jenseits der Mauer, würde sich das Übrige schon finden, das redete er sich wenigstens ein. Wie die Heilerin ihm geraten hatte, hielt er den Kopf unter den wie zufällig aufragenden Zweigen versteckt.

»Wenn sich *ein* Gott ein Lama holt, dann kommen vielleicht auch die anderen auf die Weide – und ihr Weg würde über den Fluss führen, Chaski«, hatte sie ihn zur Vorsicht gemahnt. Er beschleunigte sein kleines Floß wieder. Die Paste, die sie ihm gegeben hatte, wirkte Wunder. Er fühlte sich frisch und stark und war beinahe bereit zu vergessen, was vor ihm lag. Plötzlich ertönte das schwere Rauschen, das er schon einmal gehört hatte. Er presste sich dichter an sein Gefährt, blickte auf und sah einen schwarzen Schatten langsam über den Fluss ziehen. Ein einziger Flügelschlag – und der Ankay Yaya, der fliegende Gott, hatte ihn schon überquert. Die Chachapoya schien Recht zu behalten, denn der Yaya hielt etwa auf die Stelle zu, an der der andere gefressen hatte. Als er vorüber war, überwand Kemaq seine Angst und reckte sich. Dieser sah anders aus als der schwarze Gott, er war ebenfalls sehr dunkel, doch schimmerte ein tiefer Goldton auf seinen Schuppen. Er stürzte sich auch nicht herab, sondern zog sehr dicht über den Boden dahin. Ein Blöken erklang, der

Gott schien landen zu wollen, und Kemaq verlor ihn kurz aus den Augen. Dann wieder ein Blöken und nur einen Moment später stieg der Ankay Yaya mit starken Flügelschlägen in den wolkenlosen Himmel auf. In seinen mächtigen Klauen trug er zwei tote Lamas. Er schwenkte kurz nach links, überquerte ein Stück vor Kemaq den Fluss und verschwand.

Kemaq bemerkte erst jetzt, dass er zitterte. Er wusste, dass es viele Götter gab, sie wohnten in Bergen, Bäumen, Ebenen und Flüssen, aber seit Menschengedenken hatten sie sich weder dem Steinvolk noch irgendeinem anderen Volk gezeigt – außer den Hohepriestern und natürlich dem Sapay Inka, der ein Sohn Intis war. Und nun flogen sie für alle sichtbar über das Land. War das wirklich ein Zeichen, dass das Ende des Inkareiches gekommen war? Kemaq ließ sich weitertreiben. Die Inka hatten sein Volk besiegt, lange bevor er geboren worden war, viele von ihnen in die Fremde geschickt und seine Häuptlinge in ihre Hauptstadt entführt. Die Marachuna waren jetzt ein versprengtes Volk, wie alle anderen auch, Fremde unter Fremden, und er und seine Brüder hatten sich, auch wenn sie in Tikalaq geboren waren, dort nie heimisch gefühlt. Auch deshalb nicht, weil man ihre Eltern drei Jahre nach Kemaqs Geburt wieder in eine andere Stadt befohlen hatte. Es war die immer mürrische Mocto, die sie aufgezogen hatte. Er konnte sich kaum an seine Eltern erinnern. Ob er sie je wiedersehen würde? Er wusste ja nicht einmal, ob sie noch lebten. Kemaq trieb das Floß wieder schneller an. Dieser Fluss brachte ihn auf seltsame Gedanken.

Endlich bemerkte Kemaq die angekündigte Veränderung. Der Frühlingsfluss mündete in einen Seitenarm des Mochica. Hie und da lugte das Dach einer Schilfhütte über das Ufer, das nun höher und steiler wurde, so dass die Stadt nicht mehr zu sehen war. Kemaq bemerkte die kleine Insel, die Pitumi ihm beschrieben hatte, und schob sein Gefährt nach links in den breiten Graben, der sich dort auftat und zur Stadt führen würde. Zur Linken wurde ein verlassener Tempel sichtbar und dahinter die Mauer einer ersten Festung. Demnach musste das, was so unvermittelt vor ihm in die Höhe wuchs, die Mauer der Mondfestung sein. Sie war viel höher als der Wall von Tikalaq. Die Strömung des Kanals wurde schwächer, aber noch trug sie ihn weiter. Kemaq drückte sich enger an sein Floß.

In der Mauer war eine dunkle Höhlung, und der Kanal trug ihn genau dorthin. Er sah Tageslicht auf der anderen Seite des kurzen Tunnels, aber davor lag ein Hindernis, das Gatter, von dem Pitumi gesprochen hatte. Es sah stärker aus, als er sich das vorgestellt hatte, und als er es erreichte, stellte er fest, dass es aus kräftigen Baumstämmen bestand. Kemaq wurde gegen das Gatter getrieben. Er war ratlos. Die Stämme standen viel zu dicht beisammen, um sich hindurchzuwinden, und als er aufblickte, sah er, dass sie in den Ziegeln verankert waren. Er zog in Erwägung, diese Mauer zu umgehen und zwischen den Festungen in die Stadt zu schleichen, aber gerade, als er aus dem Graben klettern wollte, sah er einen Schatten über sich hinwegziehen und zuckte erschrocken zurück. Die Götter wachten über der Stadt. Er konnte nicht hinaus, und bleiben, wo er war, konnte er auch nicht. Pitumi hatte gesagt, die Verteidigung sei vernachlässigt worden. Davon bemerkte er nichts. Er hielt einen Augenblick inne, um sich zu sammeln, dann kam ihm der Gedanke, dass diese Stämme vielleicht schon sehr lange im Wasser standen. Könnten sie morsch sein? Er holte tief Luft und tauchte unter.

Mila saß in ihrer Hängematte und ließ die Finger über die feine Klöppelarbeit ihrer Augenbinde gleiten, die sie auf ihr Knie gelegt hatte. Sie war ein Geschenk ihrer verstorbenen Mutter, die stets die Meinung vertreten hatte, eine zukünftige Gräfin von Tretzky dürfe nicht aussehen wie ein dahergelaufener Bettler. Sie war schneeweiß, auch wenn Mila das natürlich nicht selbst beurteilen konnte, aber sie fühlte, dass ihre Augen von fein durchbrochener Spitze verborgen und geschützt wurden. Sie trug sich eher wie ein leichter Schleier, nicht wie eine Binde, auch weil ihre

Mutter der Meinung gewesen war, es sei »gesund«, wenn Luft an ihre blinden Augen käme, als wäre ihre Blindheit ein vorübergehendes Leiden, dem man mit ein bisschen frischer Luft abhelfen könne. Als Lucrecia von Tretzky ihrer Tochter diese Augenbinde geschenkt hatte, war sie auch nicht umhingekommen, darauf hinzuweisen, wie kostbar – und kostspielig – dieses Stück venezianische Spitze gewesen war: eine unüberhörbare Mahnung, es nicht zu verlieren. Ihre Mutter hatte immer leicht nach Äpfeln geduftet, daran erinnerte sich Mila in diesem Augenblick. Sie war in Versuchung, an der Augenbinde zu schnuppern, obwohl sie natürlich wusste, dass jetzt, drei Jahre, nachdem sie dieses kostbare Stück Stoff bekommen hatte, keine Gerüche, sondern nur noch Erinnerungen daran hafteten. Vor fünfzehn Monaten war ihre Mutter an einem plötzlichen Fieber verstorben. *Was sie wohl dazu sagen würde, dass mich die Indios wegen dieses Stück Stoffs für eine Königin halten?*, fragte sich Mila. Sie war so in Gedanken versunken, dass sie gar nicht bemerkte, dass ihr Großonkel ihre Kammer betreten hatte. »Dieses Stück Stoff hat wirklich eine erstaunliche Wirkung«, sagte er.

Mila zuckte erschrocken zusammen. Die Augenbinde rutschte ihr aus den Händen und fiel zu Boden.

»Ich wollte dich nicht erschrecken«, sagte der Hochmeister und klang sehr verlegen. Sie sprang aus der Hängematte, bückte sich und begann den Boden abzutasten. Ihr Onkel tat einen Schritt nach vorn, besann sich dann aber eines Besseren und sagte nur: »Etwas weiter links, Mila.«

Mit zitternden Fingern ertastete sie das Stück Stoff, hob es auf und drückte es an sich. Für einen winzigen Moment hatte sie eine ganz unerklärliche Angst befallen, sie könnte es für immer verloren haben.

»Wenn die Stadt erst einmal sicher in unseren Händen ist, werde ich Dietmar bitten, sie zu waschen«, sagte Maximilian von Friedberg jetzt und klang betreten.

»Ist sie so schmutzig?«, fragte Mila.

»Oh, nicht sehr, ein wenig Ruß und Staub. Etwas Wasser würde ihr sicher nicht schaden«, sagte der Hochmeister, und obwohl das im Grunde genommen eine Nichtigkeit war, fühlte Mila sich plötzlich todunglücklich. »Ich sehe das nicht«, erklärte sie.

Jetzt war der Hochmeister offenbar noch verlegener. »Es ist wirklich nicht so schlimm, Mila, und sie schmückt dich wie eine Königin. Aber ich bin eigentlich nicht gekommen, um mit dir über Fragen der Mode zu sprechen.«

Mila schwieg. Sie hatte sich wieder beruhigt. Die Augenbinde lag in ihren Händen. Nur für einen Moment hatte sie sich sehr verloren gefühlt.

»Ich bin vielmehr hier, weil ich dich bitten muss, dich in Zukunft etwas zurückzuhalten, Milena«, erklärte der Hochmeister jetzt.

»Zurückhalten?«, fragte Mila erstaunt.

»Ja, es ziemt sich nicht, dass du dich in die Beratungen des Ordens einmischt.«

Sie nahm an, dass er ihren kleinen Disput mit dem Tressler meinte. »Aber ich hatte nun einmal etwas gehört, das konnte ich doch nicht unerwähnt lassen, auch wenn Graf Tassilo das nicht gefällt. Er hat doch Konrad sogar Unrecht getan.«

»Dennoch!«, sagte der Hochmeister streng. »Keiner unserer Ritter hätte gewagt, was du dir herausgenommen hast. Wenn du etwas zu sagen hast, steht es dir frei, jederzeit zu mir zu kommen, aber bitte, bring mich nicht wieder in solch eine Verlegenheit. Und es geht nicht nur um diesen Zwischenfall, sondern auch um dein Auftreten insgesamt.« Ihr Großonkel seufzte. »Schau, Mila, die Ritter kennen und achten dich, wie auch die übrigen Männer, aber bald sind Pizarro und seine Leute hier, und das bereitet mir Sorgen. Oder ist dir entgangen, wie sie mit den Frauen der Indios in San Miguel umgegangen sind?«

»Aber du hast das doch unterbunden, Onkel«, rief Mila.

»Und ich habe keine Zweifel daran, dass sie das zügellose Leben wieder aufnehmen, sobald ich nicht in der Nähe bin, ja, vielleicht werde selbst ich diese schlimmen Übergriffe nicht auf Dauer verhindern können.«

»Und du glaubst, was sie den armen Indio-Frauen antun, das könnte auch mir …«

»Nein, natürlich nicht!«, unterbrach sie der Hochmeister scharf. »Sie sind doch wohl noch nicht so verdorben, dass sie sich an einer Gräfin vergreifen werden. Ich bin vielmehr besorgt, dass du dich wieder zur Unzeit einmischen und dich und mich damit in Schwierigkeiten bringen wirst.«

Jetzt wurde Mila zornig: »Aber bist du nicht der Oberste Richter dieser Länder? Kann es da schaden, wenn ich dir …«

Ihr Onkel schnitt ihr erneut das Wort ab: »Natürlich, ich bin der *Adelantado* von Neu-Kastilien, ein wahrlich klangvoller Titel, aber dennoch bin ich Pizarro unterstellt. Die Juristen des Kaisers haben sich wirklich alle Mühe gegeben, die Lage so kompliziert wie möglich zu gestalten.« Er verstummte für einen Augenblick, dann sagte er etwas ruhiger: »Selbst wenn ich das Recht durchsetzen könnte, glaubst du, es wäre klug, das um jeden Preis zu tun? Ich hätte in San Miguel leicht vier oder fünf Männer wegen ihrer Verbrechen gegen die armen Menschen dort aufhängen lassen können – aber ich tat es nicht. Weißt du, warum?« Und als Mila den Kopf schüttelte, fuhr er fort: »Wir haben eine Aufgabe, Mila. Der Kaiser hat Pizarro geschickt, damit er ihm neues Land erobert, und dazu stehen ihm kaum zweihundert Männer zur Verfügung. Ein jeder von ihnen ist unersetzlich, denn unser Feind hat vielleicht hunderttausende Krieger. Ich kann unter diesen Umständen dem Recht nicht immer zum Sieg verhelfen, auch wenn ich es wollte. Ich weiß aber leider, dass dich solche Überlegungen nicht kümmern, Mila, und deshalb *befehle* ich dir, dich in Zukunft aus solchen Dingen herauszuhalten, auch wenn es dir schwerfällt!«

Mila schluckte. Noch nie hatte ihr Onkel sie so hart angefahren. Sie verstand sein Dilemma sogar, aber sie würde trotzdem nicht schweigen, wenn sie Unrecht bemerkte. Eine Weile lastete unbehagliche Stille auf ihnen, dann sagte der Hochmeister: »Wir werden Don Rodrigo heute Nacht bestatten. Möchtest du dabei sein?«

»Natürlich, Onkel«, sagte Mila. »Habt ihr denn schon herausfinden können, ob wirklich ein Indio über die Mauer kam – oder entkam?«

»Nein, Tassilo und Lorenzo sind dabei, die Wachen noch einmal zu befragen, aber niemand außer Konrad hat etwas gesehen, und niemand außer dir hat etwas gehört.«

»Ich weiß aber, was ich gehört habe«, behauptete Mila, obwohl sie doch selbst Zweifel hatte.

»Ich schlage vor, dass du dich ausruhst. Fray Celso wird nachher zu dir kommen und sich um deine Lateinkenntnisse kümmern. Mach nicht so ein entsetztes Gesicht, ich gehe ohnehin davon aus, dass es dir gelingen wird, ihn abzulenken. Ja, das solltest du sogar, es scheint mir, sein – wie heißt die Sprache? Quechua? Gut, sein Quechua scheint mir verbesserungswürdig, wenn ich an das Desaster mit dem Curaca denke. Wir sehen uns dann bei der Abendmesse.«

Pitumi hatte richtig vermutet: Das Gatter unter der Mauer war vernachlässigt worden. Die verwendeten Stämme waren angefault, was aber nicht bedeutete, dass es leicht war, einen davon zu lockern. Kemaq hatte das Gefühl, schon eine ganze Ewigkeit an dem Stamm zu rütteln, den er dafür ausgewählt hatte, aber es half nichts. Er holte noch einmal tief Luft, tauchte unter, stemmte sich mit den Füßen gegen einen anderen Stamm und drückte mit der Schulter gegen das angefaulte Holz. Es knackte – endlich. Kemaq verdoppelte seine Anstrengung, dann verloren seine Füße den Halt, und sein Bein verklemmte sich zwischen den Stämmen. Es war nicht mehr viel Luft in seinen Lungen. Er befreite sich mit wildem Strampeln und kehrte zurück an die Oberfläche. Erst dort wurde ihm klar, dass er um ein Haar ertrunken wäre. Er zitterte, jetzt nicht mehr nur vor Kälte. Wie lange war er schon im Wasser? Plötzlich hatte er Angst davor, noch einmal hinabzutauchen. Aber dann schüttelte er die Furcht ab. Sein Leben und das seines Bruders hingen davon ab, dass er seinen Auftrag erfüllte. Er holte tief Luft und tauchte hinunter. Er betastete den Stamm – er war gebrochen, also hatte er es fast geschafft.

Noch einmal rüttelte er an dem morschen Holz, seine Lungen brannten schon, aber er blieb jetzt unter Wasser, rüttelte und zerrte, bis der Stamm schließlich ganz durchbrach. Er ließ das Stück Holz los, und es trieb davon, während er wieder auftauchte und tief Luft holte. Kemaq wusste, dass er damit erst die halbe Arbeit bewältigt hatte, denn ihm war nicht entgangen, dass es auf der anderen Seite der Mauer ein ebensolches Gatter gab. Er schob sein Schilffloß ans Ufer und ins Trockene, damit es sich nicht noch mehr mit Wasser vollsaugte. Er tauchte und quetschte sich durch die schmale Lücke, die er geschaffen hatte. Die Mauer war etliche Schritt breit und das Wasser zunächst zu tief, um darin zu stehen, aber plötzlich merkte er, dass der Boden anstieg. Der Kanal schien versandet zu sein. Das zweite Gatter war aus dünneren Hölzern als das erste, aber enger gesteckt. Schon die ganze Zeit hatte sich Kemaq gewundert, dass die Mauern der Festung einen so leicht zu findenden Schwachpunkt hatten, denn Krieger mit Äxten hätten sich von den Stämmen wohl kaum aufhalten lassen. Jetzt sah er, dass er sich getäuscht hatte. In die Decke waren schwere Steinplatten eingelassen – der Durchlass war verschließbar, und wer immer es bis hierherschaffte, würde im zurückgestauten Kanal jämmerlich ertrinken. Er entdeckte oben zwei schmale Einschnitte, die dann immer noch ein wenig Wasser hindurchlassen würden. Die Chimú schienen an alles gedacht zu haben, und es war sein Glück, dass die Verteidigung dermaßen vernachlässigt worden war.

Er musste tauchen und Sand zur Seite schaufeln, um das Gatter zu untersuchen. Beinahe alle Stäbe waren angefault. Er tauchte dreimal und hatte schon fast genug davon gelockert, um hindurchzuschlüpfen. Er arbeitete vorsichtig, denn ihm war klar, dass treibendes Holz auf dem Wasser seine Anwesenheit verraten konnte, und er wusste nicht, was ihn auf der anderen Seite des Gatters erwartete. Pitumi hatte ihm gesagt, dass die Mondfestung bis auf den Tempel für den Chimú-Mondgott Si beinahe verlassen war. Angeblich lebten nur noch eine Handvoll Tempeljungfrauen und ein Priester dort. Und ein Priester war genau, was Kemaq brauchte. Natürlich war seine Nachricht eigentlich für den obersten Diener Intis bestimmt, aber es war nicht ausgeschlossen worden, dass er sie auch einem anderen Gottesdiener überbringen durfte – und Intis Tempel lag laut Pitumi ganz im Süden dieser weitläufigen Stadt, über der die Götter kreisten. Er tauchte noch einmal, brach eine weitere Stange dicht über dem Boden ab und begann dann vorsichtig, sie zur Seite zu biegen. Es sah so aus, als würde er hindurchpassen, aber nach den Erfahrungen am ersten Gatter kehrte er erst noch einmal zurück an die Oberfläche, um seine Lunge mit Luft zu füllen. Auf der anderen Seite schien alles ruhig. Die Sonne senkte sich bereits im Westen, und eine Seite des Kanals lag im Schatten. Kemaq holte tief Luft, tauchte unter, brach vier Stäbe ab und zwängte sich hindurch. Aufgewirbelter Sand trübte das Wasser. Kemaq tauchte zur Wand des Kanals. Erst dort steckte er den Kopf aus dem Wasser, holte Luft, sah sich um – Stille. Jedenfalls beinahe. Der Fluss murmelte leise, und da war noch ein anderes Geräusch. Es klang beinahe nach menschlichen Stimmen, aber es war so weit weg, dass sich Kemaq nicht sicher war.

Als der Hochmeister gegangen war, fragte sich Mila, was sie verkehrt gemacht hatte. Sie hatte nur helfen wollen, das konnte doch nicht falsch sein. Es war ihr schwer genug gefallen, die Aussage des verabscheuungswürdigen Konrad zu bestätigen. Mila schüttelte verärgert den Kopf. Vermutlich meinte es ihr Großonkel nur gut mit ihr, aber sie hatte den Verdacht, dass Graf Tassilo sich über sie beschwert hatte.

Wieder einmal fragte sie sich, was die Ursache für dieses kaum kaschierte Zerwürfnis zwischen dem Tressler und ihrem Onkel war. Eine Weile saß sie in der Hängematte und lauschte in die Finsternis. Dann schüttelte sie den Kopf, um das bedrückende Gefühl loszuwerden, und erhob sich. Sie trat ans Fenster, die kostbare Augenbinde immer noch in der Hand, und ließ eine leichte Brise, die um die Ecke des Palastes zog, ihre Augen streicheln. Sie mochte den Wind – er trug Gerüche und Geräusche aus der Dunkelheit heran, die sie umgab, und verriet ihr auf diese Weise etwas über die Welt, die sie nicht sehen konnte. Sie roch das Meer. Auf dem Meer war es noch besser, dort war das ewige Rauschen der Wellen ein Klangteppich, der ihr ein Gefühl von Weite gab, das sie sonst nie verspürte, endete die Welt doch stets hinter der Spitze ihres weißen Stabes. Der Wind kam aus Süden, das würde die Ankunft der Flotte weiter verzögern. Im Moment war sie darüber nicht besonders unglücklich. Sie blieb eine Weile stehen und lauschte. Sie hörte einen der Drachen, wie er in großen Schlucken aus dem Kanal trank, der ihre Festung durchzog. Es klang nach Behemoth. Sie lauschte und verharrte. Sie hatte das unbestimmte Gefühl, dass sie beobachtet wurde. Nun, es war vermutlich nichts. Sie legte sich die Augenbinde über die Stirn, seufzte, weil sie plötzlich das Gefühl hatte, sie sei nicht sauber genug, drehte sich um und rief nach Dietmar. Eigentlich könnte er doch schon jetzt etwas Wasser holen und wenigstens den Staub aus dem Stoff waschen. Und was die Zurückhaltung anging – ihr Onkel war vermutlich einfach zu vorsichtig. Er wollte sie beschützen, weil sie blind war. Sie würde ihm schon noch beweisen, dass das nicht nötig war.

Beiderseits des Kanals konnte Kemaq die Mauern von Gebäuden sehen. Er überlegte, ob er weiter dem Kanal folgen sollte, vielleicht bis zu dem Platz, an dem laut Pitumi der Mondtempel lag. Aber er war ein Läufer, kein Schwimmer, und falls er in Gefahr geriet, wollte er doch lieber der Schnelligkeit seiner Beine als seinen Fähigkeiten im Schwimmen vertrauen. Er entdeckte eine alte, halb verfallene Treppe, vermutlich in früheren Zeiten zur Wartung des Gatters angelegt. Sie schien lange nicht benutzt worden zu sein, und Gräser hatten sich durch die Fugen der Lehmziegel gedrückt. Vorsichtig kletterte Kemaq die Stufen hinauf, spähte über den Rand der Böschung, und erst, als er niemanden sah, huschte er hinüber zur Wand des nächsten Hauses. Er blickte zurück. Es waren keine Wachen auf den Mauern. Auch sonst schien es still. Dann bemerkte er eine leichte Erschütterung des Bodens, doch gerade, als er sich fragte, was das sein mochte, hatte es schon wieder aufgehört. *Sicher nur ein leichtes Erdbeben,* dachte Kemaq, denn davon hatte er schon einige erlebt. Er huschte weiter zum nächsten, dann zum übernächsten Haus. Er spähte um die Ecke auf den Platz und prallte erschrocken zurück. Ein Gott! Auf dem Platz war ein fliegender Gott. Sein Herz raste, und große Angst befiel ihn. Er zwang sich zur Ruhe, und seine Neugier siegte über die Furcht. Er spähte um die Ecke und sah, wie der Ankay Yaya seinen Kopf zum Kanal senkte und mit langen Schlucken trank. Erst konnte er seinen Blick nicht lösen, aber dann nahm er im Augenwinkel eine Bewegung wahr.

Da war jemand, an einem der Fenster im obersten Stockwerk eines Palastes. Es war eine junge Frau – oder eine Göttin? Das Fenster lag im Schatten, aber dennoch sah Kemaq, dass ihre Haut hell war, heller noch als die der Chachapoya, und dann war da ihr Haar, es war golden wie die Sonne. Es *musste* eine Göttin sein, auf den fliegenden Göttern herabgestiegen von den Sternen. Sie erwiderte seinen Blick. Kemaq erstarrte. Er hätte weglaufen sollen, aber er konnte nicht. Sie musste ihn sehen, gar keine Frage, aber sie unternahm nichts. Dann legte sie sich ein weißes Band über die Stirn. Die *Borla,* durchfuhr es Kemaq. Jedes Kind wusste, dass der Sapay Inka seine Augen hinter einem Band verbarg, damit die Menschen nicht erblindeten, wenn er sie ansah. Diese Göttin musste eine Herrscherin unter Ihresgleichen sein! Jetzt drehte sie sich um und verschwand vom Fenster. Der Ankay Yaya trank nicht mehr, und Kemaq hörte, dass die Fremde etwas rief. Er zog sich hastig in den Schatten zurück. Er verstand nicht, was vorgefallen war, aber sie hatte ihn offensichtlich nicht verraten, denn es blieb still. Mit zitternden Knien schob sich Kemaq die Wand entlang. Als aber die Zeit verrann, ohne dass Männer oder Götter nach ihm suchten, beruhigte er sich wieder und versuchte zu verstehen, was er gesehen hatte: Die Welt war voller Götter, das wusste er, aber offenbar hatten diese beschlossen, sich nicht mehr nur den Priestern zu offenbaren. Hatte Pitumi also Recht, und Pachakuti, die Zeitenwende, stand bevor? Und waren diese Wesen von den Sternen gekommen, um dem Reich des Sapay Inka ein Ende zu bereiten? Er wusste die Antwort nicht. Kemaq spähte um die nächste Ecke. Am anderen Ende des Platzes ragte der Mondtempel empor. Es war ein weiter Weg bis dahin, denn er musste den Platz meiden, versuchen, den Augen des Ankay Yaya zu entgehen. Aber er würde es nie schaffen, wenn er sich nicht aufmachte. Kemaq schlich durch die Schatten davon.

Die Festung verwirrte ihn. Die Mauern an den Gassen waren hoch, viel zu hoch für gewöhnliche Hütten. Das Steinvolk baute so nicht. Waren das überhaupt Wohnhäuser? Bei der nächsten Hausecke sah er, dass drei weitere der fliegenden Götter auf dem Platz in der Nachmittagssonne lagen. Sie bemerkten ihn nicht, aber es kostete ihn große Überwindung, zum nächsten Haus zu huschen. Er hielt sich möglichst weit vom Platz entfernt. Fast war er an der östlichen Außenmauer dieser Festung angelangt. Er huschte voran, bis er plötzlich Schritte hörte. Er rannte in den nächsten dunklen Hauseingang und wartete. Jemand war auf der Mauer. Als er das Gefühl hatte, dass die Schritte vorüber waren, wagte er einen Blick. Er sah eine lange Lanze und einen Helm, der im Sonnenlicht schwach schimmerte. Es sah aus, als sei er aus dunklem Silber gefertigt. Auch die Spitze der Lanze, die eigentlich keine Lanze, sondern eher eine Art Mittelding aus Speer und Axt zu sein schien, schimmerte im gleichen Ton. Und wer fertigte Waffen aus Silber – wenn nicht die Götter? Kemaq bedauerte, dass er nicht mehr von diesem Bewaffneten erkennen konnte. Er sah sich um. Auch in diesem Haus waren die Mauern zu hoch, es gab auch keine Fenster. Dann dachte er, dass es vielleicht ein Lagerhaus sein könnte, denn nichts deutete darauf hin, dass es je von Menschen bewohnt gewesen war. Er trat vorsichtig hinaus und stellte sich auf die Zehenspitzen, aber der Fremde blieb ihm bis auf seine furchterregende *Axtlanze* und seinen Helm verborgen. Kemaq lief weiter. Endlich erreichte er die Rückseite des Mondtempels. Kemaq zählte sieben fensterlose Stockwerke, die in Stufen steil anstiegen. Ihm wurde mit Schrecken klar, dass sich die Treppe nach oben auf der Vorderseite befand. Aber dort konnte er nicht hinein – denn damit lag sie gut sichtbar an dem Platz, auf dem die Götter in der Sonne ruhten. Und während Kemaq noch überlegte, was er machen sollte, hörte er über sich ein Geräusch wie von schwerem Leder. Er blickte nach oben.

Mila hatte gehofft, Fray Celso würde sie in ihrer Meinungsverschiedenheit mit ihrem Großonkel unterstützen, aber der Augustinermönch stellte sich auf die Seite des Hochmeisters: »Ein Jegliches hat seine Stunde, Condesa, ein Jegliches hat seine Zeit. Es mag Zeiten geben, da es geboten ist, die Stimme zu erheben, aber mir scheint, Graf Maximilian hat in diesem Fall Recht – es war nicht sehr weise, wegen Eurer Beobachtungen einen Streit mit dem Tressler zu beginnen.«

»Aber ich habe doch keinen Streit begonnen, ich habe lediglich den Meistern unseres Ordens gesagt, was ich gehört habe!«

»Jedoch zur falschen Stunde, wie ich hörte, denn sie waren gerade in einer Besprechung, nicht wahr?«

Mila murmelte eine Bestätigung.

»Seht Ihr?«, meinte der Mönch. »Hättet Ihr nur ein wenig gewartet, wärt Ihr sicher willkommen gewesen. Aber ich gebe zu, dass es nobel von Euch war, Junker Konrad beizuspringen, weiß ich doch, dass Ihr Euch nicht sehr gut mit ihm versteht.«

Mila schwieg. Sie hatte sich ganz bestimmt nicht Konrad zuliebe zu Wort gemeldet.

»Nun«, fuhr der Mönch fort, »ich hatte die Ehre, den drei Schildknappen die Beichte abzunehmen. Ihre Seele sollte rein sein, denn morgen ist ein großer Tag für sie. Es hat sie nicht sehr begeistert, die Zeit bis dahin mit Beten und Fasten verbringen zu müssen. Aber was soll ich sagen? Es sind junge Menschen, und die Einsicht in die Notwendigkeit solchen Tuns ist ihnen noch nicht gegeben. Und ihre Streiche – nun, sie sind wohl für jeden Beichtvater eine echte Prüfung.« Mila war gar nicht bewusst gewesen, dass auch er unter ihrem Übermut zu leiden hatte. Der Fray seufzte, dann sagte er: »Wenn Konrad wirklich zum Drachenritter erhoben wird, dann werden auch diese kindischen Streiche vermutlich ein Ende haben, Condesa. Das ist doch auch etwas, oder?«

Mila war da nicht ganz so hoffnungsvoll. Zwei von dreien würden nicht zum Ritter erhoben werden. Und würde Konrad seine Boshaftigkeit verlieren, nur weil er plötzlich einen Drachen reiten durfte? »Sagt, Vater, wisst Ihr, was es mit dieser Wahl auf sich hat? Ich habe bisher angenommen, die Drachen würden den Ritter tragen, den ihnen der Orden zuweist.«

»Dass sie den Knappen nahmen, den man ihnen *zuwies,* würde ich nicht behaupten, jedenfalls nicht gegenüber einem Drachen. Sie haben ihren Stolz, wie Ihr sicher wisst. Es scheint aber, dass es sich in den letzten hundert Jahren oder auch länger so zutrug, dass der Drache den Ritter annahm, den der Orden ihm *empfahl.* So hat es mir der Conte di Collalto erzählt, der die Gesetze und die Geschichte des Ordens kennt wie kein Zweiter. Der Conte vermutet, dies sei aus einer gewissen Gleichgültigkeit der Drachen heraus geschehen, denn sie sind alt und haben schon viele Ritter kommen und gehen sehen. Ich möchte aber lieber glauben, dass sie sich entschlossen haben, auf die Weisheit so frommer Christenmenschen zu vertrauen, wie es die Meister dieses Ordens zweifelsohne sind.« Er schwieg, vielleicht hatte er den Faden verloren.

»Und vor diesen hundert oder mehr Jahren?«, fragte Mila ungeduldig.

»Ach, es scheint, dass die Drachen früher selbst bestimmt haben, wen sie auf ihren Rücken ließen. Der Conte erklärte mir, dass es zu dem gehört, was sie ihre *unveräußerlichen Rechte* nennen. Ihr wisst ja vielleicht, Condesa, dass sie immer noch selbst entscheiden, ob sie in eine Schlacht ziehen oder nicht, so merkwürdig das auch klingen mag.«

»Der heilige Georg war großzügig, dass er ihnen diese Freiheiten einräumte, nachdem er sie unterworfen hatte, nicht wahr, Vater?«

»Ja, ich finde es auch eigenartig«, sagte Fray Celso nachdenklich, »und ich glaube, der Orden hat sich durch diese Freiheiten zuletzt nicht nur Freunde am Hofe des Kaisers gemacht, Condesa.«

»Was meint Ihr, Vater?«

Der Mönch senkte die Stimme: »Wie Ihr vielleicht wisst, war der Orden mit dem Kaiser in Italien und errang dort den großen Sieg von Pavia, was den Drachen viel Ruhm und Ehre einbrachte. Es schien fast, als könne der Orden seine alte Bedeutung wiedererlangen. Doch dann ertönte ein Hilfeschrei aus dem Reich, und den wollten die Drachen nicht hören.« Mila hatte immer noch keine Ahnung, was der Mönch meinte, also erzählte er ihr von den Bauernaufständen: »Das halbe Reich war in Aufruhr, keine Kirche und kein Schloss waren noch sicher, und Ihr könnt froh sein, dass Ihr seinerzeit schon in Sevilla wart, Condesa. Der Truchsess von Waldburg war beauftragt, diesen Aufstand gegen die gottgewollte Ordnung niederzuschlagen. Er bat den Orden um Hilfe, und Graf Tassilo, der ein entfernter Verwandter des Truchsess ist, sagte sie ihm auch gerne zu. Leider weigerte sich Marduk, der doch der Anführer der Drachen ist, gegen die Bauern zu kämpfen.«

Mila runzelte die Stirn. Sie hatte selbst in Spanien noch schreckliche Geschichten über den Bauernkrieg gehört. Klöster und Burgen sollten niedergebrannt, Adelige und Priester erschlagen worden sein. »Aber warum denn?«, fragte sie.

Der Fray senkte die Stimme noch weiter: »Marduk soll gesagt haben, es sei unter seiner Würde, gegen wehrlose Bauern zu kämpfen. Er hat ja sogar behauptet, sie seien nicht gänzlich im Unrecht. Und Euer Onkel, der Hochmeister, hat diese Entscheidung mitgetragen – nun, es blieb ihm wohl auch nichts anderes übrig.«

Plötzlich verstand Mila. Der Tressler hatte Hilfe zugesagt, die dann nicht gekommen war, und war bloßgestellt worden: »Und deshalb hegt Graf Tassilo diesen Zorn gegen meinen Onkel? Sollte er denn nicht eher Marduk zürnen?«

»Einem Drachen zürnen? Ich glaube, Marduk ist es gleich, was der Tressler von ihm hält. Aber ja, Ihr habt Recht, das ist die Ursache für den Groll, den der Graf gegen den Hochmeister hegt, das jedenfalls habe ich aus einigen Bemerkungen geschlossen, die der Conte di Collalto letzthin machte. Wie Ihr wisst, war er so großzügig, mich auf dem Rücken seines Drachen mitzunehmen.«

»Ich hörte, der Flug hat Euch nicht sonderlich gefallen, Vater«, kommentierte Mila mit einem Lächeln.

»Nun, ich gebe zu, ich hatte zu Beginn meine Bedenken, aber Horus ist ein sehr besonnener Drache, und ich fühlte mich auf seinem Rücken sehr sicher. Ich glaube, die Heiligen flogen mit mir und behüteten mich.«

»Uns alle, Vater«, stimmte Mila halb in Gedanken zu. Endlich kannte sie den Grund für den Zwist zwischen ihrem Großonkel und Graf Tassilo – sie kannte ihn, aber sie verstand ihn nicht. Der Hochmeister konnte doch nichts dafür, wenn die Drachen sich stur stellten. Sie seufzte, denn das Verhalten der Drachen gab ihr neue Rätsel auf. Sie würde weitere Fragen stellen müssen. Aber konnte sie Marduk einfach danach fragen? Oder schickte sich das nicht und würde ihr neuen Ärger mit ihrem Großonkel einbringen? Sie seufzte wieder, und der Mönch, der nichts von ihren Gedanken ahnen konnte, sagte: »Ja, die Heiligen haben uns beim Angriff behütet, aber als wir gelandet waren, da verließen sie uns.«

Milas Lächeln erlosch. Don Rodrigo war gestorben, vielleicht getötet worden von einem unsichtbaren Feind. »Was glaubt Ihr, welchen der Knappen wird Nabu morgen auswählen?«, fragte sie.

»Woher soll ich das wissen, Condesa? Ich bin nur ein bescheidener Mönch, und die Gedanken der Drachen sind unergründlich.«

Mila nickte. Sie hoffte nur, es würde nicht Konrad von Wolfegg sein, aber das konnte sie dem Mönch schlecht sagen, denn so etwas zu wünschen, war wohl nicht sehr fromm. Mila erhob sich.

»Was habt Ihr vor? Ich glaube, unsere Lateinstunde ist noch nicht zu Ende, Condesa«, sagte der Mönch und erhob sich ächzend vom Boden, auf dem sie gesessen hatten.

»Wisst Ihr, Vater, ich habe vorhin mit Nabu gesprochen. Ich glaube, er wollte sich nicht anmerken lassen, wie traurig er war. Ich will noch einmal nach ihm sehen.«

»Aber Nabu ist gar nicht in der Stadt, Condesa«, rief der Mönch.

»Nicht in der Stadt?«, fragte Mila enttäuscht.

»Er ist gegen Mittag hinaus aufs Meer geflogen, Condesa, und da es inzwischen dunkel wird, frage ich mich, ob er überhaupt wiederkehrt.«

»Ist denn niemand mit ihm geflogen?«, fragte Mila besorgt.

»Er wollte allein sein. Ich glaube, er trauert wirklich um seinen Ritter, auch wenn er es verbirgt.« Der Mönch flüsterte: »Deswegen fürchte ich ja auch, dass er vielleicht über dem weiten Meer den Tod sucht. Selbst Drachen können doch nicht ewig fliegen.« Der Mönch seufzte, dann nahm er Mila bei den Händen. »Kommt, Condesa, ich weiß nicht, ob Drachen eine Seele haben, aber lasst uns für Nabu beten.«

Kemaq presste sich an die Wand und rührte sich nicht. Der Gott war tief über ihn hinweggeflogen, ein riesiger Schatten in der Abenddämmerung, und hatte ihn doch nicht bemerkt. Tamachoc musste seine schützende Hand über ihn gehalten haben. Wenn er erst einmal zurück in Tikalaq war, würde er ihm alles opfern, was er entbehren konnte, da mochte Qupay sagen, was er wollte. Der Gedanke an seinen Bruder erinnerte Kemaq daran, dass er einen Auftrag zu besorgen hatte. Aber er konnte nicht in den Tempel des Mondgottes, nicht, solange es nicht ganz dunkel geworden war. Er zog sich in die nächste Hütte zurück. Sie war furchtbar staubig, aber sie bot ihm wenigstens ein Versteck. Vielleicht bestand in der Nacht eine Möglichkeit, ungesehen in den Tempel zu gelangen. Und wenn nicht? Er hatte nicht unbegrenzt Zeit. Dann dachte er, es könne nicht schaden, sich weiter umzusehen. Er brach also noch einmal auf und schlich am Tempel vorbei und dann zwischen den Hütten weiter. Bald blieb er stehen. Pitumi hatte ihm erklärt, dass jede Festung nur einen Eingang hatte, und den konnte er nun sehen. Er wurde von einem der Ankay Yayakuna bewacht, und oben auf der Mauer blinkten die seltsamen Rüstungen der Fremden. Kemaq kehrte um. Der Palast zog ihn an. Da hatte er die Göttin gesehen, und der helle Schimmer ihres Haares ging ihm nicht aus dem Sinn. Er schlich zwischen den Lehmhäusern zurück Richtung Platz, aber dann siegte doch die Vernunft: Er suchte sich einen verlassenen Lagerraum und wartete notgedrungen. Bald merkte er, wie die Wirkung von Pitumis geheimnisvoller Paste nachließ. Der Schmerz in seinem Knie und die Müdigkeit kehrten zurück. Er versuchte, sich einen Plan zurechtzulegen, aber sein Kopf war leer. Dann sank ihm das Kinn auf die Brust, und er nickte ein.

Als er es bemerkte, riss er schnell die Augen auf. Warum war es so dunkel? Es musste bereits Nacht sein. Also war er doch eingeschlafen! Der Schreck half ihm auf die Beine. Er schüttelte den Kopf, um die Müdigkeit loszuwerden. Seine Glieder schienen schwer wie Blei. Er ging langsam zum Ausgang der Hütte.

Das Knie schmerzte wieder. Die Sichel des Mondes zeigte sich im Westen. Ungläubig starrte Kemaq sie an. So tief? Dann war es ja schon beinahe Morgen! Er musste endlich den Priester aufsuchen. Er schlich zwischen den Hütten Richtung Tempel. Auf den Mauern sah er Männer mit Fackeln auf und ab gehen, und auf dem Platz flackerte ebenfalls ein Feuer, beleuchtete fünf massige Körper. Kemaq zögerte. Ihre Schatten tanzten über der Treppe, die hinauf zum Tempel führte. Würde das reichen, um ihn zu verbergen? Die Treppe war anders als im Tempel von Tikalaq, denn sie teilte die Pyramide nicht in der Mitte, sondern lief flach über die ganze Breite des Stockwerks im Zickzack nach oben. Er schlich vorsichtig näher heran. Am Fuß des Tempels blieb er stehen. Die Schatten der Götter reichten nicht bis ganz hinauf, aber weiter oben war auch das Licht des Feuers nicht mehr so stark. Irgendwie hatte er erwartet, dass dort oben Fackelschein die Anwesenheit weiterer Wachen anzeigen würde, aber dort herrschte Dunkelheit. Vielleicht war Tamachoc weiter auf seiner Seite, aber vielleicht baute er auch zu sehr auf die Hilfe des Gottes. Würde es nicht reichen, wenn er nun umkehrte und dem Hohepriester von Tikalaq berichtete, was er gesehen hatte? Er würde ihm schon jetzt kaum glauben. Er seufzte. Das war es – er würde ihm nicht glauben, nicht, wenn er nicht einen Beweis oder wenigstens eine Nachricht, einen Quipu von einem Priester mitbrachte. Dazu musste er in den Tempel, und es führte nur ein Weg hinein. Aber auf dem Platz waren Wachen, und sie hatten die Treppe ohne Zweifel im Auge – er konnte nicht hinein.

Weitere Fremde, einige davon mit ähnlich hellen Haaren wie die Göttin, die er am Fenster gesehen hatte, trugen verschiedene Gegenstände auf den Platz. Die fliegenden Götter erhoben sich und begannen, sich an die Ränder des Platzes zurückzuziehen. Das bedeutete, sie kamen auch in Kemaqs Richtung. Kemaqs erster Gedanke war schnelle Flucht, aber dann beherrschte er sich und zog sich tiefer in die Schatten des Tempels zurück. Er fühlte das schmückende Ornament des Tempels, das ihm in den Rücken drückte – und fluchte über seine eigene Dummheit: Er konnte die Stockwerke doch auch erklettern! Die Verzierungen der Lehmwände, teils Vertiefungen, teils der Wand aufgesetzt, reichten aus, um einer Fußspitze Halt zu bieten. Er legte seine Schuhe ab, band sie zusammen und warf sie sich über die Schulter. Dann begann er den Aufstieg. Es war mühsam, denn die Stufenpyramide war steil, und der Zierrat und Schmuck waren nicht gemacht, um einem Kletterer als Hilfe zu dienen. Noch dazu war der Lehm alt und bröckelte unter seinen Händen und Füßen. Einmal sah er nach unten, und der kalte Schweiß brach ihm aus. Wenn er fehltrat, brauchte er sich um den Rückweg keine Sorgen mehr zu machen. Er war inzwischen weit oberhalb der Mauer, und er sah einen der Fremden, der aber unverwandt nach Osten blickte, wo der neue Tag heraufdämmerte. Aber noch vor dem ersten Sonnenstrahl erreichte Kemaq das vorletzte Stockwerk des Tempels. Er hatte Glück, denn auf dieser Seite des Tempels führte eine lange Rampe bis ganz nach oben. Er folgte ihr eilig hinauf. Ein schmaler, offener Gang tat sich vor ihm auf und lief gerade zur Mitte des Tempels. Kemaq hastete weiter. Er sah keine Räume oder Kammern – dem Mondgott wurde offenbar unter freiem Himmel gehuldigt. Ein Teil der Mauer schien erst kürzlich eingestürzt zu sein, denn zerbrochene Ziegel lagen auf dem Boden. Jetzt entdeckte Kemaq Hütten auf der anderen Seite der weiten Plattform. Vermutlich für die Priester, dachte er. Er war also fast am Ziel, aber irgendetwas ließ ihn jetzt zögern, er hatte plötzlich das Gefühl, dass auf der offenen Terrasse eine Gefahr auf ihn lauerte.

3. Tag

Mila hatte nicht schlafen wollen, aber dann hatte die Müdigkeit sie doch übermannt. Weit vor Morgengrauen wurde sie von Dietmar geweckt, der meldete, dass der Morisco gekommen sei, sie zur Beisetzung Don Rodrigos abzuholen. Sie dankte dem Diener und bereitete sich vor. Es ging schnell. Die Drachenritter waren mit leichtem Gepäck gereist. Sie besaß nur zwei Gewänder, beide von hellem Grau. Sie strich sich mit dem Kamm durch die Haare, richtete ihre Augenbinde, die *Borla,* wie sie die Indios genannt hatten, schlüpfte in die leichten Stiefel und trat vor die Tür.

»Ich wünsche Euch einen guten Morgen, Condesa. Wie ist Euer Befinden?«, fragte der Maure höflich.

»So gut, wie es unter solchen Umständen eben möglich ist, aber ich danke Euch, dass Ihr mich geleitet, Don Mancebo.«

»Ich würde sagen, dass es mir eine Freude wäre, wenn der Anlass nicht so traurig wäre.«

Mila blieb stehen: »Ist Nabu zurückgekehrt?«, fragte sie besorgt.

»Das ist er«, beruhigte sie der Maure. »Er kam vor einigen Stunden und landete hinter dem Palast. Wir haben ihn eine Weile mit Don Rodrigo allein gelassen. Ich glaube, er ist dann zum Mondtempel geflogen, um dort mit seinen Gedanken für sich zu sein.«

»Trauert er sehr?«

»Das ist schwer zu sagen, Condesa, wie es überhaupt schwer ist, zu erraten, was ein Drache denkt oder fühlt.«

Eine Weile gingen sie schweigend durch den Gang, die Treppe

hinab und dann aus dem Palast hinaus. Mila spürte die Anwesenheit der Drachen auf dem Platz, und sie hörte einige Männer, die dort offenbar etwas vorbereiteten. »Was tun die Männer dort, Don Mancebo?«, fragte sie, um die bedrückende Stille zu brechen.

»Sie bereiten die Zeremonie vor, Condesa. Wir werden sie auf dem Platz abhalten, denn er bietet genug Raum, dass Menschen und Drachen zusehen können, soweit es ihr Dienst zulässt.«

»Lässt mein Onkel immer noch die Drachen über der Stadt kreisen?«

»Das tut er, Condesa, aber die Eingeborenen versuchen auch nicht länger, hinauszugelangen, ja, sie zeigen sich überhaupt nicht mehr. Ich bin mir allerdings nicht sicher, ob das ein gutes oder ein schlechtes Zeichen ist.«

»Ihr meint, sie bereiten im Geheimen vielleicht etwas vor, Don Mancebo?«

»Ihr seid klug, Condesa.« Der Maure führte sie um den Palast herum eine lange, staubige Straße entlang.

»Wohin führt dieser Weg?«, fragte Mila nach einer Weile.

»Zu einer Begräbnisstätte der Indios, Condesa. Fray Celso hat dort eine unbenutzte Kammer entdeckt und sie zu einem Gottesacker geweiht.«

»Aber ist das nicht sehr auffällig, Don Mancebo? Ich dachte, die Ordensmeister wollten Aufsehen vermeiden.«

»Er ruht verborgen unter anderen. Wir hoffen, dass die Scheu vor ihren eigenen Toten die Indios auf lange Zeit davon abhalten wird, nachzusehen, wer dort begraben liegt.«

Sie betraten den Totentempel, und der Maure erklärte Mila leise, dass sie in den Kammern einige Mumien gefunden hatten, vergleichbar mit jenen, die sie schon im Norden gesehen hatten. Er sprach auch von großen Grabkammern, aber der Fray habe nicht zugelassen, dass sie die Totenruhe störten. »Etwas, das die Waffenknechte nicht gerne gehört haben, wie Ihr Euch denken könnt«, erklärte der Ritter weiter. »Sie vermuten dort Kostbarkeiten, werden die Mächtigen dieses Landes doch immer mit vielen Gaben beigesetzt.«

Auf Beigaben musste Don Rodrigo de Henares fast völlig verzichten. Die Ritter hatten eine flache Grube für ihn ausgehoben, in die sie ihn, wie Mila von Don Mancebo erfuhr, eingehüllt in seine Rüstung und seinen Mantel und mit dem Schwert in der Hand, nun legten. Sie hörte die Männer ächzen, und sie weinte, als sie hörte, wie der Leib den Boden berührte. Sie hörte weiter, wie ihr Großonkel am Grab niederkniete und etwas von der Rüstung des Ritters entfernte. »Die Drachenspange«, flüsterte Don Mancebo, »sie wird seinem Nachfolger übergeben werden.«

»Du warst einer von uns, einer der Besten, mein Bruder«, sagte der Hochmeister jetzt. »Mögest du den tiefen Frieden finden, den unsere Drachen schon so lange vergeblich suchen«, fuhr er fort. Das war eine Formulierung, die Mila gespenstisch erschien, und es lief ihr kalt den Rücken hinunter. Fray Celso sprach die Gebete, dann pflanzten zwei der Ritter am Kopfende ein Kreuz auf, und jeder der Anwesenden bekam Gelegenheit, am Grab noch einen Augenblick mit dem Toten allein zu sein. Auch Mila verabschiedete sich von Don Rodrigo – sie hätte gerne etwas gesagt, aber ihr Kopf war vollkommen leer. Also warf sie nur etwas Erde in die Grube. Anschließend wurde das Grab geschlossen.

»Leben und Tod, beides gehört zusammen«, versuchte Fray Celso den langsamen Zug der Ritter aufzumuntern. Ein Versuch, der kläglich scheiterte. Es war der Conte di Collalto, der die Ritter zur Besinnung brachte: »Er war ein tapferer Mann, ein Ritter, der mit uns hierhergekommen ist, um den Wilden den wahren Glauben und dem Kaiser neues Land zu bringen. Er ist nun gefallen, bevor er seinen Auftrag erfüllen konnte. Wir werden ihn jedoch in seinem Namen fortführen. Don Rodrigo verlässt sich auf Euch! Also beendet die Trauer, Ihr Ritter! Bedenkt, ein jeder von uns ist ersetzbar. Hat nicht jeder von uns dem Tod schon oft ins Auge geblickt? Haben wir nicht gewusst, dass es jederzeit einen der Unseren treffen kann? Nun ist eingetreten, was die göttliche Vorsehung für richtig hielt. Seht, die Sonne geht bald auf. Es wird Zeit, dass wir die Lücke, die der Tod in unsere Reihe riss, wieder schließen!«

Die Ritter strebten dem Platz zu, und Mila folgte ihnen, jetzt am Arm des Fray. Sie fand, dass der Marschall ein oder zwei Dinge übersehen hatte: Don Rodrigo war nicht im Kampf gefallen, sondern wahrscheinlich hinterrücks ermordet worden – aber noch immer wussten sie nicht sicher, was wirklich geschehen war. Der Ritter hatte eine Lücke in ihrer Reihe hinterlassen, die keiner von den Schildknappen würde füllen können, schon gar nicht Konrad von Wolfegg.

Sie erreichten den Platz, und der Fray geleitete Mila zur Treppe, wo sie neben Marschall di Collalto stehen sollte. Sie fröstelte, die Sonne war offenbar noch nicht über den hohen Bergen erschienen, und die Müdigkeit, durch die traurige Pflicht kurz verbannt, kehrte nun zurück. Eine Weile hing Mila ihren trüben Gedanken nach, aber dann hörte sie den Tressler, der einen der Schildknappen anfuhr, weil dessen Umhang nicht gerade saß, und sie riss sich zusammen. Das fehlte ihr noch, dass der Graf bemerkte, wie elend sie sich fühlte, und vielleicht gar seine ständig schlechte Laune an ihr ausließ. Mila begann, auf das zu lauschen, was auf dem Platz vor sich ging. Da waren die Waffenknechte, leichter gepanzert als die Ritter, die mit ihren Hellebarden eine Reihe gebildet hatten. Sie hörte sie halblaut miteinander reden. Die Drachenritter hielten sich auf oder an der Treppe auf. Sie waren schweigsam, was in Milas dunkler Welt bedeutete, dass sie manchmal das Gefühl hatte, sie seien gar nicht dort. Jetzt hörte Mila auch das nervöse Getuschel der Schildknappen, die am Fuß der Treppe auf ihren großen Augenblick warteten. Konrad von Wolfegg gab selbst jetzt noch den Wortführer. Die Drachen waren auf dem Platz. Mila konnte ihre tiefen Atemzüge hören. Es waren nicht alle, einige waren wohl immer noch auf ihren Posten irgendwo in der Stadt. Mila konnte fünf von ihnen ausmachen: Der majestätische Marduk lag der Treppe am nächsten, sie hörte das Schnauben, das er immer von sich gab, wenn er ungeduldig wurde. Der Schwarze Nergal lag auf der anderen Seite des Kanals. Mila erkannte ihn an seinem typischen, immer misstrauisch klingenden Zischen. In seiner Nähe brummte Behemoth, der größte, aber auch schwerfälligste aller Drachen. Auf der anderen Seite des Platzes lag dicht beim Kanal Schamasch, genannt der Schöne. Er klang selbst beim Atmen herablassend. Schamasch war der Drache von Sir William Lysle und, bei aller Eitelkeit, die man ihm nachsagte, ein furchtloser Kämpfer. Mila hatte einmal zu ihrem Großonkel gesagt, dass selbst Schamaschs Atem gelangweilt klingen würde, aber der Hochmeister hatte überhaupt nicht verstanden, was sie meinte, und die Kaltblütigkeit von Ritter und Drache gelobt. An der Seite von Schamasch wartete Amun-Ra, der Goldene, den Mila an seiner Angewohnheit erkannte, immer wieder seine Flügelenden zu spreizen. Sie hörte die Krallen an den Enden der Flügel über den Boden kratzen. Die beiden Drachen waren unzertrennlich, ganz anders als ihre Ritter, denn Sir William Lysle verband nur eine tiefe gegenseitige Abneigung mit Waleran de Martel, dem Burgunder.

Während Mila sich auf das Lauschen konzentrierte, geschah etwas Eigenartiges: Sie konnte die Drachen plötzlich nicht mehr nur hören – sie *spürte* ihre Anwesenheit, ihre Präsenz, auf eine Art, die sie nicht erklären konnte und wie sie es noch nie zuvor erlebt hatte. Atemlos lauschte sie auf ihr Inneres. Hätte sie jemand gefragt, sie hätte es nicht beschreiben können – es war weder Hören noch Sehen oder Riechen, aber sie spürte die Drachen so deutlich wie nie zuvor, wie mit einer Art sechstem Sinn: Da war Kemosch, der stärkste der Drachen, und der immer unruhige Reschef und auf der gegenüberliegenden Seite des Platzes, etwas abseits von den anderen, der zurückhaltende Ianus, Don Mancebos Drache – der Drache, den einst ihr Vater geritten hatte. Sie spürte sie alle. Sie wagte kaum zu atmen, weil sie Angst hatte, dieses Gefühl wieder zu verlieren. Es betraf nur die Drachen, es war, als wäre sonst nichts mehr auf der Welt – weder Mauer noch Mensch, nur sie und die Drachen. Es war beinahe, als könne sie etwas sehen, als türmten sich Schatten in der Finsternis, dunkel zwar, aber doch heller als das lichtlose Schwarz, in dem sie ihr Leben fristete. Und während sie fasziniert in sich hineinhorchte, fiel ihr auf, dass Nabu gar nicht anwesend war.

Vom Platz stiegen Geräusche zum Tempel hinauf, aber hier oben war es still. Die Sonne schickte ihre ersten Strahlen über die Tempelspitze. Kemaq verfluchte die vielen seltsamen Wände, die verhinderten, dass er die Terrasse überblicken konnte. Schließlich gab er sich einen Ruck und lief los. Plötzlich spürte er ein Beben des Bodens unter den Füßen und nahm aus dem Augenwinkel eine Bewegung wahr. Langsam wandte er den Kopf. Lähmende Furcht befiel ihn. Dort, keine zwanzig Schritte von ihm entfernt und bis eben verborgen hinter einer Mauer, hatte sich einer der fliegenden Götter erhoben, schüttelte sich, spannte seine mächtigen Flügel und kam nun mit stampfenden Schritten genau auf ihn zu. Der Tempel erzitterte unter dem Gewicht des riesigen Wesens. Und dieses Mal gab es nicht den geringsten Zweifel, dass der Gott Kemaq bemerkte.

Er stand wie gelähmt. Der Gott wurde etwas langsamer, ja, er hielt inne, spannte seine riesigen Flügel zur Gänze aus und schritt erst dann langsam weiter. Er kam Kemaq immer näher und betrachtete ihn mit schief gelegtem Kopf. Am Rande seiner Wahrnehmung fielen Kemaq Einzelheiten auf: Das schlanke Haupt mit den scharfen Zähnen, im Oberkiefer zwei lange Hauer, von denen einer zur Hälfte abgebrochen war, die großen goldenen Augen, die ihn nun betrachteten, das steingraue Schuppenkleid, über das bläuliche Farbschleier spielten. Dieser Gott war von schrecklicher Schönheit. Kemaq öffnete den Mund, aber er brachte kein Wort hervor. Der Ankay Yaya kam noch näher, sog die Luft mit seinen schmalen Nüstern ein, verharrte und kratzte mit seinen großen Klauen eine Kerbe in das Dach des

Tempels. Endlich löste sich Kemaqs Erstarrung: Er warf sich auf die Knie und barg den Kopf in den Armen. Keine Sekunde länger hätte er den Blick aus diesen goldenen Augen ertragen. Das göttliche Wesen blieb stehen, und Kemaq konnte seine tiefen Atemzüge hören. Es schnaubte zweimal, dann erbebte der Boden wieder, denn es stampfte weiter. Vorsichtig blickte Kemaq auf. Der Gott warf ihm einen Blick über die Schulter zu, dann spannte er seine weiten Flügel, hielt sie einen Augenblick in die aufgehende Sonne und sprang mit ausgebreiteten Schwingen vom Rand des Tempels. Er stieg höher in den Morgenhimmel und begann dann in weiten Kreisen, fast ohne Flügelschläge und mit einer Langsamkeit, die Kemaq beinahe schwermütig erschien, tiefer zu gehen. Es sah fast aus, als widerstrebte es ihm zu landen.

Kemaqs Herz raste, und sein Mund war wie ausgetrocknet. Er musste hier fort und konnte sich doch nicht losreißen. Dann hörte er hinter sich ein leises Zischen. Es wiederholte sich. Er drehte sich um. Dort im Eingang einer der Hütten, die am Rande der weiten Terrasse errichtet worden waren, stand eine Frau und winkte. Erst allmählich begriff er, dass sie ihn meinte. Er schüttelte sich und lief schnell zu der Hütte. Endlich hatte er einen Einwohner dieser Stadt gefunden. Ein Priester war es zwar nicht, aber Kemaq hielt sie für eine Tempeljungfrau, und das war ein Anfang. Sie verschwand im Inneren der Hütte, und er folgte ihr.

»Ist er fort?«, begrüßte sie ihn.

»Wer?«

»Der fliegende Gott.«

Kemaq nickte. Er hatte einen trockenen Mund.

»Du bist ein Chaski«, stellte die Frau fest.

»Bist du eine Dienerin des Tempels?«, fragte Kemaq zurück, und als sie bejahte, sagte er: »Ich habe eine Botschaft aus Tikalaq für den Priester dieses Tempels.«

»Dann wird es schwer werden, sie zu übergeben, Läufer, denn er ist ein Gefangener der Fremden«, erklärte die Tempeljungfrau, eine Chimú, wie er feststellte, als sich seine Augen allmählich an die Dunkelheit der Hütte gewöhnt hatten.

»Gibt es denn einen anderen Priester in diesem Tempel?«, fragte er schnell.

»Der Tempel des Si hat nur einen Priester und uns, seine Dienerinnen«, lautete die Antwort.

»Uns?«

»Zwei meiner Schwestern verstecken sich im Inneren des Tempels«, sagte die Tempeljungfrau. Misqi, so war ihr Name, erzählte Kemaq dann, wie die Fremden mit Feuer vom Himmel herabgekommen waren, die verlassene Festung des Mondes eingenommen und den Priester aus dem Tempel gezerrt hatten. »Wir hatten Glück, denn sie fanden die geheimen Kammern nicht, in denen wir uns verbergen. Vermutlich waren sie geblendet von dem Gold und dem Silber, mit dem wir Si dienen.«

»Sie versammeln sich unten auf dem Platz, glaube ich. Weißt du, was sie vorhaben, Misqi?«

Sie schüttelte den Kopf. »Und du solltest nicht versuchen, es herauszufinden, Chaski«, meinte sie.

Aber Kemaq hörte fremde Stimmen vom Platz heraufklingen und hätte zu gern verstanden, was sie sagten. Dann besann er sich und erzählte Misqi von seinem Auftrag, soweit er das durfte. Sie streckte die Hand aus. »Zeig mir den Quipu, Läufer.«

Er gehorchte widerstrebend und gab ihr die Knotenschnur. Sie betrachtete das Geflecht und seufzte.

»Du kannst das lesen?«, fragte Kemaq erstaunt.

»Ich fand, es könnte nützlich sein«, antwortete Misqi lächelnd. »Zum Glück war mein Vater ein Quipucamayoc, der hat es mir beigebracht.«

»Und – was steht da?«, fragte Kemaq.

»Du bist sehr neugierig, Chaski«, lautete die spöttische Antwort, aber dann sagte sie: »Es ist besser, du weißt es nicht, denn es könnte sein, dass du in die Hände der Fremden fällst. Ich werde dir einen Quipu zur Antwort geben, aber es wäre klug, dem

Empfänger nicht zu sagen, dass er von einer Frau stammt. Erzähl ihnen, dass er vom Quipucamayoc des Mondtempels kommt, das ist nicht einmal ganz gelogen. Gab es eine mündliche Botschaft zu diesen Knoten?«

»Der Sonnenaufgang ist nicht fern, und der Sohn der Sonne wird über den Bergen erscheinen und die Schatten der Nacht vertreiben«, wiederholte Kemaq die Worte des Hohepriesters von Tikalaq.

Misqi starrte Kemaq an. »Sie wollen angreifen? Ich muss mir eine Antwort überlegen, die sie davon abhält, denn Menschen sollten nicht gegen Götter kämpfen.« Bei diesen Worten nahm sie schon einige Lederschnüre von der Wand, setzte sich auf die Schwelle der Hütte und begann mit flinken Fingern, sie zu verknoten. Immer noch wehte der Morgenwind fremde Stimmen vom Platz herauf.

Kemaq schaute gebannt zu, aber Misqi hielt plötzlich inne. »Es geht leichter, wenn du mir nicht auf die Finger schaust, Chaski.«

Kemaq seufzte. »Wie lange wird es denn dauern, Misqi? Sieh, ich bin in Eile, denn Huaxamac, der Hohepriester, hat gedroht, mich und meinen Bruder zu töten, wenn ich nicht bis zum Einbruch der Nacht zurück sein sollte.«

»Ich bin leider geübter im Lesen als im Knüpfen, Chaski, und wie ich schon sagte, es geht schneller, wenn du mich nicht störst.«

Sie bot ihm an, im geheimen Gang zu warten, aber das wollte Kemaq nicht. Er spähte in den wolkenlosen Himmel. Es war kein Gott zu entdecken. Seine Neugier kehrte zurück. »Ich will sehen, was dort unten geschieht«, sagte er.

Misqi starrte ihn an. »Das ist gefährlich«, sagte sie.

»Ich bin vorsichtig«, behauptete Kemaq und lief hinaus auf die Terrasse, bevor Misqi weitere Einwände erheben konnte.

Nabu war endlich doch noch gekommen. Er hatte in langsamen Schleifen seine Kreise gedreht, war in der Mitte des Platzes gelandet und hatte sich dort ohne einen Laut niedergelassen. Mila spürte seine Anwesenheit, sie hätte die Beschreibung Don Mancebos gar nicht gebraucht, ganz im Gegenteil, sie erwies sich als schädlich, denn als der Maure mit ihr sprach, verflog das Gefühl – und es kehrte nicht zurück. Während Fray Celso ein langes Gebet aufsagte, fragte sie sich, ob sie vielleicht nur geträumt hatte. Das Gefühl war so unwirklich gewesen – und jetzt war es fort. Sie spürte den Verlust, es war beinahe schmerzhaft. Der Fray segnete die anwesenden Männer und Drachen, bevor endlich die eigentliche Zeremonie begann. Mila war immer noch verwirrt und hatte Schwierigkeiten, ihr zu folgen. Schließlich schüttelte sie innerlich den Kopf und beschloss, nicht mehr auf irgendwelche seltsamen Gefühle zu achten. Ein neuer Ritter wurde erhoben, das war ein bedeutender Moment, der ihre volle Aufmerksamkeit verdiente. Es war di Collalto, der Marschall, der gerade sprach. Er erwähnte noch einmal Don Rodrigos Verdienste um den Orden, seine herausragende Tapferkeit in der Schlacht von Pavia, seinen Mut beim Angriff auf diese Stadt. »Doch nun ist er nicht mehr unter uns, und der Sattel seines Drachengefährten ist verwaist. Wir sind hier, um mit Gottes Hilfe einen neuen, würdigen Ritter zu finden.«

Mila wagte kaum noch zu hoffen, dass ihr das Schlimmste – die Wahl Konrad von Wolfeggs – erspart bleiben würde. Zunächst wurde jedoch erneut ihre Geduld auf die Probe gestellt, denn Fray Celso ließ das *Te Deum* anstimmen. Danach war es an den Rittern, ihre Schützlinge vorzustellen. Wie zuvor abgesprochen, trat Balian von Wolfegg als Erster vor. Mila hörte, wie er seine gepanzerte Faust auf die Schulter seines jüngeren Bruders legte und mit dröhnender Stimme rief: »Hier steht Konrad von Wolfegg, der Erste unter den jungen Brüdern, bereit, reif und würdig, in den Sattel eines Drachen zu steigen. Und ich frage die Meister unseres Ordens, ob sie gewillt sind, dem ihre Zustimmung, ihren Segen und ihre Empfehlung zu geben.«

»Wir sind es«, lautete die dreifache Antwort. Dann fügte der Hochmeister hinzu: »Wir sind übereingekommen, ihn als den

Ersten zu empfehlen, denn unbestritten ist sein Recht das älteste.« Mila bemerkte, dass sich unter den Drachen Unruhe verbreitete, aber der Hochmeister fügte hinzu: »Es ist unser Wunsch, kein Befehl, denn wir achten die Rechte der Drachen, und wir werden jede Wahl Nabus akzeptieren.«

Mila hörte ein beifälliges Brummen von den meisten Drachen. Nur Nergal schien abfällig zu zischen.

»Ist das so, ihr Ritter?«, fragte Marduk plötzlich. Seine volltönende Stimme füllte den ganzen Platz.

Mila begriff sofort, dass dieser Einwurf nicht zur Zeremonie gehörte. Sie bemerkte eine gewisse Verunsicherung unter den Rittern.

Aber dann schnarrte der Tressler ungeduldig: »Natürlich ist das so, Marduk, denn so wollen es die Gesetze des Ordens.«

»War diese Frage üblich, Don Mancebo?«, fragte Mila leise.

»Ich weiß es nicht, ich war noch nicht geboren, als ein Drache zum letzten Mal das Wahlrecht eingefordert hat, Condesa«, lautete die Antwort.

Jetzt war es an Robert de Lanois, seinen Schützling vorzustellen: »Hier steht Richard von Geldern, dessen Familie dem Orden schon viele gute Söhne geschenkt hat. Sein Recht ist beinahe ebenso alt wie das Bruder Konrads, und er ist ebenso würdig wie jener, einen Drachen zu reiten.«

Mila hörte das verächtliche Schnauben Ritter Balians, und sie fragte sich, ob sich der Mann nicht beherrschen konnte – oder nicht beherrschen wollte. Richard von Geldern bekam jedoch keine Empfehlung der Ordensmeister für seine Bewerbung, und so trat jetzt Waleran de Martel vor, um den dritten und letzten Anwärter vorzustellen. Es handelte sich um Henri de Chalon, den Mila für den eitelsten und beschränktesten der drei Bewerber hielt. Aber er war immerhin nicht ganz so boshaft wie Konrad und nicht ganz so rücksichtslos wie Richard. Hätte sie sich zwischen den dreien entscheiden müssen – und sie schickte ein Stoßgebet gen Himmel, dass dieser Tag niemals kommen möge –, sie hätte sich am Ende vermutlich für Henri als das kleinste Übel entschieden.

»Jetzt ist es an Nabu«, flüsterte ihr Don Mancebo zu, aber er irrte sich, denn Fray Celso trat noch einmal vor und ermahnte jeden der Knappen eindringlich zu ritterlichem und gut christlichem Verhalten, besonders, wenn die Wahl *nicht* auf ihn fiele.

Nach den Worten des Mönchs hörte Mila, wie sich Marduk erhob und seine großen Flügel entfaltete. Dann rief er: »Hier steht Al-Nabu von Medina, Nabu der Weise, Drache dieses Ordens, der in mehr Schlachten gekämpft hat, als ein jeder von euch an Jahren zählt. Er wird nun seinen Menschengefährten wählen.«

Die Erschütterung des Bodens verriet Mila, dass sich Nabu näherte. Sie hatte noch nie zuvor seinen vollen Namen gehört, aber jetzt konnte sie Don Mancebo nicht fragen, wie er dazu gekommen war. Nabu überquerte den schmalen Kanal mit einem Sprung und landete hart vor den Stufen. Die drei Knappen und ihre Mentoren wichen zurück, wie Mila am Klirren ihrer Rüstungen hörte, und sie musste ein Lächeln unterdrücken. Sie wusste, wie breit das Gewässer war – Nabu hätte leicht darüber hinwegschreiten können. *Vielleicht,* so dachte sie, *will er sie testen.* Sie hoffte inständig, dass der Drache herausfinden würde, dass Konrad von Wolfegg nicht viel taugte. Der Drache verharrte, Mila hörte seinen ruhigen Atem – und plötzlich war da wieder dieses andere Gefühl, sie spürte die *Präsenz* des Drachen. Das war nichts, was man mit Ohren hören konnte, ja, Mila war sich seltsam sicher, dass sie etwas wahrnahm, was selbst Augen nicht sehen konnten, aber doch kam es *Sehen* am nächsten. Es war wie ein blasses Flackern in der schwarzen Dunkelheit, die sie seit ihrer Geburt umgab, eine unruhige Flamme, eher ein schwacher Schatten, der ständig Größe und Gestalt änderte, und als Mila sich noch mehr darauf konzentrierte, konnte sie, wie vor einem inneren Auge, auch andere flackernde Schatten wahrnehmen. Sie waren heller als beim letzten Mal. Ihr stockte der Atem. Dann drang Nergals ungeduldiges Zischen an ihr Ohr, und die bleichen Flammen schwanden und ließen Mila allein in der Finsternis zurück. Plötzlich fühlte sie sich sehr verloren. Nabu schien immer noch damit beschäftigt zu sein, die drei Schildknappen zu mustern, jedenfalls hörte Mila, wie er sich unruhig bewegte. Endlich sagte er: »Ich kenne euch: dich, Konrad, der du ein unruhiges Wesen hast; dich, Richard, der du deinem Mentor eine Last und Plage bist; und auch dich, Henri, der du mehr Zeit vor dem Spiegel als auf dem Fechtplatz verbringst.« Er schnaubte verächtlich und fragte dann: »Sagt mir, warum sollte ich einen von euch den anderen vorziehen?«

Die Schildknappen schwiegen einen Moment, offenbar hatte sie niemand auf die Möglichkeit vorbereitet, dass der Drache ihnen Fragen stellen würde. Mila hörte, wie Balian seinem jüngeren Bruder einen harten Stoß mit der Faust gab, so dass seine leichte Rüstung klapperte. Der Junge trat vor und sagte mit sich überschlagender Stimme: »Ich bin der Älteste von uns dreien, und ich fürchte mich nicht.«

Der Drache schnaubte. Jetzt fasste sich offenbar auch Richard ein Herz und rief: »Du kennst mich, Nabu. Ich bin ein guter Reiter.« Wieder schnaubte der Drache und erwiderte dann: »Du hast Recht, Richard von Geldern, aber auch wieder nicht, denn du bist zwar ein Reiter, der schon so manches Wettrennen gewonnen hat, aber nur, weil du deine Pferde bis aufs Blut quälst.«

»Ich quäle meine Pferde nicht«, rief Henri aus.

»Das ist richtig, Henri de Chalon, und das ist wohl das Beste, was man von dir sagen kann«, knurrte Nabu unzufrieden.

»Es sind Menschen, was erwartest du?«, zischte Nergal vom Rand des Platzes höhnisch.

Marduk brummte warnend: »Es ist nicht deine Entscheidung, Nergal, und du solltest schweigen.«

»Nun, Nabu, du musst dich entscheiden«, sagte der Hochmeister jetzt. »Ich weiß, die Männer, die vor dir stehen, sind jung, und sie haben die Fehler der Jugend. Doch werden sie reifen, und in deinem Sattel ist noch jeder Mann ein guter Ritter geworden.«

Mila unterdrückte einen Seufzer. Das Argument ihres Großonkels war leider nicht schlecht.

Der Drache begann jetzt unruhig auf und ab zu wandern, was nicht einfach war, denn der Kanal ließ ihm dazu wenig Platz. Die drei Anwärter zogen sich wieder auf die Stufen zurück. »Entscheiden«, brummte Nabu.

»Wir sind im Krieg, wie du wohl weißt, Drache«, rief jetzt Graf Tassilo ungeduldig. »Dein Sattel darf nicht unbesetzt bleiben. So will es das Gesetz.«

»Ich kenne eure Gesetze und unsere«, brummte Nabu ungehalten.

Plötzlich war sie wieder da, die blasse Flamme in der Dunkelheit. Mila zuckte zusammen, denn sie war viel heller als zuvor. Der Drache blieb stehen. Er sog prüfend die Luft mit den Nüstern ein. Mila hörte, dass er das mächtige Haupt schüttelte. Er sog noch einmal Luft ein. »Es ist nicht in der Luft«, sagte er dann. Dennoch witterte er weiter. Langsam setzte er sich in Bewegung. »Aber nein, was sehe ich …«, murmelte er. Mila konnte hören, wie er mit vorsichtigen Schritten näher kam, beinahe so, als habe er Angst, etwas zu zerbrechen. Die Männer neben ihr wurden unruhig, und die bleiche Flamme wuchs. Panik stieg in ihr auf. Vielleicht war das etwas, was Drachen nicht mochten? Sie spürte den warmen Atem des Drachen auf ihrem Gesicht.

»Ich habe mich entschieden«, verkündete Nabu mit einem zufriedenen Brummen.

Und dann brach der Sturm der Entrüstung los.

Kemaq kroch zum Rand und spähte vorsichtig hinunter. Da war der Gott, der ihn auf dem Dach gesehen und verschont hatte. Er erkannte ihn gleich an dem bläulichen Schimmer wieder, der seine Schuppen überzog. Er stand der Fremden gegenüber, die Kemaq im Fenster gesehen hatte. Ihr Haar schimmerte golden im Licht der Morgensonne. Kemaq sah schon eine ganze Weile zu, und er konnte kaum die Augen von ihr lösen.

Da unten war etwas im Gange. Es gab Streit. Kemaq runzelte die Stirn. Ein Streit unter Göttern? Was mochte das bedeuten? Einige der Männer trugen silberne Rüstungen, die den ganzen Körper bedeckten, das schienen die Vornehmsten zu sein, und von denen ragten wiederum drei heraus, denen die Übrigen mit Achtung begegneten. Aber auch diese drei stritten. Einer mit einer unangenehm schnarrenden Stimme machte einem kräftigen Mann Vorhaltungen. Der Dritte, ein weißhaariger, würdiger Mann, sicher wenigstens ein Curaca, schien vermitteln zu wollen. Kemaq hätte zu gerne gewusst, was da gesprochen wurde, aber die Sprache war ihm vollkommen fremd. Er lauschte. Als Läufer war er darin geübt, Botschaften auswendig zu lernen, und jetzt versuchte er, sich einige immer wiederkehrende Worte zu merken. Der Streit fand auf der gegenüberliegenden Seite des Platzes statt, aber die nackten Lehmwände der Gebäude trugen den Schall gut zu ihm hinauf. Drei Worte hörte er immer wieder: *Orden,* etwas, worunter er sich nichts vorzustellen vermochte – vielleicht ein Land? Dann *Ritter,* womit sich die Fremden vielleicht selbst bezeichneten, und *Drachen,* und diese Worte bezogen sich eindeutig auf die fliegenden Götter. War das also ihr Name? *Drachen?*

Der Streit wurde heftiger; andere, offenbar weniger hochgestellte Männer mischten sich ein. Einer davon, ein plumper Kerl mit zu lauter Stimme, tat sich besonders hervor und ließ sich auch von dem Curaca, oder wie immer sein Titel sein mochte, nicht maßregeln. Er hatte einen Knaben an seiner Seite, der nun ebenfalls wütend die Stimme erhob. Und gerade als Kemaq glaubte, die Männer würden zu den Waffen greifen, hob der bläuliche Drache den Kopf gen Himmel und ließ ein markerschütterndes Brüllen hören, in das fast sofort die anderen Götter einfielen. Kemaq hielt sich die Ohren zu, und er spürte, dass der Tempel unter ihm erzitterte. Die Yayakuna verstummten wieder, und einer von ihnen – er schien ein Anführer zu sein – verkündete etwas mit donnernder Stimme. Einen kurzen Augenblick herrschte Stille, dann, ganz plötzlich, löste sich die Versammlung auf. Einige der fliegenden Götter breiteten die Schwingen aus. Kemaq begriff, dass sie Anstalten machten, in den Himmel aufzusteigen. Er kroch vom Rand zurück, sprang auf und rannte zurück zu der Hütte, in der Misqi den Quipu knüpfte.

Sie erwartete ihn hinter der Tür, die Knotenschnur schon in der Hand. »Was hat dieses fürchterliche Brüllen zu bedeuten?«, fragte sie.

»Ich weiß es nicht genau«, sagte Kemaq, »sie scheinen über irgendetwas sehr gestritten zu haben.«

»Ein Streit?«, fragte Misqi mit gerunzelter Stirn.

»Die Männer stritten mit den Ankay Yayakuna, die sie wohl *Drachen* nennen, aber auch untereinander. Vielleicht ging es um die Frau mit den goldenen Haaren und der Borla«, fügte er unsicher hinzu.

Misqi kaute auf ihren Lippen. »Ich weiß nicht, ob es gut für die Menschen ist, wenn Götter in Zwist geraten. Am Ende wird der Streit doch wieder nur auf unserem Rücken ausgetragen.« Dann schüttelte sie den Kopf. »Die Priester mögen wissen, was das bedeutet. Folge mir, denn es wird Zeit, dass du nach Tikalaq zurückkehrst.« Sie öffnete eine verborgene Tür hinter einem Wandteppich. Dahinter führte eine Treppe hinunter ins Innere des Tempels. Sie leuchtete mit einem Kienspan und hastete voraus, während Kemaq, noch erfüllt von den Eindrücken dessen, was er auf dem Platz gesehen hatte, ihr folgte.

Es ging etwa zwei Stockwerke hinab, bevor sich an einem Treppenabsatz eine Kammer öffnete. Zwei weitere Tempeljungfrauen saßen dort. Überrascht stellte Kemaq fest, dass durch vier winzige Öffnungen Tageslicht in die Kammer fiel. Misqi hatte seinen Blick wohl bemerkt, denn sie sagte: »Du hast vielleicht die Verzierungen auf der Außenwand gesehen. Nicht alle sind nur Schmuck.« Die zwei Frauen sahen sie erwartungsvoll an, doch Misqi vertröstete all ihre Fragen auf später und führte Kemaq weiter hinab. Nach zwei weiteren Stockwerken endete die Treppe in einer engen Kammer. Auch dort fiel durch kleine dreieckige Öffnungen Licht herein. Die Dienerin spähte nacheinander durch sämtliche Gucklöcher, bevor sie sich umdrehte und sagte: »Es sind jetzt keine Wachen hier auf der Mauer, doch kann sich das schnell ändern. Wir müssen uns beeilen.«

»Was ist das hier?«, fragte Kemaq verwirrt.

»Nicht immer waren die Zeiten ruhig und friedlich, Chaski«, sagte die Chimú, »deshalb gibt es hier einen geheimen Ausgang.« Sie nahm ein Seil zur Hand, knotete es an einem in die Wand eingelassenen Bronzering fest und sagte dann: »Jetzt deine Botschaft, Chaski. Sage dem Diener der Sonne folgende Worte vom Diener des Mondes: ›Die Fremden sind mächtig, Götter vielleicht. Ihre Diener tragen eine Haut, härter als Silber, Kupfer oder Leder, und die Kraft der Götter selbst ist größer als die von tausend Männern, und ihr Atem ist Feuer. Dreizehn haben wir gezählt. Selbst wenn du für jeden der fremden Götter tausend Mann aufbieten könntest, rate ich dir von einem Angriff ab, bevor nicht Inti oder ein anderer unsere Götter dir ein klares Zeichen gibt.‹« Kemaq prägte sich die Worte ein. Misqi hieß sie ihn laut wiederholen, was er, etwas beleidigt darüber, dass sie an seinen Fähigkeiten zweifelte, tat.

Ein drittes Mal spähte die Tempeljungfrau hinaus. Kemaq hörte die schweren Schritte eines der Fremden. Er blickte neugierig durch eine Öffnung. Über die Mauer ging gemächlich ein Mann, wieder mit einer der seltsamen Axtlanzen bewaffnet. Es war keiner der *Ritter,* wie Kemaq aus dem Umstand schloss, dass seine Rüstung weniger prachtvoll war und auch nicht den ganzen Körper bedeckte. Sie warteten, bis der Mann so weit entfernt war, dass sie ihn nicht mehr hören konnten, dann öffnete Misqi die geheime Tür und warf ein Seilende hinaus. Kemaq ergriff es und kletterte eilig die Lehmwand hinab. Kaum war er auf dem Boden, wurde das Seil schnell hinaufgezogen. Er hastete dicht unter die Mauer und lief los. Als er noch einmal zurückblickte, war die geheime Pforte schon nicht mehr zu sehen.

»Das ist eine Katastrophe«, sagte der Tressler, nicht zum ersten Mal. Keiner der anderen Anwesenden antwortete. Mila fühlte sich äußerst unbehaglich und sehr verloren. Sie stand in der Mitte des Raumes und versuchte noch zu begreifen, was da unten geschehen war. Nabu hatte *sie* ausgewählt! Er hatte keinen der drei Schildknappen, sondern sie, Anna Milena Leonore von Tretzky, dazu auserkoren, auf seinem Rücken zu sitzen. Ihr wurde heiß und kalt, wenn sie nur daran dachte. Dass es jetzt so still in der Kammer war, lag wohl auch daran, dass es vorher auf dem Platz sehr laut geworden war. Der Tressler hatte sie wütend angefahren, was sie sich einbilde – dabei hatte doch nicht sie Nabu, sondern der Drache sie gewählt. Zwei der drei Mentoren der Schildknappen hatten Einspruch angemeldet, höflich, aber bestimmt. Balian von Wolfegg war hingegen ausgesprochen grob geworden und hatte gesagt, der Drache müsse verrückt geworden sein, dass er eine verkrüppelte Blinde einem echten Ritter vorzog. Der Zorn kochte in Mila hoch, wenn sie nur an diese Worte dachte. Überraschenderweise hatte der Conte di Collalto erklärt, der Drache habe möglicherweise durchaus das Recht zu wählen, wen er wolle, das bedürfe sorgfältiger Prüfung. Der Tressler hatte vor Wut geschäumt und ihr Großonkel nicht etwa Partei für sie ergriffen, sondern sich bemüht, die Wogen zu glätten. Viel erreicht hatte er dabei bisher nicht, ganz im Gegenteil: Je mehr er versuchte, sie zu beruhigen, desto wütender wurden der Tressler und Ritter Balian. Mila begriff, dass sie dabei war, die unausgesprochene Fehde, die der Tressler gegen ihren Großonkel führte, weiter anzuheizen. Aber was sollte sie jetzt nur tun?

»Es ist natürlich undenkbar, dass Ihr die Wahl annehmt«, sagte der Tressler jetzt.

»Das habt Ihr schon auf dem Platz gesagt, Tassilo, und Ihr habt gehört, was die Drachen davon halten«, entgegnete di Collalto.

Das Gebrüll war ohrenbetäubend gewesen, und Mila hätte sich ihre Ohren gern zugehalten, hatte sich aber nicht getraut, sich überhaupt zu bewegen. Dann hatte der Hochmeister die Drachen um etwas Bedenkzeit für die Gekürte gebeten und damit vermutlich die Situation gerettet, das jedenfalls dachte Mila jetzt. Die Drachen waren also der Meinung, dass die Wahl gültig war. Mila war klar, wie unmöglich war, was Nabu getan hatte. Sie war blind. Von welchem Wert könnte sie in der Schlacht sein, auf dem Rücken eines Drachen, den sie nicht lenken konnte?

»Nun gut, die Comtesse ist eine vernünftige junge Dame. Sie wird Nabu klarmachen, dass er neu wählen muss«, erklärte der Tressler sehr entschieden.

»Wird sie?«, fragte di Collalto spöttisch.

»Sie wird!«, behauptete Tassilo von Neiblingen. »Außerdem dürfen wir Don Pizarro und seine Männer nicht vergessen. Sie werden bald hier sein. Was werden sie sagen, wenn wir diese Blinde einen Drachen reiten lassen? Wir machen uns zum Gespött, und ich muss Euch nicht sagen, dass unser Verhältnis zu den Konquistadoren schon jetzt nicht das einfachste ist! Wollt Ihr wirklich alles noch komplizierter machen, indem Ihr Pizarro so offen die Schwäche unseres Ordens zeigt?«

»Wie meint Ihr das?«, fragte di Collalto betont freundlich.

»Meint Ihr, ich sei, was diese Knappen betrifft, anderer Ansicht als Ihr? Ich weiß, dass sie nicht viel taugen, auch wenn es mich schmerzt, es über den jungen Wolfegg zu sagen, der immerhin zu einem Zweig meiner Familie gehört. Die Zeiten sind leider vorbei, in denen der Adel des Reiches und aller anderen Länder sich förmlich darum riss, seine Sprösslinge in unseren Orden zu geben. Waren sie nicht schon zufrieden, wenn sie nur zu Pferde dienen durften, solange es nur unter der Standarte unseres Ordens geschah? Und heute? Wann hat der letzte König, Kurfürst oder Herzog einen Prinzen zu uns geschickt? Und wo sind die Heerscharen, über die wir früher geboten? Nein, unser Orden ist im Niedergang, wie die anderen Ritterorden auch. Wo sind die Templer? Was ist aus den mächtigen Deutschrittern geworden? Wollen wir ihnen etwa auf dem Weg in die Bedeutungslosigkeit folgen? Wenn wir jetzt eine Frau, noch dazu eine Blinde, in den

Sattel heben, dann machen wir unseren Niedergang deutlicher, als ich es mir je hätte vorstellen können. Ich glaube kaum, dass Pizarro uns noch ernst nähme.« Der Tressler hatte schnell und mit Leidenschaft gesprochen. Überrascht erkannte Mila, wie sehr ihm der Orden am Herzen lag. Sie konnte seine Einwände verstehen, aber dennoch gab es noch ein anderes Gefühl: Stolz. Sie verspürte Stolz darüber, von Nabu ausgewählt worden zu sein, und es war beleidigend, dass Graf Tassilo sie zum Sinnbild des Niedergangs erklären wollte.

Der Hochmeister räusperte sich. »Ich sehe vieles ganz ähnlich, Tassilo. Die Schwierigkeit wird darin liegen, den Drachen klarzumachen, dass Mila diese Würde aus freien Stücken ablehnt, und nicht, weil wir es so wollen.«

»Drachen!«, schnaubte der Tressler verächtlich. »Sie waren schon immer viel zu eigenwillig, für meinen Geschmack, und seit wir in diesem Land sind …«

»Ist es Euch auch aufgefallen?«, unterbrach ihn di Collalto.

Dem verblüfften Schweigen des Tresslers entnahm Mila, dass ihm nichts aufgefallen war.

»Sie benehmen sich wirklich merkwürdig, seit wir hier sind. Sie sind von einer seltsamen Unruhe befallen. Ich habe Horus gefragt, doch er konnte – oder wollte – mir nichts sagen.«

»Es hat vielleicht mit den Drachenbildern zu tun«, sagte der Hochmeister. »Oder dem Azoth«, fügte di Collalto nachdenklich hinzu.

»Vielleicht seid Ihr gewillt, Euch zunächst wieder um unsere gegenwärtigen Schwierigkeiten zu kümmern, Ihr Herren«, rief Tassilo von Neiblingen ungehalten.

Mila fragte sich, was der Azoth sein mochte, dieses Wort war ihr fremd. Wieder ein Gott? Natürlich war jetzt nicht der rechte Moment, danach zu fragen. Die Meister des Ordens waren mit anderen Dingen beschäftigt – ja, es fiel ihr jetzt wieder auf, dass sie bislang überhaupt noch niemand nach ihrer Meinung zu dem ganzen Vorgang gefragt hatte. Als Nabu sie ausgewählt hatte, war sie so verblüfft gewesen, dass sie zunächst sprachlos gewesen war. Und danach war sie gar nicht mehr zu Wort gekommen. Jetzt stand sie hier in der Kammer, und die Meister des Ordens stritten sich über ihren Kopf hinweg.

»Das Gesetz. Wir erklären den Drachen einfach, dass das Gesetz des Ordens weibliche Ritter nicht zulässt«, rief der Tressler.

»Es gibt Präzedenzfälle«, wandte der Marschall ein.

»Schildmaiden, nur Schildmaiden! Weder Eure Königin Richeza noch die heilige Martha von Tarascon saßen je auf einem Drachen!«, widersprach Tassilo scharf.

»Johanna von Orleans«, entgegnete di Collalto gelassen.

Mila runzelte verblüfft die Stirn. Was hatte die heilige Johanna mit den Drachen zu tun?

»Oh, nein, die war nie ein Mitglied dieses Ordens!«, widersprach der Tressler.

»Das ist wahr, aber der Hochmeister selbst hat ihr damals einen Sattel angeboten«, erklärte der Marschall, und Mila hatte den Eindruck, dass es ihm Spaß machte, Graf Tassilo zu reizen.

»Das waren andere Zeiten, ein anderer Hochmeister, und es gab für dieses Angebot gute politische Gründe«, hielt ihm der Tressler entgegen.

»Das wird die Drachen nicht interessieren«, erwiderte di Collalto. »Sie alle kennen den Fall, besser als wir selbst, und sie haben es bestimmt nicht vergessen.«

»Ihr habt Recht, Lorenzo, wir werden keine Argumente finden, die einen Drachen umstimmen könnten. Es ist an meiner Nichte, Nabu seine Entscheidung auszureden«, sagte der Hochmeister jetzt.

»Und Ihr glaubt, das kann sie?«, fragte der Tressler zweifelnd.

Mila räusperte sich.

»Nun, wir können ihr helfen«, schlug der Hochmeister vor.

Mila räusperte sich noch einmal. Als sie endlich spürte, dass ihr die verdiente Aufmerksamkeit zuteilwurde, sagte sie: »Verzeiht, Ihr Herren, doch Ihr redet schon sehr lange über Nabu, der nicht hier ist, und über mich, die ich hier stehe, aber nicht gehört werde.« Sie hörte ihren Onkel seufzen, vermutlich, weil er daran dachte, wie vergeblich sein Versuch gewesen war, sie zur Zurückhaltung zu mahnen.

»Ihr habt Recht, Comtesse, verzeiht bitte drei alten Männern, die sich den Kopf über schwere Probleme zerbrechen und darüber die Gebote der Höflichkeit vergaßen«, sagte di Collalto freundlich.

Mila hatte für sich eine Entscheidung getroffen. Sie hing mit der bleichen Flamme zusammen, die sie gesehen hatte: Ihr Leben lag in Dunkelheit, seit ihrer Geburt, denn sie litt am *Drachenfluch,* einer Krankheit, wie ihr Vater und andere Ritter des Ordens vor ihm. Nie sah sie mehr als eine leichte rötliche Verfärbung, wenn sie direkt in die Sonne oder ein starkes Feuer blickte. Sonst war sie von Finsternis umgeben. Und in diese lichtlose Welt war nun ein fahles Feuer getreten, schwach, rätselhaft, geheimnisvoll. Das musste etwas bedeuten, etwas, dem sie auf den Grund gehen musste. Also sagte sie: »Ich verstehe Eure Sorgen, Ihr Herren, und ich kann in vielem von dem, was Ihr anführt, gute Gründe erkennen, in anderem jedoch nicht.« Sie hörte den Tressler empört nach Luft schnappen, aber das kümmerte sie nicht. »Ich beklage jetzt auch nicht etwa einen Mangel an Höflichkeit, Marschall di Collalto, sondern einen Mangel an Achtung vor dem Recht. Ihr habt es selbst gesagt: Nabu steht es zu, seinen menschlichen Gefährten zu wählen, und er hat gewählt. Nun habe ich das Recht, diese Wahl anzunehmen oder abzulehnen, wenn ich richtig verstehe, was hier gesagt wurde. Kein Gesetz steht dem entgegen. Ist es nicht so?«

»Nun, Comtesse, Ihr denkt doch nicht etwa daran … Denkt an Euren Zustand«, mahnte der Tressler.

»Mein Zustand ist nicht so jämmerlich, wie Ihr offensichtlich annehmt, Graf Tassilo, ganz im Gegenteil. Ihr mögt mich blind nennen, doch ich sehe deutlich einen mir bestimmten Pfad, den nur ich und kein anderer gehen kann, und ja, ich denke daran, oder nein, ich denke nicht nur daran, ich *werde* Nabus Wahl mit Freuden annehmen.«

Kemaq erreichte den Kanal. Er hatte sich durch die Schatten der Festung geschlichen, war Männern und Ankay Yayakuna – *Drachen* – ausgewichen und sah nun das Tor zur Freiheit vor sich liegen. Er hatte ein ungutes Gefühl, aber es gab keinen anderen Weg. Noch einmal spähte er in alle Richtungen. Erst als er glaubte, dass ihn niemand sehen würde, huschte er hinüber, glitt möglichst geräuschlos ins Wasser und tauchte sofort unter. Er zwängte sich unter dem ersten Gatter hindurch, tauchte auf und zog sich an der Kanalwand zum zweiten. Wieder tauchte er, wühlte sich halb durch den Sand und tauchte außerhalb der Mauern wieder auf.

Er hatte also den ersten Teil geschafft. Das kleine Floß lag noch dort, wo er es ans Ufer geschoben hatte. Die Mauer ragte hoch über ihm auf. Er befürchtete, dass irgendwo da oben die Fremden Wache gingen, und von dort hätten sie einen guten Blick in den Kanal. Er zog einen belaubten Zweig aus dem Floß, um wenigstens etwas Sichtschutz zu haben. Er würde sich langsam fortbewegen müssen, denn Holz, das gegen die Strömung schwamm, musste Verdacht erregen. Von Schwimmen konnte ohnehin keine Rede sein; er zog sich am Ufer entlang weiter von der Festung weg. Die Sonne war schnell gestiegen, und kein Schatten bot ihm Deckung. Kemaq rechnete seinen Weg durch. Die Botenhäuser in der Wüste waren zerstört, dort würde er weder Nahrung noch Wasser bekommen. Dann würde es bergauf gehen, das würde ihn langsamer machen, und er hatte nur bis Sonnenuntergang Zeit. Er biss die Zähne zusammen. Das Wasser war kalt, und Kemaq zitterte. Er hatte lange nichts gegessen.

Wenn er es richtig verstanden hatte, hatten die fremden Götter nur die Mondfestung besetzt. Die lag hinter ihm. Er blickte zurück. Auf der Mauer bewegte sich etwas. Einer der Fremden stand dort, kaum einen Steinwurf weit entfernt. Kemaq sah seinen Helm in der Sonne glitzern. Der Mann bewegte sich nicht. Kemaq kauerte im kalten Wasser, nur durch ein paar belaubte Zweige vor fremden Blicken geschützt. Wenn er aus dem Graben hinaus bis in die nahen Felder gelangte, hätte er den gefährlichsten Teil des Weges hinter sich. Dort war die Mauer einer zweiten Festung, von dichten Büschen umwachsen, die ihn verbergen würde. Es war ein kurzer Lauf, einige Sekunden nur, aber er konnte nicht aus dem Graben, solange der Fremde dort oben wachte. Plötzlich zogen schnelle Schatten über ihn hinweg. Kemaq blickte erschrocken nach oben. Hatten sie ihn entdeckt? Drei der fliegenden Götter zogen über der Stadt ihre Kreise. Kemaq blickte noch einmal zur Mauer. Die Wache setzte ihren Weg fort, aber jetzt kreisten die *Drachen* über ihm. Er konnte den Graben nicht verlassen.

Hinterher wusste Mila auch nicht, was ihr die richtigen Worte eingegeben hatte. Es war ein seltsamer Moment der Klarheit gewesen. Doch der war nun vorbei. Hatte sie wirklich einen Pfad gesehen? Sie hatte es gesagt, das wusste sie genau, nur war jetzt jede Gewissheit verschwunden, und sie stand verlegen in der Kammer, nur noch mit ihrem Großonkel, der die beiden anderen Ordensmeister gebeten hatte, ihn mit seiner Nichte allein zu lassen. Der Hochmeister war zu einem der Fenster gegangen und blickte hinaus. Jetzt sagte er: »Sie kreisen.«

»Wer, Onkel?«, fragte Mila.

»Wenn du sehen könntest, wüsstest du es«, lautete die Antwort.

»Ich bin nicht so hilflos, wie ihr alle glaubt, Onkel«, sagte Mila mit einem Kloß im Hals. Es tat ihr weh, ihn so niedergeschlagen zu erleben.

»Ein Ritter sollte mehr als nur nicht hilflos sein, Mila«, erwiderte der Hochmeister. »Ja«, fuhr er fort, »ein Ritter hat doch die Aufgabe, die Hilflosen zu beschützen. Glaubst du, dass du das kannst?« Bevor Mila antworten konnte, fuhr er fort: »Ich weiß, die alten ritterlichen Ideale gelten in dieser neuen Zeit nicht sehr viel, aber wie sieht es mit dem Kampf aus? Ich weiß, dein Vater hat dafür gesorgt, dass du im Reiten und Fechten unterrichtet wurdest, aber wie steht es mit der Armbrust? Sie ist die wichtigste Waffe eines Drachenritters. Oder glaubst du, dass dein Arm lang genug ist, deine Gegner mit dem Schwert oder gar deinem Stab zu bekämpfen?«

Mila schluckte. Dann sagte sie: »Ich denke, die stärkste Waffe eines Drachenritters ist sein Drache, Onkel.«

Maximilian von Friedberg seufzte. »Du bist klug, Mila. Umso weniger verstehe ich, dass du diese Wahl annehmen willst. Denke nur an deine Krankheit. Die Blindheit hat dich ereilt, aber du weißt doch, dass es dabei vielleicht nicht bleibt.«

»Ich weiß nur, dass die Krankheit nicht bei allen Rittern gleich verlaufen ist«, gab Mila etwas trotzig zurück.

»Das ist wohl wahr, Milena. Bei den einen beginnt sie mit einer Lähmung in den Gliedern, bei den anderen mit dem Verlust der Sehkraft oder des Gehörs. Ich habe die alten Akten studiert, Milena, und dort steht, dass es meist mit den Jahren schlimmer wird. Denk nur an deinen Vater!«

Mila schwieg. Ihr Vater, der einst so stolze Drachenritter, hatte schon seit Jahren kein Gefühl mehr in den Beinen, dann war er erblindet, und als sie aufgebrochen war, hatte ihm sein linker Arm nicht mehr gehorcht. Aber nie, nie hatte er um Mitleid oder falsche Rücksichtnahme gebeten, und nie hatte er seine Zeit als Drachenritter bereut.

Mila überlegte, ob sie ihrem Onkel von der bleichen Flamme erzählen sollte. Er hatte eigentlich ein Recht, es zu erfahren, und vielleicht würde er sie dann verstehen, andererseits wusste sie selbst noch nicht, was sie davon zu halten hatte, und sie spürte eine gewisse Scheu, darüber zu reden. Sie sagte: »Ich habe gute Gründe, wie auch Nabu seine Gründe gehabt haben wird, mich auszuwählen. Und ich denke, es ist nicht nur, weil die drei Knappen so wenig taugen, wie Graf Tassilo meinte.«

»Aber dir ist bewusst, dass es meine Position weiter schwächt, Mila?«

»Das verstehe ich nicht.«

»Der Orden macht schwere Zeiten durch, Mila, wie es mein Freund Tassilo schon sagte, und innerhalb seiner Ränge gibt es eine starke Strömung gegen meine Führung.«

»Aber du bist der Hochmeister!«, rief Mila.

Ihr Großonkel lachte traurig. »Ein ehrwürdiger Titel, einst mit großer Macht verbunden. Aber schon meine mächtigeren Vorgänger waren an die Weisungen des Großkapitels gebunden. Und auch ich darf mich mit diesen Männern herumschlagen, die in Augsburg sitzen und mich aus der Ferne mit weisen Ratschlägen versorgen. Das würdest du wissen, wenn du dich ein wenig mehr mit der Geschichte des Ordens befasst hättest, dem du angehörst, Mila.«

Mila schwieg betreten, sie hatte sich um solche Dinge nie gekümmert. Dass sie Schildmaid geworden war, war doch nur ein Winkelzug des Marschalls gewesen. »Sollte Johanna von Orleans wirklich Mitglied des Ordens werden?«, fragte sie.

»Wie? Ja. Es war ein törichter Versuch, sie auszuschalten, denn wäre sie ein Drachenritter geworden, hätten wir sie leicht vom französischen Hof fernhalten können. Sie hat abgelehnt, zu ihrem Unglück, und nun fällt der Fluch dieses fragwürdigen Winkelzugs auf uns zurück. Tassilo hat leider Recht: Pizarro und seine Leute werden uns auslachen.«

»Ich glaube, das werden sie nur tun, wenn ihr nicht zu euren Gesetzen steht, Onkel.«

Der Hochmeister schwieg, und Mila, die spürte, dass sie den richtigen Worten auf der Spur war, fuhr fort: »Ihr habt Zweifel an der Weisheit von Nabus Entscheidung, und ja, sie ist ungewöhnlich, aber wäre es nicht ein Zeichen von Stärke, gar nicht zu beachten, was die Konquistadoren oder andere Menschen davon halten? Dies ist der Orden der Drachenritter vom Heiligen Kreuz, uralt und nur dem Kaiser unterstellt, das hast du oft genug selbst gesagt. Wenn ihr aber eure eigenen Gesetze nicht achtet – warum sollten es dann andere tun? Du sagst, es bringt dich in Schwierigkeiten, wenn du eine Blinde zu einem Ritter machst, und sprichst vom Großkapitel in Augsburg. Aber das ist weit weg, und würde es dich nicht viel mehr in Schwierigkeiten bringen, wenn du gegen die Drachen entschiedest? Sie sind die Basis eurer Macht, und sie sind hier – und nicht in Augsburg.«

»Wahrhaftig«, murmelte der Hochmeister, nachdem er lange geschwiegen hatte. Dann hörte Mila ein Lächeln in seiner Stimme, als er sagte: »Da muss ein blindes Mädchen kommen und mir die Augen öffnen. Ich glaube, ich bin schon so lange in diese endlosen Kämpfe und Streitereien mit dem Kapitel und den Kaiserlichen Räten verstrickt, dass ich anfange, die Dinge so wie sie zu sehen. Du hast Recht – ihre Zustimmung nützt uns gar nichts, wenn wir die Drachen gegen uns aufbringen. Nun, es ist beinahe Undenkbares geschehen, aber ja, das Recht und die Gesetze des Ordens sind auf deiner Seite, Mila, oder vielmehr auf unserer, denn ich werde mich deiner Berufung nun nicht mehr in den Weg stellen.«

Mila schwieg einen Augenblick. Sie war überwältigt, denn sie hatte nicht damit gerechnet, dass ihr Großonkel so schnell – oder dass er überhaupt – nachgeben würde. »Und, was mache ich jetzt?«, fragte sie verlegen.

Der Hochmeister lachte. »Es ist üblich, dass der Gekürte den Bund mit dem Drachen durch einen gemeinsamen Flug besiegelt. Und dann werden wir dich wohl auf den Ritterschlag vorbereiten müssen.«

Langsam, sehr langsam, wurden die Kreise der fliegenden Götter größer, und irgendwann waren sie endlich vom Himmel über Kemaq verschwunden. Er war inzwischen völlig durchgefroren. Als er die Ankay Yayakuna nicht mehr sehen konnte und auch auf der Mauer keiner der Fremden mehr zu erblicken war, kroch er zitternd aus dem Graben und hastete zu der anderen Festungsmauer hinüber. Er spähte nach oben. Der Himmel war von wolkenlosem Blau, und kein dunkler Schatten zeigte sich. Vor ihm lagen die Maisfelder. Der Mais sah trocken aus, und niemand war da, um ihn zu wässern. Offenbar ließen die Fremden immer noch niemanden aus der Stadt, aus Gründen, die Kemaq nicht verstand, aber das schob er auf die Unergründlichkeit der Götter. Dann lief er los. Er nahm den Weg mitten durch den Mais, denn der würde ihn zur Not verbergen. Der verfallene Stufentempel tauchte vor ihm auf, und er mied ihn, denn er fand, dass er eine Unglück verheißende Ausstrahlung hatte. Sein Blick ging immer wieder nach oben, aber der Himmel blieb leer. Als die Mauern der Festungen weit genug hinter ihm lagen, verließ er die Deckung der Felder und lief über das offene Land zum Fluss hinüber. Er durchquerte ihn, hielt sich nah am Ufer, an dem Bäume Schatten und Schutz spendeten, und hastete weiter. Er erreichte bald die Stelle, an der er Pitumi verlassen hatte, aber er konnte sie nicht sehen. Er rief leise nach ihr, ohne Antwort zu erhalten. Unter einem der Bäume war der Kuka-Brei versteckt, aber diese Bäume sahen jetzt irgendwie alle gleich aus.

»Hast du deinen Weg verloren, Chaski?«, fragte die Stimme der Heilerin aus dem Unterholz.

»Pitumi!«, rief Kemaq erleichtert.

Die Chachapoya trat hinter einigen Büschen hervor. »Hast du deinen Auftrag erledigen können?«, fragte sie.

»Ja, und ich habe Nachrichten aus Chan Chan, die ich nun zurücktragen muss. Wo sind die beiden anderen Läufer?«

»Ich habe ihnen etwas weiter oberhalb ein Dach aus Schilf gebaut. Sie werden wohl kaum mit dir kommen können.«

Kemaq schwieg betroffen, nahm er doch an, dass ihre Befehle ganz ähnlich wie die seinen waren. »Vielleicht verschont der Hohepriester ihr Leben, wenn ich rechtzeitig zurückkehre«, sagte er.

»Glaubst du?«, fragte die Chachapoya ernst.

»Ich werde ihn darum bitten«, entgegnete Kemaq, aber er wusste, dass die Priester Intis nur selten auf Bitten aus dem Volk zu hören pflegten.

Pitumi führte ihn zum Versteck des Kuka-Breis, und er erkannte beschämt, dass er eigentlich schon davor gestanden hatte, aber weitergegangen war. Außer dem Brei zog sie zu Kemaqs Überraschung noch einige Maisbrotfladen aus dem Versteck. »Ich habe sie heute Nacht für dich gemacht, denn ich war mir nicht sicher, ob du etwas zu essen bekommen würdest.«

Hastig stopfte Kemaq die Paste mit etwas Brot in sich hinein. Er war wirklich völlig ausgehungert und hatte noch einen weiten und anstrengenden Weg vor sich. »Kannst du mir erzählen, was du gesehen hast, Chaski?«, fragte Pitumi.

»Die Mondfestung ist in der Hand der Fremden«, stieß Kemaq kauend hervor. »Und es gibt da eine Frau mit goldenen Haaren. Sie trägt eine Borla. Sie scheint eine Fürstin zu sein. Und die Ankay Yayakuna nennen sie *Drachen*, kennst du dieses Wort?«

Pitumi wiederholte es nachdenklich. »Nein, ich habe es noch nie gehört«, sagte sie schließlich, »und auch wenn du mich so erwartungsvoll anschaust, ich kann dir nicht sagen, was es bedeutet. Ich würde dich bitten, mir mehr zu erzählen, doch du hast noch einen weiten Weg vor dir, Chaski.«

Plötzlich teilte sich das Schilf, und der Chimú-Läufer wankte hervor. »Ihm gibst du Kuka – und mir nur Brot?«, stieß er mit stierem Blick hervor. Er sah furchtbar aus, bleich, das Gesicht völlig verzerrt, und er zitterte am ganzen Leib. Kemaq erkannte die Anzeichen eines Hitzschlages. Ganz offensichtlich konnte er sich kaum noch auf den Beinen halten.

Die Heilerin sah den Chimú kalt an: »Du bist ein Räuber und Verräter, denn du bist einem Bruder in den Rücken gefallen. Wäre es nach mir gegangen, hätte ich dich draußen in der Wüste sterben lassen, aber dieser Chaski bat mich, dich zu retten.«

Der Chimú starrte Kemaq an, dann trübte sich sein Blick, und er sackte lautlos zusammen.

»Die Hitze hätte ihn fast umgebracht«, sagte die Chachapoya. »Nicht, dass es einen großen Unterschied macht, denn wenn er je nach Tikalaq zurückkehrt, wird Intis Priester ihn töten lassen, gleich, ob du für ihn bittest oder nicht. Der Schatten des Todes liegt bereits auf diesem Mann, und ich bezweifle, dass er ihm entkommen kann.«

Kemaq blickte betroffen auf den Körper des anderen Läufers, der jetzt von Krämpfen geschüttelt wurde. »Kümmerst du dich um ihn?«, fragte er.

Pitumi zuckte mit den Achseln. »Vielleicht, wenn ich die Zeit dazu finde. Doch nun solltest du endlich aufbrechen, Chaski.«

»Ich kann dir helfen, ihn ins Schilf zu bringen.«

Die Heilerin wehrte lachend ab: »Das schaffe ich schon noch allein. Hast du, was du für den langen Lauf brauchst?«

Kemaq nickte und verstaute das Brot in einem Beutel, den Pitumi ihm gegeben hatte. Er sah aus wie jener, den der Yunga-Läufer getragen hatte, aber Kemaq fragte nicht danach. Er spülte das Brot mit einem Schluck Wasser hinunter, füllte die Flasche hastig auf und trat wieder auf die Straße. Die Kuka-Paste begann zu wirken. Die Anden ragten jenseits der Wüste steil auf. Er fühlte sich stark genug, es mit ihnen aufzunehmen.

»Sieh immer wieder nach oben, Chaski. Es sind gefährliche Götter in der Luft, und du weißt, was sie mit den anderen Läufern gemacht haben.«

Kemaq nickte grimmig. »Ich danke dir, Heilerin, und ich hoffe, wir sehen uns wieder«, sagte er.

»Wenn es Tamachoc gefällt, wird es geschehen«, erwiderte sie.

Kemaq überprüfte die Riemen seiner Schuhe. Es war ein weiter Weg, und der Himmel über ihm war in der Hand des Feindes. Er blickte nach oben. Die Sonne stand schon hoch, fast im Mittag, und sie machte es schwer, zu erkennen, ob dort oben tödliche Schatten kreisten oder nicht. Kemaq lief los. Er hatte viel Zeit verloren. Er blickte noch einmal zurück. Pitumi war schon wieder im Schilf verschwunden.

»Ich habe mich schon gefragt, ob ich mich in dir getäuscht haben sollte«, sagte Nabu.

Der Drache hatte sich in die Schatten hinter dem Palast zurückgezogen. Don Mancebo war so freundlich gewesen, Mila zu ihm zu geleiten. Doch dann hatte auch der Maure sie verlassen, und nun stand sie ihrem Drachengefährten allein gegenüber.

»Vielleicht hast du das«, antwortete Mila, denn ihre Selbstsicherheit war verflogen. Sie hörte die tiefen Atemzüge des Drachen, roch ihn, hörte, wenn er die Flügel bewegte und den Kopf hob, aber sie sah weder ihn noch die blasse Flamme.

»Du bist hier«, stellte Nabu fest.

»Du bist ja schon für den Flug gerüstet!«, rief Mila überrascht, denn Nabu hatte sich gestreckt, und sie hörte das lederne Geschirr knarren.

»Don Mancebo war so freundlich. Ich bin aber sicher, dass du schnell lernen wirst, das selbst zu tun, Mila.«

Sie seufzte. »Ich bin eigentlich nur unter Vorbehalt deine Menschengefährtin«, sagte sie jetzt.

Der Drache schnaubte. »Vorbehalt? Was soll das heißen?«

»Balian von Wolfegg will das Generalkapitel anrufen, um deine Entscheidung anzufechten.«

»Balian? Nicht Tassilo? Es überrascht mich, dass der Ritter diesen Weg geht. Er ist doch eher ein Mann der Faust, nicht des Geistes.«

»Du bist darüber nicht verärgert, Nabu?«

»Doch, natürlich, aber eigentlich habe ich damit gerechnet, dass Tassilos Sippe dir Ärger machen wird. Haben sie dir sehr zugesetzt, Prinzessin?«

»Comtesse«, berichtigte Mila automatisch. »Es geht«, log sie dann.

Natürlich war der Tressler außer sich geraten, als der Hochmeister seine Entscheidung verkündet hatte, ebenso Balian, der mit dumpfer Wut die gepanzerte Faust in die Wand gerammt hatte, so dass einige Lehmziegel zerbrochen waren.

»Und Waleran de Martel und Robert de Lanois?«, fragte der Drache nach.

»Ich glaube, die beiden haben sich für ihre Knappen keine ernsthaften Hoffnungen gemacht, nachdem die Ordensmeister Konrad von Wolfegg ihre Empfehlung gaben. Ich meine, ich hätte sogar so etwas wie Schadenfreude bei den beiden gespürt«, berichtete Mila.

»Sehr gut«, sagte Nabu und streckte sich.

Mila wusste nicht recht, was sie nun sagen sollte. Sie kannte jeden der Drachen recht gut, aber sie waren immer so schrecklich distanziert. Jetzt war sie die Gefährtin von Nabu, und immer noch spürte sie eine tiefe Kluft, die zwischen ihnen lag. Sie beschloss, einen Brückenschlag zu wagen: »Ich habe etwas gesehen, Nabu, auf dem Platz. Ich weiß aber nicht, wie ich es beschreiben soll.« Sie beendete den Satz verlegen. Es klang schon jetzt nicht richtig.

»Du hast die Krankheit von deinem Vater geerbt, nicht wahr?«, fragte Nabu unvermittelt.

»Den Drachenfluch, ja, das stimmt.«

Nabu schnaubte unwillig, als er das Wort hörte. »Aber gesehen hast du nichts, Mila, oder? Ich glaube, *wahrgenommen* trifft es eher, nicht wahr?«, fügte er dann ruhig hinzu.

»Du weißt es?«, fragte Mila verblüfft.

»Auch ich habe dich wahrgenommen, Prinzessin. Und auch Marduk und Horus haben dich bemerkt. Bei den anderen bin ich mir nicht sicher.«

»Aber … was ist das?«, fragte Mila.

»Es kommt mit der *Krankheit,* wie sie es nennen. Aber längst nicht jeder, der sie bekommt, erhält das Geschenk des Inneren Auges.«

»Aber …«, begann Mila, doch Nabu unterbrach sie: »Ich verstehe, dass du noch viele Fragen hast, aber ich denke, die sollten wir nicht hier erörtern. Bist du nicht eigentlich gekommen, um die Verbindung zu besiegeln?«

Mila nickte stumm.

»Dann wird es das Beste sein, du steigst auf. Es ist ein sonniger

Tag, und hier unten wird er schon wieder recht warm. Lass mich dich in den Himmel tragen. Es ist ein guter Tag zum Fliegen.«

Mila nickte und kletterte über die Geschirrriemen in den Sattel.

»Sitzt du gut? Hast du den Gürtel geschlossen und die Stiefel fest verankert?«

»Das ist nicht mein erster Ritt auf einem Drachen, Nabu.«

»Aber es ist der erste Ritt auf *deinem* Drachen, Prinzessin. Also nimm bitte die Zügel auf, oder soll ich alles allein machen?«

»Aber ich kann dich nicht lenken. Ich sehe doch nichts.«

»Ich werde dir schon sagen, wohin du mich lenken darfst, Prinzessin, oder glaubst du ernsthaft, diese beiden dünnen Lederriemen könnten einen Drachen dazu bewegen, irgendwo hinzufliegen, wo er nicht hinfliegen will?«

»Du hast Recht! Wie dumm ich doch bin«, rief Mila.

»Nicht dümmer als andere vor dir. Wenn du bereit bist, reicht ein leichter Zug, und wir erheben uns in die Luft.«

»So?«, fragte Mila und zog vorsichtig am Zügel. Sie schrie auf, denn ohne weitere Warnung hatte sich Nabu mit einem Satz in die Luft erhoben.

Laufen. Endlich. Kemaq fühlte sich besser, seit er wieder auf der Straße unterwegs war. Er hatte den Weg am Fluss leicht abgekürzt, den Bogen der Straße geschnitten, weil er nicht noch einmal am zerstörten Botenhaus vorüberlaufen wollte. Der unebene Boden machte es beschwerlich, aber er wollte den Weg nicht mit einem schlechten Omen beginnen. Davon gab es auf seinem Pfad noch genug. Jetzt war er wieder auf der Straße, die hier, anders als in den Bergen, diesen Namen auch noch verdiente, denn sie war breit und eben. Er kam gut voran, fühlte sich frisch, und das Laufen befreite seinen Geist. Das Mädchen mit den goldenen Haaren, die *Drachen:* Er hatte so viele Fragen. Das Laufen konnte zwar keine davon beantworten, aber es sorgte dafür, dass sein Geist sich klärte. Er war allein mit der Straße, die unter seinen Beinen dahinflog, sein Atem ging ruhig, und der Schmerz in seinem Knie war fort. *Du bist zu schnell,* mahnte er sich nach einer Weile, und beinahe widerwillig drosselte er seine Geschwindigkeit. Pitumis Kuka-Brei wirkte Wunder, doch wie lange? Die Wüste war unangenehm, und die Berge waren schlimmer. Kemaq lauschte auf seinen Atem. Schritt für Schritt ging es weiter. Die Entfernungen schrumpften. Er hatte das Gefühl, stundenlang so weiterlaufen zu können, sogar bis nach Tikalaq. Und dann? Er hatte die Nachricht für den Hohepriester, und er hatte viel zu berichten. In einiger Entfernung tauchten die verbrannten Überreste des nächsten Chaskiwasi auf.

Er fragte sich, ob er es umgehen sollte, aber das wäre jetzt ein echter Umweg gewesen, denn die Straße lief hier in einer geraden Linie auf den Fuß der Berge zu. Er würde einfach nicht hinsehen, nahm er sich vor, und er beschleunigte seinen Lauf wieder ein wenig, denn angesichts der Ruine war er wie von selbst langsamer geworden. Er spürte doch einen leichten Stich im Knie. Er war schwach, eher lästig als schmerzhaft, und das war erstaunlich, wenn er daran dachte, wie sehr ihn noch am Vortag der Schmerz geplagt hatte. Die Chachapoya verstand ihre Kunst außerordentlich gut. Er fragte sich, ob er sie wiedersehen würde. Ob es Zufall war, dass er an einem Tag gleich zwei Menschen des Wolkenvolkes getroffen hatte? Eine weitere Frage, die er nicht beantworten konnte.

Ein Schatten huschte ein wenig seitlich über den rissigen Wüstenboden. Kemaq betrachtete ihn. *Ein Geier?* Das schien ihm am wahrscheinlichsten. Seine Beine trugen ihn voran. Der Schatten kreiste nicht, sondern schien ihm zu folgen. *Ein Geier ist das nicht,* dachte er.

Vielleicht könnte er den Hohepriester bitten, ihn noch einmal nach Chan Chan zu schicken, denn dann würde er Pitumi vielleicht wiedersehen, und auch die Fremde mit den goldenen Haaren. Ein bestimmtes Bild wurde er nicht los: Die blasse junge Frau mit dem goldenen Haar, die am Fenster stand und sich die Borla anlegte. Er hatte sie auch zusammen mit dem bläulichen Gott auf dem Platz vor dem Palast gesehen, und die anderen Fremden hatten gestritten. Worüber nur? Im Grunde waren sie ihm sehr fremd, aber doch wie Menschen erschienen. Wenn es Menschen waren, waren sie außerordentlich gefährlich; wenn es Götter waren, dann war es vielleicht Sünde, sie für Menschen zu halten.

Kemaq lief eine Spur schneller, als könne er die unnützen Gedanken durch Geschwindigkeit abschütteln. Der Schatten war ihm treu geblieben. *Ein Kondor,* dachte er, obwohl es ihm gleich darauf eigenartig erschien, dass der Kondor sich so weit von den Bergen entfernt haben sollte. Der Größe des Schattens nach zu urteilen, flog er auch ungewöhnlich tief. Der Geruch von verbranntem Lehm und Holz erinnerte ihn daran, wo er war. Er blickte auf und sah die Überreste des Botenhauses vor sich auftauchen. Schnell wandte er den Blick wieder ab.

Mit den Flügeln des Schattens stimmte etwas nicht. Der Schatten war weiter gewachsen, und die Flügel liefen spitz zu, aber auch nicht wie bei einem Adler, und auch der Schwanz war ganz falsch. Für einen Augenblick setzte Kemaqs Atem aus. Er begriff endlich, was für ein Schatten ihn da verfolgte! Vor ihm ragte das zerstörte Botenhaus auf. Es war die einzige Deckung weit und breit, und es war noch mehr als zweihundert Schritt entfernt. Der Schatten wuchs und wuchs. Kemaq beschleunigte. Er war der schnellste Läufer von Tikalaq, und noch nie in seinem Leben war er so schnell gerannt. Er schaute nicht auf, schaute nicht zurück, denn er wusste, es würde ihn nur Zeit und vielleicht das Leben kosten. Er flog über die Straße dahin. Der Schatten war ebenso schnell. Das Haus kam näher. Kemaq sah verbrannte Körper vor dem Haus liegen. Er achtete nicht darauf. Sein Herz raste, er keuchte, seine Lungen drohten zu platzen, aber seine Beine wurden noch schneller. Der eine Flügel des Schattens hatte ihn schon erreicht, flog mit ihm über die Straße, und Kemaq war sicher, dass er verloren war, wenn erst der ganze Schatten auf ihn gefallen war. Dann kam das Haus, die Mauern geborsten in der Hitze, zum Greifen nah. Kemaqs Füße schienen den Boden kaum noch zu berühren. Er rannte, flog über die Straße, erreichte das Botenhaus, sprang mit einem verzweifelten Satz über die Mauer, taumelte in die nächste Ecke, warf sich zu Boden und wartete auf das Feuer, das ihn verzehren würde.

Nabu gewann wieder Höhe.

»Warum bist du so tief geflogen?«, fragte Mila.

»Ich wollte nur etwas nachsehen«, brummte der Drache zur Antwort.

»Es roch verbrannt«, stellte seine Menschengefährtin fest.

»Eines der Häuser, die sie für ihre Läufer bauen. Du erinnerst dich sicher, dass Maximilian befahl, sie zu zerstören.«

»Ich weiß. Aber dieses war doch schon zerstört, oder?«

»Ich wollte nur sichergehen«, behauptete Nabu.

Irgendwie hatte Mila das Gefühl, dass der Drache sie nicht ernst nahm. »Du verschweigst mir etwas«, sagte sie.

»Ich wollte wirklich nur etwas überprüfen, Prinzessin.«

»Es wäre mir lieber, du würdest mich nicht so nennen. Ich bin doch nur eine Gräfin, und andere könnten es falsch verstehen.«

»Ich werde versuchen, daran zu denken«, sagte Nabu und flog eine majestätische Schleife. »Wie findest du es?«, fragte er.

»Ich bin schon geflogen, auf Marduk.«

»Aber nie allein, oder?«

»Nein, noch nie«, gab Mila zu.

»Und, wie findest du es?«, fragte er erneut.

»Herrlich«, sagte sie, »auch wenn ich nichts sehe.«

»Gar nichts?«, fragte der Drache.

»Wenn ich mich umdrehe, spüre ich das Licht der Sonne auf den Augen. Die Dunkelheit bekommt dann einen rötlichen Schimmer«, rief sie. Es war anstrengend, sich in der Luft zu verständigen.

»Sieh lieber nach vorn«, brummte Nabu.

Sie folgte seinem Rat. Zwar lag nur Dunkelheit vor ihr, aber den Wind in den Haaren zu spüren, war wundervoll. Plötzlich sprang die bleiche Flamme in die Finsternis. Sie flackerte lebhaft.

»Siehst du sie?«, fragte Nabu.

Mila nickte fasziniert, dann fiel ihr ein, dass sie ja auf Nabus Rücken saß und er das Nicken nicht sehen konnte, und sie rief: »Ich sehe die Flamme. Sie lodert.«

»Das verdankst du der Krankheit, die ihr Drachenfluch nennt«, rief Nabu. »Dabei ist das Innere Auge doch viel eher eine Gabe.«

»Sie ist wunderschön«, antwortete Mila. Und in ihren blinden Augen war sie das, auch wenn es nur ein blasses Flackern war, das sie wahrnahm. Eine Weile genoss sie diesen Anblick schweigend und vergaß darüber fast, dass sie in der Luft waren. »Warum wolltest du mit mir darüber in der Stadt nicht reden, Nabu?«

Das Flackern wurde schwächer. Der Drache flog eine jähe Schleife. »Entschuldige, aber wir kamen den Bergen ein wenig zu nah«, rief er.

»Sie verblasst«, rief Mila besorgt.

»Es ist nicht einfach, Prinzessin«, sagte der Drache – und plötzlich war die Flamme fort.

»Ich wusste nicht, dass es dich anstrengt«, rief sie und versuchte, sich die Enttäuschung nicht anmerken zu lassen. »Auf dem Platz, da war es anders«, fügte sie hinzu.

»Es war ein besonderer Moment für uns Drachen, und dein Geist war offen, offen genug, um uns wahrzunehmen. Was übrigens mehr als ungewöhnlich ist. Doch sollte das alles vorerst unser Geheimnis bleiben.«

»Warum?«, fragte Mila schlicht.

»Es ist eine Gabe, die nicht jeder versteht, und unter den Rittern, vor allem aber unter Pizarros Leuten, sind Männer, die es leicht für Hexerei halten könnten.«

»Das ist doch Unsinn!«, rief Mila.

»Natürlich ist es das«, rief Nabu, »aber ich sagte ja nicht, dass ich es für Hexerei halte, Prinzessin.«

»Du verspottest mich!«, rief Mila.

»Ein wenig vielleicht«, gab Nabu freimütig zu. »Du bist angenehm zu tragen, du bist so leicht«, rief er dann und flog höher.

»Hier oben wird es kalt«, rief Mila etwas später nach vorn.

»Verzeih, Prinzessin, ich vergaß, dass du weder Rüstung noch Mantel trägst«, brummte der Drache und ging in einen schnellen Sinkflug über. »Besser?«, fragte er dann.

»Viel«, rief Mila lachend. Der Wind spielte mit ihren Haaren, und sie fühlte sich leicht und unbeschwert. »Sag, Nabu, kannst du mich die Flamme noch einmal sehen lassen?«, fragte sie nach einer Weile.

»Du kannst versuchen, mir entgegenzukommen, Prinzessin. Sammle dich und denke an nichts mehr, nur noch an die Flamme.« Der Drache schlug noch einmal mit den Flügeln, dann war es nur noch ein Gleitflug.

Mila versuchte es, doch nichts geschah.

»Siehst du sie?«, fragte der Drache.

»Nein«, rief Mila keuchend.

»Seltsam«, sagte Nabu. »Ich spüre dich, also solltest du meine Flamme sehen können.«

Mila schwieg. Sie richtete verbissen all ihre Gedanken nur auf das Licht, das sie unbedingt sehen wollte, aber dann sagte Nabu plötzlich: »Es ist schon gut, vielleicht lernst du es mit der Zeit, erzwingen kannst du es wohl nicht, aber warte …« Die Flamme flackerte fast sofort auf. Unsicher und blass, und doch heller als alles, was sie je zuvor in ihrem Leben gesehen hatte, stand sie vor ihrem Inneren Auge. Mila vergaß den Wind, die Sonne, den Drachen, auf dem sie saß. Die Flamme veränderte sich plötzlich: Sie flackerte stärker, züngelte zu den Seiten und nahm neue Formen an. Mila stockte der Atem. Die Flamme sprang auseinander und wurde zu einem Bild. Plötzlich tauchte eine lange Front hell brennender Berge auf, zu deren Füßen ein leeres, wüstes Land aus Feuer lag. Dann sammelten sich die Zungen der Flamme zu einer großen Stadt mit hohen Mauern, blass, bleich, geisterhaft und unwirklich … Es war zu viel. Mila schrie auf. Das Bild verschwand mit einem letzten Flackern, und tiefe Dunkelheit sank auf Mila herab. »Was war das?«, rief sie verstört.

»Der Grund, warum manche es für Hexerei halten könnten.«

Erst als er sicher war, dass der Gott fort war, kroch Kemaq aus seinem Versteck. Warum war er nicht getötet worden, wo doch hier vier andere Chaski lagen, die die Götter nicht verschont hatten? Seine Augen suchten den Himmel ab. Weit entfernt, vor den Bergen, sah er einen schwarzen Punkt, und als er sich umwandte, sah er dort, wo die Stadt liegen musste, weitere Punkte in der Luft. Er konnte nicht warten, bis es dunkel wurde, unter gar keinen Umständen. Er lief weiter. Dieser *Drachen* hatte ihn nicht getötet, der auf dem Tempel des Mondes ebenfalls nicht. War es derselbe gewesen? Kemaq hatte außer dem Schatten nichts von ihm gesehen. Er lief etwas schneller, denn er hatte Zeit verloren, und wenn die fliegenden Götter sich auch entschieden haben mochten, ihn zu verschonen, so würde der Hohepriester sicher weniger großzügig sein, sollte er Tikalaq erst nach Einbruch der Dunkelheit erreichen.

Er lief, aber der Zauber des Laufens wirkte nicht mehr. Wie lange hatte er den Schatten an seiner Seite gesehen und, in Gedanken versunken, die Gefahr nicht erkannt? Das sollte ihm nicht noch einmal widerfahren. Er versuchte, die richtige Geschwindigkeit zu finden, aber sein Blick wanderte immer wieder zum Himmel, denn er hatte plötzlich das Gefühl, dass die Götter ihn prüften. Vielleicht spielten sie auch mit ihm, wie der Jaguar mit seiner Beute. Der Gedanke war entmutigend. Er war schnell, aber die Ankay Yayakuna flogen viel schneller, als er laufen konnte. Warum hatten sie ihn verschont? Er fand einfach keine Antwort auf die Frage. Diese Gedanken und die ständigen Blicke über die Schulter machten das Laufen zur Quälerei, und war es ihm vorhin noch erschienen, als würden die Berge geradezu heranfliegen, so schienen sie jetzt in schier unerreichbarer Ferne bleiben zu wollen. Er biss die Zähne zusammen und lief. Die Wüste …

wenn er die Wüste erst einmal hinter sich hatte, würde es besser werden. Der Weg mochte dann beschwerlicher sein, doch er war ein Kind der Berge, ein Steinmann, zwischen Felsen würde er sich sicherer fühlen. Kemaq lief und lief, und nach einer Weile waren die Hänge der Anden doch näher herangerückt. Bald darauf sah er das erste unzerstörte Chaskiwasi, das am Fuß der Berge auf ihn wartete.

»Es ist der Marachuna!«, hörte er schon von weitem die Stimme des wachhabenden Chaski rufen. Nun traten die anderen Läufer aus der Hütte hervor. Einer brachte den Wasserkrug mit, ein anderer etwas zu essen. Kemaq verlangsamte seinen Lauf ganz allmählich, und er blieb stehen, als er bei ihnen war. Noch immer gab ihm Pitumis Kuka-Brei Kraft. Er nahm einen tiefen Schluck aus dem Krug.

»Ich hätte nicht geglaubt, dass du wiederkehrst, Chaski«, sagte einer der Läufer.

»Ich war unten am nächsten Botenhaus«, sagte der Wachhabende. »Sind die anderen ebenfalls niedergebrannt worden?«

»Und was kannst du aus Chan Chan melden? Gibt es eine Botschaft, die wir weitertragen können?«, fragte ein dritter.

Kemaq zog kurz in Erwägung, der Läuferkette eine Botschaft für den Hohepriester aufzugeben, aber dann verwarf er den Gedanken wieder. Der Hohepriester hatte es ihm verboten. Er musste diese Aufgabe allein bewältigen. Also sagte er nur: »Der Feind hat die Stadt besetzt, und ich muss weiter.«

Und schon war er wieder auf dem Weg. Die Muskeln durften nicht kalt werden. Das Gelände wurde nun steiler, der Weg schmaler. Als er den ersten Hang hinaufkeuchte, kam ihm ein seltsamer Gedanke: Tikalaq war eigentlich nicht seine Heimat. Er war dort geboren, aber nur, weil der Sapay Inka in seiner Weisheit beschlossen hatte, dass die meisten vom Steinvolk die alte Heimat verlassen sollten. Er sprang über einen Spalt und fragte sich, ob er auf dem Hinweg auch schon dort gewesen war. Erinnern konnte er sich nicht. Er versuchte, den Gedanken an die

Heimat seiner Väter, die er noch nie gesehen hatte, zu verdrängen, aber er hielt sich hartnäckig. Als er die erste Hängebrücke überquerte, fragte er sich, ob dieser Gedanke ihn verfolgte, weil die Chachapoya etwas in dieser Richtung gesagt hatte. Sie hatte behauptet, dass dem Reich des Sonnenvolkes ein nahes Ende bestimmt sei, was Kemaq immer noch nicht glauben wollte. Genauso gut hätte sie sagen können, dass die Anden verschwinden würden. Und sie hatte außerdem gesagt, dass sie dann vielleicht einen Weg zurück in die Berge ihres Volkes finden würde. Er verfluchte sein gutes Gedächtnis, denn er konnte ihre Worte einfach nicht vergessen, und aus Gründen, über die er nicht nachdenken wollte, verknüpfte er eine unbestimmte Hoffnung mit Pitumis Worten. Und ihn beschlich das Gefühl, dass er sich an Inti versündigte, wenn er so dachte. Ein Stein brach unter ihm ab, und Kemaq stolperte. Viele Male schlug der Stein noch am steilen Hang auf, bevor er endlich im Talgrund zum Liegen kam. *Wenn ich tot bin, werde ich nie erfahren, ob die Chachapoya Recht hat oder nicht,* fluchte er innerlich und nahm sich fest vor, seine Gedanken von nun an nur noch auf seine Schritte zu richten.

Nabu war die Küste entlanggeflogen, so niedrig, dass Mila sogar die Gischt der Brandung spüren und Salzwasser schmecken konnte. Dann war er weit nach Südosten, hinaus auf das offene Meer geflogen, bis sie ganz allein waren und Nabu erklärt hatte, dass selbst er nun das Land nicht mehr sehen konnte.

»Aber die Berge, sie sind so hoch«, hatte Mila gerufen.

»Sie sind im Dunst verschwunden, der über der Küste liegt«, hatte Nabu erwidert.

Sie hatte ihn gebeten, ihr noch einmal die Flamme, vielleicht sogar das Meer zu zeigen, aber er hatte abgelehnt: »Du wirst bald begreifen, warum, Prinzessin«, hatte er erklärt und sich auch durch Betteln nicht erweichen lassen.

Nun waren sie auf dem Rückweg, und Möwen und Seeschwalben begleiteten sie. Mila hörte ihre hellen Rufe.

»Wie bist du eigentlich zu deinem Namen gekommen, Nabu?«, fragte Mila, die den Flug eine ganze Weile schweigend genossen hatte.

»Nabu Einzahn?«

»Nein, ich meinte Al-Nabu von Medina.«

»Es ist mein Geburtsort, wenn du so willst. Es war ganz in der Nähe dieser Stadt, die damals noch nicht heilig genannt wurde, dass ich meinen Weg an die Oberfläche dieser Welt fand und einen Gelehrten in ebendieser Stadt, der gab mir den Namen Nabu.«

»Ich weiß gar nicht, was er bedeutet«, gab Mila jetzt zu.

»Es ist der Name eines alten und heute vergessenen Gottes aus dem Zweistromland. Ein Gott der Weisheit«, fügte er mit hörbarem Anflug von Stolz hinzu.

»Ein schöner Name«, meinte Mila.

»Das will ich meinen«, sagte Nabu und flog zwei übermütige Kurven.

Wieder flogen sie schweigend, bis Nabu rief: »Ich sehe die Stadt. Wir werden bald landen.«

»Schade«, erwiderte Mila, und dann, nach einer kleinen Pause, fragte sie: »Und ich darf wirklich mit niemandem über das Innere Auge reden?«

»Ich hielte es nicht für klug«, lautete die Antwort.

»Auch nicht mit Fray Celso? Er ist mein Beichtvater, und ich hätte ein schlechtes Gewissen, wenn ich ihn anlügen würde.«

»Fray Celso würde es vielleicht verstehen, aber wenn ich mich recht erinnere, ist Pater Valverde *sein* Beichtvater, und der würde es ganz sicher nicht verstehen.«

Mila seufzte. Das hatte sie nicht bedacht. Der Dominikanerpater war der Oberste unter den Priestern Pizarros und ein sehr frommer und strenger Mann. Sie hatte Angst vor ihm. »Und Marduk?«, fragte sie jetzt. »Du sagst, er hat es bemerkt, dann kann ich doch mit ihm darüber sprechen, oder?«

Nabu brummte. »Dass ihr Menschen immer über alles reden müsst. Es gäbe weit weniger Unglück auf dieser Welt, wenn ihr einfach öfter schweigen würdet. Ja, Marduk hat etwas bemerkt, und er ist weise genug, dich nicht danach zu fragen. Daher solltest du so weise sein, ihm vorerst nicht davon zu erzählen, denn er würde nur ungern ein Geheimnis vor Maximilian verbergen, und erzählen kann er es ihm ebenso wenig wie du.«

»Aber Onkel Maximilian wird mir doch nicht schaden wollen! Und er wird bestimmt nicht glauben, dass ich eine Hexe bin!«

»Aber Sorgen würde er sich machen, Prinzessin, und ich glaube, davon hat er wahrlich schon genug.«

Dem konnte Mila nichts entgegensetzen. Sie hörte die Brandung rauschen, also waren sie schon an der Küste.

»Ich würde diese Erfahrung aber gerne mit jemandem teilen«, sagte sie, während Nabu immer tiefer ging.

»Teile sie mit mir«, schlug Nabu vor, und dann ließ er auch schon vom schwachen Wind seine Flügel blähen, um sehr sanft auf dem großen Platz vor dem Palast zu landen.

Kaum war Mila abgestiegen, als die Ritter und Knappen aus dem Palast kamen und sie zu ihrem ersten Ritt beglückwünschten. Jedoch fehlten die Wolfeggs, und auch der Tressler erschien nicht. Mila konnte das verschmerzen. Der Marschall nahm sie auf der Treppe in Empfang. »Ihr stellt uns vor einige Schwierigkeiten, Comtesse, denn unser Ritual ist für junge Männer, nicht für Frauen vorgesehen, und Fray Celso hat mich schon zweimal gefragt, wie denn ein weiblicher Ritter wohl genannt werden würde.«

Trotz dieser angeblichen Schwierigkeiten schien der Conte bester Laune zu sein, und sein helles Lachen wirkte ansteckend. »Mein Onkel hat vorhin den Begriff Ritterschwester verwendet«, erwiderte Mila, unsicher, ob er nach ihrer Meinung gefragt hatte.

»Nicht übel, denn unsere Männer werden ja auch als Ritterbrüder bezeichnet. Unsere Ritter spanischer Zunge schlugen erst *Dragónesa* und dann *Amazona* vor, ich bin mir aber nicht sicher, ob ich Euch wirklich als Amazone in die Liste eintragen will, Comtesse. Nun, vielleicht finden wir im Gebet die Antwort, wie Fray Celso meinte. Er erwartet Euch übrigens in der Kapelle.«

»Jetzt gleich? Ich habe noch gar nicht gefrühstückt.«

Der Marschall lachte wieder: »Es tut mir leid, Comtesse, aber Eure unbeschwerte Jugend endet heute. Ihr werdet beim nächsten Sonnenaufgang zum Ritter geschlagen, und bis dahin werdet Ihr beichten, beten und fasten. Und wir werden sehen, ob wir Schwert und Rüstung für Euch auftreiben können, auch wenn es da düster aussieht. Nun macht aber nicht so ein finsteres Gesicht, Comtesse. Ein Ritter des Ordens sollte seiner Weihe mit frohem Mut entgegensehen.«

Immerhin durfte Mila zunächst noch bei der Auswahl einer Rüstung mitwirken, was sich schwierig gestaltete.

»Unsere Drachenritter sind mit leichtem Gepäck gereist, Mila«, erklärte ihr Großonkel. »Der größte Teil unserer Ausrüstung befindet sich an Bord der Flotte, und die kämpft immer noch gegen widrige Winde.«

Mila erfuhr, dass zwar ein Schmied unter den Waffenknechten war, der aber nichts hatte, womit er hätte arbeiten können, denn Eisen oder gar Stahl fand sich hier nicht. »Und aus Silber oder Gold können wir sie schlecht machen«, meinte der Hochmeister entschieden.

Aber dann brachte Don Mancebo etwas in die Kammer – etwas, das, wie Mila ahnte, nicht sehr schwer sein konnte: »Dies ist eine Rüstung, wie sie die Azteken tragen. Sie stammt direkt aus Tenochtitlan. Ich habe darüber nachgedacht, sie selbst zu tragen, wenn ich nicht auf Ianus sitze, doch kann ich auch auf sie verzichten.«

Mila betastete, was der Maure auf den Tisch gelegt hatte. »Das ist weder Eisen noch sonst ein Erz, auch kein Leder«, rief sie, »das ist Wolle!«

»Ihr habt Recht, Condesa, es ist Baumwolle, in Lauge gehärtet und in doppelter Lage vernäht. Eigentlich ist es mehr ein Waffenrock als eine richtige Rüstung, doch in Neu-Spanien tragen sie viele Konquistadoren. Sie schützt gut genug gegen die schlechten Waffen der Heiden, und sie ist viel leichter und bequemer als unsere schweren Panzer.«

»Welche Farbe hat sie?«, fragte Mila und fuhr mit den Fingern über das gesteppte Kleidungsstück.

»Sie ist von jungfräulichem Weiß, wie frisch gefallener Schnee, so wie Eure Augenbinde, Condesa«, erklärte der Maure.

Der Hochmeister brummte missbilligend, während er die Rüstung mit den Händen prüfte und an ihr herumzerrte. »Ein Armbrustbolzen käme leicht hindurch«, stellte er fest.

»Aber die Indios kennen die Armbrust nicht, und ich denke, bis unser Nachschub hier ist, wird diese Rüstung viel besser sein als gar keine«, meinte Don Mancebo.

»Und schützt sie auch bei einem Sturz von einer Mauer?«, fragte Milas Großonkel düster.

Die Leichtigkeit des Augenblicks war wie weggeblasen. Mila hatte ganz vergessen, wie sie in Nabus Sattel gelangt war – durch Don Rodrigos Tod.

Sie fühlte sich plötzlich schuldig.

»Vielleicht war es doch ein Indio«, warf der Marschall ein. »Eine der Wachen glaubt, heute Morgen einen Spion gesehen zu haben, der um die Mauern herumschlich.«

»Ein Spion? Warum wurde ich nicht unterrichtet?«, fragte der Hochmeister.

»Der Mann war sich nicht sicher, ob er wirklich etwas gesehen hat. Er sagte nur, es schlich etwas durch die Felder, vielleicht aber auch ein Tier. Er hat deshalb erst nach Ende seines Dienstes Meldung gemacht. Schließlich war der Spion, wenn es denn einer war, außerhalb der Festung, und ich sehe nicht, wie er hier hereingekommen sein sollte«, sagte der Marschall.

»Wer war denn der Mann, der das meldete?«, fragte sie neugierig.

»Einer von unseren Waffenknechten. Warum fragt Ihr?«, wollte der Marschall wissen.

Aber das wusste Mila selbst nicht so genau, und so kam man allmählich wieder zur Frage der richtigen Rüstung zurück.

Dietmar wurde gerufen und damit beauftragt, die Baumwollrüstung gemeinsam mit dem Schmied dem schlanken Körper Milas anzupassen. Ein passender Helm ließ sich jedoch nicht auftreiben.

»Ich könnte ein paar Männer in die Stadt schicken. Ich meine, ich hätte bei den Indios Helme aus Leder oder Bronze gesehen«, meinte der Marschall.

»Meine Nichte wird zur Weihe nicht den gebrauchten Helm eines Heiden tragen, Lorenzo«, wies der Hochmeister diesen Vorschlag scharf zurück.

»Ihr habt Recht. Wenn Pizarro endlich hier ist, werden wir hoffentlich in den Bäuchen der Schiffe ein passendes Stück finden. Hoffen wir, dass sie ihn nicht vorher brauchen wird.«

War dieser Teil der Vorbereitung noch aufregend für Mila – die manchmal das Bedürfnis verspürte, sich zu zwicken, um sich zu vergewissern, dass das alles kein Traum war –, folgte nun der Teil, der nach Meinung ihres Onkels erheblich wichtiger, aber nach Milas Meinung auch viel unerfreulicher war: Sie wurde zu Fray Celso in die Kapelle geschickt, denn dort sollte sie beichten und dann den ganzen Abend und die kommende Nacht im Gebet verbringen. Vor der Beichte fürchtete sie sich etwas, denn sie hatte vor, etwas Wichtiges vor Fray Celso zu verheimlichen. Sie glaubte zwar nicht, dass ihr Inneres Auge etwas Sündhaftes war, aber dennoch fühlte sie sich unwohl. Sie fragte sich, ob es klug war, sich mit einem Gewissen, das nicht vollkommen rein war, zum Ritter weihen zu lassen. Sie seufzte, als sie die Kapelle, eine geweihte Kammer des Palastes, betrat. Das würden ein langer Abend und eine noch längere Nacht werden, und sie konnte doch schon jetzt den Morgen kaum noch erwarten.

Es war später Nachmittag, als Kemaq endlich die ersten Felder von Tikalaq erspähte. Er hatte den tückischen Bergpfad mit erstaunlicher Geschwindigkeit bezwungen, und er wusste, dass er das der Paste der Chachapoya zu verdanken hatte. Allmählich machten sich jedoch die Auswirkungen des langen Laufes immer stärker bemerkbar: Seine Schultern schmerzten, aber das war nichts gegen den Schmerz in seinen Beinen. Er hatte am letzten Chaskiwasi nicht einmal mehr angehalten, weil er befürchtet hatte, nicht wieder loslaufen zu können. Jetzt hinkte er durch die Felder seiner Stadt, und er sah das eine oder andere bekannte Gesicht dort. Die Menschen gafften ihn ungläubig an. Vermutlich hatte sich herumgesprochen, wohin er gesandt worden war, und die meisten schienen nicht mit seiner rechtzeitigen Rückkehr gerechnet zu haben.

Er nestelte das Muschelhorn von der Schulter. Er konnte schon die Stadtmauer sehen. Als er in sein Horn blies, kam nur ein sehr schwacher, krächzender Ton heraus. Er lief weiter. Die Wachen am Tor sahen ihn kommen und machten sich bereit, ihm den Weg zu verstellen. Aber er durfte nicht anhalten. Wieder blies er sein Horn, und dieses Mal war der Ton klar und deutlich. Die Wachen traten zur Seite, und ein Chaski kam aus dem Tor, bereit, die Botschaft zu übernehmen und an ihren Bestimmungsort zu bringen. Aber Kemaq lief einfach an dem verblüfften Yunga vorüber und trabte weiter, auch als der andere ihm etwas hinterherrief, was er nicht verstand. Endlich tauchte der Inti-Tempel vor ihm auf. Kemaq bemerkte ungewöhnlich viele Krieger auf der Straße, und er fragte sich, ob das einfach Männer waren, die mit Atahualpa in den Krieg gezogen waren und nun heimkehrten, oder – und das erschien ihm dann wahrscheinlicher – ob diese Männer sich auf einen Kampf gegen die Fremden vorbereiteten.

Er hielt nach seinem Bruder Jatunaq Ausschau, konnte ihn aber nicht finden. Dafür kam ihm Qupay, sein anderer Bruder, schon vor den Stufen zum Tempel entgegen. Kemaq sah die Erleichterung in seinen Augen.

»Inti sei Dank, du bist zurück!«, rief Qupay.

»Wasser«, stöhnte Kemaq, denn sein Trinkbeutel war schon seit einer Stunde leer.

»Gleich, doch komm, Huaxamac erwartet dich schon«, entgegnete Qupay und zerrte den entkräfteten Kemaq am Arm weiter in den Tempel hinein. Erst als Kemaq noch einmal krächzend um Wasser bat, gab Qupay einem der herbeigeeilten Diener einen Wink, zog seinen Bruder dabei aber weiter. »Ich habe mir schon ernsthafte Sorgen um meinen Kopf gemacht, Kemaq, wo warst du nur so lange?«

Kemaqs Kehle war viel zu ausgetrocknet, um etwas zu erwidern. Er stolperte hinter seinem älteren Bruder her und fand sich schließlich in der Kammer wieder, in der er seinen gefährlichen Auftrag erhalten hatte. Seine Ankunft musste schon gemeldet worden sein, denn Huaxamac, der Hohepriester, saß auf einem breiten Sessel und blickte ihn streng, aber auch erwartungsvoll an. Auch der alte Curaca war dort, schien sich aber, wie schon am Vortag, im Hintergrund halten zu wollen.

»Nun, Chaski, dein Bericht?«, fragte Huaxamac.

Kemaqs Kehle war immer noch vollkommen ausgedörrt. Er zog den Quipu aus dem Gürtel und hielt ihn wortlos ungefähr in die Richtung des Hohepriesters. Qupay nahm ihm die Schnur aus der Hand, eilte zum Sitz des Hohepriesters und überreichte ihn mit einer demütigen Verbeugung. Der Hohepriester überflog die Schnur und runzelte die Stirn. Kemaq nutzte die Gelegenheit, um sich nach dem Diener mit dem Wasser umzusehen. Der stand in der Pforte, machte aber keine Anstalten, näher zu treten.

»Götter? Ist der Diener des Mondes da sicher?«

Kemaq nickte, räusperte sich vergeblich und flüsterte nur heiser: »Ich sah sie selbst. Fliegende Götter.«

Qupay warf ihm zornige Blicke zu, aber der Hohepriester sah ihn nur nachdenklich an, senkte den Blick wieder auf die Knotenschnur und sagte nebenher: »So gebt dem Mann doch endlich etwas Wasser.«

Kemaq riss dem Diener den Krug förmlich aus der Hand und

trank ihn in einem Zug leer. Dann fühlte er sich schon etwas besser. »Hast du auch eine mündliche Botschaft für mich, Chaski?«, fragte der Hohepriester, der den Quipu an den Curaca weiterreichte.

Kemaq sammelte sich und wiederholte die Worte, die ihm die Tempeljungfrau mit auf den Weg gegeben hatte: *»Die Fremden sind mächtig, Götter vielleicht. Ihre Diener tragen eine Haut, härter als Silber, Kupfer oder Leder, und die Kraft der Götter selbst ist größer als die von tausend Männern, und ihr Atem ist Feuer. Dreizehn haben wir gezählt. Selbst wenn du für jeden der fremden Götter tausend Mann aufbieten könntest, rate ich dir von einem Angriff ab, bevor nicht Inti oder ein anderer unserer Götter dir ein klares Zeichen gibt.«* Er konnte nicht verhindern, dass er bei der Übermittlung dieser Nachricht in den üblichen, etwas leiernden Ton verfiel, den er sich in seinem Dienst angewöhnt hatte, aber der Hohepriester achtete nicht darauf.

»Nun, Chaski, ich hoffe, du kannst mir etwas mehr berichten, denn noch weiß ich nicht, was ich davon halten soll«, sagte der Hohepriester.

Also berichtete Kemaq. Bestimmte Dinge ließ er weg, die Chachapoya und den Chimú-Läufer erwähnte er ebenso wenig wie die Tempeljungfrauen, aber er lobte den Yunga, der ihm geholfen hatte. Er erzählte von den Göttern, die die Stadt bewachten, von der Festung des Mondes, die sie besetzt hielten, von den Fremden mit der hellen Haut und dem hellen Haar, ihren seltsamen Waffen und Rüstungen, und von der jungen Frau, deren Haar die Farbe von Gold hatte, und die eine weiße Borla über Stirn und Augen trug.

»Eine Frau, die eine Borla trägt, sagst du?«

»Es ist die einzige Frau, die ich dort sah, Herr, und ich sah auch, dass sie eine besondere Stellung einnimmt«, berichtete Kemaq und erzählte von der großen Versammlung auf dem Platz und dem bläulichen Gott, der ihn verschont und sich dann nah bei der Frau mit der Borla aufgehalten hatte. Auch von dem Streit auf dieser Versammlung berichtete er, und dann schilderte er auf Aufforderung des Priesters genau die Gestalt und das Aussehen der fliegenden Götter. »Die Fremden nennen sie *Drachen*, sie sind riesig, sicher schwerer als hundert Lamas, und mit Flügeln, die sich weiter spannen, als diese große Halle Platz bietet. Sie ähneln großen Echsen, doch sind sie eben tausendfach größer.«

»Und du hast gesehen, wie sie Feuer spucken?«

»Nein, Herr, doch habe ich die niedergebrannten Chaskiwasi entlang der Straße gesehen. Auch die Läufer dort sind tot. Ich sah ihre verbrannten Körper.«

Der Hohepriester ließ sich in seinen Sessel zurücksinken, sein zerfurchtes Gesicht drückte tiefe Sorge aus. Dann sagte er: »Sie haben gestritten, sagst du?«

»Ja, Herr.«

»Und die Frau mit der Borla nimmt einen besonderen Rang bei ihnen ein?«

»So scheint es, Herr.«

Wieder dachte der Priester eine Weile nach. »Es gibt viele Götter, in den Bergen, den Flüssen und am Himmel, einige sind mächtig, andere schwächer, aber keiner ist so stark wie Inti.« Wieder verfiel er in Schweigen, schließlich sagte er: »Es ist gut, Chaski. Einer der Diener wird dir eine Kammer zuweisen und etwas zu essen bringen. Erwarte dort weitere Befehle.« Dann winkte er den Curaca und einen hochrangigen Krieger heran und gab Kemaq mit einer nachlässigen Handbewegung zu verstehen, dass er nicht mehr gebraucht wurde. Kemaq zog sich mit dem Gefühl zurück, einer schrecklichen Gefahr entronnen zu sein. Aber als der Diener ihn in die Kammer führte, hatte er eine Vorahnung, dass sich eine andere Gefahr über ihm zusammenbraute, noch unsichtbar, doch vielleicht noch größer als die, die hinter ihm lag.

Mila kniete in der Kapelle und lauschte in die Dunkelheit. Es war Abend geworden. Vor der Tür hielt Don Mancebo Wache.

Sie hörte seine ruhigen Atemzüge, und gelegentlich marschierte er ein paar Schritte auf und ab. Der Maure hatte sich ihr als Mentor angeboten, ein Angebot, das sie gerne angenommen hatte, schon weil sie vermutete, dass es den Tressler ärgerte. Der Hochmeister hatte außerdem darauf bestanden, dass der Gang vor der Kapelle bewacht wurde. Die Meldungen über Indio-Spione, die sich in der Nähe der Festung herumtrieben, und dieser rätselhafte Schatten, den Konrad auf der Mauer gesehen haben wollte – das alles beunruhigte den Hochmeister. Mila wusste, dass im Gang weitere Bewaffnete auf und ab gingen. Sie hörte sie manchmal halblaut miteinander reden. Der Geruch von gebratenem Fleisch drang durch das einzige Fenster ein. Einer der Drachen hatte ein Lama vor der Stadt gerissen und den Rittern gebracht, angesichts der knappen Vorräte eine sehr willkommene Gabe. Sie brieten es hinter dem Palast, und Mila konnte den Duft sehr gut wahrnehmen. Besonders rücksichtsvoll fand sie das nicht, war sie doch verpflichtet, bis zum Ritterschlag zu fasten. Die Beichte lag hinter ihr, und sie hatte dem Fray das Erlebnis mit dem Inneren Auge verschwiegen, aber der Mönch hatte es nicht bemerkt, nicht einmal Verdacht geschöpft. Dafür hatte er sie gemahnt, nicht länger feindselige Gefühle gegen den Tressler und die beiden Brüder von Wolfegg zu hegen. Es seien gute Christen, und aus Abneigung könne leicht Missgunst entstehen, was ihrer unwürdig sei. Mila wusste, dass der Mönch Recht hatte, aber was sollte sie machen? Sie konnte weder Balian noch seinen Bruder Konrad oder den Tressler besonders leiden. Jetzt war der Mönch in der Kammer nebenan, und sie hörte ihn zum wiederholten Male murmelnd den Rosenkranz beten.

Sie riss sich zusammen. Sie war in einer Kapelle, und sie wusste, dass ihr gegenüber das schlichte Holzkreuz hing, das der Fray mit in diese Stadt gebracht hatte. Die Stadt. Sie hatte sie gesehen. Nur eine Sekunde lang, geisterhaft, blass. Nabu hatte sie ihr gezeigt. Ein Schauer lief ihr über den Rücken. Sie konnte dieses Bild nicht vergessen, es war das Einzige, das sie je gesehen hatte, mit

Ausnahme der bleichen Flammen, als die sie die Drachen kurz wahrgenommen hatte. Die Berge, die Wüste, die Stadt. Warum hatte er sie nicht mehr sehen lassen? Er konnte es doch, oder? Sie würde ihn fragen, morgen. Sie *musste* einfach mehr sehen. Ihr ganzes beinahe neunzehnjähriges Leben hatte sie in dunkler Nacht verbracht. An diesem Abend bemerkte sie zum ersten Mal, wie finster diese Nacht sein konnte. War es das, wovor Nabu sie bewahren wollte – dieses beinahe schmerzhafte Gefühl von Verlust?

Von draußen drangen flüsternde Stimmen durch das kleine Fenster der Kapelle ein. Zwei Männer unterhielten sich. Mila war dankbar für die Ablenkung. Die beiden sprachen aber so leise, dass sie nichts verstand. Sie hörte immerhin heraus, dass sie Deutsch sprachen. Sie runzelte die Stirn. Obwohl beide Männer flüsterten, war sie sich beinahe sicher, dass einer von ihnen Balian von Wolfegg war. Sie hätte vielleicht etwas mehr verstanden, wenn der Fray nicht nebenan immer noch seine Gebete vor sich hin gemurmelt hätte, doch sie konnte ihn ja schlecht bitten, damit aufzuhören. Sie durfte auch ihre Andacht nicht unterbrechen. Sie sagte sich, dass sie das, was draußen gesprochen wurde, auch nichts anging, und dass es klüger war, ihre Seele für den morgigen Ritterschlag zu stärken. Dennoch lauschte sie und rutschte sogar etwas näher an das Fenster heran. Den Namen Pizarro hörte sie mehrfach, und auch von Meister Albrecht, dem Alchemisten, war die Rede. Nun, der Konquistador und seine Flotte waren überfällig und wurden sehnsüchtig erwartet, das war also nichts Ungewöhnliches. Aber warum sprachen die beiden da draußen so leise? Als gelte es, etwas vor unberufenen Ohren zu verbergen, und das ausgerechnet beim stets lauten Ritter Balian?

Der andere Mann räusperte sich, und jetzt erkannte ihn Mila: Es war Konrad. Mila hörte, dass Balian wütend war, ja, er machte seinem Bruder bittere Vorwürfe. Vielleicht ging es ja darum, dass Konrad nicht Ritter werden würde, und natürlich würde Balian seinem Bruder Versagen vorwerfen. Die beiden Brüder hatten ein merkwürdiges Verhältnis zueinander. Schon früher war Mila aufgefallen, dass der ältere eigentlich nicht viel von dem jüngeren zu halten schien. Er setzte ihn immer wieder herab, nicht ganz so öffentlich, wie es der Tressler tat, aber doch war immer wieder spürbar, dass Balian mit seinem Bruder unzufrieden war. Vielleicht, so dachte Mila jetzt, lag es daran, dass sie so unterschiedlich waren: Balian war ein Ausbund roher Kraft, tapfer, brutal, rücksichtslos gegen sich und andere. Konrad war weder stark, noch war er bisher durch Heldentum aufgefallen. Er wirkte nach außen oft freundlich, aber damit maskierte er eine Verschlagenheit und Hinterlist, die Mila bei seinen Gemeinheiten schon oft genug leidvoll hatte zu spüren bekommen. Der Fray und auch ihr Großonkel schrieben diese Streiche dem jugendlichen Übermut Konrads zu, aber Mila spürte in Konrad eine verborgene Bosheit, die mit Übermut nichts zu tun hatte.

Die beiden Brüder stritten, aber irgendwas sagte Mila inzwischen, dass es nicht um die Wahl ging. Konrad schien etwas getan zu haben, was Balian nicht guthieß, ja, er schien sogar bestürzt zu sein. Ihr Misstrauen war jetzt geweckt. Sie schickte sich an, ihren Platz zu verlassen und doch hinüber zum Fenster zu schleichen, aber dann rief jemand vom Lagerfeuer, dass das Lama fertig war, und die beiden Brüder entfernten sich, ohne dass Mila mehr über diese geheimnisvolle Zusammenkunft herausbringen konnte.

Kemaq war auf dem nackten Steinfußboden eingeschlafen und sehr verwirrt, als er aus dem tiefsten Schlummer gerissen wurde. Etwas schimmerte golden über ihm, und für einen Augenblick glaubte er, es sei die Fremde, die ihm zulächelte – aber es war nur Melap, der alte Chachapoya, der ihn im Schein einer Kerze grinsend musterte.

»Was gibt es?«, murmelte Kemaq.

»Du hast die Götter gesehen. Hast du Tamachoc in ihnen wiedererkannt?«, fragte der Alte.

»In den Göttern? Nein, ich meine, ja, ich habe sie gesehen. Aber sie sind fremd. Keiner von ihnen ist Tamachoc«, antwortete Kemaq.

»Du wirst deinen Teil beitragen«, sagte Melap.

»Was, wozu?«

Der Chachapoya drückte ihm etwas in die Hand. Es war ein in Blätter gewickeltes Paket mit Essen. Kemaq zögerte, es anzunehmen.

»Das lässt Pitumi dir schicken, Chaski«, sagte der Alte. »Bewahre es gut, du wirst es noch brauchen.«

»Pitumi? Wie sollte sie? Ich meine …«

»Still jetzt. Man kommt, dich zu wecken«, zischte der Alte und blies die Kerze aus. Es musste mitten in der Nacht sein, denn noch drang kein Schimmer von Morgengrau über den Gang in die Kammer. Kemaq hörte Schritte, und dann fiel Licht durch die offene Tür. Jemand kam mit einer Fackel. Der Alte war schon wieder verschwunden. Die Schritte kamen näher, und hastig versteckte Kemaq das Paket in seiner Tasche. Er würde sich später darüber wundern, wie Pitumi Melap so schnell etwas hatte schicken können. Der Mann mit der Fackel war sein Bruder Qupay. »Du bist wach? Ausgezeichnet. Huaxamac hat einen neuen Auftrag für dich.«

»Der Hohepriester, für mich?«

»Ja, es ist dir wohl gelungen, Eindruck zu machen, und ich glaube, das wird uns sehr zum Vorteil gereichen.«

»Uns?«

»Ja, auch Jatunaq wurde ausgewählt. Aber nun trödle nicht. Der Morgen graut bald, und Huaxamac wartet schon.«

Kemaq erhob sich. Jeder Knochen im Leib tat ihm weh, aber es war nicht so schlimm, wie er es nach dem harten Lauf vom Vortag erwartet hätte.

»Geht das nicht schneller?«, drängte Qupay, als Kemaq hinter ihm her schlurfte.

»Du kannst ja an meiner statt laufen, Bruder«, entgegnete Kemaq mürrisch.

»Mein Platz ist aber hier, so wie deiner auf der Straße ist, Kemaq. So will es die Ordnung, die Inti für uns ersonnen hat.«

Kemaq fragte sich, was dieser Unsinn sollte, verkniff sich aber die Antwort, die ihm auf der Zunge lag, denn er wollte nichts Böses über den Sonnengott sagen, nicht in seinem Tempel.

Der Hohepriester erwartete ihn schon ungeduldig. Besorgt stellte Kemaq fest, dass er keinen Quipu für ihn bereithielt, worin er sofort ein schlechtes Zeichen erkannte, denn das hieß doch, dass es wieder kein gewöhnlicher Auftrag werden würde.

»Ich sehe, du bist wieder auf den Beinen, Läufer, das ist gut«, begann Huaxamac ungewohnt freundlich. Kemaq verneigte sich stumm. »Wir haben dich etwas länger schlafen lassen, denn wir wissen ja, wie schnell du bist.«

Kemaq verstand die Bemerkung nicht und murmelte: »Danke, Herr.«

»Du hast deiner Familie Ehre gemacht, Chaski. Es scheint, dass der Segen Intis auf euch ruht. Deshalb haben wir deinen Bruder ausgewählt, die Krieger anzuführen.«

»Welche Krieger, Herr?«

»Sie sind schon am Abend aufgebrochen. Ich nehme an, du wirst sie am Fluss treffen. Sie werden sich dort in der Nähe des zerstörten Chaskiwasi verstecken, von dem du gesprochen hast. Von dort wirst du sie in die Stadt führen.«

Kemaq glotzte den Hohepriester ungläubig an. »Nach Chan Chan, Herr?«

»Du bist der Einzige unserer Läufer, der zurückgekehrt ist, Chaski, und wenn dein Bericht wahr ist – und das ist er doch, nicht wahr? Wenn also dein Bericht wahr ist, kennst du einen heimlichen Weg in die Festung des Feindes. Den wirst du den Kriegern zeigen.«

»In die Festung, Herr?« Kemaq konnte seine Besorgnis kaum verbergen.

»Sie haben dort einen wichtigen Auftrag zu erledigen. Du wirst ihnen den Weg weisen und ihnen auch sonst auf jedwede Weise zu Diensten sein.«

Kemaq presste ein weiteres »Ja, Herr« heraus.

»Gut, Chaski, dann eile«, sagte Huaxamac und wandte sich ab.

Kemaq hätte beinahe vergessen, sich zu verbeugen. Sein Bruder musste ihn fast hinausschleifen. »Es ist eine große Ehre, das ist dir hoffentlich bewusst, Kemaq«, flüsterte Qupay aufgeregt.

»Weißt du, was für ein besonderer Auftrag das ist, Bruder?«, fragte Kemaq, immer noch wie vor den Kopf gestoßen. Er musste nicht nur zurück in die Festung der Götter, er sollte auch noch seinen Bruder dort hineinführen!

Qupay schüttelte den Kopf. »Ich dürfte es dir wohl nicht sagen, auch wenn ich es wüsste. Ich habe aber auch andere Dinge zu besorgen, denn Huaxamac ließ mir die Ehre zuteilwerden, ein großes Opfer vorzubereiten. Du siehst, unsere Familie ist in der Gunst des Tempels sehr gestiegen.«

»Was für ein Opfer?«, fragte Kemaq.

»Du wirst es selbst sehen, wenn ihr zurückkehrt. Doch musst du dich beeilen. Es hängt viel von dir ab.«

Kemaq war müde, und er verstand nicht, was sein Bruder meinte.

»Du bist der Einzige, der Jatunaq den Weg zeigen kann. Wenn du denn endlich aufbrichst«, fügte Qupay tadelnd hinzu.

»Wie viele Krieger hat unser Bruder?«, fragte Kemaq niedergeschlagen.

»Ein Dutzend der tapfersten Krieger von Tikalaq. Aber jetzt eile, sonst müssen sie den Weg ohne dich suchen.«

»Den Weg …«, echote Kemaq. Allmählich begriff sein müder Geist, was da von ihm verlangt wurde: Er sollte die Männer nach Chan Chan hinein und auch wieder herausbringen! Letzteres war noch schwieriger als Ersteres, und eigentlich erschien ihm beides unmöglich. Die Stadt war in der Hand feindlich gesinnter Götter, begriff das denn hier niemand? Im Augenblick fragte er sich außerdem, ob er sich nicht vorher schon den Hals brechen würde. Wütend fuhr er seinen Bruder an: »Hast du eine Vorstellung, wie ich sie einholen soll, bei Nacht, auf dem Pfad, der niemals nachts gelaufen wird, weil er zu gefährlich ist?«

Qupay sah ihn mit offenbar echtem Erstaunen an: »Aber du bist den Weg doch allein heute und gestern schon zweimal gelaufen, und vorher viele Male auch«, rief er. »Und Inti wird dich schützen. Du hast Huaxamac gehört, der Segen des Sonnengottes ruht auf dir!«

Kemaq öffnete den Mund, um zu fragen, wie ihm der Sonnengott denn des Nachts helfen wolle, aber er sah ein, dass es sinnlos war. Er drehte sich wortlos um und machte sich auf den Weg.

Es brodelte in ihm: Qupay war so dumm! Er brachte ihn nun schon zum zweiten Mal in Gefahr. Und diesmal nicht nur ihn, sondern auch ihren Bruder Jatunaq. Er tastete nach dem Paket in seiner Tasche, öffnete es, nahm ein Stück Kuka-Brei und schob es sich in den Mund. Wie hatte Pitumi das Päckchen so schnell nach Tikalaq schicken können? Und woher hatte sie gewusst, dass er es brauchen würde? War sie vielleicht doch mehr als nur eine Heilerin?

Kemaq trabte durch die stillen Straßen der Stadt. Die frische Luft tat gut. Auf den Plätzen waren Wachfeuer, an denen sich Krieger versammelt hatten. Offenbar bereiteten sie sich auf einen Kampf vor. Kemaq sah viele Krieger, aber es waren sicher noch keine tausend auf jeden *Drachen,* und selbst für den Fall, dass Huaxamac so viele Krieger aufbieten könnte, hatte die Tempeldienerin ihm doch von einem Kampf gegen die Götter abgeraten. *Solange nicht Inti ein gutes Zeichen schickt,* rief sich Kemaq ihre Worte ins Gedächtnis. Am Tor brannten Fackeln, und Kemaq überlegte, ob er von den Chaski, die dort warteten, eine erbitten sollte, aber dann wurde ihm klar, dass sie nicht lange brennen würde. Es erschien ihm besser, die Augen an die Dunkelheit zu gewöhnen. Die Sichel des Mondes stand tief im Osten, und wenn er erst einmal den Berg umrundet hätte, würde sie ihm ein wenig Licht spenden. Ansonsten konnte er nur auf sein

Gespür für den Weg vertrauen. *Das große Opfer, das Qupay vorbereiten darf, soll vermutlich Inti günstig stimmen,* dachte Kemaq, als er durch die Felder vor der Stadt lief. Doch was mochte das für ein Opfer sein? Kemaq lief nun in den Schatten des Berges und musste eine Weile stark auf die Unebenheiten des Weges achten. Er wurde langsamer und dachte missmutig, dass er die Krieger auf diese Weise wohl nie einholen würde. Beinahe hätte Kemaq die Abzweigung übersehen, was geradezu lächerlich war, so oft, wie er diesen Weg schon gegangen war. Die Sichel des Mondes tauchte wieder auf. Die Krieger mussten schnell sein und Glück haben, wenn sie vor Sonnenaufgang den Fluss erreichen wollten. *Vielleicht bricht sich der eine oder andere auch schon auf dem Weg das Genick,* dachte Kemaq grimmig, als er in der Finsternis über die Spalten und Stufen des Pfades hastete. Und er fragte sich, was so wichtig war, dass es nicht warten konnte, bis das große Opfer Inti günstig gestimmt haben würde.

4. Tag

»Ihr seid doch nicht etwa eingeschlafen, Condesa?«

Mila schreckte hoch. Es war Don Mancebo, der sie geweckt hatte. Die Kapelle, der Ritterschlag! »Aber nein, Don Mancebo, ich war in Gedanken versunken«, behauptete sie.

»Natürlich«, sagte der Maure lächelnd. »Ihr solltet Euer Haar und die Augenbinde richten, es könnte sonst jemand fälschlicherweise annehmen, Ihr wärt doch eingeschlafen. Außerdem habe ich hier etwas Wasser für Euch. Zur Erfrischung.«

Mila murmelte verlegen ein »Danke«. Wie peinlich! Es war der wichtigste Tag ihres Lebens, und sie war eingeschlafen. »Ihr verratet mich doch nicht, Don Mancebo, oder?«

»Ich wüsste nicht, was ich verraten könnte, Condesa. Außerdem, es soll schon ganz anderen Rittern so ergangen sein, wie es Euch *nicht* ergangen ist.«

Nachdem Mila sich das Gesicht mit kaltem Wasser gewaschen hatte, fühlte sie sich bedeutend frischer.

»Und jetzt?«, fragte sie.

»Jetzt habe ich die Ehre, Euch auf die Stufen des Palastes zu führen, denn dort sind die Ritter und Drachen des Ordens versammelt, um Zeuge dieses bedeutenden Ereignisses zu werden. Jedoch solltet Ihr Euch zunächst umkleiden, Condesa. Dietmar und der Schmied haben die ganze Nacht gearbeitet, um den Waffenrock für Euch anzupassen. Es ist ganz passabel gelungen, würde ich sagen.«

»Er wird wie angegossen sitzen«, behauptete Dietmar.

Mila hatte ihn in ihrer Aufregung gar nicht bemerkt.

»Es wäre angemessen, wenn die Herren mich dann einen Augenblick allein lassen würden«, erklärte Mila.

»Nun stellt Euch nicht so an, Ihr werdet den Rock über Eurem Hemd tragen«, entgegnete Don Mancebo, und dann half er ihr, die leichte Rüstung anzulegen.

»Wie angegossen«, sagte Dietmar zufrieden.

»Vielleicht in der Hüfte etwas eng«, murmelte Mila.

»Das liegt am Wohlleben der letzten Zeit, Comtesse«, erwiderte Dietmar, »aber ich kann sie später noch etwas weiten.«

»Wohlleben?«, fragte Mila.

Don Mancebo lachte. »Nun, als Ritterschwester des Drachenordens solltet Ihr Euch auf entbehrungsreiche Zeiten einstellen. Dann wird diese Rüstung schon passen. Wie trägt sie sich?«

Mila drehte sich in ihrer neuen Rüstung und strich über die gesteppte Oberfläche. Der Waffenrock war luftig und leicht und gab ihr gleichzeitig ein Gefühl von Schutz. »Sie trägt sich wunderbar. Ich kann Euch gar nicht genug für diese Rüstung danken, Don Mancebo, und ich glaube, ich werde mich nur schweren Herzens wieder von ihr trennen.«

»Ich bin sicher, sie steht Euch besser als mir. Es ist schade, dass Ihr Euch nicht sehen könnt, Condesa.«

»Ja«, sagte Mila.

»Gutes Eisen wäre dennoch besser«, brummte Dietmar, »man weiß ja nie.«

Dann reichte ihr der Maure den Schwertgürtel, an dem eine leere Lederscheide baumelte.

»Ich habe weder ein eigenes Schwert noch eigene Sporen«, stellte Mila unglücklich fest, als sie sich gürtete.

»Für ein Schwert werdet Ihr auf dem Rücken eines Drachen wenig Verwendung haben, noch weniger für die Sporen. Es ist nur ein alter Brauch aus einer Zeit, als viele unserer Ritter noch zu Pferde dienten.«

»Ich nehme an, die Drachen würden die Sporen kaum bemerken, oder?«, fragte Mila, die an der Gürtelschnalle herumnestelte, denn der Gürtel war zu weit. Schließlich erklärte sich Dietmar bereit, ein weiteres Loch zu stechen.

»Der Sporn würde ihre dicken Schuppen nicht durchdringen, das ist richtig, Condesa«, erklärte ihr Don Mancebo unterdessen, »außerdem würden sie es vermutlich als tödliche Beleidigung auffassen, wenn Ihr sie wie ein Pferd antreiben wolltet. Vergesst nicht, ein Drache trägt nur, wen er tragen will, er ist nicht gezähmt, sondern er dient an unserer Seite aus freien Stücken.«

»Aber hat nicht der heilige Georg die Drachen einst unterworfen?«, fragte Mila, die endlich mit dem Gürtel zufrieden war.

Dietmar hustete, weil er sich offenbar verschluckt hatte, und Don Mancebo lachte laut auf, bevor er erklärte: »Unterworfen? Das solltet Ihr um Himmels willen nie in Gegenwart eines Drachen behaupten, Condesa!«

Kleinlaut gab Mila zu, dass sie es nicht besser wusste. »So hat es mir meine Mutter immer erzählt«, fügte sie als schwache Rechtfertigung hinzu.

»Vielleicht solltet Ihr der Comtesse die wahre Geschichte erzählen, Don Mancebo«, meinte Dietmar, der ihr mit dem schweren Umhang half, den sie für die Zeremonie tragen musste. »Wo sie doch jetzt eine Ritterschwester wird.«

»Nun, wir haben noch einen Augenblick Zeit, denke ich. Also hört, Condesa«, begann der Maure: »Als die Drachen vor über neunhundert Jahren die Vulkane verließen, da verbreiteten sie Angst und Schrecken, sie raubten den Hirten das Vieh, wenn sie hungrig waren, und wenn die verzweifelten Hirten sich wehrten, töteten die Drachen auch sie, und es schien, als seien sie unbesiegbar.«

»Erklärte die Kirche sie nicht sogar zu Vorboten der Apokalypse?«, fragte Mila. Da draußen wartete man vielleicht schon, um sie zur Ritterschwester zu schlagen. Sie hätte diese Geschichte lieber bei einer anderen Gelegenheit gehört, doch der Maure war die Ruhe selbst und fuhr fort: »So ist es, die Kirche verkündete das Ende der Welt, doch das Jüngste Gericht kam nicht. Die Drachen aber blieben, und sie verwüsteten weite Landstriche. Bald schickten die Fürsten der Länder jedoch regelrechte Heere gegen diesen schrecklichen Feind aus, und viel Blut wurde damals vergossen. Meistens war es das Blut der Menschen, doch von Zeit zu Zeit gelang es ihnen doch, einen der Drachen zu töten. Der heilige Georg war ein General des oströmischen Kaisers. Er hatte in Nordafrika mit seinen Männern einen Drachen bezwungen, und er zog nach Norden, um sie einen nach dem anderen zu töten und sie schließlich auszurotten. Doch die Drachen sind keine wilden Bestien, Ihr wisst selbst, wie klug sie sind. Marduk war es, der sie zusammenrief, und als Georg mit seinem Heer erschien, stand er nicht einem, sondern zwei Dutzend Drachen gegenüber. Ich nehme an, sie hätten das Heer leicht vernichten können, aber das wollte Marduk nicht. Er war den Krieg zwischen den Völkern leid, also bot er Georg einen Waffenstillstand an.«

»Einen Waffenstillstand?«, rief Mila erstaunt.

»Ihr solltet erwähnen, dass die Drachen das Heer Georgs bereits auseinandergejagt hatten, Don Mancebo«, warf Dietmar gut gelaunt ein.

»So ist es«, fuhr der Ritter mit einem Lächeln in der Stimme fort. »Es ist also nicht ganz richtig, wenn erzählt wird, dass Georg die Drachen unterworfen hat. Genau genommen lag er schon unter den Krallen Marduks, als sie verhandelten. Ich nehme an, er hat daher den Waffenstillstand sehr gerne angenommen. Fortan lieferten die Menschen den Drachen Fleisch, und dafür wurden ihre Herden verschont. Aus dem Waffenstillstand wurde ein Frieden und aus dem Frieden ein Bündnis, das seinen Höhepunkt schließlich mit der Gründung des Ordens fand. Andere Drachen und andere Herrscher erkannten die Vorteile dieses Bundes und folgten diesem Beispiel früher oder später. Doch sind die anderen Orden Geschichte, und nur unsere dreizehn Drachen sind noch übrig.«

Nun war Mila doch beeindruckt. Das war ganz und gar nicht die Geschichte, die man ihr erzählt hatte.

»Vielleicht kann ich Euch die Geschichte später noch einmal etwas ausführlicher erzählen, Condesa«, schloss der Maure, »doch jetzt sollten wir aufbrechen, denn wir werden erwartet. Ich hoffe aber, Ihr werdet nun nicht noch einmal behaupten, Georg hätte die Drachen unterworfen, denn Drachen haben gute Ohren, und sie sind in manchen Dingen sehr empfindlich. Seid vorsichtig mit Euren Worten, wenn Euch an ihrer Freundschaft liegt, Condesa.«

Mila versprach es. Dann atmete sie tief durch und nahm Don Mancebos Arm: Sie war bereit, sich zum Drachenritter schlagen zu lassen.

Als sie vor den Palast trat, waren nur die Ritter, Fray Celso sowie Marduk und Nabu dort, wie ihr Don Mancebo zuflüsterte. Es war noch vor dem Morgengrauen, und Mila fühlte eine bleierne Kälte über dem Platz liegen. Sie fröstelte. Don Mancebo führte sie einige Schritte nach vorn und gab ihr dann das verabredete Zeichen, niederzuknien. »Hier kniet Anna Milena Leonore Condesa von Tretzky, erkoren von Al-Nabu von Medina, als Schildmaid hierhergeführt von mir, Don Mancebo de Albaycín, bereit, die Weihe zum Ritter des Ordens der Drachenritter vom Heiligen Kreuz zu empfangen.« Die Stimme des Mauren schnitt klar durch die kalte Luft. Mila lief ein Schauer über den Rücken.

»Und hier stehe ich, Maximilian Johannes Graf von Friedberg, Hochmeister des Ordens der Drachenritter vom Heiligen Kreuz, der sie aufnimmt in unsere Reihen. Möge sie die Schwachen beschützen, dem Recht zum Sieg verhelfen und dem Orden treue Dienste leisten, verpflichtet nur Gott und dem Kaiser.«

Eine Schar Möwen zog mit hellen Schreien über den Hof. Sie kreisten über der Festung und verdarben den feierlichen Moment mit ihrem Lärm. Mila hörte, dass Nabu sich kurz aufrichtete und eine Flammenwolke in den Himmel schickte. Sie konnte nicht sehr groß gewesen sein, aber sie reichte offenbar, die Möwen zu vertreiben. Der Hochmeister räusperte sich, und Mila, die unwillkürlich auf die Vögel gelauscht hatte, wandte sich ihm erschrocken zu. Sie hörte den Schlag, bevor sie ihn spürte: Der Handschuh des Hochmeisters zog durch die Luft und berührte sie leicht an der Wange. Sie war darauf vorbereitet worden und zuckte dennoch leicht zusammen. »Mögest du nach diesem Schlag keinen weiteren mehr erdulden«, sagte der Hochmeister feierlich. Dann spürte Mila die Berührung der Schwertspitze auf der linken, der rechten und dann wieder der linken Schulter. »Du warst eine Edle des Reiches, nun erhebe dich als Ritterschwester unseres heiligen Ordens.« Bei diesen Worten befestigte er etwas an ihrem Umhang. Sie betastete es. Es war eine Spange in Form eines Drachen. Ihr wurde plötzlich klar, dass es jene Spange war, die ihr Onkel bei der Bestattung von der Rüstung Don Rodrigos entfernt hatte, das Drachensiegel. Es versetzte ihr einen Stich, als sie an ihn dachte. Nabu ließ ein tiefes Brummen hören. Mila erhob sich. Sie konnte fühlen, dass ihr Gesicht vor Stolz glühte.

Das Gefühl von Stärke war schon lange verflogen. Der Morgen graute gerade erst, und hier, auf dem steilen Westhang, warf der Berg mit seinen Graten, Vorsprüngen und Klüften tiefe und tückische Schatten. Der Pfad war noch nicht viel mehr als eine kaum zu erahnende Linie im Hang, und Kemaq stolperte über Stufen, die er nicht sah, oder Stufen, die er erwartete, die aber nicht da waren, was seinen ganzen Körper mit harten Stößen durchrüttelte. Die Schmerzen im Knie waren zurückgekehrt, und seit geraumer Zeit hinkte er wieder. Er würde Inti danken, wenn er die Sonne endlich auch über die Berge schickte, und mit Grauen dachte er an den Weg, der hinter ihm lag. Es war ein Wunder, dass er ihn bis hierher ohne schweren Sturz überstanden hatte, und auch dafür, so dachte er, schuldete er den Göttern Dank. Jetzt bemerkte Kemaq eine Bewegung am Hang, einen Schemen in der Dämmerung. Er lief etwas langsamer. Bald war er sicher, dass sich dort ein einzelner Mensch den Berg hinaufschleppte. Es wurde heller, und als Kemaq den Mann fast erreicht hatte, erkannte er ihn: Es war der Yunga-Chaski, der, der den Schuh verloren und sich die Füße blutig gelaufen hatte. Der Yunga blieb stehen, und Kemaq, der wusste, dass er sich das eigentlich nicht leisten konnte, blieb ebenfalls stehen.

»Ich grüße dich, Chaski«, sagte der Yunga matt.

»Und ich grüße dich. Wohin führt dich dein Weg?«

»Zurück nach Tikalaq«, erwiderte der Yunga.

Kemaq starrte den anderen an, aber seine Gesichtszüge waren im Zwielicht nicht zu erkennen. »Du weißt, was dich dort erwartet?«, fragte er langsam.

Der Yunga nickte. »Ich habe meinen Auftrag nicht erfüllt«, stellte er ruhig fest.

»Vielleicht lassen die Priester Gnade walten, denn ich habe ihnen berichtet, wie sehr du mir geholfen hast«, meinte Kemaq unsicher.

»Vielleicht«, meinte der Yunga mit einem Schulterzucken, als sei es nicht wichtig. »Vielleicht komme ich noch rechtzeitig, um Vater und Mutter auszulösen.«

»Sie haben für dich gebürgt?«, fragte Kemaq betroffen.

Der Yunga wich einer Antwort aus: »Du hast einen neuen Auftrag, Chaski?«

Kemaq fiel plötzlich ein, dass er noch den Beutel des Yunga trug. »Hier, die Chachapoya hat ihn mir gegeben. Er gehört dir«, sagte er unsicher und hielt dem anderen den Beutel hin.

»Behalte ihn nur«, sagte der Yunga. Unschlüssig hielt Kemaq den Beutel weiter in der Hand.

»Du solltest dich jetzt aber beeilen, Chaski, denn ich sehe, dass du in wichtigem Auftrag unterwegs bist«, meinte der Yunga.

Kemaq nickte dem anderen stumm zu, dann trennten sich ihre Wege. Der Yunga schritt schneller aus, und jetzt verschwand er im tiefen Schatten eines vorspringenden Felsens.

Die kurze Begegnung drückte Kemaq aufs Gemüt, und er ließ die düsteren Gedanken erst hinter sich, als er endlich das Chaskiwasi am Fuß der Gebirgskette vor sich sah. Es war viel heller geworden, und die langen Schatten der Berge zogen sich bereits aus der Wüste zurück.

»Du?«, fragte der wachhabende Chaski ungläubig, als Kemaq herangelaufen kam.

»Die Krieger. Wann waren sie hier?«, fragte Kemaq und lehnte sich erschöpft an die Wand der Hütte. Eigentlich hatte er nicht vorgehabt zu rasten, aber die Schmerzen im Knie waren stärker geworden, und er fühlte, dass es geschwollen war.

»Nicht ganz drei Stunden. Soll ich ihnen eine Nachricht von dir bringen?«

Kemaq war sich nicht sicher, ob der Mann es gut meinte, oder ob reine Neugier ihn zu dieser Frage verleitet hatte. Er schüttelte den Kopf. »Wasser«, bat er.

Der Chaski brachte ihm das Verlangte. Kemaq nahm einen Schluck, dann ließ er das kühle Nass über sein geschundenes Knie fließen.

»Mit dem Bein schaffst du es nie«, meinte der Chaski zweifelnd.

»Natürlich schaffe ich es«, knurrte Kemaq ungehalten. »Ich werde eine kurze Weile hier rasten, wenn du erlaubst.«

»Du willst durch die Wüste?«

Kemaq nickte, es erschien ihm sinnlos, das zu leugnen.

»Die Sonne geht bald auf, und bei Tag ziehen böse Schatten über die Ebene«, meinte der andere.

Kemaq rechnete nach. Wenn die Krieger schnell waren, konnten sie jetzt schon am Fluss sein, aber sie hatten schon einen Gewaltmarsch hinter sich.

»Ihr aus Tikalaq seid nicht sehr gesprächig, oder?«, brummte der Chaski.

Kemaq gab den Krug zurück.

»Du willst schon weiter, Chaski?«, fragte der andere verwundert.

Kemaq erhob sich. »Ich muss, denn ich spüre, dass meine Beine kalt werden. Und ich will so weit wie möglich kommen, bevor die bösen Schatten, die du erwähnt hast, über der Wüste aufsteigen.«

Die Pause hatte Kemaq nur wenig erfrischt. Er aß etwas von Pitumis Paste, aber irgendwie schien die Wirkung viel schwächer zu sein als zuvor. Grimmig biss er die Zähne zusammen und hinkte weiter. Sein Blick wanderte unablässig über den Himmel. Dort hinten lag die Stadt, noch verborgen durch die leichte Unebenheit der Wüste. Wenn die Ankay Yayakuna kommen würden, dann von dort. Warum nur hatte es wieder ihn getroffen? *Es ist besser, du führst die Männer hinein, als irgendein anderer, dem dein Bruder nicht so am Herzen liegt wie dir,* sagte eine innere Stimme. Dennoch verfluchte Kemaq die Stunde, in der Qupay den Hohepriester auf den Einfall gebracht hatte, ihn mit dem Lauf nach Chan Chan zu beauftragen, nun schon zum zweiten Mal. Offenbar wusste der heilige Mann nicht, wie kräftezehrend so ein langer Lauf war. Vielleicht war es ihm aber auch gleich. Was war nur so wichtig, dass es so schnell getan werden musste?

Am Himmel zeigte sich immer noch keiner der tödlichen Schatten, und Kemaqs Gedanken begannen zu schweifen. Wenn sie die tapfersten Krieger schickten, würde es einen Kampf geben. Aber der Hohepriester konnte nicht annehmen, dass eine Handvoll Männer all diese Fremden oder gar die Götter töten konnte. Er trabte weiter. Dann glaubte er, in der Ferne einen schwarzen Punkt im wolkenlosen Blau des Morgenhimmels zu sehen, und seine Gedanken stockten. Er starrte angestrengt hinüber, aber dann verlor sich der Punkt wieder im Morgendunst. Er lief etwas schneller. Was immer die Krieger vorhatten, sie würden es in der Nacht tun müssen, denn bei Tag konnte er sie nicht ungesehen in die Festung bringen. Das hieß, er würde den Rest des Tages ruhen können. Kemaq lief noch schneller, denn er ging jetzt davon aus, dass er mit seinen Kräften nicht mehr haushalten musste. Wenn nur das verletzte Knie nicht gewesen wäre. *Du kannst es bald kühlen, also stell dich nicht so an,* mahnte er sich, als er bemerkte, dass er stärker humpelte, um es zu schonen. Wenn also die Krieger nicht vorhatten, die Stadt anzugreifen, dann mussten sie ein anderes Ziel haben. Vielleicht wollten sie einen der *Drachen* fangen? Kemaq hätte fast gelacht, weil ihm der Gedanke so unsinnig erschien. *Aber vielleicht wollten sie einen töten …*

Kemaq schüttelte den Kopf. Das wäre noch verrückter, und der Hohepriester war alles, nur nicht verrückt. Er sah einen zweiten Punkt über der Stadt aufsteigen, aber dieser verschwand im Süden. Schon konnte er das Grün des Flusses sehen. Bald hatte er es geschafft, bald würde er Jatunaq treffen und vielleicht auch erfahren, welche Befehle er erhalten hatte. Qupay hatte sie beide in Gefahr gebracht und wusste es vielleicht nicht einmal, weil er so damit beschäftigt war, das große Opfer vorzubereiten. Kemaq stockte. Das große Opfer? Es war lange nicht vorgekommen, aber früher, in Zeiten schlimmer Not, waren besonders gesegnete Menschen als Opfer für die Götter auserwählt worden. Kemaq wäre beinahe stehen geblieben. Das Opfer – Kemaq ahnte jetzt, dass man Jatunaq und seine Männer auserwählt hatte, einen der Fremden zu fangen und zu opfern. Das war so einleuchtend, dass er sich wunderte, nicht schon früher darauf gekommen zu sein. Er lief weiter. Er konnte die Stadt sehen. Weitere Punkte waren darüber aufgetaucht, und er konnte schon ihre Gestalt erkennen. Sie kreisten wie Geier über einer Beute. Seine Beine fühlten sich furchtbar an, aber er hatte den Fluss beinahe erreicht. Drüben trat ein Mann aus dem Schilf hervor und winkte ihm zu. Es war Jatunaq. Kemaq blieb stehen. Aber nicht wegen seines Bruders. Zwei schwarze Punkte hatten sich in große Schatten mit Flügeln verwandelt. Einer von beiden hielt genau auf ihn zu. Die Götter hatten ihn entdeckt!

Irgendetwas sagte ihm, dass ihn dieser Gott nicht verschonen würde. Er fühlte lähmendes Entsetzen. Er wusste, dass er nicht stehen bleiben konnte, aber er konnte sich auch nicht rühren. Sein Bruder winkte ihm zu. Er hatte die Gefahr nicht bemerkt, schickte sich sogar an, ihm entgegenzugehen. Kemaqs erster Gedanke war, einfach loszurennen, sich zu seinem Bruder unter die

Bäume zu retten, aber dann begriff er, dass er die Männer dort nicht verraten durfte. Er drehte sich um und lief los. Er verließ die Straße, und das war schlecht, denn der Boden war zerfurcht und uneben, kein gutes Gelände für einen Läufer. Er keuchte, seine Beine schmerzten, aber er zwang sie, schneller zu laufen, und versuchte, nicht auf das Zittern zu achten, das sich in seinen Muskeln ausbreitete. Schon hörte er die mächtigen Schwingen, die hinter ihm durch die Luft sausten und rasch näher kamen. Er schlug einen Haken, weil er wusste, dass er nicht schnell genug war, einem Gott davonzurennen. Er hörte von oben ein Lachen, menschlich und doch unmenschlich, und schlug wieder einen Haken. Etwas sauste dicht an ihm vorbei und bohrte sich in den Boden.

Jetzt rannte Kemaq keuchend doch Richtung Fluss, und er konnte nur hoffen, dass er weit genug von seinem Bruder und dessen Kriegern entfernt war, um sie damit nicht in Gefahr zu bringen. Der Gott hinter ihm knurrte, sein Flügelschlag klang nun anders. Kemaq warf einen ängstlichen Blick über die Schulter zurück. Der Ankay Yaya wendete schwerfällig in der Luft – er war ein riesiges graugrünes Ungetüm, und er sah wütend aus. Kemaq hatte eine winzige Hoffnung. Der Schilfgürtel war nicht mehr weit. Er flog über die unebene Erde, als sei es die am besten gepflasterte Straße im ganzen Tawantinsuyu. Sein Herz hämmerte wie wild. Er hörte wieder ein gequältes Stöhnen und bemerkte, dass es aus seiner eigenen Brust drang. Der mächtige Flügelschlag kam wieder rasend schnell näher. Da war das Schilf. Er war fast angelangt. Kemaq rannte hinein, schlug wieder einen Haken und sprang. Dann fiel mit lautem Fauchen Feuer vom Himmel.

»Der Hochmeister hat uns nach Norden befohlen, Nabu«, sagte Mila, etwas ratlos.

»Gleich, Prinzessin«, erwiderte der Drache und flog erneut eine elegante Schleife.

»Was gibt es denn da?«, fragte Mila ungeduldig. Sie wollte nicht gleich an ihrem ersten Tag als Ordensritter gegen einen eindeutigen Befehl verstoßen.

»Ist das Behemoth?«, fragte Dietmar. Der Diener saß hinter Mila. Sie hatte sich sehr gesträubt, jemanden mitzunehmen, darauf verwiesen, dass ihr doch Nabu Augen und Ohren sein könnte, aber der Hochmeister hatte sich nicht erweichen lassen. Mila fragte sich, ob Nabu sie dennoch etwas sehen lassen würde, aber darum bitten konnte sie ihn nicht, nicht, solange Dietmar hinter ihr war.

»Sie jagen etwas«, sagte Nabu jetzt.

»Wer?«, fragte Mila.

»Graf Balian und Behemoth«, erklärte Dietmar.

Jetzt hörte Mila das höhnische Lachen des Ritters aus der Ferne herüberklingen.

»Ich glaube, es entwischt ihnen«, verkündete Nabu und klang ziemlich zufrieden.

»Was, was entwischt ihnen?«, fragte Mila ungeduldig.

»Es ist ein Indio, er rennt zum Fluss …« Dietmar verstummte.

»Was geschieht denn dort?«, rief Mila. Dann hörte sie den fauchenden Flammenstoß und kurz darauf ein Knistern wie von brennendem Pergament.

»Wie schade«, sagte Nabu und flog eine weitere Schleife.

»Behemoth hat seinen Feueratem eingesetzt und den Verfolgten mit dem Schilf verbrannt«, erklärte Dietmar trocken. »Und jetzt fliegen wir endlich nach Norden, Comtesse.«

Bald lag die Küste unter ihnen, und Nabu schlug ein gemächliches Tempo an. Dietmar berichtete, dass er eine Weile noch andere Drachen in der Ferne sah, aber die verschwanden bald aus seinem Gesichtskreis. Mila spürte den Wind in ihren Haaren. Es war ein gutes Gefühl. Eigentlich war sie ein bisschen enttäuscht. Sie hatte gehofft, dass ihr Ritterschlag gefeiert werden würde, aber dafür war offenbar keine Zeit. Pizarros Flotte war überfällig, und der Hochmeister hatte zwei Drachen ausgeschickt, nach den Schiffen Ausschau zu halten. Dann hatte er weiteren Rittern befohlen, das Land zu überfliegen, um nach feindlichen Truppen zu suchen. »Sie wissen längst, dass wir hier sind, es ist nur die Frage, wie viele Krieger sie zusammenbringen und wie schnell«, hatte er erklärt. Auch Mila gehörte zu den ausgesandten Spähern, aber immerhin hatte man ihr die Zeit für ein bescheidenes Frühstück gelassen. Jetzt also waren sie in der Luft. »Was siehst du, Nabu?«, rief sie.

»Ein karges Land, kahle Berge und das Meer: nichts, was sich zu sehen lohnte, Prinzessin.«

»Warum nennt er Euch Prinzessin, Comtesse?«, fragte Dietmar.

»Es erscheint mir passend«, antwortete Nabu an ihrer Stelle.

»Du hast gute Ohren«, sagte Mila verstimmt, denn sie hatte aus Nabus Worten deutlich herausgehört, dass er nicht die Absicht hatte, sie noch einmal an den Bildern aus der bleichen Flamme teilhaben zu lassen.

Gestern war Nabu so offen gewesen, hatte ihr das Innere Auge gezeigt, als habe das fahle Feuer auch ihn in den Bann geschlagen – doch jetzt war er so schrecklich verschlossen, als würde er sie gar nicht kennen. Ob das nur an Dietmar lag?

»Ich sehe ein Dorf, Prinzessin.«

»Es wäre mir lieber, du würdest mich Mila nennen, Nabu.«

»Ich sehe ein Dorf, Mila«, sagte der Drache, und es klang ein klein wenig spöttisch.

Mila seufzte. »Gut, dann wollen wir den zweiten Teil unseres Auftrages erledigen. Nabu, bring uns hinunter.«

Nabu brummte, und dann ging er in schnellen Sinkflug über. Der Wind zerrte an Mila. Sie hörte Dietmar, der hinter ihr seufzte, und sie spürte Nabus mächtigen Körper unter ihrem Sattel. Aber dennoch fühlte sie sich mit einem Mal verlassen und allein.

Kemaq schlug die Augen auf. Über sich sah er das besorgte Gesicht seines Bruders. »Inti sei Dank, du bist zurück.«

Kemaq schloss die Augen wieder. Die Erinnerung schüttelte ihn. Der graugrüne Gott, sein aberwitziger Versuch, vor ihm davonzulaufen, seine wilde Flucht ins Schilf, der letzte Haken und ein verzweifelter Sprung. »Du musst dich nicht länger totstellen, der Gott ist fort«, sagte Jatunaq.

Kemaq setzte sich auf. »Du zitterst«, sagte Jatunaq besorgt. »Wirklich, ich habe noch nie jemanden so schnell laufen sehen wie dich.«

»Wie bin ich hierhergekommen?«, fragte Kemaq.

»Ich habe dich aus dem Wasser gezogen. Ich denke, Inti muss dich wirklich mögen, denn er hat dich das Feuer überleben lassen.«

Die Erinnerung kam zurück. Sein weiter Satz, der Fluss, der ihn in Empfang nahm, und dann die Hitze, der grelle Feuerball, der die ganze Welt zu verschlingen schien. Danach wurde es schwarz.

»Es war mutig von dir, ihn von uns fortzulocken, kleiner Bruder«, sagte Jatunaq anerkennend. Kemaq blickte sich um. Verteilt im Schilf warteten weitere Krieger. Der eine oder andere nickte ihm stumm seinen Dank zu. Ein heftiges Zittern befiel Kemaq, und darunter meldete sich ein Schmerz, der von Krämpfen in seinen Beinen ausging. »Habt ihr Pitumi gesehen?«, fragte er.

»Wen?«

»Eine Heilerin, sie hat mir geholfen.«

Jatunaq runzelte die Stirn. »In meinen Befehlen wurde keine Heilerin erwähnt. Allerdings fanden wir eine neue Schilfhütte, ganz in der Nähe. Sie war jedoch verlassen. Du siehst nicht gut aus, kleiner Bruder.«

»Das geht vorüber. Wo ist meine Tasche?«

»Ich weiß es nicht, ich habe mich damit begnügt, dich aus dem Wasser zu ziehen. Nach deiner Tasche habe ich nicht gesucht.«

Kemaq war bestürzt, denn damit war auch der Kuka-Brei der Chachapoya verloren. Wie sollte er es ohne schaffen?

»Ich glaube, du solltest dich noch etwas ausruhen, kleiner Bruder. Es ist noch nicht Mittag, und wir werden nicht vor dem Abend in die Stadt gehen können.«

Kemaq nickte. Eine bleierne Müdigkeit lag in seinen Knochen. Sein Bruder sagte noch etwas, aber das hörte er nicht mehr, denn er schlief wieder ein.

»Das reicht«, meinte Mila.

»Ich glaube auch, dass sie hinreichend beeindruckt sind«, sagte Nabu und schickte sich an, wieder Höhe zu gewinnen.

Die Schreie der Menschen wurden rasch schwächer.

»Das behagt mir ganz und gar nicht«, meinte Mila. Das Gebrüll Nabus klang ihr immer noch in den Ohren.

Der Drache brummte zustimmend, dann sagte er: »Wir haben unsere Befehle, und es erscheint mir immer noch besser, sie nur zu erschrecken, als mit Feuer und Schwert über sie zu kommen.«

»Kannst du sehen, was da unten geschieht, Dietmar?«, fragte Mila.

»Sie sind in heller Aufregung. Kreuz und quer rennen sie durcheinander. Wie in dem Dorf vorher auch. Sie können einem fast leidtun«, antwortete Dietmar.

»Glaubst du, dass wir unser Ziel erreicht haben?«, rief Mila nach vorn.

Nabu stieg immer noch höher. Schwer atmend antwortete er: »Ohne Zweifel haben wir sie sehr erschüttert, und sie werden an ihren Göttern zweifeln. Es sei denn natürlich, sie hätten bereits einen Drachen gesehen.«

»Du denkst an Pachakamaq?«

»Ich denke vor allem an die Bilder von Drachen, die wir am Tempel gefunden haben. Sie sahen uns zwar nur entfernt ähnlich, aber wie kamen diese Menschen auf die Idee, ihrem Gott diese Gestalt zu geben? Das ist die Frage, die ich mir stelle, und die meisten meiner Brüder ebenfalls.«

»Jedenfalls fürchten sie euch.«

»Auch die Menschen in der Alten Welt fürchten uns, Prinzessin, und die wissen, dass wir keine Götter sind.«

»Aber wenn dieser Gott oder Drache irgendwo hier wäre, dann hätte er sich doch längst gezeigt, oder?«

»Wer kann das wissen, Prinzessin? Aber ich glaube auch nicht, dass wir ihn hier am Meer finden. Ich frage mich jedoch, was sich hinter der Kette dieser hohen Berge im Osten verbirgt. Ich hörte von riesigen Urwäldern, die jenseits davon liegen sollen.«

»Und würden einem Drachen solche Wälder eher zusagen?«

Nabu schnaubte auf eine Art, die Mila für den Ersatz eines Schulterzuckens hielt, und antwortete: »Das kommt auf den Drachen an, Prinzessin. Ich bin ein Sohn der Wüste, andere Drachen kamen aus den Bergen, von fernen Inseln oder aus dichten Wäldern, und so wie ich mich hier an meine Heimat erinnert fühle, so zieht es andere eben zu Landschaften, die ihrem Geburtsort ähneln. Es ist also möglich, dass auch dort hinter den Bergen Drachen wohnen.«

Mila bemerkte die tiefe Nachdenklichkeit in Nabus Stimme. Sie verstand sehr gut, dass ihn das beschäftigte. Es gab nicht mehr viele Drachen auf dieser Welt. »Wenn du willst, könnten wir nachsehen«, bot sie an.

Nabu lachte plötzlich laut auf und erwiderte dann: »Ich danke dir für dein Angebot, Prinzessin, aber diese Berge sind hoch, sehr hoch. Ich bezweifle, dass ich sie einfach so überqueren könnte.«

»Sie sind höher, als du fliegen kannst?«, fragte Mila völlig verblüfft.

»Das sind sie möglicherweise, aber wenn du erlaubst, werde ich auf dem Weg nach Norden Ausschau halten, ob es nicht irgendwo dort eine Lücke oder einen Pass gibt. Nicht heute, denn wir haben unsere Befehle, aber irgendwann. Doch genug davon für den Augenblick, ich sehe ein weiteres Dorf dort unten. Haltet euch fest.«

Es war schon später Nachmittag, als Kemaq wieder erwachte. Einer der Krieger nickte ihm zu und rief leise nach Jatunaq.

»Ausgeschlafen?«, fragt dieser.

Kemaq nickte. Er fühlte sich besser, aber seine Muskeln schmerzten immer noch. Sein Bruder hielt einen seltsamen Gegenstand in den Händen, den er ihm nun zeigte. Es war eine Art Pfeil, doch war er nicht aus Holz, sondern zur Gänze aus einem Erz, das Kemaq nicht kannte. Er war auch ziemlich kurz. »Was ist das?«, fragte Kemaq.

»Ein Pfeil, was sonst? Hast du so etwas schon einmal gesehen?«

»Die Farbe erinnert mich an das, was die Krieger der Fremden als Rüstung tragen. Wie stumpfes Silber«, antwortete Kemaq und kratzte sich am Kopf.

»Stumpf? Dieses Geschoss ist alles andere als stumpf. Der Fremde, der auf dem Rücken des Gottes saß, hat es nach dir geschossen, obwohl ich nicht sah, dass er einen Bogen hatte«, erklärte Jatunaq ernst.

Kemaq erinnerte sich daran, dass irgendetwas an ihm vorbeigeflogen war, draußen auf dem Feld. Er drehte den Pfeil immer noch unschlüssig in den Händen.

»Ich kenne es nicht, tut mir leid. Ich habe dort überhaupt keine Bogen gesehen.« Und dann versuchte Kemaq die Waffen und die Panzerung der Fremden, die er in der Festung gesehen hatte, näher zu beschreiben.

»Wir haben versucht, dieses Ding zu zerbrechen. Es ist uns nicht gelungen. Wenn ihre Rüstungen aus demselben Erz sind, werden unsere Waffen nicht viel gegen sie ausrichten.«

»Wollt ihr denn gegen sie kämpfen, ich meine, heute?«, fragte Kemaq besorgt.

Sein Bruder schüttelte mit finsterer Miene den Kopf. »Nicht heute, nein, aber irgendwann müssen wir doch gegen sie in die Schlacht ziehen, wenn wir sie aufhalten wollen. Aber ich sah den Gott. Er ist schrecklicher, als ich es mir vorgestellt habe.«

»Der Hohepriester sagt, sie seien nicht so mächtig wie Inti«, versuchte Kemaq ihn aufzumuntern.

»Ausgerechnet du berufst dich auf Inti?« Jatunaq grinste plötzlich. »Ich nehme es als gutes Zeichen für unser Vorhaben. Du solltest etwas essen, denn sobald es dunkel wird, musst du uns den Weg weisen.« Jatunaq stand auf und winkte einen der Krieger herbei.

»Sag, großer Bruder, kannst du mir verraten, was euer Auftrag ist?«, fragte Kemaq leise.

Jatunaq sah ihn an, und Kemaq, der noch auf dem Boden saß, schaute zu ihm auf und dachte wieder, was für ein beeindruckender und stolzer Krieger sein Bruder doch war.

»Es wurde mir zwar nicht erlaubt, mit anderen außer meinen Männern darüber zu sprechen, doch da du uns führen musst, werde ich es dir sagen.«

Der andere Krieger reichte Kemaq einige Fladenbrote, die er dankbar annahm. Jatunaq wartete, bis sich der Mann wieder zurückgezogen hatte. »Man erzählte mir«, begann er dann, »dass eine Frau mit diesen Fremden gekommen ist, eine Frau, die, wie der Sapay Inka, die Borla trägt.«

Kemaq starrte seinen Bruder an. Er begann zu verstehen, und Jatunaq bestätigte seine Befürchtungen: »Ich sehe, du weißt, wen ich meine, und das ist gut, denn du musst uns zu ihr führen. Wir werden sie fangen und nach Tikalaq bringen. Dort wird sie Inti geopfert, auf dass er uns den Sieg schenken möge.«

Kemaq blieb der Mund offen stehen. Das hatte er nicht gewollt! Er hielt eines der Brote in der Hand, aber er spürte keinen Hunger mehr. Die Fremde mit der Borla sollte Inti geopfert werden? Er wusste nicht, was er sagen sollte. Plötzlich hielt sein Bruder einen Finger an die Lippen, um ihn zum Schweigen zu bringen. Er ließ einen sehr leisen Pfiff hören. Seine Krieger erhoben sich vorsichtig von ihren Ruheplätzen im dichten Schilf. Sie hatten auf jeglichen Kriegsschmuck verzichtet und sahen fast aus wie harmlose Bauern, aber dann zogen sie ihre schweren Streitkolben hervor, und Kemaq sah, dass sie ganz und gar nicht harmlos waren. Jatunaq gab seinen Männern Handzeichen, worauf sie leise ausschwärmten. Kemaq hielt den Atem an. Er wusste immer noch nicht, was dort vorging.

»Es ist jemand im Schilf«, raunte Jatunaq ihm zu. Dann ertönte ein erschrockener Schrei, und plötzlich ging alles sehr schnell. Krieger brachen durch das Schilf und warfen sich, die schweren Streitkolben in der Faust, stumm auf einen Feind, den Kemaq nicht sehen konnte. Der Kampf war kurz, dann schleppten die Krieger einen Gefangenen heran. Kemaq kannte ihn, es war der Chimú-Läufer.

»Was hast du hier herumzuschleichen, Mann?«, herrschte Jatunaq ihn an, bekam aber außer einem wirren Blick keine Antwort. Einer der Krieger flüsterte Jatunaq etwas zu. »Du bist ein Chaski aus Tikalaq?«, fragte Jatunaq.

Der Chimú nickte eifrig. »Ja, aus Tikalaq.«

»Dann gehörst du zu denen, die vorgestern ausgesandt wurden?«

Der Läufer verstummte, aber Kemaq sah die Angst in seinen Augen wachsen. Der Mann tat ihm leid.

Jatunaq fuhr fort: »Du bist nicht zurückgekehrt, wie es dir befohlen war. Ich nehme an, du weißt, was das für dich bedeutet?« Und als er keine Antwort bekam, setzte er hinzu: »Du solltest dich dennoch so schnell wie möglich nach Tikalaq begeben, Chaski. Vielleicht verschonen die Priester dann jene, die für deine Rückkehr bürgen mussten.«

Der Läufer schüttelte heftig den Kopf. »Ich kann nicht zurück, sie töten mich, sie töten mich«, rief er, und seine Stimme überschlug sich dabei. Plötzlich zeigte er auf Kemaq: »Jener ist schuld. Er hat mich beraubt. Und ich bekam nur Brot, er gutes Kuka von der Chachapoya-Hexe.«

Kemaqs Mitleid verflog. Er sah die Blicke der Männer. Die Vorwürfe des Chimú waren zwar wirr, aber er musste ihnen dennoch entgegentreten. »Jener dort hat mir in den Bergen das

Wasser geraubt. Und nur mir und der Heilerin verdankt er, dass er überhaupt noch lebt.«

»Es ist leicht zu erkennen, wer hier die Wahrheit spricht und wer nicht«, erklärte Jatunaq ruhig und ohne zu zögern. »Aber ihn zu retten, war sinnlos, kleiner Bruder, denn sein Leben ist ohnehin verwirkt.«

»Ich kann euch nützlich sein«, stieß der Chimú angstvoll hervor.

»Und wie, Chaski?«, fragte Jatunaq mit schneidender Verachtung.

»Ich kenne alle Wege in der Stadt. Hinein und hinaus, ihr Krieger.«

»Wir kennen unseren Weg«, lautete die knappe Antwort.

»Aber wenn euer Weg versperrt ist, dann weiß ich einen zweiten, einen dritten, vielleicht einen vierten. Ich habe lange in der Stadt gelebt. Erst vor zehn Jahren wurde meine Gemeinschaft nach Tikalaq befohlen. Ich kann euch helfen!«

»Jetzt wäre es schon hilfreich, wenn du aufhören würdest, solchen Lärm zu vollführen«, knurrte Jatunaq. Er warf Kemaq einen fragenden Blick zu, und der schüttelte den Kopf, denn er traute diesem Mann einfach nicht.

Aber dann meinte einer der Krieger: »Es kann doch nicht schaden, einen Führer mehr zu haben.« Eine Äußerung, die der Chimú mit heftigem Kopfnicken unterstützte.

Jatunaq starrte den Läufer mit offensichtlichem Widerwillen an. »Wir werden darüber nachdenken«, sagte er dann.

Von irgendwoher ertönte ein warnender Pfiff, und während Kemaq sich noch fragte, was das zu bedeuten hatte, suchten die Krieger wieder eilig Deckung im Schilf. Zwei hatten den Chimú gepackt und schoben ihn in ein Gebüsch. Der Läufer öffnete den Mund, aber schon presste sich eine starke Hand darauf, um ihn am Sprechen zu hindern. Kemaq folgte einem Wink seines Bruders. Die anderen waren verschwunden, als hätten sie sich in Luft aufgelöst. Ein Rauschen erfüllte die Luft, und kurz darauf zog ein riesiger Schatten über den Fluss. Und als Kemaq ihm noch nachsah, zeigte ihm Jatunaq schon den zweiten, der sich hoch aus dem Blau des Himmels herabschwang und hinter den Mauern der Stadt verschwand. Für einen Augenblick glaubte Kemaq, dass er dort die Frau mit dem goldenen Haar auf dem Rücken des Gottes erspäht hätte, aber vielleicht war das auch nur Einbildung, denn die Sonne stand schon tief und blendete ihn.

»Ich glaube fast, wir sind die Letzten«, meinte Dietmar besorgt, als Nabu zur Landung ansetzte.

»Die Sonne ist noch nicht untergegangen, also sind wir nicht zu spät«, erklärte Nabu gelassen.

»Sind die anderen denn wirklich schon alle zurück?«, fragte Mila.

»Keineswegs. Ich kann weder Ianus noch Kemosch sehen, und auch Behemoth ist nicht dort unten, Prinzessin.«

»Es wäre mir wirklich lieber, du würdest mich nicht so nennen«, sagte Mila, wohl zum zehnten Mal.

»Ich werde versuchen, es mir zu merken«, erklärte Nabu gutmütig.

Mila antwortete nicht. Sie war aus mehreren Gründen verstimmt. Nabu hatte sie nichts sehen lassen, nicht einmal die blasse Flamme. Und sie hatte das Gefühl, dass er sie einfach nicht ernst nahm. Wäre Dietmar nicht gewesen, hätte sie vielleicht ergründen können, was dieses Verhalten zu bedeuten hatte, aber so musste das erst einmal warten. Sie hoffte, dass sich später eine Gelegenheit ergeben würde.

Als sie gelandet waren, wurde Mila mitgeteilt, dass sie sich umgehend in der großen Kammer zu melden hatte.

»Ich kümmere mich schon um das Geschirr, Comtesse, geht nur«, sagte Dietmar.

Mila seufzte. Da es sich der Diener sicher nicht nehmen ließ, ihr zur Hand zu gehen, würde sie ohnehin nicht ungestört mit

Nabu reden können. Also verschob sie das auf später. Weiterer schwerer Flügelschlag kam vom Himmel herab.

»Ich glaube, es ist Behemoth«, meinte Dietmar.

»Er ist es ganz sicher«, sagte Mila, denn von allen Drachen klang Behemoth am schwerfälligsten und war im Flügelschlag leicht von anderen zu unterscheiden. Mila hatte wenig Lust, gemeinsam mit ihrem Ritterbruder Balian zum Hochmeister zu gehen. Sie dankte Dietmar für sein Angebot und auch Nabu für den Flug. »Ich hoffe, wir finden später Gelegenheit, uns zu unterhalten, Nabu«, fügte sie hinzu.

»Möglich«, sagte Nabu ausweichend, und Milas Laune verschlechterte sich weiter. Er war es doch, der sie auserkoren hatte, eine Drachenreiterin zu werden, und jetzt sah es beinahe so aus, als wolle er ihr aus dem Weg gehen. Sie verstand es einfach nicht. Der Boden bebte, Behemoth war gelandet. Mila drehte sich um und machte sich auf den Weg. Einer der Waffenknechte, die vor dem Eingang zum Palast Wache hielten, bot ihr an, sie zu führen, aber sie lehnte dankend ab. Sie lief die Treppe hinauf, und ihr langer Stab strich über die Stufen, auf der Suche nach einem unerwarteten Hindernis. Wie oft hatte sie diesen Weg schon in der nachtschwarzen Finsternis ihrer Blindheit zurückgelegt, oft, ohne überhaupt daran zu denken, dass sie blind war? Aber nun musste sie wieder an das flüchtige Bild denken, das ihr Nabu gezeigt hatte und das zu sehen er ihr jetzt verweigerte. Als sie über die Treppe zum Palast hinaufging, spürte sie die letzten Sonnenstrahlen auf der Haut. Die Sonne ging unter. Sie lief weiter. Fackeln brannten an den Wänden. Sie konnte sie flackern hören, aber sie konnte sie nicht sehen.

»Die Dämmerung ist die beste Zeit, denn wenn diese Götter wirklich von den Sternen herabkamen, dann sehen sie des Nachts wohl besser als im Zwielicht«, sagte Jatunaq.

»Sie sehen aber auch bei Tage recht gut«, erwiderte Kemaq zweifelnd.

»Dennoch sollten wir aufbrechen«, meinte sein älterer Bruder, und Kemaq stimmte ihm zu. Die Dämmerung schritt rasch voran. Sie schlichen am Rande des Schilfgürtels entlang, bis zur Biegung des Flusses. Kemaq und sein Bruder wateten als Erste durch das brusthohe Wasser auf die andere Seite und suchten Deckung hinter einigen Büschen.

»Wie geht es jetzt weiter?«, fragte Jatunaq.

Kemaq spähte über das Gebüsch. Vor ihnen lag eine weitere der verlassenen Festungen der Stadt. Jederzeit konnte einer der Ankay Yayakuna über ihnen auftauchen. »Die Böschung des Flusses versteckt uns vor den Blicken der Wachen. Aber dort drüben sah ich Götter Lamas fressen, also müssen wir uns beeilen, bevor sie vielleicht wieder dorthin fliegen und uns hier überraschen.«

»Sobald alle auf dieser Seite sind«, stimmte Jatunaq zu.

»Glaubst du wirklich, es ist gut, den Chimú mitzunehmen?«, fragte Kemaq, während sie zusahen, wie zwei Krieger den strampelnden Läufer durchs Wasser zogen.

»Er kennt die Stadt besser als du, kleiner Bruder, aber wir werden ihn nur im Notfall fragen, so habe ich entschieden. Und ich erwarte, dass du mich unterstützt.« Kemaq nickte.

Sie folgten dem Frühlingsfluss und überquerten dann den Seitenarm des Mochica. Sie waren sehr auf der Hut, aber der rote Himmel über ihnen blieb leer. Dann entdeckte Kemaq die Insel, der bald der Kanal folgen würde. Als er geschwommen war, war ihm der Weg viel weiter erschienen. Sie hielten an. »Dort drüben trifft der Graben auf die Mauer der Mondfestung, die ist jedoch bewacht«, erklärte Kemaq.

»Nun, es ist dunkel genug. Zur Not werden wir schwimmen«, verkündete Jatunaq. Dann schickte er die Krieger einzeln über die Felder zu den Büschen, die für Kemaq bei seiner Flucht so schwer zu erreichen gewesen waren. Dort warteten sie, bis das Zwielicht in Dunkelheit übergegangen war. Zwei Fremde mit Fackeln wanderten auf den Mauern auf und ab. Kemaq sah ihre

Helme im Feuerschein glänzen. Nichts deutete darauf hin, dass sie Verdacht schöpften. Kemaq und Jatunaq waren wieder die Ersten, die hinüber zum Kanal huschten und leise ins Wasser glitten. Die Zikaden waren erwacht und übertönten jedes Geräusch des Wassers, als sich die beiden Brüder zur Mauer vorantasteten. Am Gatter warteten sie. Der Mond war noch nicht aufgegangen. Nach und nach erschienen die Köpfe der Krieger im Graben. Jatunaq schickte sie unter den Mauerbogen, und wortlos gehorchten sie. Der Chimú kam wieder in Begleitung zweier Krieger und als Letzter. Er schüttelte ängstlich den Kopf, als Jatunaq ihn aufforderte zu tauchen. Plötzlich drückten ihn seine Begleiter unter Wasser. Ein erstickter Aufschrei erklang, dann tauchte er auch schon, wild mit den Armen rudernd, auf der anderen Seite des Gatters wieder auf. Jemand hielt ihm den Mund zu. Sie lauschten, aber kein Warnruf tönte von der Mauer, niemand schien den Chaski gehört zu haben. Es war zu dunkel, um in Jatunaqs Gesicht zu lesen, aber Kemaq spürte auch so, wie wütend sein Bruder war. Er seufzte. Jetzt war es zu spät, den Mann fortzuschicken. Er holte tief Luft und tauchte hinüber.

In der Kammer waren schon die meisten Ritter versammelt, und die ausgesandten Späher lieferten ihre Berichte ab. Mila hörte zu. Es war eigentlich immer das Gleiche: Es gab entlang der Küste viele Siedlungen, kleinere und größere, und überall löste das Auftauchen der Drachen Angst und Entsetzen aus. »Ich glaube daher nicht, dass einer dieser Menschen je zuvor einen Drachen gesehen hat«, schloss Robert de Lanois seinen Bericht.

»Und doch finden wir Bilder von Drachen auf ihren Tempeln«, erwiderte der Hochmeister nachdenklich.

Balian von Wolfegg kam in die Kammer gestampft. »Ich habe keine Spur des Feindes gesehen«, verkündete er dröhnend.

»Dann seid vielleicht so gütig, mit Eurem Bericht zu warten, bis diejenigen, die etwas gesehen haben, ihren Bericht beendet haben, Balian«, wies ihn Marschall di Collalto zurecht. Eine eisige Stille legte sich über die Versammlung. Mila erwartete eigentlich, dass der Tressler Partei zu Gunsten seines Verwandten ergreifen würde, aber Graf Tassilo schwieg.

De Lanois setzte seinen Bericht fort: »Ich bin mit Umun-Schas in einige der Seitentäler geflogen, aber im Grunde ist es überall das Gleiche. Keine Spur von Widerstand, und wenn ich Orte mit Mauern sah, so waren diese Mauern kaum besetzt.«

»Ich war noch weiter im Süden als Ihr, de Lanois, aber ich fand wirklich keine Spur von einem feindlichen Heer«, unterbrach ihn der Graf von Wolfegg noch einmal.

»Wart Ihr auch im Osten?«, fragte der Marschall jetzt. Sein ironischer Unterton entging dem Ritter wohl, denn Mila hörte seine Rüstung rasseln, als er den massigen Kopf schüttelte und fragte: »Im Osten? Niemand von uns kann dorthin, denn diese Berge sind einfach zu hoch.«

»So ist es, Graf Balian, die Berge sind zu hoch. Die Indios könnten dort oben hunderttausend Krieger zusammenrufen, und wir würden es erst merken, wenn sie die Berge herabkommen.«

»Wenn dort oben überhaupt jemand lebt«, rief der Ritter ungehalten.

»Nun, das herauszufinden, wird unsere nächste Aufgabe sein«, erklärte der Hochmeister. Mila räusperte sich.

»Hat unsere neue Ritterschwester etwas dazu zu sagen?«, fragte di Collalto freundlich.

»Ich bin mit Nabu ebenfalls in einige der Seitentäler geflogen. Ich kann nicht sagen, ob dort oben viele Menschen leben, aber Nabu und auch Dietmar sahen Pfade, die sich dort emporwinden. Und wo es Wege gibt, gibt es auch Menschen. Und einmal, nordöstlich von hier, entdeckten wir leichten Rauch hinter einem Bergrücken. Nabu meint, er stamme aus vielen Hütten.«

»Ich danke Euch, Comtesse, dies bestätigt nur unsere bisherigen Vermutungen, auch wenn vielleicht nicht alle diese Vermutungen teilten«, sagte di Collalto und klang jetzt ausgesprochen spöttisch.

»Es stand nie außer Frage, dass auch die Täler in den Bergen bewohnt sein müssen«, meldete sich der Tressler jetzt zu Wort, »aber die Beobachtung unserer neuen Ritterschwester oder vielmehr die ihres Drachen« – er schaffte es, diese Einschränkung unsagbar abfällig klingen zu lassen – »sagen noch nichts darüber aus, wie viele Menschen dort leben, und ob es dort große Städte oder nur Dörfer gibt. Und schon gar nicht verrät sie uns etwas über die Stärke des Feindes.«

Mila fragte sich, ob er ihr überhaupt zugehört hatte. Hatte sie nicht gerade vom Rauch vieler Hütten berichtet?

»Dann sollten wir das Thema vertagen, bis wir mehr wissen«, beendete der Hochmeister den Disput. »Mir wäre daran gelegen, zu hören, was es aus der Stadt zu berichten gibt. Don Gómez?«

Der angesprochene Ritter räusperte sich. Mila kannte den Katalanen als einen schwer durchschaubaren Menschen, der keine zwei Worte verwendete, wo eines genügte, und der dennoch, oder vielleicht auch gerade deshalb, als Sprecher des Jungen Zweiges innerhalb des Ordens anerkannt war. Er führte keinen offiziellen Titel, aber Mila wusste, dass er auch außerhalb des Ordens über großen Einfluss verfügte.

»Es ist ruhig in der Stadt«, sagte der Katalane. »Die Indios lassen sich nicht sehen. Sie versuchen auch nicht mehr, die Stadt zu verlassen. Das ist auch gut so, denn die Drachen waren nicht sehr glücklich darüber, dass sie die Leute von ihren Feldern und Fischerbooten fernhalten mussten.«

»Ich danke Euch, Don Gómez. Wenn erst die Spanier hier sind, werden wir sie gar nicht mehr als Wächter einsetzen müssen.«

Mila hörte am Rasseln der Rüstung, dass der Ritter sich knapp verneigte, um sein Einverständnis auszudrücken.

»Gibt es denn Neues von der Flotte?«, fragte Robert de Lanois.

»Wir warten noch auf die Rückkehr von Don Mancebo und Ianus«, erklärte der Hochmeister.

»Wenn Pizarro nicht bald kommt, werden wir in Schwierigkeiten geraten«, sagte der Tressler düster.

»Mir scheint, dass der Wind auf dem Meer in eine günstige Richtung gedreht hat«, sagte de Lanois, »und ich verstehe nicht, was sie so lange aufhält. Man könnte meinen, Pizarro habe es sich anders überlegt und kehrtgemacht.«

»Ihr redet Unsinn, Lanois, und das wisst Ihr!«, wies ihn der Tressler scharf zurecht.

»So? Wisst Ihr, was im Kopf dieses Mannes und in denen seiner Brüder vorgeht, Graf Tassilo?«, entgegnete der Flame mit deutlicher Verärgerung. »Erst fallen sie in dieses Land ein und wollen nicht, dass ihnen jemand auf die Finger schaut, dann kommen sie nicht mehr voran und bitten uns um Hilfe. Kaum sind wir bei ihnen, und die größte Gefahr ist gebannt, wollen sie uns wieder loswerden. Nein, Graf Tassilo, diese Männer haben ihre eigenen Pläne, und ich würde mich nicht wundern, wenn wir erführen, dass sie geradewegs zurück nach Spanien gesegelt sind.«

Der Tressler widersprach scharf, und es entspann sich ein hitziger Streit. Mila hörte zu. Sie hatte sich bislang nie für die Politik des Ordens interessiert, aber jetzt war sie selbst eine Ritterschwester, und sie spürte, wie jedes der hin- und herfliegenden Worte und Widerworte etwas über die Männer und ihre Beziehungen zueinander verriet. Sie erkannte, dass sich ein tiefer Riss durch den Orden zog. Ein Spalt mit vielen feinen Verästelungen, die bis hinab ins Fundament reichten. Überall spürte sie plötzlich Uneinigkeit und Rivalität. Sie verstand jetzt, warum ihr Großonkel so müde wirkte. Er versuchte, gegen diesen Riss anzukämpfen, den Orden zusammenzuhalten. Sie beschloss, ihm dabei zu helfen, so gut sie es vermochte, und dazu musste sie verstehen, wer hier warum gegen wen stand. Der vielstimmige Streit ebbte plötzlich ab. Ein weiterer Ritter hatte die große Kammer betreten. Mila erkannte ihn an seinem Gang. Es war Don Mancebo, und er brachte Neuigkeiten.

Der Palast ragte vor ihnen aus der Dunkelheit auf. Sie hatten den großen Platz in weitem Bogen umgangen und sich durch das

Gewirr der Gassen auf die Nordseite des Gebäudes geschlichen. Auf den Mauern sahen sie die Fackeln der Wächter, und vor dem Palast brannte ein Feuer, aber hier war es dunkel, und nur die Sterne gaben ein wenig Licht. Kemaq deutete auf das Fenster, wo er die Frau mit der Borla gesehen hatte. Jatunaq nickte, dann zogen sie sich tiefer in die Schatten zurück.

»Durch den Eingang kommen wir nicht hinein, nicht unbemerkt«, stellte der Krieger leise fest.

»Es sind zu viele für einen offenen Kampf, und denk an ihre Waffen«, flüsterte Kemaq.

»Über die Außenwand«, sagte der Chimú plötzlich.

»Wir sind keine Eidechsen«, knurrte Jatunaq.

»Aber diese Paläste sind reich geschmückt. Sie haben Verzierungen, die ein guter Kletterer leicht nutzen kann, um hineinzukommen«, raunte der Chaski.

Widerwillig gab Kemaq dem Mann Recht: »Es stimmt«, flüsterte er, »ich selbst bin den Tempel des Mondes hinaufgeklettert, und ich erinnere mich, auch an diesem Palast viel Schmuck gesehen zu haben.«

»Ich sehe in der Dunkelheit nichts dergleichen«, entgegnete Jatunaq, »doch werden wir feststellen, ob mich meine Augen oder euch eure Erinnerungen trügen.«

Sie huschten zur nächsten Ecke. Schwarz und mächtig lag der große Bau vor ihnen. Unter dem Gesang der Zikaden vermeinte Kemaq Stimmen zu hören, aber er war sich nicht sicher. Sie spähten nach beiden Seiten. Es war niemand da. Gerade als Kemaq loslaufen wollte, hielt sein Bruder ihn an der Schulter zurück. Stumm wies er nach oben. Vor dem Sternenlicht zeichnete sich eine Bewegung auf dem Dach ab. Es sah aus wie eine riesige Schlange. Erst auf den zweiten Blick erkannte Kemaq, dass es der Schwanz eines *Drachen* sein musste. Er erklärte es seinem Bruder. Die Männer hörten es und starrten lange hinauf, aber dann gab Jatunaq Kemaq einen Stoß, und sie huschten doch hinüber. Zwei Krieger folgten ihnen, dann noch einer. Plötzlich rieselten Lehmbrocken von oben herunter, und die Krieger auf der anderen Seite der Gasse zogen sich rasch wieder in die Schatten zurück. Kemaq blickte nach oben: Ein Flügel verdunkelte den Himmel, dann erschien ein gewaltiger Kopf. Die Männer pressten sich schweigend an die Wand. Sollte der Gott seinen Blick vom Himmel lösen und nach unten schauen, wären sie verloren. Der Gott verharrte eine Weile. Es sah aus, als würde er die Sterne betrachten oder vielleicht auch auf den Gesang der Zikaden lauschen, dann senkte sich der Kopf langsam auf den Rand der hohen Wand und blieb dort liegen.

Kemaq wagte kaum zu atmen, die anderen verharrten ebenso bewegungslos. Der Gott rührte sich nicht. Schließlich hörte Kemaq einen gepressten Atemzug seines Bruders, der ihn dann anstieß. Im tiefen Schatten des Gebäudes konnte er das Gesicht Jatunaqs nicht erkennen, aber dann bemerkte er, dass sein älterer Bruder sich anschickte, vorsichtig, ganz vorsichtig, die Mauer zu erklettern. Kemaq blickte zurück. Die anderen Krieger würden nicht über die Gasse kommen können, denn jede Bewegung konnte die Aufmerksamkeit des fremden Gottes erregen. Also waren sie nur zu fünft. Er hatte nicht darüber nachgedacht, was geschehen würde, wenn er seinem Bruder den Weg gezeigt hatte. Er hatte angenommen, er würde irgendwo versteckt warten, bis die Krieger siegreich zurückkehrten. Doch jetzt musste er mit.

Auch die anderen begannen nun, die Wand emporzuklettern. Kemaq spürte die Muster in der Wand. Langsam, ganz langsam, schob er sich hinauf, ängstlich darauf bedacht, auf keinen Fall irgendein Geräusch zu verursachen. Dann hörte er doch hier und da ein leises Rieseln, ein paar kleine Lehmbrocken, die dem Gewicht der Kletternden nicht standgehalten hatten und zur Erde hinabfielen.

Wären die Zikaden nicht gewesen, wäre es niemals gut gegangen. Sie schienen irgendwo im Mauerwerk zu sitzen, und fast war es, als wollten sie sie mit ihrem Gesang beschützen. Kemaq überwand das unterste Stockwerk. Die Fenster lagen noch ein gutes Stück höher. Plötzlich hörten sie Stimmen. Zwei Männer kamen die Gasse vom Platz entlang. Sie unterhielten sich leise. Kemaq erstarrte, und auch die Krieger verharrten, wo sie gerade waren, als wären sie mit den Ziegeln verschmolzen. Einer der beiden Fremden trug eine halb niedergebrannte Fackel. Ihr Licht flackerte unruhig, und die Zikaden verstummten für einen Augenblick. Die Männer schienen es nicht besonders eilig zu haben. Sie unterhielten sich halblaut und kamen langsam näher. Kemaq spürte, dass sich seine Finger verkrampften. Er wusste, er durfte sich um keinen Preis bewegen, ja, er hörte sogar auf zu atmen. Die beiden Fremden schlenderten gemächlich vorüber. Ihre Waffen glänzten böse im Licht ihrer Fackel. Endlich verschwanden sie um die nächste Ecke. Kemaq blickte auf. Der Kopf des Ankay Yaya ragte immer noch über das Dach hinaus. Schlief er? Schliefen Götter überhaupt?

Zum Fenster war es nicht mehr weit. Kemaq zog sich vorsichtig nach oben. Dann fasste seine Hand über den Sims. Er lauschte. Im Inneren des Palastes wurde gestritten, doch klangen die Stimmen von weit heran, und der Raum hinter dem Fenster lag in Dunkelheit. Eine Berührung am Arm machte ihm klar, dass er weitermusste. Einer der Krieger hatte sich zu ihm herübergehangelt. Kemaq griff nach dem Sims, blickte in die Schwärze einer stillen Kammer und kletterte schließlich leise hinein. Ein schmaler Lichtstreifen zeigte ihm den Eingang, der offenbar mit einem Stück Stoff verhängt war. Hinter ihm landete lautlos einer von Jatunaqs Männern auf dem Lehmboden, dann noch einer. Sein Bruder hatte jedoch das benachbarte Fenster und damit die benachbarte Kammer gewählt. Sie waren durch eine dicke Wand getrennt. Kemaq hörte die streitenden Stimmen der Fremden. Sie waren nicht allzu weit entfernt.

Don Mancebo gab einen längeren Bericht, den er mit der Meldung eröffnete, dass die Flotte wohl schon am nächsten Tag eintreffen würde. Das sorgte zunächst für Erleichterung, aber dann forderte Ritter Balian plötzlich, dass der Orden bis dahin für klare Verhältnisse in der Stadt sorgen müsse.

»Ihr meint, mit Feuer die Häuser niederbrennen? Mit dem Schwert die ganze Stadt erobern? Heute Nacht?«, fragte der Marschall mit ironischem Unterton.

»Mit eiserner Faust, mit Feuer und mit Schwert, noch heute Nacht, ganz recht«, erwiderte Balian.

Der Ordensmarschall sprach sich jedoch klar dagegen aus: »Ich zweifle nicht daran, dass wir siegen würden, Bruder Balian, doch halte ich es für völlig unnötig, jetzt, wo Pizarro und seine Männer doch bald hier sind, noch einmal ein Blutvergießen zu riskieren.«

»Gerade weil die Flotte morgen hier ist, sollten wir es tun«, hielt ihm Graf Tassilo entgegen, »denn es würde unser Ansehen in den Augen der Spanier ungemein stärken.«

»Nicht in den Augen *aller* Spanier«, meinte Don Mancebo trocken, woraufhin der Tressler verächtlich zischte. Das wiederum brachte die anderen spanischen Ritter gegen ihn auf. Mila war bisher nicht aufgefallen, dass sie sich besonders mit dem Mauren verbunden fühlten, aber offenbar wähnten sie sich jetzt herausgefordert. Der Hochmeister hielt sich, wie Mila fand, zunächst betont zurück, schließlich ergriff er aber doch das Wort. »Ich danke Euch, Ihr Herren, für den Eifer, den Ihr hier an den Tag legt, doch erscheint es mir viel zu spät und auch unnötig, jetzt noch einen Kampf anzuzetteln. Natürlich würden wir siegen, aber jeder unserer Männer, der fiele, wäre ein unersetzlicher Verlust, zumal uns doch auch die Männer fehlen, um diese ganze Stadt zu kontrollieren. Nein, wir warten auf Pizarro. Wenn diese Heiden erst einmal die Flotte zu Gesicht bekommen, werden sie schnell begreifen, wie überlegen wir ihnen sind, und sich unterwerfen. Auch deshalb wäre es schlicht unsinnig, jetzt noch einen Kampf zu beginnen, bei dem wir doch nur Männer töten, die vielleicht bald Verbündete sein werden.«

»Habt Ihr vergessen, dass der Häuptling dieser Stadt uns gedroht hat?«, fragte Graf Tassilo missmutig.

»Ich glaube nicht, dass er noch lange Häuptling sein wird«, entgegnete Maximilian von Friedberg gelassen.

Ein paar der Ritter lachten, und damit entspannte sich die Lage. Mila spürte jedoch, dass nicht alle Ritter mit seiner Entscheidung einverstanden waren. Die Versammlung wurde aufgelöst, und die Männer entfernten sich, um noch einmal nach ihren Drachen zu sehen, ihren Wachdienst anzutreten oder sich um andere Pflichten zu kümmern. Mila, die solche Pflichten nicht hatte, wollte unbedingt mit Nabu sprechen, denn sie hatte das Gefühl, dass sie ihre Fragen so schnell wie möglich klären musste, noch bevor die Flotte eintraf. Sie wurde jedoch vom Hochmeister gebeten, noch einen Augenblick zu warten, und widerstrebend folgte sie dem Wunsch ihres Großonkels.

Einer der Krieger stand hinter dem Vorhang und spähte hinaus. Die Stimmen wurden lauter, und die Schritte schwer gepanzerter Männer dröhnten durch den langen Gang. Kemaq konnte durch den schmalen Spalt an der Seite des Vorhanges einen Blick auf sie erhaschen: blitzende Rüstungen, Männer mit heller Haut und hellen, aber auch dunklen Haaren. Sie sahen alle sehr ernst aus. Dann verklangen die Schritte, und nach einer Weile waren nur noch zwei Stimmen zu hören. Die eine gehörte einem älteren Mann, wie Kemaq dachte, die andere war eindeutig weiblich, und es gab nur eine Frau unter den Fremden. Sie unterhielten sich, und hatte es vorher noch geklungen, als würden die Fremden heftig streiten, so klang es nun, als seien sie sehr miteinander vertraut. Ob die Goldhaarige die Gefährtin des anderen war?

Das Licht im Gang veränderte sich. Kemaq sah Jatunaq, der eine Fackel aus ihrer Halterung an der Wand nahm und die Flamme mit einem Tuch erstickte. Dann verschwand er mit einem zweiten Krieger in einer dunklen Kammer auf der anderen Seite des Ganges. Kemaq starrte durch den schmalen Spalt in die Dunkelheit. Die beiden Fremden unterhielten sich immer noch. Er versuchte zu erraten, wie weit sie entfernt waren. Ihre Stimmen drangen aus einer Kammer dreißig, vielleicht auch vierzig oder mehr Schritte entfernt. Wieder schlich ein Krieger leise über den Gang. Eine weitere – die vorletzte – Fackel erlosch. Der Gang war jetzt nur noch in schwaches Zwielicht getaucht. Kemaq begriff, dass sie ihren Hinterhalt vorbereiteten. Einer der Krieger schob Kemaq zur Seite und schlug vorsichtig den Vorhang zurück. Er nahm nicht viel mehr als den Umriss des Mannes wahr. Dann berührte ihn der Streitkolben des Kriegers am Arm. Kemaq erschrak, als er das kalte und schwere Erz fühlte. Wollten sie die Frau denn erschlagen? *Sie wollen sie opfern, das geht nicht, wenn sie tot ist,* versuchte er sich zu beruhigen. Aber natürlich mussten sie mit Widerstand rechnen. Es war ja nicht gesagt, dass die Fremde allein durch den Gang kommen würde. Immer noch hörte er die Stimme des Mädchens aus der Kammer. Falls sie einen Begleiter haben sollte, würde dieser den Angriff vermutlich nicht überleben.

»Wie ich sehe, hattest du keine größeren Schwierigkeiten, Mila«, stellte Maximilian von Friedberg zufrieden fest. Mila nickte. Sie hatte ihrem Großonkel noch einmal einen persönlichen und ausführlichen Bericht ihrer beiden ersten Flüge gegeben. Gewisse Dinge hatte sie jedoch verschwiegen, auch wenn sie das dringende Bedürfnis verspürte, jemanden ins Vertrauen zu ziehen.

»Du hast dich übrigens vorhin auch gut gehalten«, lobte ihr Großonkel unvermittelt.

»Danke«, sagte sie überrascht.

»Du hast deinen Bericht abgegeben und warst so klug, dich während des Disputs zurückzuhalten, auch wenn dir ganz offensichtlich nicht gefiel, was mein alter Freund Tassilo dazu gesagt hat.«

»Das hast du bemerkt?«

»Nun, ich kenne dich lange genug, um zu sehen, wenn du verstimmt bist, Milena. Ich denke, du hast dir heute auch damit ein wenig Respekt erworben unter deinen Ritterbrüdern, und du bist klug beraten, dich auch weiterhin aus unseren kleinen Streitereien herauszuhalten, Mila.«

Mila dachte eine Weile nach, bevor sie antwortete: »Mir scheint, dass unter diesen kleinen Streitereien ein großer Zwist lauert, Onkel, und ich glaube, es würde mir sehr helfen, mich im Orden zurechtzufinden, wenn ich etwas mehr darüber erfahren würde.« »Du bist eine aufmerksame Beobachterin, Mila. Nun, das meiste wirst du früher oder später selbst herausfinden. Vieles davon sind persönliche Rivalitäten, die meisten auch nicht einmal besonders ernst. Das Hauptproblem ist jedoch – und ich nehme an, das ist dir selbst auch schon klar –, dass sich der junge spanische Zweig nicht sehr gut mit dem alten Stamm unseres Ordens verträgt. Die beiden Lager streben voneinander fort, und ich fürchte, der Orden wird eines Tages darunter zerbrechen. Das solltest du eigentlich wissen. Es ist wirklich eine Schande, dass dein Vater, der so viel Wert auf deine Ausbildung im Fechten und Reiten gelegt hat, deinen Unterricht in Bezug auf die Geschichte unseres Ordens so sehr vernachlässigt hat.«

»Er hat wohl nicht damit gerechnet, dass ich jemals so viel mit dem Drachenorden zu tun haben würde.«

Der Hochmeister lachte. »Er hätte es wissen müssen, denn solange ich dich kenne, bist du schon von den Drachen fasziniert. Es ist vielleicht auch mein Fehler, denn ich hätte deinen Vater früher auf die Mängel in deiner Ausbildung hinweisen müssen.«

Jetzt war Mila doch ein wenig beleidigt. »Ich bin sicher besser für meine Pflicht geeignet als jeder dieser Knaben, die sich um den Drachensattel beworben haben!«

Wieder lachte der Hochmeister. »Auch unsere Knappen haben dich unterschätzt, so wie die meisten Ritter – und auch ich. Du hast schon jetzt mehr erreicht, als wir uns vorstellen konnten. Andererseits solltest du nicht den Fehler machen, dieses Land und unsere Aufgabe auf die leichte Schulter zu nehmen.«

»Was meinst du?«

»Es gibt viele Geheimnisse hier, und vieles, was wir nicht verstehen. Meister Albrecht kann dir sicher mehr darüber verraten, wenn er erst einmal hier eingetroffen ist.«

»Es geht um Pachakamaq, oder? Und um etwas, das ihr *Azoth* nennt.«

»Deine guten Ohren werden dich noch einmal in Schwierigkeiten bringen, Mila«, sagte der Hochmeister in plötzlichem Ernst. »Dies sind Dinge, die vertraulich sind, und deshalb werde ich dir nichts darüber sagen.«

»Aber ich habe nicht gelauscht, Onkel! Graf Tassilo hat dieses Wort ganz offen verwendet«, wehrte sich Mila.

»Wirklich? Das sollte er nicht tun. Dennoch, dies ist nichts, was ich mit einer jungen Ritterschwester diskutieren sollte. Und nun lass mich bitte allein, Mila. Ich habe noch einen Bericht an den Kaiser abzufassen, und der sollte fertig sein, bevor die Flotte wieder ablegt.«

Mila zog sich zurück. Sie war nicht sehr zufrieden, denn sie hatte doch gehofft, etwas mehr über das eine oder andere Geheimnis zu erfahren. Was mochte es mit dem Azoth auf sich haben? Hoffentlich war Meister Albrecht, der Alchemist, etwas mitteilsamer als ihr Onkel. Sie war in Gedanken, als sie die Kammer verließ, sonst wäre ihr sicher nicht entgangen, dass sie nur wenige Schritte weiter erwartet wurde.

»Auf ein Wort, Comtesse«, sagte eine leise Stimme, und jemand trat aus einer der Kammern in den Gang hinaus.

Mila zuckte zusammen. »Konrad!«, rief sie.

»Ich hoffe, ich habe Euch nicht erschreckt, Comtesse?«, fragte der Schildknappe mit spöttischer Besorgnis.

»Keineswegs«, behauptete Mila, die sich fragte, was er von ihr wollte. Er benutzte immerhin ihren Titel, das hatte er zuvor noch nie getan. Einige Dinge hatten sich durch den Ritterschlag also doch geändert.

»Ich bedenke manchmal nicht, dass Ihr das Offensichtliche nicht sehen könnt, Comtesse«, erklärte Konrad herablassend, aber Mila war sich sicher, dass er sie mit Absicht erschreckt hatte.

»Offensichtlich? Ihr wart doch hinter dem Vorhang dieser Kammer versteckt«, erwiderte sie verärgert.

»Nur, dass diese Kammer gar keinen Vorhang hat, was Ihr wüsstet, wenn Euch die Krankheit nicht den wichtigsten aller Sinne geraubt hätte«, sagte Konrad leichthin.

Mila war klar, dass er die Situation genoss. Dass ein Vorhang vor der Kammer hing, hatte sie geraten, aber eigentlich war sie beinahe sicher, dass es dort einen gab. Sollte sie das überprüfen? Nein, sie wollte sich nicht auf seine seltsamen Spielchen einlassen. »Was wollt Ihr eigentlich von mir, Konrad?«

»Ich hatte noch keine Gelegenheit, Euch zu Eurer Erhebung zu gratulieren, Comtesse.«

»Danke«, erwiderte sie steif.

»Und ich wollte Euch meine Besorgnis mitteilen«, fuhr er fort.

»Um mich braucht Ihr Euch nicht zu sorgen, Konrad«, entgegnete Mila knapp.

»Aber ich mache mir Sorgen, Comtesse. Um Euch, aber auch um den Orden.«

»Dann habt Ihr es bisher meisterhaft verstanden, das zu verbergen«, erwiderte sie bissig.

»Aber so ist es! Ihr seid krank, Milena, der Drachenfluch. Glaubt Ihr denn, es tut Eurer Krankheit gut, wenn Ihr Euch nun noch mehr mit den Drachen abgebt, mehr Zeit mit ihnen verbringt? Falls Ihr wirklich keine Angst habt, dass es schlimmer werden könnte – nun, ich habe diese Sorge schon.«

»Eure Sorge rührt mich«, erwiderte Mila bissig.

»Und ich sehe doch auch, wie der Hochmeister sich plagt, wie er alles tut, um den Orden zusammenzuhalten. Und wie viel größer ist seine Last nun geworden, da er sich auch ständig um Euch sorgen muss, weil Ihr Euch in den Kopf gesetzt habt, auf dem Rücken einer riesigen Bestie durch die Lüfte zu ziehen. Und was werden die Spanier erst dazu sagen? Auslachen werden sie uns!«

Mila zuckte innerlich zusammen. Sie wollte ihrem Großonkel auf keinen Fall zur Last fallen. Natürlich machte er sich Gedanken, aber sie würde schon zeigen, dass das nicht nötig war. »Ihr bezeichnet unsere Drachen als Bestien, Konrad? Lasst sie das nur nicht hören«, gab sie also mit gespielter Selbstsicherheit zurück.

»Ihr wisst sehr wohl, was ich meine, Comtesse. Der Orden hätte einen Ritter gebraucht, keine Blinde, die nur mit Hilfe eines Krückstockes ihren Weg findet.«

Mila hatte nicht vergessen, dass es einer von Konrads liebsten Späßen war, ihren langen Stab zu »verstecken«, wozu er nicht mehr tun musste, als ihn einen halben Schritt von dem Platz zu entfernen, an dem sie ihn abgestellt hatte. Er war dabei oft in der Nähe geblieben, so leise, dass sie ihn nicht hören konnte, und hatte sich an ihrer Hilflosigkeit geweidet. »Wählt Eure Worte mit Bedacht, Konrad, denn sonst werdet Ihr herausfinden, dass dieser Stock alles andere als ein Krücke ist«, fuhr sie ihn an.

Konrad erwiderte leise: »Ich verstehe, dass Ihr mir misstraut, weil ich Euch in der Vergangenheit den ein oder anderen kleinen Streich gespielt habe. Und ich nehme an, Ihr habt Euren Sieg heute sehr genossen. Es ist schade, dass Ihr die Gesichter der Ritter nicht sehen konntet. Das Entsetzen bei meinem Onkel Tassilo, die Wut in den Zügen meines Bruders. Ihr habt Euren seltsamen Triumph sicher ausgekostet, weiß ich doch, dass Ihr meine Familie verachtet.«

»Aber das ist nicht wahr!«, rief Mila. Sie mochte die Männer zwar nicht besonders, aber Verachtung war doch noch einmal etwas ganz anderes. »Und ich habe doch auch gar nichts dazu getan, es war ganz allein die Entscheidung des Drachen.«

»Ist das so, Comtesse? So hat Euer Freund, der Marschall, ihn nicht heimlich an seine Rechte erinnert, Euch zuliebe?«

Mila war über diese Unterstellung so verblüfft, dass sie nicht wusste, was sie sagen sollte.

»Ah, es stimmt also«, sagte Konrad und klang seltsam zufrieden.

»Aber kein Wort davon ist wahr!«, protestierte Mila jetzt empört.

Konrad lachte leise. »Aber Comtesse, wir sind doch unter uns. Ich hätte nicht gedacht, dass Ihr so nachtragend seid. Natürlich, ich habe Euch mit meinen Kameraden den einen oder anderen kleinen Streich gespielt, aber dass Ihr deshalb stehlt, was eigentlich mir zusteht …«

»Nehmt das zurück, Konrad!«, rief Mila wütend. Sie fragte sich, ob ihr Großonkel, der doch kaum zwanzig Schritt entfernt in der Ratskammer war, diesen Streit nicht hörte.

»Ich habe Euch wohl ein wenig unterschätzt, Comtesse, aber seid versichert, dass mir das nicht wieder passieren wird. Ihr habt mich mit Eurer kleinen, schmutzigen Intrige meines Rechtes beraubt, aber ich glaube nicht, dass Ihr lange Freude an diesem gestohlenen Sattel haben werdet. Schon bald wird Nabu merken, was für eine Last er sich mit Euch aufgebürdet hat.«

Mila schüttelte den Kopf. »Konrad, entschuldigt mich, aber ich habe keine Zeit für Eure Lügen und Unterstellungen«, sagte sie und schickte sich an, zu gehen.

Er packte sie an der Schulter. »Wusstet Ihr eigentlich, dass ein Drache auch das Recht hat, einen Ritter wieder aus seinem Sattel zu verbannen, Comtesse?«

Mila wischte mit einer schnellen Bewegung seine Hand zur Seite, blieb aber stehen.

»Noch duldet er Euch, aber wenn er Eure Hilflosigkeit erst ein paar Tage ertragen hat, wird er es bereuen«, sagte der Knappe leise.

»Er *duldet* mich nicht, Konrad, er hat mich erwählt, unter vier Bewerbern«, zischte sie wütend. Aber sie war auch getroffen. War es das? War Nabu so reserviert, weil er sie doch als Last empfand?

»Was? Hat es schon angefangen?«, fragte Konrad spöttisch. Offenbar hatte er ihre Verunsicherung bemerkt.

»Gar nichts hat angefangen, und jetzt entschuldigt mich!«

»Natürlich, Comtesse. Ihr habt sicher wichtige Dinge zu versehen. Soll ich Euch begleiten? Es ist recht dunkel in diesem

Gang … ach, ich vergaß, das macht Euch ja nichts aus«, höhnte der junge Graf.

Mila schluckte, und ihre Finger krampften sich um den Stab.

»Lasst mich Euch noch einen Rat mit auf Euren dunklen Weg geben, Comtesse, und glaubt mir, er ist gut gemeint – gebt den Drachensattel auf, verlasst den Orden, ja verlasst dieses gefährliche Land, bevor Ihr zur peinlichen Last für alle werdet.«

»Das sind ja gleich drei gute Ratschläge, Konrad«, gab Mila zurück. Glaubte er wirklich, sie würde für *ihn* auf den Sattel verzichten?

»Und Ihr solltet sie alle beherzigen. Dieses Land hat Don Rodrigo getötet, und ich habe Angst, dass Euch Gleiches widerfährt, Comtesse.«

Für einen Augenblick war Mila fast sprachlos. »Wollt Ihr mir etwa drohen, Konrad? Glaubt Ihr, dass Ihr so an den Sattel kommt, den Nabu Euch nicht geben will?«

»Drohen? Bei allen Heiligen, nein! Warnen will ich Euch, denn ich fürchte, dass ein nahes Verhängnis auf Euch wartet. Eine Warnung, nicht mehr. Ehrlich und aufrichtig, Comtesse, ob Ihr es glaubt oder nicht.«

Dann hörte sie seine leichte Rüstung rasseln, als er sich verbeugte, umdrehte und davonging. Mila lauschte ihm nach. Sie hörte seine leisen Schritte, und sie hörte ihren Puls klopfen. Der junge Graf hatte ihr gedroht, ganz plump, ohne Zweifel. Sie dachte darüber nach, zu ihrem Onkel zurückzugehen, um ihm von diesem Gespräch zu berichten. Er hätte es eigentlich hören müssen, denn die große Kammer war nur wenige Schritte entfernt. Leider war der Hochmeister nicht der Mann, der auf anderer Leute Gespräche achtete, vor allem nicht, wenn er mit wichtigen Dingen beschäftigt war. Mila runzelte die Stirn. Konrad war fort, und sie war allein im Gang, aber irgendetwas gab ihr das Gefühl, dass etwas nicht stimmte. Sie schüttelte den Kopf über sich selbst. Sie wollte sich vom Kleinen Grafen nicht verunsichern lassen. Sie nahm ihren Stab und machte sich auf den Weg.

Kemaq hatte den Stimmen gelauscht. Er hatte kein Wort verstanden, aber dennoch die ungefähre Vorstellung, dass die beiden Fremden sich gestritten hatten. Die Stimme des jungen Mannes hatte übertrieben freundlich und besorgt geklungen, die der Frau anfangs kühl und etwas herablassend, dann zornig. Jetzt lauschte er auf die verklingenden Schritte des Mannes. Die Fremde stand noch ein Stück von der Falle entfernt. Dort war noch etwas Licht – wenn sie aber näher kam, würde die Dunkelheit sie verschlingen. Er streckte sich und spähte über die Schultern der Krieger, die ihr auflauerten. Am Ende des Ganges stand sie, er konnte sie nur halb sehen, aber ihr Haar schimmerte selbst bei dem schwachen Licht der letzten Fackeln noch golden, und die weiße Borla leuchtete beinahe. *Inti wird Gefallen an diesem Opfer finden,* dachte er und biss sich auf die Lippen. Vieles in ihm sträubte sich gegen diesen Gedanken. Die Fremde stand im Gang und schien dem anderen hinterherzusehen. Die beiden Krieger, die mit ihm in der Kammer warteten, wurden unruhig. Sie hielten die schweren Kampfkeulen aus Bronze in der Faust und schienen schon zu überlegen, ob sie nicht einfach hinausspringen und die Fremde dort, wo sie war, überwältigen sollten. Kemaq dachte nach. Er wollte nicht, dass ihr etwas geschah, aber es war auch unerträglich, dass jetzt gar nichts geschah. Sie bewegte sich einfach nicht. Doch dann schüttelte sie den Kopf und setzte sich in Bewegung. Ihren langen weißen Stab ließ sie dabei über den Boden gleiten. Kemaq konnte nur den halben Gang sehen. Er sah das Ende des Stabes auftauchen, verschwinden und wieder auftauchen. Er starrte ungläubig hinaus auf die wandernde Spitze. Er begriff seinen Irrtum. Sie war blind! Die Krieger vor ihm duckten sich zum Sprung.

Mila schritt den Gang entlang. Sie würde mit Don Mancebo über diese Unterhaltung sprechen, denn zu ihm hatte sie in den vergangenen Tagen Vertrauen gefasst, vielleicht, weil er ein Außenseiter war, so wie sie. Hatte Konrad ihr wirklich gedroht? War er so plump und ungeschickt, dass er sie auf diese Art aus dem Orden drängen wollte? Das sah ihm gar nicht ähnlich. Sie würde ihm diesen Gefallen bestimmt nicht tun. Jetzt aber würde sie endlich mit Nabu reden, denn auch da gab es einiges zu klären. Der mochte jedoch sonst wo stecken. Dietmar würde es wissen, er hatte ihn schließlich abgeschirrt. Also würde sie zunächst in ihr Quartier zurückkehren und den treuen Diener fragen. *Eins nach dem anderen,* dachte sie und ließ ihren Stab über den Boden gleiten. Etwas stimmte nicht, das sagten ihr ihre Sinne, aber sie war zu verärgert, um gleich darauf zu hören. Dann blieb sie doch stehen. Es war zu ruhig. Etwas fehlte, aber was? Dann wusste sie es: Sie hörte nur das Flackern einer einzigen Fackel im langen Gang, und es roch verbrannt, als wären die anderen Fackeln gerade erst ausgegangen. Und dann war da noch etwas anderes in der Dunkelheit der Kammern – eine lauernde Feindseligkeit. War das nur Einbildung? Sie zögerte, lauschte, aber es blieb still. Doch da war auch ein fremder Geruch – und atmete dort nicht jemand in der Kammer? Sie fasste ihren Stab mit zitternden Händen in der Mitte, wie sie es gelernt hatte, und suchte mit nervösen Fingern nach dem Mechanismus, der die Klingen aus den Enden des Stabes springen lassen würde.

Kemaq hielt die Erregung fast nicht mehr aus, und er fragte sich, ob es den Kriegern ebenso erging. Die Fremde war näher gekommen, aber dann war sie stehen geblieben, den Kopf leicht vorgebeugt, und lauschte in das Dunkel des Ganges. Jetzt nahm sie ihren Stab quer, fast wie einen Kampfstock. Kemaq konnte nichts Genaueres erkennen, denn es war zu dunkel, und die Krieger versperrten ihm die Sicht. Ein metallisches Klicken ertönte.

»Jetzt!«, rief Jatunaq aus der Kammer gegenüber. Die schweren Vorhänge flogen zur Seite, und die Krieger stürmten in den Gang. Die Fremde wich einen Schritt zurück und schlug mit einer schnellen Bewegung ihres Stabes die letzte Fackel aus ihrer Halterung, so dass sie zu Boden flog und verglomm. Es war beinahe sofort stockdunkel. Kemaq war im Türsturz stehen geblieben. Er war ein Läufer, kein Krieger. Er sah die Fackel verglimmen, viel mehr konnte er nicht erkennen. Er hörte einen dumpfen Schlag und ein tiefes Stöhnen, dann noch einmal. Schwarze Schemen kämpften in der Dunkelheit, und einer von ihnen wich zurück, wich den wuchtigen Schlägen aus, die Kemaq durch die Luft sausen hörte, und schien seinerseits zuzuschlagen. Ein heller Schrei fuhr ihm bis ins Mark. Der kam von der Fremden, aber noch indem Augenblick, da sie schrie, begriff er, dass sie nicht getroffen oder gar verwundet war, sondern dass sie Hilfe herbeirief. Er hörte wieder ein schweres Stöhnen und glaubte, einen der dunklen Schemen zu Boden taumeln zu sehen. Plötzlich war im ganzen Palast Aufruhr. Männer brüllten, und schwere Schritte stampften durch die Gänge heran. »Jatunaq, zurück«, rief Kemaq verzweifelt. Wieder ertönte ein lauter Schrei, und dann rannte ihn jemand über den Haufen. Ein zweiter Mann folgte. Eine Hand packte ihn am Arm und zog ihn auf die Füße.

»Lauf, kleiner Bruder«, raunte eine vertraute Stimme.

Kemaq blickte zurück in die Finsternis. Die Fackel war nun ganz erloschen, aber er konnte den keuchenden Atem der Fremden und das Stöhnen der Männer hören, die sie besiegt hatte. Dann zog ihn jemand am Arm zum Fenster.

»Ich halte sie auf«, rief Jatunaq, und ehe es sich Kemaq versah, fand er sich auf den Sims des Fensters geschoben. Die Gasse lag leer und verlassen unter ihm. Er sprang in die Dunkelheit. Als er hart auf dem Boden landete, hörte er ein zorniges Knurren, und ihm fiel mit Schrecken ein, dass dort oben auf dem Dach ein Gott über den Palast gewacht hatte.

Mila stand im Gang, den Stab noch in der Hand. Sie hörte Männer stöhnen, hörte schwere Stiefel heranstürmen und ihren Großonkel, der mit donnernder Stimme Befehle gab, während draußen die Drachen brüllten. Aber in ihr herrschte eine seltsame Ruhe und Stille. Das war der erste Kampf, den sie hatte bestehen müssen. Natürlich, ihr Vater hatte nach langem Betteln dafür gesorgt, dass sie den Fechtunterricht bekam, den sie schon als Kind gefordert hatte, und sie hatte viele Runden mit den Meistern Erhardt und Rüdiger im Schlosshof gekämpft, aber noch nie hatte sie ihre Waffe in tödlichem Ernst benutzen müssen. Sie hörte das Gebrüll der Ritter, die Tritte, mit denen Waffenknechte die Verwundeten malträtierten, hörte, wie sie die Indios anschrien, und ihr war bewusst, wie sinnlos das war, weil diese Männer einfach nicht verstanden, was die Soldaten brüllten. Dieser Gedanke hatte etwas Komisches. Sie hätte beinahe angefangen zu lachen, aber sie riss sich zusammen. »Nein, mir ist wirklich nichts geschehen«, sagte sie zum wiederholten Male.

»Aber da ist Blut auf Eurer Wange«, sagte Don Mancebo, sie spürte die Berührung seiner Hand. Dann hörte sie seine Erleichterung: »Dem Himmel sei Dank, es ist nicht Euer Blut.«

Sie bekam nur am Rande mit, dass der Marschall Befehle rief und die Männer bereits dabei waren, den Palast zu durchsuchen. Dann schrien plötzlich ganz in der Nähe Männer, wohl in einer der Kammern, und kurz darauf verkündete jemand, dass ein weiterer Indio überwältigt worden war.

Mila fragte sich, was hier eigentlich vorging. Das alles schien mit ihr zu tun zu haben, aber sie begriff es nicht. Es war, als hätte jemand anders eben an ihrer Stelle gestanden und mit tausendfach geübten Ausweichmanövern gekämpft – und gewonnen. Sie spürte ein Zittern in den Armen. Sie hatte ihre Gegner natürlich nicht gesehen, aber sie gehört, gerochen, ihre Hände gespürt, die nach ihr gegriffen hatten. Schwere Waffen waren zu Boden gepoltert, aber sie konnte sich nicht erinnern, dass einer der Krieger versucht hätte, sie damit anzugreifen. Sie stellte eine Frage, so leise, dass sie sie selbst kaum hörte, und wiederholte sie dann: »Habe ich sie getötet?«, fragte sie. Eigentlich wusste sie, dass sie die Indios nicht getötet hatte, aber sie wollte es von jemand anderem hören, da sie ihren eigenen Sinnen plötzlich nicht mehr traute.

»Nein, Ihr habt sie nur verletzt, Condesa«, beruhigte sie Don Mancebo.

»Und sie werden auch nicht an ihren Wunden sterben, obwohl sie es verdient hätten«, fügte Sir William kühl hinzu.

»Verdient?«, fragte Mila verwundert.

»Dein Stab, du solltest ihn Dietmar geben, damit er ihn reinigt«, sagte ihr Großonkel ernst.

Mila runzelte die Stirn. Reinigen? Wovon? Automatisch betastete sie den Stab in der Mitte und drehte am Ring, der den ausgeklügelten Mechanismus auslöste, ein Werk der berühmten Schmiede Missaglia aus Mailand. Mit scharfem Klacken verschwand die Klinge wieder im Stab. Dann sprang sie wieder heraus, weil ihre zitternden Finger den Mechanismus versehentlich ein zweites Mal betätigt hatten.

»Vorsicht, achte bitte darauf, dass du niemanden von uns verletzt«, sagte der Hochmeister und legte ihr eine Hand auf den Arm. Die Berührung war wohltuend.

Dann brüllte Marduk draußen so laut und so nah, dass sie zusammenfuhr, und sie hörte, dass er seinen Feueratem losließ. Sie spürte die Hitze seiner Flamme sogar noch durch die Mauern hindurch.

Kemaq rannte um sein Leben. Der Gott hatte sich vom Dach erhoben und war auf sie herabgestoßen. Einer der Krieger hatte »Auseinander!« gebrüllt, und dann waren sie in verschiedene Richtungen davongerannt wie die Hasen. Der *Drachen* hatte gebrüllt und Feuer gespien, und jetzt dröhnte das Gebrüll anderer Götter über der Stadt. Kemaq rannte, völlig kopflos. Er wusste, er konnte nicht entkommen, nicht, solange er innerhalb der Festung war. Er musste hinaus, aber er hatte im Augenblick nicht die geringste Ahnung, wo er eigentlich war. Von überallher schienen jetzt Männer durch die engen Straßen zu kommen, Männer, die ihn töten wollten. Er sah den Feuerschein ihrer Fackeln, schlug Haken auf Haken und irrte durch dunkle Gassen und Nebengassen. Über sich hörte er die schweren Flügelschläge der Götter. Er bog um eine weitere Ecke – und fand sich plötzlich in einer Sackgasse wieder. Auf beiden Seiten lockten die offenen Eingänge verlassener Lagerhäuser. Er rannte bis zum Ende der Gasse und durch den Eingang des letzten Hauses in die schützende Finsternis. Mit klopfendem Herzen drückte er sich an die Mauer und lauschte.

Erneut zog schwerer Flügelschlag draußen über die Mauern. Einmal vermeinte er, in der Ferne einen der Ankay Yayakuna Feuer speien zu hören. Dann wieder die wütenden Rufe der Fremden, die die Festung durchsuchten. Wo war Jatunaq? Er war zurückgeblieben, um ihn zu retten. Hatte er noch fliehen können? Eine innere Stimme sagte ihm, dass sein Bruder nicht der Mann war, der davonrannte, aber er wollte es nicht wahrhaben. Wo waren die anderen? Waren sie entkommen? Und vor allem, wo war er selbst? Er musste aus dieser Festung heraus – oder ein sicheres Versteck finden. Der Mondtempel? Nein, wie sollte er da ungesehen hineinkommen?

Er blickte auf, und ein einzelner Stern blinkte durch das alte Schilfdach. Er sah, dass diesem Lagerraum ein Teil des Daches fehlte. Er spähte wieder in den sternenübersäten Himmel. Ein Schatten zog vorüber, und Kemaq zuckte zurück. Dann hörte er die Stimmen der Fremden. Sie klangen zornig, und sie schienen näher zu kommen. Waren sie etwa schon in der Gasse? Etwas wurde dort draußen zerbrochen, und flackernder Lichtschein fiel durch die Tür des Lagerhauses. Kemaq fühlte sich wie ein in die Enge getriebenes Tier. Er kletterte die Lehmwand hinauf auf das brüchige Dach. Über ihm kreisten Schatten. Er konnte nur hoffen, dass sie ihn nicht entdeckten. Die Schilfbündel unter ihm knarrten besorgniserregend. Er tastete sich zum Rand und ließ sich schließlich auf der Rückseite des Lagerhauses hinabfallen. Wo war er nun? Tür- und fensterlose Mauern schirmten einen Platz auf allen Seiten ab, nur ihm gegenüber zeigte sich ein schmaler Gang, und vor ihm öffnete sich eine große viereckige Grube.

Kemaq schlich zum Rand. War das ein alter Brunnen? Nicht ein Hauch von Feuchtigkeit war zu spüren. Er musste trockengefallen sein. Aber wie tief war er? Er brach ein Stück Lehm aus der gemauerten Umfassung und ließ es hinabfallen. Besonders tief war es nicht. Aber wenn er dort hineinsprang, würde er dann je wieder herauskommen? Etwas zischte aus der Grube. Kemaq erstarrte. Wieder zischte es. Das war keine Schlange oder ein Tier – es war ein Mensch!

»So komm doch herunter, bevor sie dich sehen«, flüsterte es leise. Kemaq zögerte. Dann hörte er, wie auf der anderen Seite der Mauer die Fremden in sein vorheriges Versteck eindrangen. Licht flackerte hinter der Mauer auf, und gar nicht weit entfernt brüllte ein Gott. Kemaq schob sich über die gemauerte Umfassung und ließ sich in die Dunkelheit fallen.

»Ich hätte schon früher auf diesen Einfall kommen sollen, Mila, und ich dulde keine weitere Widerrede.«

»Aber vielleicht war ich nur ein zufälliges Opfer, Onkel.«

»Ritter Balian und Fray Celso befragen die Gefangenen. Ich denke aber, sie werden erfahren, dass es alles andere als ein Zufall war.«

Mila seufzte resigniert. Sie hörte die Männer, die die ganze Stadt nach den geflohenen Angreifern durchkämmten, und die Drachen, die über ihnen kreisten. Es erschien ihr immer noch unwirklich, dass all das ihretwegen geschah. Ein Ritter näherte sich – er lief schnell, so, wie sie alle plötzlich viel schneller liefen als sonst. Nur Mila saß mit ihrem Onkel in dieser Kammer und war zum Nichtstun verdammt. Wenn er sie wenigstens die feindlichen Krieger befragen lassen würde! Und jetzt hatte ihr Onkel noch die Idee, ihr eine Leibwache zu geben! Don Gómez, der Katalane, kam mit schnellen Schritten in die Kammer.

»Habt Ihr sie?«, fragte der Hochmeister.

»Marduk hat zwei von ihnen mit seinem Feueratem getötet. Ich habe die Leichen gesehen. Drei weitere haben wir in der Nähe des Grabens erwischt. Jetzt wissen wir auch, wie sie in die Festung hineingelangt sind. Sie sind geschwommen.«

»Der Graben? Habt Ihr nicht gesagt, der sei vergittert?«, warf der Hochmeister ein.

»Holz, Don Maximilian, alt und morsch. Sie haben Löcher in beide Gatter gebrochen.«

Der Hochmeister nahm diese Neuigkeit schweigend zur Kenntnis.

»Wisst Ihr denn, wie viele es waren?«, fragte Mila.

»Nein, Condesa. Wir wissen nur, dass wir sechs getötet und mit jenem in der Kammer drei gefangen haben. Es waren noch mehr, aber sie werden nicht entkommen. Baal sperrt nun den Graben, das einzige Tor wird von Amun-Ra und einigen unserer Arkebusiere bewacht, und Drachen kreisen über den Mauern. Und natürlich sind unsere Männer hinter ihnen her. Sie können nicht hinaus.«

»Gut, ich verlasse mich auf Euch, Don Gómez«, sagte der Hochmeister knapp. »Aber noch etwas anderes. Ihr kennt doch die beiden Männer, die mit Don Rodrigo ins Land kamen?«

»Ruiz und Felipe? Natürlich.«

»Sucht sie bitte und schickt sie her. Ich will, dass sie von nun an meine Nichte begleiten, und zwar auf Schritt und Tritt.«

»Wie Ihr wünscht, Don Maximilian.«

Mila wartete, bis der Katalane gegangen war. Der Gedanke mit der Leibwache gefiel ihr gar nicht. »Ich würde jetzt gerne zu Nabu gehen, Onkel.«

»Du wirst damit warten, bis die beiden Männer hier sind. Außerdem wird er in der Luft sein, so wie alle Drachen. Ich glaube, ich habe ihn ein oder zwei Mal brüllen hören. Er ist zornig.«

Mila hatte ihn auch gehört, und natürlich hatte sie den Zorn in seiner Stimme bemerkt. Das bewog sie zu einer Frage: »Es gibt da etwas, was ich nicht verstehe, Onkel. Nabu, er hat mich als seine Reiterin gewählt, und bei unserem ersten Flug, da schien er mir auch … ich weiß nicht, wie ich es nennen soll … er schien so nah und vertraut. Doch dann, auf einmal, war er wieder ganz fremd, fast als würde er mich nicht kennen. Und das nicht nur, wenn Dietmar in der Nähe war.«

Der Hochmeister antwortete nachdenklich: »Über seine Zurückhaltung solltest du dich nicht wundern, Mila, eher doch darüber, dass er ausgerechnet dich auserkoren hat. Aber dieses Thema haben wir wohl hinreichend erörtert.« Der Hochmeister seufzte und fuhr fort: »Sie sind alt, Mila, beinahe neunhundert Jahre. Hast du eine Vorstellung davon, wie viele Reiter jeder von ihnen seither getragen hat? Und jeden dieser Reiter haben sie überlebt und betrauert. Es heißt, dass es früher enge Freundschaften zwischen Rittern und Drachen gab, aber das ist lange her. Ich glaube, heute ist es ihnen beinahe gleichgültig, wer in ihrem Sattel sitzt. Es ist doch mehr als hundert Jahre her, dass ein Drache auf das Recht der Wahl bestand. Ich denke, du kannst auf Nabus Freundlichkeit rechnen, aber nicht auf seine Freundschaft. Und warum er sich ausgerechnet für dich entschieden hat, das fragst du ihn dann doch am besten selbst.«

Fray Celsos leise Schritte näherten sich der großen Kammer. Er war ganz außer Atem, als er eintrat, und Mila hörte ihn nervös an seiner Mönchskutte zupfen.

»Was habt Ihr erfahren, Fray?«, fragte der Hochmeister.

»Allzu viel, allzu viel, fürchte ich. Ritter Balian war recht grob zu ihnen, denn erst wollten sie nicht reden. Auch die Drohung, sie zu töten, bewirkte nichts. Aber dann hatte der junge Konrad die Idee, ihnen mit Feuer zu drohen …«

»Augenblick«, unterbrach ihn der Hochmeister, »einer unserer Schildknappen leitet dieses Verhör?«

»Oh, verzeiht, Don Maximilian, sein Bruder hat ihn hinzugezogen, denn er meinte, Konrad sei in solchen Dingen sehr einfallsreich. Ich wusste nicht, dass Ihr dies nicht wünscht.«

»Es ist nicht Euer Fehler, Fray, doch werde ich wohl mit Balian reden müssen, wieder einmal. Aber weiter.«

Der Fray atmete offenbar erleichtert auf. »Ich gestehe, dass ich seinen Methoden auch nichts abgewinnen kann. Jedenfalls hat Konrad ihnen gedroht, sie im Drachenfeuer verbrennen zu lassen, und das schien sie sehr zu ängstigen, denn plötzlich redete einer von ihnen, ja, er sagte sogar, dass es ihm nichts ausmache zu sterben, nur verbrennen dürften wir ihn nicht.«

Mila schwieg betroffen. Die Männer wurden gefoltert?

»Fray Celso, bitte, was haben sie gesagt?«, mahnte der Hochmeister.

»Sie sagten, dass sie ausgesandt worden sind, die Fremde mit der Borla zu fangen. Ihr wisst, die Borla, das Stirnband, ist bei ihnen offenbar ein Zeichen hoher Macht. Jedenfalls war das ihr Auftrag. Zwölf Krieger wurden dazu ausgewählt.«

»Dann fehlen also noch drei«, murmelte der Hochmeister.

»Sie wollten mich gar nicht töten, sondern fangen?«, fragte Mila verwundert.

»So scheint es zu sein, Condesa.«

»Aber – was versprachen sie sich davon?«, wollte Mila wissen.

»Nun, dies ist der Teil, den ich Euch nur ungern mitteile, Condesa, denn er berührt den finsteren, ja, erschreckenden Aberglauben dieser Heiden, die nichts von der Größe und Güte Gottes wissen, aber wie könnten sie auch? Ich werde ihnen die Taufe anbieten, bevor sie sterben, denn ich will versuchen, ihre Seelen vor der ewigen Verdammnis zu …«

»Fray Celso!«, unterbrach ihn der Hochmeister. »Redet nicht lange um den heißen Brei herum. Ihr wisst, was dahintersteckt, also solltet Ihr es uns auch sagen. Wollten sie unsere angebliche Herrscherin fangen, um ein Pfand in die Hand zu bekommen, etwas, mit dem sie uns aus dem Land treiben können?«

»Nein, verzeiht, das war es nicht. Sie wollten sie fangen, um, ich wage kaum, es auszusprechen, also, sie wollten die Condesa ihrem Sonnengott Inti zum Opfer bringen.«

»Ein Menschenopfer?«, fragte Mila, mehr verblüfft als erschrocken.

»Ich sagte ja, es ist ein schrecklicher Irrglaube, dem diese Wilden anhängen, und ich hoffe, es belastet Euer Gemüt nicht zu sehr, Condesa. Gott war mit Euch, das sollte Euch trösten und Zuversicht geben. Ja, ich bin fest davon überzeugt, dass bei jenem Überfall Engel an Eurer Seite kämpften, mein Kind, denn wie hättet Ihr diese Krieger sonst bezwingen können?«

Mila blieb eine Antwort erspart, denn wieder brüllte draußen ein Drache. Sie hörte ihren Großonkel ans Fenster treten. »Ich glaube, sie haben weitere Indios gefunden«, verkündete er.

Der fliegende Gott strich dicht über den alten Brunnen hinweg. Kemaq hielt den Atem an, aber schon war der *Drachen* wieder verschwunden. Lautes Brüllen erklang, aber das schien aus größerer Entfernung zu kommen.

»Hier sind wir sicher«, flüsterte der Chimú wieder. Das wiederholte er jetzt etwa zum zehnten Mal, und Kemaq verstand, dass der Mann vor allem versuchte, sich selbst zu beruhigen. Er war fast auf ihn gefallen, als er in den Brunnen gesprungen war. Der war nicht sehr tief und völlig versandet. Außerdem schienen die Einwohner, nachdem er trockengefallen war, einfach allerlei Abfall hineingeworfen zu haben. Jetzt kauerten sie beide unter mehreren dicken Bündeln halb verrotteten Schilfs, die vielleicht einmal ein Dach gedeckt hatten. Kemaq war sich nicht sicher, ob sie das schützte – er wusste nicht, wie gut die Augen der Götter waren. Der Ankay Yaya war vorübergezogen, und die Stimmen der Männer, die Kemaqs vorheriges Versteck durchsucht hatten, waren schon vor einiger Zeit verklungen.

»Wie bist du hierhergekommen?«, fragte Kemaq leise.

»Ich habe dich gerettet, nicht wahr? Ich habe dich gerettet!«

»Das hast du«, gab Kemaq zu.

»Das musst du dem Hohepriester erzählen, du musst! Wirst du das tun?«

»Natürlich«, versprach Kemaq, um den Chimú, der am ganzen Leib zitterte, zu beruhigen. »Wie hast du dieses Versteck gefunden?«, fragte er noch einmal.

»Ich weiß, dass es diese Brunnen gibt, trockene Brunnen, aufgegeben vor langer Zeit, hinter dem Markt. Ich weiß es. Ich habe ihn gefunden, und ich habe dich gerettet.«

»So ist es«, versuchte Kemaq ihn weiter zu beruhigen. »Weißt du, was mit den anderen ist? Mit Jatunaq?«

»Nein, wer ist das?«

»Der Anführer der Krieger. Mein Bruder. Er blieb zurück, um die Feinde aufzuhalten. Weißt du, wo er ist?«

»Jatunaq? Nein, seinen Namen kannte ich nicht. Die anderen. Irgendwo. Alle sind davongelaufen, und dann fiel Feuer vom Himmel.«

»Ich weiß«, sagte Kemaq, der zu Tamachoc betete, dass er seinem Bruder beistehen möge. Aber was, wenn Tamachoc auf Seiten der Ankay Yayakuna stand? Dann konnte er nicht gutheißen, was sie getan hatten. Er schüttelte den Kopf. »Wie ist dein Name?«, fragte er.

»Chumun werde ich genannt.«

»Ich bin Kemaq. Hast du eine Ahnung, Chumun, wie wir aus der Festung herauskommen?«

Chumun nickte. »Nur ein Eingang, nur ein Ausgang. Aber vielleicht der Graben. Oder die Mauer.«

»Aber die Mauer wird bewacht, der Graben vielleicht auch«, versuchte Kemaq es mit Geduld.

»Dann das Tor. Nur ein Tor hinaus.«

Er hörte wieder Stimmen. Der Chimú verstummte und schien sich unter ihrer verrotteten Deckung aus Schilf noch kleiner machen zu wollen. Er zitterte, und das ließ die alten Halme leise rascheln. Kemaq legte ihm beruhigend eine Hand auf den Arm, aber das Zittern hörte nicht auf. Dass er unter all den Männern auch ausgerechnet auf diesen getroffen war! Schritte näherten sich. Die Fremden hatten die schmale Gasse entdeckt! Licht fiel über den Rand des Brunnens. Kemaq erstarrte, aber Chumun hörte nicht auf zu zittern, und das Schilf zitterte und raschelte leise mit. Oben wurde gesprochen. Es waren drei Männer, die sich unterhielten. Sie klangen zornig und schienen sich gegenseitig Vorwürfe zu machen. Vielleicht waren sie es auch nur leid, die Eindringlinge zu suchen. Durch die Schilfbündel sah Kemaq den Kopf eines der Fremden über dem Rand des Brunnens auftauchen, er hielt die Fackel über das Loch und spähte aufmerksam hinunter.

Endlich hatte der Hochmeister doch erlaubt, dass Mila die große Kammer verließ, allerdings erst, als mit Ruiz und Felipe ihre Leibgarde eingetroffen war. Die Stimmen der beiden Männer klangen jung, und das war immerhin ein Trost. Sie waren beide aus Guadalajara, der Provinz, der auch Don Rodrigo de Henares entstammt hatte.

»Er trug seinen Namen nach dem Fluss, der unsere Felder mit Wasser versorgt, Condesa«, erklärte Felipe, der offenbar der Sprecher der beiden war, »und wir beide wuchsen im Schatten seiner Burg auf. Als er uns anbot, mit ihm in die Neue Welt zu kommen, zögerten wir nicht, denn wir waren nur Hirten, und jetzt sind wir Männer mit Waffen.«

»Ich hoffe, ihr könnt auch damit umgehen«, sagte Mila, die sich sofort danach am liebsten auf die Zunge gebissen hätte, denn das war ziemlich unhöflich.

»Natürlich, Condesa, wir hatten reichlich Zeit zu üben, und Don Rodrigo selbst hat uns unterwiesen«, entgegnete Felipe gutmütig.

Sie fragte ihn, ob er wisse, wo sich Nabu aufzuhalten pflegte, wenn er nicht in der Luft war.

»Genau kann ich es Euch nicht sagen, Condesa, denn wie Ihr wisst, starb Don Rodrigo schon in der ersten Nacht, die wir hier verbracht haben, und Nabu hatte mit ihm keinen Ruheplatz vereinbart. Ich habe ihn im Schatten des Palastes gesehen, aber auch oben auf dem großen Tempel. Vielleicht ruft Ihr ihn einfach, wenn Ihr auf dem Platz seid. Dann wird er schon kommen, Condesa.«

Mila schalt sich, weil sie nicht selbst auf diesen naheliegenden Gedanken gekommen war. Die beiden Männer folgten ihr hinaus. Sie lauschte auf die Geräusche der Nacht. Die Zikaden waren verstummt, vielleicht verstört von dem Lärm, den die Waffenknechte und die Drachen vollführten. Dafür hörte sie die Schreie der Möwen, die aus ihren Nestern aufgeschreckt worden waren. Mila musste sich eingestehen, dass sie nicht hören konnte, wie viele Drachen über der Festung kreisten. Also fragte sie Felipe.

»Es gibt wenig Licht, aber ich glaube, ich sehe dort oben vier, vielleicht fünf unserer Drachen unter den Sternen. Auf den Mauern sind auch welche, und Marduk sitzt oben auf dem Palast.«

»Gibt es, gibt es … einen bestimmten Ruf, auf den Nabu hört?«, fragte sie, ziemlich verlegen, weil sie es selbst nicht wusste.

»Sein Name, Condesa. Er hört auf seinen Namen«, lautete Felipes schlichte Antwort. Sie fragte sich, ob sein freundlicher Ton nur den Spott über ihre Dummheit verstecken sollte. Wenn sie Felipe gewesen wäre, dann hätte sie sich auf jeden Fall über die Fragestellerin lustig gemacht.

»Nabu!«, rief sie in die Nacht. »Al-Nabu von Medina!«

Sie musste nur ein kleines Weilchen warten, dann hörte sie den Flügelschlag des Drachen, der aus dem Himmel herabkam und mit leichter Eleganz wenige Schritte vor ihr landete.

»Ich bin froh, dich unverletzt zu sehen«, rief er.

»Ich bin eben nicht so hilflos, wie alle denken, Nabu«, gab sie knapp zurück. Er hatte sich zuvor nicht bei ihr gemeldet, hatte sie nicht gefragt, was ihr widerfahren war, und das, so gestand sie sich ein, nahm sie ihm übel.

»Ich habe es gehört«, lautete die einsilbige Antwort des Drachen.

Mila hatte viele Fragen, doch die konnte sie nicht im Beisein ihrer Leibwächter stellen. »Du bist nicht im Geschirr, wenn ich mich nicht irre. Aber wenn es dir recht ist, würde ich dich bitten, mich eine Weile zu tragen.«

»Jetzt, Prinzessin?«, fragte der Drache und klang überrascht.

»Falls du dir um meine Sicherheit Sorgen machst, Nabu, so denke ich, dass ich doch hoch über der Stadt am sichersten bin, oder?«

Nabu schien nicht überzeugt, aber Mila war hartnäckig. Es war nicht ganz leicht, einen ihrer beiden Leibwächter dazu zu bringen, sie zu verlassen, um das Reitgeschirr zu holen, aber sie konnte Felipe schließlich davon überzeugen, dass sie mit einem Wächter und einem Drachen an ihrer Seite ziemlich sicher vor allen Angriffen sein würde. Felipe schickte den etwas träge wirkenden Ruiz, der eine halbe Ewigkeit brauchte, bevor er zurückkehrte. Felipe war nicht zufrieden und machte Ruiz Vorhaltungen, denn dieser hatte nur das Geschirr für den Reiter, aber nicht für seine Begleiter geholt. Ruiz lamentierte, das sei einfach zu schwer für einen einzelnen Mann, bevor er schließlich doch davonschlurfte. Mila bat Felipe, ihr mit dem Sattel zu helfen. Sie waren fertig, bevor der Waffenknecht zurückgekehrt war, und Mila kletterte auf Nabus Rücken.

»Ich hoffe, Ihr habt nicht vor, ohne uns aufzubrechen, Condesa«, sagte Felipe und klang besorgt. »Wir haben nämlich Befehl, Euch nicht von der Seite zu weichen.«

»Ich weiß. Ich bin auf Nabus Rücken aber doch wohl sicher, oder?«

Und als Felipe ihr zögernd Recht gab, bat sie Nabu, loszufliegen, und war in der Luft, bevor ihr Leibwächter noch weitere Einwände vorbringen konnte.

»Besonders nett war das nicht, Prinzessin«, meinte Nabu. »Sie werden Ärger mit deinem Onkel bekommen.«

»Mein Onkel kennt mich, er wird ihnen vergeben müssen, denn er weiß, dass ich am Ende doch tue, was ich will.«

»Eine bemerkenswerte Einstellung für einen Ritter dieses Ordens«, meinte Nabu und gewann rasch weiter an Höhe. »Ich will hoffen, dass Maximilian dich für diesen Ungehorsam nicht in Ketten legen lässt.«

Mila lachte, aber Nabu lachte nicht mit, und so wurde sie unsicher, ob er das vielleicht nicht doch ernst gemeint hatte.

»Möchtest du, dass wir uns weiter an der Jagd beteiligen, Mila?«

»Nein, eigentlich will ich dir ein paar Fragen stellen, und da wäre es gut, wenn wir ungestört blieben.«

»Dann werde ich höher steigen, bis wir allein unter diesem Himmel sind.«

Der Fremde hatte sie nicht gesehen, und das glich einem Wunder. Die Männer hatten sich am Brunnenrand noch kurz gestritten und waren dann wieder verschwunden. Kemaq hatte versucht, den Chimú zu beruhigen, aber das war unmöglich. Und noch immer sagte Chumun nichts, was sie zu einem brauchbaren Fluchtweg geführt hätte. Also versuchte Kemaq selbst, sich einen Weg auszudenken. Die Mauer war zu gut bewacht, und auf offenem Feld würden sie den fliegenden Göttern nicht entkommen können. Der Graben war vielleicht eine Möglichkeit, aber wenn die Fremden nicht dumm waren, hatten sie inzwischen herausgefunden, auf welchem Weg er die Männer in die Festung gebracht hatte. Der Graben! Wenn er in die Festung hineinführte, dann musste er doch auch wieder irgendwo hinausführen! Vielleicht war das ein Weg. Die Stunden verrannen, Kemaq hatte die Sichel des Mondes über dem Brunnenrand aufgehen sehen. Jetzt war sie schon auf der anderen Seite verschwunden. Der Morgen rückte näher.

»Wir müssen los«, sagte er.

»Du willst hier weg? Aber warum denn?«, fragte Chumun ängstlich.

»Wenn es erst hell ist, werden wir nie aus der Festung herauskommen.«

»Dann warten wir hier. Irgendwann werden die Götter uns vergessen.«

»Ich werde gehen. Du kannst bleiben, wenn du willst«, erwiderte Kemaq, der einsah, dass er mit gutem Zureden wohl nichts erreichen würde.

»Aber du kannst mich doch nicht allein lassen«, flehte der andere.

»Dann komm mit«, sagte Kemaq und schob die Schilfbündel, die sie so gut beschützt hatten, zur Seite.

Es war nicht leicht, den Chimú dazu zu bringen, den Brunnen zu verlassen, aber schließlich folgte er Kemaq doch. Der Weg hinaus war einfacher, als Kemaq gedacht hatte, denn es gab eine steile Treppe, die nach oben führte, angelegt einst wohl für die Menschen, die hier Wasser schöpften. Der kleine Platz lag in Dunkelheit. Es gab nur einen schmalen Ausgang, und dem folgten sie.

»Wir müssen dahin, wo der Kanal die Festung wieder verlässt – weißt du, wo das ist?«, fragte er Chumun.

Dieser schüttelte den Kopf. Kemaq dachte aber, es könne nicht so schwer sein, diesen Auslass zu finden, er vermutete ihn einfach auf der anderen Seite der Festung. Sie schlichen voran, immer mit sorgenvollem Blick zum Himmel. Dann wurde Kemaq klar, dass es so nicht gehen würde. »Höre, Chumun, wenn wir hier von Ecke zu Ecke schleichen, werden uns die Götter früher oder später sehen und an unserem Verhalten erkennen, wer wir sind. Also werden wir nicht schleichen, sondern gehen. Es ist Nacht, sie werden uns für welche von den Fremden halten.«

Der Chimú schüttelte den Kopf. »Wir müssen rennen, nur schnell genug rennen«, stieß er hervor.

»Du kannst nicht schneller rennen als ein Gott, Chaski, aber wir können sie überlisten. Lass es uns versuchen«, redete Kemaq ihm gut zu.

Widerstrebend gab Chumun nach.

Sie traten hinaus auf die Gasse. Sie hatten keine Fackel, das war ein Schwachpunkt in seinem Vorhaben, wie Kemaq sehr wohl wusste. *Aber vielleicht tragen auch nicht alle Fremden Fackeln*, dachte er. Sie suchten schließlich schon seit Stunden nach ihnen, und Fackeln brannten nicht ewig. Sie gingen eine schmale Gasse entlang, bogen in die nächste ein, und Kemaq zwang sich, nicht nach oben zu sehen. Sie hatten auch keine Panzer, kein schimmerndes Erz am Leib, aber er betete einfach, dass es gut gehen möge. Vielleicht würde Tamachoc ja für ihn diese fliegenden Schlangen täuschen. Sie erreichten einen Teil der Festung, den er noch nicht gesehen hatte. Die Mauern waren hier höher, und die Abzweigungen wurden weniger. Kemaq verstand den Sinn dieser Gassen nicht. Es gab nur nackte Lehmwände, aber keine Hütten rechts oder links, und damit leider auch keine Möglichkeit, sich bei Gefahr zu verstecken. Der Chimú erklärte ihm unsicher, dass in solchen Gassen die Priester geheime Rituale vollführten, und er wollte schon wieder nicht weitergehen. »Dies ist ein heiliger Weg, und keiner, der nicht Priester ist, darf ihn gehen«, erklärte er und starrte die lange, schmale Gasse entlang. Kemaq zögerte. Ein Weg nur für Priester? Den wollte er nicht nehmen. Sie kehrten um, aber in der Straße, aus der sie gekommen waren, war inzwischen Licht. Chumun begann wieder zu zittern.

»Die Gasse der Priester, schnell«, flüsterte Kemaq.

Chumun schüttelte den Kopf. Stimmen waren hinter der Ecke zu hören. Sie kamen näher. Kemaq gab dem anderen einen Stoß. »Lauf«, zischte er, drehte sich um und lief los.

»Warte!«, stieß der Chimú ängstlich hervor und stolperte hinter ihm her.

Die Gasse war lang und eng, und die Mauern waren zu hoch, um darüberzuklettern. Kemaq warf einen Blick nach oben. Die hohen Mauern würden sie hoffentlich auch den Blicken der Götter entziehen, wenn sie nicht genau über ihnen waren. Er rannte und drehte sich nicht um. Hinter sich hörte er den Chimú keuchen. Die Stimmen wurden lauter. Die schmale Gasse schien kein Ende nehmen zu wollen. Endlich erreichten sie eine Abzweigung. Kemaq rannte um die Ecke – und sah drei fremde Krieger, die ein Stück entfernt um ein Feuer standen und in die Flammen starrten, auf ihre langen Speere gestützt. Entsetzt prallte er zurück und riss den Chimú, der ihn fast über den Haufen gerannt hätte, am Arm wieder in die schmale Gasse zurück. Sie stolperten weiter, plötzlich tat sich rechts ein schwarzes Viereck auf, ein Eingang. Kemaq hatte den Chimú noch am Arm. Er zerrte ihn hinein in die schützende Dunkelheit. Sie stolperten, drückten sich an die Wand neben dem Eingang und lauschten keuchend auf die Schritte, die durch die lange Gasse schallten und näher kamen.

Der Wind spielte mit Milas Haaren, und sie fühlte sich leicht auf dem Rücken des Drachen. Die Rufe der Männer, die unten in der Festung nach den Indios suchten, waren kaum noch zu hören. Sie wusste nicht, wie sie das Gespräch beginnen sollte. »Sind wir noch über der Stadt?«, fragte sie schließlich.

»Nein, ich dachte, es kann nicht schaden, wenn wir auch etwas außerhalb der Mauern suchen«, erwiderte Nabu.

Mila hörte fernes Meeresrauschen. »Was wirst du tun, wenn du diese Männer findest, Nabu?«

»Ich werde sie töten«, antwortete er schlicht und flog eine elegante Schleife. Das Geschirr knarrte, und Mila schmiegte sich enger an den Drachen. »Weißt du, diese Indios, sie wollten mich eigentlich gar nicht umbringen, Nabu. Sie wollten mich fangen und dann einem ihrer Götter zum Opfer bringen«, erwiderte sie und gab dann zu: »Also, eigentlich wollten sie wohl schon meinen Tod.«

Nabu brummte. »Ich werde sie töten. Und welchem Gott? Pachakamaq?«

»Nein, Inti, das ist ihr Sonnengott, weißt du?«

Wieder brummte der Drache nachdenklich, bevor er sagte: »Sie haben viele Götter in diesem Land.«

»Und du fragst dich, ob einige von ihnen Drachen sind?«, fragte Mila, die immer noch nach den richtigen Worten suchte, um Nabu das zu fragen, was ihr schon den ganzen Tag auf der Seele brannte.

»Pachakamaq, Quetzalcoatl, Viracocha, sie alle werden als fliegende Schlangen dargestellt. Und natürlich fragen wir uns, ob wir hier vielleicht wirklich vergessene Brüder finden könnten, auch wenn wir sie bislang nicht zu Gesicht bekommen haben.«

»Die Indios scheinen jedoch nichts von ihnen zu wissen, oder?«

»Zumindest verraten sie uns nichts«, meinte Nabu. »Ich kann es ihnen auch nicht verdenken. Wir kommen mit Feuer und Schwert, als Feinde.«

»Aber Pizarro hat doch im Norden schon Verbündete gewonnen«, wandte Mila vorsichtig ein.

»Verbündete? Vasallen trifft es eher, und die trauen uns nicht. Was die Spanier angeht, so haben sie damit wohl Recht. Ich glaube nicht, dass Pizarro sich noch an seine großen Versprechungen erinnert, wenn er erst einmal hat, was er will. Warum also sollten sie uns bei unserer Frage helfen? Das ist tragisch, denn etwas sagt mir, dass wir das Rätsel nicht ohne die Eingeborenen lösen können. Aber die Spanier interessieren sich nur für das Gold, nicht für die Drachen. Übrigens glaubt auch der Stinker, dass die Bilder der Götter auf die Existenz von Drachen verweisen.«

»Wer?«, fragte Mila verwirrt.

»Euer Alchemist. Ist dir nie aufgefallen, dass er stets nach Schwefel und anderen giftigen Dingen stinkt?«

»Das kommt, weil Meister Albrecht Tag und Nacht in seinem Laboratorium sitzt und dort wichtige Geheimnisse ergründet«, nahm Mila den Alchemisten in Schutz.

Nabu schnaubte verächtlich. »Er zerstört Dinge, und er pfuscht der Natur ins Handwerk, wie alle seines Schlages.«

»Du magst Alchemisten nicht sehr, oder?«, fragte Mila.

»Ich nehme doch an, du weißt, warum das so ist.«

Mila schwieg. Sie hatte einmal etwas darüber gehört, über Drachen und Alchemisten, aber sie wusste nicht mehr genau, was es war. Sie wusste nur, dass Drachen eine unüberwindliche Abneigung gegen alle Mitglieder dieser Zunft hegten. Sie wollte aber ihre Unkenntnis nicht zugeben.

»Jedenfalls, um auf die Götter dieser Neuen Welt zurückzukommen«, fuhr Nabu fort, »es ist leicht, sie für Drachen zu halten, wenn man die Reliefs an den Tempeln gesehen hat.«

»Mag sein«, sagte Mila. »Aber ich kann sie nun einmal nicht sehen.«

»Ah«, rief Nabu und flog eine erneute Schleife, »ich hatte beinahe vergessen, wie sehr dich bewegen muss, was ich dir gezeigt habe.«

»Mich bewegt noch mehr die Frage, warum du es mir an einem Tag zeigst und dann wieder nicht, Nabu. Habe ich etwas falsch gemacht?«

»Nein, Prinzessin, ich glaube eher, dass ich einen Fehler gemacht habe.«

»Das verstehe ich nicht.«

»Diese Verbindung, ich glaube, du bist dafür empfänglicher als jeder andere, der vor dir an dieser *Krankheit* litt. Das macht mir Sorge.«

»Das verstehe ich nicht.«

»Der Fluch, er trifft den Unglücklichen nicht immer auf gleiche Weise, Mila. Die einen lässt er erblinden, andere leiden an Lähmungen ihrer Glieder, manche an beidem.«

»Wie mein Vater«, warf Mila ein.

»Ja, wie dein Vater Friedrich. Bei ihm begann es mit einer Lähmung des linken Beines. Er bestand dennoch darauf, weiter seinen Dienst zu versehen. Dann jedoch erblindete er und musste seinen Abschied nehmen.«

»Das weiß ich doch, Nabu.«

»So? Wie gesagt, es gab andere vor euch, die das gleiche Unglück erlitten. Eines ist mir in all den Jahrhunderten jedoch aufgefallen, die Krankheit schreitet nicht weiter fort, wenn der Ritter den Orden erst einmal verlassen hat.«

»Worauf willst du hinaus, Nabu?«

Nabu seufzte. »Ich will damit sagen, dass es bei denen, die bei uns blieben, manchmal schlimmer wurde, vor allem bei denen, die die Flamme sahen.«

Mila fühlte sich erbleichen. Eine Weile flogen sie stumm über den fern unter ihnen rauschenden Wellen.

»Aber du sagst, es wurde nur manchmal schlimmer, oder?«

»Ja, Mila, dennoch, ich fürchte, das Gleiche könnte auch dir widerfahren.«

Sie schüttelte den Kopf. »Weißt du, Nabu, das, was du mir gezeigt hast, war das Schönste, was ich jemals gesehen habe. Es mag dir lächerlich erscheinen, ist es doch auch das Einzige, was ich je sah, und was ich je sehen werde. Diese Erfahrung würde ich für keinen Preis der Welt missen wollen. Und ich will sie wiederholen, selbst wenn es mich das Leben kostet. Lieber habe ich die Wunder dieser Welt gesehen und sterbe bald, als weiter blind durch die Dunkelheit zu irren.«

Nabu brummte, und es klang beeindruckt. »Dennoch sollten wir vorsichtig damit sein, aber warte …« Er schien auf etwas zu lauschen.

Jetzt hörte Mila es auch, da war ein leises Rauschen in der Luft: Ein anderer Drache näherte sich.

»Du bist weit von unserem Jagdgebiet entfernt, Nabu Einzahn«, zischte die höhnische Stimme Nergals.

Mila schauderte es. Wann immer dieser Drache sprach, hörte sie kalte Verachtung aus seiner Stimme heraus.

»Was kümmert es dich?«, gab Nabu zurück.

»Viel, denn Marduk schickt mich. Er will dich sehen, dich und dieses blinde Mädchen.«

»Und er schickt ausgerechnet dich?«

»Er hat nach dir gefragt, und ich habe gesehen, wie du dich davongeschlichen hast.«

»Hast du nichts Besseres zu tun, als mir nachzuspionieren, Nergal?«

Der andere Drache zischte böse. »Vieles, Einzahn, vieles, und das meiste täte ich lieber, als auf dich aufzupassen. Aber es scheint nötig zu sein, denn du bist leichtsinnig und dumm.«

»Ich weiß nicht, wovon du sprichst«, erwiderte Nabu.

Mila hörte ihm seine Besorgnis an.

Nergal lachte hämisch. »Glaubst du, auch nur einem von uns wäre entgangen, was bei deiner albernen Wahl geschehen ist?«

Nabu schwieg, und Mila bekam ein mulmiges Gefühl. Hatte Nergal die Verbindung etwa bemerkt? »Es ist nichts geschehen, dessen wir uns schämen müssten«, hörte sie sich sagen.

Wieder lachte der Drache. »Marduk wird dir schon sagen, was es heißt, in unsere Geheimnisse einzudringen, *Ritterschwester.*« Das letzte Wort spuckte er geradezu aus. Dann hörte sie, wie er seine Flügel anlegte und mit einer schnellen Drehung hinabschoss.

Mila fröstelte. Ihr war, als seien sie eben durch einen eisigen Wind geflogen. »Es tut mir leid, Nabu, ich wollte dich nicht in Schwierigkeiten bringen.«

Nabu brummte missgelaunt. Er schlug nicht mehr mit den Flügeln, und Mila spürte, dass sie langsam tiefer sanken. »Du hast nichts Falsches getan, und ich hätte nicht erwartet, dass Marduk mich zur Rede stellen würde. Aber du darfst nicht viel auf das geben, was Nergal sagt. Er hat Freude daran, andere zu verunsichern.«

»Was hat er eigentlich gegen dich?«, fragte Mila, denn ihr schien es, dass Nergal gegenüber Nabu noch eine Spur boshafter war als gegen seine anderen Drachenbrüder.

»Eine alte Geschichte«, erwiderte Nabu ausweichend. »Vielleicht erzähle ich sie dir bei anderer Gelegenheit. Aber jetzt halt dich fest, Prinzessin, ich bringe uns schnell hinunter.« Nabu legte die Flügel an und ging in einen schnellen Sturzflug über. Von weit unten hörte Mila einen Drachen brüllen. Sie klammerte sich an den Sattel und fühlte nur, wie sie durch ihre ewige Finsternis stürzten. Ihr Mut sank, je näher sie der Festung des Mondes kamen.

Ein markerschütterndes Brüllen dicht über ihnen ließ Staub von den Wänden rieseln. Chumun warf sich auf den Boden und hielt sich die Ohren zu. Das Dröhnen verklang, und Kemaq, der für einen Augenblick gefürchtet hatte, dass gleich die mächtigen Klauen eines Gottes das Dach von ihrem Versteck reißen würden, atmete auf. Wieder waren sie unentdeckt geblieben. Kemaq wagte einen Blick durch den niedrigen Eingang. Der Mond war ganz verschwunden, und die Sterne schienen schon zu verblassen. Die Zeit lief ihnen davon.

»Wir müssen weiter«, sagte er.

Chumun sah ihn verstört an, gab aber keine Widerworte. Die schmale Gasse lag verlassen. Kemaq lief los, und der Chimú folgte ihm. Es war ruhiger geworden. Hatten die Fremden es etwa aufgegeben, nach ihnen zu suchen? War das Brüllen des Gottes ein Zeichen – ein Signal, das die Männer und *Drachen* von der Jagd zurückrief? Kemaq wagte kaum, es zu hoffen. Er hatte ein schlechtes Gefühl, als sei ihm das Verhängnis schon dicht auf den Fersen und warte nur noch auf eine günstige Gelegenheit, ihn einzuholen. Die hohe Außenmauer der Festung tauchte vor ihm auf. Wachen standen dort. Er zog den Chimú in Deckung. Sie schlichen um einige Ecken, und dann entdeckte Kemaq den Graben. Er lief, keinen Steinwurf von ihnen entfernt, schnurgerade auf die Mauer zu. Sie tasteten sich noch näher heran. Kemaq runzelte die Stirn. Hätte er nicht das Wasser strömen hören müssen? Dann lag der Kanal vor ihnen. Kemaq biss sich auf die Lippen. Er war zu einem armseligen Rinnsal verkümmert und schlängelte sich durch schlingpflanzenüberwucherten Schlamm bis zur Außenmauer. Kemaq sah die dunkle Öffnung, durch die er hinausfloss. Sie war fast völlig verlandet. Eine Eidechse kam vielleicht hindurch – ein Mensch nicht. Kemaq starrte lange hinüber. Das Schlupfloch wurde nicht größer.

Sie zogen sich hinter eine Ecke zurück. »Ich weiß nicht weiter, Chumun«, sagte Kemaq tonlos.

»Das Tor«, sagte der Chimú. Es klang seltsam, beinahe heiter.

»Aber das ist doch sicher verschlossen und bewacht!«, rief Kemaq leise.

»Diese Festung ist lange verlassen, und ich weiß, dass das Tor gar nicht mehr geschlossen werden kann«, sagte Chumun. »Lass uns nachsehen.«

Das Dach des Palastes trug die beiden Drachen, entgegen der Befürchtungen, die Mila vor ihrer Landung geäußert hatte, als ihr die geborstene Wand der großen Kammer wieder in den Sinn gekommen war. Sie war auf Nabu sitzen geblieben, wie er es ihr geraten hatte, und sie spürte Marduks Atem, denn der Anführer der Drachen war sehr nahe gekommen, um sie zu mustern.

»Sie hat also zur Krankheit auch die Gabe bekommen?«, fragte er, als hätte er es nicht schon gewusst.

»Ich habe es selbst auch nicht erwartet«, erwiderte Nabu ruhig. »Und ich habe es auch nicht herbeigeführt. Sie hat die Flamme selbst entdeckt.«

»Ist das wahr, Milena?«, fragte Marduk.

Mila nickte. »Es war auf dem Platz, während der Wahl. Da waren plötzlich diese bleichen Flammen.«

Marduk schnaubte. Es klang irgendwie vorwurfsvoll. »Ich habe dich ebenfalls gesehen, und einige andere von uns auch. Das ist unerwartet. Bleich, sagst du?«

»Eine blasse Flamme«, bestätigte sie. Nabu hatte nichts von dem Bild gesagt, das er ihr gezeigt hatte, und sie sah keine Veranlassung, es als Erste zu erwähnen. »Was bedeutet das, Marduk?«, fragte sie.

»Blass«, wiederholte er seufzend. »Ich frage mich, warum es nicht früher geschehen ist. Du bist schon Monate mit uns zusammen. Ob es an diesem Land liegt?«

»Aber was ist denn eigentlich geschehen – ich meine, was bedeutet dieses fahle Feuer?«, rief Mila, da Marduk ihrer Frage ausgewichen war.

»Du solltest es ihr erklären«, meinte Nabu, »sie hört doch nicht auf, danach zu fragen.«

Wieder schnaubte Marduk. »Nicht alle von uns sind mit dir

der Meinung, dass es klug ist, sie in unsere Geheimnisse einzuweihen, Nabu Einzahn.«

»Aber du wirst nicht auf das hören, was Nergal sagt«, stellte Nabu ruhig fest.

Ein erneutes Schnauben folgte, und dann sagte der Oberste der Drachen: »Nein, natürlich nicht. Sie soll etwas über das Feuer erfahren.« Er räusperte sich und sagte: »Du weißt sicher, dass wir Drachen einst aus der Erde hervorkamen, vor langer Zeit.«

»Ich habe davon gehört«, sagte Mila unsicher.

»Aus der Lava kamen wir hervor, aus erloschenen Vulkanen, die einmal noch Feuer spuckten, nur, um uns einen Weg auf die Welt zu bahnen«, fuhr Marduk fort. Mila lauschte. Sie hatte natürlich davon gehört, aber es war das erste Mal, dass ihr ein Drache selbst diese Geschichte erzählte. »Wir sind Wesen des Feuers, Milena, nein, wir waren Feuer! Flammen in einem Meer von Glut.«

»Schlafendes Feuer«, ergänzte Nabu andächtig, und Mila war nicht sicher, ob er die Drachen oder die Glut meinte.

»Dann wurden wir geweckt, jäh und rücksichtslos«, fuhr Marduk mit Bitterkeit in der Stimme fort. »Geweckt und für immer dem Feuer entrissen, durch die Gier und Dummheit der Alchemisten, die die Erde durchwühlten nach Schätzen, die besser verborgen bleiben sollten. Verflucht sollen sie sein!« Noch nie hatte Mila erlebt, dass der Anführer der Drachen so bewegt war.

»Wir waren reines Feuer, und jetzt sind wir an diesen groben Leib gebunden«, erklärte Nabu leise. »Du kannst dir nicht vorstellen, wie schmerzhaft die Erinnerung ist. Nun, es gibt für uns keinen Weg zurück. Das Feuer brennt noch in uns, und wir können es sehen, wenigstens manchmal. Früher sahen wir einander schon über viele Meilen, und an der Farbe der Flamme konnten wir erkennen, wer dort flog. Doch unser Feuer ist fast erloschen, Mila, und so ist es nur noch ein gelegentliches bleiches Aufflackern, schwach, und selbst wir sehen es nur noch selten. Aber offenbar siehst du es auch. Und das könnte bedeutsam sein.«

»Bedeutsam?«, fragte sie unsicher.

»Weißt du, warum wir hier sind, Milena?«, erkundigte sich Marduk ernst.

»Der Kaiser will, dass wir ihm neues Land erobern«, erwiderte Mila zögernd und mit dem sicheren Gefühl, dass das die falsche Antwort war.

»So ist es«, antwortete Marduk, »und so ist es auch wieder nicht«, schränkte er gleich darauf ein. Dann schnaubte er, was wohl eine Aufforderung an Nabu war, fortzufahren, denn dieser sagte nun: »Jeder von uns Eindringlingen verfolgt unter dem Mantel dieses kaiserlichen Befehls seine eigenen Ziele, Mila. Die Spanier kommen wegen der Reichtümer, die sie hier vermuten, dein Onkel hofft, dass er hier neues Land für den Orden gewinnen kann, und wir, wir sind hier, weil wir die Geschichten von den gefiederten Schlangen gehört haben, die als Götter verehrt werden.« Er machte eine kleine Pause, dann sagte er: »Drachen, Mila, wir suchen in diesem Land nach fremden Drachen. Doch es ist viel schwieriger, als wir dachten. Wir sehen sie nicht. Früher, als wir jung waren, da hätten wir neue Flammen schon über viele Meilen wahrgenommen, heute jedoch fehlt uns dazu die Kraft – und ihnen vielleicht auch –, wenn es sie überhaupt gibt.«

»Und deshalb ist es bedeutsam, dass du unsere Flammen sehen kannst, Ritterschwester«, sagte Marduk bedächtig, »denn wenn diese Gabe in dir stärker werden sollte, dann kannst du vielleicht sehen, was wir nicht finden können. Aber vielleicht jagen wir auch nur Gerüchten hinterher.«

Mila schluckte betroffen. Sie sollte sehen, was die mächtigen Drachen nicht sahen? »Aber ich habe die Flamme nur einmal aus eigener Kraft gesehen, und ich weiß auch nicht, wie das geschehen konnte«, rief sie.

»Ist das so? Wie bedauerlich. Vielleicht erwarten wir auch zu viel von dir«, sagte Marduk nachdenklich.

Ein lauter Ruf tönte vom Platz. Mila hatte ihn zuvor schon gehört, war aber zu gebannt gewesen, um dem Rufer Beachtung zu schenken. Jetzt erklang ein ungeduldiger Hornstoß.

»Was hat das zu bedeuten?«, fragte Marduk verdrossen und bewegte sich zum Sims des Daches. Mila spürte die Erschütterung, die seine Bewegung auslöste. Er drehte sich noch einmal zu ihr um. »Kein Wort davon zu einem anderen Menschen, hörst du?«

Mila nickte, auch wenn sie nicht genau verstand, warum sie das niemandem erzählen sollte. Marduk hatte den Sims erreicht und rief hinunter: »Was tust du da, Balian?«

»Ich rufe meinen Drachen, was sonst?«, lautete die beinahe unverschämt klingende Antwort.

»Weißt du nicht, dass er zur Wache am Tor eingeteilt ist?«, fragte Marduk hinunter.

»Was kümmert es mich?«, gab Balian zurück. »Ich brauche ihn für die Jagd.«

Vieles in Kemaq sträubte sich gegen den Vorschlag, es wirklich am Tor zu versuchen, aber sosehr er auch sein Hirn marterte, es fiel ihm nichts Besseres ein. Der Chimú wollte los, aber Kemaq hielt ihn zurück und deutete nach oben. Ein *Drachen* kam in steilem Sinkflug von den Sternen herab, zog über sie hinweg und flog weiter Richtung Palast. Ein Hornsignal wehte durch das Morgengrauen. Sie hasteten weiter, dann hörten sie aus nächster Nähe ein lautes Knurren, darauf mächtigen Flügelschlag, und plötzlich, bevor sie auch nur daran denken konnten, Deckung zu suchen, tauchte über ihnen ein riesiger *Drachen* auf. Er flog so dicht über ihnen, dass Kemaq seine Schuppen hätte zählen können – aber der Gott bemerkte sie nicht. Kemaq starrte ihm verblüfft hinterher. Im ersten Licht des Tages war er sich fast sicher, dass es jenes graugrüne Ungetüm war, das ihn am Fluss beinahe getötet hätte.

Kemaqs Blick löste sich von dem riesigen Wesen, und er drehte sich um. Nur durch eine einzige Häuserreihe von ihnen getrennt, ragte die Festungsmauer in die ungewisse Morgendämmerung. Eine Lücke deutete an, dass genau dort, wo eben der Ankay Yaya aufgestiegen war, das Tor liegen musste. Der Chimú lachte leise, auf eine beunruhigend entrückte Art. »Siehst du, der Wächter ist fort«, flüsterte er heiter.

»Sie werden Männer dort haben«, sagte Kemaq, der nicht glauben konnte, dass sie so viel Glück haben sollten.

»Männer, aber keine Götter! Komm!«, rief Chumun und lief los. Kemaq folgte ihm. Sie hielten sich hinter den Häusern und damit von der Mauer fern, bis sie die breite Straße erreichten, die den großen Platz mit dem Tor verband. Vorsichtig spähten sie um die Ecke. Es wachte wirklich kein Gott dort, aber Kemaq entdeckte fünf Männer, die vor dem offenen Tor am Feuer standen. Der Chimú hatte Recht: Es gab gar keine verschließbaren Torflügel dort, nur einen offenen Durchgang.

»Das können wir schaffen«, sagte der Chimú aufgeregt.

Kemaq nickte widerstrebend. Die Sache gefiel ihm nicht. »Sie sind schwer bewaffnet«, gab er leise zurück.

»Das macht sie nur langsam«, flüsterte Chumun.

Wieder fand Kemaq keinen Grund, dem Chimú zu widersprechen. Die Männer trugen Rüstungen aus Erz: Helme, schwere Stiefel, und zwei von ihnen hielten überlange Lanzen in den Händen. Einer der Männer gähnte ausgiebig. Bei einem Wettlauf würde er ihnen leicht entkommen. Aber etwas warnte ihn davor, diese Gegner zu unterschätzen.

»Sie haben nicht einmal Bogen oder Schleudern«, sagte Chumun aufgeregt.

Genau das gefiel Kemaq nicht. Er dachte an den Pfeil, den sein Bruder ihm gezeigt hatte. Der Reiter des graugrünen Gottes hatte ihn abgeschossen, aber niemand hatte gesehen, dass er einen Bogen hatte. Zwei der Männer trugen diese langen Lanzen, und die anderen drei hielten seltsame Holzprügel in der Hand. Waren es vielleicht Keulen? Erz blinkte dort im Holz, aber sie sahen einfach nicht aus wie Keulen oder Streitkolben.

»Du kannst tun, was du willst, Chaski«, sagte der Chimú jetzt. »Ich werde es wagen, und die Priester werden meinen Mut und meine Schnelligkeit anerkennen.«

Kemaq nickte. Wenn sie schnell genug waren, einer vielleicht links, der andere rechts an diesen Männern vorbeistürmte, dann konnten sie draußen sein, bevor die Fremden sich gefasst hatten. Er bückte sich, um die Verschnürung seiner Schuhe zu prüfen, denn dies würde wieder ein Lauf auf Leben und Tod werden. Ein schriller Schrei ertönte, und als Kemaq aufblickte, hatte der Chimú schon drei oder vier Längen Vorsprung. Kemaq verschlug es kurz den Atem. Chumun hatte nicht auf ihn gewartet! Er fluchte und rannte hinterher.

Der Chimú war schnell, und die Männer am Tor waren überrascht. Es schien fast, als seien sie im Stehen eingeschlafen. Jetzt rappelten sie sich auf, und Kemaq hörte sie fluchen. Die beiden mit den Lanzen stellten sich dem Chimú in den Weg, aber der wich mit flinken Beinen aus und unterlief ihre langen Waffen. Schon war er an ihnen vorbei. Kemaq entschied sich für die andere Seite des Feuers. Die Männer mit den langen Holzkeulen hantierten mit ihren Waffen. Es sah nicht aus, als wollten sie damit zuschlagen. Er hatte keine Zeit, sich über ihr seltsames Benehmen Gedanken zu machen. Das offene Tor lag vor ihm im Morgengrauen. Der Chimú musste doch etwas abbekommen haben, denn er humpelte, und Kemaq hatte ihn schon fast eingeholt. Dann hörte er hinter sich ein lautes Wort in der Sprache der Fremden, und obwohl er nicht verstand, was es bedeutete, prägte es sich ihm unauslöschlich ein: »Fuego!«, befahl eine raue Stimme.

Das Echo der Schüsse hallte bis zum Palast und wurde abgelöst durch eine tiefe Stille, weil alles auf diesen dreifachen Knall zu lauschen schien.

»Das kam vom Tor«, stellte Marduk fest.

»Dann lass uns sehen, was da los ist«, meinte Nabu und spreizte die Flügel.

»Warte!«, rief Marduk ungehalten, und Nabu gehorchte.

Unten auf dem Platz wurde geflucht. Balian fuhr seine Männer grob an, weil sie ihm Behemoth nicht schnell genug aufzäumten.

Mila hörte das leise Schaben seiner Schuppen, als Marduk missbilligend sein Haupt schüttelte. Jetzt wandte er sich wieder ihr zu: »Also, noch einmal, Milena, es ist wichtig, dass du keinem Menschen von der Gabe erzählst.«

»Nabu hat mich schon gewarnt, dass jemand es für Hexerei halten könnte.«

»Es ist nicht nur das, Ritterschwester. Es ist selten, dass einer unserer Ritter die Krankheit bekommt, die ihr Menschen den Drachenfluch nennt, weil er zwar die Sinne schärft, aber die Augen blind macht. Nur einer von vielleicht hundert Rittern wird von diesem Schicksal ereilt.«

Mila hörte den Ausführungen der Drachen ungeduldig zu. Da war ein Kampf oder eine Jagd im Gange, und sie wollte unbedingt daran teilnehmen. Aber Marduk war nicht aus der Ruhe zu bringen: »Einer von hundert!«, wiederholte er. »Und von hundert Erkrankten bemerkt höchstens einer diese Flamme, spät, nach vielen Jahren der Krankheit. Und du? Du hast nicht einmal ein halbes Jahr mit uns verbracht und die Gabe nicht erworben, sondern geerbt.«

»Du meinst, die Menschen *beneiden* mich darum, dass ich blind bin?«, fragte Mila und lauschte auf die Geräusche der Stadt. Drachen waren in der Luft, Befehle hallten über den Platz, und Männer rannten fluchend zum Tor.

Marduk lachte leise. »Sie werden dich nicht um deine Blindheit beneiden, Milena, denn dass die Gabe etwas kostet, das werden sie schnell vergessen. Aber sie werden nicht vergessen, dass du etwas Einzigartiges besitzt, dass du teilhast am Geheimnis der Drachen. Neid ist ein tückisches und gefährliches Wesen, Milena, ein *sehr* gefährliches.«

Mila spürte, wie ernst es Marduk war. »Geheimnis der Drachen?«, fragte sie, denn so hatte sie das noch nicht betrachtet.

Wieder lachte Marduk. »Du kannst es auch das Rätsel der Drachen nennen, aber mehr will ich dazu nicht sagen, Milena.«

»Und glaubst du, dass Nergal dieses Geheimnis ebenfalls bewahren wird, Marduk? Wird er es nicht seinem Reiter erzählen?«, fragte Mila. Sie dachte mit Unbehagen daran, dass dieser Reiter Graf Tassilo war.

»Mach dir keine Sorgen um Nergal. Er mag dir finster erscheinen, aber er ist ein Drache, er wird sich nicht gegen seine eigene Art stellen. Und außerdem – er mag Menschen nicht besonders, nicht einmal seinen Reiter«, erklärte Marduk, aber Mila glaubte, leise Zweifel in seiner tiefen Stimme zu hören. Dann endlich durften sie aufbrechen.

Kemaq blickte verwirrt auf. Warum lag er auf der Straße? Der fürchterliche dreifache Knall, der hinter ihm erklungen war, rollte durch die Gasse. Vor ihm stürzte der Chimú, von einer unsichtbaren Kraft getroffen, mit einem erstickten Schrei zu Boden. Er selbst lag auch auf der Erde. Er wusste nicht mehr, warum, aber er hatte sich zu Boden geworfen, als hinter ihm dieser laute Befehl gebrüllt worden war. Er drehte sich um. Die Männer mit den Lanzen stürmten aus dem Tor, und dahinter hantierten die anderen wieder mit ihren Waffen.

Er sprang auf und rannte. Da lag der Chimú, aus zwei tiefen Wunden blutend, und starrte mit gebrochenen Augen in den Himmel. Kemaq stolperte vorüber. Er befand sich jetzt auf einer breiten Straße zwischen langen und hohen Mauern. Das Gebäude vor ihm sah aus wie ein Tempel. Schwere Schritte folgten ihm. Er drehte sich nicht um. Er musste von dieser Straße herunter, bevor die Götter ihn einholten. Er bog hinter der Tempelecke ab und rannte weiter. Die Schritte hinter ihm wurden schon langsamer. Er hörte die Männer keuchen und fluchen. Kemaq stieß auf ein Gewirr von Häusern, bog in die nächste Gasse ein und dann wieder in die nächste und wieder und wieder, rannte weiter zwischen wie ausgestorben liegenden Häusern. Das Rauschen der

Flügel, das Kemaq so ängstlich erwartete, blieb vorerst aus. Sollte er sie wirklich abgehängt haben? Er lief weiter und hatte schon lange keine Ahnung mehr, in welche Richtung er rannte. Er roch plötzlich das Meer. Die Hütten wurden niedriger, ärmlicher, Fischerboote warteten auf ihre nächste Ausfahrt, und plötzlich, ohne jede Vorwarnung, endete die Stadt, und er sah vor sich das weite graue Meer, das sich ein Stück unterhalb mit langgezogenen Wellen an den Strand schob. Er blieb stehen, denn dort auf der See sah er etwas, das er nicht verstand: Große, bleiche Vierecke schälten sich aus der Morgendämmerung, und vier große Ungetüme, größer als Kemaq sie sich hätte vorstellen können, hielten auf das Ufer und damit genau auf ihn zu.

Als sie in der Luft waren, hörte Mila einen anderen Drachen näher kommen. »Was ist geschehen, Bruder Robert?«, rief sie, als sie den starken Flügelschlag von Umun-Schas erkannte.

Es war wirklich Robert de Lanois auf seinem Drachen. »Es scheint, Comtesse«, rief der Ritter, »dass zwei der Indios durch das Tor geflohen sind. Einen haben die Schützen mit ihren Arkebusen erwischt, aber der andere konnte entkommen.«

»Und jetzt jagen wir ihn in der Stadt?«, fragte Mila zurück.

»Einige von uns. Ich aber will sehen, ob ich ihm nicht den Weg in die Berge abschneiden kann.« Und damit schwenkte sein Drache mit einem tiefen Knurren nach links ab.

»Wohin, Nabu?«, fragte Mila, die nicht recht wusste, was sie tun sollte.

»Warte«, sagte der Drache.

Mila spitzte die Ohren. Gar nicht weit entfernt rauschte der Ozean, und dann hörte sie Hornsignale. »Was hat das zu bedeuten?«, fragte sie, während Nabu weiter Richtung Meer flog.

»Still – sieh selbst!«

Plötzlich flammte das blasse Feuer vor ihr auf. Es blieb nicht lange eine schlichte Flamme, sondern züngelte rasch nach allen Seiten und begann, ein flackerndes Bild zu zeigen. Da war die bleiche Stadt, dann ein Strand, an den die langgezogenen Wellen des Ozeans brandeten. Das Bild weitete sich. Da war etwas auf dem Wasser. Dunkle Nussschalen, mit schwarzen Ameisen besetzt – nein, das waren Menschen in Booten, und dann schälten sich geisterhaft die Umrisse von vier großen Schiffen aus den Schleiern dieses unwirklichen Feuers: Pizarros Flotte war in Chan Chan angekommen.

5. Tag

Kemaq hatte in einer verlassenen Fischerhütte Deckung gefunden. Vor der Tür lag ein Schilfboot, und ein Netz war daneben zum Trocknen gespannt. Drei Möwen hatten sich auf einem Holzgestell unweit der Tür niedergelassen, und Kemaq war ängstlich darauf bedacht, sie nicht aufzuschrecken, denn das hätte ihn womöglich verraten. Er blieb tief im Schatten, spähte vorsichtig durch die Tür und beobachtete, was da am Ufer vor sich ging. Männer kamen in Booten an den Strand gerudert und brachten eine große Anzahl verschiedenster Gegenstände an Land. Waffen waren darunter, aber vieles war auch in Fässern, Holzkisten und Säcken verpackt. Mehrere Ankay Yayakuna waren im Sand gelandet. Einer war von stattlicher Gestalt und sein graues Schuppenkleid von breiten, rotbraunen Streifen durchzogen. Kemaq hatte ihn schon auf dem Platz gesehen, so wie die anderen *Drachen* auch.

Die neuen Fremden waren offenbar ohne Götter gekommen. Der rotbraune Drache fiel Kemaq vor allem deshalb auf, weil der Mann, der von seinem Rücken gestiegen war, eine große Würde ausstrahlte, was vielleicht an den weißen Haaren lag, die unter seinem Helm hervorleuchteten. Auch ihn hatte er schon auf dem Platz gesehen. Er hielt ihn für einen, vielleicht sogar *den* Anführer der Fremden. Der Weißhaarige besprach sich mit einem Mann, der zu den Neuankömmlingen zählte und Kemaq weit weniger gefiel. Er war auf seine Art auch beeindruckend, mit einem langen, nicht sehr einnehmenden Gesicht, das von einem dunklen Bart gerahmt wurde. Er hatte etwas Anmaßendes an sich, mit jeder Geste und jedem Schritt schien er sagen zu wollen, dass alles, was er sah, ihm gehörte. Er verfügte auch wirklich über Macht, das erkannte Kemaq schnell, denn seine lauten Befehle wurden von den Männern, die zwischen den riesigen Booten draußen auf dem Meer und dem Strand hin und her fuhren, widerspruchslos und eilig befolgt. Auch dieser Neuankömmling trug viel Erz am Leib, aber seine Panzerung sah neben der glänzenden Rüstung des Weißhaarigen beinahe ärmlich aus.

Kemaq versuchte zu erraten, wie dieser neu angekommene Anführer zu dem Weißhaarigen stand, aber irgendwie schien ihr Verhältnis nicht eindeutig. Beide gaben Befehle, aber nicht einander. War der eine vielleicht Priester und der andere, der Neuankömmling, ein Herrscher oder Kriegerhauptmann? Seine Männer hatten eine große Fahne mitgebracht und am Strand in die Erde gesteckt. Sie war von roter und gelber Farbe und mit allerlei verwirrenden Zeichen bedeckt. Kemaq versuchte, sich möglichst viele Einzelheiten zu merken. Er musste doch bald zurück nach Tikalaq und dem Hohepriester Bericht erstatten.

Ob er immer noch glaubt, dass wir von Inti gesegnet sind?, fragte er sich. Er zog sich weiter in den Schatten der Fischerhütte zurück. Das Glück hatte ihn und seine Brüder verlassen, und er war voller Sorge, was wohl mit Jatunaq geschehen sein mochte. Seit dieser ihn aus dem Fenster geschoben hatte, hatte er kein Lebenszeichen von ihm erhalten. Kemaq biss sich auf die Lippen. Sie hatten versagt: Die Priester hatten sie ausgesandt, Inti ein würdiges Opfer zu bringen, und sie kehrten mit leeren Händen zurück. Er wusste, wie die Priester Versagen bestraften. Aber es war ja noch gar nicht sicher, dass auch nur einer von ihnen jemals zurückkehren würde, viel wahrscheinlicher war doch, dass sie alle von den Fremden und ihren Göttern getötet wurden. Kemaq kauerte sich in einer Ecke zusammen. All sein Mut war verschwunden, aber ihm wurde klar, dass er trotzdem unbedingt zurückkehren *musste*. In Tikalaq wussten sie nichts von diesen neuen Fremden.

Er hatte sie nicht zählen können, aber es waren sicher zwei- oder dreihundert, und es war nicht abzusehen, wie viele noch in den riesigen schwimmenden Häusern waren. Er musste wieder an den Chimú denken, der von einer unsichtbaren Gewalt niedergestreckt worden war. Nicht nur die Ankay Yayakuna mit ihrem Feueratem waren eine tödliche Gefahr, auch ihre Begleiter verfügten über schreckliche Waffen. Er spähte noch einmal aus der Tür. Die Fremden waren immer noch damit beschäftigt, Dinge an Land zu schaffen. Kemaq entdeckte einige Männer, die begannen, mit mitgebrachtem Holz eine Art Floß zu bauen. Was hatte nun das wieder zu bedeuten? Was immer es war, er musste die Priester warnen, und zwar bald.

»Was geschieht denn dort unten?«, fragte Mila zum wiederholten Male. Der Wind zerrte an ihrem Mantel und übertönte die meisten Geräusche. Aber sie hörte ganz unzweifelhaft, dass dort unten gehämmert wurde.

»Sie bauen ein großes Floß«, gab Nabu zurück.

»Ein Floß? Aber wozu, sie haben doch Boote?«

»Ich nehme an, für die Pferde, Mila«, erklärte Nabu.

»Ich müsste dich das nicht alles fragen, wenn du mir mehr zeigen würdest, Nabu.«

»Frag nur«, gab Nabu zurück. Dann brummte er und fügte hinzu: »Ich erkläre es dir noch einmal, Prinzessin; erstens, es ist nicht leicht, dir zu zeigen, was ich sehe, ganz im Gegenteil, es ist anstrengender als viele Stunden Flug; zweitens, es entgeht den anderen Drachen nicht, wenn ich das tue, und nicht alle sind damit einverstanden, dass ich dich an unserem Feuer teilhaben lasse. Nergal stiftet auch so schon genug Unruhe.«

»Er ist unten am Strand, oder?«

»Ja, er hat gerade den Tressler dorthin getragen. Ich nehme an, die hohen Herren haben einiges zu besprechen.«

»Das würde ich gerne hören, Nabu.«

»Wir haben unsere Befehle.«

»Über der Stadt zu kreisen, erscheint mir keine sehr wichtige Aufgabe zu sein«, gab sich Mila trotzig.

»Es erinnert die Indios an unsere Anwesenheit, Prinzessin, und es soll sie daran hindern, etwas Dummes zu versuchen.«

»Mag sein«, gab Mila unwillig zu.

»Der Stinker ist jetzt auch an Land«, berichtete Nabu, nachdem sie schweigend eine weite Schleife geflogen waren.

»Du solltest Meister Albrecht nicht so nennen. Ich bin gespannt, was er zu berichten hat.«

Der Drache knurrte unfreundlich. »Halte dich besser von ihm fern, Prinzessin. Er ist ein Alchemist, und diese Männer sind gefährlich. Außerdem färbt ihr Geruch ab, und ich will niemanden tragen, der nach Schwefel stinkt.«

Mila lachte. »Du übertreibst, Nabu. Außerdem müsste es dich doch auch interessieren, was er über diese Tempelbilder herausfindet, die euch Drachen so beschäftigen. Ich glaube nicht, dass irgendjemand mehr darüber in Erfahrung bringen kann als Meister Albrecht.«

»Trotzdem«, gab sich Nabu stur. »Es ist eine eigenartige Sache mit diesen Alchemisten, Mila. Sie nehmen sich, was sie interessiert, und um herauszufinden, was es ist, zerschneiden, zersägen und zerstückeln sie es, bis nichts mehr davon übrig ist. Dann setzen sie ihre Gifte und Säuren ein, und am Ende wundern sie sich, dass der Gegenstand ihrer Neugier ganz und gar zerstört ist und sie immer noch nicht mehr wissen als zuvor.«

»Aber er ist sehr klug«, verteidigte Mila den Gelehrten, »und er sagte mir einmal, dass er nur danach strebt, dem Wesen der Dinge auf den Grund zu gehen, sie zu verstehen und, wenn möglich, zu reinigen, zu verbessern, und zu veredeln.«

»Es scheint mir nur so zu sein, dass er bei diesem ach so edlen Streben weit mehr zerstört als verbessert, Prinzessin, und seine Gedanken führen ihn und alle, die ihm folgen, auf gefährliche Wege. Da bin ich übrigens ausnahmsweise einmal mit euren Priestern einer Meinung.«

Mila schwieg. Sie wusste, dass die Drachen der Kirche skeptisch gegenüberstanden, etwas, das durchaus auf Gegenseitigkeit beruhte. Sie wusste nur nicht, wie sie selbst sich in dieser Frage verhalten sollte. Das war eines der vielen Probleme, die ihre neue Würde mit sich brachte.

»Da wir gerade davon sprechen …«, sagte Nabu, während er eine weitere, weiche Kurve flog.

»Ja?«, fragte Mila.

»Vicente de Valverde und die anderen Priester gehen gerade an Land. Damit sind die ruhigen Zeiten wohl jetzt vorbei.«

»Ruhig?«, fragte Mila verwundert. »Ich kann nicht behaupten, dass die letzten Tage besonders ruhig waren. Immerhin haben wir eine Stadt erobert und, ganz nebenbei, man hat versucht, mich zu töten.«

Nabu schnaubte verächtlich. Dann sagte er düster: »Glaube mir, Prinzessin, gemessen an dem, was nun folgen wird, werden dir die vergangenen Tage sehr ruhig erscheinen.«

Kemaq wartete, und es erschien ihm, als warte er schon Tage. Er nickte sogar einmal kurz in einer Ecke der Hütte ein. Als er erwachte und wieder zur Tür schlich, sah er, dass die Fremden immer noch Dinge an Land brachten, und es waren jetzt auch viele Männer dort, gepanzerte Krieger, die bald darauf, schwer beladen und in kleinen Gruppen, in die Stadt marschierten. Das Floß war vom Strand verschwunden. Kemaq nahm an, dass es draußen bei den riesigen Booten war, aber sicher war er sich nicht, weil die verkohlten Überreste einiger Fischerboote ihm die Sicht versperrten. Die Anführer waren immer noch am Strand. Andere wichtig aussehende Männer hatten sich zu ihnen gesellt. Sie besprachen sich gelegentlich, aber die meiste Zeit starrten sie hinaus aufs Meer. Kemaq fragte sich, wie er ungesehen aus der Fischerhütte verschwinden konnte. Der Strand war voll mit Fremden, auch an der Böschung über dem Strand standen jetzt Wachen, und in der Luft kreisten die fliegenden Götter. Die Hütte hatte nur einen Eingang und keine Fenster – wenn er sie verließ, würde man ihn wahrscheinlich sehen. Bleiben konnte er jedoch auch nicht. Er betete zu Tamachoc, dass dieser ihm helfen möge – und wartete.

Etwas später lockte ihn das Geschrei vieler Möwen wieder an die Tür. Sie kreisten über etwas, das er wegen der verbrannten Boote nicht gleich sehen konnte. Gebannt starrte er hinüber. Dann kam das Floß in Sicht. Es war schwer beladen. Kisten und Säcke stapelten sich vorn, und seltsame Gestelle aus Erz und Holz, deren Sinn er nicht verstand, waren mit Seilen festgezurrt. Dahinter aber, in der Mitte des Floßes, entdeckte er etwas, das er noch nie gesehen hatte. Staunend blickte er zum Strand hinab. Die Männer sprangen am Ufer ins Wasser, zogen das Floß bis fast an den Strand und begannen, einige Waren an Land zu wuchten. So schufen sie eine Gasse für jene Geschöpfe, die Kemaq nicht aus dem Auge lassen konnte.

Es waren vierbeinige Wesen, groß, viel größer als Lamas, die meisten mit braunem, fast schwarzem Fell. Sie wurden von den Männern vorsichtig an Land geführt. Unruhig wirkten diese Wesen, vielleicht auch unzufrieden, das konnte Kemaq nicht beurteilen. Was waren das für Tiere? An Land wurden sie aufwendig mit Decken und ledernem Geschirr geschmückt. Sie schienen den Fremden ungeheuer wichtig zu sein. Und dann trat der bärtige Mann, den Kemaq immer mehr für den Anführer der Neuankömmlinge hielt, auf eines dieser Tiere zu und schwang sich mit überraschender Leichtigkeit auf dessen Rücken. Das Wesen tänzelte kurz, und seine Hufe blitzten silbern, dann neigte es das Haupt und stand still. Jetzt geschah sehr viel auf einmal. Die *Drachen*menschen liefen zu den am Strand liegenden Ankay Yayakuna und kletterten auf deren Rücken, und Männer, die Kemaq für Unterführer der neuen Fremden hielt, schwangen sich in die Sättel anderer vierbeiniger Wesen. Diese gaben seltsame Laute von sich, dann setzten sie sich in Bewegung. Sie waren schnell, vielleicht schneller als Läufer, das erkannte Kemaq gleich. Sie trugen die Männer auf ihrem Rücken mit Leichtigkeit die Böschung hinauf und weiter in die Stadt hinein. Kemaq sah die Helme ihrer Reiter über den Hütten auftauchen, dann waren sie verschwunden. Jetzt erhoben sich auch die fliegenden Götter vom Strand, schwangen sich in die Luft und flogen nach Norden, Richtung Mondfestung.

Mit offenem Mund starrte Kemaq ihnen hinterher. Unten vom Strand erklang ein lauter, warnender Ruf. Kemaq blickte hinab. Die Männer schoben ein eigenartiges Ding vom Floß an Land, eines der schweren Gestelle, deren Sinn er nicht verstand. Es rollte auf Gegenständen, die wie kunstvoll durchbrochene, runden Baumscheiben wirkten. Und dieses seltsame Ding hatte ein langes Erzrohr auf dem Rücken. Es schien sehr schwer zu sein, denn fast alle Männer, die am Strand waren, kamen zum Wasser hinab, um es zu schieben oder sich in dicke Seile zu spannen, mit denen sie es ins Trockene zogen. *Das ist eine gute Gelegenheit,* sagte eine innere Stimme. Die Götter waren fort, und die Augen aller Männer dort unten schienen auf das fremde Ding gerichtet. Er schlich aus der Tür, um die Ecke der Hütte und lief los. Ein lauter Ruf ertönte vom Strand. Galt er ihm? Er blickte über die Schulter zurück, aber niemand folgte ihm. Er bog um mehrere Ecken und sah bald die hoch aufragenden Mauern einer Festung vor sich. Viele Hütten schmiegten sich an diese Mauer, die Gassen jedoch lagen wie ausgestorben. Kemaq lief, und da er damit rechnete, dass die fliegenden Götter vor allem in der Nähe der Mondfestung nach ihm suchen würden, hielt er sich nach Osten.

Er lief durch viele Gassen, schmale, aber auch lange und sehr breite, und er sah viele Hütten und Häuser, manche ganz offensichtlich schon lange aufgegeben, andere in bestem Zustand, aber es war niemand auf der Straße. Die ganze Stadt wirkte wie ausgestorben. Es war unnatürlich still, und der Schall seiner eigenen Tritte hallte laut von den Lehmwänden wider. Eine tiefe Beklemmung bemächtigte sich seiner. Wo waren die Menschen, die hier wohnen mussten? Kemaq sah zwar Zeichen des Verfalls an den verlassen wirkenden Festungen, aber er sah keine Spuren der Zerstörung. Hatte es nicht gebrannt, erst vor vier Tagen? Waren das nur die Boote am Strand gewesen? Oder hatten die Götter alle Spuren der Zerstörung vertilgt – und die Bewohner gleich mit? Er wusste es nicht, aber er fühlte sich ungeheuer allein und verloren, während er weiter durch die leeren Straßen rannte.

Es war laut geworden in der Festung des Ordens. Mila stand in der großen Kammer nahe der geborstenen Wand und lauschte hinaus. Die Konquistadoren machten sich daran, in den Häusern rings um den Palast Quartier zu beziehen, was offenbar nur unter großem Lärm möglich war.

»Was tun sie da, Bruder Mancebo?«, fragte sie den Mauren, der neben ihr stand. Sie gewöhnte sich mittlerweile daran, ihre Ordensbrüder auch als Brüder anzusprechen.

Umgekehrt hatte Don Mancebo damit wohl noch Schwierigkeiten: »Sie machen es sich in den Lagerhäusern bequem, Condesa, was bedeutet, dass sie allerlei vergessenes Geschirr, alte Lagergestelle und Ähnliches hinausbefördern. Und wenn ich es richtig sehe, zerschlagen sie auch Dächer, um aus dreien, die alt und löchrig sind, eines zu machen, das Sonne und Regen abhält.«

»Ich kann mir gar nicht vorstellen, dass es hier jemals regnet, Bruder Mancebo, es wirkt alles so trocken und staubig.«

»Ja, es erinnert an Nordafrika«, stimmte der Maure zu, »nur dass es dort nicht solch riesige Berge gibt. Ich glaube, selbst die Alpen erreichen nicht diese Höhe.«

»Unsere Drachen sehen diese Bergriesen ebenfalls mit Unbehagen«, pflichtete Robert de Lanois bei, »sie fürchten, dass wir sie überqueren wollen, doch haben sie Zweifel, dass sie uns hinübertragen können.«

»Aber es sind Drachen«, rief Mila.

De Lanois lachte leise, als er antwortete: »Das sind sie, Comtesse, Drachen, keine Adler. Auch ihre erstaunlichen Fähigkeiten haben Grenzen.«

Es waren alle Ritter des Ordens in der Kammer versammelt, während der Hochmeister, der diese Versammlung einberufen hatte, noch fehlte.

»Kennt Ihr den Grund für dieses Treffen, Bruder Robert?«, fragte Mila.

»Ich denke, es wird neue Befehle geben. Jetzt, da Pizarro mit seinen Männern hier ist, können wir wohl endlich in die Offensive gehen, aber Genaueres werden wir wohl gleich erfahren, Comtesse.«

Kurz darauf erschien der Hochmeister, gefolgt von mehreren Männern. Mila lauschte auf ihre Schritte, um zu erraten, wer sie waren. Sie war den Konquistadoren schon in San Miguel begegnet, aber es war schwierig, sie anhand weniger Schritte eindeutig zu erkennen. Francisco Pizarro war einer von ihnen, mit ihm waren zwei weitere schwer gepanzerte Männer gekommen. Den einen hielt Mila für Hernando Pizarro, einen Halbbruder Don Franciscos, bei dem anderen war sie sich nicht sicher. Außerdem gab es noch einen Mann ohne Rüstung. Eigentlich konnte das nur Pater Vicente de Valverde sein, der oberste der Priester.

Einer der Männer legte seinen Helm auf den Tisch, und der Hochmeister bat um Aufmerksamkeit, was überflüssig war, denn schon längst herrschte gespannte Ruhe im Raum. »Ihr Herren, die Zeit des Abwartens ist vorüber«, begann er. »Mit der Ankunft unserer Verbündeten verfügen wir nun über die Mittel, um den Auftrag des Kaisers zu erfüllen. Don Francisco Pizarro hat auf seiner Reise schon einige Pläne ausgearbeitet, die es nun umzusetzen gilt. Don Francisco?«

Der Angesprochene räusperte sich. Dann ergriff er das Wort. Seine Stimme war kalt und schneidend. »Ich danke dem Hochmeister für seine freundliche Begrüßung«, begann er. Mila runzelte die Stirn. Diese Begrüßung musste am Strand stattgefunden haben, die knappen Worte ihres Großonkels gerade eben hatten in ihren Ohren ausgesprochen frostig geklungen. Meinte Pizarro das vielleicht ironisch? Er sagte: »Ich bin erfreut, hier eine sichere

Basis vorzufinden, und vermutlich war die Vorsicht angebracht, die Euch dazu bewogen hat, nicht mehr als diesen einen kleinen Teil der Stadt einzunehmen. Und daher bin ich auch bereit zu vergessen, dass Ihr gar keinen Befehl hattet, sie zu erobern.«

Die Ritter wurden unruhig. Das war beinahe beleidigend. Der Konquistador fuhr ungerührt fort: »Sobald meine Männer ihr Lager in diesen Mauern errichtet haben, werden sie darangehen, auch den Rest der Stadt unter unsere Kontrolle zu bringen. Euren Berichten entnehme ich, dass die Indios nur wenige, noch dazu schlecht bewaffnete Krieger hier haben. Dennoch musste ich hören, dass sie einen von Euch getötet haben, und dass sie bei Eurer neuen Ritterschwester – eine Ernennung, zu der ich ihr und Euch nur gratulieren kann –«, jetzt war die Ironie unüberhörbar, »erst in dieser Nacht das Gleiche versucht haben. Das können wir nicht hinnehmen. Ich erwarte, dass Ihr und Eure Drachen uns bei den notwendigen Gegenmaßnamen unterstützt, so, *wie es der Kaiser befahl.*« Die letzten Worte sprach er sehr laut, um die steigende Unruhe zu übertönen. Mila schluckte. Gegenmaßnahmen? Das klang beunruhigend.

Pater Valverde ergriff das Wort: »Wir sind hier, um Gott zu dienen, Ihr Herren, vergesst das nicht. Diese Wilden wissen nichts von Jesus Christus, und ihre Seelen sind der ewigen Verdammnis verfallen, wenn wir sie nicht retten. Beweist ihnen die Überlegenheit des einen, wahren Gottes, für ihre Seelen, aber auch für die Euren, Ihr Herren, denn es ist ein nobles Werk, die Heiden zu bekehren. Und mit der Hilfe Gottes werden wir hier wahre Wunder vollbringen. Lasset uns beten.«

Mit dem gemeinsamen Gebet erstickte der Pater die Unruhe, die während seiner Worte nicht abgenommen hatte. Das Seelenheil der Indios schien die Ritter nicht sehr zu kümmern, wie Mila dachte.

Nach dem *Vaterunser* ergriff wieder Francisco Pizarro das Wort: »In zwei Stunden erwarte ich, Eure Drachen am Himmel zu sehen. Zeigt ihnen ihre Macht, aber brennt die Stadt nicht nieder, denn wir werden sie noch brauchen. Meine Männer kümmern sich um das Übrige. Ich danke Euch.« Und dann hörte Mila, dass der Konquistador seinen Helm vom Tisch nahm, unter den Arm klemmte und, gefolgt von seinen Männern, aus der Kammer marschierte, während die Ritter, wie vor den Kopf geschlagen, zurückblieben.

»Was erlaubt sich dieser Emporkömmling?«, knurrte Sir William ungehalten.

»Er spricht mit uns, als seien wir Landsknechte oder Bauern!«, empörte sich Waleran de Martel.

»Müssen wir uns das wirklich bieten lassen?«, fragte Don Alfonso de Pacheco, ein andalusischer Hidalgo, der sich bisher fast nie in den Versammlungen geäußert hatte.

Mila war erstaunt, hatte sie bei den spanischen Rittern doch bisher viel Sympathie für die Konquistadoren vermutet.

»Immerhin hat ihn Kaiser Karl in den Adelsstand erhoben«, erwiderte der Conte di Collalto beschwichtigend.

»Und trotzdem bleibt er der Sohn eines Schweinehirten!«, ereiferte sich Sir William.

Jetzt verstand Mila immerhin einen Grund für die Empörung: Pizarro war in den Augen der Ritter von zweifelhafter Abstammung!

»Bewahrt Ruhe, Ihr Herren«, mahnte der Hochmeister. »Es ist wahr, dass er bei Bauern aufwuchs, doch sein Vater war von Adel, auch wenn seine Mutter es nicht wahr. Doch wie es Conte Lorenzo schon sagte – Kaiser Karl hat ihn in den Adelsstand erhoben – und ihm die Befehlsgewalt für diese Unternehmung übertragen!«

»Doch nur, weil Pizarro sie aus eigener Tasche bezahlt«, warf der Tressler ein.

»Unsere Befehle sind klar«, fuhr Graf Maximilian ungerührt fort. »Wir haben die Order des Kaisers, Pizarro zu unterstützen.«

»Ich habe auch nichts dagegen, dass wir diesen Männern, die unsere Hilfe wahrlich nötig haben, helfen«, polterte Waleran de

Martel, »mich stört es jedoch gewaltig, wenn diese Bauern glauben, uns Befehle erteilen zu können.«

»Aber das können sie«, sagte eine freundliche Stimme vom Eingang der Kammer, »die Wünsche des Kaisers sind in dieser Sache eindeutig, Ihr Herren.«

Mila hatte den Fremden gar nicht eintreten hören. Sie war zwar abgelenkt gewesen, aber dennoch musste er außerordentlich leise gegangen sein.

»Und Ihr seid?«, fragte Waleran de Martel unhöflich und klang dabei gleichzeitig ziemlich verblüfft.

»Verzeiht, dass ich Euch weder ankündigte noch vorstellte, Don Xavier«, sagte der Hochmeister. »Dies ist Don Xavier de Paz, der Schatzmeister der Kolonien.«

»Schatzmeister?«, fragte de Martel, immer noch verblüfft.

»Nun, wie Ihr sicher wisst«, erklärte der Schatzmeister freundlich, »hat Don Francisco einen umfangreichen Vertrag mit der Krone abgeschlossen, so wie auch der Orden der Drachenritter vom Heiligen Kreuz vertragliche Verpflichtungen gegenüber dem Kaiserhaus eingegangen ist. Mit Eurer Erlaubnis werde ich für eine Weile darüber wachen, dass diese Verträge auch Beachtung finden.«

»Euer Name kommt mir bekannt vor, Don Xavier de Paz«, sagte Graf Tassilo langsam. »Wart Ihr nicht lange Zeit der Vertreter der Fugger in diesem Teil der Welt?«

»Ganz recht, ganz recht, Graf Tassilo«, bestätigte de Paz, »doch glückliche Umstände erlaubten es mir, in den Dienst des Kaisers zu treten.«

»Erstaunlich«, entgegnete der Tressler trocken, »Eure Liebe zum Kaiserhaus muss groß sein, ist doch bekannt, dass die Fugger weit besser und vor allem pünktlicher zahlen.«

»Oh, früher, ja früher, Graf Tassilo, da kam es vor, dass die vielen Verpflichtungen, die einem Kaiser obliegen, seine Kasse arg strapazierten, doch die Neue Welt hat viel Gold nach Spanien gebracht, und wir sind voller Hoffnung, dass wir in diesem Land noch weit mehr Gold und Silber finden als in Neu-Spanien.«

Mila lauschte. Der Reichtum der Fugger war legendär. Es hieß, sie könnten ganze Länder kaufen, wenn sie denn wollten, und angeblich war es auch ihr Gold, das den Kaiser überhaupt erst auf den Thron des Reiches gebracht hatte. Dennoch verstand sie das Misstrauen nicht, das aus jedem Wort des Tresslers troff. Es erschien ihr wirklich weit ehrenvoller, einem Kaiser zu dienen, als einem Kaufmann, sei er auch noch so reich. Der Graf war doch sonst so standesbewusst.

»Jedenfalls«, so fuhr de Paz nun fort, »bringt es mein Auftrag mit sich, dass ich über gewisse Vollmachten des Kaisers verfüge. Ich habe keineswegs vor, mich in die Angelegenheiten Eures Ordens einzumischen, wie zum Beispiel diese eigentümliche Wahl, von der ich hörte, doch bin ich sehr wohl befugt, auf der Einhaltung Eurer Verpflichtungen zu bestehen, und eine davon ist nun einmal die Unterstützung der Pizarros – Unterstützung, Graf Tassilo, auch und gerade, was die unvermeidlichen Kämpfe angeht.«

»Und wird der Kaiser auch unseren Wunsch nach einer eigenen Komtur in diesem Land erfüllen?«, fragte der Hochmeister ruhig.

»Eigenes Land für den Orden?«, fragte der Schatzmeister mit gleichbleibender Freundlichkeit. »Ich habe von diesem Wunsch gehört, doch weiß ich nicht, wie der Hof in dieser Frage entscheiden will, Graf Maximilian. Ich werde Euer Gesuch gerne prüfen und gegebenenfalls weiterleiten. Es ist mir wohlbekannt, wie sehr der Besitz Eures Ordens in jüngster Zeit im Osten und auch durch das unselige Ketzertum im Reich gelitten hat. Versprechen kann ich jedoch nichts, denn Ihr wisst sicher, dass es auch andere wohl begründete Ansprüche auf die Städte dieses Landes gibt. Die Fugger haben einen Vertrag mit dem Kaiser bezüglich gewisser Schürfrechte, Don Pizarro hat wieder andere Zusagen, und schon diese Widersprüche zu entwirren, beschäftigt die Juristen, was, wie ich unsere Gerichte kenne, viele Jahre dauern kann. Ich fürchte, Eure Komtur wird warten müssen, Graf Maximilian. Ich weiß natürlich, dass dies Euren Eifer für die Sache des Kaisers und der Kirche nicht mindern wird.«

»Natürlich nicht«, sagte der Hochmeister hörbar verstimmt.

Ein weinendes Kind hatte Kemaq verraten, dass doch nicht alle Bewohner von Chan Chan tot oder spurlos verschwunden waren. Sein Weinen war aus einer Hütte gedrungen und fast auf der Stelle wieder verstummt. Als Kemaq die Hütte betrat, kostete es ihn viel Mühe, der dort versteckten Familie die Angst vor ihm zu nehmen. Dann hatte er erfahren, dass sich der Curaca mit den meisten Kriegern in der Festung der Sonne verschanzt hatte, während die Bewohner sich in ihren Hütten vor den fliegenden Göttern verbargen. Aber als er noch überlegt hatte, ob er den Curaca aufsuchen sollte, war ihm ein Einfall gekommen, der ihm besser erschien. »Pitumi, die Heilerin, kennt ihr sie?«, hatte er gefragt und die zögernde Auskunft bekommen, dass die Chachapoya in einer am Rande der Stadt gelegenen Hütte nahe beim Strand zu finden sei. Und dort saß er nun und stärkte sich mit Bohnen, Kartoffeln und Mais, während Pitumi ihn besorgt betrachtete.

»Ihr habt also versucht, die einzige Frau unter den Fremden zu entführen?«, schloss sie, nachdem er zwischen hastigen Bissen seinen Bericht der Vorfälle abgegeben hatte. »Die Priester Intis sind blind, vermutlich, weil sie immer in die Sonne schauen«, meinte Pitumi grimmig.

Kemaq zuckte mit den Achseln. »Wir haben versagt, also wird das Opfer nicht gebracht werden.«

»Das erscheint mir auch besser, denn ich glaube, es wäre eine Verschwendung, dieses Mädchen Inti zu opfern.«

Kemaq starrte sie mit offenem Mund an. »Du glaubst nicht an die Macht der Opfer?«, fragte er.

»Bist du fertig mit deinem Essen, Chaski?«, entgegnete sie unwirsch.

Er nickte, auch wenn er noch hungrig war.

Als sie den Teller abräumte, sagte sie: »Das Opfer wird wenig bewirken, wenn es dem falschen Gott gebracht wird. Ich glaube nicht, dass Inti euch helfen kann.«

»Glaubst du, Tamachoc könnte uns helfen, Pitumi?«

Zögernd erwiderte sie: »Es ist gut möglich, dass unsere Hoffnung bei Tamachoc und damit jenseits der Berge liegt.«

»Wie meinst du das, Pitumi?«

»Noch ist es nicht so weit, denn noch haben die Fremden nur einen Fuß ans Ufer gesetzt, und ich bin nicht sicher, ob sie stark genug sind, Atahualpa herauszufordern.«

»Aber die *Drachen,* ich meine, die fliegenden Götter, und diese vierbeinigen Wesen, die heute kamen, und ihre schrecklichen Waffen und …«

Die Heilerin unterbrach ihn schroff: »Das ist alles ein Zeichen äußerer Stärke, doch ich glaube, dass ihr Inneres schwächer ist, als es aussieht. Ohne diese fliegenden Wesen wären sie doch verloren.«

Kemaq bat sie, ihm das zu erklären, aber sie schüttelte den Kopf und sagte nachdenklich: »Diese Wesen, sie haben die Menschen in die Stadt zurückgejagt, wenn sie versuchten, auf ihre Felder zu gehen, aber sie haben sie nicht getötet. Ich verstehe es nicht.«

»Und die Chaski?«, fragte Kemaq wütend und dachte noch einmal daran, wie knapp er dem graugrünen Ungetüm am Fluss entkommen war.

»Ich kann nicht sagen, warum die Chaski ihren besonderen Zorn erregen«, sagte Pitumi, »aber umso mehr sollten wir darauf achten, dass wir dich unbeschadet aus der Stadt hinausbekommen. Ich denke, du solltest dich an der Küste nach Südosten wenden und einen großen Bogen um die Stadt schlagen, vielleicht sogar einen anderen Weg nach Tikalaq suchen.«

»Ich kenne aber keinen anderen Weg, Pitumi.«

»Der Frühlingsfluss kennt einen, denn er kommt doch aus den Bergen. Folge diesem Fluss, er wird dich in die Berge bringen.«

»Aber der Fluss springt über steile Felsen und fließt durch tiefe Schluchten, das ist kein Weg für einen Läufer.«

»Heilerin, Heilerin!«, rief es aufgeregt von draußen.

Pitumi trat an die Tür. »Was gibt es?«, fragte sie hinaus.

»Die Götter – sie sind fort.«

Kemaq folgte der Chachapoya, die hinausgegangen war.

»Bist du sicher?«, fragte Pitumi den Mann, der sie gerufen hatte.

»Sie sind nicht mehr auf den Tempeln, und sie kreisen auch nicht mehr über der Stadt«, lautete die Antwort.

Kemaq starrte in den Himmel. Er war wolkenlos und blau, Seevögel zogen ihre Bahnen, aber kein schwarzer Schatten war zu sehen.

»Was hat das zu bedeuten?«, fragte er.

Die Nachricht schien sich herumgesprochen zu haben, denn auch aus anderen Häusern kamen nun Männer, Frauen und Kinder hervor und suchten den Himmel ab.

»Wurden unsere Gebete erhört?«, fragte einer.

»Sind sie wirklich fort?«, rief ein anderer.

Aber dann erklang ein neues, fremdes Geräusch. Erst so leise, dass es in der Aufregung zunächst niemand bemerkte, dann aber kam es näher und wurde lauter. Es war hell, ein leichtes Schlagen von Trommeln. Sie kamen die Straßen hinunter. Die Menge, eben noch freudig erregt, verstummte wieder.

»Was ist das?«, fragte Kemaq.

Dann ertönte über den Trommeln ein fernes, aber lautes Brüllen, von Stimmen, die den Bewohnern der Stadt Chan Chan nur zu vertraut waren, und kurz darauf erschienen sie am Himmel. *Nein,* dachte Kemaq, *nein.*

Die Götter hatten die Stadt nicht verlassen. Sie schienen besonders tief zu fliegen, und dann spie der erste Feuer hinab auf die Hütten.

»Lauf, Chaski«, flüsterte Pitumi, und als er wie angewurzelt stehen blieb, schrie sie: »Lauf! Lauf!«

Bald war er nicht mehr der Einzige, der lief. Die Fremden

kamen die Straße entlangmarschiert, zwei Dutzend Männer in doppelter Reihe, manche mit besonders langen Speeren und den schweren Axtlanzen. Andere durchsuchten die Hütten und jagten die Menschen, die sich dort versteckt hatten, hinaus. Vor Kemaq rannten Menschen hin und her, suchten nach Verstecken, aber rechts und links ragten fensterlose Mauern in die Höhe. Sie mussten sich gerade zwischen zwei Festungen befinden. Der Anführer der Fremden, ein besonders großer und hässlicher Mann, rief einen Befehl, und seine Krieger hielten an. Kemaq sah sie mit ihren Waffen hantieren. Voller Schreck erkannte er sie wieder. Und dann ertönte der Ruf, den er schon einmal gehört hatte: *»Fuego!«*

Es blitzte und knallte, und rechts und links von Kemaq stürzten Männer und Frauen zu Boden. Er drehte sich um und lief davon. Er stolperte fast über ein Kind, das allein auf der Straße saß, riss es hoch, presste es an sich, um es zu schützen, und rannte weiter. Er hielt es fest, verteidigte es im dichten Gedränge der verängstigten Menschen, die kopflos durcheinanderrannten, während hinter ihnen die Stimme des hässlichen Fremden wieder den Befehl brüllte: *»Fuego!«*

Wieder bellte Hernando Pizarro einen Feuerbefehl, und wieder krachten die Arkebusen.

»Diese Narren, warum verstecken sie sich nicht?«, knurrte Nabu und flog ein wenig höher.

Mila war dem Wind dankbar, der die Rufe und Schreie des Elends dort unten wenigstens teilweise verwehte. Aber nicht alle Geräusche dämpfte er weit genug, und das Knallen der Büchsen ging ihr durch Mark und Bein.

»Warum tun sie das?«, fragte sie und fühlte sich schuldig, denn Pizarro hatte behauptet, es geschehe aus Vergeltung für die Angriffe auf Don Rodrigo – und auf sie.

»Befehl von Pizarro«, antwortete Dietmar, der hinter ihr saß und vielleicht dachte, sie hätte eine Antwort erwartet.

»Ich sagte ja, die vergangenen Tage werden dir noch ruhig und friedlich erscheinen, Prinzessin«, meinte Nabu.

Sie hörte das zischende Geräusch eines Drachen, der Feuer spie. Die Schreie unten wurden lauter.

»Nergal!«, dröhnte Marduks Stimme von oben. »Erschrecken sollst du sie, nicht die Stadt in Brand setzen!«

»Wir passen schon auf«, gab die heisere Stimme des Tresslers übellaunig Antwort.

»Achtung«, rief Nabu und schwenkte scharf zur Seite.

»Was tust du?«, fragte Mila und klammerte sich an das Geschirr.

Bei der plötzlichen Bewegung war ihr wieder der Helm verrutscht. Er war etwas zu groß, aber der beste, den sie in der kurzen Zeit hatte auftreiben können. Sie würde sich einen passenderen suchen oder die Schmiede bitten, ihn anzupassen, wenn das erst einmal vorbei war.

»Dort vor uns liegt eine Festung, und es sieht aus, als sei sie von Kriegern besetzt. Hörst du ihre Pfeile nicht?«

»Bei diesem Lärm?«, rief Mila zurück. Aber dann klang es wie Hagel, der gegen ein Fenster prasselte, als ein ganzer Schauer von Pfeilen auf Nabus Schuppen traf.

»Er hat Recht, Comtesse, sie schießen auf uns«, rief Dietmar, der offenbar dachte, sie hätte es nicht bemerkt.

»Das sollten wir ihnen abgewöhnen«, brummte Nabu und flog eine enge Kurve.

»Nein, Nabu, das war nicht unser Befehl«, rief Mila laut.

Der Drache brummte, flog eine weitere Kurve und sagte dann: »Du hast Recht, ihre Waffen sind lächerlich.«

Unten donnerten wieder die Büchsen. Dann ertönte lautes Gebrüll in unmittelbarer Nähe.

»Behemoth«, erklärte Nabu unnötigerweise. »Er ist nicht so zurückhaltend wie ich.«

Kurz darauf hörte Mila seinen Feuerstoß und die Schreie der Männer, die der große Drache offenbar auf einer Mauer erwischt hatte, dann ertönten ein unsagbar lautes Krachen und ein Drachenruf, der halb wütend, halb erschrocken klang.

»Das Tor ist mitsamt der Mauer unter ihm zusammengebrochen. Behemoth hat Glück, dass er nicht zu Schaden kam«, berichtete Nabu. »Trotzdem sollten sich diese Indios um Himmels willen ergeben, solange sie noch können.«

Und wieder hörte Mila die laute Stimme von Hernando Pizarro, der unten seinen Männern den Feuerbefehl erteilte. Sie hätte sich gerne die Ohren zugehalten, weil sie das Krachen der Arkebusen und die Schreie der sterbenden Indios nicht hören wollte, aber sie wusste, dass das nicht ging – sie war ein Ritter des Drachenordens, und sie musste die Schrecken der Schlacht tapfer ertragen.

Kemaq rannte immer noch. Das Kind – es mochte vier oder fünf Jahre alt sein – hing schwer in seinem Arm. Es weinte nicht mehr, und das fand er beunruhigend. Plötzlich fragte er sich, ob es überhaupt noch lebte, und er blickte ihm ins Gesicht. Ein Paar große braune Augen schauten verängstigt zurück. Es war ein Mädchen. Er drückte es an sich und redete ihm beruhigend zu. Vielleicht wollte er sich auch nur selbst beruhigen. Das Verhängnis war noch schlimmer über die Stadt hereingebrochen als zuvor.

Er bog um eine Ecke und holte tief Luft, dann wagte er einen Blick zurück. Irgendwo brannte es, und der Seewind trieb Rauch durch die Gassen. Die Straße hinter ihm war beinahe verlassen. Dann sah er zwei Männer die Straße entlanghasten. Sie wurden verfolgt, aber nicht von einem Drachen und auch nicht von einem Krieger, sondern von einem dieser großen vierbeinigen Tiere, die die Fremden am Morgen an den Strand gebracht hatten. Es trug einen der Fremden und schnaubte laut, als es den beiden Männern nachjagte. Sein Reiter zog etwas aus dem Gürtel, richtete es nach vorn, und wieder knallte und blitzte es. Einer der beiden Chimú schrie auf, taumelte zu Boden und hielt sich die Seite, wo sich sein graues Gewand rot verfärbte. Der andere rannte weiter. Das vierbeinige Wesen hatte angehalten, aber nun setzte es sich wieder in Bewegung, und sein Reiter zog eine lange, glänzende Waffe aus dem Gürtel und hieb damit auf den Verwundeten ein, der zu Boden stürzte. Der Reiter jubelte, und dann verfolgte er den anderen Chimú.

»Was geschieht hier nur, was geschieht hier nur«, stammelte eine Frauenstimme neben Kemaq. Er erschrak und fuhr herum. Es war eine ältere Frau mit grauem Haar, die ungläubig den Fremden anstarrte, während er auf seinem Reittier schnell den zweiten Flüchtling erreichte. Dieser warf sich wimmernd zu Boden, und der Fremde schrie ihn zornig an. Es geschah keine dreißig Schritte von Kemaq entfernt.

»Komm von der Straße, Mütterchen«, rief er und drängte die Frau in eine verlassene Hütte. Sie war offenbar viel zu verstört, um sich zu wehren. Sie drückten sich an die Wand, und Kemaq hielt das Kind eng an sich gepresst, damit es nicht anfing zu weinen, als sich draußen die seltsamen Schritte des vierbeinigen Wesens näherten. Aber dann rief der Fremde etwas, und Kemaq hörte, wie das Wesen wendete und davoneilte. Bald wurden die lauten Schritte des Wesens vom Lärm der Stadt verschluckt. Kemaq atmete auf. Die Frau neben ihm wirkte völlig verstört.

»Kennst du dieses Kind?«, fragte er sie.

Sie starrte ihn verständnislos an.

»Ich habe es allein auf der Straße gefunden. Kannst du es zu Vater und Mutter zurückbringen?«

Immer noch wirkte die Frau völlig abwesend. Seufzend nahm Kemaq das Mädchen und drückte es der Frau in die Arme. Sie war verdattert, aber dann griff das Kind nach ihr, und sie lächelte plötzlich. Als Kemaq kurz darauf die Hütte verlassen wollte, fragte sie: »Willst du dich nicht verabschieden?«

Er drehte sich um. Das Mädchen hielt die kurzen Arme nach ihm ausgestreckt. Er strich ihm etwas verlegen übers Haar, nickte und lächelte den beiden zu, dann drehte er sich um und verließ die Hütte. Ein Rauschen erfüllte die Luft. Erschrocken sprang er zurück. Über ihm zog ein Ankay Yaya seine Bahn. Es war der bläuliche, den er schon auf dem Tempel und dann auf dem Platz gesehen hatte. Auf seinem Rücken saßen zwei Fremde. Kemaq wartete, bis sie weit genug weg waren. Dann rannte er los. Die Häuser hier waren zum größten Teil verlassen. Der Stadtrand konnte nicht mehr weit sein. Er drehte sich um. Viele der fremden Götter waren in der Luft. Sie umkreisten eine Festung, die in Flammen stand. Er wandte den Blick ab und lief weiter. Hinter ihm lagen Tod und Verderben, und er musste sich beeilen, wenn er verhindern wollte, dass die Krieger aus Tikalaq das gleiche Schicksal wie die Menschen von Chan Chan erlitten.

Nach und nach landeten die Drachen auf dem großen Platz der Mondfestung. Der Widerstand der Indios war zusammengebrochen und ihre letzte Zitadelle genommen. Die Konquistadoren waren noch in der Stadt, und Mila hatte eine ungefähre Ahnung davon, was sie dort taten. Balian von Wolfegg schien bester Laune zu sein: »Macht nicht solch lange Gesichter, Ihr Herren«, rief er vergnügt. »Ein großer Sieg, und Behemoth und ich hatten unseren Anteil daran.«

»Das wird die Pizarros freuen«, meinte Sir William trocken.

»Pah, Ihr seid nur neidisch, weil es nicht Euer Schamasch war, dem es gelang, das Tor einzunehmen.«

»Es einzunehmen? Mir schien, es ist unter dem Gewicht Eures Drachen zusammengebrochen, Bruder Balian«, meinte der Engländer kühl und kümmerte sich um das Geschirr seines Drachen. Mila hörte, wie er die Verschlüsse der Riemen öffnete. Balian schnaubte wütend, rief einem der Waffenknechte den Befehl zu, Behemoth abzuschirren, und verschwand.

Mila machte sich nun ebenfalls daran, mit Dietmars Hilfe Nabu das Geschirr abzunehmen. Dann hörte sie, wie jemand nach ihr rief.

»Es ist einer Eurer Leibwächter, Comtesse«, sagte Dietmar.

Es war wirklich Felipe – er kam, weil der Alchemist um ihre Anwesenheit in seinem neuen Laboratorium bat.

Nabu knurrte missbilligend. »Ich kann dich nur noch einmal warnen, Prinzessin. Traue diesem Menschen nicht.«

»Ich danke dir für deine Fürsorge, Nabu, aber seine Einladung erscheint mir nicht sehr gefährlich«, erwiderte Mila, und an Felipe gewandt fuhr sie fort: »Hat Meister Albrecht einen Grund für seine Einladung genannt?«

»Er hat ein Problem erwähnt, bei dem er Eure Hilfe braucht. Es geht wohl um ein Indio-Wort, aber sicher bin ich nicht, Condesa«, antwortete Felipe.

Als sie sich ihren Weg zwischen den vielen Drachenleibern auf dem Platz suchten, fragte Felipe: »Wie war es, ich meine, die Schlacht, Condesa?«

»Schlacht? Mir schien es eher ein Gemetzel gewesen zu sein. Die Waffen der Indios können unseren Rüstungen nicht viel anhaben.«

»Aber Ihr tragt doch gar keine Rüstung, Condesa!«, rief Felipe.

Mila lächelte und klopfte auf die gehärtete Baumwolle. »Oh doch, sie stammt von den Azteken, und Don Mancebo war so großzügig, sie mir zu überlassen. Um die Pfeile der Indios abzuwehren, reicht sie allemal, und größere Gefahr droht mir dort oben in der Luft nicht.«

»Es ist trotzdem ungerecht, dass ich nicht an der Schlacht teilhaben durfte«, meinte Felipe jetzt.

Mila schüttelte den Kopf. »Es war kein ehrenvoller Kampf, Felipe.« Dann nahm sie den Helm ab und drückte ihn Felipe in die Hand. »Wenn du mich zum Laboratorium geführt hast, bitte ich dich, nach einem Exemplar zu suchen, das besser zu meinem Kopf passt, Felipe.«

»Ich werde sehen, was die Konquistadoren mitgebracht haben – und was sie bereit sind, herzugeben. Allzu viel Hoffnung kann ich Euch aber nicht machen, Condesa. Diese Helme sind für spanische Dickschädel gemacht, nicht für die Köpfe edler Damen.«

Er führte sie in den Palast und zur Treppe ins unterste Stockwerk. Mila runzelte die Stirn. »Aber da unten gibt es keine Fenster, oder?«, sagte sie.

»Ich glaube, das macht ihm nichts aus, Condesa«, erwiderte Felipe.

Schon auf der Treppe fiel Mila ein stechender Geruch auf, der rasch immer stärker wurde. Und sie hörte den Wächter, der die Gefangenen bewachte, fluchen und husten.

»Wir sind gleich da, Condesa«, sagte Felipe. »Die Tür steht offen, ja, eigentlich gibt es hier, wie an den meisten Kammern, keine richtigen Türen, sondern nur Tücher. Ich nehme also an, dass er nicht ersticken wird, auch wenn es hier ein wenig streng riecht.«

Mila wollte Felipe fortschicken, doch der bestand darauf, an der Tür warten. »Das ist nun einmal der Sinn einer Leibwache, Condesa. Und Euer Onkel hat mir klar zu verstehen gegeben, dass ich Euch nicht aus den Augen lassen soll, solange Ihr nicht in der Luft seid.«

»Aber hier bin ich sicher, Felipe. Außerdem habe ich dich gebeten, nach einem Helm Ausschau zu halten. Der würde sicher mehr zu meiner Sicherheit beitragen als eine sinnlose Wache vor der Tür.«

Felipe seufzte, dann sagte er: »Gut, ich werde aber Ruiz, der sich irgendwo in den Quartieren herumtreibt, bitten, über Euch zu wachen. Dann werde ich mich besser fühlen, Condesa.«

Mila willigte ein und versprach, nicht etwa ohne Wache zu verschwinden.

Als der Waffenknecht gegangen war, betrat Mila die Kammer. Es roch stechend und scharf, aber Mila spürte auch einen deutlichen Luftzug.

»Ah, Comtesse Milena, wie schön, Euch wiederzusehen!«, rief die Stimme des Alchemisten.

»Danke, Ihr seid sehr freundlich, Meister Albrecht.« Sie hielt inne. Eine Vielzahl von Eindrücken strömte auf sie ein. Es stank, und irgendwo vor ihr in der Dunkelheit brodelte etwas auf kleiner Flamme. Der Raum war vollgestopft mit Gegenständen, das spürte sie. Stimmen drangen ihr ans Ohr. Sie kamen von draußen. Dann stellte sie fest: »Ihr habt Löcher in die Außenwand gebrochen!«

»Beeindruckend, wirklich beeindruckend, Comtesse. Ich staune immer wieder darüber, wie ausgezeichnet Euer Gehörsinn ist. Die Fassade dieses erstaunlichen Bauwerks hat ein interessantes Muster, ein dichtes Netz von Rauten, oder sagen wir, diamantförmig, wenn Ihr Euch das besser vorstellen könnt. Sie reichen tief in die Mauer hinein, und es war gar nicht schwer, sie ganz zu durchbohren.«

»Diamantförmig?«, fragte Mila interessiert.

»Es ist wirklich schade, dass Ihr diese Gebäude nicht sehen könnt, Comtesse, wirklich schade. Aber ich hoffe doch, es hat sie Euch jemand ausführlich beschrieben?«

»Nein, eigentlich nicht«, seufzte Mila, die an die äußerst unzureichenden Schilderungen Dietmars dachte.

»Nicht? Nun, eigentlich nicht erstaunlich bei diesen Männern, die alles mit den Augen von Kriegern betrachten. Aber ich dachte, wenigstens Don Mancebo hätte Euch das eine oder andere Detail geschildert, denn in seinen Adern fließt doch das Blut maurischer Poeten.«

»Es hat wohl auch an der Zeit gefehlt, Meister Albrecht«, erwiderte sie taktvoll.

»Ja, die Zeit, die Zeit. Sie rast davon, aber das ist keine Entschuldigung für meine Unhöflichkeit – wie ist Euer Befinden, Comtesse?«

Mila erwiderte, dass es ihr gut ging, woraufhin er ihr plötzlich gratulierte, weil sie doch nun eine Ritterschwester des Ordens geworden sei, und dann musste sie ihm wenigstens kurz berichten, wie sich das zugetragen hatte.

»Der Drache hat auf dem Wahlrecht bestanden? Erstaunlich, wirklich erstaunlich, da sich diese edlen Wesen doch sonst wenig darum kümmern, wer gerade auf ihrem Rücken sitzt«, murmelte der Alchemist schließlich und wollte dann wissen, ob Mila eine Ahnung hatte, warum Nabu gerade sie und keinen der Knappen erwählt hatte. Sie behauptete, das nicht zu wissen, und fragte nun ihrerseits, auch um das Thema zu wechseln, nach dem Befinden des Alchemisten, der ihr versicherte, sich besser zu fühlen, seit er das schrecklich enge Schiff habe verlassen können. »Dieses Land, Comtesse, und diese Stadt, sie sind wirklich erstaunlich. In gewisser Weise kann ich sagen, dass sie meine Erwartungen, und die waren nicht niedrig, sogar übertreffen.«

»Ich finde diese Stadt, die doch zur Hälfte verlassen ist, eher befremdlich, Meister Albrecht.«

»Wirklich? Ja, eigentlich darf mich das nicht wundern. So etwas haben ja weder Ihr noch ich je zuvor gesehen ... oder gehört. Und diese verlassenen Festungen und Tempel – erstaunlich, nicht wahr?«

»Weshalb habt Ihr eigentlich nach mir gefragt, Meister Albrecht?«, erkundigte sich Mila höflich, da ihr der stechende Geruch im Laboratorium allmählich zusetzte und sie es gerne wieder verlassen hätte.

»Gefragt?« Der Gelehrte stutzte, dann schlug er sich vor die Stirn. »Verzeiht, ich war so erfreut, Euch zu sehen, dass ich meine Frage beinahe vergessen hätte. Fray Celso hat mir berichtet, dass Eure Sprachkenntnisse die seinigen – und sicher auch die meinigen – inzwischen weit übertreffen.«

»Das ist sehr freundlich von Fray Celso«, erwiderte Mila.

»Ja, aber ich hoffe, es ist auch die Wahrheit, denn seht, ihn habe ich schon gefragt, und er war sich bei einigen Worten doch unsicher. Wartet, ich habe es notiert ... hier – *Pachakuti.*«

Mila legte die Stirn in Falten. »Dieses Wort kenne ich nicht, wo habt Ihr es her?«

»Einer der Gefangen hat es verwendet, der Priester, den man hier aus dem Tempel zerrte.«

»In welchem Zusammenhang?«, fragte Mila.

»Das weiß ich leider nicht genau, denn ich habe nicht selbst mit ihm gesprochen, aber Fray Celso hat sich das Wort notiert, und es schien wichtig zu sein. Wartet, ah, hier schreibt der Fray, dass der Indio Eure Landung in dieser Stadt so bezeichnet hat.«

»Es scheint mir zusammengesetzt zu sein aus zwei Worten, die, wenn ich mich nicht irre, *Veränderung* und *Welt* heißen können, aber vielleicht haben sie zusammengesetzt eine andere Bedeutung, Meister Albrecht.«

»Veränderung und Welt«, wiederholte der Alchemist nachdenklich. *»Pacha* – wie in Pachakamaq?«

»Ah, dieses Wort haben wir öfter hier gehört, und ich habe inzwischen herausgefunden, dass es so viel wie Weltenschöpfer bedeutet, aber soweit ich weiß, verehren die Indios den Sonnengott Inti als Herrn der Welt.«

Der Alchemist lachte leise. »Nun, vielleicht ist der, der die Welt schuf, nicht immer der, der sie auch beherrscht.«

»Lasst das nicht Pater Valverde hören«, mahnte Mila etwas verstimmt, weil diese Bemerkung ihre religiösen Gefühle verletzte.

»Nun, ich rede nicht von unserem Gott, Comtesse, sicher nicht, vor allem nicht, wenn einer unserer Heidenbekehrer in der Nähe ist.«

»War das Eure einzige Frage, Meister Albrecht?«

»Wie? Nein, ich habe hier noch zwei oder drei Worte notiert.« Bei den anderen Worten konnte Mila leichter helfen, und sie lächelte, als der Alchemist zuletzt nach der Bedeutung des Wortes *Borla* fragte.

»Ihr seht sie vor Euch, denn ich trage sie. Nach allem, was wir erfahren haben, trägt auch der Herrscher dieses Volkes eine Art Stirnband als Zeichen seiner Würde. Aber ich bezweifle, dass er sie trägt, um seine blinden Augen zu schützen. Das hätte Fray Celso aber doch auch wissen müssen.«

»Ja, er schreibt hier das Gleiche, ich habe mich jedoch gewundert, dass ein so mächtiger Fürst ein Stirnband statt einer goldenen Krone tragen soll, und der Fray, nun, gemessen an Euren erstaunlichen Fähigkeiten, ist sein Wissen um diese Sprache doch bescheiden. Und wenn ich bedenke, dass Ihr Euch das alles nur nach Gehör einprägt!«

Mila wurde ein wenig verlegen, außerdem empfand sie den Geruch in der Kammer inzwischen als so unangenehm, dass das Bedürfnis nach frischer Luft immer drängender wurde. »Was ist es eigentlich, das hier so stechend riecht, Meister Albrecht?«

»Es stört Euch? Verzeiht, ich bin so daran gewöhnt … Es ist nur ein wenig Salpetersäure, denn ich untersuche einige der Gegenstände, die mir Euer Onkel freundlicherweise überlassen hat. Wisst Ihr, das Silber, das diese Indios verwenden, hat ganz erstaunliche Eigenschaften, und ich bereite einige Ingredienzien zu, um seinem Geheimnis auf den Grund zu gehen.«

»Ist Silber nicht gleich Silber?«, fragte Mila, die dem Tonfall des Gelehrten anhörte, dass ihm dies besonders wichtig war.

»Aber nein, Comtesse! Es unterscheidet sich auf vielfältige Weise, besonders nach seiner Reinheit und nach den Spuren anderer Metalle, die noch in ihm stecken. Dieses Silber hier, es ist besonders rein, und ich frage mich, wo diese Wilden es herhaben. Ja, ich frage mich, ob es in dieser Reinheit aus einem Berg gegraben wurde, oder ob sie einen Weg gefunden haben, es auf andere Art zu reinigen und zu veredeln.«

»Das scheint Euch sehr zu beschäftigen, Meister Albrecht«, stellte Mila fest.

»Könnt Ihr ein Geheimnis bewahren, Comtesse?« Der Alchemist wartete Milas Antwort gar nicht erst ab, sondern sagte mit gesenkter Stimme: »Das ist vielleicht die wichtigste Entdeckung von allen, und das nicht, weil es die Pizarros reich machen wird. Wenn ich Recht habe, können wir hier etwas finden, das den Wert von Gold und Silber in jeder Hinsicht weit übersteigt.«

»Und – was soll das sein?«, fragte Mila verständnislos.

»Ach, ich habe schon zu viel gesagt, Comtesse. Es ist wohl die Erleichterung, endlich mit jemandem zu sprechen, dessen Ohr auch für etwas anderes als das Gerede von Schlachten und Reichtum offen ist. Ich weiß eigentlich noch gar nichts, jedenfalls nicht mit der erforderlichen Gewissheit, und es ist sehr gut möglich, dass ich mich irre. Doch nun entschuldigt mich. Die Säure hat ihr Werk getan, und ich muss mir das ansehen, bevor die Probe verdirbt.«

Als Mila das Laboratorium verließ, folgten ihr eine beißende Schwade Dampf und der Husten des Alchemisten, der es nach ihrem Empfinden plötzlich doch auffallend eilig gehabt hatte, sie loszuwerden. Als sie mit Ruiz die Treppe hinaufging, kam ihr jemand entgegen. Es war Konrad von Wolfegg, der sie nur knapp grüßte. Sie erwiderte den Gruß ebenso knapp und lauschte, als sie weitergingen, auf seine Schritte. Zunächst dachte sie, er wollte vielleicht zu den Gefangenen, aber dann stellte sie erstaunt fest, dass er sich in das Laboratorium des Alchemisten begab.

Kemaq rannte durch die Felder. Sein Blick war oft zum Himmel gerichtet, doch außer Möwen und Seeschwalben war dort kein fliegendes Wesen zu sehen. Er fragte sich, was aus Pitumi geworden war. Hatte sie den Angriff der Fremden überlebt? Er versuchte, nicht an den hinter ihm liegenden Schrecken zu denken, der so lebendig vor seinem inneren Auge stand: Die Fremden mit ihren Blitze schleudernden Waffen, die vierbeinigen Wesen, die sterbenden Chimú. Wer sollte diese Eindringlinge bezwingen können? Jatunaq. Der Gedanke an seinen Bruder war besonders schmerzhaft. Er war im Palast zurückgeblieben, um ihn zu retten. War er tot? War er gefangen? Was war mit den anderen Kriegern? War auch nur einer von ihnen entkommen? Oder war er der Einzige, und es war ganz allein an ihm, dem Hohepriester die schlechte Nachricht zu überbringen?

Er lief, bis er den Fluss erreichte, schwamm hinüber und lief weiter. Er hielt sich etwas abseits der Straße, was ihm aber bald lächerlich vorkam. Das Gelände war eine weite Wüste, mit Sand, so hart gebacken wie Stein, und die wenigen schütteren Sträucher, die hier irgendwie überlebten, waren viel zu armselig, um ihn vor den Blicken der *Drachen* zu verbergen. Er hatte seinen Wasserbeutel ebenso verloren wie sein Horn, obwohl er nicht sagen konnte, wann das geschehen war, aber das, so dachte er grimmig, war noch seine geringste Sorge. Wenn er erst einmal in Tikalaq war, würden die Priester sein Versagen bestrafen. Dennoch musste er sie warnen. *Und vielleicht*, so dachte er weiter, *vielleicht überzeugen mein baldiger Tod und der Tod von Jatunaq unseren Bruder Qupay, dass der Segen Intis doch nicht so stark ist, wie er glaubt.*

Erschrocken schüttelte er den Kopf. Es war nicht gesagt, dass Jatunaq tot war. Er mochte entkommen sein. Er war stark, klug und tapfer – er *durfte* einfach nicht tot sein. Die düsteren Gedanken bedrückten ihn, und das Laufen fiel ihm viel schwerer als sonst. Dennoch rückten die steilen Hänge der Berge näher, und dann fiel Kemaq etwas auf: Im Hang hing eine Staubwolke. Er sah genauer hin. Es wirkte, als ob dort viele Menschen auf dem Pfad von Tikalaq herunterkämen. Eine Zeitlang dachte er, es könne eine große Herde Lamas sein, aber dann wurde ihm klar, dass das Unsinn war. Wer sollte jetzt eine Herde aus den Bergen herabtreiben? Und vor allem, wohin? Chan Chan war in der Hand eines grausamen Feindes. Kurz darauf sah er unter dem Staub hier und dort etwas hell aufblitzen. Dann begriff er endlich: Das war das Heer aus Tikalaq! Es marschierte, zum Krieg geschmückt, in die Ebene, um sich dem Feind zu stellen. *Umso besser,* dachte er grimmig, *das erspart mir einen guten Teil des Weges.* Es störte ihn nicht im Geringsten, dass er somit seinem unvermeidlichen Tod vermutlich noch etwas früher begegnen würde.

»Veredeln, sagst du?«, fragte Nabu nachdenklich.

»Das waren seine Worte«, erwiderte Mila. »Übrigens«, fügte sie schuldbewusst hinzu, »er hat mich gefragt, ob ich es als Geheimnis bewahren könne.«

»Und du erzählst es mir trotzdem?«

»Er hat es mir erzählt, bevor ich antworten konnte.«

Nabu schnaubte. »Das sind Spitzfindigkeiten, oder?«

Jetzt hatte Mila wirklich ein schlechtes Gewissen. »Ich werde wohl mit Fray Celso reden müssen. Dabei habe ich doch erst vor Kurzem gebeichtet.«

»Ich würde damit noch warten«, meinte Nabu.

»Warum?«, fragte sie verwundert.

»Bei jedem anderen Mann hätte ich dir die Beichte sehr ans Herz gelegt, auf dass deine Seele die nötige Reinigung erfahren möge, aber bei dem Stinker ist das vielleicht nicht nötig.«

»Du sollst ihn nicht so nennen, Nabu.«

»Ich rieche doch jetzt noch, dass du bei ihm warst, Prinzessin«, antwortete Nabu gelassen. »Ich wollte eigentlich auch eher darauf hinaus, dass er vielleicht gar nicht wollte, dass du es geheim hältst.«

»Das verstehe ich nicht«, klagte Mila.

»Schau, ich denke, er wollte vielleicht, dass du mit mir darüber redest, oder er wollte nur herausfinden, ob du den Mund halten kannst, und was das betrifft, so hoffe ich, dass du unser Geheimnis besser verwahrst als seines«, ergänzte der Drache spöttisch.

Mila schwieg verärgert.

»Es gibt hier schon genug Männer und Drachen, die wissen, wonach der Stinker sucht. Es ist also eigentlich kein Geheimnis«, erklärte Nabu.

»Er sucht nach Silber?«, fragte Mila verwirrt.

»Sicher nicht, Prinzessin. Er sucht nach dem, womit das Silber veredelt wurde.«

Mila dachte nach. Dann fiel ihr das Wort wieder ein, das sie einmal gehört hatte: »Azoth?«, fragte sie.

Aber darauf antwortete Nabu nicht.

Kurz darauf erschien Felipe. »Es tut mir leid, Condesa, aber der Zeugmeister der Konquistadoren hat keinen kleineren Helm gefunden. Er hat jedoch diesem hier eine doppelte lederne Kappe eingefügt, so könnte er besser passen.«

Mila betastete den Helm. Es war ein spanischer Morion, mit

hohem Kamm und der typischen, vorn und hinten nach oben geklappten breiten Krempe. Ihre Finger strichen über die feine Ziselierung. »Das scheint mir sehr gute Schmiedearbeit zu sein«, lobte sie, »ich danke dir.«

»Dankt nicht mir, sondern dem Einfluss Eures Onkels, Condesa. Ich glaube nicht, dass sich der Zeugmeister sonst von diesem schönen Stück getrennt hätte.«

»Das werde ich am besten gleich tun, denn ich habe noch die eine oder andere Frage an ihn, die mir andere zwar auch beantworten könnten, es aber nicht wollen«, sagte sie, doch Nabu, dem der Seitenhieb galt, reagierte nicht.

Mila kam nicht dazu, ihren Onkel aufzusuchen, denn Marschall di Collalto erschien und hatte für sie, Sir William und Waleran de Martel neue Befehle: »Wir sind nun schon fünf Tage hier, und noch immer haben wir nichts von den Herren dieses Landes gehört. Steigt auf und sucht nach Anzeichen für ein Heer. Haltet auch nach einzelnen Läufern Ausschau und fangt einen, wenn Ihr könnt. Wir könnten seine Dienste brauchen.«

Das Lager des Heeres fand sich am Fuß der Berge, unweit des Chaskiwasi, an dem Kemaq in den vergangenen Tagen schon so oft vorübergekommen war. Dieses Mal wurde er jedoch nicht von einem anderen Läufer, sondern von schwer bewaffneten Kriegern erwartet, die ihn, als er ihnen gesagt hatte, wer er war, rasch ins nahe Lager führten. Kemaq sah einige hundert Krieger, die sich dort an einem Weiher versammelt hatten, und er sah auch, dass immer noch weitere Krieger in kleinen Gruppen den Berg herabkamen. Der Hohepriester hatte eine behelfsmäßige Tempelpyramide errichten lassen, auf der er, gerade als Kemaq eintraf, ein kostbares Gewand opferte. Der Tempel war aus grob behauenen Steinen zusammengesetzt und überragte das Lager deutlich. Kemaq empfand einen Anflug von Stolz, denn offensichtlich war die kleine Pyramide das Werk seiner Leute, die wieder einmal bewiesen hatten, dass sie den Namen Steinvolk zu Recht trugen. Im Schatten des Altars lag ein Mann. Er war tot. Kemaqs kurz aufflackerndes Hochgefühl war sofort wieder erloschen. Er sah genauer hin und erkannte einen von Jatunaqs Kriegern wieder, einen von denen, die es nicht einmal in den Palast hineingeschafft hatten. Er war der Mondfestung also entkommen, doch nur, um hier zu sterben. Mit erschreckender Kälte wurde ihm bewusst, dass er vermutlich dasselbe Schicksal erleiden würde. Er blickte sich um, aber er konnte seinen Bruder Qupay nicht sehen, Qupay den Priester, der ihm und Jatunaq die ganze Sache eingebrockt hatte, und der vielleicht jetzt ein gutes Wort für ihn hätte einlegen können.

Huaxamac betete lange mit erhobenen Händen zu Inti, während das bunte Gewand mit hellem Rauch verbrannte, was Kemaq viel Zeit ließ, über sein düsteres Schicksal nachzudenken. Endlich wandte der Hohepriester sich von der Opferschale ab, wusch sich die Hände, stieg die vier Stufen des Altars herab und setzte einen hohen, federgeschmückten Kriegshelm auf. Der Curaca war ebenfalls dort, aber wieder schien es Kemaq, als halte er sich auffallend im Hintergrund, und es war der Hohepriester, der die Befehle erteilte. Einer der Krieger, die Kemaq geleitet hatten, trat zu Huaxamac und flüsterte ihm etwas zu, aber der Hohepriester schien sich zunächst nicht weiter um den Läufer, der geradewegs aus der Festung des Feindes kam, kümmern zu wollen. Er erteilte weitere Befehle, besprach sich mit seinen Hauptleuten, und erst dann befahl er Kemaq, vorzutreten.

»Du hast meine Krieger zu ihrem Ziel geführt, hörte ich, doch waren ihre Arme zu schwach, ihren Auftrag zu erfüllen.«

»Sie sind dabei gestorben, Herr«, erwiderte Kemaq, dem es nicht gefiel, wie der Priester über seinen Bruder sprach.

»Weil es ihnen an Glauben mangelte«, entgegnete Huaxamac scharf. »Fehlt es dir auch daran, Chaski?«

»Nein, Herr«, antwortete Kemaq und schluckte seinen Zorn hinunter.

»Wie ist es dir gelungen, zu entkommen, Chaski? Bist du auch durch brennendes Wasser geschwommen wie jener Krieger, der Inti so enttäuscht hat?«, fragte er und deutete mit knapper Geste auf den Leichnam.

»Nein, Herr«, antwortete Kemaq, und dann schilderte er seine Flucht aus der Festung des Mondes, erzählte, wie der andere Läufer von den Waffen der Fremden getötet worden war, außerdem von den neuen Fremden, die in riesigen Booten übers Meer gekommen waren, den seltsamen vierbeinigen Tieren, auf denen sie ritten, und dem Gemetzel in der Stadt. Pitumi erwähnte er wieder nicht, und noch etwas verschwieg er dem Hohepriester, ohne dass er wusste, warum er das tat, nämlich, dass die Frau mit der Borla keine hohe Fürstin, sondern einfach nur blind war.

»Waffen, die Blitz und Donner schleudern?«, fragte Huaxamac, als Kemaq zum Ende gekommen war.

»So ist es, Herr.«

»Es ist offensichtlich, dass du in deiner Furcht übertreibst. Doch mache ich dir keinen Vorwurf, denn du bist ein Läufer, kein Krieger. Wir werden uns diese Fremden bald selbst ansehen, denn heute Nacht marschieren wir nach Chan Chan, und morgen früh gehört die Stadt wieder uns.«

Kemaq öffnete den Mund, aber er wusste nicht, was er sagen sollte. Er hatte dem Priester doch in aller Deutlichkeit die furchtbare Macht der Feinde geschildert. Warum hörte er nicht auf ihn? »Und das Opfer, Herr?«, stieß er hervor, obwohl er wusste, dass er in Gegenwart eines Hohepriesters nur reden durfte, wenn er gefragt wurde.

Huaxamac warf ihm einen eisigen Blick zu, aber Kemaq verspürte jetzt keine Angst mehr, denn sein Leben war ohnehin verwirkt. Er bemerkte, dass einige der Umstehenden den Priester erwartungsvoll ansahen, aber dieser zögerte mit einer Antwort. Schließlich sagte er: »Ich glaubte, Inti verlange ein besonderes Opfer, um uns seine Gunst zu schenken, doch jetzt sehe ich an neuen Zeichen, dass dies gar nicht nötig ist.« Er starrte Kemaq kurz an und stieg dann wieder die Stufen der Pyramide empor, so dass jeder im Lager ihn gut sehen konnte. Er breitete die Arme aus und rief: »Seht, dieser Läufer ist das Zeichen, auf das wir gewartet haben! Er war zwei Mal in der Festung des Feindes und kam stets wieder hinaus. Er ist dem Feuer ihrer falschen Götter entgangen und ihren Waffen, die vor Intis Herrlichkeit vergehen werden. Solange er bei uns ist, ist auch der Sieg mit uns. Und morgen früh, wenn die Sonne über den Bergen erscheint, werden wir den Feind vernichten!«

Er rief diese Worte laut und strahlte dabei solch eine Überzeugungskraft aus, dass sogar Kemaq ihm beinahe geglaubt hätte. Die Krieger brachen in lauten Jubel aus.

Kemaq begriff erst nach und nach, dass er an diesem Tag nicht sterben sollte. Man gab ihm zu essen und zu trinken, und es schien, als suchten die Krieger seine Nähe. Als er danach fragte, sagte einer: »Es heißt, der Segen des Sonnengottes begleite dich auf all deinen Wegen. Ich hoffe, dass nun ein wenig davon auf mich übergeht.«

Endlich kam auch Qupay zu ihm. Er trug den Mantel eines Priesters und einen Helm mit vielen Federn, woraus Kemaq schloss, dass sein Bruder in der Rangordnung nach oben geklettert sein musste. Die Krieger gehorchten sofort, als er sie bat, ihn mit Kemaq allein zu lassen.

»Du hast es also geschafft, Bruder«, begann Qupay etwas steif.

Kemaq schob die Schale mit Bohnen zur Seite. Er saß unweit des kleinen Weihers, der der Grund war, dass man hier ein Botenhaus und jetzt auch das Lager angelegt hatte. »Ich habe es geschafft, Jatunaq nicht«, erwiderte er knapp.

»Ist er wirklich tot?«, fragte Qupay, und Kemaq sah Angst in seinen Augen.

Er schüttelte den Kopf. »Ich weiß es nicht. Er hat mich gerettet, denn er hat unsere Verfolger aufgehalten. Ich habe jedoch nicht gesehen, ob sie ihn getötet oder vielleicht nur gefangen haben. Jedoch habe ich wenig Hoffnung, denn diese Fremden sind grausam.«

»Wir werden sie morgen besiegen, und dann werden wir auch unseren Bruder aus ihren Händen befreien«, sagte Qupay.

Kemaq starrte ihn an. Mit seinem federgeschmückten Helm und dem prachtvollen gelben Mantel kam ihm sein Bruder auf einmal sehr fremd vor. »Ich sehe, du bist in der Gunst des Hohepriesters gestiegen, Qupay«, sagte er und konnte nicht verhindern, dass es wie eine Anklage klang.

»Ich würde Mantel und Helm hergeben, wenn ich unseren Bruder damit zurückbringen könnte, Kemaq«, erklärte Qupay mit gepresster Stimme.

»Jetzt ist es zu spät, und ich glaube auch nicht, dass wir morgen siegen werden.«

»Aber Kemaq!«, rief sein Bruder erschrocken. »Das darfst du nicht sagen, nicht einmal denken. Wir haben die Zeichen gedeutet, sie waren günstig. Der Segen Intis ruht auf unserem Kampf.«

»Du hast auch gesagt, dass er auf mir und Jatunaq ruht – und wo ist unser Bruder jetzt?«, fuhr ihn Kemaq an.

Qupay wurde leichenblass, dann fasste er sich und erwiderte mit plötzlicher Kälte: »Du hast selbst gesagt, dass er vielleicht nur gefangen ist, und du, du bist zurückgekehrt, auch wenn es mir jetzt umgekehrt …« Qupay beendete den Satz nicht und fuhr stattdessen fort: »Ist es denn nicht offensichtlich, dass Inti seine Hand schützend über dich hält? Und sicher auch über Jatunaq! Warum nur ist dein Glaube so schwach, kleiner Bruder?«

Kemaq antwortete nicht, denn er hatte etwas gesehen. Es war ein schwarzer Punkt, der sich am blauen Abendhimmel zeigte. Er kam schnell näher. Qupay bemerkte offenbar seinen gebannten Blick, denn er drehte sich ebenfalls um. Jetzt war aus dem Punkt schon ein Wesen mit weit gespannten Flügeln geworden. Plötzlich ertönten Warnschreie im ganzen Lager, und die Krieger griffen zu den Waffen. Der Ankay Yaya stieß auf das Lager herab, und Kemaq konnte hören, wie er die Luft einsog. Er wusste, was jetzt folgen würde. Die Krieger liefen nicht davon, selbst dort nicht, wo der Gott niederstieß. Tapfer stellten sie sich ihrem Schicksal.

Mila konnte durch die Haut des Drachen fühlen, wie sich seine mächtigen Lungen mit Luft füllten. Sie klammerte sich an ihren Sattel, und sie hörte Felipe hinter sich aufstöhnen. Der Sturzflug war schnell und steil, und an den Schreien der Männer dort unten erkannte sie, dass sie dem Boden gefährlich nahe kamen. Endlich entfaltete Nabu die Schwingen, fing den Sturz hart ab, und Mila wurde kräftig durchgeschüttelt. Dann spie Nabu Feuer auf die Krieger, die so leichtsinnig gewesen waren, aus ihren Bergen herabzukommen. Seine Schwingen fuhren sausend durch die Luft, und er änderte jäh die Richtung. Mila spürte, wie schwer seine Muskeln arbeiten mussten, um die Höhe zu halten. Er keuchte, holte noch einmal tief Luft, und wieder spürte Mila die Hitze seines Feueratems. Dann stieg er mit starken Flügelschlägen wieder auf. Erst als sie schon ein gutes Stück Höhe gewonnen hatten, hörte Mila das Sausen vereinzelter Pfeile, die an der Drachenhaut abprallten. Der Drache stieg ächzend weiter auf. »Ich hatte beinahe vergessen, wie anstrengend diese Art Angriff ist«, keuchte er.

Mila klopfte ihm auf die starke Schulter. »Es ist gut gegangen«, rief sie.

»Wirklich, Prinzessin?«, rief der Drache. »Lass dir von deinem Leibwächter berichten.«

»Ich fürchte, wir haben wenig erreicht, Condesa«, rief Felipe.

Sie waren hoch genug, so dass Nabu nicht weiter steigen musste, um den Pfeilen der Indios zu entgehen. Er schien rasch wieder zu Atem zu kommen und flog eine Schleife. »Ich sagte doch, dass so ein Scheinangriff nicht viel bringen wird, Prinzessin«, brummte er.

»Sie laufen nicht davon?«, fragte Mila enttäuscht.

»Nein, ganz im Gegenteil, sie rotten sich noch dichter zusammen, Condesa«, berichtete Felipe. »Ich glaube, sie erwarten noch einen Angriff.«

»Soll ich?«, fragte Nabu.

Aber Mila wollte nicht: »Wir fliegen zurück und melden dieses Heer dem Hochmeister.«

»Gut«, erwiderte Nabu, »es widerstrebt mir ebenfalls, gegen diese armen Seelen mit ihren lächerlichen Keulen und Steinpfeilen zu kämpfen.«

Sie flogen langsam Richtung Stadt. Mila spürte die tief stehende Sonne auf dem Gesicht. »Wenn du dieses Heer meldest, Prinzessin«, gab Nabu zu bedenken, »ist es gut möglich, dass andere Drachen hierhergeschickt werden, und die sind vielleicht weniger rücksichtsvoll als ich.«

Mila seufzte. »Ich weiß, aber was sollte ich sonst tun?«

»Nein, du hast Recht. Wenn ein paar meiner Brüder hier erscheinen und aus den Drohungen Ernst machen, werden sie fliehen. Dann ist dieser Spuk schnell beendet. Sie werden nicht so dumm sein, gegen zehn oder zwölf von uns eine Schlacht führen zu wollen.«

Kemaq starrte dem *Drachen* hinterher. Neben ihm schoss ein Mann mit dem Bogen Pfeile nach dem fliegenden Gott, aber der war schon lange außer Reichweite. Er legte dem Schützen eine Hand auf den Arm, und dieser ließ zögernd die Waffe sinken. Kemaq sah sich um: Hinter ihnen, keinen Steinwurf entfernt, brannte die Krone einer hohen Kiefer. Überall lagen Krieger auf dem Boden, aber viele waren auch stehen geblieben, hatten dem Feuer getrotzt – und überlebt. Jetzt rappelten sich auch jene auf, die dem Anblick dieses feuerspeienden Wesens nicht gewachsen gewesen waren. Kemaq sah, wie ungläubig die Männer einander anschauten und sich teilweise auch selbst betasteten, als wollten sie nachsehen, ob sie wirklich noch lebten.

Qupay erhob sich. Sein prachtvoller Mantel war ihm über die Schulter gerutscht und dort zerrissen, sein Helm davongerollt.

Verlegen hob er ihn auf und sammelte einige Federn ein, die sich gelöst hatten. »Was war das?«, fragte er heiser.

»Das war einer jener Götter, die ihr morgen angreifen wollt«, gab Kemaq trocken zurück.

»Atem aus Feuer«, flüsterte Qupay.

»Verstehst du nun, dass ich an einem leichten Sieg zweifle?«, fragte Kemaq, aber er erhielt keine Antwort, denn plötzlich erschien Huaxamac, der Hohepriester, auf der Steinpyramide. Er breitete die Arme aus und wartete, bis sich alle Augen auf ihn gerichtet hatten. Tausend Männer starrten erwartungsvoll hinüber zum Altar und zu Intis Hohepriester, der die Arme erhoben hielt, bis auch der letzte Krieger verstummt war. Auch Kemaq konnte seinen Blick nicht von Huaxamac lösen. Endlich sprach er, mit einer lauten und klaren Stimme, die von den Berghängen widerhallte: »Habt ihr es gesehen, ihr Krieger? Dies war der Feind, ein fliegendes Ungeheuer, und machtvoll ist sein Erscheinen. Feuer hat es gespien, und seine Schwingen haben den Himmel verdunkelt.« Dann rief er noch lauter: »Doch hat es auch nur einen von uns zu verletzen vermocht? Feuer regnete vom Himmel, zweimal, doch wo sind die Verwundeten, wo die Toten? Nein, sein Auftreten mag machtvoll scheinen, doch in Wahrheit ist es schwach, und seine Flammen haben keinen von uns verletzt! Die Sonne schien es verdunkeln zu wollen, doch seht, Inti leuchtet unerschütterlich für uns! Das war der Feind, ihr Krieger, mit furchtbarem Antlitz, doch mit so wenig Kraft. Und morgen werden wir ihn vernichten!«

Lauter Jubel antwortete auf die Rede des Hohepriesters. Dann rief Huaxamac: »Macht euch bereit, ihr Tapferen, wir marschieren heute Nacht!«

Begleitet von Felipe, eilte Mila in die große Kammer, um ihren Bericht abzugeben. Mehrere Männer schienen dort zu streiten. Schon auf dem Gang konnte sie die Stimmen ihres Großonkels, Graf Tassilos und Marschall di Collaltos unterscheiden.

Zwei weitere Stimmen erkannte sie ebenfalls wieder, nämlich die von Francisco Pizarro und seinem Halbbruder Hernando, eines Mannes, den Mila, obwohl sie ihm nur dreimal kurz begegnet war, bereits unerträglich überheblich fand. Der Streit betraf ganz offensichtlich den Wunsch des Hochmeisters, die Festung des Mondes zur Ordensfestung zu erklären, was, während Mila sich der Kammer näherte, von Francisco Pizarro strikt abgelehnt wurde. Jetzt hörte sie, dass auch Xavier de Paz, der Schatzmeister des Kaisers, dort war, denn dieser versuchte jetzt, den Streit zu schlichten. Er beendete seine Ausführungen jedoch, als sie über die Schwelle der Kammer trat.

»Ihr seid schon zurück, Comtesse? Ich nehme an, Ihr habt dafür einen guten Grund«, begrüßte sie der Tressler in einem Tonfall, der aussagte, dass er genau das eigentlich nicht annahm.

»Es kommt ein Heer der Indios aus den Bergen, Ihr Herren«, erwiderte sie knapp.

Schlagartig wurde es ganz still im Raum, und nur die Schreie der Seevögel drangen noch von draußen herein.

»Wo ist dieses Heer, und wie groß ist es?«, fragte der Marschall.

»Nabu und Felipe schätzen ihre Zahl auf zweitausend Krieger, die sich am Fuß der Berge sammeln. Es marschierten jedoch noch einige hundert weitere auf einem schmalen Bergpfad hinab ins Tal. Ich nehme an, der Pfad ist die Fortsetzung der Straße, die von hier durch die Wüste zu den Bergen führt. Ihr werdet sie vielleicht schon bemerkt haben.«

»Natürlich. Wir haben ihre Botenhäuser dort zerstört«, murmelte di Collalto nachdenklich.

»Haben die Wilden Euch auch entdeckt, Condesa?«, fragte die schneidende Stimme Francisco Pizarros.

Sie nickte. »Ich flog mit Nabu einen Scheinangriff, um ihren Mut zu erschüttern, doch sie wichen nicht, auch nicht, als Nabu Feuer spie.«

»Ihr hattet keinen Befehl für einen solchen Angriff, Comtesse«, ereiferte sich Graf Tassilo.

»Ah, kommt schon, Tassilo«, rief Francisco Pizarro, »lasst doch der Jugend ihren Übermut! Das war tapfer von Euch, Condesa«, fügte er dann hinzu.

Obwohl sie sich geschmeichelt fühlte, erwiderte sie: »Ich danke Euch, aber es erscheint mir nicht allzu tapfer, Don Francisco, sich auf dem Rücken eines feuerspeienden Drachen auf einige Indios zu stürzen, die doch derart schlecht bewaffnet sind.«

»Es sind gottlose Heiden, sie haben nichts Besseres als das Feuer verdient«, warf Hernando Pizarro ein.

Niemand antwortete darauf, aber dann hörte Mila, dass ihr Onkel sich erhob. »Nun, Ihr Herren, die Sonne geht bald unter, aber ich denke, wir werden rechtzeitig in der Luft sein, um dieses Heer mit einem entschlossenen Angriff zu zerstreuen.«

Der Marschall und auch Graf Tassilo erhoben sich daraufhin ebenfalls. Aber dann rief Francisco Pizarro plötzlich: »Ich denke, es ist besser, sie nicht anzugreifen.«

»Nicht angreifen?«, fragte der Marschall und klang einigermaßen verblüfft.

»Worauf wollt Ihr warten, Don Francisco? Darauf, dass sie uns in unserer Festung belagern und aushungern?«, rief der Hochmeister. »Wisst Ihr nicht, wie es Cortez in Tenochtitlan ergangen ist? Und mit welch knapper Not er entkam?«

»Cortez hatte keine Drachen«, entgegnete Francisco Pizarro.

»Und war dennoch siegreich«, fügte sein Halbbruder hinzu.

»Und wäret Ihr so gütig, uns zu verraten, was Ihr vorhabt, Don Francisco?«, rief der Hochmeister und klang ungehalten.

Francisco Pizarro schwieg einen Moment, dann erklärte er ruhig: »Diese Indios fürchten Euch und Eure Drachen, aber sie fürchten nicht uns. Ich will ihnen diese Furcht beibringen.«

»Ihr wollt Euch auf eine Schlacht Mann gegen Mann einlassen?«, fragte di Collalto.

»So ist es. Hernando, geh hinunter und gib den Männern ihre Befehle. Wir ziehen heute Nacht noch aus, um diesen Heiden einen gebührenden Empfang zu bereiten.«

»Augenblick – Ihr wollt ihnen auf offenem Feld entgegentreten?«, rief der Marschall ungläubig. »Ich hatte angenommen, Ihr wolltet sie wenigstens hier auf den Mauern erwarten, denn dort wäre Euch der Sieg halbwegs sicher, und Eure Verluste wären gering. Bedenkt bitte, dass der Feind weit mehr als zweitausend Krieger hat, und Ihr habt kaum zweihundert.«

»Sind alle Männer Eures Ordens so furchtsam, di Collalto?«, fragte Hernando Pizarro höhnisch.

»Hütet Eure Zunge, Hernando, sonst schneide ich sie Euch noch ab!«, fuhr ihn der Marschall an.

Mila hörte, dass Don Hernando sein Schwert schon halb aus der Scheide gerissen hatte, bevor jemand ihm in den Arm fiel.

»Meine Herren, beruhigt Euch bitte wieder«, rief Xavier de Paz, der Schatzmeister des Kaisers, und fügte tadelnd hinzu: »Ihr seid doch keine Schildknappen mehr!« Und als die Schwerter wieder an ihrem angestammten Platz waren, fuhr er fort. »Ich bin außerordentlich begierig, mehr über Don Franciscos Plan für diese Schlacht zu erfahren.«

Sie marschierten ohne Licht und hielten sich dicht am Fuß der Berge. »Es ist ein Umweg«, stellte Kemaq zum wiederholten Male fest. Der Boden war uneben und voller trockener Rinnen, die jetzt, in der Nacht, schwer zu erkennen waren, und so stolperten die Krieger aus Tikalaq in einer langen Doppelreihe durch die Dunkelheit, denn der Hohepriester hatte Fackeln untersagt.

»Huaxamac hat entschieden, die Straße zu meiden, und das scheint mir klug, denn hier wird uns der Feind nicht vermuten«, entgegnete Qupay. Die beiden Brüder marschierten nebeneinander, und Qupay hatte nicht versäumt, darauf hinzuweisen, was für eine Ehre Kemaq damit zuteilwurde, in der Nähe der Priesterschaft laufen zu dürfen.

»Unser Feind kann fliegen«, erwiderte Kemaq jetzt auf Qupays letzte Bemerkung, »er wird uns nicht länger suchen müssen als ein Kondor, der auf Aas aus ist.«

»Sprich wenigstens leise«, bat Qupay mit besorgtem Blick.

»Aber wir verlieren nur Zeit«, meinte Kemaq. »Würden wir auf der Straße marschieren, könnten wir die Fremden vielleicht vor dem Morgengrauen überraschen, und darin sähe ich die einzige, kleine Hoffnung auf Erfolg.«

»Mit deinem Gerede entmutigst du die Krieger«, wies ihn Qupay leise zurecht.

Kemaq seufzte, und er fragte sich, ob der Hohepriester diesen Umweg vielleicht deshalb befohlen hatte, um den Kriegern den Anblick der zerstörten Botenhäuser und verbrannten Chaski zu ersparen, denn das hätte die Männer vielleicht mehr erschüttert als das Gerede eines Läufers, der von solchen Dingen doch angeblich nichts verstand.

»Was glaubst du«, fragte er seinen Bruder etwas später, »warum hat dein Hohepriester darauf bestanden, dass ich euch begleite?«

»Willst du denn nicht dabei sein, wenn wir die Fremden zurück ins Meer treiben?«, fragte Qupay.

Kemaq verkniff sich die Antwort, die ihm auf der Zunge lag, und erwiderte stattdessen: »Ich wäre lieber zu Hause, da, wo wir alle sein sollten. Seit fünf Tagen hetze ich zwischen Tikalaq und Chan Chan hin und her. Ich bin müde, meine Beine sind schwer. Ich glaube, ich bin noch nie in meinem Leben so viel und so weit gelaufen.«

»Vielleicht findest du in Chan Chan etwas Ruhe, wenn wir die Stadt erst zurück erobert haben«, meinte Qupay und senkte seine Stimme. »Das Wichtigste weißt du ja noch gar nicht – der Sapay Inka ist auf dem Weg hierher!«

»Atahualpa?«, rief Kemaq und war so überrascht, dass er nur den einfachen Namen des Sapay Inka benutzte. Aber Qupay ahndete diesen Frevel nicht, sondern antwortete: »Er soll schon kurz vor Huamachuco sein, und er bringt viele tausend Krieger mit.«

»Aber – warum warten wir dann nicht auf ihn und sein Heer?«, rief Kemaq.

»Warten? Großer Ruhm und hohe Belohnung werden dem zuteil, der die Fremden besiegt und sie für den Sapay Inka gefangen nimmt. Warum also darauf warten, dass andere diesen Ruhm ernten?«

»Ich kann mir nicht vorstellen, dass wir etwas anderes als den Tod ernten«, erwiderte Kemaq düster.

Qupay blickte sich vorsichtig um und schüttelte den Kopf. »Es ist gut, dass dich niemand gehört hat. Huaxamac weiß zwar, dass der Segen Intis auf dir ruht, weshalb er dich wohl auch in seiner Nähe haben will, aber du solltest es nicht übertreiben, kleiner Bruder.«

Kemaq seufzte. *Kleiner Bruder.* So hatte Jatunaq ihn auch immer genannt.

Nabu hatte Mila auf die Mauer beim Tor getragen, und jetzt lauschte sie auf den Abmarsch der Spanier. Sie marschierten in grimmigem Schweigen, und keine Trommel schlug, als die Konquistadoren die Festung verließen. Vorneweg ritten die Befehlshaber, ihnen folgten dreißig Reiter auf ihren Pferden, dann, mit schwerem Tritt, die Pikeniere, Arkebusiere und Armbrustschützen, und ganz am Ende zogen Männer die drei leichten Feldgeschütze hinaus, die Pizarro mitgebracht hatte.

»Ist es wirklich so, dass sie die Drachen nicht in der Schlacht haben wollen?«, fragte Felipe wieder. Er war begierig auf die Schlacht gewesen, und als er gehört hatte, dass die Waffenknechte des Ordens in der Festung verbleiben sollten, um sie zu verteidigen, hatte er darum gebeten, wieder mit Mila fliegen zu dürfen. Dem alten Dietmar war das nicht unrecht, er hatte erklärt, dass es ihm auch lieber wäre, nicht wieder mitten im Getümmel zu stecken, da er doch ohnehin kein Krieger war. Auch Ruiz schien ganz zufrieden damit zu sein, in der Festung bleiben zu dürfen. Es wurde immer offensichtlicher, dass der junge Mann ziemlich faul war und sich nur bewegte, wenn es unbedingt sein musste. »Aber dann ist er zuverlässig und schnell«, hatte Felipe behauptet, der sich mit einer Armbrust bewaffnet hatte und nun Mila den Auszug der Konquistadoren beschrieb.

»Sie wollen, dass wir uns zurückhalten und nur in höchster Not erscheinen, Felipe«, beantwortete Mila jetzt seine Frage.

»Aber das verstehe ich nicht«, erwiderte der Waffenknecht.

»Sie haben ihre Gründe«, brummte Nabu. »Aber vielleicht ist es auch nur Hochmut. Wir werden sehen.«

»Dann lass uns fliegen, Nabu, wir haben unsere Order.«

»Wie du wünschst«, antwortete der Drache und sprang von der Mauerkrone in die Luft. Seine Schwingen streckten sich, und rasch gewannen sie an Höhe. Es war späte Nacht, und Felipe verriet Mila, dass der Mond schon bald untergehen würde. »Dann dauert es auch nicht mehr lange, bis die Sonne aufgeht.«

Mila dachte daran, dass sie den Mond noch nie gesehen hatte, aber dann versuchte sie trotz allem, den Flug zu genießen. Eine Weile zogen sie schweigend dahin, und nur das leise Sausen von Nabus Schwingen war zu hören, aber dann fragte Mila: »Wo fliegst du eigentlich hin, Nabu?«

»Zum Berg, wie befohlen, Prinzessin. Warum fragst du?«

»Kann es sein, dass dies nicht gerade der kürzeste Weg ist?«

Nabu schnaubte. »Woher weißt du das?«, fragte er und klang milde erstaunt.

»Ich weiß es einfach. Der Berg liegt doch weiter östlich, oder? Außerdem müssten wir eigentlich schon da sein.«

»Deine Sinne sind wirklich erstaunlich, Prinzessin. Ich fliege einen kleinen Umweg, denn ich will doch sehen, wo diese Indios sich herumtreiben.«

»Aber das ist doch die Aufgabe von Robert de Lanois und Don Gómez«, rief Mila mit leichtem Tadel. Sie wollte nicht schon wieder Ärger mit ihrem Onkel und dem Tressler haben.

»Sie werden uns schon nicht verraten – ah, dort unten.«

»Was ist dort unten?«

An Nabus Stelle antwortete Felipe. Sie spürte, dass er sich weit nach vorn lehnte, um über die Flügel sehen zu können: »Dort unten marschieren sie, nahe dem Fluss, Condesa, und ohne eine einzige Fackel. Sie wären leicht zu übersehen.«

»Unsinn«, brummte Nabu. »Dort drüben fliegt Baal, und dort oben kreist Umun-Schas; diese Indios sind schon lange entdeckt, auch wenn sie es vielleicht noch nicht wissen. Niemand kann sich vor den Augen eines Drachen verstecken.«

»Dann bring uns jetzt zum Berg, Nabu. Wir werden sicher schon erwartet.«

Noch vor dem Morgengrauen ließ Huaxamac halten. Die Krieger stärkten sich noch einmal, und dann begann der Hohepriester mit den Hauptleuten, die Männer für die Schlacht zu ordnen. Steinschleuderer und Bogenschützen verteilten sich auf die Flanken, und die Hundertschaften der Speerträger und die Krieger nahmen in der Mitte Aufstellung und entfalteten die Regenbogenbanner. Kemaq sah staunend, mit wie viel Ruhe all das geschah. Obwohl es noch sehr dunkel war, gab es keinerlei Durcheinander. Jeder schien seinen Platz zu kennen, und wenn er ihn doch nicht kannte, lenkte ihn ein leiser Ruf seines Hauptmannes an die richtige Stelle. Dann kam einer der Hauptleute zu Kemaq. »Bist du jener Chaski, der ein Bruder von Jatunaq ist?«, fragte der Mann.

Kemaq nickte.

»Dein Bruder war ein guter Krieger, einer der besten.«

»Es ist nicht gesagt, dass er tot ist«, gab Kemaq zurück.

»Es wäre ein großer Gewinn für uns, wenn er noch lebte, Chaski, ich bin jedoch nicht hier, um über Jatunaq zu sprechen, sondern weil ich einen Auftrag für dich habe.«

Kemaq nickte langsam. Das konnte nichts Gutes bedeuten.

»Wir senden Späher aus«, fuhr der Hauptmann fort, »denn wir müssen wissen, wie stark die Mauern besetzt sind, und ob sie uns vielleicht schon erwarten. Du kennst die Gegend gut, wie ich hörte. Also eile.«

Kemaq warf einen Blick hinüber zu Qupay, der ganz in der

Nähe mit einem anderen Priester sprach. Sie bereiteten offenbar ein weiteres Opferritual vor. Er fragte sich, ob er auch diesen Auftrag seinem Bruder zu verdanken hatte, aber da auch der Hohepriester glaubte, dass er unter dem Segen Intis stand, war es ebenso gut möglich, dass Huaxamac selbst ihn für diesen gefährlichen Auftrag ausgesucht hatte. Kemaq stellte bald fest, dass er auch nicht der einzige Späher war. Als er die Reihen der Krieger hinter sich ließ, sah er, dass noch drei weitere Männer durch das Morgengrauen hasteten, um den Feind auszukundschaften.

Der Berg, zu dem Mila befohlen worden war, war eine mehrere hundert Fuß hohe, einzeln stehende Anhöhe, die durch eine breite Ebene von den viel höheren Gipfeln der Anden getrennt war. Von Chan Chan aus gesehen lag sie ein gutes Stück jenseits eines Flusses. Mila hatte den Berg bemerkt, als Nabu ihr zum ersten Mal das Bild aus grauen Flammen gezeigt hatte, ein Bild, das sich so unauslöschlich in ihr Gedächtnis eingebrannt hatte, dass sie eine Karte hätte zeichnen können. Jetzt fragte sie sich, was sie hier wollten. Der kalte Morgen ließ sie frösteln, und die Sonne würde noch eine Weile unter dem Horizont bleiben. Sie stand mit den anderen Rittern des Ordens auf der Kuppe und wartete schweigend auf das, was sich bald dort unten abspielen würde. Mila hörte die Ritter leise miteinander sprechen. Bis auf de Lanois und Don Gómez, die die Indios beobachteten, schienen alle hier zu sein.

»Ich frage mich wirklich, ob dieser Pizarro nicht doch ein kompletter Narr ist«, sagte Sir William Lysle halblaut.

»Ich verstehe seinen Plan auch nicht. Das wird in einer Katastrophe enden«, meinte Waleran de Martel, der sonst selten einer Meinung mit dem Engländer war.

Mila hatte die Nähe von Don Mancebo gesucht. Jetzt fragte sie den Mauren: »Sind denn die beiden Heere schon zu sehen?«

»Noch liegt das Zwielicht der Dämmerung dort unten, Condesa, und dadurch sind die Kämpfer voreinander verborgen, und auch vor uns – jedenfalls beinahe. Ich will Euch aber beschreiben, was ich eher erahne, als es wirklich zu sehen. Der Fluss – die Indios nennen ihn Mochico – durchfließt das Schlachtfeld von Ost nach West. Ein kleinerer Fluss, eher ein Bach, kommt aus den Bergen im Norden. An seinem rechten Ufer, aus der Wüste, kommen die Indios in beachtlicher Zahl und sind schon ausgeschwärmt für die Schlacht. Sie marschieren langsam in Richtung des Mochico, der die beiden Heere noch voneinander trennt.« Der Maure hielt einen Augenblick inne, dann setzte er seine Beschreibung fort: »Auf der südlichen Seite des Flusses, unweit der Stadt, steht die Linie der Konquistadoren. Ihre linke Flanke lehnt an den Überresten eines verfallenen Tempels, in dessen Schatten sich auch die Reiter verstecken. Ihre rechte Flanke ist jedoch völlig offen. Ihre Linie sieht kurz und nicht sehr stark aus, wenn man sie mit den Reihen der Indios vergleicht.« Wieder wartete er eine Weile, bevor er fortfuhr: »Das Heer der Indios hat angehalten. Sie machen bis jetzt keine Anstalten, den kleinen Bach zu überqueren, was sie tun sollten, denn dann könnten sie die Spanier an der offenen Flanke packen. Im Augenblick scheinen beide Seiten aber mit der Stellung zufrieden, die sie eingenommen haben, und ich vermag keine Bewegung zu erkennen. Ich nehme aber an, dass sich das im ersten Licht des Tages ändern wird.«

»Wenn sie uns ließen, würden wir alles dort unten in einem einzigen Angriff davonfegen«, sagte wieder Sir William.

»Sie haben ihre Gründe, und die Entscheidung über den Plan zur Schlacht ist getroffen, Sir William, also bitte ich Euch, ihn nicht länger zu kritisieren«, wies ihn der Hochmeister zurecht.

Mila hörte der Stimme ihres Großonkels jedoch an, wie wenig überzeugt er selbst von Pizarros Vorhaben war. »Kann mir einer meiner Ritterbrüder vielleicht erklären, was sich die Konquistadoren von diesem Plan versprechen?«, fragte Mila, die annahm, dass man ihr, der Unerfahrensten im Orden, diese Frage nachsehen würde.

»Nun«, erklärte Sir William kühl, »Don Francisco glaubt, dass die Macht der spanischen Waffen ausreichen wird, die Indios zu schlagen. Er spekuliert darauf, dass ihnen das eine Lehre sein wird und sie ihn auch dann fürchten, wenn keine Drachen in der Nähe sind. Ich nehme an, er will uns so schnell wie möglich wieder loswerden und will heute beweisen, dass er uns eigentlich gar nicht braucht. Wenn ich jedoch die Zahl der feindlichen Krieger sehe, halte ich es für gut möglich, dass es ihm heute gelingen wird, genau das Gegenteil unter Beweis zu stellen.«

»Sir William!«, mahnte der Hochmeister.

»Nur die Meinung eines Ritters, keine Kritik, Graf Maximilian«, erklärte der Engländer gelassen.

»Wenn er sich irrt, wird das viele seiner Männer das Leben kosten«, flüsterte Don Mancebo Mila leise zu.

»Wenn wir warten, bis er uns zu Hilfe ruft, kann es schon zu spät sein«, stimmte Waleran de Martel zu, der ihn dennoch gehört hatte. »Dann kämpfen sie da unten vielleicht schon Mann gegen Mann, und dann können wir mit Feuer nicht viel ausrichten. Dann müssen wir mit unseren Drachen selbst hinunter, mit Lanze und Armbrust in den Nahkampf gehen, und da kann es selbst für uns gefährlich werden.«

»Vor allem, wenn der Reiter nichts sieht, so wie Ihr, Comtesse«, erklärte Balian, und sie konnte hören, dass er es sehr genoss, auf Milas Schwäche anzuspielen.

»Noch ist es nicht so weit, Balian«, rief der Hochmeister. Mila erwartete eigentlich, dass er ihr nun verbieten würde, sich auf einen Nahkampf einzulassen, doch dieses Verbot unterblieb.

Kemaq schlich durch das Schilf den Frühlingsfluss hinunter, bis er den Mochico erreichte. Die anderen Späher waren längst verschwunden. Er reckte sich und sah die Mauern der Mondfestung in das Zwielicht des neuen Tages ragen. Kleine Punkte schienen sich darauf zu bewegen. Also wurde die Festung bewacht, und es war nicht damit zu rechnen, dass sie den Feind überraschen konnten. Ein fremdartiges Geräusch wehte zu ihm herüber. Es jagte ihm einen Schauer über den Rücken, denn er hatte es schon einmal gehört – es war eines jener Geräusche, das die vierbeinigen Tiere der Fremden machten, ein Schnauben, und es kam nicht aus der Stadt. Kemaq stellte sich auf die Zehenspitzen. Im Dämmerlicht lag der verfallene Tempel vor ihm, und in der Nähe blinkte etwas hell hinter den Schilfhalmen. Was mochte das bedeuten? Es half nichts, Kemaq musste näher heran.

Er schlich zum Fluss, dessen Wasser ihm hier bis zur Brust reichte, watete hinüber und kletterte vorsichtig wieder hinaus. Auf dieser Seite war der Schilfgürtel schmal und zum größten Teil verdorrten Feldern gewichen. Er schlich zum Rand des Schilfs, bog einige Halme zur Seite, und dann sah er sie: die Fremden! Sie standen dort in einer Reihe, mit ihren von Erz kalt blitzenden Rüstungen und Helmen, mit ihren überlangen Speeren und ihren Blitze schleudernden Rohren. Auch die seltsamen, schweren Gestelle, die sie mit so großer Mühe an Land gerollt hatten, waren dort aufgestellt. Ob auch sie Blitze schleudern konnten? Kemaq wusste es nicht. Er hielt Ausschau nach den vierbeinigen Wesen. Drei sah er. Sie trugen den Anführer der Männer und zwei andere Fremde und tänzelten hinter der doppelten Reihe der Feinde auf und ab. Ein gutes Stück entfernt war auch einer der fliegenden Götter zu sehen. Sein Reiter, leicht zu erkennen an der besonders prachtvollen Rüstung, sprach mit dem Anführer der Fremden, dann drehte er sich um und lief zu seinem *Drachen.* Er stieg auf, und der Gott schwang sich mit überraschender Anmut rasch in den Himmel und entfernte sich. Kemaq sah ihm nach. Er schien auf jenen einzelnen Berg nördlich der Stadt zuzuhalten.

Er spähte wieder hinüber zu der Reihe der Fremden. Ein schwarz und weiß gekleideter Mann ohne Rüstung trat nun vor, und plötzlich knieten die Männer alle nieder. Selbst die Anführer, die von den Wesen herabgestiegen waren, knieten, und der schwarzweiß Gekleidete sprach Worte, die Kemaq in ihrem salbungsvollen Tonfall an die Gebete der Inti-Priester erinnerten, dabei hielt er eine Fahne aus rotgelbem Tuch fest umklammert.

Plötzlich stießen die Krieger alle gemeinsam so etwas wie einen feierlichen Jubelruf aus und erhoben sich wieder. Einer der Männer nahm die Fahne aus der Hand des Priesters, trug sie hinüber zum verfallenen Tempel und kletterte hinauf. Dann pflanzte er sie unter Beifallsrufen der anderen Männer dort oben auf. Sie bauschte sich rot und gelb in der Morgendämmerung. Jemand rief etwas, und einige Männer antworteten. Für Kemaq klang es, als habe irgendetwas ihre Aufmerksamkeit erregt. Plötzlich schloss sich die Reihe fester, als erwarteten sie schon den Feind. Kemaq entdeckte einige Männer, die angestrengt in seine Richtung blickten. Sie hielten eigenartige Bogen in der Hand, kurz, mit einem breiten Schaft dort, wo sonst der Arm des Schützen war. Plötzlich begriff er, dass er entdeckt worden war. Ein lauter Befehl ertönte, dann zischten Pfeile durchs Schilf. Kemaq drehte sich um und hastete davon. Noch einmal zischte ein Pfeil dicht an ihm vorüber, dann sprang er schon ins Wasser und schwamm eilig hinüber. Hinter ihm wurden Befehle gerufen, aber es schien ihn niemand zu verfolgen. Ihm war sogar, als würde er Lachen hören. Er drehte sich um. Vom alten Tempel wehte weithin sichtbar die Fahne der Fremden. Es war eine Herausforderung. Er betete inständig, aber mit wenig Hoffnung, dass Huaxamac sie nicht annehmen würde.

6. Tag

Felipe meldete den Sonnenaufgang. Mila stand im Schatten von Nabu und lauschte auf die Geräusche des anbrechenden Morgens. Es schien ihr, als würde die klare Luft alle Laute besonders weit tragen. Da war zunächst der ruhige Atem von Nabu, der neben ihr lag und wie die anderen Drachen auch darauf wartete, dass sie doch noch in die Schlacht eingreifen würden. Sie hörte, wie Felipe versuchte, ein Gähnen zu unterdrücken, und vernahm das leise Klirren der Ritterrüstungen ihrer Ordensbrüder, die an einer Felskante standen und über das diskutierten, was in der Ebene vor sich ging. Möwen waren in der Luft, und für Mila klangen ihre Schreie wie leise Klagen. Und schließlich drangen die Geräusche aus der Ebene herauf. Sie hörte die fernen Befehlsrufe auf Quechua und Spanisch und den Tritt vieler hundert Männer, die in den Kampf marschierten.

Seufzend suchte Mila sich ihren Weg zurück zu den anderen Rittern und fand wieder den Platz an der Seite des einzigen maurischen Ritters des Ordens. Ein ungutes Gefühl beschlich sie, aber gleichzeitig war sie auch seltsam aufgeregt. »Wollt Ihr mir nicht beschreiben, was da vor sich geht, Don Mancebo?«, bat sie.

»Ich kann es versuchen, Condesa. Die Indios entfalten ihre gesamte Streitmacht. Pizarro hat ihnen seinen Standort verraten, denn er hat die spanische Fahne auf jenem verfallenen Tempel gehisst, den ich schon erwähnt habe. Ich vermag aber nicht zu erklären, warum er das Moment der Überraschung aufgegeben hat. Immerhin muss der Feind aber durch den Fluss, wenn er die Spanier angreifen will, und das ist ein Vorteil. Ah, die Indios schicken einige Männer nach vorn. Wir sind zu weit entfernt, um Genaueres zu erkennen, aber ich denke, es werden Bogenschützen sein.« Der Maure schwieg einen Augenblick, dann sagte er: »Die Indios haben gemerkt, dass ihnen der Fluss im Weg ist, und sie richten ihre Truppen neu aus. Augenblick, nein, sie versuchen gar nicht, unsere Verbündeten zu umgehen, sondern ziehen ihre Linien jetzt dichter zusammen. Ich denke, das ist ein schlimmer Fehler.« Don Mancebo verstummte. Mila glaubte, Mitleid in seiner Stimme zu hören.

Plötzlich schlug sich ganz in der Nähe jemand mit der gepanzerten Faust auf die Brust und rief: »Herr im Himmel!« Es war der Hochmeister, der fortfuhr: »Ihr Herren, mögen die da unten befehlen, was sie wollen, begebt Euch zu Euren Drachen. Wir sollten doch wenigstens in der Nähe sein, wenn es losgeht.«

Dieser Befehl wurde mit einer Mischung aus Erleichterung und Jubel aufgenommen, und die Ritter eilten davon. Mila folgte etwas langsamer, geführt von Felipe, denn der Boden war tückisch. Ihr Großonkel erwartete sie auf halbem Wege. Er legte ihr die Hand auf die Schulter. »Was immer dort unten auch geschehen mag, Mila, ich will nicht, dass ihr landet und euch auf einen Kampf Mann gegen Mann einlasst. Felipe soll seine Armbrust nutzen.«

»Aber Onkel, ich bin eine Ritterschwester dieses Ordens«, widersprach Mila.

»Es tut mir leid, Milena, aber Balian hat Recht. Eine Blinde hat auf einem Schlachtfeld nichts zu suchen. Und jetzt los, möge unser Herr dir beistehen.«

Mila nickte ergeben und versprach dem Hochmeister seufzend, sich zurückzuhalten. Sie war ganz und gar nicht versessen auf diesen Kampf, aber sie wollte auch keine Sonderbehandlung. Schon hörte sie die ersten Drachen mit zufriedenem Knurren aufsteigen. Sie war sich nicht sicher, ob sie begierig auf den Kampf waren, aber es war offensichtlich, dass sie nur ungern untätig und abseits des Geschehens blieben. Sie kletterte auf Nabus

Rücken und wartete, bis Felipe Platz genommen hatte. Eine seltsame, fiebrige Erregung packte sie. »Auf, Nabu!«, rief sie, und er war schon in der Luft, bevor sie es ganz ausgesprochen hatte.

Die Krieger rückten weiter vor. Linkerhand sah Kemaq das niedergebrannte Botenhaus am Fluss. Sie waren also etwa dort, wo er Pitumi zum ersten Mal begegnet war. Nachdem er und die anderen Späher dem Hohepriester von der Aufstellung der Fremden berichtet hatten, wurde das ganze Heer neu ausgerichtet, und die Hauptleute hatten viel zu tun. Dann brachte Huaxamac Inti ein Opfer und dankte ihm dafür, dass er die falschen Götter vom Himmel vertrieben hatte. Tatsächlich hatte Kemaq bislang vergeblich nach den Ankay Yayakuna Ausschau gehalten. Sollte der Hohepriester tatsächlich Recht behalten, und die fliegenden Götter wichen vor Intis Macht? Kemaq wagte es kaum zu hoffen. Er streckte sich, um zu sehen, was weiter vorn vorging. Er nahm an, dass die Bogenschützen und Steinschleuderer inzwischen den Fluss erreicht haben mussten, aber die dichten Reihen der schwerer bewaffneten Krieger versperrten ihm die Sicht. Nur die Fahne der Fremden konnte er sehen, die sich im Morgenlicht gelb und blutrot bauschte. Mit quälender Langsamkeit rückten die Krieger vor. Kemaq wusste, dass es der Fluss war, der die Männer aufhielt. Es schien ihm, als habe der Feind seine Stellung gut gewählt.

»Dies wird ein großer Tag für uns werden, kleiner Bruder«, flüsterte Qupay aufgeregt neben ihm. Sein gelbes Priestergewand war immer noch über der Schulter eingerissen, was Kemaq ein schlechtes Omen zu sein schien. Er nickte Qupay dennoch zu. Dass es bisher so gut ging, hatte seine Zweifel beinahe zerstreut. Sie waren so viele, und die dort drüben so wenige. Und sie waren sicher nicht unverwundbar, denn warum sollten sie sonst solch schwere Rüstungen tragen? Sollte er sich also geirrt haben? »Ich hoffe es für uns – und für Jatunaq«, erwiderte er.

Qupay nickte. »Für Jatunaq!« Dann drückte er ihm die Hand

und eilte zurück an die Seite des Hohepriesters. Er musste wirklich sehr in der Gunst Huaxamacs gestiegen sein. Kemaq vertrieb diesen flüchtigen Gedanken und spähte nach vorn. Waren die Krieger denn immer noch nicht über den Fluss? Doch – da! Ein breit gefächerter Schwarm von Pfeilen stieg auf. Dann ein zweiter. Es blieb auf der anderen Seite gespenstisch ruhig, und noch immer war von den fliegenden Göttern nichts zu sehen. Dann geschah sehr viel beinahe gleichzeitig. Viele Männer wurden wie von einer unsichtbaren Faust zur Seite geschleudert, und dann rollte tiefer Donner über die Ebene, noch einmal und dann ein drittes Mal. Der dritte Donner ging über in ein furchtbares helles Knattern, und dann schrien diejenigen, die Blitz und Donner zum Opfer gefallen waren, und jenseits des Flusses stiegen schmutzig weiße Wolken in den zartblauen Morgenhimmel. Ungläubig schaute Kemaq auf die Krieger, die sich am Boden wälzten oder auch gar nicht mehr rührten. Irgendetwas hatte blutige Schneisen durch ihre Reihen geschlagen.

Der Donner der Kanonen hatte die trügerische Stille nun also doch endlich zerrissen, und jetzt krachten die Arkebusen. Mila klammerte sich eng an Nabus Hals. Plötzlich tauchte ein Licht in der Finsternis auf, eine kleine, blasse Flamme.

»Verstehst du, damit umzugehen?«, rief Nabu.

Mila begriff, dass er bereit war, ihr mehr zu zeigen, aber nicht wollte, dass Felipe etwas merkte. »Ja, ich kann es«, antwortete sie.

Das Licht flackerte, sprang auseinander und formte sich zu einem fahlen Gemälde. Da war die Stadt, die Ebene, mittendrin der Fluss, ein helles Band, durchbrochen jetzt durch etwas Dunkles. Mila brauchte einen Augenblick, um in diesem verschwommenen Flackern zu erkennen, dass es Menschen waren, die dicht gedrängt den Fluss durchquerten.

»So geh doch tiefer, Nabu!«, rief sie.

Das Bild rückte näher. Die Linie der Konquistadoren tauchte

auf, angelehnt an einen Hügel, nein, eine verfallene Pyramide. Ihnen gegenüber, dicht am Ufer, hatte sich eine zweite Linie gebildet, der Feind, der weder wich noch angriff. Kleine helle Blitze zuckten aus der Reihe der Spanier, und Mila begriff, dass sie das Mündungsfeuer ihrer Arkebusen sah, das Lücken in die dicht gedrängte Masse am Fluss riss. Aber immer mehr dunkle Flammenleiber kamen über das helle Band des Flusses, und jetzt fühlten sich die Indios dort offenbar stark genug für einen Angriff. Eine große Schar löste sich vom gleißenden Ufer und stürmte über das Feld auf die schwarze Reihe der Konquistadoren zu, über der, seltsam unpassend, helle faserige Wolken aufstiegen. Mila hielt gebannt den Atem an. Ein Horn ertönte. Jetzt brachen die Reiter aus ihrem Versteck hinter dem alten Tempel hervor wie finstere Stichflammen und fielen dem Feind in die Flanke. Das Bild wurde undeutlicher, aber Mila erkannte, dass der Angriff der Indios stockte. Zwei starke Blitze, gefolgt von doppeltem Donner aus Kanonenrohren, verwandelten das Zögern in Flucht. Die dunkle, geschlossene Masse der Indios wich, flutete zurück in den Fluss, löste sich dort auf und floh, zersprengt in viele einzelne flackernde Punkte. Die Reiter waren hinter ihnen. Ein Horn erklang, und ein Drache brüllte. Das Bild verschwamm und war jäh ganz verschwunden. »Aber Nabu, was ist?«, stieß Mila hervor.

»Die Indios, sie fliehen!«, rief Felipe, der die Frage falsch verstanden hatte.

»Unser Signal«, knurrte Nabu und stürzte sich hinab.

Das Heer wankte, taumelte wie ein einziges großes Tier unter schweren Schlägen. Kemaq hörte das Knallen und Donnern, und dann sah er die Fremden auf ihren vierbeinigen Tieren, die auf der anderen Seite des Flusses über die Krieger kamen und mit langen blitzenden Klingen auf sie einhieben. Er hörte die verzweifelten Schreie und wusste, dass sich dort vorne alles in wilde Flucht aufgelöst hatte. Die hinteren Scharen standen aber noch, und die Hauptleute brüllten ihre Männer an, dass sie nur ja stehen bleiben sollten. Aber die Reihen schwankten, denn flüchtende Männer drängten zwischen ihnen hindurch, auf der verzweifelten Suche nach Rettung, und ihre Angst steckte die anderen an. Dann schäumte das Wasser auf, als die Fremden mit ihren großen Wesen hineinsprangen und den Unglücklichen dort gnadenlos nachsetzten. Ein Horn erklang, aber es war kein Muschelhorn. Kemaq sah sich um. War es ein Zeichen der Fremden?

Ein Mann taumelte auf ihn zu, ohne Waffe, an der Seite blutend. Kemaq dachte, dass er den Verwundeten auffangen müsste, aber dieser blieb plötzlich stehen, seine Augen weiteten sich vor Schreck. Als Kemaq seinem Blick folgte, erkannte er entsetzt, dass die fliegenden Götter doch nicht vorhatten, sich der Schlacht fernzuhalten. »Die Götter kommen!«, rief einer, ein anderer stimmte ein. Die Krieger, die noch das Flussufer zu verteidigen suchten, hörten es, drehten sich um, sahen das Verhängnis auf sie herabstoßen, und dann gab es kein Halten mehr: Sie warfen die Waffen weg und flohen, während die *Drachen* tief über die Ebene zogen und brüllten. Kemaq sah die fliegenden Götter und ihre Reiter, und er sah die anderen Fremden auf ihren schnellen, schrecklichen Wesen. Alles war verloren.

Dann entdeckte er plötzlich Qupay, den er im Getümmel schon länger nicht mehr gesehen hatte. Er stand dort wie angewurzelt und machte keinerlei Anstalten zu fliehen. Kemaq rannte zu seinem Bruder, packte ihn an der Schulter und rief: »Lauf!« Qupay starrte ihn verwirrt an, aber dann liefen sie. Rings um sie herum versank die Welt in Tod und Verderben. Die fliegenden Götter trieben hilflose Krieger über die Ebene, und gelegentlich ließen sie ihren Feueratem auf die Unglücklichen herabfallen, und anders als Huaxamac es gesagt hatte, beschützte Inti seine Krieger nicht. Kemaq sah tote und brennende Krieger, und er sah einige hell gekleidete Männer fliehen, unter denen er den Hohepriester erkannte, der ebenso davonrannte wie sein ganzes Heer.

Da hörte er schwere, schnelle Tritte rasch näher kommen. Er warf einen Blick über die Schulter. Einer der Fremden hatte es auf sie abgesehen! Der Krieger schwang seine blitzende Klinge und trieb das Tier, das ihn trug, zu noch mehr Schnelligkeit an. Es lief schneller als Kemaq, der schnellste Läufer aus Tikalaq, und es lief vor allem viel schneller als sein Bruder Qupay. Es war nur noch eine Frage von wenigen Augenblicken, dann würde der Fremde sie eingeholt haben und mit seiner furchtbaren Waffe töten. Plötzlich verdunkelte sich der Himmel, und einer der fliegenden Götter kreuzte mit markerschütterndem Gebrüll ihren Weg. Kemaq packte seinen Bruder und warf sich mit ihm zu Boden. Dann war der *Drache* schon wieder fort. Hinter ihnen ertönte ein unmenschlicher Schrei. Kemaq blickte zurück. Das vierbeinige Wesen hatte seinen Reiter abgeworfen und stob davon. Der Reiter lag im Staub der Wüste und rappelte sich mühsam auf. Kemaq starrte ihn an. Der Fremde griff nach seiner Klinge, die er verloren hatte.

»Weiter!«, schrie Qupay ängstlich.

»Zum Fluss!«, rief Kemaq. Und dann rannten sie wieder. Plötzlich sah Kemaq etwas Eigenartiges: Ein kurzes Stück flussabwärts erhob sich ein junger Fremder aus dem Schilf. Ganz allein war er dort, weitab von den anderen Fremden. Er hielt eines der Donnerrohre in der Hand und zielte. Kemaq verstand nicht viel von diesen Waffen, aber er sah doch, dass der Fremde die Waffe weder auf ihn noch auf Qupay richtete, nein, er hielt sie recht hoch, so als wollte er etwas treffen, das sich in der Luft befand.

»Was sollte denn das, Nabu?«, fragte Mila. Immer noch klang das Brüllen in ihren Ohren.

»Wäre es dir lieber, ich hätte sie mit Feuer in die Flucht geschlagen?«, fragte Nabu mürrisch. »Ich glaube, da tun Behemoth und Nergal schon mehr, als nötig wäre.«

»Ja, es ist genug, du hast Recht«, sagte Mila langsam.

»Es erstaunt mich immer wieder, wie leicht es den Menschen fällt, einander umzubringen«, knurrte Nabu.

»Den Drachen doch auch, wenigstens einigen«, erwiderte Mila

und dachte an Nergal und Behemoth, die sie in der Ferne brüllen hörte.

»Aber schon sehr lange hat kein Drache mehr einen anderen getötet«, gab Nabu zurück.

»Sie laufen, Condesa, sie laufen wirklich alle davon«, unterbrach sie Felipe aufgeregt.

»Und Pizarros Reiter?«, fragte Mila.

»Verfolgen sie weiter. Sie müssen sich aber hüten, dass sie den Drachen nicht in die Quere kommen.«

Von weit oben tönte ein Horn über das Schlachtfeld.

»Der Hochmeister, Prinzessin. Er ist wohl der Meinung, dass es genug ist«, meinte Nabu.

»Der Meinung bin auch«, erwiderte Mila. Sie fühlte plötzlich eine große innere Leere. Die Aufregung, das, was Felipe das Schlachtfieber genannt hatte, war wie weggeblasen, und ein anderes Gefühl schien vom Schlachtfeld in ihr Gemüt kriechen zu wollen, ein Gefühl von Verzweiflung und Schmerz, das sich bleischwer über der Ebene ausbreitete. Sie fragte sich, ob es den Sehenden genauso erging. Schüsse knallten vom Flussufer herüber und rissen sie aus ihren Gedanken.

»Die Arkebusiere sind nun auch auf der anderen Seite, Condesa«, rief Felipe aufgekratzt. »Aber ich glaube nicht, dass sie noch viele Ziele finden werden. Die meisten Indios sind doch schon wei…« Er brach den Satz mit einem leisen Stöhnen ab. Wieder knatterten vereinzelt Büchsen.

»Felipe?«, fragte Mila.

Der junge Waffenknecht antwortete nicht, aber plötzlich sackte sein Kopf auf ihre Schulter.

»Felipe!«, schrie Mila entsetzt auf.

Der Fremde hatte seine Waffe mit Blitz und Donner abgefeuert und war wieder verschwunden. Qupay war erschrocken stehen geblieben, aber Kemaq zog ihn am Kragen weiter. Nur der Fluss konnte sie retten, das wusste Kemaq. Er zerrte seinen Bruder in den Schilfgürtel hinein und dann hinter einen Baum. Erst dort wagte er es, sich umzusehen. Ihm bot sich ein Bild des Schreckens. Die Fremden hatten in großer Zahl den Fluss überschritten, und einige von ihnen töteten die Krieger, die verwundet zurückgeblieben waren. Die vierbeinigen Wesen waren weit in der Ebene verstreut und jagten, halb verschluckt vom Staub, der die furchtbaren Einzelheiten gnädig verschleierte, den fliehenden Kriegern hinterher. Über der Ebene kreisten die fliegenden Götter. Die meisten schienen aufzusteigen, aber wenigstens zwei jagten immer noch feuerspeiend hinter den Männern aus Tikalaq her. Und dort, mitten in der Ebene, schickte sich einer an, mitten unter den Gefallenen zu landen. Der *Drache* hob den Kopf und ließ ein Brüllen hören. Aber es klang nicht böse, sondern eher klagend. Kemaq kniff die Augen zusammen. Zwei Reiter saßen auf diesem *Drachen*, und dem vorderen quoll langes goldenes Haar unter dem Helm hervor. Es war die blinde Fremde! Es sah beinahe so aus, als müsse sie sich um den zweiten Reiter kümmern, aber der Staub verhinderte, dass Kemaq das sicher erkennen konnte. Zwei weitere *Drachen* kamen aus dem Himmel herab und schienen neben dem ersten landen zu wollen.

Qupay schüttelte Kemaq an der Schulter. »Sie kommen hierher«, flüsterte er aufgeregt. »Wir müssen weiter.«

Kemaq wollte widersprechen, denn ihm schien, dass die Ankay Yayakuna keineswegs zu ihnen kommen würden, aber dann sah er, dass die fremden Krieger entlang dem Fluss ausschwärmten und begannen, auch das Schilf zu durchsuchen. Den jungen Fremden sah er jedoch nicht unter ihnen. Er blickte noch einmal zurück zu den drei Göttern in der staubigen Ebene, aber dann folgte er seinem Bruder. Dieser warf seinen Priestermantel ab, den Helm hatte er schon lange verloren, und sie durchschwammen den Fluss und schlichen schnell stromaufwärts davon. Ein paar Drosseln flogen schimpfend auf. Kemaq blieb stehen und blickte noch einmal zurück. Der Schilfgürtel schimmerte in freundlichem Grün, und leichter Wind rauschte in den Halmen. Es sah beinahe so aus, als sei hier gar nichts geschehen. Doch dann hob drüben, in der Ebene, der bläuliche Gott wieder seinen Kopf und brüllte, dass es Kemaq bis ins Mark erschütterte. Es klang, als wollte er all die Toten dieser furchtbaren Schlacht beklagen.

Mila stand fassungslos neben Nabu und hielt sich an seinem Hals fest. Die Geräusche der Schlacht verebbten, und sie hörte, wie Marschall di Collalto Felipe von Nabus Rücken hob und vorsichtig auf den Boden legte. Don Mancebo half ihm. Nabu brüllte noch einmal den Himmel an, und danach war es für einen Augenblick unwirklich still. Der Conte di Collalto erhob sich wieder und sagte: »Es tut mir leid, Comtesse, aber wir können nichts mehr für ihn tun.«

»Das war kein Pfeil, Conte Lorenzo«, stellte Don Mancebo fest.

Der Marschall schwieg.

»Kein Pfeil? Seid Ihr sicher?«, fragte Mila, was, wie sie wusste, eine ziemlich unsinnige Frage war. Die Leere in ihr verhinderte, dass sie in Tränen ausbrach. Eben noch hatte sie Felipe hinter sich gespürt, seine Aufregung wegen der Schlacht. Die ganze Zeit hatte er die Armbrust in der Hand gehalten und doch keinen einzigen Bolzen verschossen. Und jetzt sollte er tot sein?

»Eine verirrte Kugel«, bestätigte der Marschall düster.

Ein weiterer Drache landete, und Mila erkannte an seinem Schnauben, dass es Marduk war.

»Ist dir etwas geschehen, Mila?«, rief der Hochmeister, noch bevor sein Drache den Boden erreicht hatte.

Sie schüttelte stumm den Kopf.

»Einer der Arkebusiere hat wohl schlecht gezielt, Graf Maximilian«, erklärte der Marschall. »Der Junge trug leider nur einen Halbkürass, und die Kugel traf ihn in der Seite, eine Handbreit hinter dem Eisen.«

»Der Schütze muss außerordentlich schlechte Augen haben,

wenn er auf einen Indio am Boden zielt und einen Drachenreiter in der Luft trifft«, warf Marduk düster ein.

Mila erfasste nur langsam, was das bedeutete. Aber dann fragte sie in die betretene Stille hinein: »Heißt das etwa, das war kein Unglück?«

»Gemach, Comtesse«, meinte der Marschall, »eine Arkebuse ist eine furchtbar ungenaue Waffe. Tödlich zwar, aber man braucht schon Glück, wenn man aus dreißig Schritt ein einzelnes Ziel treffen will. Einen vorbeifliegenden Reiter von der Seite zu treffen, ist mit so einer Waffe unmöglich. Nein, nur der Teufel selbst oder der blinde Zufall können sie so folgenschwer gelenkt haben.«

»Dennoch werden wir mit Pizarro reden«, erklärte der Hochmeister grimmig. »Ich will wissen, wer für diesen verhängnisvollen Schuss verantwortlich ist, und er soll mir erklären, warum seine Arkebusiere so leichtsinnig mit dem Leben unserer Ritter spielen. Und ich will, dass meine Nichte einen Harnisch erhält, den besten, den Ihr auftreiben könnt!«

»Inti hat uns verlassen«, sagte der Yunga. Er gehörte zu den Kriegern, die Kemaq und Qupay auf ihrer Flucht am Fluss getroffen hatten.

»Du bist nicht einmal verwundet, Mann«, gab Qupay wütend zurück, »wie kannst du da sagen, dass Inti dich nicht beschützt hat?«

Der Yunga sah Qupay kopfschüttelnd an. »Viele aus meiner Gemeinschaft werden nie mehr nach Tikalaq zurückkehren, und ich werde vielen Witwen erklären müssen, warum ich noch lebe, ihre Männer aber gefallen sind.«

»Vielleicht war euer Glaube nicht stark genug«, entgegnete Qupay.

Der Yunga blieb zu Kemaqs Erstaunen sehr ruhig und erwiderte: »Ich kenne dich, Priester, du warst bis vor Kurzem nur ein sehr unbedeutender Diener des Sonnengottes, denn du bist kein Sonnenmann, sondern ein Marachuna, ein Mann des Steinvolkes, und für deinesgleichen ist es schwer, in der Gunst Intis aufzusteigen.«

»Gleichwohl ist es mir gelungen, denn wir sind alle Intis Kinder«, erwiderte Qupay trotzig.

»Aber Pachakamaq hat die Welt erschaffen, nicht Inti«, gab der Yunga zurück.

»Was willst du damit sagen, Mann?«, fragte Qupay zornig. »Bedenke deine Worte, denn Inti wird sie wohl hören.«

»So beruhigt euch doch, ihr Männer«, mahnte ein älterer Krieger. »Im Augenblick stehen wir unter dem Schutz des Flusses, und ich hoffe, er führt uns nach Hause.«

Kemaq sah, dass sein Bruder drauf und dran war, den Streit noch zu verschärfen, also stand er schnell auf und sagte: »Dieser Mann hat Recht. Der Frühlingsfluss verbirgt uns mit seinem Schilf vor den Fremden, aber er wird uns nicht nach Hause führen, wenn wir hier sitzen und streiten. Lasst uns weitergehen, denn wir haben genug gerastet.«

Die Männer erhoben sich aus dem Schilf. Kemaq zählte zwanzig, und einige waren verwundet. Der Yunga nickte ihm zu: »Es heißt, das Glück sei mit dir, Chaski. Ich denke, es wäre gut, wenn du uns weiter führen würdest.«

»Aber ich bin der Priester Intis!«, rief Qupay aufgebracht.

»Das wissen wir, Priester«, entgegnete der Yunga, »und wir werden gerne zu dir kommen, wenn wir wieder im Tempel sind und deinen Rat zu unseren Opfern brauchen, doch hier draußen vertraue ich lieber auf die Erfahrung eines Läufers, der das Land in den Beinen hat, wie man so sagt.«

Kemaq war nicht besonders glücklich über diesen Vorschlag. Er war ein Läufer, gewohnt, Botschaften zu übermitteln und klare Aufträge auszuführen, und nicht darin geübt, anderen den Weg zu weisen. Er zögerte. Qupay sandte ihm einen ausgesprochen eisigen Blick zu, aber ihm sollte man, da stimmte Kemaq dem Yunga insgeheim zu, die Führung besser nicht überlassen. Er seufzte: »Gut, wir werden dem Fluss stromaufwärts folgen, bis wir den Fuß der Berge erreichen. Dann sehen wir weiter.« Sie brachen auf, und die Unverletzten stützten die Verwundeten. Kemaq bat den Yunga, zunächst vorauszugehen. Er wollte mit Qupay reden. Sein Bruder kam ganz am Ende des Zuges, und sein Gesicht war wie versteinert, als er, ohne Kemaq eines Blickes zu würdigen, an ihm vorüberschritt.

Es war bereits Nachmittag, als die Kanonen der Konquistadoren rumpelnd zurück auf den großen Platz gerollt wurden. Mila saß auf der obersten Plattform des Mondtempels und lauschte. Drüben im Palast sprachen die drei Obersten des Ordens mit Pizarro und seinen Hauptleuten. Doch was hieß »sprach«? Sie stritten so laut, dass Mila es bis zum Tempel des Mondgottes hatte hören können – bis jetzt, da die Kanonen auf den Platz gerollt wurden und der Lärm ihrer eisenbeschlagenen Räder alles übertönte.

»Glaubst du, was Don Francisco sagt?«, fragte sie Nabu. Noch auf dem Schlachtfeld hatte Pizarro seine Arkebusiere streng verhört, aber keiner von denen wollte es gewesen sein, und sie beschworen ihre Unschuld samt und sonders bei der Jungfrau Maria und allen Heiligen. Der Drache antwortete nicht, und Mila hörte jemanden herankeuchen.

Nabu knurrte. »Der Stinker. Der hat mir gerade noch gefehlt.«

»Ah, Comtesse Mila!«, rief der Alchemist.

»Er soll mir nicht zu nahe kommen«, brummte Nabu.

Um die Situation zu entschärfen, erhob sich Mila und ging dem Alchemisten entgegen. Sie hörte ihn mit Papieren rascheln, als er näher kam.

»Ich grüße Euch, Meister Nabu«, rief der Gelehrte übertrieben freundlich.

Der Drache schnaubte nur verächtlich, und Mila hörte, dass er sich abwandte.

»Ich grüße Euch, Meister Albrecht, was führt Euch hierher?«, fragte sie nun ihrerseits.

»Die Wissenschaft, die Wissenschaft, Comtesse. Ich will mir diesen Tempel endlich näher ansehen.«

»Was interessiert Euch daran?«, fragte Mila höflich.

»Ach, wenn Ihr es nur sehen könntet, Comtesse! Die bunten Farben jedes einzelnen Stockwerks, die Reliefs mit den Drachen, die Regenbogen gleichen, die abstrakten und strengen Muster dazwischen, oder die Statuen, die sie hier aufgestellt haben.«

Mila wusste gar nicht, dass es am Tempel Statuen gab. Nabu hatte sie nicht erwähnt, und wieder einmal fiel ihr auf, wie viel sie versäumte.

»Statuen?«

»Ja, die Priester würden sie am liebsten zerstören, glaube ich, aber sie sind zu sehr damit beschäftigt, den Heiden in dieser Stadt das Christentum näherzubringen.«

»Davon habe ich gehört«, gab Mila zurück. Tatsächlich hatte sie erfahren, dass die Priester sofort nach der Schlacht aufgebrochen waren, um die Indios zu bekehren. Die Waffenknechte des Ordens hatten sie begleitet. Mila fröstelte, denn zur selben Zeit waren die Konquistadoren draußen auf dem Schlachtfeld noch damit beschäftigt gewesen, den gefallenen Indios ihren Gold- und Silberschmuck zu rauben.

»Aber Ihr macht ein betrübtes Gesicht, Comtesse. Ist etwas nicht in Ordnung? Hat Euch die Schlacht aufs Gemüt geschlagen?«

»Habt Ihr nicht gehört, dass mein Begleiter Felipe gefallen ist?«, fragte sie niedergeschlagen.

»Oh, wie entsetzlich!«, rief der Gelehrte. »Verzeiht, ich war so in meine Arbeit vertieft, dass ich keine Gelegenheit hatte, mich um Einzelheiten dieser Schlacht zu kümmern. Ich habe nur gehört, dass es lediglich einen Gefallenen und ein paar leicht Verwundete gegeben hat. Und dieser Gefallene war Euer Begleiter? Das tut mir aufrichtig leid.«

»Ich danke Euch, Meister Albrecht«, gab Mila zurück, und um das Thema zu wechseln, setzte sie hinzu: »Wie kommt Ihr mit Eurer Arbeit voran?«

»Erstaunlich gut, wirklich erstaunlich gut«, rief der Gelehrte. »Das Silber, es ist, wie ich dachte, es enthält ein zweites Element, das wir unter dem Namen Selen kennen. Es ist äußerst selten, und es bestätigt meine Vermutungen.«

»Die da wären?«, fragte Nabu und klang plötzlich sehr interessiert. Gleichzeitig entging Mila nicht, dass ein drohender Unterton in seiner Stimme lag.

»Veredelung, Meister Nabu. Entweder, diese Heiden kennen das Geheimnis des Selens, oder es kommt natürlich im Silbererz vor, das sie aus den Bergen holen. Es ist wirklich erstaunlich.«

»Und mit dem *Azoth* hat es nichts zu tun?«, fragte Nabu. Jetzt klang er ausgesprochen feindselig.

Der Gelehrte stockte. »Nun, wer kann das sagen, Meister Nabu? Ihr wisst vermutlich, dass manche meinen, dass Selen, das sich doch sonst nur in antikem Silber finden lässt, auf den Azoth zurückgeht, aber dies ist noch nicht bewiesen.«

»Was ist der Azoth?«, fragte Mila schnell. Sie war nicht nur neugierig, sie befürchtete auch, dass Nabu sich gleich auf den Gelehrten stürzen würde.

»Oh, der Azoth ist der edelste aller Steine, Comtesse. Die einen sagen – und auch mich könnte man zu jenen Männern zählen –, man könne die Panacea, die allheilende Medizin, aus ihm gewinnen. Andere glauben, er diene der Transmutation der Metalle.«

»Der was?«

»Er verwandle zum Beispiel Blei in Gold.«

»Blei zu Gold? Was für ein Ding soll das sein?«, fragte Mila verblüfft.

»Der Stein der Weisen, Comtesse. Vielleicht ist er Euch unter diesem Namen geläufiger.«

»Der Stein der …? Aber der ist doch ein Märchen!«, platzte Mila heraus.

»Nun, da er noch nie gefunden wurde, kann man es so betrachten, Comtesse«, erwiderte der Alchemist, aber er hörte sich nicht an, als würde er den Stein der Weisen für ein Märchen halten.

»Es wäre auch besser, nicht danach zu suchen, oder?«, fauchte Nabu.

»Vielleicht habt Ihr Recht, Meister Nabu, ist doch bekannt, dass der, der den Azoth sucht, oft etwas ganz anderes findet. Doch entschuldigt mich nun. Ich brenne darauf, mir die Räume dieses Tempels anzusehen, und habe doch nur wenig Zeit, viel zu wenig Zeit.« Und damit stürmte der Gelehrte davon.

»Willst du mir nicht endlich erzählen, was es mit dem Azoth auf sich hat, Nabu?«, fragte Mila. »Oder willst du mich weiter im Dunkeln lassen?«

Nabu brummte unzufrieden, dann sagte er: »Der Teufel möge diesen Alchemisten holen, bevor er ernsthaften Schaden anrichtet, ihn und seinesgleichen!« Er seufzte und fuhr nach einer Pause fort: »Ich habe dir doch vom schlafenden Feuer erzählt, Prinzessin, jenem Ort, dem wir Drachen entstammen.«

Mila nickte.

»Dieser Ort war unsere Heimat, schon immer und für immer, denn dort existiert keine Zeit. Doch dann wurden wir geweckt. Unser Schlaf endete, wir betraten die Welt – und wir können nicht zurück. Es geschah, weil die Alchemisten nach jenem unglückseligen Azoth gruben, in einem Bergwerk bei Konstantinopel, tief unter der Erde. Angeblich hielten sie ihn schon fast in den Händen, doch kurz vor ihrem Ziel wurden sie aufgehalten. Durch einen plötzlichen Vulkanausbruch, sagen manche, andere meinen jedoch, sie hätten die Mutter der Drachen, die den Azoth bewachte, geweckt, und die Mutter habe uns, ihre Söhne, gerufen.«

»Die Mutter der Drachen?«, fragte Mila tief beeindruckt.

»Du weißt, dass es keine weiblichen Drachen gibt, Prinzessin, oder?«

»Ja, das habe ich gehört, Nabu.«

»Kein Drache hat sie je gesehen, aber wir glauben fest, dass es sie gibt. Nun, die Alchemisten behaupten, wir seien erwacht, weil es uns von der Vorsehung so bestimmt gewesen sei. Doch warum sollten wir ihnen das glauben? Ausgerechnet ihnen, die sonst auf die Kirche und die Vorsehung nicht viel geben? Du weißt vielleicht, dass unser Erscheinen mit verheerenden Vulkanausbrüchen einherging und Aschewolken den Himmel auf Monate verdunkelten. Ich habe viel darüber nachgedacht. Ich denke, wir waren eine Warnung, eine Warnung, nicht weiter nach dem Azoth zu suchen. Viele Menschen glaubten damals, wir seien Vorboten des Jüngsten Gerichts – und die Alchemisten wollten natürlich nicht zugeben, dass sie es waren, die uns und die Vulkane geweckt hatten. Aber das haben sie! Sie sind die neugierigsten aller Menschen und richten den meisten Schaden an, denn immer versuchen sie Dinge zu tun, die sie besser lassen sollten.«

Mila fragte nachdenklich: »Und du glaubst, Meister Albrecht sucht den Azoth nun hier, in diesem fremden Land?«

Nabu antwortete nicht gleich, aber dann sagte er: »Der Azoth ist seinerzeit verschwunden, unsere Mutter mit ihm, das legt den Schluss nahe, dass sie ihn mitgenommen hat, vielleicht, um ihn in weiter Ferne erneut zu verstecken, ihn vor den gierigen Händen der Alchemisten in Sicherheit zu bringen. Es ist nichts, was wir Drachen sicher wissen, aber je länger ich darüber nachdenke, desto wahrscheinlicher wirkt es für mich. Vielleicht kam sie hierher, Milena, vielleicht versteckt sie sich hier in der Neuen Welt, mit anderen Söhnen, die wir nicht kennen, und wir finden deshalb überall die Bilder von Drachen.« Der Drache seufzte: »Es mag aber auch sein, dass es weder einen Azoth noch eine Mutter der Drachen gibt und wir, ebenso wie der Stinker, Hirngespinsten nachjagen. Sicher ist nur, dass es kein gutes Ende nehmen kann, wenn dieser Alchemist seine Finger im Spiel hat.«

»Da hast du uns schön in die Irre geführt, Chaski!«, höhnte Qupay. Er musste laut sprechen, denn von den engen Felsen hallte das Brausen eines Wasserfalls. Kemaq legte den Kopf in den Nacken und blickte mit wenig Hoffnung den fast senkrechten

Fall hinauf, der ihnen, vierfach mannshoch, den Weg versperrte. Der Frühlingsfluss hatte sich hier tief in den Berg gefressen, und rechts und links ragten die Felsen viel zu steil auf, um hinaufzuklettern, vor allem für die Verwundeten. Oberhalb des Wasserfalls schienen die Berge etwas zurückzutreten, dort würde es vielleicht – vielleicht – besser werden, aber wie er die Verwundeten da hinaufbringen sollte, das wusste Kemaq nicht.

»Wenigstens bietet diese Schlucht Schutz vor den fliegenden Göttern«, rief der Yunga gegen das Brausen. Offenbar wollte er ihm den Rücken stärken.

»Dann können wir ja bleiben, bis wir verhungert sind«, meinte Qupay mit einem bitteren Lachen.

»Wartet hier, ich will sehen, was oberhalb dieses Wasserfalls ist«, rief Kemaq, und er hoffte auch, damit der schwer erträglichen Gehässigkeit seines Bruders entfliehen zu können.

Qupay rief ihm etwas hinterher, aber das laute Brausen des Wassers übertönte es. *Wenigstens etwas,* dachte Kemaq. Die Zeit der Schneeschmelze, wenn die Gipfel der Berge besonders viel Wasser herabschickten, war fast vorbei, und jetzt lagen einige Stufen frei, über die sonst der Fluss hinabfiel. Kemaq versuchte es einfach. Die Steine waren nass vom Sprühnebel des Wasserfalls, das machte es schwieriger. *Die Verletzten wirst du hier ohne Seil nie hinaufbekommen, du könntest genauso gut umkehren,* sagte eine innere Stimme, aber er beschloss, nicht auf sie zu hören. Den ganzen Tag waren sie wegen der Verwundeten nur langsam vorangekommen, zu langsam für seinen Geschmack. Er hätte laufen müssen, um den Kopf von all den düsteren Gedanken freizubekommen, aber Klettern tat fast genauso gut. Sein Fuß rutschte ab, und er konnte sich gerade noch an einer Steinnase festhalten. *Reiß dich zusammen,* schimpfte er mit sich selbst. Sein Blick fiel auf das Flussbett unter ihm, in dem das Wasser zwischen großen Felsbrocken hindurchschäumte. Würde er stürzen, müsste er sich keine Gedanken mehr machen. Verbissen hangelte er sich weiter hinauf. Sein Weg führte ihn immer näher an den Wasserfall heran, und er war inzwischen völlig durchnässt. Immer wieder glitten seine Hände von den feuchten Steinen ab. Er blickte zurück. Viele erwartungsvolle Augen waren auf ihn gerichtet. Nur Qupay saß dort unten und starrte in eine andere Richtung. Kemaq biss die Zähne zusammen. Er hatte es fast geschafft, kletterte nun aber auch schon halb im Wasserfall. Steine lösten sich unter seinem Griff und wurden vom Wasser hinabgerissen. Aber dann fand er eine bessere Stelle mit sicheren Tritten, und schließlich war er oben. Er war sich nicht sicher, aber es klang, als würde unter dem Brausen des Wasserfalls der Jubel seiner Gefährten erklingen.

Der Fluss hatte hier ein kleines, steiniges Tal ausgewaschen, das zur Zeit der Schneeschmelze unpassierbar gewesen wäre. Jetzt aber gab es einen schmalen Weg, dem Kemaq neugierig folgte. Das Tal weitete sich. Die Berghänge waren immer noch hoch, aber weniger steil. Wenn er die Männer nur hier heraufbekäme, könnten sie es schaffen. *Und wie sollen die verwundeten und erschöpften Krieger den Wasserfall überwinden?*, fragte er sich. Obwohl es ihm nun unsinnig erschien, folgte er dem Flusslauf noch ein Stückchen bergauf. *Wenigstens bis zur nächsten Biegung*, dachte er. Als er sie erreichte, sah er eine Frau am Flussufer sitzen. Es war Pitumi.

Sie nickte ihm lächelnd zu. »Ich grüße dich, Chaski. Ich habe dich bereits erwartet.«

»Wie … ich meine, woher …?«, stammelte Kemaq verwirrt.

»Woher? Natürlich aus Chan Chan. Ich konnte dort nicht bleiben, denn die Fremden haben die Stadt in Besitz genommen. Wie? Wir Chachapoya finden immer unseren Weg, das solltest du wissen.«

Kemaq starrte sie mit offenem Mund an. »Du hast gesagt, du hättest mich erwartet …«

»Dich oder einen anderen Überlebenden dieser sinnlosen Schlacht, Chaski. Es war zu erwarten, dass einige der Stimme des Flusses folgen würden. Dass du es bist, freut mich allerdings.«

»Viele sind wir nicht«, antwortete Kemaq langsam, »und nicht alle werden den Wasserfall überwinden können, Pitumi.«

»Ich habe ein Seil«, verkündete die Chachapoya gelassen.

Kemaq glotzte sie ungläubig an. Er öffnete den Mund, wusste aber nicht, was er sagen sollte, und schloss ihn wieder. Dann fragte er schließlich: »Du … du hast auch das vorhergesehen?«

»Wir haben doch schon in der Stadt über diesen Weg gesprochen, Chaski. Und du hattest Recht, es ist kein Weg, den ein Mensch gehen kann – es sei denn, er kann sehr gut klettern – oder er hat ein Seil.«

Kemaq starrte auf das zusammengerollte Seil, das neben der Heilerin lag. Die Sache war ihm nicht geheuer. Er erinnerte sich daran, dass die Menschen in Chan Chan Pitumi mit Achtung, aber auch mit Furcht begegnet waren. Er verstand jetzt, warum das so war.

»Willst du es, oder willst du es nicht, Chaski?«

»Das Seil? Doch, natürlich, ich verstehe nur nicht, warum du hier oben und nicht weiter unten am Wasserfall wartest, Pitumi.«

Sie lächelte kühl, als sie antwortete: »Du kannst es eine Prüfung nennen. Nur wer die Stimme des Flusses hören kann, findet einen Weg hier herauf, oder glaubst du, du wärst von allein auf den Gedanken gekommen, den Wasserfall hinaufzuklettern?«

Kemaq verstummte. Der Fluss sollte ihm das eingeflüstert haben?

Pitumi erhob sich und reichte ihm das Seil. »Du bist voller Zweifel, weil das Sonnenvolk dir eingeredet hat, dass nur die Stimme Intis zählt. Ich sehe dir jedoch an, dass deine Ohren noch nicht völlig taub sind, und ich halte es für möglich, dass auch die Regenschlange zu dir spricht.«

»Tamachoc?«, fragte Kemaq, und ein Schauer lief ihm über den Rücken. Die dunklen Augen der Chachapoya schienen tief in ihn hineinzusehen. Eine ganz unvernünftige Angst stieg in ihm auf, aber dann lächelte Pitumi und drückte ihm das Seil in die Hand.

»Willst du mich den ganzen Tag anglotzen oder nicht doch lieber deinen Gefährten helfen?«

Kemaq murmelte verlegen eine Entschuldigung. Er hatte plötzlich tausend Fragen, aber er stammelte nur: »Hilfst du mir? Ich meine, am Wasserfall, mit dem Seil.«

»Ich glaube, ich habe dir schon genug geholfen. Nun geh.«

»Wartest du auf uns? Wir haben einige Verwundete.«

»Vielleicht«, lautete die Antwort, aber für Kemaq klang es wie ein Nein.

Ruiz erschien keuchend auf der Plattform der Tempelpyramide. »Verzeiht, dass ich Euch störe, Condesa, aber der Hochmeister wünscht Euch zu sprechen«, meldete er, als er wieder zu Atem gekommen war.

»Im Palast?«, fragte Mila zurück.

Sie hörte, dass Ruiz sich am Kopf kratzte. »Das weiß ich nicht genau, Condesa. Ruf sie, hieß es, also bin ich diesen endlos langen Weg hier heraufgekommen. Und mir graut davor, dass ich ihn wieder hinuntergehen muss.«

»Du kannst mit uns fliegen, Ruiz«, bot Mila an. Solange Felipe gelebt hatte, hatte sein Freund kaum den Mund aufbekommen, aber offenbar ging es mit dem Reden doch, wenn es sein musste.

»Das ist sehr freundlich von Euch, Condesa. In der Tat erscheint mir Fliegen viel besser als Laufen, da mir doch jeder Schritt doppelt schwerfällt, seit Felipe tot ist.«

Nabu trug sie hinunter zum Platz. Als sie abgestiegen waren, bat Mila Ruiz, Nabu das Geschirr abzunehmen.

»Allein?«, fragte der Waffenknecht und klang entsetzt.

»Das hast du doch schon gemacht, oder?«, fragte Mila.

»Schon, Condesa, doch zu zweit geht es viel leichter.«

»Du schaffst das schon«, sagte Mila, die wenig Lust verspürte, sich mit der offensichtlichen Faulheit des jungen Mannes weiter auseinanderzusetzen.

Sie ging in den Palast und suchte die große Kammer auf, wo sie bereits von den drei Obersten des Ordens erwartet wurde.

»Ich habe mit dem Schmied der Spanier gesprochen«, begann der Hochmeister. »Er hat einen guten Harnisch, den er für deine Größe anpassen will. Ich schlage vor, du trägst ihn über deinem Waffenrock, Milena.«

»Noch darüber?«, fragte Mila, einigermaßen entsetzt. Sie wusste, was sie dann für ein Gewicht mit sich herumschleppen musste.

Graf Tassilo räusperte sich. »Es erscheint auch mir sicherer, Comtesse.« Er seufzte. »Es ist nicht zu übersehen, dass hier böse Dinge geschehen. Erst Don Rodrigo, dann der Anschlag der Indios auf Euch, jetzt dieser Schuss, der beinahe Euch getroffen hätte, den aber niemand abgefeuert haben will.«

»Ihr habt die Arkebusiere befragt?«, wollte Mila wissen. Die Fürsorge des Tresslers irritierte sie.

»Natürlich, Comtesse«, erwiderte Graf Tassilo schroff, und Mila fand es beinahe beruhigend, dass seine übliche schlechte Laune wieder hervortrat.

»Allerdings vergebens«, ergänzte Marschall di Collalto. »Die Männer sagen, dass sie nichts wissen, aber ich fürchte, der Schuldige würde sich niemals freiwillig stellen – hätte er doch den Zorn eines Drachen zu fürchten.«

»Also war es wirklich nur Zufall, dass es zweimal einen Reiter Nabus getroffen hat?«, fragte der Hochmeister nachdenklich.

»Eine andere Erklärung gibt es nicht«, meinte der Marschall. »Als Rodrigo starb, waren die Spanier ja noch gar nicht hier.«

Mila nickte, aber zufrieden war sie mit der Erklärung nicht. Solange sie nicht wusste, wer der Schütze war, konnten sie doch auch nicht sicher sein, dass es eben keine Absicht gewesen war.

Sie wurde von Stimmen aus den Gedanken gerissen, laut jammernden Frauenstimmen. Mila hörte, wie der Hochmeister zum Fenster trat und hinunterrief. »Was ist da los?«

Eine Stimme antwortete: »Gefangene, Don Maximilian. Sie

hatten sich im Tempel versteckt. Der Alchemist hat sie hinter einer geheimen Tür gefunden.«

»Wo bringt Ihr sie hin?«

»Wir haben einen Verschlag vorbereitet«, rief es von draußen. »Keine Sorge, sie werden Euch nicht zur Last fallen, Don Maximilian.«

»Es sind Frauen, Priesterinnen vielleicht. Behandelt sie gut, das rate ich Euch!«, rief der Hochmeister.

»Wir wissen schon, wie sie zu behandeln sind. Und der Kleine Graf hat gesagt, dass es vielleicht eine von ihnen war, die Euren Ritter von der Mauer stieß.«

»Junker Konrad hat das gesagt?«, fragte der Hochmeister. Seiner Stimme hörte Mila an, dass er ebenso verblüfft war wie sie selbst.

»Er hat ja nur einen Schatten gesehen, und immerhin waren diese Frauen wohl schon in der Festung, als es geschah. Und Ihr habt sie nicht gefunden«, schallte es herauf. Mila erkannte die Stimme von Hernando Pizarro.

Der Hochmeister wandte sich vom Fenster ab. »Lorenzo, schickt einen Boten, nein, geht besser selbst zu Don Francisco. Sagt ihm, dass ich erwarte, dass diese Frauen mit Respekt behandelt werden. Wenn es sein muss, erinnert ihn daran, dass ich die oberste Rechtsgewalt in diesem Lande bin. Und schickt mir Konrad, ich will wissen, wie er auf einmal darauf kommt, dass dieser Schatten eine Frau gewesen sein könnte.«

Mila wurde kalt. In San Miguel, der Festung, die die Konquistadoren im Norden errichtet hatten, waren Frauen vergewaltigt worden. »Vielleicht sollten lieber wir diese Frauen in Haft nehmen«, schlug sie vor.

»Das sollten wir wohl, aber ich fürchte, die Aufteilung der Kompetenzen lässt es nicht zu, Milena«, erwiderte der Hochmeister.

»Aber sie werden beschuldigt, einen der Unseren getötet zu haben«, wandte Mila ein.

»Eure Nichte hat Recht, Maximilian, damit gehören sie zunächst einmal uns«, pflichtete ihr Marschall Collalto bei.

Der Hochmeister zögerte kurz, dann sagte er: »Gut, führt das an, aber besteht nicht um jeden Preis darauf, dass sie uns überstellt werden. Begnügt Euch zur Not auch mit dem Recht auf das erste Verhör. Es war schwer genug, einen Modus zu finden, mit dem beide Seiten leben können, ich will ihn nicht aufs Spiel setzen.«

»Mich stellt dieser Modus weit weniger zufrieden als diesen Emporkömmling Pizarro«, warf der Tressler verstimmt ein. »Er will uns doch noch nicht einmal diese Festung zugestehen.«

»Wir werden sehen, wie der kaiserliche Hof entscheidet, Tassilo«, sagte der Hochmeister und klang müde. Es war das erste Mal, dass Mila das Gefühl hatte, dass ihr Großonkel alt wirkte. Er hatte in Panama einmal angedeutet, dass er dem Orden nicht mehr lange vorstehen würde, und sie begriff, dass er deshalb dem Orden diese Festung erobert hatte, eine Möglichkeit, in der Neuen Welt eine Basis zu errichten. Das sollte sein Vermächtnis sein. Doch nun lag die Entscheidung beim kaiserlichen Hof, und es konnte Jahre dauern, bis dort etwas entschieden wurde. *Ihm rennt die Zeit davon, und er merkt es,* dachte sie.

Es sah so aus, als müssten sie die Nacht mitten im Berg verbringen. Kemaq betrachtete den zerklüfteten Hang. Noch hatte er nichts entdeckt, was nach einem guten Lagerplatz aussah.

»Deine Führung hat uns wieder in eine schöne Lage gebracht«, sagte Qupay düster.

»Es ist schon erstaunlich, dass wir überhaupt hier heraufgekommen sind«, meinte der Yunga mit einem Seitenblick auf Qupay.

»Inti war mit uns«, giftete dieser.

»Ich hoffe, du hast Recht, Priester«, entgegnete der Yunga, »denn es ist nie gut, wenn die Götter nicht helfen. Was hat die Chachapoya dazu gesagt?«, fragte er.

»Sie war der Meinung, dass uns Tamachoc helfen wird«, erwiderte Kemaq, obwohl das nicht ihre genauen Worte waren.

»Es ist schade, dass sie nicht auf uns gewartet hat. Eine Heilerin hätte einigen von uns Linderung verschaffen können«, sagte der Yunga.

»Wenn sie denn eine Heilerin und keine Zauberin ist!«, warf Qupay ein.

»Dieses Seil ist keine Zauberei«, nahm Kemaq sie in Schutz. Er hatte sich das Seil über die Schulter geworfen, und es hatte ihnen schon mehrfach gute Dienste geleistet.

»Aber jeder weiß, dass die Chachapoya mächtige Zauberer haben«, sagte ein Chimú-Bogenschütze, der seinen Bogen noch trug, obwohl er keine Pfeile mehr dafür hatte.

»Ja«, flüsterte ein anderer, »sie kommen mit dem Nebel und lösen sich wie Dunst in Luft auf.«

»Die Inka haben das Wolkenvolk immer gefürchtet«, bestätigte der Bogenschütze.

»Aber am Ende haben sie es unterworfen und seine Festungen erobert«, warf Qupay ein.

»Und doch sind es mächtige Zauberer«, meinte der Yunga, und Kemaq hörte ihm seine Ehrfurcht an. »Wie sonst erklärt ihr, dass sie dort war, wo wir sie brauchten, dass sie ein Seil für uns bereithielt und dass sie spurlos verschwand, aus diesem engen Tal, aus dem doch sonst nur ein Vogel entkommen könnte?«

»Wir sind auch herausgekommen«, widersprach Qupay

»Wir hatten ihr Seil!«, rief der Yunga und verdrehte die Augen.

»Ich glaube, ich sehe dort oben einen breiten Absatz, dort könnten wir zur Not die Nacht verbringen«, sagte Kemaq, auch, um diesen fruchtlosen Streit zu beenden.

»Wo siehst du da einen Absatz?«, fragte Qupay giftig.

»Dort, bei dem Felsen, dessen Kopf beinahe wie der einer Schlange aussieht«, antwortete Kemaq.

Der Yunga bekam plötzlich leuchtende Augen: »Du hast Recht, er sieht aus wie der Kopf von Tamachoc!«

»Das habe ich nicht gesagt«, widersprach Kemaq.

»Aber es ist so«, meinte der Bogenschütze. »Die Chachapoya hatte wohl Recht, die Regenschlange ist mit uns – oder wenigstens mit dir.«

»Wir werden uns den Hals brechen, wenn wir in der Dämmerung dort hinaufklettern«, rief Qupay.

»Vielleicht einige von uns, Priester, vielleicht die, deren Glaube schwach ist«, entgegnete der Yunga wütend.

Kemaqs Blick ging zurück über die Ebene, und er entdeckte schwarze Schatten, die in der Abenddämmerung kreisten. »Lasst uns aufbrechen«, sagte er, »denn die fliegenden Götter sind noch dort unten, und es mag sein, dass sie nach Kriegern suchen, die der Schlacht entkommen sind. Ich will ihnen nicht wieder begegnen, nie wieder.«

»Dennoch halte ich es für den besten Weg, den Heiden das Wort Gottes näherzubringen«, sagte die volltönende und doch leicht ölige Stimme Pater Vicente Valverdes.

»Das mag sein, doch ich glaube nicht, dass dieser Weg gangbar ist, Pater«, antwortete die Stimme des Hochmeisters ruhig.

»Weil Ihr es nicht glauben wollt!«, rief der Priester. »Ja, es fehlt Euch überhaupt an Glauben, scheint mir.«

Wieder einmal war eine Versammlung einberufen worden, doch dieses Mal war Mila nicht dazugebeten worden. Sie saß mit Marduk und Nabu auf dem Dach des Palastes und lauschte dennoch. Es war ihr gleich, ob das irgendjemandem da unten in der großen Kammer nicht gefiel. Es war beinahe Mitternacht, und die Müdigkeit überlagerte allmählich die große Anspannung des schrecklichen Tages. Es war viel geschehen. Felipe war tot, was ihr immer noch unwirklich erschien. Bisher hatte sich keiner der Arkebusiere zu diesem tragischen Fehlschuss bekannt – vielleicht glaubte der Schütze den Versicherungen der Ordensmeister nicht, dass er nichts zu befürchten hatte –, und niemand schien den verhängnisvollen Schuss gesehen zu haben.

Mila seufzte. Eine Schlacht war gewonnen worden, eine sehr einseitige Schlacht. Sie hatte inzwischen erfahren, dass sich die Drachen, bis auf Nergal und Behemoth, zurückgehalten hatten. »Es widerstrebt uns, wehrlose Gegner zu töten. Wir sind nicht so blutrünstig wie … Raubtiere«, hatte Marduk ihr würdevoll erklärt, und dabei hatte sie das untrügliche Gefühl gehabt, dass er statt *Raubtiere* eigentlich *Menschen* hatte sagen wollen. Jetzt lag er auf dem Dach und ließ durch ein gelegentliches Schnauben jene unten in der Kammer wissen, was er von ihren Beratungen hielt.

Dort ergriff wieder der Hochmeister das Wort: »Es steht Euch nicht zu, Pater Valverde, meinen Glauben in Frage zu stellen. Schließlich hat unser Orden lange in Spanien für die Sache der Christen gekämpft.«

»Dennoch habe ich den Eindruck, dass Euer Glaube nach Abschluss der Reconquista in seiner Kraft merklich nachgelassen hat, Don Maximilian. Hat Euer Orden nicht sogar einen Morisco in seinen Reihen, und nun auch noch ein Weib?«

»Ihr habt weder das Recht, den Glauben von Don Mancebo anzuzweifeln«, entgegnete der Hochmeister in einer Ruhe, die sehr gezwungen klang, »noch steht es Euch zu, die Comtesse von Tretzky als *Weib* zu bezeichnen, Pater!«

»Meiner Ansicht nach hätte man die Mauren besser allesamt erschlagen statt vertreiben oder gar taufen sollen«, verkündete die raue Stimme von Hernando Pizarro.

Marduk schnaubte abfällig, und auch Mila musste den Kopf über den Mann schütteln. Sie fragte sich, warum um alles in der Welt Francisco Pizarro seinen Halbbruder zu seiner rechten Hand gemacht hatte.

»Ich verstehe einfach nicht, was Ihr gegen meinen Plan einzuwenden habt, Don Maximilian«, rief der Priester. »Es kann doch nur in Eurem Sinne sein, wenn die Bekehrung rasch und erfolgreich verläuft und die Indios uns als das begrüßen, was wir sind – die Retter ihrer Seelen und die Befreier aus dem Joch ihres falschen Gottkönigs.«

»Ich frage mich, ob sie dieses Joch nicht einfach nur gegen ein anderes eintauschen werden, Pater, aber das ist nicht der Punkt. Ich habe bereits mit Marduk über Eure Bitte gesprochen, und ich kann leider nur wiederholen, dass die Drachen es ablehnen, Eure Priester zu den Eingeborenen zu tragen.«

»Aber Fray Celso haben sie getragen!«, rief Pater Valverde.

Marduk räusperte sich, dann hörte Mila, dass er sich streckte, vermutlich, um durch das fehlende Stück Decke in die Kammer sehen zu können, und er sagte: »Wir haben nichts gegen einen Mönch, der sich um die Seelen unserer Ritter kümmert, aber uns hat nicht gefallen, dass Ihr in dieser Stadt das Wort Gottes verbreitet, während gleichzeitig Soldaten mordend und plündernd durch die Straßen ziehen, Pater.«

Der Dominikaner würdigte Marduk jedoch keiner direkten Antwort, sondern rief: »Dann befehlt es diesen Kreaturen doch, Don Maximilian.«

»Befehlen? Ich sehe, dass Ihr immer noch viel über Drachen lernen müsst, Pater Valverde«, entgegnete der Hochmeister trocken.

Jemand lachte in der Kammer. Mila brauchte einen Augenblick, um herauszuhören, dass es Francisco Pizarro selbst war. Jetzt ergriff der Konquistador das Wort: »Seht es ein, Pater, diese Drachen sind Krieger, keine Prediger. Vielleicht würden sie Euch auch mehr mögen, wenn Ihr sie seinerzeit nicht als Ausgeburten der Hölle bezeichnet hättet.«

»Aber das ist Jahrhunderte her, Don Francisco!«, rief der Pater empört.

»Drachen haben ein ausgezeichnetes Gedächtnis, nicht wahr, Don Maximilian?« Vielleicht hatte der Hochmeister stumm zugestimmt, denn Pizarro fuhr fort: »Ich denke, da Euer Plan vorerst nicht zur Ausführung gelangt, Pater, werden die Drachen ihren Nutzen im Dienste des Kaisers beweisen können.«

»Ihr habt einen Vorschlag?«, fragte der Hochmeister.

»Einen Befehl, Don Maximilian«, erklärte Pizarro trocken. »Ich kann doch wohl davon ausgehen, dass Ihr meine militärische Befehlsgewalt in unseren Provinzen hier anerkennt, oder?«

Mila stockte der Atem. Das war anmaßend. Zum einen, weil er von Provinzen sprach, obwohl er gerade einmal eine Stadt erobert hatte, zum anderen, weil er zwar Befehlsgewalt hatte, aber doch nicht wie der Kaiser selbst über den Drachenorden verfügen konnte! Sie wartete auf die empörte Antwort des Hochmeisters, doch sie unterblieb.

»Gut«, fuhr die schneidende Stimme Don Franciscos fort. »Almagro macht sich von San Miguel im Norden auf, das Land zu Fuß zu durchqueren. Ich wünsche, dass Ihr ihm fünf Eurer Drachen und Ritter zur Unterstützung schickt.«

»Er kommt zu Fuß?«, fragte Graf Tassilo, der sich bisher, wie Mila fand, auffallend zurückgehalten hatte.

»Zu Fuß und zu Pferd. Euer Orden wird ihn unterstützen und außerdem die Verbindung mit ihm halten, damit wir einen Treffpunkt vereinbaren können.«

»Ihr wollt Chan Chan schon wieder verlassen?«, fragte der Hochmeister und klang jetzt wirklich überrascht.

»Wir werden ein paar Männer hierlassen, um die Festung zu halten. Außerdem zeigt sich der neue Curaca, den ich gestern eingesetzt habe, sehr kooperativ. Wir werden mit den Indios hier keine Schwierigkeiten haben, ganz im Gegenteil. Er hat im Bruderkrieg zu Atahualpas Gegnern gehört und hat nichts dagegen, wenn wir gegen den Inka kämpfen.«

»Ihr habt einen neuen Curaca eingesetzt? Ohne Rücksprache mit uns?«, fragte der Hochmeister ungehalten.

»Kraft der mir vom Kaiser verliehenen Vollmachten bedarf ich Eurer Zustimmung nicht, Don Maximilian«, entgegnete Pizarro kalt. »Gewöhnt Euch daran.«

»Vielleicht entschließt sich der Kaiser jedoch, uns diese Stadt als Komtur, als Ordensland zu überlassen. Und dann geht es uns sehr wohl etwas an, wen Ihr hier als Curaca der Eingeborenen einsetzt.«

»Vielleicht, Don Maximilian, vielleicht. Und dann steht es Euch frei, sofort einen anderen dieser Wilden zum Häuptling zu machen. Glaubt Ihr denn, es geht mir um diese eine, halb verfallene Stadt? Habt Ihr es denn immer noch nicht begriffen? Ein ganzes Reich wartet darauf, von uns erobert zu werden! Dieses Reich werden wir jedoch sicher nicht gewinnen, wenn wir hier wie die Krebse am Strand kleben bleiben. Wir müssen in die Berge, hinein ins Herzland des Feindes, und die Entscheidung erzwingen.«

»In die Kordilleren? Habt Ihr nicht gesehen, welche Höhen sie erreichen? Ich denke, einige dieser Gipfel hier haben leicht zehn-, zwölftausend Fuß oder mehr. Wie wollt Ihr da hinüberkommen?«

Jetzt mischte sich Hernando Pizarro wieder ein: »Habt Ihr etwa Angst vor diesen Hügeln?«, spottete er.

»Angst nicht, Don Hernando, aber ich kann nicht sagen, dass mir die Vorstellung gefällt, über schneebedeckte Pässe mitten hinein ins Land der Indios zu marschieren. Hier haben wir starke Mauern, sogar eine Flotte, die Eure Männer aufnehmen und in Sicherheit bringen könnte, wenn die Macht des Feindes zu stark würde. Dort oben wären wir auf uns allein gestellt.«

»Ich verstehe Eure Furchtsamkeit nicht, Don Maximilian, Ihr könnt Euch doch immer noch auf Eure Drachen setzen und mit eingekniffenem Schwanz davonfliegen, wenn es Euch zu gefährlich wird«, spottete Don Hernando.

Zu Milas erneuter Überraschung blieb es wieder ruhig in der Kammer, und kein Schwert fuhr wegen dieser Beleidigung aus der Scheide. Stattdessen erklärte der Hochmeister sehr gelassen: »Wisst Ihr, Hernando, es ist gar nicht gesagt, dass unsere Drachen in diesen Höhen überhaupt noch fliegen können.«

Zweites Buch

CAXAMALCA

13. Tag

Kemaq starrte auf das kleine Bündel zu seinen Füßen. Es enthielt alles, was er besaß. Viel war es nicht. »Bist du so weit, Mutter Mocto?«, fragte er die Alte, die sich schon so lange um ihn und seine Brüder kümmerte.

»Der Sapay Inka verlangt viel von einer alten Frau«, antwortete sie mürrisch.

»Seid ihr immer noch nicht fertig?«, rief Pamac, der Vorsteher ihrer Allyu – ihrer Gemeinschaft – von draußen.

Kemaq nahm Mocto ihr Bündel ab und hängte es zu seinem eigenen über die Schulter. »Verlier es nicht«, sagte die Alte und folgte ihm hinaus.

Draußen waren schon fast alle Mitglieder ihrer Allyu versammelt. »Die Sonne geht bald auf, und wir wollen nicht die Letzten sein«, drängte Pamac.

»Ich habe immer gesagt, dass ich nicht gerne hier lebe«, sagte Mocto, »und jetzt fällt es mir doch schwer, hier fortzugehen.«

»Du wirst es uns nicht leichter machen, indem du jammerst, Alte«, sagte der Vorsteher.

»Warum sollte ich es dir leicht machen, Pamac?«, entgegnete Mocto trocken.

»Die Priester sagen, dass unser Auszug unter guten Zeichen steht«, rief der Vorsteher zunehmend ungehalten.

Mocto schnaubte. »Dieselben Priester, die unsere Männer hinunter in die Ebene geführt haben?«

Pamac trat nah an sie heran und sagte leise: »Lass das Huaxamac nicht hören, Alte, es könnte dir und uns allen schlecht bekommen.« Dann wandte er sich an die Gemeinschaft: »Sind wir vollzählig?«

»Bis auf die Männer, die gefallen sind«, rief eine Frauenstimme aus der Menge.

Der Vorsteher schluckte. Auch Kemaq war erstaunt über die Feindseligkeit, die Pamac entgegenschlug. Er war nie besonders beliebt gewesen, aber noch nie hatte jemand offen die Stimme gegen ihn erhoben. Nach der Schlacht war vieles anders geworden. Zu viele Väter und Söhne waren gefallen, auch Ollamac, der alte Curaca, war tot. Nur die Hälfte derer, die nach Chan Chan gezogen waren, war zurückgekehrt, und von denen hatte der Hohepriester auch noch jeden zwanzigsten töten lassen, denn Inti verlangte es, als »Strafe für ihre Feigheit«. Die Menschen von Tikalaq hatten es hingenommen, denn wer konnte dem Willen der Götter widersprechen? Aber es lag Unruhe über der Stadt, und die Menschen der verschiedenen Völker – Yunga, Marachuna, Chimú und selbst Inka – äußerten erstmals leise Zweifel an der Weisheit der Priester. Kemaqs Bruder Qupay blieb, wie die meisten anderen seines Standes, nun auch bei Nacht im Tempel. Es hieß, die Priester fühlten sich nicht mehr sicher auf den Straßen. Und dann war ein Bote des Sapay Inka gekommen und hatte den Befehl überbracht, dass alle Bewohner Tikalaqs die Stadt beim nächsten Morgengrauen zu verlassen hatten. Deshalb kehrten sie nun ihren Häusern den Rücken, und es war Aufgabe der Vorsteher, darauf zu achten, dass keiner zurückblieb.

»Nicht ich habe den Befehl gegeben«, sagte Pamac jetzt, »und ich verlasse meine Heimat genauso ungern wie ihr.«

»Lass das nicht deine Priester hören«, spottete Mocto.

Sie brachen auf. Die Straßen der Stadt waren voller Menschen, die schweigend und mit hängenden Schultern die Stadt verließen. Kemaq blickte noch einmal zurück auf die Häuser ihrer Gemeinschaft. Der Großvater von Atahualpa hatte einst angeordnet, dass seine Eltern und viele andere vom Steinvolk hier leben sollten, und nun kam der Enkel und verpflanzte sie wieder. Unvermittelt fiel ihm ein, was Pitumi einmal gesagt hatte: »Die Gesetze des Inka sind oft grausam.« Nie war ihm das so bewusst geworden wie jetzt, da er Alte und Kinder, Männer und Frauen sah, die ihre Heimat von einem Tag auf den anderen verlassen mussten und an der Grube vorbeizogen, die Huaxamac für die Hingerichteten hatte ausheben lassen.

Nabu keuchte und gab auf. Wie ein Stein sackte er in die Tiefe. Mila wartete, bis er wieder zu Atem gekommen war. Dann sagte sie: »Beim nächsten Mal schaffen wir es.«

»*Wir,* Prinzessin? Wenn es nach mir geht, können wir gerne tauschen, und du versuchst beim nächsten Mal, *mich* über diese Berge zu tragen.«

Mila lachte: »Dafür bist du mir doch ein wenig zu schwer, Nabu.«

»Du mir mit deiner neuen Rüstung auch«, brummte der Drache. »Und ich muss ja nicht nur dich, sondern auch noch diesen Faulpelz Ruiz auf meinem Rücken dulden.«

Er schien wirklich außerordentlich schlechter Laune zu sein, aber Mila konnte es nicht ändern. Sie hatten ihre Befehle und versuchten nun, sie zu befolgen. Sie wandte sich an Ruiz. »Siehst du unsere Leute noch?«

»Sie sind noch weit unten im Hang, Condesa, und ich kann mir auch gar nicht vorstellen, dass sie die Pferde und Kanonen dort hinaufbringen können. Ich habe den Anfang des Pfades gesehen, der ist kaum breit genug für einen Mann zu Fuß. Und vorhin habe ich einen tiefen Spalt auf diesem Weg bemerkt. Das werden sie nie schaffen.«

»Warte es ab, Ruiz. Ich denke, Don Francisco findet einen Weg.« Das dachte sie wirklich. Es gab vieles, was sie an Pizarro nicht mochte: Er war unhöflich und rücksichtslos, anmaßend und überheblich, außerdem war er ungebildet, konnte weder lesen noch schreiben, aber seine Tatkraft war wirklich beeindruckend. Gerade einmal eine Woche hatte er seinen Männern gelassen, Chan Chan zu sichern, und die Priester hatten sich bitter beschwert, weil er ihnen keine Zeit zur Missionierung ließ. Sie hatten um Aufschub gebeten, um zunächst eine Kirche errichten zu können, aber Pizarro hatte sich nicht erweichen lassen. Zwei Priestern hatte er erlaubt, zurückzubleiben, der Rest sollte ihm folgen, hinauf in die Kordilleren, und das Holz, das eigentlich für den Bau der Kirchen bestimmt gewesen war, hatte er mitführen lassen, um Brücken zu bauen, falls es nötig sein sollte. Und demzufolge, was Ruiz sagte, würde es bald nötig werden. Nabu war der einzige Drache, der zwei Reiter tragen musste, der Orden hatte nämlich seine Waffenknechte zurückgelassen, um die Festung zu sichern. Zwei Drachen, Baal und Amun-Ra, waren mit ihren Rittern ebenfalls dort geblieben, fünf andere waren, wie von Pizarro verlangt, nach Norden gezogen, um Almagro und seine Männer zu unterstützen, die auf dem Landweg herabkamen. Schatzmeister Xavier de Paz hatte freundlich, aber bestimmt darauf bestanden, bis auf weiteres das Kommando in Chan Chan zu übernehmen. Auch Dietmar war zurückgeblieben, denn er war der Ansicht, für das »Herumklettern« in den Bergen sei er nun doch zu alt. Mila vermisste ihn. Er war wesentlich zuverlässiger als Ruiz.

»Zurück nach Chan Chan, Prinzessin?«, fragte Nabu. Dreimal hatte er schon versucht, die Bergkette zu überwinden, war aber ebenso gescheitert wie seine Brüder. Er klang ziemlich erschöpft.

»Ich möchte wissen, wie die Indios das schaffen«, sagte Mila.

»Was meinst du?«, fragte Nabu.

»Sie laufen doch diese Berge auf und ab und demzufolge, was Meister Albrecht mir erzählt hat, mit großer Ausdauer und Schnelligkeit.«

»Ich bin kein Indio, Prinzessin, und ich laufe nicht, sondern fliege, falls du es noch nicht bemerkt haben solltest.« Nabu glitt tiefer.

»Wenn es nicht anders geht, müssen wir eben ein Stück laufen, Nabu«, rief Mila gegen den Wind.

Nabu schnaubte. »So weit wird es nicht kommen, Prinzessin. Ich kann diese Berge überwinden, wenn ich einen guten Aufwind erwische. Aber dieser Wind kommt aus den Bergen und drückt uns eher nach unten, als uns zu tragen.«

Mila dachte nach, dann sagte sie: »Glaubst du, dass es am Abend besser wird?«

»Das ist gut möglich, Prinzessin, denn wenn die Sonne die Felsen erwärmt hat, kann die warme Luft uns helfen.«

»Dann versuchen wir es einfach später noch einmal. Ich hoffe, wir haben dann mehr Glück, denn ich wäre gerne vor Pizarro und seinen Männern dort oben, Nabu.«

Der Pfad nach Norden wand sich lang und schmal die Berge hinauf, die Tikalaq vom eigentlichen Hochland trennten, und Kemaq sah, dass die Spitze ihres Zuges den ersten Pass schon erreicht hatte, während das Ende sich noch weit, weit unter ihnen am Fuß des Berges befand. Kemaq stützte die alte Mocto, die immer dann, wenn sie Atem erübrigen konnte, auf den Vorsteher oder die Priester schimpfte. Es war ein klarer Tag, und in der dünnen Gebirgsluft trug ihre Stimme weit. Am Anfang war Pamac, der Vorsteher, noch zu ihnen gekommen und hatte die Alte gemahnt, leiser zu sein. Er hatte erst gedroht, dann gebeten, schließlich beinahe gebettelt, aber Mocto war das gleich: »Ich bin eine alte Frau, die alles verloren hat außer ihrem Leben, und auch das ist schon beinahe aufgezehrt. Mit was also willst du mir drohen, Pamac?«

Der Vorsteher gab schließlich auf. Kemaq rechnete eigentlich damit, dass irgendwann ein Priester kommen würde, um die Alte zur Ordnung zu rufen, aber das geschah nicht. Die Priester waren weit vorn im Zug, und sie marschierten im Schutz vieler Krieger. »Sie haben Angst, und ihr Vertrauen in Inti ist erschüttert«, sagte eine Stimme hinter Kemaq, als habe der Sprecher Kemaqs Gedanken erraten. Er wandte sich um. Es war Melap, der alte Chachapoya, den er im Tempel getroffen hatte.

»Melap, was machst du denn hier?«, entfuhr es Kemaq.

»Kennst du diesen Chachapoya?«, fragte die alte Mocto und beäugte den Mann mit spürbarem Missfallen.

»Ich kenne ihn, er hat mir geholfen.«

»Aber er kommt aus dem Tempel, und von dort kam in den letzten Tagen nicht viel Gutes.«

Kemaq fing ein paar finstere Blicke auf. »Er ist dort aber nur ein Diener, kein Priester, Mutter Mocto«, beeilte er sich zu versichern.

»Trotzdem«, gab sich die Alte stur.

»Geht es bald weiter da vorn?«, rief eine Stimme aus der Schlange. Der Weg war so schmal, dass es schwierig war, einander zu überholen, und da Kemaq Mocto stützte, blockierten sie den Pfad. Sie marschierten am Ende ihrer Gemeinschaft. Hinter ihnen folgten einige Yunga, die zwei Dutzend schwer beladene Lamas mitführten. Kemaqs Gemeinschaft besaß keine Lamas.

»Hetzt eine alte Frau nicht, die ihr Zuhause verlassen musste!«, schimpfte Mocto, setzte sich aber wieder in Bewegung.

»Werden dir die Schritte nicht leichter, Mütterchen, jetzt, da es in Richtung deiner wahren Heimat geht?«, fragte Melap.

»Was weißt du über meine Heimat, Wolkenmensch? Und nenn mich nicht Mütterchen, denn ich bin nicht viel älter als du!«

»Ich weiß, dass sie nicht in Tikalaq liegt, diese Heimat. Du gehörst zum Steinvolk und bist am Fuß ganz anderer Berge geboren.«

Mocto brummte missmutig, dann sagte sie: »Du hast Recht, Chachapoya, auch wenn ich es nicht gerne sage. Aber ich fürchte, die Priester werden uns nicht erlauben, nach Tanyamarka zu gehen.«

Tanyamarka – die Regenstadt! Kemaq spürte, dass die Nennung ihres Namens tief in ihm etwas berührte. Tanyamarka war die Heimat des Steinvolkes gewesen, bis die Inka sie erobert und den Stamm in alle Winde zerstreut hatten, so wie sie es stets taten. Er war niemals dort gewesen, war ja schon in Tikalaq geboren, aber dennoch zog der Klang des Namens ihn an.

»Vielleicht wirst du sie ja bald zu Gesicht bekommen, Chaski«, sagte der Chachapoya. Kemaq starrte ihn an, aber der Mann nickte ihm nur freundlich zu und forderte ihn mit einer Geste auf, weiterzugehen. Hatte er eben laut gedacht, oder konnte Melap seine Gedanken lesen?

Gegen Abend hatte die Sonne die Felsen gewärmt, und Nabu fand endlich die Aufwinde, die er am Morgen noch vergeblich gesucht hatte. Langsam, ganz langsam, schraubte er sich höher und höher in den Himmel. Er schlug kaum mit den Flügeln, aber dennoch stiegen sie. »Ich hoffe, du bist warm angezogen, Prinzessin«, sagte er irgendwann.

»Bin ich!«, behauptete Mila, aber sie spürte, wie ihr die kalte Luft unter die Rüstung kroch.

»Ich glaube, wenn ich jetzt hier herunterfalle, werde ich nie unten ankommen«, meinte Ruiz, und Mila spürte, wie krampfhaft er sich an das Geschirr klammerte.

»Da würde ich mir keine Gedanken machen, mein Freund«, knurrte Nabu.

»Ich will mir auch keine Gedanken machen, Meister Nabu, denn das Denken tut mir heute weh«, antwortete der Waffenknecht.

»Hast du auch Kopfschmerzen, Prinzessin?«, fragte Nabu.

»Ja, ein wenig«, gab Mila zu.

»Das ist die Höhe«, meinte Nabu und schüttelte den großen Kopf.

»Spürst du es etwa auch?«, fragte Mila.

»Keine Schmerzen, nein, aber es fällt mir etwas schwer, das Gleichgewicht zu halten«, keuchte der Drache.

»Wie schlimm ist es?«, fragte Mila besorgt.

»Nicht so schlimm, *lästig* trifft es eher«, behauptete Nabu.

Sie stiegen weiter auf, und Nabu versuchte weiterhin, sich nicht anmerken zu lassen, welche Schwierigkeiten es ihm bereitete.

»Wo sind die Spanier?«, fragte Mila.

»Man kann sie kaum sehen, Condesa«, rief Ruiz. »Klein wie Ameisen kriechen sie den Berg hinauf. Ich glaube, sie müssen den Weg, dem sie folgen wollen, erst noch bauen, oder zumindest so ausbauen, dass ihre Kanonen hinaufkönnen, und ich bedaure die armen Männer, die diese schweren Geschütze dort hinaufbringen müssen.«

»Ich sehe etwas, Prinzessin«, rief Nabu, »eine Stadt.«

»Ich sehe sie auch, Condesa. Es ist, wie Meister Nabu sagt, eine Stadt, versteckt zwischen den Bergen. Sie liegt sogar ein bisschen unter unserer jetzigen Höhe. Erstaunlich, dass diese halbnackten Wilden …«

»Es ist gut, Ruiz, schone deinen Atem«, unterbrach ihn Mila. Der junge Waffenknecht war vielleicht faul, aber er wurde von Tag zu Tag redseliger.

»Wenn du erlaubst, will ich mir das aus der Nähe ansehen, Prinzessin.«

»Natürlich, Nabu.«

Der Drache brüllte, aber es klang ungewohnt dünn. Von weiter unten antworteten zwei andere Drachen.

»Ianus und Schamasch. Sie werden uns folgen – wenn sie es denn vermögen«, sagte Nabu und versuchte gar nicht erst, seinen Stolz zu verbergen.

Mila strich ihm mit der Hand sanft über den Hals. »Sei aber vorsichtig, wir wissen nicht, was uns dort erwartet.«

»Wir werden sehen«, brummte der Drache und ging in einen langsamen Gleitflug über.

Die Kopfschmerzen ließen nach, und Mila versuchte, sich auf das zu konzentrieren, was Nabu ihr Inneres Auge nannte. Sie wartete, aber Nabu brummte, schüttelte den massigen Kopf und sagte: »Jetzt nicht, Prinzessin.«

Aber da merkte sie schon selbst, dass es zu anstrengend war, und sie sah nichts anderes außer tiefe Dunkelheit.

Endlich hatte auch Kemaq den ersten Bergkamm erreicht, und Mocto hing schwer in seinem Arm. Selbst die Lust am Schimpfen war ihr vergangen. Es war noch lange nicht der höchste Punkt ihrer Wanderung – vor ihnen lagen schneebedeckte Gipfel, und schon jetzt ließ ein eisiger Wind Kemaq frieren. Er blickte zurück. Er konnte Tikalaq nicht sehen, denn andere, niedrigere Bergrücken verbargen die Stadt, aber dennoch suchte er nach ihr, denn er hatte das Gefühl, als würde er sie nie wiedersehen.

»Was ist das?«, fragte ein älterer Mann hinter ihm. Es war nicht Melap – der schien zurückgefallen zu sein, denn Kemaq konnte den Chachapoya nicht mehr sehen.

»Was meinst du?«, fragte er.

»Dieser Vogel dort. Er sieht zu groß aus für einen Kondor.«

Kemaq folgte dem Blick des Mannes, der Tracht nach ein Yunga, und sah den schwarzen Punkt jetzt selbst. »Es ist auch kein Kondor«, sagte er heiser, »es ist einer der fliegenden Götter.«

»Inti steh uns bei!«, entfuhr es dem anderen. »Ich glaube, er will nach Tikalaq.«

»So waren die Priester doch weise, als sie uns befohlen haben, die Stadt zu verlassen«, meinte der Yunga.

»Unsinn«, schnarrte Mocto, die wieder zu Atem gekommen schien. »Sie gehen, weil es ihnen befohlen wurde. Wären sie klug, wären sie geblieben, und wir ebenso. Wir können doch den fliegenden Göttern nicht ewig davonlaufen. Aber sie sind dumm, unsere Priester.«

»Weiter jetzt, Mocto«, murmelte Kemaq, denn nun wurden ihm die Reden der Alten langsam unheimlich. Wie hätten die Priester sich weigern können, dem Befehl des Sapay Inka zu folgen? Das war die Ordnung der Dinge. *Wenn man sie umstieß …* Er dachte den Gedanken nicht zu Ende, denn ihm fiel das Wort wieder ein, dessen Bedeutung ihm Pitumi erläutert hatte: *Pachakuti.* Die Zeitenwende, ein Umsturz der Ordnung; vielleicht war es das, was geschehen musste. Pitumi schien damit Hoffnungen zu verbinden, die er nicht verstand.

»Wir könnten noch warten, Prinzessin«, meinte Nabu, »warten, bis Ianus und Schamasch hier sind.«

Er flog eine erneute Schleife.

»Aber weder du noch Ruiz können dort unten auch nur eine Spur von Leben entdecken, Nabu, also lass uns landen«, widersprach Mila.

»Ich traue dem Frieden nicht«, erwiderte der Drache und flog noch einmal über die Stadt. Aber auch bei diesem Überflug sahen weder er noch Ruiz Anzeichen, die darauf hingedeutet hätten, dass dort unten noch jemand war.

»Lass uns endlich landen, Nabu, ich will die Erste sein, die einen Fuß in diese Stadt setzt!«, drängte Mila, und schließlich gab der Drache nach. Er landete auf einem Platz, der, wie Ruiz erklärte, mitten in der Stadt lag. Kaum hatte Nabu aufgesetzt, sprang Mila auch schon aus dem Sattel. Sie hatte mittlerweile ein gutes Gefühl dafür, wie hoch sie auf Nabus Rücken saß, und so wagte sie den Sprung in die Dunkelheit, ohne sich zu verletzen.

»Diese Stadt ist ganz anders als Chan Chan, Nabu!«, rief sie. Sie lauschte auf das Echo ihrer Stimme. Es brach sich hart und kühl an den Wänden der Häuser und engen Gassen.

»Was meinst du, Prinzessin?«, fragte der Drache.

»Stein – diese Stadt ist ganz aus Stein gebaut, und nicht aus Lehm.«

»Woher wisst Ihr das, Condesa?«, fragte Ruiz staunend.

»Ich höre es am Klang unserer Stimmen, und ich spüre selbst durch die Sohlen meiner Stiefel, dass dieser Platz gepflastert ist.«

Sie lauschte wieder. Für einen Augenblick war ihr, als hätte sie in der Ferne leichte Schritte gehört. Sie gab ihren beiden Begleitern ein Zeichen, dass sie ruhig sein sollten, aber da näherten sich zwei Drachen im Gleitflug mit leisen Rufen. Mila hörte den Wind, der über ihre Flügel strich. Die Schritte waren fort, und Mila sagte sich, dass es wohl nur ein Echo ihrer eigenen Schritte gewesen war. Einer der beiden Drachen setzte keuchend dicht neben Nabu auf.

»Ich grüße Euch, Don Mancebo, willkommen in meiner Stadt!«, rief Mila übermütig.

»Sie scheint wirklich verlassen zu sein«, rief der Maure laut, und Mila begriff, dass er mit dem Ruf nicht sie, sondern Sir William meinte, der auf Schamasch noch über ihnen kreiste.

»Ich werde es melden«, rief Sir William zurück, und dann entfernte sich Schamasch wieder. Sein Flügelschlag wurde schnell leiser.

»Ihr seid leichtsinnig, Condesa«, rief der Maure, und Mila hörte, wie er aus dem Sattel sprang.

»Ich habe tapfere Beschützer«, rief sie.

»Ihr scheint ja bester Laune zu sein«, meinte der Ritter und schlenderte heran.

»Wundert Euch das? Wir haben den Berg überwunden, an dem wir heute Morgen noch gescheitert sind, und wir haben eine ganze Stadt eingenommen, ohne Kampf, ohne dass wir auch nur einen der Bewohner töten mussten.«

»Es ist ja auch niemand hier, und das ist wirklich seltsam«, murmelte der Maure und fuhr fort: »Ich weiß nicht, wie gut Eure Sinne sind, Condesa, aber ich sehe hier Anzeichen eines hastigen Aufbruchs. Dort drüben liegt ein Korb, daneben ein zerbrochener Krug, und hier spielt der Wind mit einem zerrissenen Tuch.«

»Ja, ich kann zwar nicht sagen, warum es so ist, aber ich habe das Gefühl, als hätten die Menschen diesen Ort erst vor wenigen Stunden verlassen, Bruder Mancebo. Es ist beinahe, als würde noch der Widerhall ihrer Schritte und Stimmen in den Gassen nachklingen.«

Der Maure zog unvermittelt sein Schwert. »Ich werde mir diese Häuser etwas näher ansehen, wartet hier, Condesa.«

Sie hörte ihn erst in eines, dann in zwei andere der Häuser hineingehen. Das Echo seiner Schritte klang weit über den Platz. Waren da noch andere Schritte, die sich in diesem Echo versteckten? Nein, Mila schüttelte den Kopf. Wohl nur eine Täuschung, die sie auf die dünne Luft schob. Don Mancebo trat wieder vor die Tür und rief: »Das Herdfeuer hat noch einen Rest Glut. Sie können wirklich noch nicht lange fort sein.«

»Aber wohin mögen sie verschwunden sein, Bruder Mancebo?«

Der Maure schob sein Schwert wieder in die Scheide. »Ich kann es nicht sagen, doch auf dem Flug hierher habe ich zwei Straßen gesehen. Eine führt durch die Felder und hinunter in die Ebene. Wenn wir noch einen Tag warten, vielleicht auch zwei, werden wir Pizarro und seine Männer auf ebenjenem Weg heraufkommen sehen. Die zweite Straße führt noch weiter ins Gebirge hinein, wie mir scheint.«

»Es waren Menschen in den Bergen«, warf Ianus ein.

»Hast du sie gesehen?«, fragte sein Ritter nach.

»Nur kleine Punkte hoch im Berg«, antwortete der Drache. »Zu hoch für uns, jedenfalls heute.«

»Ianus hat Recht«, meinte Nabu. »Es wird bald Abend, und die Aufwinde lassen schon nach. Wir sollten bald nach Chan Chan zurückkehren.«

»Warum zurückkehren?«, fragte Mila, »nur damit wir uns morgen wieder hier heraufquälen müssen? Warum bleiben wir nicht einfach?«

»Es wird nachts in dieser Höhe recht kalt werden, Condesa«, gab Don Mancebo zu bedenken.

»Aber es gibt hier Häuser, da finden wir doch Schutz für die Nacht.«

»Und was machen wir, wenn die Einwohner zurückkommen?«, fragte Ruiz, der immer noch auf Nabus Rücken saß. »Vielleicht verstecken sie sich und fallen über uns her, sobald wir es uns gemütlich gemacht haben«, fuhr er fort.

»Sei nicht albern, Ruiz«, wies Mila den Waffenknecht zurecht. »Wir haben Drachen, die über unsere Sicherheit wachen, also könntest du langsam aus dem Sattel steigen und uns ein gutes Quartier für die Nacht suchen!«

Murrend glitt Ruiz von Nabus Rücken. »Und was, wenn mir einer dieser Heiden in diesen Häusern auflauert?«

»Dann zeig ihm, wie tapfer du bist. Aber jetzt geh endlich!«, rief Mila ungeduldig.

Mit schleppendem Schritt zog Ruiz ab.

»Ich würde sagen, es gibt keinen großen Unterschied zwischen diesen Häusern. Sie sind einfach gebaut, aber sauber. Jedes von denen ist gut genug für die Nacht, Condesa«, meinte Don Mancebo leise, als Ruiz außer Hörweite war.

»Das dachte ich mir fast, Bruder Mancebo, aber die Faulheit dieses Menschen ist schwer zu ertragen, und ich fühle mich einfach besser, wenn ich ihn wenigstens einmal am Tag dazu bringe, sich zu bewegen.«

Sie hörte Ruiz zu den nächsten Häusern schlurfen, aber er bestätigte nur, was der Maure gesagt hatte: Eines schien so gut wie das andere zu sein.

»Es gibt auf der gegenüberliegenden Seite des Platzes jedoch noch größere Gebäude, Tempel vielleicht, oder Paläste, ich hoffe, die muss ich mir nicht auch noch ansehen?«, fragte er, als er zurückgekehrt war.

»Die sind für unsere Zwecke nicht geeignet, Ruiz«, beruhigte ihn der Ritter, »denn sie sind zu groß und schwer zu bewachen. Ich schlage vor, wir nehmen einfach das nächste Haus. Mit einem Drachen vor der Tür werden wir dort auf jeden Fall sicher sein.«

Der Maure führte Mila ins Haus hinein. Ruiz folgte ihnen murrend mit den bescheidenen Vorräten, die sie in ihren Sätteln mitgeführt hatten. Nabu hatte ein paar Lamas in den Hängen über der Stadt gesehen und wollte noch einmal los, um frisches Fleisch zu besorgen.

»Es gibt Vorräte in dieser Hütte, Bohnen, Mais und diese Erdäpfel, die sie essen«, stellte Ruiz erfreut fest.

»Frisches Fleisch ist mir lieber, und euch sollte es eigentlich auch lieber sein, denn vielleicht haben die Menschen ihre Nahrung vergiftet, bevor sie verschwanden«, meinte Nabu.

»Dann hoffe ich, dass sie ihre Lamas nicht auch noch vergiftet haben«, erwiderte Mila lächelnd und lauschte Nabu hinterher, als dieser sich davonmachte. Ianus rollte sich vor dem Haus zusammen und gähnte. »Dieses Fliegen in großen Höhen ist wirklich ermüdend«, stellte er fest.

»Aber schlaf nicht ein, bevor Nabu zurückkehrt«, mahnte Don Mancebo, »du bist schließlich unsere Wache.«

»Meinetwegen«, brummte Ianus und gähnte noch einmal.

Don Mancebo verschwand im Haus, um Ruiz dabei zu helfen, es für die Nacht herzurichten. Mila blieb noch einen Augenblick auf dem Platz zurück. Ein kalter Wind strich flüsternd um die leeren Häuser, und wieder hatte sie das vage Gefühl, dass dort doch noch jemand war. Sie lauschte, aber dann gähnte Ianus wieder so herzhaft, dass er alle Geräusche des Abends verschluckte.

Sie stiegen immer noch den schmalen Weg hinauf, obwohl es schon dunkel war und es viel zu wenige Fackeln gab. »Was denken die Priester nur? Dass der Schnee ausreicht, um uns zu leuchten?«, murrte die alte Mocto. »Ich werde mir noch das Genick brechen. Wann wollen sie uns endlich rasten lassen?«

»Hier oben können wir schlecht Halt machen, Mutter Mocto«, antwortete Kemaq. Er fror und hätte sich gewünscht, einfach laufen zu können, um sich aufzuwärmen.

»Unsinn«, schnarrte Mocto zurück. »Meine Ohren sind vielleicht alt, aber ich höre doch, dass da unter uns, gar nicht weit, ein Bach rinnt. Dort hätten wir sogar frisches Wasser.«

»Und wie willst du da hinunterkommen?«, fragte der Yunga, der schon seit Längerem hinter ihnen lief.

»Ihr würdet mich tragen, ganz einfach«, erwiderte Mocto schnippisch.

Der Yunga lachte, ein Geräusch, das eigenartig kalt von den Berghangen widerhallte. Der Zug stockte.

»Ich glaube, die Priester haben dich gehört«, meinte Kemaq.

»Das wäre ein Wunder«, antwortete die Alte trocken.

»Was ist denn los da vorn?«, rief jemand von weiter hinten. Aber schon setzte sich der Zug wieder in Bewegung. Dann pflanzte sich ein Gerücht durch die Reihe fort – es hieß, die Spitze des Zuges habe eine Hochebene erreicht und bereite dort die Rast vor.

»Hier oben?«, fragte der Yunga. »Wir werden erfrieren.«

»Erfrieren oder uns das Genick brechen, das macht keinen großen Unterschied«, meinte Mocto. »Diese Priester haben nicht an Fackeln gedacht, da wage ich kaum zu hoffen, dass wir genug Dung haben, um die Feuer über Nacht in Gang zu halten. Holz werden wir hier ja wohl keines finden.«

»Du bist eine Schwarzseherin, Mütterchen«, sagte der Yunga.

Mocto schnaufte nur zur Antwort und stapfte an Kemaqs Arm weiter voran.

Ruiz war als Koch zwar nur mäßig begabt, aber damit immer noch talentierter als Mila oder Don Mancebo. Nach kurzem Zögern hatten sie sich entschlossen, die Vorräte, die sie gefunden hatten, für vertrauenswürdig zu halten, und bald zog ein Geruch von Bohnen und Erdäpfeln durch das Haus.

»Es ist schlicht, aber ganz behaglich«, meinte Don Mancebo nach dem kurzen Mahl. »Die Bewohner müssen wirklich in großer Eile aufgebrochen sein, denn es sind gut gearbeitete Teppiche und Decken zurückgeblieben. Auch ihr Tongeschirr haben sie nicht mitgenommen – fast möchte man glauben, sie hätten dieses Haus für uns vorbereitet.«

»Ich denke doch eher, sie sind vor uns geflohen, und ich bin dankbar, dass sie die Häuser nicht niedergebrannt haben«, erwiderte Mila nachdenklich. *Wir verbreiten Angst und Schrecken,* dachte sie.

»In der Tat«, stimmte der Maure zu. »Diese Stadt ist bemerkenswert, vor allem die Höhe, in der sie angelegt ist. Es mag sein, dass es in den Alpen oder den Pyrenäen auf ähnlicher Höhe auch Dörfer und Gehöfte gibt, aber dies hier ist eine richtige Stadt, für vielleicht drei- oder viertausend Menschen. Etwas Vergleichbares gibt es in der ganzen Alten Welt nicht.«

»Nabu sagte, wir seien auch noch gar nicht im eigentlichen Hochland angekommen, Bruder Mancebo.«

»Das ist leider richtig, Condesa. Vor uns liegen Berge, die wohl selbst die Gipfel der Pyrenäen noch überragen. Es gibt, wie gesagt, eine Straße hinauf – oder, sagen wir, es gibt etwas, was die Indios Straße nennen –, und nach allem, was uns die Menschen von Chan Chan erzählt haben, liegt der größte Teil des Reiches, das wir erobern wollen, hinter dieser Bergkette.«

»Ich weiß, ich habe schließlich übersetzt«, sagte Mila lächelnd.

Ein leises Schnarchen erklang.

»Euer Begleiter ist eingeschlafen«, stellte Don Mancebo leise fest.

»Es war ein langer und ermüdender Tag, und dennoch, ich könnte jetzt nicht schlafen, Bruder Mancebo. Dies alles ist so … aufregend.«

»Ich verstehe, Condesa, Ihr habt viel erlebt in den letzten Tagen«, antwortete der Maure und gähnte.

Eine Weile lauschte Mila dem Prasseln ihres kleinen Feuers, dann sagte sie: »Darf ich Euch etwas fragen?«

»Natürlich, Condesa.«

»Wie kommt es … ich meine, wie seid Ihr ein Ritter dieses Ordens geworden?«

»Ihr meint, wie konnte der Morisco, der Maure, in diese ehrwürdige Institution gelangen?«, fragte Don Mancebo zurück, und Mila war erstaunt über die Bitterkeit seiner Worte.

Sie runzelte die Stirn.

»Verzeiht, ich habe diese Frage selten offen gehört, Condesa, meist nur hinter vorgehaltener Hand und als Geflüster. Ich weiß, dass Euer Interesse hingegen aufrichtig ist, und Ihr habt eine Antwort verdient.« Er schwieg einen Augenblick, dann erzählte er: »Mein Großvater war ein Wesir, ein hochgestellter Mann in Diensten des Sultans von Granada, und er kämpfte tapfer gegen das Vorrücken der Reconquista. Doch das Sultanat war klein, nur ein Abglanz alter maurischer Pracht, und was können tapfere

Männer schon gegen ein Heer ausrichten, in dem auch Drachen kämpfen? Unsere eigenen Drachen, die unseren Vorfahren vor vielen hundert Jahren halfen, Spanien zu erobern, waren doch schon lange Geschichte. Als Sultan Boabdil schließlich kapitulierte, wurde der Großteil meines Volkes aus dem Land gejagt, doch mein Großvater blieb, aus Liebe zu einer Frau, einer Christin. Und vor allem ihr zuliebe nahm er den neuen Glauben an. Er hatte bereits einen Sohn, meinen Vater, von seiner ersten Frau, und auch dieser bekannte sich zum Christentum, lange bevor ich das Licht der Welt erblickte.«

»Aber dann seid Ihr ja bereits als Christ geboren«, rief Mila überrascht.

»So ist es, doch bedauerlicherweise macht es für einige unserer Ritter keinen Unterschied. Euer Großonkel Maximilian jedoch achtete nicht auf meine Herkunft, nachdem ich das Glück hatte, mich beim Kampf gegen die Korsaren von Oran auszeichnen zu können. Er war es, der mir einen Platz im Orden, ja, sogar einen Drachensattel anbot.« Der Ritter zögerte einen Moment, dann sagte er: »Ihr wisst, dass Ianus zuvor der Drache Eures Vaters war?«

Mila nickte. »Ich weiß es, und ich habe schon in Panama versucht, mit Ianus darüber zu sprechen. Ich glaube, er fühlt sich verantwortlich für die Erkrankung meines Vaters, und damit auch für meine.«

»Ich weiß«, bestätigte Don Mancebo, »und es ist schwer, einem Drachen etwas auszureden, wenn er sich einmal etwas in den Kopf gesetzt hat.«

Mila nickte, dann erhob sie sich. Sie hatte eine Idee.

»Wo wollt Ihr hin, Condesa?«, fragte der Ritter, und sie hörte, dass er sich ebenfalls erhob.

»Nur einen Augenblick vor die Tür, Bruder Mancebo. Der Geruch unserer kommenden Mahlzeit ist mir etwas zu schwer. Ich brauche frische Luft, und außerdem habe ich noch etwas mit Nabu zu bereden.«

Der Maure verstand offenbar, dass sie mit ihrem Drachen allein sein wollte, und bat sie nur, auf sich aufzupassen. »Beim kleinsten Verdacht solltet Ihr mich rufen, Condesa.«

»Es sind zwei Drachen dort vor der Tür. Viel sicherer kann ich nicht sein«, entgegnete sie lächelnd.

Sie verließ das Haus und atmete tief durch. Die Kopfschmerzen, die sie verfolgten, seit sie in dieser Höhe waren, hatten im Qualm des Herdfeuers noch zugenommen. Jetzt an der frischen Luft wurde es besser. Sie hörte an Ianus' ruhigen Atemzügen, dass der Drache eingeschlafen war, aber Nabu begrüßte sie mit einem leisen Schnauben. Sie lief zu ihm und legte ihm die Hand auf den Hals. »Glaubst du, ich kann mit Ianus reden, über das, was du die Gabe nennst? Ich glaube, er leidet, weil er es war, der die Krankheit in meine Familie brachte.«

Nabu brummte nachdenklich. »Du hast Recht, er nimmt es sich zu sehr zu Herzen, dabei seid ihr wirklich nicht die Ersten, die erkranken. Ich werde darüber nachdenken. Doch da du es ansprichst, geht es dir gut?«

Mila lächelte. Der Drache fragte immer wieder nach ihrem Befinden. »Ich spüre, was die *Krankheit* betrifft, keinerlei Veränderung, Nabu, außer der einen, über die ich mit niemandem reden darf.«

»Je weniger es wissen, desto besser«, meinte der Drache. »Ich würde an deiner Stelle auch noch damit warten, es Ianus zu erzählen. Er würde sich sonst wohl nur noch größere Gedanken machen. Vielleicht überlässt du es auch besser mir. Wenn sich eine günstige Gelegenheit ergibt, werde ich mit ihm reden.«

»Ich könnte doch hinübergehen und es ihm jetzt …«

»Nein, lass ihn schlafen. Und überlass das Reden mir. Es ist dann doch letzten Endes eine Drachenangelegenheit.«

»Wie du meinst«, sagte Mila und fühlte sich ausgeschlossen.

Unvermittelt wechselte Nabu das Thema. »Dieser Ort gefällt mir, Prinzessin«, sagte er. »Der Wind ist eingeschlafen, und es kommt Nebel auf. Spürst du ihn? Das tut gut, nach den heißen

Tagen dort unten an der Küste. Es ist nur schade, dass es nicht lange so still und friedlich bleiben wird.«

Mila seufzte, denn sie wusste, dass der Drache Recht hatte. Wenn Pizarro und seine Männer die Stadt erreichten, würde es mit der Ruhe vorbei sein. »Was glaubst du, wann werden die Spanier hier sein?«, fragte sie.

»Das ist schwer zu sagen. Solange sie sich nicht von ihren Kanonen trennen wollen, werden sie nur langsam vorankommen. Du hast den Pfad ja nicht gesehen, aber sie werden viel Arbeit haben, bis er breit genug für die schweren Lafetten ist. Und es gibt Grate und Felsspalte, da werden sie vielleicht sogar Brücken bauen müssen.«

»Ich hoffe, sie lassen sich Zeit«, meinte Mila nachdenklich und lehnte sich an den warmen Leib des Drachen. »Ich finde es irgendwie sogar schön, einmal eine ganze Stadt nur für uns zu haben.«

Nabu brummte mit einem eigenartigen Unterton. »So ganz allein sind wir wohl doch nicht, Prinzessin.«

»Ich finde, Ruiz und Don Mancebo sind eine angenehme Gesellschaft, viel angenehmer als die meisten von Pizarros Leuten.«

»Unbestritten, doch die meinte ich gar nicht.«

Mila erstarrte. »Es ist noch jemand hier?«, fragte sie flüsternd.

»Eine Frau. Sie steht dort drüben, im Schatten eines großen Gebäudes, und sieht zu uns herüber.«

»Seit wann?«

»Sie hat sich gerade eben erst gezeigt, kurz nachdem du zu mir gekommen bist.«

»Weiß sie, dass du sie bemerkt hast, Nabu?«

»Ich bin mir nicht sicher. Sie scheint abzuwarten.«

»Ist sie allein?«

»Wer kann das wissen?«, lautete die wenig beruhigende Antwort des Drachen.

»Soll ich Don Mancebo rufen?«

»Nur, wenn du sie vertreiben willst. Aber ich glaube, sie will mit dir reden. Wenn du auch mit ihr sprechen willst, würde ich versuchen, sie nicht zu erschrecken.«

»Du hast Recht, Nabu. Pass auf, ich lasse die Spitze meines Stabes kreisen. Sobald sie genau in die Richtung dieser Frau zeigt, sagst du es mir.«

»Ich kann sie dir auch zeigen«, meinte Nabu, und mit einem Mal flammte das bleiche Feuer vor Milas Innerem Auge auf. Flammen züngelten nach allen Seiten, und Mila sah schwach die flackernden Umrisse der Häuser und dann, mitten in einem schwarzen Schatten, auf der anderen Seite des Platzes, eine schmale, blasse Gestalt. Mila wandte sich der Frau im Dunkeln zu und nickte langsam, aber deutlich. Die Gestalt rührte sich nicht. »Hat sie es gesehen, Nabu?«, fragte sie.

Die Flammen erloschen. »Das ist anstrengend in dieser Höhe«, schnaubte er, »aber ja, sie hat deinen Gruß erwidert.«

»Ich werde zu ihr hinübergehen«, verkündete Mila.

»Ich werde dir folgen, wenn du erlaubst – in einem gewissen Abstand, denn auch ich bin jetzt neugierig.«

»Aber das wird sie doch noch viel mehr erschrecken«, widersprach Mila.

»Keine Angst, ich halte Abstand.«

Mila hatte sich das Bild eingeprägt, das Nabu ihr gezeigt hatte, und machte sich langsam auf den Weg. Immer wenn Nabu ihr etwas gezeigt hatte, erschien ihr die ewige Dunkelheit, in der sie lebte, besonders düster, so auch jetzt. Es war leichtsinnig, was sie tat, und sie wusste es. Sie hatte schon die halbe Strecke zurückgelegt, als sie hörte, dass sich auch der Drache in Bewegung setzte. Nabus schwere Schritte und sein schuppiger Schwanz, der über das Pflaster schleifte, machten es ihr unmöglich herauszufinden, ob die Fremde sich bewegte oder nicht. Sie musste darauf vertrauen, dass Nabu sie rechtzeitig warnen würde. Als sie das Gefühl hatte, nah genug zu sein, rief sie auf Quechua: »Hab keine Angst.«

Einen kurzen Augenblick blieb es still, dann sagte die Indio-Frau: »Ich habe keine Angst, *Drachen*frau.«

Es klang merkwürdig, wie die Frau die ersten beiden Silben aussprach, aber noch mehr erstaunte Mila, dass sie das Wort überhaupt kannte.

»Was hat sie von Drachen gesagt?«, fragte Nabu. Mila übersetzte, dann wandte sie sich wieder an die Indio-Frau, die sie im Schatten leise atmen hörte, und sagte: »Ich bin Milena, wie ist dein Name?«

»Ich bin Pitumi«, sagte die Frau mit einer Stimme, die weich und doch klar war.

»Woher kennst du das Wort für Drachen, Pitumi?«, fragte Mila, die nicht recht weiterwusste.

»Du bist blind, oder?«, antwortete Pitumi, ohne auf die Frage einzugehen.

Mila nickte stumm.

»Dann bist du keine Göttin«, stellte die Indio-Frau zufrieden fest.

Mila übersetzte für Nabu, um Zeit zu gewinnen, denn sie hatte das Gefühl, dass sie ihr Gegenüber nicht recht zu fassen bekam.

»Und er ist auch kein Gott, denn sonst würde er unsere Sprache doch verstehen«, fügte Pitumi hinzu.

»Sie ist recht unverschämt«, meinte Nabu, als auch das übersetzt war. Er wirkte amüsiert.

»Warum bist du hier, Pitumi?«, fragte Mila, die Nabus Anmerkung lieber nicht übersetzte.

»Ich bin hier, weil dieser Ort auf dem Weg in meine Heimat liegt. Aber warum seid ihr hier?«

Mila schüttelte den Kopf. »Du weichst meinen Fragen aus, Pitumi«, stellte sie fest.

»Und du antwortest nicht auf die meinen, Fremde.«

Mila überlegte, was sie entgegnen sollte. Warum waren sie eigentlich hier? Es war eine simple Frage, aber mit einem Mal wurde ihr bewusst, dass sie darauf keine gute Antwort hatte: »Wir sind hier, weil unser Kaiser, unser Herrscher, es befohlen hat«, sagte sie, ohne selbst davon überzeugt zu sein. »Sagst du mir jetzt, warum du in dieser dunklen Ecke auf mich gewartet hast?«

»Ich habe von dir gehört und von diesem *Drachen* mit den bläulichen Schuppen.«

»Was hast du gehört, Pitumi?«, fragte Mila neugierig.

»Genug, um dich zu warnen, Fremde. Ein Freund erzählte mir von dir und der goldenen Farbe deiner Haare. Es ist schade, dass es Nacht ist, denn so sehe ich nur, dass sie hell sind, wie die Haare der alten Leute. Von Gold sehe ich nichts.«

»Aber hast du uns nicht schon vorhin beobachtet, Pitumi?«, entgegnete Mila und vergaß, nach der Warnung zu fragen.

»Aus der Ferne, Fremde. Und du hast einen Helm aus Erz getragen. Ein seltsames Volk seid ihr, wenn bei euch blinde Frauen als Kriegerinnen dienen.«

»Ich bin die Einzige«, sagte Mila mit einer Mischung aus Verlegenheit und Stolz. »Doch – wovor wolltest du uns warnen, Pitumi?«

Die Indio-Frau schwieg einen Augenblick, dann erwiderte sie: »Ich höre, dass jene Fremden, die nicht von den Sternen, sondern über das Meer kamen, nun auch die Berge überqueren wollen, und dass ihr hier seid, sagt mir, dass ihr sie begleitet – oder gar führt.«

»Begleitet«, murmelte Mila, der wieder bewusst wurde, dass die Konquistadoren sich anschickten, die Heimat dieser Frau mit Feuer und Schwert zu erobern.

»Ich habe diese Männer gesehen, unten in Chan Chan. Sie berauben die Tempel und töten alle, die ihnen im Weg sind, und in ihren Augen brennt ein Hunger, den ich nicht verstehe. Viel Blut wird fließen müssen, bis dieser Hunger gestillt ist.«

Mila fühlte ein unangenehmes Kribbeln im Nacken. Die Frau sprach ruhig, beinahe, als ginge sie das nichts an, aber natürlich hatte sie Recht, und natürlich war auch der Drachenorden nicht unschuldig an dem, was in Chan Chan geschehen war.

Pitumi war noch nicht fertig: »Doch bin ich nicht hier, um euch beide vor euresgleichen zu warnen, *Drachen*frau, denn das geht mich nichts an. Ich bin hier, um euch vor *uns* zu warnen. Meidet die Berge der Chachapoya, denn dort wartet der Tod auf euch und jeden anderen Fremden.«

Mila verschlug es bei dieser unverhohlenen Drohung kurz die Sprache, aber dann drängte Nabu auf eine Übersetzung.

»Dieses unbewaffnete Weib *droht* uns?«, fragte der Drache, und Mila hörte, wie er ungläubig den großen Kopf schüttelte.

Mila entschied sich, diplomatisch zu bleiben: »Warum willst du uns warnen, Pitumi?«

»Ein Freund hat erzählt, dass dieser Ankay Yaya dort nicht so böse ist wie einige von den anderen, und du versteckst zwar deine Augen, aber ich glaube, sie sind auch nicht von dieser unstillbaren Gier der Fremden erfüllt. Vielleicht, weil sie blind sind.«

Wieder übersetzte Mila, um Zeit zu gewinnen, dann sagte sie: »Ich danke dir für deine Warnung, Pitumi. Doch bitte sage mir, was Chachapoya sind, und wo diese Berge liegen.«

»Du brauchst nicht auf eine Antwort zu warten, Prinzessin. Sic ist fort.«

Mila lauschte in die Nacht. Außer Nabus Atem war nichts mehr zu hören. Die Frau war völlig geräuschlos verschwunden, beinahe, als hätte sie sich in Luft aufgelöst.

»Was hältst du davon?«, fragte Mila.

»Es ist schön, einmal einem Indio zu begegnen, der sich bei meinem Anblick nicht gleich vor Angst zu Boden wirft, aber wenn diese Frau nicht über Waffen aus Eisen oder Stahl verfügt, sehe ich keinen Grund, ihre vagen Drohungen besonders ernst zu nehmen.«

»Sie nannte es Warnung«, entgegnete Mila, »und ich fand, in ihrer Stimme war etwas Kluges, oder nein, Ernstes … ich kann es nicht erklären … aber vielleicht … vielleicht war diese Warnung auch ganz anders gemeint, und wir sollten uns nicht vor ihr, sondern vor etwas ganz anderem in Acht nehmen, etwas in den Bergen.«

»Hast du denn eine Ahnung, was dieses Chachapoya bedeutet?«

»Nein, wenn ich es übersetzen müsste, würde ich sagen, es heißt so etwas wie Nebelmenschen. Aber das ist doch ein merkwürdiges Wort.«

»Nebel …«, murmelte Nabu nachdenklich. Plötzlich sagte er: »Ich kann dir nicht sagen, warum, aber irgendwie habe ich den Eindruck, dass ich sie nach Pachakamaq hätte fragen sollen. Nebel und Regen – das hängt doch irgendwie zusammen, oder? Und hieß es nicht, dass dieser Gott von jenseits der Berge komme? Vielleicht wohnt er ja in den Bergen, von denen sie sprach. Doch jetzt ist sie fort. Ich habe die Gelegenheit verpasst, und ich bezweifle, dass wir sie je wiedersehen, Prinzessin.«

»Genau da bin ich mir aber nicht so sicher, Nabu.«

Kemaq war selbst durch die Reihen gelaufen, um Nachschub für das Feuer zu erbetteln, aber die meisten Gemeinschaften waren unwillig, etwas abzugeben. Nun drängten sich Pamacs Leute um die schwache Glut von drei kleinen Feuern, obwohl sie eigentlich wenigstens sechs gebraucht hätten. Ein eiskalter Wind zog über die Ebene, und eine seltsame Unruhe lag über dem Lager. An einem Feuer ganz in der Nähe gab es Streit um eine Decke.

»Wir wären besser weitergelaufen«, sagte die alte Mocto irgendwann. Sie teilte sich eine Wolldecke mit Kemaq, und er spürte ihr Zittern.

»Auf jeden Fall müssen wir eng zusammenrücken. Wenn wir einander warm halten, wird es nicht so schlimm«, meinte Kemaq.

Mocto seufzte, dann sagte sie: »Weißt du, mein Junge, ich war schon einmal hier, vor vielen, vielen Jahren, als Tupac Inka, der Großvater von Atahualpa, uns befahl, nach Tikalaq zu gehen, und schon damals war dies ein kalter Ort.«

»Ihr seid aus Tanyamarka gekommen?«, fragte Kemaq.

»So ist es. Wir mussten die Stadt unserer Vorfahren verlassen.

Ich war klein, aber ich glaube, ich kann mich noch an den Weg erinnern. Vielleicht sollte ich diesen Zug bald verlassen und heimgehen.«

»Rede nicht so einen Unsinn, Alte«, mahnte Pamac, aber es klang nicht wie eine Zurechtweisung, mehr wie ein wohlmeinender Rat.

»Wenn es noch viel kälter wird, werden wir sowieso alle sterben, und dann müssen wir uns über den weiteren Weg keine Gedanken mehr machen«, meinte die alte Mocto mürrisch. Kemaq spürte, dass sie jetzt noch stärker zitterte, und blickte düster hinüber zu den Kriegern, die langsam wieder auf ihre Lagerplätze zurückkehrten. Jetzt sah er seinen Bruder Qupay, der unweit von Huaxamac saß und sich die Hände am Feuer wärmte.

»Ist es nicht seltsam, dass sie vergessen, von welchem Volk sie stammen, sobald sie das Gewand eines Priesters überstreifen?«, fragte ein Chimú, der nicht weit von Kemaq entfernt saß.

»Vielleicht könnten wir das auch vergessen, wenigstens in einer Nacht, die so kalt ist wie diese, Nachbar«, erwiderte Kemaq.

Der Chimú sah ihn seltsam an, dann nahm er eine der zwei Decken, in die er sich gewickelt hatte, und reichte sie Kemaq. »Für das Mütterchen an deiner Seite, die nur wegen der Kälte, aber nicht vor den Priestern zittert.«

Kemaq dankte dem Mann und wickelte sich und Mocto noch enger ein. Er blickte zu den Sternen auf, die in kalter Pracht über ihnen schimmerten. Der Mond stand groß dazwischen, und Kemaq entnahm seinem Stand, dass diese Nacht noch lange dauern würde. Er fragte sich, ob sie alle den nächsten Morgen erleben würden.

14. Tag

Am Morgen wurde Mila vom schweren Rauschen von Drachenflügeln geweckt. Sie brauchte einen Augenblick, um wieder zu wissen, wo sie war. Sie hörte Marduk landen, und dann auch Nergal. Ianus und Nabu begrüßten die Neuankömmlinge mit kurzen Rufen. Aber irgendetwas schien sie zu stören. Ein beinahe feindseliger Unterton lag darin. Mila erhob sich von ihrem Nachtlager, strich sich die Haare aus dem Gesicht, tastete nach der Augenbinde und streifte sie über. Sie schob den Vorhang zur Seite und trat in die Hauptkammer des Hauses, das nur zwei Räume hatte.

»Es ist Frühstück da, Condesa«, begrüßte sie Ruiz.

»Danke, aber ich will erst die Neuankömmlinge begrüßen«, erwiderte sie.

»Soll ich Euch in Eure Rüstung helfen, Condesa?«

»Nein, Ruiz, das ist jetzt noch nicht nötig.«

Sie trat vor die Tür. Die Missstimmung unter den Drachen war deutlich spürbar. Über der Stadt kreiste ein Drache. Es war Behemoth, wie sie an seinen Rufen erkannte. Aus irgendeinem Grund schien er nicht sehr willkommen zu sein.

»Mila!«, rief der Hochmeister. »Warum trägst du deine Rüstung nicht?«

»Guten Morgen, Onkel«, grüßte sie verstimmt. »Ich trage doch den Waffenrock, den mir Don Mancebo freundlicherweise überlassen hat.«

»Der schützt jedoch nicht vor Kugeln!«

»Und wer sollte hier auf mich schießen, Onkel?«, fragte sie.

Nach allem, was sie wusste, bot selbst ein guter Harnisch zudem nur begrenzt Schutz gegen Kugeln aus Arkebusen oder Musketen.

»Und deinen Helm trägst du auch nicht.«

»Die Stadt ist verlassen, ruhig und friedlich. Jedenfalls war sie das bis eben«, gab sie verstimmt zurück.

»Ich glaube, im Augenblick droht ihr hier wirklich keine Gefahr, Don Maximilian«, sprang ihr Don Mancebo bei.

»Dennoch solltet gerade Ihr darauf drängen, dass sie mehr auf ihre Sicherheit achtet, Don Mancebo«, gab der Hochmeister zurück. »Sie steht doch unter Eurem Schutz.«

»Und sie war vollkommen sicher, Onkel!«, rief Mila, die lieber erfahren hätte, warum die Drachen so unruhig waren, als sich hier mit ihrem besorgten Großonkel zu streiten. »Und nach dem Frühstück werde ich meine Rüstung anlegen, wenn du darauf bestehst.«

»Seid Ihr gut heraufgekommen?«, fragte Don Mancebo. »Aufwinde können Euch so früh doch kaum geholfen haben.«

»Es hätte nicht viel gefehlt, und wir hätten laufen müssen«, brummte Marduk, und seine Schuppen rasselten, als er mürrisch den Kopf schüttelte. »Wenn es noch höher geht, werden wir bald wie die Eidechsen über den Berg kriechen.«

Mila hörte, wie der Hochmeister seinem Drachen freundschaftlich gegen die Brust klopfte. »Das war eine stolze Leistung, alter Freund«, sagte er.

»Ich weiß nicht, wie hoch wir noch steigen müssen«, meinte Marduk, »aber jedenfalls werde ich nie so tief sinken wie gewisse andere Drachen.«

»Was meinst du, Marduk?«, fragte Mila verwundert.

Das Oberhaupt der Drachen senkte seine Stimme. »Behemoth hat den Stinker mitsamt seinen Gerätschaften über den Berg getragen.« Er schüttelte sich noch einmal, und dann rief er: »Lasst ihn dennoch landen, Brüder, bevor er uns, benebelt vom Gestank dieses Menschen, noch herunterfällt.«

Kemaq war froh, dass sie den Pass endlich hinter sich gelassen hatten. Die Nacht war die kälteste seines Lebens gewesen, und am Morgen hatte sich gezeigt, dass nicht alle der Alten dieser Kälte gewachsen waren. Drei Männer und eine Frau waren ihr erlegen, und die Priester hatten den Trauernden erlaubt, die Toten mitzunehmen, um sie später den Riten entsprechend zu bestatten.

Jetzt waren sie auf dem Weg in die weite Hochebene zwischen den beiden Gebirgsketten der Anden, und irgendwo vor ihnen musste bald die Straße kommen, die Huamachuco und Caxamalca miteinander verband.

»Wie eine Herde Lamas lassen wir uns durch die Berge treiben«, meinte Mocto.

»So war es doch schon immer«, antwortete ein kahlköpfiger Chimú, der vor ihnen lief. Die strenge Ordnung, die noch gestern die verschiedenen Gemeinschaften getrennt hatte, war über Nacht zerfallen. Yunga liefen neben Marachuna, Inka neben Chimú, und kein Vorsteher machte sich die Mühe, dieses Durcheinander zu unterbinden.

»Nur weil es schon immer so war, heißt das ja nicht, dass es gut ist«, erwiderte Mocto.

»Aber der Sapay Inka hat so entschieden. Und er ist der Sohn der Sonne«, widersprach der Kahlköpfige.

»Einer Sonne, die heute nur sehr schwach ist. Manchmal frage ich mich, ob es nicht besser gewesen wäre, einfach auf die Fremden zu warten«, meinte Mocto mürrisch.

Der Chimú sah sie entsetzt an. »Was redest du da? Weißt du nicht, dass sie viele von uns getötet haben?«

»Ich weiß nur, dass die Priester den Angriff befohlen haben, obwohl sie, wie ich hörte, davor gewarnt worden waren.«

Kemaq warf ihr einen schnellen Seitenblick zu. Woher wusste sie von der Warnung, die die Tempeldienerin des Mondgottes ihm mitgegeben hatte?

»Gewarnt, von wem?«, fragte der Kahlköpfige.

»Von Tamachoc selbst, hörte ich«, erwiderte Mocto mit geheimnisvoller Miene.

»Du redest Unsinn, Weib«, meinte der Chimú unwillig.

»Es heißt, er sei erwacht und werde bald über die Berge kommen, um den Sapay Inka an seine Macht zu erinnern.«

Der Chimú warf ihr noch einen zweifelnden Blick zu, dann wandte er sich kopfschüttelnd ab.

»Wo hast du das her, Mocto?«, fragte Kemaq leise.

»Ich habe nicht nur dich großgezogen, Chaski, sondern auch andere Männer. Manche scheinen sich nicht gerne daran erinnern zu wollen, aber wenn ich sie etwas frage, dann können sie doch nicht anders, als mir Antwort zu geben.«

»Du hast das von Qupay?«, fragte Kemaq überrascht.

»Das habe ich nicht gesagt«, antwortete die Alte mit listigem Seitenblick.

»Ich könnte es auch kaum glauben, denn mein Bruder scheint über seine Liebe zum Sonnengott doch alle anderen Götter vergessen zu haben, vor allem die alten Götter unseres Volkes.«

»Da ist er nicht der Einzige«, sagte Mocto trocken. »Und die wenigen, die sie noch verehren, wagen es nur heimlich. Ich weiß sehr wohl, dass du dich immer wieder zum Huaca unserer Ahnen geschlichen hast. Ich weiß allerdings nicht, ob die mächtige Regenschlange zufrieden ist, wenn ihr nur im Verborgenen gehuldigt wird.«

»Es ist außerordentlich faszinierend, Comtesse, und wirklich bedauerlich, dass Ihr es nicht sehen könnt«, rief Albrecht von Straßburg. Der Alchemist war vor der Stadt gewesen, da ihm dort auf seinem Flug etwas aufgefallen war: »Ein Tempel vor den Mauern, der nicht dem Sonnengott gewidmet ist«, erklärte er jetzt. »Es scheint, dass sie dort ihre Ahnen verehrten, aber ich habe auch kleine Zeichnungen gefunden, die darauf hindeuten, dass dort einer gefiederten Schlange gehuldigt wurde.«

Mila hörte dem Gelehrten interessiert zu. Sie standen in dem verlassenen Tempel der Stadt. Der Alchemist hatte ihr erklärt, dass er aus zwei Gebäuden bestand: einem mit vielen Kammern und einer großen Halle, das er für eine Art Wohn- und Empfangshaus hielt, und daneben einer kleinen Stufenpyramide, auf der, so der Alchemist, die Inka dem Sonnengott ihre Opfer brachten. Sie genoss die ausführlichen Erklärungen des Gelehrten. Er war der Einzige, der sich wirklich Zeit dafür nahm. Endlich bekam sie ein besseres Bild von dieser Stadt aus grauem Stein und von der Kultur der Indios. Nabu sah es zwar nach wie vor nicht gern, dass sie mit ihm Umgang hatte, aber er hatte andererseits nichts dagegen, dass sie ihm alles erzählte, was der Gelehrte über Pachakamaq herausfand. Jetzt kam ihr jedoch eine andere Frage in den Sinn: »Sagt, Meister Albrecht, habt Ihr schon von den Chachapoya gehört?«

Der Alchemist kratzte sich am Kopf. »Ja, von diesen Indios habe ich gehört. Es ist ein Stamm oder ein Volk. Die Indios dichten den Menschen dieses Stammes magische Fähigkeiten an.«

»Welcher Art?«, fragte Mila nach.

»Das ist schwer zu sagen, denn mir kam da nur allerlei abergläubisches Geschwätz zu Ohren, auf das man nicht viel geben kann. Es hieß, diese Menschen könnten sich in Wolken verwandeln, wenn mich mein Quechua, welches leider viel schlechter ist als Eures, nicht getäuscht hat. Aber wieso fragt Ihr?«

»Ohne besonderen Grund, ich habe das Wort in Zusammenhang mit den Bergen gehört, die noch vor uns liegen«, wich Mila aus.

»Es scheint Euch aber zu beschäftigen, Comtesse«, sagte der Gelehrte freundlich. »Ja, ich möchte fast sagen, Ihr klingt ein wenig besorgt.«

»Nun, es ist nichts, nur eine Eingeborene, die mich warnte, dass die Berge der Chachapoya gefährlich für uns sind.«

»Eigenartig«, meinte Meister Albrecht. »Man sollte doch meinen, dass dieses ganze Land, welches wir uns anschicken zu erobern, uns feindlich gesinnt, also gefährlich ist. Warum dann diese Berge eigens erwähnen? Sagte diese Frau etwas Bestimmtes über die Art der Gefahr?«

»Nein, leider gar nicht«, erwiderte Mila.

»Nun, wir können dieser Sache vielleicht später nachgehen. Diese Bergriesen, die vor uns aufragen, sind nicht die Berge der Chachapoya, denn zufällig weiß ich, dass diese noch viel weiter im Osten liegen, jenseits des Hochlandes, das wir erreichen wollen.«

»Woher wisst Ihr so viel darüber, Meister Albrecht?«

»Erinnert Ihr Euch an diese drei Frauen, die die Spanier im Tempel gefangen genommen haben?«

»Bei uns in der Festung? Ja, natürlich, Konrad hat sie doch beschuldigt, Don Rodrigo getötet zu haben.« Mila erinnerte sich an den Streit, der entbrannt war, weil die Spanier sich geweigert hatten, die Gefangenen dem Orden zu übergeben. Man hatte sich schließlich auf gemeinsame Verhöre geeinigt. Mila hatte nur einmal dabei sein dürfen und die drei Frauen sofort für unschuldig gehalten. Sie waren sehr verängstigt gewesen, und keine von ihnen hatte gewirkt, als brächte sie es fertig, einen schwer gepanzerten Mann eine Mauer hinabzustürzen. Die Spanier waren der gleichen Ansicht gewesen, vermutlich aber nur, damit sie die Gefangenen für sich behalten konnten.

»Sie waren sehr gebildet, wenigstens eine von ihnen«, fuhr der Alchemist fort. »Von ihr habe ich viel über das Hochland und die Indios erfahren. Es ist ein Jammer.«

»Ein Jammer? Was meint Ihr?«

»Ach, Ihr wisst gar nichts davon? Diese unglücklichen Frauen glaubten wohl, ihnen drohe bei uns Schlimmeres als die Gefangenschaft, was ich ihnen nicht verdenken kann, denn auch ich habe die Blicke bemerkt, mit denen die Spanier sie betrachteten. Jedenfalls haben sie alle drei ihrem Leben vor einigen Tagen ein Ende gesetzt.«

»Aber das ist ja entsetzlich!«, rief Mila. Diese Frauen schienen sehr freundliche Menschen gewesen zu sein – freundlich und unglücklich in der Gefangenschaft.

Der Gelehrte seufzte und sagte: »Ja, es ist entsetzlich, wirklich. Sie waren außerordentlich hilfreich, und es ist ein schlimmer Verlust für meine Bemühungen, mehr über dieses Land und seine Geheimnisse zu erfahren.«

Mila wurde kalt, als sie dem Gelehrten zuhörte. Der schreckliche Tod dieser drei Frauen schien ihn kaum zu berühren. Er schien nur zu bedauern, dass er eine Informationsquelle verloren hatte. Empfand er denn kein Mitgefühl?

»Übrigens ist es ein eigenartiger Zufall«, fuhr der Alchemist fort, »dass das Silber, von dem ich Euch erzählt habe, auch aus jenen Bergen zu stammen scheint.«

»Silber?«, fragte Mila, die kaum zugehört hatte. Sie hatte sich immer über die Gespräche mit dem Gelehrten gefreut. Aber mit einem Mal schien er ihr fremd – und unheimlich.

Der Gelehrte plauderte munter weiter: »Ihr wisst doch, Comtesse, dieses besonders reine Silber, das wir in Chan Chan gefunden haben, und das Spuren von Selen enthielt, nein?«

Mila nickte, aber ihr Interesse an dieser Unterhaltung war erloschen. Dieser Indio-Tempel erschien ihr auf einmal bedrückend eng.

»Die Tempeldienerin erzählte mir von einer Stadt namens Tanyamarka, die am Fuß der Chachapoya-Berge liegen soll. Von dort soll das Silber stammen, aus einer Mine, die die Götter selbst für die Menschen gegraben haben sollen. Aufregend, nicht wahr?«

»Ja«, erwiderte Mila knapp, »doch entschuldigt mich, ich habe noch etwas mit Nabu zu besprechen.«

»Grüßt ihn von mir, Comtesse. Er ist ein außerordentlicher Drache, wenn ich das sagen darf. Wusstet Ihr, dass die anderen Drachen ihn den Weisen nennen?«

»Ja, das wusste ich«, erwiderte Mila. Sie blieb noch einmal stehen. Es gab da nämlich doch noch etwas, das sie beschäftigte: »Eine Frage hätte ich noch, Meister Albrecht. Sagt, wie habt Ihr eigentlich Behemoth überreden können, Euch zu tragen?«

»Wie? Ach, sein Ritter – und ich muss mich daran gewöhnen, nicht ›sein Herr‹ zu sagen, denn das würde kein Drache gelten lassen –, also, Graf Balian hat ihn darum gebeten, und Behemoth sah wohl keinen Grund, ihm diesen Wunsch abzuschlagen. Er scheint mir nicht so an diesen alten Geschichten interessiert zu sein wie die anderen Drachen, ja, ich habe den Eindruck, dass Behemoth sich überhaupt für recht wenig interessiert. Jedenfalls war es ein unschätzbarer Dienst, denn ich weiß nicht, wie ich meine empfindlichen Instrumente sonst ohne Schaden hier heraufbekommen hätte.«

Mila dankte ihm und verabschiedete sich. Sie war froh, dass diese Unterhaltung beendet war. Meister Albrecht war ihr schon immer etwas rätselhaft erschienen, jetzt war er ihr sogar ein wenig unheimlich geworden. Wie leicht er über den Tod der drei Indio-Frauen hinweggegangen war! Sie schüttelte den Kopf. Es gab da noch etwas, das sie nicht verstand: Behemoth hatte ihn getragen. Nach allem, was sie über Drachen und Alchemisten wusste, musste das Balian einiges an Überredungskunst gekostet haben. Warum legte sich der Graf so für den Gelehrten ins Zeug? Er hatte doch noch nie besonderes Interesse an der Alchemie gezeigt. Sie hatte das Gefühl, dass sich da etwas zusammenzufügen begann, ein Bild, das sogar eine Blinde sehen sollte, aber noch wusste sie nicht, was es ihr zeigen wollte.

Die Straße war breit und gut gepflastert, ganz anders als die Pfade, auf denen Kemaq als Läufer gedient hatte, und ganz anders als der Pass, den sie hinter sich gelassen hatten, und sie war voller Menschen. Die Bauern von Tikalaq hatten auf Geheiß ihrer Priester auf einer Wiese am Straßenrand gelagert und beobachteten die Vorüberziehenden.

»Wo kommt ihr her?«, wollte Kemaq von einem Hirten wissen, der einige Alpakas vor sich hertrieb.

»Aus Caxamalca«, antwortete der, »der Inka hat die Stadt räumen lassen.«

»Aber wozu?«, fragte Kemaq.

»Das geht dich nichts an«, herrschte ihn ein Krieger an, der den Zug begleitete, »und es wäre besser, du würdest dich um deine eigenen Angelegenheiten kümmern.«

Gerade in diesem Augenblick rief Huaxamac, der Hohepriester von Tikalaq, die Vorsteher der Gemeinschaften zu einer Beratung zusammen. Kemaq sah hinüber und fand, dass es nicht wie eine Beratung aussah, nein, nur der Hohepriester sprach, und die Vorsteher hörten zu. Dann kehrten sie mit betretenen Mienen zurück. Pamac unterrichtete sie: »Huaxamac hat uns unseren weiteren Weg verkündet. Wir haben es nicht mehr weit, denn wir werden nach Huamachuco gehen und dort warten, bis die Fremden besiegt sind und wir wieder in die Heimat zurückkehren können.«

»Heimat …«, brummte Mocto vielsagend.

»Verzeih, Pamac«, rief Kemaq, »aber als Läufer weiß ich, wie lange eine Nachricht von Tikalaq nach Huamachuco braucht, und daher weiß ich, dass diese Stadt wirklich nicht mehr weit sein kann. Wird der Feind, wenn er uns folgt, nicht auch dorthin kommen?«

»Das wird er nicht«, rief eine Stimme, die Kemaq wohlbekannt war. Er drehte sich um. Es war sein Bruder Qupay.

»Woher willst du denn wissen, wohin der Feind geht und wohin nicht, mein Junge?«, fragte Mocto in ziemlich unfreundlichem Ton.

»Ich weiß es, weil der Sapay Inka die Fremden eingeladen hat. Er will sie treffen und mit ihnen sprechen – ergründen, was sie wollen und wann sie wieder gehen.«

»Wenn sie je wieder gehen«, warf Mocto ein.

»Sie werden gehen. Wenn sie nicht wollen, wird der Sapay Inka sie zwingen.«

Kemaq hatte Zweifel, dass diese Fremden mit ihren fliegenden Göttern sich so einfach zwingen ließen. »Und wo und wann will der Sapay Inka diese Menschen treffen?«, fragte er.

Qupay warf ihm einen kühlen Blick zu und antwortete: »Er hat bereits Boten ausgesandt und die Fremden aufgefordert, ihn in Caxamalca zu besuchen.«

»Macht euch bereit«, rief Pamac, »denn wir werden uns den Leuten aus Caxamalca anschließen.«

Kemaq half Mocto auf die Beine und schulterte ihr Bündel zu seinem eigenen.

»Du nicht, Kemaq«, sagte Qupay, und als sein Bruder ihn verständnislos ansah, fuhr er fort: »Huaxamac hat nicht vergessen, dass der Segen Intis auf dir ruht, kleiner Bruder. Du wirst uns Priester mit den Kriegern nach Caxamalca begleiten.«

Die Vorhut der Konquistadoren erreichte die Stadt am späten Nachmittag. Es waren zehn Reiter, und Mila hörte, dass Hernando Pizarro sie kommandierte. Laut schallte der Hufschlag ihrer Pferde von den leeren Häusern und den Berghängen wider. Mila erwartete sie mit dem Hochmeister und Don Mancebo vor dem Tempel. Am Rande des Platzes wurden die Pferde unruhig, vermutlich, weil sie die Drachen witterten. Mila hörte die Spanier fluchen, und Don Hernando rief quer über den Platz, die Ritter sollten gefälligst ihre Drachen fortschaffen, eine Aufforderung, die so unhöflich war, dass weder Ritter noch Drachen darauf reagierten. Schließlich stiegen die Reiter ab und zogen ihre Tiere hinter sich her.

»Ich freue mich, Euch zu sehen«, begrüßte der Hochmeister die Neuankömmlinge betont freundlich.

»Ich wollte, ich könnte sagen, dass ich mich ebenso freue, Don Maximilian«, rief Hernando Pizarro mit offenkundig schlechter Laune, »aber mir steckt die Mühsal, diesen Berg zu erklimmen, noch zu sehr in den Knochen, und Eure verdammten Drachen machen uns die Pferde scheu.«

»Die Berge sind in der Tat eine Herausforderung«, erwiderte der Hochmeister, und Mila hörte ihm an, dass er sich anstrengen musste, höflich zu bleiben. Auch sie spürte einen Widerwillen gegen diesen Mann, sobald sie nur seinen stets überheblichen Tonfall hörte.

»Was wisst Ihr von unserem Mühen, Don Maximilian? Ihr seid doch auf dem Rücken dieser Kreaturen hier herübergetragen worden.«

Die Drachen zischten, und der Hochmeister mahnte den Konquistador: »Es ist nicht klug, sie so zu nennen, Don Hernando, denn sie empfinden es als beleidigend.«

»Sollen sie denken, was sie wollen, es sind Eure Schoßhunde, nicht meine, und ihre Meinung ist mir von Herzen gleich.«

Wieder zischten die Drachen.

»Ihr habt Glück, Don Hernando, dass sie Euch gegenüber ähnlich gleichgültig sind«, entfuhr es Mila.

Der Kastilier schnaubte verächtlich: »Ich bin nicht hier, um mich mit Drachen oder mit einer armen Blinden zu streiten, Condesa. Mein Bruder Francisco hat uns vorausgesandt, um zu sehen, ob Eure Drachen uns nicht doch bei den Kanonen helfen können.«

Die Ritter schwiegen auf diese Anfrage hin äußerst vielsagend. Dann meldete sich Marduk zu Wort: »Bestellt Eurem Bruder einen Gruß von mir, Hernando, und richtet ihm aus, dass wir keine Packesel sind. Wenn er glaubt, dass er Kanonen braucht, dann kann er sie auch selbst den Berg hinaufschaffen.«

»Wer entscheidet eigentlich in Eurem Orden, Don Maximilian, Ihr – oder diese Drachen?«, rief der Konquistador.

»In diesem Fall sind Marduk und ich einer Meinung, Don Hernando«, erklärte der Hochmeister trocken.

»Ich werde das nicht vergessen, Don Maximilian«, sagte Hernando Pizarro. Er machte dann jedoch keinerlei Anstalten, zu seinem Bruder zurückzukehren, sondern schickte nur einen Boten. Er selbst nahm mit seinen Reitern unweit von Milas Unterkunft zwei Häuser in Beschlag.

Etwas später meldete Ianus, der auf dem Tempel Wache hielt, dass sich aus den Bergen ein Indio näherte. »Er läuft recht schnell, vielleicht bringt er eine Nachricht«, fügte der Drache hinzu.

»Vielleicht sollten wir die Drachen bitten, den Platz zu räumen. Sie machen den Indios Angst«, sagte Mila.

Ihr Großonkel schien geneigt, dem Vorschlag zuzustimmen, aber dann erschien Hernando Pizarro und *verlangte* genau das Gleiche, wenn auch aus anderen Gründen: »Ich will diesen Wilden vom Rücken meines Pferdes aus begrüßen, doch das geht nicht, wenn Eure Kreaturen unsere Tiere scheu machen. Schafft sie also fort.«

Der Hochmeister bedauerte, dieser Forderung nicht nachkommen zu können, und verwies darauf, dass er, in Abwesenheit Francisco Pizarros, den Oberbefehl innehatte. Das wollte Don Hernando aber nicht zugeben. Die beiden Männer stritten immer noch, als Ianus sie mit einem Ruf darauf hinwies, dass der Indio den Platz gleich erreicht haben würde.

»Ihr Herren, bitte einigt Euch«, versuchte Mila zu vermitteln. Sie war natürlich auf Seiten ihres Großonkels, aber sie befürchtete auch, dass dieser Streit das angespannte Verhältnis zwischen Drachenrittern und Konquistadoren nur noch weiter belasten würde, und das hielt sie nicht für klug. Also fügte sie lächelnd hinzu: »Bedenkt bitte auch, dass ich es bin, die mit dem Indio reden wird, es sei denn, einer von Euch ist inzwischen der Sprache dieser Menschen mächtig. Und ich werde ganz bestimmt nicht auf einem Pferd sitzen.«

Hernando Pizarro fluchte, ihr Großonkel drückte ihr jedoch unauffällig, aber sehr warm die Hand.

Während sie also auf den Boten warteten, fiel Mila auf, dass der Alchemist gar nicht zugegen war. Sein Quechua war zwar bescheiden, aber Don Hernando hätte zur Not auf ihn zurückgreifen können. Dann fiel ihr auf, dass sie auch den sonst so lauten Graf Balian lange nicht gehört hatte. Balian und der Alchemist – je länger sie darüber nachdachte, desto merkwürdiger fand sie diese Verbindung, denn der Ritter war sicher nicht mit dem Gelehrten zusammen, weil er etwas über die Kultur der Indios lernen wollte.

Der Indio erreichte den Platz, und Mila hörte, dass seine schnellen Schritte stockten. Dann hastete er mit hörbarer Unruhe über den Platz und blieb schließlich vor ihnen stehen. Sein Atem ging stoßweise.

»Ich komme von Atahualpa Inka, dem Herrn dieser Stadt und aller anderen, um dem Anführer der Fremden eine Botschaft zu überbringen«, begann der Bote.

Mila übersetzte, und Don Hernando sagte: »Erklärt diesem Wilden, dass Francisco Pizarro nicht hier ist, aber ich in seinem Namen spreche.«

»Wir«, korrigierte der Hochmeister mahnend, »und zwar ohne dem Feind das Schauspiel unserer Uneinigkeit zu bieten.«

Mila hörte den Konquistador tief durchatmen, dann stieß er ein »Meinethalben« hervor, und sie übersetzte: »Der hochgeborene Don Francisco Pizarro ist nicht hier, doch sind diese beiden Männer wie Brüder für ihn und berechtigt, die Nachricht zu empfangen und zu antworten.«

»So bist nicht du es, die die Fremden anführt?«, fragte der Indio. »Du trägst die Borla, und ich habe schon von dir gehört.«

»Es ist, wie ich sagte«, erwiderte Mila und fragte sich, was genau der Indio über sie gehört hatte.

Der Bote schien damit zufrieden zu sein. Er fuhr fort. »Dies sind die Worte, die Atahualpa an den Anführer der Fremden richtet: Ihr seid fremd und mit Waffen in mein Reich eingefallen. Doch mag dies nur ein Missverständnis sein, das verständige Männer ausräumen können. Kommt zu mir nach Caxamalca, als meine Gäste. Dort werde ich euch bewirten, wir werden miteinander reden und, wenn Inti es will, in Frieden auseinandergehen. Ich erwarte euch bald.«

Mila übersetzte.

»Wo liegt dieser Ort? Fragt ihn das, Condesa«, verlangte Hernando Pizarro.

»Ihr müsst diesen Berg überqueren und von dort der Straße nach Norden folgen. Es werden auf der anderen Seite des Berges weitere Männer auf euch warten und euch führen«, antwortete der Bote, nachdem Mila übersetzt hatte.

»Aber wie weit ist diese Stadt entfernt?«, fragte der Konquistador ungeduldig nach.

»Der Wanderer, der nicht rastet, kann sie von hier in drei Tagen erreichen, doch wer kann sagen, wie lange Menschen brauchen, die auf Göttern reisen?«

»Was ist das nun wieder für eine Antwort?«, rief Don Hernando nach der Übersetzung.

»Anstatt uns in unwichtigen Details zu verlieren, sollten wir lieber überlegen, ob wir das Angebot annehmen, Don Hernando«, meinte der Hochmeister.

»Es sieht sehr nach einer Falle aus«, warnte Don Mancebo leise.

»Unsinn, diesen Wilden fehlt doch der Verstand, uns in eine Falle zu locken«, rief Pizarro verächtlich.

»Haben die beiden Sprecher eures Anführers eine Antwort für den Boten Atahualpa Inkas?«, fragte der Indio höflich nach.

»Dies muss besprochen werden«, antwortete Mila schnell.

»Niemand hat Euch beauftragt, dies zu sagen, Condesa!«, rügte sie der Kastilier nach ihrer Übersetzung. »Sagt ihm, dass wir die Einladung seines Herrn mit Freuden annehmen.«

»Seid Ihr sicher, Don Hernando?«, fragte der Hochmeister überrascht. »Wir müssen das nicht jetzt entscheiden. Lasst uns warten, bis Euer Bruder da ist, dann können wir uns in Ruhe …«

»Ich habe genug von Eurer Zögerlichkeit, Don Maximilian! Mein Bruder kann nur zu demselben Schluss kommen – dass es wie Feigheit aussähe, diese Einladung auszuschlagen. Wir werden nach Caxamalca gehen – mit oder ohne Euch! Also übersetzt endlich, Condesa!«

Mila schwieg. Sie wollte warten, was ihr Großonkel dazu sagte. Sie konnte am leisen Rasseln seiner Rüstung hören, dass er den Kopf schüttelte. »Übersetz nur, Milena. Dieser Mann hat sich entschlossen, sehenden Auges in eine Falle zu marschieren.«

Mila übersetzte, und der Indio dankte ihr. »Habt ihr weitere Botschaften für den Sapay Inka?«, fragte er.

»Sagt ihm einfach ein paar freundliche Worte über Ehre und all das, was die Wilden wohl hören wollen«, meinte Pizarro nach der Übersetzung.

Mila folgte diesem Wunsch: »Die Männer des Kaisers freuen sich darauf, endlich dem Herrn dieses Landes zu begegnen. Sie werden seiner Einladung folgen.«

»Wer ist dieser Kaiser, von dem du sprichst?«, fragte der Bote.

»Der Kaiser ist der größte und mächtigste Herr der Welt, er herrscht über ein Reich, in dem die Sonne niemals untergeht«, erklärte sie. Eigentlich fand sie das reichlich ungenau, aber so hatte sie es einmal in Panama gehört, als ihr Großonkel einem Indio genau die gleiche Frage beantwortet hatte. Sie war froh, dass keiner der Priester anwesend war, denn die hatten eine etwas andere Meinung darüber, wer Herr dieser Welt sei.

Wieder dankte ihr der Indio und bat darum, umgehend aufbrechen zu dürfen.

Mila bot – ohne erst nachzufragen – dem Mann ein Quartier für die Nacht an, doch das lehnte der Bote ab. »Meine Nachricht wird dringend erwartet, und ich muss eilen.«

Kaum war der Indio außer Hörweite, als Pizarro sofort lospolterte und den Hochmeister beschuldigte, ihm in den Rücken gefallen zu sein.

»Ich hielt es einfach für klüger, die Antwort gut zu überdenken, denn es bestand kein Grund zur Eile, Don Hernando. So aber habt Ihr geantwortet, und die Heiligen mögen wissen, was daraus erwachsen wird. Eines solltet Ihr jedoch nicht vergessen, Ihr habt nur für Euch und vielleicht sogar für Euren Bruder Francisco gesprochen, nicht jedoch für unseren Orden.«

Es wurde Abend, aber es sah nicht so aus, als würde Huaxamac bald lagern lassen. An der Wegkreuzung war der Zug aufgeteilt worden: Die meisten Menschen der Stadt, unter ihnen die alte

Mocto, waren nach Huamachuco weitergezogen, während eine ausgewählte Schar von Kriegern und Priestern nun auf dem Weg nach Caxamalca war. Kemaq trottete am Ende dieser Schar. Er fragte sich, was sich der Hohepriester davon versprach, ihn mitzunehmen. Intis Segen? Wenn der wirklich auf ihm lag, hatte er bisher jedenfalls nicht auf die Krieger von Tikalaq und ihre Anführer abgefärbt.

Sie kamen gut voran. Die Straße war breit, gepflastert und wand sich über sanftere Anhöhen einen Wasserlauf entlang. Leichter Nebel stieg von diesem Gewässer auf. Wäre die Luft nicht so dünn und kühl gewesen, hätte man annehmen können, dass man sich irgendwo am Fuß der Berge befand.

»Ich hoffe, du bildest dir nicht zu viel ein«, sagte Qupay, der bisher dicht hinter Huaxamac an der Spitze des Zuges gelaufen war, aber nun offenbar auf Kemaq gewartet hatte.

»Was sollte ich mir einbilden?«, fragte Kemaq unwirsch.

»Ist dir nicht klar, was für eine Auszeichnung dir zuteilwird?«, fragte sein Bruder und schien sich wirklich darüber zu wundern.

»Ich sehe nur, dass ich dorthin gehen muss, wohin mich die Priester befehlen. Und ich habe gelernt, dass das für mich sehr gefährlich werden kann, für mich – und für andere!«

Qupay antwortete nicht gleich, aber nachdem sie eine Zeitlang nebeneinander hergelaufen waren, sagte er: »Glaubst du, dass Jatunaq noch lebt?«

»Woher sollte ich das wissen, Qupay? Ich weiß nur, dass er den Fremden in die Hände gefallen ist, ob tot oder lebendig, kann ich nicht sagen.«

»Ich glaube, er lebt noch«, meinte Qupay. Und als Kemaq darauf nichts sagte, fuhr er fort: »Ich kann es dir nicht erklären, aber ich glaube, ich würde es spüren, wenn er tot wäre.«

Kemaq warf seinem älteren Bruder überrascht einen Seitenblick zu. »Du hast Recht«, sagte er schließlich, »auch ich habe das Gefühl, dass er lebt, und ich bete zu den Göttern, dass mein Gefühl mich nicht täuscht.«

Danach wusste offenbar keiner von ihnen so recht, was noch zu sagen gewesen wäre, und Qupay verschwand wieder an die Spitze des Zuges.

Don Francisco Pizarro und seine Männer trafen erst gegen Mitternacht in der Stadt ein. Die Drachen hatten den Platz geräumt und sich auf den Tempel und andere große Gebäude zurückgezogen. Mila hörte schon von weitem das Rumpeln der Kanonenräder auf dem Pflaster und das Stöhnen der Männer, die sie ziehen mussten. Es waren Indios, keine Spanier, die den schwersten Teil der Arbeit verrichteten.

»Die meisten von denen sind Yunga aus den Dörfern rund um Chan Chan, Condesa«, erklärte ihr Don Mancebo, »und wenn ich sie so sehe, dann muss ich sagen, dass sie mit der dünnen Luft hier oben weit besser zurechtzukommen scheinen als unsere spanischen Waffenbrüder.«

»Ich wundere mich immer noch, dass die Pizarros sie überreden konnten, uns zu helfen«, erwiderte Mila. Sie standen vor ihrem Quartier, und der Maure beschrieb ihr den Einmarsch der Spanier.

»Ich nehme an, das haben wir dem Bürgerkrieg zu verdanken, Condesa. Ihr wisst sicher, dass zwei Söhne des alten Inka drei Jahre lang um dieses Reich gekämpft haben. Diese Indios scheinen auf der Seite Huáscars gestanden zu haben, auch wenn sie gezwungen wurden, für Atahualpa zu kämpfen. Ich glaube, sie sind wirklich dankbar, dass wir sie vom Joch Atahualpas befreien, und sie sind bereit, mit uns zu kämpfen.«

»Mir ist aber, als würde ich auch Ketten hören, Bruder Mancebo.«

»Da habt Ihr Recht. Einige der Männer sind gefangene Krieger, die in der Schlacht gegen uns gekämpft haben. Pizarro hat sie an die Kanonen gekettet.«

»Wie grausam!«, rief Mila entsetzt.

»In der Tat. Diese Männer haben tapfer gekämpft. Es ist nicht sehr ritterlich, wie die Pizarros sie behandeln, aber die Yunga wollen mit unseren Geschützen nichts zu tun haben, also mussten sie Gefangene oder Spanier nehmen. Augenblick, Condesa, lasst mich diesen Reiter etwas fragen«, sagte Don Mancebo.

Mila hörte den langsamen Hufschlag eines Pferdes näher kommen, und der Maure rief: »Sagt, Freund, ich sehe nur zwei Kanonen, wo ist die dritte?«

»Irgendwo weit unten am Berg, Freund. Diese Straße war übel, eine Tortur – nicht gebaut für Spanier, nicht für unsere guten Geschütze. Unter dem Gewicht der Kanone brach ein Stück Fels ab, und ehe wir auch nur daran denken konnten, das Verhängnis zu verhindern, schoss sie schon den Hang hinunter, und ein halbes Dutzend Indios, die sich davor gespannt hatten, gleich mit. Die Heiligen waren aber noch im Unglück mit uns, denn sie verhinderten, dass auch Christen mit hinabgerissen wurden. Doch die verlorene Kanone ist wirklich ein schwerer Verlust.«

Als der Mann weitergeritten war, sagte Don Mancebo: »Ich kann verstehen, Condesa, dass Ihr Mitgefühl mit den Indios habt, aber Ihr solltet Euch nicht so anmerken lassen, dass die Kaltherzigkeit dieser Männer Euch abstößt.«

»Sie dürfen ruhig wissen, was ich von ihnen denke, Bruder Mancebo«, entgegnete Mila trotzig.

»Das wird aber weder Euch noch dem Orden nutzen, Condesa«, gab der Maure zu bedenken.

Mila seufzte. »Gut, ich werde versuchen, daran zu denken.«

15. Tag

Sie brachen vor der Morgendämmerung und mit leerem Magen auf, denn Huaxamac hatte es eilig, und er nahm keine Rücksicht auf das Murren der Krieger. Ihr Weg führte sie an verlassenen Siedlungen und Feldern vorüber, und das ganze Land wirkte unnatürlich still. Als die Straße durch eine langgezogene Senke führte, sah Kemaq zu seiner Überraschung Melap, den Chachapoya aus dem Tempel, am Straßenrand sitzen. Er beschäftigte sich mit seiner Sandale.

»Ah, der Chaski!«, rief er ihm zu. »Kannst du mir vielleicht helfen?«

»Wobei?«, fragte Kemaq und kam sich etwas dümmlich vor. Der Tempeldiener musste vorausgelaufen sein, jedenfalls hatte er ihn bislang nicht unter den Priestern oder Kriegern gesehen.

»Mir ist diese Verschnürung gerissen, und meine Hände zittern vom langen Marsch. Kannst du sie neu für mich knoten?«

Kemaq half dem Mann. Es war keine große Sache, aber als er ihm die Sandale zurückgab, fasste ihn der Chachapoya am Arm. »Ich habe einen anderen Grund als diese Schnur aus Leder, um dich aufzuhalten, Chaski«, raunte er und fuhr fort: »Ich habe nämlich eine Nachricht von Pitumi an dich.«

»Von Pitumi?«, rief Kemaq.

»Nicht so laut, denn es wäre nicht gut, wenn die Krieger zu neugierig würden«, mahnte Melap.

Aber die waren, wie Kemaq mit einem schnellen Blick feststellte, schon außer Hörweite.

»Pitumi warnt dich, sie sagt, dass du nicht nach Caxamalca

gehen darfst. Nun sieh mich nicht so überrascht an, Chaski. Es ist gleich, wie das Treffen der Fremden mit Atahualpa ausgeht – es wird viele Tote geben, und es wäre viel besser, wenn du nicht dazugehörtest.«

»Besser?«, fragte Kemaq verwirrt.

»Es ist gut möglich, dass Pitumi dich noch braucht, Chaski, dich und deine schnellen Beine. Also gib auf dich Acht!«

»Brauchen? Wozu?«

»Sie wünscht, dass du nach Tanyamarka gehst, und zwar so bald wie möglich.«

»Aber der Sapay Inka hat uns befohlen, nach Caxamalca zu gehen. Er wartet dort auf uns.«

»Vor allem auf dich, kleiner Chaski«, spottete der Alte. »Du solltest dir gut überlegen, ob du seinen Befehlen noch lange folgen willst. Denk an Pachakuti. Die Zeit der Inka endet!«

Kemaq lief ein Schauer über den Rücken. Pachakuti – die Zeitenwende, die die Inka so fürchteten. Sie sprachen nicht darüber, auch wenn es jetzt viele Zeichen gab, dass die Weissagung sich bewahrheiten würde. »Aber der Sapay Inka ist ein Sohn der Sonne, er …«, begann er langsam, aber Melap schnitt ihm das Wort ab: »Glaubst du das wirklich? Was ist mit Tamachoc? Ist er nicht der Gott deiner Vorfahren? Es ist gut möglich, dass die Fremden mit ihren fliegenden Göttern hier sind, um Inti vom Thron zu stoßen und Tamachoc wieder einzusetzen.«

Kemaq öffnete den Mund, schloss ihn wieder, öffnete ihn erneut und sagte langsam: »Es ist aber auch möglich, dass sich diese Fremden selbst auf diesen Thron setzen wollen.«

Melap lächelte plötzlich und betrachtete Kemaq mit einem Blick, in dem dieser Anerkennung zu lesen glaubte. »Du bist gar nicht so dumm, Chaski«, sagte er dann, »doch ich habe dir Pitumis Wunsch übermittelt. Folge ihm, das kann ich dir nur raten. Und jetzt solltest du dich beeilen, bevor du vermisst wirst.«

»Was ist mit dir, Melap?«

»Ich komme nach, sobald ich meine Sandale wieder geschnürt habe. Lauf schon, Chaski.«

Kemaq nickte und trabte los. Der Zug war nicht weit voraus, und er würde ihn schnell einholen. Als er sich noch einmal umdrehte, war der alte Tempeldiener verschwunden.

Die Konquistadoren hatten in den Häusern rund um den Platz Quartier bezogen, und schon in den frühen Morgenstunden machten sie sich auf, unter großem Lärm den Tempel und alle anderen Gebäude, in denen sie Schätze vermuteten, auszuplündern. Mila stand vor ihrem Quartier und hörte zu. Die blinde Zerstörungswut der Männer machte sie zornig, vor allem, weil sie nichts tun konnte, um sie aufzuhalten. Sie hatte ihren Großonkel vorsichtig darauf angesprochen, aber der hatte gesagt, dass man die Männer, die doch ihr Leben bei diesem gefährlichen Unternehmen wagten, gewähren lassen müsse. »Sie sind nicht hier, weil sie den Kaiser so lieben, Milena, sondern weil ihnen reicher Lohn winkt«, hatte er hinzugefügt. Sie hatte im Tempel einige der Gegenstände aus Gold und Silber in der Hand gehalten. Sie waren wundervoll gearbeitet, aber dafür hatten die Männer keinen Sinn: Sie würden alles einschmelzen, um es besser transportieren zu können. Sie seufzte. In einem Haus in der Nähe hörte sie zwei Männer streiten. Sie spitzte die Ohren und erkannte die Stimmen von Francisco und Hernando Pizarro. Sie versuchte herauszuhören, worum es bei dem Streit ging, auch wenn es sehr unhöflich war, andere Menschen zu belauschen. Aber dann bemerkte sie leise Schritte, die sich näherten, und ein Geruch von Schwefel wehte heran. Mila musste lächeln, weil sie dachte, dass die Drachen den Gelehrten mit einer gewissen Berechtigung »Stinker« nannten.

»Ich grüße Euch, Comtesse«, rief der Alchemist. »Ist es nicht erstaunlich, dass diese Männer kaum den Berg heraufkamen und nun doch wieder genügend Kraft gefunden haben, um die Schätze dieser Stadt zu plündern?«

»In der Tat, man kann es erstaunlich nennen, Meister Albrecht«, erwiderte Mila reserviert.

»Ihr werdet es nicht gesehen haben, Comtesse«, plauderte der Gelehrte munter weiter, »aber ich finde noch bemerkenswerter, wie frisch die Indios wirken, die doch das meiste Gepäck hier heraufgeschleppt haben. Sie verkraften die Höhe wirklich viel besser als wir.«

Das fand Mila nun tatsächlich interessant, machte die dünne Luft doch auch ihr zu schaffen. »Habt Ihr dafür eine Erklärung, Meister Albrecht?«, fragte sie.

»Nun, es gibt da eine Pflanze, deren Blätter sie, vermengt mit Kalk, kauen. Kuka wird sie von ihnen genannt. Ein Zauberkraut, das ich mir näher ansehen werde, wenn ich die Zeit dafür finde. Vielleicht sind sie aber auch einfach von Geburt an besser an diese Höhen gewöhnt. Ich habe einige trigonometrische Berechnungen angestellt, Comtesse, ungenau, weil ich die Entfernung der Berggipfel von meinem Messpunkt in Chan Chan nicht exakt kenne, doch kann ich sagen, dass der Berg vor dieser Stadt eine Höhe von rund neuntausendzweihundert spanischen Fuß hat, und die Berge, die wir noch überwinden müssen, erreichen gar zwölftausend Fuß. Es ist erstaunlich, dass Menschen in dieser Höhe ganze Städte errichten.«

Mila nickte. »Mein Großonkel hat ungefähr die gleichen Höhen geschätzt, Meister Albrecht.«

»So, wirklich? Nun, ich habe es gemessen, nicht geschätzt«, erwiderte der Gelehrte und klang leicht beleidigt. Dann seufzte er und sagte: »Immerhin sind Euer Großonkel und ich zum selben Ergebnis gekommen, und das ist doch erfreulich. Doch entschuldigt mich, ich will Don Francisco Pizarro meine Aufwartung machen und mit ihm über unseren zukünftigen Weg sprechen.«

»Ich glaube, ich kann Euch jetzt nicht guten Gewissens zu ihm gehen lassen, Meister Albrecht, denn ich hörte Don Francisco gerade mit seinem Bruder Hernando streiten.«

»Ach? Manchmal beneide ich Euch wirklich um Euer gutes

Gehör, Comtesse. Dann sind die beiden Männer, die sich dort anbrüllen, wirklich die beiden Pizarros? Nun ja, wer sollte es auch sonst sein, nicht wahr?«, fragte der Alchemist. »Aber Euer Gehör ist vermutlich nicht gut genug, um herauszufinden, worüber die beiden Männer in Streit geraten sind, oder?«

»Meister Albrecht! Ihr erwartet doch nicht, dass ich fremde Gespräche belausche!«, rief Mila und fühlte sich ertappt.

»Natürlich nicht, Comtesse, aber es ist doch viel leichter, wegzusehen, als wegzuhören, nicht wahr? Niemand könnte Euch unterstellen, Ihr würdet lauschen, nur weil Euer Gehör so ausgezeichnet ist. Jeder weiß doch, welchen Preis Ihr dafür zahlen müsst.«

»Nein, Meister Albrecht, ich muss Euch enttäuschen. Bei dem Lärm, den die Männer hier rund um den Platz vollführen, fällt es selbst mir schwer, auch nur ein Wort zu verstehen. Allerdings gebe ich zu«, ergänzte sie lächelnd, »dass ich ungefähr weiß, worum es geht. Es ist aber auch nicht schwer zu erraten. Wie Ihr wisst, hat Don Hernando heute im Namen seines Bruders die Einladung Atahualpas angenommen. Anscheinend ist Don Francisco jedoch keineswegs mit seinem Bruder einer Meinung, wie dieser heute Mittag noch so vollmundig behauptet hat. Aber Ihr kennt Don Hernando, er wird keinesfalls zugeben, falsch gehandelt zu haben.«

Der Alchemist seufzte. »Ich wollte Don Francisco gerade vorschlagen, nach Tanyamarka und nicht nach Caxamalca zu gehen, aber das wäre wohl jetzt ein ungünstiger Zeitpunkt.«

»Die Stadt mit der Silbermine?«, fragte Mila überrascht.

»Ganz genau, Comtesse. Ich muss einfach herausfinden, was es mit diesem Silber auf sich hat. Und das kann ich nur, wenn ich sehe, wo es aus der Erde geholt wird.«

Mila dachte an die Warnung der Indio-Frau. Nabu hatte sie nicht ernst genommen, aber irgendwie hatte Mila ein ungutes Gefühl und war ganz dankbar, dass sie wohl nicht in diese Stadt ziehen würden. Aber dann dachte sie an Caxamalca, und auch da hatte sie ein schlechtes Gefühl. Ihr Onkel hatte die Einladung als Falle bezeichnet.

Lautes metallisches Scheppern riss sie aus diesen Gedanken. Ein paar Männer überquerten den Platz, und einer von ihnen hatte offenbar etwas verloren.

»Seid froh, dass Ihr das nicht sehen müsst, Comtesse«, sagte der Alchemist. »Diese Menschen haben für ihre Götter herrliche Dinge erschaffen, und nun werden sie davongeschleppt, mit Füßen getreten und eingeschmolzen.«

»Es ist heidnischer Tand, geschaffen zum Götzendienst, ich hoffe, Ihr vergesst das nicht, Meister Albrecht!«, rief eine volltönende Stimme. Mila zuckte zusammen. Es war Pater Vicente de Valverde, und sie war so abgelenkt gewesen, dass sie ihn nicht hatte kommen hören.

»Es sind auch Werke, die von ihrer Kultur zeugen, Pater«, widersprach der Alchemist.

»Ihr wollt doch nicht etwa das Heidentum verteidigen?«, fragte der Pater streng.

»Natürlich nicht«, murmelte der Gelehrte. Mila konnte seine Vorsicht gut verstehen. Der Pater war einflussreich, streng in allen Glaubensfragen, und er besaß die Rechte eines Inquisitors. Jetzt wandte sich Valverde an sie: »Und du, mein Kind? Lauschst du auf die Reden dieses Mannes, an dessen Glauben wir alle doch ernste Zweifel hegen müssen?«

»Nein, Vater Valverde«, entfuhr es Mila. Sie konnte nichts dagegen tun – sie hatte einfach Angst vor diesem Mann.

»Ich bin besorgt um dich, mein Kind. Du hast dich in ein Männerhandwerk verirrt, und allein das ist Sünde. Es ist doch sicher schon wieder Tage her, dass du deinen Beichtvater gesprochen hast, oder?«

»Ja, Vater.«

»Nun, ich werde mit Fray Celso ein ernstes Wort reden müssen. Es scheint, er vernachlässigt deine Aufsicht, mein Kind, und du bist doch in einem Alter, in der du dringend der geistigen

Führung bedarfst, gerade in der zweifelhaften Gesellschaft, in der du dich befindest.«

Das ging Mila zu weit. Sie wusste, mit der *zweifelhaften Gesellschaft* spielte er auf die Drachen an, und auch wenn sie aus unbestimmbaren Gründen Angst vor diesem Mann hatte, so wollte sie sich doch nicht alles gefallen lassen. »Sagt, Vater, kann ich Euch eine Frage stellen, die mir auf der Seele lastet?«, begann sie.

»Natürlich, mein Kind«, erwiderte der Pater gönnerhaft.

»In der Bibel steht, dass der Mensch nicht stehlen soll, doch nun sind hier unsere Männer und rauben Güter, die ihnen nicht gehören, Vater. Ist das nicht Sünde?«

»Es wäre Sünde, wenn das, was sie nähmen, den Menschen gehörte, doch was sie aus den Tempeln tragen, ist doch alles falschen Göttern geweiht, und so kann man es nicht als Diebstahl bezeichnen.«

»Und was sie nicht aus Tempeln, sondern aus den Häusern tragen, Vater?«

Pater Valverdes Stimme wurde etwas düsterer. Er schien verärgert. »Der Mensch, mein Kind, ist leider als Sünder geboren, doch ich hoffe, dir ist bewusst, dass diese Männer hier sind, um viele Seelen für den rechten Glauben zu gewinnen. Und jede gewonnene Seele wiegt viel schwerer als ein Barren Silber, auch wenn unsere Kastilier später viel zu beichten haben werden. Doch höre ich aus deinen Worten eine gewisse Spitzfindigkeit heraus, mein Kind, und das ist Hoffart. Du solltest wirklich dringend zur Beichte gehen.«

»Ja, Vater«, sagte Mila kleinlaut und bat darum, sich zurückziehen zu dürfen.

Sie verließ den Platz und folgte, zunächst ohne zu überlegen, einer Straße, die sie vom großen Platz fortführte. Sie wollte einfach den Lärm, den die Konquistadoren veranstalteten, hinter sich lassen. Bald ebbte der Lärm ab, und sie fühlte sich besser. Sie hatte keinerlei Bedenken, dass sie nicht zurückfinden würde, ihr Orientierungssinn war ausgezeichnet. Sie strich mit der

Hand über die rauen Wände der verlassenen Häuser und fragte sich, wer hier gewohnt haben mochte. Einmal blieb sie stehen, denn sie hatte plötzlich das Gefühl, beobachtet zu werden. War da nicht das leise Echo von Schritten durch den fernen Lärm der Spanier erklungen? Sie lauschte. Die Straße lag still, der Platz war weit entfernt. Sie hatte einen Verdacht: »Konrad?«, fragte sie in die alles verhüllende Dunkelheit. Sie bekam keine Antwort. Eine Weile wartete sie noch. Sie hatte in der Stadt schon mehrfach das Gefühl gehabt, dass der Junker sie beobachtete, aber sicher wusste sie das natürlich nicht. Er hatte sie zuletzt doch auch in Ruhe gelassen. Sie lauschte in die Dunkelheit, aber es blieb still. Also ging sie weiter, lauschte, außer ihren eigenen Schritten war allerdings nichts mehr zu hören. Immer weiter folgte sie der gewundenen Straße. Sie hätte nicht gedacht, dass dieser Ort so groß war. Ihr fiel bald auf, dass von Zeit zu Zeit hohe Mauern einen Bereich mehrerer Häuser von der Straße trennten. Sie trat in einen dieser Bereiche. Hier bestand der Boden aus gestampftem Lehm, und die Häuser schienen weniger hoch zu sein. Der Ort atmete Verlassenheit. Plötzlich befiel sie das Gefühl, dass sie unerlaubt in das Leben anderer Menschen eindrang. Die leeren Hütten erschienen ihr nun wie eine Anklage. Waren die Menschen nicht ihretwegen geflohen? Sie kehrte eilig um und machte sich auf den Weg zurück zum Platz. Als sie sich der nächsten Wegkreuzung näherte, spürte sie, dass dort jemand auf sie wartete. Sie nahm den typischen, leicht metallischen Geruch eines Drachen wahr, und dann hörte sie ein leises Zischen.

»Nergal«, stellte sie ruhig fest und verlangsamte ihre Schritte.

»Du bist weit von deiner Herde entfernt, Mensch«, begrüßte sie die schneidende Stimme des Drachen. »Hast du keine Angst, dich zu verlaufen?«

»Ich habe meinen Weg noch immer gefunden, Nergal«, entgegnete Mila. Feindseligkeit ging von dem Drachen aus.

»Deinen Weg? Vielleicht mit Hilfe von Drachenaugen?«, fragte Nergal zischend.

»Ich weiß nicht, was du meinst.«

Der Drache lachte leise und höhnte: »Glaubst du, du könntest vor mir verbergen, was du mit Nabu teilst? Er ist ein Narr, dass er dir unser Geheimnis anvertraut.«

»Es ist eine Gabe, Nergal, und nicht Nabu hat sie mir gegeben oder sie mit mir geteilt. Sie ist angeboren«, verteidigte sich Mila tapfer.

»Und sie führt dich auf Pfade, von denen du dich fernhalten solltest, Mädchen, denn leicht könntest du in die Irre gehen und schwer zu Schaden kommen. Oder hat dir Nabu nichts davon erzählt?«

»Wovon?«, fragte Mila und kämpfte mit ihrer wachsenden Verunsicherung. Die Kreuzung war nicht sehr groß, und der massige Leib des Drachen blockierte sie.

Nergal lachte. »Vielleicht ist er doch kein Narr, denn du wärst wohl schreiend davongelaufen, wenn du wüsstest, was ich weiß«, sagte Nergal kalt.

»Und was soll das sein?«, entgegnete Mila trotzig, obwohl sie ahnte, worauf Nergal anspielte.

»Die Gabe ist doch in Wahrheit auch ein Fluch, und der wirkt stärker in dir, je mehr du dich an Nabus Sattel klammerst, und bald wirst du es merken«, entgegnete der Drache.

»Das hat Nabu mir längst erzählt«, erwiderte Mila und versuchte, sich ihre Verunsicherung nicht anmerken zu lassen. »Und wo ein Fluch ist, da ist auch Erlösung.«

»Nur im Märchen, *Prinzessin,* nur im Märchen.«

Mila fragte sich, woher der Drache wusste, wie Nabu sie zu nennen pflegte. Sie schwieg.

»Aber wenn du es weißt und der Fluch dich nicht schreckt, dann bist du mutiger, als ich dachte – oder dümmer«, meinte Nergal mit einem heiseren Lachen. Mila hörte, dass er sein massiges Haupt schüttelte, als könnte er es nicht glauben. Dann kam er näher und senkte seine Stimme. »Was meinen alten Freund angeht, so kannst du ihm etwas ausrichten – wenn du ihn denn wiederfinden solltest. Sag ihm, dass er sich nicht mehr lange hinter unseren Eiden verstecken kann, denn ich prophezeie, dass sie nicht mehr lange Bestand haben werden.«

»Du willst deinen Eid auf den Orden brechen?«

Nergal zischte. »Ich bin ein Drache, kein Mensch, ich achte meine Schwüre. Aber ich sage dir, dass dieser Orden nicht mehr lange bestehen wird. Ich fühle es. Alles ändert sich, und dass du die Gabe hast, ist doch nur ein weiteres Zeichen dafür, dass die Welt, wie wir sie kennen, zu Ende geht. Und weißt du was? Das ist mir höchst willkommen, denn ich kann sie schon fast schmecken, die Freiheit, die ich so lange dem Frieden unter uns Drachen geopfert habe. Nabu soll sich in Acht nehmen!« Dann erhob er sich und drehte sich auf der engen Kreuzung. Er lachte, spannte die Flügel, und mit drei Schlägen seines mächtigen Schwanzes brachte er die Häuser rechts und links des Weges zum Einsturz. Mila hörte Holz brechen und Steine zu Boden poltern. Entsetzt sprang sie ein Stück zurück. Sie hörte noch, dass Nergal mit seinen mächtigen Flügeln schlug, dann flog er davon. Sie blieb beklommen zurück. Der Weg, den sie genommen, den sie sich eingeprägt hatte, war durch Schutt und Trümmer versperrt.

Mila versuchte, nicht die Nerven zu verlieren. Sie hätte einfach um Hilfe rufen können, der Platz konnte nicht so weit entfernt sein, aber diese Blöße wollte sie sich nicht geben, nicht jetzt, wo die Pizarros und ihre Männer eingetroffen waren. Über das Trümmerfeld zu klettern, das Nergal zurückgelassen hatte, wagte sie nicht, denn sie wusste nicht, ob der Schutt nicht unter ihr zusammenbrechen würde. Sie versuchte, einen anderen Weg in der Dunkelheit zu finden. Zu ihrem Unglück verliefen die Straßen nicht gerade, sondern wanden sich in Kurven durch die Finsternis, die sie seit ihrer Geburt umgab. In diesem Teil der Stadt ging es bergauf und bergab, und einmal wäre sie beinahe eine unvermutet auftauchende Treppe hinuntergestürzt. Ihre Wut auf Nergal wuchs mit jedem Schritt, vor allem, da ihr klar wurde, dass sie nur ihre eigene Hilflosigkeit unter Beweis stellte, wenn sie sich bei den Ordensoberen über ihn beschwerte. Sie war vielleicht eine Stunde durch die engen Gassen geirrt, als sie über sich ein Rauschen hörte. Es klang vertraut. »Nabu?«, rief sie nach oben. Das Rauschen entfernte sich, kehrte dann aber zurück.

»Mila?«, rief der Drache hinab.

»Ich bin hier!«, rief sie.

Augenblicke später landete der mächtige Drache auf dem Dach eines nahen Hauses, das unter seinem Gewicht bedenklich ächzte. »Bist du des Wahnsinns, dich allein hier herumzutreiben?«, fragte Nabu.

»Nergal hat mir den Rückweg versperrt«, rief sie zurück. Und dann schilderte sie dem Drachen, was geschehen war.

»Das sieht ihm ähnlich«, brummte Nabu. »Ich nehme an, du hast diese Geschichte unserer alten Feindschaft zu verdanken, Prinzessin. Und was seine Drohungen angeht, nun, ich habe ihn schon einmal besiegt.«

»Aber glaubst du denn auch, dass der Orden vor dem Ende steht, Nabu?«, fragte Mila besorgt.

Der Drache zögerte, dann erwiderte er nachdenklich: »Nein, das glaube ich nicht. Nergal wünscht sich das vielleicht, doch ist er da wohl der Einzige unter uns. Aber nun müssen wir sehen, dass wir dich zurückbringen. Ich würde dich aufsteigen lassen, die Gasse hier ist allerdings zu schmal.«

»Es würde auch seltsam aussehen, wenn ich zu Fuß fortgehe und auf meinem Drachen zurückkehre«, meinte Mila.

»Ich verstehe«, sagte Nabu, »du willst nicht zugeben, dass du dich verirrt hast.«

Sie nickte seufzend.

»Es ist gar nicht mehr weit, Prinzessin. Nur einige Dutzend Schritte von dir entfernt öffnet sich zur Rechten eine Gasse. Sie schlägt zuerst einen scharfen Bogen in die scheinbar falsche Richtung, aber dann führt sie zum Platz.«

»Was ist das eigentlich mit der alten Feindschaft zwischen dir und Nergal?«, fragte Mila jetzt.

»Es ist eine lange Geschichte, und jetzt ist sicher nicht der rechte Zeitpunkt …«

»Genau jetzt, Nabu«, unterbrach ihn Mila. »Ich habe wohl ein Recht zu erfahren, warum ich durch diese Straßen irren muss, obwohl ich Nergal nichts getan habe.«

Das Dach stöhnte unter der Last des Drachen. »Ich werde es dir später erzählen, versprochen, aber jetzt solltest du dich beeilen, denn sonst wird dein Onkel bemerken, dass du verschwunden bist, und noch einen Suchtrupp losschicken.«

Mila gab widerwillig zu, dass der Drache Recht hatte. Ihr Großonkel hatte wirklich schon genug Sorgen, denen wollte sie keine weiteren hinzufügen.

17. Tag

Noch oft blickte Kemaq zurück, aber Melap blieb verschwunden, und nur seine Worte verfolgten Kemaq. Es gab viele Gerüchte über die Wolkenmenschen und ihre geheimnisvollen Kräfte. Kemaq wusste nicht, welche davon der Wahrheit entsprachen und welche nicht. Und er wusste nicht, was er von den Warnungen des Alten halten sollte. Vor allem aber fragte er sich, warum Pitumi ihn unbedingt in Tanyamarka haben wollte. Der Zug war an einem verlassenen Botenhaus ins Stocken geraten. Unweit der Straße lag eine kleine Siedlung, und die Krieger verlangten offenbar schon wieder nach einer Rast. Kemaq belächelte die Männer innerlich, weil sie so schnell müde wurden. Er hätte den ganzen Tag und die ganze Nacht weitergehen können, aber die Krieger sanken am Straßenrand völlig erschöpft ins Gras. Dann sah er, dass Qupay, der sich jetzt wieder meistens in der Nähe des Hohepriesters aufhielt, ihn heranwinkte. Er folgte der Aufforderung ungern, denn die Stimmung zwischen ihm und seinem Bruder war immer noch gereizt. Qupay war schlecht gelaunt und sprach betont von oben herab, als er ihm seinen neuen Auftrag mitteilte: »Geh hinüber zu dieser Siedlung und sage den Menschen dort, dass sie uns von ihren Vorräten bringen müssen, denn die unseren sind bald verbraucht.«

»Und glaubst du wirklich, dass diese Bauern von dem wenigen, was sie haben, etwas für ein paar Fremde übrig haben?«, fragte Kemaq gereizt.

»Inti will es!«, lautete die Antwort, und dann wandte sich Qupay ab.

Kemaq gehorchte widerwillig. Die Felder sahen dürr aus. Auch hier hatte die Regenschlange ihren Segen wohl lange nicht mehr gespendet, aber den Priestern schien das gleich zu sein. Kemaq wusste, dass die Bauern auch noch ihren letzten Bissen den Priestern überlassen würden, denn so verlangte es der Sapay Inka. Pitumi hatte schon Recht: Seine Gesetze waren manchmal grausam. Und er konnte nicht verhindern, dass er plötzlich an die goldhaarige Fremde und die *Drachen* dachte. Ob sie ähnlich strengen Gesetzen folgten?

Das Hochgebirge lag endlich hinter ihnen. Unter unsäglichen Mühen hatten die Konquistadoren den schmalen Pass bewältigt, und die Drachen hätten wohl, wie Marduk befürchtet hatte, selbst laufen müssen, wenn Nabu nicht einen Einschnitt gefunden hätte, den ein von Schmelzwasser gespeister Bach noch unterhalb des steilen Pfades in den Fels gegraben hatte. Nun lag die Gebirgskette mit ihren schneebedeckten Gipfeln hinter ihnen, und sie hatten die Hochebene erreicht. Dort am Fuß des Passes wurden sie, wie es der Bote angekündigt hatte, von einer Delegation des Sapay Inka empfangen. Der Mann nannte sich Tucuyricuc, was, wie Mila herausfand, eigentlich ein Titel war, aber einen anderen Namen nannte der Indio nicht. Er war mit sieben Dienern gekommen, schickte jedoch sogleich zwei fort, dem Sapay Inka Bericht zu erstatten. Der Tucuyricuc schien ein außerordentlich stolzer Mann zu sein, zumindest klang seine Stimme so, und er trat selbstsicher und beinahe herrisch auf. Milas Borla schien keinerlei Eindruck auf ihn zu machen. Er wanderte nach einer sehr kühlen Begrüßung durch das Lager der Spanier und nahm, so berichtete Ruiz, alles sehr genau in Augenschein. »Ich glaube, er ist eher ein Spion als ein Gesandter, und er versucht herauszufinden, wer und wie stark wir sind«, sagte er.

»Und die Drachen?«, fragte Mila neugierig.

»Er hält Abstand, aber sein Gesicht bleibt unbewegt, wenn er sie ansieht, und ich glaube, er versucht, so zu tun, als würde er ihnen nur zufällig nicht zu nahe kommen, wenn Ihr versteht, was ich meine, Condesa«, erklärte Ruiz.

»Nicht genau«, erwiderte Mila lächelnd.

»Ruiz meint, dass er versucht, sich seine Furcht vor ihnen nicht anmerken zu lassen«, erläuterte Don Mancebo, der hinzugetreten war. »Wirklich ein merkwürdiger Mensch. Wäre ich ein Maler und müsste versuchen, den Stolz darzustellen, dann würde ich jenen Indio zur Vorlage wählen.«

Eigentlich hatten die Spanier geplant, nach den Strapazen der Passüberquerung einen Tag zu rasten, doch die Ankunft des Gesandten veranlasste Francisco Pizarro, seine Pläne zu ändern.

»Solange dieser Mann in unserem Lager ist, dürfen wir kein Zeichen von Schwäche – und auch keines von Uneinigkeit zeigen«, erklärte er in einer kurzen Besprechung mit seinen Hauptleuten und den Rittern, zu denen auch Mila zählte.

»Für uns und unsere Drachen ist das kein Problem, aber Eure Männer sehen müde aus«, wandte ihr Großonkel vorsichtig ein.

»Sie können sich erholen, wenn wir in Caxamalca sind«, lautete die grimmige Antwort.

Nabu zog bald darauf im Tiefflug über die Hochebene dahin. Im Gegensatz dazu, was der Hochmeister behauptet hatte, waren auch die Drachen müde, aber Pizarro bestand darauf, dass sie den Weg erkundeten. Mila beugte sich vor und schmiegte sich an Nabus Hals. Sie genoss es, allein mit ihm zu fliegen, und die dünne Luft führte dazu, dass er sich weigerte, mehr als unbedingt nötig zu tragen, und zu diesem »Mehr« gehörte auch Ruiz, der darüber nicht sehr erfreut war, bedeutete es doch, dass er laufen musste.

»Meine Kopfschmerzen sind schon gar nicht mehr so schlimm, Nabu, wie geht es dir?«

Der Drache brummte. »Es geht schon, auch wenn ich mich seltsam kraftlos fühle. Ich würde sagen, wir sind immer noch über achttausend Fuß, auch wenn man es kaum glauben will. Warte …«, sagte er, und dann züngelte das bleiche Licht vor Milas Innerem Auge auf, sprang zu einem weiten Bild auseinander und enthüllte die Landschaft unter ihr. Sie sah eine von vielen Felsgraten durchzogene Ebene, die sich aber plötzlich veränderte. Ein helles Band – ein Gewässer – hatte ein breites Tal in die flackernde Landschaft gegraben, und dort lag Feld an Feld. Hier und da erkannte Mila in den blassen Flammen auch Siedlungen.

»Kannst du uns näher an eines dieser Dörfer heranfliegen?«, fragte Mila.

Nabu brummte, und das Bild flackerte stark, als er den Kopf drehte, um eine der Siedlungen anzuvisieren. Sie kam rasch näher. Sie rauschten darüber hinweg, und Nabu behielt sie im Blick. Mila betrachtete die Häuser fasziniert, während Nabu über der Siedlung kreiste. »Sieht verlassen aus«, meinte er schließlich.

»Du hast Recht!«, rief Mila, die gar nicht darauf geachtet hatte. Das Bild flackerte und verschwand. Noch einen Augenblick sah Mila die Häuser, dann wurden sie von Finsternis verschluckt. Sie seufzte.

»Es tut mir leid, Prinzessin«, sagte Nabu, »aber da unten ist wirklich nichts zu sehen, was die Mühe wert wäre, die diese Verbindung erfordert.«

»Entschuldige bitte, Nabu«, rief Mila. »Ich vergesse immer, dass es dich anstrengt.«

»Ich werde es überleben«, meinte der Drache trocken. Dann sagte er: »Mir war vorhin, als hätte ich weiter nördlich eine Stadt gesehen. Wenn es dir recht ist, können wir uns die näher ansehen.«

»Du könntest mir die Zeit in der Dunkelheit mit einer Geschichte verkürzen, Nabu«, sagte Mila, während sie langsam dahinflogen, »zum Beispiel mit der Geschichte von Nergal und dir.«

Der Drache schwieg eine Weile, und Mila befürchtete schon, dass er wieder ausweichen würde, wie stets in den letzten Tagen, wenn sie ihn darauf angesprochen hatte, aber dann sagte er: »Nun gut, es ist nichts, worauf ich besonders stolz bin. Das Ganze geschah vor langer Zeit, kurz nachdem Nergal und ich diese Welt betreten hatten. Wir waren jung, kraftstrotzend und voller Zorn, denn die Erinnerung an das, was wir verloren hatten, war noch frisch.«

»Du meinst, an das schlafende Feuer, dem ihr entrissen wurdet?«

»So ist es, Prinzessin. Unsere Wege kreuzten sich eher zufällig über einer Herde Schafe, in den Bergen des Libanon. Nun, es war genug für beide da, aber weder Nergal noch ich hätten das zugegeben. Also kämpften wir. Es war ein wilder Kampf, mit allen Waffen, über die ein Drache verfügt. Beide haben wir uns Knochen gebrochen, beide haben wir uns die Schuppen versengt im Feuer. Wir kämpften lange, bis in die Nacht, und im letzten Licht der Dämmerung bekam ich ihn schließlich zu fassen. Als ich aber seinen Hals mit meinen Zähnen durchbohren wollte, da entwand er sich mit letzter Kraft, und ich schlug meine Hauer in einen Felsen, womit du nun auch weißt, wie es dazu kam, dass man mich Einzahn nennt.«

»Oh, und Nergal?«, fragte Mila, die gebannt gelauscht hatte.

»Er floh im Schutz der Nacht. Diese Niederlage hat er mir bis heute nicht verziehen. Bald darauf kam Marduk zu uns und sammelte die Drachen für das erste Bündnis, das Bündnis der Drachen gegen die Menschen, und wir mussten schwören, unseren Streit zu begraben – solange das Bündnis hält. Keiner von uns hätte wohl gedacht, dass es fast neunhundert Jahre halten würde.«

»Du hast Nergal also besiegt?«

»Ein nutzloser Sieg, wenn du mich fragst, doch warte, ich sehe die Stadt, die ich gesucht habe.«

Mila nickte und dachte über das nach, was sie gerade erfahren hatte. Es erklärte ihr manches, und eine unbestimmte Ahnung sagte ihr, dass der alte Streit noch für Ärger, vielleicht sogar für Gefahr sorgen würde.

»Ich sehe keine Menschenseele da unten«, meldete Nabu.

Mila löste ihre Gedanken vom Drachenkampf. »Ich fürchte, diese Stadt ist ebenso verlassen wie all die anderen Siedlungen, die wir bisher gefunden haben. Die Leute scheinen verschwunden, und sie haben wohl leider auch ihre Vorräte mitgenommen. Ich denke manchmal, dass auch in Caxamalca niemand sein wird, und wir werden dort verhungern.«

»Bestimmt nicht, Prinzessin, jedenfalls nicht die, die binnen zweier Tage auf dem Rücken eines Drachen die Küste erreichen können.«

»Trotzdem, ich verstehe nicht, warum Francisco Pizarro dieser Einladung folgt. Alle sagen, dass es eine Falle ist.«

Nabu flog mit langsamen Flügelschlägen. Sie spürte, dass er versuchte, Kraft zu sparen. Schließlich sagte er: »Ich denke, das haben wir seinem Bruder Hernando zu verdanken, auch wenn ich nicht verstehe, dass Francisco ihm diese Torheit durchgehen lässt – und ihr auch noch zustimmt.«

»Er ist eben sein Bruder«, erklärte Mila.

»Halbbruder«, berichtigte der Drache. »Warte, ich gehe noch ein bisschen tiefer, mir war, als hätte ich da etwas gesehen.«

»Kannst du mir die Stadt nicht zeigen, Nabu?«

»Lass mich ein wenig zu Atem kommen. Wenn ich einen Wind finde, der mich trägt, dann vielleicht.«

»Dann beschreib sie mir wenigstens«, bat Mila.

»Viele Steine, wenig Leben«, gab Nabu knapp zurück. »Doch warte – da ist jemand.«

Mila lehnte sich nach vorn, als könne sie diesen Jemand dann besser hören oder sonst irgendwie wahrnehmen. Doch da war nur der Wind, der ihre Haare unter dem Helm flattern ließ, und die Dunkelheit, die sie seit ihrer Geburt umschloss.

»Es ist eine Frau. Sie sitzt vor dem Tor der Stadt«, teilte Nabu nach zwei eng geflogenen Kreisen mit.

»Hat sie uns gesehen?«

»Schwer zu sagen«, antwortete Nabu. »Wenn ja, scheinen wir sie nicht sehr zu interessieren.«

»Ist es vielleicht die Frau aus der verlassenen Stadt?«, fragte Mila aufgeregt.

»Du meinst, die *andere* verlassene Stadt? Das weiß ich nicht«, brummte Nabu, »die habe ich ja auch nur im Dunkeln gesehen. Ich denke, wenn wir das herausfinden wollen, müssen wir landen.«

»Ich will mit ihr reden.«

»Und wenn sie Böses im Schilde führt?«

»Ich bin nicht so wehrlos, wie alle glauben. Außerdem bist du bei mir und beschützt mich, Nabu«, erklärte Mila und strich dem Drachen mit der Hand über den schuppigen Hals. Sie hörte, wie er die weiten Schwingen schräg stellte, um an Höhe zu verlieren. Mila roch plötzlich die vielen Gerüche dieses fremden Landes.

»Ich habe es dir noch nicht gesagt, Milena«, antwortete Nabu, »aber du solltest wissen, dass es mir sehr schwerfallen wird, in dieser dünnen Luft Feuer zu speien.«

Nabu landete etwas mehr als einen Steinwurf von der Frau am Tor entfernt, wie er Mila zuraunte. Sie sprang von seinem Rücken.

»Warte«, bat Nabu, »es geht nur, wenn du mich berührst.«

Sie legte ihm die Hand auf die Brust, dann loderte die bleiche Flamme auf, zerstob in tausendfaches Flackern und zeigte ihr ein verschwommenes Bild: eine hohe Mauer, ein offenes Tor und auf der Schwelle eine Frau. Sie saß mit gekreuzten Beinen dort, den Rücken an die Mauer gelehnt, und schien sie, soweit Mila das in dem flackernden Bild erkennen konnte, interessiert zu betrachten. Sie machte keinerlei Anstalten, sich zu erheben.

»Gefährlich sieht sie nicht aus«, meinte Mila.

»Ich glaube nicht, dass es die Frau aus der Stadt ist. Die dort sieht viel älter aus«, meinte Nabu.

»Ich dachte, es war dunkel?«, fragte Mila lächelnd.

Nabu schnaubte, und das Bild flackerte bedrohlich.

»Warte«, bat Mila.

»Ich kann unsere Verbindung nicht mehr halten«, erklärte der Drache.

»Verzeih, ich will auch nicht, dass du dich quälst. Ich weiß, wo sie sitzt, und werde meinen Weg zu ihr auch im Dunkeln finden.«

»Soll ich dich begleiten, Milena?«

»Nein, die Frau wirkt auf mich nicht sehr bedrohlich, und ich will sie nicht verschrecken.«

Nabu brummte, was Zweifel oder Zustimmung bedeuten konnte, aber dann hörte Mila, dass er sich auf den Boden legte und die großen Flügel zusammenfaltete.

Mila nahm ihren Stab, legte zur Sicherheit die Hand auf den geheimen Mechanismus, der die Klinge herausspringen ließ, und ging mit möglichst sicheren Schritten hinüber zu der alten Frau am Tor.

»Du bist blind, oder?«, begrüßte sie eine brüchige Stimme.

Mila war überrascht über diese unhöfliche Begrüßung. »Und du bist alt und sitzt dort auf der Schwelle«, entgegnete sie, wie um zu beweisen, dass sie eben nicht völlig blind war.

»Nur ein Weilchen, dann gehe ich weiter. Ich weiß nur noch nicht, ob durch die Stadt oder um sie herum«, sagte die Alte.

»Sie zu umgehen, wäre ein Umweg«, erwiderte Mila, die beschloss, sich auf diese seltsame Unterhaltung einzulassen.

»Aber die Straßen zwischen diesen Mauern sind leer, und sie atmen Unglück. Merkst du das nicht, Fremde?«

»So ist es in allen Siedlungen, seit wir die Berge überwunden haben.«

»Es ist wegen euch, das weißt du, oder?«

»Ich weiß es«, entgegnete Mila. »Doch weiß ich nicht, warum es so ist. Fürchtet ihr uns so sehr?«

Die Alte lachte heiser. »Das ist eine dumme Frage, selbst für ein blindes Mädchen. Natürlich haben wir Angst vor euch, oder sagen wir, die anderen haben Angst vor euch.«

»Du offenbar nicht, Mutter.«

»Nein, ich nicht. Ich bin alt. Was soll ich noch fürchten? Ich habe keine Angst vor euch, keine Angst vor den Wesen, die mit euch kommen, und schon gar keine Angst vor Atahualpa, der uns befohlen hat, die Städte zu verlassen.«

»Euer Herrscher hat also befohlen, die Städte zu verlassen? Warum verteidigt ihr sie nicht?«, rutschte es Mila heraus.

Wieder lachte die Alte. Dann sagte sie: »Das wissen nur die Priester. Es stimmt schon, Inti ist ein mächtiger Gott, und auch du solltest seine Macht spüren, gerade jetzt, da sein Licht auf deiner blassen Haut ruht.«

»Aber du vertraust nicht auf ihn?«, fragte Mila interessiert. So jemand wie diese Alte war ihr in diesem fremden Land noch nicht untergekommen.

»Meine Vorfahren beteten zu anderen Göttern, und ich denke, ich werde zu ihrem Glauben zurückkehren, so wie ich auch zu den Häusern zurückkehre, die ich als kleines Mädchen verlassen musste.«

»Du bist ganz allein unterwegs, Mutter?«

»Nein, meine ganze Gemeinschaft, sogar meine ganze Stadt, ist auf der Straße, doch laufen unsere Füße in unterschiedliche Richtungen. Ich bin zu alt, um dahin zu gehen, wo andere mich hinschicken wollen, ich will meinen Pfad selbst wählen.«

»Ich hoffe, du hast es nicht mehr weit, Mutter«, sagte Mila höflich.

»Es wäre nicht weit, wenn ich fliegen könnte, wie dieses Wesen, das mich an die Geschichten von Tamachoc erinnert. Ich kann verstehen, dass viele es für einen Gott halten, doch besonders mächtig kann es nicht sein.«

»Wie kommst du darauf?«

»Es sieht erschöpft aus, dieses Wesen, und es hat dich getragen wie ein Lama seine Last. Du aber bist blind, also sicher auch kein Gott, was immer Kemaq auch von dir halten mag.«

»Wer ist Kemaq? Und wer ist Tamachoc?«, fragte Mila, die über die zwingende Logik in den Worten der Indio-Frau lächeln musste. Sie war aber froh, dass offenbar nicht alle Indios so schlau waren wie diese etwas verrückt wirkende Alte.

»Kemaq hat dich gesehen. Dein gelbes Haar hat es ihm angetan, und er war davon so geblendet, dass er lange nicht gemerkt hat, dass du selbst blind bist, Fremde. Und Tamachoc, nun, wenn man dieses Wesen dort drüben liegen sieht, jetzt, wo seine Flügel an den Leib gezogen sind, dann kann man schon denken, dass es die Regenschlange ist. Aber ich glaube das nicht. Ich habe gehört, es gäbe mehr als eines seiner Art, aber Tamachoc gibt es nur einmal.«

»Ist es der, den sie auch Pachakamaq nennen, Mutter?«, fragte Mila und versuchte, ihre Aufregung zu verbergen. Es schien ihr, als sei sie auf etwas Wichtiges gestoßen.

Die Alte brummte leise, als müsse sie über ihre Worte lange nachdenken. »Nein«, sagte sie schließlich und erhob sich plötzlich ächzend. »Doch ich habe genug gerastet, und mein Weg ist noch weit. Ich werde weiterziehen. Und dir kann ich nur raten, umzukehren, Fremde. Ich glaube, du bist nicht von böser Art, und hier oben ist es gefährlich.«

»Aber ich würde gerne noch mehr über Tamachoc erfahren«, rief Mila.

»Ich habe schon zu viel gesagt. Niemand redet heute noch über ihn, da will ich nicht von ihm anfangen. Ich wünsche dir einen guten Tag, dir und diesem Wesen, das so müde aussieht.«

»Ich danke dir, Mutter. Aber bitte, sagst du mir wenigstens deinen Namen noch, wenn du mir schon nichts über die Regenschlange sagen willst?«

Die Alte schnaubte. »Das eine hat nichts mit dem anderen zu tun. Ich bin Mocto. Und nun entschuldige mich. Nach Tanyamarka ist es noch weit.«

Kemaq lief. In der Abenddämmerung zeichneten sich einige langgezogene Hügel ab, und er sollte von ihren breiten Rücken Ausschau halten, wie weit Caxamalca noch entfernt lag. Die Hügel waren nicht weit, und Kemaq fragte sich, warum sie nicht einfach bis dorthin marschierten, aber offenbar waren die Krieger zu müde und brauchten eine Rast. Sie verspeisten die Vorräte, die ihnen die Bauern des letzten Dorfes hatten abtreten müssen. Kemaq hatte viel Feindseligkeit, aber noch mehr Ergebenheit und Angst gespürt, als er den Befehl überbracht hatte. Jetzt lief er wieder. Die ersten Schritte war er regelrecht gerannt, als gelte es, einen Wettlauf zu gewinnen. Das war zwar Prahlerei gewesen, aber er hatte gelernt, dass es manchmal angebracht war, andere mit sinnlosen Handlungen zu beeindrucken. Die Krieger hielten nicht viel von den Läufern, was das Kämpfen betraf, und es war eine Gelegenheit, ihnen zu zeigen, was ein Chaski vermochte. Sobald er aber außer Sicht war, schlug er eine Geschwindigkeit an, die er zur Not die ganze Nacht durchhalten konnte. Wenigstens gab ihm das Gelegenheit zum Nachdenken.

Der Weg war gut ausgebaut, gepflastert, besser als alle Straßen, die er je unter den Füßen gehabt hatte. Er stieß auf eine breite Steinbrücke und fragte sich, ob sie von Marachuna gebaut worden war. Die Steinleute waren berühmt als Steinmetze und Baumeister, auch wenn sie in Tikalaq ein Leben als Bauern führen mussten. Als er die Brücke überquerte, fragte er sich, wie weit Tanyamarka entfernt liegen mochte. Er hatte Mocto gefragt, aber die war den Weg nur als kleines Kind gelaufen und konnte sich nicht an die Entfernung erinnern. Vielleicht würde er es bald selbst herausfinden. Die Worte des alten Chachapoya kamen ihm wieder in den Sinn. Pitumi erwartete, dass er nach Tanyamarka ging. Würde sie selbst auch dort sein? In den Bergen jenseits der Regenstadt begann das alte Land der Chachapoya. Es war geheimnisumwittert und gefürchtet, wie die Menschen, die einst dort gelebt hatten. Doch wenn die Wolkenmenschen so mächtig waren, wie hatten die Inka sie dann besiegen können?

Sein Weg führte ihn kurz darauf zwischen zwei Seen hindurch auf die Hügelkette zu, und Kemaq verließ die Straße und kletterte einen der Hügel hinauf. Er gelangte oben an, lief weiter und prallte erschrocken zurück. Vor ihm fiel das, was hinter ihm ein sanfter Hügel war, in einer steilen Felswand tief hinab, und dort öffnete sich ein großes Tal, das von einem Fluss geteilt und nach Norden hin immer breiter wurde. In der Ferne schimmerte etwas

Helles schwach im Mondlicht, was vielleicht die Mauern von Caxamalca sein mochten. Kein Feuer brannte dort, und Kemaq hätte die Stadt beinahe nicht gesehen, denn sein Blick wurde von einer Vielzahl von Lichtpunkten angezogen, die etwas abseits der Stadt lagen. Das musste das Heerlager Atahualpas sein. Es bedeckte mehrere Hügel. Es war riesig.

Die Feuer wiesen Nabu den Weg, aber obwohl Mila ihn darum bat, zeigte er ihr nicht, was er sah. »Es ist finstere Nacht, Prinzessin, sogar für die, die sehen können. Aber da die Spanier vermutlich die einzigen Menschen sind, die wir in diesem verlassenen Land in der Nähe der Straße finden werden, bin ich sicher, dass ich dort die Lagerfeuer Pizarros sehe.«

Kurz darauf erklang der Ruf eines Drachen, und Nabu antwortete. »Einige meiner Brüder sind ebenfalls dort.«

Bald konnte Mila die Drachen an ihren Rufen unterscheiden. Marduk war dort, Behemoth und Ianus ebenfalls, und Nergal begrüßte sie mit einem feindseligen Zischen. Von Schamasch hörte sie nichts. Vermutlich, so dachte sie, war er wieder unterwegs. Es war die Aufgabe des Ordens, die Verbindung mit Chan Chan und auch mit Almagro zu halten, der mit weiteren Männern aus dem Norden heranmarschiert kam. Es hatte, noch bevor Mila aufgebrochen war, Streit gegeben, weil der Hochmeister vorgeschlagen hatte, die fünf Drachen, die unter dem Kommando von Marschall di Collalto zu Almagros Unterstützung ausgesandt worden waren, zurückzurufen, denn er war der Ansicht, man würde sie brauchen, wenn man auf Atahualpa traf. Hernando Pizarro hatte es verstanden, diesen Vorschlag so zu verdrehen, dass er fast einer Beleidigung gleichkam, und es damit seinem Bruder Francisco unmöglich gemacht, ihn anzunehmen. Dieser hatte vor, sich mit Almagro in Caxamalca zu treffen, und zeigte sich zuversichtlich, dass sie fast gleichzeitig dort ankommen würden. Mila war rätselhaft, woher er diese Zuversicht nahm. Und ihr war klar, dass der Gesandte des Inka den Streit mit Interesse verfolgt hatte, denn er war genau das, was sie hatten verbergen wollen – ein Zeichen der Schwäche.

Nach ihrer Landung geleitete Ruiz Mila an seinem Arm durch das Lager, denn sie sollte den Führern der Unternehmung Bericht erstatten. Sie hörte mehrere Feuer prasseln und die Stimmen von Männern, die sich halblaut unterhielten. Es ging ruhig zu, die Strapazen der letzten Tage schienen den Konquistadoren noch in den Knochen zu stecken. Meister Albrecht hatte berechnet, dass der Pass über zwölftausend Fuß hoch lag, und selbst die Drachen hatten den Einschnitt, den Nabu entdeckt hatte, nur unter Mühen überqueren können. »Drachen sind Wesen des Feuers, und diese Kälte ist nicht gut für uns«, hatte Nabu Mila erklärt. Auch sie hatte unter der dünnen Luft und der schneidenden Kälte in der Nacht gelitten. In der Hochebene war es nicht ganz so frostig, aber sie war doch froh, jetzt ans Feuer treten zu können.

»Ich grüße Euch. Wie war Euer Flug, Condesa, und was könnt Ihr melden?«, begrüßte sie Don Francisco Pizarro.

Ruiz hatte sie leise darüber aufgeklärt, wer dort außer den Pizarros noch saß. Sie grüßte höflich ihren Onkel, Francisco Pizarro und seinen Bruder Hernando, dann Pater Valverde, Graf Tassilo, Don Mancebo und zu guter Letzt den Alchemisten und den Gesandten des Inka. Sie bemerkte, dass auch Graf Balian in der Nähe war. Er stand etwas abseits und unterhielt sich leise mit seinem Bruder Konrad. Er schien unzufrieden über irgendetwas zu sein, und Konrad antwortete einsilbig und mürrisch. Mila meldete: »Der Flug war beinahe ereignislos, Don Francisco. Wir fanden entlang der Straße nur verlassene Siedlungen und eine Stadt, die ebenfalls verlassen war. Wir trafen dort eine Eingeborene, eine alte Frau, die uns erzählte, dass es der Herrscher dieses Landes selbst war, der den Indios befahl, ihre Häuser zu verlassen.«

»Ein altes Weib? Haltet Ihr das etwa für glaubwürdig? Warum sollte der König dieses Landes so etwas befehlen? Ich sage, sie sind vor uns geflohen, ein Zeichen ihrer Schwäche«, sagte Don Hernando.

»Offenbar wisst Ihr inzwischen mehr als ich, Don Hernando«, erwiderte Mila gereizt.

»Es fällt mir schwer, dem zu vertrauen, was eine Blinde sieht«, polterte der Kastilier.

»Mir erscheint plausibel, was unsere Ritterschwester meldet«, sprang ihr unerwartet Graf Tassilo zur Seite, »aber vielleicht kann uns der Gesandte hier Auskunft erteilen.«

Also fragte Mila den Tucuyricuc, der mit ausdrucksloser Stimme antwortete: »Wenn der Sohn der Sonne es befiehlt, gehorchen seine Kinder.«

Mila übersetzte, und Francisco Pizarro murmelte: »Dieser schlaue Hund weicht einer klaren Antwort aus. Aber geben wir uns einstweilen damit zufrieden. Die Menschen sind also fort, aber was ist mit den Kriegern? Könnt Ihr sicher sagen, dass der Weg frei ist von Truppen?«

»Nein, Don Francisco, aber bis zur nächsten Stadt, die Eure Männer übrigens schon morgen erreichen könnten, haben wir keine feindlichen Krieger entdeckt.«

»So habt Ihr auch unter die Dächer geschaut?«, fragte Don Hernando höhnisch.

»Das nun nicht, aber die Gehöfte, die ich … die Nabu sehen konnte, waren klein, viele Krieger könnten sich dort nicht verstecken. In der Stadt mag das natürlich anders sein, aber auf mich – und auf meinen Drachen – wirkte sie sehr verlassen.«

»Und was ist mit den Wäldern? Wenn sie sich dort verstecken, wird Euer Drache sie kaum gesehen haben«, warf Don Hernando ein, der die Mahnung seines Halbbruders, in der Gegenwart des Gesandten nicht zu streiten, offenbar vergessen hatte.

»Hier gibt es nicht viel Wald, Don Hernando«, belehrte ihn Mila, »ganz im Gegenteil, die Straße führt Euch bald in ein fruchtbares Tal, in dem außer Äckern nur die verlassenen Gehöfte und kleinen Siedlungen der Indios zu finden sind.«

Ihr Großonkel, der bislang geschwiegen hatte, räusperte sich und sagte dann: »Es sieht wirklich so aus, als würde Atahualpa alle Hindernisse beseitigen, die zwischen uns und Caxamalca liegen. Ich glaube aber immer weniger, dass das gut für uns ist, Don Francisco. Es erscheint mir wie ein Weg, der freigeräumt wird, damit das Vieh leichter zur Schlachtbank findet.«

»Vergleicht Ihr Eure Waffenbrüder mit Rindern oder Schweinen?«, fuhr ihn Hernando Pizarro wütend an.

»Nicht im Traum, Don Hernando«, entgegnete der Hochmeister des Drachenordens, und Mila war sich sicher, dass er dabei lächelte. »Ich meine jedoch, wir sollten dieser tückischen Einladung nicht länger Folge leisten. Atahualpa und sein Heer sind im Norden; warum also gehen wir nicht nach Süden? Der Weg zu ihrer Hauptstadt Cuzco scheint doch frei zu sein.«

Mila fragte sich, wie viel von dem, was er hier hörte, der Gesandte verstehen mochte. Er war schweigsam, und Mila war sich nicht einmal sicher, ob er überhaupt noch auf seinem Platz saß.

»Bei meiner Ehre! Ich habe diese Einladung angenommen, und wir werden ihr folgen!«, rief Don Hernando wütend.

»Beruhige dich, Hernando, nichts anderes habe ich vor«, erklärte Francisco Pizarro gelassen, dann fuhr er fort: »Euer Vorschlag, Don Maximilian, wäre klug, wenn es darum ginge, dem Feind auszuweichen und ihm ein oder zwei Städte abzunehmen. Aber ich will Atahualpa nicht aus dem Weg gehen, ganz im Gegenteil. Nur, wenn wir den Herrscher der Indios in die Schranken weisen, kann es uns gelingen, hier Erfolg zu haben. Nur, wenn die Eingeborenen sehen, dass ihr Herrscher, den sie für einen Gott halten, von uns besiegt wird, werden sie sich unserer Sache anschließen. Wir können im Übrigen darauf bauen, dass uns Almagro mit seinen Männern und Euren Drachen dort zu Hilfe kommt. Er wird sich beeilen müssen, aber er kann beinahe zeitgleich mit uns in Caxamalca eintreffen. Und morgen werden Eure Drachen den Weg zur Gänze erkunden. Der Gesandte hat uns zwar versprochen, dass der Weg frei ist, aber es ist mir doch lieber, wenn wir es mit unseren eigenen – beziehungsweise den Augen der Drachen – sehen.«

»Und auch Gott ist auf unserer Seite, vergesst das nicht, Don Maximilian«, verkündete Pater Valverde salbungsvoll. Und damit war die Diskussion beendet.

»Wisst Ihr, Comtesse«, sagte Meister Albrecht, als er später mit Mila durch das Lager ging, »ich bewundere Euch Tag für Tag mehr.«

»Bewundern? Aber weswegen denn?«, fragte Mila erstaunt.

»Eure Beschreibung der Landschaft, die vor uns liegt – sie war so detailliert, dass man meinen könnte, Ihr hättet sie wirklich gesehen.«

»Nabu hat mir sehr geholfen«, sagte Mila und fühlte sich ertappt.

»Ja, diese Drachen können sehr hilfreich sein, wenn sie nur wollen. Allerdings habe ich den Eindruck, dass sie den Spaniern und ihren Plänen eher gleichgültig gegenüberstehen.«

»Wie kommt Ihr darauf?«, fragte Mila, obwohl sie wusste, dass er Recht hatte.

»Nun, es ist ein offenes Geheimnis, dass sie sicher nicht hier sind, um das Wort Gottes zu verbreiten, ebenso wenig interessiert es sie, ob Kaiser Karl nun ein paar Städte mehr zu seinem Reich zählen kann oder nicht. Das Einzige, was sie zu interessieren scheint, ist Pachakamaq, wenn auch nicht aus Gründen der Wissenschaft.«

Mila musste an das denken, was ihr die alte Frau am Tor erzählt hatte. »Erinnert Ihr Euch an die alte Indio-Frau, die ich vorhin erwähnt habe, Meister Albrecht?«

»Die aus der verlassenen Stadt? Natürlich«, antwortete der Gelehrte.

Aus irgendeinem Grund zögerte Mila plötzlich, dem Alchemisten von dem Gespräch zu erzählen. Er war freundlich zu ihr und nahm sie ernst, was nicht viele im Lager taten, doch gleichzeitig war er manchmal auch erschreckend kaltherzig. Außerdem fragte sie sich immer noch, was er mit Balian und Konrad von Wolfegg zu schaffen hatte.

»Comtesse?«, fragte der Gelehrte freundlich.

Sie überwand ihre Zweifel. Er war wohl der Einzige, der ihr in dieser Angelegenheit weiterhelfen konnte. Also erklärte sie: »Diese Frau sah Nabu, und sie sagte, er habe Ähnlichkeit mit einem Gott namens Tamachoc. Sie nannte ihn auch *Regenschlange*. Ist Euch der Name geläufig?«

Der Alchemist blieb stehen und fasste sie hart am Arm. »Tamachoc? Nein. Was sagte sie über diesen Gott?«

»Leider nur wenig. Ich fragte sie, ob es derselbe sei wie Pachakamaq, aber das verneinte sie.«

»Tamachoc …«, murmelte der Gelehrte. »Diese Frau, sie war nicht aus der Stadt, in der Ihr sie getroffen habt, oder?«

»Nein, und deshalb erzähle ich es Euch, Meister Albrecht, ich weiß zwar nicht, wo sie herkam, aber sie sagte, sie will in eine Stadt namens Tanyamarka.«

Der Alchemist hatte immer noch ihren Oberarm im Griff. Jetzt drückte er so fest, dass es Mila beinahe schmerzte. »Sagte sie wirklich Tanyamarka?«

Mila nickte.

»Erstaunlich! Aufregend! Ein Gott namens Tamachoc, der einem Drachen ähnelt und aus der Gegend von Tanyamarka kommt! Das ist wirklich eine Entdeckung, Comtesse!«

»Es freut mich, wenn ich Euren Forschungen helfen kann, Meister Albrecht. Und was bedeutet es?«

»Oh, das weiß ich noch nicht, aber Ihr habt mir wirklich sehr geholfen, Comtesse, wirklich sehr! Und ich muss leider sagen, dass Ihr die Einzige seid, die meinen Forschungen nicht mit Ignoranz oder Desinteresse gegenübersteht.«

»Was ist mit Graf Balian und seinem Bruder Konrad?«, fragte Mila, einer Eingebung folgend.

»Die Wolfeggs? Was soll mit ihnen sein?«, fragte der Gelehrte, und seine Hand ließ ihren Arm plötzlich los.

»Mir schien, dass sie des Öfteren Eure Gesellschaft suchten, Meister Albrecht.«

»Oh, die beiden Grafen, nun, wenn sie irgendetwas brauchen, dann kommen sie zu mir, oder wenn es um meine Forschungen zu Silber oder Gold geht. Aber nie haben sie etwas beigetragen, so wie Ihr, Comtesse.«

Bevor Mila aber die günstige Gelegenheit zu weiteren Fragen nutzen konnte, rief der Alchemist euphorisch: »Kein Zweifel, Ihr bringt mir einen weiteren Hinweis auf den Azoth! Ein Drache, das reine Silber, Tamachoc, wunderbar.«

»Vielleicht ist es aber nur ein alter Aberglaube der Indios, Meister Albrecht«, wandte Mila vorsichtig ein.

»Das erfahren wir wohl nur, wenn wir dort hingehen. Entschuldigt mich, aber ich muss dringend mit Don Francisco sprechen, Comtesse. Er muss unsere Pläne ändern!«

Schon hörte sie ihn davonstürmen, und nur ein Hauch von Schwefel blieb in der dünnen Luft zurück. Mila musste lächeln. Der Gelehrte war so von seinen Forschungen besessen, dass er offenbar wirklich annahm, er könne Pizarro dazu bringen, nach Tanyamarka statt nach Caxamalca zu gehen, und das konnte sie sich nun gar nicht vorstellen.

18. Tag

Kemaq lief durch die verlassen liegenden Felder von Caxamalca. Der Hohepriester hatte sich, kaum dass Kemaq zu ihm zurückgekehrt war, entschlossen, ihn zu Atahualpa vorauszuschicken. Das war Kemaq aber nur recht, denn er fühlte sich auf der Straße wohler als in Gesellschaft der Krieger und Priester. Außerdem bedeutete es, dass er einen Tag ohne Streit mit seinem Bruder erleben würde. Er fragte sich, ob er den Sapay Inka selbst zu Gesicht bekommen würde. Man schickte ihn ins Lager, aber vermutlich würde er seine Botschaft einem anderen Läufer oder einem der sicher zahlreichen Unterbefehlshaber Atahualpas übergeben müssen. Er versuchte sich einzureden, dass das auch besser war, fühlte er sich doch in Gegenwart von hohen Würdenträgern immer etwas unwohl, aber dennoch, den Sapay Inka hätte er gerne gesehen. Mit ihm zu sprechen, daran war nicht zu denken, der Sohn der Sonne sprach sicher nicht mit einem einfachen Chaski, aber ihn wenigstens sehen, das wollte Kemaq schon.

Mit diesen Gedanken – das Lager konnte nicht mehr weit sein – näherte er sich dem nächsten Chaskiwasi, und im Gegensatz zu allen anderen Botenhäusern, die er bisher entlang der Hochlandstraße gesehen hatte, war dieses nicht verlassen. Ein Mann stand vor dem Eingang und schien sich mit jemandem im Inneren des Hauses zu unterhalten. Kemaq lief etwas langsamer. Etwas war eigenartig an diesem Haus, nein, an dem Mann, der davorstand. Der hatte ihn jetzt gesehen und rief etwas nach drinnen. Zwei andere Männer traten auf die Straße. Kemaq wurde noch langsamer. Das waren keine Läufer. Es schien sich um Krieger zu handeln. Kemaq bekam ein ungutes Gefühl. Was wollten diese Krieger in einem Botenhaus?

»Wohin des Weges, Chaski?«, rief ihn einer der Männer an. Seine rechte Hand lag auf dem Streitkolben, der im Gürtel steckte. Er war grauhaarig, und seine abgenutzte Waffe und eine lange Narbe auf dem Unterarm wiesen ihn als erfahrenen Kämpfer aus.

»Zum Lager von Atahualpa Inka«, rief Kemaq. Der Grauhaarige trug einen Schild über der Schulter, die anderen beiden hatten die Schnüre ihrer Steinschleudern um den Unterarm gewickelt.

»Willst du Wasser?«, rief der Grauhaarige, als Kemaq fast bei ihnen war.

Er hatte Durst, aber irgendetwas an der Sache gefiel ihm ganz und gar nicht. Die beiden Jüngeren tauschten Blicke, und einer von ihnen ging weiter hinaus auf die breite Straße. Er versuchte, ihm den Weg zu verstellen!

»Wasser wäre gut«, rief er trotzdem und lief langsam noch näher heran. Er versuchte, sich sein Misstrauen nicht anmerken lassen.

Der Grauhaarige schickte einen der beiden Jüngeren ins Haus, um das Verlangte zu holen, aber der Zweite versuchte unauffällig, die Lederschnur seiner Schleuder vom Handgelenk zu lösen. Das genügte Kemaq – er schlug einen blitzschnellen Haken und rannte hinaus aufs Feld.

»Ihm nach!«, brüllte der Grauhaarige.

Kemaq hetzte über das Feld. Etwas streifte ihn an der Schulter. Ein Stein. Kemaq schlug erschrocken wieder einen Haken. Er blickte zurück. Der Krieger ließ wieder seine Schleuder kreisen, der andere der beiden Jungkrieger verfolgte ihn. Der Mann war schnell. Kemaq beschleunigte. Er war ein Läufer, er würde sich doch wohl nicht von einem Krieger einholen lassen! Ein weiterer Stein zischte an seinem Kopf vorbei. Kemaq biss die Zähne zusammen, seine Zuversicht war dahin. Ein einziger Treffer, und er wäre verloren. Er schlug wieder einen Haken. Ein kleiner Wald lag etwas abseits der Straße. Dort wäre er sicher. Als er darauf zuhielt, bemerkte er dort eine Bewegung, und plötzlich traten drei Krieger mit Speeren hervor. Hinter ihm stieß jemand einen Pfiff aus. »Fangt ihn!«, brüllte der Grauhaarige. »Er hat uns gesehen!«

Kemaq schlug wieder einen Haken. Der nächste Stein verfehlte ihn deutlich, aber er hörte schon den Atem seines Verfolgers, der bei jedem Haken, den er schlagen musste, näher herankam. Die drei Speerträger aus dem Wald waren ausgeschwärmt und schnitten ihm den Fluchtweg ab. Kemaq hetzte weiter und suchte ein Schlupfloch. Er war unbewaffnet, einen Kampf konnte er nicht gewinnen. Plötzlich blieb einer der Speerträger stehen und stieß einen Laut des Schreckens aus. Sein Blick war in den Himmel gerichtet. Kemaq hörte ein schweres Sausen in der Luft. Er wusste, was das war. Die Krieger warfen sich schreiend zu Boden und bargen die Köpfe in den Armen. Kemaq hielt sich nicht damit auf, zurückzuschauen. Es war doch gleich, ob ihn diese Krieger töteten, oder der *Drachen.* Mit einem verzweifelten Satz sprang er über einen der kauernden Krieger hinweg und rannte weiter Richtung Wald.

Nabu zog tief über die Erde hinweg, und Mila hörte die erschrockenen Schreie von Männern.

»Ist es denn nötig, dass du die Indios erschreckst?«, fragte Mila.

»Sie jagen einen Mann, und sechs gegen einen erschien mir einfach nicht gerecht.«

»Vergiss nicht unseren Auftrag, Nabu.«

»Schon gut, Prinzessin«, brummte der Drache und stieg wieder auf. Eine Weile flog er schweigend weiter. Plötzlich leuchtete die Flamme in der Finsternis auf, sie teilte sich, breitete sich aus, und dann sah Mila gar nicht weit entfernt eine Stadt liegen, ein bleiches Flackern auf der dunklen Erde. Und rechts davon erstreckte sich etwas, das sie nicht gleich erkannte. »Was ist das?«, fragte sie staunend.

»Ich würde sagen, wir haben das Heer der Indios gefunden«, meinte Nabu.

»Sind das Zelte?«

»Ja, Prinzessin, und zwar tausende davon.«

Mila schwieg beeindruckt. Ein Meer von Zelten schien sich über die langgezogenen Hügel zu ergießen.

»Wenn du nichts dagegen hast, fliege ich zurück. Pizarro meinte doch, wir sollten uns dem Feind nicht vor der Zeit nähern.«

Mila nickte stumm, auch wenn der Drache das nicht sehen konnte. »Ist er eigentlich entkommen?«, fragte sie.

»Wer?«

»Der Mann, der gejagt wurde.«

»Ich glaube schon. Er ist in einem Wald verschwunden.«

»Das freut mich«, sagte Mila. »Es ist doch schön, wenn wir zur Abwechslung einmal einem Mann in Not helfen.«

»Wie die Ritter in alter Zeit«, meinte Nabu, und es klang ein wenig spöttisch, was Mila eigentlich gar nicht angebracht fand.

Kemaq rastete an einer Quelle und trank in großen Schlucken kaltes Wasser. Der Wald lag ein gutes Stück hinter ihm, und offenbar hatten diese Krieger nicht versucht, ihn zu verfolgen. Kemaq hatte im Dickicht des Waldes nicht sehen können, welcher der fliegenden Götter ihn gerettet hatte. Ob es wieder der blaue gewesen war, jener, der die goldhaarige Fremde trug? Huaxamacs Krieger hatten ihm unterstellt, er würde unter dem Schutz der fliegenden Götter stehen. Das war lächerlich. Einer von ihnen hatte am Frühlingsfluss versucht, ihn umzubringen. Dennoch … der blaue Yaya und seine blinde Reiterin kreuzten immer wieder seinen Weg. Ob das nur Zufall war?

»Hast du dich verlaufen, Chaski? Das ist nicht der Weg nach Tanyamarka.«

Kemaq fuhr herum. »Melap! Wie … wie bist du hierhergekommen?«, fragte Kemaq stotternd.

»Zu Fuß, wie sonst?«, entgegnete der Chachapoya trocken.

»Aber du warst schneller als ich!«, rief Kemaq empört. »Das ist Zauberei!«

Der Chachapoya ging nicht darauf ein: »Mir scheint, deine Beine sind besser als deine Ohren. Nie hörst du auf das, was dir kluge Menschen raten.«

Kemaq runzelte die Stirn. »Ich habe einen Auftrag, Melap. Den werde ich erfüllen.«

»Aber er führt dich nach Caxamalca und zu Atahualpa. Beide solltest du meiden, denn Pachakuti ist eingetreten, die Zeitenwende, die das Ende des Sonnenvolkes bringt.«

»Aber du bist doch selbst auf dem Weg dorthin, Melap!«, rief Kemaq. Er war aufgebracht, weil er das Gefühl hatte, dass der alte Chachapoya ihn verspottete.

Melap sah ihn so durchdringend an, das Kemaq verlegen den Blick senkte. »Ich habe Aufgaben, Kemaq, schwere Aufgaben, die ich erfüllen muss, und bei denen ich dich nicht gebrauchen kann. Verschwinde endlich, geh nach Tanyamarka, denn bist du erst einmal im Lager von Atahualpa, kann ich nur noch wenig für dich tun.«

»Ich will auch gar nicht, dass du etwas für mich tust, Melap«, entgegnete Kemaq trotzig, »ganz im Gegenteil, du willst doch, dass ich etwas für euch tue!«

»Du bist ein Narr, Kemaq aus Tikalaq, und meine Geduld mit dir ist bald am Ende.«

Kemaq zuckte mit den Achseln und rief: »Entweder du sagst endlich, was ihr von mir wollt, oder du verschwindest und lässt mich meinen Auftrag erfüllen.«

Melap starrte ihn kurz an, dann drehte er sich auf dem Absatz um und ging. Kemaq sah ihm nach, bis er hinter einigen Büschen verschwand. Einen Augenblick lang kämpfte er mit sich, dann siegte die Reue. Er lief hinter dem Chachapoya her und rief: »Melap, warte! Es tut mir leid!« Aber Melap antwortete nicht, und als Kemaq nach ihm suchte, konnte er ihn nicht finden.

Mila hatte den Anführern gemeldet, dass Nabu die Zelte vieler tausend Krieger gesehen hatte, eine Meldung, die auf Unglauben stieß. Hernando Pizarro bezweifelte lautstark, dass Drachen zuverlässig schätzen konnten, und sein Bruder Francisco stimmte dem zu und meinte, es käme ohnehin nicht auf die Zahl, sondern auf die Waffen und die Entschlossenheit an. Er verwies erneut darauf, dass Gott mit ihnen sei, und dass man in der Stadt durch Almagros Männer und weitere Drachen verstärkt würde. Sie gaben sich nicht die Blöße, den Gesandten nach der Größe von Atahualpas Heer zu fragen. Mila war inzwischen klar, dass Francisco Pizarro nur versuchte, seinen Männern Mut zuzusprechen. Sie war sich aber nicht sicher, ob ihm das gelang. Jetzt, am Nachmittag, saß sie am Rand des Lagers auf einem Stein, und Ruiz beschrieb ihr die Mauern einer Stadt, die in einiger Entfernung vor ihnen lag. Es war jene, bei der Mila die alte Indio-Frau getroffen hatte.

»Wir stehen gewissermaßen auf den letzten Hügeln des Hochlandes, dann geht es endlich hinab ins Tal, Condesa«, sagte der Waffenknecht. Dann schränkte er ein: »Ich glaube, dieses Tal liegt immer noch einige tausend Fuß höher als die Stadt unten an der Küste, aber genau weiß ich es nicht. Es ist nur ein Gefühl.«

Ein schwacher Duft nach Schwefel wehte heran. »Immer noch mehr als siebentausend Fuß, Comtesse«, sagte der Alchemist, als er näher trat. »Bemerkenswert, dass die Indios in dieser Höhe noch so fruchtbare Felder anlegen, nicht wahr? In der Alten Welt findet Ihr so etwas nicht. Und diese Straße – ich glaube, bessere gibt es in ganz Spanien nicht.«

»Ja, sie vollbringen Erstaunliches«, stimmte Mila zu.

»Bedauerlich, dass nicht alle von uns diese Leistungen sehen, geschweige denn anerkennen«, fuhr der Gelehrte fort.

Mila nahm an, dass er auf die Padres anspielte, und hielt es für klüger, nicht darauf einzugehen. Sie wandte sich an den jungen Kastilier und sagte: »Ich glaube, einige der Riemen auf der rechten Seite von Nabus Geschirr müssen geflickt werden. Das

Leder knarrt dort sehr, und der Sattel scheint immer ein wenig nach links zu rutschen. Geh doch bitte und sieh, was du da tun kannst.«

Ruiz trollte sich. Er sagte zwar nichts, aber Mila konnte seinen Mangel an Begeisterung spüren. Eigentlich hätte er selbst merken müssen, dass das Geschirr geflickt werden musste, aber er war nicht der Mann, dem etwas auffiel, was Arbeit nach sich ziehen konnte.

»Ihr solltet vorsichtiger sein, Meister Albrecht. Wenn den Priestern Eure Worte zu Ohren kommen, kann Euch das sehr schaden«, sagte sie, als Ruiz gegangen war.

»Wirklich? Ich gebe nicht viel darauf, was diese Männer sagen, Comtesse. Ich glaube, einige von denen wollen immer noch glauben, dass die Welt eine Scheibe ist, auch wenn sie mit ihren Füßen auf dem Beweis des Gegenteils stehen.«

Mila lächelte. »Seid Ihr nur zu mir gekommen, um Euch über unsere Priester zu beschweren, Meister Albrecht?«

»Wie? Nein, natürlich nicht, verzeiht, dass ich meinem Unmut in Eurer Gegenwart Luft mache. Aber Ihr werdet sicher verstehen, Comtesse, dass der negative Einfluss, den Pater Valverde auf die Entscheidungen der Pizarros hat, mich nicht kaltlassen kann.«

»Es ist Euch also nicht gelungen, Don Francisco umzustimmen? Das darf Euch nicht wundern. Er verfolgt seine eigenen Ziele«, erklärte Mila.

»Das ist leider nur zu wahr. Aber lassen wir das, denn es ist für einen Wissenschaftler nicht gut, sich zu ärgern, trüben Gefühle doch den Blick auf das Wesentliche. Ich würde gern Eure Meinung zu einem Punkt hören, der mich die vergangene Nacht nicht schlafen ließ, Comtesse.« Er legte eine kurze Pause ein, dann fuhr er fort: »Tamachoc, dieses Wort, genauer, die letzten beiden Silben, *achoc* – geht es nur mir so, oder hört auch Ihr da eine große Ähnlichkeit zu *Azoth*?«

Mila dachte darüber nach, dann antwortete sie: »Das kann

auch nur ein Zufall sein, Meister Albrecht. Ich habe hier schon viele Worte gehört, die auf *choc* oder ähnlich enden.«

»Wirklich? Nun, Ihr kennt diese Sprache besser als ich, und doch, es passt einfach zu gut, Comtesse. Die Hinweise verdichten sich, wenn Ihr so wollt; die Regenschlange, Tamachoc, das könnte uns wirklich zum Azoth führen, wenn es tatsächlich die Mutter der Drachen war, die den Stein über das Meer forttrug, wie die Legende sagt.«

Mila runzelte die Stirn. Sie hatte mit Nabu darüber gesprochen, und der hatte etwas gesagt, das ihr jetzt wieder in den Sinn kam: »Verzeiht, Meister Albrecht, aber warum sollte Tamachoc, der doch den Regen bringt, in Verbindung stehen zu den Drachen, die Wesen des Feuers sind?«

Sie konnte förmlich spüren, wie tief der Einwand den Gelehrten traf. Schließlich sagte er zögernd: »Wer weiß, was diese Indios ihm andichten? Außerdem, Feuer und Wasser sind Gegensätze, so wie es Männer und Frauen in gewisser Weise doch auch sind, ja, vielleicht … aber nein, Ihr habt Recht, ich darf keine vorschnellen Schlüsse ziehen. Ich werde es einfach als weiteren Hinweis werten, nicht mehr, aber auch nicht weniger.« Er klang enttäuscht. »Es tut mir übrigens auch besonders für Euch leid, Comtesse, dass wir diesen Hinweisen vorerst nicht weiter nachgehen können.«

»Für mich?«

»Nun, ich habe Euch doch erzählt, dass der Azoth sehr mächtig ist und dass man die Panacea, die allheilende Medizin, aus ihm gewinnen kann. Seid Ihr nie dem Gedanken nachgegangen, dass dies auch Euch zugutekommen könnte?«

Mila runzelte die Stirn. Meinte der Gelehrte etwa … Ihre Gedanken stockten. Das war unvorstellbar! Redete der Mann etwa davon, dass ihr diese Medizin die Blindheit nehmen könnte? Bislang hatte sie sich nie entscheiden müssen, ob sie den Azoth für ein Hirngespinst oder für ernsthafte Wissenschaft halten sollte. Aber wenn dieses Hirngespinst Heilung versprach? Bis vor Kurzem hatte sie sich gar nicht als blind empfunden, denn da hatte sie doch nichts anderes gekannt als die Dunkelheit, und ihre übrigen Sinne waren so scharf, dass sie immer bestens zurechtgekommen war. Jetzt jedoch hatte sie das Licht gesehen, blass, flackernd, schwach, aber so viel besser als die ewige Nacht. Sie atmete tief durch. Dann spürte sie Zorn: Der Alchemist hatte nicht das Recht, ihr Heilung in Aussicht zu stellen, nicht, solange er nicht mehr als ein paar alte Legenden und vergessene Götter anführen konnte, um seine Behauptungen zu beweisen. Langsam sagte sie: »Ihr seid sehr kühn in Euren Schlussfolgerungen, Meister Albrecht. Ich bin keineswegs überzeugt, dass Ihr das, was Ihr sucht, in Tanyamarka finden werdet, denn wenn es dort wäre, dann müssten die Menschen, die schon so lange in dieser Stadt leben, es doch kennen und selbst verwenden.«

»Nun, vielleicht tun sie das, denn der Reinheitsgrad des Silbers weist darauf hin.«

»Ein Hinweis, Meister Albrecht, mehr nicht, denn was sollen reines Silber und Eure Medizin miteinander zu tun haben? Haben wir nicht in Chan Chan gehört, dass eine schreckliche Seuche dieses Land heimgesucht hatte? Wo war denn da Eure allheilende Medizin? Und jetzt entschuldigt mich, ich will sehen, wie weit Ruiz mit dem Geschirr ist.«

»Was ist denn mit dir los?«, fragte Nabu, als sie zu ihm kam. Ruiz saß etwas abseits auf einem Stein. Sie hörte ihn leise fluchen, also arbeitete er vermutlich.

»Nichts«, entgegnete sie.

»Du ziehst aber ein Gesicht, das zu einer Prinzessin nicht besonders gut passt.«

»Comtesse«, entgegnete sie wütend. Dann seufzte sie. »Entschuldige bitte, es ist dieser Gelehrte. Er glaubt, dass Tamachoc ein weiterer Hinweis auf den viel gesuchten Azoth ist.«

»Davon habe ich gehört«, entgegnete Nabu. »Stell dir vor, er hat sich in dieser Frage an Ianus, und weil dieser nicht mit ihm reden wollte, an Marduk gewandt.«

»An Marduk?«, fragte Mila erstaunt.

»Ja, ich glaube, er sucht Verbündete, um Pizarro umzustimmen.«

»Bei mir hat er es auch versucht!« Jetzt war sie wirklich wütend. Hatte er ihr etwa nur von diesem Allheilmittel erzählt, damit sie bei Pizarro ein gutes Wort für ihn einlegte? Es war unfassbar. Merkte er nicht, dass er damit etwas sehr Empfindliches berührte?

»Das ist allerdings seltsam«, meinte Nabu nachdenklich. »Den Anführer der Drachen auf seiner Seite zu haben, ist sicher hilfreich, aber was verspricht er sich von deiner Unterstützung?«

Mila schnappte nach Luft: »Willst du damit etwa sagen …«

»Nein«, erwiderte Nabu mit einem leisen Lachen. »Ich nehme dich nur auf den Arm, um dich von dieser ungesunden Wut zu befreien.«

»Schönen Dank!«, rief sie. »Ich hoffe, Marduk hat ihm ordentlich die Meinung gesagt.«

»Ganz im Gegenteil, Prinzessin. Er hat ihm zugehört, ihm aber nicht einmal eine Antwort gegeben. Da muss dem Stinker schon etwas Besseres einfallen, wenn er Hilfe von einem Drachen erhalten will.«

»Bei Behemoth ist ihm wohl etwas eingefallen«, gab Mila spitz zurück. Sie war immer noch so aufgebracht, dass sie ganz vergessen hatte, dass der Drache gar nicht weit entfernt war.

Behemoth schnaubte, und Mila errötete.

Der Drache erhob sich und sagte mit einem tiefem Grollen: »Es war etwas, worum Balian mich dringend bat.« Dann schnaubte er noch einmal, streckte sich und stapfte davon. Mila hörte, dass er noch einmal stehen blieb und sagte: »Es wird auch nicht wieder geschehen.«

»Was hatte nun das zu bedeuten?«, fragte Mila leise. Sie spürte die Erschütterungen des Bodens, als Behemoth sich ein gutes Stück entfernt schwerfällig wieder niederließ.

»Marduk hat ihm ein paar Worte in dieser Angelegenheit gesagt, und selbst sein Freund Nergal war angewidert von Behemoths Einverständnis, den Alchemisten zu tragen.«

»Und er hat es sich zu Herzen genommen?«, fragte Mila.

»Behemoth? Bestimmt nicht. Ich glaube nicht, dass irgendetwas auf dieser Welt noch seine dicken Schuppen durchdringt und sein Innerstes erreicht.«

»Das klingt beinahe, als würdest du ihn bedauern.«

»Gewiss nicht, Prinzessin. Eigentlich will ich dich vor ihm warnen. Er mag träge und gleichgültig wirken, doch das ist nur die Oberfläche. Er ist ein Drache, und tief in ihm brennt noch das alte Feuer. Du solltest nicht in seiner Nähe sein, wenn all die angestaute Wut aus ihm herausbricht.«

Die Reihe der Zelte schien kein Ende nehmen zu wollen. Sie bedeckten den ganzen Hügel oberhalb jener heißen Quellen, die der Grund dafür waren, dass der Sapay Inka hier ein großes Haus errichtet und jetzt sein Lager aufgeschlagen hatte. Die Zahl der Krieger erschien Kemaq unglaublich. Noch nie hatte er so viele Menschen auf einem Haufen gesehen. Es war ein ziemliches Durcheinander, wenigstens auf den ersten Blick: die Zelte, die Lagerfeuer, die Männer, die mit Aufträgen hin und her eilten, in Gruppen beisammensaßen, ihre Waffen pflegten oder ihre Schilde und Rüstungen flickten. Aber Kemaq spürte, dass es eine Ordnung gab, die alldem zugrunde lag, eine strenge Ordnung, die jedem Menschen auf diesem Hügel, der einem Ameisenhaufen ähnelte, seinen genauen Platz zuwies. Und an der Spitze dieser Ordnung stand der göttliche Sapay Inka. Kemaqs schwache Hoffnung, Atahualpa wenigstens sehen zu können, war schon lange zerstoben. Er stand vor einem Befehlshaber, dem dritten nun schon, der sich Huaxamacs Botschaft Wort für Wort aufsagen ließ.

»Und er bringt wirklich nicht mehr Krieger?«, fragte der Hauptmann. Sein langes Haar war grau. Kemaq hielt ihn für einen Inka.

»Nein, Herr«, wiederholte Kemaq und setzte ungeduldig hinzu: »Du wirst ihn bald selbst fragen können, Herr, denn in der Zeit, in der ich hier von einem zum anderen geschickt werde, könnte er eigentlich schon fast eingetroffen sein.«

»Wo, sagtest du noch gleich, hast du diese sechs Männer getroffen?«, fragte der Hauptmann. Er ließ sich von Kemaqs Ungeduld offenbar nicht beeindrucken.

»An einem Chaskiwasi, keine zwei Stunden von hier, Herr.«

»Und es waren nur sechs? Waren vielleicht noch andere in der Nähe, vielleicht versteckt?«

»Wenn, dann waren sie so gut versteckt, dass ich sie nicht sah, Herr«, antwortete Kemaq. Er hatte den fliegenden Gott noch mit keinem Wort erwähnt. Er musste an das denken, was die Krieger aus Huaxamacs Schar gesagt hatten: dass er nicht in der Gunst Intis, sondern in der der fremden Götter stehen würde. Er zog es vor, seine Rettung als das Werk Tamachocs zu betrachten. Aber auch das konnte er dem Hauptmann nicht sagen. Dieser hob eine Augenbraue. Kemaq war sich nicht sicher, ob er Missbilligung oder Belustigung im Antlitz des Inka las. Oder war es vielleicht beides? »Was denkst du über diese Krieger, Chaski?«, fragte der Hauptmann.

Kemaq war verblüfft, denn bislang war er nach vielem, aber noch nicht nach seiner Meinung gefragt worden. »Ich weiß nicht, Herr«, antwortete er vorsichtig.

»Ich habe dir auch nicht unterstellt, etwas zu wissen, ich will erfahren, was du über die sechs denkst, Läufer.«

»Ich?«

»Du hast sie gesehen, ich nicht. Also?«, fragte der Hauptmann.

Kemaq zögerte – war es vielleicht eine Falle? Langsam sagte er: »Ich dachte erst, es wären Späher dieses Heeres, doch dazu schienen sie mir eigentlich zu schwer bewaffnet. Deshalb können sie wohl auch keine Späher eines Feindes sein. Und von welchem Feind auch? Atahualpas Bruder Huáscar ist besiegt und gefangen, wenn wahr ist, was man sich überall erzählt, und die

Fremden reiten auf den Ankay Yayakuna, und die können fliegen. Warum sollten sie also Krieger zu Fuß schicken?«

»Du hast die fliegenden Götter gesehen?«, fragte der Hauptmann und wirkte mit einem Mal beeindruckt.

»Ja, Herr, in Chan Chan, bei der Schlacht, aber auch schon vorher«, erwiderte Kemaq vorsichtig.

»Und ist es wahr, dass sie Feuer atmen und hundert Männer auf einmal verschlingen können?«

»Nicht atmen, Herr, es ist eher, als würden sie es ausspeien. Und ich habe nicht gesehen, dass auch nur einer von ihnen einen Menschen gefressen hätte, Herr.«

Der Hauptmann nickte zufrieden. »Ich hatte gehofft, dass es Übertreibungen sind, aber es ist gut, es von jemandem zu hören, der diese Götter mit eigenen Augen gesehen hat. Ich werde dafür sorgen, dass der Sapay Inka von dir erfährt, vielleicht hat er eine Belohnung für dich. Du kannst jetzt gehen, Chaski, einer meiner Unterführer wird dir ein Zelt zuweisen, in dem du ruhen kannst. Leider kann ich dir keine Stärkung außer Wasser anbieten, denn Atahualpa Inka hat ein allgemeines Fasten angeordnet.«

»Ein Fasten?«, fragte Kemaq unglücklich.

»Bis die Fremden hier sind. Es wird helfen, unsere Seelen zu reinigen.«

Als Kemaq sich zurückziehen wollte, rief ihm der Inka hinterher: »Eines noch, Läufer. Diese sechs Männer: Ich will, dass du niemandem von ihnen erzählst, verstanden?«

»Ja, Herr«, erwiderte Kemaq und fragte sich, warum das dem Hauptmann so wichtig war.

»Es wäre ein Leichtes für uns, noch heute diese Stadt zu erreichen«, rief Nabu gegen den Wind.

Sie waren in der Luft. Nergal flog voraus, Behemoth und Nabu bildeten die Flanken. Don Mancebo war auf Ianus nach Süden unterwegs, um sicherzustellen, dass in ihrem Rücken keine Gefahr drohte.

»Wir haben unsere Befehle«, rief Graf Tassilo zurück, und sein Drache Nergal zischte dazu, als wolle er es unterstreichen.

»Befehle«, brummte Nabu.

»Du wirst die Stadt schon bald wieder zu sehen bekommen«, meinte Mila und klopfte ihm auf den Hals.

»Ich frage mich, ob wenigstens dort ein paar Leute sind. Und damit meine ich nicht dieses Heer auf den Hügeln. Diese verlassenen Städte haben etwas Bedrückendes, Prinzessin.«

»Du hast Recht«, erwiderte sie. Es war wirklich so. Sie waren zu Fuß durch die Stadt gelaufen, an deren Tor sie die alte Frau getroffen hatten. Die Stille war gespenstisch gewesen, und als die Spanier einmarschiert waren, mit dem schweren Tritt ihrer Stiefel, dem Hufgeklapper ihrer Pferde und dem Rumpeln der Kanonen, war die Verlassenheit nur noch deutlicher zu spüren gewesen. Mila war froh, dass sie diese Stadt nun hinter sich gelassen hatten. Allerdings war sie mit ihrem neuen Auftrag unzufrieden. Sie sollten das Land erkunden, sich aber von Caxamalca fernhalten. Pizarro hatte ihnen geradezu verboten, die Stadt auszukundschaften, und der Hochmeister hatte dem zugestimmt, ohne dass einer der beiden es für nötig hielt, die Gründe dafür zu erklären. Mila vermutete, dass Pizarro nicht wollte, dass andere ihre Meldung über das große Lager der Indios bestätigten, denn er hatte sich nach Kräften bemüht, die Zahl des Feindes kleinzureden. Und offenbar hatte ihr Großonkel beschlossen, ihn darin zu unterstützen.

»Tassilo gibt das Zeichen, Prinzessin«, rief Nabu jetzt und riss sie damit aus ihren Gedanken.

»Das wurde auch Zeit«, antwortete sie. Sie winkte zur Antwort in die Richtung, in der sie Nergal und den Tressler vermutete, dann schwenkte Nabu nach Osten.

»Es war klug von dir, uns die rechte Flanke einnehmen zu lassen, Prinzessin«, rief Nabu.

»Ich weiß«, erwiderte Mila lächelnd. Rechts ging es nach Osten – irgendwo dort musste die Stadt Tanyamarka liegen, irgendwo am Fuß der Berge, vor denen sie die Chachapoya-Frau gewarnt hatte. Pizarro hatte ihr zwar verboten, Caxamalca zu erkunden, von Tanyamarka hatte er jedoch nichts gesagt. Es war Nachmittag, und die Sonne hatte die dünne Luft erwärmt. Nabu flog so tief wie möglich, um Kraft zu sparen, und nach einer Weile ließ er sie an dem teilhaben, was er sah. »Wenn du erlaubst, werde ich diese kleinere Bergkette voraus südlich umfliegen, Prinzessin.«

»Natürlich«, antwortete sie. Aus dem grauen Flammenbild ragten einige nackte Bergrücken auf, aber nach Osten hin schien die Hochebene nicht so sehr anzusteigen. Sie kamen rasch voran, und Nabu schien es mit einem Mal eilig zu haben.

»Du fliegst sehr schnell, Nabu«, rief Mila, besorgt, dass seine Kräfte sich erschöpfen könnten.

»Es ist zwar Sommer, Prinzessin, aber die Tage hier sind trotzdem kurz, viel kürzer als in Spanien. Ich will sehen, dass wir möglichst weit kommen, bevor die Nacht anbricht und die Aufwinde verschwinden.«

»Was ist das dort vorn für ein Einschnitt, Nabu?«, fragte Mila. Das Bild war sehr unruhig. Jetzt flackerte es auf, die Flammen wurden schwächer, und die Dunkelheit kehrte zurück.

»Entschuldige, Milena. Vielleicht später wieder«, rief der Drache und fuhr fort: »Das ist ein Flusslauf, und ich denke, wir sollten ihm folgen, denn er fließt nach Osten und nicht nach Westen. Wer weiß, vielleicht führt er uns sogar auf die andere Seite der hohen Bergkette.«

Mila stimmte zu. Sie hatte diese Berge gesehen. Das ganze weite Hochtal lag zwischen zwei riesigen Bergketten mit schneebedeckten Gipfeln. Die westliche hatten sie überquert, vor der östlichen waren sie gewarnt worden. Aber gerade das zog Mila magisch an. Warum wollte die Indio-Frau nicht, dass sie sich *ihren* Bergen näherten?

Nach kurzer Zeit meldete Nabu, dass der Fluss, dem sie gefolgt waren, in einen anderen mündete, der nach Norden floss.

»Also geht es nicht über die Berge?«, fragt Mila enttäuscht.

»Jedenfalls nicht hier, Prinzessin, aber auch dieser Fluss muss die Berge doch irgendwann hinter sich lassen. Und mein Gefühl sagt mir, dass er nicht in den Stillen Ozean mündet.«

Der Fluss hatte sein Bett tief in die Felsen gegraben, und Nabu folgte seinem geschlängelten Verlauf. »Es geht viel besser hier unten. Hier haben meine alten Schwingen wieder Luft, in die sie greifen können«, erklärte der Drache, und er ließ Mila wieder sehen. Der Fluss schlängelte sich durch ein sandiges Bett, und von den Bergen kamen viele kleine Flüsse und Bäche, die ihn mit Wasser speisten. Sie fanden Seitentäler, in denen Felder und kleine Siedlungen lagen, und einmal hörte Mila Menschen aufschreien, als sie eines dieser Dörfer überflogen. Offenbar hatte man sie entdeckt.

»Die Sonne geht bald unter, Prinzessin«, sagte Nabu etwas später.

Mila wandte sich nach Westen. Nabu hatte die Verbindung inzwischen wieder aufgelöst, aber sie spürte die Strahlen der Sonne noch auf dem Gesicht. »Eigentlich ist es kein Wunder, dass diese Menschen einen Sonnengott verehren, Nabu«, sagte sie.

»Nein, ein Wunder ist es nicht. Es ist schade, dass ich dir keine Farben zeigen kann. Der Himmel sieht wirklich prachtvoll aus. Darf ich dir etwas vorschlagen, Prinzessin?«

»Natürlich, Nabu.«

»Wir sollten uns hier einen Lagerplatz für die Nacht suchen, irgendwo auf einem dieser etwas niedrigeren Bergrücken.«

»Wir werden aber im Lager erwartet, Nabu.«

»Bist du eine Dienstmagd oder Ritter eines Ordens, Milena?«, fragte der Drache. »Dieser Fluss ist es wert, ihm weiter zu folgen, wenigstens, bis wir sicher wissen, dass er uns einen Weg ins Land jenseits der Berge bietet. Diese Entdeckung sollte es dir wert sein, einen Streit mit den Pizarros zu riskieren.«

»Mein Großonkel wird sich aber Sorgen machen«, entgegnete Mila, schon mehr als halb überzeugt.

»Daran ist er gewöhnt«, rief ihr Nabu trocken ins Gedächtnis. Er stieg in größere Höhen.

»Was machst du?«, fragte Mila.

»Ich halte Ausschau nach einem geeigneten Platz für die Nacht. Er sollte nicht zu nahe an einer Siedlung liegen, denn ich will keinen nächtlichen Besuch. Und ein wenig Wald wäre gut, denn du wirst ein Feuer brauchen. Ah, dort, das sieht gut aus.«

Mila spürte, wie sie schnell an Höhe verloren. Dann setzte der Drache auf, und plötzlich wich die Dunkelheit, und die verwaschenen, flackernden Flammen vor ihrem Inneren Auge zeigten Mila einige verkrüppelte Bäume, einen Platz, der groß genug war für sie beide, und rund um diesen steilen Hügel herum die hohen Berge, die den Fluss weit überragten. Weit und breit gab es kein Anzeichen für menschliche Besiedlung. Dennoch hatte Mila plötzlich das ungute Gefühl, dass sie beobachtet wurden.

Kemaq streunte durch das Lager. Es war inzwischen dunkel geworden, und Nebel stieg aus der Ebene auf. Er nahm an, dass Huaxamac mit seinem Bruder und den anderen Männern aus Tikalaq längst eingetroffen war, aber er verspürte wenig Sehnsucht nach ihnen und sah keine Veranlassung, nach ihnen zu suchen. Er stieß auf einige Lagerfeuer, an denen fast ausschließlich Marachuna saßen. Erfreut, Männer von seinem Volk anzutreffen, lief er näher heran, doch bevor er die Krieger erreichte, wurde er aus dem Schatten eines Zeltes heraus angesprochen: »Du bist störrisch wie ein Lama, Chaski.«

Kemaq blieb stehen und starrte in die Dunkelheit. Der Sprecher trat aus den Schatten. Es war der alte Melap.

»Komm mit, wir unterhalten uns etwas abseits der Lagerfeuer«, sagte der Tempeldiener und zog ihn am Arm hinter sich her.

Kemaq sah den Alten misstrauisch an. Es war zu dunkel, um seine Gesichtszüge zu erkennen. »Was willst du von mir, Melap?«, fragte er endlich.

»Hier wird es jetzt jeden Tag gefährlicher, denn die Fremden werden bald hier sein, Chaski. Ich bin immer noch der Meinung, dass du nicht hier sein solltest, und Pitumi ist es auch.«

»Pitumi – du hast sie getroffen?«

Der Chachapoya ging nicht auf diese Frage ein. »Diese Stadt, dieses Lager, das ist ein Ort für Krieger, nicht für Läufer, Chaski. Du wirst doch nicht vorhaben, in der unvermeidlichen Schlacht zu kämpfen, oder?«

Kemaq schüttelte den Kopf und hoffte, dass diese Schlacht eben nicht so unvermeidlich war, wie der Alte glaubte.

Dieser sagte jetzt: »Du weißt es vermutlich nicht, aber inzwischen gibt es schon erste Krieger, die das Heer verlassen. Du solltest ihrem Beispiel folgen.«

»Sie fliehen? Sie lassen den Sapay Inka im Stich?«, fragte Kemaq erstaunt. Plötzlich begriff er, was es mit den sechs Männern auf sich hatte, die er am Chaskiwasi getroffen hatte: Sie waren geflohen. Deshalb wollte der Hauptmann nicht, dass er jemandem von ihnen erzählte. Und sie hatten ihn zum Schweigen bringen wollen, damit er sie nicht verriet. Kemaq schauderte, weil ihm klar wurde, dass ihn bei der falschen Antwort der Hauptmann vielleicht hätte töten lassen.

Melap schwieg einen Augenblick, dann sagte er: »Pachakuti rückt jeden Tag näher. Die Zeit der Inka endet, Atahualpa sammelt seine Truppen vergeblich. Er wird untergehen.«

»Dann werden die Fremden die Herrschaft an sich reißen?«, fragte Kemaq verunsichert.

»Vielleicht, Chaski, vielleicht. Aber vielleicht gibt es auch einen dritten Weg, einen Weg für Chachapoya und Marachuna, der sie aus der Herrschaft des einen Herrschers herausführt, ohne sie in die eines anderen hineinzuführen. Und es kann gut sein, dass sie für diesen Pfad schnelle Beine brauchen, Chaski.«

»Aber was habe ich damit zu tun? Ich bin nur ein einfacher Läufer!«, rief Kemaq.

»Du glaubst an Tamachoc, und deine Wurzeln liegen in Tanyamarka, und deshalb erwartet dich Pitumi dort.«

»Pitumi ist in Tanyamarka?«, fragte Kemaq. Er hatte in den vergangenen Tagen oft an sie gedacht.

Melap überlegte einen Augenblick. Dann sagte er langsam, als müsse er Wort für Wort auf seine Richtigkeit überprüfen: »Noch nicht. Sie ist auf dem Weg. Aber sie wird aufgehalten. Am Fluss.«

Mila hielt die Hände ans prasselnde Feuer. Sie hatte unter Nabus Anleitung Holz gesammelt und von den verkrüppelten Bäumen gebrochen. Nabu hatte sich ganz prächtig darüber amüsiert, dass seine blinde Reiterin in ihrer schweren Rüstung nach seinen Anweisungen durchs Unterholz gestolpert war. Dann hatte er das Feuer mit dem Hauch einer Stichflamme entzündet. Sie fragte sich, wie lange es brennen würde. Nabu hatte sich halb zusammengerollt, und sie fühlte seine Wärme und hörte seinen mächtigen, ruhigen Herzschlag. Nebel zog vom Fluss herauf. Das spürte sie, ohne dass Nabu es ihr zeigen oder sagen musste. Verglichen mit der dünnen Luft der Hochebene war die Luft hier schwer von Feuchtigkeit. Sie hätte gerne den eisernen Harnisch abgelegt, aber Nabu erlaubte es nicht. Sie lauschte auf die Geräusche der Nacht. Zikaden sangen unten am Fluss, und unbekannte Vögel ließen ihre dunklen Rufe hören. Es klang friedlich. Ihr fiel wieder auf, wie fremd dieses Land doch war. Nabu gähnte herzhaft.

»Glaubst du, wir sind hier sicher?«, fragte sie.

»Ich möchte den sehen, der so dumm ist, sich mit einem Drachen anzulegen«, erwiderte Nabu. »Schlaf ruhig, Prinzessin, hier oben kann dir nichts geschehen.«

Mila träumte von den bleichen Flammen, sie schienen nach ihr zu greifen, sie verschlingen zu wollen. Ein warnendes Knurren weckte sie. Sie schreckte hoch. Sofort spürte sie die Feuchtigkeit dichten Nebels. Nabu knurrte wieder leise und hob den Kopf. Offenbar erkannte er eine Gefahr. »Was ist denn los?«, fragte sie flüsternd und griff nach ihrem Stab.

»Da kommt jemand«, erwiderte er.

Jetzt hörte auch Mila leise Schritte im Unterholz. »Vielleicht ein Tier?«, fragte sie unsicher.

»Das gefährlichste von allen«, antwortete Nabu. »Ein Mensch.«

Mila lauschte auf die Schritte. »Er schleicht sich nicht an«, stellte sie fest. »Ein Indio, jedenfalls niemand, der schwere Stiefel trägt«, fügte sie hinzu.

Die Schritte kamen rasch näher. Mila hörte, wie einige Äste zur Seite gebogen wurden.

»Lege Holz ins Feuer, Prinzessin, ich will sehen, mit wem wir es zu tun haben«, meinte Nabu.

Mila tastete nach dem Holz. Viel war es nicht. Sie warf einige Äste in die Glut und erhob sich. Den Stab hielt sie kampfbereit, die Hand über dem Mechanismus, der die Klinge hervorspringen ließ.

»Ah, du bist es«, sagte der Drache überrascht, als die Schritte stehen geblieben waren.

»Wer?«, fragte Mila.

»Ich habe euch gewarnt«, sagte eine klare Stimme.

»Pitumi?«, fragte Mila ungläubig.

»Warum seid ihr hier? Sollte euresgleichen nicht nach Caxamalca ziehen?«, fragte die Indio-Frau feindselig.

»Sag dem Weib, dass wir dahin gehen, wohin wir wollen, Prinzessin«, knurrte Nabu nach Milas hastiger Übersetzung.

»Was gibt es in Tanyamarka, was du vor uns verbergen willst?«, fragte Mila stattdessen. Pitumi hatte die Stadt nicht erwähnt, aber demzufolge, was der Alchemist gesagt hatte, lag sie am Fuß der Chachapoya-Berge.

Pitumi schwieg einen Augenblick, dann sagte sie mit kalter Stimme: »Etwas, das euch nicht gehört. Etwas, das ihr nicht verstehen und dessen wahren Wert ihr nicht erkennen könnt. Ihr habt die Grenze unseres Landes erreicht. Wenn ihr diesen Fluss überquert, werden viele von euch sterben. Haltet Euch fern!«

Mila dachte nach. Sie kannte den Alchemisten mit seiner unersättlichen Neugier, und sie kannte Pizarro in seiner Skrupellosigkeit. Da diese Männer ahnten, dass es in Tanyamarka etwas von Wert gab, würden sie sich von ein paar Indios nicht aufhalten lassen. Sie sah jedoch keine Veranlassung, dieser Indio-Frau, die hier in der Nacht erschien und ihr drohte, irgendetwas von diesen Gedanken mitzuteilen. Ihr Stolz meldete sich, und sie erklärte: »Ich reite auf einem Drachen, Pitumi. Weder dieser Fluss noch die Berge können uns aufhalten, und schon gar nicht deine Drohungen. Wir haben gegen dein Volk auf dem Schlachtfeld gekämpft und gesiegt. Wir fürchten euch nicht.«

Pitumi lachte leise. »Gegen mein Volk? Ihr habt gegen Inka, Chimú und Yunga gekämpft, doch noch nicht gegen Chachapoya.«

Dann verstummte sie, und Nabu schnaubte verblüfft.

»Was ist los, Nabu?«, fragte Mila flüsternd.

»Sie ist weg«, erwiderte er.

»Ich höre aber ihre Schritte nicht«, wandte Mila leise ein.

»Ich auch nicht. Sie ist einfach im Nebel verschwunden.«

Jetzt knackte doch etwas im Wald. Wieder, lauter und näher. Dann brach ein Ast.

»Was ist das, Nabu?«, fragte Mila besorgt.

Holz knarrte, als würde es lange, ganz lange gebogen. Plötzlich zerbrach es. Vögel stoben auf, und der ganze Wald raschelte, wie von einem überraschenden Windstoß, aber es herrschte Windstille auf dem Hügel. Mila spürte ein Zittern, das durch den Boden lief.

»Steig auf, Mila«, zischte Nabu leise. »Schnell!«

Wieder knarrten Bäume, als würden sie von einem großen Tier zur Seite gebogen, aber sie schienen weit voneinander entfernt zu stehen. Was immer dort im Wald war, es musste gewaltig sein. Oder waren es mehrere Wesen, die durch die Nacht schlichen? Mila tastete nach den Riemen von Nabus Gurten. Der Boden unter ihren Füßen bewegte sich plötzlich, als würde eine Schlange erwachen. Mit einem erschrockenen Schrei schwang

Mila sich auf Nabus Rücken, und keine Sekunde später waren sie in der Luft.

Nabu strebte rasch in höhere Lagen, und Mila sicherte mit zitternden Händen die Gurte.

»Was war das, Nabu, was war das nur?«

»Eine Täuschung«, erwiderte Nabu heiser. »Irgendein Trick dieser Frau. Vielleicht waren es auch mehrere Indios, die sich dort versteckt hatten.«

»Aber der Boden, er hat sich bewegt.«

»Das hast du dir nur eingebildet, Prinzessin«, behauptete der Drache mit wenig Überzeugungskraft.

20. Tag

Im Morgengrauen meldeten die Wachposten, dass sie in einiger Entfernung, noch jenseits von Caxamalca, einen ungewöhnlich großen Kondor gesehen hätten. Er sei sehr tief über die Felder Richtung Süden geflogen. Sofort geisterte das Gerücht durch das Lager, es sei gar kein Kondor, sondern einer der fliegenden Götter der Fremden gewesen, und es beunruhigte die Krieger besonders, dass er von Norden gekommen war, denn sie erwarteten den Feind doch von Süden. Kemaq hörte die Gerüchte, und die Huanca-Krieger, mit denen er das Zelt teilte, fragten ihn nach seiner Meinung. Irgendwie hatte sich bis zu ihnen herumgesprochen, dass er die fremden Götter mit eigenen Augen gesehen hatte. Seitdem waren sie wesentlich freundlicher zu ihm. Kemaq gab sich ausweichend und sagte nur: »Meines Wissens gibt es in unseren Bergen immer noch mehr Kondore als Ankay Yayakuna.« Danach verließ er das Zelt mit der Behauptung, er müsse nach seinem Bruder suchen. Vor dem Zelt erlebte er eine Überraschung, denn einige Krieger hatten dort gelagert. Jetzt erhoben sie sich und sahen ihn erwartungsvoll an. Es waren Marachuna, Männer seines Volkes, und einer von ihnen fragte: »Bist du der Chaski, der schneller läuft als die Götter?«

Kemaq hatte nicht die leiseste Ahnung, was er darauf erwidern sollte. Es war sein Bruder Qupay, der ihn aus dieser Verlegenheit befreite. »Niemand ist schneller als die Götter, Mann!«, herrschte er den Krieger an. »Und du, Läufer, komm, denn Huaxamac will dich sehen.«

Kemaq war trotz dieses Befehlstons selten so froh gewesen, seinen Bruder zu treffen. »Ich danke dir«, sagte er schlicht.

Qupay schnaubte nur zur Antwort. Er schien schlecht gelaunt zu sein.

»Was will Huaxamac von mir?«, fragte Kemaq weiter.

»Wirst du schon sehen«, erwiderte sein Bruder einsilbig, weshalb Kemaq annahm, dass Qupay es selbst nicht wusste.

Die Sonne war bereits aufgegangen, als Nabu meldete, dass er die Feuer von Pizarros Lager im Morgendunst sehen konnte. Mila zuckte in ihrem Sattel zusammen. Sie war übermüdet, denn viel hatte sie in der vergangenen Nacht nicht geschlafen. Noch immer saßen ihr die Schrecken der unheimlichen Ereignisse in den Knochen. Sie versuchte, die Müdigkeit abzuschütteln. »Sie sind noch nicht aufgebrochen?«, fragte sie.

»Nein, das nicht, aber ich nehme an, dass sie sich für den Marsch vorbereiten. Sehen kann ich es allerdings nicht, denn es hängt ein zäher Nebel über dem Boden. Halte dich fest, wir landen.«

Der Drache legte sich sanft auf die Seite, um in einer engen Kurve die Landung einzuleiten. Plötzlich gab es einen leisen Knall, und der Sattel geriet ins Rutschen. Mila schrie auf, und noch während sie schrie, knallte es wieder leise, und der Sattel begann sich vom Rücken des Drachen zu lösen.

»Die Riemen«, schrie Mila und griff in Panik nach dem Geschirr.

Nabu keuchte erschrocken auf, und mit raschem Flügelschlag brach er den Sinkflug ab. Doch durch die schnelle Bewegung wurde das Geschirr nur noch mehr beansprucht, und die Riemen stöhnten, als das Gewicht der schwer gerüsteten Mila an ihnen zerrte. Sie presste sich so dicht wie möglich an den Leib des Drachen. Sie konnte fühlen, wie das Geschirr immer weiter nachgab. »Der Sattel, er rutscht«, rief sie.

»Dann halt dich an meinen Schultern fest!«, antwortete der

Drache, und er schlug jetzt fast gar nicht mehr mit den Flügeln. Mila erkannte, dass sie schnell tiefer sanken, aber sie spürte auch, dass das ganze Geschirr weiter zu verrutschen drohte. Nabu stieß einen Warnruf aus. Irgendwo von unten antworteten die Drachen. »Es ist neblig, Mila, das könnte eine harte Landung werden«, knurrte Nabu, und dann spreizte er seine mächtigen Flügel. Er hatte sich offenbar in der Höhe verschätzt, setzte viel härter auf als sonst, und Mila wurde aus dem losen Sattel gehoben. Ein Sehender hätte sich festhalten oder wenigstens den Sturz abfangen können – aber beides vermochte Mila nicht. Ihre Hände griffen ins Leere, sie rutschte ungelenk über Nabus Schulter und landete mit dem Gesicht im Gras.

»Hast du dich verletzt?«, rief Nabu.

Mila richtete sich ächzend auf. Noch nie war ihr die Rüstung so schwer erschienen. Sie spuckte Grashalme und Erde aus. »Nein, mir fehlt nichts, glaube ich.«

Im Lager hatten sie wohl bemerkt, dass etwas nicht stimmte. Männer kamen herangelaufen, um zu sehen, was geschehen war. Mila war wieder auf den Beinen. Sie versuchte, sich nichts anmerken zu lassen. Mit den Fingern tastete sie sich ab, entfernte Gras und Schmutz von ihrer Rüstung. Die Männer erkundigten sich besorgt nach ihrem Befinden. In dem Stimmengewirr erkannte Mila, dass es sich um ihre Ritterbrüder, einige Spanier und auch Ruiz handelte – Ruiz, der für das Geschirr zuständig war. Auch Nabu hatte das nicht vergessen, und er stellte den Waffenknecht zur Rede. Verlegen stotterte dieser, er habe das Geschirr sehr wohl gesäubert, gab dann aber kleinlaut zu, dass er »vergessen« hatte, sich um die von Mila beanstandeten Riemen zu kümmern.

Die Spanier kehrten daraufhin lachend zum Lager zurück, um sich ihrem Frühstück zu widmen. Auch Ritter Balian und der Tressler entfernten sich wieder. Mila konnte an seinen Schritten hören, dass Graf Tassilo wieder die Gicht plagte, und er murmelte übellaunig etwas von mangelnder Sorgfalt bei gewissen Ritterschwestern. Zurück blieben Mila, Nabu, Ruiz, Don Mancebo und der Hochmeister.

»In früheren Zeiten hätte man einen so pflichtvergessenen Waffenknecht wohl erschossen«, zürnte der Hochmeister.

»Vielleicht würde ich damit noch warten, Don Maximilian«, warf Don Mancebo ein. Und auf die unwillige Frage, worauf denn noch zu warten sei, entgegnete der Ritter: »Für mich sieht es so aus, als habe bei den Schäden an diesem Geschirr eine scharfe Klinge nachgeholfen.«

Das Zelt des Hohepriesters fand sich am Hang, nur noch ein kleines Stück von den heißen Quellen und somit vom großen Haus Atahualpas entfernt. Qupay blieb vor dem Zelt und bedeutete ihm wortlos, einzutreten. Das Zelt war so geräumig, dass zwei Dutzend Krieger darin Platz gefunden hätten, und Kemaq fragte sich unwillkürlich, wer es hatte räumen müssen, denn Huaxamac hatte kein Zelt mitgeführt, als sie Tikalaq verlassen hatten. Einige Kerzen waren entzündet, und Kemaq sah, dass der Hohepriester ihn nicht allein erwartete. Ein Mann saß bei ihm. Er trug einen mit vielen Federn geschmückten Bronzehelm, weshalb Kemaq ihn für einen wichtigen Heerführer hielt. Der Mann musterte ihn mit einem Blick, den Kemaq nur schwer ertrug.

»Dies ist der Läufer, von dem ich dir erzählt habe, Herr«, sagte Huaxamac.

Der andere verzog immer noch keine Miene, sondern starrte Kemaq weiter durchdringend an. »Man sagt, du habest Inti auf deiner Seite, Läufer«, sagte der Befehlshaber mit heiserer Stimme.

»Ich hatte viel Glück, Herr«, erwiderte Kemaq vorsichtig.

»Es ist mehr als das, Herr«, sagte Huaxamac. »Keiner ist dem Feind öfter begegnet als dieser Läufer, und doch hat er jede Begegnung überlebt.«

Immer noch ruhte das Auge des Feldherrn starr auf Kemaq. Plötzlich wusste er, wer dieser Mann war: Das war Rumi-Nahui, das Steinauge, der größte Heerführer Atahualpas. Die Krieger im Lager flüsterten seinen Namen mit Ehrfurcht. Er hatte viele Schlachten gewonnen, und seine Anwesenheit gab den Männern ebenso Zuversicht, wie sie ihnen Angst einflößte, denn Rumi-Nahui war auch für seine Grausamkeit gefürchtet. Sein linkes Auge, so hatte man Kemaq hinter vorgehaltener Hand zugeflüstert, sei durch einen Lanzenstich gelähmt worden, und so war er zu seinem Kampfnamen gekommen.

»Dann erzähle mir von dem Feind, dem du so nahe gekommen bist, Chaski«, befahl Rumi-Nahui heiser, und sein Blick ruhte schwer auf Kemaq.

»Zu niemandem ein Wort«, wiederholte der Hochmeister.

»Aber, Onkel«, widersprach Mila.

»Nein, dieses Geheimnis sollte vorerst unter uns bleiben, denn wir wissen nicht, wer für diese Schandtat verantwortlich ist.«

»Konrad«, stieß Mila hervor.

»Junker Konrad? Wie kommst du darauf?«, fragte ihr Großonkel und klang ehrlich verblüfft.

Sie zuckte hilflos mit den Schultern. »Ich weiß es nicht, aber es würde zu ihm passen, und in Chan Chan hat er mir doch sogar gedroht«, sagte sie.

Der Hochmeister schüttelte den Kopf. »Ich weiß nicht, was du gegen ihn hast, Mila. Er mag früher über die Stränge geschlagen haben, aber seit wir in diesem Land sind, gibt er sich viel Mühe. Und diese Drohung war doch eigentlich eher eine Sorge. Ja, er hat sich gerade erst vorgestern nach deinem Befinden erkundigt. Er sorgt sich und fürchtet ebenso wie ich, dass die Krankheit bei dir fortschreiten könnte.«

»Aber das tut sie nicht, Onkel«, gab Mila zurück, »und wenn Konrad sich nach meiner Gesundheit erkundigt, hofft er doch nur, dass ich zu krank werde, um meinen Dienst im Orden weiter zu versehen.«

Die Stimme ihres Onkels wurde dunkler, ein Zeichen seines

Zorns: »Das ist Unsinn, Mila. Du magst ihn nicht, aber du bist nun ein Ritter des Ordens und solltest deine Gefühle besser im Zaum halten. Hat denn jemand Konrad in der Nähe des Geschirrs gesehen?«

»Ihn und beinahe alle anderen«, meinte Don Mancebo nachdenklich.

»Eben. Es kann beinahe jeder im Lager gewesen sein. Vielleicht einer der Diener dieses undurchsichtigen Gesandten, vielleicht einer der Spanier, von denen nicht alle gut auf uns und unsere Drachen zu sprechen sind. Und nichts wäre geschehen, wenn dieser Waffenknecht seine Aufgabe gewissenhaft erfüllt hätte!«

Ruiz stammelte verlegen eine Entschuldigung, aber der Hochmeister fuhr fort: »Nein, Mila, es gibt zweihundert Verdächtige in diesem Lager, warum sollte es also ausgerechnet Junker Konrad gewesen sein, einer aus unserem Orden? Ich weiß, er hat dir den einen oder anderen Streich gespielt, aber ein Anschlag auf dein Leben? Nein!«

Mila musste sich eingestehen, dass sie keinerlei Beweise für ihre Behauptung hatte. Konrad hatte sie seit Chan Chan in Ruhe gelassen. Er hielt sich meist bei den Spaniern auf, schien ihr sogar aus dem Weg zu gehen. Nur manchmal hatte sie einfach das ungute Gefühl, dass er sie beobachtete.

So trat man schließlich mit der Behauptung ins Lager, dass ein Riss im Leder des Geschirrs die Aufregung verursacht, aber zu keinem Zeitpunkt ernsthafte Gefahr bestanden hätte. Und da Hernando Pizarro spöttisch fragte, ob die junge Frau nun zu mitgenommen für einen Bericht sei, riss sie sich zusammen. Sie hatte einige Schwierigkeiten, sich zu konzentrieren, da ihr immer noch der Schreck in den Gliedern saß. Und als sie über die unheimlichen nächtlichen Ereignisse auf dem Hügel sprach, war sie in Gedanken immer noch bei der Frage, wer das Geschirr manipuliert hatte. Den Namen der Frau, die sie auf dem Hügel getroffen hatte, erwähnte sie nicht, ebenso wenig die Tatsache, dass sie ihr schon zuvor begegnet war. Vielleicht spürten die Männer, dass sie etwas verschwieg, vielleicht lag es auch an diesem Mangel an Konzentration, dass ihr keiner der Spanier so recht glaubte und Francisco das Ganze als bedeutungslosen Traum abtat. Aber sie hatte eigentlich auch nicht damit gerechnet, dass die Konquistadoren ihre Warnung ernst nehmen würden. Ihr Großonkel vertrat später sogar die Meinung, dass es wahrscheinlich diese Indio-Frau gewesen sei, die das Geschirr beschädigt hatte, eine Erklärung, die auch Ruiz unterstützte, obwohl Mila und Nabu das beide für sehr unwahrscheinlich hielten.

Später sprach Mila abseits des Lagers mit dem Alchemisten über die Ereignisse auf dem Hügel.

»Es tut mir leid, Comtesse, aber ich kann nicht erklären, was ich nicht gesehen habe – und Ihr eben leider auch nicht«, sagte Meister Albrecht.

»Der ganze Wald schien in Bewegung zu geraten, und der Boden unter meinen Füßen bewegte sich«, wiederholte Mila.

»Ja, das habt Ihr erwähnt, Comtesse. Wie hat denn Euer Drache diese Dinge erklärt?«, fragte Meister Albrecht.

»Nabu sagt, dass es nur Einbildung war, ein bisschen Wind in den Bäumen, eine Schlange im Gras.«

»Aber Ihr zweifelt an seinen Worten?«

Mila seufzte. »Redet doch selbst mit ihm, Meister Albrecht.«

Sie hörte, dass sich der Gelehrte am Kopf kratzte. »Ich kann es versuchen, Comtesse, doch Ihr wisst ja, wie die Drachen zu mir stehen. Ich bezweifle, dass Nabu gerade mir etwas erzählen wird, was er Euch nicht sagen will.«

»Ihr könntet es wenigstens versuchen, Meister Albrecht«, forderte Mila.

»Ja, Comtesse, das werde ich auch, aber vielleicht wollt Ihr mir noch ein wenig über diesen Fluss erzählen, den Ihr und Euer Drache gefunden habt?«

»Ein Fluss eben. Er enthält Wasser«, rief Mila ungehalten. Dann seufzte sie. »Verzeiht, ich kann nur sagen, was Nabu mir … erzählt hat. Der Fluss scheint nach Norden zu fließen, und Nabu meinte, dass er wohl nicht in den Pazifik münden wird.«

»Faszinierend. Wir befinden uns hier nah am westlichen Rand dieses riesigen, kaum erforschten Erdteils, und Ihr seid auf einen Fluss gestoßen, der nach Osten fließt. Wirklich, Ihr entdeckt erstaunliche Sachen, Comtesse.«

»Es ist ja nur eine Vermutung, Meister Albrecht, Nabus Vermutung zudem, nicht meine.«

»Ich bin geneigt, ihm beizupflichten, denn warum sollte der Fluss die westlichen Kordilleren überwinden, wenn er doch an den östlichen entspringt? Auch ist uns kein großer Fluss bekannt, der an der Westküste seine Mündung hätte. Nein, ich bin sicher, dieser Fluss wird uns tief hineinführen in das Herz dieses geheimnisvollen Kontinents.«

»Er würde, Meister Albrecht, wenn uns Don Francisco nicht stur nach Norden führen würde«, entgegnete Mila.

»Ja, sicher, es geht nach Caxamalca, aber ich denke nicht, dass dort das Ende unseres Weges liegt«, meinte der Gelehrte.

»Dennoch habt Ihr versucht, die Pizarros umzustimmen, oder?«, fragte Mila.

Der Gelehrte seufzte. »Ich kann ja leider nicht allein durch dieses gefährliche Land ziehen, Comtesse, aber wenn ich einen Drachen hätte, so wie Ihr, dann … aber nein. Doch vielleicht kann eine geeignete Person mit ihrem Drachen an meiner Stelle …« Er beendete den Satz nicht.

Mila runzelte die Stirn. »Meister Albrecht, wollt Ihr mir etwa nahelegen, noch einmal auf eigene Faust nach Tanyamarka zu suchen? Ich verzichte dankend, denn mein Großonkel war nicht sehr erfreut über meinen gestrigen Ausflug. Und selbst Marduk scheint darüber sehr ungehalten zu sein. Und – mitnehmen könnte ich Euch ohnehin nicht«, fügte sie mit einem Lächeln hinzu.

Der Alchemist lachte gequält. »Das ist mir bewusst, Comtesse, das ist mir nur allzu schmerzhaft bewusst. Und ich fürchte, der Flug auf Behemoth wird ein einmaliges Erlebnis für mich bleiben.«

»Wie habt Ihr Ritter Balian eigentlich dazu gebracht, Behemoth um diesen großen Gefallen zu bitten?«, fragte Mila, denn diese Frage beschäftigte sie schon lange.

»Wie? Oh, ich habe ihn einfach darum gebeten, Comtesse. Und da ich ihm bei einer anderen kleinen Sache behilflich war, fühlte er sich mir wohl verpflichtet. Und meine Apparate, sie sind so empfindlich. Aber noch einmal kann ich ihn wohl nicht bitten. Doch entschuldigt mich, mir ist etwas eingefallen, das ich dringend notieren muss, bevor ich es erneut vergesse«, sagte der Gelehrte und verabschiedete sich.

Mila lauschte auf seine Schritte. Er schien es plötzlich ziemlich eilig zu haben. Sie fragte sich, was für einen Gefallen der Gelehrte den Wolfeggs getan haben mochte, dass Balian sich ihm verpflichtet fühlte. Ein Ritt auf einem Drachen war für jeden Menschen ein Privileg, und für einen Alchemisten war es eigentlich unerreichbar. Eine »kleine Sache« konnte es jedenfalls nicht gewesen sein. Sie verstand einfach nicht, was diese Männer miteinander verband, und das beunruhigte sie.

Kemaq erzählte und erzählte. Er redete mehr als je zuvor in seinem Leben, immer unter dem steinernen Blick von Rumi-Nahui. Der Feldherr stellte viele Fragen, und die meisten betrafen die Waffen der Fremden und ihre Reittiere. »Ich habe von diesen vierbeinigen Tieren gehört, allerdings erzählten mir Überlebende der Schlacht von Chan Chan, dass diese Wesen halb Tier und halb Mensch waren. Du sagst, es sind zwei Wesen?«

»Ja, Herr. Ich sah, wie die vierbeinigen Tiere an Land gebracht wurden. Die Männer haben sie dort erst bestiegen.«

»Und ihre Rüstungen und Waffen sind aus Silber?«, fragte Rumi-Nahui weiter.

»Ich weiß es nicht, Herr. Die Klingen schimmern hell, doch nicht so hell wie Silber, und sie sind viel härter.«

»Ja, ich habe gehört, dass sie sogar unsere Schilde damit leicht zerschlagen können. Diese Waffen werden ein großer Gewinn für uns sein, und ich kann es kaum noch erwarten, sie in die Hand zu bekommen.«

»Vergiss nicht die Ankay Yayakuna, Herr«, wandte Huaxamac vorsichtig ein.

Der Krieger warf dem Hohepriester einen Blick voller Verachtung zu und sagte: »Glaubst du nicht an die Macht Intis, Priester?«

»Doch, natürlich, Herr«, antwortete Huaxamac und wirkte verlegen.

»Hast du nicht das Orakel befragt und erfahren, dass uns ein großer Sieg bevorsteht?«

»Ja, Herr, das war jedoch schon vor der Schlacht, die wir verloren haben«, gab Huaxamac zurück.

»Die Weissagungen sind immer schwer zu verstehen, das solltest gerade du doch wissen, Priester. Natürlich habt ihr eine Niederlage erlitten, denn euer Glaube war nicht stark genug, und ihr hattet keinen Heerführer in euren Reihen, der diesen Namen auch verdient hätte«, sagte der Feldherr.

Huaxamac erbleichte, und Kemaq blickte zu Boden, um sich seine Genugtuung nicht anmerken zu lassen. Der Hohepriester selbst hatte doch die Krieger gegen alle Warnungen in die Schlacht geführt – es war höchste Zeit, dass ihm das jemand so deutlich sagte.

»Dennoch war die Weissagung richtig, denn sie sagt uns einen großen Sieg voraus, und wir werden ihn hier, auf den Feldern von Caxamalca, erringen. Schon bald werden wir diese weißhäutigen Menschen in unserer Gewalt haben, und ihre mächtigen Waffen werden dann uns gehören«, fuhr Rumi-Nahui fort.

Huaxamacs Gesicht war eine starre Maske. Der Tadel des berühmten Befehlshabers machte ihm offensichtlich schwer zu schaffen. Er sagte langsam: »Dennoch, großer Rumi-Nahui: Der Feind kommt nicht nur mit gefährlichen Waffen, er wird auch von fliegenden Göttern begleitet.«

»Für wie einfältig hältst du mich, Priester? Auch ich habe das Orakel befragt. Es sagte mir, dass der Feueratem dieser fliegenden Götter versiegt ist.«

»Ein Orakel?«, fragte Huaxamac zweifelnd. »Ich habe mit den Priestern im Heer gesprochen, die wussten nichts von einer Weissagung, Herr.«

Rumi-Nahui schnaubte verächtlich. »Nicht nur die Diener der Sonne verstehen sich auf diese Kunst. Ich habe einige Zauberer unter meinen Chachapoya, die haben mir verraten, dass die Lebenskraft der – wie nennt ihr sie, Ankay Yayakuna? Dass deren Lebenskraft schwindet.«

Kemaq, der sich ganz klein gemacht hatte und hoffte, dass die beiden Männer ihn vergessen hatten, blickte auf. Unter Rumi-Nahuis Kriegern waren Chachapoya? Warum hatte er die noch nicht gesehen?

Huaxamac starrte den Feldherrn mit großen Augen an. »Was genau haben die Zauberer gesagt, Herr?«, fragte er.

»Sie beschrieben mir diese fliegenden Wesen schon, bevor die Überlebenden der Schlacht von ihnen berichteten. Sie sagen, es seien keine Götter, ihre Kraft nehme täglich ab, sie seien kaum noch in der Lage, zu fliegen oder gar Feuer zu atmen. Und unsere Zauberer sagen, dass sie in unseren Bergen ihr Ende finden würden.«

Mila saß am Feuer. Sie spürte die Wärme, aber sie konnte die Flammen nicht sehen, und ihre Blindheit wurde ihr wieder einmal schmerzhaft bewusst. Nabu lag mit den anderen Drachen etwas abseits des Lagers, eine Regelung, die sich bewährt hatte, denn die Pferde fanden in der Nähe der Drachen keine Ruhe. Im Moment spürte sie wenig Lust, zu Nabu zu gehen. Er behauptete immer noch, die Ereignisse der vorigen Nacht – der Wald und der Boden, der unter ihren Füßen lebendig geworden war – wären nur eine Folge von Einbildungen und Zufällen. Sie war deswegen verstimmt, auch weil sie genau wusste, wie viele Gedanken er sich in Wirklichkeit machte. Er hatte bei einer mittäglichen Rast abseits der Menschen mit Marduk und Ianus darüber gesprochen und wohl vergessen, dass sie über ein ausgezeichnetes Gehör verfügte. Sie hatte nicht jedes Wort, aber doch genug verstanden, um zu wissen, dass die Drachen sehr besorgt waren. Sie raunten von Alter Magie, und selbst der feindselige Nergal wirkte beunruhigt. *Alte Magie? Was meinen sie damit?*, fragte sich Mila, während sie sich die Hände am Feuer wärmte.

Sie versuchte, sich abzulenken, und lauschte auf die Gespräche an den anderen Feuern. Die Stimmung im Lager war viel besser als zuvor, denn die Stadt Caxamalca lag nicht mehr fern. Morgen würden sie dort eintreffen. Mila fand die Hochstimmung seltsam. Die Stadt schien für die Männer ein lang ersehntes Ziel zu sein, dabei hatte sie noch im Ohr, dass ihr Großonkel und auch andere Atahualpas Einladung für eine Falle hielten. Und sie schickten sich nun an, fröhlich hineinzumarschieren. Sie hörte die vertraute Stimme ihres Onkels herüberklingen. Er stritt sich leise mit dem Tressler, wie so oft. Mila nahm an, dass sie sich deshalb etwas abseits der anderen hielten. Sie hörte den Hochmeister sagen: »Ich werde meine Meinung in diesem Punkt nicht ändern, Tassilo. Euer Neffe sollte seine Ambitionen endlich begraben.«

»Der Orden hat meiner Familie viel zu verdanken, oder nicht?«, entgegnete der Tressler mit viel Bitterkeit in der Stimme. »Habe ich nicht selbst mein ganzes Leben dem Orden geweiht? Und auch Balian ist zu Opfern bereit. Glaubt Ihr etwa, dass er gerne auf die Segnungen der Ehe verzichtet hätte? Nein, er tut das für den Orden!«

Mila lauschte gebannt.

»Er tut das, weil sein Herz mehr von Ehrgeiz als von Liebe erfüllt ist, Tassilo, wie Ihr sehr wohl wisst. Und ich werde ihn *nicht* als nächsten Marschall empfehlen.«

»Das Großkapitel in Augsburg ist für ihn!«, zischte der Tressler.

»Das Kapitel ist weit, und die Drachen sind gegen ihn, und unsere Ritter in der Mehrzahl leider auch. Nein, er wird di Collalto nicht beerben, so leid es mir für Euch tut, Tassilo.«

»Und an wen habt Ihr stattdessen gedacht? An Eure Nichte vielleicht?«, fauchte der Tressler.

Der Hochmeister seufzte. »Bitte, Tassilo, Ihr wisst sehr wohl, dass ich keineswegs begeistert war, als Nabu meine Nichte in den Sattel hob. Aber Ihr werdet zugeben, dass sie sich ganz gut hält.«

Mila bekam rote Ohren, aber sie konnte nicht anders, sie musste weiter zuhören. Sie wusste, dass die Ritter des Ordens keineswegs zur Ehelosigkeit verpflichtet waren, war sie doch selbst das Kind eines Ritters. Wer jedoch den Rang eines Ordensmeisters erreichen wollte, der musste allen anderen Bindungen abschwören und im Zölibat leben.

»Habt Ihr dann die Güte, mir zu sagen, wen Ihr als Collaltos Nachfolger vorschlagen wollt? Oder wollt Ihr das wieder den Drachen überlassen?«

»Ich denke, es wird Zeit, den jungen spanischen Zweig stärker an den alten Stamm zu binden, Tassilo.«

»Ihr wollt einen der Spanier zum nächsten Marschall machen? Wen, etwa den Morisco?«, zischte der Tressler.

»Don Mancebo wäre sicher nicht die schlechteste Wahl«, gab der Hochmeister ruhig zurück, »aber ich dachte eher an Don Gómez. Ihr werdet zugeben, dass er ein würdiger Kandidat ist.«

»Gómez? Ich habe es schon für einen Fehler gehalten, dass Ihr ihm die Verantwortung für Chan Chan übertragen habt. Er ist ein wenig zu ruhig für dieses Amt, findet Ihr nicht? Oder wollt Ihr ihn deshalb? Weil Ihr jemanden sucht, der Euch nicht widerspricht, wenn Ihr im Irrtum seid?«

Einen Augenblick schwieg der Hochmeister, dann sagte er: »Zum einen werde ich dann nicht mehr Hochmeister sein, Tassilo, sondern di Collalto, zum anderen frage ich Euch, als Tressler und Ritter dieses Ordens – wem würdet *Ihr* eine so verantwortungsvolle Aufgabe wie die des Marschalls übertragen? Don

Gómez oder Eurem Neffen Balian, der doch meist schneller handelt, als er denkt?«

Der Tressler sagte darauf lange nichts. Mila hatte inzwischen gemerkt, dass der Tressler zwar Familiensinn hatte, dass er aber das Wohl des Ordens dennoch im Blick behielt. Schließlich seufzte er und sagte: »Nun gut, ich habe es versucht, der Herr ist mein Zeuge. Aber wenn Ihr schon Balian nicht geben wollt, was er so begehrt, werdet Ihr dann wenigstens noch dafür sorgen, dass Konrad bald in den Ritterstand erhoben wird? Meinethalben auch ohne Drachensattel.«

»Ich bin inzwischen nicht mehr sicher, dass er diese Würde wirklich verdient, Tassilo«, antwortete der Hochmeister bedächtig.

Mila spitzte die Ohren – sollte ihr Onkel ihren Verdacht doch ernster nehmen, als er es gesagt hatte? Sie war gespannt, was der alte Tressler darauf antworten würde, doch dann wurde am Nachbarfeuer laut gelacht, und sie konnte nichts mehr verstehen. Die Spanier würfelten offenbar um Gold, das sie noch gar nicht hatten, und so erfuhr sie die Antwort des Tresslers nicht. Aber sie hatte genug gehört, um sich Gedanken zu machen. Ihr Onkel plante seine Nachfolge. Sie hatte immer angenommen, dass das etwas war, was in ferner Zukunft lag, doch es klang so, als würde er schon bald zurücktreten wollen. Der Gedanke bereitete ihr Unbehagen. Dann riefen die Priester zum Abendgebet, und das war ihr ausnahmsweise eine willkommene Ablenkung. So betete sie mit Priestern, Konquistadoren und Rittern um den Schutz der göttlichen Vorsehung für den kommenden Tag, an dem man endlich dem Fürsten der Inka begegnen würde.

21. Tag

Die Sonne schickte sich an, den Himmel zu betreten, und zartes Rot zeigte sich über den hohen Bergen im Osten. Wenn er hinabblickte, sah er die weißen Zelte von Atahualpas Heer, die sich über den Hang bis zu den heißen Quellen hinzogen. Kemaq fror. Er war schon vor Tagesanbruch aus dem Zelt getreten, weil die Kälte auch unter seine Decke gekrochen war, und war auf einen Hügel gestiegen, um warm zu werden. Die Zelte waren nicht zu zählen, und Kemaq hatte immer noch nicht die geringste Vorstellung, wie viele Krieger der Sapay Inka hier zusammengezogen hatte. Es waren Chimú, Yunga, Huanca, Marachuna, Chanca, Cuismanco und Männer noch vieler anderer Stämme, deren Namen Kemaq noch nie zuvor gehört hatte.

Über der weiten Ebene von Caxamalca lagen Dunstschleier. Ausgedehnte Felder erstreckten sich dort, geteilt durch den Fluss. Kemaq konnte die Fruchtbarkeit des Bodens beinahe schmecken, aber die Felder lagen verlassen, und kein Mensch kümmerte sich um die Feldfrüchte, die dort heranwuchsen. Auch die Stadt Caxamalca, die weiß und schön am Fuß der Berge lag, war menschenleer. Er konnte den riesigen Platz in der Mitte der Stadt sehen – er war viel, viel größer als der von Tikalaq. Kemaq wandte sich nach Süden. Im Nebel war Bewegung, noch weit entfernt, aber doch sichtbar: Menschen, die über die Straße nach Caxamalca zogen. Es war eine sehr kleine Abteilung, sicher nicht die erwartete Verstärkung aus Cuzco. Aber die Fremden konnten es doch auch nicht sein, denn die würden erst am späten Nachmittag eintreffen. Atahualpa hatte Boten ausgesandt, die sie begleiten und beobachten sollten. Demzufolge, was er gehört hatte, waren die Fremden gestern noch weit entfernt gewesen. Kemaq blickte angestrengt hinunter in die Dunstschleier. Dort wehten große Fahnen. Kemaq kniff die Augen zusammen – es waren die Fremden! Plötzlich hörte er die Muschelhörner der Wachen. Aus einer Dunstwolke tauchten fünf Schatten mit mächtigen Schwingen auf, zogen in tiefem Flug über das Lager, und als sie über den Quellen waren, ließen sie ihr markerschütterndes Brüllen hören.

Unten im Lager stürzten die Krieger aus ihren Zelten, und ihre Hauptleute riefen ihnen Anweisungen zu. Kemaq sah gebannt zu, und er empfand Stolz und Bewunderung, denn obwohl über den Häuptern dieser Männer Wesen kreisten, die furchtbarer waren als jeder Feind, dem sie je zuvor gegenübergestanden hatten, bewahrten sie Ruhe und Ordnung. Und die Ankay Yayakuna kreisten nur hoch über ihnen, sie griffen nicht an, und sie spien kein Feuer. Offenbar waren die Fremden wirklich gewillt, die Einladung Atahualpas anzunehmen. Man würde verhandeln, nicht kämpfen. Kemaq seufzte. Melap hatte ihm mehrfach vorausgesagt, dass es Kämpfe und viele Tote geben würde, aber er hoffte, dass der Alte sich geirrt hatte. Er lief den Hügel hinab zum Lager. Noch einmal sah er hinüber zur Straße. Unter den Fremden waren Yunga und andere Einheimische, leicht an ihrer bunten Kleidung zu erkennen. Alles in allem konnten das dort drüben nicht mehr als vielleicht zweihundert Männer sein, viele in ihren silbernen Rüstungen, einige von ihnen auf den vierbeinigen Wesen, fünf in der Luft auf den Ankay Yayakuna. Er starrte hinauf, aber er konnte nicht sicher erkennen, ob einer der Reiter langes goldenes Haar hatte.

Die Hörner des Lagers klangen dünn hinauf in die Luft. Der Hochmeister rief herüber: »Es ist genug, wir kehren zurück.«

»Wurde auch Zeit«, meinte Nabu keuchend und drehte ab.

»Alles in Ordnung?«, fragte Mila besorgt.

»Nein, Prinzessin«, lautete die knappe Antwort, und dann, als er wieder zu Atem gekommen war, fuhr der Drache fort: »Du solltet endlich begreifen, wie schwierig das ist. Die Luft ist so dünn. Vor allem morgens. Kein Aufwind.«

»Es tut mir leid, Nabu, aber es war nötig, um dem Herrscher zu zeigen, mit wem er es zu tun hat.«

Aber Nabu schnaubte nur und flog weiter. Sie konnte spüren, wie sehr es ihn anstrengte. Er hatte sich auch wieder geweigert, Ruiz mitzunehmen, als sie aufgebrochen waren. Der Waffenknecht hatte seit der Sache mit dem Geschirr ohnehin einen schweren Stand, nicht nur bei den Drachen. Er strengte sich jetzt doppelt an, was aber, da er sich vorher kaum bemüht hatte, Nabu immer noch nicht ausreichend schien.

Jetzt landete der Drache ziemlich hart unweit der Kolonne der Konquistadoren. Die Pferde auf der Straße wurden unruhig, aber die Drachen hatten genug Abstand gelassen, so dass sie nicht in Panik gerieten.

»Ausgezeichnet!«, rief ihnen Francisco Pizarro zu. »Eine eindrucksvolle Demonstration unserer Macht, Ihr Ritter.«

»Überraschen werden wir ihr Heer jedenfalls nicht mehr. Ich hoffe, wir haben erreicht, was Ihr Euch davon versprecht, Don Francisco«, erwiderte der Hochmeister.

Mila hörte ein Pferd herankommen. Es wurde mit jedem Schritt nervöser und schnaubte unwillig, aber sein Reiter schien es mit eiserner Hand im Griff zu haben. »Habt Ihr einen Eindruck von der Stärke der Indios gewonnen, Don Maximilian?«, fragte der Reiter. Es war Francisco Pizarro selbst.

»Dreißigtausend wenigstens, vielleicht mehr, wie es meine Nichte schon sagte, aber die Stadt scheint wirklich verlassen.«

»Verstehe einer diese Wilden«, meinte Pizarro, »die Stadt hat zwar keine Mauer, aber sie könnten sich dort unten doch gut verschanzen. Stattdessen erwarten sie uns auf offenem Feld.«

»Aber Ihr wollt ihnen nicht hier entgegentreten, oder?«, fragte der Hochmeister.

»Nein, ich bin nicht so dumm wie dieser Atahualpa. Wenn er

uns schon in seine Stadt einlädt, dann werden wir dieser Einladung auch Folge leisten. Aber erst einmal werden wir warten.«

»Worauf?«, fragte der Hochmeister.

»Der Gesandte, der übrigens sehr beleidigt scheint, weil er die Nacht hindurch marschieren musste, sagte uns, dass Atahualpa uns sicher einen Boten schicken wird. Und ich bin sehr neugierig, was dieser zu sagen hat.« Dann riss Pizarro sein tänzelndes Pferd herum und ritt zurück an die Spitze des Zuges.

»Erst hetzt er uns durch die Nacht, jetzt hat er auf einmal wieder Zeit. Dieser Mann ist mir ebenso ein Rätsel wie diese Indios«, knurrte Nabu.

»Der Hügel hier ist zwar nicht sehr hoch, aber doch besser zu verteidigen als die Senke, in der wir gestern Abend gelagert haben, Nabu«, erklärte der Hochmeister.

»Und warum fliegen wir nicht in die Stadt?«, wollte der Drache wissen.

»Wir können fliegen, aber unsere Soldaten müssten an diesen Hügeln vorbeimarschieren, und die sind voller Indios. Solange wir nicht sicher sind, dass Atahualpa uns wirklich nach Caxamalca hineinlässt, wäre das sehr gefährlich«, erklärte der Hochmeister. »Für Menschen vielleicht«, sagte Nabu gleichgültig und streckte sich gähnend.

»Wo hast du nur gesteckt?«, wurde Kemaq von seinem Bruder Qupay angefahren, als er ins Lager zurückkam. »Er will dich sehen.«

»Wer? Huaxamac?«

»Nein, der Sapay Inka selbst«, zischte Qupay.

Kemaq glotzte seinen Bruder ungläubig an. Als er vor zwei Tagen ins Lager gekommen war, hatte er heimlich gehofft, der Sapay Inka würde ihn sehen wollen, aber als ihn gestern der große Rumi-Nahui verhört hatte, da war ihm wieder klar geworden, dass er den hohen und wichtigen Leuten doch besser aus dem Weg gehen sollte. Und jetzt schickte Atahualpa selbst nach ihm?

Qupay sah ziemlich ernst drein. »Was will er?«, fragte Kemaq, als sein Bruder ihn schon am Arm gepackt hatte und durchs Lager zerrte.

»Woher soll ich das wissen?«, rief Qupay wütend.

Kemaq sah das große Haus Atahualpas hinter den Quellen aufragen. Aber bevor sie auch nur die Quellen erreichten, wurden sie von Huaxamac aufgehalten. »Ah, endlich!«, rief der Hohepriester.

Kemaq verneigte sich unsicher. Er wusste immer noch nicht, wie er sich in Gegenwart solch hoher Herren zu benehmen hatte. Huaxamac legte ihm eine Hand auf die Schulter, eine Berührung, die Kemaqs Unsicherheit noch steigerte, dann wandte er sich kurz an Qupay: »Ich danke dir. Du kannst gehen.«

Einen Augenblick lang schien Qupay zu zögern, doch dann verneigte er sich stumm und zog sich zurück.

»Ich hoffe, du bist dir der Ehre bewusst, Chaski«, sagte Huaxamac, als sie unter sich waren.

»Ja, Herr«, erwiderte Kemaq.

»Er ist der Sohn der Sonne, vergiss das nicht. Zieh deine Schuhe aus.«

»Meine Schuhe, Herr?«

»Es ist ein Zeichen deiner Demut. Beeil dich, er wartet vielleicht schon.«

Kemaq tat, wie ihm geheißen, und stand bald mit den Sandalen in der Hand da, ziemlich unschlüssig, was er damit anfangen sollte.

»Binde sie zusammen und lege sie dir auf die Schulter, als würdest du eine Last tragen, auch das ist ein Zeichen deiner Demut, Chaski.«

Verwirrt folgte Kemaq auch dieser Anweisung, und er bemerkte erstaunt, dass sein Hände zu sehr zitterten, um einen Knoten zu binden. Der Hohepriester sah ihm zu und riss ihm schließlich ungeduldig die Schuhe aus der Hand, um es selbst zu tun.

»Es scheint, als habe Rumi-Nahui Atahualpa von dir erzählt.

Deshalb will er dich sehen. Ich denke, auch er will den Segen nutzen, der auf dir ruht.«

»Aber was soll ich sagen, Herr?«, fragte Kemaq, nachdem ihm der Hohepriester seine Schuhe wieder in die Hand gedrückt hatte.

»Sagen? Um Intis willen, gar nichts sollst du sagen! Du sprichst nur, wenn du gefragt wirst, und dann nur kurz und knapp. Hast du das verstanden? Gut! Dann komm endlich.«

Kemaq stolperte hinter Huaxamac her, und schließlich erreichten sie das große Zelt. Es war eigentlich kein Zelt, sondern ein aus Schilfstroh errichtetes, zeltähnliches Gebäude mit einem großen Vorhof, in dem nun, obwohl die Sonne noch nicht einmal ganz aufgegangen war, viele wichtig aussehende Menschen, Männer wie auch Frauen, versammelt waren. Auf einer kleinen steinernen Terrasse sah Kemaq ein prächtiges Kissen auf einem Stuhl liegen. Es war unschwer zu erraten, wessen Platz dort war, aber Atahualpa Inka war nicht dort. Neben dem Stuhl stand ein kleiner Tisch, auf dem neben anderem kostbarem Geschirr ein vergoldeter Totenschädel ruhte. Kemaq hätte gerne gewusst, was es damit auf sich hatte, wagte aber nicht zu fragen. Er folgte Huaxamac, dem von einem Krieger ein Platz sehr weit von diesem Stuhl entfernt zugewiesen wurde. Gespannte Erwartung lag über dem Hof.

Die Zeit verrann, und die Sonne erhob sich über den Zelten. Sie stieg und stieg, und noch immer ließ der Sapay Inka sich nicht sehen. Doch dann trat er aus seinem Haus, angekündigt durch das Erscheinen einiger besonders prachtvoll gekleideter Würdenträger. Kemaq verneigte sich, weil alle sich verneigten, aber aus dem Augenwinkel starrte er den Sapay Inka unentwegt an. Er befand sich keine dreißig Schritte vom Sohn der Sonne entfernt. Er war eine beeindruckende Erscheinung, gehüllt in einen Mantel aus schillernden Vogelfedern. Die breite Stirn war hinter der Borla verborgen. Sie war rot, nicht weiß wie bei der Fremden, und die Fransen hingen dem Inka nur bis zu den Brauen, nicht über die Augen. Sein Gesicht war kantig, und Kemaq glaubte, große Selbstsicherheit und unbeugsame Entschlossenheit darin lesen zu können. Sein Blick schien jedoch ins Leere zu gehen. Der Sapay Inka schien sich gar nicht mit dem zu beschäftigen, was um ihn herum vorging.

Jetzt trat ein Mann unter einer tiefen Verbeugung vor und sagte: »Erhabener Sohn der Sonne, die Fremden sind vor deiner Stadt eingetroffen. Sie lagern an der Straße und scheinen auf etwas zu warten.«

»Auf was?«, fragte einer der Männer, die hinter dem Sapay Inka standen.

Atahualpa sah in eine ganz andere Richtung.

»Wir nehmen an, dass sie auf deine Erlaubnis warten, die Stadt betreten zu dürfen.«

Plötzlich trat Rumi-Nahui vor. Er war mit Atahualpa aus dem Schilfhaus gekommen.

»Herr, deine Krieger sind begierig auf den Kampf. Das Heer ist kampfeslustig wie der Jaguar und bereit, den Feind zu verschlingen.«

»Das wissen wir«, antwortete der Berater, und Atahualpas Blick blieb weiter in die Ferne gerichtet.

Kemaq fragte sich, ob der Sapay Inka mit seinem Vater, dem Sonnengott, Zwiesprache hielt. Ihm fiel auf, dass auch der große und gefürchtete Feldherr barfuß war und ein kleines Bündel auf dem Rücken trug.

Atahualpa gab seinem Berater einen Wink. Dieser, ebenfalls barfuß, trat nun vor und sagte: »Der Chaski aus Tikalaq, ist er hier?«

Kemaq bekam weiche Knie.

»Nun geh schon«, fauchte Huaxamac leise und schob ihn nach vorn.

Kemaq trat unter einer tiefen Verbeugung vor. Er befahl seinen Knien, mit dem Zittern aufzuhören, aber sie gehorchten nicht.

Der Berater des Inka sagte: »Wir haben gehört und können nun auch sehen, dass der Segen Intis auf dir ruht, Chaski. Wir befinden dich daher für wert, die Worte Atahualpa Inkas zu den Fremden zu tragen. Sage ihnen Folgendes – *Atahualpa Inka grüßt die Fremden. Ihr dürft nach Caxamalca gehen und dort ruhen. Die Häuser am Platz dürft ihr bewohnen, sonst aber keine. Heute ist ein Fastentag. Morgen werde ich, Atahualpa Inka, Sohn der Sonne und Herr über das Tawantinsuyu, befehlen, was weiter geschehen soll.* Hast du das verstanden, Chaski?«

Kemaq nickte hastig, während er die Worte im Geiste noch einmal wiederholte. »Gut, du wirst sofort zurückkehren und berichten, was du gesehen hast. Verstanden? Gut. Dann eile.«

Kemaq war froh, als er das Zelt mit immer noch zitternden Knien verlassen durfte. Er war tief beeindruckt. Er hatte den Sapay Inka mit eigenen Augen gesehen, einen wahrhaft großen Mann. Während er durch das Lager hastete, dachte er darüber nach, was dort geschehen war. Jede Geste, jedes Wort hatte er sich eingeprägt. Der Sapay Inka selbst hatte jedoch gar nichts gesagt, es war Kemaq auch so erschienen, als sei der Herrscher nur zu einem Teil dort gewesen, der andere Teil schien beinahe entrückt, als würde sich der Herr über das Reich mit seinem Vater Inti und den anderen Göttern unterhalten. Diese übermenschlichen Wesen würden beraten und beschließen, was mit ihm und all den anderen Sterblichen geschehen solle. Kemaq fragte sich, ob diese Götter auch die Macht hatten, über die Fremden und ihre *Drachen* zu entscheiden.

»Ich finde es beunruhigend«, sagte Nabu.

Mila war, wie auch die anderen Ritter, nach der Landung im Sattel geblieben. Sie rechneten jeden Augenblick mit einem Angriff und wollten darauf vorbereitet sein. Die Drachen lagerten etwas abseits, der Pferde wegen. Mila hörte, dass die Kanonen nach vorn gebracht wurden. Gespannte Erwartung lag über den spanischen Truppen. Sie hörte auch die Priester, die durch die Reihen gingen und den Männern Mut zusprachen.

»Was beunruhigt dich – ich meine, was denn genau?«, fragte sie.

»Da drüben, dieses Heer. Es hat Aufstellung genommen und hält eine gute Position auf dem Hügel etwas abseits der Stadt. Und es sind viele Krieger, zehnmal, vielleicht zwanzigmal mehr als vor Chan Chan. Sie könnten uns einfach rein zahlenmäßig erdrücken.« »Ich hoffe doch, dass sie die Drachen fürchten«, warf Graf Tassilo ein. Der Tressler saß ebenfalls im Sattel.

»Wenn sie wüssten, welche Schwierigkeiten diese dünne Luft uns bereitet, hätten sie bestimmt keine Angst mehr«, brummte Nabu.

»Ich brauche kein Feuer, um die da drüben wegzufegen«, zischte Nergal. »Sie werden rennen, schon wenn sie mich nur sehen.«

Marduk schnaubte missbilligend. »Sie haben uns gesehen und auch gehört, Nergal, heute Morgen. Und gerannt sind sie nur, um ihre Waffen zu holen. Es sind tapfere Krieger, und wenn ihre Waffen nicht so schlecht wären, würde ich mir ernsthafte Sorgen machen.« Nergal antwortete mit einem übellaunigen Zischen, sagte aber nichts weiter.

»Es tut sich etwas«, rief der Hochmeister.

Mila lauschte angestrengt, aber es blieb relativ ruhig. Es klang nicht, als würde sich eines der beiden Heere in Bewegung setzen.

»Ein Bote«, erklärte Nabu.

»Danke«, sagte Mila.

»Gern geschehen«, erwiderte Nabu. Er war ausgesucht freundlich, schon den ganzen Morgen. Mila vermutete, dass er gut Wetter machen wollte. Sie war eigentlich nicht nachtragend, aber sie war immer noch verstimmt, weil Nabu nicht über die nächtlichen Ereignisse auf dem Hügel reden wollte. Sie hatte ihn gefragt, ob er nicht mit den anderen Drachen darüber gesprochen hatte, aber er hatte nur ausweichend geantwortet. Sie konnte ihn natürlich schlecht fragen, was es mit der »Alten Magie« auf sich hatte, denn dann hätte sie zugeben müssen, dass sie gelauscht hatte.

»Wenn sie einen Boten schicken, sollten wir uns da nicht bereit machen, ihn mit Würde zu empfangen, Maximilian?«, fragte der Tressler.

»Ihr habt Recht«, sagte der Hochmeister.

Mila hörte die beiden Männer absteigen. Kurz entschlossen folgte sie diesem Beispiel. Der Bote brauchte einen Übersetzer, oder vielmehr eine Übersetzerin – eine, die das Quechua so gut beherrschte, dass gefährliche Missverständnisse vermieden werden konnten.

Der Anführer der Männer saß auf einem der vierbeinigen Tiere, und einige seiner Unterführer auch. Kemaq musste zu ihnen aufschauen. Es war das erste Mal, dass er sie aus der Nähe und in aller Ruhe betrachten konnte. Schöne Menschen waren es eigentlich nicht. Ihre Haut war blass, es wuchsen ihnen viele Haare im Gesicht, und sie rochen sehr nach Schweiß. Ihre Kleidung war fremdartig, aus speckigem Leder und grober Wolle, und allein die dicken Rüstungen aus schwerem Erz, das wie dunkles Silber aussah, waren beeindruckend. Die Frau, die einzige, die er bis dahin unter den Fremden gesehen hatte, war auch dort. Sie war blind, eine Tatsache, die er Huaxamac immer noch nicht mitgeteilt hatte. Also kannten auch die Fremden Gebrechen. Kannten sie auch den Tod? Kemaq war sich nicht sicher. Er erinnerte sich an das, was er nach der Schlacht von Chan Chan gesehen hatte. Der bläuliche Drache, der gelandet war, der Reiter, der hinter der goldhaarigen Fremden gesessen und so ausgesehen hatte, als sei er verwundet. Er erkannte auch den jungen Fremden, den er damals im Schilf gesehen hatte. Er stand etwas abseits, und Kemaq konnte nicht einschätzen, ob er zu den *Drachen*menschen oder den anderen Fremden gehörte.

Sein Blick schweifte über die Reihen der Fremden. Sie sahen furchteinflößend aus, aber es waren nur wenige, vielleicht zweihundert. Die Ankay Yayakuna lagen ein Stück abseits und beobachteten ihn. Der Anführer der Fremden sprach. Kemaq verstand kein Wort, aber er las in der Miene des Mannes kalte Entschlossenheit. Der Mann schien zu wissen, was er wollte. Kemaq ließ seinen Blick unauffällig schweifen. Er war schließlich auch beauftragt worden, zu melden, was er hier sah. Ein Stück im Hintergrund befand sich der Gesandte, der so tat, als ginge ihn das Ganze nichts an. Er hielt sich abseits der Yunga, die sich mit den Fremden verbündet zu haben schienen. Und dahinter saßen einige Männer in Ketten, offenbar Gefangene. Kemaqs Herz setzte für einen Schlag aus. Da war Jatunaq! Sein Bruder saß dort drüben unter den Gefangenen! Er sah furchtbar aus, abgekämpft, müde, und sein Blick war auf den Boden gerichtet. Kemaq musste sehr an sich halten, um nicht einfach hinüberzulaufen. Immer noch sprach der Fremde. Und inzwischen übersetzte einer der Männer ohne Rüstung: »... ist der Einladung gerne gefolgt und neugierig darauf, nun die Botschaft des Herrschers zu hören.«

Der Übersetzer – Kemaq hielt ihn für einen Priester – endete, und voller Schrecken bemerkte er, dass er die Hälfte gar nicht gehört hatte. Er sah den Fremden an und versuchte verzweifelt, sich seine Unsicherheit nicht anmerken zu lassen. Ein Chaski, der auch nur ein Wort einer Botschaft vergaß oder falsch wiedergab, war des Todes. Der Sapay Inka würde ihn töten lassen. Er starrte den fremden Priester an.

Dieser blickte jetzt freundlich zurück und sagte: »Hast du mich nicht verstanden, mein Sohn?«

»Es waren viele Worte«, stieß Kemaq hervor.

Der Priester lächelte freundlich und sagte: »Dann werde ich sie dir gerne wiederholen. Don Francisco Pizarro dankt für die Einladung Atahualpas und ist ihr gerne gefolgt. Er möchte deinen Herrn so bald wie möglich treffen und möchte nun die Worte hören, die der Herrscher deines Volkes ihm sendet.«

Kemaq nickte dem fremden Priester dankbar zu, auch wenn ihm nicht entgangen war, dass die letzten Worte anders gewesen waren als zuvor. Wussten die Fremden denn nicht, was sie sagten? Er warf noch einmal einen schnellen Blick zu den Gefangenen. Es war Jatunaq, ganz ohne Zweifel. Wie gerne wäre er einfach hinübergelaufen, aber das war natürlich unmöglich. Er hatte einen wichtigen Auftrag, einen, bei dem er beinahe versagt hätte. Er räusperte sich und wiederholte Wort für Wort die ihm aufgegebene Nachricht: »Atahualpa Inka grüßt die Fremden. Ihr dürft nach Caxamalca gehen und dort ruhen. Die Häuser am Platz dürft ihr bewohnen, sonst aber keine. Heute ist ein Fastentag. Morgen werde ich, Atahualpa Inka, Sohn der Sonne und Herr über das Tawantinsuyu, befehlen, was weiter geschehen soll.«

Während der freundliche Priester übersetzte, sah Kemaq verstohlen wieder hinüber zu den Gefangenen. Er konnte es nicht fassen: Sein Bruder lebte.

Mila lauschte den Übersetzungen Fray Celsos. Sie waren ziemlich gut. Nicht perfekt, aber sinngemäß waren sie richtig, und es schien ihr nicht an der etwas schwerfälligen Aussprache des Mönchs zu liegen, dass der Indio nachfragen musste, was er gesagt hatte. Es waren Banalitäten. Vermutlich war es die Nähe so vieler schwer bewaffneter Fremder und der unruhigen Pferde, die den Boten verwirrten, vielleicht war er aber auch nur etwas einfältig. Er hatte dann seine Botschaft, die doch einiges Gewicht hatte, ziemlich monoton heruntergeleiert, und auch hier hatte Fray Celso korrekt übersetzt. Sie hätte bei ihrem Drachen bleiben können.

»Er befiehlt?«, rief Don Hernando. »Sagt diesem Wilden, Fray, dass die Pizarros sich nicht von einem Eingeborenen …« Sein Bruder fiel ihm ins Wort: »Ihr werdet nichts dergleichen sagen, Fray Celso. Sagt dem Boten unseren Dank und fragt ihn … nein, sagt ihm nur unseren Dank. Wir werden in die Stadt gehen und später selbst einige Boten zu Atahualpa senden.«

Als der Bote wieder verschwunden war, lief Mila zurück zu Nabu. »Die Warterei hat ein Ende, wir ziehen in die Stadt.«

Nabu brummte zufrieden, weigerte sich aber wieder, Ruiz mitzunehmen, der wenig begeistert darüber war, weiter laufen zu müssen. Die Spanier nahmen ihre Waffen auf und machten sich marschbereit. Nach allem, was Mila gehört hatte, erforderte es gute Nerven, dicht unter den von Feinden besetzten Hügeln entlangzumarschieren.

»Warum wolltest du ihn nicht mitnehmen, Nabu? Es ist doch nicht mehr weit.«

»Weniger als zwei Leguas, Prinzessin, aber ich habe mit dir zu sprechen.«

Als sie in der Luft waren, fuhr der Drache fort. »Dieser Bote, ich habe ihn schon einmal gesehen.«

»Der, der eben bei uns war? Wo denn?«, fragte Mila überrascht.

»In Chan Chan, Prinzessin. Auf dem Dach des Tempels in unserer Festung.«

Mila musste einen Augenblick nachdenken. Dann sagte sie: »Wann hast du ihn dort gesehen, und wieso erzählst du mir erst jetzt davon?«

»Er kam auf das Dach geschlichen, am Tag, an dem du zum Ritter unseres Ordens wurdest. Er hat mich erst bemerkt, als ich ihn fast über den Haufen gerannt hatte, und war ganz erstarrt vor Angst.«

»Du hättest ihn melden müssen«, meinte Mila.

»Damit man ihn verhört und vielleicht sogar foltert? Er war unbewaffnet und schien mir harmlos. Es ist eigenartig, dass wir ihn hier wieder treffen, Prinzessin.«

»Vielleicht ist er nicht nur ein Bote, sondern eigentlich ein gefährlicher Spion. Er hat uns in Chan Chan ausgekundschaftet, und hier vielleicht wieder. Ich muss es melden, Nabu.«

»Wozu? Er hat nichts gesehen, was er nicht sehen durfte. Es würde nur Scherereien geben.«

»Für dich, Nabu, nicht für mich. Du hättest es eben gleich berichten sollen!«, rief Mila schlecht gelaunt. Immer wieder wurden ihr wichtige Dinge vorenthalten. Das machte sie ganz krank.

Nabu schwieg und schwenkte in eine weite Kurve ein. Sie verloren an Höhe. Vermutlich waren sie schon über der Stadt. Mila seufzte. »Na gut, behalten wir es eben für uns«, sagte sie. »Er kann ja kaum noch Schaden anrichten.«

»Ich bin ganz deiner Meinung, Prinzessin«, sagte Nabu.

Mila sah plötzlich wieder die kleine Flamme aufleuchten, und dann zeigte ihr Nabu das bleiche Feuerbild der Stadt Caxamalca. Sie war weitläufig, doch ohne äußere Mauer. Ein großer Platz lag in der Mitte, viel größer als in allen Städten, die sie zuvor gesehen hatte, und auf einem Hügel in der Mitte der Stadt lag eine Festung. »Fliegen wir zu dieser Zitadelle, Nabu?«, fragte Mila.

»Nein, sieh doch, Marduk ist schon auf dem Platz gelandet. Es sieht so aus, als wollten wir uns an die Befehle Atahualpas halten.«

Die Drachen setzten ihre Reiter auf dem Platz ab, dann aber zogen sie sich auf eines der nahen Gebäude zurück, um die Pferde nicht zu verschrecken. Bald hörte Mila die Konquistadoren herankommen. Und auch in dieser Stadt hallte der Hufschlag ihrer Pferde von gespenstisch leeren Häusern wider. Ganz offensichtlich dachte Francisco Pizarro dann aber doch nicht daran, sich wörtlich an die Befehle des Inkaherrschers zu halten. Er schickte einige Spanier mit den beiden Geschützen in die Festung, wie Mila von Ruiz erfuhr: »Das gefällt mir gar nicht, Condesa, denn wenn wir uns dort oben verschanzen, dann können die Indios uns dort leicht belagern. Und ich weiß nicht, ob die Drachen dann unseren Nachschub sichern können.«

»Du solltest dich auch fragen, ob die Drachen euch überhaupt versorgen wollen, mein Freund«, warf Nabu ein, und Mila war sich nicht sicher, ob das wirklich nur ein Scherz war. Die Stadt hatte viele Straßen, das hatte sie gesehen. Mit so wenigen Männern war sie schwer zu verteidigen. Und sie wunderte sich, warum die Indios nicht wenigstens die Festung besetzt gehalten hatten.

Etwas später rief Don Francisco seine Unterführer und auch die Drachenritter zur Beratung.

»Ihr Herren, die Lage ist ernst. Ihr werdet die Indios ebenso zählen können wie ich und erkannt haben, dass sie uns hundertfach überlegen sind. Sie sind jedoch überheblich und scheinen nicht viel von der Kriegskunst zu verstehen, sonst hätten sie uns niemals in die Stadt gelassen. Der Gesandte hat sich von uns verabschiedet, und dafür bin ich dankbar, denn es wäre nicht gut, diesen Spion und seine Leute weiter in unseren Reihen zu haben. Natürlich sind wir immer noch viel zu wenige, um es mit Atahualpas Heer aufzunehmen, aber ich habe bereits einen Plan. Atahualpa hat uns Befehle erteilt, doch gedenke ich nicht, ihm das Gesetz des Handelns zu überlassen. Wir werden eine berittene Gesandtschaft aussenden, die den Herrn dieses Landes einlädt, mit uns hier zu speisen.«

»Augenblick«, unterbrach der Hochmeister, »Ihr wollt Atahualpa in seine eigene Stadt einladen?«

»Ganz recht, Don Maximilian. Sollte er die Einladung annehmen, haben wir vielleicht eine oder zwei Überraschungen für sie, denn nach allem, was wir wissen, wird Almagro heute Nacht mit seinen Männern und Euren Drachen hier eintreffen.«

Mila runzelte die Stirn. Woher wollte der Konquistador das so genau wissen? War in der Zwischenzeit ein Bote gekommen, den sie nicht bemerkt hatte?

»Nun, einhundert Soldaten mehr oder weniger machen wohl kaum einen Unterschied, Don Francisco«, warf Graf Tassilo ein.

»Sie können das Zünglein an der Waage sein, Don Tassilo. Mit unserer Macht, unseren überlegenen Waffen, der Kraft der Drachen und Gottes Hilfe können wir – falls es erforderlich wird – Atahualpa vielleicht gefangen nehmen.«

»Ihr wollt ihn fangen, wenn er unter dem Schutz des Gastrechts steht? Das wäre Verrat an allem, was uns heilig ist, Don Francisco«, erklärte der Hochmeister ruhig.

»Lächerlich«, schnaubte Hernando Pizarro, und sein Bruder Francisco fragte: »Wie ist Eure Meinung dazu, Pater Valverde?«

Der Pater räusperte sich. Er hatte bislang geschwiegen, und

Mila hatte seine Anwesenheit gar nicht bemerkt. Jetzt sagte er: »Wir sind hier, um die Seelen dieser Heiden für Jesus Christus zu gewinnen. Dieses Ziel rechtfertigt Mittel, die wir sonst ablehnen würden, Don Maximilian. Diese lässliche Sünde wird uns vergeben werden.«

»Lässlich? Ihr plant, den Fürsten dieses Landes in einen Hinterhalt zu locken, und erwartet, dass die Ritter unseres Ordens dabei mitmachen?«, fragte der Hochmeister verärgert.

»Das erwarten wir allerdings, Don Maximilian«, erwiderte der Pater, »denn was Don Francisco hier vorschlägt, ist ja nur der Plan für den Notfall, nicht wahr?«

»Und wie ist der eigentliche Plan, Pater, wenn Ihr die Güte haben wolltet, ihn uns mitzuteilen?«, fuhr ihn der Hochmeister an.

»Diese Unbeherrschtheit, Don Maximilian, steht Euch schlecht«, erwiderte der Pater mit herablassender Freundlichkeit. »Ich werde mit Atahualpa sprechen und ihm von unserem Glauben erzählen. Ich werde ihn auffordern, seinem Irrglauben abzuschwören und die Macht der Kirche und des Kaisers anzuerkennen. Wenn er einsichtig ist und sich unterwirft, dann kann der Frieden bestehen bleiben.«

»Und Ihr glaubt, Atahualpa wird das tun?«, fragte Don Mancebo verblüfft. Auch Mila traute ihren Ohren nicht. Pater Valverde konnte unmöglich so naiv sein. Sie kannte den Herrn des Landes natürlich nicht, aber sie konnte sich keinen König vorstellen, der nach ein paar schönen Worten einfach sein Reich herschenkte.

»Ich werde dafür beten, dass unser Heiland die Herzen und Seelen dieser Heiden erleuchtet«, antwortete Pater Valverde mit einer Demut, die Mila schlecht gespielt fand.

Don Francisco ergriff wieder das Wort. »Wenn Ihr einen besseren Plan habt, Don Maximilian, dann heraus damit. Dort draußen vor der Stadt stehen dreißigtausend Indios, vielleicht mehr, die unsere Köpfe wollen. Wenn Ihr einen anderen Weg kennt, sie zu besiegen, lasst es mich wissen. Ich will hier mit heiler Haut herauskommen, und es interessiert mich nicht, ob ich mir dabei ein wenig den Saum meines Gewandes beschmutze oder nicht.«

»Die Ehre ist kein Gewand, das man in einem Bottich reinwaschen kann, Don Francisco«, entgegnete der Hochmeister scharf.

»Nun, dann betet, dass wir nicht darauf angewiesen sind, zu Mitteln zu greifen, die Euch nicht gefallen, Don Maximilian. Ich verlasse mich aber darauf, dass Ihr die Befehle des Kaisers nicht vergesst!«

»Das werden wir nicht, Don Francisco«, warf plötzlich Ritter Balian ein, als Milas Großonkel nicht antwortete.

Es folgte eine lange, lastende Stille, aber dann rief Francisco Pizarro plötzlich fröhlich: »Ausgezeichnet! Doch jetzt vergesst die bitteren Worte und lasst uns überlegen, welche Botschaft wir dem Inka übermitteln wollen.«

Als Kemaq das große Haus des Sapay Inka wieder erreichte, war der Vorhof immer noch voller Menschen. Atahualpa war jedoch nicht dort. Stattdessen nahm einer seiner Berater Kemaq den Bericht ab, und Kemaq musste in jeder Einzelheit die Worte und Taten der Fremden schildern. Er erwähnte auch, dass die Fremden inzwischen Hilfe von Yunga von der Küste erhielten.

»Das wissen wir, Chaski. Es sind Gefangene«, sagte der Berater.

Kemaq kam es vor, als seien diese Worte mehr an die Versammlung im Hof als an ihn gerichtet. Er widersprach nicht, obwohl er es besser wusste, hatten doch nur einige in Ketten gelegen. Dann wurde er entlassen. Als er den Hof verließ, war er erleichtert, dass Atahualpa ihn nicht selbst befragt hatte, aber gleichzeitig auch ein wenig enttäuscht darüber. Er suchte nach Qupay, denn er musste ihm dringend die gute Nachricht überbringen, dass ihr Bruder noch lebte. Er fand ihn nicht in Huaxamacs Zelt, und auch der Hohepriester war nicht dort. Er erfuhr von einem anderen Priester, dass Huaxamac zu Atahualpa gerufen worden war und Qupay ihn vermutlich begleitet hatte. Jetzt war Kemaq etwas ratlos, kam er doch gerade vom Zelt des Sapay Inka und hatte dort weder seinen Bruder noch den Hohepriester gesehen. Plötzlich tauchte Melap auf. Er trug einen ledernen Wassereimer, den er ins Zelt Huaxamacs schleppte. Mit einem Wink bedeutete er Kemaq zu warten.

»Das wurde aber auch Zeit, Mann«, herrschte der Priester den alten Tempeldiener an.

Melap überreichte ihm stumm den Eimer und zog sich mit einer Verbeugung zurück. »Komm mit, Chaski, wir haben zu reden«, sagte er dann, als er das Zelt wieder verlassen hatte.

Wieder ging es hinaus aus dem Lager. »Ich bin erstaunt, dass du immer noch hier bist«, begann der Alte.

»Das Gleiche könnte ich auch von dir sagen, Melap«, erwiderte Kemaq bissig.

Der Alte lächelte schief, dann sagte er: »Es werden heute viele Orakel befragt, und viele Zeichen werden gedeutet werden. Und doch, Pachakuti lässt sich nicht aufhalten!«

Kemaq fühlte einen leichten Schauder. Die Zeitenwende, das Ende der Inkaherrschaft; bis vor kurzem hätte er sich das nicht einmal vorstellen können, doch jetzt hatte er die Macht der Fremden gesehen. Es konnte wirklich geschehen. »Ich habe gehört und auch gesehen, dass auch Chachapoya unter den Wachen des Sapay Inka sind, Melap«, sagte er jetzt.

»Ihre Tapferkeit ist berühmt«, erwiderte der Tempeldiener mit einem seltsamen Anflug von Stolz.

»Sie scheinen mir nicht sehr begierig darauf zu sein, dass Pachakuti kommt«, setzte Kemaq seinen Gedankengang fort.

Die Miene des alten Chachapoya verdüsterte sich. »Sie wissen nichts davon, denn sie geben nichts auf die Weisheit ihrer Vorfahren. Seit ihre Eltern und Großeltern die Heimat verlassen mussten, ist vieles vergessen worden. Die Wurzel wurde durchtrennt, und es wird nicht einfach sein, den Stamm zu heilen.« Er seufzte und fuhr dann fort: »Weißt du, Chaski, wir waren gefürchtet, unsere Krieger noch mehr als unsere Zauberer. Wir hatten Festungen über den Wolken. Von dort stürzten sich unsere

Krieger auf den Feind, und niemand konnte ihnen standhalten. Wolkenmenschen und Nebelkrieger, so haben uns die Inka genannt. Doch der Nebel verwirrte auch unsere Stämme, und unsere alte Einigkeit verging. So konnte das Sonnenvolk mit seinen zahllosen Verbündeten und Unterworfenen uns schließlich besiegen, einen Stamm nach dem anderen. Unser Land ist nun verlassen, unsere Städte sind vergessen, und unsere Krieger dienen dem alten Feind. Aber vielleicht werden sie sich wieder an uns erinnern, wenn Atahualpa tot und sein Reich zerschlagen ist. Für viele Völker wird dann der Tag kommen, an dem sie in ihre alte Heimat zurückkehren können. Für Chachapoya ebenso wie für Chimú, und für Yunga ebenso wie für Marachuna.«

»Es sind einige Yunga mit dem Feind hierhergekommen, Melap«, sagte Kemaq.

»Siehst du? Es beginnt schon, die Ersten wenden sich ab vom Sapay Inka. Auch hier sind doch schon Krieger davongelaufen, die nicht mehr für Atahualpa kämpfen wollen, weil sie wissen, dass Pachakuti kommt.«

»Ich denke, es sind vielleicht auch nur Anhänger seines Bruders Huáscar«, wandte Kemaq ein.

Der Alte runzelte die Stirn. »Was willst du damit sagen, Chaski?«

»Selbst wenn Atahualpa eines Tages sterben sollte, so hat er doch Brüder, viele Brüder, und Huáscar und seine Erben werden es sicher kaum erwarten können, an die Macht zurückzukehren.«

Der Chachapoya schüttelte den Kopf. »Weißt du nicht, dass Atahualpa fast die ganze Familie seines Bruders hat töten lassen? Vom Greis bis zum Säugling, er hat keinen verschont, der Huáscar nahestand, und nur seinen Bruder selbst hat er bislang nicht getötet.«

»Er hat seine Verwandten umgebracht?«, rief Kemaq entsetzt.

Melap sah ihn nachdenklich an. »Du weißt wirklich wenig über die Grausamkeit des Herrn, dem du dienst, Chaski. Hast du den goldenen Schädel nicht bemerkt? Es ist der Schädel eines der Feldherren seines Bruders, und Atahualpa trank aus ihm, als er den Sieg über Huáscar feierte.«

Kemaq sah betroffen zu Boden. Sein Bruder Jatunaq hatte einige dunkle Andeutungen gemacht und hatte auch nicht über das reden wollen, was in Cuzco geschehen war. Jetzt hatte er es von diesem geheimnisvollen Alten erfahren.

»Die Zeichen sagen, dass morgen der Tag der Entscheidung ist, Chaski«, fuhr der Tempeldiener fort.

»Schon morgen?«

»So ist es. Wenn du also nicht so klug bist, dieses unglückselige Heer zu verlassen, so sei wenigstens so schlau, dich aus den Kämpfen herauszuhalten. Pitumi braucht dich noch, Chaski.«

»Warum ausgerechnet mich, Melap? Es gibt so viele Läufer auf unseren Wegen.«

»Aber nicht viele sind Marachuna, und noch weniger glauben an Tamachoc. Doch genug davon, Chaski. Noch einmal rate ich dir – nein, ich fordere dich auf –, so schnell wie möglich nach Tanyamarka zu gehen.«

»Aber ich kann nicht fort«, sagte Kemaq unglücklich. Er dachte an seinen Bruder. Jatunaq war in Caxamalca, da konnte er nicht davonlaufen. Ganz im Gegenteil. Er musste versuchen, ihn zu befreien.

Am Nachmittag hatten die Spanier sich in Caxamalca eingerichtet. Sie waren mit einem gewissen Hochgefühl in die Stadt einmarschiert, die sie nach so großen Anstrengungen endlich erreicht hatten, aber das war einer bedrückten Stimmung gewichen, und die Männer zählten die Zelte der Indios, die die Hügel vor der Stadt bedeckten. Francisco Pizarro sprach seinen Leuten Mut zu und erinnerte sie daran, dass Almagro mit der Verstärkung und fünf weiteren Drachen bald eintreffen würde. »Ich frage mich wieder, woher er diese Zuversicht nimmt«, kommentierte Nabu, »wir haben doch seit Tagen nichts von Almagro gehört.«

Mila gab ihm im Stillen Recht. Sir William war beauftragt worden, Verbindung zu den Männern zu halten. Er war mit Schamasch aufgebrochen, nachdem sie die Hochebene erreicht hatten, und das war nun beinahe eine Woche her. Woher wollte Pizarro also wissen, wo Almagro war?

Pizarro wählte jetzt fünfzehn Reiter aus, die er unter das Kommando seines Bruders Hernando stellte. Sie sollten als seine Gesandtschaft den Sapay Inka besuchen. Dann kam er zu Mila und bat sie darum, die Männer zu begleiten.

»Ich, Don Francisco?«, fragte sie völlig überrascht.

»Ich habe mit Eurem Großonkel bereits darüber gesprochen. Er stimmt meinem Vorhaben zu, und soweit ich weiß, seid Ihr durchaus in der Lage, auch ein Pferd zu reiten.«

»Aber was versprecht Ihr Euch davon?«, fragte Mila verwundert.

»Ihr tragt die Borla, zumindest glauben das die Indios, so werden sie Euch vielleicht als gleichrangig zu Atahualpa ansehen, oder wenigstens werden sie Euch für eine Fürstin halten. Auch die helle Farbe Eures Haares wird viel Eindruck bei ihnen machen, und das ist es, worum es bei diesem Besuch geht, Condesa. Wir wollen sie beeindrucken. Außerdem sprecht Ihr von allen, die ich kenne, das beste Quechua, und es wäre gut, wenn unsere Botschaft ohne Missverständnis übermittelt würde.«

Mila zögerte, sie erinnerte sich an den letzten Zwist, den der Hochmeister mit Pizarro ausgefochten hatte.

»Euer Angebot ehrt mich, Don Francisco, doch muss ich Euch sagen, dass auch ich es nicht für sehr ritterlich halte, den Fürsten dieses Volkes in eine Falle zu locken.«

Pizarro schwieg einen Moment, dann sagte er: »Wäre es Euch lieber, er schlachtete uns ab? Erinnert Ihr Euch nicht daran, dass alle mich davor warnten, hierherzukommen, gerade auch Euer Onkel, weil diese Einladung eine Falle sein könnte? Natürlich ist es eine! Wenn Ihr Atahualpas riesiges Heer sehen könntet, Condesa, würdet Ihr nicht mehr daran zweifeln. Ich vergelte also

Gleiches nur mit Gleichem. Außerdem habe ich nicht vor, den Inka zu töten. Ich will ihn gefangen nehmen, lebend!«

Mila schwieg. Ihre Aufgabe erschien ihr immer noch wenig ehrenhaft.

»Ich verstehe Eure Bedenken, Condesa Milena. Sprecht mit Eurem Onkel und sagt mir dann, wie Ihr entschieden habt. Es gibt andere hier, die diese Sprache sprechen, auch wenn ich keinen von ihnen für so geeignet halte wie Euch.«

Mila war nicht bereit, sich von den Schmeicheleien des Konquistadors einfangen zu lassen, also sprach sie mit ihrem Großonkel. Zu ihrer Überraschung hatte der Hochmeister des Ordens seine Meinung offenbar geändert: »Er hat Recht, Mila. Du weißt, dass es auch mir wenig gefällt, denn ehrenvoll ist sein Vorgehen sicher nicht. Aber die Lage ist nun einmal so, wie sie ist. Wir sitzen in dieser Stadt fest, und auch wenn wir selbst uns auf unseren Drachen in Sicherheit bringen könnten, so können Pizarros Männer das leider nicht. Außerdem ist diese Konfrontation auf Dauer unvermeidlich. Der Kaiser will dieses Land, Milena, und Don Francisco ist sein Stellvertreter. Er oder Atahualpa, dieses Land kann keine zwei Herrscher haben. Ich hoffe, du verstehst das.«

»Don Francisco will sich auf den Thron des Inka setzen?«, fragte Mila verblüfft.

»Nein, nicht sich selbst. Er wird irgendeinen willfährigen Indio finden, der tut, was Pizarro will, so wie in Chan Chan. Wahrscheinlich wird dieser sich sogar weiterhin Herrscher nennen dürfen, aber Don Francisco wird nicht ruhen, bevor er nicht die Macht über dieses Reich an sich gerissen hat.«

»Also heißt du es gut, dass er im Schutze der Gastfreundschaft einen hinterhältigen Anschlag plant?«

»Nein, Milena, natürlich nicht. Aber ich denke, es ist unter den gegebenen Umständen besser, als diesem riesigen Heer eine offene Schlacht zu liefern. Und vielleicht gelingt es uns mit einer schmutzigen List, viele, viele Leben zu retten.«

»Und du willst, dass ich dabei mithelfe, Onkel?«, fragte Mila noch einmal.

»Ich bitte dich sogar darum. Es könnte uns viel Ärger ersparen.«

So leicht war Mila nicht zu überzeugen. Der Sinneswandel ihres Großonkels schien ihr befremdlich.

»Ärger mit wem, Onkel?«

»Mit den Drachen. Sie sind weit ritterlicher als wir, Mila, und ich weiß wirklich nicht, was sie tun werden. Es ist gut möglich, dass sie sich schlicht weigern, für Pizarro in den Kampf zu ziehen.«

»Dann verstehe ich noch weniger, warum du sie gegen uns, also uns Ritter, aufbringen willst, Onkel.«

»Das lässt sich wohl nicht mehr vermeiden, Milena. Wir dürfen das Wohlwollen der Pizarros nicht verlieren.«

»Aber …«, wandte Mila ein, doch der Hochmeister schnitt ihr das Wort ab: »Du bist eine Ritterschwester, das ist nicht nur ein schönes Privileg, sondern auch eine Verpflichtung. Muss ich dich daran erinnern, dass Gehorsam zu den Grundsätzen unseres Ordens gehört?« Er seufzte. »Unser Orden steht auf tönernen Füßen, Mila, hast du es denn immer noch nicht begriffen? In der Alten Welt, da brauchen sie uns nicht mehr, und wenn sie feststellen, dass wir ihnen auch hier nichts nützen, könnte das unser Ende bedeuten.«

Mila öffnete den Mund, aber sie schloss ihn wieder, ohne etwas zu sagen. Sie hörte nur zu deutlich, wie besorgt der Hochmeister war. Das Ende des Ordens? Sie konnte sich nicht einmal vorstellen, was das bedeuten mochte, für sie und für Nabu und die anderen Drachen.

Kemaq kehrte zurück zu Huaxamacs Zelt, um seinen Bruder zu suchen. Doch er war nicht dort, dafür bat ihn der Hohepriester selbst in sein Zelt. Es war kein Befehl, sondern wirklich eine Bitte, was Kemaq ziemlich verwirrte.

»Er war beeindruckt von dir, Kemaq«, begann der Hohepriester.

»Wer, Herr?«

»Atahualpa Inka. Hast du das nicht bemerkt?«

»Nein, Herr«, erwiderte Kemaq, der daran dachte, wie sehr er gezittert hatte, als er vor dem Sapay Inka gestanden hatte.

»Es war auch von großem Vorteil für mich, Chaski, denn es gibt Männer in der Nähe des Inka, die mir die Schuld für die Niederlage von Chan Chan geben wollen.«

Kemaq blickte zu Boden. Er wusste nicht, wer diese Männer waren, aber er teilte ihre Meinung.

»Jetzt aber«, fuhr der Hohepriester fort, »hat Atahualpa gesehen, dass Intis Segen wirklich auf dir ruht, wie ich es sagte. Und auch an den Sieg, den ich voraussah, glaubt er nun fest.«

Kemaq biss sich auf die Lippen. Ein Sieg? »Aber Herr, die fliegenden Götter …«, wandte er vorsichtig ein.

»Das Orakel sagt, dass sie nicht gegen den Sohn der Sonne kämpfen werden«, verkündete Huaxamac.

»Das Orakel?«, fragte Kemaq vorsichtig. Der Hohepriester war ungewohnt auskunftsfreudig. Das musste er ausnutzen.

»Mehrfach haben wir es befragt, und immer gab es die gleiche Antwort. Die Ankay Yayakuna verlieren an Kraft, und sie werden in unseren Bergen zugrunde gehen, einer nach dem anderen, bis keiner mehr übrig ist. Und schon jetzt sind sie zu schwach, ihren feurigen Atem gegen Atahualpa Inka zu richten.«

Kemaq hätte gerne mehr erfahren, aber sie wurden durch einen Priester unterbrochen, der völlig außer Atem ins Zelt stürzte. »Die Fremden kommen ins Lager, Herr«, keuchte er, »und Atahualpa erwartet dich.«

Huaxamac erhob sich schnell und trat aus dem Zelt. Kemaq folgte ihm. Er hörte Hörnerklang, doch der Ton war nicht so weich wie der Ruf der Muschelhörner, sondern hell, durchdringend und herausfordernd.

Huaxamac stürmte davon, und Kemaq überlegte sich, wo er

hingehen sollte, um wenigstens einen Blick auf diese Boten werfen zu können, die mit so großem Lärm herannahten. Er wollte ihnen aber auch nicht zu nahe kommen. Er hatte Melaps Warnung noch im Ohr und hielt es für besser, sich so weit wie möglich von all diesen gefährlichen Dingen fernzuhalten. Der Hohepriester blieb noch einmal stehen. »Worauf wartest du, Chaski? Atahualpa hat uns gerufen, also komm! Wir müssen uns beeilen.«

Mila hätte viel darum gegeben, auf Nabus Rücken sitzen zu dürfen, aber Pizarro hatte sie auf ein Pferd gesetzt. Natürlich konnte sie reiten, aber einer der Männer musste das Tier führen, und sie fühlte sich hilflos und – blind. Auch fragte sie sich, ob es wirklich eine so gute Idee war, sich dem Sapay Inka aus der Nähe zu zeigen. Die Indios mussten doch merken, dass sie die Borla nicht nur zum Schmuck trug, oder vielleicht wussten sie es auch schon. Der Gesandte hatte sie schließlich tagelang beobachtet, und wenn der Mann nicht selbst blind war, dürfte ihm ihr Zustand nicht entgangen sein. Fray Celso hatte allerdings gesagt, dass die Indios so große Ehrfurcht vor diesem Zeichen hatten, dass sie nicht wagen würden, sich die Trägerin genauer anzusehen. Ihre Erfahrungen waren da anders, aber jetzt war es für solche Gedanken zu spät. Sie verfluchte das Pferd, das einen außerordentlich harten Gang hatte und sie ordentlich durchschüttelte, und wusste nun umso mehr zu schätzen, was sie an Nabu hatte.

Pizarro hatte den Männern befohlen, mit möglichst großer Prachtentfaltung im Lager der Indios zu erscheinen. Sie führten die große Standarte mit, Mila hörte sie im Wind flattern. Gleich zwei Männer bliesen in ihre Hörner, während sie über die Ebene vor der Stadt ritten. Dazu rasselten die Rüstungen der Reiter, die Pferde schnaubten, und ihre Hufe klangen weit durch das Tal. Mila war sicher, dass das die Indios beeindruckte. Aber würde es Atahualpa so sehr beeindrucken, dass er sich dem Kaiser unterwarf? Wohl kaum. Sie sollte ihn in eine Falle locken.

Sie wünschte, sie hätte sich doch nicht darauf eingelassen. Aus dieser ganzen Sache, diesen Lügen und Täuschungen, konnte doch nichts Gutes erwachsen. Die Pferde wurden langsamer. Mila spürte die Anwesenheit vieler Menschen, Menschen, die sich außergewöhnlich still verhielten. Sie hatte das Gefühl, dass sie von tausend Augen angestarrt wurde, aber keiner der Männer, die dort standen, sagte auch nur ein Wort. Man hatte sie recht weit vorn platziert, und so hörte sie, wie einer der Spanier, der ein wenig Quechua sprach, nach dem Zelt des Sapay Inka fragte. Der Indio bot daraufhin an, sie zu führen. Es ging im Schritt weiter, und das Gefühl, von tausenden von Menschen umgeben zu sein, wurde noch stärker. Mila spürte jedoch keine Feindseligkeit, es war eher, als würde man sie bestaunen. Aber sie hätte nicht erklären können, woraus sie das schloss, denn sie war nur von Schweigen umgeben.

Endlich hielten die Pferde an, und die Stimme eines Indios forderte sie auf, abzusteigen und vor den Inka zu treten.

»Bleibt im Sattel, Männer«, befahl Hernando Pizarro. »De Soto, de Cuellar und Condesa Milena – folgt mir. Ihr anderen wartet hier.«

»Duckt Euch um eine Handbreit, Condesa«, raunte einer der Männer Mila zu. Mila folgte diesem Rat und spürte, dass etwas ihren Helm streifte. Sie schienen durch einen Torbogen geritten zu sein. Die Klänge änderten sich. Auch jetzt waren sie von Menschen umgeben, aber die Menge war viel kleiner und schien sehr gedrängt zu stehen. Sie befanden sich wohl in einem begrenzten Raum, einem Hof vielleicht. Mila streichelte ihr Pferd, um es zu beruhigen, aber eigentlich wollte sie sich vor allem selbst beruhigen. Hier war die Stimmung anders. Feindseligkeit war spürbar.

Jemand trat vor und sagte: »Steigt von diesen Wesen, speist mit uns und sagt, was ihr zu sagen habt, Fremde.«

»Niemand steigt ab«, rief Hernando, als Mila übersetzt hatte. Sie hörte sein Pferd unruhig tänzeln. Dann sagte er: »Seid so freundlich und überbringt unsere Botschaft, Condesa.«

Mila richtete sich im Sattel auf und rief: »Dies ist Don Hernando Pizarro, Abgesandter seines Bruders Don Francisco Pizarro, der unser Oberbefehlshaber ist. Er ist deinem Wunsch gefolgt, nach Caxamalca zu kommen, denn er hat dir vieles zu sagen. Von unserem Kaiser, der der mächtigste Herrscher der Welt ist, und vom wahren Glauben, den wir dir und deinem Volk bringen wollen. Unser Anführer lädt dich ein, ihm in Caxamalca die Ehre deines Besuchs zu erweisen.« Mila erschienen besonders die letzten Worte heikel, denn sie wusste doch, dass es eine Unverschämtheit war, den Herrn dieses Landes in seine eigene Stadt einzuladen.

Es erfolgte für eine Zeit, die Mila ewig erschien, keine Antwort, bis plötzlich eine brüchige Stimme sagte: »Atahualpa hat eure Worte vernommen.«

»Fragt diesen Heiden, ob der Sapay Inka uns auch sagen will, was er beschlossen hat, Condesa«, forderte Hernando Pizarro.

Als Mila übersetzt hatte, meldete sich eine andere, dunkle Stimme zu Wort: »Dies sind Fastentage für mich. Doch werde ich morgen in meine Stadt kommen und mit eurem Anführer sprechen. Ihr seid in mein Land gekommen, doch seid ihr nicht willkommen. Ihr habt meine Städte angegriffen und meine Untertanen getötet. All das muss morgen besprochen werden. Dann werde ich euch sagen, was weiter geschehen wird.«

»Befehle, Befehle«, rief Hernando Pizarro. »De Soto, zeigt ihm, was wir von seinen Befehlen halten.«

Notgedrungen hatte sich Kemaq dem Hohepriester angeschlossen, und nun stand er im Hof und lauschte dem, was gesprochen wurde. Er hatte sich mit Bedacht einen Platz möglichst weit im Hintergrund gesucht, denn er traute diesen Fremden nicht. Er war sehr überrascht, als er die Frau mit den goldfarbenen Haaren unter ihnen sah. Sie trug zwar einen Helm, aber ihr langes Haar schimmerte darunter hervor. Sie sprach für die anderen Männer, die in den Hof gekommen waren. Wie anders verhielten sie sich als die Großen des Inkareiches! Weder waren sie von ihren vierbeinigen Tieren gestiegen, noch erschienen sie barfuß, und auch die Last der Demut, mit der doch selbst der berühmte Feldherr Rumi-Nahui vor Atahualpa erschienen war, trugen sie nicht.

Kemaq konnte seinen Blick nur schwer von der Fremden wenden. Er hatte immer noch niemandem erzählt, dass sie blind war. Das war etwas, was ihm Unbehagen bereitete. Wenn Atahualpa oder ein anderer es merkte, würden sie vielleicht nicht mehr so wohlwollend über ihn urteilen. Es war schwer zu sagen, was die Würdenträger im Hof dachten. Sie standen dicht gedrängt um Atahualpa, so als wollten sie ihm im Falle einer Gefahr zu Hilfe kommen. Der Sapay Inka war der Einzige, der die Fremden nicht anstarrte. Er blickte wieder in eine ganz andere Richtung, als die Frau die Worte des hässlichen Anführers übersetzte. Einer der Berater erklärte, dass er verstanden hatte, aber die Fremde fragte auf Geheiß des Hässlichen nach, was Atahualpa nun beschlossen habe. Kemaq selbst hätte das nie gewagt. Ihm fiel jetzt auf, dass auch die Fremde den Sohn der Sonne scheinbar nicht ansah, als würde sie ihn nicht beachten. Er fragte sich, ob noch jemand anders bemerken würde, dass sie das tat, weil sie blind war. Und dann sprach Atahualpa, der doch den ganzen Tag noch kein Wort für all die versammelten Würdenträger gehabt hatte, zu den Fremden, aber so leise, dass Kemaq ihn nicht verstand.

Wieder übersetzte die Goldhaarige, dann rief der Hässliche wieder etwas, und ein Dritter stieß einen lauten Ruf aus und riss am Geschirr seines schwarzen Tieres. Es stellte sich plötzlich schnaubend auf die Hinterläufe, rannte nach rechts, wurde von seinem Reiter knapp vor einigen Priestern zurückgerissen, schoss in einigen Sprüngen nach links, wurde wieder hart zurückgerissen und sprang dann auf den Sapay Inka selbst los. Das alles ging blitzschnell, aber Atahualpa verzog nicht eine Miene, auch nicht, als der Fremde sein großes Tier im letzten Augenblick anhielt und es schnaubend Schaum auf den Mantel des Sapay Inka spritzte. Kemaq bemerkte, dass drei seiner engsten Berater offenbar weniger tapfer als ihr Herr waren und erschrocken zurückwichen. Doch jetzt stand das Wesen ganz ruhig und ließ sich von seinem Reiter, der ihm freundlich auf den Hals klopfte, zurücklenken. Das Gesicht des Sapay Inka blieb unbewegt, und er gab einigen Bediensteten einen Wink, die jetzt zum dritten Mal an die Fremden herantraten und sie einluden, abzusteigen und mit ihnen zu speisen, und ihnen große Tonschalen mit Früchten anboten, als habe man das ungeheuer beleidigende Benehmen gar nicht bemerkt. Doch die Fremden lehnten ab und fragten nur noch einmal, zu welcher Zeit der Sapay Inka nach Caxamalca zu kommen gedenke. Sie schlugen dafür den Nachmittag vor. Aber darauf sagte einer der Berater nur: »Er wird kommen, wenn es ihm gefällt.«

Die Fremden nickten dem Sapay Inka knapp zu, was Kemaq unerhört herablassend erschien, wendeten ihre Tiere und verließen den Vorhof wieder. Bald darauf ertönten ihre lauten Hörner, und sie entfernten sich schnell. Zurück blieb eine schweigende Menge. Kemaq sah Atahualpa immer noch wie in Stein gemeißelt auf seinem Platz sitzen. Würde er sich je wieder erheben? Es sah nicht so aus. Kemaq hätte sich gerne unauffällig entfernt. Er hatte Qupay immer noch nicht von Jatunaq erzählt. Vielleicht hatte Qupay ja einen klugen Einfall, wie sie ihren Bruder retten könnten. Endlich erhob sich der Sapay Inka. Er warf drei Männern einen vernichtenden Blick zu, wandte sich ab und verschwand in seiner Behausung. Die drei – Kemaq erkannte sie als jene wieder, die vor dem Tier zurückgewichen waren – standen bleich und zitternd da. Dann traten einige Krieger auf sie zu und forderten sie leise auf, ihnen zu folgen.

Die Versammlung löste sich auf, und Huaxamac winkte Kemaq heran. »Komm, Chaski, Rumi-Nahui hat nach uns gefragt, und wir sollten ihn umgehend aufsuchen.«

»Aber ist der Feldherr jetzt nicht beim Sapay Inka?«

»Natürlich ist er das. Aber er hat uns in sein Zelt befohlen. Wir werden dort auf ihn warten. Glaube mir, es ist besser, wir warten auf ihn, als dass wir ihn auf uns warten lassen.«

Kemaq hätte wirklich lieber nach Qupay gesucht, aber es blieb ihm nichts anderes übrig, als Huaxamac zu folgen. »Sag, Herr«, fragte er, als sie zum Zelt des Befehlshabers liefen, »die drei Männer, die von den Kriegern fortgeführt wurden, was geschieht mit ihnen?«

»Was wohl? Sie haben dem Sapay Inka im Angesicht der Fremden Schande bereitet. Sie werden natürlich sterben.«

Kemaq schluckte. Diese drei hatten einfach nur Pech gehabt, denn der Fremde auf seinem Wesen hätte sie beinahe über den Haufen gerannt. Hätte er zufällig dort gestanden, wäre er vermutlich auch zurückgewichen.

»Was ist?«, fragte Huaxamac. »Tun sie dir etwa leid? Das sollten sie nicht, denn sie haben sich als schwach erwiesen, und für Schwächlinge ist an der Seite des Sapay Inka kein Platz.«

Sie erreichten das Zelt des Feldherrn, das von zwei Huanca-Kriegern bewacht wurde. Sie ließen sie nicht hinein, obwohl Huaxamac ihnen sagte, dass er ein hoher Priester Intis war.

»Wenn du nicht der Inka selbst bist, können wir dich nicht einlassen, Herr, denn Rumi-Nahui hat es uns verboten.«

Daher blieben sie etwas ratlos vor dem Zelt stehen und warteten. Und so verrann die Zeit, ohne dass Kemaq etwas unternehmen konnte.

Don Hernando gab einen Bericht der Ereignisse wieder, und Mila begnügte sich vorerst damit, zuzuhören, denn er hatte gesehen, was sie nur gehört hatte, und beschrieb die Ereignisse nach ihrer Auffassung ziemlich gut und zutreffend. »Möchtet Ihr etwas hinzufügen, Condesa Milena?«, fragte Francisco Pizarro höflich.

Sie überlegte kurz, dann sagte sie: »Der Bericht Don Hernandos beschreibt es sicher besser, als ich es könnte, mir fiel lediglich auf, welche Ruhe und Ordnung bei den Indios herrschte.

Die Meisten können doch noch nie im Leben ein Pferd gesehen haben, aber ich hörte nicht einen einzigen Laut des Erstaunens oder Schreckens, als Hauptmann de Soto seine Kunststücke zeigte. Was immer diese Indios dachten oder fühlten, sie verstanden es, es vor uns vollkommen zu verbergen. Und mir schien es, auch wenn ich es nicht begründen kann, als sei der Sapay Inka das Zentrum dieser Ruhe.«

»Es ist richtig«, gab Hernando Pizarro zu. »Es rührte sich niemand, bis Atahualpa einen Wink gab.«

»Das darf Euch nicht wundern, Ihr Herren«, warf Meister Albrecht ein. »Ich hatte Gelegenheit, ein wenig mehr über das Staatswesen dieses Volkes in Erfahrung zu bringen. Ihre Ordnung ist streng – strenger, als wir uns das vielleicht vorstellen können. Auch in unseren Reichen hängt doch viel, beinahe alles, vom Herrscher ab, doch hier ist es ähnlich wie in einem Bienenkorb, der tausende Bienen zählt, doch ohne die eine, die Herrscherin, zugrunde geht. Ja, ich gehe sogar weiter und behaupte, sie würden nicht einmal ausfliegen, um Honig zu sammeln, wenn die Königin es nicht befiehlt.«

»Dann ist es umso wichtiger, diese eine Biene in die Hände zu bekommen«, stellte Don Francisco Pizarro nüchtern fest. »Und zwar lebend«, betonte er.

Er tat zuversichtlich, doch Mila hörte, wie angespannt er war. Und wieder behauptete er, Almagro würde mit weiteren Soldaten und Drachen am nächsten Tag hier erscheinen.

Der Abend dämmerte, und die nervöse Anspannung in Caxamalca nahm zu. Don Francisco und seine Hauptleute inspizierten die Häuser rund um den Platz und sagten ihren Männern, wo sie Aufstellung zu nehmen hatten. Sie fanden auch große Hallen mit mächtigen Toren, Lagerhäuser vielleicht, die sich ideal als Versteck für die Reiter eigneten. Die Drachen wurden hingegen in die zweite Reihe beordert: »Es wäre mir lieb, wenn Ihr Euch gut sichtbar für die Heiden oben auf der Festung und somit weit vom Platz entfernt niederlassen würdet, Don Maximilian. Wir wollen den Heiden jedes Misstrauen nehmen.«

Da Francisco Pizarro allein erschienen war, nutzte Mila die Gelegenheit, ihn etwas zu fragen, was sie schon den ganzen Tag beschäftigte. »Verzeiht, Don Francisco, aber Ihr habt gesagt, dass Ihr für heute Nacht mit dem Eintreffen von Don Diego de Almagro rechnet. Wie könnt Ihr da so sicher sein?«

»Es ist recht einfach, Condesa. Ich habe den Engländer zu ihm geschickt und ihm gesagt, wann wir hier eintreffen werden. Ich kenne Almagro. Er wird es so einrichten, dass er rechtzeitig hier ist.«

»Aber als wir das letzte Mal von ihm hörten, kurz nachdem wir Chan Chan verlassen hatten, da war er noch irgendwo weit entfernt in der Ebene«, wandte der Hochmeister jetzt ein, »und Sir William mit Schamasch habt Ihr vor erst einer Woche zu ihm gesandt.«

»Dennoch, Almagro kennt meine Pläne, und ich sehe keinen Grund, an ihm zu zweifeln.«

»Ich zweifle nicht an ihm, doch bedenkt, Don Francisco, welche Schwierigkeiten wir hatten, diese Berge zu überwinden. Da kann ein Mann sich redlich mühen und doch zu spät erscheinen«, sagte der Hochmeister.

Pizarro schwieg einen Augenblick, dann erwiderte er ganz ruhig: »Nun, das liegt letztlich in Gottes Hand. Ich wäre Euch aber dankbar, wenn Ihr Eure Zweifel für Euch behalten könntet, Don Maximilian, und Ihr auch, Condesa Milena. Meine Männer sind angespannt genug.«

»Denkst du, Onkel, seine Männer glauben ihm, dass Almagro rechtzeitig kommt?«, fragte Mila leise, als sie auf der Festung gelandet waren. Auf den Mauern waren einige Yunga, die immer noch sehr auf Abstand zu den Drachen achteten, und die Männer, die Pizarro für die Geschütze eingeteilt hatte.

»Solange wir nichts Gegenteiliges hören, vielleicht, aber spätestens morgen werden sie wissen, dass er nicht rechtzeitig hier erscheinen wird«, antwortete der Hochmeister.

»Aber wenn er es doch schaffen sollte?«, fragte Mila.

»Dann hätten wir es schon gehört. Er würde doch sicher einen Drachen vorausschicken, der auskundschaftet, ob der Weg frei ist, und Sir William wäre zurück und würde ihn ankündigen. Nein, wenn er die Hochebene erreicht hätte, wüssten wir es. Wenn Almagro die Berge aber noch nicht überwunden hat, kann er auch nicht bis morgen hier sein. So einfach ist das, Milena.«

»Aber warum erzählt Pizarro dann seinen Leuten so eine Lüge?«, fragte Mila leise.

»Um sie bei der Stange zu halten, warum sonst? Da draußen liegen zehntausende Indios, und noch wäre Zeit, davonzulaufen. Don Francisco weiß das. Wenn seine Männer aber bis morgen früh ausharren, ist es zu spät, dann haben sie ihr Schicksal auf Gedeih und Verderb mit dem der Pizarros verknüpft.«

Jemand näherte sich mit schlurfendem Schritt, und dann rief eine bekannte Stimme: »Soll ich Euch helfen, Nabu abzuschirren, Condesa?«

»Ruiz?«, fragte Mila, erstaunt, dass der junge Waffenknecht hier oben war. Er hatte sich in den letzten Tagen bemüht, sich von seiner besten Seite zu zeigen, um seinen Fehler wiedergutzumachen.

»Ich bin es, Condesa. Denkt Euch, Don Francisco hat mich den Kanonen zugeteilt, und ich musste helfen, sie auf den Hügel zu schieben. Es mag ja sein, dass sie von dort ein gutes Schussfeld auf den Platz und die Straßen haben, aber es war eine unmenschliche Quälerei, selbst für die, die nicht in Ketten liegen«, sagte Ruiz in Anspielung auf die gefangenen Indios. »Und jetzt schickt mich der Hauptmann ständig hinunter in die Stadt mit irgend welchen Botengängen. Da bin ich doch viel lieber bei Euch und helfe Euch bei Nabu.«

»Marduk und Behemoth werden deine Hilfe sicher auch gerne annehmen, Ruiz«, sagte der Hochmeister freundlich, »und ich glaube, selbst Nergal wird sie willkommen sein. Sie tragen das Geschirr doch alle schon recht lange.«

»Aber das sind nicht die Drachen der Condesa«, wandte Ruiz ein, »und ich weiß nicht, ob sie mich entbehren kann.«

»Sie kann, Ruiz«, versicherte Mila lächelnd und ganz unbeeindruckt von Ruiz' leidendem Stöhnen. Damit würde er eine Weile beschäftigt sein. Sie fand, das könnte ihm nicht schaden, und solange er arbeitete, hatte er wohl keine Zeit, sich über den morgigen Tag den Kopf zu zerbrechen. Ganz im Gegensatz zu ihr selbst.

Kemaq stand sich die Beine in den Bauch. Rumi-Nahui war so spät erschienen, dass er schon fast nicht mehr daran geglaubt hatte, dass der Feldherr überhaupt noch kommen würde. Dann war er außerordentlich wortkarg gewesen und hatte Huaxamac gebeten, über die Zeichen zu sprechen, die er vor ihrem Angriff bei Chan Chan gesehen hatte. Der Hohepriester fühlte sich offenbar geschmeichelt und berichtete ausführlich über die Opfer, die gebracht worden waren, das weiße Lama, das er eigenhändig geschlachtet, die kostbaren Gewänder des alten Curaca, die er selbst auf dem Opferaltar verbrannt hatte. Dann hatten sie den Lauf einer Spinne gedeutet und waren sich einig darin gewesen, dass der Sieg sicher war. »Allerdings irrten wir uns, was den Zeitpunkt betraf«, räumte er schließlich ein.

Rumi-Nahui hatte mit seinem versteinerten Blick zugehört und fragte jetzt: »Wann, glaubst du, wird der Sieg, den du gesehen hast, kommen, Huaxamac?«

Damit brachte er den Hohepriester ganz offensichtlich in Verlegenheit, denn Kemaq entging nicht, dass er begann, auf seinem Stuhl unruhig hin und her zu rutschen. »Er ist noch nicht eingetreten, also wird er noch kommen«, sagte er schließlich.

»Das versteht sich von selbst, Priester, doch frage ich dich, welchen Tag dir Inti für den großen Sieg enthüllt hat. Heute? Morgen? Übermorgen?«

»Inti hat mir keinen genauen Tag gesagt, Herr, nur, dass der Sieg nahe ist, das konnten wir sehen.«

Der Feldherr starrte den Priester mit seinem unbeweglichen Auge an. »Morgen?«, fragte er noch einmal.

Kemaq bemerkte, dass dem Hohepriester jetzt Schweiß auf die Stirn trat. Er zögerte, aber dann leuchteten seine Augen plötzlich, und er rief: »Nein, nicht morgen, Rumi-Nahui. Ganz sicher nicht morgen, denn wir sahen kein Zeichen, dass der Sieg mit dem Ende eines Fastens zusammenfallen könnte.«

»Inti will also, dass wir noch Frieden halten. Gut, doch solltest du so bald wie möglich die Orakel noch einmal befragen, denn die Götter können ihre Meinung ändern. Sollte das geschehen, so muss ich es wissen, verstehst du?«

»Ja, Herr«, versicherte Huaxamac.

»Gut, du kannst gehen. Ich werde noch einmal zu meinen Kriegern gehen und mit ihnen sprechen.«

Als Kemaq mit dem Hohepriester das Zelt verließ, war es schon lange dunkel, und die Zikaden hatten die Herrschaft über den Hügel übernommen. Kemaq versuchte seinen Ärger zu verbergen, aber er fand es unfassbar: Stundenlang hatte er nur dagestanden, statt etwas für Jatunaq tun zu können, und dann hatte Rumi-Nahui keine einzige Frage an ihn gehabt. Sie gingen ein paar Schritte, dann blieb Huaxamac stehen und schüttelte den Kopf.

»Was ist, Herr?«, fragte Kemaq.

»Der Blick dieses Mannes ist wirklich schwer zu ertragen, und er ist schlau. Beinahe hätte ich die Falle nicht bemerkt.«

»Falle, Herr?«

Huaxamac schnaubte. »Natürlich war es eine Falle. Morgen? Morgen wird gar nicht gekämpft, also kann es auch keinen Sieg geben, oder?« Plötzlich legte der Priester Kemaq die Hand auf die Schulter: »Du wirst niemandem weitererzählen, was ich gerade gesagt habe, nicht wahr, Chaski?«

»Natürlich nicht, Herr«, versicherte Kemaq, der nun gar nichts mehr verstand. Hatte Huaxamac nun ein Zeichen gesehen oder nicht? Und hatte es ihm einen Tag offenbart oder nicht? Das musste er doch wissen. Oder dachte er sich das alles nur aus?

»Gut. Ich werde mit meinen Priestern sprechen, die sicher schon voller Ungeduld auf mich warten. Dich brauche ich heute nicht mehr, Chaski, doch morgen früh solltest du dich zu meiner Verfügung halten, verstanden?«

»Ja, Herr«, versicherte Kemaq und war froh, dass er endlich gehen konnte. Dann begriff er, was Huaxamac gesagt hatte. Er würde mit den anderen Dienern Intis reden, das hieß, auch mit Qupay. Er würde wieder nicht dazu kommen, ihm von Jatunaq zu erzählen. Aber vielleicht gab es etwas, was er allein unternehmen konnte. Er lief auf den Hügel hinauf. Da unten lag die Stadt im Mondlicht. Einige Feuer brannten auf dem Platz, und ihm war, als sähe er im Dunkeln auch Bewegung auf der Festung, die in der Mitte thronte. In weniger als der Hälfte einer Stunde könnte er dort sein.

Es war schon nach Mitternacht, als sich die Ritter mit ihren Drachen auf der Mauer der Festung zu einer Beratung trafen. Mila war neugierig, was es zu besprechen gab. Die Einladung – und das fand sie erstaunlich – hatte Ianus im Auftrag von Marduk überbracht, aber noch erstaunlicher fand sie, dass die Ritter ihr ohne jede Diskussion folgten. Selbst Balian oder der Tressler hatten keine Einwände.

Sie stellten Ruiz als Wache an den Aufgang zur Mauer, denn es war wichtig, dass sie ungestört blieben. Mit leichtem Stirnrunzeln nahm Mila zur Kenntnis, dass sie auch die Stimme von Balians jüngerem Bruder Konrad hörte.

»Was macht der Knabe hier?«, fragte Marduk ziemlich unhöflich.

»Er ist mein Bruder, und wenn morgen einer von uns sterben sollte, was Gott verhüten möge, so wird er dem Unglücklichen doch wohl nachfolgen«, entgegnete Ritter Balian steif.

»Der Knabe soll wiederkommen, wenn es so weit ist«, zischte Nergal.

Mila unterdrückte ein unziemliches Grinsen. Es war selten, dass sie mit dem Schwarzen Nergal einer Meinung war, und dass die Drachen Konrad als Knaben bezeichneten, wo er doch in ihrem Alter war, das, so gestand sie sich ein, gefiel ihr besonders gut.

»Ich wäre sicher ein besserer Ritter als diese Blinde, die nicht einmal bemerkt, wenn das Zaumzeug schadhaft ist«, rief Konrad.

Mila biss sich auf die Lippen. Immer noch hielt sie Konrad für den wahrscheinlichsten Urheber dieses Anschlags.

»Kann es sein, dass du davon wusstest, Konrad?«, fragte Nabu betont ruhig.

»Lächerlich«, schnaubte Balian.

»Das denke ich auch«, sagte der Hochmeister jetzt. »Ich kenne Konrad als ehrlichen, wenn auch etwas übermütigen jungen Knappen. Und vielleicht kannst du seine Anwesenheit dulden, Marduk, denn Balian hat Recht«, sagte der Hochmeister. »Wir sind nur noch wenige, und sollte einer von uns fallen, so wäre die Reihe wohl an ihm, es sei denn, ihr wollt einen von Pizarros Männern im Sattel eines Drachen wissen.«

»Dieser Knabe ist nicht eingeladen«, gab sich Marduk stur, »und die Sache geht nur Drachen und Ritter an.«

Einen Augenblick blieb es still, dann sagte der Tressler: »Du hast es gehört, mein Junge, entschuldige uns bitte.«

Noch eine Überraschung, dachte Mila, *der alte Graf tritt nicht für seinen Neffen ein.*

Konrad entfernte sich wortlos, aber sie hörte seinem stampfenden Schritt an, wie wütend er war.

»Morgen wird ein bitterer Tag«, sagte Marduk, als sie unter sich waren.

»Niemand weiß, was morgen sein wird«, entgegnete Graf Tassilo.

Marduk schnaubte verächtlich und erwiderte: »Ich weiß aber, was morgen nicht geschehen wird. Ich weiß, dass weder Schamasch noch die anderen unserer Brüder, die ihr nach Norden gesandt habt, rechtzeitig hier erscheinen werden, geschweige denn Almagro und seine Männer. Und ganz sicher wird der König dieses Landes seine Krone nicht ohne Kampf hergeben.«

Der Hochmeister seufzte. »Dass wir mit Schamasch und den anderen nicht rechnen dürfen, wissen wir. Selbst Don Francisco weiß es, doch will er seinen Männern nicht die Hoffnung rauben. Und was das andere angeht, so kannst du sicher sein, dass mir der Plan, den Pizarro ausgeheckt hat, auch nicht besonders gefällt, aber einen besseren habe ich nicht. Und wenn es ihm gelingt, Atahualpa gefangen zu nehmen, bleiben uns weitere Schlachten vielleicht sogar erspart.«

»Ich habe meine Zweifel«, sagte Don Mancebo, »denn ich weiß, dass Cortez das Gleiche bei den Azteken in Tenochtitlan versucht hat, und die haben ihren Fürsten lieber erschlagen, als sich den Spaniern zu unterwerfen.«

»Das war ein anderes Land, ein anderes Volk«, meinte Balian, »das kann man nicht vergleichen.«

Wieder schnaubte Marduk missbilligend. »Das ist nicht die Frage, um die es hier geht, Balian. Die Frage für uns Drachen ist, ob wir uns für weitere Schlachten unter dem Kommando Pizarros überhaupt hergeben.«

Mila hatte schon von ihrem Großonkel gehört, dass er bei den Drachen Bedenken ahnte. Jetzt war es heraus, und es folgte eine bemerkenswerte Stille.

»Wir haben kaiserliche Befehle«, sagte schließlich der Tressler mit gezwungen klingender Ruhe.

»Wir haben auch kaiserliche Rechte und Privilegien, Tassilo, vergiss das bitte nicht«, erwiderte Marduk würdevoll.

»Rechte!«, rief Balian verächtlich. »Immer redet ihr von Rechten. Was ist mit den Pflichten gegenüber Kaiser und Reich?«

Nergal zischte böse, und Marduk knurrte: »Seit ungezählten

Jahren erfüllen wir diese Pflicht nun schon, mein Junge, und viele der Unseren haben dieser Pflicht ihr Leben geopfert. Erdreiste dich also nicht, uns zu unterstellen, wir hätten sie vergessen!« Er schnaubte wieder. »Früher schien dieses Reich viel kleiner, seine Kaiser schienen aber größer gewesen zu sein. Wir sind weit von den Ländern entfernt, die wir einst zu schützen gelobten, und das lässt unsere alten Eide in neuem Licht erscheinen.«

Wieder folgte betretenes Schweigen. Mila fasste sich ein Herz und fragte: »Willst du uns nicht erklären, was du meinst, Marduk?«

Der Drache brummte tief und erwiderte: »Natürlich, Milena, denn ihr habt eine Erklärung verdient. Wir haben seinerzeit geschworen, für den Kaiser in die Schlacht zu ziehen, doch haben wir auch als Bedingung ausgehandelt, dass wir nie in einen ehrlosen Kampf ziehen müssen. Und nun sagt mir, ihr Ritter, ist es ehrenvoll, gegen einen Gegner zu kämpfen, dessen Waffen so lächerlich sind?«

»Sag ihnen, dass die Eide nicht mehr gelten!«, forderte Nergal kalt.

»Das entscheidest nicht du, Nergal«, erwiderte Nabu schnell.

»Aber du auch nicht, Nabu Einzahn«, höhnte der Schwarze.

»Es mag sein, dass ihre Waffen schlecht sind, Marduk«, sagte Don Mancebo bedächtig, »aber ihre Zahl ist gewaltig, und wenn zwanzig oder dreißig von ihnen auf einen von uns kommen, können uns auch ihre armseligen Keulen gefährlich werden.«

Marduk erwiderte: »Dennoch sind sie fast wehrlos. Außerdem widerstrebt es mir, über einen Gegner herzufallen, der nur seine Heimat verteidigt. Das ist etwas, was auch wir einst dem Kaiser geschworen haben – sein Reich zu verteidigen. Wir sind jedoch weit von seinen Ländern entfernt.«

»Aber unsere Verbündeten werden unsere Hilfe brauchen«, wandte der Hochmeister ein.

Wieder brummte der Drache, dann sagte er: »Wir müssen darüber nachdenken.«

»Tut das, ich bin sicher, ihr werdet eine weise Entscheidung treffen«, sagte der Hochmeister.

»Nenne nicht weise, was nur für euch vorteilhaft ist, Maximilian«, zischte Nergal.

»Nergal!«, fuhr ihn Marduk an. »Noch bin ich das Oberhaupt der Drachen, und ich höre dich zwar, aber entscheiden werde ich allein – zum Wohle aller.«

Nergal zischte wieder, aber nur leise, und er widersprach Marduk auch nicht mehr.

Damit war die gemeinsame Versammlung der Ritter und Drachen beendet, aber anschließend bat der Hochmeister den Tressler, Mila und Balian noch zu einer eigenen Besprechung. »Ich habe es beinahe befürchtet«, eröffnete Graf Tassilo diese Versammlung in einer kahlen Kammer der Festung. »Marduk wird alt, und sein Kampfgeist lässt nach.«

»Lasst ihn das nicht hören, Tassilo«, sagte der Hochmeister.

»Ich bin sicher, Nergal und Behemoth würden sich mit Freuden in den Kampf stürzen, wenn Marduk nicht wäre«, fuhr der Tressler fort.

»Das ist wahr, aber sie werden sich leider nie gegen ihren Anführer stellen«, pflichtete Balian düster bei.

»Wir können es nicht ändern, Ihr Herren«, erwiderte Milas Großonkel.

»Wir können nur abwarten und sollten ihre Zweifel vorerst für uns behalten«, sagte Mila nachdenklich.

»Ihr habt ausnahmsweise Recht, Comtesse«, stimmte Graf Tassilo zu. »Es nützt wenig, die Pferde scheu zu machen, und vielleicht wird Marduk doch noch vernünftig. Wenn nicht, sehe ich allerdings schwarz für uns, denn Pizarro würde uns nie verzeihen, wenn wir ihn im Stich ließen, und der Kaiser vermutlich ebenfalls nicht. Das könnte schlimm für uns enden. Warum mussten die Drachen ihr Ehrgefühl ausgerechnet hier und heute wieder entdecken?«

Mila seufzte und musste jetzt an die Worte ihres Großonkels

denken: Wenn der Orden nicht kämpfte, war er nutzlos. »Wäre ein Kompromiss denkbar?«, fragte sie.

»Wie sollte der aussehen? Die eine Hälfte kämpft, die andere nicht?«, fragte Balian höhnisch.

»Nein«, antwortete Mila, »aber vielleicht können wir sie überreden, sich wenigstens zu zeigen, die Reihen des Feindes zu überfliegen oder ihn mit ihrem Gebrüll in die Flucht zu schlagen, wenn es denn unbedingt sein muss.«

Der Vorschlag wurde zunächst mit nachdenklichem Schweigen aufgenommen, dann sagte Don Mancebo: »Und wieder ist Euer Vorschlag gut, Condesa.«

Auch der Hochmeister stimmte zu. »Ich werde gehen und Marduk den Vorschlag unterbreiten. Ich kann mir gut vorstellen, dass er einverstanden ist.« Er klang erleichtert. »Wirklich, Mila, ich glaube, wir können morgen dank dir unsere Ehre wahren.«

Mila nickte flüchtig und wartete.

Der Hochmeister kam bald darauf zurück. »Die Drachen haben dem Vorschlag zugestimmt, Ihr Herren.«

»Besser als nichts«, meinte Ritter Balian.

Mila fühlte sich auf einmal sehr unglücklich. Sie hatte dafür gesorgt, dass sie sich an der unvermeidlichen Schlacht beteiligen würden. Was hatte sie sich nur dabei gedacht?

Kemaq kletterte vorsichtig den Hügel hinunter. Wenn er erst einmal auf der Straße war, würde er die Stadt schnell erreichen können.

»Wo willst du hin, Mann?«, fragte eine Stimme aus dem Schatten eines Felsens.

Kemaq erstarrte. Ein Speerträger trat hervor. »Weißt du nicht, dass kein Krieger das Lager verlassen darf?«

»Ich bin kein Krieger, sondern ein Chaski«, sagte Kemaq schnell. Er überlegte fieberhaft. Es war dunkel, der Hügel tückisch, aber wenn er schnell davonsprang, konnte er vielleicht entkommen.

»Aber es ist mir nicht gemeldet, dass ein Läufer kommen wird, und ich müsste es doch wissen, denn ich bin der Hauptmann der Männer, die zwischen unserem Lager und der Stadt stehen.«

Kemaq war schon zum Sprung bereit, doch jetzt zögerte er: »Es sind noch mehr Krieger hier?«, fragte er.

»Natürlich, denn der Feind schickt vielleicht Kundschafter«, sagte der Krieger und klang misstrauisch.

»Ich bin kein Kundschafter, Herr!«, versicherte Kemaq. Das schwache Mondlicht erlaubte ihm nicht, die Gesichtszüge des Kriegers genau zu erkennen.

Dieser sagte jetzt: »Dann bist du vielleicht ein Feigling, der das Heer vor der Schlacht verlassen will.«

»Aber nein, Herr, ich bin doch nicht einmal ein Krieger, nur ein Läufer.«

»Das hast du bereits gesagt. Du wärst auch ein ausgesprochen dummer Feigling, Chaski, denn du rennst in die falsche Richtung, genau dorthin, wo der Feind ist. Ich gestehe, dass ich nicht verstehe, was du hier willst.«

»Mein Bruder Jatunaq, er wurde in Chan Chan vom Feind gefangen genommen«, stieß Kemaq hastig hervor. »Sie haben ihn in Ketten gelegt. Ich sah ihn gestern, als ich die Botschaft des Sapay Inka zu den Fremden trug. Und jetzt will ich nach Caxamalca, um ihn zu befreien.«

Der Hauptmann schwieg einen Augenblick, dann sagte er: »Du bist entweder sehr verwegen oder noch dümmer, als ich es für möglich gehalten hätte. Weißt du nicht, wie gefährlich dein Vorhaben ist? Der Feind wird seine Gefangenen doch bewachen lassen, vielleicht sogar von einem dieser fliegenden Götter. Du wirst nur den Tod finden, wenn du dort hinabgehst. Allerdings würdest du gar nicht so weit kommen. Einer meiner Männer würde dich fassen – und dann wäre dein Leben verwirkt. Also kehre zurück in dein Zelt, und ich werde vergessen, dass ich dich gesehen habe.«

Kemaq schluckte. »Du … du verschonst mich? Aber warum, Herr?«

Der Hauptmann lachte leise. »Du bist tapfer, Chaski, aber wirklich etwas einfältig, wenn du dich darüber beschwerst, dass ich dich laufen lasse.« Dann seufzte er leise. »Jatunaq – das ist ein Marachuna-Name, oder?«

»Ja, Herr«, erwiderte Kemaq.

»Auch ich gehöre zum Steinvolk, Chaski. Und diesem Umstand und deinem unbestreitbaren Mut verdankst du heute dein Leben. Doch nun verschwinde, schnell, bevor ich mich wieder an meine Pflicht erinnere.«

Kemaq stammelte ein paar Dankesworte und lief zurück. Er drehte sich noch einmal um, als er den Hügel hinauf zum Lager stieg. Da lag Caxamalca, nicht weit entfernt, aber unerreichbar. Die Stadt war in Finsternis getaucht. Nur vereinzelt funkelten dort unten kleine Wachfeuer wie böse Augen in der Dunkelheit.

22. Tag

Mila erwachte mit Kopfschmerzen, und ihr war kalt. Sie schälte sich widerwillig aus der dünnen Decke, unter der sie geschlafen hatte.

»Schon wach?«, fragte Nabu und gähnte.

»Kann nicht schlafen«, murmelte Mila.

»Kein Wunder«, meinte Nabu. »Aber tröste dich, die Sonne geht gleich auf. Die Morgendämmerung war mir immer die liebste Stunde. Auch du solltest sie genießen, gerade heute. Denn so schön wie jetzt wird der Tag nicht bleiben.«

Mila seufzte und tastete nach ihrer Augenbinde. Der Drache musste sie nicht daran erinnern, was bald geschehen würde. Sie erhob sich und lief hinab in den Hof. Wenn nicht auch noch die Kopfschmerzen gewesen wären. Noch immer befanden sie sich in großer Höhe, und der Einzige, dem das inzwischen nichts mehr auszumachen schien, war der Alchemist. Sie traf ihn im Innenhof der Festung, als sie nach Ruiz suchte, denn der sollte Nabu wieder aufzäumen, war aber nirgendwo zu finden.

»Ah, Comtesse, so früh schon auf?«, rief Meister Albrecht. Er schien ihr recht aufgekratzt.

»Der Tag bricht an, Meister Albrecht, und es ist doch gut möglich, dass es heute einen Kampf geben wird. Wer könnte da schlafen?«

»Ein Kampf? Seid Ihr sicher? Soweit ich weiß, hat Don Francisco den Inka doch nur zu einem Treffen gebeten.«

Mila fragte sich, ob der Alchemist wirklich als Einziger nicht wusste, dass diese unverschämte Einladung eine Falle war.

»Warum aber seid Ihr so früh auf, Meister Albrecht?«, fragte sie zurück.

»Früh? Die Tage erscheinen mir einfach zu kurz, Comtesse, zu kurz, um all das zu erforschen, was es zu erforschen gilt. Der Tempel ist allerdings eine Enttäuschung, denn er ist dem Sonnengott geweiht, aber dafür gibt es unten am Platz einen großen Palast, der ganz und gar mit Bildern von Schlangen verziert ist. Einige von ihnen sind sogar gefiedert. Also ist Pachakamaq auch hier gegenwärtig. Oder vielleicht sogar Tamachoc? Wer weiß, wer weiß?«

»Ihr sucht nach Hinweisen zum Azoth, nicht wahr?«, fragte Mila, die gerne bereit war, sich von dem ablenken zu lassen, was der Tag voraussichtlich bringen würde.

»Ja, aber leider ist niemand hier, den wir nach der Bedeutung der Bilder fragen könnten. Ich habe Don Francisco eben noch einmal darauf hingewiesen, dass wir hier nichts von Bedeutung finden werden, aber er will nicht fort, nein, er war damit beschäftigt, seine Leute in den Häusern zu verstecken.«

»Ihr habt ihn *heute* gefragt?«, fragte Mila verblüfft. »Wisst Ihr nicht, dass da draußen ein Heer von Indios steht?«

»Doch, natürlich, aber ich bin sicher, sie ließen mit sich reden. Stellt Euch vor, meine Suche hätte Erfolg, Condesa – wir müssten nicht mehr versuchen, den Heiden ihre Schätze zu entreißen, denn der Azoth gäbe uns die Möglichkeit, aus Blei, Eisen oder Kupfer Gold und Silber zu machen!«

»Wenn es ihn denn überhaupt gibt, Euren Stein der Weisen, Meister Albrecht«, gab Mila zu bedenken. Der Gelehrte kam ihr seltsam, geradezu entrückt vor. Wie konnte er das feindliche Heer einfach ignorieren?

»Natürlich gibt es ihn, und wenn ich nach Tanyamarka komme, werde ich es beweisen. Stellt Euch nur vor – wir könnten Gold in beliebiger Menge herstellen, es gäbe keinen Grund mehr, unter großen Gefahren so ferne Länder zu erobern, ja vielleicht wären damit alle Kriege beendet, denn wie oft geht es einem König dabei nur um die Reichtümer anderer Könige?«

Mila runzelte die Stirn. »Aber Meister Albrecht, wenn Kaiser Karl diesen mächtigen Stein oder dieses Element, was immer es sein mag, besäße – dann würden doch alle Fürsten der Welt versuchen, es ihm wieder zu entreißen, oder?«

Der Alchemist verstummte, aber dann rief er ungehalten: »Unsinn, ich bin sicher, es gäbe genug für alle, doch entschuldigt mich. Ich habe etwas Silbergeschirr in diesem Palast entdeckt, und ich will sehen, ob es Selen enthält wie jenes, das wir in Chan Chan gefunden haben.« Und damit verschwand er.

Mila lauschte ihm nach. Es war eigenartig, manchmal wirkte der Gelehrte sehr überzeugend und schaffte es, ihre Neugier auf diesen Azoth zu wecken, dann wieder, an Tagen wie heute, schien er ihr aber so übertrieben euphorisch, dass es leicht war, seine angebliche Wissenschaft als Jagd nach einem Hirngespinst abzutun. Das letzte Mal hatte er ihr erzählt, der Azoth berge die Möglichkeit, eine allheilende Medizin zu erschaffen, heute sprach er davon, dass er Gold machen könne. So ein Stein konnte doch unmöglich beides tun!

Sie seufzte. Sie hatte andere Sorgen: Immer noch suchte sie Ruiz, der sich wahrscheinlich in irgendeiner Ecke verkrochen hatte und so tat, als würde er sie nicht rufen hören. Sie brauchte ihn. Er musste Nabu das Geschirr anlegen, für die Schlacht, die kaum noch zu vermeiden war. Ruiz tauchte dann doch bald danach auf. Er hatte Frühstück besorgt, Mila war jedoch nicht hungrig.

»Aber Ihr müsst essen, Condesa, denn der Tag wird lang und sicher auch schwer«, sagte der Waffenknecht mit ungewohnter Fürsorge.

»Vielleicht später, Ruiz, doch jetzt komm, Nabu wartet schon darauf, dass wir ihm das Geschirr anlegen.«

Ruiz folgte ihr hinauf auf die Mauer, wo die Drachen und auch die Ritter in der Nacht geruht hatten. Als sie den Mauerkranz erreichten, blieb der Spanier stehen.

»Was ist denn nun schon wieder, Ruiz?«

»Die Indios. Auf dem Hügel. Sie bauen die Zelte ab, Condesa«, sagte Ruiz.

»Alle?«, fragte Mila ungläubig.

»Alle, Condesa«, erwiderte Ruiz.

Kemaq wurde unsanft geweckt. Jemand schüttelte ihn an der Schulter. Er schlug die Augen auf.

»Huaxamac sucht dich schon«, zischte Qupay.

»Mich?«, fragte Kemaq. Er setzte sich auf. Er fror und stellte erstaunt fest, dass er nicht in einem Zelt war. Dann fiel ihm ein, dass er sich in der Nacht an einen Stein gesetzt und stundenlang hinüber zur Stadt gestarrt hatte. Offenbar war er dabei eingeschlafen. Um ihn herum war das Lager in Bewegung geraten. Die Krieger begannen, die Zelte abzubauen.

»Huaxamac will, dass du in seiner Nähe bleibst, denn er ist sicher, dass du ihm Glück bringst«, sagte Qupay jetzt.

Kemaq schüttelte sich. Er war endlich wach. »Ich habe Jatunaq gesehen«, sagte er.

Qupay starrte ihn an. »Du hast von ihm geträumt?«, fragte er.

»Nein, ich habe ihn gestern entdeckt, als ich den Fremden die Botschaft des Sapay Inka brachte. Er lag in Ketten, aber er lebt!«

»Und warum sagst du mir das erst jetzt?«, herrschte ihn sein Bruder an.

»Ich habe dich gesucht, gestern, den halben Tag, wenn Huaxamac mich einmal nicht an seiner Seite brauchte, aber ich konnte dich nicht finden.«

»Jatunaq lebt? Eine gute Nachricht, eine sehr gute Nachricht! Vielleicht sogar ein Zeichen«, sagte Qupay langsam.

»Ich habe heute Nacht versucht, aus dem Lager zu schleichen, um nach ihm zu suchen, aber ich kam nicht sehr weit.«

»Das Heer verlassen? Bist du verrückt geworden, kleiner Bruder?«, fragte Qupay.

»Ich weiß, es war sehr gewagt, aber ich musste es einfach versuchen«, sagte Kemaq unglücklich.

»Aber du kannst doch nicht einfach davonlaufen!«, rief Qupay, und Kemaq wünschte sich, er würde seine Stimme dämpfen. »Wie sieht das denn aus? Gerade bin ich in der Gunst Huaxamacs ein wenig aufgestiegen, weil auch er durch dich in der Achtung Atahualpas gestiegen ist. Und jetzt bringst du durch so einen Unsinn alles in Gefahr?«

»Aber Jatunaq ist in der Hand des Feindes«, sagte Kemaq.

»Und glaubst du, du könntest ihn befreien? Du Dummkopf! Alles hättest du in Gefahr gebracht, alles, wofür ich so hart gearbeitet habe!« Qupay seufzte. »Ich nehme an, du hast es gut gemeint, kleiner Bruder, aber versprich mir, dass du so einen Unsinn nicht noch einmal machst.«

Kemaq stand auf. Die Müdigkeit war starkem Zorn gewichen: »Das kann ich dir nicht versprechen, Qupay, denn meine Gedanken sind bei Jatunaq. Deine Versuche, dich bei Huaxamac beliebt zu machen, kümmern mich nicht!«

Qupay trat einen Schritt zurück und betrachtete ihn mit finsterer Miene: »Denkst du, du bist der Einzige, der sich Sorgen macht? Denkst du, du könntest dich im Glanze von Huaxamacs Wohlwollen sonnen, wenn ich nicht wäre? Vergiss nicht, dass du mit einem Priester Intis redest, Chaski.«

»Und ich dachte, ich rede mit meinem Bruder!«, fuhr ihn Kemaq an.

Qupay erbleichte, drehte sich um und ging.

Kemaq biss sich auf die Lippen. Er war zu weit gegangen. Aber jetzt war es gesagt, und er konnte es nicht zurücknehmen.

Ruiz half Mila in ihre eiserne Rüstung. Sie trug sie immer noch ungern, denn sie war unbequem, und sie fühlte sich dick und plump, wenn sie sie anlegen musste. Mit Schaudern dachte sie daran, dass sie sie beinahe in die Tiefe gerissen hätte, vor wenigen Tagen, als das Geschirr sie im Stich gelassen hatte. Aber an einem Tag wie diesem war sie angebracht, da würde Don Mancebos weißer Waffenrock nicht reichen.

»Hebt bitte den Arm ein wenig an, nein, den anderen, Condesa«, sagte Ruiz.

Sie gehorchte und fühlte das starke Eisen, das ihren Oberarm umschloss. Der Waffenknecht zog die ledernen Bänder an.

»Nicht zu fest, Ruiz«, bat sie. Ob der Marschall vielleicht doch noch rechtzeitig kommen würde? Fünf Drachen mehr oder weniger waren ein gewaltiger Unterschied, vielleicht würden sie jeden Augenblick am Himmel über Caxamalca erscheinen.

»Jetzt bitte der andere Arm, Condesa.«

»Was machen die Indios?«, fragte sie, während der Waffenknecht die Schulterbänder festzurrte.

»Sie nehmen auf dem Hügel Aufstellung, aber sie haben sich der Stadt immer noch nicht genähert, wie ich es gerade eben schon sagte, und vorhin auch.«

»Schon gut«, murmelte Mila. Konnte sie etwas dafür, dass sie blind war? Sie musste eben fragen, wenn sie wissen wollte, was in der Ferne geschah. Dass die beiden Kanonen auf der Festungsmauer bereit waren, wusste sie, denn sie hatte die Kommandos der Offiziere gehört und das Fluchen der Kanoniere, die die Munition erst bei Sonnenaufgang aus den Kammern, in denen sie über Nacht gelagert gewesen war, nach oben hatten schaffen dürfen. Sie wusste auch, dass die Drachen bereit waren, ebenso wie die Ritter. Der Hochmeister war allerdings unten in der Stadt, um Don Francisco vom Beschluss der Drachen zu unterrichten. Sie war sicher, dass die Pizarros darüber nicht sehr erfreut sein würden.

Sie seufzte, denn sie sollte auch schon längst gerüstet sein, aber es lag nicht an Ruiz, der sich Mühe gab, sondern an ihrem Unwillen, die schwere Rüstung anzulegen. Sie hatte es mit Absicht so lange wie möglich hinausgezögert, aber es erschien ihr jetzt doch klüger, bereit zu sein, bevor der Hochmeister zurück war. Vor allem, da dort drüben offenbar das ganze feindliche Heer zum Aufbruch bereit war. Hatten sie etwa vor, der Einladung für Atahualpa mit dreißigtausend Mann zu folgen?

»Die Panzerhandschuhe, Condesa«, kündigte Ruiz den nächsten Schritt an.

»Gib sie mir einfach, anziehen kann ich sie dann schon selbst«, erklärte sie mit einem verärgerten Stirnrunzeln.

»Wie Ihr wünscht, Condesa.«

»Sieh bitte noch einmal nach der Beinschiene, links, sie sitzt etwas locker, scheint mir«, sagte sie.

Ruiz gehorchte, und dann war sie zufrieden. Sie musste wieder anerkennen, dass der Schmied der Konquistadoren gute Arbeit geleistet hatte, als er die Rüstung ihrem schlanken Körper angepasst hatte. Sie saß wie angegossen und behinderte ihre Bewegungen weniger, als sie erwartet hätte. Sie war nur froh, dass sie mit den fast dreißig Pfund Eisen am Leib nicht viel laufen musste – es war schwer genug, damit in den Sattel zu kommen.

»Ich danke dir, Ruiz. Du bist mir eine große Hilfe.«

»Danke, Condesa«, sagte der Waffenknecht, und er klang glücklich. Es war das erste Mal, dass sie ihn seit der Sache mit dem Geschirr lobte.

»Hast du den zweiten Sattel aufgelegt?«

»Natürlich, Condesa, gleich vorhin, als ich erfuhr, dass ich Euch begleiten darf, worüber ich von Herzen froh bin, denn mit den Kanonen, das kann ich Euch sagen, ist es wirklich eine elende Plackerei.«

»Gut, dann hilf mir in den Sattel, wir wollen bereit sein, wenn es losgeht.«

»Oh, ich glaube, es ist so weit, Condesa.«

»Was geschieht denn?«, fragte sie.

»Die Indios. Das Heer setzt sich in Bewegung.«

Der Abbau der Zelte hatte sich in einer Ordnung und Ruhe vollzogen, die Kemaq nur bestaunen konnte. Die Krieger wussten, was sie zu tun hatten, und sie taten es schnell, aber ohne Hast. Er stand auf einem großen Steinbrocken und sah zu, wie die letzten weißen Zelte zusammengerollt wurden. Das Heer war also vorbereitet – doch worauf? Würden sie doch in den Krieg ziehen?

»Du bist ja immer noch hier, Chaski«, sagte eine Stimme hinter ihm.

Kemaq drehte sich um. Es war der alte Tempeldiener. »Wo sollte ich sonst sein, Melap?«, fragte er mürrisch.

Melap kniff ein Auge zu. »Zunächst könntest du von diesem Stein herabsteigen, denn es strengt meine Augen an, gegen die aufgehende Sonne zu blicken. Dann habe ich dir aber auch schon mehrfach gesagt, wo du sein solltest, oder?«

Kemaq blieb aus Trotz auf dem Felsen stehen. »Du hast viel gesagt, Melap, noch mehr angedeutet und wohl das meiste verschwiegen. Aber ich will nicht fort, meine beiden Brüder sind hier, der eine hier im Heer, der andere drüben bei den Fremden, als Gefangener.«

»Vergiss deine Brüder«, forderte der alte Chachapoya ruhig, »es warten wichtigere Aufgaben auf dich.«

»Wie kannst du nur glauben, dass ich meine eigenen Brüder im Stich lassen könnte? Wenn das Heer heute nach Caxamalca hineinmarschiert, werde ich mitgehen. Ich werde versuchen, auf Qupay aufzupassen, und vielleicht kann ich sogar Jatunaq befreien, irgendwie.« Als Kemaq es aussprach, hörte er, wie dumm das klang.

»Du hilfst ihnen am meisten, wenn du nach Tanyamarka gehst, glaube mir, Chaski«, erwiderte Melap in drängendem Tonfall. »Deine Brüder sind alt genug, um auf sich selbst zu achten, und wenn du nach Caxamalca gehst, wirst du nichts anderes finden als den Tod.«

»Melap? Melap, wo steckst du?«, rief jemand ungeduldig. Es war Qupay, der sie nun entdeckte und auf sie zuhielt.

Kemaq sprang vom Stein. Plötzlich packte ihn der Chachapoya hart am Arm und flüsterte: »Denk an meine Worte, Chaski. Der Tod wartet in den Straßen von Caxamalca auf jeden, der sie heute betritt. Halte dich fern von der Stadt!«

Kemaq sah den Ernst in seinen Augen, und eine seltsame Beklemmung ergriff ihn.

»Huaxamac sucht dich, Melap. Geh, er ist ungeduldig«, rief Qupay.

Der Tempeldiener ließ Kemaqs Arm los, verbeugte sich stumm vor Qupay und verschwand. Kemaq verlor ihn im Gewimmel der Krieger schnell aus den Augen.

»Du solltest dich nicht so weit von uns entfernen, kleiner Bruder«, mahnte Qupay. Sein Blick war unstet. Er wirkte sehr beunruhigt.

»Weißt du, was geschehen wird?«, fragte Kemaq beunruhigt.

»Nein. Selbst Huaxamac, der sich neuerdings im Glanz des Wohlwollens unseres Herrschers sonnt, weiß es nicht. Vielleicht hat er deshalb nach Melap geschickt.«

»Nach dem Tempeldiener?«

»Schau nicht so verblüfft, kleiner Bruder. Was glaubst du, warum Huaxamac einen Chachapoya in Intis Tempel duldet? Sie geben nicht viel auf Inti, aber der Alte versteht sich auf die Kunst, die Zeichen zu deuten, und unser Hohepriester fragt ihn oft um Rat, wenn die Zeichen nicht klar sind.«

»Er fragt den Tempeldiener um Rat?«

Qupay seufzte. »Behalte das bitte für dich, kleiner Bruder. Und nun komm, das Heer soll bald aufbrechen.«

»Augenblick – war es Melap, der uns den Sieg voraussagte, als wir nach Chan Chan gezogen sind?«

Qupay sah ihn eindringlich an und flüsterte: »Das darf um Intis willen niemand erfahren, Kemaq, hörst du?«

Kemaq nickte. Eine ungute Ahnung beschlich ihn. »Höre, Qupay, was waren seine genauen Worte, kennst du sie?«

Stirnrunzelnd sah ihn sein Bruder an. »Warum willst du das wissen?«

»Es ist wichtig, glaube mir.«

»Huaxamac hat die Zeichen allein mit Melap gedeutet, ich weiß es also nicht genau, aber als unser Hohepriester vor uns trat, sprach er von einem bedeutenden Sieg über die falschen Götter. Das ist doch eindeutig, oder?«

Kemaq starrte seinen Bruder an. Das war alles andere als eindeutig, denn der Chachapoya huldigte doch weder Inti noch Pachakamaq, er war ein Anhänger der Regenschlange. Ein Abgrund tat sich vor ihm auf. Konnte das sein? Oder irrte er sich doch? »Los, komm jetzt endlich«, rief Qupay, »das Heer setzt sich in Bewegung.«

Mit einem leisen Knurren hatte Nabu sie vorgewarnt, dann hatte er die Verbindung hergestellt und sie durch seine Augen sehen lassen. Also sah Mila jetzt selbst, wie sich das Heer der Indios in Marsch setzte. Wie eine große Feuerwand wälzte es sich den Hügel hinab und auf die Stadt zu. Die Indios kamen nicht in Marschkolonnen, sondern, wie Mila trotz ihrer fehlenden Erfahrung erkannte, in Schlachtordnung. Dann spaltete sich dieses Feuermeer, in dem jede Flamme für einen Krieger stand, und ein Teil schien auf dem Hügel zu verharren.

»Ich glaube, wir haben ihre Zahl noch unterschätzt«, erklärte der Hochmeister. »Dreißigtausend haben wir angenommen, und so viele kommen von diesem Hügel herunter, aber es stehen doch wenigstens noch zehntausend dort oben.«

»Verdammt!«, entfuhr es Francisco Pizarro. Er war zur Festung gekommen, weil er von ihren Mauern einen guten Überblick über die Lage vor der Stadt hatte.

»Noch ist Zeit, Eure Leute hier heraufzubringen, Don Francisco«, sagte der Hochmeister leise.

»Gibt es Zeichen, dass Almagro noch kommt?«, fragte der Befehlshaber der Kanoniere, der bei Pizarro stand.

»Wir werden ihn hoffentlich nicht brauchen«, antwortete Don Francisco ausweichend.

»Ich verstehe«, sagte der Kanonier knapp.

»Wir könnten in dieser Festung einer Belagerung wochenlang widerstehen, und in letzter Not könnten die Drachen Eure Leute nach und nach in Sicherheit bringen, Don Francisco«, drängte der Hochmeister.

Nabu wandte sich dem Konquistador zu, und so konnte Mila ihn durch Nabus Augen zum ersten Mal aus der Nähe sehen, wenn auch nur als bleiche Flammenerscheinung. Er war groß und erschien ihr älter, als sie ihn sich anhand seiner Stimme vorgestellt hatte. Seine Haltung drückte für einen winzigen Moment Zweifel aus, aber dann versteifte er sich und sagte: »Ein Rückzug kommt nicht in Frage.«

Das Bild flackerte hell auf und erlosch. Mila seufzte.

Don Francisco verstand den Seufzer falsch: »Ihr solltet mich nicht für uneinsichtig halten, nur weil ich viel von meinen Leuten verlange, Condesa Milena. Ich weiß aber, dass jeder Schritt, den wir heute zurückweichen, in Zukunft nur mit viel spanischem Blut wieder zurückgewonnen werden kann.«

»Was habt Ihr also vor, Don Francisco?«, fragte Mila schlicht.

»Ich werde abwarten, was sich dort drüben tut, und dann erst entscheiden. Aber glaubt mir, Condesa, es wird heute nicht auf die Zahl ankommen, nicht in diesen engen Straßen, in denen den Indios ihre schöne Schlachtordnung nichts nützen wird.«

Er sprach sehr laut, so dass ihn auch seine Kanoniere hörten, und er bemühte sich, Zuversicht zu verbreiten, aber Mila spürte deutlich, wie viel Kraft ihn das kostete.

Das Heer wälzte sich in breiter Front den Hügel hinab. Die Krieger marschierten nicht schnell, denn das Gelände war schwierig, und es schien den Befehlshabern mehr darum zu gehen, die Ordnung zu wahren, als rasch voranzukommen. Noch nie hatte Kemaq etwas Vergleichbares gesehen. Die Sonne war lange aufgegangen, und die Waffen und der Gold- und Silberschmuck der Krieger blitzten und strahlten in ihrem Licht. Es war leicht zu glauben, dass Inti sie mit Wohlwollen begleitete. Kemaq hatte das Gefühl, dass er der Einzige war, der unter einer dunklen Wolke marschierte. Inzwischen war er sich beinahe sicher: Melap hatte Huaxamac getäuscht, und er hatte damit schon einmal vielen guten Männern den Tod gebracht. Kemaq biss sich auf die Lippen. Sie waren unheimlich, diese Wolkenmenschen, undurchsichtig wie die Nebel, nach denen sie benannt waren. Wie viele Krieger hatten sie schon für ihre Ziele geopfert? Ziele, die sie mit seiner Hilfe erreichen wollten, die sie ihm aber nicht enthüllten. Jetzt marschierte er mit dem Heer auf Caxamalca los, die Stadt, die jedem, der sie betrat, den Tod brachte, so hatte es Melap gesagt. War das das Gleiche, was er auch Huaxamac erzählt hatte? Er musste mit dem Hohepriester reden und ihn warnen. Doch das war leichter gesagt als getan, denn Huaxamac hatte sich den federgeschmückten Helm aufgesetzt, ein leuchtend gelbes Gewand übergestreift und gefiel sich in seiner Rolle als unnahbarer Diener Intis. Er hatte einen Platz unter den anderen wichtigen Priestern des Reiches eingenommen, und dorthin durfte ein einfacher Chaski nicht gehen, wenn es ihm nicht befohlen wurde. Kemaq hatte es vor dem Aufbruch versucht, aber Huaxamac war mit wichtigen Riten beschäftigt gewesen und hatte ihn nicht sehen wollen.

Beide Flügel des Heeres hatten nun die Ebene erreicht. Kemaq wandte sich um. Auf dem Hügel war eine starke Abteilung zurückgeblieben. Er nahm das als gutes Zeichen, denn offenbar blieb der Sapay Inka vorsichtig. Wie gerne wäre er einfach zu ihm gelaufen und hätte ihn gewarnt, aber man würde ihn vermutlich töten, noch bevor er den Mund aufmachen konnte. Kemaq schluckte Staub, den abertausende Krieger aufwirbelten. Sein Platz war in den hinteren Reihen, bei den Dienern und Mägden – jenen, die mitmarschierten, um den Wünschen des Herrschers zu dienen. Aber auch hier herrschte strenge Zucht, und Kemaq durfte die Schar nicht verlassen. Was sollte er nur tun? Plötzlich durchzuckte Kemaq ein Geistesblitz – sein Bruder! Er konnte es seinem Bruder sagen. Und der würde es seinem Hohepriester erzählen. Qupay war bei einer Abteilung Krieger ganz in der Nähe, um ihnen als Priester Intis Mut zuzusprechen, falls es zur Schlacht kommen sollte. Und wenn Kemaq das entschlossen vorrückende Heer betrachtete, hatte er keine Zweifel mehr, dass ein Kampf bevorstand. Doch wo steckte sein Bruder jetzt? Er hatte ihn im dichten Staub aus dem Auge verloren. Plötzlich schallte ein Muschelhorn über die Reihen, andere antworteten, Befehle wurden gebrüllt, und dann, wie ein Mann, blieb das Heer stehen.

»Sie haben angehalten, oder?«, fragte Mila.

»Das haben sie, aber woher weißt du das?«, fragte Nabu.

»Der Wind steht günstig, und ich konnte hören, was ihre Hauptleute brüllten. Ich konnte nur nicht glauben, dass ich es richtig verstanden habe.«

»Offensichtlich hast du das. Die Indios stehen vor der Stadt, vielleicht noch eine halbe Legua von hier.«

»Und was tun sie da, Nabu?«, fragte Mila ungeduldig.

»So, wie ich das sehe, tun sie gar nichts. Sie rücken weder vor, noch weichen sie zurück. Ich verstehe es auch nicht«, antwortete der Drache.

»Es gab also einen Befehl zum Halt?«, fragte Francisco Pizarro, der immer noch bei den Drachen auf der Festungsmauer stand.

»So klang es, und das Heer marschiert nicht mehr«, beantwortete Mila die Frage.

»Hört Ihr noch etwas anderes, Condesa Milena?«

Mila lauschte angestrengt. Die klare Luft trug neue Rufe herüber, aber sie verstand sie nicht.

»Was ist denn *das*?«, rief der Konquistador verblüfft.

»Wenn ich es nicht sehen würde, würde ich es nicht glauben«, murmelte der Hochmeister.

Mila legte eine Hand auf Nabus Hals, und offenbar verstand er ihren Wunsch nach einer Erklärung, denn er sagte: »Sie beginnen, ein Lager aufzuschlagen.«

»Direkt vor der Stadt?«, fragte Mila ungläubig. »Aber sie haben es doch gerade erst abgebaut!«

»Verstehe einer diese Wilden«, murmelte der Tressler.

Ein heller Pfiff ließ sie zusammenzucken. Es war Don Francisco gewesen, der nun einem vor der Festung wartenden Reiter zurief: »Heda, de Soto, schick einen Boten hinaus. Er soll diese Heiden fragen, was das zu bedeuten hat.«

Schnelles Hufgetrappel zeigte Mila, dass der Spanier den Befehl eilig befolgte. Sie war sehr gespannt, was der Bote für eine Antwort bekommen würde.

Die Krieger begannen, die Zelte, die sie am Morgen erst abgebaut hatten, wieder aufzuschlagen. Kemaq half, aber er fragte sich, warum sie vom Hügel herabgekommen waren, wenn sie nun schon wieder lagerten. Dort vor ihnen im Staub, den der Wind hinüberwehte, lag Caxamalca, nur noch einen Steinwurf entfernt. Irgendwo in dieser Stadt war sein Bruder gefangen. Kemaq nagte an seinen Lippen. Es war vielleicht besser, wenn die Krieger nicht in die Stadt gingen. Der Tod erwartete sie dort, das hatte Melap gesagt – Melap, der Huaxamac betrogen hatte. Was hatte er dem Hohepriester heute erzählt? Die Entscheidung lag beim Sapay Inka, aber wenn die Priester die Zeichen falsch verstanden, konnte Atahualpa vielleicht nicht die richtigen Entscheidungen treffen. Er musste ihn warnen, nicht den Inka, denn der war unerreichbar, aber doch den Hohepriester, auch wenn dieser ihn ebenfalls nicht empfangen wollte.

Kemaq hatte Glück, der Hauptmann seiner Schar ließ ihn gehen. Er suchte nach Qupay und fand ihn inmitten einiger Krieger, die Zeltpfosten in die Erde rammten. »Du bist nicht auf deinem Platz, kleiner Bruder«, begrüßte ihn Qupay missbilligend.

»Ich habe mit dir zu reden«, sagte Kemaq leise.

»Jetzt?«

»Diese Männer brauchen dich jetzt nicht, aber ich habe dir etwas zu sagen, was für Huaxamac von äußerster Wichtigkeit ist.«

»Dann sag es ihm doch selbst«, gebärdete sich Qupay abwehrend.

»Ich habe es versucht, doch er wollte mich nicht empfangen. Er ist doch bei all den anderen wichtigen Priestern, und es ist jetzt wohl unter seiner Würde, mit einem einfachen Chaski zu sprechen, auch wenn angeblich Intis Segen auf ihm ruht«, erklärte Kemaq ungeduldig.

Qupay schüttelte den Kopf: »Die neuen Zeichen sagen, dass das ganze Heer im Glanz der Sonne erstrahlen wird, also ist das Glück nicht mehr nur mit dir. Aber worum geht es denn, kleiner Bruder?«

Kemaq mochte es immer noch nicht, wenn sein Bruder ihn so nannte, denn das waren stets Jatunaqs Worte gewesen. »Es geht um Melap. Ich habe über die Bedeutung der Worte nachgedacht, die er Huaxamac vor der Schlacht gesagt hat – ist dir nie in den Sinn gekommen, dass er, der Chachapoya, Inti für einen der *falschen* Götter halten könnte?«

»Unsinn«, widersprach Qupay, »er verrichtet doch seit Jahren Dienst im Sonnentempel.«

»Dennoch. Er liebt Inti nicht sehr, das hast du selbst gesagt. Er hat mit mir über unsere alte Heimat gesprochen und die Zeit, als weder Marachuna noch Chachapoya vom Sonnenvolk unterworfen worden waren. Ich glaube … ich glaube, er will, dass wir diesen Krieg verlieren.«

»Weißt du, was du da sagst?«, zischte Qupay.

Kemaq nickte unglücklich. Er war dabei, Melap zu verraten. Aber es gab keine andere Möglichkeit, das drohende Verhängnis abzuwenden.

Sein Bruder starrte ins Nichts und murmelte Kemaqs Worte noch einmal vor sich hin. Kemaq drängte: »Du musst Huaxamac warnen. Denn Melap sagte mir, dass in dieser Stadt der Tod auf uns wartet.«

Qupay war blass geworden, aber dann schüttelte er den Kopf: »Eben hast du noch gesagt, dass man ihm nicht trauen könne, jetzt berufst du dich auf seine Warnung – du redest wirres Zeug, Kemaq.«

»Weißt du denn, was er Huaxamac gesagt hat?«

»Er sagte, der Tag werde in der Farbe der Sonne enden, was natürlich Glück verheißt. Was also sollte ich Huaxamac sagen? Dass ich dir verraten habe, dass er nicht selbst die Zeichen deutet? Und dass ein einfacher Chaski mehr weiß als er und alle anderen Priester? Nein, da könnte ich mir auch gleich selbst die Kehle durchschneiden. Vergiss diesen Unsinn, kleiner Bruder. Und rede vor allem mit niemand anderem über diese bösen Gedanken. Es könnte uns sonst sehr schaden.«

Kemaq hörte mit wachsender Verbitterung zu. Qupay würde ihm nicht helfen, weil er zu viel Angst hatte. In gewisser Weise konnte er ihn sogar verstehen. Huaxamac würde sich nicht bloßstellen lassen, nicht von einem einfachen Priester des Steinvolkes, und schon gar nicht von einem Läufer. Aber es musste doch einen Weg geben, ihn zu warnen.

Lauter Hufschlag lenkte ihn ab. Ein Reiter kam aus der Stadt heraus. Es war kein Krieger, sondern ein schmächtiger älterer Mann in braunem Gewand. Kemaq erkannte ihn wieder, es war jener freundliche Priester, der die Botschaft Atahualpas übersetzt hatte. Er preschte auf die Mitte des Lagers zu, dort, wo Krieger begannen, für Atahualpa ein großes Zelt zu errichten. Kemaq sah hinüber. Der Fremde sprach mit einigen Würdenträgern, riss sein Reittier herum und verschwand wieder in Caxamalca. Kemaq hätte zu gerne gewusst, was dort beredet worden war, aber das würde er schon noch früh genug erfahren. Er musste Huaxamac aufsuchen. Was er vorhatte, war gefährlich für ihn und seinen Bruder, das wusste er, aber er sah keine andere Möglichkeit mehr, jetzt, da Qupay ihm nicht helfen wollte.

Nun hatte Mila doch die Festung verlassen. Am Arm ihres Großonkels eilte sie hinunter zum großen Platz. Er wirkte verlassen, und Don Mancebo, der sie mit Balian begleitete, raunte ihr zu, dass kein einziger Spanier zu sehen sei.

»Aber ich höre Stimmen«, sagte Mila.

»Natürlich, dort vorn sind die Pizarros«, murmelte der Hochmeister.

Mila lauschte. Es klang, als befänden sie sich in einer schmalen Gasse zwischen hohen Gebäuden. Ein leichter Schwefelgeruch verriet ihr, dass auch der Alchemist hier war.

»Don Maximilian? Habt Ihr Euch doch entschlossen, uns die Ehre Eurer Gesellschaft zu geben?«, begrüßte sie Francisco Pizarro gallig.

»Ich habe befürchtet, Ihr wärt zu beschäftigt, um uns noch mitteilen zu lassen, was hier vor sich geht. Dieser Sorge wollte ich Euch entledigen, Don Francisco«, erwiderte der Hochmeister kühl.

»Verzeiht, dass mein erster Gedanke nicht jenen Rittern galt, die uns bei einem Kampf im Stich lassen wollen«, gab Pizarro bitter zurück.

»Um Christi willen, Ihr Herren, für Streitereien ist jetzt keine Zeit«, rief Pater Valverde.

»Ihr habt Recht, verzeiht bitte«, sagte Pizarro knapp, und auch der Hochmeister bat kühl um Vergebung.

»Sagt, warum lagern die Indios?«, fragte Mila, die endlich erfahren wollte, was geschah.

»Der Inka will erst morgen in die Stadt einziehen, Condesa, und zwar nicht allein, sondern mit zehntausend Kriegern«, sagte Fray Celso, der, wie Mila erfuhr, ebenjener Bote war, der hin- und hergehetzt wurde.

»Zehntausend? Das ist furchtbar.«

»Es ist schlimmer, dass er erst morgen kommen will«, sagte Francisco Pizarro.

»Aber was macht das noch für einen Unterschied?«, fragte Mila.

»Einen gewaltigen, Condesa Milena«, antwortete Francisco Pizarro düster. »Unsere Männer brennen auf die Entscheidung, aber diese Spannung ist nicht einen ganzen Tag und noch eine weitere Nacht auszuhalten. Wir müssen Atahualpa dazu bringen, noch heute in die Stadt zu kommen.«

Mila schoss ein Gedanke in den Sinn: Warum nicht behaupten, das Festmahl sei bereits vorbereitet und unmöglich zu verschieben? Das war, wie sie fand, ziemlich überzeugend, aber etwas in ihr sträubte sich dagegen, es vorzuschlagen. Diese Einladung war eine hinterhältige Falle, und sie hatte schon zu viel dazu beigetragen, den Inka hineinzulocken.

»Warum sagt Ihr nicht einfach, die Tafel sei bereits gedeckt und eine Verschiebung nicht denkbar?«, fragte der Alchemist, als hätte er ihre Gedanken gelesen. »Ihr könnt auch anfügen, dass Ihr es nicht mehr erwarten könnt, den großen Atahualpa endlich kennenzulernen. Wisst Ihr, ich habe die Indios ein wenig studiert, sie sind stolz, manchmal erstaunlich arglos, und die Macht der Herrschenden ist so absolut, dass sie zur Überheblichkeit neigen.«

»Dieser Vorschlag erscheint mir gut«, gab Pater Valverde zögernd zu. Mila wusste, dass der Priester den Alchemisten aus tiefstem Herzen verabscheute, aber offenbar war er bereit, das in diesem besonderen Fall zu vergessen.

»In der Tat«, sagte Don Pizarro nachdenklich. »Eine ausgezeichnete Idee. Fray Celso, Ihr werdet unsere Bitte umgehend überbringen und versichert Atahualpa unserer Ergebenheit, unserer Ungeduld und unserer friedlichen Absichten. Wartet!«, rief er, als der Fray sich schon auf den Weg machen wollte. »Sagt ihm, dass dies ein Treffen des Friedens ist. Seine Männer sind mir willkommen, gleich in welcher Zahl, wenn sie unbewaffnet kommen. Sagt ihm das unbedingt, Fray, versteht Ihr?«

»Ohne Waffen?«, fragte der Mönch zögernd.

»Das erscheint mir von enormer Bedeutung, Bruder Celso«, sagte Pater Valverde. »Es wird kaum friedlich bleiben, wenn all diese Heiden mit Waffen hier in die Stadt kommen. Und wir wollen keinen Kampf, wenn wir ihn vermeiden können, nicht wahr?«

»Ich verstehe, Pater«, murmelte der Fray, schwang sich auf sein Pferd und galoppierte davon.

»Atahualpa wäre wirklich ein Narr, wenn er sich darauf einließe«, meinte Don Mancebo trocken.

»Ich glaube, er weiß immer noch nicht, mit wem er es zu tun hat«, sagte Francisco Pizarro. »Er unterschätzt uns, und das ist ein Fehler, wie er merken wird, sollte er uns Schwierigkeiten machen.«

Der Hochmeister räusperte sich. »Don Francisco, er wird nicht einfach seinen Thron an Euch abtreten, nur weil Ihr ihn freundlich darum bittet. Das wisst Ihr doch genau, oder?«

»Nein, Don Maximilian, das weiß ich nicht, denn was geschehen wird, liegt allein in Gottes Hand. Doch ich denke, ein jeder von uns muss seinen Beitrag leisten. An Euch habe ich eine Bitte. Ich weiß, dass Eure Drachen nicht kämpfen wollen, aber mir wäre wohler, wenn sie etwas näher am Geschehen wären, nur für den Notfall.«

Der Hochmeister zögerte mit einer Antwort, aber dann fragte er: »Was schlagt Ihr vor?«

»Seht Ihr dort drüben den Palast, der mit den Schlangenbildern geschmückt ist? Sie sollen sich dort auf das Dach begeben und abwarten, was geschieht. Glaubt Ihr, dass sie das tun werden, am besten, ohne zunächst von diesen Heiden gesehen zu werden?«

»Es sind Drachen, sie sind nicht sehr geübt in Heimlichkeit«, erwiderte der Hochmeister ablehnend.

»Sie scheinen aber geübt darin, widerspenstig wie die Esel zu sein«, rief Hernando Pizarro ungehalten. Mila war seine Anwesenheit nicht entgangen, auch wenn er sich bislang erstaunlicherweise zurückgehalten hatte.

»Bitte, Hernando«, sagte Don Francisco. »Ich bin sicher, auch sie werden ihren Teil beitragen, und nun, Ihr Herren, solltet Ihr zu Euren Drachen zurückkehren. Wenn Fray Celso Erfolg hat, wird die Zeit knapp.«

In der Festung trafen sie den Tressler, der wegen seiner Gicht zurückgeblieben war. Er hatte ihren Bericht noch nicht zu Ende gehört, als es aus ihm herausbrach: »Dieser Sohn eines Schweinehirten wird von Tag zu Tag unverschämter!«

»Onkel, bitte, wer kann es ihm verdenken, wenn gewisse Drachen sich so stur stellen?«, fragte Ritter Balian.

»Du solltest aufhören, dich auf seine Seite zu schlagen, mein Junge«, fuhr ihn der Tressler an. »Er ist ein Emporkömmling, aber er tut, als entstamme er einer Familie von Königen.«

»Soweit ich weiß«, sagte der Hochmeister bedächtig, »war sein Vater ein Hidalgo, und nur seine Mutter ist von einfacher Herkunft, während sein Halbbruder Hernando sogar ganz von Adel und als Mensch doch weit unangenehmer ist. Dies ist also nichts, was Don Francisco von seiner Mutter geerbt hat.«

Der Tressler überhörte den Hinweis offenbar: »Man riecht doch noch heute, dass Francisco Schweine gehütet hat. Es wäre besser gewesen, er hätte es dabei belassen. Er wird uns noch alle umbringen!«

»Ich glaube eher, dass er im Augenblick der Einzige ist, der uns heil hier herausbringen kann«, entgegnete der Hochmeister nachdenklich.

Mila musste ihm insgeheim zustimmen. Francisco Pizarro war vielleicht ein ungehobelter Bauer – wenn man es vom Standpunkt eines Grafen sah, der auf eine jahrhundertealte Reihe adliger Vorfahren zurückblicken konnte –, aber er war auch ein Mann von großer Tatkraft. Die Drachen hatten entschieden, dass ein Hinterhalt unter ihrer Würde war, solche Skrupel waren Don Francisco offensichtlich fremd. Wenn es sein musste, würde er mit äußerster Härte und rücksichtsloser Brutalität vorgehen, das wusste sie.

Vielleicht war diese heimtückische Falle, die er dem Inka stellte, die einzige Möglichkeit für die Spanier, einen Sieg zu erringen, jetzt, da sie sich durch den Stolz Don Hernandos in diese Falle hineinmanövriert hatten.

Der Hochmeister erklärte den Drachen den neuen Plan. Marduk schnaubte, dann sagte er nachdenklich: »Ich habe den Verdacht, dass Pizarro uns dort unten haben will, um uns in diese Sache hineinzuziehen, Maximilian.«

»Das ist gut möglich, mein Freund, aber es ist doch immer noch an uns, ob wir uns auch hineinziehen lassen«, erwiderte Graf Maximilian.

»Ich bin dafür«, zischte Nergal.

»Auf jeden Fall könnten wir dort mit eigenen Augen sehen, was vor sich geht«, gab der Hochmeister zu bedenken.

»Mir gefällt das nicht«, meinte Nabu.

»Man möchte fast glauben, dass du Angst hast, Nabu Einzahn«, höhnte Nergal.

»Nicht um uns, Nergal, aber um unsere Reiter«, gab Nabu kühl zurück.

»Wir sind Ritter, und wir fürchten die Schlacht nicht«, erklärte der Hochmeister würdevoll.

Mila hörte, dass Marduk sich schüttelte und dann erklärte: »Maximilian hat Recht, es fühlt sich seltsam an, so weit weg vom Geschehen zu sein, wenn es gefährlich wird. Wir sind Drachen, und Furcht ist nicht Teil unseres Wesens. Auch will ich wissen, was dort unten gesagt und getan wird, denn sonst muss ich glauben, was uns die Pizarros erzählen, und die haben ein Talent dafür, die Dinge so zu schildern, wie sie gut für sie sind.«

Damit war die Sache entschieden. Die Ritter saßen auf, und auch Ruiz durfte auf Nabus Rücken Platz nehmen. Mila seufzte. Die Sache gefiel ihr immer weniger. Nabu sprang von der Mauer und glitt durch die Luft. Es war ein Flug von wenigen Sekunden, schon setzten sie sanft wieder auf.

»Der Palast der gefiederten Schlange«, sagte Nabu. »Ich wollte ihn mir ohnehin einmal aus der Nähe ansehen.«

Mila hörte die anderen Drachen landen. Das Dach knirschte, als Behemoth, der als Letzter kam, hart aufsetzte. Sie hörte Spanier, die sich in ihren Verstecken leise etwas zuriefen. Offenbar erfüllte es die Männer mit neuer Zuversicht, dass jetzt auch die Drachen bei ihnen waren.

»Es ist aber sehr wichtig, dass ich mit Huaxamac sprechen kann«, wiederholte Kemaq.

Der Priester sah ihn von oben herab an. Es war ein alter Mann, mit von der Last der Jahre gebeugtem Rücken, und Kemaq hatte den Eindruck, dass er nicht besonders gut hörte. Aber er war derjenige, der entscheiden würde, ob dieser Chaski das Recht hatte, die Gebete oder heiligen Riten des Hohepriesters von Tikalaq zu stören. Die Priester hatten sich in einen Bereich zurückgezogen, der durch eine Zeltbahn von der Außenwelt abgeschirmt war. Kemaq hörte sie Gebete murmeln. Es gab einen Eingang, vor dem einige Krieger wachten. Sie hatten Kemaq fortschicken wollen, doch er war so hartnäckig geblieben, dass einer schließlich einen Priester geholt hatte. Kemaq wünschte, es wäre ein anderer gewesen – einer, der ihm nicht in einer Mischung aus Starrsinn und Schwerhörigkeit jede Hilfe verweigerte.

»Und er kennt dich, sagtest du?«, fragte der Priester mit brüchiger Stimme.

»Ich bin der Chaski, auf dem der Segen Intis ruht, der aus Tikalaq, du wirst vielleicht von mir gehört haben, Herr.«

»Aus Tikalaq? Nein, ich denke nicht. Es gibt so viele Chaski.«

»Aber Huaxamac kennt mich. Er hat selbst gesagt, dass der Segen des Sonnengottes auf mir ruht.«

»Huaxamac, sagst du? Der Hohepriester aus Tikalaq?«, fragte der Alte.

»Ja, Herr«, erwiderte Kemaq verzweifelt.

»Warum hast du das nicht gleich gesagt? Er ist nicht hier. Der Sapay Inka hat ihn gerufen.«

Kemaq unterdrückte einen Fluch, dankte dem Alten und machte sich auf den Weg. Wenn Huaxamac in der Nähe Atahualpa Inkas war, dann war es unmöglich, mit ihm zu sprechen.

Noch bevor er das erstaunlich schnell errichtete Zelt des Inka erreichte, erschien wieder ein Reiter aus Caxamalca. Es war wieder jener Mann im langen braunen Gewand, den er zuvor schon gesehen hatte. Er ritt an den Wachen vorbei und hielt erst vor dem Zelt an. Atahualpa saß auf einem goldgeschmückten Thron davor. Kemaq war noch viel zu weit entfernt, um etwas zu hören, aber er entdeckte Huaxamac dort. Er stand hinter Rumi-Nahui, der wiederum direkt neben Atahualpa stand und den Boten mit seinem steinernen Blick musterte. Jetzt flüsterte Huaxamac dem Feldherrn etwas ins Ohr. Kemaq lief näher heran, aber dann stieß er auf den doppelten Ring der Leibwache des Sapay Inka, und die ließ ihn nicht durch. Er versuchte es mit guten Worten, aber die Krieger, große und stolze Chachapoya mit farbenprächtigen Gewändern und vergoldeten Streitkolben, musterten ihn nur von oben herab und hinderten ihn daran, weiterzugehen.

Plötzlich erhob sich Atahualpa, sagte kurz etwas und ging in sein Zelt. Die Würdenträger verneigten sich tief, aber kaum war der Sapay Inka im Zelt verschwunden, stoben sie auseinander, und die Befehlshaber brüllten Befehle. Der Fremde wendete sein vierbeiniges Wesen und preschte eilig zurück in die Stadt.

»Was ist geschehen?«, fragte Kemaq besorgt.

»Ich glaube, wir brechen auf«, sagte einer der Leibwächter. »Und am besten für dich wird sein, wenn du schnell wieder deinen Platz einnimmst, Chaski, bevor dich der Befehlshaber deiner Schar vermisst.«

»Sie kommen. Ich glaube, sie kommen tatsächlich!«, rief Ruiz aufgeregt.

Mila nagte an ihren Lippen. Sie hörte den Hufschlag von Fray Celsos Pferd. Der Mönch kehrte von seiner Mission zurück.

»Was habt Ihr erreicht?«, rief Pizarro ihm schon von weitem zu. Er schien sich in einem der Gebäude aufzuhalten.

»Atahualpa hat den Befehl gegeben, aufzubrechen, und seine Priester haben ihm zugeraten, ohne Waffen zu erscheinen«, rief der Mönch aufgeregt, noch bevor er abgestiegen war.

Seine Stimme hallte laut über den so gespenstisch leeren Platz. »Er kommt mit vielen Männern und Dienern, doch wird er wohl noch mehr vor der Stadt zurücklassen. Er verlangt, dass wir ihm den Schlangenpalast als Wohnquartier vorbereiten.«

Mila runzelte die Stirn. Der Inka wollte genau hierherkommen?

»Ausgezeichnet«, rief Pizarro. »Das habt Ihr gut gemacht.«

»Und ich bete zu den Heiligen, dass ich es nicht bereuen muss«, erwiderte der Mönch.

»Redet keinen Unsinn, Mann. Und jetzt bringt Euer Pferd zu de Soto und sucht Euch einen sicheren Platz. Und betet zu Euren Heiligen, dass sie uns behüten mögen.«

Mila hörte den Mönch in eine der gepflasterten Gassen reiten, dann erklang die Stimme von de Soto, der ihn in Empfang nahm und ihm vom Pferd half.

»Sag, Nabu«, fragte Mila, »weißt du, was das für ein seltsames Klingeln ist, das ich immer wieder höre?«

»Ich weiß es«, sagte Ruiz, als Nabu verneinte. »Unsere Leute haben den Pferden Schellen angebunden, um die Indios noch mehr zu beeindrucken, falls es nötig sein sollte.«

Marduk schnaubte. »Ihr habt es gehört. Sie kommen ohne Waffen«, stellte er ruhig fest.

»Ich habe es gehört«, sagte der Hochmeister. Er klang bedrückt.

»Wir werden also nicht kämpfen«, erklärte Marduk weiter.

»Aber wenn es unten zur Schlacht kommen sollte?«, fragte der Tressler.

»Wir werden nicht kämpfen«, wiederholte das Oberhaupt der Drachen entschieden.

Nergal zischte böse, aber Nabu knurrte leise und sagte: »Sie sind wohl nicht einmal auf unsere Hilfe angewiesen.«

»Vielleicht muss gar nicht gekämpft werden«, sagte Mila leise.

Nergal lachte höhnisch: »Dort kommt viel Gold die Straße herunter, so viel, dass sogar ein blindes Mädchen es sehen müsste. Seinem Glanz werden die Spanier nicht widerstehen können.«

Aus der Ferne hörte Mila plötzlich leise Stimmen. »Die Indios singen!«, sagte sie verblüfft.

Kemaq war nicht dem wohlmeinenden Rat des Kriegers gefolgt und an seinen Platz zurückgekehrt, sondern hatte sich wieder zu den Priestern begeben. Wenn der Inka aufbrach, würde Huaxamac doch wohl zurückkehren. Doch er kam nicht. Stattdessen wurden die Vorbereitungen getroffen, die es dem Sapay Inka erlaubten, in angemessener Weise in die Stadt einzuziehen. Hunderte Diener liefen voraus. Sie begannen unter dem Gesang zu Ehren der Sonne, die Straße mit Zweigen vom Staub zu reinigen. Prachtvoll geschmückte Krieger folgten, doch trugen sie zu Kemaqs Verwunderung keine Waffen. Dann kamen die Priester und anderen Würdenträger. Kemaq suchte den Hohepriester von Tikalaq, doch er konnte ihn nicht entdecken. Jetzt erschien die Leibwache des Inka. Die vergoldeten Streitkolben dieser stolzen Krieger waren die einzigen Waffen, die Kemaq erkennen konnte. Dann endlich erschien Atahualpa Inka selbst. Er saß auf einem goldenen Thron, der auf einer roten Sänfte ruhte. Ein Dutzend Männer trugen ihn. Sein Mantel war ganz aus glänzenden Federn gemacht. Stumm und ohne seine Krieger eines Blickes zu würdigen, ließ sich Atahualpa durch die Reihen seines Heeres tragen. Ihm folgten weitere Würdenträger, Curacas und Priester, und dann auch viele Frauen. Endlich entdeckte Kemaq auch Huaxamac selbst. Sein Gewand leuchtete gelb aus einer ganzen Schar Priester hervor. Er lief keinen Steinwurf hinter der roten Sänfte.

Kemaq erbleichte, denn da war auch Qupay, sein Bruder – er war in der Nähe des Hohepriesters. War es schon zu spät? Kemaq versuchte, sich unauffällig unter den Kriegern einzureihen, die das Ende des langen Zuges bildeten. Niemand hielt ihn auf. Der Zug schritt nur langsam und unter feierlichem Gesang voran. Kemaq lief den Zug entlang. Er erntete viele fragende, manchmal zornige Blicke, doch er hielt das Muschelhorn als Zeichen seines Amtes in der Hand, und offenbar reichte das jetzt, um ihm unangenehme Fragen zu ersparen. Er holte die Gruppe der Priester dennoch erst ein, als sie schon die ersten Häuser der Stadt hinter sich gelassen hatten.

Endlich sah er das gelbe Gewand Huaxamacs vor sich. Er drängte sich zwischen zwei verdutzten Priestern hindurch und sprach den Hohepriester vorsichtig an. Obwohl das eine Verletzung der Tempelgesetze war, schien Huaxamac eher überrascht als zornig zu sein. »Was willst du denn hier?«, fragte er unwillig.

»Ich muss dich warnen, Herr«, rief Kemaq. »Melap hat dich belogen.« Er hatte sich lange überlegt, was er sagen sollte, denn er musste den Hohepriester warnen, ohne seinen Bruder bloßzustellen.

Huaxamac runzelte die Stirn. »Was weißt du von Melap?«, fragte er.

Kemaq senkte die Stimme. Er hoffte, der Gesang würde verhindern, dass noch jemand hörte, was er vorzubringen hatte. »Ich weiß, dass er Inti für einen falschen Gott hält, Herr«, erklärte er in Anspielung auf die Weissagung für die Schlacht von Chan Chan. Der Hohepriester nahm diese Worte mit unbewegter Miene entgegen. Verstand er nicht, was Kemaq ihm sagen wollte?

»Falsche Götter«, murmelte Huaxamac endlich. Er blieb stehen, was für einige Verwunderung bei den anderen Priestern sorgte, die sich nun an ihm und an Kemaq vorüberdrängten.

»Was hat Melap für heute vorausgesagt?«, fragte Kemaq drängend, da der Hohepriester schwieg.

»Waffen bedeuten Verhängnis«, lautete die geflüsterte Antwort.

»Du musst den Sapay Inka warnen, Herr«, rief Kemaq.

Weitere Menschen drängten sich an ihnen vorbei, und sie alle hatten den Gesang der Sonne angestimmt.

Kemaq hatte das Gefühl, dass ihn noch jemand anstarrte. Er drehte sich um. Es war Qupay, leichenblass. Er musste alles gehört haben. Plötzlich streifte der Hohepriester einen seiner goldenen Armreife ab und sagte: »Geh zu Rumi-Nahui, der die Truppen vor der Stadt befehligt. Zeige ihm den Armreif, denn sonst wird er nicht glauben, was du zu sagen hast. Sag ihm, dass er uns zu Hilfe eilen muss. Schnell, Chaski, lauf.«

»Aber willst du nicht …«, begann Kemaq.

»Den Inka zur Umkehr bewegen? Bin ich ein Gott? Denn ein solcher müsste ich sein, um den Sinn des Sonnensohns zu wandeln. Nein, wir gehen in die Stadt, aber Rumi-Nahui kann uns retten. Lauf, Chaski!«

»Kann mein Bruder mich begleiten – er würde den Feldherrn vielleicht eher überzeugen als ein einfacher Läufer«, bat Kemaq.

Aber Huaxamac schüttelte den Kopf. »Unser Platz ist an der Seite des Sapay Inka, Läufer, doch deiner nicht. Also eile. Alles hängt von dir ab.«

Kemaq drängte durch die Reihen zurück. Er hatte das Ende des Zuges fast erreicht, als er plötzlich von einer knochigen Hand am Arm gepackt und angehalten wurde. »Melap!«, rief er erstaunt.

Der Chachapoya drängte ihn aus dem Zug und gegen die Wand einer Hütte. »Du hast versucht, sie zu warnen, oder?«, fragte er.

»Lass mich, ich muss zu Rumi-Nahui!«, rief Kemaq und versuchte, sich loszureißen.

Der Alte lachte bitter auf. »Den Weg kannst du dir sparen, denn es ist zu spät. Und glauben werden sie dir ohnehin nicht.«

»Aber du … warum, ich meine – warum gehst du mit in die Stadt?«

Melap lächelte. »Mein Weg führt mich nun einmal dorthin. Wir werden sehen, zu welchem Ende. Doch lauf ruhig. Sie werden dir ebenso wenig Glauben schenken wie mir, Chaski. Denn eines musst du wissen – belogen habe ich sie nie.«

Kemaq riss sich los und rannte weiter. Der Alte war verrückt. Verrückt und gefährlich.

Ruiz beschrieb Mila leise, wie die Indios sich dem Platz näherten. Die Drachen hatten sich auf dem Dach des Palastes niedergelegt, und Marduk hatte Behemoth und Nergal noch einmal eingeschärft, dass sie sich aus allem, was nun folgen würde, heraushalten sollten.

Mila saß dennoch im Sattel, und Nabu tat ihr den Gefallen,

den Kopf ein wenig zu heben und ihr zu zeigen, was er sah. Es waren viele Menschen, die dort auf den Platz strömten und sich auf den Seiten verteilten, eine Gasse bildeten für ihren Herrscher, der sich viel Zeit ließ.

»Wenn Ihr es nur sehen könntet«, flüsterte Ruiz andächtig. »Es blitzt und blinkt von Gold. Und ihre Kleider sind rot und blau, und einige tragen Mäntel, so farbenprächtig, wie ich es noch nie zuvor gesehen habe.«

Mila erkannte nur helles Flackern, weil ihr Nabu nun einmal keine Farben zeigen konnte. Das Bild, geformt aus tausend bleichen Flammen, war dennoch eindrucksvoll. Der Zug schien kein Ende zu nehmen. Dann endlich erschien der Inka selbst. »Er sitzt auf einem goldenen Thron, und ich glaube, sein Mantel ist ganz aus kostbaren Federn gemacht«, rief Ruiz leise, »aber immer noch kann ich Don Francisco nicht sehen.«

»Nehmt endlich die Köpfe herunter«, befahl der Hochmeister, »bevor die Indios euch doch noch bemerken.«

Nabu gab brummend nach. Das Bild erlosch, und Mila war wieder von bedrückender Dunkelheit umhüllt. Sie hörte die Indios von der Sonne singen und von ihrem Sohn, dem Herrn der Welt. Die Anspannung war schier unerträglich, und Mila meinte, sie beinahe körperlich spüren zu können. Dann fühlte sie plötzlich eine eigenartige Taubheit in der linken Hand, der sie aber jetzt keine weitere Beachtung schenkte.

Kemaq rannte. Wieder half ihm das Muschelhorn, unbehelligt zum Zelt des Feldherrn zu gelangen. Rumi-Nahui hatte sein Zelt ein wenig hinter den Reihen der Krieger aufschlagen lassen. Zwei Chachapoya-Krieger hielten davor Wache.

»Ich bringe dringende Nachricht von Huaxamac, dem Hohepriester von Tikalaq«, rief Kemaq, noch im Laufen.

Die Krieger hielten ihn dennoch auf. »Aus Tikalaq?«, fragte einer der beiden gelassen, während ihre gekreuzten Speere ihm den Weg versperrten.

»Ja, aber er ist jetzt in Caxamalca, mit Atahualpa Inka, und die Nachricht ist dringend. Seht, er gab mir seinen Armreif als Zeichen.«

»Zeichen wofür?«, fragte der Krieger.

»Dafür, dass ich von ihm gesandt wurde, um den großen Rumi-Nahui zu warnen!«, rief Kemaq ungeduldig.

Das bunt gewebte Tuch, das den Eingang verhüllte, wurde zur Seite geschlagen, und der Befehlshaber selbst trat heraus.

»Ich kenne dich, Chaski«, stellte er fest, und Kemaq hatte sofort wieder das Gefühl, von seinem starren Blick durchbohrt zu werden.

»Ja, Herr. Ich bin der Chaski aus Tikalaq, und ich bringe eine sehr wichtige Botschaft von Huaxamac.«

»Wie lautet sie?«, fragte Rumi-Nahui knapp.

Jetzt stockte Kemaq, denn eine genaue Botschaft hatte ihm Huaxamac in der Eile nicht aufgegeben. Er erinnerte sich an das, was sie miteinander gesprochen hatten, und sagte: »Du musst ihnen zu Hilfe eilen, Herr. Die Voraussagen, die Weissagungen … die Priester haben sich getäuscht. Der Sapay Inka ist in großer Gefahr. Der Tag, der in der Farbe der Sonne enden wird – das bedeutet Blut, Herr.«

»Was redest du da? Tausende Krieger sind mit Atahualpa Inka in die Stadt gezogen. Und es ist ruhig und friedlich dort. Hörst du nicht, dass sie singen?«

Kemaq lauschte unwillkürlich, doch genau in diesem Augenblick brach der Gesang ab.

Der Gesang war jäh verstummt. Dann sprach eine einzelne, volltönende Stimme, die Mila als die des Inka wiedererkannte: »Wo sind die Fremden?«, fragte er laut.

Es war unglaublich ruhig auf dem Platz. Dort standen tausende Menschen, aber sie alle schienen den Atem anzuhalten, jetzt, da der Inka selbst die Stimme erhoben hatte. Dann hörte Mila Schritte.

Jemand ging über den Platz, ein einzelner Mann. »Ich grüße dich, Atahualpa, Herr dieses Landes«, begann er.

Mila stutzte. Es war Pater Valverde. Hatte Pizarro den Priester vorgeschickt?

»Ich bin Pater Vicente de Valverde, und ich bin hier, um dir das Wort Gottes zu bringen.«

Der Inka antwortete nicht.

Mila konnte es nicht fassen. Was tat der Pater da? Valverde sprach weiter in seiner typischen salbungsvollen Art, die er auch im Quechua, das er mit starkem spanischem Akzent sprach, beibehielt. Er erzählte dem Inka von Gott, der alles erschaffen habe, von den ersten Menschen, dem Sündenfall und von Jesus Christus, der am Kreuz gestorben sei, um die Menschen zu erlösen, und von seiner Himmelfahrt. »Er ließ jedoch Petrus auf der Welt zurück, um seine Lehre weiterzugeben, und dessen Nachfolger, die Päpste, gelten heute noch als die Stellvertreter Gottes auf der Welt. Und der Papst hat dem Kaiser, dem mächtigsten Fürsten der Welt, den Auftrag erteilt, den Heiden das Wort Gottes zu bringen, auf dass sie seine Herrschaft anerkennen, wie es in der Heiligen Schrift bestimmt ist.« Mila hörte ungläubig zu. Der Pater sprach und sprach, und ihm antwortete das tiefste Schweigen, das man sich nur vorstellen konnte. »Don Francisco Pizarro ist nun hier, im Auftrag des Papstes und des Kaisers, um dir diese Nachricht zu bringen, Fürst Atahualpa. Ich fordere dich daher in seinem Namen auf, deinem Irrglauben abzuschwören und anzuerkennen, dass du dem Kaiser fortan untertan bist.«

Einen Augenblick blieb es still auf dem Platz, dann erhob Atahualpa seine Stimme. Sie bebte vor Zorn: »Ich bin Atahualpa Inka, der mächtigste und größte Fürst dieser Welt, und nie werde ich Untertan eines anderen sein. Ich kenne weder den Kaiser, noch habe ich je von dem Mann gehört, den du Papst nennst. Mein Glaube ist mir heilig, Fremder, und euren will ich nicht, denn eure Menschen haben den Gott getötet, der sie erschaffen hat. Mein Gott hingegen steht dort oben und blickt mit Wohlgefallen auf mich herab. Du redest ständig vom Wort deines Gottes und sagst, es ist in diesem Ding. Es spricht aber nicht.«

»Habt Ihr es gehört? Habt Ihr es gesehen?«, schrie Pater Valverde plötzlich laut. »Er lästert Gott und wirft die Bibel in den Schmutz! Auf sie, Ihr Streiter Gottes!«

Ein Kanonenschuss donnerte von der Festung, dann ein zweiter. Arkebusen krachten plötzlich von allen Seiten, die Reiter sprengten aus ihren Verstecken hervor, und dann hörte Mila, dass die Konquistadoren auf den Platz stürmten. *»Santiago! Santiago!«*, brüllten sie, und wieder donnerten aus den Häusern die Arkebusen und Musketen.

Mila hielt sich die Ohren zu, aber es war vergeblich. Pferde wieherten, Menschen schrien entsetzt auf, und dann entlud sich die ganze Anspannung des Tages in einem langen Aufschrei aus Schmerz und Tod, als die Spanier wie hungrige Wölfe über die unbewaffneten Indios herfielen.

Es wurde dunkel, aber niemand auf dem Hügel schien daran zu denken, ein Feuer zu entzünden. Kemaq starrte hinüber in die Stadt. Dort waren Fackeln zu sehen, die durch die Straßen wanderten, und vor der Stadt brannten mehrere große Feuer. In ihrem Licht waren Menschen zu sehen, die offenbar Gruben aushoben. Die Mitte der Stadt, dort, wo der große Platz lag, war hell erleuchtet. Es sah beinahe aus, als würde dort ein Fest gefeiert. Kemaq fühlte sich vor Entsetzen immer noch wie gelähmt. Er hatte den Donner, die Schüsse und die Schreie gehört – und nichts unternehmen können. Im Dunkeln näherte sich ein Mann.

»Ich brauche einen schnellen Läufer«, sagte eine Stimme, die Kemaq inzwischen gut kannte. Es war Rumi-Nahui. Als die ersten Überlebenden aus der Stadt geflohen waren und berichtet hatten, der Sohn der Sonne sei gefangen worden, war der Feldherr der Einzige gewesen, der einen kühlen Kopf bewahrte. Er hatte die Krieger zurück auf den Hügel geführt und dort erneut Aufstellung für die Schlacht nehmen lassen. Und es waren seine harte Hand und seine unerschütterliche Ruhe, die verhinderten, dass das Heer kopflos auseinanderlief, jetzt, da der Sapay Inka in der Hand des Feindes war. Gegen die Verzweiflung, die jeden einzelnen Mann befallen hatte, dagegen konnte jedoch selbst der große Rumi-Nahui nichts ausrichten.

»Ich brauche Nachricht aus der Stadt, Chaski. Ich muss wissen, ob Atahualpa Inka wirklich noch lebt«, sagte der Feldherr jetzt.

»Welche Botschaft soll ich hinunterbringen, Herr?«, fragte Kemaq. Er fühlte eine große innere Leere. Qupay war mit dem Inka nach Caxamalca gezogen und nun vielleicht tot.

»Ich weiß nicht, ob dich die Fremden mit Atahualpa sprechen lassen oder einfach gleich töten«, beantwortete Rumi-Nahui Kemaqs Frage. »Sage ihnen aber, dass du ihn sehen willst, denn nur dann werden wir glauben, dass ihm nichts geschehen ist. Sollte er jedoch tot sein, so werden wir sie angreifen, und wir werden nicht wieder ohne Waffen kommen. Sag ihnen das. Lassen sie dich zu ihm, so frage ihn nach seinen Befehlen für uns. Und versichere ihm unsere Treue. Nun geh.« Plötzlich fühlte Kemaq die Hand des Feldherrn auf der Schulter. »Möge Intis Segen auf dir ruhen, Chaski, auch in dieser finstersten aller Nächte.«

Kemaq lief in die Stadt, aber es war, als würde nicht er selbst seine Beine bewegen. Es war alles verkehrt. Qupay war vielleicht tot. Ihre letzte Begegnung hatte halbwegs im Streit geendet – nein, er war nicht tot, durfte nicht tot sein, sagte sich Kemaq. Er erreichte die Stadt. An der Straße standen zwei der Fremden. Sie entdeckten ihn, riefen ihn in ihrer Sprache an und gaben ihm Zeichen, anzuhalten. Mit Grauen bemerkte Kemaq, dass am Rand der Straße etliche leblose Körper lagen. Und einige Menschen waren dabei, weitere Körper heranzutragen. Kemaq hob sein Muschelhorn als Zeichen, dass er eine Nachricht hatte, und sagte, dass er zu Atahualpa Inka müsse. Dieses Wort schienen die Fremden zu verstehen, denn sie lachten und gaben ihm mit Zeichen zu verstehen, dass er weiterlaufen durfte. Kemaq folgte der Hauptstraße. Es war ein Lauf, den er sein Leben lang nicht würde vergessen können. Je weiter er in die Mitte der Stadt vordrang, desto dichter lagen die Toten. Und stumm und geisterhaft waren dazwischen Männer damit beschäftigt, sie davonzutragen. Endlich erreichte Kemaq den Platz. Auch hier trugen Gefangene leblose Körper fort, aber der Platz war immer noch dicht bedeckt mit den Gefallenen. Er entdeckte die Sänfte, die in der Mitte des Platzes lag. Sie war zerbrochen, und der goldene Thron war verschwunden. Um sie herum schienen die Leichen besonders dicht zu liegen. Dahinter, auf der anderen Seite des Platzes, befand sich ein großer Palast, hell erleuchtet wie für ein Fest.

»Es gab nur einen einzigen Verwundeten«, berichtete Graf Tassilo kopfschüttelnd, »und das war Pizarro selbst, der einem seiner Männer ins Schwert fasste, weil der drauf und dran war, im Blutrausch Atahualpa zu töten.«

Die Ritter hatten sich mit den Drachen zur Festung zurückgezogen, und Mila war dankbar dafür, denn unten auf dem Platz war die Gegenwart des Todes mit Händen zu greifen. Das Gefühl von Schmerz und Tod hing so schwer über dem Platz, dass sie wirklich meinte, nur die Hände ausstrecken zu müssen, um es berühren zu können.

»Sie haben sich nicht einmal gewehrt. Wie die Schafe«, zischte Nergal.

»Leichte Beute«, sagte Behemoth.

»Dummkopf!«, rief Marduk.

»Ich meine nur«, brummte Behemoth.

»In diesem Kampf gab es wenig Ehre zu verdienen«, bekannte der Tressler jetzt.

»Gar keine«, berichtigte der Hochmeister.

»Ich hätte es nicht gedacht, aber ich bin froh, dass wir uns die Hände dabei nicht schmutzig gemacht haben«, gab Graf Tassilo zu.

»Dennoch werden die Pizarros nicht vergessen, dass wir uns herausgehalten haben«, warf Balian jetzt ein.

»Du wirst es vielleicht nicht glauben, mein Junge, aber das ist mir gleich«, erwiderte der Tressler.

»Und was ist mit der Zukunft unseres Ordens?«, fragte Balian kalt. »Glaubt Ihr, die Pizarros werden das einfach auf sich beruhen lassen? Unser Stand bei Hofe ist ohnehin nicht der beste. Das kann unser Ende bedeuten.«

Nergal lachte leise auf. »Sollen sie den Orden ruhig aufheben. Es wird mir wenig ausmachen, wenn die alten Eide gelöst werden. Schon viel zu lange haben wir Menschen gedient.«

»Ruhe jetzt«, sagte der Hochmeister. »Wenn die Sonne aufgeht, wird vieles anders aussehen.«

»Was wird bis dahin geschehen?«, fragte Mila, die bisher wenig Lust verspürt hatte, sich an diesem Disput zu beteiligen. Das Grauen vor dem, was sie dort unten hatte mit anhören müssen, ließ sie nicht los.

»Im Augenblick gibt Don Francisco im Schlangenpalast für Atahualpa ein Festmahl«, erklärte ihr Großonkel.

»Ein Festmahl?«, fragte Mila ungläubig. Sie fühlte immer noch eine leichte Taubheit in den Fingern ihrer Linken und schob das auf die Anspannung und das Grauen des Tages, denn das Gefühl schien allmählich zurückzukehren.

»Nun«, sagte der Hochmeister mit tiefer Verbitterung in der Stimme, »er hatte es ihm ja versprochen, und vermutlich will sich der große Pizarro nicht nachsagen lassen, dass er seine Versprechen nicht hält.«

Als Kemaq zurücklief, war ihm, als liefe er durch einen bösen Traum. Er war im Palast der Schlange gewesen. Atahualpa hatte dort gesessen, an einer reich gedeckten Tafel, und mit den Fremden gespeist. Er hatte sich angehört, was Kemaq zu sagen hatte, aber selbst nichts erwidert. Dafür hatte der Anführer der Fremden ihm eine Botschaft mitgegeben. Sie besagte, dass der Herrscher nun in ihrer Gewalt sei und sterben müsse, sollten die Krieger es wagen, anzugreifen. Sie hätten aber sonst nicht vor, ihm ein Leid anzutun, und die Großen des Reiches würden bald weitere Befehle aus seinem Munde erhalten. Der Sapay Inka hatte daraufhin kurz genickt, mehr nicht. Und jetzt lief Kemaq über die Straßen, in denen so viele Menschen gestorben waren, vielleicht auch sein Bruder Qupay. Es musste einfach ein böser Traum sein. Seine Beine fühlten sich schwer an, er schien kaum voranzukommen. Der Hügel war nicht weit entfernt, und an einem anderen Tag hätte er die Strecke mit doppelter, ja dreifacher Geschwindigkeit zurückgelegt, aber jetzt fühlte er sich, als müsse er die Last all der Seelen tragen, die hier ihr irdisches Leben verloren hatten.

Plötzlich rief jemand seinen Namen. Verwirrt blieb er stehen. »Kemaq, Kemaq, bist du das?«, fragte jemand.

»Jatunaq?«

»Bei Inti, ich dachte, du wärst tot, kleiner Bruder!«

Sie standen einander gegenüber, und das flackernde Licht der Fackeln ließ Kemaq daran zweifeln, dass er seinen Augen trauen konnte. »Jatunaq«, stieß er hervor, »unser Bruder Qupay ist mit den Priestern in die Stadt gekommen. Ist er unter den Gefangenen? Hast du ihn gesehen?«

Jatunaq starrte ihn an, dann schüttelte er den Kopf. »Es sind aber viele, und unter den Toten sah ich ihn auch nicht.«

»Kannst du nicht einfach mitkommen?«, fragte Kemaq, denn es waren nur wenige Fremde und Yunga auf der Straße.

Sein Bruder schüttelte den Kopf. »Sie sagen, dass sie für jeden, der fortläuft, zehn von denen töten, die zurückbleiben.«

Auf einmal tauchte ein Fremder aus einer Seitenstraße auf. Er brüllte etwas, das sie nicht verstanden, und schwang drohend seine Waffe. Erschrocken trennten sie sich. Kemaq lief weiter. Noch zweimal drehte er sich um. Er hatte Jatunaq gesprochen. Wenigstens über sein Schicksal hatte er nun Gewissheit. Doch was war mit Qupay? Er lief weiter und betete zu Tamachoc, dass er auch seinen zweiten Bruder am Leben erhalten möge.

Die Spanier sangen. Sie feierten ihren Sieg, und offenbar hatten sie unter den Vorräten der Stadt auch Maisbier entdeckt. Mila saß auf der Festungsmauer und lauschte in die Finsternis. Sie war froh, dass sie nicht gesehen hatte, was in der Stadt geschehen war – es reichte ihr, die halblauten Bemerkungen der Yunga zu hören, die beim Zusammentragen der Leichen hatten helfen müssen und damit noch lange nicht fertig waren.

»Ah, wenn das nicht die edle Comtesse von Tretzky ist«, rief eine Stimme.

Mila zuckte zusammen. Es war Konrad. Offenbar hatte er sich betrunken. »Feiert Ihr unseren Sieg denn nicht?«, rief er.

»Mir ist nicht danach, Konrad«, gab sie einsilbig zurück. Er hatte ihr gerade noch gefehlt.

Er ließ sich neben ihr nieder. Eine Ausdünstung von Bier wehte zu Mila herüber.

»Was für ein Sieg!«, sagte er.

Er war wirklich betrunken. Warum konnte er nicht einfach gehen? »Es war der Sieg Pizarros, nicht des Ordens«, sagte Mila kühl.

Konrad lachte leise. »Ja, das war er. Ihr habt uns schön im Stich gelassen, aber wir haben es auch ohne die Drachen geschafft. Das haben wir!«

Mila runzelte die Stirn. »Seit wann zählt Ihr Euch zu den Konquistadoren?«

»Seit ich mit der Waffe in der Hand an ihrer Seite kämpfte. Seit dieser Stunde. Gemeinsam haben wir gesiegt. Und sie haben gesehen, dass ich gut gekämpft habe. Bin ein guter Schütze, ein sehr guter, das bin ich.«

Seine Zunge war schwer. Mila schüttelte den Kopf. »Wenn der Hochmeister erfährt, dass Ihr ohne seine Erlaubnis an der Seite der Spanier gekämpft habt wie ein gewöhnlicher Waffenknecht …«

»Gewöhnlich?«, fiel er ihr ins Wort. »Ich bin nicht gewöhnlich! Mit dem Schwert kann ich umgehen. Mit der Büchse auch.

Gekämpft habe ich. Ein Dutzend oder zwei habe ich eigenhändig ...! Aber der Hochmeister erlaubt es nicht, mein Bruder sieht es nicht, und mein Onkel tut nichts, um mich zum Ritter in diesem verstaubten, stinkenden Drachenorden zu machen. Lieber nehmen sie Euch – eine Blinde! Aber Pizarro, Comtesse, Pizarro, der erkennt meinen Wert! Und er wird mir helfen. Ja, das wird er. Ich werde noch aufsteigen, wenn dieser ganze Orden schon längst gefallen ist – und Ihr mit ihm, Comtesse!«

»Ihr seid betrunken, Konrad, und solltet besser zu Bett gehen«, entgegnete Mila scharf.

»Niemand sieht ...« Er brach ab und flüsterte: »Wenn Ihr wüsstet, was für ein guter Schütze ich bin, Comtesse, wenn Ihr das wüsstet!« Dann lachte er leise und erhob sich, was ihm offensichtlich nur unter Schwierigkeiten gelang. Er lachte wieder, murmelte noch einmal »Wenn Ihr wüsstet ...« in die Nacht und wankte davon.

Mila lauschte auf seinen schwankenden Gang. Ihr lief ein Schauer über den Rücken. Was hatte er gesagt? Er würde noch aufsteigen, wenn der Orden schon längst gefallen war? Er war betrunken, dennoch fand Mila, dass es wie eine finstere Drohung klang.

31. Tag

Die Nächte blieben kalt, und gegen Morgen zog oft dichter Nebel von den heißen Quellen über das Lager. Wenn der Nebel sich lichtete, stellten die Hauptleute jedes Mal fest, dass mit ihm schon wieder einige Krieger verschwunden waren. Rumi-Nahui ließ bald die Wachen verdoppeln, doch auch die Wachen verschwanden. Das Heer schmolz von Tag zu Tag dahin, ohne dass eine Schlacht ausgefochten wurde. Kemaq wurde oft in die Stadt geschickt, um Botschaften an Atahualpa zu übermitteln oder von ihm entgegenzunehmen, denn der Sapay Inka war zwar gefangen, galt aber immer noch als Herr über das Tawantinsuyu. Am neunten Tag seiner Gefangenschaft überbrachte einer seiner Diener einen seltsamen Befehl, und Kemaq war dabei, als Rumi-Nahui ihn entgegennahm: »Es gibt dort eine große Kammer, und Atahualpa Inka befiehlt, dass sie einmal ganz mit Gold gefüllt werden soll, sowie eine zweite, kleinere, die zweimal ganz mit Silber gefüllt werden soll. Die Spanier haben eingewilligt, ihn dann freizulassen und nicht zu töten, wie sie es sonst tun werden. Deshalb sollen von hier Botschaften in alle Städte gesandt werden, dass die Untertanen Atahualpas alles Gold und Silber nach Caxamalca schicken sollen.«

Rumi-Nahui starrte den Boten unbewegt mit seinem steinernen Blick an. »Weiß der Sapay Inka, was die Fremden mit all dem Gold wollen?«

»Nein, Herr, doch sie scheinen es sehr zu lieben. Haben sie doch noch den Toten den Schmuck geraubt und selbst die Ringe aus ihren Ohren gerissen«, erwiderte der Bote. »Es sind seltsame Menschen, und ich denke, sie müssen aus einem armen Land kommen.«

Eine Weile dachte Rumi-Nahui nach, dann sagte er: »Kehre zurück und sage Atahualpa Inka, dass wir seinem Befehl gehorchen werden, und er soll sich nicht beunruhigen, wenn er morgen zu den Hügeln blickt.« Der Diener bat um eine Erklärung, aber Rumi-Nahui gab ihm keine.

Als der Diener nach Caxamalca zurückgekehrt war, ließ der Feldherr seine Hauptleute zusammenrufen. Das Lager bot einen von Tag zu Tag traurigeren Anblick. Die Krieger waren verzweifelt und hatten jeden Mut verloren. Viele Hauptmänner, Priester und andere Würdenträger waren mit dem Sapay Inka in die Stadt gezogen und nicht zurückgekehrt, und Kemaq hatte das Gefühl, dass es jeden Tag mehr wurden, die sich heimlich davonmachten. Auch er selbst dachte jeden Tag aufs Neue darüber nach. Was sollte er hier noch tun? Der Inka war gefangen, und Pitumi hatte vielleicht Recht – Pachakuti war gekommen. Ihm ging nicht aus dem Kopf, dass Melap, der ebenfalls nicht aus Caxamalca zurückgekehrt war, ihn bis zuletzt gedrängt hatte, nach Tanyamarka zu gehen, wo er angeblich gebraucht wurde. Und Tanyamarka war die Stadt seines Volkes. Aber er brachte es nicht über sich, aufzubrechen, solange er nicht Klarheit über das Schicksal seines Bruders Qupay hatte.

»Unsere Zahl wird von Tag zu Tag geringer, und die Krieger, die noch bei uns sind, würden ihre Waffen doch auch am liebsten wegwerfen und nach Hause laufen«, begann der Feldherr, als die Hauptleute versammelt waren. Niemand widersprach. »Die Untätigkeit tut ihnen nicht gut, und deshalb habe ich beschlossen, das zu ändern. Heute Nacht werden wir das Lager in aller Stille abbrechen.«

»Hat der Sapay Inka das befohlen?«, fragte einer der Hauptleute.

Rumi-Nahui warf ihm einen finsteren Blick zu. »Nein, wie sollte er? Er weiß doch nicht, wie verzweifelt wir sind. Ich habe das entschieden, denn Atahualpa Inka gab mir den Befehl über das Heer, und ich muss sehen, was am besten für uns und das Reich ist.« »Doch wohin sollen wir gehen?«, fragte ein anderer Hauptmann. »Das Heer ist immer noch groß, und nicht viele Städte können so viele Krieger über einen längeren Zeitraum nähren.«

»Deshalb werde ich es in drei Teile aufteilen. Die größte Schar marschiert bis nach Cuzco, denn ich denke, früher oder später werden die Fremden in diese Stadt gehen, und vielleicht erlaubt Atahualpa Inka uns dann, sie zu verteidigen«, erklärte der Feldherr.

»Er hat nie viel Liebe für diese Stadt empfunden, die doch seinem Bruder treu war, Herr«, warf einer der Hauptleute ein.

Rumi-Nahui warf ihm einen Blick zu, der den Mann erbleichen ließ, und fuhr fort: »Die zweite Schar wird nach Huamachuco gehen, um den Weg nach Süden schon vorher zu sperren, denn ich will nicht, dass die Fremden denken, sie könnten gehen, wohin sie wollen.« »Und wenn Atahualpa uns befiehlt, die Stadt zu räumen?«, fragte einer.

»Werden wir gehorchen, doch ich hoffe, er befiehlt es nicht.«

»Dies waren zwei Scharen, doch wohin geht die dritte, großer Rumi-Nahui?«, fragte ein älterer Hauptmann.

»Die dritte Abteilung werde ich selbst führen. Wir gehen nach Osten. Es gibt alte Festungen dort in den Anden und halb vergessene Städte. Falls der Sapay Inka uns eines Tages erlauben sollte, gegen die Fremden zu kämpfen, werden wir ihnen von dort in die Flanke fallen.«

»Dein Vorhaben scheint mir gut durchdacht, Rumi-Nahui«, sagte der ältere Hauptmann. »Es war von Atahualpa wohl getan, dir die Krieger anzuvertrauen. Doch sage uns, wo werden wir dich finden, wenn wir deinen Rat brauchen?«

»Ich werde es Euch wissen lassen. Vermutlich werde ich mit meinen Kriegern in eines der vielen Seitentäler ziehen, wo uns die Fremden nicht finden werden. Doch zunächst gehe ich nach Tanyamarka.«

»Ich habe diese Kammer ausgemessen«, sagte der Tressler, »sie ist zweiundzwanzig Fuß lang, siebzehn Fuß breit und neun Fuß hoch, und der Inka hat angeboten, sie bis oben hin mit Gold zu füllen.«

»Ihr habt es bereits erwähnt, Tassilo«, sagte der Hochmeister. Mila fand, er klang müde, während dem Tressler anzuhören war, wie sehr ihn der Gedanke an das viele Gold faszinierte.

»Essen kann man es nicht«, warf Nabu mürrisch ein.

Sie hatten sich auf der Festungsmauer versammelt. Aus der Stadt klang das Getrappel von Pferdehufen. Die Spanier schickten wohl eine ihrer Patrouillen aus. Sie schickten Reiter – keine Drachen. Mila seufzte – das Verhältnis zu den Konquistadoren war nach der Schlacht auf einen Tiefpunkt gesunken. Francisco Pizarro war der Meinung, dass der Orden, da er nichts zum Sieg beigetragen habe, auch kein Recht mehr hatte, sich in die Angelegenheiten der Conquista einzumischen. Der Hochmeister wurde nicht einmal eingeladen, wenn sie allabendlich mit Atahualpa speisten. Zu Milas Entsetzen war nun ausgerechnet Konrad von Wolfegg eine Mittlerrolle zugekommen. Der Hochmeister hatte seine Teilnahme an der Schlacht ausdrücklich missbilligt, kam aber dann nicht umhin, seine Dienste in Anspruch zu nehmen, da er erfahren musste, was bei den Spaniern vorging. Konrad erwies sich dabei als recht erfolgreich, was Mila mehr auf Verschlagenheit denn auf diplomatisches Geschick zurückführte, und machte sich nach und nach unentbehrlich. Konrad arrangierte schließlich ein Treffen des Hochmeisters und des Tresslers mit den Pizarros, und der Orden und die Konquistadoren kamen überein, die Zusammenarbeit zu erneuern. Dies hatte allerdings einen Preis: Der Hochmeister gab dem Drängen der Wolfeggs und des Tresslers nach und erklärte sich widerwillig bereit, Konrad von Wolfegg zum Ritter des Ordens zu schlagen, und auch Milas Einwände, die ihm von ihrem Gespräch mit dem betrunkenen Konrad berichtet hatte, konnten es nicht verhindern. Sollte also nun ausgerechnet Konrad, der doch gesagt hatte, dass der Drachenorden untergehen werde, doch noch Ritter dieses Ordens werden?

Mila hatte versucht, unauffällig in Erfahrung zu bringen, was Konrad den Pizarros erzählt hatte, um das Treffen herbeizuführen. Sie erfuhr es schließlich von Ruiz, der sich mit einigen der Konquistadoren angefreundet hatte: »Er hat wohl gesagt, dass die Ritter hätten kämpfen wollen und es nur die Drachen gewesen sind, die sich weigerten.« Mila erzählte ihrem Onkel davon.

»Das ist nicht gelogen«, verteidigte sich Konrad, als ihn der Hochmeister daraufhin zur Rede stellte.

»Aber die Wahrheit ist es auch nicht«, erwiderte der Hochmeister. »Außerdem solltet Ihr doch wohl wissen, dass die Ritter und die Drachen dieses Ordens immer eins waren. Wir lassen keinen Keil zwischen uns treiben, von Euch nicht, und auch nicht von den Pizarros!«

»Ich versuche, die Ehre des Ordens zu retten!«, wehrte sich Konrad.

»Indem Ihr uns unterstellt, wir hätten freudig an diesem Massaker teilgenommen? Auf diese Ehre kann unser Orden gut verzichten!«

Der Hochmeister war außer sich, und er stellte die versprochene Schwertleite noch einmal auf unbestimmte Zeit zurück, eine Entscheidung, die Balian und den Tressler sehr gegen ihn aufbrachte, und so war die Stimmung im Orden zum Zerreißen gespannt, als gegen Mittag Nabu endlich meldete, dass sich ein Drache der Stadt näherte.

Es war Ianus, der mit Don Mancebo aus Chan Chan zurückkehrte. Don Francisco hatte ihn nach der Schlacht mit der Siegesnachricht dorthin gesandt. »Diese Berge sind immer noch mörderisch, und es ist mir nicht gelungen, eine Stelle zu finden, an der der Übergang leichter wäre«, sagte der Maure, nachdem er gelandet war.

»Und warum hat es so lange gedauert, dass Ihr zurückgefunden habt?«, fuhr ihn der Tressler ungeduldig an.

Don Mancebo ließ sich dadurch nicht aus der Ruhe bringen: »Don Gómez, dem Ihr den Befehl über unsere Festung am Meer gegeben habt, hat meine Dienste benötigt, denn es gab Unruhe unter den Indios entlang der Küste.«

»Welcher Art?«, fragte der Hochmeister besorgt.

»Wir befürchteten zunächst, es ginge gegen uns, und wie Ihr wisst, haben wir nur Baal, Amun-Ra und vielleicht vierzig Männer in der Festung gelassen. Wie sich aber zeigte, waren es Streitereien der verschiedenen Stämme untereinander. Es scheint, dass einige von ihnen begriffen haben, dass wir sie vom Joch des Inka befreit haben, und es kam zu einigen, wie ich sagen muss, ziemlich hässlichen Ausschreitungen und Kämpfen unter den Indios.«

»Augenblick«, wandte Mila ein. »Atahualpa ist doch erst seit neun Tagen in unserer Gewalt, wie können die Indios an der Küste das schon wissen?«

»Die Unruhen brachen schon vorher aus, vermutlich, weil viele der Curacas und Priester, die sonst für Ordnung sorgten, geflohen sind. Jedenfalls wurden die Drachen gebraucht, um die Ordnung in Chan Chan zu wahren und andernorts wieder herzustellen.«

Der Tressler schnaubte missmutig. Mila war klar, dass es ihm lieber gewesen wäre, er hätte seinen aufgestauten Zorn am Mauren auslassen können.

»Habt Ihr denn wenigstens etwas von Marschall di Collalto und Almagro gehört?«, fragte der Hochmeister.

»Auch das, Graf Maximilian. Der schnelle Reschef brachte Meldung nach Chan Chan. Almagro wurde aufgehalten, mehr durch die unwirtliche Landschaft als durch die Indios, aber ich denke, sie dürften sehr bald, vielleicht sogar schon heute, hier eintreffen«, erwiderte Don Mancebo.

Er sollte Recht behalten, denn noch am selben Abend hörten sie erneut den Ruf eines Drachen. Es war Schamasch, der mit Sir William Lysle aus dem Norden herunterkam.

»Ich habe wirklich in Betracht gezogen, diesen ganzen verdammten Bergkamm zu umfliegen und von Süden her zu kommen«, fluchte Sir William, nachdem er gelandet war.

Mila hörte den schweren, rasselnden Atem Schamaschs. Der Drache schien sich wirklich bis aufs Äußerste verausgabt zu haben.

»Heißt das, die Berge im Norden sind noch höher als jene, die wir überqueren mussten, Bruder William?«, fragte Mila.

»Das vielleicht nicht, Lady Milena, doch sind sie dort ausgedehnt, und wir mussten lange suchen, bis wir einen Pass fanden, den auch die Pferde benutzen können.«

»So wird di Collalto bald hier eintreffen?«, fragte Milas Großonkel.

»In drei oder vier Tagen, wenn er bei Almagro bleibt, was er vorhat. Doch sagt, bevor ich hinuntergehe und Don Pizarro die Nachricht bringe, was ist in der Zwischenzeit hier geschehen?«

Sie unterrichteten ihn in aller Kürze über das Notwendigste. »Unbewaffnet? Dieser Herrscher ist ein Narr«, kommentierte Sir William die Ereignisse.

»In der Tat, wir haben keine Erklärung für diese Dummheit«, sagte der Hochmeister. »Ihr dürft Euch übrigens nicht wundern, wenn der Empfang durch Pizarro eisig ausfällt, Sir William«, fuhr er fort, »aber sie nehmen uns übel, dass wir uns an diesem einseitigen Gemetzel nicht beteiligen wollten.«

»Ich verstehe«, sagte der Engländer.

Während Sir William noch über die Ereignisse auf Almagros Marsch berichtete, erschien der Alchemist in der Festung, und er war so aufgekratzt, dass ihn selbst das böse Knurren nicht störte, mit dem ihn die Drachen begrüßten. Er war jedoch nicht gekommen, um zu hören, welche Nachrichten Don Mancebo und Sir William brachten.

»Neuigkeiten!«, sprudelte es aus ihm heraus. »Ich habe gute Neuigkeiten.«

»Gut für wen?«, zischte Nergal.

»Für uns alle, denke ich … ich meine, ich hoffe, dass sie Euch ebenso freudig stimmen wie mich«, meinte er.

»Da habe ich Zweifel«, entgegnete der Hochmeister trocken.

Mila lächelte. Ihr Großonkel hatte mit der gelegentlich sehr euphorischen Art des Gelehrten noch nie viel anfangen können.

»Aber denkt Euch, Pizarro hat endlich zugestimmt! Ist das nicht wundervoll?«

»Zugestimmt? Aber zu was denn, Mann?«, fuhr ihn der Tressler ungeduldig an.

»Wie? Ach so! Ihr wisst doch, dass ich, seit wir dieses Land betreten haben, vielen Hinweisen nachgegangen bin, Hinweisen nach Drachen und nach dem Azoth, denn ich bin zu der Überzeugung gelangt, dass es eine Verbindung zwischen den beiden gibt, also, zwischen diesem geheimnisvollen Stein und den Drachen, meine ich«, endete der Alchemist.

Mila hätte gerne sein Gesicht gesehen. Er klang so glücklich, auch wenn sie noch nicht verstand, warum er so freudig erregt war.

»Leider habe ich immer noch nicht die leiseste Ahnung, wovon Ihr sprecht, und was das alles mit uns zu tun hat«, sagte der Hochmeister, und seine Gereiztheit war unüberhörbar.

»Nun, Pizarro hat zugestimmt!«, wiederholte der Alchemist, als sei damit alles erklärt.

»Ihr Heiligen, schenkt mir Geduld!«, rief der Hochmeister.

Mila hielt es für ratsam, einzugreifen, denn sie hatte das deutliche Gefühl, dass der Hochmeister den schmächtigen Gelehrten gleich packen und von der Mauer werfen würde.

»Verzeiht, Meister Albrecht, doch Ihr habt vergessen zu erwähnen, was Ihr Don Francisco vorgeschlagen habt.«

»Wie? Ach, wie dumm und unverzeihlich von mir. Also, ich bat die Pizarros, mir einige Männer und vielleicht auch Drachen zur Verfügung zu stellen, um dem Ursprung des Azoth auf den Grund zu gehen. Nicht, dass er daran glaubt. Ich nehme an, was ihn letztlich überzeugt hat, war mein Hinweis, dass es dort eine reiche Silbermine geben muss. Und deshalb, Comtesse, werden wir bald aufbrechen.«

»Zur *Verfügung* stellen?«, fragte Marduk mit ungläubigem Schnauben.

Auch Mila fand die Formulierung äußerst ungeschickt gewählt. Sie überging es jedoch und fragte noch einmal: »Meister Albrecht, Ihr habt uns immer noch nicht gesagt, wohin diese Reise, von der Ihr sprecht, gehen soll.«

»Nein? Aber ist es nicht ganz offensichtlich? Wir ziehen zu den Hängen der östlichen Kordilleren, Comtesse, genauer, zu einer Stadt namens Tanyamarka.«

Drittes Buch

TANYAMARKA

42. Tag

Der Curaca von Tanyamarka war jung, nicht viel älter als Kemaq, und er war von bemerkenswerter Sturheit: »Es mag sein, dass Rumi-Nahui sich wünscht, dass wir ihm täglich frische Vorräte liefern, doch gilt meine Verantwortung zu allererst meinen eigenen Leuten, Chaski, und ich sage, wir haben ihm schon mehr gegeben, als wir sollten.«

Kemaq sah den Mann nachdenklich an. Er redete schon eine ganze Weile auf den Curaca ein, bisher ohne Erfolg. »Du weißt, wer Rumi-Nahui ist, oder?«, fragte er.

»Natürlich, er ist ein berühmter Feldherr, gefürchtet bei seinen Feinden«, gab der Curaca, ein Mann namens Tunkapu, zurück.

»Und möchtest du zu seinen Feinden zählen, Herr?«, fragte Kemaq ruhig. Er fror, denn es war kalt in dieser ganz aus grauem Stein gebauten Halle.

Tunkapu war jedoch nicht sehr leicht einzuschüchtern. »Vor einigen Tagen hättest du diese Frage gar nicht erst stellen müssen, denn wir hätten ihm längst alles gegeben, was er verlangt. Doch die Zeiten haben sich geändert. Pachakuti ist gekommen, die Zeitenwende, vor der die Söhne der Sonne schon so lange gezittert haben. Atahualpa nennt sich noch Sapay Inka, ist aber doch nur ein Gefangener, und sein Reich geht schneller dahin als Schnee im Frühjahr. Sage mir, Chaski, wenn ich euch von unseren Vorräten gebe, wer schafft mir und meinen Leuten Ersatz? Früher, ja, früher hätte ich mich darauf verlassen können, dass ein Strom von Gütern aus anderen Städten hierhergeleitet worden wäre, um unsere leeren Speicher wieder aufzufüllen, doch heute? Es kommen ja kaum noch Nachrichten, geschweige denn Fleisch, Mais oder Bohnen über die Straße. Nein, Tanyamarka ist abgeschnitten vom Tawantinsuyu, ja, ich behaupte, dass diese Stadt nicht einmal mehr zum Reich des Sapay Inka gehört.«

»Soll ich das etwa Rumi-Nahui sagen? Dass du deine Treue gegenüber Atahualpa schon vergessen hast?«, fragte Kemaq.

Der Curaca lachte und erwiderte: »Ich hatte wenig Zeit, diese Treue zu üben, Chaski. Erst gehörte diese Stadt Atahualpas Vater Huanca Cápac, dann für vier Jahre seinem Bruder Huáscar, und erst seit zwei Jahren ihm. Doch das nur bis vor wenigen Tagen, denn da erfuhr ich, dass er ein Gefangener jener weißhäutigen Fremden ist, die über das Meer kamen. Es scheint, als seien sie die neuen Herren des Landes, und was hätte ich davon, wenn ich ihrem Gefangenen und seinem verirrten Heerführer helfe?«

Kemaq schüttelte den Kopf. »Dieser Heerführer könnte sich entschließen, sich einfach zu nehmen, was du ihm nicht freiwillig geben willst«, gab er zu bedenken.

Der Curaca ging zunächst nicht darauf ein, sondern sagte: »Wenn ich das richtig sehe, bist du ein Marachuna, so wie ich, und du gehörst zu jenen, deren Eltern vor vielen Jahren von hier verschleppt worden sind.«

»Das ist richtig«, gab Kemaq zögernd zu.

»Dann bleibe bei uns, in dieser Stadt, bei deinem Volk! Warum willst du noch einem Mann dienen, der zu jenen gehört, die deinen Vater und deine Mutter zwangen, ihre Heimat zu verlassen?«

Darauf hatte Kemaq keine Antwort, jedenfalls keine, die ihn selbst überzeugt hätte. Er sagte: »Wir reden nicht von mir, Herr. Ich will dich wirklich nur warnen. Rumi-Nahui hat viele Krieger, und er könnte sich mit Gewalt holen, was er braucht.«

Curaca Tunkapu lächelte. »Deine Drohungen schrecken mich nicht. Sollten die Marachuna in der Fremde wirklich vergessen haben, warum man uns das Steinvolk nennt? Hast du unsere Mauern nicht gesehen, Chaski? Rumi-Nahui mag versuchen, diese Stadt zu erobern, aber er wird es nicht schaffen. Belagern kann er uns, doch werden wir viel länger aushalten können als er, der doch jetzt schon nicht weiß, wie er seine Krieger ernähren soll. Das kannst du ihm sagen.«

Kemaq dachte nach. Er war es nicht gewohnt zu verhandeln. Er war ein Läufer, der Nachrichten oder Befehle überbrachte, und in der alten Zeit waren diese Befehle befolgt worden, ohne dass jemand gewagt hatte zu widersprechen. Alte Zeit? Gerade einmal hatte sich der Mond erneuert, seit die Fremden im Land waren. »Ich hoffe, du hast nicht zu viel Zuversicht, was die Fremden angeht, Herr«, sagte er jetzt.

Der Curaca sah ihn überrascht an. »Warum sollte ich? Ich habe nichts mit ihnen zu schaffen. Sie sind in Caxamalca, das ist weit, und ich nehme an, sie wollen nach Cuzco, das ist noch viel weiter. Warum sollten sie sich mit so einer unbedeutenden Stadt wie der meinen befassen? Einer Stadt, die weitab von den wichtigen Straßen liegt?«

»Sie lieben das Gold und das Silber, Herr, und ich habe gehört, dass es viel Silber in Tanyamarka gibt. Die Fremden werden kommen und danach fragen. Was wirst du ihnen sagen? Und wer wird dir zu Hilfe kommen, wenn sie mit Donnerwaffen und feuerspeienden Göttern vor deiner Mauer stehen?«

»Gab, Chaski, es gab hier Silber. Die alte Mine ist geschlossen. Das werde ich den Fremden sagen, falls sie wirklich jemals den Weg hierher auf sich nehmen sollten. Und du sag dem Steinauge, dass unsere Speicher zu klein sind, um seine Krieger zu ernähren. Er soll im Fluss fischen oder sich etwas anderes einfallen lassen. Das ist mir gleich. Und nun geh, denn ich habe viel zu tun.«

Kemaq verließ die Halle. Der Mann hatte es plötzlich sehr eilig, ihn loszuwerden. Die Sache mit der Mine schien ihn zu beunruhigen.

Nabu ließ sich mit weit gespannten Flügeln vom Aufwind nach oben tragen, und er ließ Mila teilhaben an dem, was er sah. Das flackernde Bild zeigte ihr vor allem eines: Berge. Der Fluss, der sich zwischen schroffen Hügeln hindurchzwang, lag unter ihnen, vor ihnen ragten Berge auf, dahinter höhere Berge, und denen folgten weitere, noch gewaltigere Bergriesen mit schneebedeckten Gipfeln. Es würde eine Quälerei werden, wenn sie wirklich dort hinübermussten. Mila seufzte.

»Was ist mit dir, Prinzessin? Wir sind in der Luft, und wir sind weit weg von Caxamalca, zwei Umstände, über die ich mich ungeheuer freue. Aber du scheinst mir immer noch schwermütig.«

»Du hast Recht, Nabu, es ist viel besser, in der Luft als in jener Stadt zu sein, doch ich fürchte, das Grauen, das wir dort erlebt haben, folgt uns. Ja, wir führen es an andere Orte.«

Nabu brummte. »Du meinst Don Hernando und den Stinker?«

»Vor allem Don Hernando. Er ist gierig und brutal. Hat er nicht vorgeschlagen, einem Teil der Gefangenen die Hände abzuhacken, damit sie keine Gefahr mehr darstellen? Er erwartet doch, dass er in Tanyamarka große Reichtümer findet, und er wird über Leichen gehen, um sie zu bekommen, das weiß ich jetzt. Und die Männer, die bei ihm sind, sind keinen Deut besser.«

»Ja, es ist bemerkenswert, nicht wahr?«, meinte Nabu. »Sie haben jetzt schon mehr Reichtümer angehäuft, als sie sich je träumen ließen, aber mit einem Mal scheint das nicht mehr zu genügen.«

»Du nimmst das ja sehr gelassen«, stellte Mila verstimmt fest.

»Es wird nicht besser, wenn ich es mir so zu Herzen gehen lasse wie gewisse andere Leute, Prinzessin. Schweres Herz fliegt nicht gut, wie wir Drachen sagen.«

»Das hast du dir gerade ausgedacht, oder?«, fragte Mila lächelnd. Sie waren in den Tagen nach dem Massaker nicht geflogen. Erst jetzt bemerkte sie, wie sehr ihr das gefehlt hatte.

Nabu flog eine kunstvolle Schleife. »Schon möglich«, gab er zu.

»Aber Nabu, ich fürchte wirklich, dass sich nun anderenorts das wiederholen wird, was wir in Caxamalca erlebt haben. Diese Indios sind den Männern der Pizarros nicht gewachsen, weil ihre Waffen so primitiv sind. Ich ahne, dass wir geradewegs zu einem neuen Blutbad unterwegs sind, Nabu. Und wir sind es, die den Konquistadoren den Weg dahin zeigen.«

Der Drache brummte nachdenklich, dann sagte er: »Ich weiß, was du meinst, Mila, aber wir können es nicht ändern.«

Aber Mila fragte sich, ob das stimmte.

Sie überquerten einige Berge, und Mila sah, dass der Boden in den Hochtälern eingeteilt war in hellere und dunklere Flächen. Es waren offensichtlich Felder. »Hier muss irgendwo eine größere Siedlung sein, Nabu. Ich sehe viele Felder.«

»Ist mir auch aufgefallen«, brummte der Drache.

Zunächst war aber nichts von einer Stadt zu bemerken. Sie überflogen weitere Bergkuppen, die das Hochland gar nicht besonders weit überragten, doch ihre Kopfschmerzen erinnerten Mila daran, durch welche Höhen sie in Wirklichkeit flogen. Nabu zog dicht über die baumbewachsenen Hänge dahin, bog in ein Seitental ein und stieß einen überraschten Laut aus. »Ah, endlich! Sieh, da vorn das sieht aus wie eine Stadt.«

Das Flammenbild war undeutlich. Mila versuchte, sich zu konzentrieren. Zunächst war es nur ein großer Fleck im regelmäßigen Muster der Felder, aber dann, als sie näher kamen, erkannte sie eine hohe Mauer und viele Häuser.

»Könnte das Tanyamarka sein?«, fragte Nabu und flog näher heran.

»Die Indios sagen, es sei die einzige größere Siedlung jenseits des Flusses, abgesehen von einigen alten Festungen, die auf dem Rücken der Berge liegen sollen«, antwortete Mila. »Sie muss es also sein.«

Nabu ließ seine Flügel vom Wind blähen, so dass sie fast auf der Stelle schwebten. Er brummte. »Diese Bergrücken können wir nicht sehen, Prinzessin, denn so hoch trägt uns der Wind jetzt nicht.«

»Sie sollen ohnehin verlassen sein, Nabu«, erklärte Mila. Sie sagte nicht, dass es Festungen der Wolkenmenschen waren, der

Chachapoya. Diese Indio-Frau, Pitumi, hatte sie vor den Bergen der Chachapoya gewarnt. Offenbar flogen sie aber gerade darauf zu.

Kemaq musste sich eingestehen, dass ihm die Stadt gefiel. Sie war nicht besonders groß, kleiner als Tikalaq und viel kleiner als Caxamalca. Zweitausend Menschen mochten hier leben, die meisten von ihnen Marachuna. Es war das erste Mal, dass er in einer Siedlung war, in der die Menschen seines Volkes die Mehrheit stellten. Die Häuser waren durchweg aus Stein, nicht aus Lehm, die Straßen waren eng, und die ringsum hoch aufragenden Berge gaben ihm das Gefühl, in Sicherheit zu sein. Er schüttelte den Kopf. Er war alles andere als in Sicherheit, wenn er Rumi-Nahui die schlechte Nachricht überbrachte. Als er den Platz überquerte, entdeckte er ein bekanntes Gesicht. »Pitumi!«, rief er erstaunt.

Sie unterhielt sich mit einigen älteren Männern. Die meisten von ihnen waren Marachuna, Steinleute so wie er, aber zwei waren Chachapoya. Die Alten sahen ihm erwartungsvoll entgegen, als er zögernd hinüberlief.

»Ich habe mich schon gefragt, wie lange du dich noch dem Ruf widersetzen willst, Chaski«, begrüßte ihn Pitumi. Dann wandte sie sich an die Umstehenden und sagte: »Das ist der Läufer, von dem ich euch erzählt habe.«

Sofort spürte Kemaq viele neugierige Blicke auf sich. »Was hast du ihnen denn erzählt?«, fragte er leise.

Pitumi lächelte und sagte: »Ich habe ihnen von dem Marachuna berichtet, der auch in der Fremde seinen Glauben an die Regenschlange nicht vergaß, einem Mann, der einem fliegenden Gott ins Auge geschaut hat, aber nicht vor Angst verging, einem Läufer, der schneller laufen kann als der Tod.«

»Aber das ist Unsinn!«, rief Kemaq. »Niemand ist schneller als der Tod.«

»So? Ist es das? Warst du nicht in Chan Chan und in Caxamalca,

Kemaq? Und war der Tod dir nicht schon mehr als einmal dicht auf den Fersen? Du aber bist ihm entronnen. Und sage nicht, dass das nicht wahr ist, denn wie könntest du sonst vor uns stehen?«

Die Alten lachten verhalten. »Streite nie mit einer Zauberin, denn am Ende behält sie immer Recht«, sagte einer.

Kemaq nickte düster. Zauberin? Er hatte ohnehin nicht mehr geglaubt, dass Pitumi nur eine Heilerin war. »Aber warum hast du mich erwartet?«, fragte er.

Pitumi legte den Kopf schief, streckte die Hand aus und sagte: »Komm mit, Chaski, ich will dir etwas zeigen.«

»Ich habe keine Zeit, Pitumi«, antwortete Kemaq störrisch. »Rumi-Nahui erwartet mich.«

»Hast du es so eilig, ihm deine schlechten Nachrichten zu überbringen?«, fragte die Chachapoya lächelnd.

Woher weiß sie das nun schon wieder?, fragte sich Kemaq. Er betrachtete ihre ausgestreckte Hand. Er zögerte, aber es war doch auch sehr verlockend, dieser Einladung zu folgen. Ein heiserer Schrei hinderte ihn daran. Er kam von einem der Alten, der in den Himmel deutete.

Nein, dachte Kemaq, als er den geflügelten Schatten sah, der über den gepflasterten Platz zog. *Nein, das darf nicht sein!*

»Sie haben uns bemerkt«, erklärte Nabu, was gar nicht nötig war. Mila hörte die entsetzten Schreie der Menschen und die warnenden Rufe der Muschelhörner. Sie mussten genau über der Stadt sein. Nabu hatte ihre Verbindung nicht mehr aufrechterhalten können, und so flog sie durch eine nachtschwarze Dunkelheit und versuchte wie früher, aus den vielfältigen Klängen, die an ihr Ohr drangen, ihr eigenes Bild zu formen. In der Luft waren Raubvögel, ihre Schreie hallten von den felsigen Bergwänden wider und mischten sich unter die der Menschen, sie hörte die Muschelhörner und Männer, die Befehle brüllten, und dazwischen blökten Lamas. Der Wind brauste in ihren Ohren und machte das Zusammenfügen all jener Laute zu einem Klangbild noch schwerer, als es ohnehin schon war. Mila erschrak. Wurden ihre anderen Sinne stumpf, jetzt, da Nabu sie immer öfter durch seine Augen sehen ließ? Wäre sie früher nicht in der Lage gewesen, die Stadt dort unten nur anhand dessen zu beschreiben, was sie hörte und roch? Und jetzt war es nur ein wirres Durcheinander von Klängen, die sich nicht zu einem Bild formen ließen.

»Bring uns hier weg, Nabu«, bat sie.

Der Drache schwenkte zur Seite. Eben noch waren sie langsam gegen die Windrichtung geglitten, doch nun spürte Mila, dass sie rasch an Geschwindigkeit gewannen. Die Klänge wurden leiser, aber das Gefühl, etwas verloren zu haben, blieb.

»Ist alles in Ordnung, Prinzessin?«, fragte Nabu und klang besorgt.

»Ja. Was soll sein?«, antwortete sie, aber die Taubheit ihrer Sinne verstörte sie.

»Ich bin ein Drache, du solltest also nicht versuchen, mich zu täuschen, Milena«, antwortete Nabu ruhig.

Mila antwortete nicht. Es schien auf einmal alles zusammenzukommen. Sie fühlte sich blind und taub, und ganz plötzlich waren die furchtbaren Ereignisse aus Caxamalca zurück und überfluteten sie mit einer Welle schrecklicher Erinnerungen, gefolgt von der Angst, nein, der Vorahnung, dass es in Tanyamarka nur noch schlimmer werden würde. Sie hatte diese Gefühle unterdrückt, solange sie in Caxamalca und unter all den Spaniern gewesen war. Sie war eine Ritterschwester des Drachenordens, und niemanden ging es etwas an, wie es in ihr aussah. Doch es hatte sich vieles in ihr aufgestaut, und Nabus plötzliches Mitgefühl war wie eine weitere – sanfte – Woge, die drohte, den Damm, den sie zwischen sich und dem Grauen errichtet hatte, wegzuschwemmen. Sie spürte, noch ein Wort mehr, und das Gefühl der Verlorenheit würde sie überwältigen. Sie würde anfangen zu weinen, und so, wie sie sich im Augenblick fühlte, würde sie vielleicht nie wieder damit aufhören können.

Kemaq starrte dem Schatten noch hinterher, als er schon lange nicht einmal mehr als Punkt in der Ferne zu sehen war. »Es war der Blaue, der, den ich auch auf dem Dach des Tempels gesehen habe«, sagte er schließlich.

Sie waren beinahe allein auf dem Platz. Fast alle anderen waren in die Häuser geflohen, und nur einige Krieger hasteten jetzt an Kemaq vorüber.

»Ja, er war blau, und sein Reiter war das blinde Mädchen«, sagte Pitumi nachdenklich. Dann gab sie Kemaq einen Stoß. »Nun komm endlich, jetzt wird nur noch wichtiger, was ich dir zeigen will.«

»Aber ich muss Rumi-Nahui melden, dass die Fremden hier sind«, sagte er widerstrebend.

»Gar nichts musst du, Läufer. Außerdem war es bisher nur einer dieser fliegenden Götter, und es ist gar nicht gesagt, dass noch mehr kommen.«

»Diese *Drachen* sind Boten des Unglücks, Pitumi«, erwiderte Kemaq. »Wo sie erscheinen, folgen bald darauf Feuer und Tod.«

»Das mag sein, aber ich kann dir etwas zeigen, was dir vielleicht hilft, die Dinge etwas anders zu sehen, Läufer.«

Wieder streckte sie die Hand aus, aber er schüttelte den Kopf. »Ich habe Melap getroffen«, sagte er düster, »und ich weiß, was er getan hat. Ich will nichts mehr zu tun haben mit … mit dem, was ihr vorhabt. Viele habt ihr ins Unglück gestürzt, auch meinen Bruder Qupay.«

Pitumi sah ihn stirnrunzelnd an. »Du kannst eigentlich nur wissen, was Melap getan hat, wenn er es dir selbst gesagt hat. Ich kann mir jedenfalls nicht vorstellen, dass sich einer eurer Priester dazu herablassen würde, einem Chaski etwas über die Deutung der Zeichen zu verraten, oder?«

Aber Kemaq wollte sich nicht wieder einwickeln lassen. »Ich höre dir nicht mehr zu, Heilerin.«

Die Alten, die sich beim Anblick des fliegenden Schattens in die nächsten Hütten geflüchtet hatten, waren inzwischen zögernd wieder hervorgekommen. Einer von ihnen hatte gehört, was Kemaq zuletzt gesagt hatte, und rief jetzt: »Was zögerst du, Chaski? Hast du Angst vor der Chachapoya? Ihr Volk hat uns schon oft geholfen. Ich sage, du kannst ihr vertrauen, nein, du musst ihr vertrauen, denn viel hängt davon ab.«

Kemaq bedachte den Mann mit einem finsteren Blick. »Und wieder höre ich nur Andeutungen und rätselhafte Worte. Wenn so vieles von mir abhängt, warum sagt ihr mir nicht einfach, was es ist?«

»Ich kann verstehen, dass dich das erzürnt, Chaski«, sagte Pitumi sanft, »doch erschien es mir besser, es dir nicht vor der Zeit zu sagen. Du hast schwer zu tragen, und ich wollte deinen langen Weg nicht noch mit zusätzlichen Lasten beschweren. Doch jetzt bist du da, wo du sein solltest, und ich werde dir enthüllen, soviel ich dir eben enthüllen kann.«

Kemaq war immer noch misstrauisch, aber schließlich siegte die Neugier. »Doch wenn ich dir jetzt folge, heißt das nicht, dass ich das auch weiterhin tun werde, Heilerin«, erklärte er.

»Die Silbermine, habt Ihr auch die Silbermine gesehen, Comtesse?«, fragte der Alchemist aufgeregt.

»Wir haben nichts dergleichen gesehen«, antwortete Nabu an Milas Stelle. »Nur eine recht kleine Stadt, ganz aus Stein errichtet und mit einer starken Mauer gesichert.«

»Aber es ist Tanyamarka, oder?«, fragte der Gelehrte.

»Wir hatten keine Gelegenheit, uns nach ihrem Namen zu erkundigen«, erklärte der Drache trocken, wandte sich ab und zog sich einige Schritte von dem schmalen Pfad zurück.

»Ihr solltet vielleicht die Indios fragen, Meister Albrecht«, schlug Mila vor.

»Natürlich, natürlich, aber ich weiß nicht, ob einer von ihnen die Stadt näher kennt. Es war doch schon schwer genug, eine zuverlässige Wegbeschreibung zu bekommen.« Damit entfernte er sich eilig.

Mila hörte Hernando Pizarro ausspucken. Er sagte: »Dieser elende Pfad ist eine Zumutung. Wie weit ist es noch bis zu diesem sagenhaften Ort, Condesa?«

»Wir haben für den Rückweg kaum mehr als das Viertel einer Stunde benötigt. Aber wenn ich Nabu richtig verstanden habe, schlingt sich dieser Weg um einige Hügel herum. Dennoch, morgen Mittag solltet Ihr dort sein.«

»Ich hoffe wirklich, dass diese Mühen sich lohnen, Condesa, und ich bedaure, dass Ihr nicht selbst gesehen habt, was es dort gibt. Ich traue diesen Drachen nicht«, erklärte Don Hernando missmutig. Dann ging er zu seinen Männern.

Mila seufzte. Dass Francisco Pizarro aber auch ausgerechnet seinen Bruder zum Anführer dieser Expedition hatte machen müssen! Sie hielt die Nähe dieses Mannes von Tag zu Tag weniger aus. Fünfzig Spanier waren aufgebrochen, ein Dutzend davon zu Pferd. Vier Drachen flogen ihnen voraus, und fast zweihundert Indios marschierten an ihrer Seite. Die meisten waren Krieger, Yunga aus dem Tiefland, die mit Almagro nach Caxamalca gekommen waren. Die anderen trugen Lasten und schleppten das Geschütz, einige waren auch persönliche Diener der Konquistadoren. Jeder von ihnen besaß inzwischen wenigstens zehn, und es hatte die Pizarros Mühe gekostet, ihre Männer dazu zu bringen, nicht mehr als je zwei mitzunehmen. Don Francisco hatte sich sogar erdreistet, ihr selbst zwei Dienerinnen anzubieten, angeblich aus Atahualpas Haushalt. Sie hatte abgelehnt. Sie wollte keine Sklavinnen, und etwas anderes wären diese Frauen nicht gewesen, und schon gar nicht wollte sie Kriegsbeute, erobert durch das Massaker von Caxamalca, das die Spanier eine Schlacht und einen ruhmreichen Sieg nannten. Don Francisco selbst war mit seinem königlichen Gefangenen in Caxamalca geblieben. Als die Expedition nach Tanyamarka aufgebrochen war, waren schon die ersten Lama-Karawanen eingetroffen, beladen mit Silber und Gold. Es schien, als würde der Inka sein Wort halten und wirklich ganze Kammern mit diesen Edelmetallen füllen. Mila war sich jedoch nicht sicher, ob die Pizarros ebenfalls Wort halten und ihn freilassen würden. Der Ruf eines Drachen riss sie aus ihren Gedanken. Marduk kehrte mit dem Hochmeister von seiner Erkundung zurück. Er hatte den Norden überflogen. Noch bevor er landete, meldete sich mit lautem Ruf auch Schamasch, der mit Sir William dem Fluss Richtung Süden gefolgt war. Mila lächelte, als sie daran dachte, dass sie es war, die Blinde, die vermutlich die Stadt Tanyamarka entdeckt hatte. Das Lächeln erlosch rasch. Morgen musste sie die Spanier dorthin führen. Sie konnte nur hoffen, dass die Menschen dort nicht versuchten, Widerstand zu leisten. *Und wenn doch?*, fragte sie sich. Darauf hatte sie keine Antwort.

Sie hörte, dass die Männer Feuer entzündeten und begannen, das Lager für die Nacht vorzubereiten. Ein weiterer Drache kündigte seine Rückkehr an. Es war Behemoth. Mila runzelte die Stirn. Sie hatte keine Ahnung, mit welchem Auftrag Ritter Balian unterwegs gewesen war. Auf seine Gesellschaft hätte sie fast ebenso gern verzichtet wie auf die von Don Hernando. Und, noch schlimmer, Balian hatte dafür gesorgt, dass sein Bruder Konrad den Zug begleitete. Der wollte beweisen, dass er die Ritterwürde doch verdiente, die er mit unbedachten Reden über den Orden verspielt hatte. Der Hochmeister hatte sich erweichen lassen, ihn mitzunehmen, sehr zu Milas Verdruss. Konrad hatte herausgefunden, dass der Hochmeister von Mila vom Inhalt seiner Gespräche mit den Pizarros erfahren hatte. Er sprach sie aber nicht darauf an, und überhaupt redete er kein Wort mit ihr, ja, er verhielt sich in ihrer Nähe so still, dass sie ihn oft gar nicht erst bemerkte. Nur seine Feindseligkeit, die spürte sie, und Konrad erschien ihr mehr und mehr wie ein böser Geist, der sie stumm verfolgte.

Sie verließen den großen Platz, und Pitumi führte ihn durch einige Nebenstraßen. »Wo warst du nur so lange, Dummkopf?«, schimpfte eine wohlbekannte Stimme.

Er drehte sich um. »Mocto!«, rief er verblüfft.

Die Alte stand da und schüttelte missbilligend den Kopf. »Man sagte mir, du seist ein schneller Läufer, und doch bin ich schon lange vor dir hier eingetroffen. Wie kann das sein, mein Junge?«

»Ich wurde aufgehalten, Mocto«, erwiderte er verunsichert. Mocto hatte ihn und seine Brüder großgezogen, nachdem seine Eltern auf Befehl des Sapay Inka in eine andere Stadt hatten gehen müssen, und Kemaq fühlte sich wieder wie ein kleiner Junge, der etwas angestellt hatte.

»Ein Dummkopf, das sage ich doch – weiß nicht, was wichtig ist und was nicht.«

»Ich bin ja jetzt da«, verteidigte er sich lahm.

»Jetzt, ja, wo es fast zu spät ist. Und du redest mit dieser Chachapoya, obwohl ich dir gesagt habe, dass du dich vor den Nebelmenschen hüten sollst. Sie sind tückisch wie der Nebel, den sie im Namen tragen. Sei's drum, du musst wissen, was du tust. Wenn du aber hungrig bist und mich noch nicht ganz vergessen hast, dann besuche mich. Ich habe Verwandte hier, am anderen Ende der Straße. Wenn du freundlich bittest, lassen sie dich vielleicht an ihrem Essen teilhaben. Und bring deine Brüder mit.«

»Aber, Mocto, sie … sie sind nicht hier«, stieß er hervor. »Jatunaq wurde gefangen genommen, und Qupay ist nach Caxamalca gegangen. Es gab dort eine Schlacht, und … und ich habe seither nichts von ihm gehört.«

Mocto schüttelte langsam den Kopf. Plötzlich wurden ihre harten Gesichtszüge ganz weich. »Vielleicht macht mir das die Tage so schwer. Da ist eine Leere, ein Schmerz, ohne dass ich den Grund dafür wusste. Ach, Qupay, warum bist du nur Inti gefolgt?«, murmelte sie. Dann winkte sie ab, als wäre sie verärgert. »Er war schon immer noch dümmer als du, Kemaq. Aber er hatte es auch nicht leicht, zwischen dir und Jatunaq. Ich werde für ihn beten und die Ahnen fragen, was mit ihm ist. Das solltest du auch tun, besser früher als später.« Und damit stapfte sie davon.

Kemaq sah ihr nach. Was sie über Qupay gesagt hatte, berührte ihn tief. Auch er fühlte eine Traurigkeit, für die er keinen Grund wusste, und von der er geglaubt hatte, sie sei einfach durch die schlimmen Dinge ausgelöst, die er gesehen hatte. Aber sie ging bis ins Innerste. Sollte es sein, weil Qupay tot war?

»Du wolltest mir etwas erklären, Pitumi«, sagte er langsam.

Die Chachapoya nickte. »Wenn du bereit dazu bist, Kemaq.«

Er blickte sie überrascht an. Sie nannte ihn selten bei seinem Namen.

Pitumi lächelte. »Was ich zu sagen habe, ist sehr wichtig, Chaski, doch bemerke ich, dass du Sorgen hast.«

Kemaq blickte zu Boden. Dann sagte er: »Die habe ich, aber nicht mehr als viele andere im Tawantinsuyu. Es ist Krieg, und viele gute Männer sind tot. Und jetzt werden die Fremden bald hierherkommen. Wenn du mir etwas zu sagen hast, dann sage es mir besser jetzt gleich. Denn schon bald könnte es wirklich zu spät sein.«

»Es ist schon eigenartig«, sagte der Alchemist. »Diese Indios werden einsilbig, wenn man sie auf diese Stadt und ihr Silber anspricht.«

»Habt Ihr eine Vermutung, warum das so ist, Meister Albrecht?«, fragte Mila.

»Nein, leider nicht«, sagte der Gelehrte und verstummte für den Augenblick.

Sie saß mit den Führern ihrer Schar am Feuer und lauschte auf die Geräusche der Nacht. Es gab hier Wälder aus niedrigen Bäumen, die voller Leben schienen. Unbekannte Tierlaute hallten von den Höhen wider, und gelegentlich knackte irgendwo da draußen ein großer Ast. An den Feuern der Spanier wurde nicht viel gesprochen. Die Männer waren müde, die Ritter ebenso wie die Konquistadoren. Die Indios hingegen unterhielten sich, wenn auch nur leise, und Mila, die versucht war zu lauschen, konnte nicht hören, was sie einander zuraunten. Das Marschieren in der dünnen Höhenluft schien ihnen immer noch weit weniger zuzusetzen als den Spaniern, und Mila fragte sich, ob das nur daher kam, dass sie es gewohnt waren, oder ob es dafür noch einen anderen Grund gab. Schließlich schienen auch die Krieger, die von der Küste hierhergekommen waren, erstaunlich munter. Und noch jemand wirkte sehr aufgekratzt: der Alchemist. Er war fast der Einzige, der redete. Mila antwortete eigentlich nur, weil sie sich aus Höflichkeit dazu verpflichtet fühlte, und vielleicht auch, weil es sie daran hinderte, ihren trüben Gedanken nachzuhängen.

»Erzählt doch ein wenig mehr von dieser Silbermine, Meister Albrecht«, forderte Hernando Pizarro jetzt. Seine Stimme war ein Missklang in der Abendstimmung.

»Ich habe sie ja noch nicht selbst in Augenschein nehmen können, und alles, was ich weiß, ist mehr oder weniger Hörensagen. Selbst gesehen habe ich jedoch das Silber, und es hat eine Reinheit, wie sie ihresgleichen sucht. Die Frage, die mich nun beschäftigt, ist, ob es so aus dem Berg geholt wird, oder ob die Indios einen Weg gefunden haben, es auf andere Art zu reinigen.«

»Und dieses Selen, von dem Ihr gesprochen habt?«, fragte der Konquistador nach.

»Das Mondelement, sehr selten, es steckt im Indio-Silber, wenn Ihr so wollt, und es ist eben wieder die Frage, wie es dort hineingekommen ist. War es von Natur aus enthalten, oder wurde es zugesetzt, um diesen hohen Reinheitsgrad zu erreichen? Doch wenn es so war, wo haben die Indios es dann her? Es gibt immer noch viele Rätsel, und ich hoffe, dass ich die Antworten in Tanyamarka finde.«

»Ich verstehe eines nicht«, meinte Don Hernando jetzt, »wenn es dort so gutes Silber gibt – und die Indios scheinen mir für dieses Erz doch reichlich Verwendung zu haben –, wieso gibt es dann keine gute Straße zu dieser Stadt? Dieser Pfad, dem wir folgen, ist halb vom Wald überwuchert, und an vielen Stellen mussten unsere Indios schwer arbeiten, um das Geschütz hinüberzubringen.«

Mila schenkte dem Gespräch jetzt mehr Aufmerksamkeit. Der Alchemist hatte ihr gegenüber behauptet, Selen gehe auf den Azoth zurück. Und das war es, dieser Stein oder dieses Element, was ihn geradezu magisch nach Tanyamarka zog. Sie wunderte sich, dass er es jetzt nicht erwähnte. Aber vielleicht dachte er, dass Don Hernando und seine Männer mehr an den greifbaren Reichtümern des Landes interessiert waren. Wenn sie es richtig verstanden hatte, dann hatte Don Francisco dieses Unternehmen nur erlaubt, weil er sich diese sagenhafte Mine sichern wollte. Sie wunderte sich allerdings, dass dieser manchmal so weltfremd wirkende Gelehrte seine Worte offenbar sorgfältig danach wählte, was Hernando Pizarro hören wollte.

Jetzt sagte der Alchemist: »Das ist in der Tat seltsam, aber ich glaube, es ist mir gelungen, wenigstens dieses Rätsel zu lösen. Demzufolge, was ich erfahren habe, holten die Indios Jahr für Jahr große Mengen Silber aus dem Berg. Die Menge wurde nicht geringer, nein, sie schien sogar zu wachsen. Doch dann, eines Tages, wurde die Mine völlig überraschend geschlossen.«

»Augenblick, wollt Ihr mir etwa sagen, dass sie erschöpft ist?«, fragte Don Hernando plötzlich mit schneidender Schärfe in der Stimme.

Die Spanier an ihrem Feuer waren schlagartig still geworden. Mila konnte die Spannung förmlich fühlen.

»Aber nein, Don Hernando, nicht doch!«, beeilte sich der Gelehrte zu versichern. »Wie Ihr vielleicht wisst, führen die Indios Buch, wenn auch nicht mit Buchstaben, wie wir sie kennen, sondern mit diesen seltsamen Knotenschnüren, die Ihr vielleicht schon gesehen habt. Ich hatte Gelegenheit, in Caxamalca mit einem der, wie soll ich sie nennen, Knotenmeister der Indios zu sprechen. Sie heben diese Schnüre auf, wisst Ihr? Es ist beinahe wie ein Archiv.«

»Ich möchte wissen, ob wir uns durch diese Wildnis quälen, nur um eine aufgegebene Mine zu besichtigen. Kommt also zum Punkt, Meister Albrecht!«

»Da kann ich Euch beruhigen, Don Hernando, wirklich. Ich habe mir nämlich die Listen der Silberlieferungen aus Tanyamarka zeigen lassen. Die Zahl der Barren stieg in den letzten Monaten, in denen sie betrieben wurde, sogar an. Ich fragte diesen Knotenmeister also nach dem Grund für die Schließung. Er sagte, der Inka habe es befohlen. Ich fragte, wie Ihr Euch denken könnt, nach dem Grund, und ich erfuhr, dass die Mine wohl noch einem anderen, dunkleren Zweck gedient hatte, einem Zweck, über den der Mann leider nichts wusste. Es scheint aber so zu sein, dass Huáscar, Atahualpas Bruder, die Mine schließen ließ, weil er dieses Geheimnis fürchtete, und zwar so sehr, dass er auf das Silber verzichtete.«

Eine gewisse Unruhe lag in der Luft. Die Spanier raunten einander leise zu, und Mila hörte, dass sie sich fragten, welche düstere Gefahr dort lauern mochte.

»Habt Ihr wenigstens einen Verdacht?«, fragte Hernando.

Der Gelehrte zögerte mit seiner Antwort, dann sagte er: »Nein, keinen, der mehr wäre als bloßes Raten, vermutlich ist es nur heidnischer Aberglaube.«

Mila hörte ihm an, dass er log, und sie fragte sich, welchen Grund er dafür hatte.

Pitumi führte Kemaq durch die Straßen der Stadt in einen dunklen Winkel, in dem die Häuser klein und ärmlich wirkten. »Warum sagst du mir nicht endlich, was du mir zeigen willst, Heilerin?«, fragte er ungeduldig.

»Es ist eigentlich nicht etwas, sondern jemand. Geduld, wir sind gleich da.«

Kemaq spürte eine wachsende Unruhe. Erst dachte er, sie käme daher, dass ihn die Chachapoya weiter mit Rätseln hinhielt, dann, weil Rumi-Nahui auf ihn und auf gute Nachrichten wartete. Aber mit denen konnte er vorerst nicht dienen. Plötzlich fiel ihm ein, dass der Curaca die Angelegenheit jetzt, wo die Fremden sich der Stadt näherten, anders sehen würde.

Er schlug sich erschrocken vor die Stirn.

»Was hast du?«, fragte Pitumi verwundert.

»Ich muss mit dem Curaca sprechen, denn das ist meine Pflicht. Die Feinde sind vor der Stadt, er muss seine Meinung ändern. Und dann muss ich Rumi-Nahui mitteilen, wie der Curaca entscheidet, denn auch das gehört zu meinen Aufgaben. Es gibt Männer, die sich auf mich verlassen und die mir sagen, was sie erwarten, und mich nicht mit rätselhaften Bemerkungen hinhalten.«

»Tunkapu weiß doch, dass die Fremden kommen, und ich habe längst dafür gesorgt, dass Rumi-Nahui erfährt, was hier geschieht.«

»Du … du hast ihm einen anderen Läufer geschickt?«, fragte Kemaq zweifelnd.

Pitumi lächelte, statt zu antworten.

Kemaq biss sich auf die Lippen. Wer konnte wissen, was sie dem Feldherrn berichten ließ? Sie war eine Chachapoya, und die verfolgten ihre eigenen Ziele. Kemaq zögerte, das Haus zu betreten. Es gab noch einen anderen Grund dafür: Wenn er als Läufer einen Befehl ausführte, dann konnte er immer das Ziel und den Pfad klar vor sich sehen, und er musste sich weder Sorgen noch Gedanken darüber machen. Pitumi hingegen war dabei, ihn in ein Dickicht von Möglichkeiten und Entscheidungen zu locken. Wenn er ihr folgte, das sah er nun deutlich, würde er einen großen Teil seines Weges erst suchen müssen. Jetzt blieb sie vor einer kleinen Hütte stehen und schlug die Decke vor dem Eingang des Hauses zurück. Drinnen, am Feuer, saß ganz allein eine kleine, weißhaarige Frau. Sie starrte in die Flamme des bescheidenen Feuers, das vor ihr in der Herdstelle flackerte. Sie wandte sich langsam um und schien ihn erwartungsvoll anzusehen. Noch nie hatte Kemaq in ein so altes Gesicht geblickt.

»Ist er da?«, fragte sie heiser.

»Er steht vor der Tür, Payakmama«, erwiderte Pitumi kühl.

»Warum kommt er dann nicht herein?«, krächzte die Alte. »Es zieht kalt von draußen herein.«

Kemaq dachte an seinen Auftrag, seine Befehle, aber in diesem alten Gesicht lag etwas, dem er sich nicht entziehen konnte.

Es war schon weit nach Mitternacht, als Mila noch einmal zu Nabu hinüberging. Er lag etwas abseits der anderen Drachen, und das war ihr sehr recht.

»Ich kann nicht schlafen«, klagte sie und strich sanft über seinen geschuppten Hals.

»Im Gegensatz zu gewissen anderen Leuten«, sagte Nabu und gähnte.

»Ich habe dich geweckt?«, fragte Mila schuldbewusst.

»Schon gut, mein Schlaf war unruhig und wenig erfrischend. Dieser Wald ist voller Geräusche.« Er kratzte sich hinter dem Ohr. »Aber dich bedrückt etwas, Prinzessin, oder?«

»Ich mache mir Gedanken über das, was vor uns liegt.«

»Vielleicht geht ja alles gut. Wenn die Indios klug sind, dann strecken sie die Waffen«, erklärte der Drache.

»Ja, aber das meinte ich nicht. Ich habe einfach das Gefühl, dass dieser Ort etwas Böses birgt. Denk doch nur an die Drohung dieser seltsamen Indio-Frau!«

»Geht es darum? Das sollte dich nicht schrecken, Prinzessin. Es ist gut möglich, ja, sogar sehr wahrscheinlich, dass sie uns den Tod wünscht. Wie könnte sie nicht? Sind wir doch gerade dabei, ihre Heimat zu erobern. Aber wie ich schon sagte, sie haben kaum die Mittel, uns ernsthaft zu schaden. Ihre Pfeile sind harmlos, ihre Lanzen und Keulen können doch gegen den Panzer eines Drachen wenig ausrichten, gegen deine Rüstung, die du, wie ich sehr wohl bemerke, schon wieder nicht trägst, ebenso wenig.«

»Außerdem habe ich das Gefühl, dass Meister Albrecht mehr über diesen Ort weiß, als er sagt«, flüsterte Mila.

»Der Stinker? Das wundert mich nicht. Ich habe schon immer gesagt, dass man ihm nicht trauen kann.«

»Aber das sagst du, seit wir ihm begegnet sind«, meinte Mila,

»und du würdest ihm auch dann nicht vertrauen, wenn er ein Heiliger wäre.«

»Aber er ist kein Heiliger, sondern ein Alchemist. Ist dir nicht aufgefallen, dass er sich verändert hat, Prinzessin? Es erscheint mir, als steigere er sich da in etwas hinein. Dieses Gerede von Azoth, Selen und Tamachoc – er hat sich da offenbar in etwas verrannt.«

Mila war überrascht. »Aber hofft nicht auch ihr Drachen, dass ihr hier etwas Besonderes findet? Andere Drachen, oder gar die Mutter der Drachen?« Ihr fiel erst jetzt auf, dass Nabu und Marduk lange nicht mehr darüber gesprochen hatten.

Nabu brummte. »Hoffnung? Vielleicht. Wir dachten, wir würden hier etwas finden. Aber bislang haben wir keine neue Flamme gesehen, und langsam glaube ich, dass all diese Götter, die Drachen so ähnlich sehen, Quetzalcoatl, Viracocha, Pachakamaq und wie sie sonst noch heißen mögen, doch nur alte heidnische Götzen sind, und kein Hinweis auf die Existenz echter Drachen, wie der Alchemist behauptet.« Der Drache knurrte. »Wir hätten es uns eigentlich denken können, schon in Panama, als er davon anfing.«

»In Panama?«, fragte Mila stirnrunzelnd.

»Ja, wir hätten nie so schnell eingewilligt, hierherzukommen, wenn wir nicht gehofft hätten, hier auf unbekannte Brüder zu stoßen, doch es kann wohl nichts Gutes aus einer Geschichte werden, wenn dieser schmierige kleine Gelehrte seine Finger im Spiel hat!«

Mila seufzte und schwieg. Hatte der Alchemist etwa auch den Drachen nur das erzählt, was sie hören wollten? Sie kannte die Beschreibungen der Bilder aus Tenochtitlan und von Yucatan. Diese Götter hatten wirklich Ähnlichkeit mit Drachen, das hatte auch Don Mancebo gesagt. Sie spürte Regentropfen auf der Haut. Es war wieder kalt geworden. Es hätte sie nicht gewundert, wenn es auch noch beginnen würde zu schneien.

»Weißt du, ich habe nachgedacht«, setzte sie das Gespräch etwas später fort, »und ich bin zu einem Entschluss gekommen, Nabu.« Sie legte die Hand auf Nabus Brust und spürte seine ruhigen Atemzüge. »Ich will nicht, dass sich die Geschichte von Caxamalca wiederholt.«

»Das will wohl niemand, der noch bei Verstand ist«, erwiderte Nabu.

Mila zögerte einen Moment, bevor sie langsam fortfuhr: »Ich habe mich noch nie so schlecht gefühlt wie nach diesem entsetzlichen Kampf, Nabu. Wir hätten es verhindern müssen. Ich weiß, wir konnten nicht vorhersehen, was geschehen würde, und hätten schon von daher wenig tun können, aber wir haben nichts getan, gar nichts! Das soll nicht noch einmal geschehen.« Sie atmete tief durch und verkündete dann: »Ich werde es verhindern.«

Nabu stieß einen leisen Laut des Erstaunens aus. Dann sagte er: »Das ist nobel gedacht, Milena. Weiß du auch schon, wie du das anstellen willst?«

»Nein«, antwortete Mila unglücklich.

Der Drache brummte tief, dann sagte er: »Da wird uns hoffentlich schon etwas einfallen, wenn es so weit ist.«

»Du hilfst mir?«, fragte Mila vorsichtig.

»Ich nehme doch an, dass du mir deshalb von deinem Vorhaben erzählt hast, oder nicht?«

Mila wurde etwas verlegen, aber Nabu lachte leise und sagte: »Es ist gut, dass uns niemand zuhört, denn ich glaube, wir beginnen gerade, uns gegen die Pizarros zu verschwören.«

Noch einmal seufzte Mila. »Verschwörung? So habe ich das nicht gesehen. Ich will nur ein Unglück verhindern, und ich bin sicher, es kann nicht schaden, wenn mir ein Drache dabei hilft.«

»Für einen Menschen ist das erstaunlich weise gedacht, Milena«, sagte der Drache.

Mila lächelte. »Aber damit ist meine Weisheit auch schon erschöpft, Nabu, und ich habe keine Ahnung, was ich als Nächstes tun soll.«

»Ich an deiner Stelle würde mit deinem Onkel reden. Er sollte wissen, was du denkst, auch wenn ihm das nicht gefallen kann. Und er versteht sich besser als ich auf die Art, wie die Pizarros und ihre Männer denken und handeln. Vielleicht hat er einen Rat für dich. Aber sei vorsichtig, ich weiß noch nicht, wohin uns deine Pläne führen werden, aber ich sehe voraus, dass wir uns am Ende vielleicht wirklich gegen die Pizarros stellen müssen. Und das, Milena, ist sehr gefährlich.«

Kemaq stand unschlüssig in der Hütte.

»Warum setzt er sich nicht?«, fragte die Alte.

Pitumi gab ihm einen Wink, und er setzte sich der Alten gegenüber.

»Nein, hierher, an meine Seite. Ich will ihn in meiner Nähe haben«, krächzte die uralte Frau.

Kemaq gehorchte und rutschte hinüber.

»Er ist jetzt hier, Payakmama, und er hat viele Fragen. Zum Tempel, zu Tamachoc, zum heiligen Pfad. Wirst du sie ihm beantworten?«

»Deshalb ist er doch hier, oder nicht?«

Kemaq nickte, obwohl er sich nicht sicher war, ob die Alte mit ihm sprach. Er fragte sich, was für einen heiligen Pfad Pitumi meinte. Die Chachapoya verneigte sich vor der Alten und schickte sich an zu gehen.

»Wo gehst du hin, Pitumi?«, fragte er.

»Die Wolken kommen von den Bergen herab, und ich habe noch viel zu tun, Chaski. Aber keine Angst, Payakmama wird dir nichts tun.«

Die Alte lachte heiser über diesen kleinen Scherz, aber Kemaq fühlte sich tatsächlich etwas beklommen. Bevor er aber noch etwas hätte sagen können, war Pitumi durch den Eingang verschwunden und ließ ihn allein mit Payakmama am flackernden Feuer zurück.

»Du bist also der Chaski, von dem man mir erzählt hat. Ich

habe gedacht, du wärst größer, oder wenigstens schneller, Kemaq.«

»Du kennst meinen Namen, Payakmama?«

»Pitumi hat ihn mir gesagt. Sei vorsichtig mit ihr, sie ist eine Chachapoya, und denen kann man nicht trauen.«

»Aber – sie hat mich zu dir gebracht«, antwortete Kemaq verblüfft.

»Weil sie sich etwas davon verspricht, Läufer, nur deshalb. Und es ist ein Zufall, dass vielleicht auch wir etwas davon haben werden, verstehst du?«

»Ja, Payakmama«, behauptete Kemaq.

»Gut. Vergiss es nicht!« Die Alte stocherte mit einem Stock in ihrem kleinen Feuer. Das lange Haar fiel ihr in grauen Strähnen ins Gesicht. Ihre Augen waren eigenartig, tief wie zwei Brunnen erschienen sie Kemaq.

»Stell deine Fragen«, verlangte sie.

Kemaq wusste gar nicht, was er fragen sollte. »Wie … wie alt bist du, Payakmama?«, fragte er das Erste, was ihm in den Sinn schoss.

Die Alte lachte. »Ich habe irgendwann aufgehört, die Jahre zu zählen. So kurz scheinen sie geworden, fast wie Tage. Ich kann dir aber sagen, dass ich zum ersten Mal Großmutter wurde, als Túpac Inka hier erschien und die Stadt eroberte.«

»Aber das ist sechzig Jahre her!«, rief Kemaq.

Die Alte zuckte mit den Schultern. »Ist das so? Mag sein, mir erscheint es fast, als wäre es erst gestern gewesen. Es war ein harter Kampf nach einer langen Belagerung, die mehr als einen Mond gedauert hat. Ich habe Túpac selbst in die Stadt kommen sehen. Er ging zu Fuß, an der Spitze seiner Krieger, kam nicht in einer Sänfte. Ein stolzer und kühner Mann, das muss ich sagen. Aber gehasst haben wir ihn trotzdem. Unseren Tempel zerstörte er, und wir mussten an seiner Stelle einen für Inti errichten, und dann musste die Hälfte von uns die Stadt verlassen. Nach Cuzco wurden sie geschickt und an andere Orte, an deren Namen ich mich nicht erinnern kann.« Die Alte verstummte und starrte ins Feuer.

»Warum kam der Sapay Inka hierher?«, fragte Kemaq.

»Zum Teil wegen des Silbers, denn er brauchte viel davon, um seinem Gott Inti zu huldigen und schöne Gefäße für ihn zu machen. Er kam auch, weil sie eben so sind, die Söhne der Sonne. Stamm auf Stamm und Volk auf Volk unterwarfen sie, und nichts konnte sie aufhalten. Aber hauptsächlich kamen sie, weil Tamachoc unseren Priestern enthüllt hatte, dass eines Tages weiße Männer kommen würden, um die Herrschaft der Inka zu beenden.« Payakmama seufzte. »Hätten sie dieses Wissen nur für sich behalten! So aber hörte der Inka davon, und er fragte seine eigenen Wahrsager und Traumdeuter, ob das wahr sei. Und die sagten ihm wieder, dass Pachakuti bevorsteht, eine Zeitenwende, und es der fliegenden Schlange bestimmt war, die letzten Söhne der Sonne zu sehen. Und deshalb kam Túpac hierher und hat versucht, den Glauben an die Regenschlange auszurotten. Er hoffte wohl, dass er Tamachoc selbst auf diese Weise bezwingen könnte. Aber er konnte unseren Gott ebenso wenig besiegen, wie Atahualpa die fremden Götter besiegen konnte. Pachakuti kommt – es ist da!«

»Woher weißt du das alles, Payakmama?«, fragte Kemaq ehrfürchtig.

»Túpac selbst hat es uns erzählt, da draußen auf dem Platz, als er die Priester töten und den Tempel einreißen ließ. Er sagte auch, dass die Regenschlange niemals über die Sonne siegen werde. Ich sehe ihn immer noch vor mir – Túpac, so stolz und grausam. Ein dunkler Tag war das, das Ende unserer Freiheit. Die Besten von uns hat er mitgenommen, die Priester getötet und die Verehrung Tamachocs verboten. Viele Menschen anderer Völker schickte er hierher, damit sie sich hier niederließen, und sie haben immer ein wachsames Auge auf das, was die Marachuna tun.« Ihr Blick schien Kemaq entrückt, als würde sie in die Vergangenheit schauen. »Wie müde ich bin«, sagte sie plötzlich.

Kemaq räusperte sich vorsichtig und fragte: »Aber Tamachoc wurde weiter verehrt, oder?«

Die Alte lachte. »Natürlich, mein Junge. Die Priester waren tot, aber andere traten heimlich an ihre Stelle. Der Tempel war zerstört, aber es gibt noch einen, der viel wichtiger ist. Und jedes Jahr zum Regenfest haben sich einige von uns aufgemacht, sind zu Tamachoc gegangen, haben das Opfer gebracht und um Regen gebetet. Und immer hat Tamachoc uns erhört. Doch dann wurden wir verraten.« Sie starrte ins Leere, und Kemaq entdeckte einen Ausdruck von Schmerz auf ihrem Gesicht. »Huáscar Inka hat daraufhin den einen Weg verschlossen, auch wenn es ihm um das Silber leidtat, und den anderen hat er gesperrt. Die letzten Priester haben sie aus ihren Verstecken geholt und getötet. Und jetzt geht niemand mehr und bittet die Regenschlange um ihre Gabe.«

Ein Scheit knackte im Feuer. Kemaq blickte in die Flamme. Das Sonnenvolk duldete die Götter der unterworfenen Völker für gewöhnlich – jetzt wusste er endlich, warum es bei seinem Volk anders war. Aber noch immer hatte er vieles nicht verstanden, vor allem nicht, was man von ihm erwartete. »Sag, Payakmama, was habe ich mit alldem zu tun?«, fragte er vorsichtig.

Sie antwortete nicht. Er wollte seine Frage wiederholen, aber dann stellte er fest, dass sie im Sitzen eingeschlafen war. Er traute sich nicht, sie zu wecken. Er legte Holz nach und wartete. Plötzlich öffnete die Alte die Augen wieder. Sie schien gar nicht zu merken, dass sie eingenickt war, denn sie setzte ihren Bericht einfach fort: »Huáscar hat die Wege zum Regentempel also geschlossen, und Atahualpa sah keinen Grund, sie wieder zu öffnen, auch wenn er sonst nicht viel von seinem Bruder zu halten scheint.« Sie lachte leise.

»Und was habe ich damit zu schaffen, Payakmama?«, wiederholte Kemaq seine Frage. »Ich bin doch kein Priester.«

»Aber ein Läufer bist du, einer, von dem die Chachapoya sagt, dass er Glück hat, und das ist wichtig, denn du musst den

Tempel aufsuchen, Chaski, und um ihn zu erreichen, wirst du sehr viel Glück brauchen. Doch jetzt komm und iss. Du siehst hungrig aus.«

Mila öffnete die blinden Augen. In ihrem linken Unterarm spürte sie Schmerzen. Sie setzte sich auf. Es war eher ein Glühen, das schon schwächer wurde. Vielleicht war er nur eingeschlafen. Sie massierte ihn vorsichtig. Der Schmerz wich, er hinterließ ein Gefühl der Taubheit. Es musste noch Nacht sein, vielleicht gegen Morgen. Es war sehr still im Lager. Irgendwo gingen schwere Stiefel auf und ab – ein Wächter. Jetzt hörte sie einen zweiten husten. Dort murmelte und stöhnte ein Mann im Schlaf, einer der Spanier. *Hoffentlich,* so dachte Mila grimmig, *quält ihn ein Albtraum.* Nabu neben ihr atmete tief und ruhig. Sie schüttelte sich. Eine klamme Kälte war herangezogen und kroch durch alle Schichten ihrer Kleidung. War das Nebel? Sie spürte die hohe Luftfeuchtigkeit. Sie waren im Hochland, und schon am Tag waren sie praktisch durch Wolken hindurchmarschiert. Seltsam, dass die Indios sagten, es habe sehr lange nicht geregnet. Sie erhob sich und schüttelte ihren Arm vorsichtig, um diese Taubheit zu vertreiben, aber sie wich nicht. Und als sie ihren Stab mit der Linken fassen wollte, konnte sie ihn nicht festhalten. Ihr war klar, was das bedeutete. Für einen Augenblick überfiel sie starke Angst.

Der Fluch, er wurde stärker! Während der Schlacht von Caxamalca hatte sie es noch auf die Anspannung geschoben. Doch jetzt war es mitten in der Nacht geschehen. Für einen Augenblick fühlte sie sich verloren, aber dann, ganz unvermittelt, kehrte das Gefühl mit einem heißen Brennen in ihre Finger zurück. Sie atmete tief durch – offenbar war der Arm einfach nur eingeschlafen, aber der Schreck saß tief, an Schlaf war nicht mehr zu denken.

Sie lauschte in die Dunkelheit, weil sie glaubte, leise Stimmen zu hören. Ja, da war ein Flüstern, ein leiser Streit, etwas abseits des Lagers. Eine ruhige Stimme, und eine zweite, die nach unterdrückter Wut klang. Mila erhob sich. Sie wusste, es gehörte sich nicht, zu lauschen, aber dieser Streit zog sie magisch an. Sie tastete mit ihrem Stab vorsichtig den Boden nach Hindernissen ab, achtete darauf, den knisternden Feuern nicht zu nahe zu kommen, und schlenderte möglichst unauffällig auf einem Umweg näher an die beiden Streitenden heran. Sie hatten sich offenbar an den Waldrand zurückgezogen, was ihr sehr zupasskam, denn damit waren sie weit von den Wach- und Lagerfeuern entfernt.

Bald konnte sie die Stimme ihres Großonkels erkennen. Er sprach ruhig, aber entschieden. Jetzt antwortete der andere, und ihr wurde klar, dass es Ritter Balian war. Sie hatte sich etwas seitlich gehalten und war nun auch am Rand des Waldes angekommen. Die Stämme der Bäume waren feucht vom Nebel. Vorsichtig tastete sie sich weiter voran. Endlich verstand sie, was gesagt wurde: »… und auf vieles habe ich verzichtet, Graf Maximilian«, zischte Balian jetzt. »Glaubt Ihr denn, ein Mann mit meinem Besitz müsste sich Gedanken machen, eine angemessene Braut zu finden? Und doch habe ich nie den Wunsch verspürt, zu heiraten, nein, ich war und bin bereit, mein Leben ganz dem Orden zu widmen.«

»Nun, vielleicht solltet Ihr Euch nicht länger zurückhalten, Balian, denn ich kann nur wiederholen, was ich bereits Eurem Onkel gesagt habe; ich werde Euch weder als Nachfolger für ihn noch für den Marschall und schon gar nicht für mich vorschlagen. Ihr seid ohne Zweifel ein tapferer Mann, Balian, aber wer unseren Orden führen will, braucht eine ganz andere Art von Mut als die, die Euch zueigen ist.«

»Ist das Euer letztes Wort?«, fragte Balian scharf.

»Ich hoffe, Ihr nehmt Euch das nicht zu sehr zu Herzen, Balian«, sagte der Hochmeister. »Der Orden kann auf einen so erfahrenen Drachenritter wie Euch nicht verzichten, ich könnte aber verstehen, wenn Ihr unter diesen Umständen …«

»Unsinn!«, schnaubte Balian. »So leicht werde ich nicht aufgeben, Graf Maximilian. Ich denke, ja, ich bin sicher, Ihr werdet Eure Meinung noch ändern.«

Mila fand, das klang wie eine Drohung, aber ihr Großonkel schien das anders zu sehen. »Ich freue mich, das zu hören. Es wäre schade, wenn Ihr dem Orden den Rücken kehren würdet, Balian, denn wirklich, ein Mann mit Eurer Erfahrung wäre schwer zu ersetzen.«

Der Ritter lachte bitter auf. »Vor allem, wenn man einem Drachen die Wahl überlässt, Graf Maximilian, vor allem dann!«

Mila hörte ihn davonstapfen. Sogar an seinen Schritten erkannte sie, wie schlecht er gelaunt war. Der Hochmeister folgte ihm etwas später. Mila wartete einen Augenblick, um nicht von einem der beiden doch noch gesehen zu werden.

»Du bist also doch bis hierhergekommen«, flüsterte es.

Mila fuhr herum. Es war totenstill im Wald, nur gelegentlich fiel ein schwerer Tropfen von den Blättern auf den Boden, ein leises, unruhiges Klopfen.

»Wer ist da?«, flüsterte sie heiser. Sie tastete nach der Mitte ihres Stabes. Mit einem scharfen Klicken sprangen die Klingen heraus. Ein leises Flüstern schien durch den Wald zu laufen.

»Zweimal habe ich dich gewarnt. Doch du scheinst nicht nur blind, sondern auch taub zu sein. Kehrt um! Dieser Streit geht die Yayakuna und ihre Reiter nichts an«, hauchte es. Die Stimme schwebte durch den Wald und mischte sich mit den unregelmäßig fallenden Tropfen.

»Wieso Yayakuna?«, stieß Mila hervor.

»Dies war die letzte Warnung«, flüsterte es.

Mila fuhr wieder herum. Die Stimme schien aus allen Richtungen zu kommen, fast, als wäre es der Nebel selbst, der ihr diese Worte zuraunte. »Pitumi?«, fragte sie leise in den Wald hinein. Sie bekam keine Antwort.

Während des Essens hatte Payakmama kein Wort gesagt, und Kemaq hatte mit wachsender Ungeduld zugesehen, wie sie mit zitternden Fingern ihre Schale mit Maisbrei leerte. Dann hatte sie lange und umständlich ausgeführt, dass sie auf ihn gewartet hätten, einen Mann mit schnellen Beinen und festem Glauben, der den weiten und gefährlichen Weg auf sich nehmen müsse.

»Aber hast du nicht auch gesagt, die Wege zum Tempel seien versperrt?«

»So ist es, und eben deshalb kann niemand von uns dorthin, denn die Wachen würden uns sehen, und wir würden ihnen nicht entkommen. Du aber, Chaski, hast schnelle Beine, du kannst schneller laufen als der Tod, wie man sich erzählt.«

»Das ist Unsinn, Payakmama«, wehrte sich Kemaq mit wachsender Verzweiflung.

Die Alte schenkte seinen Einwänden keinerlei Beachtung: »Höre also, Läufer, dies sind die beiden Wege, die es gibt: Der erste führt durch den Berg. Sein Eingang liegt in der Silbermine, und deshalb hat der Inka sie schließen lassen. Die Berggötter selbst haben diesen Weg einst für unsere Priester angelegt, weil Tamachoc sie dazu zwang. Doch ist er verschlossen, und nicht nur mit einem Tor, nein, Huáscar hat einen Teil der Gänge zum Einsturz gebracht. So groß war sein Hass auf Tamachoc, dass er dafür auf all das Silber verzichtete, das noch im Berg ruht.«

Kemaq hörte zu. Ein Weg, den die Götter selbst angelegt haben? Ein erstaunliches Wunder, das er schon gerne gesehen hätte, aber diesen Weg konnte er offenbar gar nicht gehen.

»Der zweite Weg führt zunächst nach Süden«, erzählte die Alte weiter. »Es gibt einen Hirtenpfad hinauf in die Berge, und dort geht es über einen steilen Grat auf die andere Seite. Dieser Weg ist weiter, und du musst aufpassen, dass du den Eingang zum Regental findest und dich nicht in einem der anderen Täler verläufst. Das ist der alte Weg, den die Ahnen nahmen, bevor ihnen die Berggötter den Weg durch ihren Berg hindurchbahnten.« Die Alte schien wieder ihren Erinnerungen nachzuhängen, und ihre Augen bekamen einen warmen Glanz.

»Aber auch dieser Weg ist versperrt, sagst du?«, fragte Kemaq, der seine Neugier nicht zügeln konnte.

»Ja, das ist er. Huáscar zwang uns, eine Festung auf dem Grat zu errichten, nicht groß, aber doch gibt es keine Möglichkeit, unbemerkt vorüberzukommen, und immer ist sie von Kriegern besetzt.«

Kemaq runzelte die Stirn. Rumi-Nahui hatte eine Bergfestung erwähnt. Ob es sich um diese handelte? Vielleicht würde der Feldherr sein Heer dorthin führen und dann … aber was, wenn nicht? Er schüttelte den Kopf. Er fragte: »Warum kann ich nicht einfach über diesen Berg hier klettern? Er ist steil, aber doch sicher nicht unbezwingbar für einen guten Kletterer.«

Die Alte lachte schrill auf. »Den Kachilu Picchu erklettern? Weißt du nicht, dass dort oben eine Stadt der Wolkenmenschen liegt?«

»Eine Chachapoya-Stadt? Aber ich denke, die sind alle fort?«

»Das sind sie auch, jedenfalls beinahe alle. Aber als die Wolkenmenschen ihre Stadt dort oben errichteten, da haben sie sehr darauf geachtet, dass wir nicht hinaufkönnen – und das, obwohl wir ihnen beim Bau geholfen haben, damals, als das Sonnenvolk noch fern und die Tage glücklicher waren. Nur eine Straße haben sie angelegt, auf der Rückseite des Berges, und unüberwindlich sind die Mauern dort oben – außer für den Hunger. Der Inka hat ihre Stadt belagert, über viele Monde, bis sie aufgeben mussten. Aber du wirst keinen Weg über den Kachilu Picchu finden, du musst dir einen anderen suchen, Chaski, und ich glaube, ich habe dir einen genannt.«

»Bisher hast du mir aber nicht gesagt, was ich dort tun soll.«

»Gut, dann höre zu, Läufer, denn ich werde ihn dir beschreiben, so gut ich mich erinnern kann, und ich werde dir auch von dem großen Opfer erzählen, das du bringen musst, um dir Tamachoc gewogen zu machen.«

43. Tag

Der Morgen begann mit dem üblichen kargen Frühstück. Danach nahm ihr Großonkel Mila zur Seite und sagte: »Ich würde es sehr begrüßen, wenn du des Nachts nicht mehr hinter mir oder Balian herschleichen würdest, Milena. Du hast dich zwar abseits der Feuer gehalten, was klug war, jedoch hast du lange genug zwischen mir und dem Wachfeuer gestanden, dass ich deinen Schatten sehen konnte.«

»Es tut mir leid, Onkel«, murmelte Mila.

»Wenn Balian dich auch bemerkt hätte, hättest du mich in eine sehr unangenehme Lage gebracht, Milena, das ist dir hoffentlich bewusst?«

»Es wird nicht wieder vorkommen, Onkel.«

»Du bist Ritterschwester dieses Ordens. Benimm dich entsprechend!«

Mila fragte sich, wie lange diese Predigt noch dauern würde. »Ich fand, es klang beinahe wie eine Drohung, was er zum Schluss sagte«, versuchte sie das Thema zu wechseln.

»Eines Tages werden sie dich noch mit deinem Ohr an eine Tür nageln«, sagte ihr Großonkel, der sich offenbar nicht so leicht ablenken ließ. Dann seufzte er, senkte die Stimme und sagte: »Du musst vorsichtiger sein, Mila. Es wäre sehr gefährlich für dich, Balian zum Gegner zu haben. Seine Familie hat viel Einfluss, und er selbst ist nicht der Mann, der viel Rücksicht auf andere nimmt.«

»Aber du wirst verhindern, dass er einen Meisterrang in diesem Orden bekleidet, oder?«

»Solange ich es vermag. Zum Glück steht Marduk ihm ähnlich skeptisch gegenüber wie ich, und das gibt bislang den Ausschlag. Aber wie ich schon sagte, seine Familie hat viel Einfluss.«

Bald darauf setzte sich der Zug wieder in Bewegung. Mila hörte die Reiter davongaloppieren, die Don Hernando, wie schon in den Vortagen, mit einigen Yunga voraussandte. Dann folgten unter dem Gerassel ihrer Schwerter und Rüstungen die Arkebusiere und Pikeniere, dazwischen vernahm Mila das Stöhnen der schwer beladenen Indios, und schließlich setzte sich auch das Geschütz rumpelnd in Bewegung, gezogen und geschoben von zwei Dutzend Männern. Die Ritter und Drachen ließen sich hingegen Zeit. Es war eine Sache weniger Flügelschläge, die Konquistadoren einzuholen, also bestand kein Grund zur Eile.

»Schamasch hofft immer noch, dass wir hier irgendwann auf einen würdigen Gegner treffen, Graf Maximilian«, sagte Sir William. Mila hörte, wie er das Geschirr seines Drachen überprüfte.

»Ich kann durchaus für mich selbst sprechen, mein Freund«, sagte Schamasch kühl.

Sir William lachte. »Einer muss doch das Gespräch eröffnen, und bei euch Drachen weiß man nie, ob ihr in Stimmung für ein bisschen Geplauder seid.«

»Für Geplauder sind wir nie in Stimmung«, sagte Schamasch. »Wenn es aber etwas zu sagen gibt, dann sagen wir es zur rechten Zeit.«

»Ich wurde gestern Nacht wieder vor diesen Bergen gewarnt«, platzte Mila heraus.

Den ganzen Morgen schon hatte sie überlegt, wie sie es am besten sagen sollte, aber es war ihr keine elegantere Möglichkeit eingefallen.

»Gewarnt? Von wem?«, wollte ihr Ritterbruder Balian wissen.

»Von der Indio-Frau, die mich auch schon auf jenem Hügel warnte, von dem ich Euch berichtet habe.«

Da der Engländer den Bericht nicht kannte, erzählte Mila noch einmal kurz von den unheimlichen Ereignissen dieser Nacht. »Und gestern Nacht, da … konnte ich nicht schlafen und spazierte um das Lager. Dort drüben am Waldrand sprach sie mich an«, schloss sie ihren kurzen Bericht und achtete sorgsam darauf, nicht auf die Stelle zu zeigen, an der es tatsächlich geschehen war.

»Aber was genau hat sie gesagt, diese Frau?«, fragte Sir William.

»Nichts Bestimmtes. Nur, dass wir uns von den Bergen der Chachapoya fernhalten sollten. Aber es war keine Bitte, es war eine Warnung.«

»Lächerlich«, meinte Sir William kühl. »Diese Eingeborenen haben uns nichts, aber auch gar nichts entgegenzusetzen.«

»Ja, es ist beinahe traurig, wie wehrlos sie sind«, meinte Schamasch, »und es war klug von euch, sich nicht an diesem würdelosen Gemetzel in Caxamalca zu beteiligen. Ich jedenfalls habe nicht das Gefühl, etwas versäumt zu haben.«

»Das tut hier wenig zur Sache, Schamasch«, meinte Sir William, dem es, so klang es für Mila, offenbar mehr ausmachte, diesen dramatischen Tag verpasst zu haben.

»Und Ihr seid sicher, dass es dieselbe war? Gesehen habt Ihr sie ja wohl kaum«, sagte Balian spöttisch.

Mila versuchte, sich nicht über diese Bemerkung zu ärgern. »Sie war es. Sie sagte nicht viel, bevor sie verschwand. Aber es schien ihr wichtig zu sein, uns von dieser Stadt fernzuhalten, die dort hinter dem nächsten Berg liegt.«

»Wirklich seltsam«, sagte der Hochmeister, der bis dahin geschwiegen hatte.

»Eure Nichte pflegt einen sehr seltsamen Umgang«, meinte Konrad von Wolfegg, den Mila bis dahin gar nicht bemerkt hatte. Sie hatte angenommen, er sei mit den Spaniern aufgebrochen, und zuckte zusammen, als sie plötzlich seine Stimme hörte. Er verstand es wirklich, sich leise zu bewegen.

»Meinst du damit auch mich, mein Junge?«, fragte Nabu drohend.

Ein Hornsignal und der Knall einer Büchse ersparten dem Junker eine Antwort. Dann krachte wieder ein Schuss, und das Hornsignal erklang erneut. Es war ein Alarm. Der Hochmeister rief: »Auf die Drachen, Ihr Ritter, dort vorn wird gekämpft!«

Die ganze Nacht hatte Payakmama erzählt, von dem Zug der Priester, der in der Zeit der Ahnen über die Berge gegangen war und dann, nachdem Tamachoc die Berggötter gezwungen hatte, einen Gang durch den Berg zu graben, unter dem Kachilu Picchu hindurch. Sie war oft abgeschweift zu den Erinnerungen ihrer Kindheit, als sie die Priester hatte begleiten dürfen. Sie wäre beinahe selbst Regenjungfrau geworden, aber dann hatte sie ihren Liebsten getroffen. Nach diesem Tag war sie nie wieder auf der anderen Seite der Berge gewesen. »Es ist Chachapoya-Land, Chaski, sehr gefährlich, nur zum Fest des Regens ließen sie uns hindurch, denn auch sie wollten, dass wir Tamachoc günstig stimmen«, erklärte sie. Sie hatte manchmal den Faden verloren, vieles wiederholt, hatte alte Geschichten aus der Stadt erzählt, die gar nichts mit Kemaqs Auftrag zu tun hatten, und von Zeit zu Zeit war sie sogar wieder eingenickt, doch jetzt, da von draußen das Licht des Morgens in die kleine Hütte eindrang, kam sie endlich auf den Tempel zu sprechen: »Weißt du, ich habe ihn selbst nie gesehen. Nur die Priester durften den heiligen Damm und den Tempel selbst betreten, deshalb kann ich dir auch über den letzten Teil des Weges nichts sagen, Chaski.«

»Du hast gesagt, es muss ein großes Opfer gebracht werden?«, fragte Kemaq. Diese Worte vom Beginn ihrer Erzählung hatte er nicht vergessen.

»Ja, das Opfer«, sagte sie nachdenklich. »In der Zeit der Ahnen waren es Menschen, die dort geopfert wurden, doch dann sagte Tamachoc, dass er auch mit dem Blut eines Tieres zufrieden sein würde. Ein weißes Lama, das Schönste seines Jahrgangs, das war es, was wir zu meiner Zeit mit hinübernahmen. Doch was du jetzt opfern musst, um Tamachoc günstig zu stimmen, das musst du diese junge Chachapoya fragen, Läufer«, sagte Payakmama.

Kemaq fuhr erschrocken herum. »Pitumi!«

»Sind deine Fragen beantwortet, Kemaq?«, fragte sie ernst.

»Wie … wann bist du hier hereingekommen?«, fragte Kemaq erstaunt. Hatte ihn die Erzählung der Alten so in den Bann geschlagen?

»Wie? Durch den Eingang. Wann? Vor wenigen Augenblicken. Doch komm, draußen erwartet dich jemand.«

Kemaq erhob sich widerstrebend. Fing sie schon wieder damit an, ihn durch die Gegend zu hetzen? »Ich danke dir, Payakmama«, sagte er.

»Wofür?«, fragte die Alte.

»Du hast mir vieles erklärt, was andere mir nicht sagen wollten.«

Payakmama lachte laut und meckernd auf. Offenbar gefiel ihr dieser kleine Seitenhieb auf Pitumi. Dann sagte sie: »Möge Tamachoc dich schützen, Chaski. Und traue den Chachapoya nicht zu sehr. Sie helfen dir nur, solange es ihnen selbst nützt.«

»Ich hoffe, du glaubst das nicht auch, Kemaq?«, fragte Pitumi leise, als sie die Decke vor dem Eingang zurückschlug.

»Ich weiß nicht, was ich glauben soll, Pitumi«, gab Kemaq ebenso leise zurück. Er trat hinaus. Dort draußen standen zwei Krieger, Huanca. Sie begleiteten einen Mann, der ihn mit versteinertem Blick musterte.

»Rumi-Nahui!«, entfuhr es Kemaq.

»Ich habe dich erwartet, Chaski, in unserem Lager – dich, nicht eine Nachricht von dieser Heilerin«, sagte er kalt.

Kemaq schluckte.

»Ich habe dir doch gesagt, dass er aus wichtigen Gründen nicht selbst kommen konnte, Rumi-Nahui«, erklärte Pitumi ruhig.

»Ein Schwatz mit einer alten Frau? Das war der Grund?«, fragte der Feldherr kalt.

»Sie kann auch dir viele Fragen beantworten, Rumi-Nahui, denn sie selbst ist den Weg, den wir suchen, einst gegangen.«

»Und hat sie diesen machtvollen Stein mit eigenen Augen gesehen?«

»Nein, niemand, der noch lebt, hat das. Aber er ist dort«, sagte die Chachapoya.

»Was für einen Stein?«, fragte Kemaq.

Der Feldherr lachte laut auf, dann rief er: »Haben sie dir nicht gesagt, warum du in den Tempel musst, Chaski? Das sieht ihnen ähnlich, diesen Zauberern. Immer behalten sie den besten Teil für sich!«

Kemaq wurde rot. Er fühlte sich betrogen, aber er wusste nicht, wieso.

»Der Regenstein, Kemaq«, erklärte Pitumi. »Ihn haben deine Ahnen benutzt, um den Regen zu rufen, doch hat er noch weit mehr Macht. Denn mit seiner Kraft hat Tamachoc die Berggötter gezwungen, dem Steinvolk einen Weg durch den Berg zu graben. Mit seiner Hilfe werden wir die Fremden bezwingen. Hat Payakmama dir das nicht gesagt?«

Kemaq schüttelte den Kopf und schloss kurz die Augen. Erst die geheimen Wege, dann der verborgene Tempel, die Regenschlange Tamachoc und nun auch noch ein geheimnisvoller Stein? Seine Gedanken begannen sich zu verwirren.

»Was für eine Macht!«, rief Rumi-Nahui. »Stärker als Götter – und bald in unseren Händen. Mit diesem Stein können wir die Fremden besiegen, Chaski! Und du bist auch nur noch am Leben, weil diese Zauberin mir von ihm und von dir erzählt hat«, erklärte Rumi-Nahui mit starrem Blick.

»Der Sapay Inka hat uns erlaubt, gegen die Fremden zu kämpfen?«, fragte Kemaq, der mit seinen Gedanken nicht bei der Sache war.

»Nein«, sagte der Feldherr, »doch er wusste auch nichts von diesem machtvollen Stein.«

Kemaq schüttelte langsam den Kopf und sagte: »Wenn dieser Stein so mächtig ist und ihr beide wisst, wo er liegt – warum holt ihr ihn dann nicht einfach selbst?«

»Wir hätten es längst getan, doch nur ein Marachuna, einer von deinem Volk, kann den verborgenen Tempel betreten«, erklärte Pitumi sanft.

»Und warum ich? Ich meine, es sind doch noch viele andere Steinleute hier, oder?«

»Nun«, sagte Pitumi mit einem plötzlichen Lächeln, »als ich dich auswählte, Läufer, da dachte ich noch, dass dir eine ganze Schar Krieger auf den Fersen sein würde. Doch wie ich die Sache nun sehe, hat sich Rumi-Nahui mit uns verbündet.«

»Dann braucht ihr mich doch nicht mehr«, sagte Kemaq vorsichtig.

»Aber das Glück ist mit dir, Chaski, das kannst du nicht leugnen«, erwiderte Pitumi, »und ich denke, wir werden viel Glück brauchen, jetzt, wo die Fremden mit ihren fliegenden Göttern hierherkommen.«

Die hatte Kemaq fast vergessen. »Die Fremden – wisst ihr, wann sie hier sein werden?«

»Noch heute, wenn es meinen Kriegern nicht gelingt, sie aufzuhalten«, sagte Rumi-Nahui düster. »Ich denke, sie werden sie gerade jetzt angreifen.«

Nabu kreiste über dem Berg. Er zeigte ihr das Flammenbild, aber Mila sah nicht viel mehr als ein Meer dunkler Flammen, das den Bergwald darstellte. Am Rande des Waldes verlief eine hellere Linie, die Straße nach Tanyamarka. Dort hatten die Spanier Aufstellung genommen. Gelegentlich blitzte das Mündungsfeuer der Arkebusen auf, doch wenn sie das undurchdringliche Dickicht des Waldes sah, konnte sie sich nicht vorstellen, dass sie irgendetwas trafen. Einige helle Flecken zeigten liegende Körper. »Sind diese Männer tot?«, rief sie.

Nabu schnaubte. »Es sind Indios, doch ich kann nicht sagen, ob von uns oder von den anderen. Ich kann überhaupt nicht viel über diesen Kampf sagen, schon gar nicht, wo der Feind steckt.«

»Aber ich höre etwas, so ähnlich wie Hagel auf einem Dach«, rief Mila.

»Deine Ohren sind wirklich ausgezeichnet, und ich denke auch nicht, dass man sie irgendwo annageln sollte«, meinte Nabu.

Mila wurde rot. Offenbar hatte der Drache gehört, was ihr Großonkel ihr am Morgen zu sagen gehabt hatte.

Er fuhr fort: »Es sind Schleudersteine, sie kommen aus dem Wald. Allzu viel Schaden können sie damit bei den Spaniern aber nicht anrichten.«

»Bei unseren Yunga aber schon, oder?«, wandte Mila ein, worauf Nabu nur unbestimmt brummte.

Mächtige Flügel rauschten heran. Nabu wandte sich dem Geräusch zu, und das Flammenbild tanzte vor Milas Augen. Dann sah sie die leuchtende Gestalt eines großen Drachen auf sich zukommen. »Sie stecken im Wald, Nabu«, rief der Hochmeister vom Rücken dieser prachtvollen Erscheinung. »Vorwärts, wir werden sie ausräuchern!«

Marduk unterstrich den Befehl mit einem lauten Brüllen, dann stürzte er sich hinab. Nabu ließ das Bild verblassen. Die Verbindung riss ab, und Mila spürte nur noch, wie sie sich in die Tiefe stürzten. Sie fielen wie Steine, dann fing Nabu den Sturz so jäh ab, dass es Mila tief in den Sattel presste. Sie hörte, dass seine Flügel die Bäume streiften, und dann spie er fauchend Feuer in die Wipfel. Irgendwo in der Nähe hörte sie es ebenfalls fauchen, das musste Marduk sein. Flammen knisterten. Unter ihnen schrien Männer auf, und dann prallte ein Stein gegen Milas Rüstung. Nabu warf sich in der Luft zur Seite, fauchte und ließ erneut Feuer auf den unsichtbaren Feind hinabregnen. Hinter ihnen brüllten Behemoth und Schamasch. Auch sie waren jetzt über dem Feind. Mit dumpfem Klang prallten Steine gegen Nabus dicken Schuppenpanzer. Plötzlich wurde es ruhiger.

»Was ist los, Nabu?«, fragte Mila. Es kam ihr vor, als würden sie sich vom Geschehen entfernen.

»Das war's«, keuchte Nabu, »jedenfalls, was das Feuer betrifft.

Meine Lungen brennen schlimmer als jener Wald da hinter uns.« Er glitt nach Atem ringend weiter, dann sagte er: »Hoffen wir, dass es gereicht hat, um den Feind in die Flucht zu schlagen.«

Wieder krachte ein Schuss unter ihnen. Nabu flog eine niedrige Schleife, und Mila entging nicht, dass er dabei seine Flügel so wenig wie möglich bewegte. Brandgeruch wehte heran. Der Wind schien gedreht zu haben.

Rumi-Nahui war gegangen. Er hatte mit dem Curaca zu sprechen, und Kemaq wusste immer noch nicht, warum der große Feldherr zuerst mit ihm hatte reden wollen.

»Er hat viele neue Dinge erfahren, und er wollte wohl sichergehen, dass ich ihn nicht belogen habe, was dich betrifft«, meinte Pitumi, als er sie danach fragte.

»Und warum hast du ihn eingeweiht?«

»Was meinst du?«, fragte Pitumi ausweichend. Sie hielt seinem fragenden Blick nicht stand.

»Ich meine«, begann Kemaq, »dass du mir davon erzählt hast, dass Marachuna und Chachapoya frei sein sollten, frei von der Herrschaft des Sapay Inka, und ganz gewiss frei von der Herrschaft der Fremden. Wir werden kaum frei sein, wenn der größte Feldherr Atahualpas den mächtigen Stein in den Händen hält, oder?«

»Langsam beginnst du zu verstehen«, erwiderte Pitumi ruhig.

»Du hast vor, ihn zu hintergehen?«, fragte Kemaq, erschrocken über diese Schlussfolgerung.

»So ist es, Chaski«, gab sie freimütig zu. »Ich hoffe, er kann die Fremden und vor allem ihre fliegenden Götter lange genug aufhalten, damit du den Regenstein aus dem Tempel holen kannst.«

»Wenn sie gegen die Fremden kämpfen, werden viele Männer sterben«, stellte Kemaq fest. Er fühlte Wut in sich aufsteigen über die Kaltblütigkeit, mit der Pitumi andere für ihre Ziele benutzte.

»Mir blieb kaum etwas anderes übrig, Chaski«, erwiderte sie. »Rumi-Nahui wollte sich mit seinem ganzen Heer zu ebenjener

Bergfeste zurückziehen, die den Weg in das Regental sperrt. Du wärst nie an ihm vorbeigekommen. Leider haben die Chachapoya, die für Rumi-Nahui kämpfen, ihm wohl auch einige der alten Geschichten erzählt. Er wusste schon von dem verborgenen Tempel, und dass er ein machtvolles Geheimnis birgt.«

»Seine Chachapoya – werden sie uns helfen?«, fragte Kemaq.

Pitumi schüttelte den Kopf. »Es ist doch nur eine Handvoll, seine Leibwache, und die haben Tamachoc fast vergessen. Dafür verehren sie Rumi-Nahui fast wie einen Gott. Von ihnen ist keine Hilfe zu erwarten. Nein, nur wenige von uns folgen noch dem alten Weg. Ich fürchte, Kemaq, für mein Volk ist es schon fast zu spät. Ja, ich zweifle erstmals daran, dass wir es noch retten können. Die Inka haben es verpflanzt. Es hat seine Wurzeln verloren und wird in der Fremde zugrunde gehen. Zumal«, fuhr sie mit viel Bitterkeit in der Stimme fort, »nicht gesagt ist, dass wir auf der anderen Seite des Berges willkommen sind.«

Und auf Kemaqs fragenden Blick hin erklärte sie: »Einige wenige Chachapoya sind noch dort, wir nennen sie die Vergessenen, doch wollen sie mit denen, die fortgehen mussten, nichts zu tun haben. Nicht einmal mit uns, die wir die alten Bräuche in der Fremde bewahrt haben. Seit Tagen versuche ich schon, mit ihnen zu sprechen, doch sie antworten nicht auf meine Rufe. Mit ihrer Hilfe können wir also auch nicht rechnen. Ganz im Gegenteil, wenn wir Pech haben, werden sie uns sogar bekämpfen, sobald wir auf der anderen Seite des Berges sind.«

Das waren schlechte Nachrichten. Und verwirrend waren sie auch. »Dieser Stein, von dem ihr redet, welche Macht hat er?«, fragte er.

»Tamachoc hat sich mit seiner Hilfe die Berggötter untertan gemacht, und wenn wir die Berggötter zwingen können, für uns zu kämpfen, dann können wir auch die Fremden auf ihren Ankay Yayakuna besiegen.«

»Darüber wird Rumi-Nahui sehr erfreut sein«, sagte Kemaq vorsichtig.

»Er darf den Stein nicht bekommen!«, erwiderte Pitumi entschieden.

Kemaq dachte nach. Ein Stein, mit dem man Götter unterwerfen konnte? Eigentlich, so dachte er, sollte so ein Stein überhaupt nicht in der Hand eines Menschen liegen, auch nicht in der einer schönen Chachapoya-Zauberin.

Die Drachen landeten hinter der Verteidigungslinie der Spanier. Schwerer Brandgeruch lag in der Luft. Einige der Yunga waren in den Wald eingedrungen, um nachzusehen, ob die Angreifer wirklich verschwunden waren, aber jetzt ließ Hernando Pizarro die Hörner zum Sammeln blasen. Der Angriff schien zurückgeschlagen.

»Es sieht aus, als wären Eure Drachen doch noch zu etwas nutze«, rief Pizarro gut gelaunt, als er zu ihnen kam. Mila hörte sein Pferd unruhig schnauben.

»Ich würde sagen, wir haben Euch herausgehauen, Don Hernando«, erwiderte der Hochmeister.

»Nur die Ruhe, Don Maximilian, es war durchaus als Anerkennung gemeint. Glaubt Ihr, sie haben viele erwischt?«

»Was sagen denn Eure Späher?«, fragte der Hochmeister ungehalten. Mila spürte, dass auch die Drachen außerordentlich verärgert darüber waren, wie der Konquistador über sie sprach. Sie verstand das nur zu gut, denn so wie Nabu hatten sich auch die anderen, Marduk, Schamasch und vor allem Behemoth, bei ihrem Feuerangriff bis zur Erschöpfung verausgabt.

»Sie sind noch dort im Wald, aber ich glaube eigentlich nicht, dass es viele Tote gab. Dieser Wald ist nass vom Nebel. Er brennt einfach nicht richtig, wenn er nicht ordentlich angezündet wird«, meinte Don Hernando.

Behemoth zischte warnend, und Balian versuchte, ihn zu beruhigen.

»Und wie viele Männer haben wir verloren?«, fragte Milas Großonkel.

»Keinen, nur ein paar Indios«, meinte Pizarro, »doch entschuldigt mich, einige von denen sind wohl der Meinung, wir wollten hier ein Lager aufschlagen.«

Mila hörte, wie er seinem Tier die Sporen gab und davonjagte. Wie kalt er über die toten Indios gesprochen hatte! Sie streichelte Nabus Hals, auch, um sich selbst zu beruhigen.

»Es ist wohl nicht so einfach, wie wir dachten, Prinzessin«, sagte Nabu leise.

»Was denn?«, fragte Mila.

»Die Dinge zum Besseren zu wenden.«

Kurze Zeit später kehrten die Späher zurück. Die Angreifer waren verschwunden, und offenbar hatten sie ihre Gefallenen mitgenommen, jedenfalls waren keine Toten gefunden worden. Die Yunga wollten ihre Gefallenen begraben, und es gab Streit, weil Pizarro es ihnen nicht erlauben wollte. Schließlich versuchte Fray Celso, der sie begleitete, zu vermitteln. Er schlug vor, dass einige Männer zurückbleiben könnten, um die sieben Toten zu beerdigen.

»Können sie sie nicht einfach dem Feuer übergeben?«, fragte der Konquistador finster.

»Nicht doch, Don Hernando!«, rief der Mönch. »Sie haben vor nichts mehr Angst als davor, dass ihr Körper verbrannt wird, denn sie glauben, dass sie ihn im nächsten Leben noch brauchen werden.«

»Und Ihr unterstützt diesen heidnischen Aberglauben auch noch? Solltet Ihr sie nicht zum wahren Glauben bekehren, Fray?«

Plötzlich mischte sich der Alchemist ein. »Verzeiht, Don Hernando. Es ist gewiss nur ein alberner Aberglaube, aber wir sind auf die Hilfe dieser Indios angewiesen, wenn wir unsere Lasten nicht selbst schleppen wollen. Lasst doch einfach einige von ihnen zurück, sie werden uns dann schon noch einholen. Spätestens, wenn wir endlich diese Stadt erreichen, die doch zum Greifen nahe liegt. Vielleicht können aber auch die Drachen mit ihren starken Klauen hier eine Grube ausheben, um …«, fuhr der Gelehrte fort, aber ein empörtes Zischen aus Drachenkehlen unterbrach ihn.

Don Hernando lachte. »Lasst es gut sein, Meister Albrecht. Ich brauche diese Drachen nicht als Totengräber, sondern um dem Feind zu zeigen, mit wem er es zu tun hat.« Dann wandte er sich an die Drachenritter: »Könnt Ihr aufsteigen und die Stadt auskundschaften, Ihr und Eure Ritter, Don Maximilian?«

»Alle vier?«, fragte der Hochmeister. Er schien etwas überrascht.

»Es geht nicht nur um die Stadt. Ich will wissen, ob ich mit noch mehr unangenehmen Überraschungen auf dem Weg rechnen muss, und ich will wissen, wie gut die Mauern der Stadt besetzt sind. Eure Nichte, oder vielmehr ihr Drache, hat keine Krieger erwähnt, und doch haben sie uns heute überfallen. Es wäre von Vorteil, wenn Ihr uns Genaueres mitteilen könntet – wenn Euch das nicht zu viel Mühe macht«, setzte er herablassend hinzu.

»Eines Tages werde ich ihn auf kleiner Flamme rösten«, brummte Nabu, als sie wieder in der Luft waren. Immer noch schwelte das Feuer im Wald, und beißender Qualm brannte Mila in den blinden Augen.

»Kannst du uns nicht aus dem Rauch herausbringen?«, bat sie.

»Aufwind, Prinzessin«, erwiderte der Drache und ließ sich bei einer weiteren Schleife über dem brennenden Wald nach oben tragen.

»Aber wir sind doch schon hoch genug, Nabu«, protestierte sie.

»Dennoch, so eine Gelegenheit will ich nicht ungenutzt lassen«, meinte Nabu gelassen, »nicht, nachdem ich mir vorhin die Lunge aus dem Leib gespien habe.«

Milas Kopfschmerzen kehrten zurück, ein Zeichen, dass sie sehr hoch waren. Der Rauch ließ sich leider von der dünnen Luft nicht aufhalten und stieg ebenfalls hoch auf. Plötzlich erschien wieder die Flamme vor Milas Innerem Auge, und dann zeigte ihr Nabu, was er sah: Da waren die drei anderen Drachen, Marduk, Schamasch und Behemoth, majestätische, strahlende Wesen, die mit weit gespannten Flügeln unter ihnen kreisten und jetzt einer nach dem anderen davonglitten. Mila entdeckte, seltsam undeutlich, am Fuße des langgezogenen Bergrückens, über dem sie kreisten, Tanyamarka. Sie begriff, dass Rauch- oder Nebelschleier über der Stadt lagen. Wie lange sie schon über diese Stadt und die Berge, die sie versteckten, gesprochen hatten! Endlich waren sie also an jenem Ort, von dem sie sich trotz aller Warnungen geradezu magisch angezogen fühlte. Jetzt legte sich auch Nabu ein wenig auf die Seite, spannte die Flügel und trug sie in schnellem Gleitflug hinüber zur Stadt. Behemoth brüllte laut, und Schamasch fiel in das Brüllen ein. Sie kündigten sich an. Wie viele Krieger würden die Stadt verteidigen? *Es ist beinahe unerheblich,* dachte Mila. Die Spanier hatten Arkebusen, stählerne Schwerter, Pferde, eine Kanone und vier mächtige Drachen auf ihrer Seite. Mila wurde mit einer seltsamen Bitterkeit bewusst, dass Tanyamarka wahrscheinlich noch vor Sonnenuntergang ihnen gehören würde.

Kemaq und Pitumi hatten den Platz erreicht, als sie das Brüllen der Drachen hörten. Krieger hasteten über den Platz zur Mauer, und Curaca Tunkapu stand auf der breiten Treppe seines Palastes und rief den Männern Anweisungen hinterher.

»Wo ist Rumi-Nahui?«, fragte Kemaq schon von weitem.

»Er hat die Stadt verlassen, mit seinen Kriegern«, antwortete der Curaca düster.

»Er ist fort?«, fragte Pitumi, und offensichtlich war sie darüber sehr überrascht.

»Dieser berühmte Feldherr war wohl der Meinung, dass die Stadt nicht zu halten ist, aber das werden wir noch sehen«, meinte Tunkapu. Kemaq bemerkte erst jetzt, dass er einen Streitkolben am Gürtel trug.

»Er ist fort?«, wiederholte Pitumi und wirkte jetzt sehr bestürzt.

»Ich bin froh, dass wir unsere Vorräte nicht mit ihm geteilt haben, denn wir werden sie brauchen, wenn diese Fremden uns belagern. Doch weiß ich nicht, warum er einige unserer Alten mitgenommen hat«, sagte Curaca Tunkapu.

Einige Bewaffnete tauchten aus einer Seitenstraße auf. Kemaq sah auf den ersten Blick, dass es keine geübten Krieger waren. Sie waren entweder zu alt oder zu jung dafür, ihre Holzschilde waren rissig, und ihre Waffen bestanden aus Keulen mit steinernem Kopf oder einfachen Schleudern. Die Angst stand ihnen ins Gesicht geschrieben.

»Heda, ihr!«, rief der Curaca ihnen zu. »Ihr bleibt hier und bewacht den Tempel und den Platz. Sollte eines dieser fliegenden Wesen versuchen, hier zu landen, vertreibt ihr es, verstanden?«

Der Anführer der Männer nickte und führte die Männer hinüber zum Sonnentempel. Kemaq sah so etwas wie Dankbarkeit in den Augen des Mannes.

»Er ist also fort«, sagte Pitumi zum dritten Mal.

Der Curaca beachtete sie nicht, sondern ließ sich von einem Diener einen Helm und einen Schild reichen und lief dann, gefolgt von einigen Kriegern, über den Platz zur nördlichen Mauer, an der der erste Angriff erwartet wurde.

»Was hast du, Pitumi?«, fragte Kemaq, weil die Chachapoya wie angewurzelt stand und auf das Pflaster starrte. Über ihnen brüllten Drachen. Kemaq blickte auf. Es waren vier, er erkannte den bläulichen Yaya wieder, und als dieser sich auf die Seite legte, sah er auch seine Reiterin. Aber dann verdunkelte jenes graugrüne Ungetüm den Himmel, das ihn am Bach beinahe getötet hätte, und brüllte laut. Kemaq wäre es lieber gewesen, die Chachapoya wäre nicht mitten auf dem Platz stehen geblieben.

»Er betrügt uns«, sagte sie endlich.

»Wer?«, fragte Kemaq, der ihr nicht folgen konnte.

»Das Steinauge, wer sonst?«, rief die Chachapoya. »Rumi-Nahui hat einige alte Marachuna mitgenommen, weil er weiß, dass sie den Tempel ebenfalls betreten können, und vielleicht kennen sie sogar den Weg. Er denkt gar nicht daran, die Fremden für uns aufzuhalten – er will den Regenstein selbst in die Finger bekommen! Ich bin eine Närrin!«

Kemaq biss sich auf die Lippen. »Und was machen wir jetzt?«, fragte er.

»Es sieht so aus, als würden wir deine schnellen Beine doch noch brauchen, Chaski. Komm, wir müssen Tanyamarka verlassen, bevor es zu spät ist.«

Nabu drehte eine erneute Runde über der Stadt. Mila sah ein Gewirr von Flammen vor ihrem Inneren Auge. Da waren Häuser und Straßen, eine beeindruckend breite Mauer, die all das schützte, und darauf rannten Menschen hin und her. Es war anstrengend, dem Gewimmel zu folgen. Sie beugte sich vor, klopfte Nabu auf die Schulter – eine verwirrende Bewegung, weil sich das Bild nicht veränderte und sie die Schulter gar nicht sah – und rief: »Ich habe genug gesehen, Nabu.«

»Gut«, antwortete Nabu. Die Verbindung löste sich, die Flammen erloschen, und sie blieb wieder in Dunkelheit zurück. »Halt dich gut fest, ich glaube, dein Onkel will zeigen, was in uns steckt.«

»Was signalisiert er?«, fragte Mila.

»Tiefflug über die Mauer. Halt dich fest, Prinzessin.«

Und wieder stürzten sie sich hinab in die Tiefe. Der Wind brauste in Milas Ohren, dann fing der Drache sich ab, Pfeile und Steine prallten gegen seine Haut. Mila presste sich eng an Nabus Hals, denn wenn die Rüstung auch jeden Stein einfach abprallen ließ, so ließ der spanische Helm ihr Gesicht doch ungeschützt. Etwas streifte den Helmkamm, dann wurde das schwache Prasseln von Nabus lautem Gebrüll übertönt. Mila spürte, dass sie sehr tief über der Mauer waren. Männer schrien auf, und sie hörte das Klirren von Waffen, die weggeworfen wurden. Dann war es schon wieder vorbei, und Nabu glitt mit einem zufriedenen Knurren in eine weite Schleife. Er schlug mit seinen großen

Schwingen, um wieder Höhe zu gewinnen. Hinter ihnen brüllte Marduk, und das Echo brach sich im Gewirr der Häuser.

»Hoffentlich reicht das aus«, seufzte Mila.

»Du meinst, damit sie sich uns ergeben? Da bin ich mir nicht sicher, Prinzessin. Diese Mauer wird einer Kanone und sogar einem Drachen standhalten können. Wenigstens eine Weile.«

»Aber sie haben doch sicher auch Tore, die ein Drache zerschmettern kann, oder?«

Nabu lachte. »Je nachdem, wie man es nimmt, Prinzessin. Es gibt, wenn ich das richtig gesehen habe, zwei Straßen, die in die Stadt hineinführen. Oder eine, die hindurchführt, wenn du so willst. Aber die beiden Tore kann man leicht übersehen. Eigentlich sind es eher Löcher, die sie in den Mauern gelassen haben. Ein Mann oder ein Lama passen sicher hindurch, aber schon ein Pferd müsste den Kopf einziehen, von seinem Reiter ganz zu schweigen.« Der Drache schüttelte sich. »Aber natürlich wird es am Ende sein, wie es immer ist – wir werden die Stadt nehmen. Leider bezweifle ich, dass diese Menschen dort unten das so schnell einsehen, wie sie sollten. Jetzt lass uns noch einmal über die Stadt fliegen. Ich hoffe, dass der Hochmeister uns bald zurückbefiehlt. Selbst das Fliegen ist eine elende Schinderei in dieser dünnen Luft, und ich brauche eine Stärkung, bevor ich für die Pizarros diese Stadt erobere.«

»Vorsicht!«, rief Kemaq und zerrte Pitumi in den Eingang eines Hauses. Das riesenhafte graugrüne Ungetüm zog knurrend vorüber, seine schweren Flügel streiften Dächer und rissen Stroh und Sparren herab. Dann stieß es einen Ruf aus, so laut und durchdringend, dass Kemaq sich die Ohren zuhielt.

»Los, weiter«, rief Pitumi.

Aber Kemaq hielt sie am Arm fest. »Du rennst, obwohl du dein Ziel nicht kennst«, sagte er.

»Was redest du da?«, rief sie wütend.

»Ich kann verstehen, dass du es eilig hast, aber wir sollten doch erst überlegen, bevor wir einfach losstürmen«, versuchte Kemaq zu erklären. »Die Ankay Yayakuna sind in der Luft, und ich spüre wenig Lust, ihnen auf freiem Feld zu begegnen.«

Pitumi starrte in den Himmel. Dann fluchte sie und trat zurück ins Haus. Es war verlassen, offenbar schon längere Zeit, wie Kemaq vermutete. Ob die Bewohner wohl auch jener Seuche zum Opfer gefallen waren, die vor wenigen Jahren durch das ganze Tawantinsuyu gezogen war?

»Eigentlich gibt es nichts zu überlegen, Chaski«, sagte die Chachapoya jetzt. »Das Steinauge wird sich mit seinen Kriegern auf den Weg ins Regental machen, und wir müssen versuchen, vor ihm dort zu sein.«

»Aber wie sollen wir an ihm vorbeikommen, wenn es nur einen schmalen Pass hinüber auf die andere Seite gibt, noch dazu einen Pass, der von einer Festung gesperrt wird?«, fragte Kemaq.

»Ich weiß es doch auch nicht!«, herrschte Pitumi ihn an.

»Es ist schade, dass das Bergwerk gesperrt ist. Es wäre doch sicher eine Abkürzung, oder?«

»Natürlich, Chaski, warum sonst hätten die Berggötter sie anlegen sollen? Fast zwei Tage könnten wir sparen, wenn dieser Weg offen wäre, doch er ist es nun einmal nicht. Und die ganze Bergkette nördlich umgehen? Das würde Wochen dauern. Nein, da wir nicht hinüberfliegen können, müssen wir wohl versuchen, irgendwie an Rumi-Nahui vorbeizukommen. Das Regental ist zwar schmal, aber doch auch dicht bewaldet. Dennoch …« Die Heilerin verstummte. Kemaq starrte hinauf in den wolkenlosen Himmel, an dem die fremden Götter ihre Bahnen zogen. »Es ist schade, dass wir nicht eines dieser Wesen bitten können, uns hinüberzutragen«, murmelte er.

Pitumi starrte ihn an, als würde sie plötzlich in seinen Worten eine Möglichkeit sehen – aber dann schüttelte sie den Kopf. »Nein, diese Wesen, die Fremden, sie dürfen nicht einmal in die Nähe des Regentempels gelangen, denn die Folgen wären furchtbar, bekämen sie den Stein in die Hand.«

Kemaq konnte ihr nicht widersprechen. Die Fremden verfügten jetzt schon über große Macht, es wäre Wahnsinn, ihnen noch mehr zukommen zu lassen. »Der Weg außerhalb der Stadt bietet wenig Deckung«, sagte er nachdenklich.

»Du kennst ihn?«, fragte Pitumi.

»Natürlich, ich bin ihn schon zweimal gelaufen, jedoch nur bis zu unserem Lager in einem der Wälder.«

»Gut, du kannst den Pass nicht verfehlen, denn der Weg führt genau dorthin«, sagte Pitumi.

»Kommst du nicht mit?«, fragte Kemaq überrascht.

»Ich würde dich doch nur aufhalten, Chaski«, antwortete sie lächelnd. »Außerdem habe ich zu tun, denn ich will versuchen, jene Chachapoya, die noch im Land unserer Ahnen leben, davon zu überzeugen, dir nichts zu tun.«

»Aber ich dachte, sie antworten nicht auf deine Rufe«, erwiderte Kemaq.

»Vielleicht bringen diese fliegenden Ungeheuer sie dazu, ihre Meinung zu ändern«, seufzte Pitumi. »Doch jetzt komm, ich geleite dich zum Tor.«

Dort erlebten sie jedoch eine böse Überraschung: »Ich kann euch nicht hinauslassen«, sagte der Hauptmann, der das Tor mit einer kleinen Schar bewachte. »Der Curaca hat es mir verboten. Und ich kann es euch auch nicht empfehlen, denn auf der anderen Seite dieser Mauer hat sich einer der fliegenden Götter niedergelassen, seht selbst.«

Er führte sie auf die Mauer, und sie spähten vorsichtig hinüber. Tatsächlich, dort, ein gutes Stück außer Reichweite der Bogenschützen, hatte sich der Gott neben einem Lama-Pferch niedergelassen. Gerade jetzt schossen seine mächtigen Kiefer herab, rissen eines der bedauernswerten Tiere aus dem Gehege und legten es vor der steinernen Einfriedung ab, wo er fraß, während sein Reiter noch auf seinem Rücken saß. Kemaq hatte diesen Ankay Yaya über der Stadt gesehen und auch schon in Chan Chan – er war schlanker als die meisten, sein grauer Panzer war hinter den

Flügeln mit schneeweißen Schuppen durchsetzt, und auch in seinem Wesen schien Kemaq etwas Eisiges zu liegen. Wäre es jener Blaue gewesen, der ihn schon einmal verschont hatte, dann hätte es Kemaq vielleicht gewagt, sich einfach hinausgeschlichen und sein Glück versucht. Vielleicht hätte der Blaue ihn ja erneut verschont. Doch es war ein anderer, der dort kalten Herzens Lama um Lama tötete und verspeiste.

Die Reiter erreichten die Stadt als Erste nach den Drachen. Nabu zog immer noch niedrige Kreise über der Stadt, und von Zeit zu Zeit flog ein Pfeil oder ein geschleuderter Stein in seine Richtung, und Mila hörte sie von seinen Flügeln oder seiner Brust abprallen, ohne dass sie dort Schaden anrichten konnten. Mila vernahm die Kommandos des Reiterhauptmanns, der seine Leute vor der Stadt ausschwärmen ließ, dann hörte sie die Tiere über den steinigen Boden galoppieren, und von Zeit zu Zeit feuerten ihre Reiter Schüsse aus ihren Radschlosspistolen ab.

»Treffen können sie so kaum etwas«, brummte Nabu missbilligend, als sei er verärgert über die Verschwendung von Munition.

»Sie wollen wohl nur Eindruck schinden«, meinte Mila.

»Indem sie Löcher in die Luft schießen? Meinetwegen, sie sollten nur darauf achten, dass sie nicht aus Versehen uns treffen.«

Sofort dachte Mila wieder an den Zwischenfall bei der Schlacht von Chan Chan, als Felipe durch eine Kugel getötet worden war. Die Umstände waren nie aufgeklärt worden.

»Du denkst an Felipe?«, fragte Nabu, als sie längere Zeit schwieg.

»Eine verirrte Kugel im Kampf«, erwiderte Mila nachdenklich.

»Sicher keine aus diesen Pistolen, Prinzessin.« Der Drache ließ seine Muskeln spielen und brachte sie mit starken Flügelschlägen höher hinauf und damit außer Reichweite der Bogenschützen, die es immer noch nicht aufgegeben hatten, mit ihren Pfeilen, die doch nur mit Spitzen aus Bronze oder Stein versehen waren, auf den Drachen zu schießen.

Lauter Hörnerklang verriet Mila, dass nun auch die Hauptmacht der Spanier die Ebene vor der Stadt erreicht hatte. Die Reiter zogen sich zurück, und es wurde für einen Augenblick seltsam still über der Stadt. Mila lauschte: Auch der Hagel von Pfeilen und Steinen schien geendet zu haben. Dann rauschte ein anderer Drache näher heran. Es war Marduk, und der Hochmeister rief: »Mila, lande und unterrichte Don Hernando von der Lage. Dann könnt ihr hinüber auf die Südseite kommen. Schamasch hat ein paar Lamas gefunden.«

»Wie ist die Lage?«, rief Mila gegen den Wind zurück.

Nabu lachte. »Ich werde sie ihr erläutern, Maximilian«, rief er hinüber, und schon drehte er ab.

»Folgendes solltest du sagen, Prinzessin«, erklärte er, während sie schnell an Höhe verloren. »Die Indios haben keine tausend Mann, um ihre Mauern zu verteidigen. Aber der Wall selbst wird schwer zu durchbrechen sein, selbst für einen Drachen. Schamasch hat die Straße nach Süden blockiert, könnte aber ein paar Männer zur Verstärkung brauchen.«

»Mein Onkel sprach von Lamas«, wandte Mila ein. Sie war verstimmt, weil sie sich auf einmal nutzlos fühlte. Sie war auf Nabus Augen angewiesen.

Wieder lachte Nabu, dann sagte er: »Du musst ihm ja nicht die Motive für Schamaschs so umsichtiges Verhalten auf die Nase binden. Und wahrscheinlich hat Sir William es einfach verstanden, das Angenehme mit dem Nützlichen zu verbinden. Er ist ein erfahrener Ritter, weißt du?«

»Im Gegensatz zu mir?«, fragte Mila düster.

»Ich würde nicht tauschen«, erwiderte Nabu und setzte zur Landung an. Es roch immer noch verbrannt, und Mila fragte sich, wie lange der Wald wohl noch brennen würde. Aus der Ferne hörte sie einen der Hauptmänner Befehle in schlechtem Quechua brüllen. Er trieb die Indios an, die das Geschütz heranschaffen mussten.

Der Yaya vor dem Tor brüllte, und ein zweiter in der Luft antwortete. Der Weißgefleckte schlug mit den Flügeln und schwang sich in die Luft, aber schon landete ein anderer, es war der Graugrüne. Er ließ sich am Pferch nieder, stieß in einer erstaunlich schnellen Bewegung mit dem Kiefer in das Gatter und riss ein Lama. Dann hob er es auf die andere Seite, um es in Ruhe zu fressen.

»Auch sein Bauch wird irgendwann voll sein«, sagte Pitumi und setzte sich hinter die Brüstung der Mauer.

»Mir scheinen diese Götter ebenso unersättlich wie die Fremden zu sein«, erwiderte Kemaq, als er sich neben sie setzte. Nach dem Gebrüll und dem Krachen der Donnerrohre wirkte es auf einmal sehr still. Nur der vom Wald herüberwehende Brandgeruch erinnerte an das, was sich vor der Stadt anbahnte.

»Tamachoc hat mit der Macht des Regensteins die Götter des Berges unter seinen Willen gezwungen. Wenn wir ihn haben, werden wir die Fremden und ihre Yayakuna vertreiben, und dann werden unsere Völker endlich frei sein.«

Das klang alles etwas zu einfach in Kemaqs Ohren, so, als müsse er nur eben um den Berg herumspazieren, einen Kieselstein aufheben und zurückbringen, und schon würden die Fremden mitsamt ihren Göttern sich in Luft auflösen. Aber so leicht würde es ganz sicher nicht werden.

»Leider hat Rumi-Nahui schon viel Vorsprung«, seufzte die Chachapoya jetzt. Ihr Gesicht drückte plötzlich Zweifel aus.

»Aber ein Heer ist immer viel langsamer als ein einzelner Läufer«, sprach Kemaq ihr Mut zu. Erst dann fiel ihm auf, dass er sich inzwischen wohl irgendwie dazu bereit erklärt hatte, den Regenstein zu holen.

»Es wird dennoch schwer sein, an ihm vorbeizukommen. Und auch die Vergessenen, die Chachapoya, die noch auf den Bergen und im alten Land unserer Ahnen wohnen, werden dich bemerken. Ich bin nicht sicher, dass sie dich gewähren lassen, Kemaq.«

»Diese Vergessenen, Pitumi, werden sie nicht auch gegen Rumi-Nahui und seine Krieger kämpfen?«

»Das ist möglich, sie wollen nichts von Fremden wissen, und sie werden die Huanca des Steinauges sicher als Feinde sehen, und auch die wenigen Chachapoya, die bei ihm sind. Aber das hilft uns nicht, wenn wir die Stadt nicht verlassen können, Chaski.«

Kemaq nickte. Je länger er darüber nachdachte, desto weniger wollte er, dass der Regenstein Rumi-Nahui in die Hände fiel. »Erzähl mir mehr über den Stein, Pitumi«, bat er.

Pitumi spähte noch einmal über die Mauer, dann setzte sie sich seufzend zu ihm und erzählte: »Zur Zeit der Ahnen stieg Tamachoc in Gestalt einer gefiederten Schlange vom Himmel herab, weil er unter den Menschen leben wollte. Er baute sich ein Haus inmitten eines schönen Sees. Dort wohnte er und lehrte die Chachapoya vieles, was sonst nur die Götter wissen. Den Stein verwendete er, um Regen zu machen und alle Krankheiten und alle Not von meinem Volk fernzuhalten. Aber je mehr meine Ahnen lernten, desto mehr begehrten sie zu wissen, und als sie erkannten, wie groß die Macht des Regensteins war, da wollten sie ihn selbst besitzen. Also schlichen die drei mutigsten Männer des Stammes zu Tamachocs Haus, um den Stein zu stehlen. Aber der Gott erwachte und tötete sie.« Pitumi schwieg einen Augenblick, und Kemaq dachte über das Schicksal dieser tapferen Männer nach.

»Tamachoc war zornig«, fuhr Pitumi fort. »Also bestrafte er mein Volk, indem er ihm verbot, sich jemals wieder dem See und dem Haus, in dem er wohnte, zu nähern. Wer es doch tat, starb. Überhaupt wollte Tamachoc nichts mehr mit den Menschen zu tun haben, und er ließ auch den Regen nicht mehr über die Berge. Da nun aber der Regen ausblieb und Dürre das Land plagte, kam einer deiner Vorfahren, ein Marachuna, zu Tamachoc und erweichte mit seinen Bitten das Herz des Gottes, denn er erkannte, dass das Steinvolk von guter Art war. Und von da an kam jedes Jahr zum Tag des Regenfestes einer deiner Vorfahren über die Berge und erflehte den Segen Tamachocs.«

Den Teil, der die Steinleute betraf, kannte Kemaq schon, aber was Pitumi über das Wolkenvolk erzählt hatte, war ihm neu. »Welches Wissen der Götter hat euch Tamachoc denn verraten?«, fragte er.

Pitumi lächelte plötzlich und sagte: »Ihr habt das Recht, den Gott zu besuchen, wir das Recht, seine Geheimnisse für uns zu behalten.«

Kemaq nickte und dachte nach. Er hörte vor der Mauer die Knochen eines weiteren unglücklichen Lamas krachen. Offenbar hatte auch dieser Drache großen Hunger. Dann sagte er: »Warum sollte Tamachoc mir erlauben, den heiligen Stein fortzubringen, Pitumi? Er hat doch deine Vorfahren, die es versucht haben, getötet.«

»Du bist ein Marachuna, und der Gott hat dein Volk stets geliebt«, antwortete sie.

Wieder nickte Kemaq, aber er fand, dass das, was Pitumi sagte, keine Antwort auf seine Frage war.

Mila hörte, dass die Männer die Kanone in Stellung brachten. Don Hernando war nicht sehr erfreut darüber zu erfahren, dass die Mauer der Stadt so widerstandsfähig war. »Ich war der Meinung, dass Eure Drachen mit so ein paar Steinen schon fertig werden, so wie in Chan Chan!«, hatte er gesagt, als Mila ihn von der Stärke der Verteidigung unterrichtet hatte. Dennoch war er ihrer Empfehlung, die eigentlich die von Nabu war, gefolgt und hatte zwei Dutzend Männer auf die andere Seite der Stadt geschickt, um die Stadt von Nachschub oder Verstärkung aus dem Süden abzuschneiden. Auch beorderte er Soldaten und Indios auf die rechte Flanke seiner Linien, denn dort lag der Wald, in dem weiter im Norden noch immer das Feuer schwelte, und es war möglich, dass sich weitere Angreifer darin versteckten. Mila hatte bei ihren Flügen genug von der Stadt gesehen, um zu verstehen, warum Pizarro so bedächtig vorging: Die Stadt Tanyamarka lag am Fuße eines steilen Berges, der ihre Ostseite schützte. Auf der Westseite befand sich ein Stück von der Stadt entfernt ein langer, bewaldeter Bergrücken. Der Wald, aus dem heraus sie überfallen worden waren, begann auf dem nördlichsten Ausläufer dieses Rückens. Nach Süden hatte ein Bach eine tiefe Schlucht zwischen den Rücken und die hohen Hänge der östlichen Berge gegraben, aber es gab eine Straße, vielmehr einen Pfad, der sich die Hänge dieser hohen Berge hinaufwand. Es war kein Weg, den ein Pferd bewältigen könnte, aber für die Indios war er wohl eine Straße, und die Spanier hatten keine Ahnung, wohin sie führte.

Sie schlugen ein Lager auf, und der Belagerungsingenieur, gleichzeitig Hauptmann der Artillerie, ein Mann mit einer sehr leisen Stimme, begutachtete die feindlichen Stellungen ausgiebig, bevor er die endgültige Stellung für das Geschütz festlegte. Er deutete auch an, dass es seine Arbeit ungemein erleichtern würde, wenn er einen Flug auf dem Rücken eines Drachen absolvieren könnte, aber Nabu stellte sich dieser vorsichtig geäußerten Bitte gegenüber einfach taub.

»Wollt Ihr diese Leute nicht auffordern, sich zu ergeben, Don Hernando?«, fragte Mila, während sie hörte, wie die Indios die Zelte errichteten.

»Natürlich, Condesa. Aber ich werde das erst tun, wenn unsere Stellung konsolidiert ist, was Ihr vielleicht verstehen werdet, auch wenn ich annehme, dass Eure Kenntnisse auf militärischem Gebiet nicht sehr ausgeprägt sind, oder?«

Mila versuchte, ihre Wut zu zügeln. Dieser Mann brachte es selbst mit wenigen Worten fertig, jedermann vor den Kopf zu stoßen. Sie entgegnete: »Ich verstehe jedenfalls genug davon, um zu wissen, dass es am besten ist, eine Stadt zu erobern, indem man sie überredet, die Tore zu öffnen.«

Eine Weile nach diesem ärgerlichen kleinen Gespräch hörte Mila den Alchemisten, der aufgeregt ins Lager stürmte und immer wieder rief: »Ich habe sie gefunden! Ich habe sie gefunden!«

Es dauerte nicht lange, und sie wusste, dass der Gelehrte die berühmte Mine entdeckt hatte. Sie schien etwas abseits der Stadt zu liegen.

»Vielleicht gibt er nun endlich Ruhe«, brummte Nabu.

Diese Hoffnung sollte sich jedoch nicht erfüllen, denn Meister Albrecht kam bald darauf zu Mila und Nabu herüber. »Stellt Euch vor, Comtesse, ich habe sie gefunden, endlich!«, rief er.

»Das freut mich für Euch, Meister Albrecht«, antwortete Mila höflich. Sie hatte eigentlich andere Sorgen, denn immer noch hatte Don Hernando den versprochenen Parlamentär nicht zur Stadt geschickt. Und sie fragte sich, ob er es sich vielleicht aus irgendeinem Grund anders überlegt haben könnte. Wollte er die Stadt vielleicht unbedingt mit Gewalt nehmen?

Meister Albrecht schien von ihrer Zurückhaltung nichts zu bemerken. Er rief: »Sie ist gar nicht weit entfernt, und ohne Zweifel ist es die Mine, die wir gesucht haben.«

»Und ist sie geschlossen, wie Ihr vermutet habt?«, fragte Mila mit halbem Interesse.

»Ja, leider, das bereitet mir auch große Sorge, Comtesse. Sie ist eingestürzt! Und wenn ich es richtig sehe, wurde sie mit Absicht zum Einsturz gebracht.«

»Mit Absicht?«, fragte Mila, deren Neugier jetzt doch geweckt war.

»Es scheint so, Comtesse. Ich hatte zwar noch keine Gelegenheit, sie mir genauer anzusehen, doch liegen rund um den Eingang verstreut viele Stützbalken, und die würde man doch nicht herausnehmen, wenn man nicht vorhätte, die Mine einstürzen zu lassen, oder?«

»Vielleicht waren sie noch gar nicht eingebaut, Meister Albrecht«, meinte Mila.

»Oh doch, das waren sie, man sieht es ihnen deutlich an. Außerdem, ich muss gestehen, ich habe in den letzten Tagen doch ein wenig mehr aus unseren Indios herausgelockt. Sie sagten, der Inka habe nicht nur die Schließung, sondern sogar die Zerstörung des Bergwerks angeordnet.«

»Haben die Indios gesagt, warum?«, fragte Nabu plötzlich.

»Wie? Nein, das leider nicht«, erwiderte der Alchemist, der von dem plötzlichen Interesse des Drachen offenbar ebenso überrascht war wie Mila. Er versuchte gleich, das zu seinem Vorteil zu nutzen. »Der Eingangsbereich dieser Mine ist sehr groß – glaubt Ihr, Comtesse, einer der Drachen würde sich darauf einlassen, mir beim Freiräumen des Tunnels zu helfen?«

»Wohl kaum«, antwortete Nabu an Milas Stelle, und zwar mit großem Nachdruck. »Nehmt doch Euer Schwarzpulver oder eine andere Eurer lästigen Erfindungen, Alchemist!«

»Nun ja, wenn es nicht anders geht, aber ich fürchte, Don Hernando wird nicht sehr erbaut sein, wenn ich sein kostbares Pulver für die Sprengung einiger Felsen einsetzen will«, erwiderte der Gelehrte zögernd.

»Sagt ihm einfach, dass viel Silber dahinterliegt, dann wird er Eurem Vorschlag schon folgen«, meinte Nabu spöttisch.

Der Alchemist bemerkte die Ironie offensichtlich nicht. Er bedankte sich für den Vorschlag und zog sich zurück.

»Glaubst du wirklich, er wird Pizarro darum bitten?«, fragte Mila, als Meister Albrecht außer Hörweite war.

»Ich bin mir nicht sicher. Du hast ihn ja nicht gesehen, Prinzessin, aber ich denke manchmal, dass er gar nicht so zerstreut und weltfremd ist, wie er tut. Und ist dir aufgefallen, dass er überhaupt nicht müde wirkt?«

»Was meinst du?«, fragte Mila stirnrunzelnd.

»Die Soldaten sind völlig erschöpft, aber er, er ist trotz des langen Marsches frisch und ausgeruht, fast wie einer der Indios, die ja die große Höhe gewöhnt sind.«

»Und was glaubst du, woran das liegt?«, fragte Mila.

»Keine Ahnung, Prinzessin, aber es ist etwas faul mit diesem Mann. Und du solltest dich von seiner vorgeblichen Harmlosigkeit nicht täuschen lassen. Er weiß genau, was er will, und ich glaube, er weiß auch, wie er es bekommen kann. Sei also bitte auf der Hut.«

Kemaq und Pitumi blieben auf der Mauer beim Tor, denn sie hofften immer noch, dass sich irgendwann eine Möglichkeit ergeben würde, an dem Ankay Yaya vorbeizukommen. Doch stattdessen erschienen plötzlich weitere Fremde mit zwei Dutzend Kriegern – Kemaq hielt sie für Yunga aus dem Tiefland –, die die Stadt wohl durch den Wald umgangen hatten. Sie verschanzten sich in einem steinernen Pferch in der Nähe des fliegenden Gottes. Nun war der Weg zur Bergfeste wirklich versperrt. Wieder etwas später erschien Curaca Tunkapu mit düsterer Miene. »Die Fremden haben einen Unterhändler geschickt. Sie verlangen, dass wir die Stadt übergeben.«

»Was werdet Ihr tun?«, fragte Kemaq.

»Ich frage euch um Rat, denn ihr kennt diese Fremden besser als ich«, gab der Curaca zur Antwort.

Kemaq war überrascht, und Pitumi sagte nachdenklich: »Ihr werdet sie nicht besiegen können, denn sie sind in ihren Rüstungen unverwundbar, und ihre Waffen sind fürchterlich.«

»So sollen wir uns ergeben?«, fragte Tunkapu unglücklich.

»Ich habe gesehen, was in Chan Chan geschah. Die fliegenden Götter hatten unsere Stadt schon genommen, dann erschienen die anderen Fremden und haben viele Menschen ganz ohne Grund getötet«, sagte Pitumi düster.

»Ich war in Caxamalca, dort haben sie viele ermordet, die nicht einmal bewaffnet waren«, stimmte Kemaq zu.

»So soll ich weiter kämpfen? Sie haben gedroht, dass sie unsere Mauern mit ihren Donnerrohren zerschmettern werden.«

»Haltet sie auf, solange ihr könnt«, bat Pitumi, »vielleicht findet dieser Läufer eine Möglichkeit, doch an diesen Männern vorbeizukommen.«

»Um was zu tun?«, fragte der Curaca mit plötzlichem Misstrauen.

Kemaq wurde erst jetzt bewusst, dass Tunkapu gar nichts von ihrem Vorhaben ahnte. »Um Hilfe von Rumi-Nahui zu erbitten«, erwiderte Pitumi ruhig.

»Er ist recht plötzlich verschwunden, nachdem sein Plan fehlschlug, die Fremden im Nebelwald aufzuhalten«, sagte der Curaca verdrossen. Der Rauch des brennenden Waldes hing immer noch in der Luft. Kemaq schwieg. Er war verblüfft, wie glatt Pitumi ihre Lüge von den Lippen gegangen war.

»Das Steinauge wird seine Krieger sammeln und dann hoffentlich erneut angreifen«, behauptete Pitumi. »Es wäre also gut, wenn du die Fremden noch ein wenig von deinen Mauern fernhalten könntest.«

Lauter Donner rollte durch das Tal.

»Was ist das?«, fragte Tunkapu erschrocken.

»Ihre große Waffe«, sagte Kemaq und biss sich auf die Lippen. Ihm war klar, dass Pitumi bereit war, diese Menschen zu opfern, nur damit er vielleicht aus der Stadt entkommen konnte. Aber konnte er das zulassen? Der Curaca war blass geworden. »Ich muss zurück an die Mauer. Offenbar wollen die Fremden nicht warten, bis ich ihnen eine Antwort zukommen lasse. Ihr habt Recht, man kann ihnen nicht trauen«, rief er und rannte eilig davon. Kemaq sah ihm nach. Er fragte sich, ob er ihn je wiedersehen würde.

Es war schon später Nachmittag, als das Geschütz das Feuer eröffnete. Dreimal hörte Mila den lauten Donner der Kanone von den Bergen widerhallen, dann kehrte wieder Ruhe ein.

»Warum schießen sie nicht mehr?«, fragte sie ihren Großonkel.

»Sie begutachten den Schaden, den sie angerichtet haben«, erwiderte der Hochmeister vom Rücken Marduks herab.

»Die Mauer steht jedenfalls noch«, verkündete Balian verdrossen. »Vielleicht sollten wir doch unser Glück versuchen, Graf Maximilian«, fügte er hinzu.

»Warten wir ab, was unser Artillerist zu sagen hat«, entgegnete der Hochmeister. »Seht, da kommt er mit Don Hernando.« Dann rief er laut: »Wie erfolgreich war der Beschuss, Hauptmann?«

Unter den Rauch des schwelenden Feuers im Wald mischte

sich der Geruch von Schwarzpulver, Schweiß – und Schwefel. Offenbar hatte sich der Alchemist den beiden Konquistadoren angeschlossen.

»Nicht sehr erfolgreich, fürchte ich, Euer Gnaden«, antwortete der Hauptmann leise.

»Man könnte meinen, Zyklopen hätten diese Mauern errichtet«, verkündete Don Hernando missmutig. »Mit unserem kleinen Geschütz wird es Tage dauern, ein ordentliches Loch hineinzuschießen.«

»Aber es wäre eine Verschwendung von Pulver«, warf der Alchemist schnell ein.

»Auch das«, stimmte Don Hernando ernst zu. »Ich denke, wir werden nicht umhinkommen, diese Mauern zu stürmen.«

»Ihr riskiert das Leben Eurer Leute, nur damit dieser Gelehrte genug Pulver hat, seine Mine freizusprengen?«, fragte Nabu plötzlich.

Mila fand die auf diese Äußerung des Drachen folgende Stille bemerkenswert. Offenbar hatte Nabu genau den Punkt getroffen.

»Das ist Unsinn«, sagte Pizarro dann und klang sehr verärgert. »Wir verlieren vor allem Zeit, und wir wissen nicht, wo die Indios stecken, die wir heute Morgen in die Flucht geschlagen haben. Wenn sie zurückkehren, könnten wir Schwierigkeiten bekommen.«

»Werden sie denn nicht dort drüben auf der Mauer sein, um diese Stadt zu verteidigen?«, fragte Mila verwundert.

»Nach allem, was mir Euer Drache und die anderen Ritter erzählt haben, ist die Zahl der Verteidiger dort nicht sehr groß. Wir wissen einfach nicht, ob nicht noch viele in diesen verfluchten Wäldern stecken. Haben wir diese Stadt aber erst einmal genommen, ist das kein Problem mehr.«

»Ich stimme Euch zu, Don Hernando«, verkündete der Hochmeister zu Milas Überraschung.

»Wir sollten angreifen und nicht warten, bis die da drüben merken, dass unsere Waffen doch nicht allmächtig sind.«

»Ausgezeichnet«, rief der Alchemist.

Nabu schnaubte leise, und Mila verstand, was er sagen wollte: Der Gelehrte war wirklich völlig überdreht. War das nur die Aufregung darüber, endlich am Ziel zu sein? Sie hatte keine Zeit, darüber nachzudenken, denn Don Hernando begann mit ihrem Onkel einen Angriffsplan zu entwickeln. Mila fragte vorsichtig, ob man nach dem Beschuss nicht noch einen Unterhändler hinüberschicken solle, aber dieser Vorschlag wurde abgelehnt.

»Wir haben ihnen genug Zeit zum Nachdenken gegeben, Condesa«, behauptete Don Hernando dreist. »Und wenn sie so dumm sind, uns herauszufordern, werden wir ihnen zeigen, was das heißt.«

Mila versuchte, sich nicht anmerken zu lassen, was sie dachte. Sie hatte keine Angst vor der Schlacht. Sie würde gut gepanzert auf dem Rücken eines Drachen sitzen, was sollte ihr da schon geschehen? Aber sie konnte nicht vergessen, welches Blutbad die Spanier in Caxamalca angerichtet hatten. Das durfte sich nicht wiederholen. Doch wie konnte sie das verhindern?

Der Plan für die Schlacht war rasch ausgearbeitet: Die Drachen würden die Mauerkrone nehmen und jeden Widerstand dort und am Tor brechen. Einige der verbündeten Indios würden an schnell gebauten Leitern die Mauer stürmen und dann das Tor von innen öffnen. Den Rest würden die Spanier schon selbst besorgen. »Welchen Teil der Mauer sollen Nabu und ich angreifen?«, fragte Mila und bemühte sich, einen entschlossenen Eindruck zu vermitteln.

»Für dich habe ich eine besondere Aufgabe im Blick, Milena«, erklärte der Hochmeister, »und sie kann entscheidend für den Ausgang des Kampfes sein.«

Kemaq hielt es nicht mehr aus. Er stand auf.

»Wo willst du hin?«, fragte Pitumi überrascht.

»Ich kann den Curaca nicht so hintergehen. Er soll wissen, wofür er kämpft.«

Mit offenem Mund starrte ihn die Chachapoya an: »Bist du verrückt? Je weniger Leute von unserem Vorhaben wissen, desto besser. Es wissen ohnehin schon zu viele davon.«

»Dann kommt es auf einen mehr oder weniger doch nicht an«, sagte Kemaq.

Pitumi sprang auf und hielt ihn am Arm fest: »Bitte, Kemaq, das würde doch nichts ändern. Er kann die Fremden nicht vertreiben, ob die Krieger von Rumi-Nahui nun kommen oder nicht. Und du kannst ihm nicht vertrauen, denn er wird doch eher an das Wohl seiner Stadt als an deines denken.«

»Dennoch, er ist von meinem Volk, und er hat das Recht zu erfahren, was hier vor sich geht«, sagte Kemaq und riss sich los.

Er drehte sich nicht um, auch wenn Pitumi ihm noch zweimal nachrief. Er trabte durch die Stadt. Sie lag still und wirkte seltsam verlassen. Dreimal war der Donner der großen Waffe über die Mauern gerollt, dann war sie verstummt. Kemaq glaubte nicht, dass das ein gutes Zeichen war. Pitumi hatte vermutlich Recht, es war eigentlich besser, dem Curaca nicht alles zu erzählen, denn bald würden die Fremden die Stadt beherrschen, und sie durften nicht erfahren, dass es den Regenstein gab. Aber er konnte es einfach nicht über sich bringen, Tunkapu im Unklaren zu lassen. Seine Krieger kämpften in der Hoffnung, dass Rumi-Nahui bald kam. War es vielleicht besser, ihnen die falsche Hoffnung zu lassen? Kemaq wusste es nicht, und während er durch eine Stadt lief, in der sich alle Bewohner, die keine Krieger waren, in die Häuser verkrochen hatten, kam er zu dem Entschluss, diese Entscheidung Curaca Tunkapu selbst zu überlassen.

Vor dem Palast erfuhr er, dass der Curaca an der Nordmauer zu finden war. Beißender Brandgeruch wehte aus dem Wald herüber. Das Feuer schien sich allmählich näher an die Stadt heranzufressen. Kurz darauf fand Kemaq den Gesuchten in der Nähe des Tores.

»Ah, der Chaski. Mir scheint, du hast die Macht der Fremden

übertrieben. Ihr Donnerrohr vermag nichts gegen die Mauer unserer Ahnen!«

»Sie haben immer noch ihre Ankay Yayakuna, Herr«, gab Kemaq zu bedenken.

»Und wir haben unsere Streitkolben und Speere!«, antwortete der Curaca stolz.

»Ich habe dir etwas zu sagen, Herr«, sagte Kemaq.

»Eine Botschaft von Rumi-Nahui?«, fragte Tunkapu. Einige seiner Krieger hörten ihn und wandten sich ihnen zu.

»Wenn du so willst, Herr, doch ist sie nur für deine Ohren bestimmt«, erwiderte Kemaq.

Dann, in einem ruhigen Winkel etwas abseits der anderen Männer, sagte er leise: »Er wird nicht kommen, Herr.«

Der Curaca wurde blass. »Was meinst du? Und woher willst du das wissen?«, presste er hervor.

»Er hat ein neues Ziel, Herr. Er wird die Berge überschreiten. Ich weiß es sicher.«

Der Curaca sah ihn an. Sein Mund war eine schmale Linie geworden. »Die Berge überschreiten? Er will ins Land der Chachapoya?«

»So ist es, Herr.«

»Aber dort ist nichts, außer …« Er beendete den Satz nicht und sah Kemaq stattdessen lange an. Dann sagte er: »Dort liegen machtvolle Geheimnisse verborgen, sagen die Alten. Hat es damit zu tun, Chaski?«

Kemaq zögerte, denn er wollte nicht zu viel verraten.

Bevor er antworten konnte, sagte Tunkapu plötzlich: »Nein, es ist gut, mehr muss ich vorerst nicht wissen, Chaski.« Dann legte er Kemaq eine Hand auf den Arm. »Ich danke dir für deine Aufrichtigkeit. Ich dachte mir schon, dass diese Chachapoya-Zauberin nicht rein zufällig hierhergekommen ist. Aber was Rumi-Nahui betrifft – das sollten wir vorerst für uns behalten. Meine Männer brauchen diese Hoffnung, und ich will sie ihnen nicht nehmen.«

»Was wirst du jetzt tun, Herr?«, fragte Kemaq. Er fühlte sich erleichtert. Es war richtig gewesen, dem Mann die Wahrheit zu sagen.

Der Curaca antwortete nicht, sondern winkte einige Krieger heran. »Ihr da, bringt diesen Verräter in meinen Palast und sperrt ihn ein. Ich will später entscheiden, was wir mit ihm tun.«

»Aber Herr!«, rief Kemaq.

Der Curaca sah ihn nachdenklich an. »Ich schätze deine Ehrlichkeit, aber sie kommt zu spät. Und wenn du mich bislang belogen hast, wer sagt mir dann, dass du jetzt die Wahrheit sprichst?«

Kemaq kam nicht dazu, sich zu rechtfertigen, denn einer der Krieger stieß einen lauten Warnruf aus. Er war noch nicht verklungen, als es laut krachte. Stein splitterte, und Männer stöhnten, und dann rollte der Donner der großen Waffe wieder durch das Tal. »Die fliegenden Götter, Herr«, rief einer der Krieger, »sie greifen an!« Draußen vor der Mauer krachten Schüsse.

Tunkapu fluchte, warf Kemaq einen finsteren Blick zu und herrschte seine Bewacher an: »Habt ihr vergessen, was ich befohlen habe? Los, bringt ihn fort!« Dann nahm er seinen Streitkolben zur Hand, drehte sich um und kletterte auf die Mauer.

Die Männer hatten auf seinen Befehl hin nur ängstlich genickt, jetzt nahmen sie Kemaq zwischen sich und machten sich eilig auf den Weg. Plötzlich verdunkelte ein Schatten die Sonne. Die Yayakuna griffen an! Kemaqs Bewacher blieben erschrocken stehen. Er selbst erbleichte, denn es sah aus, als würde jener rotbraune *Drachen* genau auf ihn zuhalten. Die Bewacher umklammerten zitternd ihre Speere. Pfeile stiegen auf, und Steine prasselten gegen den schuppigen Leib. Mit lautem Brüllen fuhr der Gott seine mächtigen Klauen aus. Die drei unglücklichen Krieger, die Kemaq bewachen sollten, wichen zurück. Doch nicht sie waren das Ziel des fliegenden Gottes, sondern die Mauer, die unter der harten Landung des riesigen Wesens knirschte und stöhnte.

Kemaq wandte sich ab und floh. Ein zweiter Gott tauchte auf und warf sich auf die Mauer. Das war der Graugrüne – er spie

Flammen, und Kemaq gellten die entsetzten Schreie der Krieger im Ohr, während er davonstolperte. Menschen fielen und sprangen von der Mauer. Sie flohen, so wie er. Die Flucht hatte ein jähes Ende, denn dicht vor ihnen landete ein dritter Yaya auf der Straße, nahe am Tor. Die Verteidiger, die dort gewartet hatten, wurden niedergewalzt oder stoben entsetzt davon. Kemaq erkannte den schlanken weißen Gott. Er saß in der Falle. Doch da – da war ein schmaler Spalt zwischen den Steinhäusern! Kemaq rannte hinein. Es war eine Gasse, ein Weg an dem Yaya vorbei. Wie ein Blitz durchzuckte Kemaq die Erkenntnis, dass der Weg aus der Stadt hinaus jetzt frei war. Die *Drachen* waren über der Stadt – es mochten noch Menschen vor dem Tor sein, aber denen konnte er davonlaufen. Er war ein Chaski, der schnellste von Tikalaq.

Mila hörte den Donner der Kanone und das Brüllen der Drachen. Sie war wenig begeistert von der Aufgabe, die ihr zugewiesen worden war. Sie sollte die Straße nach Süden bewachen und dafür sorgen, dass die Männer, die dort in Stellung gegangen waren, nicht von fliehenden Indios überrannt wurden. Sie hatten die Stadt westlich umflogen, weil Nabu ein Auge auf den Wald werfen sollte, in dem vielleicht noch feindliche Krieger stecken mochten. Er hatte aber keine entdecken können, war gelandet und hatte Sir William den Angriffsbefehl überbracht.

»Wurde aber auch Zeit«, hatte der Ritter geantwortet, und Mila hatte auch Schamaschs zufriedenes Brummen gehört, als sie aufgebrochen waren.

»Ich bin froh, dass Ihr hier seid, Condesa«, sagte der Leutnant, der Befehlshaber der Spanier, die es auf diese Seite der Mauer verschlagen hatte.

»Wie viele Männer habt Ihr zur Verfügung?«, fragte Mila zurück.

»Zehn – und dreißig Indios, Condesa.«

»Nicht gerade viel«, meinte Mila kritisch.

»Das ist richtig. Wir haben auch nur zwei Büchsen und drei Armbrüste, doch haben wir eine sichere Stellung, dort drüben, hinter einer Steinmauer. Und da auch ein Drache an unserer Seite ist, mache ich mir keine Sorgen«, erwiderte der Leutnant, seiner Stimme nach ein noch recht junger Mann.

Mila dankte ihm für die Auskunft, und der Mann salutierte – jedenfalls nahm sie das dem Rasseln der Rüstung nach an – und kehrte zu seinen Männern zurück. Aus der Stadt tönte Kampfeslärm herüber. Mila hörte es mit gemischten Gefühlen und seufzte.

»Wärst du lieber dort drüben?«, fragte Nabu.

»Nein, eigentlich nicht, und dennoch …«

»Du fühlst dich ausgeschlossen?«, fragte der Drache.

»Ja, ich glaube, das ist es«, gab Mila zu.

»Du musst dich irgendwann entscheiden«, meinte Nabu ruhig. »Entweder, du ziehst mit den anderen in die Schlacht, oder du versuchst, weiteres Blutvergießen zu verhindern.«

»Ich habe es doch versucht, Nabu, ich habe mich doch für Verhandlungen eingesetzt.«

»Verzeih, wenn ich es offen ausspreche, aber ich denke, du könntest mehr tun.«

»Was schlägst du vor?«, fragte sie leise. Der Wind wehte die Schreie der Kämpfenden herüber.

»Du musst andere für deine Sache gewinnen, Prinzessin; Sir William, Fray Celso, deinen Onkel natürlich zuerst. Es dürfte dir doch nicht schwerfallen, diese Männer zu überzeugen.«

Mila seufzte wieder. »Überzeugen wovon, Nabu? Ich weiß ja selbst noch nicht, was ich tun will, ich will nur, dass dieses furchtbare Blutvergießen aufhört.«

»Augenblick, Prinzessin«, unterbrach sie Nabu, »dort drüben am Tor scheint sich etwas zu tun.«

Außer Atem erreichte Kemaq die Mauer im Süden. Der Lärm der Schlacht hallte über die Mauern, die hier gespenstisch ruhig wirkten. Er sah Pitumi inmitten der Krieger, die sich um sie versammelt hatten. Offenbar versuchte sie, die Männer dazu zu überreden, ihm zu helfen.

»Hört«, sagte sie gerade, »das Schicksal dieser Stadt hängt davon ab, dass der Chaski Rumi-Nahuis Krieger erreicht. Und dort draußen sind nur eine Handvoll Krieger und nur eines dieser fliegenden Wesen, noch dazu eines, das kein Feuer speien kann.«

»Woher willst du das wissen?«, fragte einer. »Der Feind ist doch schon in der Stadt, wir sind verloren«, entgegnete ein anderer.

»Gut, wenn ihr euch unterwerfen wollt, dann bleibt, wo ihr seid. Sie werden kommen, die Hälfte von euch töten, die anderen versklaven, und eure Frauen und Kinder auch«, erklärte Pitumi mit gepresster Stimme. Kemaq hörte ihr die ungeheure Anspannung an. Er nahm sie beiseite. »Was tust du da?«, fragte er sie leise.

»Was wohl, Chaski? Ich sorge dafür, dass du aus der Stadt kommst.«

»Aber diese Männer werden sterben, wenn sie den *Drachen* angreifen«, flüsterte er.

»Sie werden auch sterben, wenn sie hierbleiben. Jedenfalls befürchte ich das. Und bevor du mir jetzt Vorhaltungen machst, dass ich sie angelogen habe, denke darüber nach, ob du nicht doch ihre letzte Hoffnung bist, Kemaq.«

Kemaq zögerte. Sie hatte vielleicht sogar Recht, aber es gefiel ihm trotzdem nicht. Dort draußen lag einer der Yayakuna, der Blaue, der ihn schon zweimal verschont hatte. Aber würde er mit diesen Marachuna ebenso gnädig verfahren? Die Schreie aus der Stadt wurden lauter. Ganz offensichtlich war die Mauer gefallen. Drachengebrüll schallte über die Mauern, und immer wieder krachte eines der Donnerrohre.

Pitumi wartete nicht ab, was Kemaq noch zu sagen hatte, sie wandte sich den Männern zu und fragte: »Seid ihr bereit?«

Der Anführer der Männer, ein älterer Mann mit zwei Speeren, nickte langsam. »Für Tanyamarka und das Steinvolk«, rief er mit einem Stoßseufzer. Dann sagte er zu Kemaq: »Ich hoffe, du erreichst dein Ziel, aber ich bezweifle, dass ich es je erfahren werde. Da draußen liegt ein Gott, der doch wohl nur darauf wartet, uns verschlingen zu können.«

Kemaq nickte stumm.

Zwei der Männer entfernten die schweren Riegel vom Tor.

»Ich wünsche dir, dass dein Glück dir treu bleibt, Chaski«, sagte Pitumi.

»Du kommst wirklich nicht mit?«, fragte er.

»Meine Beine sind nicht so schnell wie die deinen, und darauf kommt es jetzt wohl an. Aber mach dir keine Sorgen, ich werde die Stadt heute Abend verlassen. Hier, für dich«, sagte sie dann schnell und drückte ihm ein kleines, in Blättern verpacktes Päckchen in die Hand.

Kemaq nahm es verwirrt entgegen. Er wollte sie fragen, wie sie aus Tanyamarka entkommen wollte, doch da öffneten die Krieger das Tor und stürmten hinaus. Es waren keine zwei Dutzend, und Kemaq wusste, dass sie keine Aussicht auf Erfolg hatten. Sie wussten es wohl auch, aber sie taten es trotzdem.

»Lauf, Chaski!«, rief Pitumi.

Kemaq nickte grimmig und lief durch das Tor, den Kriegern hinterher. Die waren ihm ein Dutzend Schritte voraus. Sie brüllten, schwangen ihre Waffen und rannten einfach drauflos. Kemaq holte auf. Kam es ihm nur so vor, oder gelang es ihnen tatsächlich, den Feind zu überrumpeln? Der *Drachen* starrte sie an, als könne er nicht glauben, was er sah. Die goldhaarige Fremde thronte auf seinem Rücken, in schimmernder Rüstung, und hielt eine Art weißen Speer in der Hand. Kemaq sah die silbernen Helme der Feinde hinter einer Steinmauer an der Straße auftauchen. Es war ein Lama-Pferch, der offensichtlich leer stand. Jetzt zeigten sich auch die Yunga, die sich den Fremden angeschlossen hatten. Dann krachte der erste Schuss, dann ein zweiter. Links von Kemaq stürzte ein Mann zu Boden. Ein helles Sirren durchschnitt die Luft, und vor ihm wurde ein Mann getroffen und geriet ins Taumeln. Wieder sirrte es, und wieder stürzte ein Krieger. Kemaq hatte das Geräusch schon gehört, am Fluss, wo ihn das graugrüne Ungetüm gejagt hatte. Jatunaq hatte ihm das schwere Geschoss damals gezeigt. Jatunaq … Kemaq biss die Zähne zusammen und lief schneller. Der Drache rührte sich immer noch nicht, die blonde Fremde rief ihm etwas zu. Die Krieger aus Tanyamarka würden gleich die Mauer erreichen – sollte es ihnen etwa gelingen, den Feind zu überwältigen?

Unvermittelt flammte das Bild in Milas Kopf auf. Sie war nicht aus dem Sattel gestiegen, weil sie bereit sein wollte, aber mit einem Ausfall der Indios hätte sie nie gerechnet. Jetzt sah sie diese Männer, die todesmutig aus der Stadt stürmten – helle Flammen, die überraschend schnell näher kamen. Die Spanier feuerten mit Armbrüsten, und das Krachen der beiden Arkebusen hatte die Schreie der Angreifer übertönt. Die Yunga wollten offensichtlich abwarten, was geschehen würde, denn sie blieben vorerst in ihrer Deckung. Nabu holte tief Luft. Mila klammerte sich an den Zügeln fest. Sie wusste, was nun folgen würde. Nabus Kopf schnellte nach vorn, und dann verschmolz das Bild zu einer blendend hellen Feuerwand. Mila hielt den Atem an. Fast wie von selbst ließ ihre Hand die Klinge aus ihrem Stab springen. Die Flammenwand schwand, und Mila sah die unsicher zitternden Flammen, als die sich die Angreifer nun zeigten. Sie zögerten. Und jetzt sprangen die Yunga mit Geheul aus der Deckung und stürzten sich auf den Feind. Nabu holte Luft, aber dann spie er doch kein Feuer mehr. Mila begriff, dass er nicht mehr eingreifen konnte, denn die wirbelnden Flammen vor dem Inneren Auge zeigten ihr, dass der Nahkampf begonnen hatte. Doch eine leuchtende Gestalt, ein einzelner Krieger, war den anderen aus der Stadt erst mit Abstand gefolgt und trug weder Schild noch Speer, und Mila erahnte, dass es dieser einzelne Indio war, auf den es ankam. »Der Mann dort, Nabu!«, rief sie.

Kemaq wurde langsamer. Der Alte mit den zwei Speeren drehte sich zu ihm um. »Lauf weiter, Chaski!«, brüllte er. Aus den Augenwinkeln sah Kemaq, dass der Yaya tief einatmete, aber dann doch kein Feuer spie. Kemaq begriff, dass die Yunga inzwischen zu dicht bei den Marachuna waren. Der *Drachen* hätte seine eigenen Leute erwischt! Vor Kemaq entbrannte das Handgemenge. Er sah eine Lücke im Getümmel und rannte hindurch. Zwei feindliche Krieger erspähten ihn und hielten auf ihn zu, er schlug einen Haken, was dazu führte, dass er genau auf die Steinmauer zulief, hinter der die Fremden immer noch den Kampf beobachteten. Er sah sie mit ihren Waffen hantieren, und ein rotgesichtiger junger Mann brüllte: *»Fuego!«*

Kemaq warf sich zu Boden, und Pitumis Päckchen glitt ihm aus der Hand. Es krachte nicht, aber zweimal zischte ein helles Sirren über ihn hinweg. Hinter ihm stöhnte ein Mann gequält auf. Kemaq nahm sich nicht die Zeit, herauszufinden, ob es Freund oder Feind getroffen hatte, er griff sich das Päckchen, sprang auf, schlug einen Haken und rannte weiter. Jetzt knallte eines der Donnerrohre, und Kemaq spürte, dass etwas dicht an ihm vorübersauste. Er war schon an der Mauer. Die Fremden hielten ihre langen Speere über die Mauer des Lama-Pferchs und stachen nach ihm, aber er schlug wieder einen Haken und sah plötzlich einen gewaltigen blaugrauen Leib vor sich. Er erstarrte, der Yaya blickte ihn an, aber plötzlich wich er zur Seite. Kemaq hörte den Befehlshaber noch einmal sein *»Fuego!«* brüllen, hörte es krachen und sirren und stellte erstaunt fest, dass sie ihn wieder verfehlt hatten, während der Gott wütend aufbrüllte. Das löste seine Erstarrung. Er rannte, schneller als je in seinem Leben. Dann hörte er die Rufe der Verfolger. Er blickte über die Schulter. Der Kampf schien vorbei zu sein, und es gab keine Zweifel, wer gewonnen hatte. Nur eine Handvoll Marachuna flohen zurück zur Stadt. Aber auch hinter ihm waren Männer, und es waren nicht die schwerfälligen Fremden in ihren schweren Rüstungen, sondern Yunga, die ihre Speere und Bogen schwangen und ihm nachjagten. Er sah nach vorn. Das schmale Tal endete. Rechts sprang ein Gebirgsbach in einen Abgrund, links zeigte sich ein schmaler Pfad, der den Berg hinauf führte. Kemaq hatte die Straße erreicht.

»Da entwischt uns einer«, rief der Leutnant.

»Das ist kein Grund, auf mich zu schießen, Mann!«, rief Nabu wütend.

»Aber ich dachte, so ein Armbrustbolzen, der macht einem Drachen nichts …«, versuchte sich der Leutnant zu rechtfertigen.

»Ungefähr so viel wie meine Flammen Eurer Rüstung! Wollt Ihr es ausprobieren, Herr Leutnant?«, zischte Nabu.

Der Leutnant verstummte, und für Mila sah es so aus, als würde die Flamme seines Bildes schrumpfen.

»Beruhigt Euch, wir haben gewonnen«, rief sie. Es war seltsam unwirklich, aus tausend kleinen Flammen zusammengesetzt zu sehen, wie der kurze Kampf ausgegangen war. Selbst die leblosen Körper, die zweidutzendfach die Erde deckten, schienen sich noch zu bewegen, weil das ganze Bild flackerte. Einige der Angreifer flohen zurück zur Stadt, und sie wurden nicht verfolgt. Das Bild erlosch, und Dunkelheit senkte sich über Mila.

»Warum haben die Indios das getan?«, fragte sie.

»Ein Akt der Verzweiflung, wenn du mich fragst«, sagte Nabu.

»Einer ist entkommen«, rief der junge Leutnant noch einmal.

»Habt Ihr ihm keine Krieger hinterhergeschickt?«, fragte Mila.

»Doch natürlich, allerdings scheint er recht schnell zu sein.«

»Wo ist er hin?«, fragte Mila.

»Verzeiht, Ihr könnt ihn ja nicht sehen, Condesa. Er hat den Weg hinauf in die Berge eingeschlagen, und im Augenblick verbirgt ihn eine Felskante auch vor Augen, die sehen können«, erklärte der Leutnant und wirkte plötzlich verlegen. »Ich kann daher nicht sagen, ob meine Yunga ihn einholen können.«

»Nun, ich schlage vor, dass Ihr Euch, bis Ihr es wisst, erst einmal um die Verwundeten kümmert, Leutnant«, meinte Mila.

»Mein Befehl lautete eindeutig, niemanden hindurchzulassen, Condesa«, erwiderte der Leutnant, »und daher wollte ich fragen, ob Ihr nicht vielleicht ...«

»Ich danke Euch für das Vertrauen, das Ihr in mich setzt, Leutnant, aber mein Befehl lautet ebenso eindeutig, diese Stellung hier zu halten. Stellt Euch vor, sie versuchen es erneut, mit mehr Männern, und ich und mein Drache wären fort.«

»Ihr habt Recht, verzeiht, Condesa«, sagte der Leutnant und wirkte mit einem Mal sehr unglücklich. Dann gab er Befehl, die Verwundeten zu versorgen, auf Milas Drängen hin auch die Verwundeten des Feindes, was die Yunga nur sehr zögernd taten. Der Kampf war sehr einseitig ausgegangen. Einer der verbündeten Indios war gefallen, unglücklicherweise durch einen verirrten Armbrustbolzen, vier weitere waren verwundet. Die Angreifer, kaum mehr als zwanzig, waren entweder tot, verwundet oder geflohen.

Kurz darauf meldete Nabu, dass sich Marduk mit dem Hochmeister näherte. Mila gab einen kurzen Bericht und versicherte ihm, dass sie zu keiner Zeit in Gefahr gewesen war. Dass die Spanier beinahe auf sie geschossen hätten, ließ sie weg. Dann erstattete auch der Leutnant stotternd Meldung. »So war es ein vollständiger Sieg?«, fragte der Hochmeister.

»Beinahe, Euer Gnaden«, erwiderte der Leutnant. »Einer ist uns entwischt, aber meine Leute jagen ihn. Ich bin zuversichtlich, dass sie ihn bald haben.«

Aber der Anführer der Yunga schüttelte den Kopf und sagte in gebrochenem Spanisch: »Ein Chaski, Läufer. Sehr schnell.«

»Ein Bote?«, fragte der Hochmeister. »Das ist schlecht. Mila, dieser Mann darf uns nicht entkommen! Mein Gefühl sagt mir, dass er eine große Gefahr darstellt. Du wirst ihn mit Nabu suchen und fangen. Wenn er sich nicht fangen lässt, müsst ihr ihn töten. Verstanden?«

»Ja, Onkel«, sagte Mila betroffen.

»Dann auf, ich will doch sehen, ob dieser angeblich so schnelle Läufer auch einem Drachen unseres Ordens entkommen kann«, spornte der Hochmeister sie an.

Ihr Onkel schickte sie auf eine Menschenjagd? Mila nickte unglücklich, aber bevor sie etwas sagen konnte, sprang Nabu schon in die Luft.

Die Bogen der Yunga bestimmten, wie schnell er laufen musste. Sie schossen nach ihm, und sie schossen nicht schlecht. Noch trafen sie ihn nicht, aber es hielt ihn auf, weil er immer wieder zurückschauen und sich manchmal auch ducken musste. Auch war der Pfad schmal und das Gestein brüchig, also musste er gleichzeitig auf seine Schritte achten, was ihn noch langsamer machte. Seinen größten Vorteil, seine Schnelligkeit, konnte er nicht ausspielen, und seine Verfolger wirkten ausgeruht und frisch. Sie waren auch so klug, nicht zu oft zu schießen, denn natürlich musste der Schütze stehen bleiben, wenn er zielen wollte, und so konnte Kemaq einige wenige Schritte Vorsprung gewinnen, die er aber doch immer wieder einbüßte.

Einmal trat er fehl und konnte erst im letzten Augenblick sein Gleichgewicht zurückgewinnen, sonst wäre er in die Tiefe gestürzt. Bald war ihm klar, dass es hier nicht um Geschwindigkeit, sondern um Ausdauer ging. Aber er lief um sein Leben, die Yunga nicht, und das war sein Vorteil. Schließlich fielen sie, einer nach dem anderen, weiter zurück. Die Pfeile flogen seltener, denn die Schützen verloren ihn aus ihrer Reichweite. Dann gaben die ersten auf, schließlich auch die letzten. Er hatte sie abgehängt.

Kemaq lief etwas langsamer. Sein Herz pochte, und seine Lungen brannten, aber er hatte sie abgeschüttelt. Er öffnete das Päckchen, das Pitumi ihm am Tor gegeben hatte – Kuka-Paste! Er packte sie wieder weg. Erst, wenn es nicht anders ging, würde er darauf zurückgreifen. Der Pfad war schmal und nur nachlässig ausgebaut. Noch war es zwar hell, aber die Dämmerung hatte schon eingesetzt, und er musste auf seine Schritte achten. Bald hatte sein Atem sich beruhigt, sein Schritt war schnell und gleichmäßig, und Kemaq spürte, dass er noch stundenlang so weiterlaufen konnte. Ein seltsames Hochgefühl bemächtigte sich seiner: Er würde Rumi-Nahui und seine Krieger überholen und dann ebenso leicht abschütteln wie die Yunga. Niemand konnte ihn aufhalten.

Das Geräusch war leise, so leise, dass er es erst im letzten Augenblick hörte. Es kam von hinten, wie ein leiser Wind. Kemaq blickte über die Schulter und unterdrückte einen Entsetzensschrei – ein Ankay Yaya! Der Gott glitt beinahe lautlos durch die Luft, und nur das leise Rauschen seiner Flügel hatte ihn verraten. Jetzt legte er sich leicht auf die Seite, denn der Berghang stieg über dem Pfad steil auf, und er musste auf seine Flügel achtgeben. Die blonde Fremde saß auf seinem Rücken, den weißen Speer in der Hand. Die mächtigen Klauen spreizten sich – und Kemaq warf sich auf den felsigen Boden. Der Yaya rauschte vorüber und ließ ein enttäuschtes Knurren hören, als seine Klauen ins Leere griffen. Kemaq sprang auf und rannte. Die Sonne ging gerade unter, und er fragte sich, wie gut die fliegenden Götter wohl in der Dunkelheit sehen konnten. In einiger Entfernung durchschnitt der Pfad einen Felsengrat. Er lief schneller. Der Berg war auf seiner Seite, denn der Weg war viel zu schmal, als dass der Yaya hätte landen können. Sein Knie schmerzte. Es war die alte Verletzung, die er sich wegen des falschen Chimú-Chaski zugezogen hatte. Er rannte schneller, bis das Brausen wieder nah herangekommen war. Dann hielt er an, drehte sich um und warf sich gegen die Laufrichtung zu Boden. Der Ankay Yaya ließ einen überraschten Laut hören, als seine Klauen wieder nur ins Leere schnappten. Steine polterten den Hang hinab – offensichtlich hatte sein Flügel den Berg gestreift, und Kemaq hörte, dass der Gott schwer atmete, fast so wie er selbst.

Er sprang auf. Der Durchbruch war nicht mehr weit entfernt.

Erst als er fast dort war, wurde ihm mit Schrecken bewusst, dass dieser kurze Tunnel kein Schutz, sondern eine Todesfalle war: Sein Jäger hatte, warum auch immer, bislang darauf verzichtet, seine tödlichste Waffe, seinen Feueratem, einzusetzen; versteckte Kemaq sich aber in dem Felsengang, mochte der Gott es sich anders überlegen. Er würde gebraten werden wie in einem Ofen. Kemaq rannte trotzdem weiter, einfach, weil seine Beine jetzt nicht mehr stehen bleiben wollten.

Nabu schwenkte wieder auf eine enge Kurve ein. »Vor ihm liegt eine Art kurzer Tunnel, Prinzessin«, keuchte er, »wenn er auf die Idee kommt, sich darin zu verstecken, muss ich ihn ausräuchern.«

»Du willst ihn mit Feuer hinausjagen?«, fragte Mila. Nabu antwortete ihr nicht, er war völlig außer Atem, und sie begriff, dass er das nicht gemeint hatte. Sie fragte sich, warum ihr Onkel den Boten für eine so große Gefahr hielt. Was konnte er schon tun? Sie hatten die Stadt eingenommen, und mit ihren Waffen und dem Drachenorden an ihrer Seite waren die Spanier in der Lage, jedem Angriff zu trotzen. *Wir sind unbesiegbar,* dachte sie, aber der Gedanke war kein Trost. Aus einem unbestimmbaren Grund hatte sie das Gefühl, dass sie gerade dabei waren, etwas zu tun, das vollkommen falsch war – ja, etwas sagte ihr, dass es vielleicht besser wäre, den Indio laufen zu lassen – aber ihr Befehl war eindeutig. Sie lauschte auf Nabus rasselnden Atem. Er hatte sich bei seinen bisherigen Versuchen schon sehr verausgabt, und der Läufer hatte sich als außerordentlich geschickt erwiesen – oder dumm, wenn er vergaß, dass Drachen auch Feuer speien konnten. Nabu glitt nach rechts und damit von der Straße weg. »Was machst du da?«, fragte Mila stirnrunzelnd.

»Er hat den Tunnel erreicht, und ich brauche ein wenig Luft für das, was vielleicht gleich kommt.«

Der Wind, der Atem des Drachen und die Schreie der Raubvögel – sonst war alles still. Dann begannen die Flügel des Drachen wieder zu schlagen. »Er hat Glück oder Verstand, denn er hat den Tunnel wieder verlassen«, knurrte er.

»Wir brauchen einen Plan, Nabu. Mir ist nicht entgangen, dass dein Flügel wenigstens einmal die Bergwand gestreift hat. Ich denke, so werden wir ihn nicht erwischen.«

Nabu rang immer noch nach Luft, und er sprach abgehackt. »Es ist einfach. Entweder, er erreicht einen Ort, wo ich ihn zu fassen bekomme, oder er lernt mein Feuer kennen. Es wird bald dunkel.«

Nach kurzer Überlegung sagte Mila: »Dann lass uns vorausfliegen. Vielleicht finden wir eine geeignete Stelle, um ihn abzufangen.«

Nabu schnaubte und sagte dann: »Auf die einfachsten Dinge kommt man nicht. Wie gut, dass du bei mir bist.«

Dann entfernte er sich ein wenig vom Berg und flog in der Dämmerung einen weiten Bogen durch einige Wolken hindurch, um den Läufer zu überholen, ohne dass er es merkte.

Kemaqs Beine rannten, als ob sie nicht zu ihm gehören würden. Er war völlig außer Atem, aber er konnte einfach nicht langsamer werden, nicht solange der Ankay Yaya hinter ihm her war. Sein Herz raste, sein Kopf drohte zu platzen, und seine Lungen brannten. Er versuchte, sich zu beruhigen. Bislang war er seinem Verfolger entwischt, vielleicht hatte er ihn abgeschüttelt in jenem Felsengang, der nun hinter ihm lag. *Soll er wirklich glauben, dass du noch da drinnen bist?*, fragte eine innere Stimme. Kemaq stöhnte. Natürlich nicht, aber vielleicht hatte er aus einem anderen Grund aufgegeben, aus einem Grund, den er nicht kannte. War der Jäger nicht ebenso außer Atem wie er selbst gewesen? Hatten die Priester nicht geweissagt, dass die Kraft der fliegenden Götter schwinden würde, ja, dass sie bald zugrunde gehen würden? Vielleicht hatte er sich sogar verletzt, als sein Flügel den Berg gestreift hatte.

Kemaq zwang sich, etwas langsamer zu laufen. Er blickte wieder über die Schulter. Die Dämmerung war weit fortgeschritten, und der fliegende Gott war nicht mehr zu sehen. Kemaq blieb stehen, seine Beine zitterten. Erschöpft lehnte er sich an die Wand. Er beugte sich vornüber, weil er Schleim husten musste. Wie gern hätte er sich ausgeruht, aber er traute dem Frieden nicht. Vielleicht steckte der Yaya noch irgendwo dort unten in den Wolken, oder über ihm am Himmel. Er blickte auf, aber es zeigten sich nur die ersten Sterne.

Kemaq griff in den Gürtel. Pitumis Päckchen – er hatte es verloren! Er stöhnte und zwang sich, weiterzugehen. Seine Beine schmerzten, aber er fürchtete, dass das nur schlimmer werden würde, je länger er rastete. Langsam ging er los, bald fiel er in einen gemächlichen Trab, denn das war eine Bewegung, die seinen Beinen vertrauter war, sie war sogar weniger schmerzhaft als das langsame Gehen.

Der Pfad wand sich immer weiter den kahlen Hang hinauf. Die Baumgrenze hatte Kemaq schon lange hinter sich gelassen, und selbst die dünne Wolkendecke lag schon länger unter ihm. Er fragte sich, was ihn noch alles erwartete. War Rumi-Nahui schon aufgebrochen, oder hielt er die Festung auf dem Pass noch besetzt?

Langsam erholte er sich. Sein Atem wurde ruhiger, und auch seinen Beinen ging es besser. Aber das Licht wurde schwächer, und der Pfad war immer noch schmal und an manchen Stellen geradezu tückisch. Dann endlich erreichte Kemaq eine Felsplatte, die sich weit aus dem Hang hinausschob, ein Platz wie geschaffen, um eine Weile zu rasten. Über ihm glitzerten die Sterne. Kemaq zögerte – es war eigentlich zu dunkel und damit zu gefährlich, um weiterzulaufen. Vielleicht könnte er ruhen, um einen Plan zu schmieden. Er entdeckte eine Feuerstelle im Schutz der Felsen, und es sah aus, als sei der Platz erst vor Kurzem von einem ganzen Trupp Krieger genutzt worden. Kemaq fror im kalten Wind. Etwas an diesem Ort gefiel ihm nicht, etwas stimmte nicht. Er sah sich voller Unruhe um, weil er Gefahr spürte. Halb erwartete er, die schwarze Gestalt des Drachen aus dem dunklen Himmel auftauchen zu sehen, aber da waren nur die Sterne. Dann, ganz plötzlich, löste sich ein großer Felsen aus dem Hang, breitete seine Flügel aus, und mächtige Klauen schossen nach vorn, um ihn zu fangen.

»Hast du ihn?«, rief Mila.

»Fest und sicher«, antwortete Nabu. Er klang sehr zufrieden.

»Ich höre ihn nicht – hast du ihn verletzt?«, fragte sie besorgt.

»Gut möglich, Prinzessin. Ich nehme aber an, er ist nur in Ohnmacht gefallen, oder er stellt sich tot.«

Sie sausten durch die Dunkelheit talwärts. Der Wind ließ Milas Haare flattern. Sie fühlte sich erleichtert, dass sie den Boten nicht hatten töten müssen. »Was werden sie mit ihm machen?«, fragte sie nach einer Weile.

»Ich nehme an, dein Onkel wird wissen wollen, was sein Auftrag war, ob hier noch Krieger in den Bergen versteckt sind und derlei mehr. Ich kann dir übrigens mitteilen, dass unser Wild erwacht ist. Es zappelt in meinen Klauen. Sag ihm, er soll sich ruhig verhalten, sonst lasse ich ihn fallen.«

»Keine Angst!«, rief Mila in Quechua hinunter. »Er wird dir nichts tun. Hast du verstanden?«

Sie bekam keine Antwort.

»Vielleicht schüchtern?«, meinte der Drache und klang ziemlich vergnügt.

»Du solltest ihn nicht verspotten, Nabu«, meinte Mila.

»Ach, er versteht mich doch nicht«, erwiderte Nabu. »Das war eine schwere Jagd, Prinzessin. Ich hoffe, es stört dich nicht, wenn ich stolz auf unseren Erfolg bin.«

Mila lachte. »Ich bin auch froh, dass es so ausgegangen ist, aber du hast ihn gefangen, nicht ich«, rief sie.

»Da bin ich anderer Meinung, Prinzessin, aber warte, wir sind schon fast da. Ich sehe die Lagerfeuer auf dem Platz, aber auch vor der Stadt.«

»Und die Drachen?«

»Ah, sie sind bei den Lama-Pferchen«, meinte Nabu.

»Ihr seid ganz schön verfressen«, rief Mila gut gelaunt.

»Wenn du den ganzen Tag schwer gepanzerte Ritter auf dem Rücken tragen müsstest, Prinzessin, wärst du auch hungrig«, gab Nabu würdevoll zurück.

Mila schmiegte sich an seinen Hals. Es kam nicht oft vor, dass sie so sorglos miteinander flogen. Diese Heiterkeit war gar nicht angebracht, das war ihr bewusst, und ganz bestimmt würde es auch nicht so bleiben, und genau deshalb genoss sie dieses Gefühl.

Es war wie in einem finsteren Traum. Der Ankay Yaya hatte ihn mit seinen Klauen gepackt, und dann war es dunkel geworden. Als Kemaq wieder erwachte, fand er sich eingezwängt in den harten Griff des fliegenden Gottes und stellte erschrocken fest, dass er hoch in der Luft war. Die blonde Fremde hatte ihm auf Quechua zugerufen, dass ihm nichts geschehen würde, aber das konnte er nicht glauben. Er flog rücklings und drehte jetzt den Hals, um zu sehen, wo sie waren, denn er sah Feuerschein und roch den Qualm des immer noch schwelenden Waldbrandes. Sie mussten nahe an Tanyamarka sein. Dann wurde der fliegende Gott langsamer, offenbar setzte er zur Landung an.

»Achtung«, rief ihm die Fremde zu, »er lässt dich jetzt los.«

Bevor Kemaq richtig begriff, was das bedeutete, löste sich der feste Griff, und er fiel. Er fiel nicht tief, aber hart. Stöhnend lag er auf dem Boden, während der fliegende Gott noch ein paar Schritte weiterflog und dann landete. Kemaq rappelte sich auf. Er fand sich innerhalb der Steinmauern eines Pferchs wieder. Ein paar Yunga stürmten durch den schmalen Eingang. Sie packten ihn, hoben ihn an, und einer hielt ihm sein steinernes Messer an den Hals. Dann aber erschien die Fremde. »Glaubt ihr, wir haben ihn mit so viel Mühe gefangen, damit ihr ihn jetzt tötet?«, herrschte sie die Krieger an, und die Klinge verschwand von seinem Hals.

Der böse Traum, in dem Kemaq sich gefangen fühlte, ging jedoch weiter. Er wurde in den Palast des Curaca geschleift und von den Anführern der Fremden ausgefragt. Er erkannte sie wieder. Einer war der würdevolle Anführer der Männer, die mit den *Drachen* gekommen waren, der andere war jener hässliche Mann, den er auf den Straßen von Chan Chan gesehen hatte, wo er Männer, Frauen und Kinder hatte töten lassen. Sie fragten ihn aus und brüllten ihn an, in der Sprache, die er nicht verstand. Erst allmählich drang auch die Stimme der Übersetzerin an sein Ohr. Er dachte nicht, dass sie wirklich übersetzte, denn ihre Stimme klang so viel sanfter als die Stimmen der Männer, ihr Tonfall war viel freundlicher, und er sah sie fragend an. Dann wurde ihm bewusst, dass sie blind war, und er sagte: »Verzeih, Herrin, aber ich habe die Frage nicht verstanden.« Eigentlich hatte er sie nicht einmal gehört.

Mila kam die Stimme des Läufers bekannt vor. Sie fragte: »Bist du nicht jener Läufer, der uns vor Caxamalca die Botschaft des Inka gebracht hat? Ich erkenne deine Stimme wieder.«

»Der bin ich, Herrin«, erwiderte er.

Sie übersetzte kurz und bemerkte mit leichter Genugtuung, dass den Sehenden nicht aufgefallen war, was sie gleich bemerkt hatte.

»Wenn er schon dort für den Inka lief, dann ist er kein gewöhnlicher Läufer«, meinte Hernando Pizarro. »Wir müssen wissen, welche Botschaft er zu übermitteln hatte, Condesa, und auch, an wen.«

Als Mila übersetzt hatte, sagte der Bote: »Gar keine, Herrin.«

»Aber du musst doch einen Auftrag gehabt haben«, fragte sie stirnrunzelnd. Dachte er vielleicht, sie würde nicht merken, dass er sie anlog, nur weil sie blind war?

»Einen Auftrag, ja, Herrin, doch keine Botschaft«, sagte der Mann jetzt.

Mila seufzte. Entweder, der Mann war sehr dreist oder ziemlich beschränkt. Sie neigte zur zweiten Annahme, denn in seiner Stimme lag Verwirrung, keine Falschheit. Auf ihr Nachfragen antwortete er: »Ich sollte den Kriegern, die dort oben in der Festung sind, befehlen, herunterzukommen, um die Stadt zu verteidigen.«

»Wie viele Krieger sind in dieser Festung und wie stark ist sie befestigt?«, fragte sie, ohne erst zu übersetzen.

Plötzlich platzte Don Hernando heraus: »Seid froh, dass Ihr ihn nicht sehen könnt, diesen Wilden, er starrt Euch an, als habe er noch nie im Leben eine Frau gesehen. Sollen wir nachsehen, ob sich auch in seinen Lenden etwas regt?«

Kemaq musterte sie verstohlen. Sie sah blass aus, verglichen mit Pitumi, aber die Farbe ihres Haares war berückend. Sie musste die Frage wiederholen, weil er nicht zugehört hatte. Plötzlich lachten die Männer auf eine Art, die Kemaq kannte. Es klang so, als habe jemand eine anzügliche Bemerkung gemacht, und tatsächlich errötete die Fremde, bevor der Würdevolle den Hässlichen scharf anfuhr. Kemaq blickte beschämt zu Boden, dann sagte er schnell: »Ich war noch nie in der Festung, aber ihre Besatzung ist eigentlich nicht sehr groß.«

»Eigentlich?«, fragte die Fremde, ohne erst zu übersetzen. Sie wirkte jetzt hochgradig verärgert, und Kemaq hoffte, dass ihr Zorn dem hässlichen Fremden und nicht ihm galt.

»Es sind mehr Krieger dort oben als sonst«, sagte er. Natürlich fragten die Fremden nach einer genauen Zahl der Krieger, und Kemaq, der kein geübter Lügner war, sagte die erste Zahl, die ihm einfiel: »Es sind wohl zweihundert.«

Plötzlich mischte sich ein Mann ein, der sich bis dahin im Hintergrund gehalten hatte. Er war schmächtig, recht alt, auf keinen Fall ein Krieger, und er verbreitete einen eigenartigen, ungesunden Geruch. Er schien die Männer um eine Erlaubnis für irgendetwas zu bitten, die ihm mit einem Schulterzucken gewährt wurde.

»Was kannst du mir über Tamachoc erzählen?«, fragte ihn der Fremde. Er lächelte, aber seine Augen wirkten sehr unruhig und kalt. Kemaq misstraute ihm sofort. Doch was sollte er ihm antworten? »Tamachoc ist einer unserer Götter«, sagte er vorsichtig.

»Und welche Gestalt hat er?« Der Fremde sprach Quechua nicht besonders gut, und er schien die richtigen Worte erst suchen zu müssen.

»Er gleicht einer gefiederten Schlange«, antwortete Kemaq und fragte sich, welchen Sinn diese Frage haben konnte.

»Wurde er früher in der Mine verehrt, die ich unterhalb der Stadt fand?«, fragte der Fremde weiter.

Kemaq versuchte, sich nicht anmerken zu lassen, wie sehr ihn diese Frage beunruhigte. »Nein«, sagte er schlicht.

Die Freundlichkeit wich aus dem Gesicht dieses merkwürdigen Fremden. Er warf Kemaq einen feindseligen Blick zu und wandte sich dann in seiner eigenen Sprache wieder an die Anführer, die seine Beschwerden – Kemaq hielt seine Worte jedenfalls für solche – erneut mit einem Schulterzucken abtaten. Offensichtlich nahmen sie diesen Mann nicht sehr ernst. Kemaq war besorgt. Wenn dieser Fremde einen Zusammenhang zwischen der Mine und Tamachoc sah, dann wusste er vielleicht schon mehr, als er durfte. Er nahm sich vor, den Mann im Auge zu behalten – sofern das überhaupt möglich war. Der harte Griff zweier Yunga-Krieger erinnerte ihn daran, dass er ein Gefangener war, und er hatte keine Ahnung, was die Fremden mit ihm machen würden.

Mila hörte Don Hernando herzhaft gähnen. Dieser Mann war unfassbar ungehobelt, und seine Bemerkung über den armen Indio … Mila schüttelte den Kopf. Er war es nicht wert, sich über ihn zu ärgern. »Ich weiß nicht, was Ihr habt, Meister Albrecht«, sagte der Konquistador jetzt, »die Mine ist hier, und Ihr seid doch nur noch ein oder zwei Sprengungen von der so heiß ersehnten

Silberader entfernt. Was soll nun wieder das Gerede von diesem Heidengötzen?«

»Aber wenn ich es Euch sage, Don Hernando, es liegt weit mehr in diesem Berg als Silber, und die Indios wissen etwas darüber. Und ihr Gott Tamachoc hat damit zu tun, so viel weiß ich schon.«

»Gut, Meister Albrecht, hört zu: Ich habe Alvarez, meinem Artilleristen und Sprengmeister, schon mitgeteilt, dass er Euch ab sofort zur Verfügung stehen soll. Außerdem könnt Ihr so viele Indios haben, wie Ihr braucht, um die Mine freizulegen. Was wollt Ihr denn noch?« Der Konquistador klang ziemlich gereizt. Die anderen Männer im Saal wirkten abgekämpft und müde, was kein Wunder war, hatten sie doch an einem Tag zwei Schlachten geschlagen. Nur der Alchemist schien frisch, als habe er an den Anstrengungen des Tages nicht teilgenommen. Mila hörte, dass der Gelehrte zu einer Antwort ansetzte, aber dann innehielt, seufzte und sagte: »Ihr habt Recht, verzeiht bitte, Don Hernando, es ist die Aufregung, dass wir endlich gefunden haben, was wir gesucht haben.«

»Was Ihr gesucht habt, wolltet Ihr wohl sagen«, brummte Pizarro. »Ich hoffe für Euch, dass diese Silbermine den ganzen Aufwand wert ist. Doch jetzt entschuldigt uns, meine Hauptleute und ich, wir haben noch viel zu besprechen. Die Stadt mag in unserer Hand sein, doch ist noch viel zu tun, damit es auch so bleibt.«

Mila hielt diesen Grund für nicht sehr stichhaltig und damit für vorgeschoben. Die Spanier wollten unter sich sein, warum auch immer, aber sie folgte ihrem Großonkel und Sir William hinaus.

»Das war recht beeindruckend, Lady Milena«, lobte Sir William, als sie draußen auf dem Platz vor dem Palast des Curaca waren.

»Die Übersetzung?«, fragte Mila verwirrt.

»Ich dachte eher an Euren Jagderfolg, aber die Übersetzung war zweifellos ebenfalls hervorragend«, sagte der Engländer, klopfte ihr lachend auf die Schulter und ging davon.

»Das Lob sollte Nabu, nicht mir gelten«, meinte sie, als der Ritter schon fort war.

»Du solltest es dennoch annehmen«, sagte ihr Großonkel, »es zeigt, dass sie dich anerkennen. Wenn du hinaus zu Nabu gehst, bestelle ihm dennoch meine Hochachtung für den Erfolg. Ich habe gesehen, wie schmal der Pfad ist, und wie gefährlich daher diese Jagd gewesen sein muss. Jeder andere Drache – und jeder andere Ritter – hätte den Boten vermutlich einfach getötet.«

»Viel wusste er jedoch nicht, Onkel«, sagte Mila.

»Ich denke, er weiß mehr, als er sagte. Den Spaniern wäre das sicher auch aufgefallen, wenn ihre Gedanken nicht von der Gier nach dem Silber abgelenkt wären. Und diese Bemerkung von Don Hernando war reichlich unpassend.« Er klopfte ihr ebenfalls auf die Schulter und sagte dann: »Don Hernando ist ein grober Klotz, weit mehr Schweinehirt als sein Bruder, und das wird sich auch nicht mehr ändern, fürchte ich, aber ich glaube, dieser Indio hat wirklich deine Schönheit bewundert. Du kannst es ihm nicht verdenken, denn er hat wohl noch nie zuvor eine blonde Frau gesehen. Doch jetzt entschuldige mich, denn Fray Celso wollte mich in einer offenbar dringenden Angelegenheit sprechen.«

Mila blieb vor dem Palast stehen und lauschte, wie die Schritte ihres Onkels sich entfernten. Im Inneren des Gebäudes wurde rau gelacht, und noch immer wehte der Rauch des schwelenden Waldbrandes über die Stadt, ansonsten war es geradezu friedvoll still. Mila wusste, wie trügerisch dieser Eindruck war. Es waren viele Indios getötet worden, und selbst die Spanier hatten zwei Verwundete zu beklagen, das hatte ihr Sir William in seiner kühlen Art beinahe beiläufig erzählt. Die Menschen in dieser Stadt mussten sie hassen, aber Mila hatte bislang keinerlei Feindseligkeit in ihnen gespürt oder von den Dienern, die im Palast ihren neuen Herren aufwarteten, auch nur ein Wort der Bitterkeit gehört. Sie fügte das zu den vielen seltsamen Dingen hinzu, die sie an diesem Land nicht verstand. Da hörte sie zwei Stimmen aus dem Palast. Die Männer mussten sich in der Nähe des Einganges aufhalten. Mila wollte nicht lauschen, aber dann erkannte sie die hastige Stimme des Alchemisten und den schleppenden, dumpfen Tonfall Balian von Wolfeggs wieder. Sie hatte sich schon so lange gefragt, was diese beiden Männer miteinander verband, dass sie der Versuchung einfach nicht widerstehen konnte.

Etwa ein Dutzend Schritte vom Eingang entfernt standen zwei Spanier Wache. Mila hatte sie gehört, wie sie sich müde halblaute Bemerkungen zuwarfen. Aber diese beiden Spanier verfügten nicht über ihr ausgezeichnetes Gehör. Wenn Mila sich unauffällig näher an den Eingang heranschob, würden sie nicht auf den Gedanken kommen, dass sie jemanden belauschte. Natürlich bestand die Gefahr, dass sie sich irgendwann fragten, warum sie so unentschlossen vor dem Eingang herumstand. Am schlimmsten wäre es, wenn einer von ihnen auf den Gedanken käme, der armen Blinden seine Hilfe anzubieten, in dem Glauben, sie fände ihren Weg nicht. Unter diesen Gedanken hatte Mila den Eingang fast erreicht. Sie hielt sich an der Mauer, damit sie von drinnen nicht gesehen werden konnte, und hörte jetzt Ritter Balian in vorwurfsvollem Ton sagen: » … sie ist aber auch bei weitem nicht so genau, wie Ihr versprochen hattet.«

Der Alchemist rechtfertigte sich: »Diese Technik ist neu, und ich hatte nicht viel Gelegenheit, mich mit den Zügen zu befassen. Aber vielleicht gebricht es Eurem jüngeren Bruder auch einfach an der erforderlichen ruhigen Hand. Auch war die Entfernung recht groß.«

Mila runzelte die Stirn. Züge? Was war damit gemeint?

»Vorsicht, Albrecht, Ihr begebt Euch auf dünnes Eis, wenn Ihr versucht, das Versagen Eurer Waffe auf meinen Bruder zu schieben! Doch lassen wir das, bevor …« Der Rest des Satzes ging im halblauten Lachen der beiden Wachen unter. Offenbar hatte einer der beiden eine witzige Bemerkung gemacht. Mila wünschte sich, sie würden sich wieder beruhigen. Da sie das offenbar aber nicht vorhatten, war Mila gezwungen, sich noch näher an den Eingang heranzutasten.

»… hoffe ich, Ihr seid wenigstens sicher, was diese Mine angeht«, hörte sie Balian jetzt sagen.

»Sicher bin ich, dass die Mine uns alle reich machen wird – Euch, die Pizarros und sogar den Kaiser. Was aber das Geheimnis hinter dem Silber betrifft, so kann ich Euch sagen, dass alles, was ich bisher in Erfahrung bringen konnte, meine Zuversicht steigert, dass wir den Azoth dort drinnen finden werden, Balian, und die Macht, die demjenigen zuteilwird, der diesen Stein in die Hände bekommt, wird Eure kühnsten Erwartungen noch weit übertreffen.«

Mila hörte Balian missmutig schnauben. »Schöne Worte, ich hoffe, ich bekomme mehr als schöne Worte für all das Gold, das mich Eure sogenannte Wissenschaft schon gekostet hat, Meister Albrecht!«

Der Ritter hatte den Gelehrten finanziert? Mila lauschte mit offenem Mund. Das erklärte vieles. Aber was versprach er sich davon?

Plötzlich zischte der Alchemist und flüsterte: »Habt Ihr das gehört?«

Mila hielt den Atem an. Hatten sie sie etwa bemerkt? Sie begann, sich vorsichtig vom Eingang zu entfernen.

Sie hörte, wie drinnen eine stählerne Klinge langsam aus der Scheide gezogen wurde. Die beiden Männer waren verstummt, und Mila tastete sich vorsichtig die Mauer entlang. Wenn sie sich den Palast und den Platz richtig eingeprägt hatte, dann waren es gute zwanzig Schritte bis zur nächsten Ecke. So lange gab es keine Nische und kein Versteck, und wenn die beiden Wächter sie bemerkten, würde es sehr schwer werden, ihre Anwesenheit plausibel zu erklären. Sie schlich langsam weiter.

Sie war jetzt zu weit entfernt, um noch zu hören, was drinnen vorging. Die beiden Männer mussten nur auf die Idee kommen, vor die Tür zu treten, und sie wäre verloren. Warum war es auch ausgerechnet jetzt so still in der Stadt? Warum wurde im Palast nicht mehr so rau gescherzt wie vorhin? Die rettende

Ecke schien und schien nicht zu kommen, und ein einziger Stein, den Milas Füße vielleicht lostraten, konnte sie verraten. Sie hörte die beiden Wachen miteinander flüstern – war sie etwa entdeckt worden? Sie verfluchte ihre Blindheit, denn sie hatte zwar bemerkt, dass die beiden Wachen an einem Feuer saßen, doch hatte sie keine Vorstellung davon, wie viel Licht dieses Feuer abgab. Außerdem konnte sonst irgendwo auf dem Platz jemand stehen und sie sehen, jemand, der einfach außer Hörweite war. Sie war leichtsinnig gewesen, das gestand sie sich jetzt ein. Das Flüstern wurde etwas lauter – und plötzlich durch erneutes Gelächter beendet. Offenbar hatten die beiden nur miteinander gescherzt. Mila schickte ein Dankgebet in den Himmel und huschte, eine Hand an der Mauer, rasch bis zur Ecke. Sie war kaum in Sicherheit, als sie Balian hörte, der herausgetreten war und die beiden Spanier am Feuer anfuhr, was es denn da zu lachen gäbe. Ihr Herz klopfte wie wild. Sie wusste, dass sie einer wichtigen Sache auf der Spur war, aber sie verstand nicht, wie das alles zusammenhing. Es schien, als hätte sie endlich die Verbindung zwischen Balian und Meister Albrecht gefunden – es war Gold. Doch warum der Ritter dem Alchemisten Gold gab und was er sich davon erwartete oder schon bekommen hatte, das wusste sie noch nicht.

Mit Einbruch der Dunkelheit war es kalt geworden, und der beißende Brandgeruch, der vom Wald nach Tanyamarka zog, verstärkte die Trostlosigkeit noch, die Kemaq empfand. Seine Bewacher, einige Yunga, die von einem der Fremden angeführt wurden, brachten ihn durch das Nordtor vor die Stadt. Yunga wärmten sich an einigen Wachfeuern an den Pferchen für die Lamas, und in eine dieser gemauerten Einfriedungen wurde Kemaq nun hineingestoßen. Der Pferch war voller Menschen. Kemaq hörte gedämpftes Stöhnen, offenbar von Kriegern, die während der Schlacht verwundet worden waren.

»Ich kenne dich nicht«, begrüßte ihn eine Stimme im Halbdunkel. »Gehörst du zu etwa zu den Kriegern von Rumi-Nahui, der uns im Stich gelassen hat?«

Kemaq konnte die Verbitterung des Mannes verstehen, und er sagte: »Ich bin nur ein Läufer aus Tikalaq, auch wenn die Wurzeln meiner Familie hier in dieser Stadt liegen sollen.«

»Ein Marachuna also, doch das beantwortet meine Frage nicht«, entgegnete der andere.

»Er ist ein Gefangener, so wie wir, warum lässt du ihn nicht einfach in Ruhe?«, fragte ein Dritter, dessen Haar weiß vom Alter war.

Der andere schnaubte unwillig und zog sich in die Schatten der Mauer zurück.

»Komm näher, Freund«, sagte der Weißhaarige. »Ich würde dir Platz am Feuer anbieten, doch gönnen uns die Wachen keines. Es sind Yunga, Menschen wie wir, doch sie sind grausamer zu uns als die Fremden. Und leider kommst du auch zu spät, als dass wir mit dir unser Essen teilen könnten, denn es war doch so wenig, dass nichts mehr übrig ist.«

Kemaq folgte ihm und fand sich bald zwischen einigen Männern wieder, die, wie er anschließend erfuhr, nicht viel mehr verband als die gemeinsame Gefangenschaft. Der eine züchtete Lamas, der andere baute Bohnen an, zwei waren Steinhauer, und der Alte selbst, Yuraquiwa mit Namen, war ein Diener im Palast des Curaca gewesen. Aber als er das erzählte, war es so, als würde er ihm etwas verheimlichen, und ein paar halblaute Bemerkungen im Kreis brachten Kemaq bald zu der Vermutung, dass der Diener vielleicht nicht nur im Palast, sondern auch im Tempel Tamachocs gedient hatte. Aber hatte Payakmama nicht erzählt, dass die Priester alle von Huáscar Inka getötet worden waren?

Er fragte sich, ob es der Alten gut ging, ob sie diese fremden Herren wohl ebenso überleben würde wie all die vorherigen, und er fragte sich, was aus Pitumi geworden war. Sie hatte gesagt, sie würde die Stadt nach Einbruch der Dunkelheit verlassen. Nebel zog auf. Ob dieser der Tochter des Wolkenvolkes dabei behilflich sein würde? Kemaq fror, und einer seiner Nachbarn bot ihm ein Stück seiner Decke an. Wenigstens Feuer hätte man ihnen doch gönnen können.

Nach einer Weile stand Kemaq auf und begutachtete unauffällig ihr Gefängnis. Es war für Lamas gebaut, eine Mauer aus Steinen, ohne Mörtel kunstvoll ineinandergefügt, wie es eben die Art der Steinleute war. Sie war nur schulterhoch, und wären die Wachen nicht gewesen, hätte er leicht entkommen können. Aber drei Wachfeuer brannten, und die Yunga saßen dort und warteten, und ein Stück unterhalb brannten weitere Feuer. In einem benachbarten Pferch hatten die Fremden ihre vierbeinigen Wesen untergestellt, und auch dieser Pferch war bewacht. Kemaq überlegte, ob er nicht vielleicht später einen Fluchtversuch wagen sollte. Vielleicht gegen Morgen? Wenn er es in den Wald schaffte, durch den sich immer noch gemächlich das Feuer fraß, dann konnte er entkommen. Doch wozu? Der Pfad in die Berge war sicher bewacht, den konnte er nicht einschlagen. Kemaq setzte sich wieder auf seinen Platz und blickte zum Berg, der sich schwarz vor dem Sternenhimmel erhob. Er war sich nicht sicher, doch ihm war, als würde er dort zwischen den Sternen ein flackerndes Licht, wie von einem Feuer, sehen. Ob er vielleicht doch irgendwie hinaufgelangen konnte?

»Was überlegst du, Chaski?«, fragte eine weiche Stimme.

Er fuhr herum. »Pitumi?«, fragte er verblüfft.

»Nicht so laut, Chaski, viele der Gefangenen schlafen, und du willst sie doch nicht wecken.«

»So bist du auch gefangen, Pitumi?«, fragte er, und dieser Gedanke hatte etwas Lähmendes.

Die Chachapoya beantwortete die Frage nicht, sondern sagte stattdessen: »Ich habe endlich mit den Vergessenen sprechen können. Sie werden gegen die Fremden kämpfen, wenn sie es wagen, die Berge zu überqueren.«

»Aber was können sie schon ausrichten?«, erwiderte Kemaq niedergeschlagen.

Pitumi lachte leise. »Ihre Waffen sind ganz anderer Art als die der Inka oder der Fremden. Die Ankay Yayakuna haben dich gefangen und daran gehindert, diesen heiligen Auftrag zu erfüllen. Das werden sie bereuen.«

Kemaq starrte sie im Dunkeln an – sie sprach ruhig, aber er spürte ihren großen Zorn.

Eine Weile saßen sie schweigend nebeneinander. Dann sagte Kemaq: »Ich habe daran gedacht, zu fliehen, wenn der Nebel dichter wird, Pitumi.«

Er sah nur ihren schwarzen Umriss, aber er war sich fast sicher, dass sie lächelte, als sie antwortete: »Du glaubst, der Nebel würde dir helfen? Du bist doch kein Chachapoya, Chaski.«

»Machst du dich über mich lustig?«, fragte er verärgert.

Sie seufzte. »Nein, gewiss nicht. Du bist unsere größte Hoffnung, Kemaq, und ich bin hier, um dir etwas zu sagen.« Sie schwieg einen kurzen Augenblick, dann sagte sie: »Ich habe erfahren, dass die Fremden die Mine öffnen wollen.«

»Aber dann finden sie …« Kemaq konnte den Satz nicht beenden, denn Pitumi drückte ihm so hart den Arm, dass er beinahe aufgeschrien hätte.

»Keine Sorge, sie suchen nicht den Weg, sondern nur das Silber. Doch kann es sein, dass sie dir den Pfad öffnen. Deshalb solltest du in der Nähe sein, wenn sie dort arbeiten.«

»Und wie soll ich das anstellen? Wir sind doch Gefangene, Pitumi.«

Sie lachte leise. »Glaubst du etwa, sie haben vor, sich selbst die Hände schmutzig zu machen? Nein, sie werden Menschen brauchen, Gefangene wie dich. Du musst versuchen, zu denen zu gehören, die dort arbeiten, verstehst du?«

Kemaq nickte, und die Chachapoya ließ seinen Arm los. »Gut«, sagte sie, »aber sprich mit niemanden über das, was ich dir gesagt habe, Chaski.«

»Aber die anderen hier …«, begann Kemaq und deutete mit ausladender Geste in die Runde. Er brachte auch diesen Satz nicht zu Ende, weil er verblüfft feststellte, dass sie alle schliefen.

»Das ist der Nebel«, flüsterte Pitumi und erhob sich. »Er macht müde.«

»Wo gehst du hin?«, fragte Kemaq.

Sie flüsterte: »Es ist noch viel zu tun, Chaski, gib gut auf dich Acht.« Dann schlich sie davon. Kemaq starrte ihr verwirrt hinterher. Was sollte es denn hier zu tun geben? Sein Blick folgte ihr, bis ihr Schatten mit dem der Mauer verschmolz. Seine Augen blieben auf diese Stelle gerichtet, weil er darauf wartete, dass sie wieder auftauchen würde. Aber so lange er auch dort hinüberstarrte, er bekam sie nicht mehr zu sehen.

44. Tag

Als Mila sich am Morgen erhob, war die Stadt schon voller Leben. Sie hatte nicht gut geschlafen, was vielleicht daran lag, dass sie zum ersten Mal seit Tagen wieder in einem geschlossenen Raum übernachtet hatte. Ruiz hatte ihren Schlaf bewacht, und er war übellaunig, aus einem Grund, den Mila noch während des kargen Frühstücks erfuhr: »Ich bin abkommandiert, von Eurem Onkel, Condesa, und muss hinunter zur Mine gehen und die Indios bewachen. Dabei hatte ich gehofft, diese elende Marschiererei sei endlich vorbei, und ich könnte mir etwas Ruhe gönnen.«

»Ich dachte, das Bergwerk sei gar nicht so weit von der Stadt entfernt, Ruiz«, erwiderte Mila. Ruiz seufzte: »Ja, das mag Euch so scheinen, da Ihr den ganzen Weg auf dem Rücken eines Drachen zurückgelegt habt, Condesa, aber meine armen Füße mussten Legua für Legua durch dieses große Land laufen, und sie verlangen nach Erholung! Man hat mir gesagt, dass die Welt eine Kugel ist, und ich bin sicher, und die Heiligen sind meine Zeugen, wenn wir noch viel weiter marschieren, dann sind wir einmal ganz herum und stehen plötzlich wieder in Sevilla, wo wir aufgebrochen sind!«

Alles Lamentieren half jedoch nicht, und nachdem er Mila in ihre Rüstung geholfen hatte, brach Ruiz murrend zum Dienst auf. Mila hörte, dass Drachen draußen auf dem Platz waren, aber es zog sie nicht hinaus. Sie wollte für eine Weile die Stille des Hauses und die Geborgenheit seiner Mauern genießen, aber als sie dann daran dachte, dass die Bewohner möglicherweise ihretwegen daraus vertrieben worden waren, bekam sie ein schlechtes Gewissen und hatte es plötzlich doch eilig, es zu verlassen. Sie schlug das schwere Tuch, das den Eingang verdeckte, zur Seite, und sofort stieg ihr Brandgeruch in die Nase. Offenbar hatte auch die vergangene kalte Nacht mit ihrem Nebel es nicht vermocht, das schwelende Feuer im Wald zu löschen. Es war ruhig in der Stadt, sie hörte Marduk und Nabu und auch Schamasch auf dem Platz, und sie hörte ihren Onkel und Sir William mit Hernando Pizarro reden. Sie standen wohl vor dem Palast. Mila schlenderte zu Nabu hinüber.

»Du siehst nicht aus, als ob du besonders gut geschlafen hättest«, begrüßte er sie.

»Danke für das Kompliment«, erwiderte Mila verdrossen.

»Wenigstens hattest du es warm«, meinte der Drache. »Da draußen, vor der Stadt, wurde es doch erbärmlich kalt. Wir hatten sogar Frost, wenn ich mich nicht täusche.«

Mila nickte zerstreut. Sie versuchte herauszuhören, worüber Don Hernando auf der anderen Seite des Platzes mit Sir William und ihrem Onkel diskutierte, und fragte: »Was ist denn los, dass sich die Herren schon am frühen Morgen streiten müssen?«

»Die Wachen haben gemeldet, dass oben auf diesem Berg in der Nacht ein Feuer zu sehen war«, erwiderte Nabu nachdenklich. »Eigentlich sind Maximilian und dieser Pizarro einer Meinung, nämlich, dass es sich lohnen könnte, der Sache auf den Grund zu gehen, sie sind nur uneins, wessen Idee es war, William und Schamasch dort hinaufzuschicken.«

»Und darüber streiten sie jetzt?«, fragte Mila kopfschüttelnd. Sie hatte das Bild des Berges, das ihr Nabu gezeigt hatte, noch gut im Gedächtnis, und fragte deshalb: »Kann Schamasch überhaupt diese Höhe erreichen?«

Nabu schnaubte. »Unter normalen Umständen nicht, schon gar nicht zu so früher Stunde, aber der brennende Wald könnte für den Aufwind sorgen, den sonst erst die Sonne nach vielen Stunden bringt. Wenn sie klug wären«, fuhr Nabu fort, »würden sie

Schamasch ohne Reiter fliegen lassen, aber auf den Gedanken kommen sie natürlich nicht.«

»Vielleicht sollte es ihnen jemand sagen«, schlug Mila vor.

»Wenn du Lust darauf hast, in ein Gewitter zu geraten, dann nur zu«, meinte Nabu. »Ich glaube, Maximilian ist noch wegen etwas anderem sehr zornig auf die Spanier, aber ich weiß nicht, was das ist.«

Mila lauschte hinüber, aber die Drachen waren unruhig, und der Wind stand ungünstig, und so hörte sie nicht, was gesagt wurde. Der Tonfall sagte ihr jedoch, dass der Drache Recht hatte: Ihr Onkel war von Zorn erfüllt.

Bald darauf hörte sie die Schritte der Männer, die über den gepflasterten Platz zu den Drachen kamen. Schamasch begrüßte einen von ihnen mit einem erfreuten Schnauben.

»Denkt daran, wir wollen nur einen Bericht, Bruder William«, mahnte der Hochmeister.

»Findet heraus, ob die dort oben eine Gefahr für uns sind«, fügte Don Hernando hinzu, als wolle er unbedingt das letzte Wort haben.

»Das habe ich durchaus verstanden«, gab Sir William etwas gallig zurück, als er aufgesessen war. Er schnalzte mit der Zunge, und Mila hörte, wie sich der Drache abstieß. Schon griffen seine Flügel aus, und er zog mit einem hellen Ruf davon. Mila hörte ihn noch einmal rufen, aus Richtung Wald, und dann meldete Nabu, dass Schamasch begann, sich in die Höhe zu schrauben. Mila hätte das gerne gesehen, aber sie wollte Nabu jetzt nicht bitten, die Verbindung zu ihrem Inneren Auge herzustellen. Stattdessen entschloss sie sich, mit ihrem Onkel zu sprechen. Vielleicht würde sie ergründen können, warum er so zornig war.

Schon im Morgengrauen war Kemaq unsanft aus dem Schlaf gerissen worden. Seine Glieder waren steif gefroren, aber darauf nahmen die Fremden wenig Rücksicht. Bewacht von den Yunga, wurden sie über die Ebene und dann einen Hang hinuntergeführt, bis vor ihnen ein großer Felssturz aufragte.

»Was ist das?«, fragte Kemaq Yuraquiwa, den weißhaarigen Tempeldiener, der neben ihm lief.

»Unter diesen Felsen hat Huáscar Inka das Bergwerk begraben«, antwortete dieser mit einem Stirnrunzeln.

Kemaq ging ein Licht auf. »Dann hat Pitumi Recht – sie wollen die Mine freilegen!«, rief er.

»Wer?«

»Die Chachapoya, die letzte Nacht zu uns kam«, erklärte Kemaq.

»Wann?«, fragte Yuraquiwa und sah ihn seltsam an.

»Ich glaube, du hast schon geschlafen«, gab Kemaq halblaut zurück.

»Aber es war keine Frau unter den Gefangenen, die hätte ich doch bemerkt«, erwiderte der Alte kopfschüttelnd.

Kemaq starrte ihn an. Er hatte Pitumi bisher auch nicht wiedergesehen. Hatte sie sich in Luft aufgelöst, oder hatte er ihre Begegnung nur geträumt?

Der Fremde mit dem unangenehmen Geruch kletterte auf einen der Felsen und begann zu sprechen. Er bestätigte, was Kemaq vermutet hatte: Die Fremden wollten das Bergwerk freilegen – und den Gefangenen war es bestimmt, den größten Teil dieser Arbeit zu übernehmen.

»Dieser Mann … fällt dir etwas auf?«, fragte Yuraquiwa leise.

Kemaq schüttelte den Kopf. Der Mann redete und redete, und es wirkte unzusammenhängend. Er sprach davon, dass sie nicht genug Werkzeug hatten, warnte sie davor, davonzulaufen, und mahnte sie zu fleißiger Arbeit, weil sie nur dann auch gutes Essen bekämen. Er wirkte rastlos.

»Kuka«, meinte Yuraquiwa trocken. »Ich bin sicher, der Mann hat Kuka zu sich genommen, und zwar zu viel davon, wenn du mich fragst.«

Kemaq wunderte sich, dass er nicht selbst darauf gekommen

war. Deshalb also war der Fremde so unermüdlich: Er hatte die heilige Pflanze gekostet.

»Sie sind schlau, diese Fremden«, brummte einer, der hinter Kemaq stand und wohl zugehört hatte.

»Sie sind gierig«, widersprach Yuraquiwa, »sie nehmen alles, was sie wollen. Und jetzt wollen sie unser Silber.«

»Das heißt, sie öffnen den Pfad«, murmelte Kemaq.

»Was weißt du von …?«, begann der Diener und verstummte, weil über ihnen einer der fliegenden Götter erschien und einen lauten Ruf ertönen ließ. Es war, als wolle er sie zur Eile treiben, aber als Kemaq seinen Flug verfolgte, sah er, dass er über dem Wald kreiste und in weiten Schleifen langsam an Höhe gewann. Es schien, als wolle er hinauf zu der alten Chachapoya-Festung.

Dann erschienen die Yunga und schickten die ersten Männer hinunter, dahin, wo die Werkzeuge lagen. Die Gefangenen wurden eingeteilt. Einige bekamen Hacken, um ein Loch in den Hang zu graben – eine Maßnahme, deren Sinn Kemaq nicht verstand, denn wenn sie zu tief gruben, würde der halbe Berg nachrutschen. Die anderen, zu denen auch Kemaq gehörte, sollten die alten Stützbalken, die Huáscar hatte entfernen lassen, wieder heranschaffen. Auch das erschien Kemaq sinnlos. Die Balken waren doch nur im Weg, solange der Gang nicht freigelegt war. Und wenn so viel Fels herabgestürzt war, wie es den Anschein hatte, würde es Tage dauern, bis sie den Eingang des alten Bergwerks auch nur zu sehen bekämen. Es gab noch eine Gruppe aus ein paar Männern, die kleine Holzfässer heranschafften und unter der besonderen Beobachtung der Krieger der Fremden standen. Einer von ihnen, vielleicht ein Unterführer, bezog unten am Hang Stellung und sorgte dafür, dass diese Holzfässchen an verschiedenen, genau vorgegebenen Stellen abgelegt wurden, was Kemaq ebenso rätselhaft erschien wie alles, was hier geschah. Als einer der Träger seine Last absetzte, stockte Kemaq der Atem. Es war Jatunaq.

Mila hatte eigentlich vorgehabt, mit ihrem Großonkel zu sprechen, sobald Don Hernando verschwunden war, aber dann kam der Hochmeister seinerseits zu ihr. Sie hörte seinen festen Schritt, der bald übertönt wurde vom schweren Stampfen Marduks, der ihm über den Platz folgte. Nach einer kurzen, etwas einsilbigen Begrüßung sagte Nabu geradeheraus: »Du machst ein Gesicht zum Fürchten, Maximilian, was beschäftigt dich?«

»Kann ich meine Stimmung so schlecht verbergen?«, fragte der Hochmeister.

»Ich höre sogar deiner Stimme an, dass du zornig bist, Onkel«, erklärte Mila.

»Schlechte Nachrichten, Mila, das heißt, ungeheuerliche Nachrichten sind es, die mir diesen Tag verderben. Ich habe dir ja gestern Abend gesagt, dass Fray Celso mich dringend zu sprechen wünschte. Nun, wie es aussieht, wurde der fromme Augustiner sehr von seinem Gewissen gequält, denn unsere spanischen Verbündeten planen Ungeheuerliches.«

Er schwieg einen Moment, aber Mila wagte nicht, eine Frage einzuwerfen. Jetzt fuhr er fort: »Ihr wisst vielleicht, dass die Indios glauben, dass sie ihren Leib im nächsten Leben brauchen, so jedenfalls hat es mir der Fray gestern erklärt. Deshalb fürchten sie nichts mehr, als dass er verbrannt wird, und genau das haben die Pizarros nun vor – hier und in Caxamalca.«

»Für einen Drachen ist der Feuertod eigentlich die Erfüllung seines Lebens«, sagte Marduk nachdenklich.

»Für diese Menschen aber eben nicht, mein Freund!«, rief der Hochmeister mühsam beherrscht. »Denkt euch, sie haben dem Curaca dieser Stadt angedroht, ihn auf dem Scheiterhaufen sterben zu lassen, wenn er nicht zum Christentum konvertiert. Und das Gleiche haben sie in Caxamalca mit Atahualpa vor!«

Mila konnte kaum glauben, was sie da hörte. Sie drohten dem Herrscher dieses Landes mit dem Feuertod? Ihr war nicht entgangen, dass die Priester um Pater Valverde nicht besonders zimperlich waren, wenn es darum ging, Seelen zu gewinnen, aber *das* war abscheulich.

»Woher weißt du das?«, fragte Marduk, der neben Nabu lag.

»Ritter Balian hatte Depeschen aus Caxamalca im Gepäck, für mich, für Hernando, aber auch für den Fray und die anderen Padres«, antwortete der Hochmeister.

»Ich hatte noch nie viel übrig für Valverde und die anderen Heidenbekehrer«, meinte Marduk düster.

»Aber du wirst das nicht zulassen, oder?«, fragte Mila ihren Großonkel.

Der Hochmeister zögerte mit einer Antwort, dann sagte er: »Wenn ich es verhindern will, dann muss ich mich gegen die Pizarros und gegen Valverde und seine Dominikaner stellen, und es ist nicht gesagt, dass mir irgendjemand in dieser Frage zur Seite steht.«

»Aber du tust es trotzdem, oder?«, fragte Mila.

»Natürlich«, seufzte der Hochmeister. »Ich habe bereits eine Nachricht für de Paz, den Schatzmeister der Kolonien, aufgesetzt, und eine weitere für den Kaiser selbst wird folgen. Karl kann nicht gutheißen, was hier in seinem Namen geschieht.«

»Du musst vorsichtig sein, Maximilian«, riet Nabu. »Die Pizarros werden das nicht ohne Gegenwehr hinnehmen.«

»Ich hoffe doch sehr, dass sie erst davon erfahren, wenn es zu spät ist. Ich denke, de Paz wird auf unserer Seite sein, denn ich habe ihn als Nachfolger für Francisco Pizarro vorgeschlagen.«

»Nachfolger?«, fragte Marduk bedächtig.

»Natürlich. Immerhin bin ich der Adelantado, die oberste Rechtsgewalt in diesem Land. Ich kann und werde Pizarros Abberufung vorschlagen. Mein Wort hat Gewicht, und mein Urteil auch.«

»Ein Urteil ohne Verhandlung?«, fragte Marduk nach. Mila spürte seine Besorgnis.

»Eine Verhandlung kann ich nicht riskieren, ebenso wenig wie eine offene Anklage – nein, ich muss sie vor vollendete Tatsachen stellen, und das schnell. Mir ist durchaus bewusst, dass es gefährlich ist, aber ich sehe keine andere Möglichkeit, die Ehre des Kaisers und die unseres Ordens zu bewahren. Es war schlimm genug, dass wir das Gemetzel von Caxamalca geduldet haben, einen erneuten Akt der Barbarei werde ich nicht hinnehmen. Doch vorerst zu niemandem ein Wort. Sir William wird morgen meine Briefe nach Caxamalca bringen, und von da wird sie ein anderer Ritter nach Chan Chan tragen. Kein Unberufener darf diese Schreiben in die Hand bekommen!«

Mila erkannte ihren Onkel kaum wieder. Er hatte oft unzufrieden gewirkt in letzter Zeit, vor allem nach Caxamalca. Aber jetzt sprach er mit einer Entschlossenheit, die sie bewunderte. Es schien, als sei sein Kampfgeist wieder erwacht. Sie schüttelte den Kopf, jedoch nicht über den Hochmeister, sondern weil ein seltsamer Laut an ihr Ohr drang. Er war leise, kaum hörbar, und schien aus höheren Sphären herabzuschweben, jedenfalls konnte sie, als sie den Laut endlich wahrnahm, keine Richtung ausmachen. »Was ist das?«, fragte sie.

»Was meinst du?«, fragte Nabu.

»Dieser Laut. Es klingt beinahe, als käme er aus einer Flöte, und dann doch wieder nicht, hört ihr ihn nicht?«

Aber niemand außer ihr schien diesen Ton zu hören, der jetzt Gesellschaft durch einen zweiten bekam. Dieser Ton schien dem ersten zu folgen, aber er klang anders, sehr falsch und doch wieder sehr ähnlich. Mila bekam fast sofort Kopfschmerzen. Plötzlich wurde ihr flau im Magen, und ihre Knie wurden weich.

»Was ist mit dir?«, fragte der Hochmeister besorgt.

Mila kam nicht zu einer Antwort, denn ein jämmerlicher Ruf erklang von hoch oben.

»Um Himmels willen«, entfuhr es dem Hochmeister.

Jatunaq war nur einen Steinwurf entfernt, doch Kemaq konnte nicht zu ihm, denn zwischen ihnen stand eine Kette von Wachen. Jatunaq sah nicht einen Augenblick auf, während er seiner Arbeit nachging, und Kemaq musste mit anderen Männern Stützbalken heranschleppen, eine Tätigkeit, die nicht sinnvoller wurde, als er erkannte, dass sie die Balken dann doch wieder in einiger Entfernung vom verschütteten Bergwerksschacht ablegten. Je zwei Männer waren nötig, einen der Balken zu tragen, und Kemaq trug seine gemeinsam mit Yuraquiwa. Als sie gerade zum dritten Mal gingen, weckte ein dünner Laut seine Neugier. Er blickte auf. Dort oben war etwas, einer der fliegenden Götter. Aber er flog nicht – er stürzte! Mit einem langen, klagenden Schrei fiel dieser Ankay Yaya vom Himmel. Er schlug mit den Flügeln, taumelte, überschlug sich in der Luft und fiel doch immer weiter. Ein Stück unter ihm entdeckte Kemaq jetzt noch etwas, was dem Boden entgegenraste. Es schimmerte silbern im Sonnenlicht und fiel scheinbar immer schneller. Der Reiter – das war der Reiter des fliegenden Gottes! Der Sturz schien Kemaq endlos lange zu dauern, und plötzlich wurde ihm klar, dass der Fremde und der fliegende Gott gar nicht weit von ihm entfernt auftreffen würden. Hinter ihm ließen zwei Träger ihre Balken fallen und rannten davon. Andere folgten ihrem Beispiel, während Kemaq immer noch ungläubig nach oben starrte und den wie ein schweres Herbstblatt zu Boden taumelnden *Drachen* beobachtete.

»Komm, weg hier!«, schrie Yuraquiwa. Kemaq erwachte aus seiner Erstarrung. Sie warfen den Balken fort und rannten, dabei blickte Kemaq immer wieder nach oben. Der *Drachen* schrie nicht mehr, schlug auch nicht mehr mit den Flügeln, sondern fiel wie ein lebloses Stück Holz der Erde entgegen. In dem allgemeinen Durcheinander, dem Schreien der Männer und Poltern der weggeworfenen Balken, dem Staub und dem Lärm verlor Kemaq den Reiter aus den Augen, aber den *Drachen* sah er fallen, und als sein riesiger Leib mit dumpfem Laut inmitten der Balken aufschlug, da erzitterte der Boden wie bei einem Erdbeben. Zerborstenes Holz flog durch die Luft, und Männer schrien entsetzt auf. Dann folgte eine schreckliche Stille.

Mila spürte die Erschütterung des Bodens noch in der Stadt.

»Heilige Mutter Gottes, Sir William«, flüsterte ihr Großonkel.

»Schamasch!«, rief Marduk heiser. »Er ist gefallen!«

Lähmendes Entsetzen, das war es, was Mila fühlte, und sie spürte es auch bei den anderen.

»Was zum Teufel war das?«, rief Don Hernando laut vom Palast herüber, und damit löste er die Erstarrung.

Wortlos kletterten Mila und der Hochmeister auf die Rücken ihrer Drachen, und schon waren sie in der Luft. Es war nicht weit bis zur Unglücksstelle, und kein Wort wurde bis dahin gesprochen. Mila hörte ihren Onkel abspringen, kaum dass Marduk gelandet war. Sie selbst blieb sitzen, denn sie konnte die Lage nicht einschätzen. Es war einer der Momente, in dem ihr ihre Blindheit besonders schmerzlich bewusst wurde. Das Entsetzen war beinahe mit Händen greifbar. Sie spürte die vielen Menschen, die sich schweigend um die Unglücksstelle versammelt hatten, und sie glaubte, auch das Verhängnis spüren zu können, den Schmerz und den Tod selbst, oder war es die große Drachenseele, die schwer über dem Platz lag und sich nur langsam von ihrem zerschmetterten Körper lösen konnte? Und dann war doch Bewegung, ein einzelner Mensch, der aufgeregt den toten Leib zu umkreisen schien. Mila hörte seine schnellen Schritte. »Wer ist das?«, fragte sie leise.

»Warte«, sagte Nabu rau.

Ein flackerndes Licht leuchtete in der Finsternis auf, die Mila umgab, dann sprang das Flammenbild in ihr Bewusstsein. Helle und dunklere Flammen wirbelten, verfestigten sich und enthüllten ihr die grausame Wirklichkeit. Sie musste einen Schrei unterdrücken, denn der Leib Schamaschs lag dort so grotesk verdreht, dass sie ihn fast nicht wiedererkannt hätte. Seine schlanken Flügel waren gebrochen, sein Kopf lag auf der Seite, und seine langen Hauer schimmerten bleich über einem dunkel flackernden See, der sich rund um den Leib gebildet hatte. Mila begriff, dass sie sein Blut sah. Sie wandte sich ab, aber es half nichts, denn sie sah, was Nabu sah, und der konnte seinen Blick nicht abwenden. Dann entdeckte sie die lebhafte Gestalt, die plötzlich auf dem Leib des Drachen auftauchte und offenbar in eine rätselhafte Tätigkeit vertieft war. Es sah fast aus, als würde sie den Leib vermessen. Es war der Alchemist.

»Meister Albrecht, was tut Ihr da?«, fuhr ihn der Hochmeister an.

»Ein toter Drache, Graf Maximilian, ein toter Drache! Ein sehr seltenes Ereignis.«

Ein tiefes Grollen rollte über die Szene. Es kam aus Marduks Kehle, und er sagte: »Du stehst auf dem Leib eines Toten. Wenn du nicht sofort dort verschwindest …«

»Oh, verzeiht, ich wollte nicht respektlos erscheinen«, rief der Gelehrte, und Mila sah die Flammen, die seine Gestalt verkörperten, vom Leib des Drachen heruntertanzen. »Aber Ihr müsst verstehen, dass das ein Glücksfall für die Wissenschaft ist, Ihr Herren!«, rief der Gelehrte.

Marduk fauchte wütend, und Nabu schloss sich ihm mit einem drohenden Knurren an. Das Flammenbild zitterte.

»Ihr solltet nicht von Glück reden, Meister Albrecht«, erklärte der Hochmeister düster.

»Verzeiht, die Aufregung, verzeiht bitte, ich bedaure Euren Verlust natürlich zutiefst«, versicherte der Alchemist. »Gerade Schamasch, der so ein feiner Bursche … aber dennoch halte ich es für meine Pflicht, darauf hinzuweisen, dass sich hier eine große Gelegenheit für die Wissenschaft auftut. Ein Drachenleib, wann bekommt ein Mann wie ich schon einmal die Gelegenheit, einen toten Drachen zu untersuchen und den Geheimnissen …«

»Wenn du ihn anrührst, Mensch, werden wir dich mit ihm verbrennen!«, zischte Marduk.

Der Gelehrte wollte die Gefahr, in der er schwebte, offenbar nicht begreifen: »Verbrennen? Ich habe gehört, dass Drachen so etwas tun, aber Ihr müsst doch einsehen, verehrter Marduk, dass das eine ungeheure Verschwendung …«

Ein Fauchen und ein Flammenstrahl aus Nabus Kehle unterbrachen den Alchemisten. Mila zuckte erschrocken zurück, denn das Bild, das ihr der Drache zeigte, hatte sich in einer einzigen blendend hellen Flamme aufgelöst, die dann von tiefer Schwärze aufgesogen wurde. Nabu hatte die Verbindung beendet.

»Schon gut, schon gut«, rief der Alchemist, der sich irgendwo verkrochen haben musste.

»Wir werden unseren Bruder verbrennen, morgen bei Sonnenaufgang, wie es Brauch ist bei uns«, erklärte Marduk ruhig. »Und jeder, der es wagt, ihn anzurühren, wird mit ihm zu Asche.«

Einen Augenblick lang war es schrecklich still. Dann fragte der Hochmeister mit belegter Stimme: »Wo ist Sir William?«

Einer der Spanier zeigte ihnen die Stelle. Der Ritter lag ein gutes Stück vom Drachen entfernt, beinahe unbeachtet, denn alle Augen waren auf den riesigen Leib Schamaschs gerichtet. Mila stieg von Nabus Rücken und ging am Arm ihres Großonkels hinüber.

»Du kannst froh sein, dass dir dieser Anblick erspart bleibt«, sagte der Hochmeister, dann hörte ihn Mila niederknien und beten. Sie folgte seinem Beispiel. Sir William war immer kühl und zurückhaltend gewesen, nicht nur ihr gegenüber, dennoch hatte sie ihn gemocht, denn er war einer der Ersten gewesen, der sie im Orden als gleichrangig akzeptiert hatte. Ein Brüllen am Himmel verriet ihr, dass auch Behemoth von dem Unglück erfahren hatte. Sie hörte ihn heranfliegen und mit einem tiefen Klagelaut bei Schamasch landen.

»Wie konnte das nur geschehen, Onkel?«, fragte sie leise.

Der Hochmeister erhob sich. »Genau das ist die Frage, Milena, genau das ist die Frage.«

Mila stand ebenfalls wieder auf. »Erinnerst du dich, Onkel, dass mir schlecht wurde, bevor es geschah?«, fragte sie. »Da war dieser Ton, oder vielmehr diese zwei Töne, die ihr nicht gehört habt. Mir ist davon übel geworden, und ich frage mich, ob Schamasch und Sir William das Gleiche gehört haben.«

Der Hochmeister schwieg eine Weile, dann sagte er: »Ein Ton? Ich sehe da keinen Zusammenhang, Milena, denn du warst mitten in der Stadt und sie hoch oben an diesem verfluchten Berg. Ich nehme an, es war einfach die Höhe. Du weißt, dass sie unseren Drachen Schwierigkeiten bereitet.«

Mila nickte, aber sie hatte Zweifel. Hatten sie nicht schon höhere Berge überwunden? Plötzlich fiel ihr die Warnung der Indio-Frau ein. Die Chachapoya-Berge – Pitumi hatte sie gewarnt! Sie hatten die Warnungen in den Wind geschlagen, und jetzt waren Sir William und Schamasch tot.

Kemaq stand ein gutes Stück von dem gefallenen Gott entfernt und starrte ungläubig hinüber. Er sah die anderen Yayakuna landen und die Fremden miteinander streiten. Also waren die fliegenden Götter auch nicht unsterblich, das sah er, aber er konnte es nicht begreifen. Erst allmählich dämmerte ihm, dass sich ihm hier eine gute Gelegenheit bot, zu verschwinden. Pitumi hatte zwar gesagt, dass er darauf hoffen solle, dass die Fremden das Bergwerk freilegten, aber das konnte noch viele Tage dauern, und dann wäre es zu spät. Er sah sich verstohlen um. Fast alle Augen waren auf den Drachen gerichtet. Er könnte im Wald sein, bevor sie auch nur merkten, dass er fort war. Er hob schon den Fuß, als er plötzlich eine Hand auf der Schulter spürte. »Kemaq? Bist du das?«

»Jatunaq!«

Sie standen einander schweigend gegenüber, dann zog Jatunaq seinen kleinen Bruder hinter einen Felsen, wo sie vielleicht eine Zeitlang ungestört bleiben würden. Es gab so viel zu erzählen, dass Kemaq nicht wusste, wo er anfangen sollte. Er begann mit Rumi-Nahui und ihrem Marsch hierher. »Und denk dir, ich habe Mocto in der Stadt getroffen!«, rief er leise.

»Die Alte lebt? Das ist ein Wunder!«, erwiderte Jatunaq. »Ich will es als ein Zeichen nehmen, dass uns die Götter noch nicht ganz verlassen haben.« Dann erzählte er von seiner Gefangennahme, und wie die Fremden ihn gezwungen hatten, das große Donnerrohr die Berge hinaufzuschaffen, und dass der Sapay Inka allen Gefangenen verboten hatte, Fluchtversuche zu unternehmen, weshalb die verhassten Fremden nicht einmal mehr Ketten brauchten. »Und so treffen wir uns also in Gefangenschaft wieder, wer hätte das gedacht, Kemaq?«, schloss er.

Kemaq stellte nun die Frage, vor deren Antwort er sich fürchtete: »Weißt du, was aus Qupay geworden ist?«

Jatunaqs Miene verdüsterte sich. »Ich habe mich unter den Gefangenen von Caxamalca umgehört, keiner von ihnen konnte mir sagen, was ihm widerfahren ist. Gefangen genommen wurde er nicht, denn das wüsste ich. Daher muss ich fürchten, dass er nicht überlebt hat.«

Kemaq nickte, war es doch auch das, was er im Innersten fühlte. Qupay war tot, und es war nur noch quälender, dass sie keine Gewissheit hatten.

Eine Weile hingen sie beide ihren Gedanken nach, dann sagte Kemaq leise: »Ich habe dich heute Morgen schon gesehen, großer Bruder, als du die Fässer heruntergetragen hast, doch es waren so viele Yunga zwischen uns, dass ich dich nicht einmal rufen konnte.«

»Deshalb solltest du dir keine Vorwürfe machen, kleiner Bruder.«

»Deswegen nicht, Jatunaq, aber ich wäre eben beinahe davongelaufen, ohne dich noch einmal aufzusuchen.«

Sein Bruder sah ihn stirnrunzelnd an. »Irgendetwas sagt mir, dass du dafür einen besonderen Grund hattest, denn ich spüre auch jetzt, dass du rastlos bist, während die anderen von uns sich doch in ihr Schicksal ergeben haben.«

Kemaq seufzte, und dann erzählte er Jatunaq von Pitumi, von Tamachoc und vom Regentempel, der unerreichbar für ihn jenseits der Berge lag.

Die Augen seines Bruders wurden immer größer, je länger Kemaq sprach. Dann sagte er: »Tamachoc – ich hatte ihn vergessen, wie so viele Bräuche unseres Volkes. Doch werde ich ihn von nun an um seinen Segen für dich bitten. Du sagst, es gibt einen Weg unter dem Berg hindurch?«

»So sagen es die Alten. Tamachoc hat die Berggötter gezwungen, ihn für unser Volk anzulegen. Doch du siehst ja selbst, dass er verschüttet ist, und es kann Tage, wenn nicht sogar Wochen dauern, bis er freigelegt ist. Und bis dahin hält schon längst Rumi-Nahui den Regenstein in der Hand.«

Jatunaq schüttelte den Kopf. »Du solltest die Fremden nicht unterschätzen, kleiner Bruder. In diesen Fässern, die wir heute heruntergetragen haben, wohnt der Donner, den sie in ihre Waffen sperren. Wenn sie ihn gegen den Berg richten, sprengen sie ihn vielleicht ganz entzwei, und zwar schneller, als du denkst. Der Kuka Machu mag schwächlich aussehen, aber er ist sehr schlau«, schloss Jatunaq und deutete auf den schmächtigen kleinen Mann, von dem schon Yuraquiwa behauptet hatte, dass er zu viel von der heiligen Pflanze nahm.

Kemaq starrte hinüber. Die Ankay Yayakuna hatten den Mann von ihrem gefallenen Bruder vertrieben, doch sein Blick war voller Sehnsucht auf den riesigen toten Leib gerichtet. Sollte er wirklich derjenige sein, der ihm den Weg durch den Berg öffnete? Er wirkte beinahe entrückt, als habe er alles außer diesem gefallenen Gott vergessen, auch den Berg. Kemaq sah sich um. Die Arbeit ruhte, die Gefangenen hatten keinen Grund, weiter zu arbeiten, und die Fremden schienen es allesamt vergessen zu haben. Kemaq nagte an seiner Unterlippe, dann sagte er: »Hilfst du mir, Jatunaq?«

»Natürlich, kleiner Bruder«, lautete die entschlossene Antwort.

»Dann nimm dir eine Hacke. Es scheint, als müssten wir jetzt die Fremden daran erinnern, warum sie hierhergekommen sind.«

Sechs Spanier trugen Sir William auf einer schnell gezimmerten Trage zurück in die Stadt. Er sollte im Palast aufgebahrt werden, und der Hochmeister dachte daran, wenigstens die Ritter, die derzeit in Caxamalca waren, hierherzurufen, damit sie ihm das letzte Geleit geben konnten. Marduk, Behemoth und Nabu wollten Schamasch nicht von der Seite weichen, und so kehrte Mila mit ihrem Onkel und Ritter Balian zurück in die Stadt, wo sie bald darauf feststellte, dass sie nichts mit sich anzufangen wusste. Sie suchte Fray Celso, um mit ihm über den Tod von Sir William zu sprechen. Das stellte sich als zeitraubend heraus, denn der Mönch war nicht im Palast, wo sie ihn erwartet hätte, und sie musste mehrere Spanier und dann auch Indios fragen, bis sie erfuhr, dass er sich in einem kleinen Haus abseits des Platzes einquartiert hatte. Ruiz war draußen bei der Mine, aber sie fand eine Indio-Frau, die bereit war, sie zu dem Mönch zu führen.

»Kann ich dich etwas fragen, Herrin?«, erkundigte sich die Frau, als sie durch eine der schmalen Nebengassen schritten. »Der Mann, zu dem ich dich bringe, ist von freundlicher Art und spricht zu uns viel von eurem Gott. Ich verstehe aber nicht alles, auch, da andere Männer hier sind, die vom selben Gott sprechen, aber aus ihrem Mund klingt alles ganz anders. Wie kann das sein?«

Mila wusste, dass sie die drei Dominikanerpriester meinte, die ihre Expedition begleiteten. Sie wusste aber nicht, wie sie das erklären sollte, und sie war mit ihren Gedanken auch immer noch bei Nabu. Sie sagte: »Ich weiß es nicht, verkünden die Priester eurer Götter immer das Gleiche?«

»Nein, aber es sind ja auch viele Götter, nicht einer«, gab die Frau zurück.

Mila blieb stehen: »Sag, die meisten deines Volkes sind mir und meinen Brüdern bisher immer furchtsam begegnet, aber du scheinst keine Angst vor mir zu haben.«

»Warum sollte ich Angst vor dir haben? Nur weil deine Haare eine andere Farbe haben als meine? Manche haben geglaubt, ihr wärt Götter, doch habe ich gesehen, wie der fliegende Gott fiel, und dein Bruder, der ihn ritt, fiel mit ihm. Ich hörte, er ist tot, also war er kein Gott«, schloss die Frau. Sie schien zufrieden über ihre Schlussfolgerung.

Mila schnürte es die Kehle zu, als die Frau so nüchtern über dieses schreckliche Unglück sprach, gleichzeitig spürte sie auch die Gefahr, die in den Worten der Frau lag: Viele Indios hielten die hellhäutigen Fremden und vor allem die Drachen für unbesiegbare Götter, und sie hatten viel unternommen, damit es auch so blieb. Schamasch und Sir William waren jedoch vor aller Augen gestorben, und obwohl seither noch keine zwei Stunden vergangen waren, hatten die Ersten schon begriffen, was das bedeutete. Mila versuchte sich nicht anmerken zu lassen, wie sehr sie das beunruhigte, und sie war froh, als sie das Haus des Fray erreichten und sich ihre Wege trennten.

Der Fray war ihr jedoch nicht der erhoffte Trost: »Er starb ohne die Sterbesakramente, und das wird seiner Seele den Weg nicht leichter machen, doch bin ich zuversichtlich, dass sie dennoch in Gnade empfangen wird«, sagte er, aber er wirkte auf Mila seltsam abgelenkt. Sie fragte ihn schließlich, ob ihn denn noch etwas anderes bedrücke. Der Mönch seufzte tief, bevor er antwortete: »Euer Onkel hat mit Don Hernando über die Taufe der Indios gesprochen, die meine Dominikanerbrüder mit Feuer erzwingen wollen. Leider ahnt Don Hernando, von wem der Hochmeister auf diesen Plan aufmerksam gemacht wurde, und er hat mir vorgeworfen, mich gegen die Kirche, den Glauben und den Papst zu stellen!«

»Ich bin doch sicher, Ihr seid fester im Glauben als die Pizarros, Fray!«, sprach Mila ihm Mut zu.

»Euer Vertrauen ehrt mich, Condesa, doch meine Dominikanerbrüder sind ebenfalls erzürnt und wollen gegen mich Klage führen bei Pater Valverde. Dies kann mich in ernste Schwierigkeiten bringen, wie Ihr Euch denken könnt, in sehr ernste.«

»Mein Onkel ist der Adelantado, er ist die oberste Rechtsgewalt in diesem Land, Fray, Ihr solltet Euch keine Sorgen machen.«

»Leider entscheidet er nur in weltlichen Dingen, Condesa, leider nur in weltlichen, und ich fürchte, Valverde wird bald Bischof werden, und dann bestimmt er über mein weiteres Schicksal. Soweit ich weiß, haben meine Brüder schon eine Beschwerde über mich verfasst, die sie bei nächster Gelegenheit nach Caxamalca senden wollen.«

Der Mann schien völlig verzweifelt. Mila, die eigentlich gekommen war, weil sie Trost suchte, sprach ihm nun ihrerseits Mut zu: »Das Beste wird sein, wenn Ihr Eure Sicht der Dinge ebenfalls darlegt. Schreibt an Valverde, auch an den Bischof in Panama. Ich selbst werde mit meinem Onkel über diese Angelegenheit sprechen. Ich bin sicher, er wird sich für Euch verwenden.«

Als sie den verängstigten Mönch kurz darauf verließ, tat sie es in dem Gefühl, dass sich finstere Wolken über ihr zusammenballten: Schamasch und Sir William waren tot, das war das Schlimmste. Die Indios wussten dadurch, dass die neuen Herren der Stadt nicht unsterblich waren, das konnte gefährlich werden, und dass Fray Celso derart unter Druck gesetzt wurde, verhieß ganz sicher auch nichts Gutes. Sie blieb stehen. Bislang hatten die Dominikaner um Valverde die Autorität des Ordens geachtet, auch wenn sie von Drachen nicht allzu viel hielten. Warum war das jetzt anders? Wenn sie den Fray angriffen, der nicht nur ihr Beichtvater, sondern auch der des Ordenshochmeisters war, dann war das eine Herausforderung – nein, es war sogar ein Angriff auf den Hochmeister selbst! Mila ging schneller. Sie musste mit ihrem Onkel reden. Die Depeschen! Sir William sollte doch Depeschen nach Caxamalca bringen! Der Fray hatte es gesagt. Jetzt musste jemand anders diesen Auftrag übernehmen, jemand, der vertrauenswürdig war, und zwar am besten noch heute. Und die Botschaft musste auch schnellstmöglich zum kaiserlichen Schatzmeister gelangen, der jedoch in Chan Chan geblieben war. Aber würde Nabu bereit sein, Schamaschs Leichnam zu verlassen?

Die Drachen wollten ihn beim nächsten Sonnenaufgang in ihrem Feuer verbrennen. Konnten sie so lange warten?

Auf dem Weg zum Palast fiel ihr plötzlich ein Geruch von Schwefel auf, der sich unter den allgegenwärtigen Brandgeruch mischte, und dann hörte sie auch schon, wie ihr der Alchemist entgegeneilte. »Ah, Condesa, es ist gut, dass ich Euch treffe, sehr gut sogar!«

Mila dachte daran, wie sehr es der Gelehrte an Respekt gegenüber Schamasch hatte fehlen lassen, und begrüßte ihn nur mit einem kühlen Nicken. Falls Albrecht von Straßburg das bemerkte, machte es ihm nichts aus. Er rief: »Ihr müsst mit Nabu und Marduk reden, wollt Ihr mir den Gefallen tun?«

»Reden? Worüber denn, Meister Albrecht?«

»Über Schamasch, den armen Schamasch. Eigentlich suche ich den Hochmeister, doch der ist beschäftigt und will mich nicht sehen. Kommt!«, rief er und griff sie am Arm.

Mila blieb stehen: »Ich werde Euch nicht helfen, wenn Ihr vorhabt, die Ruhe des Verstorbenen zu stören«, erklärte sie entschieden.

Der Alchemist blieb notgedrungen ebenfalls stehen. »Wie? Ihr werdet nicht? Wirklich nicht? Aber die Wissenschaft, Comtesse, die Wissenschaft!«

»Ihr solltet den Toten mehr Achtung entgegenbringen, Meister Albrecht, oder gehört Ihr etwa zu jenen verwerflichen Männern, die nachts auf Friedhöfen Leichen stehlen, um sie aufzuschneiden?«

»Wie? Aber nein, Comtesse! So etwas käme mir nie in den Sinn. Das Leichenfleddern und Menschenaufschneiden überlasse ich den Ärzten, doch ein Drache, Comtesse, ein leibhaftiger Drache! Wisst Ihr nicht, wie selten es vorkommt, dass ein Mann wie ich, ein Mann der Wissenschaft, den Leib eines Drachen untersuchen kann?«

Der Gelehrte schien vor Begeisterung schier außer sich zu sein, und bevor Mila über seine Frage auch nur nachdenken konnte, fuhr er schon fort: »Als die Franzosen den Templerorden zerschlugen, da haben sie ihre drei letzten Drachen vergiftet – aber weil es heimlich geschah und der König nicht wollte, dass es ruchbar wurde, haben sie die Leichname ins Meer geworfen, ins Meer, Comtesse! Könnt Ihr Euch diese Verschwendung vorstellen? Und bei Tannenberg, als die Polen und Litauer mit ihren neuen Drachenbüchsen vier Drachen erlegten – da haben sie sie anschließend gleich verbrannt, weil sie sie in ihrem Aberglauben für Kinder des Teufels hielten! Der letzte bezeugte Fall, bei dem der Kadaver eines Drachen gründlich untersucht werden konnte, war nach dem Fall von Jerusalem, durch die Sarazenen. Saladin selbst soll sich das Blut des Drachen gesichert haben.«

»Nun, Ihr seid nicht Saladin und wir keine Sarazenen. Und es wäre mir lieb, Ihr würdet den Leichnam nicht als Kadaver bezeichnen!«

Der Alchemist murmelte eine Entschuldigung, dann seufzte er und sagte: »Schade, Ihr wart gewissermaßen meine letzte Hoffnung, Comtesse. Und glaubt mir, ich wollte Eure Gefühle nicht verletzen. Wisst Ihr, ich vergesse gelegentlich über meiner Forschung, wie nah Euch die Drachen stehen.«

Mila schüttelte den Kopf. »Ich verstehe auch gar nicht, was Ihr Euch davon versprecht. Es ist doch nur ein Leib, eine sterbliche Hülle, wie die eines Menschen oder eines Tieres, mit Haut, Haaren, Herz und Hirn. Seine Seele ist fort.«

Der Alchemist trat einen Schritt zurück, und Mila konnte es zwar nicht sehen, hatte aber deutlich das Gefühl, dass er sie ansah, als hätte sie etwas sehr Dummes gesagt. »Aber Comtesse, ein Drache, das ist etwas ganz anderes! Wollt Ihr denn nicht auch in Erfahrung bringen, wie sie die Flamme entzünden, mit der sie unsere Feinde vernichten? Und wollt Ihr nicht wissen, ob wahr ist, was man sich über ihr Blut erzählt?«

Mila runzelte unwillig die Stirn. Dieses Gespräch glitt in eine seltsame Richtung. »Ihr Blut?«, fragte sie, weil sie eben doch neugierig geworden war.

»Es heißt, angereichert mit den richtigen Ingredienzien mache es unverwundbar«, raunte der Alchemist.

»Das ist ein Märchen!«

»Vielleicht«, räumte der Alchemist ein, »aber wenn ich Schamaschs Leib nicht untersuchen kann, werde ich dieses Märchen nie widerlegen oder bestätigen können, denn so eine Gelegenheit bekommt ein Gelehrter wohl nur einmal im Leben, wenn überhaupt. Versteht Ihr wenigstens, vor welchem Dilemma ich stehe, Comtesse?« Es klang beinahe flehend.

»Ich verstehe es, kann Eure Motive aber nicht gutheißen. Die Achtung vor der Würde des Toten hat doch Vorrang vor Eurer Neugier, Meister Albrecht. Und ich werde die Drachen ganz gewiss nicht darum bitten, Euch gewähren zu lassen.«

Der Gelehrte seufzte wieder. »Ja, Comtesse, das habe ich eingesehen, und wenn Ihr so denkt, darf ich wohl nicht hoffen, dass Euer Onkel, der Hochmeister, in dieser Frage anders entscheiden würde? Nein? Gut. Aber könntet Ihr mir vielleicht bei einer anderen Sache behilflich sein?«

»Und die wäre?«, fragte Mila misstrauisch.

»Ich gedenke, bald den Eingang zur Mine freizusprengen. Es wird eine starke Explosion geben. Nun liegt der arme Schamasch nicht sehr weit vom Bergwerk entfernt, und ich fürchte ein wenig um die Gesundheit der anderen Drachen.«

»Ihr fürchtet um ihre Gesundheit?«, fragte Mila zweifelnd.

»Um offen zu sein, ich fürchte eher, dass sie mir es sehr übel nehmen, wenn ihnen die Felsbrocken um die Ohren fliegen. Sie könnten dabei verletzt werden.«

»Ihr solltet einfach einen Tag warten, Meister Albrecht«, schlug Mila vor. »Wenn sie Schamasch erst dem Feuer übergeben haben, dann werden sie Euch nicht mehr im Wege sein.«

»Das würde ich ja, das würde ich ja, Comtesse, doch Don Hernando drängt zur Eile. Er besteht darauf, dass die Sprengung noch heute erfolgt. Sie ist ja auch schon vorbereitet, und er hat wohl Sorge, das Pulver könnte den Indios in die Hände fallen.«

»Was sollten die denn damit anfangen?«, fragte Mila, die das Gefühl hatte, dass der Alchemist mindestens ebenso sehr auf die Freilegung der Mine brannte wie Hernando Pizarro.

»Das weiß ich auch nicht, aber ich kann schlecht für Don Hernando sprechen. Mein Anliegen an Euch wäre nun, Comtesse, dass Ihr die Drachen dazu bringt, sich wenigstens während der Sprengung vom Leichnam zu entfernen. Ich werde dann auch dafür Sorge tragen, dass die Indios den Leib mit Ästen decken, damit er nicht in Mitleidenschaft gezogen wird.«

Mila zögerte. Das Anliegen war berechtigt, dennoch wurde sie das Gefühl nicht los, dass der Alchemist Hintergedanken hatte. Nur zögernd stimmte sie zu.

Kemaq war mit seinem Bruder und anderen in den Wald geschickt worden, um Zweige zu holen. Rauchschwaden zogen durch die Bäume. Es war ein eigenartiges Feuer, das diesen Wald so gemächlich aufzufressen schien. Es wuchs nicht zum großen Flächenbrand, aber es erlosch auch nicht. Es waren Yunga, die die Zweige schnitten. Sie waren nicht so leichtsinnig, den Gefangenen die scharfen Klingen zu überlassen. Hier wäre es ein Leichtes gewesen, zu entkommen, doch Kemaq dachte nicht mehr daran, zu fliehen.

Die Fremden würden ihm den Berg öffnen, und wenn sie es heute schafften, dann könnte er tatsächlich noch vor Rumi-Nahui am Regentempel sein.

»Wem hast du noch von deiner Aufgabe erzählt?«, fragte Jatunaq, als sie schwer beladen aus dem Wald kamen.

»Niemandem, warum fragst du?«

»Der Kuka Machu, er stellt viele Fragen, auch nach Tamachoc.«

Einer der Fremden trieb sie zur Eile, und so hasteten sie schweigend weiter. Es würde viele Äste brauchen, um den großen Leib abzudecken. Wie alle Indios legte auch Kemaq seine sperrige Last in einiger Entfernung der Ankay Yayakuna ab. Er hatte zwar nicht so viel Angst vor ihnen wie die anderen, aber er wollte nicht auffallen. Außerdem schadete es nicht, wenn die Fremden auch selbst Hand anlegten.

Auf dem Weg zurück in den Wald fragte er Jatunaq: »Was weiß denn der Fremde über Tamachoc?«

»Das kann ich dir nicht sagen«, antwortete Jatunaq, »aber er scheint sehr darauf zu brennen, mehr zu erfahren. Siehst du die Hirtenhäuser dort unten? Da hat der Kuka Machu sein Lager aufgeschlagen, und er lässt Männer dort hinunterbringen. Männer, die nicht zurückkehren, Kemaq. Das macht mir Sorgen.«

Kemaq biss sich auf die Lippen. Er hatte Yuraquiwa schon längere Zeit nicht gesehen. Sollte der weißhaarige Diener von dem Fremden geholt worden sein? Er wusste von dem Pfad! »Dann hoffen wir, dass der Weg frei ist, bevor dieser Fremde die ganze Wahrheit herausfindet«, sagte er leise.

»Nicht reden, arbeiten!«, herrschte sie einer der Yunga an. Sie liefen schneller, und Kemaq begriff, dass er einen Wettlauf gegen die Zeit begonnen hatte. Der Weg musste frei sein, bevor der Fremde, den sie Kuka Machu nannten, überhaupt von ihm erfuhr.

Die Drachen folgten der Bitte Milas schließlich widerstrebend. Sie entfernten sich vom Leichnam Schamaschs, aber nicht weiter, als sie es für unbedingt erforderlich hielten, auch nicht, als der Sprengmeister der Spanier sagte, dass er dort nicht für ihre Sicherheit garantieren könne.

»Wir sind Drachen. Ein paar umherfliegende Steine machen uns nichts aus«, beschied ihn Marduk düster.

»Wieder ist einer von uns gegangen, bevor wir den Weg zurück ins Feuer finden konnten«, sagte Nabu zu ihr. »Aber vielleicht ist Schamasch, sind alle von uns, die diese Welt verlassen haben, auf ihre Weise in die ewige Flamme zurückgekehrt, das ist unsere Hoffnung.«

Mila hörte, wie Marduk sich aufrichtete und ein tiefes Grollen hören ließ.

»Der Stinker, er treibt sich in der Nähe unseres toten Bruders herum«, erklärte Nabu leise.

»Besser, er verschwindet da«, fügte Behemoth düster hinzu. »Wenn die Sprengung ihn nicht tötet, mache ich es sonst.«

»Er ist ja schon fort«, sagte der Hochmeister, der zu ihnen gekommen war. Dann ertönte ein Horn. »Das Warnsignal«, erklärte er. »Jetzt werden sie gleich sprengen. Da – sie zünden die Lunten.«

Gespannte Stille lag über dem Hang, und Mila glaubte, das leise Zischen der Schwarzpulverlunten zu hören. »Besser, du hältst dir die Ohren zu, Milena«, sagte der Hochmeister. Mila folgte dem Rat. Und dann donnerte es.

Kemaq warf sich zu Boden, und die meisten Marachuna, die gar keine Ahnung hatten, warum die Fremden sie so weit vom Bergwerk fortgeschickt hatten, taten es ihm gleich oder schrien wenigstens erschrocken auf und duckten sich. Der Donner erschütterte den Berg, und eine gewaltige Staubwolke schoss in die Höhe. Steine und Felsbrocken wurden fortgeschleudert, und einige von ihnen sausten über die wartenden Marachuna hinweg. Ganz in der Nähe stöhnte ein Yunga auf. Er war von irgendetwas am Arm getroffen worden. Die Staubwolke stieg und stieg, dann zog sie langsam hangaufwärts davon. Kemaq spähte hinüber. Steine und Geröll rollten die Bergflanke hinab, aber da, unter dem Staub, zeigte sich eine tiefschwarze Wunde im Berg. Hatte es gereicht? War der Weg etwa schon frei? Kemaq entdeckte den Kuka Machu, der als Erster an den Krater rannte. Der Hang war noch in Bewegung, und kleine und große Felsen lösten sich träge aus dem erschütterten Berg und polterten hinab. Aber das schien den Mann nicht zu schrecken.

»Zu viel Kuka«, sagte Jatunaq neben ihm.

Kemaq stimmte ihm zu. Das brachte ihn wieder auf die Frage, wo der weißhaarige Yuraquiwa geblieben war. Jetzt sah er gar nicht weit entfernt einen der Steinmetze, die er am vorigen

Abend im Pferch kennengelernt hatte. Die Gelegenheit war günstig, denn ihre Wächter waren immer noch geradezu gebannt von dem gewaltigen Donnerschlag, mit dem die Fremden das Loch in den Berg gesprengt hatten. Kemaq schlich hinüber und fragte den Mann.

»Yuraquiwa? Ja, einer der Yunga hat ihn fortgebracht. Für eine besondere Aufgabe, aber ich kann dir nicht sagen, was das für eine Aufgabe sein könnte, mein Freund.«

Kemaq wusste, das konnte nichts Gutes bedeuten. Er schlich zurück. Die Fremden kamen jetzt in Gruppen zum Ort der Sprengung herunter, und ihre fliegenden Götter stampften hinab zu ihrem gefallenen Bruder. Weiter unten und damit abseits vom Geschehen lagen die Hirtenhütten, in denen sich, so Jatunaq, die Fremden eingerichtet hatten. Sie waren bewacht. Auch das verhieß nichts Gutes. Wenn der Kuka Machu das Geheimnis des Berges erfuhr, dann würde das schreckliche Folgen haben. Diese Fremden waren gierig, das hatten sie oft genug bewiesen. Aber der Regenstein durfte ihnen nicht in die Hände fallen! Kemaq blickte zum Himmel. Der Staub mischte sich mit dem dünnen Qualm, der aus dem Wald herüberzog. Es war schon Nachmittag, und Rumi-Nahui hatte mehr als einen Tag Vorsprung. Kemaq beobachtete den Kuka Machu. Er wirkte enttäuscht. Offenbar war der Gang noch nicht frei. Jatunaq stieß ihn in die Seite. »Komm, wir müssen sehen, dass die Arbeit vorangeht.«

Der Donner dröhnte immer noch in ihren Ohren, als Mila am Arm ihres Großonkels den Hang hinab zum Bergwerk ging. Die Luft war voller Staub, und sie musste husten. »Haben sie es geschafft, Onkel?«, fragte sie.

»Das weiß ich noch nicht, Mila, Geduld. Doch wenn ich mir das Gesicht unseres Gelehrten ansehe, so wirkt er doch eher enttäuscht.«

»Nun, Meister Albrecht, wie ist es gelaufen?«, rief Don Hernando laut. Mila hörte ihn hinter sich heranstiefeln.

»Es war kein voller, aber doch wenigstens ein Teilerfolg. Seht Ihr? Der Eingang zum Tunnel ist freigelegt, jedoch, so wie es scheint, ist auch der Tunnel selbst von den Indios zum Einsturz gebracht worden.«

»Überrascht Euch das? Was glaubt Ihr denn, warum sie all die Stützbalken entfernt hatten?«, rief der Spanier. Er wirkte ziemlich gut gelaunt, was Mila ein wenig erstaunte. Dann verstand sie, denn Pizarro rief: »Ich habe Euch ja gleich gesagt, dass es mit ein bisschen Pulver nicht getan sein wird. Es sieht aus, als hätte ich wieder einmal Recht behalten.«

Der Alchemist brummte missmutig, aber dann sagte der Sprengmeister: »Dennoch war die Sache ein Erfolg. Wenn ich mir diesen Gang ansehe, dann ist er mit Geröll gefüllt, und nicht eingestürzt. Und das stellt für uns doch kein großes Hindernis dar.«

»Ihr habt Recht!«, rief der Alchemist, und seine kurzzeitig verschwundene Euphorie schien zurückgekehrt. »Wir haben genug Helfer, und wenn wir die Indios die Nacht durcharbeiten lassen, haben wir vielleicht morgen schon den Durchbruch geschafft!«

»Wollt Ihr den Armen denn nicht einmal ein bisschen Ruhe gönnen?«, fragte Mila.

»Wie? Aber Comtesse, das ist zu wichtig, viel zu wichtig. Sie können ruhen, wenn wir den Zugang ganz freigelegt haben. Dann, nicht eher.«

»Ich sehe das ähnlich«, stimmte ihm Don Hernando zu. »Ich will endlich wissen, ob sich der ganze Aufwand gelohnt hat, also soll das faule Pack gefälligst zur Arbeit antreten, und zwar sofort!«

Als der Konquistador gegangen war, blieb Mila noch einen Augenblick vor dem Eingang des Tunnels stehen und lauschte. Dort drinnen war es still, bis auf einen sehr leisen Laut. Sie war sicher, dass ihn niemand außer ihr hören konnte, schon gar nicht in dem allgemeinen Lärm, der nun entstand, weil die Spanier die Indios zur Arbeit einteilten. Dieser Laut war ein leises, dünnes Pfeifen, fast, als würde der Wind durch den Berg wehen. Aber das war natürlich Unsinn. Sie kehrte am Arm ihres Großonkels zur Stadt zurück und fand endlich Gelegenheit, ihm zu berichten, was der Fray und die Indio-Frau ihr erzählt hatten.

»Es sind wirklich düstere Zeiten«, sagte der Hochmeister grimmig, als sie berichtet hatte. »Die Indios wissen, dass unsere Leiber nicht unsterblich sind, und nun droht also auch noch in unserem Rücken Gefahr. Du hast Recht. Die Drachen waren den Dominikanern schon immer verdächtig, aber solange sie nützlich für ihre Zwecke waren, haben sie sich zurückgehalten. Doch jetzt, da sie, oder vielmehr die Pizarros, den Herrscher dieses Landes in ihrer Gewalt haben, glauben sie wohl, sie bräuchten den Orden nicht mehr. Wir sind ihnen ein Dorn im Auge, und den wollen sie loswerden. Die Beschwerde über Fray Celso ist da wohl nur der Anfang. Aber mach dir keine zu großen Sorgen, Milena. Ich werde Balian heute noch nach Caxamalca schicken und auch diese Angelegenheit dem Schatzmeister der Kolonien melden. Ich werde ihn außerdem bitten, die anderen Drachen hierherzubringen. Es ist besser, wir sammeln unsere Kräfte.«

Mila nickte. Zu Fuß war es ein mühsamer Weg von Tagen, aber für einen Drachen lag Caxamalca keine vier Stunden entfernt. »Und Schamaschs Tod? Hast du dafür eine Erklärung gefunden?«

»Ein Unglücksfall, nichts weiter. Stell dir vor, Meister Albrecht hat sich angeboten, ihn zu untersuchen, um mehr herauszufinden, aber das haben sowohl die Drachen wie auch ich kategorisch abgelehnt.«

»Augenblick – wann hat er dich gefragt?«

»Vorhin, kurz nach dem Unglück, Milena, warum fragst du?«

»Mir hat er erzählt, dass du ihn gar nicht empfangen hättest.«

Der Hochmeister blieb stehen. »Wirklich? Ist sein Wissensdrang so groß geworden, dass er uns anlügt? Das ist kein gutes Zeichen.«

Sie gingen weiter, und als sie die Stadtmauer hinter sich gelassen hatten, sagte der Hochmeister nachdenklich: »Sie haben einen Namen für den Alchemisten, die Indios, meine ich, ich habe ihn mehrfach gehört, auch von unseren Yunga. *Kuka Machu* nennen sie ihn. Weißt du, was er bedeutet, Milena?«

»Ich kenne Kuka nur als Namen einer heiligen Pflanze, der besondere Kräfte zugeschrieben werden, und Machu bedeutet einfach *Alter Mann.* Vielleicht bedeutet es zusammengenommen etwas anderes, aber das weiß ich nicht. Wenn du willst, werde ich die Yunga fragen. Ich habe aber zufällig noch etwas anderes über ihn herausgefunden.«

Der Hochmeister brummte. »Zufällig? Das heißt, du hast irgendwo gelauscht?«

»Ja, Onkel«, gab Mila freimütig zu.

»Dann will ich es nicht wissen, Milena. Ich habe dir schon oft gesagt, dass es eine Sünde ist, und vor allem ist es einer Ritterschwester unwürdig!«

Mila war so überrascht über den Zorn in der Stimme ihres Onkels, dass sie tatsächlich nicht erzählte, was sie über die Verbindung zwischen Balian und dem Alchemisten herausgefunden hatte. Sie verschob es auf später, wenn die Laune ihres Onkels hoffentlich etwas besser sein würde.

Jatunaq war kräftig, und er wurde ganz nach vorn beordert, wo er mit einer Hacke aus dem harten Erz der Fremden Felsbrocken zerkleinerte, damit andere sie hinausschaffen konnten. Diese Arbeit war gefährlich, denn es war nicht ausgeschlossen, dass Teile des Ganges doch noch einstürzten, also waren die anderen Gefangenen froh, dass Jatunaq ihnen diese Arbeit abnahm, und niemand hatte Einwände, als Kemaq in seiner Nähe arbeiten wollte. Im flackernden Licht der Kienspäne schufteten sie verbissen, denn sie hofften, dass sie vielleicht tatsächlich den Gang würden öffnen können, und fürchteten, dass ihnen nicht viel Zeit dafür blieb. Sie bekamen sogar Kuka, das ihnen der Kuka Machu zuteilen ließ, damit sie bei Kräften blieben.

»Und du bist sicher, dass der Gang ganz durch den Berg hindurchgeht?«, raunte Jatunaq, während er auf einen großen Brocken einschlug.

Kemaq duckte sich vor den umherfliegenden Steinsplittern. »So sagen es die Alten«, erwiderte er. Vorstellen konnte er es sich allerdings auch nicht. Dieser Berg war riesig, aber vielleicht war es wirklich ein Zeichen von Tamachocs Macht, dass er die Berggötter dazu zwingen hatte können, einen langen Weg für sein Volk, die Marachuna, zu graben. Er nahm einen schweren Steinbrocken auf und reichte ihn weiter an seinen Hintermann. Eine lange Kette von Männern stand dort, und sie alle warteten nur darauf, dass der starke Jatunaq dafür sorgte, dass sie etwas zu tun bekamen. Jemand klopfte Kemaq auf die Schulter. Er drehte sich um. Es war einer ihrer Yunga-Bewacher.

»Ist einer von euch der Läufer aus Tikalaq?«

Kemaq erbleichte. Die Fremden hatten von ihm erfahren? Das war schlimm.

»Warum willst du das wissen, Krieger?«, fragte Jatunaq, bevor Kemaq antworten konnte.

»Der Kuka Machu fragt nach ihm, und die dort hinten sagten, er sei hier vorn.«

»Ich bin der Chaski, den du suchst«, sagte Jatunaq und drängte sich schnell zwischen den Yunga und Kemaq, der verblüfft schwieg.

»So? Du siehst recht kräftig aus für einen Läufer«, sagte der Yunga zweifelnd. Dann schüttelte er den Kopf und rief lachend: »Du hättest besser Krieger werden sollen, so wie ich. Doch komm jetzt, der Kuka Machu ist ein sehr ungeduldiger Mann.«

Fassungslos starrte Kemaq seinem Bruder hinterher. Ein einziges Mal drehte sich Jatunaq noch um. Und im Schein der Kienspäne sah Kemaq, dass sein großer Bruder ihm zulächelte.

Mila traf ihren Onkel erst bei Sonnenuntergang wieder. Don Hernando hatte zu einem gemeinsamen Abendessen geladen, weil er der Meinung war, die Eroberung der Stadt und die Entdeckung der Mine müssen gefeiert werden. Mila war nicht nach Feiern zumute, denn Schamasch und Sir William waren tot, und Ruiz, der den Tag über Dienst am Bergwerk hatte schieben müssen, war schlecht gelaunt und erklärte gleich, dass er an diesem Abend so erschöpft war, dass er auf keinen Fall etwas zu essen für die Condesa organisieren könnte. Mila nahm sich vor, ihm solche Unverschämtheiten gleich auszutreiben. Sie äußerte Verständnis und Bedauern. Sie habe ja vorgehabt, ihn mit zu diesem Bankett zu nehmen, erklärte sie, aber da er so erschöpft sei, könne sie das natürlich nicht verlangen. Sie wusste, das war boshaft, aber sie fand, er hatte es verdient. Der Brandgeruch lag immer noch in der Luft, als sie allein über den Platz ging, und Mila fragte sich, ob das ein böses Omen war. Sobald sie den Palast betrat, stiegen ihr andere Gerüche in die Nase. Sie erkannte Braten, vermutlich Lama, und es roch nach Mais und Erdäpfeln. Es würde also wirklich ein Festmahl geben, aber sie fragte sich, was der Konquistador mit dieser Einladung bezweckte.

Der Saal war voller Geräusche und Gerüche, und Mila brauchte eine Weile, um sich zurechtzufinden. Diener – Indios – schwirrten beinahe lautlos durch den großen Saal, sie brachten Speisen mit verwirrenden Düften. Es schien nur eine lange Tafel zu geben, an der sich ein Dutzend Männer niedergelassen hatten. Sie hörte die unangenehme Stimme Don Hernandos, und sie war froh, dass sie offenbar nicht neben ihm sitzen musste. Ihr Onkel hatte sie an der Pforte erwartet und führte sie zu ihren Plätzen, die sich am Ende der Tafel befanden. Das war allerdings nicht nur angenehm, sondern gleichzeitig auch unhöflich: Dem Hochmeister des Ordens hätte ein Platz zur Rechten Don Hernandos zugestanden. Mila kam stattdessen neben Balian zu sitzen, was sie nun aber nicht ändern konnte. Wenigstens schien Konrad nicht dort zu sein. Sie bemerkte bald, dass zwischen Balian und Don Hernando noch Fray Celso und die drei Dominikanerpadres saßen. Die rechte Tischhälfte schien den Hauptleuten der Konquistadoren vorbehalten zu sein. Indios trugen stumm die

Speisen auf, am Tisch hatte keiner von ihnen Platz gefunden, nicht einmal der Curaca der Stadt, und Mila erfuhr von Balian, dass dieser mit seinen Unterführern irgendwo eingesperrt worden war.

»Ihr macht ein Gesicht wie drei Tage Regenwetter, Hochmeister«, rief Don Hernando.

»Verzeiht, Don Hernando, dass ich Eure Fröhlichkeit nicht teilen kann, aber wir haben heute einen Ritterbruder und einen Drachen verloren. Sir William ist nebenan aufgebahrt, wenn Ihr ihn Euch noch einmal ansehen wollt«, erwiderte der Hochmeister und versuchte gar nicht erst, seine Verbitterung zu verbergen.

»Ach kommt schon, wir sind Soldaten! Eine ganze Stadt haben wir eingenommen, dafür ist das Leben eines einzelnen Mannes kein zu hoher Preis, wie mir scheint.«

»Würdet Ihr das auch sagen, wenn es einer Eurer Brüder wäre, Don Hernando?«, fragte Mila, als sie sich setzte.

»Natürlich würde ich das, trauernd, aber doch froh, so einen Sieg errungen zu haben. Von dem Silber will ich da noch gar nicht reden.« Er lachte rau, und seine Hauptleute stimmten ein. Jetzt betrat der Alchemist den Saal mit schnellen Schritten. Mila konnte ihn riechen, bevor sie ihn hörte.

»Ah, der Mann, der aus Blei Gold machen kann!«, rief Don Hernando. War er betrunken? Schon als sie eingetreten war, war Mila der Geruch von Maisbier aufgefallen.

»Verzeiht, Ihr Herren, verzeiht, aber diese Indios bedürfen ständiger Aufsicht, und die Arbeit ist zu wichtig, um sie einem Leutnant zu überlassen. Ich werde also auch gar nicht lange bleiben können, denn …«

»Setzt Euch, Albrecht!«, unterbrach ihn Don Hernando. »Ihr werdet uns die Ehre erweisen, dieses Mahl mit uns zu teilen, und auch Euer Wissen. Vergesst nicht, wer Euch überhaupt ermöglicht, hier zu sein! Also, so wie Ihr strahlt, habt Ihr gute Neuigkeiten für uns, oder täusche ich mich?«

Mila hörte den Alchemisten durch den Raum huschen. »In der

Tat, Don Hernando, in der Tat. Diese Indios versuchen, ihre Geheimnisse vor uns zu verbergen, doch wenn man sie nur richtig fragt, kann man alles erfahren, was man wissen will.« Die Anspannung, unter der er stand, war beinahe mit Händen greifbar. Es war offensichtlich, dass er nur sehr ungern hier und nicht bei seiner Mine war.

»Wollt Ihr uns nicht sagen, was Ihr herausgefunden habt?«, fragte Balian jetzt. Mila seufzte, sie hatte ihrem Onkel immer noch nicht gesagt, in welchem Verhältnis die beiden Männer zueinander standen. Sie hörte, wie der Alchemist mit fahrigen Händen über den Tisch strich, bevor er antwortete. »Tamachoc, die gefiederte Schlange – das Bergwerk ist tatsächlich der Schlüssel.«

»Hört doch auf mit diesen Götzen, ich bitte Euch. Uns interessiert das Silber!«, rief Pizarro ungehalten.

»Oh, davon gibt es reichlich, aber es sollte Euch zu denken geben, dass die Inka, die das Silber doch als Schmuck sehr lieben, darauf verzichtet haben«, rief der Alchemist.

»Ihr meint, sie haben so etwas wie einen Fluch gefürchtet?«, fragte einer der Dominikaner.

»Nein, sie haben die Macht des Gottes Tamachoc gefürchtet, denn seine Priester haben dem Inka das Ende seines Reiches vorausgesagt. Inzwischen weiß ich, in welcher Verbindung die Mine mit dem Gott steht. Erst dachte ich, der Tempel sei vielleicht im Berg, doch jetzt erfuhr ich, dass er hinter diesem Berg liegt. Ja, es scheint, als führe die Mine unter dem Gebirge hindurch auf die andere Seite.«

»Das ist unmöglich«, rief einer von Pizarros Leuten. Mila erkannte ihn an seiner Stimme als den Sprengmeister wieder. »Ich habe das Werkzeug dieser Menschen gesehen und diesen Berg. Mit ihren armseligen Stein- und Bronzebeilen kommen sie niemals durch den Fels, nicht in tausend Jahren!«

»Ich will Euch nicht widersprechen, Hauptmann, aber sie sagen ja auch nicht, dass sie den Tunnel selbst gegraben haben –

nein, sie behaupten«, der Alchemist senkte die Stimme, »dass die Götter das für sie getan haben.«

»Lächerlich!«, rief Pater Jorge Alonso, der älteste der drei Dominikaner. »Nur *ein* Gott könnte dieses Wunder tun, und von dem wissen diese Heiden leider immer noch viel zu wenig. Euch aber rate ich, innezuhalten, bevor Ihr unsere Leute mit diesem heidnischen Geschwätz ansteckt!«

»Oh, nichts läge mir ferner«, versicherte der Alchemist eilig. »Ganz im Gegenteil, ich muss Euch doch auch danken, Pater, denn Eure Methoden, die Heiden zu bekehren, haben mir sehr geholfen.«

»Wie meint Ihr das?«, fragte der Priester finster.

»Ihre große Angst vor Feuer, Pater! Sie glauben tatsächlich, dass ihre Seele verloren ist, wenn der Körper verbrannt wird. Eure glänzende Idee, die Heiden mit Hilfe dieser Furcht zur Taufe zu bringen, hat auch mir geholfen, denn zuerst wollten sie mit mir, einem Fremden, nicht reden, wie Ihr Euch vielleicht vorstellen könnt. Es war übrigens Euer jüngerer Bruder Konrad, Graf Balian, der mich auf diesen Einfall brachte.«

»Konrad?«, fragte Balian erstaunt.

»Ja, er war sehr hilfreich, als es darum ging, den Indios Informationen zu entlocken.«

»Mein Bruder *arbeitet* für Euch – als *Handlanger*?«, rief Balian. Mila hörte ein zorniges Beben in seiner Stimme.

»Oh, so würde ich das nicht nennen, Graf Balian«, sagte der Alchemist. Seine Stimme wechselte die Farbe. Der irritierende Überschwang war wie weggeblasen, und sie klang plötzlich verzagt. »Ich würde eher sagen, er unterstützt mich aus eigenem Interesse. Er brennt eben auch sehr darauf, die Geheimnisse dieser Mine zu ergründen.«

Mila schob ihren Teller zur Seite. Der Appetit war ihr gründlich vergangen. »Und Ihr foltert die Indios, nur um heute das herauszufinden, was Euch doch schon morgen der Augenschein verraten würde?«, fragte sie.

»Aber wenn sie doch nichts sagen wollen!«, rechtfertigte sich der Gelehrte.

Mila spürte die Hand ihres Großonkels auf dem Arm. Er wollte sie vermutlich beruhigen, vielleicht auch warnen. Aber sie war wütend: »Das ist abscheulich, Meister Albrecht!«, rief sie. Und da sie hörte, dass die Dominikaner beifällig murmelten, fügte sie hinzu: »Und es ist auch nicht besser, wenn Ihr sie nur mit diesen verwerflichen Drohungen zu unserem Glauben bekehren könnt, Padres!« Sie stand auf. »Entschuldigt mich, mir ist der Appetit vergangen.« Dann ging sie eilig aus dem Saal. Sie hatte den Palast kaum verlassen, als sie Gelächter durch die steinernen Mauern dröhnen hörte. Offenbar hatte irgendjemand einen Witz gemacht, vermutlich auf ihre Kosten.

Mila kochte innerlich. Sie war wütend – auf den Alchemisten, die Priester, die Konquistadoren. Sie versuchte, sich zu beruhigen. Sie war so zornig gewesen, dass sie vergessen hatte, ihre Schritte zu zählen. Jetzt wusste sie nicht, wo genau auf dem Platz sie war. Sie lauschte in die Dunkelheit. Das Gelächter aus dem Palast gab ihr nur eine vage Orientierung, was die Richtung betraf. Sie hätte gerne mit Nabu gesprochen, aber der war draußen bei Schamasch, und sie wollte seine Trauer respektieren. Alles war verkehrt gelaufen, seit sie diesen Ort erreicht hatten: Schamasch und Sir William waren tot, und die Priester bereiteten eine Beschwerde oder vielleicht sogar eine Anklage gegen Fray Celso und ihren Großonkel vor. Ob sie ihre Dokumente einem Drachenritter anvertrauen würden – oder würden sie sich doch auf einen reitenden Boten verlassen? Mila fragte sich, warum Balian eigentlich noch hier war. Hatte ihr Onkel ihn nicht nach Caxamalca schicken wollen? Die Sonne war doch schon lange untergegangen. Vermutlich hatte ihr Onkel den Ritter noch hierbehalten wollen, um bei diesem furchtbaren Festmahl nicht allein gegen Pizarro zu stehen. Sie seufzte. Sie hatte ihrem Zorn Luft gemacht, aber damit die Sache für ihren Großonkel vermutlich weiter erschwert.

Sie tastete sich in die Richtung, in der sie ihre Unterkunft vermutete, und stieß auf die Häuser, von denen eines ihres war. Aber sie fand es nicht, und da sie annahm, dass Wachen auf dem Platz waren, wollte sie sich nicht die Blöße geben, ihre Hilflosigkeit zu zeigen, und sie spazierte auf und ab, als müsse sie nachdenken. Dann hörte sie ein bekanntes Geräusch. Ruiz schnarchte. Sie ging langsam in die Richtung, aus der sie das Geräusch hörte, aber auf der Schwelle blieb sie stehen. Es kam Nebel auf, sie spürte es auf der Haut, auch roch sie immer noch den schwelenden Waldbrand, und den hielt sie jetzt wirklich für ein böses Omen. Bei dem Festmahl hatte sie etwas gespürt, etwas, was schwer zu greifen gewesen war, eine lauernde Feindseligkeit, von der sie jetzt dachte, dass sie wohl gegen den Hochmeister gerichtet war – und auch gegen sie selbst! Da war etwas im Gange, im Verborgenen. Die Dominikaner hätten ja offen protestieren können, wenn ihnen die Haltung des Hochmeisters nicht gefiel, aber sie hatten es nicht getan. Auch als sie selbst die Padres wegen ihrer verwerflichen Methoden direkt angegangen war, hatten sie nichts erwidert. Es war genau wie in diesem immer noch brennenden Wald: ein im Untergrund schwelendes Feuer, keine Feuersbrunst, aber doch imstande, den ganzen Wald zu vernichten. Mila schluckte. Der Hochmeister stand den Konquistadoren und Heidenbekehrern im Weg wie eine knorrige alte Eiche – oder war es vielleicht sogar der ganze Orden? Sie atmete tief durch. Fiel der Hochmeister in Ungnade, war der Orden enthauptet. Doch was hatten seine Feinde vor? Plötzlich wusste sie, wie sie ihrem Großonkel helfen konnte. Es würde ihm aber nicht gefallen, zum einen, weil sie etwas tun musste, was er ausdrücklich missbilligte, zum anderen, weil sie sich selbst dabei in Gefahr brachte.

Kemaq arbeitete mit zitternden Händen. Jatunaq war fort, in den Fängen des Kuka Machu. Zuerst war er wie gelähmt gewesen, doch jetzt arbeitete er fieberhaft weiter. Die einzige Hoffnung für seinen Bruder bestand darin, dass er den Durchbruch schaffte. Wenn der Stollen erst einmal offen lag, dann würde der Kuka Machu vielleicht alles andere vergessen. War er nicht selbst, als einziger der Fremden, mehrfach hier vorn gewesen, um den Fortgang der Arbeiten zu überwachen? Jetzt aber war er fort, und Kemaq zerrte mit bloßen Händen an Steinbrocken, die sich im Stollen verkeilt hatten.

»Du arbeitest wie ein Besessener«, raunte sein Nebenmann, ein Marachuna namens Yanapi, ihm zu.

Kemaq nickte: »Wir müssen den Stollen freilegen, bevor der Kuka Machu noch mehr Männer fortholt.«

»Ja, er ist wie ein böser Geist«, bestätigte Yanapi und half Kemaq mit dem Steinbrocken.

Der Kienspan erlosch. Es war der Letzte, und der Yunga, der sie bewachte, ging, um weiter hinten Nachschub zu holen.

»Darauf hätte er auch etwas früher kommen können«, murmelte Yanapi verdrossen.

Kemaq hielt inne. Das nächste Licht war zu weit entfernt und damit zu schwach, um weiter zu arbeiten.

»Vorhin, als sie nach dem Läufer aus Tikalaq fragten, da warst du gemeint, oder?«, fragte der Marachuna leise.

»Ja«, erwiderte Kemaq flüsternd.

»Warum hat sich der andere für dich geopfert?«

»Er ist mein Bruder.«

»Ah, ich verstehe«, sagte Yanapi, und Anerkennung schwang in seiner Stimme mit. »Aber warum wollte der Kuka Machu ausgerechnet dich unbedingt sehen? Bisher hat er doch eher die Alten geholt.«

Kemaq zögerte einen Augenblick. Konnte er dem Mann trauen? Er kannte ihn doch erst seit wenigen Stunden. Aber er würde vielleicht Hilfe brauchen, wenn es so weit war. Also sagte er: »Er hat wohl erfahren, dass ich das Geheimnis dieses Berges kenne.«

»Du weißt von dem Weg?«, fragte Yanapi lauernd.

»Ja, und auch, was an seinem Ende liegt.«

Der Marachuna stieß einen leisen, anerkennenden Pfiff aus.

»Dein Bruder ist ein tapferer Mann, Chaski. Ich hoffe, er kann das Geheimnis lange genug schützen.«

»Du weißt, was ich vorhabe?«, fragte Kemaq leise.

»Ich ahne es. Und ich werde versuchen, dir zu helfen, so gut ich kann. Doch ruhig jetzt, der Yunga kommt zurück.«

Mila wartete. Sie war in den Palast zurückgekehrt, aber dann nicht in den Festsaal gegangen, sondern in einen Seitengang abgebogen und hatte sich in einer der Kammern versteckt. Soweit sie es beurteilen konnte, war der Raum beinahe leer. Es waren einige Säcke darin, dem Geruch nach gefüllt mit Mais, Bohnen und den Erdäpfeln, die die Indios *Paca* nannten. Hoffentlich würde niemand auf die Idee kommen, in der Nacht noch Vorräte zu holen. Sie hörte den Lärm aus dem Festsaal und dachte daran, dass Sir William ein paar Räume weiter aufgebahrt lag. Offenbar kümmerte das die Spanier nicht. Sie feierten ihren Sieg, so klang es zumindest. Mila versuchte, ihren Zorn zu unterdrücken. Sie durfte jetzt nichts Unbedachtes tun. Ihr Plan war einfach: Ihr Großonkel würde sicher nicht länger bleiben als unbedingt nötig. Irgendwann wären seine Feinde unter sich, und sie würde belauschen, was sie planten.

Sie musste sich in Geduld fassen, aber dann hörte sie endlich, wie der Hochmeister und Ritter Balian den Palast verließen. Sie hörte sie miteinander reden, über den Auftrag und die Depeschen, die ihr Großonkel in seinem Quartier hatte. Kaum waren die beiden Männer gegangen, hob Hernando Pizarro die Tafel auf, und Mila hörte, wie die Padres und Hauptleute hinausgingen und sich vor dem Palast voneinander verabschiedeten. Dann schickte Pizarro – es ging sicher schon auf Mitternacht – auch die Indios fort, die aufgetischt hatten. Die Männer kamen an ihrem Gang vorbei, bewacht von einem Spanier. Sie hörte ihre Schritte. Als sie verklungen waren, blieb es still, und sie fragte sich, ob sie sich umsonst die Nacht um die Ohren schlug. Hatte Hernando Pizarro den Saal etwa auch verlassen? Sie wusste es nicht. Endlich, es schien ihr eine Ewigkeit zu dauern, betraten zwei Männer den Palast. Sie runzelte die Stirn. Der eine war ohne Zweifel Balian, das hörte sie an seinem schweren Gang. Wieso war ihr Ritterbruder nicht auf dem Weg nach Caxamalca? Er hatte doch die Depeschen sicher schon erhalten. Ihr wurde kalt. Wenn Balian sich mit Pizarro verbündete, dann stand es schlimmer, als sie dachte.

»Das wurde aber auch Zeit«, rief Don Hernando, als die Männer in den Saal traten. Dann senkten sich die Stimmen zu einem Murmeln. Mila würde nichts hören, wenn sie blieb, wo sie war. Sie zog ihre Stiefel aus, stellte ihren Stab an die Wand und schlich hinaus. Sie lauschte. Fackeln brannten an den Wänden, im Saal wurde gesprochen, und draußen, vor dem Palast, gingen Wachen langsam auf und ab. Sie tastete sich mit ausgestreckten Fingern die Wand entlang. Ihre Sinne sagten ihr, dass der Gang leer war, aber ihre Sinne konnten sie auch täuschen. Wenn irgendwo ein Spanier still in einer Ecke saß und den Eingang bewachte, würde sie ihn vielleicht erst wahrnehmen, wenn sie über ihn stolperte. Aber es half nichts, sie schlich voran. Die Stimmen wurden deutlicher.

»Wenn wir dieses Siegel aufbrechen, gibt es kein Zurück mehr, Don Hernando«, hörte sie Balian sagen.

»Ihr solltet Euch keine Gedanken machen, Balian, Ihr tut das Richtige, glaubt mir. Also gebt schon her.«

Mila schob sich noch etwas weiter an den Saal heran. Ein leichtes Brennen kroch durch ihren linken Unterarm. Mila versuchte, nicht darauf zu achten. Sie hatte jetzt keine Zeit für die Schwäche ihres Körpers. Aber das Brennen wurde stärker, dann verschwand es plötzlich und ließ ein Gefühl der Taubheit zurück. Sie versuchte, die Finger zu bewegen – aber sie spürte nichts.

»Sieh an, in diesem Schreiben an Graf Tassilo verbergen sich zwei weitere«, rief Don Hernando drinnen im Saal. »Eines an den viel geliebten Schatzmeister der Kolonien de Paz, und eines an – den Kaiser selbst!«

Mila zwang sich, zuzuhören. Die Taubheit war doch meist nach kurzer Zeit wieder gewichen, aber jetzt war es ein Gefühl, als seien ihre Finger, die Hand, der ganze Unterarm einfach verschwunden.

»Er muss sich seiner Sache sicher sein, wenn er sich an den Kaiser wendet. Aber was will er vom Schatzmeister?«, fragte die dunkle Stimme von Pater Jorge, dem Stellvertreter Pater Valverdes bei dieser Expedition.

»Ah, dieser hinterhältige Hund!«, entfuhr es Pizarro. »Er will meinen Bruder und mich abberufen lassen, und er bietet de Paz die Position meines Bruders an! Ah, und das hier dürfte Euch interessieren, Pater.«

Mila glaubte zu hören, dass dort drinnen mit Papieren geraschelt wurde.

»Heilige Mutter Gottes, er protestiert wirklich dagegen, dass wir die Heiden bekehren wollen?«, rief der Pater jetzt.

Mila biss sich auf die Lippen. Das war eine grobe Verdrehung der Tatsachen, aber auf Feinheiten wurde da drinnen offenbar kein Wert mehr gelegt.

»Das ist Ketzerei, oder?«, fragte eine helle Stimme, die Mila nur zu vertraut war: Konrad von Wolfegg! Also war auch er in die Verschwörung verwickelt.

»Ich muss sagen, ich bin schockiert!«, rief der Priester. »Dieser Mann versucht, die braven Diener Gottes in Verruf zu bringen. Seht nur, er empfiehlt de Paz, unsere sogenannten *Verstöße* dem Bischof von Panama und sogar der Kurie in Rom zu melden!«

»Ich glaube, das ist der schlechte Einfluss seiner Nichte«, warf Konrad jetzt ein.

»Augenblick«, wandte Balian ein, »wir reden hier nicht über andere Ritter unseres Ordens!«

»Ritter? Ritter?«, rief Konrad aufgebracht. »Diese blinde Schlange hat sich in den Orden geschlichen und die Drachen dazu gebracht, sich gegen die Empfehlung der Ordensmeister zu stellen. Hast du dich noch nie gefragt, wie sie das vermochte?« Wie immer, wenn Konrad erregt war, überschlug sich seine Stimme.

»Erklärt das näher«, verlangte Pater Jorge.

»Wie hat sie den Drachen dazu gebracht, sie auszuwählen? Und wie hat sie ganz allein diese Indios im Kampf besiegen können, damals im Palast von Chan Chan? Ist sie nicht angeblich blind? Und habt Ihr nicht bemerkt, dass die Indios sie verehren, beinahe wie ihren König? Glaubt Ihr, das alles gehe mit rechten Dingen zu?« Konrad ließ diese Worte einen Moment wirken, dann hörte Mila ihn sagen: »Meister Albrecht, Ihr seid ein Mann der Wissenschaft. Habt Ihr eine vernünftige Erklärung für die erstaunlichen Taten dieses Weibes?«

Mila wurde heiß und kalt, aber sie wusste, dass sie in dem Gelehrten einen Fürsprecher hatte. Er selbst hatte ihr doch einmal erklärt, dass bei allen Blinden die anderen Sinne schärfer waren, bei ihr vielleicht nur noch etwas mehr als bei anderen. Jetzt hörte sie den Alchemisten langsam und bedächtig sagen: »Nein, Junker Konrad, ich kann ihre erstaunlichen Fähigkeiten nicht mit meiner Wissenschaft erklären.«

Vor Mila tat sich ein bodenloser Abgrund auf.

»So haltet Ihr sie also auch für eine Hexe?«, fragte Konrad weiter. Triumph lag in seiner Stimme. Ein letztes Mal hoffte Mila, denn sie wusste, dass der Alchemist nicht an Zauberei oder Hexen glaubte. Doch jetzt sagte Meister Albrecht: »Nach Abwägung aller mir bekannten Tatsachen und allem, was die Wissenschaft erklären kann, wirkt dies auf mich in der Tat wie die wahrscheinlichste Erklärung. Sie hat die Drachen behext, und sicher auch ihren Onkel.«

»Eine Hexe! Wir waren ebenso blind wie sie, dass wir das nicht gesehen haben«, rief Pater Jorge.

»Sie hat uns behext«, rief einer der Hauptleute.

Mila wurde flau im Magen.

»Eine Hexe? Das macht die Sache für uns aber nicht einfacher«, brummte Pizarro.

»Ganz im Gegenteil, Don Hernando«, rief der Dominikaner. »Wenn bewiesen ist, dass der Hochmeister und seine Nichte die Schwarze Kunst ausüben, wird Euch mein Orden bei dem anstehenden Gerichtsverfahren voll und ganz unterstützen. Und jedem wird einleuchten, dass ihre abwegigen Beschwerden gegen unsere Methoden daher rühren, dass sie vom rechten Glauben abgefallen sind. Es wird nicht vieler weiterer Beweise bedürfen.«

Mila war wie gelähmt vor Entsetzen. Ein Prozess? Gegen ihren Onkel und sie selbst?

»Eine Gerichtsverhandlung, Padre?«, fragte Don Hernando mürrisch. »Glaubt Ihr, ich will, dass sich diese Sache ewig hinzieht und sich am Ende de Paz oder gar der Kaiser selbst einmischen? Nein, besser wäre es doch, der Hochmeister würde ... sich seiner Verhaftung widersetzen.«

Mila konnte ein Aufstöhnen nur mühsam unterdrücken.

»Und die Comtesse?«, fragte der Dominikaner nach einer bedeutungsschwangeren Pause.

»Gegen die mögt Ihr prozessieren, soviel Ihr wollt. Sie ist keine Gefahr mehr für uns, wenn Ihr Onkel erst einmal ausgeschaltet ist«, erklärte Pizarro.

»Und ihre Geständnisse werden aller Welt beweisen, dass wir recht gehandelt haben«, fügte Konrad hinzu. Er klang sehr zufrieden.

»Ich kann nicht sagen, dass mir das gefällt«, wandte Balian ein. »Vor allem aber glaube ich nicht, dass die Drachen das einfach hinnehmen werden.«

»Nun«, sagte Pater Jorge mit einem Räuspern, »die Drachen sind vielleicht sogar das größere Problem. Sie sind gefährlich, denn die Indios glauben, sie seien Vorboten einer Zeitenwende und brächten das Ende der alten Ordnung.«

»Mir ist gleich, was diese Wilden glauben, aber eigentlich sollte das doch ganz in Eurem Sinne sein, Padre«, warf Hernando gut gelaunt ein. »Die Heiden sehen, dass ihre Götter kraftlos sind.«

»Leider glauben sie nicht, dass sie durch die Macht unseres

Gottes, sondern durch die Stärke neuer Götter bezwungen wurden! Und das betrifft auch Euch, Don Hernando. Seht, im Augenblick habt Ihr den Herrn dieses Landes in der Hand, und da sie ihn für einen Gott halten, auch all seine Untertanen. Um ihn auszulösen, geben sie Euch bereitwillig alle Schätze, die sie besitzen. Doch was, wenn sie ihren Glauben verlieren und sich nicht mehr an die alte Ordnung gebunden fühlen? Meint Ihr, sie liefern Euch immer noch bereitwillig Gold und Silber, wenn ihnen Atahualpa nichts mehr gilt? Es war ein Segen, dass die Bestie Schamasch gefallen ist, denn so wurde den Indios vorgeführt, dass unsere Drachen keine Götter sind. Und es wäre gut, wenn Ihr das noch nachdrücklicher unter Beweis stellen würdet, Don Hernando«, schloss der Priester.

Einen Augenblick blieb es still. Dann hörte Mila eine gepanzerte Faust auf einen Tisch donnern. »Niemand rührt Behemoth an!«, rief Balian.

»Dann sorgt dafür, dass er sich aus dieser Angelegenheit heraushält, Balian«, meinte Don Hernando gleichgültig.

»Ich weiß nicht, ob ich das kann, aber ich weiß, dass Marduk und Nabu nicht tatenlos zusehen werden, wenn Ihr den Hochmeister und seine Nichte verhaftet.«

»Nun, deshalb schlage ich ja auch vor, dass wir die beiden zunächst als Geiseln nehmen«, sagte Konrad mit seiner leisen Stimme. »Das wird die Drachen hierherlocken, aber daran hindern, ihr Feuer einzusetzen. Sind sie aber erst einmal auf dem Platz, kümmere ich mich um den einen, den anderen überlasse ich Euren Artilleristen. Ich nehme an, das Geschütz ist vorbereitet?«

»Natürlich, eine doppelte Ladung Pulver und gehacktes Blei, wie Ihr es vorgeschlagen habt, Konrad«, sagte Don Hernando. »Wir werden sehen, wie …«

Mehr hörte Mila nicht, denn sie schlich mit zitternden Knien zurück in die Kammer. Sie wollten Nabu töten! Sie griff sich ihren Stab, aber als sie ihre Stiefel nehmen wollte, versagte ihre Linke ihr den Dienst. Der Unterarm war taub bis zum Ellenbogen.

Schweiß brach ihr aus. Dafür hatte sie jetzt keine Zeit. Sie musste ihren Onkel und die Drachen warnen, und das schnell! Als sie wieder hinauswollte, hörte sie einen Pfiff, und dann rannten Männer durch den Gang vor ihrem Versteck. Sie waren in voller Rüstung, und ihre Waffen klirrten. Mila zog sich hastig in die Kammer zurück.

Kemaq hatte das Zeitgefühl längst verloren, aber er arbeitete weiter, ohne Unterlass. Yanapi war jetzt neben ihm und half mit, so gut er konnte. Er hatte auch dafür gesorgt, dass die anderen Gefangenen wussten, was Kemaq vorhatte. Mit den Steinen, die nach draußen geschleppt wurden, kam das geflüsterte Wort von dem schnellen Läufer, der sie retten würde, wäre der Stollen nur erst frei.

»Ihr seid fleißig wie die Ameisen«, spottete der Yunga, der sie bewachte. Es war bereits der dritte, der diese Aufgabe innehatte, was Kemaq sagte, dass sie wirklich schon sehr lange unter Tage sein mussten.

»Ist draußen Tag oder Nacht?«, fragte er den Wächter.

»Ich wüsste nicht, was dich das kümmert, Steinmensch. Arbeite, bis wir dir sagen, dass du aufhören darfst.«

»Ich frage die anderen«, raunte Yanapi. Und so wanderte mit dem nächsten Stein die Frage nach der Tageszeit hinaus.

»Sie sagen, es ist schon weit nach Mitternacht«, flüsterte der Mann einige Zeit später.

Kemaq stöhnte. Wie lange war Jatunaq schon in den Händen des Kuka Machu? Und noch immer war kein Ende dieses Geröllhaufens in Sicht. Plötzlich rief sein Nachbar »Vorsicht!« und sprang zurück. Kemaq war zu langsam. Staub, Dreck und Steine polterten herab. Der ganze Geröllhaufen war ins Rutschen geraten. Er fiel zu Boden und spürte, dass seine Beine begraben wurden.

Der Gang füllte sich mit Staub. Es war zum Ersticken. Die Männer husteten, und der Yunga schrie: »Raus hier, alle raus!«

Auch Kemaq hustete. Seine Beine waren eingeklemmt. Der Kienspan kam kaum gegen den Staub an, und er konnte fast nichts mehr sehen. Er tastete nach seinen Beinen. Offenbar hatte er Glück im Unglück gehabt, Staub und Sand hatten sie begraben, bevor der große Brocken, der ihn einklemmte, sie verletzen oder gar zerschmettern konnte. Aber der Stein hatte sich unter anderen verkeilt, und Kemaq, der nicht aufstehen konnte, schaffte es nicht, ihn zu bewegen.

Plötzlich tauchte neben ihm im Staub jemand auf. »Warte, ich helfe dir«, sagte er. Es war Yanapi.

»Warum bist du nicht draußen? Das Geröll wird dich begraben«, rief Kemaq hustend.

»Unsinn«, sagte der Marachuna knapp. Er trug vorsichtig einige der oberen Steine ab. Erst dann gelang es ihnen, den schweren Brocken, der Kemaq eingeklemmt hatte, so weit zu bewegen, dass er freikam. Kemaq spuckte Staub aus. »Ich danke dir, Mann«, keuchte er.

»Warte«, sagte der andere, als sich Kemaq anschickte, hinauszulaufen.

»Was ist? Ich ersticke gleich«, hustete Kemaq.

»Der Staub – er zieht hinaus, merkst du das nicht?«

Und als Kemaq nicht verstand, fügte er hinzu: »Es zieht Luft durch den Gang. Wir haben es geschafft!«

Kemaq starrte auf den Berg Geröll, der den Gang verschloss. »Ich sehe keinen Durchgang«, sagte er langsam.

»Was erwartest du? Eine Straße? Ein Tor? Das Geröll ist abgesackt, du musst hinüberkriechen. Vielleicht ist es nur ein schmaler Spalt, aber ich werde dir helfen, ihn freizumachen. Doch wir sollten uns beeilen, bevor der Yunga zurückkehrt.«

Kemaq kroch vorsichtig hinauf auf das Geröll.

»Warte, die hier wirst du brauchen«, sagte der Marachuna und drückte ihm drei Kienspäne in die Hand. Einen brennenden nahm Kemaq zwischen die Zähne, während er weiterkroch. Es knirschte, und Steinbrocken polterten zu Boden. Tatsächlich, er spürte einen schwachen Luftzug, der aus der Dunkelheit kam. Er kroch weiter.

»Wird es gehen?«, fragte der Marachuna.

Wieder sackte der Haufen plötzlich ein Stück ab, und der Mann hinter ihm schrie auf.

»Bist du verletzt?«, rief Kemaq nach hinten.

»Nicht schwer, nicht schwer. Los – der Yunga wird bald wieder hier sein.«

Kemaq nahm den Span wieder zwischen die Zähne und schob sich weiter voran. Wie eine Eidechse zwängte er sich zwischen den Steinen und der Decke hindurch. Wenn er stecken blieb, war er verloren. Er wandte sich noch einmal um. »Kommst du mit?«, rief er.

»Nein, ich bin kein Chaski. Das ist dein Lauf, Kemaq, doch beeil dich, ich höre Schritte.«

Kemaq zwängte sich weiter zwischen den Steinen hindurch. Der Kienspan zwischen seinen Zähnen wurde schwächer und schwächer. Felsgrate schnitten ihm in den Rücken, und das Geröll schürfte ihm die Haut von den Oberschenkeln. Er spürte Blut an der Hüfte, als es einmal besonders eng wurde, aber er kam voran. Der Luftzug war jetzt deutlich fühlbar. Er roch feucht und modrig, und tiefschwarze Finsternis erwartete ihn. Kemaq kroch vorsichtig weiter.

Mila war in der Kammer gefangen, in der sie sich versteckt hatte. Sie massierte sich den linken Arm, aber er blieb taub wie ein Stück Holz. Es war ihr schwergefallen, in ihre Stiefel zu schlüpfen – nie zuvor war ihr aufgefallen, wie sehr sie doch beide Hände brauchte. Einige der Männer, die Pizarros Ruf gefolgt waren, warteten vor dem Saal, und damit standen sie auch vor dem Ausgang. Dort kam sie also nicht hinaus.

Sie kannte das Gebäude kaum. Es gab zwei Stockwerke, das wusste sie wenigstens, das untere war fensterlos, doch gab es oben Fenster? Sie hatte nie jemanden danach gefragt, wozu auch? Jetzt war sie eingesperrt in einem Käfig, dessen Gitter vielleicht riesige Löcher hatte – die sie nur leider nicht sehen konnte. Sie hoffte, dass die Männer auf dem Gang endlich verschwinden würden, aber sie taten ihr den Gefallen nicht. Schließlich beschloss sie, etwas zu versuchen. Es musste einfach Fenster im zweiten Stock geben – und sie musste irgendwie dorthin gelangen. Sie atmete tief durch und schlich aus der Kammer bis zum langen Gang. Sie horchte: Der Gang schien leer zu sein. Sie schlich hinaus. Mit dem Stab suchte sie nach Hindernissen, während sie sich so schnell wie möglich vorantastete. Ein einzelner achtlos fortgeworfener Krug konnte ihren Untergang bedeuten. Ein einziger Mann, der irgendwo in einer Kammer saß und sie vorbeihuschen sah, wäre ihr Ende.

Fast wäre sie gegen die Wand gelaufen, denn der Gang bog plötzlich ab. Sie blieb stehen, lauschte und tastete mit ihrem Stab leise den Boden ab. Ein Hindernis – nein, eine Stufe! Sie hatte die Treppe nach oben gefunden. Sie stieg hinauf, so leise wie möglich, hielt inne, als ihr Stab die letzte Stufe ertastete, und lauschte wieder. Fackeln flackerten an den Wänden. Aus einer der Kammern kam leises Gemurmel. Mila hörte genauer hin: Quechua, dort waren also Indios untergebracht. Vielleicht die Dienerschaft. Sie hielt den Atem an und lauschte. Da musste es doch eine Wache geben! Sie hörte nichts außer ihrem eigenen Herzschlag. Entweder, die Wache bewegte sich nicht, oder es gab wirklich keine. Sie hörte Rufe aus dem Gang hinter sich, dann Schritte. Die Ungewissheit zerrte an ihren Nerven. Es wäre ihr fast lieber gewesen, sie hätte eine Wache gehört, aber sie konnte nicht auf der Treppe bleiben.

Mit angehaltenem Atem tastete sie sich leise voran, den Stab bereit für einen Kampf. Sie trat auf den Gang hinaus – Stille. Keine Wache? Sie hielt den Atem an und schlich weiter durch die Finsternis, die ihre Welt war. Der Gang schien an vielen Kammern vorüberzuführen. Mila spürte den Stoff der Vorhänge vor den Eingängen. Sie huschte durch den nächsten. Ihr Stab stieß auf viele Hindernisse. Ein Lager vielleicht. Sie kehrte um, versuchte die nächste Kammer. Wieder fand sie sie mit Dingen vollgestopft. Es war stickig, also gab es vermutlich auch kein Fenster. Sie schlich zum nächsten. Hier war die Luft besser. Sie tastete sich voran. Auch in dieser Kammer waren Dinge gestapelt, und viele fremde Gerüche stiegen ihr in die Nase. Also wieder ein Lager. Ihr Stab stieß gegen so etwas wie einen Tisch, aber aus dieser Richtung kam die frische Luft. Endlich erreichte sie die Wand. Da, das Fenster – sie tastete es ab, aber es war viel zu schmal. Eigentlich war es nur ein Schlitz in der Mauer. Sie tastete weiter die Wand entlang, was mühsam war, denn ihre Linke war immer noch taub wie Stein, und sie musste den Stab unter den Arm klemmen. Sie fand noch zwei weitere, kaum handbreite Schlitze, die die Erbauer in der dicken Mauer offen gelassen hatten. Es führte kein Weg hinaus. Sie rang die aufsteigende Panik nieder und kehrte um. Irgendwo knarrte etwas Hölzernes. Eine Tür? Das schien ungewöhnlich, aber genau so klang es. Dann hörte sie Schritte auf dem Gang. Schwere spanische Stiefel. Aber nein, nicht auf dem Gang – sie kamen eine steinerne Treppe herunter. Gab es hier drei Stockwerke? Sie hatte den Palast durch Nabus Augen gesehen, wenn auch nur von weitem. So groß hatte er doch gar nicht gewirkt.

Sie hielt den Atem an, als der Mann an ihrem Versteck vorüberschlenderte. Er schien in eine der nahen Kammern zu treten.

»Ah, gibt es etwas Neues?«, fragte eine Stimme.

»Nein, alles ruhig. Die Stadt scheint zu schlafen, niemand ahnt, was wir vorhaben. Aber es ist eine sternklare Nacht, und kalt wird sie auch.«

»Die Ruhe wird bald enden, denke ich«, meinte die erste Stimme.

»Ganz wohl ist mir bei der Sache nicht«, meinte der Zweite.

»Plagt dich dein Gewissen? Er soll doch ein Ketzer sein, und sie eine Hexe«, sagte der andere. *Das hat sich ja schnell herumgesprochen,* dachte Mila grimmig.

»Hat der Kleine Graf dir das auch erzählt?«, fragte der Zweite. »Aber ich rede nicht von meinem Gewissen, das ist rein, wie Gott weiß, denn die Padres sagen doch, dass es sein muss. Worüber ich mir viel mehr Sorgen mache, das sind die Drachen.«

»Wohl wahr«, erwiderte der Erste. »Aber ich verlasse mich darauf, dass der Kleine Graf seinen Teil tut.«

»Ich traue ihm nicht«, meinte der Zweite. »Hast du ihm mal in die Augen gesehen? Es fällt ihm schwer, dem Blick eines ehrlichen Mannes standzuhalten. Es hat schon seinen Grund, dass ihn nicht einmal die Drachen mögen. Und seit Tagen sein Geflüster, dass dieses Mädchen eine Hexe ist. Hast du sie dir angesehen? Blind ist sie und wirkt so harmlos.«

»Aber sie reitet auf einer riesigen Bestie, und ich habe mich immer schon gefragt, wie das möglich ist.«

Mila durchfuhr es wie ein Blitz: Das Dach! Warum war sie nicht schon längst darauf gekommen? Die Treppe führte offensichtlich aufs Dach, vielleicht, weil die Indios dort oben irgendwelche Rituale abhielten. Wenn sie dort hinaufkam, konnte sie die Drachen rufen. Es war noch nicht alles verloren! Sie musste nur verhindern, dass sie auf dem Platz landeten. Doch die Männer, die sich unterhielten – sie hatte den Eindruck, dass sie sich in der Kammer befanden, aber sicher war sie nicht. Es gab hier keine Türen, nur Vorhänge, und wenn der Vorhang nicht geschlossen war, würde man sie entdecken.

Sie sammelte all ihren Mut und schlich leise aus der Kammer. Die Drachen zu rufen hatte einen entscheidenden Nachteil – auch die Verschwörer würden sie hören. Aber darauf musste sie es ankommen lassen. Sie schlich zu den Stufen, und ihr Stab kratzte über den Stein. Sie blieb stehen.

»Hast du das gehört?«, fragte einer der beiden Spanier aus der Kammer.

»Nein, was denn?«

»Dieses Geräusch.«

»Sicher nur eine Maus. Diese Indios sind doch so eingeschüchtert, dass sie sich niemals ohne unsere Erlaubnis aus ihren Kammern wagen. In diesem Land sind die Mäuse wohl tapferer als die Männer.«

Die beiden Spanier lachten über die Bemerkung, und Mila tastete sich vorsichtig weiter voran. Die Treppe war lang, und sie endete an einem Hindernis, einer hölzernen Klappe. Eine Falltür! Das war also das laute Knarren gewesen, das sie vorhin gehört hatte. Wo war der Riegel? Sie klemmte sich den Stab unter den nutzlosen linken Arm und tastete das Holz mit der Rechten ab. Es dauerte eine Weile, bis sie endlich begriff, dass es offenbar gar keinen Riegel gab. Mila stemmte sich mit der Schulter vorsichtig gegen die Falltür, und sehr, sehr langsam drückte sie sie auf. Draußen waren leise Stimmen. Sie verharrte, dann wurde ihr klar, dass sie wohl nicht vom Dach, sondern aus einer nahen Gasse kamen. Männer marschierten dort. Es war keine Frage, wohin sie unterwegs waren. Es war schon fast zu spät. Jetzt musste es schnell gehen. Sollten die Wachen sie eben hören! Mila stieß die Klappe weiter auf, schlüpfte hindurch, wobei ihr der eigene Stab sehr im Weg war, und ließ sie zufallen. Dann stellte sie sich darauf. Sie trug nur die leichte Baumwollrüstung, die ihr Don Mancebo geschenkt hatte, und wäre zum ersten Mal froh gewesen, wenn sie ihre schwere Rüstung getragen hätte. Lange würde sie die Männer nicht aufhalten können. Doch das war ihr jetzt gleich. Sie legte die Rechte als halben Trichter an den Mund, wandte sich in die Richtung, in der sie Norden vermutete, und rief: »Nabu! Marduk! Gefahr! Gefahr!«

Das Geröll gab unter Kemaq nach, er rutschte, und der Kienspan glitt ihm aus dem Mund. Er fiel zwischen einige Gesteinsbrocken, flackerte noch einmal kurz auf und erlosch. Sofort senkte sich tiefste Dunkelheit über ihn. Kemaq unterdrückte einen Fluch und starrte in die Finsternis. Dort – dort glomm noch ein Rest Glut. Er brauchte sie, denn er trug zwar noch zwei Kienspäne am Gürtel, aber doch kein Feuer! Er rutschte hinab, versuchte, den Span zu fassen zu bekommen. Der Schutthaufen bewegte sich wieder, sein Arm wurde eingeklemmt, Sand rutschte über den Span und erstickte die Glut. Jetzt war das Licht endgültig verloren.

Jenseits des Geröllhaufens hörte er Stimmen durch den Staub dringen. Offenbar nahmen sie die Arbeit wieder auf. Auch wenn die Marachuna sich Zeit ließen, irgendwann würde selbst der einfältigste Yunga merken, dass sie den Durchbruch geschafft hatten, vielleicht sogar, dass jemand fehlte. Sie würden ihn verfolgen, und Krieger mit Fackeln waren in dieser Finsternis auf jeden Fall schneller als ein Läufer ohne. Aber es half ja nichts. Er hatte jetzt mehr Platz, tastete sich auf allen vieren weiter voran und erreichte schließlich festen Boden. Das Geröll lag hinter ihm, aber er war wie blind. Er streckte die Hände aus und tastete sich voran. Am Anfang war er besonders vorsichtig, denn es lagen noch viele Steine im Stollen, und mehr als einmal stolperte er. Aber das hörte irgendwann auf. Er hielt die Hände nach oben, denn seine größte Sorge war, dass er sich irgendwo den Schädel einrannte. Es ging nur langsam, selbst die alte Payakmama hätte mit ihm Schritt halten können, aber immerhin kam er voran. Bald darauf teilte sich der Gang. Davon hatte ihm keiner etwas gesagt! Vermutlich gab es Zeichen, die den Priestern den Weg wiesen, wenn sie mit ihren Fackeln hier durchkamen – aber er hatte eben keine Fackeln. Er blieb stehen. Er war sich nicht sicher, aber der schwache Luftzug schien ihm doch aus dem rechten der beiden Gänge zu kommen, ebenso wie der feuchte und modrige Geruch. Und auch davon hatte niemand etwas gesagt.

Mila lauschte, aber die Drachen antworteten nicht. Sie rief noch einmal: »Nabu! Marduk! Zu Hilfe, Gefahr!«

Die Männer in der Gasse hatten sie jedoch sehr wohl gehört. »Dort oben, auf dem Dach. Die Hexe. Fangt sie!«, rief Don Hernando. Etwas zischte dicht an Mila vorbei. Sie spürte den Luftzug auf der Wange – ein Armbrustbolzen!

»Fangen, habe ich gesagt!«, schrie Pizarro. »Ich will sie lebend. Und ihr anderen, schnell, bevor diese Bestien hier sind!«

Sie hörte die Männer in verschiedene Richtungen davonstürmen. Dann bewegte sich die Klappe unter ihr. Jemand versuchte, sie anzuheben. Sie machte sich schwer, aber was wog sie schon? Jetzt, endlich, klang das laute Gebrüll von Marduk über die Mauer. Die Drachen kamen! Wieder wurde die Falltür angehoben. Sie stach blindlings mit dem Stab in den Spalt hinein, der sich unter ihr öffnete. Ein Mann fluchte, und die Klappe fiel wieder zu. Jetzt hörte sie mehrere Stimmen von unten. Mit der Rechten fand sie den Mechanismus ihres Stabes und ließ die Klingen herausspringen. Das war eine Sache auf Leben und Tod. Irgendwo, gar nicht weit entfernt, hörte sie jetzt Schreie. Es wurde gekämpft. Wieder brüllte Marduk, und Nabu fiel in sein Brüllen ein. Sie waren schon ganz nah.

»Eine Falle, Nabu! Landet nicht auf dem Platz! Hierher, hierher!«, rief Mila verzweifelt.

Unten am Platz fiel ein Schuss aus einer Pistole, gedämpft durch die Mauern des Hauses, in dem sie abgefeuert worden war. Mila wurde angehoben. Mindestens zwei Männer stemmten sich gegen die Klappe. Sie wusste, dass dieser Kampf verloren war, und sprang von der Falltür, die krachend zur Seite flog.

»Ergreift sie, Männer – lebend, wenn es geht«, brüllte einer.

Mila lauschte auf die Spanier, die aufs Dach sprangen, und sie lauschte in die Finsternis hinaus. Der Kampf im Haus ihres Onkels – sie konnte von dort nichts mehr hören. War er schon zu Ende? Aber für solche Gedanken blieb wenig Zeit. Ihre Gegner drängten aufs Dach und waren sich offenbar nur noch nicht einig, wer von ihnen sie angreifen sollte. Also sprang sie vor und stieß zu. Mit nur einer Hand brachte sie nur halbe Kraft auf, aber die scharfe Klinge durchstieß ein Hindernis, vielleicht Leder, und ein Mann stöhnte getroffen auf. Mila sprang zurück. »Verdammt, diese Hexe hat mich verwundet!«, brüllte der Getroffene.

»Ihr werdet doch wohl mit einem Weib fertig«, rief der Hauptmann, der jetzt erst das Dach erreichte. Mila hörte, wie sein Schwert aus der Scheide glitt. Dann erschütterte das Brüllen der Drachen das Gebäude. Ein durchdringendes Fauchen folgte, Männer schrien auf, und Mila spürte die Hitze eines Flammenstrahls, der sie knapp verfehlte. Sie duckte sich. Das Dach erbebte, ein Drache setzte hart neben ihr auf. Es war Nabu. Er brüllte wieder, und die Männer hatten genug. Mila hörte, wie sie ihre Waffen fallen ließen und hastig die Treppe hinabflohen. Nabu war ganz nah. Sie tastete nach ihm. Er trug kein Geschirr, aber er bot ihr sein Bein als Hilfe an. Sie klemmte den Stab unter den Arm, aber nun war er noch hinderlicher, und sie kam nicht hinauf. Plötzlich durchfuhr ein Brennen ihren Arm. Das Gefühl kehrte zurück, es war ein Schmerz wie von tausend Nadeln.

Marduk war noch in der Luft, Mila hörte ihn über sich hinwegrauschen. »Sie wollen den Hochmeister töten!«, rief sie hinauf, und Marduk antwortete mit einem wütenden Brüllen.

»Konrad – Euer Schuss!«, schrie Pizarro, irgendwo unten in den Gassen.

Und dann krachte ein Schuss, so laut, dass Mila erschrocken zusammenfuhr.

Das Brüllen Marduks verstummte jäh. Nabu stöhnte, und dann hörte Mila ein grässliches Geräusch: ein schwerer Sturz, ein Splittern von Steinen und Knochen, ein Körper, der im Fallen ein Haus zerschmetterte. »Marduk!« Sie schrie entsetzt auf.

»Auf meinen Rücken, Milena, schnell!«, rief Nabu.

Unten im Gang schrie jemand nach den Arkebusen. »Verdammt, was ist mit dem Geschütz?«, brüllte Hernando Pizarro.

Etwas zischte an Mila vorüber.

»Schnell doch!«, rief Nabu.

Beinahe automatisch folgte sie seiner Aufforderung, klammerte sich an seine Schuppen und war, noch ehe sie begriff, was vorging, in der Luft. Schüsse krachten, und Armbrustbolzen sausten dicht an Mila vorbei. Nabu stöhnte auf. Unten in den Gassen brüllte Balian nach Behemoth.

»Halt dich fest, Milena«, stieß Nabu hervor. Seine Flügel schlugen schnell und kräftig. Wieder krachten Schüsse, und dann feuerte auch die Kanone mit lautem Donner, und Mila war, als hörte sie das Blei mit tödlicher Geschwindigkeit heransausen. Sie presste sich an den Leib des Drachen. Geschosse flogen dicht an ihr vorbei, aber sie wurde nicht getroffen. Nabu zischte wütend und flog schneller. Mila machte sich so klein wie möglich. Ihr Arm brannte, und merkwürdig passend stieg der Geruch des brennenden Waldes zu ihr auf. Hinter ihnen brüllte Behemoth laut und herausfordernd. Es war noch nicht vorbei.

Kemaq tastete sich voran. Er hatte gehofft, dass sich seine Augen irgendwann an die Dunkelheit gewöhnen würden, wie es nachts geschah, aber das hier war keine Nacht. Es war lichtlose Finsternis tief unter der Erde. Eine Weile hatte er noch ganz weit weg das Rumpeln der Steine gehört, dort, wo die anderen Gefangenen wohl immer noch an dem Geröllhaufen arbeiteten. Dann war eine lange Stille gefolgt, nur unterbrochen vom Echo seiner Schritte. Er schlurfte voran, die Hände weit ausgestreckt, und doch hatte er sich schon zweimal den Kopf an der Decke angestoßen. Er hob ein paar Steine auf und versuchte, Funken damit zu schlagen, aber der Fels war feucht und mürbe, und er gab es bald auf.

Der Gang war eigenartig, der Boden sehr uneben, und auch die Breite des Stollens schwankte stark. Einmal wurde es so eng, dass er schon dachte, er käme nicht weiter, ein anderes Mal weitete der Gang sich so sehr, dass seine Hände ins Leere tasteten. Aber jetzt fühlte er wieder auf beiden Seiten Felsen – Stein, der feucht war. *Ein gutes Zeichen,* sagte er sich, *Tamachoc ist der Gott des Regens. Du bist auf dem richtigen Weg.* Das gab ihm Mut, und eine Zeitlang traute er sich, schneller durch die Finsternis zu gehen. Bald darauf hörte er ein neues Geräusch: das leise Tropfen von Wasser. Das hielt er für ein noch besseres Zeichen. *Vielleicht heißt es aber auch, dass du bald nicht weiterkommst, weil ein Fluss dei-*

nen Weg versperrt, und was machst du dann?, fragte seine innere Stimme. »Das werde ich dann sehen«, antwortete er sich selbst. Wurde er verrückt? Er führte schon Selbstgespräche. *Das ist nur die Dunkelheit,* versuchte er sich zu beruhigen.

Das Tropfen wurde lauter, und plötzlich trat er in Wasser. Es bedeckte knöchelhoch den Stollenboden. *Da hast du deinen Fluss.* Er ging weiter. Das Wasser stieg bis zu den Knien. Es war eiskalt. Plötzlich fassten seine Hände ins Leere. Der Gang weitete sich. Kemaq blieb stehen. Es klang jetzt auch anders. Er stieß einen vorsichtigen Ruf aus und lauschte. Eine Höhle. Er war in einer großen, weiten Felsengrotte. Auch davon hatte Payakmama nichts gesagt. War er also doch falsch abgebogen? Oder gab es irgendwo in dieser Finsternis einen Ausgang? Er lauschte wieder. Ein Rauschen drang heran, das nicht von seinen Schritten herrührte. Irgendwo floss ein Bach oder etwas Ähnliches. Er musste ihn finden, denn er würde doch nach draußen fließen, oder? Er tastete sich hinaus in die Höhle und ließ die Steinwände hinter sich. Das Wasser reichte ihm nun über die Knie. Er spürte keinerlei Strömung im kalten Wasser, aber er hörte immer noch dieses Rauschen, wenn er stehen blieb. *Wenn du ertrinkst oder erfrierst, war alles umsonst,* dachte er. »Dann darf das eben nicht geschehen«, sagte er laut und ging weiter.

Die Stadt blieb zurück, auch den brennenden Wald ließen sie bald hinter sich. Mila klammerte sich an Nabus Rücken. Sie flogen ohne Geschirr, und das war heikel, aber der warme Drachenkörper gab ihr wenigstens Trost in dieser dunklen Stunde. Sie musste davon ausgehen, dass ihr Großonkel tot war. Und Marduk auch. Es war unvorstellbar, und sie fragte sich, warum sie nicht weinte. Nach einer Weile fiel ihr auf, dass Nabus Flügelschlag unruhig wirkte.

»Bist du verletzt?«, fragte sie.

»Unter dem rechten Flügel, doch nicht sehr schwer. Diese Arkebusen können einem Drachen nicht viel anhaben, Prinzessin.«

»Aber Marduk …«, begann sie.

»Eine Drachenbüchse, Milena. Die Spanier haben eine Drachenbüchse mitgebracht.«

Sie brauchte eine Weile, um zu begreifen, was das bedeutete. »Dann haben sie das von Anfang an geplant.«

»Auf jeden Fall haben sie damit gerechnet, dass sie sie brauchen werden«, entgegnete Nabu düster.

»Es war Konrad, der geschossen hat«, wandte Mila ein.

»Wirklich?«, fragte der Drache. Mila bemerkte, dass ihn der Flug anstrengte.

»Willst du landen und dich ausruhen?«, fragte sie.

»Das ist vielleicht keine gute Idee, Prinzessin«, keuchte er. »Wir werden verfolgt.«

Instinktiv drehte Mila sich um. Aber hinter ihr lag die gleiche Schwärze, die sie immer umgab.

Ein Verfolger? Das konnten nur Behemoth und Balian sein.

»Ich dachte, Drachen kämpfen nicht gegen Drachen«, rief sie hoffnungsvoll.

»Aber vielleicht kämpft Balian gegen dich, und das will ich nicht riskieren, Prinzessin.«

Plötzlich war die Flamme da, teilte sich, und Mila sah die nächtliche Landschaft unter sich dahinfliegen. Es war ein eigenartiger Anblick, denn die meisten der unzähligen Flammen, aus denen das Bild sich aufbaute, waren so schwach, dass sie beinahe schwarz waren. Manchmal wandte Nabu den Kopf, um nach hinten zu sehen, und dann sah sie sich selbst. Die weiße Baumwollrüstung schimmerte schwach im Sternenlicht, und weit hinten glaubte sie, einen dunklen Fleck zu sehen, noch schwärzer als die Nacht, die ihn umgab. Aber das Bild war so unruhig, dass sie sich irgendwann nicht einmal sicher war, dass es diesen dunklen Fleck wirklich gab. »Bist du sicher, dass Behemoth uns verfolgt?«

»Ziemlich sicher«, gab Nabu zurück.

»Aber ich sehe ihn nicht«, erwiderte Mila.

»Wie meinst du das?«, fragte der Drache.

Mila runzelte die Stirn. »Na, das Flammenbild, du hast dich doch eben umgeschaut, aber ich kann ihn nicht sehen. Das Bild ist zu undeutlich.«

Nabu schwieg einen Augenblick. Dann sagte er sanft: »Aber ich habe gar nicht versucht, unsere Gedanken zu verbinden, Prinzessin.«

Jetzt war es an Mila, sprachlos zu sein.

Nabu schüttelte den Kopf und lachte leise. »Wenn diese Stunde nicht so dunkel wäre, würde ich sagen, es ist ein großer Tag. Du hast die Verbindung selbst geschaffen, Milena, endlich. Ich hatte schon nicht mehr gedacht, dass das möglich ist. Und jetzt ist es geschehen, und ich habe es nicht einmal bemerkt.« Nach einer Weile setzte er hinzu: »Das erklärt mir noch etwas anderes. Als du nach uns gerufen hast, in der Stadt, da bemerkte ich plötzlich ein helles Aufleuchten, eine Flamme. Marduk erging es wohl ebenso, denn er hob erstaunt den Kopf, noch bevor dein Hilferuf an unsere Ohren drang.«

Mila war zu verblüfft, um zu antworten.

»Eine Flamme?«

»Deine Flamme, Prinzessin, ein Feuer, hell und strahlend wie von einem neugeborenen Drachen.« Er schwieg und fügte hinzu: »Und es gibt noch mehr, worüber wir reden müssen, aber vielleicht nicht jetzt. Behemoth holt auf.« Das Feuerbild schwankte, weil Nabu wieder zurückblickte. »Siehst du ihn jetzt, Prinzessin?«

Ja, jetzt sah sie ihn. Ein großer schwarzer Schatten, der unaufhaltsam immer näher kam.

»Bis Caxamalca werde ich unseren Vorsprung nicht halten können, Milena. Besser, du machst dich auf einen Kampf gefasst. Achte vor allem auf Balians Armbrust. Er ist ein guter Schütze.«

»Und was wirst du tun, Nabu?«

»Ich weiß es nicht. Ich hoffe, dass Behemoth unser Schwur genauso heilig ist wie mir, denn kämpfen werde ich gegen ihn nicht. Auch nicht für dich. Es tut mir leid.«

Beinahe in der Mitte der Felsengrotte ragten drei Felsnadeln empor, etwa gleich groß und deshalb besonders auffällig für Kemaqs tastende Hände. Sie kamen ihm bekannt vor. Er schüttelte den Kopf und sagte sich, dass das nicht sein konnte, aber als er sie zum dritten Mal fühlte, wusste er, dass er im Kreis ging. Es musste doch einen Ausgang aus dieser verfluchten Höhle geben! Er hörte den Bach rauschen, immer noch. Manchmal wurde er lauter, dann wieder leiser, aber wenn er versuchte, genau in die Richtung zu gehen, aus der das Geräusch vermeintlich kam, wurde es plötzlich wieder leiser. Er blieb stehen. Es brachte doch nichts, hier wie ein Blinder durch die Finsternis zu irren. Er versuchte es erneut, wartete, bis auch das letzte Rauschen seiner Schritte im Wasser verklungen war, ging zwei Schritte, wartete wieder. Er begann zu verstehen, dass die Höhle ihn täuschte. Es war wie in den Bergen, in denen die Hänge auch manchmal den Klang so ablenkten, dass ein Reisender die Quelle des Geräusches an der falschen Stelle vermutete. Er versuchte wieder zwei Schritte. Der Bach schien wieder leiser zu werden. Aber dieses Mal fiel er nicht darauf herein. Er ging weiter, blieb stehen, ging wieder zwei Schritte. Ja, es war die Grotte, sie lenkte den Klang um. Er war sich jetzt beinahe sicher, die Richtung gefunden zu haben, und bemühte sich, einfach geradeaus zu gehen. Das Wasser wurde plötzlich flacher, und dann stieß er unvermittelt auf eine Wand. Stein, harter, fester Fels. Das war gut. Und der Bach schien nicht weit zu sein. Er tastete sich die Wand entlang. Das Geräusch wurde leiser.

Nur die Ruhe, dachte er und ging noch einige Schritte weiter. Erst als er ganz sicher war, dass das Geräusch wirklich schwächer wurde, kehrte er um. Ihm wurde schlecht, wenn er daran dachte, dass der Weg inzwischen vermutlich auch für seine Verfolger frei war. Und die hatten Licht und würden nicht stundenlang im Dunkeln umherirren. Da, seine Hand fasste ins Leere! Aber der Bach wurde nicht viel lauter. Dann fühlte er eine weitere Wand. Ein Gang – er war in einem schmalen Gang, der den

Klang ablenkte. Das Geräusch des Baches schien vom anderen Ende dieses engen Weges zu kommen.

Das Hochland flog unter ihnen dahin, und der Schatten, der sie verfolgte, rückte unerbittlich näher. Nabu keuchte, und sein Flügelschlag wurde immer unruhiger. Schließlich seufzte er und streckte die Flügel aus. Er verlagerte sein Gewicht und flog eine langgezogene Schleife. »Wenn es losgeht, solltest du dich auf eine harte Landung gefasst machen, Milena. Ich werde versuchen, dort vorn nah am Wald zu landen. Vielleicht kannst du zwischen den Bäumen entkommen.«

Mila nickte stumm. Behemoth ließ einen leisen Ruf hören. Nabu wandte sich ihm zu, und durch seine Augen sah Mila den Schatten des großen Drachen heranrauschen. Er glitt jetzt ebenfalls ohne Flügelschlag durch die Nacht.

»Augenblick«, rief Mila, »er trägt keinen Reiter!«

Nabu zog die Schleife enger und flog damit Behemoth direkt entgegen. »Ich bin blind«, knurrte er, »und du hast Recht.« Dann stieß er selbst einen leisen Ruf aus, den Behemoth wieder beantwortete.

Erneut vollführte Nabu eine enge Wende in der Luft, und Mila hörte an seinem leisen Stöhnen, dass ihm das Schmerzen bereitete. Dann flogen die beiden Drachen Seite an Seite. Ihre Flügelspitzen berührten sich fast, aber sie glitten zunächst schweigend durch die Nacht.

Schließlich brach Mila dieses Schweigen: »Wo ist Ritter Balian?«, rief sie hinüber.

Behemoth schüttelte den schweren Kopf. »In der Stadt. Er rief mich. Doch dann sah ich Marduk. Der Stinker schneidet ihn auf.«

»Und was ist mit meinem Onkel, dem Hochmeister, Behemoth?«, rief Mila.

»Maximilian ist tot. Ich sah, dass sie seine Leiche über den Platz schleiften.«

Nabu knurrte. Dann sagte er nach einer düsteren Pause: »Du hättest mich früher rufen können. Ich dachte, du jagst uns.«

Behemoth antwortete mit einem tiefen Grollen. »Ich weiß nicht, was ich tun soll. Ich hätte sie verbrannt, wenn Balian nicht auch dort gestanden hätte. Ich kann doch meinen Ritter nicht töten«, setzte er hinzu.

Mila fühlte sich vollkommen leer. Ihr Großonkel war tot. Aber sie konnte nicht weinen. Sie rief hinüber: »Balian hat den Hochmeister verraten, und damit den Orden und die Drachen des Ordens. Und es war sein Bruder Konrad, der Marduk getötet hat. Ich glaube nicht, dass er noch als Ritter des Ordens gelten kann.«

Wieder glitten sie eine ganze Zeit schweigend durch die Nacht. Behemoth schien nachzudenken. Erst nach einer ganzen Weile fragte er mit einer Ruhe, die erschreckend wirkte: »Und was tun wir jetzt, Nabu, den man den Weisen nennt?«

»Wir müssen beraten, Behemoth. Wir werden die anderen Drachen zusammenrufen. Wenigstens die, die in Caxamalca sind.«

»Es kann nur eine Entscheidung geben«, meinte Behemoth, nachdem er wieder länger nachgedacht hatte.

»Welche meinst du?«, fragte Mila, nachdem Nabu darauf offenbar nichts entgegnen wollte.

»Vergeltung«, erwiderte Behemoth kalt.

Der Gang war sehr schmal, und Kemaq fragte sich, ob das wirklich der Weg sein konnte, den die Priester einst genommen hatten. Das Rauschen wurde lauter, und schließlich endete der Gang, und Kemaq trat wieder ins Wasser. Ein Bach, er musste einfach hinausführen, doch die Frage war, ob ein Mensch ihm dabei folgen konnte. Kemaq dachte nach. Es war der Mond des Jätens auf den Feldern, und das Regenfest der Marachuna fand immer erst am Ende dieses Mondes statt. Noch waren die Berge voller Wasser, denn der Frühling war noch nicht zu Ende. Wenn also die Priester hier durchgekommen waren, hatte der Bach sicher viel weniger Wasser geführt. Er seufzte und ging weiter.

Vielleicht war es nur Einbildung, aber er glaubte, dass der Fels unter seinen Füßen geglättet worden war. Die Frage war nur, ob von Menschenhand oder vom Wasser, mit dem die Berggötter den Befehl Tamachocs erfüllt hatten. Der Weg, wenn es denn einer war, war nur an wenigen Stellen trocken. Die meiste Zeit musste Kemaq durch eiskaltes Wasser waten und sehr darauf achten, auf dem glatten Fels nicht auszurutschen. Die Dunkelheit war das Schlimmste, denn ihm war klar, dass er jeden Augenblick in ein tiefes Loch treten konnte. Er würde es erst merken, wenn es zu spät war. In dem anderen Gang – und inzwischen hatte er begriffen, dass auch dieser Stollen von einem Bach gegraben worden war – hatte sein Gehör ihm noch Anhaltspunkte geliefert. Da hatte er doch wenigstens ansatzweise hören können, ob der Stollen schmaler oder weiter wurde, oder ob irgendetwas ihm den Weg versperrte. Hier jedoch übertönte das Brausen des Baches alles. Und so fühlte er sich nicht nur blind, sondern auch noch taub, als er sich weiter vorantastete. Allmählich verlangte sein Körper auch nach Ruhe. Er hatte den ganzen vergangenen Tag und die halbe Nacht durchgearbeitet und irrte nun schon seit Stunden durch die Dunkelheit. Kemaq biss die Zähne zusammen. Er durfte jetzt nicht nachlassen. Er würde verfolgt werden. *Wenn sie mit ihren fliegenden Göttern über den Berg kommen, ist ohnehin alles verloren,* dachte er.

»Aber die Chachapoya lassen sie nicht über den Berg«, erwiderte er, und er sagte es laut, um sich Mut zu machen. Doch seine eigenen Worte wurden vom Lärm des tosenden Gewässers verschluckt.

45. Tag

Mila sah, dass es bereits dämmerte, als sie sich endlich Caxamalca näherten, denn das Flammenbild vor ihrem Inneren Auge wurde heller. Sie fühlte sich völlig zerschlagen und von tiefer Traurigkeit erfüllt. Ihr Onkel war tot. Nabu hatte ihr empfohlen, auf seinem Rücken zu schlafen, aber sie wollte nicht. Noch nie hatte sie so lange durch seine Augen sehen können, und sie hatte Angst, dass sie diese Fähigkeit im Schlaf wieder verlieren könnte.

»Sieh nur«, rief Nabu. Und Mila sah – sie sah die Drachen über den heißen Quellen von Caxamalca kreisen.

»Es sind fast alle«, rief Behemoth herüber.

Nabu schien seine Augen nicht von diesem Bild lösen zu können, aber ohne Zweifel, es kreisten dort sieben Drachen in der Morgendämmerung, und es sah fast aus, als würden sie die beiden Ankömmlinge erwarten. Jetzt löste sich einer von ihnen aus dem Schwarm und kam ihnen entgegen. Es war Nergal. »Wir haben euch erwartet«, rief er.

»Ihr habt das neue Licht gesehen?«

»Wir waren nicht sicher, was es bedeutet. Es ist fast wie in alter Zeit.«

»Was für ein Licht, Nergal?«, fragte Mila.

Aber er gab ihr keine Antwort, sondern rief: »Zwei andere Flammen können wir jedoch nicht mehr sehen.«

»Marduk ist gefallen. Ebenso Schamasch.«

Nergal zischte: »Also ist ihr Feuer wirklich erloschen! Wie konnte das geschehen?«

»Wir wurden verraten, Nergal, von Balian und seinem Bruder. Doch lass uns landen. Dieser Flug war anstrengend.«

Nergal fauchte wütend und drehte eine Rolle in der Luft. Dann schoss er so dicht über Mila hinweg, dass sie unwillkürlich den Kopf einzog, und blieb nun ein Stück über ihnen.

»Verrat also«, zischte er von oben herab. »Ich habe es kommen sehen.« Und dann schoss er mit einem wütenden Brüllen davon.

Durch Nabus Augen sah Mila unten das große Haus des Inka. Männer in blinkender Rüstung standen davor. Sie wurden also auch von den Rittern des Ordens erwartet. Die Drachen kreisten über ihnen. Mila fror. Ihr Onkel war tot, Sir William ebenfalls, und zwei Drachen waren gefallen. Sie hatte keine Ahnung, wie sie all das erklären sollte, und noch weniger wusste sie, was jetzt zu tun war.

Der Bach schlängelte sich in langen Windungen durch den Fels. Einmal wurde der Gang so niedrig, dass Kemaq den Kopf einziehen musste. Wieder kamen die Zweifel zurück, ob er auf dem richtigen Weg war. Dann stand er plötzlich vor einer Wand. Sie versperrte ihm den Weg. Links von ihm donnerte der Bach. Er tastete sich vor, weil er hoffte, dass es nur eine Steinsäule war und der Weg hinter ihr weiterführte, aber so weit er den Arm auch ausstreckte, seine Finger bekamen nur glatten Stein zu fassen. Eine Sackgasse! Er konnte es nicht fassen. Er war so weit gekommen, und nun sollte es nicht weitergehen? Er atmete tief durch und tastete den Felsen ab. Da! Eine Kerbe im Stein. Er strich darüber. War es nur eine zufällige Einkerbung? Seine Finger tasteten die Kerbe entlang. Eine Schlange. Jemand hatte das Bild einer Schlange in den Fels geschlagen. Doch was half ihm das?

Der Bach brauste mit Macht an ihm vorüber. Die Priester würden doch wohl kaum den weiteren Weg geschwommen sein. Er betastete die Schlange noch einmal. Natürlich – sie war ein Hinweis. Die deutliche Schlangenwindung war ein Zeichen: Er musste auf die andere Seite des Baches. Doch wie? Das ohrenbetäubende Brausen verriet ihm, dass die Strömung stark und der Bach breit war. Wie waren die Priester auf die andere Seite gelangt? Mit einem Seil vielleicht? Er tastete die Decke ab und die Wand, aber er fand nichts. Dann streckte er einen Fuß hinaus in das kalte Wasser. Seine Zehen stießen auf einen Widerstand. Trittsteine! Wie hielten die aber der Strömung stand? Würden sie sein Gewicht tragen? Oder gerade dann wegbrechen, wenn er versuchte, darüber an das unsichtbare Ufer zu gelangen?

Er wagte den Schritt in die Dunkelheit. Der Stein rührte sich nicht. Kemaq betastete ihn. Er schien fest im Felsen verwachsen, und als er sich aufrichtete, stieß er mit dem Kopf an eine Steinsäule, die von der Decke herabhing. Das also war das Geheimnis. Das Steinvolk hatte eine vom Fels geformte Säule zerschlagen. Gab es eine zweite? Er streckte das Bein aus. Aber da war nur Wasser, nichts als eiskaltes Wasser. Er dachte nach. Die Priester kamen sonst später, der Bach führte dann weniger Wasser. Also würde der Stein jetzt vielleicht unter Wasser sein. Tatsächlich – sein Fuß spürte einen Widerstand unter Wasser. Einen Stein. Er wagte den Schritt. Dann riss die Strömung seinen Fuß vom Stein, und er stürzte ins eiskalte Wasser.

»Wo ist Balian?«, rief der Tressler, als Mila landete. »Ich sehe Behemoth – doch wo ist mein Neffe Balian? Was hat diese ganze Aufregung zu bedeuten?«

»Der Hochmeister und Marduk sind tot«, rief Mila.

»Balian hat uns verraten«, knurrte Nabu.

»Verraten? Mein Neffe?«, fragte der Tressler heiser.

»Deine beiden Neffen, Tassilo!«, zischte Nabu. »Sie haben sich mit Pizarro verschworen und Marduk und Maximilian getötet.«

Die Ritter des Drachenordens nahmen die Nachricht mit Bestürzung auf.

»Dann ist wahr, was Nergal eben gesagt hat?«, fragte Marschall di Collalto. »Es gab einen Angriff?«

Mila glitt von Nabus Rücken und nahm Don Mancebos Hand, die er ihr anbot, dankbar an. Als sie den Boden erreichte, erloschen die Flammen vor ihrem Inneren Auge, und die Finsternis ihrer Blindheit kehrte zurück.

»Aber so sagt doch, Comtesse, was ist geschehen?«, drängte der Ordensmarschall.

»Augenblick, Lorenzo, wir wollen doch die Ordnung wahren«, mischte sich der Tressler ein, und seine Stimme klang brüchig. »Eine Versammlung, wir müssen eine Versammlung einberufen, am besten noch heute!«

Keiner der Ritter sagte etwas zu diesem befremdlichen Vorschlag, aber Nabu knurrte und erklärte düster: »Ihr Menschen könnt tun und lassen, was ihr wollt, aber wir Drachen werden uns dort oben auf dem Hügel treffen und entscheiden, was geschehen soll.« Dann stieß er sich ab und flog schwerfällig davon.

»Er ist verwundet«, stellte Don Mancebo fest. Dann seufzte er: »Aber es scheint, als hättet Ihr noch weit schlimmere Nachrichten, Ritterschwester.«

Mila nickte.

Der Tressler meldete sich wieder mit unsteter Stimme: »Ihr mögt Euren Bericht geben, Comtesse, doch werden wir sicher nichts entscheiden, bevor auch die Ritter aus Chan Chan hier sind, wenn sie denn überhaupt kommen, was ich, da mag Nergal sagen, was er will, doch bezweifle.«

Der Marschall rief: »Was redet Ihr da, Tassilo? Unser Hochmeister ist tot, der große Marduk ebenfalls – wir müssen erfahren, was geschehen ist, jetzt gleich!«

Auch Mila wusste, dass die Zeit drängte, denn wenn Francisco Pizarro in Caxamalca erst einmal Wind davon bekam, was sie zu berichten hatte, würde es wohl noch gefährlicher für sie werden. Sie konnte sich nicht vorstellen, dass er nicht in die Pläne seines Bruders eingeweiht war. Balian hatte Depeschen hin und her getragen, und Mila war sich inzwischen sicher, dass die beiden Pizarros und die Priester so auch ihre Verschwörung gegen den Hochmeister geplant hatten. Ein berittener Bote aus Tanyamarka, und daran klammerte sie sich, würde jedoch Tage brauchen, bis er hier war.

Plötzlich fragte sie sich, ob der Tressler ebenfalls in die Verschwörung verwickelt war. Wollte er vielleicht deshalb Zeit gewinnen? Oder konnte er nur einfach nicht glauben, dass seine Neffen Verräter waren?

Die Ritter bestürmten Mila von allen Seiten mit Fragen, und der Marschall musste sie zur Ordnung rufen. Irgendjemand reichte ihr einen Krug mit klarem Wasser, den sie sehr gerne annahm. Sie bemerkte erst jetzt, wie durstig sie war. Dann berichtete sie. Sie suchte nach den richtigen Worten. Wie sehr hätte sie sich ihren Großonkel jetzt zu ihrer Unterstützung gewünscht, aber der Hochmeister würde ihr nie wieder zur Seite stehen, und das war etwas, was sie sich einfach nicht vorstellen konnte. Auch Nabu war nicht in der Nähe, die Verbindung zu ihm war getrennt, und so stand sie allein in der Dunkelheit, die sie seit ihrer Geburt umgab, und berichtete von den Ereignissen in Tanyamarka: von Schamaschs Sturz und Sir Williams Tod, von Don Hernandos Verschwörung, Balians Verrat und Konrads Schuss. Sie hörte den Tressler aufstöhnen, als sie auf die Rolle zu sprechen kam, die seine Neffen gespielt hatten, aber er ließ sie erzählen. Niemand sprach außer ihr, und am Ende hatte sie fast das Gefühl, dass niemand mehr da war und sie ihre Worte ins Leere richtete, und sie war froh, als sie mit ihrem Bericht, der in ihr den Schrecken noch einmal aufwühlte, endlich zum Ende gelangte. Sie schloss: »Ich floh auf dem Rücken von Nabu, und sie schossen auf uns. Er wurde verwundet, und ich hoffe, dass einer der Herren seine Wunde noch versorgen wird, bevor wir wieder aufbrechen. Behemoth folgte uns, obwohl Balian ihn zurückrief, und so gelangten wir hierher.«

Marschall di Collalto ergriff als Erster das Wort: »Es ist viel schlimmer, als ich es mir hätte vorstellen können.«

»Und Ihr seid sicher, Comtesse, dass meine beiden Neffen ...« Dem Tressler versagte die Stimme.

»Es war Konrad, der auf Marduk geschossen hat, Graf Tassilo. Jedenfalls hörte ich, dass ihm Don Hernando zu schießen befahl. Aber Ihr könnt Nabu fragen, wenn Ihr mir nicht glauben wollt.«

»Ich verstehe es nicht«, rief der Marschall. »Was versprechen sich die beiden von diesem Verrat?«

»Ihr habt sie gekränkt«, sagte der Tressler düster. »Konrad war Euch nicht gut genug als Ritter, Balian wolltet Ihr nicht als Marschall. Nun seht Ihr, was Ihr davon habt.«

Einen Augenblick herrschte gespenstische Ruhe. Mila fragte sich, ob Graf Tassilo den Verstand verloren hatte. Er gab dem Orden die Schuld an diesem Verrat?

Niemand ging auf die Bemerkungen des Tresslers ein, dafür sagte Don Mancebo: »Jetzt ahne ich endlich, was in Chan Chan geschehen ist. Stürzte Don Rodrigo nicht von der Mauer, gerade als Konrad in der Nähe war? Und als der junge Felipe starb – wir haben nie gefragt, wo sich Konrad während der Schlacht aufhielt! Es ist also möglich, dass er auf die Condesa geschossen hat. Aber ich hätte nie gedacht, dass ein junger Schildknappe ...«

»Ein so gut gezielter Schuss?«, fragte Robert de Lanois zweifelnd. »Mit einer Drachenbüchse? Schwer vorstellbar.« Andere murmelten zustimmend.

»Da müsste sie schon einen gezogenen Lauf haben«, warf Don Alfonso, der Andalusier, ein.

Mila kam es vor, als würden die Ritter versuchen, sich über solche Nebensächlichkeiten an das unfassbare Ereignis heranzutasten.

»Der Alchemist erwähnte etwas in der Art«, hörte sie sich sagen, obwohl ihr tausend andere Dinge durch den Kopf gingen. »Er sprach mit Balian über gewisse Züge, und ich verstand nicht, was er meinte. Aber er sagte auch, dass es Konrad vielleicht nur an der ruhigen Hand fehlte.«

Wieder stöhnte der Tressler auf. Mila war sich inzwischen sicher, dass er mit der Verschwörung nichts zu tun hatte.

»Gezogener Lauf oder nicht – unser Hochmeister wurde ermordet, Ihr Herren!«, rief der Conte di Collalto sie zur Besinnung. »Jetzt ist es an uns, zu entscheiden, was zu tun ist.«

»Nicht nur an uns, Conte Lorenzo«, entgegnete Don Mancebo. »Ich denke, unsere Drachen werden ihre eigenen Entscheidungen treffen.«

»Behemoth will Vergeltung«, sagte Mila.

»Auch mich verlangt danach«, sagte der Conte langsam, »aber wir müssen unser Vorgehen sorgfältig durchdenken und planen.«

»Was gibt es denn da noch zu bedenken?«, fuhr Robert de Lanois auf.

»Wenn ich die Comtesse richtig verstanden habe«, erwiderte der Marschall des Ordens bedächtig, »stützen die Pizarros diesen hinterhältigen Angriff auf eine Anklage, die sie gegen den Hochmeister und unsere Ritterschwester führen wollten. Und wie es aussieht, hatten sie die Billigung der Dominikaner. Sie werden behaupten, dass Maximilian sich einer rechtmäßigen Verhaftung und einem Prozess widersetzt hat.«

Mila versuchte aus dem Schweigen der anderen Ritter herauszuhören, was sie dachten. Stimmten sie den Gedanken des Marschalls etwa zu?

Di Collalto fuhr fort: »Wenn wir also Rache üben, das Schwert erheben, dann stellen wir uns nicht nur gegen die Pizarros, sondern auch gegen die Dominikaner und sogar gegen das kaiserliche Gesetz.«

»Ihr glaubt doch selbst nicht, was Ihr da sagt!«, rief Don Alfonso.

Der Marschall seufzte: »Nun, ich denke nur, wenn wir uns zu diesem Schritt entschließen, sollten wir uns über die Konsequenzen im Klaren sein.«

Kemaqs Herzschlag setzte aus, als das eiskalte Wasser ihn verschlang. Die Strömung zog ihn nach unten und wirbelte ihn herum. Er schlug mit dem Knie gegen einen Felsen, schrie auf, schluckte Wasser und ruderte wild mit den Armen. Für einen Augenblick kam sein Kopf über die Wasseroberfläche. Er holte Luft, schluckte wieder Wasser und wurde von der Strömung gegen einen anderen Felsen geschleudert. Er wusste nicht mehr, wo oben und unten war. Seine Glieder wurden im eiskalten Wasser taub, und er schaffte es kaum, noch einmal an die Oberfläche zu kommen und Luft zu holen. Der Bach schoss über einige Felsen hinweg und riss Kemaq mit sich. Er schlug mit dem Kopf irgendwo an, und wieder schluckte er Wasser. Der Bach wurde flacher, und er wurde über den steinigen Boden gewirbelt, prellte sich die Hüfte, ruderte verzweifelt mit den Armen, ohne etwas zu erreichen. Endlich, als Kemaq schon nicht mehr daran glaubte, ließ die Strömung nach, und er schaffte es irgendwie ans Ufer. Er zog sich zitternd auf den nackten Fels, hustete und würgte Wasser hoch. Er fühlte sich völlig zerschlagen, und jede Faser seines Körpers schmerzte. Aber er hatte überlebt. Er fror, und alles in ihm verlangte nach Ruhe und Schlaf.

Fast hätte er dem Drang nachgegeben, aber dann, als er kein Wasser mehr herauswürgen musste, fiel ihm die Veränderung auf: Da war Licht. Schwach, entfernt, gestreut und gebrochen durch das wirbelnde Wasser des Baches, aber es war ohne jeden Zweifel Tageslicht. Mühsam kam er auf die Beine und hinkte voran. Es wurde heller. Jeder Schritt war eine Qual, aber das Licht zog ihn magisch an. Viel zu lange war er im Dunkel umhergeirrt, schon hatte er den Glauben daran verloren, jemals aus dem langen, finsteren Gang herauszukommen. Die Götter des Berges hätten ihn fast in ihrem Bach ertränkt, aber jetzt hatte er es geschafft. Der Ausgang – er hatte den Ausgang gefunden! Die Sonne war bereits aufgegangen, und als Kemaq endlich aus dem finsteren Stollen trat, schloss er geblendet die Augen. Er sank zu Boden und dankte Tamachoc, dass er ihn durch den Berg gebracht hatte.

Es war warm, und die Luft schien ihm viel schwerer als in Tanyamarka. Er musste auf seinem Weg durch den Berg auch aus dem Hochland herabgestiegen sein. Kemaq kletterte aus dem schattigen Durchbruch, den der Bach in die Bergflanke geschlagen hatte, und sah sich blinzelnd um. *Sei vorsichtig,* mahnte eine innere Stimme, *das ist das Land der Chachapoya.* Der Bewuchs war dicht und zog sich über nahe, steile Hügelkämme. Die Bäume wirkten fremdartig, und sie schienen sich talabwärts zu kleinen Wäldern zu verdichten. Das frische grüne Gras sah einladend aus. Am liebsten hätte er sich hineingelegt und geschlafen. Aber er biss die Zähne zusammen und ging weiter. Payakmama hatte ihm gesagt, dass er dem Wasser folgen sollte. Es würde ihn zu dem Talkessel vor dem Tempel führen. *Nicht nur mich, auch Rumi-Nahui und seine Krieger,* schoss es ihm durch den Sinn. Für einen kurzen Augenblick war er in Hochstimmung gewesen. Doch jetzt wurde ihm wieder bewusst, dass der gefährlichste Teil des Weges noch vor ihm lag.

Die Debatte war kurz und von einer seltsamen Eiseskälte. Im Grunde genommen waren alle Ritter dafür, sofort nach Tanyamarka zu fliegen und die Verschwörer zu stellen, koste es, was es wolle, auch wenn unklar war, was dort geschehen sollte. Sollte man sie einfach töten? Vor ein Gericht in Panama oder Spanien zerren? Sie gar den Drachen überlassen? Robert de Lanois und Don Alfonso de Pacheco waren der Meinung, das sei vielleicht das Beste, aber der Marschall entgegnete, dass sie wenigstens versuchen sollten, das Recht zu wahren, was die anderen Ritter nun doch gegen ihn aufbrachte. Graf Tassilo beteiligte sich überhaupt nicht an diesem Disput. Mila hätte gern gewusst, was in ihm vorging. Sie hatte ihn nie besonders gemocht, aber jetzt tat er ihr leid. Marschall di Collalto beendete die Versammlung dann ziemlich abrupt: »Ihr Herren, ich schlage vor, dass wir uns trennen, unsere Seelen im Gebet reinigen und unsere heißen Herzen kühlen. Dann, in einer Stunde, sollten wir wieder zusammentreten. Vielleicht wissen wir dann auch, was die Drachen tun wollen, denn wenn ich es von hier aus richtig sehe, sind auch sie noch uneins. In dieser Sache sollten wir, nein, müssen wir mit ihnen einig sein!«

Als die kleine Versammlung auseinanderlief, bat der Marschall Mila, noch einen Augenblick zu bleiben. Sie stand vor dem Haus des Inka und spürte die Sonne auf ihrem Gesicht. Es war kühl, doch würde es ein schöner Tag werden, was ihr sehr falsch erschien. Es hätte regnen und stürmen müssen.

»Habt Ihr mir vielleicht noch etwas zu berichten, Comtesse?«, fragte der Marschall.

Mila runzelte die Stirn. »Was meint Ihr, Conte?«

Offenbar bemerkte er, dass sie wirklich nicht wusste, worauf er hinauswollte, denn er seufzte und sagte: »Als Ihr vorhin abgestiegen seid, von Nabus Rücken. Da hat Euch Don Mancebo die Hand gereicht. Nun, Ihr habt sie genommen, und ich frage mich, wie Ihr gewusst habt, wo sie war, wo Ihr doch blind seid …«

Mila wurde rot und wusste nicht, was sie sagen sollte.

»Kann ich annehmen, dass es Nabu gelungen ist, mit Euch die Verbindung aufzunehmen?«, fragte der Marschall freundlich.

»Ihr … Ihr wisst davon?«

Der Conte lacht laut auf. »Aber Comtesse«, sagte er, »niemand kennt sich in den Archiven unseres Ordens so gut aus wie ich. Habt Ihr das vergessen?«

»Nabu riet mir davon ab, es jemandem zu verraten«, sagte Mila kleinlaut.

»Nicht ohne Grund nennt man ihn den Weisen«, meinte der Lombarde lakonisch. »Ihr seid nicht die Erste, der diese Gnade zuteilwurde, Comtesse, auch wenn es sehr selten geschieht und meines Wissens bislang nur Männern widerfuhr, die der Drachenfluch nach langem Dienst im Orden ereilte. Wenn diese finsteren Tage vorüber sind, müsst Ihr mir unbedingt Einzelheiten berichten. Allerdings solltet Ihr wirklich vorsichtig sein, wem Ihr sonst noch davon erzählt. Eure Feinde würden sich bestätigt sehen, wenn sie davon wüssten. Vergesst nicht, dass sie Euch ohnehin schon der Hexerei beschuldigen.«

Mila nickte düster. Wie könnte sie das vergessen?

»Doch genug davon!«, rief di Collalto. »Geht Euch stärken, Ritterschwester, dieser Tag wird noch viel Kraft von Euch verlangen.«

»Ich dachte, es sei noch gar nicht entschieden, was wir unternehmen?«, erwiderte Mila.

Der Marschall lachte verhalten. »Glaubt Ihr wirklich, das stünde noch in Frage? Ich wünschte, dass unsere Ritter nicht unbedacht in den Kampf ziehen, denn Zorn ist ein schlechter Ratgeber, aber dass wir in den Kampf ziehen, das ist doch längst beschlossene Sache. Ich wollte, es gäbe noch eine andere Möglichkeit, aber, nein, nichts auf dieser Welt könnte unsere Drachen davon abhalten, für diesen Verrat Vergeltung zu üben.«

Kemaq lief. Es sollte ein gutes Gefühl sein, aber das war es nicht. Die Wirkung des Kuka, das er für die Arbeit im Berg bekommen hatte, ließ nach, und die Müdigkeit, die er mit der heiligen Pflanze verdrängt hatte, kehrte mit aller Macht zurück. Mehr als einen ganzen Tag und eine ganze Nacht war er nun schon auf den Beinen. Seine Hüfte, mit der er im reißenden Bach gegen einen Stein geprallt war, schmerzte, und sein Knie ebenfalls. Es war das angeschlagene, das er dem Chimú-Läufer zu verdanken hatte. Er biss die Zähne zusammen und hinkte weiter. Es war warm auf dieser Seite der Berge, viel wärmer als drüben – der Schweiß lief ihm in die Augen, und sein Magen knurrte, denn der hatte außer Kuka-Brei lange nichts bekommen. Der Bach, der ihn aus dem Berg herausgeführt hatte, eilte neben ihm her, und sein hell sprudelndes Plätschern klang, als würde er ihn auslachen. Er lief eine Stunde, eine zweite. Er sah noch keine Zeichen von Rumi-Nahui und seinen Kriegern. Sollte er sie wirklich überholt haben? Sie wussten nichts von seinem Weg, also hoffte er, dass der Feldherr sich Zeit ließ. *Aber er ist kein Mann mit viel Geduld,* sagte seine innere Stimme.

»Aber ich würde den Rauch seiner Feuer sehen, wenn er vor mir wäre«, erwiderte Kemaq laut.

Hinter dir siehst du sie aber auch nicht, meinte die Stimme.

Kemaq nickte. Da hatte sie Recht. Aber warum war er stehen geblieben? Er setzte sich wieder in Bewegung.

Du kannst die Strecke nicht in einem Stück laufen.

»Aber ich kann auch nicht warten, bis meine Verfolger kommen«, sagte Kemaq. Er sagte sich, dass es nur die bleierne Müdigkeit war, die ihn hier zu so seltsamen Selbstgesprächen verführte.

Und genau deshalb solltest du einen kurzen Augenblick rasten, nur einen Augenblick, nicht länger. Du kannst dich an einen Baum lehnen, wenn du Angst hast, dass du einschläfst, schlug die innere Stimme vor.

Kemaq sah einen Baum. Er war fremdartig wie alles, was auf dieser Seite der Berge wuchs. Er lehnte sich mit dem Rücken dagegen. »Nur einen kurzen Augenblick«, murmelte er. Er nahm sich vor, sich nicht hinzusetzen. Dann saß er doch. »Nur einen Augenblick«, murmelte er, bevor er einschlief.

Mila hörte, wie Horus, der Drache des Marschalls, vor dem großen Haus landete, das einst dem Inka gehört hatte und nun das Quartier des Ordens geworden war. Sie saß drinnen, an einer gedeckten Tafel, ganz allein. Man hatte ihr allerlei Speisen aufgetischt, doch sie brachte keinen Bissen herunter und trank nur etwas Wasser.

»Habt ihr eine Entscheidung getroffen, mein Freund?«, hörte sie den Conte fragen, der hinausgetreten war.

»Wir wollen erst mit unserer Schwester sprechen«, erwiderte Horus.

Mila wäre fast der Becher aus der Hand gefallen.

»Eurer *Schwester*?«, fragte der Marschall.

»Die Comtesse, Lorenzo«, erklärte der Drache knapp.

»Aber …«, begann di Collalto.

»Sie ist doch im Haus, oder?«

Mila nahm ihren Stab und tastete sich hinaus. »Ich bin hier, Horus«, rief sie.

»Ich weiß wirklich nicht, ob …«, begann der Marschall erneut und wirkte ziemlich verunsichert.

»Steig auf, Milena, die anderen warten schon«, unterbrach ihn Horus.

Mila folgte der Einladung sofort.

Es waren nur wenige Flügelschläge nötig, um sie auf den Hügel zu bringen. Horus setzte sanft auf. »Du kannst absteigen, wenn du willst, aber du kannst auch sitzen bleiben.«

»Ich will sehen, wie es Nabu geht«, sagte Mila und sprang ab.

Sie hörte, dass Kemosch, der Drache von Don Alfonso, ihr Platz machte, als sie zu Nabu eilte.

»Hast du jetzt etwas gespürt, Horus?«, fragte Nergal spöttisch.

»Nicht mehr als zuvor«, erwiderte Horus.

»Was gespürt?«, fragte Mila.

Nabu begrüßte sie mit einem freundlichen Schnauben.

»Wie geht es dir?«, flüsterte sie leise.

»Dein Licht hat uns gerufen, in der vergangenen Nacht. Wir alle haben es gesehen, und wir sehen es noch, Milena«, erklärte Horus. »Und das ist, um es einfach auszudrücken, ungewöhnlich.«

»Es war mir nicht bewusst«, sagte sie unsicher.

»Ich sagte doch, sie weiß nicht, was sie tut«, zischte Nergal.

»Sie hat die Verbindung gefunden, und sie hat sie gehalten, bis wir gelandet sind«, meldete sich Nabu brummend.

Mila tastete seine Flanke ab. Sie suchte die Wunde. Plötzlich war das Flammenbild wieder da. Es flackerte stark, und es zeigte ihr nicht Nabus Flanke, die sie vorsichtig betastete, sondern die anderen Drachen, was ziemlich verwirrend war.

»Das ändert nichts«, stieß Nergal hervor. »Es bringt Marduk nicht zurück.«

»Das ist richtig, Nergal, daran ändert es nichts«, stimmte Horus zu. »Aber dennoch will ich hören, was sie zu sagen hat, denn du kannst einwenden, was du willst, sie hat die Glut entfacht und das alte Feuer wieder geschürt. Oder leugnest du, dass unsere Flammen beinahe wieder so hell strahlen wie früher? Ich will hören, was sie sagt.«

Mila sah durch Nabus Augen, dass Horus sie neugierig betrachtete. Ihr war abwechselnd heiß und kalt geworden. Sie hatte die Glut geschürt? Was bedeutete das? Neun Drachen waren dort versammelt, und bis auf Nabu starrten sie alle an.

Der Schwarze Nergal lachte bitter auf: »Hören die Menschen denn jemals auf das, was wir sagen, Horus?«

Jetzt wandte sich Mila ihm zu: »Sie hören auf euch, Nergal. Es ist sogar so, dass sie mit euch gemeinsam beraten wollen, was jetzt zu tun ist.«

Nergal schnaubte verächtlich, aber Horus fragte: »Ist das so? Dann seid ihr klüger, als manche von uns dachten.«

»Beratungen«, mischte sich der starke Kemosch jetzt ein, »immer wollt ihr nur beraten! Ich sage, wir fliegen hin und töten sie alle!«

Keiner der Drachen widersprach, aber Horus sagte: »Wie ist deine Meinung dazu, Drachenschwester?«

Mila schluckte. Ihr wurde klar, welche Verantwortung auf einmal auf ihren Schultern ruhte. Sie dachte einen Augenblick nach, dann sagte sie: »Auch die Ritter wollen Vergeltung, so wie ihr, obwohl ihnen der Marschall gesagt hat, welche Konsequenzen das haben kann.«

Die Drachen wurden unruhig. »Wollen sie sich herausreden?«, zischte einer.

Mila erkannte die Stimme als die von Ianus wieder, dem Drachen von Don Mancebo, der sonst doch so zurückhaltend war, und entgegnete: »Nein, keineswegs. Der Marschall hat ihnen – nein uns, denn auch ich zähle ja zu den Rittern – nur erklärt, dass wir uns damit gegen mächtige Feinde stellen. Hernando

Pizarro und die Priester haben eine Anklage gegen meinen Onkel und auch mich verfasst. Sie beschuldigen mich der Hexerei, auch, weil ich euch Drachen so nahestehe. Somit haben sie sich den Anschein gegeben, im Namen des Gesetzes zu handeln.«

»Lächerlich«, schnaubte Nergal.

»Ich dachte das Gleiche, wohl jeder von uns war dieser Ansicht«, erklärte Mila, »doch als ich eine Weile darüber nachgedacht habe, habe ich verstanden, was der Marschall meinte. Wenn wir aufbrechen und das Gesetz in die eigene Hand nehmen, dann kann das unser Ende bedeuten. Der Orden hat doch schon jetzt in Spanien und im Reich mehr Feinde als Freunde. Und sie alle warten nur darauf, dass wir einen Fehler machen. Denkt an das, was den Templern und ihren Drachen widerfahren ist.«

»Menschen«, brummte Horus nachdenklich, »alles machen sie schwer, wo es doch so einfach sein könnte. Es war Mord, ob im Namen eines Gesetzes oder nicht. Rätst du uns etwa, nichts zu tun, Schwester?«

Mila fragte sich immer noch, warum Horus sie so nannte, aber sie antwortete: »Nein, natürlich nicht. Ich will euch nur sagen, was es bedeuten kann, wenn wir tun, was wir alle wollen.«

Nergal knurrte: »Sie haben uns verraten, sogar ein Ritter und ein Schildknappe dieses Ordens. Wenn es nach mir geht, sollten wir dieses alte Bündnis endlich kündigen, das uns doch nichts als Kummer und Leid gebracht hat. Wir können frei sein, wir brauchen die Menschen doch viel weniger als sie uns!«

»Marduk hätte das nicht gewollt«, entgegnete Horus.

»Aber Marduk ist tot«, zischte Nergal, »und nun ist es gekommen, wie ich gesagt habe – der Orden geht zugrunde, und die alten Eide erlöschen.«

»Wisst ihr«, warf Nabu plötzlich ein, »ich spüre wenig Sehnsucht nach der alten Zeit vor dem Bündnis. Du sagst, wir waren frei, Nergal? Gejagte waren wir! Niemals hatten wir Ruhe, um jede Mahlzeit mussten wir mit den Menschen – oder einem anderen Drachen – kämpfen, und immer mussten wir ein Auge offen halten, wenn wir schliefen. Nein, ich sehne mich wirklich nicht nach dieser Zeit zurück, und ich denke, unsere Schwester hat Recht. Wenn wir heute Rache nehmen, wird dieser Orden untergehen. Aber«, fuhr er fort und hob die Stimme, um Nergals wütendes Zischen zu übertönen, »ich bin wenigstens so weit mit dir einig, Nergal, dass dieser Orden ohnehin dem Untergang geweiht ist! Sie haben uns Drachen lange geduldet, weil wir nützlich für sie waren. Doch jetzt, da wir uns weigern, ihre Bauern zu töten, die doch nur ihr Recht verlangen, und auch nicht gegen unbewaffnete Indios kämpfen wollen, die nur ihre Heimat verteidigen, jetzt, da der Herr dieses Landes in ihrer Gewalt ist, jetzt werden sie glauben, dass wir unnütz geworden sind. Wir sind die letzten unserer Art, und für jeden von uns, meine Brüder, ist schon irgendwo eine Drachenbüchse geschmiedet und eine Kugel gegossen. Nein, unsere Zeit ist um, ob wir ihren Gesetzen nun folgen oder nicht. Und deshalb sage ich, wir sollten tun, wonach es uns verlangt. Alles andere würde das Unausweichliche doch nur hinauszögern. Wir sind zum Tode verurteilt, durch schändlichen Verrat, und der Orden der Drachenritter mit uns.«

Die Drachen knurrten zustimmend. Mila schnürte es die Kehle zu, als sie Nabu so reden hörte, denn ihr wurde mit schneidender Schärfe klar, dass er Recht hatte: Der Orden war am Ende.

»Nur eines noch, Brüder«, sagte Nabu, »die Menschen sind eidbrüchig geworden, und wir sind ihnen gegenüber zu nichts mehr verpflichtet, aber lasst uns untereinander weiter zusammenhalten und nicht in jene dunklen Zeiten zurückfallen, als wir einander Feinde waren.«

»Das mag gelten, solange unsere Rache nicht erfüllt ist«, erwiderte Nergal, »danach wirst du dich nicht mehr hinter unserem Bund verstecken können.«

»Aber Nergal!«, rief Mila.

»Lass nur, Prinzessin, das ist eine Drachenangelegenheit«, meinte Nabu ruhig.

Die anderen Drachen brummten zustimmend.

»Dann haben wir uns entschieden?«, fragte Horus ruhig.

»Wir haben entschieden«, erwiderte Nabu.

Er trug Mila anschließend hinunter zum Quartier der Ritter. Die anderen Drachen folgten. Die Beratung dauerte nicht lange. Horus sagte: »Wir sind uns im Klaren darüber, dass unsere Zeit zu Ende geht, und es scheint gleich, ob wir nun Rache üben oder nicht. Deshalb lautet unsere Frage eigentlich nur, ob ihr mit uns in den Kampf zieht, oder ob sich unsere Wege hier trennen, Lorenzo.«

Durch Nabus Augen sah Mila, dass der Marschall nur kurz in die Runde der Ritter blickte und dann verkündete: »Viele hundert Jahre haben Ritter und Drachen Seite an Seite gekämpft, mein Freund. Der Orden sollte auf dem Schlachtfeld enden, nicht hier vor dem Haus eines fremden Despoten. Wir sind mit euch!«

Es war eine eigenartige Atmosphäre, als die Ritter schweigend und ernst ihre Drachen bestiegen. Einer fehlte jedoch: Der Tressler.

»Was ist mit Euch, Tassilo? Wir warten nur auf Euch!«, rief der Marschall.

Doch Graf Tassilo schüttelte den Kopf. »Ich kann nicht das Schwert gegen mein eigenes Blut erheben, auch wenn Balian und Konrad …« Seine Stimme versagte. Mila sah ihn dort stehen: Klein und verloren erschien er ihr, selbst in dem undeutlichen Flammenbild.

»Es erscheint mir auch besser«, sagte Nergal kühl, »denn ich will keinen deines Blutes mehr tragen.« Dann spreizte er die Flügel und erhob sich in die Luft.

Die anderen Drachen folgten ihm, auch Nabu. Mila hätte gerne noch einmal einen Blick auf den Tressler geworfen, doch Nabu sah nicht zurück.

Kemaq hörte Stimmen. Er schlug die Augen auf und fragte sich, wo er war. Warum hielt dieser seltsame Baum seine fremdartigen

Zweige über ihn? Die Stimmen sprachen Quechua. Er war eingeschlafen! Schnell sprang er auf und zuckte dann zusammen, als der Schmerz wieder in Hüfte und Knie fuhr. Keuchend hielt er sich an dem Stamm fest. Dem Stand der Sonne nach war es nicht mehr lang bis Mittag. Er presste sich an den Baumstamm. Dort, nicht viel mehr als einen Steinwurf entfernt, folgten einige Männer seiner Spur – Yunga! Sie hatten den Berg also durchquert! Einer rief etwas, und sie blieben stehen. Sah es nur so aus, oder hatten sie ihn wirklich entdeckt? Warum nur war er eingeschlafen?

»Da ist er!«, schrie einer. Die Krieger jubelten. »Wir haben ihn!«, rief ein zweiter.

Kemaq fluchte, dann rannte er. Sein Knie war geschwollen und versagte ihm fast den Dienst, aber er lief dennoch. Sie hatten ihn gesehen – aber sie hatten ihn noch lange nicht gefangen! Ein Stein sauste an ihm vorüber, ein zweiter prallte dicht neben ihm gegen einen Baum. Kemaq schlug einen Haken, und noch einen. Er hörte seine Verfolger durchs Unterholz brechen. Der Wald war nicht sehr groß, gar kein richtiger Wald, nur einige verstreut stehende Bäume. Bald würde er deren Schutz hinter sich lassen und auf freiem Feld ein leichteres Ziel abgeben. Kemaq lief schneller – so schnell, wie es sein geschundener Körper zuließ. Er war ein Chaski, und auch wenn seine Knochen vor Schmerz schrien, so hoffte er doch, dass er seinen Verfolgern bald entwischen würde. Jetzt ließ er das Wäldchen hinter sich, schlug einen kleinen Haken, hinkte weiter und wurde von einem Stein an der Schulter getroffen. Er stolperte, wäre beinahe gefallen, und als er sich abfing, fuhr ihm der Schmerz wie ein Messerstich in die Kniescheibe. Hinter ihm jubelten die Yunga, und Kemaq rappelte sich auf und dachte grimmig, dass sie sich ihren Atem besser sparen sollten, denn so schnell sollten sie ihn nicht bekommen. Wieder rauschte ein Stein an ihm vorbei. Er wusste, er konnte nicht einfach geradeaus laufen, und ihm war klar, dass seine Verfolger dadurch einen Vorteil bekamen. Er rannte durch das Gras, sprang über Felsen und brach durch dorniges Gebüsch, das ihm gegen die Beine peitschte. Immer wieder hörte er einen Stein heransausen, aber für den Augenblick hatte er Glück, ja, es kam ihm vor, als würde er sogar seinen Vorsprung vergrößern können. Jedenfalls schleuderten sie bald darauf keine Steine mehr nach ihm. Den Bach hatte er aus den Augen verloren, aber es ging den langen Hang hinab, also musste die Richtung stimmen.

Den kleinen Hügelkamm bemerkte er erst, als es zu spät war. Er schob sich wie ein immer höher werdender Riegel zwischen ihn und sein Ziel, und als er sich umwandte, sah er, dass die Yunga klüger waren als er. Sie hielten sich seitwärts von ihm und waren dabei, ihm den Weg abzuschneiden. Es gab eine Lücke in diesem Kamm, vermutlich hatte der Bach sie hineingegraben. Kemaq befahl seinen Beinen, schneller zu rennen, aber sie versagten ihm den Gehorsam. Die Schmerzen waren zu stark. Es war kein Wunder, dass die Yunga aufgehört hatten, Steine zu verschwenden. Sie würden vor ihm an diesem Durchbruch sein. Ihm blieb nur der Weg über den Kamm. Er hörte sich gequält aufstöhnen. Der Kamm war steil, felsig, hatte vielleicht drei- oder vierfache Mannshöhe. Mit etwas Glück und noch mehr Zeit könnte er einen Weg hinüberfinden. Aber er hatte keine Zeit, und es sah auch so aus, als würde ihn das Glück gerade verlassen.

Nabu hatte bald Schwierigkeiten, mit den anderen Drachen mitzuhalten.

»Warum hast du die Wunde nicht untersuchen lassen, Nabu?«, fragte Mila vorwurfsvoll.

»Es ist nichts. Schon morgen werde ich die Kugel nicht mehr spüren«, keuchte der Drache.

Mila schüttelte den Kopf. »Ich dachte, man nennt dich den Weisen«, sagte sie spitz.

»Hätte ich etwa zurückbleiben sollen, wie Tassilo?«

»Er hat mir leidgetan, als wir ihn da allein zurückgelassen haben.«

»Lange wird er nicht allein bleiben. Amun-Ra und Baal, die

jetzt noch in Chan Chan sind, werden nach Caxamalca kommen, Prinzessin.«

»Woher weißt du das eigentlich?«, fragte Mila.

»Ich weiß es eben«, brummte er zur Antwort.

Mila schwieg. Sie hatte das Gefühl, dass er ihr etwas vorenthielt, und das enttäuschte sie. Hatte er sie nicht erst vor wenigen Stunden als *Schwester* bezeichnet? Aber dann sagte Nabu: »Es ist etwas geschehen, Mila. Mit uns Drachen. Und zwar durch dich. Es ist, wie Horus sagte. Unsere Flammen leuchten wieder fast so hell wie in unserer Jugend, und wir spüren die Präsenz der anderen Drachen wieder auf weite Entfernung, jedenfalls derer, die ihre Flamme nicht verbergen, so wie Nergal. Und deshalb kann ich dir sagen, dass Baal und Amun-Ra auf dem Weg sind, nach Caxamalca, oder auch gleich nach Tanyamarka, denn sie werden sehen, dass wir dorthin fliegen.«

»Nergal macht mir Angst, Nabu.«

»Das habe ich bemerkt, und das war vermutlich auch seine Absicht. Aber solange unsere Rache nicht erfüllt ist, wird er nichts unternehmen.«

»Und dann?«, fragte Mila, aber darauf antwortete Nabu nicht.

Mila schwieg, verunsichert wegen Nergal und weil Nabu gesagt hatte, dass sie das Feuer der Drachen neu entzündet hatte, und auch Nabu sprach eine Weile nicht, weil er mit vermehrter Anstrengung versuchte, die anderen einzuholen. Der Abstand wurde jedoch immer größer.

»Wir verlieren sie«, meinte Mila besorgt.

»Wohl kaum«, keuchte Nabu. »Wir wissen doch, wo sie hinwollen.«

»Aber wir wissen nicht, was sie anrichten, wenn sie ohne uns dort ankommen«, sagte Mila, »und ich habe Angst, dass sie in ihrem Zorn auch denen etwas tun, die an der Verschwörung nicht beteiligt waren – Fray Celso, Ruiz, den Indios.«

»Vielleicht kannst du sie zurückrufen, Prinzessin, so wie du mich und Marduk gerufen hast, in dieser Stadt.«

»Aber ich weiß gar nicht, wie ich das gemacht habe«, erwiderte Mila. »Ich weiß nicht, wie das geht.«

Der steile Kamm rückte schnell näher. Kemaq warf einen Blick über die Schulter. Die Yunga waren ausgeschwärmt. Es waren sieben oder acht. Einen Kampf würde er nicht überleben. Noch weiter hinten tauchten jetzt auch drei der Fremden auf. Er sah ihre Helme im Sonnenlicht blitzen. Das Glück hatte ihn wirklich verlassen. Dann bemerkte er die Höhle. Sie war auf halber Höhe in den Kamm gegraben, und vier Menschen standen davor. Sie standen starr, und ihre Kleidung hatte die rötliche Farbe des Felsens. Kemaq rannte auf sie zu. Dann erkannte er, dass es keine Menschen, sondern Abbilder waren, überlebensgroße Figuren, aus Stein oder vielleicht Ton. Er fragte sich nicht, warum sie dort standen. Wer immer die Figuren hingestellt hatte, musste irgendwie dort hinaufgekommen sein. Und vielleicht hatte das Wohlwollen der Götter ihn noch nicht ganz verlassen. Der Jubel der Yunga verstummte. Vielleicht hatten sie die Standbilder auch gesehen. Die Höhle lag zum Greifen nah. Aber wo war der Weg hinauf? Kemaq konnte ihn nicht entdecken. Es gab ein paar Felsvorsprünge, aber Kemaq war ein Läufer, kein Kletterer. Doch was blieb ihm anderes übrig?

Er rannte, hinkte, so schnell er konnte, und dann sprang er, um den ersten Felsabsatz zu erreichen. Er sprang hoch, aber nicht hoch genug. Seine Füße fanden keinen Halt, erst im letzten Augenblick bekam er mit den Händen einen scharfen Grat zu fassen. Der Stein schnitt ihm in die Finger, aber er hielt sich fest, schwang sich irgendwie empor und fand mit dem Fuß einen schmalen Absatz, der unter seinem Gewicht knirschte. Er kletterte weiter. Ein Schleuderstein traf ihn am Rücken. Er stöhnte und hangelte sich durch den Fels. Ein paar aberwitzige Griffe und Sprünge später bekam er den Felsvorsprung zu fassen, der die Standbilder trug. Er zog sich hinauf. Neben ihm schlug ein geschleuderter Stein Splitter aus dem Fels. Kemaq war oben, er rollte sich hinter die Figur – und prallte erschrocken zurück, fast wäre er sogar über den Rand der Klippe gestürzt. Da lag ein menschlicher Totenkopf und grinste ihn an! Unten heulten die Yunga vor Wut, und wieder kam ein Stein geflogen. Kemaq überwand seine Furcht und suchte hinter den Figuren Deckung. Mit Grauen erkannte er, dass zwei von ihnen auf dem irdenen Kopf ebenfalls Totenschädel trugen. Was war das nur für ein Ort? Ein Stein traf die Figur, hinter die sich Kemaq kauerte, und er hörte, dass ihre tönerne Haut sprang.

»Hört auf«, keuchte einer der Yunga unten. »Es sind vielleicht Geister!«

Kemaq streckte vorsichtig den Kopf aus der Deckung. Die Yunga standen unten, sie rangen nach Luft. Wäre dieser Kamm nicht gewesen, hätte er sie vielleicht abgeschüttelt. Jetzt saß er fest, hinter diesen unheimlichen Standbildern. Er sah sich um. Je schneller er hier fortkam, desto besser. Aber sosehr er die Felswand auch absuchte, er konnte keinen Weg weiter hinauffinden. Dann hörte er Stimmen – Stimmen, die in der Sprache der Fremden redeten. Er spähte vorsichtig hinab. Drei von ihnen standen unten; sie sahen erschöpft aus und schienen unter ihren glänzenden Helmen und Rüstungen erbärmlich zu schwitzen. Sie sprachen mit einem der Yunga, und dieser deutete zu Kemaq hinauf. Es gab Streit. Wenn Kemaq die Gesten richtig deutete, verlangten die Fremden, dass die Yunga zu ihm heraufkletterten, aber sie weigerten sich. Einer der Fremden zog daraufhin unter lautem Schimpfen ein kurzes Rohr aus dem Gürtel. Kemaq ging in Deckung. Es donnerte hell, und Steinsplitter regneten auf ihn herab. Die beiden anderen Fremden lachten, vielleicht, weil der Mann ihn mit seinem Donnerrohr verfehlt hatte. Aber nun sprach der Anführer der Yunga mit dem Mann, es klang flehentlich. Die Fremden wirkten unzufrieden, dann erteilten sie Befehle. Einer sprach etwas Quechua, er befahl den Yunga, Holz zu holen und ein Feuer zu entzünden. Offenbar hatten sie vor, Kemaq in seinem Versteck zu belagern. Zwei Krieger wurden fortgeschickt, aber warum, konnte Kemaq nicht erkennen, vielleicht sollten sie noch mehr Fremde holen. Kemaq kauerte sich hinter die Figur und überlegte, was er tun konnte. Er saß in der Falle, und er konnte einfach keinen Weg sehen, der ihn hier herausbrachte. Der Totenschädel, der dort auf dem Boden lag, grinste ihn an. *Selbst die Toten lachen über mich,* dachte er.

Als Mila Tanyamarka erreichte, stand der Palast schon in Flammen, und es war bestürzend und faszinierend zugleich, im Flammenbild des Inneren Auges diesen Brand zu beobachten. Die meisten Drachen kreisten darüber, aber Behemoth war auf dem Dach des Palastes gelandet, und Mila sah, dass er es mit seinen Klauen aufriss und alles, was er darunter fand, in Brand setzte. Horus und Nergal waren auf dem Platz. Sie beobachteten das Gebäude und schienen auf etwas zu warten. Und am Rand des Platzes war noch etwas. Ein großer, lebloser Drachenleib – Marduk.

»Lass uns da unten landen, ich fürchte wirklich, es werden sonst Menschen sterben, die es nicht verdient haben«, rief sie.

»Ganz wie du meinst«, keuchte Nabu und spreizte die Flügel. Dabei stöhnte er auf.

»Ist es die Wunde?«, fragte Mila besorgt.

»Es ist nichts«, behauptete Nabu wieder, und dann waren sie schon über dem Platz. Er setzte härter auf als sonst, und da Mila sich ohne Geschirr auf seinem Rücken halten musste, wäre sie beinahe abgeworfen worden.

»Du kommst gerade rechtzeitig, um das Ende dieses Spaßes mitzuerleben!«, rief Nergal. Sein Schwanz peitschte durch die Luft.

»Marschall Collalto, was geht hier vor?«, rief Mila.

»Als wir ankamen, sahen wir, dass die Mauern nicht besetzt waren«, rief der Marschall vom Rücken seines Drachen herüber. »Ich fürchtete schon, sie hätten die Stadt verlassen, aber über dem Palast wehte die Fahne der Pizarros. Und jetzt werden wir herausfinden, wer sich dort vor uns versteckt.«

Mila versuchte zu erkennen, was vor sich ging. Das Bild war sehr undeutlich, aber es schien, als käme bislang nur dichter Rauch aus dem Palast. Oben auf dem Dach brüllte Behemoth und spie Feuer in die schon brennenden Mauern. Das ganze große Gebäude schien unter seinem Gewicht zu schwanken. Plötzlich taumelten Männer aus dem Eingang. Zunächst Indios, die Nergal anzischte, aber nur verjagte. Dann kamen aber auch die ersten Spanier. Nergal knurrte zornig und trieb sie mit peitschendem Schwanz und wütendem Zischen an einer Hauswand zusammen.

»Warte, Nergal!«, rief Mila. »Nicht alle sind schuldig!«

»Du verteidigst sie auch noch?«, fuhr der Drache sie wütend an.

»Komm ihr nicht zu nah!«, warnte Nabu, was Nergal mit einem kalten Zischen beantwortete.

Weitere Männer stolperten aus dem brennenden Gebäude heraus.

»Die Priester«, rief Nabu heiser.

Mila spürte seinen Zorn, sie ahnte, dass er kurz davor war, sich einfach auf die Verschwörer zu stürzen. Das Bild vor ihrem Inneren Auge begann wild zu tanzen. Sie erkannte Fray Celso erst an seinem klagenden Ton, als er zwischen den Dominikanern aus dem Palast stolperte.

»Fray Celso! Hier herüber!«, rief sie.

Die Gestalt, die sie nur verschwommen erkennen konnte, blieb stehen, und auch die Dominikaner liefen nicht weiter. Der Fray sah sie an, blickte zu den anderen Priestern, dann zu den Spaniern, die sich, von Nergal eingeschüchtert, an einer Hauswand zusammendrängten, und schüttelte den Kopf. »Mein Platz ist bei meinen Brüdern, Condesa!«, entgegnete er mit zitternder Stimme.

Mila kam nicht umhin, diese noble Einstellung zu bewundern, auch wenn sie zum denkbar falschesten Zeitpunkt kam. Sie hatte eine Idee: »Ich brauche Eure Hilfe, Vater, denn Nabu ist verwundet.«

»Verwundet?«, fragte der Mönch unsicher.

»Hört nicht auf diese Hexe, Celso!«, rief Pater Jorge und hielt ihn am Arm.

»Ich bitte Euch, Vater!«, rief Mila.

Offenbar waren das die richtigen Worte, denn der Mönch löste den Griff Pater Jorges sanft von seinem Arm und kam zögernd herüber.

Kaum hatte er sich einige Schritte von den Dominikanern entfernt, als sich Nergal wie ein schwarzer Blitz mit einem heiseren Brüllen auf die drei Männer stürzte. Selbst Nabu zuckte erschrocken zurück. Ein dreifacher kurzer Schrei, ein Hieb mit der Klaue, ein Zuschnappen der mächtigen Kiefer, und schon war es vorbei. Noch ehe Fray Celso sich umdrehen konnte, waren die Priester tot.

Nergal hob den Kopf und brüllte noch einmal, so laut, dass der Platz erbebte. Sein Schwanz tanzte, und dann senkte er seinen Schädel und starrte die Spanier an, die sich entsetzt an die Wand pressten. Genau in diesem Augenblick stürzte ein Teil der Palastwand ein. Behemoth brüllte, als auch das Dach unter ihm wegbrach, und Mila sah ihn ungelenk mit den Flügeln schlagen, während er auf einen anderen Teil des schwankenden Gebäudes sprang. Er blickte hinab auf den Platz, und genau wie Nergal hatte er nun ganz offensichtlich die Spanier im Visier. Ein heiseres Grollen rollte durch seine Kehle.

»Behemoth, Nergal, nein!«, rief der Marschall.

Doch Behemoth hörte nicht. Er sprang von der Mauer und warf sich mit der ganzen Wucht seines massigen Körpers auf die Konquistadoren. Einer von ihnen hob seine Pike, die er irgendwie mit herausgebracht hatte, aber sie zerbrach, als sei sie ein Zahnstocher. Mila wandte den Kopf ab, aber Nabu nicht, und so musste sie mit ansehen, wie Behemoth die Männer förmlich zermalmte. Erst danach gelang es ihr, die Verbindung zu lösen. Nacht umhüllte sie wie ein samtenes Tuch, und sie war froh, nicht mehr mit ansehen zu müssen, was dort geschah. Behemoths Siegesgebrüll verriet ihr auch so, wie die Sache ausgegangen war.

Am Nachmittag kroch Nebel über den Kamm und senkte sich in faserigen Schleiern über den Hang vor Kemaqs Unterschlupf. Unten flackerte ein Feuer. Die drei Fremden und die Yunga saßen getrennt und aßen. Der Geruch von gebratenem Fleisch stieg Kemaq in die Nase. Er saß fest, und es war nur eine Frage der Zeit, bis hier noch mehr Fremde und Yunga eintreffen würden. Wenn der Nebel dichter werden würde, bot sich vielleicht eine kleine Möglichkeit zur Flucht. Er musste ungesehen von diesem Felsvorsprung herunter und an den Yunga vorbei … Er seufzte. So dicht konnte kein Nebel werden. Aber vielleicht in der Nacht? Doch würden die Fremden nicht schon lange vorher hier sein? Oder Rumi-Nahui kam mit seinen Kriegern … Das war eine Möglichkeit, ein Hoffnungsschimmer, wenn auch ein sehr ungewisser. Der Feldherr Atahualpas war das Gegenteil eines zuverlässigen Verbündeten. Kemaq wusste, dass er schon Glück brauchte, damit ihn das Steinauge nicht gleich tötete. Aber das alles war müßig. Im Augenblick konnte er nur sitzen bleiben und darauf warten, welcher seiner Feinde ihn zuerst fangen würde.

Am Feuer tat sich etwas. Kemaq beobachtete aus seiner Deckung, dass einer der Fremden auf einen Yunga einredete und ihm einen Gegenstand vor die Nase hielt. Es sah aus wie ein Messer, geschmiedet aus dem harten Erz, das nur die Fremden kannten. Dann deutete der Fremde hinauf zu ihm. Der Yunga zögerte, aber schließlich nickte er. Kemaq begriff, dass dem Krieger das Messer versprochen worden war, und es stand nicht in Frage, wofür. Die versprochene Belohnung hatte die Angst des Yunga vor den Geistern offenbar vertrieben. Er wollte es gleich nehmen, aber das verweigerte ihm der Fremde. Der Krieger nickte missmutig und schickte sich dennoch an, seinen Auftrag zu erfüllen. Er suchte eine Stelle etwas abseits von Kemaqs Unterschlupf, nahm sein Bronzemesser aus dem Gürtel, steckte es sich zwischen die Zähne und begann, nach oben zu klettern. Kemaq sah machtlos zu. Wenn dieser Krieger klug war, würde er klettern, bis er sich von oben auf ihn herabstürzen konnte. Kemaq sah sich nach einem Wurfgeschoss um. Er fand einige Steine, aber er hätte aus seiner Deckung treten müssen, um gut werfen zu können. Und dann wäre er selbst ein leichtes Ziel geworden. Er musste warten, bis der Mann näher herankam.

»Sie sind unter dem Berg hindurchmarschiert?«, fragte Marschall di Collalto ungläubig.

Mila war von Nabus Rücken gestiegen und hatte auch nicht versucht, die Verbindung wieder herzustellen. Sie wollte von dem, was geschehen war, nichts sehen. Es reichte, zu hören, wie der große Palast nach und nach brennend in sich zusammenfiel. Jetzt übersetzte sie, und der Curaca der Stadt beantwortete widerwillig ihre Fragen. Sie hatten ihn aus einem Lagerhaus geholt, wo die Konquistadoren ihn mit vielen anderen hatten einsperren lassen.

»Ein alter Weg ins Land der Chachapoya«, erklärte der Indio jetzt.

»Und was, zum Teufel, wollen sie dort?«, fragte der Marschall.

Aber jetzt wich der Curaca einer klaren Antwort aus: »Vielleicht hoffen sie, dort noch mehr Silber zu finden. Eure Gier danach ist mir unbegreiflich.«

Mila seufzte. »Kann es nicht sein, dass sie eher nach dem Tempel suchen, Tamachocs Tempel?«, fragte sie freundlich.

»Davon weiß ich nichts«, behauptete der Curaca schnell.

»Natürlich wollen sie dorthin. Alle wollen sie dorthin«, mischte sich eine Frauenstimme ein, die Mila bekannt vorkam.

»Was will diese Alte?«, fragte der Marschall ungehalten, weil Mila nicht übersetzt hatte.

Mila wusste wieder, wo sie die Stimme schon gehört hatte: »Du bist Mocto, nicht wahr? Ich habe dich vor der verlassenen Stadt getroffen.«

»Du bist blind, aber nicht dumm, Goldhaar«, erwiderte die Alte anerkennend.

»Wen meinst du mit *alle,* Mutter Mocto?«, fragte Mila nach, da sie hoffte, von dieser Frau mehr zu erfahren als von diesem schweigsamen Curaca.

Sie schnaubte: »Die Fremden, das Steinauge, die Wolkenmenschen. Sie alle wollen dorthin, sie alle wollen den Regenstein. Und der dumme Junge, der will ihn auch.«

»Halte doch den Mund, Unglückselige!«, rief der Curaca.

Mila runzelte die Stirn. Die Frau war außergewöhnlich auskunftsfreudig. »Warum erzählst du mir das, Mocto?«, fragte sie.

»Wegen des Jungen. Sie werden ihn töten, wenn er erst den Stein hat. Und es ist auch nicht gut, wenn überhaupt jemand den Stein bekommt. Nur Böses kann daraus werden. Du musst ihn aufhalten. Er ist schnell, der schnellste Läufer von Tikalaq, aber dein fliegendes Ungeheuer ist schneller.«

»Warum haben sie dich eingesperrt, Mutter Mocto?«, fragte Mila. Die Alte war, soweit sie das beurteilen konnte, die einzige Frau unter den Gefangenen.

»Ich wollte zu meinen Jungen, die dort im Bergwerk arbeiten mussten. Nur etwas zu essen wollte ich ihnen bringen. Aber sie ließen mich nicht, und da bin ich böse geworden, und sie sperrten mich ein. Und nun bin ich müde und will schlafen. Reden will ich nicht mehr. Und ihr solltet auch nicht mehr reden, sondern aufbrechen, über die Berge, oder vielleicht doch besser zurück ins Meer, aus dem ihr aufgestiegen seid.« Und dann drehte sie sich um und ging. Mila wollte sie aufhalten, aber der Marschall war anderer Meinung: »Lasst doch die Alte. Offensichtlich ist sie ein wenig verrückt. Erzählt mir lieber mehr über den Tempel, Comtesse.«

Also berichtete sie, was sie von den Forschungen des Alchemisten wusste, der glaubte, den legendären Stein der Weisen in diesem Tempel zu finden. »Er hat behauptet, dass die Götter, die in der ganzen Neuen Welt doch immer wieder als gefiederte

Schlangen dargestellt werden, in Wirklichkeit immer derselbe Drache gewesen sind, der den Azoth, so nennt er den Stein, bewachen soll. Er nimmt an, er habe ihn aus der Alten Welt herübergebracht, weil er dort nicht mehr sicher war. Und das wiederum halten auch die Drachen für möglich.«

»Ich kenne die Besessenheit des Alchemisten von diesem Thema«, meinte di Collalto. »Es ist aber auch unerheblich, ob an diesem Aberglauben etwas dran ist oder nicht – Hernando Pizarro und Balian sind offenbar auf der anderen Seite dieses Berges, und deshalb müssen wir ebenfalls dorthin. Ich werde versuchen, unsere Drachen zu beruhigen, damit sie nicht planlos davonstürmen, und Ihr könntet mit Fray Celso reden und versuchen herauszufinden, wie viele Männer Pizarro hat und wann er aufgebrochen ist.«

Der erste Stein war schlecht gezielt, der zweite traf den Yunga am Bein. Aber der lachte nur und kletterte näher. Er hielt sich geschickt oberhalb der Höhlung, und wenn Kemaq nur den Kopf herausstreckte, um besser zielen zu können, flogen ihm selbst Steine um die Ohren, und einmal krachte auch ein Schuss. Die Kiesel, die er nach dem anderen warf, waren auch beinahe lächerlich. Dunst hing über dem Tal, aber der war nicht dicht genug, weder um ihn vor den Schleuderern zu verbergen, noch um den Mann im Fels zu behindern. Der Krieger war schon weit vorangekommen, und die Wölbung des Felsens verhinderte, dass Kemaq einen Stein mit genügend Kraft nach ihm werfen konnte. Er war so gut wie verloren. Er konnte den Krieger keuchen hören, als er sich näher und näher herantastete. Plötzlich hatte er einen verzweifelten Einfall: Nicht mit Steinen, aber mit seiner Angst konnte er den Mann besiegen! Er griff sich kurz entschlossen den Schädel, bat den Geist des Verstorbenen, dem er einst gehört hatte, um Vergebung und warf den Totenkopf nach dem Yunga. Es war ein Wurf, für den er nicht viel Kraft aufwenden musste, und Kemaq betete, dass der Mann mehr Angst vor den Toten hatte als er. Der Schädel flog, und der Wurf war hervorragend gezielt. Der Yunga stieß einen Entsetzensschrei aus, und dann fiel er. Er schlug hart auf dem Boden auf, und der Schrei endete in einem lauten Stöhnen. Die Yunga heulten vor Wut, als sie ihren Bruder in Sicherheit schleppten, aber die Fremden lachten nur über die Ungeschicklichkeit des Mannes. Und sein Messer bekam er auch nicht.

»Wisst Ihr, wo Ruiz ist, Vater?«, fragte Mila den Mönch. Fray Celso brauchte lange, bevor er antwortete, und sie hörte seiner Stimme an, wie tief der Schock über das Erlebte noch saß. »Eben erst habe ich mit ihnen gesprochen. Dann brennt es, und dann sind die Padres tot. Sie alle sind tot.«

»Vater, ich weiß, es war schrecklich. Doch könnt Ihr mir sagen, wo Ruiz geblieben ist? Er war nicht unter den Toten.«

»Ruiz? Euer Waffenknecht? Er ist davongelaufen, als sie ihn holen wollten. Ich glaube, er versteckt sich irgendwo im Wald, in dem es immer noch brennt.«

»So hat er überlebt? Das ist gut!«, rief Mila.

»Wenn ihn diese Bestien nicht getötet haben«, flüsterte der Fray, und es war unklar, ob er die Spanier oder die Drachen meinte. Allmählich aber fing er sich wieder, und Mila erfuhr, dass Hernando Pizarro eine ganz eigene Version der Ereignisse hatte verbreiten lassen: »Er sagte, dass Marduk diesen Kampf begonnen hätte, weil der Hochmeister ihn aufgehetzt hätte, und Euch, Comtesse, beschuldigte er der Hexerei. Aber das habe ich keinen Augenblick geglaubt.«

»Ich weiß«, sagte Mila, und dann fragte sie den Mönch nach dem Leichnam ihres Onkels. Der Fray wurde verlegen und sagte: »Sie haben ihn neben Sir William im Palast aufgebahrt. Ich glaube, sie wollten den Anschein erwecken, dass sie seinen Tod bedauerten, obwohl sie ihn anklagten.«

»Im Palast?«, fragte Mila betroffen, denn sie hörte das große Gebäude brennen.

»Ich fürchte, es wird lange dauern, bis wir die Toten bestatten können, Condesa.«

Don Mancebo gesellte sich zu ihnen. »Wisst Ihr, Fray, was dieser angebliche Gelehrte mit Marduks Leichnam angestellt hat? Ihr könnt es nicht sehen, Condesa, aber er hat ihn aufgeschnitten und ausgeweidet, als sei er irgendein erlegtes Wild, und nicht das Oberhaupt der Drachen.«

»Oh, er tat geheimnisvoll, aber ich glaube, er hat allerlei Organe und viel Blut entnommen.« Wieder senkte Fray Celso die Stimme: »Er glaubt, dass das Blut eines Drachen unverwundbar macht, Don Mancebo.«

Zu Milas Überraschung lachte niemand über diese Bemerkung.

»Hat er auch etwas über die Feuerdrüse gesagt?«, fragte Nabu plötzlich.

Der Mönch fuhr erschrocken herum. Mila konnte seine Angst riechen.

»Nein, gar nicht, er hat mir gar nichts darüber gesagt!«, rief der Fray.

»Ich werde dir nichts tun, Mönch«, versuchte Nabu ihn zu beruhigen.

»Ich … ich weiß«, stammelte Fray Celso.

»Was ist das für eine Drüse, von der du sprichst, Nabu?«, fragte Mila.

Don Mancebo antwortete an seiner Stelle: »*Griechisches Feuer,* so nannte man einst die Geheimwaffe der Byzantiner, Feuer, das auch auf Wasser brennt. Es heißt, sie mussten einen Drachen töten, um die Rezeptur zu finden, und ich denke, dieser Alchemist versucht, es ihnen gleichzutun.«

»Ja, als Schamasch fiel, da hat er mir erzählt, dass er gerne das Geheimnis eures Feuers lüften würde«, sagte Mila und schüttelte den Kopf. »Ich habe ihn bis gestern nur für einen harmlosen, etwas seltsamen Gelehrten gehalten. Wie konnte ich mich nur so in ihm täuschen?«

»Er hat alle getäuscht, selbst uns Drachen, Prinzessin«, erwiderte Nabu. »Dieser Mann weiß vieles, mehr, als ihm guttut, und auf jeden Fall mehr, als für uns gut ist. Ja, ich behaupte, er weiß mehr über uns Drachen als wir selbst. Wir sollten ihn nicht noch einmal unterschätzen.«

»Ich hätte nicht gedacht, dass ich ihn je als Feind betrachten muss. Aber er hat zugelassen, dass sie mich als Hexe beschuldigen.«

»Genug davon, Prinzessin. Es gibt auch gute Nachrichten – sieh, da kommt Ruiz.«

Mit dem Nebel kamen die Stimmen. Kemaq hielt sie zunächst für das Wispern eines Windes, aber es war beinahe windstill. Der Nebel floss träge und in dichten Schwaden über den Felsenkamm und hüllte seine Belagerer in dichte Schleier. Und dann diese Stimmen, die ihm zuflüsterten. Er verstand nicht, was sie sagten, denn sie redeten in einer Sprache, die er nicht kannte. Wurde er nun endgültig verrückt? Er hätte es geglaubt, wenn nicht auch unten, vor seinem armseligen Unterschlupf, die Männer unruhig geworden wären. Sie erhoben sich von ihrem Lagerfeuer und starrten in die dichten Schwaden, als würden sie etwas suchen. Die Yunga riefen sich leise Warnungen zu und nahmen die Waffen zur Hand. Auch die Fremden hatten ihre blitzenden Schwerter und ihre Donnerrohre gezogen, als vermuteten sie in dem Nebel einen noch unsichtbaren Feind. Ein seltsames Knarren und Stöhnen lief durch den Nebel. Es schien aus dem Boden zu steigen.

»Du solltest dich beeilen«, flüsterte ihm eine weiche Stimme zu.

Kemaq lief ein Schauer über den Rücken. »Pitumi?«, fragte er unsicher in den Nebel.

»Sie sind zornig, denn ihr habt ihre Toten gestört«, flüsterte die Stimme.

Er fuhr herum, aber sie war nicht hinter ihm. »Es war nicht meine Absicht«, sagte Kemaq leise.

»Das wissen sie. Sonst wärst du in noch größerer Gefahr«, hauchte die Stimme.

»Noch größer?«

Ein Schrei ertönte vom Lagerfeuer, dann krachte ein Schuss. Kemaq zuckte zusammen, aber offenbar schoss der Fremde gar nicht auf ihn. Der Nebel kroch um das Lager wie ein lebendiges Tier und war jetzt so dicht geworden, dass er dort unten kaum noch jemanden sehen konnte. Dann glaubte er, inmitten der Schwaden Schatten zu erkennen. *Das sind nur die Bäume,* sagte seine innere Stimme, aber dann fragte er sich, ob dort unten wirklich so viele Bäume gestanden hatten. Er blickte genauer hin. Er hätte schwören können, dass die Bäume sich bewegten. Ein Flüstern lief durch die weißen Schleier. Es schien aus mehreren Richtungen gleichzeitig zu kommen. Und das Knarren und Ächzen in der Erde wurde lauter. Wieder fiel ein donnernder Schuss, und Kemaq sah das Mündungsfeuer der Waffe aufblitzen. Der Schuss war auf den Boden gerichtet. Gab es dort Schlangen?

»Jetzt, Kemaq«, hauchte die Stimme. »Bevor sie es sich anders überlegen.«

Ein entsetzter Schrei stieg aus dem Nebel auf, ein Schrei, der jäh in einem Röcheln erstarb. Die Yunga schienen völlig verstört. Er hörte, dass sie gegenseitig ihre Namen riefen, wie um sich zu vergewissern, dass sie noch alle da waren. Kemaq kroch das nackte Entsetzen unter die Haut. Dann riss er sich zusammen. Pitumis Stimme hatte Recht – jetzt konnte er entkommen. Ohne sich länger aufzuhalten, tastete Kemaq nach einem Halt im Fels und begann den Abstieg. Er konnte schon den nächsten Halt kaum noch sehen, und als seine Hand ihn packte, war er sich nicht sicher, ob dieser Vorsprung, nach dem er griff, ihn auch wirklich tragen würde.

Die Drachen waren zum Aufbruch bereit, nur der Marschall schien plötzlich unentschlossen. »Wir können die Stadt doch nicht diesen paar Yunga überlassen«, sagte er. »Die werden sich hier kaum halten können.«

»Dann überlasst sie eben dem Curaca, der sie vorher regiert hat«, meinte Nabu trocken, »was macht das für einen Unterschied?«

»Aber eine Stadt dem Feind zu überlassen – das ist Hochverrat«, wandte der Conte di Collalto unglücklich ein.

»Nun, es war Hernando Pizarro, der sie aufgegeben hat, oder?«, fragte Nabu zurück.

Mila seufzte. Dieser Disput erschien ihr mehr als abwegig, aber der Marschall dachte wohl immer noch wie ein treuer Diener des Kaisers. Sie sagte: »Ich bitte Euch – von Standpunkt der Spanier sind wir doch längst schon Verräter. Warum übergebt Ihr die Stadt nicht einfach wieder diesem Curaca, wenn er dafür verspricht, uns, und nur uns, in Zukunft zu unterstützen.«

»Ihr meint – ein eigenes Bündnis? Gegen die Pizarros?«, fragte der Marschall.

»Und gegen den Sapay Inka«, bekräftigte Mila. »Ich denke, sie sind nicht unglücklich, wenn sie beide Parteien los sind.«

»Ein kühner Vorschlag«, meinte der Conte.

»Ein kluger Vorschlag. Wie es scheint, hat ein wenig von unserer Weisheit auf unsere Schwester abgefärbt«, meinte Nabu.

Der Marschall rief Don Mancebo und Robert de Lanois heran, um sie nach ihrer Meinung zu fragen. Der Fray untersuchte in der Zeit Nabus Wunde, aber es gelang ihm nicht, die Kugel zu entfernen. »Sie ist tief eingedrungen, und jemand, der mehr davon versteht als ich, müsste sie herausholen. Wenn ich es tue, mache ich die Verletzung vielleicht nur schlimmer«, erklärte er.

»Sie wird von selbst verheilen. So ist das nämlich bei uns Drachen«, behauptete Nabu, was Mila mit gewisser Skepsis hörte. Sie fragte ihn, ob sie weiterhin auf das Reitgeschirr verzichten solle, da sie Sorge hatte, es könne an der Wunde scheuern und ihm Schmerzen bereiten, aber er bestand darauf, es zu tragen.

»Bei dem wilden Ritt, der nun vor uns liegt, könnte ich dich sonst leicht verlieren, Prinzessin«, sagte er trocken.

Also legte sie gemeinsam mit Ruiz dem Drachen das Geschirr an, das bei ihrer verzweifelten Flucht zurückgeblieben war. Der Waffenknecht war recht einsilbig gewesen, als er aus dem Wald zurückkehrt war. »Vorgestern haben wir noch Seite an Seite gekämpft, gestern versuchten sie, mich umzubringen. Das kann ich nicht verstehen, nein, das will ich nicht verstehen«, erklärte er düster, und mehr wollte er zu den tragischen Ereignissen nicht sagen.

Mila merkte ihm die Erschütterung aber auch ohne viele Worte an. Er half ihr beim Geschirr, ohne das übliche Lamento, und als er dann noch einmal ohne Begründung verschwand, kehrte er später mit Milas Rüstung wieder. »Das wäre nicht nötig gewesen«, sagte sie mit wenig Begeisterung.

»Es ist bitter nötig, Condesa«, belehrte sie Ruiz, »denn es geht nicht mehr gegen die Wilden mit ihren Waffen aus Stein, sondern gegen Spanier mit Schwertern aus Stahl und mit Feuerwaffen, die sogar Drachen verwunden können!«

Nabu pflichtete ihm bei: »Es ist ja nicht so, dass ich mich über zusätzliches Gewicht freue, aber Ruiz hat Recht – unser neuer Feind verfügt über tödliche Waffen, und es wäre ausgesprochen dumm, ihm nicht bestens gerüstet entgegenzutreten.«

Als sie die Rüstung angelegt hatte, schwang sich Mila auf Nabus Rücken und ließ Ruiz noch einmal das Geschirr prüfen. Plötzlich fühlte sie eine große innere Unruhe. Wie schnell das alles gegangen war – eine einzige Nacht hatte genügt, diesen jahrhundertealten Orden zu zerstören. Sie war hin und her gehetzt und hatte kaum Zeit, darüber nachzudenken, was vor ihr lag, aber jetzt, als sie sich bereit machte, wurde ihr plötzlich bewusst, dass es die Vorbereitungen für eine Schlacht waren, eine Schlacht mit sehr ungewissem Ausgang. Sie dankte Ruiz, und dann bat sie ihn und Fray Celso um einen Gefallen: »Wenn es Euch möglich ist, so wartet bitte, bis Ihr meinem Onkel und den anderen ein würdiges Begräbnis geben könnt. Danach aber solltet Ihr nach

Chan Chan zurückgehen. Dietmar ist dort, er wird Euch sicher helfen. Wenn Ihr hier in dieser Stadt bleibt, wird man Euch ebenfalls als Verräter ansehen, und Ihr könntet wohl nie wieder nach Spanien zurück.«

»Ich bleibe«, meinte Ruiz.

»Der Orden der Drachenritter wird auch in Zukunft geistlichen Beistand benötigen«, erklärte der Fray tapfer.

Mila lächelte. »Ich weiß Eure Treue zu schätzen, aber ich fürchte, die Tage unseres Ordens sind gezählt, und ich glaube, Ihr könntet uns auf andere Weise mehr von Nutzen sein. Bringt Euch in Sicherheit, Fray Celso, und schreibt auf, was hier geschehen ist, denn sonst werden nur die Lügen der Pizarros die alte Heimat erreichen.«

»Ich kann nicht schreiben. Also kann ich auch bleiben«, gab sich Ruiz stur.

»Aber du musst den Fray sicher nach Chan Chan geleiten, Ruiz«, erklärte Mila sanft.

»Ich begreife Euch nicht, Condesa«, rief der Mönch. »Wenn ich es richtig verstanden habe, wollt Ihr nur auf die andere Seite dieses Berges und Don Hernando bestrafen. Doch so wie Ihr redet, könnte man meinen, keiner von Euch würde zurückkehren!«

»Das ist vielleicht auch so, Vater. Mit diesen Bergen beginnt das Land der Chachapoya, und wir wurden gewarnt, dass dort unser Verhängnis auf uns wartet. Sir William und Schamasch haben das bereits erfahren müssen. Und auch Marduk ist doch am Fuß dieser Berge gefallen.«

»Dann fliegt eben einfach nicht dorthin!«, rief Ruiz.

Mila war gerührt, dass die beiden Männer versuchten, sie von ihrem Vorhaben abzubringen, aber sie wusste, dass es dafür zu spät war. Die Drachen wollten über die Berge. Sie würde sie nicht im Stich lassen.

Noch nie in seinem Leben hatte Kemaq so dichten Nebel erlebt. Er konnte kaum fünf Schritte weit sehen und kam nur langsam voran. Der Felsenkamm war zu seiner Rechten. Er wusste, er musste irgendwann zu dem Durchbruch kommen, den er am Mittag gesehen hatte. Seine Feinde waren vom Nebel verschluckt worden. Ihm war gewesen, als hätte er die Yunga jammernd davonlaufen hören, und dann hatte einer der Fremden noch einmal aus seinem Donnerrohr geschossen. Doch danach war es unheimlich ruhig geworden. Auch die Stimmen konnte Kemaq nicht mehr hören. Wolkenvolk und Nebelkrieger, so nannte sein Volk die Chachapoya. Er hatte jetzt begriffen, dass es einen guten Grund für diese Namen gab. Er tastete sich weiter voran. Der Felsen trat zurück, und als er angestrengt lauschte, meinte er, den Bach zu hören, dem er am Morgen gefolgt war. Er schritt langsam weiter, und der Nebel ließ ihm seine Schritte unnatürlich laut erscheinen – fast, als wären dort noch mehr Männer mit ihm unterwegs. Und dann waren da die Schatten. Er hielt sie zunächst für Bäume, aber als er zu ihnen hinlief, weil er froh war, überhaupt etwas anderes als Felsen und diese zermürbenden dichten weißen Schleier zu sehen, waren sie plötzlich verschwunden.

»Weiter, Kemaq«, flüsterte es kühl.

»Pitumi? Wo bist du?«

»Du musst dem Bach folgen, bis an den Fluss«, wiederholte die Stimme das, was auch Payakmama schon zu ihm gesagt hatte.

Er fuhr herum, das Wispern schien ihn zu umschleichen. Und da waren andere, viel unfreundlichere Stimmen, die einander fremdartige Worte zuraunten.

»Warum zeigst du mir den Weg nicht?«, rief er. »Warum begleitetest du mich nicht?«

»Ich kann nicht«, hauchte es kalt, und dann verstummte das Flüstern. Aber aus größerer Entfernung wehten jetzt andere Laute heran: der Tritt schwerer Stiefel, raue Stimmen und das Klirren von Erz auf Erz – die Fremden. Es waren viele, und sie waren ihm dicht auf den Fersen.

Es gelang dem Marschall tatsächlich, mit dem Curaca der Stadt eine Übereinkunft zu treffen, und die Ritter des Ordens kamen zu Mila und beglückwünschten sie zu ihrem glänzenden Einfall. Das brachte sie in einige Verlegenheit, denn sie musste sich eingestehen, dass ihr selbst die Tragweite ihres Vorschlages nicht bewusst gewesen war.

»Und der Curaca hat einfach zugestimmt?«, fragte sie Don Mancebo.

Der Maure lachte verhalten. »Ich habe nicht alles verstanden, denn der Yunga, der für uns übersetzte, sprach nur gebrochenes Spanisch. Aber der Curaca sagte wohl, es sei Pachakuti, eine Zeitenwende, eingetreten, und das Reich der Inka sei dem Untergang geweiht. Er hofft, dass die fliegenden Götter seine Stadt in den Unruhen, die kommen werden, beschützen können. Allerdings«, so der Ritter weiter, »scheint er nicht zu glauben, dass allzu viele von uns zurückkehren, wenn wir erst einmal auf der anderen Seite der Berge sind.«

»Hat er auch gesagt, warum er das glaubt?«

»Er sagte, es sei Zauberland, zu gefährlich für Menschen, aber vielleicht hat hier der Yunga nur falsch übersetzt.«

»Macht Euch das denn keine Sorgen, Bruder Mancebo?«

»Warum sollte es, Condesa? Mein Leben liegt in Gottes Hand, hier ebenso wie jenseits dieser Gebirgskette. Doch macht Euch bereit, denn wir werden diese Stadt so bald wie möglich verlassen – bevor es die Drachen noch ohne uns tun.«

Als sie aufbrachen, kam Fray Celso noch einmal zu ihr. Sie sah ihn durch Nabus Augen heraneilen. Er wirkte klein, wie er da vor dem Drachen stand.

»Was gibt es, Vater?«, fragte sie. Behemoth erhob sich bereits schwerfällig in die Luft, und Horus folgte ihm. Nergal kreiste schon länger über der Stadt, und jetzt scharrte auch Nabu ungeduldig mit seinen Krallen über das Pflaster.

»Ihr habt mich gebeten, aufzuschreiben, was hier geschehen

ist, Condesa. Das will ich gerne tun, doch weiß ich ja gar nicht, wie diese Geschichte ausgeht.«

»Sie ist auch noch nicht zu Ende, Vater.«

»Ich weiß, aber ich wollte auch nur sagen, dass Ihr zurückkommen müsst, Condesa, und sei es auch nur, um mir das Ende zu erzählen.«

»Ich werde tun, was ich kann, Vater«, rief Mila, und dann verlor Nabu offensichtlich die Geduld und schwang sich ohne ein Wort des Abschieds in die Luft.

Als Kemaq den Durchbruch im Felsenkamm endlich gefunden und durchquert hatte, blieb er überwältigt stehen. Der Nebel hatte sich gehoben, ja, er erkannte, dass es in Wahrheit eine dichte Wolkendecke war, die sich auf den Hang gelegt hatte. Nun hatte er beinahe freie Sicht auf das weite Land, denn nur noch vereinzelt hingen Wolkenfetzen bis auf den Grund des langen, sanft abfallenden Hanges hinab. Er sah Berge, rechts und links, doch waren sie bei weitem nicht so mächtig und beeindruckend wie jene, die hinter ihm lagen. Und zwischen diesen Bergen streckten sich sattgrüne Wiesen und Wälder, die sich in der Ferne zu einem einzigen dampfenden Grün verdichteten. Vor ihm lag das Tiefland mit seinem Urwald, von dem er bisher nur gehört hatte, und irgendwo in diesem Wald lag der Regentempel.

Der Lärm der Fremden hinter ihm war wieder verklungen. Er hatte also noch Vorsprung. Aber gerade als er erleichtert aufatmete, nahm er im Augenwinkel eine Bewegung wahr. Dort im hohen Gras jenes Hügels, dessen steiler Kamm ihm beinahe zum Verhängnis geworden wäre, bewegte sich einen Schlange – eine Schlange, die aus vielleicht tausend Männern bestand – Rumi-Nahui und seine Huanca kamen. Kemaq stöhnte. Der lange Hang vor ihm bot mit Sträuchern und Bäumen etwas Deckung, aber bei weitem nicht genug, um so vielen aufmerksamen Augen zu entgehen. Zu seiner Rechten begann ein lichter Wald, der sich am Fuß des nächsten Berges entlangzog. Es war ein Umweg, aber es schien ihm doch besser, als sich über das offene Feld zu wagen. *Du bist ein Chaski – du kannst ihnen allen davonlaufen,* widersprach seine innere Stimme. »Aber ich bin auch müde, verletzt und hungrig, ich will es nicht darauf ankommen lassen«, murmelte Kemaq. Er blickte zum Himmel. Es würde bald dunkel werden, dann könnte er sich übers offene Feld wagen. Bis dahin brauchte er so viel Deckung wie möglich.

Ihr nächstes Ziel war die Bergfestung, von der man ihnen in Tanyamarka erzählt hatte. Sie beschützte angeblich einen Pass, der es den Drachen ermöglichen würde, die hohen Gipfel zu umfliegen. Mila hatte inzwischen keine Mühe mehr, die Verbindung zu Nabu herzustellen und zu halten. Und so sah sie, als der Drache noch einmal zurückblickte, die Stadt mit der brennenden Ruine des Palastes in ihrer Mitte, und westlich davon den Wald, durch den sich der immer noch schwelende Brand fraß.

»Wenn es nicht bald regnet«, sagte sie, »wird dieses Feuer noch das ganze Land verzehren.«

»Ich weiß nicht«, entgegnete Nabu, »ob ein bisschen Regen ausreicht, dieses Feuer zu löschen.«

Es dämmerte bereits, und die Flammen des Bildes, das Mila sah, wurden dunkler, als Nabu brummte: »Ich glaube, wir bekommen Besuch.«

»Besuch?«, fragte Mila verwirrt. Sie sah nicht, was der Drache meinte. Dann hörte sie einen Ruf. Horus, der die Spitze übernommen hatte, antwortete.

»Baal und Amun-Ra«, erklärte Nabu zufrieden.

Mila runzelte die Stirn. Das waren die Drachen, die in Chan Chan geblieben waren. »Wie haben sie uns gefunden?«, fragte sie.

»Sie sind dem Feuer gefolgt, und ich meine nicht das in der Stadt oder im Wald. Wie ich es dir schon sagte, Prinzessin.«

»Es ist also wahr, dass ihr jetzt immer wisst, wo die anderen Drachen sind?«

»Das war früher schon so, nur dass unsere Flammen in letzter Zeit schwach geworden sind. Jetzt leuchten sie hell wie einst, und es erstaunt mich, dass du sie nicht sehen kannst, Prinzessin.«

»Ich bin ein Mensch, kein Drache, Nabu.«

»Du bist unsere Schwester, Mila, und dein inneres Feuer leuchtet uns heller als jedes andere«, erklärte Nabu ruhig.

Kemaq hastete unter den Bäumen voran. Ab und zu blickte er zurück, um zu sehen, was hinter ihm geschah. Wenn die Fremden nicht von irgendetwas aufgehalten wurden, mussten sie bald aus dem Nebel herauskommen – und damit war es beinahe unvermeidlich, dass sie auf Rumi-Nahui und seine Krieger stießen. Wenn das geschah, würde es ein weiteres sinnloses Blutvergießen geben. Er verlangsamte seine Schritte. Er hatte wenig Grund, dem Steinauge zu vertrauen, aber es waren Männer unter seinen Kriegern, die er kannte. Er wollte nicht, dass sie von den Fremden und ihren furchtbaren Waffen abgeschlachtet wurden. Er blickte hinab auf den dampfenden Dschungel. Er hatte eine Aufgabe, und wenn er den Regenstein fand, dann konnte er diese Kämpfe vielleicht ein für alle Mal beenden.

Und wie soll das gehen?, schoss es ihm plötzlich in den Sinn. Pitumi wollte den Stein, doch was würde sie tun, wenn sie ihn erst einmal hatte? Würde sie seinem Volk, dem Steinvolk, wirklich die Freiheit bringen? Oder würde sie die Herrschaft selbst an sich reißen? Der Stein war mächtig, mit seiner Hilfe hatte Tamachoc die Berggötter gezwungen, den Gang zu graben, durch den er gekommen war. *Er war auch ein Gott*, meldete sich ein leiser Zweifel, *es ist nicht gesagt, dass er Menschen dieselbe Macht gibt.* Aber hatten nicht die Priester damit jedes Jahr den Regen gerufen – und waren die Regengötter ihrem Ruf nicht immer gefolgt? Kemaq schüttelte den Kopf. Der Weg vor ihm war frei. Er könnte den Tempel vielleicht schon erreichen, während hier oben noch die Krieger gegeneinander kämpften. Er starrte hinab in den dichten Urwald, der sich weit unter ihm ins Endlose dehnte, und dann blickte er wieder den Hang hinauf. Die Schlange der Krieger hatte diesen Kamm nun beinahe überwunden, und bald würden auch die Fremden aus den Wolken treten. Er konnte Rumi-Nahui nicht blind in sein Unglück rennen lassen, denn das würde bedeuten, dass all die Krieger, die ihm doch nur folgten, getötet wurden. Vielleicht konnte er sie warnen und dennoch seinen Weg fortsetzen, irgendwie. Also kehrte er um.

Die Drachen flogen einen weiten Kreis, und der Ordensmarschall rief Don Gómez, der auf Baal von Chan Chan hierhergekommen war, in kurzen Worten zu, was geschehen war.

»Wir brauchen einen Landeplatz zur Beratung«, rief der Katalane zurück.

Mila konnte dem nur zustimmen, aber Nabu schnaubte unzufrieden. »Es ist alles gesagt, was gesagt werden muss, und unser Entschluss steht fest.«

Nergal drängte sich plötzlich mit einer Rolle zwischen den Ordensmarschall und die beiden Neuankömmlinge. »Rasten können wir auf dem Pass. Sie haben Marduk ermordet. Wir werden uns rächen, ob die Ritter uns begleiten oder nicht«, zischte er.

Baal brummte Zustimmung, und auch Amun-Ra, auf dem der Burgunder Waleran de Martel saß, schien einverstanden.

»Dann zum Pass!«, rief Horus, und dann nahmen die Drachen eine neue Formation ein. Es war ein weit gefächertes V, mit Horus an der Spitze. Mila fand sich mit Nabu plötzlich neben ihm, und da ihr Nabu den Gefallen tat, nach rechts und links zu blicken, konnte sie dieses beeindruckende Schauspiel ausgiebig bewundern: Elf Drachen, die letzten ihrer Art, flogen beinahe Flügelspitze an Flügelspitze hinauf in die Berge.

Bald jedoch brach Nergal die Ordnung. Er flog vorneweg, als sei er der schwarze Vorbote des Unheils, das die Drachen ihren Feinden sein wollten. Es ging weiter und weiter hinauf. Der Pass verlangte den Drachen alles ab, und ihre eindrucksvolle Formation löste sich auf, da jeder auf seine Weise trachtete, Höhe zu gewinnen. Endlich sahen sie die Mauern einer Festung vor sich auftauchen.

»Landen wir dort?«, rief Don Gómez.

»Nicht, wenn sie besetzt ist«, beschied ihn der Marschall.

Die Festung war jedoch ganz offensichtlich von Kriegern besetzt, denn als sie sich näherten, hörte Mila die dumpfen Muschelhörner der Indios, die Alarm schlugen. Wie der Wind rauschten die Drachen über die dicken Mauern hinüber. Sie waren so schnell, dass den Kriegern dort unten kaum Zeit blieb, die Zinnen zu besetzen. Vereinzelt stiegen Pfeile auf. Mila hörte sie wirkungslos gegen Nabus Schuppen prallen. Dann waren sie schon außer Reichweite.

»Was ist das?«, fragte Mila, denn das Flammenbild zeigte ihr eine weite unregelmäßige Fläche, die sie nicht zu deuten verstand.

»Wolken, Prinzessin. Eine dichte Wolkendecke verbirgt das Land vor uns, und wenn wir Pech haben, auch unsere Feinde.«

»Vielleicht sollten wir dann doch noch einmal landen und uns beraten«, schlug Mila vor. »Die Sonne geht doch auch bald unter.«

Die Drachen flogen langsame Schleifen, um die Formation zu schließen, vielleicht auch, weil sie ähnliche Gedanken bewegten, aber dann schossen Nergal und Behemoth plötzlich an ihnen vorbei. Mila sah sie vor dem hell flackernden Feld der Wolken als zwei dunkle Schatten, die rasch kleiner wurden. Horus brüllte ihnen hinterher, aber sie reagierten nicht.

»Narren«, brummte Nabu, und dann ging er, wie die anderen Drachen auch, in einen schnellen Gleitflug über, um den beiden zu folgen.

Kemaq blieb vorerst in der Deckung der Bäume. Das Heer von Rumi-Nahui kam ihm entgegenmarschiert, und er sah den Feldherrn selbst vorneweg laufen. Sein federgeschmückter Bronzehelm leuchtete im letzten Licht des Tages. Die Wolken schienen tiefer zu hängen. Sie verbargen den Durchbruch. Der Feldherr würde die Fremden erst sehen können, wenn sie auf den Hang hinaustraten. Plötzlich hob Rumi-Nahui den Arm, und seine Krieger blieben wie ein Mann stehen. Unwillkürlich hielt auch Kemaq an und beobachtete das Geschehen aus der Deckung heraus. Ein Vogelruf drang über die Wiese. Einen ähnlichen hatte Kemaq zuvor schon gehört, es klang nach einem Falken. Doch warum hielt sich der Raubvogel so dicht über dem Boden auf? Er reckte den Hals und sah einen Krieger, der sich ebenfalls hinter einem Baum verbarg und das Heer nicht aus dem Auge ließ. Erst auf den zweiten Blick sah Kemaq, dass es ein Yunga war. Wieder ertönte der Ruf eines Falken. Dann sah Kemaq etwas im Nebel aufblitzen, und kurz darauf hörte er das Krachen der Donnerbüchsen. Die Späher der Fremden hatten Rumi-Nahui zuerst entdeckt!

Einen Atemzug lang folgte dem Donner eine tiefe Stille, dann heulten die Krieger auf, und Kemaq hörte die klare Stimme des Feldherrn, der seinen Kriegern den Rückzug befahl. Kemaq sah sie davonlaufen, und er hörte die Yunga laut jubeln. Er war zu spät gekommen. Die Fremden hatten Späher vorausgesandt – er hatte außerordentliches Glück gehabt, dass er ihrem Blick entgangen war. Er sah die Fremden nur als graue Masse im Nebel, aber ihre Waffen blitzten kalt durch die Dunstschleier.

Hinter ihm knackte ein Ast. Kemaq fuhr herum, und ein riesiger Yunga sprang mit einem Schrei auf ihn los. Kemaq war unbewaffnet, er riss die Arme zur Abwehr nach oben und bekam gerade noch die Rechte des Angreifers zu fassen. Der Mann schwang eine riesige Kampfkeule, und seine Linke fuhr Kemaq jetzt an den Hals. Der Yunga war stark, stärker als er, das spürte Kemaq sofort, aber er kämpfte mit der Kraft der Verzweiflung und schaffte es irgendwie, die Hand von seinem Hals zu lösen. Sie rangen, und der Angreifer drückte ihn hart gegen einen Baum. Kemaq versuchte sich loszureißen. Wenn der andere Yunga, den er gesehen hatte, sich einmischte, war er unweigerlich verloren –

aber der kam nicht, stattdessen wehten dichte Nebelfetzen heran, und als Kemaq die Hand des anderen wieder am Hals spürte, die Finger ihm mit hartem Griff die Luft abdrückten und ihm schon schwarz vor Augen wurde, da sah er plötzlich einen Schatten, der sich aus diesen weißen Nebelschleiern herausschälte, einen Schatten mit Armen und einem Messer. Das war das Letzte, was er sah, bevor er das Bewusstsein verlor.

Die Wolkendecke hing schwer zwischen den Bergen. Die Kordilleren fielen auf dieser Seite schnell ab, und dann erstreckte sich eine schier endlose dunkle Weite nach Osten. »Und was ist das dort, Nabu? Es sieht fast aus wie das Meer«, rief Mila.

»Wald, Prinzessin, ein riesiger dunkler Wald, so groß und ausgedehnt, wie ich es nie zuvor gesehen habe. Ich glaube, wenn ich den Azoth verstecken wollte, dann würde ich es irgendwo in diesem Wald tun.«

»Glaubst du denn, dass er hier ist? Dass Tamachoc ihn hier versteckt hat?«

»Ich weiß es nicht, Prinzessin, aber etwas ist anders auf dieser Seite der Berge. Ich spüre etwas, das ich nicht deuten kann. Als würde mich jemand beobachten, den ich nicht sehen kann – und zwar kein Mensch, so viel ist sicher.«

»Tamachoc?«, fragte Mila vorsichtig.

»Ich weiß es nicht. Aber ich sehe keine Flamme.«

»Es wird bald dunkel, Nabu«, merkte Mila an, denn sie konnte die anderen Drachen, die ausgeschwärmt waren, nicht mehr sehen.

»Dieser Mörder und seine Helfershelfer werden doch wohl zu finden sein!«, brummte Nabu und flog etwas tiefer.

Mila sah nur noch ein dunkles und wirres Flammenmeer vor ihrem inneren Auge wogen, und das war anstrengend, also löste sie die Verbindung. Sie lauschte. Der Wind wehte, und da …

»Hast du das gehört?«, fragte sie.

»Nein, was denn?«, sagte der Drache aufmerksam.

»Da! Wieder! Da sind Schüsse gefallen. Links voraus.«

»Ah, da blitzt es unter den Wolken. Wir haben sie gefunden!«

Kemaq wurde von fernem Gebrüll geweckt. Als er die Augen wieder aufschlug, sah er in das besorgte Gesicht von Pitumi.

»Geht es wieder?«, fragte sie flüsternd.

»Pitumi!«, rief er, und sie erstickte den Ruf, indem sie ihm schnell die Hand über den Mund legte.

»Still doch, Chaski«, schimpfte sie leise. »Der Feind ist überall.«

Kemaq sah sich um. Es war beinahe dunkel geworden, und dichter Nebel umhüllte sie. Er erinnerte sich plötzlich wieder an den Mann, der ihn fast getötet hätte. »Der Yunga! Was ist mit ihm geschehen?«

»Mach dir um ihn keine Sorgen«, meinte Pitumi grimmig.

Ein Schuss krachte, dann ein zweiter. Es klang gefährlich nah.

»Was hat das zu bedeuten?«, fragte Kemaq leise.

»Rumi-Nahui und die Fremden sind in das Land der Chachapoya eingedrungen, jetzt lernen sie, das zu bereuen«, erwiderte sie finster.

»Ihr kämpft gegen sie?«

»Noch nicht. Noch lassen wir sie sich gegenseitig töten.«

Ein Mann trat aus dem Nebel. Sein Gesicht war mit grauer und grüner Farbe bemalt. Er raunte Pitumi etwas zu, die nickte, dann packte sie Kemaq am Arm. »Komm, steh auf, ein Stück weit kann ich dich begleiten.«

Kemaq erhob sich. Der Yunga, der ihn angegriffen hatte, war verschwunden, der Baum, an dem sie gekämpft hatten, ebenso. Dafür war da jetzt ein großer Felsen. Er begriff, dass er nicht mehr dort war, wo er gekämpft hatte. »Ihr habt mich fortgetragen?«

»Da du so dumm warst, mitten hinein in eine Schlacht zu stolpern, erschien uns das sinnvoll«, erwiderte die Chachapoya grimmig. Wieder brüllte es. Kemaq blieb stehen. »Die Ankay Yayakuna!«, flüsterte er.

Pitumi nickte und zerrte ihn weiter. »Sie sind über uns, doch die Chachapoya hindern sie daran zu landen.«

»Wie?«, fragte Kemaq verwundert, während er hinter ihr her stolperte.

Die Heilerin lachte leise. »Sieh dich doch um, Chaski«, sagte sie und deutete in den Nebel.

Die Drachen kreisten über der dichten Wolkendecke. Von dort unten stieg Kampflärm auf, und Mila hörte gelegentlich das Krachen eines Schusses. Sie sah durch Nabus Augen, aber sie konnte nicht mehr viel erkennen.

»Sie schießen jedenfalls nicht auf uns«, brummte Nabu.

»Vielleicht auf die Chachapoya«, vermutete Mila.

»Da unten sind sie – und trotzdem bekommen wir sie nicht zu fassen«, sagte Nabu. Plötzlich schoss einer der Schatten, als welche Mila die Drachen nun im Flammenbild wahrnahm, hinunter, heran an die helle Decke, die den Feind vor ihnen verbarg, tauchte kurz hinein und spie Feuer.

»Nergal«, erklärte Nabu trocken.

»Hat er etwas erreicht?«, fragte Mila.

»Da brennt irgendetwas, aber sonst – ich glaube nicht«, meinte der Drache.

Mila hörte die Rufe der Indios. Muschelhörner gaben Signale. »Ich glaube doch«, sagte sie, »die Indios ziehen sich zurück.«

»Dann hat Pizarro also freie Bahn?«, fragte Nabu missmutig.

»Ja, vielleicht«, erwiderte Mila. So hatte sie die Sache noch nicht betrachtet.

Horus trug den Conte di Collalto näher an sie heran. »Ich werde mit ihnen reden«, rief er.

»Aber Ihr wollt doch nicht etwa landen?«, rief Mila hinüber. Sie war ziemlich verblüfft.

»Sie wissen jetzt, dass wir hier sind. Wir wollen nur die Rädelsführer. Wenn sie sich ergeben, können wir ein Blutbad vielleicht vermeiden«, gab der Marschall zurück.

»Aber das ist zu gefährlich!«, rief Mila. »Sie haben Drachenbüchsen!«

Don Mancebo glitt auf Ianus näher heran. »Sie hat Recht, das ist Selbstmord, Marschall!«, rief er hinüber.

»Sie werden sich sicher nicht mit elf Drachen anlegen wollen«, erklärte Horus würdevoll und ging in einen langsamen Sinkflug über.

»Bleib dicht bei ihm, Nabu!«, rief Mila. Ianus ging mit ihnen tiefer. Mila rätselte noch, woher der Marschall überhaupt wusste, wo die Konquistadoren waren, aber da tauchte Horus schon in die Wolken ein. Ianus ließ ein markerschütterndes Brüllen hören.

»Gut so«, murmelte Mila, »sie sollen ruhig merken, dass wir ganz nah sind.«

»Wenn du meinst«, sagte Nabu und brüllte nun ebenfalls. Die anderen Drachen fielen ein, so laut, dass es Mila in den Ohren dröhnte.

Nergal flog an ihnen vorbei, seine Flügel wirbelten die helle Decke der Wolken vor ihrem Inneren Auge in Flammenkaskaden auf.

Unten ließ Horus seinen Ruf hören.

»Er ist gelandet«, erklärte Nabu.

Sie flogen einen engen Kreis. Mila lauschte nach unten. Sie vermeinte, menschliche Stimmen zu hören.

Eine Flamme war vom Himmel gefallen, hatte den Nebel geteilt und einen Baum in Brand gesetzt, keine zwanzig Schritte vor ihnen. Pitumi und Kemaq hatten sich zu Boden geworfen. Jetzt zerrte ihn die Chachapoya zur Seite. »Hier entlang, schnell«, flüsterte sie. Kemaq folgte ihr. Er hörte das Murmeln eines Baches. War er wieder auf dem ursprünglichen Weg? Dann packte er Pitumi am Arm. Im Murmeln des Wassers waren Stimmen, fremde Stimmen.

»Die Fremden«, flüsterte er.

Tatsächlich tauchten da plötzlich Schemen im dichten Nebel vor ihnen auf, und er hörte ihre harte Sprache.

»Zurück«, flüsterte Pitumi.

Da hörte Kemaq das Geräusch, das er zu fürchten gelernt hatte, den schweren Flügelschlag eines fliegenden Gottes. Der riesenhafte Schatten flog dicht über sie hinweg und landete hart, mit weit gespreizten Flügeln, die den Nebel aufwirbelten. Offenbar hatten auch die Fremden nicht mit dem Ankay Yaya gerechnet, wenn Kemaq die aufgeregten Rufe richtig deutete. Über ihnen brüllte ein weiterer fliegender Gott, und dann war der Himmel angefüllt mit ihrem markerschütternden Gebrüll.

Es war kaum etwas zu erkennen, nur dunkle Schemen in bleichen Schleiern. Ein Mann rief etwas vom Rücken des Yaya herab. Eine wütende Stimme antwortete. Sie waren uneins, ganz ohne Zweifel. Kemaq verstand kein Wort, aber er hörte, dass sie heftig miteinander stritten, und plötzlich ließ der Drache ein warnendes Knurren hören. Pitumi zerrte an Kemaqs Arm, aber er konnte sich von dem Schattenspiel nicht lösen. Dann geschahen mehrere Dinge beinahe gleichzeitig: Etwas flog sausend durch die Luft und zerbrach am Leib des Drachen. Ein Schuss krachte, und der Mann auf dem Rücken des Gottes stöhnte erstickt auf. Flammen züngelten im Nebel auf, sie schienen vom Körper des Drachen zu kommen. Der Drache brüllte – und dann sandte er seinen Feueratem in den Nebel. Männer schrien, und Kemaq hielt sich die Ohren zu. Der Drache brüllte noch einmal, und dann sprang er in die Luft. Mit großem Erstaunen bemerkte Kemaq, dass er zu brennen schien.

Der Schuss, das Gebrüll und die Schreie – Mila klammerte sich an Nabu und starrte hinab auf die dichte Nebeldecke. Ein Schatten sprang heraus – Horus. Er brannte!

»Um Himmels willen – was ist das?«, fragte sie entsetzt.

Horus schrie. Er stieg höher und höher. Die Flammen krochen über seinen großen Leib, und in ihrem flackernden Tanz sah Mila die zusammengesunkene Gestalt des Ordensmarschalls auf seinem Rücken. Dann stieß Horus noch einmal einen durchdringenden Schrei aus, der Mila die Tränen in die Augen trieb. Er schlug nicht mehr mit den Flügeln, sein Schrei endete in einem klagenden Laut. Taumelnd und brennend fiel er hinab und verschwand im Nebel. Sie hörte seinen Leib dumpf aufschlagen. Entsetzt starrte sie auf die Nebelschwaden, die wie ein Leichentuch die Szene deckten. Ein unruhiges Flackern zeigte an, dass die Flammen weiterbrannten.

Nergal stieß hinab in den Nebel, dorthin, wo Horus aufgetaucht war, und spie noch einmal Feuer. Männer schrien, und Schüsse knallten, doch Nergal schien unverletzt zu bleiben. Über der Wolkendecke herrschte stummes Entsetzen. Die Drachen sammelten sich in der Luft, kreisten und starrten hinunter.

»Was war das?«, fragte Mila.

Niemand antwortete. Don Mancebo fasste sich als Erster. »Dort drüben ragt eine Kuppe aus diesen Wolken. Lasst uns dort landen.«

Nabu blickte zurück, und durch seine Augen sah Mila, dass Nergal immer noch über die Nebelbank zog und immer wieder Flammen hinunterspie. Sie hoffte, er würde Erfolg haben.

Kemaq rannte, und jetzt war es Pitumi, die ihm folgte. Es roch nach verbranntem Fleisch, und er konnte nur annehmen, dass das, was dort im Nebel hinter ihnen brannte, ein *Drachen* war. Die Fremden konnten also selbst Götter töten. Und jetzt waren sie auf dem Weg zu Tamachocs Tempel? Was, wenn der Gott selbst dort war? Konnten sie ihn ebenfalls töten?

»Runter«, schrie Pitumi, und Kemaq warf sich auf den Boden. Die Hitze sengte ihm die Haare an, und als er aufblickte, fand er sich in einem Feld brennender Büsche wieder.

»Bist du verletzt?«, fragte er.

Pitumi erhob sich und schüttelte den Kopf.

»Den Göttern sei Dank!«, rief Kemaq.

Hinter ihnen krachten Schüsse durch den Nebel, und Kemaq hörte ein Muschelhorn rufen.

»Was bedeutet dieser Hörnerruf, Chaski?«, fragte die Chachapoya.

»Es ist das Zeichen zum Angriff. Rumi-Nahui ist sehr tapfer.«

»Sag nicht Rumi-Nahui, wenn du seine Krieger meinst. Sie sterben – nicht er.«

Sie wollte weiter, aber er packte sie am Handgelenk und hielt sie fest.

»Was …?«, begann sie, aber sie sprach den Satz nicht zu Ende. Der Nebel war hier schon etwas lichter, und etwa zwanzig Schritte vor ihnen bewegte sich ein riesiger Schatten langsam auf sie zu. Er zischte leise.

Sie wichen zurück. Beinahe bedächtig näherte sich der Gott, geduckt und lauernd, und langsam schälten sich die Umrisse deutlicher aus den weißen Schwaden – Hörner, Krallen, Zähne, ein großer schwarzer Leib.

Kemaq fühlte sich wie gelähmt.

»Worauf wartet er?«, flüsterte Pitumi.

Kemaq antwortete: »Er will nicht uns, er will die Fremden.« Aber das war nur geraten.

Plötzlich ertönte ein lauter Schrei, und ein Mann erschien im Nebel, lief von der Seite auf den Drachen zu und sprang mit einem gewaltigen Satz auf den Rücken des Gottes. Noch bevor der Yaya wusste, wie ihm geschah, hob der Mann seinen Speer und stieß einen Schlachtruf aus. Kemaq kannte diese Stimme. Es war Rumi-Nahui. »Du bist nicht unsterblich!«, schrie er und stieß mit aller Macht zu. Das schwarze Ungetüm zuckte zusammen, als der Speer seinen Nacken traf – und zersplitterte. Rumi-Nahui stöhnte auf, der Gott fuhr herum, schüttelte sich, aber der Angreifer klammerte sich an seinen Hals. Knurrend sprang der Gott in die Luft. Der Feldherr schrie auf, und sein prachtvoller Bronzehelm rutschte ihm vom Kopf, fiel zur Erde und rollte Kemaq vor die Füße. Er konnte den *Drachen* schon nicht mehr sehen, aber er hörte ihn brüllen, und Rumi-Nahui antwortete mit einem herausfordernden Schrei, der plötzlich in einen Ruf des Entsetzens überging. Kurz und hell hallte sein Schrei von den Bergwänden wider, ehe er jäh mit einem leisen Aufschlag endete.

Kaltes Grauen kroch Kemaq über den Rücken.

»War das das alte Steinauge?«, fragte Pitumi.

»Das war Rumi-Nahui«, bestätigte Kemaq, und ihn erfüllte ein seltsamer Stolz über den Mut des Mannes.

»Ein Feind weniger«, murmelte Pitumi, »aber es wäre besser gewesen, er hätte sich um die Fremden gekümmert und nicht um die fliegenden Götter.«

»Gibst du zu, dass er ein tapferer Mann war?«

»Wenn dir so viel daran liegt, gerne. Er war tapfer, aber auch dumm. Ich hoffe, du bist klüger als er und gehst diesen Wesen aus dem Weg, Chaski. Und nun lauf, denn der Weg dürfte frei sein.«

»Und wohin?«, fragte Kemaq verunsichert.

»Einfach immer den Hang hinunter, Chaski, bis der Bach in einen Fluss mündet. Dort aber wendest du dich flussaufwärts. Dann wirst du den Tempel finden.«

»Kommst du nicht mit?«

»Ich sagte dir doch, dass der Tempel für uns tabu ist, Kemaq. Auch habe ich hier noch eine Aufgabe zu erfüllen.«

»Du kämpfst mit den Chachapoya?«

»Wir sind nur wenige, aber wir halten deine Feinde auf, solange wir es vermögen, Chaski. Also laufe schnell!«

»Aber die Yayakuna, die könnt ihr nicht aufhalten«, wandte Kemaq ein.

»So? Können wir nicht? Kümmere dich um deine Aufgaben, Chaski, nicht um unsere«, sagte Pitumi grimmig. »Du musst den Regenstein aus dem Tempel schaffen, bevor die Fremden ihn in die Hand bekommen.« Bei diesen Worten drehte sie sich um und schickte sich an, den Hang wieder hinaufzulaufen. Schon war sie wieder nur ein Schatten im Nebel.

»Aber wie finde ich dich wieder, Pitumi?«, rief Kemaq.

»Ich finde dich«, rief der Schatten und verschwand.

Es war nicht viel Platz auf der Kuppe, und die Drachen drängten sich dicht aneinander. Von weit unten klang das Echo von Schüssen herauf. Nergal war noch dort, und auch Behemoth. Sie jagten die Spanier.

»Das Griechische Feuer«, sagte Nabu düster.

»Das Feuer, das selbst auf Wasser brennt?«, fragte Waleran de Martel.

»Ich habe schon vermutet, dass der Alchemist vom Geheimnis des Feuers weiß, denn er hat Marduk aufgeschnitten und seine Organe entnommen«, fuhr Nabu fort. »Offensichtlich wusste er schon vorher viel mehr, als ich für möglich gehalten hätte. Wie sonst hätte er so schnell das Griechische Feuer herstellen können?«

»Weiß er auch vom Geheimnis unseres Blutes?«, fragte Amun-Ra.

Dem tiefen Schweigen entnahm Mila, dass die Drachen, aber auch die Ritter wussten, welches Geheimnis gemeint war.

»Ich nehme es an. Er hat ja sogar unserer Schwester davon erzählt«, antwortete Nabu.

Don Mancebos Drache Ianus räusperte sich und fragte dann: »Und wie, Nabu Einzahn, den man den Weisen nennt, können wir ihn dann töten?«

»Ich werde ihn zerreißen oder zermalmen. Ob er nun in Drachenblut gebadet hat oder nicht«, erklärte Kemosch düster.

»Erst einmal müssen wir ihn überhaupt haben«, warf Don Gómez taktvoll ein.

»Wir können sie die ganze Nacht jagen«, meinte Robert de Lanois.

»Wenn wir sie denn finden«, wandte Mila ein.

»Sie hat Recht«, meinte Don Mancebo, »Nergal mag Feuer speien, so viel er will, er wird wahrscheinlich nichts in Brand setzen außer einigen Bäumen und Büschen.«

»Aber wir können sie auch nicht ziehen lassen«, sagte Amun-Ra. »Sie haben Marduk getötet, und Horus.«

»Vielleicht sollten wir nicht sie, sondern ihr Ziel suchen«, meinte Mila, einer plötzlichen Eingebung folgend.

»Nun, Condesa, ich weiß, dass Ihr nicht viel von militärischen Dingen versteht ...«, begann Don Gómez väterlich, aber Kemosch fiel ihm ins Wort: »Ich will hören, was unsere Schwester vorzuschlagen hat.«

»Ich ebenfalls«, stimmte Don Alfonso, Kemoschs Ritter, ihm zu.

Mila errötete, als sie plötzlich die ungeteilte Aufmerksamkeit der Ritter und Drachen spürte. Sie sagte: »Sie sind nicht ohne Grund hier. Sie suchen den Azoth, den mächtigen Stein, der Gold machen kann. Er soll sich im Tempel des Gottes Tamachoc befinden, und der wiederum soll irgendwo dort unten stehen. Wir sollten ihn finden und sie dort erwarten.«

Don Gómez schien noch nicht überzeugt. Er sagte – und es klang ein wenig herablassend: »Ihr wisst nicht, was Ihr sagt, Condesa. Da unten, da liegt ein endloser Wald. Wie sollen wir dort einen einzelnen Tempel finden?«

»Wir müssen eben suchen, Don Gómez, und wenn ich es richtig gesehen habe, ist dort unten auch kein Nebel. Außerdem finden wir doch wohl eher einen Tempel als ein paar versprengte Männer in diesem Dickicht.«

»Augenblick – sagtet Ihr, gesehen?«, fragte Waleran de Martel.

Amun-Ra schüttelte ungeduldig den Kopf: »Begreifst du denn gar nichts, Waleran? Sie hat die Verbindung gefunden! Und nun sieht sie mit den Augen des Drachen.«

»Bei allen Heiligen«, murmelte der Burgunder ehrfürchtig, »Legenden werden wahr.«

Mila errötete, und Don Mancebo sagte freundlich: »Es war klug von Euch, Euch nicht zu offenbaren, Condesa.«

»In der Tat«, brummte Don Gómez. »Manch einer außerhalb des Ordens würde es für Hexerei halten.«

Mila seufzte: »Und auch ohne dieses Wissen beschuldigen sie mich, die Drachen behext zu haben.«

»Das Böse findet immer Wege, nur einer, der Weg der Wahrheit, der ist ihm versperrt«, sagte Ritter Waleran, ein wenig zu salbungsvoll für Milas Ohren.

»Seid ihr bald fertig?«, fragte Nabu dazwischen. »Ich denke, wir haben einen Entschluss gefasst, oder?«

»Abgestimmt haben wir jedoch noch nicht«, wandte der stets bedächtige Don Gómez ein.

»Ach, zum Teufel damit, Gómez«, brummte sein Drache Baal und sprang mit einem hellen Schrei vom Felsen ab.

»Suchen wir einen Tempel!«, rief Don Mancebo und schwang sich mit Ianus in die Luft. Ein Drache nach dem anderen folgte.

Nur Nabu verharrte noch auf dem Bergrücken. »Worauf wartest du?«, fragte Mila.

»Darauf, dass ich glauben kann, was ich hier höre und sehe«, erwiderte der Drache langsam und rührte sich nicht.

»Nun komm, ich will nicht die Letzte sein«, drängte Mila.

Der Drache lachte leise auf. »Die Letzte? Die Erste bist du! Oder hast du etwa nicht bemerkt, dass sie dir folgen, *Drachenschwester*?« Aber dann sprang auch er vom Felsen in die Nacht.

Kemaq folgte dem Geräusch des Wassers, und bald bemerkte er mit großer Erleichterung, dass der Nebel sich hob. Ab und zu hörte er noch das Krachen eines Schusses, und er vernahm die Kriegsrufe von Rumi-Nahuis Huanca, aber ganz unzweifelhaft ließ er die Schlacht hinter sich. Wenn stimmte, was Pitumi gesagt hatte, lag der Weg nun frei. *Wenn es stimmte …* wiederholte er in Gedanken. Er wusste immer noch nicht, was die Chachapoya mit dem Regenstein vorhatte. Sie half ihm, nicht zum ersten Mal, aber vielleicht war er doch nur ein Werkzeug, ein Mittel zum Zweck, weil sie selbst den heiligen Grund des Tempels nicht betreten durfte. Und wie war sie überhaupt auf die andere Seite des Berges gekommen? Kemaq biss sich auf die Lippen. Sie war eine Zauberin, daran gab es nun keine Zweifel mehr. War sie nicht auch wie aus dem Nichts erschienen, als er gefangen gewesen war? Und war sie nicht ebenso wieder im Nichts verschwunden? Kemaq hinkte schneller voran, als könne er so die Zweifel abschütteln. Es war dunkel geworden, und es gab hier keine Straße, keinen Pfad, nur einen langen Hang, eine Wiese, durchsetzt mit stachligen Sträuchern und fremdartigen Büschen und Bäumen, und einen Bach, der ihn hinunterführte in den Dschungel. Er musste auf den Weg achten, und das war gut, denn es verdrängte die nagenden Zweifel wenigstens für eine Weile. Was Pitumi mit dem Regenstein vorhatte, darüber konnte er sich immer noch Gedanken machen, wenn er ihn erst einmal in der Hand hielt. Und je eher das geschah, desto besser. Also zwang Kemaq seine müden und geschundenen Beine, noch ein wenig schneller zu laufen.

Die Wolken wanderten langsam den Hang hinab und versteckten die Konquistadoren vor den Drachen – fast sah es aus, als wollten sie sie beschützen. Mila versuchte, irgendetwas zu erkennen, aber das Flammenbild zeigte ihr nur hellen Nebel, Berge, die immer weiter zurücktraten, und dann eine endlose, dunkel flackernde Fläche, die, wie sie wusste, der Urwald war. Manchmal schimmerte etwas heller, aber wenn sie hinflogen, dann fanden sie nur heraus, dass es ein Bach, ein Fluss oder einmal ein See war. Nichts in diesem schwarzen Dickicht zu ihren Füßen wies darauf hin, dass es dort einen Tempel gab – keine Mauer, kein Feuer, keine Straße verriet, dass dort unten auch nur irgendwo menschliches Leben existierte.

Dann, als sie schon eine ganze Weile fruchtlos über dem Dschungel gekreist waren, kam Don Alfonso auf Kemosch herangeflogen. »Wir haben etwas entdeckt«, rief er. »Eine Siedlung auf einem der Berge.«

»Wir wurden vor diesen Bergen gewarnt«, rief Mila zurück.

Sie dachte an das, was Schamasch und Sir William widerfahren war.

»Ich will sie mir dennoch näher ansehen, sie ist auf jenem Berg dort drüben. Kommt Ihr mit, Condesa?«

»Nach allem, was ich in Tanyamarka gehört habe, liegt der Tempel irgendwo in diesem Dschungel, nicht auf einem Berg«, erwiderte Mila.

»Nun komm schon«, brummte Nabu.

Mila seufzte, und dann winkte sie Don Alfonso zu, als Zeichen, dass sie ihm folgen würden.

Der Berg war bei weitem nicht so hoch wie die Bergriesen des Hochlandes, die die Drachen kaum hatten überqueren können. Die Sichel des Mondes war inzwischen aufgegangen, und in ihrem Licht zeigte sich im Flammenbild vor Milas Augen eine helle Linie auf der Bergkuppe. Sie flogen näher heran. Feuer oder Licht gab es dort oben nicht, aber sie erkannte dicke Mauern, die von Buschwerk und Bäumen überwachsen waren.

»Diese Siedlung ist lange verlassen«, meinte Nabu.

»Das glaube ich auch«, sagte Mila. »Siehst du irgendetwas, das nach einem Tempel aussieht?«

»Ich sehe nur vieles, das nach einer Ruine aussieht, Prinzessin, aber natürlich mag das eine oder andere davon einst ein Tempel gewesen sein.«

»Sollen wir landen?«, rief Don Alfonso.

Mila überlegte. Sie waren lange unterwegs, und sie merkte Nabu inzwischen an, wie müde er war. Auch bereitete ihm seine Wunde Schmerzen, was er natürlich zu verbergen versuchte. Sie rief zu Don Alfonso hinüber: »Ruft die anderen. Wir sollten für ein paar Stunden hier rasten.«

»Aber wir haben den Tempel noch nicht gefunden«, rief der Andalusier zurück.

»Vielleicht haben wir bei Morgengrauen mehr Glück, Don Alfonso.«

»Vielleicht«, rief der Ritter, und dann bat er seinen Drachen, nach Norden zu fliegen. Kemosch folgte diesem Wunsch mit einem unzufriedenen Knurren.

»Dann willst du also hier landen?«, fragte Nabu, als sie allein waren, und er klang skeptisch.

»Wir müssen nachdenken und unsere Kräfte sammeln, Nabu. Und dieser Berg liegt am Rande des Dschungels, der den Tempel vor uns verbirgt. Ich bin sicher, bei Morgengrauen werden wir ihn finden.«

»Gut, dann werde ich jetzt herausfinden, ob diese alten Mauern uns tragen«, brummte Nabu, »sehr vertrauenerweckend sehen sie nämlich nicht aus, Prinzessin.«

Mila versuchte, in dem Flammenbild etwas zu erkennen. Außer einem Gewirr von Steinen sah sie nicht viel. Aber sie spürte eine tiefe Schwermut, die über diesem Ort zu hängen schien wie eine düstere Wolke. *Vielleicht ist es doch keine so gute Idee, hier zu landen,* dachte sie, aber da setzte Nabu schon auf.

Der Hang zog sich länger hin, als Kemaq gedacht hatte. Wenn er sich umdrehte, sah es so aus, als würde der Nebel ihm folgen – als ob die Wolken, die die Schlacht hinter ihm zugedeckt hatten, vom nächtlichen Himmel mit ihm ins Tal hinabstiegen. Der Schlachtenlärm war leiser geworden, aber auch nachdem Rumi-Nahui gefallen war, schienen seine Krieger nicht aufzugeben. Immer wieder hörte er Schüsse und Kriegsschreie, auch wenn sie weiter und weiter zurückzubleiben schienen. Endlich, es war schon weit nach Mitternacht, lag der Wald vor ihm. Die Berge waren weit zurückgetreten und der lange Hang schließlich in eine Ebene übergegangen. Zunächst traf er auf einzelne Baumgruppen, die sich in die Ebene hinausgewagt hatten, dann wurden diese Gruppen zu kleinen Wäldchen, und endlich war es eine dichte Wand aus schwarzen Baumriesen, die ihn schweigend erwarteten. Kemaq wurde langsamer. Er sah die bleiche Sichel des Mondes hoch am Himmel stehen. Der Wald gefiel ihm nicht. Seltsame Laute drangen heraus – er hoffte, dass sie nur von Tieren stammten. Aber war nicht auch der gefürchtete Jaguar ein Tier, das in diesen Wäldern lebte? Er seufzte. Der Bach, dem er nun so lange gefolgt war, floss hinein, also musste er ihm folgen. Er holte noch einmal tief Luft, als würde er in ein Gewässer eintauchen, und dann hinkte er in den dunklen Wald hinein.

Es herrschte Finsternis, und er war kaum in den Dschungel eingetreten, als er schon über die ersten Wurzeln stolperte. Er fluchte. Irgendwo über ihm stand der Mond, aber er konnte ihn durch das dichte Blättergewirr nicht mehr sehen. Seine Hand fuhr zum Gürtel. Er trug nach wie vor die beiden Kienspäne bei sich, und sie blieben nutzlos, denn er verfügte immer noch weder über Feuer noch Feuerstein oder sonst irgendein Werkzeug, um sie zu entzünden. Er tastete sich hinüber zum Bach, weil er dachte, er könne vielleicht einfach seinem Lauf folgen, aber die Bäume streckten ihre Wurzeln ins Wasser und drängten ihn ab. Dann stieg er sogar in den Bach, weil er dachte, er käme dort voran, aber auch unter Wasser hatten sich zahlreiche Wurzeln einen Weg ins Bett gegraben. Als er zum dritten Mal gestolpert war, gab er es auf. Er kroch zurück ans Ufer und tastete sich weiter voran. Wenig später hörte er ein seltsames Schnüffeln, ganz in der Nähe. Ein Tier suchte offenbar den Boden ab, dann hörte er das leise Zischen einer Schlange. Gab es hier Giftschlangen? Er wusste es nicht. Irgendwo im Dunkel knackte ein Ast, und ein größeres Tier schien nicht weit entfernt durch den Wald zu hasten. Er fragte sich, wie es seinen Weg unter diesen Bäumen fand. Er starrte in die lichtlose Finsternis. Die Priester der Marachuna waren doch hier gewesen, sie waren sicher nicht so durch das Unterholz gekrochen wie er. Es musste einen Weg geben, wenigstens einen Trampelpfad! Nur wie sollte er den ohne Feuer finden? Er fluchte noch einmal.

Ein Baumriese versperrte ihm den Weg. Kemaq überlegte. Es war eigentlich sinnlos, weiter in dieser Dunkelheit herumzuirren. Er könnte sich einen sicheren Platz suchen und warten, bis das Morgengrauen ihm erlaubte, seinen Weg fortzusetzen. Das konnte doch nur wenige Stunden dauern. Leider würde die Sonne auch für seine Feinde aufgehen, und der Vorsprung, den er herausgelaufen hatte, wäre dahin. Er seufzte noch einmal, dann lauschte er auf das Geräusch des Baches. Das war das einzige Zeichen, dem er folgen konnte. Er stolperte weiter in den lichtlosen Dschungel hinein. Etwas später hörte er einen Ton, der, obwohl er nicht laut war, alle fremden Tierstimmen erst durchdrang und dann verstummen ließ. Es wurde gespenstisch still im Wald. Nur die Bäume knarrten noch unter leichtem Wind. Der Ton war seltsam, falsch, schien aus zwei Tönen auf einmal zu bestehen, und Kemaq hielt sich die Ohren zu, weil ihn plötzlich ein Schwindelgefühl packte. Dennoch hörte er dann einen klagenden Ruf, der vom Himmel kam und jäh mit einem dumpfen Aufprall in brechendem Gehölz verstummte. Eine Erschütterung lief durch den Wald, Blätter rauschten, Vögel flogen auf, und allerlei Getier schimpfte und schrie in Lauten, die Kemaq vor dieser Nacht noch nie gehört hatte. Der durchdringende Ton war verklungen.

Kemaq nahm die Hände von den Ohren und schüttelte sich. Ihm war ganz flau geworden. Was war da geschehen? Die Neugier zog ihn in die Richtung, aus der er den Aufprall gehört zu haben glaubte. Dann blieb er doch stehen. In dieser Finsternis würde er kaum etwas finden, und er hatte einen Auftrag, den er erfüllen musste. Er tastete sich weiter voran, zwischen den Baumriesen hindurch, und folgte dem Murmeln des Baches immer weiter hinein in diesen finsteren Dschungel.

Mila war von Nabus Rücken gestiegen, obwohl er meinte, das sei nicht ungefährlich. Die Verbindung hatte sie damit verloren. Sie stand nun auf einer Mauer, ließ den Wind durch ihre Haare streichen und versuchte, die Schwermut, die über dieser verlassenen Siedlung lag, abzuschütteln. Pflanzen hatten in den Fugen der Steine Platz gefunden, Baumwurzeln hatten sogar Mauern zum Einsturz gebracht, und wenn sie die Hand über die Steine streichen ließ, fühlte sie, dass lange niemand mehr hier gewesen war. Sie fragte sich, wer diesen Ort besiedelt hatte, so hoch oben, und warum er wieder verlassen worden war. Der Wind war warm, selbst nachts, und das verriet ihr mehr als alles andere, dass sie das Hochland endlich hinter sich gelassen hatten, und dass dieser Berg, gemessen an den Riesen, die sie schon überwunden hatten, nur ein Hügel war. Meister Albrecht hätte vermutlich die genaue Höhe zu sagen gewusst.

Sie biss sich grimmig auf die Lippen. Der Gelehrte hatte sie benutzt und verraten, und er hatte noch weit schlimmere Dinge getan: Don Mancebo hatte die Häuser untersucht, in denen der Alchemist sein Labor eingerichtet hatte. Er war erschüttert zurückgekehrt, denn offenbar hatte der Gelehrte dort drei Indios zu Tode gefoltert. Er war skrupellos. *Damit passt er perfekt zu den Pizarros,* dachte sie, *und zu Konrad von Wolfegg.* Dieser hatte dem Alchemisten geholfen und Marduk getötet, vermutlich auch Felipe damals vor Chan Chan. Es war ein Fehler gewesen, zu rasten, all die unbewältigten Gedanken und Gefühle kamen wieder hoch, und plötzlich stand ihr das Bild ihres Großonkels vor Augen. Sie hatte ihn nie richtig gesehen, auch nicht durch Nabus Augen, aber sie hatte sein würdevolles Gesicht ertastet, als sie viel jünger gewesen war. Jetzt war er tot. Sie atmete tief durch und versuchte, an etwas anderes zu denken.

Weit unten war der erbitterte Kampf zwischen Spaniern und Indios immer noch im Gange. Sie konnte hören, was sie durch die Wolkendecke nicht hätte sehen können. Der Kampf wanderte langsam bergab, so kam es ihr zumindest vor. Diese Indios waren tapfer, und sie waren schlau, wenn sie es verstanden, den Nebel zu ihrem Vorteil zu nutzen. Dennoch waren sie den Konquistadoren hoffnungslos unterlegen. Ihre plumpen Keulen, ihre Bronzemesser, die steingespickten Schwerter aus Hartholz – das waren keine Waffen, die einem Harnisch oder Helm aus Eisen gefährlich werden konnten. Mila fragte sich, ob diese Krieger Chachapoya waren, oder ob sie, wie die Spanier, von jenseits der hohen Berge gekommen waren. Die alte Mocto hatte etwas darüber gesagt. Mila war froh, als Nabu nach ihr rief.

»Was gibt es?«, fragte sie.

»Unsere Brüder kommen, Prinzessin«, sagte er.

Jetzt hörte sie sie auch, mit leisen Rufen näherten sie sich der verlassenen Stadt. Sie kehrte zu Nabu zurück.

»Der Schwarze Nergal und Behemoth wollten nicht zurückkehren. Sie sind immer noch dort unten«, berichtete Don Alfonso. »Und Reschef konnte ich nicht finden.«

Mila runzelte die Stirn. Reschef war ein schneller Flieger, der sich gerne aus allem heraushielt. Und sein Ritter, Don Xavier de Jerez, war ein sehr zurückhaltender Mensch, mit dem Mila, seit sie ihn kannte, noch keine zwei Worte gewechselt hatte.

»Ich sah Reschef tief über dem Wald nach Osten fliegen«, berichtete Ianus. »Vielleicht hat er etwas gefunden.«

»Dann hätte er sich doch gemeldet, oder?«, fragte Don Mancebo.

»Ich spüre ihn nicht mehr«, sagte Nabu plötzlich.

Die anderen Drachen verfielen in tiefes Schweigen. Mila ahnte, dass sie in sich hineinhorchten. »Ja«, verkündete Baal düster, »ich kann seine Flamme nicht mehr finden. Es muss ihm etwas zugestoßen sein. Vielleicht haben die Spanier ihn getötet.«

»Im Osten? Wie sollte das möglich sein?«, fragte Amun-Ra, nachdem die Drachen eine Weile geschwiegen hatten.

»Wir wurden gewarnt vor diesen Bergen«, meinte Nabu langsam.

»Hört auf!«, rief Don Gómez jetzt. »Ihr macht euch selbst verrückt. Sind wir nicht gerade auf einem der Berge, vor denen wir angeblich gewarnt wurden? Und Reschef ist über dem Dschungel verschwunden, nicht hier!«

»Habt ihr etwas gehört? Einen fremden, irgendwie *doppelten* Flötenton vielleicht?«, fragte Mila, die wieder an das dachte, was Schamasch widerfahren war.

»Dieser Urwald ist voller Geräusche, Condesa«, erklärte Don

Mancebo freundlich, »und eines ist fremdartiger als das andere. Ich habe dunkle Rufe gehört, die vielleicht von Vögeln stammen, und etwas, das klang wie das Brüllen einer Raubkatze. Gott allein weiß, was für Tiere dort unten hausen.«

»Es ist seltsam«, antwortete sie, »aber mir scheint fast, dieser Wald würde auf uns warten.«

»Nein, nicht der Wald, Mila«, sagte Nabu plötzlich, »aber etwas in diesem Wald! Ich spüre es auch. Vertraut, und doch fremd. Aber ich bin nicht sicher, ob es auf uns wartet.«

46. Tag

Der Bach teilte sich. Kemaq stand am Ufer des Gewässers und starrte hinein. Der Morgen war angebrochen, und nach einer furchtbaren Nacht voller Wurzeln, Dornenbüsche und unheimlicher Geräusche konnte Kemaq endlich wieder etwas sehen. Doch warum musste das Erste, was er sah, diese Gabelung sein? Pitumi hatte ihm gesagt, er solle dem Bach folgen, bis er in einen Fluss münde, dann stromaufwärts gehen. Er seufzte, stieg in den Bachlauf und spritzte sich Wasser ins Gesicht. Vielleicht würde der Gott dieses Baches ihm eingeben, wohin er sich wenden musste. Doch was immer der Gott zu sagen hatte, Kemaq verstand ihn nicht. Er stieg wieder an Land, suchte sich einen geeigneten Baum und kletterte hinauf, um sich umzusehen. Auf halber Strecke gab er auf. Es gab nichts anderes außer Bäumen und noch mehr Bäumen. Er kletterte wieder hinab und beschloss, einfach einem der beiden Bachläufe zu folgen. *Wahrscheinlich fließen sie bald wieder zusammen,* sagte er sich, *und deshalb haben weder Payakmama noch Pitumi es erwähnt.*

Er kämpfte sich weiter durch das Dickicht, was auch bei Tag nicht viel einfacher war als in der Nacht. Er hielt sich an den linken der beiden Bachläufe, einfach aus einem Gefühl heraus, doch je weiter er vordrang, desto dichter schien dieser Wald zu werden. Unter dem lückenlosen Blätterdach war es stickig, und als die Sonne aufging, war es bereits so warm, dass der Dschungel dampfte. Kemaq sah ein, dass er dem falschen Weg gefolgt war. *Hier ist noch nie im Leben ein Mensch gewesen,* dachte er, *schon gar kein Priester des Tamachoc.* Er wandte sich nach rechts. Bereits in der Nacht hatte er einen Ast aufgehoben, mit dem er sich nun eine Bresche durch das Unterholz zu bahnen versuchte. Es ging nur langsam voran, die Feuchtigkeit, die aus der Erde aufstieg, verdichtete sich zu einem schwer zwischen den Ästen hängenden Nebel. Kemaq begann zu rechnen: Seine Feinde waren in der Nacht weit zurückgefallen, aber auch er war in diesem Wald nicht sehr gut vorangekommen. Er gestand sich ein, dass er wohl nur ein Zehntel der Strecke zurückgelegt hatte, die er am Tag geschafft hätte. Er durfte sich also nicht zu sicher fühlen. Endlich hörte er das Murmeln des zweiten Bachlaufs. Erleichtert setzte er seinen Weg fort, aber plötzlich blieb er stehen. Das war nicht nur der Bach, den er dort hörte, da sprachen Menschen!

Beim ersten Licht des Tages machten sich die Drachen bereit zum Aufbruch. Nergal und Behemoth waren in der Nacht doch noch zu ihnen gestoßen, ohne ein Wort zu sagen. Behemoth war der Erste, der am Morgen wieder aufbrach, und Mila fühlte seine Wut. Nergal schickte sich an, ihm zu folgen, aber er wandte sich noch einmal um und sagte: »Unser Bund mit den Menschen wurde verraten, die Eide gelten nicht mehr. Sind wir darin einig?«

Amun-Ra stimmte zögernd zu, während die anderen Drachen und auch die Ritter schwiegen.

»Dann weiß ich nicht, warum ihr euch noch mit diesen Menschen belastet, die sich Drachenritter nennen.«

»Es sind nicht alle Menschen unsere Feinde«, erklärte Amun-Ra.

Nergal schnaubte verächtlich, dann sagte er: »Ich für meinen Teil betrachte diese Ritter nicht mehr als Freunde. Mit dem Tod Marduks sind auch Jahrhunderte der Knechtschaft zu Ende gegangen.«

»Nergal!«, rief Don Gómez. »Ihr wart doch niemals unsere Knechte!«

Aber Nergal zischte und sagte: »Auch der Friedenseid, den Marduk uns abverlangt hat, der Eid, der uns daran hinderte, unsere alten Streitigkeiten ein für alle Mal auf ehrliche Art zu beenden, ist mit Marduks Tod erloschen. Halte dich also von mir fern, Nabu Einzahn!« Und dann flog er mit einem heiseren Brüllen davon.

»Du solltest ihm ebenfalls aus dem Weg gehen, Mila«, erklärte Nabu, als Nergals Brüllen in der Ferne verklang.

»Das gilt wohl für jeden von uns«, pflichtete ihm Don Mancebo bei. »Zum Glück ist er vorerst damit beschäftigt, Don Hernandos Leute zu jagen«, fuhr der Morisco fort, »und ich glaube, er wird nicht eher aufhören, bis der Letzte von ihnen tot ist.«

»Oder bis er selbst getötet wird. Der Nebel hat sich aufgelöst, oder?«, fragte Mila.

»Das hat er«, bestätigte Nabu. »Wir könnten das Schlachtfeld absuchen. Vielleicht sind Pizarro und der Stinker schon tot.«

»Einer von uns mag das tun«, sagte Mila, »aber ich glaube, wir wüssten es, wenn sie tot wären. Sie sind noch irgendwo da unten.«

»Baal und ich, wir werden uns das ansehen, und wir werden Horus dem Feuer übergeben«, sagte Don Gómez jetzt. Die Drachen brummten zustimmend. Mila spürte, dass der Mann immer noch Schwierigkeiten hatte, die neuen Verhältnisse zu akzeptieren. In der vorigen Nacht hatte der Katalane noch einmal vorgeschlagen, einen neuen Hochmeister zu ernennen. Mila hatte sich gefragt, ob dem Mann nicht klar war, dass der Orden untergegangen war. Sie hatten sich gegen Pizarro, die Kirche und damit letztlich gegen den Kaiser und den Papst gestellt. Das würde man ihnen nie verzeihen. Wahrscheinlich hatte Don Gómez sogar gehofft, er selbst könne das Amt erlangen, doch die Drachen hatten ihm mitgeteilt, dass sie nur Mila, ihrer Schwester, folgen würden. »Sie sieht nicht nur durch meine Augen, sie hat auch die Weisheit und das Herz eines Drachen«, hatte Nabu behauptet und Mila damit ziemlich in Verlegenheit gebracht.

»Bleibt es ansonsten bei unserem Plan, Condesa?«, fragte Don Gómez jetzt, betont höflich.

»Es bleibt dabei«, antwortete Mila. »Wir werden über diesem Urwald ausschwärmen. Wer den Tempel findet, ruft die anderen herbei. Und wer Pizarros Leute sieht, ebenfalls. Doch greift sie nicht allein an. Denkt daran, dass sie mindestens eine Drachenbüchse haben.«

»Und Griechisches Feuer«, brummte Ianus.

»Haltet auch Ausschau nach Reschef. Vielleicht ist er nur verletzt und braucht Hilfe«, bat Mila.

Die Drachen antworteten darauf nicht, und Mila begriff, dass sie ihren Bruder für tot hielten. Sie spürten ihn nicht mehr, das hatten sie in der Nacht schon gesagt, und sie schienen sich mit einer gewissen Verbitterung damit bereits abgefunden zu haben.

»Dann auf jetzt«, rief Nabu, und schon sprang er mit einem hellen Ruf von der Mauer, breitete seine Schwingen aus und glitt hinab Richtung Dschungel. Mila hörte die Flügel rauschen, als die anderen Drachen folgten. Niemand hatte es ausgesprochen, aber zumindest Mila war bewusst, dass das der letzte Flug ihres Ordens war.

Kemaq duckte sich ins Unterholz. Er versuchte herauszufinden, wer dort am Bach war. Die Fremden waren es nicht. Aber waren es Yunga oder Huanca? Er schlich näher heran, bis er Bruchstücke ihrer Unterhaltung verstehen konnte. Offenbar waren es Huanca, zwei Dutzend etwa, die Rumi-Nahui vorausgeschickt haben musste. »Glaubst du, er lebt noch?«, fragte einer der Krieger gerade.

Ein anderer, offenbar der Anführer, entgegnete: »Natürlich lebt er noch! Kein Mann kann das Steinauge töten – so wurde es geweissagt.«

»Aber warum kommt er dann nicht?«, fragte der Krieger wieder.

»Er wird noch in der Schlacht kämpfen. Wir aber werden seinen Befehlen folgen und jeden töten, der diesen Weg herunterkommt.«

»Wenn wir es können«, sagte der Krieger düster.

»Ich kann *dich* töten, Feigling!«, herrschte der Anführer ihn an. »Und jetzt schweigt! Ich will nichts mehr hören außer den Rufen unserer Späher.«

Kemaq lief es kalt über den Rücken. Sie hatten Späher ausgesandt? Er duckte sich tiefer ins Unterholz und zog sich dann vorsichtig zurück. Sie hatten von einem Weg gesprochen, also hatten sie gefunden, was er vergeblich gesucht hatte. So hatten sie ihn auch überholen können. Wäre er dem anderen Bachlauf gefolgt, wäre er ihnen genau in die Arme gelaufen. Sein Glück hatte ihn also wohl doch noch nicht ganz verlassen. Jetzt musste er versuchen, sie zu umgehen. Er hörte den Ruf eines Kondors. Er blieb stehen. Der Kondor war der Herrscher des Hochgebirges, er würde sich doch nicht in den Urwald verirren. Die Späher mussten etwas entdeckt haben. Kemaq duckte sich hinter einen Baum. *Das war weit weg,* versuchte er sich zu beruhigen, *der Späher hat nicht dich gesehen.* Aber sicher war er sich nicht. Er wartete eine Weile, aber es blieb still, und so schlich er weiter. Dann hörte er einen Kriegsschrei. Ein Schuss donnerte, noch einer. Männer schrien, Waffen klirrten – der falsche Kondor stieß wieder seinen Ruf aus, und plötzlich war es gespenstisch ruhig. Kemaq lauschte, und dann hörte er sie kommen. Die fliegenden Götter zogen dicht über den Wald, und ein lautes Rauschen ging durch die Blätter der Baumriesen. Wieder wurde es still.

»Hast du etwas gesehen?«, fragte Mila.

»Nein, für einen Augenblick dachte ich, da wäre eine Schneise, ein Weg vielleicht, aber wenn ich ihn jetzt suche, sehe ich gar nichts.«

»Aber die Schüsse kamen doch irgendwo von hier«, erwiderte Mila.

»*Irgendwo von hier* ist gut, Prinzessin«, brummte der Drache.

Mila seufzte. Durch seine Augen sah sie eine endlose Fläche

dunkler Flammen, und jede von ihnen stand für einen Baum. Es schienen Millionen zu sein. Sie verbargen ihre Feinde und ihr Ziel vor ihr.

Nabu stieg wieder höher. Mila winkte Don Mancebo und Waleran de Martel zu, als Zeichen, dass sie sich nun trennen sollten. Ianus ließ einen hellen Ruf hören und drehte nach Süden ab, Amun-Ra zog nach Norden. Nabu hielt Kurs nach Osten.

»Du hast gesagt, dass du in diesem Wald etwas spürst, Nabu. Vielleicht sollten wir das suchen.«

»Fühlst du es denn nicht auch? Es ist eine Präsenz, fast wie ein Drache, und doch wieder nicht, und sie scheint überall und nirgends zu sein«, rief Nabu.

»Ich fühle etwas, ja, aber ich kann auch nicht sagen, woher es kommt«, erwiderte Mila. »Es ist vielleicht doch der Wald. Er ist verzaubert.«

Nabu knurrte. »Ich kann hier wenig Zauberhaftes erkennen, nur endloses, feindseliges Grün. Kein Ort für Drachen.«

»Aber irgendwo hier liegt der Tempel versteckt, den die Indios für Tamachoc gebaut haben.«

»Wenn der nicht ebenso ein Hirngespinst ist wie der Azoth und die gefiederte Schlange, die dieser verfluchte Alchemist hier finden will«, gab der Drache zu bedenken.

»Ich glaube, wir sind schon zu weit im Osten, Nabu, er muss näher am Waldrand liegen. Er wurde doch für die Menschen aus Tanyamarka gebaut.«

»Das klingt vernünftig«, meinte Nabu und wendete in einer weiten Schleife. Mila suchte den Himmel ab. Die Drachen hatten sich überall verstreut, sie sah nur noch weit entfernt kleine dunkle Punkte am bewölkten Himmel. Nabu begann, Kreise zu fliegen, und Mila dachte nach. Schließlich sagte sie: »Wenn wir ihn nicht mit den Augen finden, dann vielleicht mit dem Verstand.«

Nabu brummte. Es klang missmutig.

»Einen Tempel baut man doch nicht mitten in den Wald«, behauptete Mila.

»So? Ich habe schon viele Ruinen gesehen, die sehr wohl mitten in einem Wald lagen«, widersprach Nabu.

»Es ist ein Tempel für Tamachoc, den sie auch die Regenschlange nennen. Wasser, der Tempel steht irgendwo am Wasser!«

Nabu brummte nachdenklich, dann sagte er: »Dort unten gibt es viel Wasser, das kann ich riechen, aber ich habe vorhin einen Fluss gesehen, gestern auch einen See.«

»Dann lass uns dort suchen, Nabu.«

»Dein Wunsch ist mir Befehl, Prinzessin«, knurrte der Drache und zog eine weitere Schleife. Der Wald flog unter ihnen dahin, und seltsame, beunruhigende Tierlaute drangen an ihr Ohr. Sie schienen zu verstummen, wenn sie näher kamen.

Kemaq hoffte, dass er die Fremden ebenso wie die Huanca hinter sich gelassen hatte. Er kämpfte sich weiter voran, so schnell der Wald es ihm erlaubte. Der Weg, von dem die Krieger gesprochen hatten, musste irgendwo in seiner Nähe sein, aber er wollte ihn meiden. An diesem Pfad mochten noch mehr von Rumi-Nahuis Männern im Hinterhalt liegen. Die schwere Luft machte ihm zu schaffen, und die Nebelschwaden, die aus der vor Feuchtigkeit dampfenden Erde stiegen, ließen ihn immer wieder zusammenzucken, weil er dachte, dass sich dort ein Feind und nicht nur weißer Dunst bewegte. Manchmal glaubte er fast, diese Schwaden würden ihn verfolgen, sie schienen hier und da sogar Arme und Beine zu haben, aber er hoffte, dass das Einbildung war. Es wurde langsam Zeit, dass er endlich diesen Tempel fand, denn seine Sinne begannen ihm Streiche zu spielen. Er hetzte weiter. Hinter ihm krachte wieder ein Schuss, und Vögel flogen schreiend auf – oder waren das die Kriegsschreie der Huanca? Der Bach kreuzte jetzt seinen Weg. Kemaq blieb stehen. Irgendetwas sagte ihm, dass er ihn überqueren musste, aber sein Verstand riet ihm, dem Gewässer weiter zu folgen.

»Auf der anderen Seite ist der Weg. Folge ihm«, wisperte es.

Kemaq erstarrte. Vorsichtig blickte er sich um. Da war nur

Wald, ein Gewirr von Bäumen, Büschen, Wurzeln, Ästen und Blättern. Träge zogen Nebelschwaden zwischen den Baumriesen hindurch.

»Was zögerst du?«, flüsterte es.

Aber Kemaq hatte genug. »Ich gehe keinen Schritt weiter!«, rief er laut.

Der Wald antwortete mit tiefem Schweigen. Selbst die Tiere schienen verstummt. Dann zog ein großer Schatten rasch über die Bäume dahin, und das Blattwerk rauschte. Kemaq biss sich auf die Lippen. Plötzlich spürte er eine Berührung auf der Schulter. Zu Tode erschrocken fuhr er herum. Es war Pitumi, aber ihr Gesicht und ihre Arme waren jetzt auch mit grünen und grauen Streifen bemalt. Er erkannte sie fast nicht wieder. Sie hob einen Finger an die Lippen, packte ihn am Arm und zog ihn hinter einen Baum. Im Wald war Bewegung. Hier und da knackte leise ein Ast, und Blätter raschelten. Es kam jemand, mehrere Männer, und da sie sich beinahe unhörbar fortbewegten, waren es sicher nicht die Fremden mit ihren schweren Stiefeln.

Ganz dicht neben ihm knackte es wieder. Kemaq drückte sich an den Baum. Pitumi hätte neben ihm sein müssen – aber sie war fort, wie in Luft aufgelöst. Ein Ast wurde zur Seite gedrückt, ein Busch bewegte sich. Jetzt konnte Kemaq den anderen sehen. Er kam genau auf ihn zu, und Kemaq hatte noch nicht einmal eine Waffe, um sich zu verteidigen. Plötzlich tauchten wie aus dem Boden gewachsen zwei Gestalten neben dem Krieger auf. Eine packte ihn mit dem linken Arm am Hals und hielt ihm mit der Rechten den Mund zu. Die andere hob ein Messer und stieß es dem Mann in die Brust. Er gab nur ein leises Stöhnen von sich und sank zu Boden. Seine Angreifer hielten ihn dabei fest, so dass es beinahe geräuschlos geschah. Jetzt erkannte Kemaq, dass Pitumi diejenige war, die den Krieger festgehalten hatte. Sie hob noch einmal warnend den Finger an den Mund. Ein leises Keuchen kam von irgendwoher aus dem Wald. Dann hörte Kemaq Schritte, und plötzlich standen sieben Männer neben Pitumi und starrten ihn an. Sie hatten ihre Körper ebenso bemalt wie die Heilerin. Kemaq begriff, dass es Chachapoya waren.

»Da ist der Fluss, dort drüben der See, aber ich sehe keinen Tempel. Tut mir leid, Prinzessin.«

»Flieg bitte noch einmal näher an den See heran, Nabu«, bat Mila.

Der Drache folgte ihrem Wunsch, und sie zogen tief über die hell flackernde Fläche, als die das Gewässer vor ihrem Inneren Auge erschien. Ein Wasserfall führte das Wasser aus dem See mit lautem Brausen hinunter in den Fluss.

»Nichts«, rief Nabu.

»Ich glaube, du hast Recht«, meinte Mila enttäuscht.

Nabu stieg auf und kreiste noch einmal über dem Wasser. Dann rief er plötzlich: »Da drüben – Rauch!«

Mila konnte nicht erkennen, was er meinte – das Flammenbild zeigte ihr solche Feinheiten oft nicht. Nabu war schon auf dem Weg. »Glaubst du, es sind Pizarro und seine Leute?«, fragte Mila.

»Ich glaube nicht, dass diese Eingeborenen ihre eigenen Wälder anzünden, Prinzessin.«

Jetzt konnte Mila etwas erkennen, einen schmalen Schleier vor den Bergen. »Es kann nicht sehr groß sein«, rief sie.

»Damit stammt es auch ganz sicher nicht von einem Drachen«, erklärte Nabu und sank tiefer hinab.

Schnell waren sie so nah, dass Mila den Rauch riechen konnte. Nabu flog einen engen Kreis.

»Ein eigenartiges Feuer«, meinte Nabu.

»Weil es sich nicht ausbreitet?«, fragte Mila.

»Ja, dieser Wald ist so feucht, dass er dampft. Wie kann da überhaupt etwas brennen?«

»Griechisches Feuer?«, fragte Mila.

»Das denke ich auch. Er lebt also noch«, erklärte der Drache finster.

Mila wusste, wen er meinte. »Sei vorsichtig, er ist sicher in der Nähe«, warnte sie.

Nabu stieg wieder etwas höher. »Er kann genau unter uns sein – und wir würden ihn trotzdem nicht sehen. Dieser verfluchte Wald ver…«, er sprach nicht zu Ende.

»Was hast du?«, fragte Mila besorgt.

»Dort drüben, über dem See.«

»Was denn? Ich sehe nichts.«

»Das tut mir leid, denn dort steht der prachtvollste Regenbogen, den man sich nur denken kann, Prinzessin.«

»Ein Regenbogen?«, fragte Mila. Sie starrte angestrengt hinüber, aber sie konnte nichts erkennen.

»Sagtest du nicht, dass Tamachoc etwas mit einem Regenbogen zu tun hat?«

Mila nickte, obwohl Nabu das natürlich nicht sehen konnte. »Die Regenschlange, so nennen ihn die Indios.«

»Lass uns noch einmal nachsehen, landen, wenn es sein muss. Dieser Regenbogen, ich bin sicher, dass er etwas zu bedeuten hat.«

Mila verstand nicht viel von Regenbogen, sie hatte noch nie einen gesehen. »Gibt es nicht einen bei jedem Regen?«, fragte sie.

Nabu lachte und rief: »Nur wenn die Sonne scheint, Prinzessin, aber es hat heute gar nicht geregnet! Dieser Bogen, er steht über dem Wasserfall, den wir vorhin entdeckt haben, und ich bin sicher, er steht dort jeden Morgen um diese Zeit, wenn der Himmel nicht zu bewölkt ist.« Seine Schwingen schlugen schneller. Mila fragte sich, ob er Recht hatte. Es klang einleuchtend, sehr einleuchtend. Vielleicht hatten sie endlich Glück! Eine fiebrige Erregung ergriff sie. Ja, es musste einfach so sein. Irgendwo dort unter dem Regenbogen musste der geheimnisvolle Tempel liegen. Dort würden sie ihre Feinde endlich stellen können – und vielleicht gab es ja tatsächlich diesen Stein der Weisen, für den der Alchemist über Leichen ging.

»Es waren nur diese zwei Krieger«, sagte einer der Nebelmenschen, was Pitumi mit einem Nicken bekräftigte.

»Das also soll der Mann sein, der den Regenstein rettet?«, fragte ein anderer. Sein langes graues Haar war zu einem Zopf geflochten, der in seinem Gürtel steckte. Die beiden Gefallenen beachtete er gar nicht.

»Er ist es«, erwiderte Pitumi.

»Kaum vorstellbar«, sagte der Grauhaarige geringschätzig. »Ich verstehe nun, warum die Zeichen so unsicher sind.«

»Er ist weit gekommen«, widersprach Pitumi.

»Dank unserer Hilfe.«

Kemaq versuchte, sich sein Misstrauen und seine Verwirrung nicht anmerken zu lassen. Zeichen? »Ist es noch weit?«, fragte er schlicht.

Pitumi schüttelte den Kopf. »Du bist beinahe am Fluss und somit fast am Tempel. Aber deine Feinde werden auch bald hier sein.« Der tote Huanca lag zu ihren Füßen, und Kemaq konnte nicht anders, als ihn anzustarren. Der Mann war sein Feind geworden, weil Rumi-Nahui es ihm befohlen hatte. »Vor Kurzem haben wir noch auf derselben Seite gekämpft«, sagte er leise.

»Er hat Mitleid!«, rief einer der Chachapoya unwillig.

»Hast du auch Mitleid mit den Fremden, die mit Feuer und Schwert in unseren Wald eindringen?«, fragte der Grauhaarige.

Kemaq runzelte die Stirn. Tatsächlich, da lag ein leichter Brandgeruch in der Luft.

»Sie haben ein Feuer, das wir nicht löschen können«, erklärte Pitumi leise. »Drei von uns haben sie getötet.«

»Sie sind viel schwerer umzubringen als diese Krieger«, erklärte der Grauhaarige düster.

»Wir müssen dennoch versuchen, sie aufzuhalten«, sagte Pitumi.

Der Grauhaarige schnaubte unwillig. »Wir sind zu wenige. Ich werde noch einmal die Zeichen befragen. Vielleicht sind sie nun klarer. Aber wenn dieser Läufer wirklich zum Tempel gelangen soll, muss er sich beeilen. Die Grenze ist nicht mehr weit. Dann können wir ihm nicht mehr helfen.«

Aus einem Baum ertönte eine Kette kurzer warnender Rufe. Der Grauhaarige lauschte, dann zog er eine seltsam gebogene Flöte aus seinem Gürtel. »Einer der fliegenden Götter.« Kemaq starrte nach oben, doch das dichte Blätterdach verbarg alles, was darüberlag, vor seinen Blicken. Wieder ertönten kurze warnende Rufe. »Es kommt ein zweiter«, sagte der Grauhaarige grimmig. »Mit zweien kann ich es nicht aufnehmen.«

Mila spürte ein eigenartiges Gefühl im Nacken. Sie hatte es schon eine ganze Weile gefühlt, aber in der Aufregung über den Regenbogen hatte sie es nicht beachtet. Instinktiv wandte sie sich um, aber natürlich sah sie nur, was Nabu sah, und er hielt den Blick vorausgerichtet.

»Nabu, kann es sein, dass wir verfolgt werden?«, fragte sie.

Jetzt änderte sich das Bild, und schnell sah sie die finsteren Flammen eines Drachenkörpers, der sich vom weiten Himmel herabschwang.

»Nergal«, stellte Nabu fest. Mila hörte Besorgnis in seiner Stimme.

»Er ist recht schnell, Nabu.«

»Halte dich fest, das könnte rau werden«, erwiderte der Drache und hielt Nergal im Blick, der wie ein Komet aus dunklen Flammen auf sie zuschoss. Rasend schnell kam er näher.

»Festhalten!«, rief Nabu und warf sich mit zwei kurzen Flügelschlägen zur Seite. Ein wütendes Brüllen verriet Mila, dass es gerade noch rechtzeitig geschah, und ihr Inneres Auge sah den anderen Drachen, der seinen Sturzflug erst dicht über dem Blätterdach abfangen konnte und jetzt mit starkem Flügelschlag wieder Höhe gewann.

»Nergal, du Narr, was tust du?«, brüllte Nabu hinunter.

Aber Nergal antwortete nicht, er stieg rasch auf, hielt Abstand, bis er wieder etwas höher als sie selbst flog, und dann legte er sich auf die Seite und glitt mit atemberaubender Geschwindigkeit heran.

»Halte dich fest, Prinzessin«, knurrte Nabu grimmig, holte mächtig Schwung, als wolle er Höhe gewinnen, nur, um dann plötzlich die Flügel zusammenzufalten und wie ein Stein in die Tiefe zu sacken. Nergal war dem ersten Manöver gefolgt, aber mit dem zweiten hatte er wohl nicht gerechnet, denn jetzt schoss er über Nabu hinweg, und dann flammte kurz sein Feueratem auf. Mila schrie, als die Woge auf sie zuraste, und sie spürte die Hitze, aber dann erstarb der Flammenstrahl doch, bevor er sie erreichte.

»Das ist Wahnsinn«, knurrte Nabu, der sich nun anstrengte, wirklich Höhe zu gewinnen. Nergal war plötzlich hinter ihnen, Mila konnte ihn hören. Ein heiseres Grollen in seiner Kehle kündigte Unheil an. »Er ist hinter uns, Nabu!«

Ihr Drache flog eine plötzliche Schleife, und Mila, die sich auf seinem Rücken zusammenkauerte, spürte, dass der krallenbewehrte Flügel Nergals dicht an ihr vorbeischlug, und sie hörte, wie seine starken Klauen ins Leere griffen.

Wieder flog Nabu eine enge Schleife, Nergal folgte ihnen, Nabu legte sich auf den Rücken und tauchte ab, und wieder brauste ein Flammenstrahl über sie hinweg. Nabu machte eine Rolle und änderte die Richtung. Nergal setzte ihnen nach. Nabu wich aus, Nergal folgte. Mila hörte seinen keuchenden Atem. Sie wusste, dass ihr Verfolger zwei Vorteile auf seiner Seite hatte: Er war nicht verwundet, wie Nabu es war, und er trug keinen Reiter. Nabu flog wieder eine Schleife. Sie kamen rasch immer tiefer, schon hörte Mila, dass Nabus Flügel die Baumwipfel streiften. Dicht vor ihnen flog ein Vogelschwarm auf. Kleinere Äste knickten, als Nabu wieder kräftig mit den Flügeln schlug, um den Verfolger abzuschütteln. Sie wichen nach links und dann nach rechts aus, aber Nergal folgte ihnen, wieder und wieder, und immer näher kam er heran. Plötzlich ließ Nabu seine weit gespreizten Flügel vom Wind blähen und stand beinahe in der Luft, fast hätte er Nergal vor sein feuerspeiendes Maul bekommen, doch dieser schien den Braten zu riechen und wendete blitzartig mit einem heiseren Brüllen. Rasch gewann er wieder an Höhe. »Wenn er hinter uns bleibt, kann ich kein Feuer speien, nicht solange du auf meinem Rücken sitzt«, keuchte Nabu und versuchte nun seinerseits, wieder aufzusteigen.

Mila nickte stumm, sie hörte wieder das heisere Grollen, mit dem Nergal seine Feuerangriffe vorbereitete. Ein Drache konnte selbst der Flamme eines anderen Drachen eine kurze Weile widerstehen, das wusste Mila, aber sie war leider kein Drache. Wenn Nergal sie voll erwischte, würde ihr auch ihre eiserne Rüstung keinen Schutz bieten. Ihr Inneres Auge zeigte ihr den Flammenleib des schwarzen Drachen, der wieder rasch auf sie zuschoss, aber dann plötzlich langsamer wurde. »Er wird Feuer speien, Nabu«, rief sie.

»Ich weiß«, entgegnete der Drache. Er ließ seinen Verfolger nicht aus dem Auge. Nergal hatte seine Taktik offenbar geändert. Er kam beinahe bedächtig näher, folgte jedem Ausweichversuch Nabus und verkürzte die Entfernung nur langsam. Er schwenkte dabei nach links und nach rechts, nach oben und unten, und Nabu musste immer wieder den Kopf wenden, um ihn nicht aus dem Auge zu verlieren.

»Leider hast du keine Armbrust, Prinzessin«, stieß Nabu hervor, während er versuchte, seinen Feind auf Abstand zu halten.

Mila nickte. Plötzlich rief sie: »Aber ich habe etwas anderes. Bring uns nach seinem Feuerstoß nah an ihn heran, Nabu.« Dann fasste sie ihren weißen Stab fester und ließ die Klinge hervorschnellen. Ihr Drache knurrte zur Bestätigung, dann war Nergal plötzlich da. Mit zwei, drei Flügelschlägen war er dicht hinter ihnen aufgetaucht und ließ seinen vernichtenden Flammenatem los. Nabu rollte sich keuchend auf die Seite, aber für einen kurzen Augenblick streifte das Feuer Milas linken Arm, und sie fühlte die Hitze noch durch ihre stählernen Armschienen. Es roch verbrannt.

Kaum war das Feuer versiegt, warf Nabu sich wieder herum und näherte sich dem überraschten Nergal, der für einen neuen Angriff grollend Atem schöpfte. Es war nur ein gewaltiger Flügelschlag, und dann legte Nabu die Flügel für einen Augenblick an, um sie vor Nergals scharfen Klauen zu schützen. Dabei verlor er, und somit auch Mila, den Feind kurz aus dem Auge, aber sie roch und spürte die Nähe des mächtigen Leibes. Sie hätten ihn beinahe gerammt und mussten nun unter seiner Schulter sein. Mila duckte sich und blind – nein, instinktiv – stach sie zu. Es knirschte, und die gehärtete Stahlklinge fuhr durch Nergals Schuppen und hinein in seinen Leib. Der Getroffene heulte auf, es klang beinahe mehr nach Überraschung als nach Schmerz, er schlug wild mit den Klauen nach ihnen und versuchte mit einem ungelenken Flügelschlag, Abstand zu gewinnen. Der Flügel traf Mila hart, und beinahe wäre ihr der Stab aus der Hand gerissen worden. Aber sie hielt ihn krampfhaft fest, und mit einem hässlichen Knirschen löste sich die Klinge aus der Drachenschulter. Nabu ließ seine Flügel ausgreifen. Wieder brüllte Nergal auf, und jetzt war Nabu hinter ihm. Nergal wandte den Kopf, und Mila erschien es beinahe angstvoll, wie er sie anstarrte, und dann erlosch dieses Bild im Feueratem Nabus, der Nergals Leib umhüllte und ihn durchdringend aufheulen ließ. Dann legte er die Flügel an und fiel jammernd in die Tiefe. Der Jubel blieb Mila im Hals stecken, denn als sie glaube, der mächtige Drache würde im Wald zerschellen, spreizte er die schwarzen Flügel, fing sich ab und eilte in einem seltsam taumelnden Flug davon.

»Ihm nach!«, rief Mila, vom Kampffieber erfasst.

»Nein, Milena, er hat genug«, entgegnete Nabu keuchend. »Und ich im Übrigen auch. Er hat mich am Rücken erwischt.«

Kemaq starrte hinauf. Irgendetwas geschah dort oben, aber das dichte Dach der Blätter entzog es seinen Blicken. »Sie kämpfen«, meldete einer der Späher aus dem Wipfel, und Kemaq hörte die Drachen brüllen. »Nur einer trägt einen Reiter«, rief der Späher weiter. »Es ist die goldhaarige Fremde, von der wir gehört haben.«

Dann heulte einer der Drachen durchdringend auf. Ein Klagelaut, der rasch leiser wurde. »Es ist entschieden«, wurde gemeldet. »Der schwarze Gott flieht. Und seine Schuppen, es steigt Rauch von ihnen auf.«

»Was macht der andere Yaya?«, fragte der Grauhaarige.

»Er hält wieder auf uns zu«, lautete die Antwort. »Ich glaube, er hat den Regenbogen entdeckt.«

Der Grauhaarige nickte grimmig und hob die eigentümliche Flöte an die Lippen.

»Was hast du vor?«, fragte Kemaq verwundert.

»Ich halte ihn auf. Und du lauf endlich, und es ist besser, wenn du dir dabei die Ohren zuhältst.«

»Du bist verletzt? Wie schlimm ist es?«, rief Mila erschrocken.

»Nicht schlimm«, behauptete Nabu mit gepresster Stimme.

»Was, wenn Nergal zurückkommt?«

»Ich denke, er hat genug. Dieser Narr hat seine Augen nicht geschützt, als ich Feuer spie«, keuchte Nabu.

»So ist er blind?«, fragte Mila hoffnungsvoll.

»Zumindest für einige Zeit, Prinzessin, zumindest für einige Zeit. Aber warte, ich muss zu Atem kommen.«

Für einige Augenblicke kreisten sie schweigend über dem dichten Dschungel, und Nabu stieg dabei langsam wieder höher auf.

»Da, der Regenbogen!«, rief er und änderte den Kurs.

Mila nickte, sie hatte den Tempel fast vergessen. Dieser Kampf – der Ausgang war denkbar knapp gewesen, und irgendwie hatte sie ein ungutes Gefühl, während Nabu sie mit langsamen Flügelschlägen näher an ihr Ziel herantrug. Nergal mochte besiegt sein, aber etwas anderes beunruhigte sie plötzlich. Sie wusste erst nicht, was es war, aber dann drang es in ihr Ohr. Ein Ton, überlagert von einem anderen Ton, sanft und schneidend zugleich. Sie erbleichte. »Nabu!«, schrie sie, »lande! Lande sofort!«

»Was hast du?«, fragte der Drache.

»Der Ton! Lande! So lande doch!«

Nabu stöhnte auf. Ein Ächzen entrang sich seiner Brust. Mila hielt sich die Ohren zu – der Ton war so stark geworden, dass sie das Gefühl hatte, er würde mitten durch sie hindurchschneiden.

»Mila«, stöhnte Nabu und verlor rasch an Höhe. »Ich kann nicht …«, begann er und endete in einem Keuchen. Seine Flügel zuckten, er begann zu taumeln. Mila sah den Dschungel als verschwommenes Flammenmeer auf sich zurasen. Die Verbindung schwand, und es wurde dunkel. Verzweifelt klammerte sie sich an das Reitgeschirr. Sie schrie, Nabu ächzte, dann schoss sein Leib durch die Kronen der Baumriesen. Holz barst, Nabu stöhnte, Äste schlugen Mila ins Gesicht und gegen den Leib, und plötzlich hob sie ein mächtiger Schlag aus dem Sattel. Sie spürte, dass sie in hohem Bogen durch die Luft geschleudert wurde, durch dichtes Astwerk brach und hart gegen einen Stamm prallte. Sie stürzte hinab, schrie, krachte durch Zweige und Blätter, schlug mit der Brust hart gegen einen starken Ast, schrie wieder, wirbelte herum, fiel – und dann schwanden ihr die Sinne.

Kemaq rannte, aber der alles durchdringende Ton holte ihn ein. Er hielt sich die Ohren zu, wie es ihm der Chachapoya geraten hatte, aber es half kaum. Ihm wurde flau im Magen. Er blieb stehen, denn er hörte ein Stöhnen und einen hellen Schrei und blickte auf. Da kam etwas aus dem Himmel herab. Ungläubig starrte er nach oben. Ein gewaltiger Schatten raste taumelnd über ihn hinweg, durchbrach das Blätterdach, knickte Äste und ließ ganze Bäume zersplittern. Er brach tief in den Wald ein; der mächtige Leib wurde gegen fast ebenso gewaltige Stämme geschleudert, drehte sich, röchelte erstickt und walzte eine ganze Reihe junger Bäume nieder, bevor er dumpf auf der Erde aufschlug. Und dann erklang noch ein Schrei – hoch oben. Kemaq sah die goldhaarige Fremde. Sie wurde weit durch die Luft geschleudert, verschwand in einer Baumkrone und stürzte hinab. Er zuckte unwillkürlich zusammen, als er hörte, wie ihr Leib durch das Geäst brach, und dann schrie sie nicht mehr, und er verlor sie im dichten Gewirr der Äste aus den Augen.

Einen Atemzug lang blieb Kemaq wie erstarrt stehen. Dann hinkte er los und kämpfte sich durch das Buschwerk. Die Fremde würde seine Hilfe brauchen – wenn sie überhaupt überlebt hatte. Jäh blieb er stehen, denn vor ihm endete der Boden plötzlich – vielmehr brach er plötzlich ab. Ein paar Schritte weiter links sprang der Bach über einige Stufen hinab in eine weite Senke. Ein Stück entfernt schimmerte das Wasser des Flusses durch die Bäume. Als er noch darüber nachdachte, hinabzusteigen, fragte eine Stimme: »Hast du nicht einen Auftrag, Chaski?«

»Pitumi? Wie … wie kommst du so schnell hierher?«

Sie lächelte kalt. »Um die Fremde werden wir uns kümmern, falls es nötig ist.«

»Ich will nicht, dass ihr etwas geschieht!«, erklärte Kemaq.

Kemaq glaubte, eine Mischung aus Verwunderung und Herablassung in Pitumis bemaltem Gesicht zu sehen. Sie antwortete: »Ich sage es noch einmal – kümmere du dich um deine Aufgaben, wir kümmern uns um unsere!«

Kemaq zögerte. Pitumi hatte Recht. Viele Menschen waren schon gestorben, weil sie den Regenstein wollten. Die Fremde war nur eine weitere. Aber es widerstrebte ihm, sie hilflos irgendwo dort unten liegen zu lassen. Plötzlich erschien ein anderer Chachapoya aus dem Nichts neben Pitumi. Es war der Grauhaarige. »Die Fremden kommen«, raunte er, und dann verschwand er wieder. Nebel zog auf.

»Lauf, Chaski, wir versuchen sie aufzuhalten.«

Kemaq hörte die schweren Schritte der Fremden im Unterholz. Es schienen auch einige Yunga bei ihnen zu sein. Er zögerte immer noch.

Pitumi packte ihn am Arm, sah ihm tief in die Augen und sagte: »Ich kann dir nicht noch einmal helfen, denn hier beginnt schon das verbotene Land. Aber wir halten sie so lange auf, wie wir können. Also lauf!« Sie wies in eine Richtung. Kemaq sah einen Tierschädel, der dort an einen Baum genagelt war. Er schluckte und lief los. Was blieb ihm auch anderes übrig?

Dunkelheit umgab Mila, als sie wieder zu sich kam. Sie wusste zuerst nicht, wo sie war und was geschehen war. Sie richtete sich auf und fühlte einen stechenden Schmerz in den Rippen. Leise stöhnend sank sie wieder zurück. Der Flug, der Sturz – sie wusste es wieder. »Nabu?«, rief sie leise. Der Drache antwortete nicht. Ihr Kopf dröhnte. Sie versuchte noch einmal vorsichtig, sich aufzusetzen. Ihr linker Arm war ganz ohne Gefühl, als sei er gar nicht da. Für einen kurzen Augenblick dachte sie verwirrt, er sei ihr vielleicht abgerissen worden, aber er hing noch schlaff an ihrer Schulter. Sie betastete sich mit der Rechten. Ihre Rüstung war über den Rippen eingedrückt. Mühsam schaffte sie es, die Riemen mit einer Hand zu lösen und den Brustharnisch abzustreifen. So war es besser, viel besser. Sie lauschte in die sie umgebende Finsternis. Die fremdartigen Vogelstimmen drangen heran, die seltsamen Geräusche anderer Tiere. Feuchtigkeit tropfte von den Bäumen, und im Laub, das den Boden deckte, raschelten Spinnen und Insekten. Da war noch etwas, menschliche Füße, die durch das Dickicht schlichen. Sie tastete vergeblich nach ihrem Stab. Wo war Nabu? Warum hatte er ihr nicht geantwortet? Jetzt konnte sie nicht nach ihm rufen, denn da schlichen Männer durch den Dschungel, und das hieß: Feinde. Sie ertastete hoch aus dem Boden gewachsene Wurzeln zu ihrer Rechten und versteckte sich dahinter. Ihr linker Arm war bis zur Schulter taub.

»Der verfluchte Nabu liegt dort vorn. Sie kann nicht weit sein«, sagte eine Stimme, die ihr wohlbekannt war. Sie gehörte Konrad von Wolfegg. Doch noch entsetzlicher war, was er gesagt hatte. War Nabu etwa … Mila wollte den Gedanken nicht zu Ende denken.

»Lass sie«, antwortete eine andere Stimme, es war Balian. »Wir sollten uns verschanzen, bis die anderen hier sind. Es zieht schon wieder dieser verfluchte Nebel auf.«

»Ich weiß aber, dass sie irgendwo hier sein muss«, erwiderte Konrad wütend.

»Sie wird tot sein, so wie ihr Drache«, meinte Balian begütigend.

»Das glaube ich erst, wenn ich ihre Leiche gesehen habe«, rief sein jüngerer Bruder unwillig.

Tränen stiegen Mila in die Augen. Konnte das sein? Nabu war tot?

»Schlimm genug, dass wir deswegen die anderen verlassen haben«, brummte Balian. »Sie ist doch keine Gefahr mehr.«

»Ich habe dich nicht gezwungen, mitzukommen«, erwiderte Konrad kalt.

»Ich konnte dich schlecht allein gehen lassen«, sagte Balian. Es klang … hilflos, und Mila begriff endlich, dass nicht Balian, sondern Konrad die treibende Kraft ihrer Verschwörung war. Es waren noch mehr Männer mit ihnen gekommen. Aber sie trugen keine schweren Stiefel.

»Vorsicht, da!«, rief Balian plötzlich, und Sekunden später krachte seine Pistole.

Kriegsgeschrei ertönte, für einen kurzen Augenblick schien zwischen den Bäumen gekämpft zu werden, ein Keuchen, ein ersticktes Stöhnen, dann wurde es still.

»Hast du ihn erwischt? Hast du ihn erwischt?«, rief Konrad.

»Nein, habe ich nicht«, sagte sein Bruder mit gepresster Stimme. »Aber er hat einen von unseren Yunga erledigt. Verdammt sollen diese Wilden sein.«

»Wald ist böse«, sagte jemand in gebrochenem Spanisch. »Sehr böse. Wir gehen.«

»Ihr bleibt, Mann. Der Alchemist, Kuka Machu, verstehst du? Er sagt, es kann nicht mehr weit sein.«

»Kuka Machu ist nicht hier. Nur er hat Götterfeuer, schützt uns. Wir gehen«, antwortete der Indio.

»Jeder, der geht, bekommt den Zorn meines Donnerrohrs zu spüren, verstanden?«, herrschte Balian den Indio an.

Ein Indio schrie auf. »Ankay Yaya! Ankay Yaya!«

Da hörte Mila schon selbst die großen Flügel heranrauschen, und dann rannten die Indios davon. »Bleibt hier, ihr Feiglinge!«, brüllte Balian. Dann verstummte er.

Mila spürte den Wind der Flügel, als der große Drache mit einem tiefen Grollen in der Kehle inmitten der gestürzten Bäume aufsetzte.

»Behemoth«, flüsterte Balian.

»Halte ihn hin, Bruder«, raunte ihm Konrad zu. Mila hörte, dass er mit irgendetwas Metallischem hantierte.

»Behemoth«, wiederholte Balian, es klang beinahe wehmütig.

Der Drache knurrte. »Ich sah Nabu fallen, und wo Drachen fallen, bist du nicht weit, Balian, der du mein Reiter warst.« Ein Zittern lief durch das Blattwerk und selbst durch den Boden, als er sprach.

»Aber Behemoth, damit habe ich nichts zu tun!«

»Du hast uns verraten«, stellte der Drache düster fest.

»Nein, nein«, rief Balian. »Es war diese Hexe! Sie hat Nabu und die anderen gegen die Spanier aufgehetzt.«

Mila hörte ein Geräusch, das sie nur zu gut kannte. Der Drache holte zischend Luft, wie er es immer tat, bevor er Feuer spie. Mila schrie erschrocken auf, aber ihr Schrei erstickte, weil ihr jemand eine Hand auf den Mund legte. Plötzlich knackte ein Gewehrschloss.

»Konrad, nein!«, schrie Balian.

Dann spie der Drache sein Feuer. Jemand warf sich auf Mila, wie um sie zu schützen, und sie stöhnte laut auf, weil er auf ihre geschundenen Rippen drückte. Die Feuerwalze rollte über Mila hinweg, raubte ihr den Atem, setzte Bäume und Buschwerk in Brand. Ein Mann schrie entsetzt auf. Plötzlich krachte aus der Mitte des Infernos heraus ein lauter Schuss, und der gewaltige Feuerstoß erstarb in einem schmerzvollen Knurren. Jemand stöhnte, hustete, und schwere Stiefel stolperten durch das brennende Unterholz davon. Flammen knisterten, Behemoth atmete röchelnd, sonst war es totenstill im Wald.

»Kannst du laufen?«, fragte eine Stimme. Sie sprach Quechua und klang besorgt.

Mila nickte, rührte sich aber nicht. »Was ist geschehen?«, fragte sie.

»Der Gott stirbt. Der Mann, mit dem er sprach, ist tot, der andere, der jüngere, schleuderte den Donner nach dem Gott. Er ist davongelaufen. Das Feuer hat ihn getroffen, aber nicht getötet.«

»Aber wie konnte er das überleben?«, fragte Mila mechanisch.

»Ich weiß es nicht. Kannst du laufen?«, wiederholte der Indio seine Frage, und wieder bejahte Mila mit einem Nicken, aber sie hatte Schwierigkeiten aufzustehen, weil ihr linker Arm schlaff und nutzlos war.

»Dann komm!«, rief der Indio. Irgendetwas an ihm kam Mila bekannt vor.

Sie schüttelte den Kopf. »Nabu«, sagte sie langsam.

»Ist das der Gott, auf dem du reitest?«

»Kannst du mich zu ihm bringen?«

»Es ist hier nicht sicher. Die Wolkenmenschen sind hier, und sie wollen dich töten«, erwiderte der Indio.

»Mila?«, rief eine schwache Stimme.

»Nabu?«

»Ich bin hier«, keuchte es.

»Du lebst!«, jubelte sie, riss sich aus dem Griff ihres Retters los und tastete sich durch das Dickicht in die Richtung, aus der sie die Stimme gehört hatte. Ein Gewirr von Ästen war ihr im Weg, und Zweige schlugen ihr ins Gesicht.

Der Drache stöhnte auf. »Leben? Gerade noch, Prinzessin, gerade noch.«

Sie stolperte weiter. Plötzlich fühlte sie eine helfende Hand am Arm, und der Indio sagte: »Vorsicht, die Wurzeln.«

»Dein Arm – bist du verwundet?«, fragte Nabu besorgt.

Mila schüttelte den Kopf. »Nur eine Prellung«, log sie. Sie folgte Nabus Stimme und warf sich ihm an den Hals. »Ich dachte, ich hätte dich verloren«, sagte sie, und die Tränen stiegen ihr wieder in die Augen. Sie fühlte eine warme, klebrige Flüssigkeit an seiner Brust.

»Du bist verletzt!«, rief sie.

»Natürlich«, knurrte er. »Das war der Dank dieser Bäume dafür, dass ich sie gefällt habe. Aber ich werde es überleben«, sagte Nabu und hustete matt. »Sag mir lieber, was mit Behemoth ist?«

»Ich höre ihn nicht mehr atmen«, antwortete Mila und tastete Nabus Brust mit den Händen nach der Wunde ab. Sie fand einen abgebrochenen Ast, der sich unter die Schuppen gebohrt hatte.

»Vorsicht, dieses Holz hat eine schwache Stelle in meinem Panzer gefunden, Prinzessin.«

»Soll ich es rausziehen?«

»Nein, jetzt nicht, du musst weiter. Mich kannst du später versorgen.«

»Ich verlasse dich nicht, Nabu.«

»Ich bestehe darauf, Milena. Nicht nur Behemoth und Balian haben meinen Sturz gesehen. Auch die anderen Spanier werden bald hier sein.« Er hustete wieder. »Ich kann nicht mit ihnen kämpfen, wenn ich gleichzeitig auf dich aufpassen muss, Prinzessin.«

»Ich bleibe.«

»Denk doch an den Azoth. Er darf dem Alchemisten nicht in die Hände fallen!«

»Aber ich kann dich nicht …«

»Kein Aber mehr, Milena. Du bist ein Ritter des Ordens. Du solltest deine Pflichten kennen.«

»Aber …«

Kemaq hatte mit sich kämpfen müssen, die Fremde zurückzulassen, aber er war losgelaufen, um endlich seinen Auftrag zu erfüllen. Plötzlich war er jedoch über einen weißen Stab gestolpert, der inmitten des dunklen Grüns völlig fehl am Platze wirkte. Er hatte ihn wiedererkannt, es war der Speer der Fremden. Es war Blut an seiner Spitze, aber er sah die Klinge nicht. Ohne diesen seltsamen Stab würde sie noch hilfloser sein, als sie es ohnehin schon war. Das hatte den Ausschlag gegeben. Beinahe erleichtert über seine Entscheidung, war er zurückgekrochen, um ihr zu helfen. Er hatte mit angesehen, wie der große Gott gelandet war, der Gott, der ihn vor Chan Chan beinahe getötet hätte und der jetzt röchelnd gestorben war. Und da lag einer der beiden Fremden, tot, trotz seiner glänzenden Rüstung verbrannt. Der jüngere der beiden, der, der mit seinem Donnerrohr den Yaya getötet hatte, hatte den Feuersturm jedoch überlebt und war davongelaufen, glücklicherweise, ohne sie zu bemerken. Und jetzt war da diese blinde Fremde und wollte nicht gerettet werden. Stattdessen warf sie sich diesem riesigen Wesen an den Hals, das inmitten zersplitterter Bäume lag. Es sah nicht gut aus. Dunkles Blut sickerte aus einer Wunde über seine dicke Haut, und einer seiner Flügel war unter einem Baumriesen eingeklemmt. Er sah aus, als sei er außerdem noch gebrochen.

Die beiden sprachen miteinander, und Kemaq verstand kein Wort. Der Drache schien um etwas zu bitten, was die Fremde nicht tun wollte. Sie weinte, und Kemaq fühlte sich unangenehm berührt. Was nun? Mitnehmen konnte er sie nicht. Er sah sich verstohlen um. Die Chachapoya waren nirgends zu sehen. Sicher war die Fremde aber nur, wenn sie im verbotenen Land blieb, bis … ja, bis was geschah? So weit hatte Kemaq noch nicht gedacht. Offenbar lagen die Götter und ihre Reiter mit den anderen Fremden im Krieg. Er konnte sie also nicht jenen Fremden überlassen, die noch im Wald waren. Oder waren die alle tot? Er hörte einen Ruf, den Warnruf der Chachapoya. Es war nicht gewiss, ob er ihm galt, aber klar war, dass er hier nicht bleiben konnte. Und die Fremde musste sich verstecken. Eine Stimme wehte an sein Ohr. »Bring sie in den Tempel, Chaski«, hauchte es.

Kemaq drehte sich erschrocken um. Pitumi war nirgends zu sehen. Es stiegen nur Nebelschwaden aus dem feuchten Boden und wehten über den Fluss, der hinter den Bäumen glitzerte.

»Warum soll ich sie jetzt auf einmal mitnehmen?«, fragte er flüsternd.

»Die Zeichen verlangen es.«

»Aber sie ist eine Fremde.«

»Und du brauchst ein Opfer für Tamachoc«, hauchte die Stimme und verklang.

»Mit wem redest du?« Die Fremde stand plötzlich vor ihm. Die Borla war verschwunden, und er sah zum ersten Mal ihre blinden weißen Augen. Ihr Gesicht war rußverschmiert, und ihr goldenes Haar war mit Laub und Gräsern durchflochten. Tränenspuren liefen über ihr Gesicht. »Er sagt, ich soll mit dir gehen«, erklärte sie.

»Mit mir?«, fragte Kemaq tonlos.

»Ja, ich will ihn nicht verlassen, aber er sagt, bei dir sei ich sicherer. Stimmt das?«

»Hier kannst du nicht bleiben«, antwortete er langsam. »Die Chachapoya haben weitere Fremde im Wald gesehen.«

»Gut«, stellte die Fremde schlicht fest. »Kannst du mich zum Tempel führen?«

»Tempel?«, fragte Kemaq zögernd.

»Der Tempel Tamachocs. Er ist nicht weit«, erklärte die Fremde kühl. »Dort muss ich hin.«

»Du weißt, wo er ist?«, fragte Kemaq verblüfft.

»Nabu hat den Regenbogen gesehen. Ich kann den Wasserfall schon hören«, sagte sie.

»Ein Wasserfall, ja«, erwiderte er langsam. Payakmama hatte ihm von dem Fall erzählt. Sie hatte ihm auch gesagt, dass die Priester ein Tier opferten, um den Gott günstig zu stimmen. Ganz früher waren es Menschen gewesen, die freiwillig dieses Opfer brachten. Kemaq starrte die Fremde unglücklich an.

»Was ist, worauf warten wir noch?«, fragte sie. Dann wies sie flussaufwärts. »Wir müssen in diese Richtung, falls du es nicht weißt. Was ist jetzt?«

Kemaq hatte oft über die Fremde mit den goldenen Haaren nachgedacht, sich überlegt, was er ihr sagen könnte, wenn er ihr je begegnen würde. Und sie? Sie wusste nicht einmal, wer er war!

»Dein Stab, ich habe ihn gefunden«, sagte er verlegen und drückte ihr den Stab in die Hand.

»Ich danke dir«, sagte sie und lächelte schwach.

Wieder lief ein Warnruf der Chachapoya durch das Blätterdach. Kemaq nickte grimmig. Wenn sie darauf bestand, dann würde er die Fremde eben in den Tempel führen. *Aber opfern will ich sie nicht*, sagte er zu sich. *Doch du musst ein Opfer bringen,* antwortete seine innere Stimme.

Der Indio verschwieg ihr etwas. Mila spürte es, als sie blind hinter ihm durch den Wald stolperte. Sie hatte sich so daran gewöhnt, durch die Augen des Drachen zu sehen, dass ihr diese Dunkelheit, die sie seit ihrer Geburt umgab, jetzt besonders grausam und … ungerecht erschien. Nabu! Sie wäre gern bei ihm geblieben, aber er hatte Recht: Bei einem Kampf wäre sie ihm keine große Hilfe, vielleicht sogar eine Last gewesen. Ihr linker Arm war taub, dafür schmerzten ihre Rippen umso mehr, und jeder Atemzug tat weh. Es war vernünftig, weiterzugehen und zu verhindern, dass der Alchemist den Azoth bekam, vernünftig, aber es fühlte sich furchtbar an. Sie bemerkte, dass ihr immer noch Tränen über die Wangen liefen, und versuchte, sich zusammenzureißen, weil sie gegenüber diesem Indio nicht zeigen wollte, wie schwach und verletzlich sie sich fühlte. Sie hatte den Schleier verloren, das Geschenk ihrer Mutter, und war drauf und dran, den Indio zu fragen, ob er ihn nicht gesehen hatte. Aber natürlich ging das nicht. Und dann war da dieses Gefühl des Misstrauens. Was verbarg der Indio vor ihr? Überhaupt – was wollte er an diesem Ort? Er kam ihr bekannt vor, sein Geruch, seine Stimme. Sie blieb stehen. »Ich kenne dich«, sagte sie.

Auch der Indio war stehen geblieben. »Wir müssen weiter«, antwortete er ausweichend.

»Ich habe deine Stimme schon gehört. Du bist doch jener Läufer, den wir auf der anderen Seite der Berge gefangen haben, oder?«

»Ja, der bin ich. Können wir weiter? Ich glaube, die Fremden sind schon nah.«

Mila seufzte. Der Mann war abweisend, aber er hatte auch überhaupt keinen Grund, ihr zu vertrauen. Sie war mit den Drachen ins Land gekommen, hatte mit Feuer und Schwert seine Heimat überfallen. Viele Indios waren getötet worden, wenn auch nicht durch sie, nicht einmal durch den Orden. Wenn sie sein Vertrauen wollte, musste sie es sich verdienen. »Ich bin Anna Milena Leonore Comtesse von …« Sie schüttelte innerlich den Kopf über sich selbst und begann von vorn. »Ich werde Mila genannt. Wie ist dein Name?«

»Kemaq.«

»Ich muss dir danken, Kemaq, du hast mir sehr geholfen.«

Der Indio antwortete nicht.

»Ich spüre, dass du mir nicht traust, und du wirst dich vermutlich fragen, was ich in diesem Tempel will. Nun, ich bin hier, weil es dort etwas gibt, was den Spaniern, also den Männern, die du Fremde nennst, nicht in die Hände fallen darf! Ich will es fortbringen. Irgendwohin, wo es sicher ist, verstehst du?«

»Wir müssen weiter«, sagte der Indio und zog sie am Arm hinter sich her.

Warum musste sie ihm das sagen? Kemaq verfluchte sein Schicksal. Sie wollte also den Regenstein stehlen, und sie gab es offen zu! Das Gerede, dass er den anderen Fremden nicht in die Hände fallen durfte, das war doch Unsinn. Jeder, der ihn begehrte, behauptete vermutlich, dass er ihn nur vor anderen beschützen wollte, aber eigentlich wollten sie ihn nur für ihre eigenen Zwecke benutzen: die Fremden, Rumi-Nahui, und vielleicht sogar Pitumi. Kemaq biss sich auf die Lippen. Sie war nicht sehr deutlich geworden, wenn es darum ging, wie sie den Regenstein verwenden wollte. Sie wollte die Götter auf ihrer Seite in den Kampf zwingen, um sowohl die Fremden wie auch das Sonnenvolk zu besiegen, das hatte sie gesagt. Aber wenn ein Mensch die Götter zu etwas zwingen konnte … Pachakuti, die Zeitenwende – das schoss ihm plötzlich in den Sinn, während er die Fremde durch den Urwald zerrte. Wenn Menschen den Göttern Befehle erteilten, dann war wahrlich eine Zeitenwende gekommen. Aber war das etwas Gutes? Der Wasserfall war schon ganz nah, er konnte ihn durch das dichte Blattwerk hindurch sehen, und sein Brausen war so laut, dass er sich anstrengen musste, um ihn jetzt zu übertönen. »Wir sind gleich da. Der Tempel liegt oben, aber es gibt eine Treppe.«

Die Fremde nickte ihm kühl zu. Dann traten die Bäume zurück, und der Wasserfall lag vor ihnen. Er war vielleicht dreißig Schritt breit und beinahe ebenso hoch. Payakmama hatte gesagt, die Stufen seien nicht zu übersehen, aber er sah sie nicht. »Ich kann die Treppe nicht finden«, sagte er mit wachsender Verzweiflung.

»Du warst noch nie hier?«, fragte sie.

»Nein, Payakmama sagte, sie sei halb versteckt, aber die ersten Stufen seien nicht zu übersehen.«

Die Fremde runzelte nachdenklich die Stirn. Dann sagte sie: »Vielleicht verdeckt sie der Wasserfall.«

»Wie kommst du darauf?«, fragte Kemaq erstaunt.

Mila zuckte mit den Achseln. Eigentlich kam sie darauf, weil ihr Meister Albrecht erklärt hatte, dass die Jahreszeiten auf der südlichen Halbkugel der Erde vertauscht waren. So sei zwar November, aber doch gleichwohl auch Frühling, weshalb die Schneeschmelze die Flüsse noch anschwellen ließ. Der Alchemist. Sie wollte weder an ihn denken noch über ihn reden. Also zuckte sie wieder mit den Achseln und sagte: »Es ist nur eine Ahnung.«

Der Indio schien zwar nicht überzeugt, aber er führte sie dennoch hinüber zum Fall.

»Du hast Recht!«, brüllte er über das Brausen. »Dort beginnen die Stufen.«

Sie führten dann doch weg vom Wasserfall und steil hinauf. Mila spürte, dass die Tritte sauber bearbeitet waren, aber sie fühlte auch rechts und links Felsen. Die Baumeister hatten sie so geschickt angelegt, dass sie von unten vermutlich nicht zu sehen waren – nicht, wenn die Flüsse voller Wasser waren. Sie selbst war jetzt ganz durchnässt, denn der Wasserfall hüllte sie ein mit seinem Dunst. Es war erfrischend, denn die Sonne stand fast im Zenit, und es lag eine drückende Hitze über dem Dschungel. Sie erreichten das obere Ende der Treppe. Mila spürte eine leichte Brise. Vor ihr lag offenes Wasser, das fühlte sie. Der Indio blieb wieder stehen. »Wir müssen über den Damm«, erklärte er.

»Dann lass uns gehen«, antwortete Mila.

»Der Weg ist sehr schmal«, warnte der Indio.

»Dann werde ich eben vorsichtig sein«, antwortete sie lächelnd. Sie fand es beinahe rührend, wie er sich um sie zu sorgen schien.

Sie wollte nicht hören! Kemaq starrte in ihr lächelndes Gesicht. Er bot ihr einen Vorwand, zurückzubleiben, aber sie bestand offenbar darauf, in ihr Unglück zu rennen. Er blickte hinüber. Der Tempel war nicht zu sehen, aber das hatte er vorher gewusst. Er lag dicht beim Wasserfall, unter der Erde, auf der Insel am Ende dieses Dammes, der den See daran hinderte, in seiner ganzen Breite in die Senke hinabzustürzen. Er würde den Eingang schon finden, und wenn die Fremde darauf bestand, dass er sie mitnahm, dann sollte es eben so sein. Vielleicht war es ein Zeichen Tamachocs. Er nahm sie an der Linken, die sich eigenartig leblos anfühlte, und führte sie hinüber. Der Weg auf der Dammkuppe war schmal, und Kemaq wunderte sich, dass er nicht ausgebaut oder geglättet war. Aber vielleicht war das, um den Tempel nicht zu offenbaren. Sie waren fast auf der Insel angekommen, als auf einmal ein Stückchen Stein vor ihm in kleinen Splittern durch die Luft wirbelte. Er blieb verblüfft stehen, weil er so etwas noch nie gesehen hatte. Etwas zischte an ihm vorbei. »Weiter!«, schrie die Fremde über das Brausen des Wasserfalls und duckte sich. »Sie schießen auf uns!«

Kemaq blickte hinab in die Senke. Unter den Bäumen glitzerte es silbern, und in beträchtlicher Entfernung stiegen kleine Rauchwolken auf. Sie schossen mit Donnerrohren auf ihn! Er duckte sich ebenfalls und zog die Fremde hinter sich hinüber auf die Insel. Ein Haufen großer Steine lehnte in der Mitte des kleinen Eilandes aneinander. Darunter lag tiefe Schwärze. »Komm«, rief er und zog die Fremde unter die Steine. Kühle Luft schlug ihm entgegen. Sie hatten den Eingang gefunden.

Mila folgte dem Indio eine enge Treppe hinab. Das Brausen des Wasserfalls dröhnte dumpf. Offenbar lag der Tempel unter dem Wasserfall! Die Natur selbst musste ihn gebaut haben, denn sie fühlte nur Felsen, keine Mauern, und auch die Stufen, die sie hinabhasteten, waren in nackten Fels gehauen. Sie hielten an, und der Indio ließ ihre Hand los. Das Gefühl – es kehrte plötzlich zurück! Wie Feuer schoss es zurück in den Arm. Sie hätte beinahe aufgeschrien. Das Brausen war lauter geworden, was Mila erst nicht verstand, aber dann begriff sie, dass die Höhle, oder was immer der Tempel auch war, einen offenen Ausgang direkt zum Wasserfall haben musste. Es war laut, und der permanente Donner machte es ihr unmöglich zu erkennen, wo der Indio war. Er konnte ebenso gut dicht neben ihr stehen wie auch fort sein, sie konnte ihn nicht hören. Erst allmählich erfasste sie über das Dröhnen die Größe und Gestalt dieser Felsenkammer. Sie war lang und schmal, nicht sehr hoch, und es schien nur einen Raum zu geben. »Wir müssen uns beeilen. Siehst du hier einen besonderen Stein?«, rief sie.

Kemaq starrte auf die Wasserwand, die dort vor der Höhle herabdonnerte. So hatte er sich den Tempel nicht vorgestellt. Im Dämmerlicht zeigte sich eine Felsenhöhle, schmucklos und schlicht.

Er sah weder goldenes Tempelgerät noch prachtvolle Bilder. Wo war der Regenstein? In der Mitte der Grotte stand ein Tisch, offenbar an Ort und Stelle aus einem Felsen gehauen. Eine Schale und ein langes Bronzemesser lagen darauf, und eine Kerbe war in den Tisch geschlagen. Sie führte zu einer Rinne, die über den Fußboden lief und in der Wand verschwand. Die Fremde stand hinter ihm, ahnungslos, und schien dem Brausen des Wasserfalls zu lauschen. Er schluckte. Es würde nicht schwer sein, sie zu töten. Aber halt, erst musste er den Stein haben! Doch den sah er nirgends. Er suchte die Wand nach Zeichen ab und fand – *endlich* – einen Kienspan und Feuerstein. Er schlug Feuer. Wenn die Fremden die Treppe fanden, würden sie gleich hier sein. Bis dahin musste er den Regenstein in Sicherheit gebracht haben. Der Span flackerte auf, die Schatten schwanden, und über ihm an der Decke zeigte sich ein Bild. Er starrte hinauf. Es zeigte Tamachoc in Gestalt einer gefiederten Schlange, die über einem halben Regenbogen schwebte. Und der Regenbogen hatte seinen Ursprung in einem Stein.

»Was ist?«, rief die Fremde. »Hast du ihn?«

»Nein«, antwortete er, »aber hier gibt es ein Bild.«

»Was zeigt es?«, fragte sie.

Also beschrieb er das Bild. Sie war klug, das hatte sie bewiesen. Vielleicht konnte sie noch dieses Rätsel lösen, bevor er sie töten musste.

»Die Regenschlange steigt aus einem Stein? Nabu sagte, dass er den Regenbogen über dem Wasserfall gesehen hat. Vielleicht ist der Stein irgendwo dort«, sagte sie und wies auf den Vorhang aus Wasser, der lautstark vor der Höhle hinabdonnerte.

»Im Wasser?«, fragte Kemaq ungläubig.

»Vielleicht gibt es da noch eine Höhlung, verstehst du? So etwas wie eine Vertiefung, in der der Stein versteckt ist. Gibt es denn dort keine Stelle, die … irgendwie anders ist?«

Sie ist wirklich klug, dachte Kemaq und schielte nach dem Messer. Aber erst musste er prüfen, ob wirklich stimmte, was sie vermutete. Er tastete sich vorsichtig an den Rand der Höhle. Der Boden war nass und tückisch, und er würde viele Schritte in die Tiefe stürzen, wenn er hier fehltrat. Er biss die Zähne zusammen. Wenn die Priester den Stein dort versteckt hatten, dann doch sicher so, dass sie sich nicht umbrachten, wenn sie ihn hervorholen wollten. Er tastete den Felsen ab – erst oben, ohne etwas zu finden, dann ging er auf die Knie. Da – eine Höhlung. Sein Herz schlug schneller. Er fasste hinein. Da war etwas, eingewickelt in ölgetränktes Leinen. Der Regenstein – er hatte ihn gefunden! Er betastete das Leinen und zögerte. Das Blutopfer war noch nicht gebracht. Payakmama hatte ihm eingeschärft, dass er unbedingt dieses Opfer bringen musste, bevor er Tamachoc anrief und um Erlaubnis bat, den Stein mitzunehmen. Die Fremde stand noch an der Treppe, völlig arglos, und wartete darauf, dass er ihr den Stein brachte. Aber das durfte er nicht, den Tod musste er ihr bringen. Ein gequältes Stöhnen entrang sich seiner Brust. Hätten sie Zeit gehabt, hätte er immer noch versuchen können, ein Tier zu fangen. Aber jetzt waren die anderen Fremden unten in der Senke, vielleicht hatten sie sogar die Treppe schon gefunden. Es gab keinen anderen Weg. Er erhob sich leise – und erstarrte.

Mila wartete am Eingang. Das Rätsel war nicht schwer zu lösen gewesen. Dieser Indio schien nicht besonders klug zu sein, aber sie hatte immer noch den Eindruck, dass er etwas vor ihr verheimlichte. *Er will den Stein für sich selbst,* durchzuckte es sie plötzlich. Es war so offensichtlich. Warum sollte er sich sonst auf diesen weiten Weg gemacht haben? Vielleicht war er ein Späher jener Indios, die die Spanier angegriffen hatten. Die waren den Spaniern doch nicht gefolgt, sondern über die Berge gekommen. Dass sie das noch nicht früher durchschaut hatte, fand sie nun selbst erstaunlich. Er war ein Diener Atahualpas, also hatte er vielleicht den Auftrag, dem Inka diesen Stein zu bringen. Wenn der Azoth so viel Macht besaß, wie der Alchemist behauptete, dann war das nur einleuchtend.

Der Azoth konnte angeblich Blei in Gold verwandeln, und hatte der Inka den Spaniern nicht unermesslich viel Gold versprochen? Nun ergab alles einen Sinn. Aber wenn der Indio den Stein für sich selbst haben wollte, dann würde er ihn ihr kaum freiwillig überlassen. Nabu hatte Unrecht – sie war an der Seite dieses Läufers keineswegs sicher. Nabu – er lag irgendwo da draußen und hatte versucht, die Spanier aufzuhalten. Es war ihm offensichtlich nicht gelungen, aber Mila weigerte sich, darüber nachzudenken, was das heißen könnte. Der Indio. Sie sammelte sich. Er war die nächste Gefahr, die es zu überwinden galt. Mit der Hand tastete sie vorsichtig nach der Mitte ihres Stabes. Er würde es nicht hören, wenn sie jetzt die Klingen herausspringen ließ. Aber er hatte ihr geholfen, sie gerettet, da konnte sie ihn doch nicht einfach kalten Herzens umbringen! Sie stand da und wartete, ob er denn endlich etwas finden würde. Da roch sie plötzlich einen schwachen, unangenehmen Geruch, der die Treppe herabwehte. Er wurde stärker: Schwefel – es roch nach Schwefel! Mila ließ die Klinge aus dem Stab schnellen und fuhr herum.

Der Kuka Machu hatte sie gefunden! Er kam die Treppe herab und hielt eine blitzende Klinge in der Faust. Kemaq rief der Fremden eine Warnung zu, aber das Brausen des Wasserfalls übertönte sie. Dennoch wirbelte sie plötzlich herum und stieß ihren Stab zur Abwehr vor. Keinen Augenblick zu früh, denn der Kuka Machu hatte schon sein Schwert gehoben und ließ es niedersausen. Sie sprang zurück, ließ ihren Stab kreisen und zwang ihren Gegner, sich erst einmal zurückzuziehen. Aber sie war doch blind! Hören konnte sie ihren Feind unter dem Donnern des Wassers sicher nicht. Das konnte nicht gut gehen. Kemaq sah gebannt zu. Der Tisch mit dem Opfermesser war in der Mitte des Raumes. Wenn er schnell war … aber jetzt war der Kuka Machu dicht beim Tisch. Er griff die Fremde an. Der Mann stach zu, und erst im allerletzten Augenblick sprang die Fremde zur Seite. Seine Waffe fetzte ein Stück aus ihrer weißen Rüstung heraus.

Sie schlug zu, ungenau, aber der Kuka Machu duckte sich nicht rechtzeitig und wurde vom Knauf des Stabes am Kopf gestreift. Er taumelte einen Schritt zurück, hob sein Schwert und sprang wieder auf seine Gegnerin los. Der Schlag war wild und ungenau. Die Fremde wich im letzten Augenblick aus, und er wurde vom Schwung seines Angriffs nach vorn gerissen. Fast rannte er sie über den Haufen. Sie taumelte zurück, holte aus und rammte dem Angreifer die blitzende Klinge ihres weißen Stabes mit voller Wucht in den Leib. Er taumelte zurück, schnappte nach Luft – und lachte. Kemaq starrte ungläubig hinüber. Der Kuka Machu trug keine Rüstung, aber die Klinge, die ihn hätte durchbohren müssen, war zerbrochen. Ihre Spitze lag auf dem Boden.

Mit aller Kraft hatte Mila dem Alchemisten ihren Stab in den Leib gerammt, sie hatte gespürt, dass etwas zerbrach, und hatte gehofft, es möge eine Rippe sein: Er hätte blutend zu ihren Füßen liegen müssen, aber nein, er lachte! Wie war das möglich? Sie zog sich zurück, um Zeit zu gewinnen, dann begriff sie: *Drachenblut!* Die Legende war also wahr.

Sie biss die Zähne zusammen und wartete auf seinen nächsten Angriff. Sie konnte ihn nicht sehen, und sie konnte ihn nicht hören. Nur seine Ausdünstung von Schwefel verriet ihn, wenn er näher kam, und sie spürte den Luftzug, wenn er zu seinen wilden Angriffen ansetzte. Sie hatte bislang immer gerade noch ausweichen können, doch wie sollte sie ihn besiegen, wenn er unverwundbar war? Sie war es nicht, und die geschundenen Rippen schmerzten und behinderten sie bei jedem Schlag und jeder Verteidigung.

Sie ahnte den nächsten Angriff und wich aus. Etwas fetzte wieder Stoff aus ihrem Waffenrock. Erneut griff er an. Sie sprang zurück und verpasste ihm einen Schlag mit dem Stab. Er war alles andere als ein guter Fechter, aber er war unverwundbar und sie nicht, und irgendwann würde sie müde werden, und irgendwann würde sie seinen Angriff nicht rechtzeitig vorausahnen, und irgendwann wären die Spanier hier, und spätestens dann würde ihr alle Fechtkunst nichts mehr nützen. Ein Luftzug warnte sie vor einem neuen Angriff, dem sie wieder im letzten Augenblick auswich. Ihr Stab schnellte vor und traf ihn erneut, und doch wusste sie, dass es vergeblich war. Es gab nur eine, eine winzige Chance. Sie bezweifelte, dass sie sie nutzen konnte, aber sie musste es versuchen.

Kemaq sah zu, wie die beiden miteinander kämpften. Die Fremde war blind, aber irgendwie schien sie dennoch immer im letzten Augenblick zu ahnen, wo ihr Feind war. Sie schlug nach ihm, aber auch wenn sie ihn traf, schien sie ihn nicht verwunden zu können. Kemaq verstand es nicht, aber er verstand, dass er etwas tun musste. Sie litt Schmerzen, das konnte er sehen, und irgendwann würde das Schwert sie doch treffen. Kemaqs Miene verfinsterte sich. Der Kuka Machu hatte seinen Bruder Jatunaq geholt, und alle hatten gesagt, dass die Männer, die er geholt hatte, dem Tode geweiht waren. Das Messer lag auf dem Tisch, es war ein Opfermesser, eine heilige Klinge, Tamachoc geweiht. Wenn eine Waffe diesen Mann töten konnte, dann diese. *Tamachoc verlangt Blut, dann soll er es auch bekommen,* dachte er grimmig.

Kemaq schlich zum steinernen Tisch. Aber jetzt änderte die Fremde ihre Kampfweise. Sie griff an, mit wilden, schnellen Hieben, und sie trieb den Kuka Machu durch die Felsenkammer, auf den Wasserfall zu – und damit auch auf ihn. Mit zitternden Händen legte Kemaq den Stein auf den Altar und griff nach dem Messer. Die Klinge war aus geschliffenem, schwarz glänzendem Stein. Plötzlich überfielen ihn Zweifel, ob die heilige Waffe wirklich mehr vermochte als die Zauberwaffen der Fremden. Aber jetzt gab es kein Zurück mehr. Kemaq griff an. Der Feind sah ihn im letzten Augenblick und sprang zur Seite, und das war ein Unglück, denn der Angriff der Fremden ging ins Leere, und die Wucht ihres Schlages riss sie nach vorn. Sie stieß gegen den Tisch, stolperte, wischte den Regenstein von der steinernen Tischfläche, der Stab verklemmte sich am Sockel des Altars, wurde ihr aus den Händen gerissen, und sie stürzte mit einem Schrei zu Boden. Der Regenstein fiel mit ihr, und Kemaq sah mit Schrecken, dass sich der Stoff öffnete und der rötlich schimmernde Stein kaum geschützt über den Boden rollte.

Mila versuchte, den Stab festzuhalten, aber sie verlor ihn. Sie stürzte, und irgendetwas Schweres fiel polternd von dem Hindernis, das sie um ihr Gleichgewicht gebracht hatte. Der Stab! Sie brauchte ihren Stab. Ihr war, als würde sie den Alchemisten lachen hören. Sein Geruch wehte heran. Sie brauchte ihren Stab, um ihn abzuwehren, sonst war es aus. Verzweifelt tastete sie nach ihrer Waffe, aber das Einzige, was sie fand, war ein großer, schwerer Steinbrocken, der in irgendetwas eingewickelt war. Zur Not konnte aber auch ein Stein eine Waffe sein. Der Alchemist sprang heran, sie roch ihn, spürte, dass er über ihr stand, hörte den Schrei, mit dem er zum tödlichen Schlag ausholte. Verzweifelt hob sie den Steinbrocken zur Abwehr, aber sie konnte nur raten, wo ihr Feind zuschlagen würde.

Kemaq sank stöhnend in die Knie. Der Regenstein. Die Fremde hatte ihn, sie entweihte ihn, und nun versuchte sie, mit der größten Kostbarkeit dieser Welt den nächsten Streich des Kuka Machu abzuwehren. Irgendwie schien sie zu wissen, wo der Schlag ihres Gegners landen würde, und gelähmt vor Entsetzen, sah Kemaq, wie die silbern blitzende Klinge des Feindes den heiligsten aller Steine genau in der Mitte traf. Es gab einen Ton wie von geborstener Bronze. Das Schwert zersprang und der Stein ebenfalls. Der Kuka Machu schrie entsetzt auf.

Mila spürte die Wucht des Schlages, der den Stein in ihrer Hand pulverisierte. Sie hörte diesen seltsamen Ton, wie von einer gesprungenen Glocke dröhnte er durch den Tempel und übertönte für einen Augenblick das Brausen des Wasserfalls. Und darüber lag der helle Entsetzensschrei des Alchemisten. Etwas war geschehen. Mila blickte sich um. Da – da lag ihr Stab, nur einen Fingerbreit von ihrer Hand entfernt. Sie griff nach ihm und sprang auf. Der Alchemist starrte sie an. Sie schlug zu, traf, ihr Feind taumelte zurück. Etwas stimmte nicht, aber ihr blieb keine Zeit, sich Gedanken zu machen. Sie prügelte auf Albrecht von Straßburg ein. Er hatte sein Schwert verloren, hob schützend die Arme vor das Gesicht, als habe er vergessen, dass er unverwundbar war, und wich weiter vor ihr, vor ihrem Zorn, zurück. Und Mila war zornig. Sie ignorierte den bebenden Boden, das Knacken in den Felsen, das den Wasserfall übertönte. Sie schlug auf den Alchemisten ein, bis er fast im Wasserfall am Rand des Tempels stand. Er wandte den Kopf, starrte ungläubig in das fallende Wasser. Noch ein Schlag traf ihn. Er taumelte, trat fehl, kämpfte um sein Gleichgewicht, verlor es und stürzte in die Tiefe. Der Boden bebte.

Der Boden bebte, und Kemaq bemerkte es nicht. Er ließ das Opfermesser fallen. Der Regenstein – er war fort. Er achtete nicht auf den Kampf der beiden Fremden, taumelte über den schwankenden Boden dorthin, wo der Stein zu Staub zerfallen war, und versuchte mit zitternden Fingern, so viel wie möglich davon in die schützende Hülle zu scharren. Er hörte den Schrei kaum, mit dem der Kuka Machu fiel. Plötzlich war die Fremde bei ihm. Sie packte ihn hart an der Schulter. »Ein Erdbeben, wir müssen hier weg!«, schrie sie, um den Wasserfall zu übertönen.

Kemaq schüttelte den Kopf. Er war wie gelähmt. Aber sie packte ihn fester und rief: »Raus hier!«

Der Fels zitterte. Mila spürte die Erschütterung. Irgendetwas stimmte nicht – nein, gar nichts stimmte! Der Indio schien nicht auf sie hören zu wollen. Er schüttelte stumm den Kopf und scharrte weiter rötlichen Staub auf eine Stoffbahn. Sie packte ihn an seinem Gewand und zerrte ihn auf die Beine. Er schüttelte wieder den Kopf, drückte das Stück Stoff an seinen Leib, als sei es das kostbarste Ding der Erde, und blieb stehen. Aber sie wollte nicht in diesem Tempel sterben, und sie wollte den Indio nicht zurücklassen. Also schob sie ihn grob die Treppe hinauf. Der Boden schwankte wieder, und ein lautes Knirschen übertönte das Donnern des Wassers. Mila sah die Stufen tanzen und bekam Panik.

Endlich stolperten sie unter den Steinen hervor. Beide blieben sie, wie vom Schlag getroffen, stehen. Der Damm – er bewegte sich! Aber es war kein Erdbeben: Der Damm erhob sich, schüttelte Fels, Staub, Stein, Büsche und Gräser ab, schüttelte sich noch einmal und spannte zwei riesige Flügel aus. Mila sank ächzend in die Knie. Auf dem Damm waren Spanier und Indios, die sich verzweifelt an Büsche und Steine klammerten. Sie versuchten, sich festzuhalten an dem, was sich dort gewaltig und in allen Farben schimmernd aus dem Wasser erhob. Es war Tamachoc, die Regenschlange, es war ein Drache, und auch wieder nicht. Mila sah … und ihr stockte der Atem – sie sah! Ihre Hände fuhren vor die Augen. Endlich begriff sie: *Sie sah, sie sah mit ihren eigenen Augen!*

Und was sie sah, war unglaublich. Da war dieses Wesen, zehnmal größer als Behemoth, es spannte seine weiten Schwingen und stieß sich mit einem Flügelschlag ab. Mila sah Indios und Spanier schreiend vom Rücken Tamachocs in die Tiefe fallen. Der Damm war zum Leben erwacht, der Damm war fort, und der See stürzte sich donnernd in die Senke, riss Spanier, Indios und alles mit, was sich eben noch auf dem Damm befunden hatte. Mila starrte ungläubig ins Licht. Die Regenschlange stieg in einer Wolke aus Staub, Gras und Blättern auf, schüttelte sich und ließ das alles hinter sich. Ihre Flügel waren wie Glas, in dem das Licht sich tausendfach brach. Die Regenschlange öffnete ihr Maul und stieß einen Ruf aus, klar und durchdringend wie von einer großen Glocke. Es war ein Ruf, der Mila so sehr berührte, dass sie plötzlich anfing zu weinen. Das Wesen schraubte sich in langsamen, eleganten Bewegungen höher und immer höher hinauf in den Himmel. Als auch der letzte Staub aus den Jahrhunderten, die sie in der Erde geruht hatte, von ihr abfiel, war die Regenschlange nur noch ein helles Gleißen in der Luft. Sie rief noch einmal, und ein anderer Ruf aus der Ferne antwortete.

Mila wollte den Blick nicht von der schillernden Erscheinung am Himmel wenden, die nun mit eleganten Flügelschlägen nach Osten flog. Und dann sah Mila die anderen Drachen, die aus dem Wald aufstiegen, heraneilten und Tamachoc folgten. Keiner von ihnen trug noch einen Reiter. Sie erkannte Baal, Kemosch und Amun-Ra und auch die anderen Drachen. Den Schwarzen Nergal sah sie jedoch nicht, und auch Nabu war nicht unter ihnen.

»Der Regenstein«, rief jemand mit erstickter Stimme.

Widerwillig löste sie ihren Blick von dem Schauspiel am Himmel. Sie sah den Läufer neben sich knien. Er hielt den Stein in den Händen, wo er eben doch nur roten Staub gehalten hatte. Der Stein schimmerte rötlich, dann leuchtete er in allen Farben des Regenbogens auf, gleißte so hell, dass es in Milas Augen brannte – und dann verschwand er, löste sich auf in – nichts.

Ein Drachenruf ließ sie wieder nach oben blicken. Da war die Regenschlange, jetzt nur noch ein beinahe unsichtbares Strahlen am Himmel. Sie flog schnell nach Osten, und die Drachen folgten ihr. Mila blickte ihnen so lange nach, bis sie auch den letzten der schwarzen Punkte nicht mehr sehen konnte. Sie verschwanden unter schwarzen Wolken, und Donner grollte in der Ferne.

Als die ersten Regentropfen fielen, saßen Mila und Kemaq immer noch auf der Insel und starrten auf den neuen See, der sich zu ihren Füßen gebildet hatte. Der Damm war fort, der Wasserstand des alten Sees gefallen, und nun rauschte auf ihrer Seite das Wasser über große Felsen nur noch einige Schritte hinab, während der Wasserfall auf der anderen Seite ganz versiegt war. Die Bäume in der Senke standen halb versunken, viele waren auch von der Gewalt der Wassermassen umgestürzt und fortgerissen worden. Mila kannte ungefähr die Stelle, wo sie Nabu zurückgelassen hatte. Dort war nur Wasser, und es war keine Spur von Nabu oder Behemoth zu sehen. Mila drehte ihren Stab in den Händen und fühlte sich verloren. Sie hatte die Regenschlange vertrieben, die Drachen waren fort – und Nabu? Er war zurückgeblieben, um die Spanier aufzuhalten. Aber er hatte sie nicht aufhalten können, jedenfalls nicht sehr lange, und das konnte nur eines bedeuten. Sie zog die Knie ans Kinn, spürte den kalten Regen auf der Haut und dachte – nichts.

Kemaq fühlte sich leer. Der Stein war fort. Tamachoc mit ihm. Das gab ihm einen Stich. Er hatte den Gott beleidigt und vertrieben, den Gott, der sein Volk immer beschützt und ihm Regen gebracht hatte. Kemaq konnte nicht erklären, ja nicht einmal begreifen, was er gesehen hatte. Jemand rief seinen Namen. Er blickte auf und sah Pitumi am Ufer stehen. Sie winkte ihm zu. Er hob nur ein wenig die Hand. Am Ufer zeigten sich nun auch andere Chachapoya. Der Wasserstand des alten Sees war gefallen, und dort, wo Tamachoc jahrhundertelang geruht hatte, ragten nun schwarze Felsen aus dem Wasser. Ein neuer, viel niedrigerer Damm war entstanden, die erste Stufe neuer Stromschnellen.

Kemaq räusperte sich. »Kommst du mit?«, fragte er.

»Wohin?«

»Zu den Wolkenmenschen. Sie stehen dort drüben, siehst du?«

»Ja, ich sehe sie«, sagte die Fremde niedergeschlagen.

»Vielleicht haben sie Nahrung und Unterkunft, auch für dich«, meinte Kemaq.

Sie schüttelte den Kopf. »Es sind deine Leute, nicht meine, und … ich werde sicher nicht zu diesen Menschen gehen, die mit ihrer Zauberei unsere Drachen getötet haben!«

»Aber worauf willst du warten? Tamachoc ist fort, und die anderen fliegenden Götter auch.«

»Nabu nicht«, entgegnete die Fremde.

»Dein *Drachen*, der dort unten lag?«, fragte Kemaq verlegen.

Die Fremde nickte.

»Was wirst du jetzt tun?«, fragte Kemaq.

Sie sah ihn zornig an: »Ich werde hier warten, bis Nabu seinen Kopf aus dem Wasser steckt. Drachen können schwimmen, verstehst du?«

»Ich verstehe«, sagte Kemaq. Er erhob sich. Er war ein Läufer, gut darin, die Worte anderer auswendig zu lernen und wiederzugeben, wenn es verlangt wurde. Er war nicht sehr gut darin, selbst die passenden Worte zu finden. »Ich wünsche dir Glück«, sagte er etwas steif.

Sie nickte ihm zu. »Dir auch, Läufer«, erwiderte sie.

Er drehte sich um und stieg über die Felsen vorsichtig hinüber ans Ufer, unsicher, was Pitumi zu den Ereignissen sagen würde. Als er das Ufer erreichte und aufblickte, sah sie ihn einfach nur an.

»Tamachoc ist fort«, sagte er, »und der Regenstein mit ihm.«

»Wir sind nicht blind, Chaski«, sagte Pitumi mit einem Lächeln.

»Aber ich habe versagt, ich habe das Opfer nicht gebracht, und nun …« Er konnte nicht weiterreden.

Der grauhaarige Chachapoya schüttelte unwillig den Kopf. »Er ist noch dümmer, als ich dachte«, knurrte er.

Pitumi legte Kemaq eine Hand sanft auf den Arm. »Glaubst du, wir hätten das nicht vorher gewusst? Dein Herz ist viel zu gut, als dass du eine blinde Frau töten könntest.«

»Aber …«

»Die Zeichen waren schwer zu deuten, aber endlich, als es schon fast zu spät war, verstanden wir, dass du nur mit ihrer Hilfe deine Aufgabe würdest erfüllen können.«

»Tamachoc hatte mehr Vertrauen in dich als wir, Steinmensch«, warf der Grauhaarige knurrend ein. Er gab den anderen mit einem Kopfnicken ein Zeichen, und sie verschwanden ohne ein weiteres Wort zwischen den Bäumen.

Pitumi und Kemaq blieben allein zurück.

»Meine Aufgabe?«, fragte Kemaq, der immer noch nicht verstand.

»Tamachoc ist in Sicherheit, der Regenstein mit ihm, und sieh – die Regenschlange spendet uns auch aus der Ferne weiter ihren Segen.« Pitumi hielt die Hände und das Gesicht in den Regen. Die graugrünen Kriegsfarben, die sie aufgetragen hatte, waren schon halb abgewaschen.

Kemaq starrte verwirrt abwechselnd in ihr Gesicht und dann wieder in den Himmel. »Und jetzt?«

»Komm mit uns«, sagte Pitumi und streckte die Hand aus. Kemaq nahm sie und folgte ihr in den tiefgrünen Dschungel.

Mila blieb allein auf der Insel und wartete. Sie wartete bis zum Sonnenuntergang, dem ersten, den sie je mit eigenen Augen sehen konnte. Er war prachtvoll: Die letzten Regenwolken zogen einen flammendroten Schleier vor die gewaltigen Berge, ein Anblick unbeschreiblicher Schönheit. Aber das berührte sie nicht. Sie sah, aber alles, was sie sah, bedeutete ihr nichts, und alles, was ihr etwas bedeutete, war fort. Der Orden war zerstört, die Drachen verschwunden, ihr Großonkel tot – und Nabu? Sie wollte den Gedanken nicht zu Ende denken. Sie fragte sich, ob wenigstens die Drachen bei Tamachoc endlich gefunden hatten, was sie so viele Jahrhunderte lang vergeblich gesucht hatten. Sie hoffte es, hoffte, dass für die Drachen die Erlösung von ihrem alten Fluch weniger bitter schmeckte als ihre eigene. Sie saß auch noch auf der Insel, als es dunkel geworden war und die Sterne mit kaltem Glitzern am Firmament aufzogen, und mit jedem weiteren aufgehenden Stern sank ihre Hoffnung.

Doch dann, als spät in der Nacht der Mond aufging, hörte sie ein Schnauben, gefolgt von einem missmutigen Niesen, und dann entdeckte sie den Kopf eines Drachen über dem schwarzen Wasser in der Senke.

»Nabu?«, rief sie ungläubig.

»Mila, endlich!«

»Nabu!«

»Kannst du von dort oben herunterkommen? Wir Drachen können zwar schwimmen, aber doch nicht diese Stromschnellen hinauf!«

»Ich dachte, ich würde dich nie wiedersehen!«, rief sie mit erstickter Stimme.

»Viel hat nicht gefehlt«, keuchte der Drache. Einer seiner Flügel hing schlaff im Wasser. »Aber halt – du sagst, du siehst?«

»Ja, warte, ich komme hinunter!«

Sie sprang über die Felsen zum Ufer, und irgendwie hinab, dahin, wo der Drache keuchend ans Ufer geschwommen war. Sie fiel Nabu um den Hals, was dieser unter Lachen und Jammern ertrug, erzählte ihm, was geschehen war: von ihrem Kampf mit dem Alchemisten und von Tamachocs schillernder Erscheinung, und den Drachen, die ihm über den großen Wald nach Osten gefolgt waren. Sie spürte, wie tief beeindruckt der Drache war.

»Sie sind also Tamachoc gefolgt, nach Osten, sagst du …« Er verstummte, und eine Weile schwiegen sie beide.

»Und die Ritter?«, fragte Nabu dann.

»Nein, sie sind ohne Ritter geflogen, aber ich hoffe … ich glaube, sie haben sie vorher sicher abgesetzt«, erwiderte Mila.

»Dann lass sie mich rufen«, meinte der Drache, reckte den Hals und stieß einen langgezogenen Ruf aus. Sie gingen ein Stück den Fluss hinab, um vom Rauschen der Stromschnellen fortzukommen. Nabu wiederholte seinen Ruf noch dreimal. Und schließlich hörten sie von Ferne ein Hornsignal zur Antwort. »Siehst du, du bist nicht der letzte Ritter deines Ordens«, sagte Nabu.

Dann berichtete Nabu, dass die Spanier ihn zwar entdeckt hatten, ihm aber aus dem Weg gegangen waren, weil sie wussten, dass ein Drache, der sich nicht rühren kann, keine große Gefahr darstellte, solange man außer Reichweite seines Feueratems blieb. »Außerdem hatten sie es wohl eilig, weil sie endlich den Tempel gefunden hatten. Also ließen sie mich hilflos zurück. Aber gesehen habe ich sie dann doch noch einmal, als der Strom ihrer leblosen Körper vorüberwälzte. Konrad war unter ihnen, still wie stets, nur dass er dieses Mal tot war. Ich hätte ihn fast nicht wiedererkannt, sein Haar war versengt und seine glänzende Rüstung ganz schwarz.«

»Aber ich dachte, das Drachenblut – er war doch unverwundbar!«, rief Mila.

»Er hätte darauf vertrauen und seinen schweren Harnisch ablegen sollen, dann wäre er wohl nicht so jämmerlich ertrunken. Jedenfalls hob der Fluss auch den Stamm an, der meinen Flügel eingeklemmt hatte, ja, selbst mich trieb der reißende Strom davon, und ich sage dir, das ist nicht angenehm, wenn der Flügel gebrochen ist.«

»Aber du lebst, und du bist hier!«, rief Mila glücklich.

»Ja«, sagte Nabu und blickte sehr lange nach Osten. »Ich bin hier.«

Epilog

Aus einem Brief des Fray Celso an Tomás de Berlanga, Bischof von Panama:

(…) Die Arbeiten an der Kapelle gehen unterdessen kaum noch voran, denn die Indios sind unwillig. Viele in diesem Ort, den wir St. Christobal tauften, stammen aus ganz anderen Gegenden dieses Reiches. Offenbar haben die Inka sie nach Gutdünken verpflanzt, und nun, da ihre Herrschaft schwindet, streben ihre Untertanen heim. Überhaupt ist alles in Aufruhr. Selbst die Erde bebt, und aus der Ferne erreichen uns Nachrichten, dass lange ruhende Vulkane wieder ausgebrochen sind. Immer wieder kommen mir Gerüchte zu Ohren, Gerüchte über eine goldhaarige Göttin, die mit einem Drachen über den Bergen gesehen wurde, und es ist verwirrend, denn sie erscheint wohl an vielen Orten zur gleichen Zeit. Die Indios sehen das als Zeichen einer lange schon erwarteten Zeitenwende. Nun fallen immer mehr Stämme von Atahualpa, dem Sapay Inka, ab, und sie erklären offen, dass das Ende des Inkareiches gekommen ist. Sie kommen auch nicht mehr seiner Forderung nach, Gold und Silber zu seiner Auslösung zu schicken, und die Pizarros sind sehr erbost, weil in den Kammern, die sie bis zur Decke mit Schätzen gefüllt haben wollten, kaum der Boden bedeckt ist. Don Hernando, einer der wenigen Spanier, der von jenseits der Berge zurückkehrte, droht offen, Atahualpa zu töten, doch scheint das die Indios nicht mehr zu kümmern. Viel mehr als drohen können die Pizarros aber nicht, denn ihre Macht schwindet ebenfalls. Ihre eigenen Indio-Verbündeten wenden sich von ihnen ab und laufen in Scharen davon. Und mögen die Waffen der Spanier auch stark sein, so ist ihre Zahl doch

zu gering, weitere Städte zu erobern, ja, es fällt ihnen schon schwer, die Orte, die sie besetzt haben, zu halten. Man sagt, dass der Kaiser, wie die Kurie in Rom, sehr unzufrieden mit dem Verlauf der Ereignisse ist. Schatzmeister de Paz soll die Expedition gar für gescheitert erklärt haben, und es heißt, dass die Pizarros, aber auch unser Bruder Pater Valverde nach Spanien zurückkehren sollen, um sich dort vor Gericht zu verantworten. (…)

Fray Celso Gargia, San Christobal, 27. Februar 1533